RECHERCHES SUR L'ÉPOPÉE ET LE BARDE AU TIBET

西藏史诗和说唱艺人

[法] 石泰安/著
耿　昇/译
陈庆英/校订

中国藏学出版社

图一　战神格萨尔及其守护神(上部)和岭地的勇士(下部)。
(来自拉萨的绘画,作者本人的收藏品)

图二　大吉岭格姆寺法会高潮期间的流浪说唱艺人（作者本人拍摄的照片）。

图三　莲花生净土的乐伎舞伎(西藏绘画的细部,吉美博物馆收藏的照片)。

图四　在噶伦堡拍摄的康区说唱艺人
（希腊和丹麦国王陛下收藏的照片）。

图 1　说唱艺人的帽子。据一名弭药资料员提供的草图。

图 2　说唱艺人的帽子。据安多一名画家提供的草图(罗列赫收藏品,由作者本人素描)。

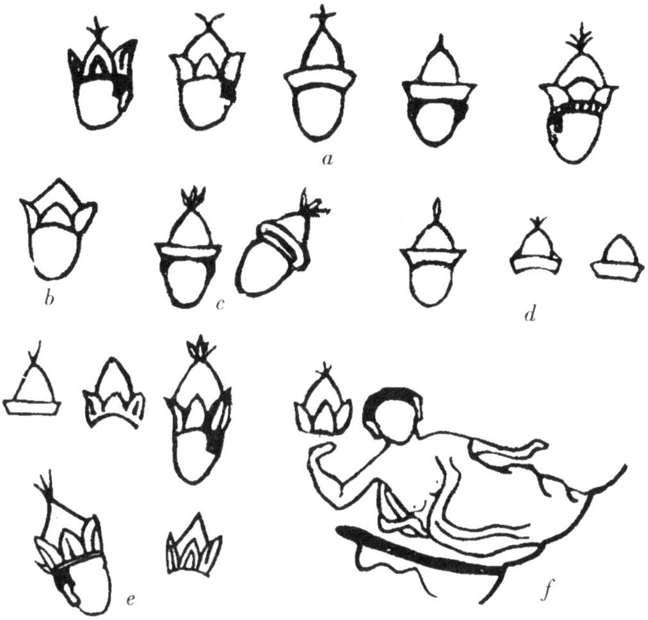

图 3　觉如的帽子(作者据打箭炉绘画所作的素描)。a. 其生命的最初几天,白帽,黑羽翎(第 1 幅画)。b. 格萨尔的父亲和在山珠达则宫中的格萨尔(第 2 幅画)。c. 其生命的最初 7 年,白色的羽瓴或戟(第 3 幅画)。d. 8 岁和 9 岁时,1 根白羽翎或 3 根黑羽翎(第 4 幅画)。e. 10—20 岁(第 5 幅画)。f. 穿白衣、戴白帽和执红马鞭的格萨尔的形象(第 5 幅画)。

图 4　格萨尔的帽子（小塑像）。（由作者本人根据夏特尔杰的照片而画，原载《亚洲皇家学会会刊》第八卷，1942 年，图 6）。

图 5　莲花生帽（宾夕法尼亚博物馆的小供像）[52]。（由作者根据照片而作的素描）。

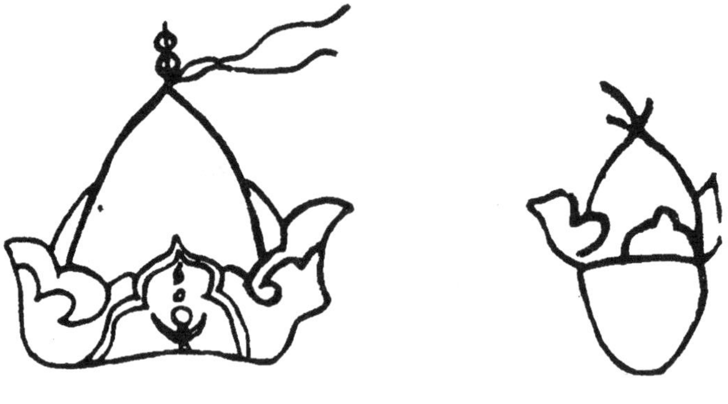

图 6　莲花生帽（西藏绘画。原载图齐：《西藏画卷》图 60 和 63，作者本人的素描）。

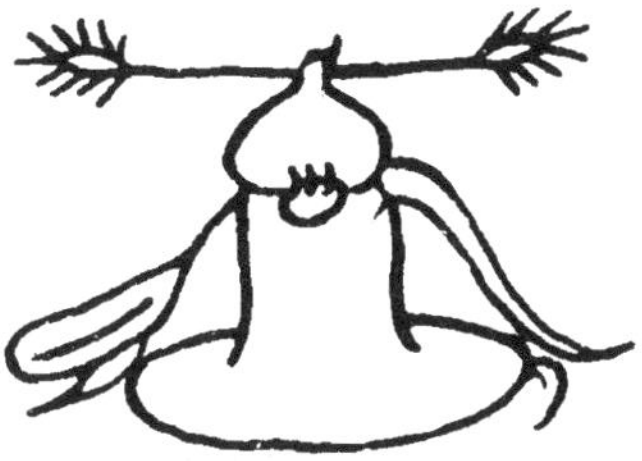

图 7　格萨尔的帽子(林葱木刻本的卷首画,作者本人的素描)。

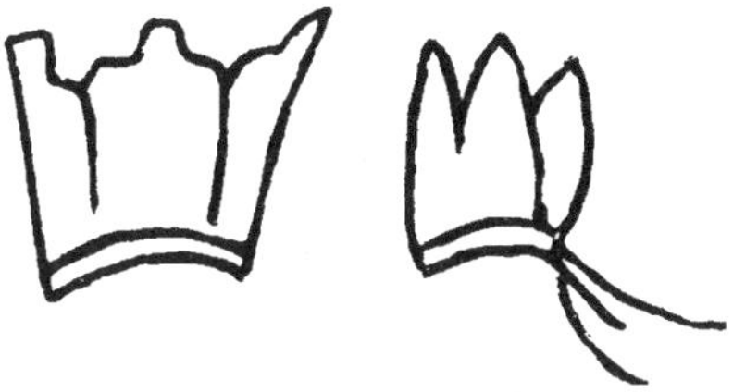

图 8　一名瑜伽师的帽子(西藏绘画)。(原载图齐:《西藏画卷》第二卷图 3,作者本人的素描)。

图 9　康区一名说唱艺人的帽子(据吉博的一幅照片,作者的素描)。

图 10a　在伯父晁同府前变成三名杂要艺人的格萨尔,白衣白帽(打箭炉绘画,第 9 幅,作者本人根据照片所作的素描)。

图 10b 在霍尔城堡前变作 3 名杂耍艺人的格萨尔，白衣白帽（打箭炉的第 9 幅绘画，作者本人根据照片所作的素描）。

图 11a 骑木棍马的觉如（第 4 幅绘画）（作者本人根据照片所作的素描）。

图 11b　左部是骑其马鞭而从玛域返回的觉如。右部是觉如在召神，鞭子绑在一块摆在其面前的毛毯上（作者根据照片所作的素描）。

图 12　看守马匹的猕猴，日本的魔法（石田的解释，本处的素描在有关马匹和伞盖方面作了简化）。

く

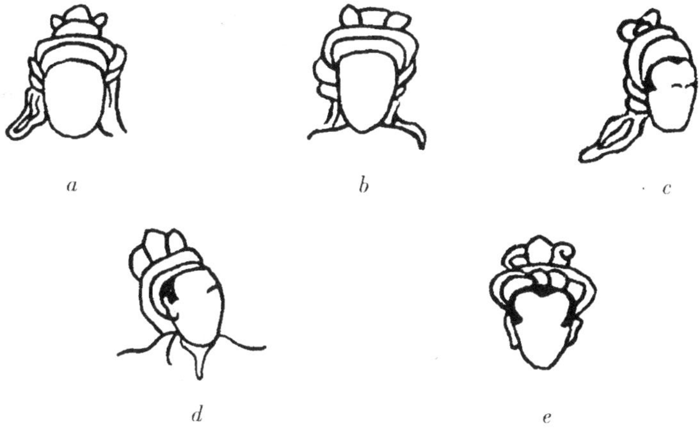

图 13　缠头巾
打箭炉的绘画：
a.“宗教三王”（第一幅绘画）。
b. 第一位先祖意门国王（第一幅绘画）。
c. 原始部族的先族（第一幅绘画）。
d. 守护神玛卿蚌拉（第 6 幅画）。
e. 最高的神德木却噶波（第 6 幅绘画）。
（作者本人根据照片所作的素描）

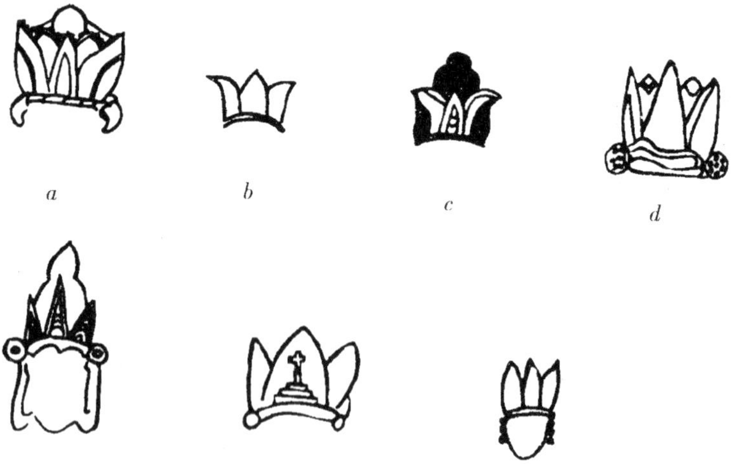

图 14　天神的头戴

a. 毗沙门天王，前两种系据松本松一：《敦煌画的研究》插图 120a 和 119a；第三种系根据斯坦因：《西域考古图记》插图 40。

b. 布达佩斯博物馆藏比哈尔的佛像，据霍尔瓦特：《亚洲艺术》图 96。

c. 辛饶，西藏绘画（霍夫曼：《西藏苯教史纲》图 11）。

d. 拉达克的弥勒佛像，据弗兰格书（作者本人所作的素描）。

图 15　钱币上的萨珊朝王冠（据弥德海姆和斯蒂埃赫尔书中的素描图，原载《亚洲国家》一书）。

图 16　萨珊朝勇士的盔或风帽（带银盘），据勒柯克的《肖像画册》图 74。

目　录

第一卷　文献及其分类

第二卷　英雄的地区和名字

第三卷　格萨尔史诗及其英雄的组成内容

译者的话

在西藏人民出版社的亲切关怀和大力支持下，法国著名藏学家石泰安先生的世界名著，也是在世界范围内研究西藏脍炙人口的长篇史诗《格萨尔王传》的力作《西藏史诗与说唱艺人》的汉译本终于与中国读者见面了。

我国的西藏，山川巍峨，历史悠久，人民伟大。在我国56个民族中，除了地居中原占有天时地利的汉族之外，藏族是拥有古代文献史料最多的民族。自从有文字记载（简牍、金石、敦煌文书和其他不胜枚举的著作）以来，勤劳、智慧的藏族人民在史学、文学、美学、艺术、工艺、建筑、农业、牧业、宗教等方面都取得了举世瞩目的辉煌成就。西藏的文学和口碑资料究竟有多少，恐怕永远也没有人能统计清楚。西藏虽然地处世界屋脊，路隘、林深、山高、地险、群山环抱，但那里自古以来就是交通要塞，是中国与中亚和南亚交往的窗口之一。正是由于这诸多原因，"藏学"或"西藏学"在今天才形成了一门国际显学，而且方兴未艾。古老的西藏文明越来越引起了全世界的仰慕，古老的西藏也越来越会对世界文明的发展作出更多的重大贡献。

任何一个民族或地区的"史诗"都是其真实历史以文学的形式作出的反映，它必定要在很大程度上反映该地区或该民族的真实历史。顾名思义，"史诗"就是经过诗歌加工修饰过的真实历史的再现。史诗实际上是集史学、美学、语言学和演唱艺术于一身的一门科学。在西方，学者们普遍认为，研究最早的叙事文以及后来由此演变而来的小说之间的关系，一定要注重史诗，必定要把史诗看作一个连续发展的过程。甚至有不少学者（如美国普林斯顿大学东亚系系主任浦安迪等人）认为，文学的发展过程是从史诗到小说，史学的发展过程也是从史诗到编年史。这对于没有系统而详尽的历史著作的上古中世纪的西方或世界的其他地区来说可能是正确的，如荷马史诗（公元前9—8世纪）和印度的《罗摩衍那》（公元前5—2世纪）等。但对于中国这样具有悠久精确编年史的国家和民族来说则不尽相同。不过，中国也绝非没有史诗作品。在中原地区，近期发现的《黑暗传》或尽人皆知的白居易的《长恨歌》、《木兰诗》、《孔雀东南飞》之类就是史诗。我国草原游牧民族的史诗似乎尤为发达。如柯尔克孜族的《玛纳斯》，蒙古族的《江格尔》，藏族的《格萨尔》，维吾尔族的《福乐智慧》和《乌古斯可汗的传说》等。不容置疑的事实证明，那种至今尚在西方人中广为流传的“中国没有史诗”的理论是荒谬的。

在中国各少数民族和诸多史诗中，藏族的长篇史诗《格萨尔王传》最为著名，历史也最悠久，流传也最广泛。该部史诗生动地再现了藏族的古代史，尤其是其部落斗争史，它不仅仅流传于今天的西藏，以及甘、青、川、滇等省的藏区，而且也传到了蒙古族人(《格斯尔王传》)、裕固族(西拉裕固尔)人、土族(蒙古尔)人及西藏的其他毗邻民族中。该史诗也冲出国门而在南亚的不少地区广为流传，如拉达克、巴尔蒂斯坦(勃律)、尼泊尔、不丹等地。尽管根据地区和语言不同，“格萨尔”一名以不同形式出现，其故事情节大同小异，不过大家一眼就可以辨认出它们均与西藏《格萨尔王传》的史诗具有明显的联系。

《格萨尔王传》的史诗无论从其故事情节所覆盖的地区、时代和内容方面，还是从其语言之美、说唱之诱人、在民间传播的广泛度方面来看，都要远远超过西方世界引以为荣的荷马史诗(《伊利亚特》和《奥德赛》)。然而，由于西藏地区交通封闭，山川阻隔，与外部世界的联系渠道较少，再加上语言的障碍，外部人很难看懂和听懂藏语，所以格萨尔史诗就显得没有荷马史诗那样名噪一时了。但大家只要肯下一番苦功夫去研究就会得出结论:《格萨尔王传》史诗可能是世界上篇幅最长、流传最广、说唱艺人(包括编录者)和听众(包括阅读者)最多的一部史诗。格萨尔史诗究竟有多少部和多少行文字，恐怕只能是越统计越多，越发掘越丰富，永无止境。据我国研究格萨尔史诗的老前辈——西北民族学院王沂暖教授的最新统计(见《中国藏学》,1990 年第 2 期)，这部神奇史诗可能共达 204 部之多，全部诗句共有百万行之巨，真可谓天文数字了。有的艺人会说唱 40—60 部史诗，能连续说唱数周甚至是数月，堪称说唱史诗的世界“吉尼斯纪录”了。

我国各族学者对于格萨尔史诗的研究经过艰难曲折的跋涉，近来已取得了长足的进展。国内在研究论文、著作、资料、说唱、整理出版、汉译、对国外研究成果的评价和人才培养方面都取得了可喜的成果，为抢救这部史诗做了大量工作。我国建立了研究格萨尔史诗的统一的全国领导小组，创办了刊物，许多大专院校和科研单位都设立了专门的研究机构或有专门从事研究的人员，召开了多次国际国内的格萨尔史诗专题讨论会，格萨尔史诗还被录成唱片、录音带，搬上了戏剧舞台和拍成了电视剧，用现代化的音像手段来传播。我们相信，随着我国改革开放的进一步深入发展，大众喜闻乐见的民族文化形式和内容必定会得到进一步弘扬，民族文化的精华瑰宝必定会更加大放异彩，民族艺术的珍花奇葩必将会更加争芳斗艳。

格萨尔史诗以其无限的魅力和强大的生命力而引起了大量外国学者的密切注意和潜心钻研。从 19 世纪下半叶起，西方的许多学者就在我国西藏及其毗邻地区搜集资料和从事研究，许多学者都于其藏学著作中作过深入探讨。本世纪以来，这种研究更为蓬勃发展和形势喜人。大家从石泰安先生于本书中所罗列的本世纪 50 年代之前的冗长论著目录中便可窥见一斑。《格萨尔王传》史诗的许多部著作都被译作西文或其他文字。在多得令人眼花缭乱的著作中，石泰安先生的这部博士论文（也是他的成名之作）最为引人瞩目，出手不凡。故译者不揣简陋、不惜笔墨、不辞劳苦地将这部卷帙浩繁而又价值可贵的世界名著译成汉文以飨中国广大读者。

法国乃至整个国外藏学研究的泰斗石泰安（R. A. Stein）是我国藏学界很熟悉的学者和老朋友了。他是当代法国最有权威的藏学家，同时也是汉学家，是西方不太多的能熟练地运用藏汉两种文字资料进行科学研究的学者之一。石泰安先生于 1911 年 6 月 13 日诞生于德国的施韦茨，在柏林大学获得汉语学文凭后，为逃避德国法西斯对犹太人的迫害而于 1933 年迁居法国，次年求学深造于法国国立东方现代语言学院，从师当时法国的一代汉学名师葛兰言，并获得汉语学文凭，接着便进入法国汉学研究所，后来又被派往远东。他在第二次世界大战期间于印度支那参加了抗日战争，先后任山炮炮兵和法军司令部翻译，曾一度被日本侵略军俘虏。所以，石泰安先生是一名具有民族正义感的爱国人士。他于 1946—1947 年间被当时设在越南河内的法兰西远东学院派往中国，先后到昆明、成都、北京和内蒙古等地进行科学考察，后又在巴黎大学北京汉学研究所工作。新中国成立后，石泰安先生希望留在北京，继续从事中国学研究。但由于中法当时尚未建交，尤其是在朝鲜战争爆发后，法国参战而使中法处于交战状态，故而石泰安与其他几个法国人一道被我有关当局递解出境。这是历史上的事情，我们就不必更多地计较了。从此，石泰安先生也确定了其终生的研究方向——汉学和藏学。他1951年任法国高等实验学院第4系教授并讲授中国语言和宗教，1954年和1966年两次对包括锡金在内的喜马拉雅山南麓进行科学考察。1966年后，石泰安任法兰西学院教授，主持西藏社会文明讲座。1981年10月退休后，又任该院的名誉教授。1981年6月，石泰安教授在近70岁高龄时，于退休前几个月再次来华访问，与我国的学者进行学术交流。石泰安先生成了法国藏学界的一代宗师和学术带头人，曾大力推动法国的汉学和藏学研究。他后来的观点始终是公允客观和实事求是的，对中国特别是对西藏一直充满友好感情。1981年，他曾在法国学术界组织向中国学术界"献书"的活动。译者与他有过多次面谈，1986年到他在法国默东的寓所中拜访了他，亲耳听到了他对中国特别是西藏文明的赞扬。在多年的通信中，他一直表示对中国各族文化的敬仰。译者有幸翻译出版了他的名著《西藏的文明》及一大批论文。译者还翻译了他的另一部力作《汉藏走廊古部族》，已于1981年交四川民族出版社。

石泰安教授非常注重于研究汉藏走廊地区的文化、民族、历史、地理、宗教、习俗与文学诸学科。他1957年在《高等实验学院年鉴》中发表了《汉藏走廊的羌族》一文，介绍了羌族的历史、宗教信仰以及与汉藏两族的历史渊源关系，特别是论述了所谓藏族起源于羌族之说。1951年，他于《法兰西远东学院通报》中发表了《弭药与西夏》，1966年又在为戴密微祝寿的《汉学论文集》第一卷中发表了《有关弭药和西夏的新资料》一文。作者主要是根据汉藏两种文字资料说明古代弭药就在今天的西康地区，打箭炉（康定）的西北，也就是后来西夏王国的辖地。当西夏王室后裔与成吉思汗断绝关系时，吐蕃允许弭药人定居在羌塘一带。他把西夏和弭药的最早传说与白哈尔的资料作了比较，发现了它们在题材、人名和地名上的传统联系纽带。作者1957年为《汉学研究所丛书》第15卷而出版了《汉藏走廊的古部族》一书，概述了晚期藏文史料中有关这些部族起源的传说，但很少有能够确定这些部族具体位置的原始资料。这些部族实际上都位于西藏的中部，可能是由于羌族人向西藏中部迁移的结果，他们对于吐蕃的形成作出了贡献。石泰安先生在研究格萨尔史诗时，也将该部史诗的起源与其故事情节的具体地点确定在东部藏区（四川、甘肃和青海的藏区）。事实上他还认为西藏东部的这些部族和地区是古代吐蕃文明的发源地或重要发源地之一，中国中原汉地对于吐蕃文明的影响要远远超过印度。所以，他断言自这些地区发祥的格萨尔史诗后来才传往西部与吐蕃有密切关系的地区、裕固族人、土族人和蒙古族人中。西藏东部（广义上的安多或多康）地区是一个民族迁移、文化传播和经济交流的走廊。

石泰安长期从事对西藏文化的研究。其名著《西藏的文明》于1962年在巴黎刊行第一版，1971年由山口瑞凤和定方晟译作日文在东京出版，1972年由英国的德赖弗译作英文在伦敦出版，1982年又于巴黎出版了增订第二版，1985年在中国出版了汉译本。他有关西藏文化史的其他论著还有：《西藏的戏剧》（1961年）、《西藏的一位上师诗人》（1964年）、《西藏的说唱艺人》（1969年）、《珠巴衮雷生平与歌曲》（1972年）和《珠马衮雷的藏文著作》（1973年）等。所有这些著作都涉及了对格萨尔史诗的研究。这是他始终都在密切关注的一大课题，也是他下功夫最多和成果最丰的课题之一。

石泰安先生有关西藏历史的主要论著有：《远东和高地亚洲的住宅、社会和人类集团》（1957年）、《桑耶寺古史〈拔协〉》（1961年）、《有关吐蕃古代史的两条注释》（1963年）、《圣神赞普名号考》（1981年）、《敦煌藏文写本综述》（1984年）等。他有关西藏宗教的著作有：《西藏占卜中的33根签》（1934年）、《喇嘛教》（1959—1960年）、《喇嘛教跳神中的身相崇拜》（1957年）、《顿悟》（1977年）、《敦煌藏文写本中有关苯教仪轨的记述》（1971年）、《有关吐蕃苯教殡葬仪轨的一卷古文献》（1970年）、《未经诠释过的摩羯罗嘴》（1977年）、《有关金刚橛的古文献》（1978年）、《吐蕃赞普墀松德赞在选择佛教为国教时有关摩尼教的记载》（1980年）、《对古代吐蕃和于阗密教阐述的一种特殊方式》（1988年）、《印度和西藏的神话》（1985年）等。他有关西藏语言和书目学的主要著作有：《藏文辞源考》（1980年）、《西藏学近作》（1952年）、《苯教象雄语》（1971年）、《珠巴衮雷传中的藏文词汇》（1942年）、《藏语语义群》（1973年）等。

石泰安先生近年来正在撰写系列文章《吐蕃古代文献汇编》。从译者所知道的情况来看，他已在《法兰西远东学院通报》中发表了许多篇。其中第一篇于1983年发表，标题是《敦煌写本中的印度文—藏文和藏文—汉文翻译的两种辞书》,主要是论述了运用于梵文—藏文翻译的《翻译名义大集》以及在敦煌写本中发现的汉—藏文辞书。第二篇于 1984 年发表,主要是论述了《吐蕃赞普时代的告身中使用譬喻的习惯》。第三篇《论祖拉及吐蕃巫教》于 1985 年发表。第四篇是 1986 年发表的《有关吐蕃早期佛教的传说》。其中特别有意义的是第三篇,它是石泰安先生与当代法国女藏学家麦克唐纳夫人(A. Macdonald,近年来由于与其夫离婚而又使用其姑娘时的名字斯巴尼安)辩论的一篇文章。主要是对麦克唐纳夫人于 1971 年在《拉露纪念文集》中发表的长文《伯希和敦煌藏文写本第 1286、1287、1038、1047 和 1290 号释读,兼论松赞干布时代吐蕃王家宗教中政治神话的形成》(一般均称之为《敦煌吐蕃历史文书考释》),文中提出许多有关西藏社会内部文化的重大问题,特别是有关"祖拉"(gcug - lag)的问题。麦克唐纳夫人认为"祖"或"祖拉"(她始终把 gcug - lag 作为专有名词使用)是吐蕃佛教之前的宗教的专用名词。它是"神仙教法,如同天际一般辽阔。它包括一种全面的世界观和时空观",其特点是"一种系统的和肯定是在佛教传入之前形成的宗教体系",被松赞干布于 7 世纪时定为"王家宗教"。石泰安先生则认为,"祖拉系指一种智慧、艺术、科学和手段",对于松赞干布来说则明显是一种"治国之策",绝不会是指天命。此外,他们在对一大批敦煌吐蕃历史文书的断代、具体诠释方面都有很大的分歧。他们两人的这次争论形成了法国有关敦煌吐蕃文书的第 4 次大论战。挪威的克瓦尔内、英国的黎吉生和匈牙利的乌瑞等人都参与了这场大论战。它对于揭开吐蕃社会的上古文明、松赞干布之前的吐蕃文明发展史具有重大意义。

石泰安先生的成名之作,也就是他的博士论文正是这部洋洋洒洒 70 多万言的巨著《格萨尔史诗和说唱艺人》。此书于 1959 年在巴黎作为《汉学研究所丛书》(它是反映法国研究中国的最重要著作的一套丛书,创刊于 1932 年,现已刊行近 30 卷)第 13 卷由法国大学出版社出版。此书出版后,国际藏学界就极为重视,把它奉作当代格萨尔史诗研究的高度概括总结性著作,认为它代表着当代有关这一内容研究的最高权威。作者对于格萨尔史诗在世界范围内的研究状况、有关该史诗的藏汉文古文献、史诗的起源与各部概貌、各种文本和绘画、格萨尔遗留下的"古迹"、各种文本和口传本的前后演变关系、其地望及流传、岭地及附近地理的沿革历史、冲木·格萨尔与岭·格萨尔的关系、史诗的组成内容、史诗的民间影响和社会背景、英雄的特征等问题都作了深刻而又独具见树的分析。此书基本上形成了研究格萨尔史诗的一家之说，是研究格萨尔史诗必读的参考书。时至今日，研究格萨尔的著作如群星灿烂，在许多具体问题上的研究已超过了石泰安的博士论文。但从总体上来看，至今尚未出现能在广度和深度上超过此书的著作。

世界各国学者在研究格萨尔史诗时往往都会自觉或不自觉地犯一种通病，即只把它作为一部文学作品来看待，侧重于“诗”的表象而忽视了“史”的内涵。学者们往往是从诗歌的美感、韵律、语言、结构、意义、人物塑造等方面去研究，大都忽略了从严格的历史角度去探讨原著的文学构思。不错，格萨尔史诗是一部地道的文学作品，大凡文学作品都必不可免地要采用虚构和演义的手法，而史诗却以真实历史为背景和发展线索，将历史人物和事件加工演义成一部“历史的诗歌”。格萨尔史诗足以清楚地说明了这种发展趋势。由于单纯从文学角度来研究格萨尔史诗就必然会走进死胡同，所以必须另辟蹊径。石泰安先生的这部著作正是将“史”和“诗”兼收并蓄，而又侧重于从“史”的方面去研究“史诗”。他对于格萨尔人物原形、史诗的发源地以及其中主要人物原型的研究探讨确实独具匠心，自成体系，形成了颇具代表性的一家之说，一直被后人沿袭采用。

石泰安先生毕竟是一名具有代表性的典型西方汉学家。他研究问题的方法、取舍材料的角度、分析问题所站的立场、归纳总结时的逻辑推理都与我国学者不大相同。例如，他认为格萨尔是一个来自某些外国历史英雄人物的名字，罗马（拂菻、冲木）的“恺撒”变成了西藏史诗中的格萨尔，后又传到中国及南亚的许多民族中，并形成了形形色色的变种。作者甚至认为西藏史诗中的格萨尔与俄国“沙皇”（Czar）也有千丝万缕的联系，或者具有源流关系。他认为西藏格萨尔史诗可能是受经大食（伊朗）而传去的东罗马帝国的传闻故事的影响，甚至连史诗中“俄木隆仁”的地名也被他比定为大食国的一个地域。他在本书中还煞费苦心地为此而扒梳史料、觅寻证据，力图自圆其说。这种西藏史诗“外来论”的观点是中国各族学者无法接受的，世界上大多数学者也难以苟同，异议纷纷，甚至不予重视，就连石泰安本人在本书中也仅仅是将此观点“略备一说”。过去，我国有些学者曾上纲上线地对石泰安的这种观点作过严厉批判，把学术与政治问题混同起来，显得有些过分苛求了。首先，这种观点在石泰安的书中不占主导地位，仅仅是作为诸多观点中的一种而被提及。其次，这种观点的发明权绝不属于石泰安先生，他充其量也不过是沿袭和发展了这种观点。早在19世纪下半叶和本世纪初叶，欧洲有不少学者就提出了类似假设。译者孤陋寡闻，但就我所知的很少一点情况来看，其始作俑者（更确切地说是使这种假说形成系统理论者）是英国人邵（R. Snaw，又译莎乌），他于1871年在伦敦出版的《北鞑靼、叶儿羌和喀什游记》中就首次提到"格斯尔（Keser）就是罗马与君士坦丁堡恺撒（Caesars）的东方名字"。到了1895年，英国人沃德尔（L. A. Wadell）于《皇家亚洲学会会刊》第64卷中发表的《拉萨大昭寺志》中进一步提出西藏史诗中的格萨尔（Gesar）就是罗马恺撒（Kaisar）或俄国沙皇（Czar）的名字，他同时也提出了格萨尔还可能相当于白哈尔神（Pehar）和汉地战神关帝的观点。德国人格伦维德尔（Albert Grünwedel）于1896年在《德国东方学报》第52卷中发表的《莲花生上师与曼陀罗》中提到冲木·格萨尔（Khrom Gesar）就相当于"罗马（拂菻）的恺撒（Kaisar）大帝"。他于1900年在《环球》杂志第78卷中发表的对弗兰格《春天里的神话》一书的书评中更明确断定格萨尔（Gesar）就相当于恺撒（Kaisar）。此外，印度学者达斯（Sarat Chandra Das）于1902年、法国汉学家伯希和（Paul Pelliot）于1914年、英国学者托玛斯（F. W. Thomas）于1931年都反复重弹这种老调。附和他们的确实大有人在，反对他们的人也比比皆是，就不必一一列举了。他们各持己见，见仁见智，故弄玄虚，争论不休。石泰安在一定程度上重复了前人的观点，当然也作了不少的发挥。再其次，从石泰安的经历和全部学术生涯来看，他对中国始终都抱有友好感情，甚至法国汉学界称他为"亲华派"（Sinophile）学者，没有卷入国际上屡次发生的反华浪潮。1959年西藏叛乱之后，在国际上的反动势力与西藏叛乱分子的煽动下，反华活动甚嚣尘上，联合国一连数年讨论所谓"西藏问题"。以藏学界"权威"自居和自诩为"西藏问题专家"的英国人黎吉生（E. Richardson）以"顾问"的身份参加联大，摇唇鼓舌，煽风点火，反华气焰嚣张至极，声嘶力竭地鼓吹"西藏独立"。他曾拉拢世界上的一些著名藏学家来虚张声势，助纣为虐，许多人都不同程度地参与了这场反华大合唱。石泰安先生力排众议，义正辞严地拒绝平时与他关系甚笃和交往甚密的黎吉生的诱惑。恰恰于此前后，石泰安先生潜心写作，著书立说，用了多年的功夫写成了他的西藏学名著《西藏的文明》一书（1962 年第一版），书中的观点是相当客观公允的。患难之中见真情，烈火方能炼真金。这在本世纪 50 年代末和 60 年代初的那种恶劣的国际形势下，实为难能可贵。正是由于这种原因，《西藏的文明》一书的影响和名望才经久不衰，先后被译成 3 种外文（日文、英文、汉文）和陆续出版了 5 个版本，该书成为国际藏学界的佼佼者，受到了各国学者的好评。

至于西藏的格萨尔与罗马恺撒和俄国沙皇之间关系的观点，石泰安先生自己目前也不以为然了。译者为译此书，1986 年到他在法国默东的寓所拜访他时，谈到了这个问题并提出异议，他虽然既承认这种观点无多大学术价值，又羞羞答答地不肯彻底改正错误，自我否定。这也在情理之中，他一生中辛辛苦苦地建立了自己的一整套理论体系。在 70 多岁的晚年，拆除其四梁八柱中的哪一根都会有造成其全部学术体系大厦倾覆坍塌的危险，从而否定他个人，危及他的名望。一世英名，毁于晚年，难以接受，也是常情。

石泰安先生为了写出这部博士论文，可以说是呕心沥血，历尽艰辛，数载准备，几年笔耕，一朝成名。他 1946 年就写过一部《西藏的民间史诗》的著作，首次触及到了格萨尔问题。他为了实地调查格萨尔史诗，在我国已故的著名人类学家闻宥先生等人的陪同下，于 1946—1947 年在四川藏区考察，遍游打箭炉（康定）、德格、邓柯、理塘、松潘诸地，搜集到了德格版（他后来又称之为林葱版）的 3 部格萨尔史诗著作。当时，由于国民党政权造成的军阀混战而使该地区社会治安每况愈下，军阀、土匪互相勾结，土司与豪酋狼狈为奸，骚扰居民和行人。石泰安等一行经受了无数磨难。他 1986 年在与译者交谈时还对这次考察旅行记忆犹新，许多事似乎依然历历在目。他生动地讲述了他们如何甚至把作盘费的金子藏在鞋里也被土匪抢走的历险情况。他德格访书、理塘听唱、邓柯拜师、林葱交友，曾先后从寺庙、民间、土司和豪门富户，特别是从流浪说唱艺人那里搜集到了大量有关《格萨尔王传》的资料。这就为他后来从事卓有成效的研究奠定了坚实可靠的基础。他另外还曾到尼泊尔、不丹、锡金和拉达克等地区调查格萨尔史诗。

为了准备他的博士论文，石泰安 1956 年于巴黎出版了他对德格版《格萨尔王传》史诗的法文译注本《岭地喇嘛教版本的西藏格萨尔史诗》。他于1957年又出版了《格萨尔史诗的西藏绘画》，主要是刊布、介绍和研究他从打箭炉获得的整套有关格萨尔生平的绘画。当该博士论文通过、出版问世和石泰安先生也因此一举成名之后，他仍然念念不忘自己所喜欢的格萨尔史诗。他于此后写的几种重要著作《西藏的文明》和《西藏的戏剧》、《西藏的一位上师诗人》、《珠巴衮雷的藏文著作》、《珠巴衮雷的生平与歌曲》等都使用了格萨尔的资料，1962年发表的《西藏史诗的古文献——〈氏家族史 · 灵犀宝卷〉》、1976年写的《论格萨尔》和1981年的《格萨尔史诗导论》等论著更是专门研究格萨尔史诗的上乘作品。1985年，中国社会科学院少数民族文学研究所编辑出版了我国第一套《格萨尔研究集刊》的第1集，石泰安先生听到后非常高兴，多次向译者与有关方面索取。他看过后特别对于文中的藏文专用名词不附原文感到遗憾，认为这就使中国人的许多汉文著作在海外的价值大大跌落了。所以，可以说石泰安先生终生都关心和从事格萨尔研究。

老骥伏枥，志在千里。石泰安教授现在已经80多岁了，仍在其孜孜不倦地撰写并不断问世的文章中继续使用有关格萨尔的资料，老而弥笃，不觉笔倦。本译著在中国出版发行，也可以充作向这位对华始终友好的老学者的致敬吧！

译者多年来就有意在国内翻译出版石泰安先生的这部力作，以推动我国学者的研究。但一来是由于译者很忙，在中国社会科学院历史所工作而翻译研究格萨尔史诗的著作颇有"不务正业"之嫌；其次是由于出版这类学术著作必然会使出版社亏损，造成出版社既泼洒心血又在经济上投入大笔资金，其三是由于译者刚刚从外事口转到社科院工作时力不从心，在学识上难以胜任翻译这部世界名著。特别是在80年代初，社科院少数民族文学研究所就组织了一次对本书未最终成功的翻译。后来，由于西藏人民出版社的慷慨解囊，为赞助学术研究而情愿在人力和物力上大力投资，再加上青海社会科学院藏学研究所所长陈庆英先生无私地从业务上帮助，译者才敢伏案两载，潜心笔耕。而使它最终得以面世，为学术界作一点微薄贡献。当然，成绩是要归功大家的。从某种意义上来说，这是一部"千人糕"式的译著。

在本译著出版之际，特别向西藏人民出版社的领导及编辑同志、向那些在翻译期间帮助过我的许多仁人志士、良师益友表示衷心感谢！本书的藏文专用名词是陈庆英先生帮助解决的。陈庆英先生最后对译稿作了通读校订。对于其中的藏、蒙、梵文名词术语，凡有约定俗成者。我们尽量遵循，力求避免生造杜撰。对于无先例可循者，则酌情采取音译和意译的办法。王尧、降边嘉措、褚俊杰、吴伟、王永红、谢继胜、阿拉腾·奥其尔、王克等先生也曾从各个方面帮助过译者。原作者石泰安先生支持和鼓励我译出此书，表示愿意无偿出让版权。他本来答应为本书的中译本写一篇序言，但由于他年迈体衰，未敢多催，只好割爱作罢了。法兰西学院汉学研究所来信同意无偿转让版权。法国驻华使馆文化处为本书的出版，从法国外交部争取到了一笔赞助款。于此特向欧德黎（T. Audric）参赞和齐福乐（Jean - Claude Thivolle）专员表示感谢。

由于译者水平有限，译文中的错误和欠妥之处在所难免。欢迎广大读者和行家里手们批评指正，不胜感激！

耿　昇

1991 年 9 月 9 日夜灯下

于中国社会科学院历史所

序　言

20 多年前，当我仅携带一名汉学家的行囊以及藏语和蒙语的一点基本知识、受到了格萨尔王史诗的吸引时，我觉得这条路已经完全被人开辟出来和相对比较畅通了。我自认为是从事一次轻而易举的攀登。谁会想到我将陷入一片茂密的荆棘丛林和将会遇到一些不可逾越的障碍呢？当时的已知文献并不算浩繁，其译本已被准备好或已被酝酿，因而绝不会出现什么问题。从那之后，我觉得自己只需要分析其记述，以确定其内容和主题，从中再加入一些比较，并设法进行总结，从而对《格萨尔王传》史诗的意义及其产生的社会背景得出一些结论。

今天，我欣赏千姿百态的风景，视野虽然辽阔，但对天涯风光仍需辛苦跋涉，才能亲见。我的意思是说，一个人倾其一生也不足以阐述完这项内容。我一人的攻关显得力不从心。所以，我觉得最好是中途而止。我这一番努力只是初步总结，希望它能吸引和帮助其他的研究者。

一旦作出这种决定，我的雄心大志首先便是讲述我此刻所获知的这部史诗本身以及与它有关的一切内容。准备工作虽已就绪，但在写作过程中，又觉得必须放弃最初的计划，因为出现了许多不同的问题。尽管先前已发表了以提供新资料为目的的一卷书，但本书仍显得即使不是篇幅过分冗长也是部头过分庞大了。因此，我从中删去了一些重要的，甚至是实质性的部分，对此大家不可避免地会感到有所遗憾。本书主要是逐个故事、逐项内容和逐层主题地分析这部史诗，这也是大家可以在整个叙述过程中所看到的注释，这种注释形成了如同是史诗这面镜子反映出来的西藏社会的画面，其中还论述了史诗中的英雄作为崇拜对象、进入喇嘛教万神殿以及被定为中原汉地战神的问题。史诗的语言和文风也值得作一番详细论述。现在已有的档案材料只有等待在未来的著作中使用了。这一次除提供一些典型例证外，我必须有所限制以避免大量使用资料而使读者感到疲惫不堪。大家可能会联想到数代人以来涉及希腊、欧洲或其他地区的史诗的大量论著，并可以比较与本书内容有关的参考书目表 1，当大家从中删除那些无根据的断言和零散的记载时，那么其中就剩下很少确实能为此铺平道路和准备条件的内容了。

先入为主的弊端是仅仅考虑史诗和局限在史诗本身中考虑问题，或者是单纯以某一种文本为基础。它们的作者有时确实也作过一番努力以把它们分别与西藏文明的整部历史联系起来。但那样做就会使其观点以一些孤立的和与上下文脱节的段落为基础，或者仅给人一些无根据的断言和不以任何坚实可靠文献为基础的模糊印象。随着我逐渐掌握大量文献，在阅读了手抄本、木刻本和已被笔录下来的口传文本的千万页文献之后，我得以发现已提出的理论过分武断粗暴地使问题简单化了。特别是在它们变得越来越清楚现实的情况下，如史诗的起源、形成时代、其主人翁的血统及其历史源流的问题等。因此，在对该故事进行分析之前，关注所有这些问题显然是必要的。而这些问题的答案仅仅依靠一部格萨尔史诗来完成是永远不可能最终解决的。我们的基准点或方位标应该扩展到史诗之外和与史诗无关的地方，如果可能的话，那么必不可缺的就是整部藏族文学。大家只有这样才能提出一种断代的标志，从而断定是其成因的背景。惟有此才能够对格萨尔的所谓历史真实性表态，当然，其条件是充分考虑到所用史料的性质。

但是，天啊！现在根本谈不到系统地阅读藏文文献的问题。除了佛经文献之外，大家根本无法阅读所期待的有关要研究的问题的文献，其原因很简单：根本得不到它们。我能够阅读到的东西往往要受偶然性的约束，因而完全不是很宏观和很全面的。藏文文献的这种贫乏性也有其意义，我们面对资料的沉默或缺乏就必须采取比其他任何地方都更为谨慎的做法。大家不能像在其他领域中那样声称已扒梳尽可能得到的全部资料了。我非常注意把自己的阅读引向尽可能广泛的领域，尽管这种阅读很受客观条件的限制，大家还是可以发现它们大大地促进了澄清格萨尔史诗的起源问题，虽然它们未能使人发现18世纪以前直接与史诗有关的重要内容。我曾系统地参阅了由唐至清以来的汉文史料，这些史料一般都对西藏颇为熟悉。但在此问题上，也就是在18世纪以前于格萨尔史诗及其英雄人物的问题上却突出地显示了一种奇特的沉默。

我得到的读物那不可避免的不连贯性和直接与我们的内容有关的资料之贫乏性可能会解释我非常清楚地知道自己证论的某些

不妥贴之处。如果掌握有只需要阅读和译自可靠与古老史料的明确文献,那就再好不过了。在这些资料付诸阙如的情况下,将迫使我们作出一种抉择,大家或者必须放弃要掌握更多情况的愿望,或者用尽一切办法进行搜罗。我并不害怕这后一种选择。由于我缺乏非常明确具体的路标,所以才决定借助于偶然的标志而前进。我有时也可能走上迷途或作一些复杂的迂回。但我觉得为此目的而准备条件和铺平道路是值得的,即使是为了使其他人避免再浪费同样的精力也罢。

扫清道路和沿着不断地在一片茂密的丛林中交叉的崎岖小路前进,将是一种徒劳无益的工作。应该走哪条路和放弃哪条路呢?我也可能是错误地和无益地跋涉了几条路,但至少我没有试图逃避困难和以使之简单化的办法而背离非常复杂的真实情况。简单的解决办法在这种错综复杂的环境中是无益的。阐述的清楚性有时可能会因此而受到影响。我也可能为此而牺牲了一些复杂的论据,因为它们是虚假的,是一种滥用的简单化或成见的结果。

我必须同时在几条战线上于混乱的秩序中斗争。这一内容不仅仅提出了一些错综复杂的问题,而且论述过这一切的作者又为我们留下了一些截然不同的断言,所以迫使我采取自己的立场。由此而产生了复杂论述的必要性。若无这些事前的选择,那么我本来可以摆脱这一切并系统地从正面谋求问题的解决。如果得出如此荒谬和互相矛盾的结论并不是为了给格萨尔史诗断代和确定其地望,那么这些“古迹”和特别是这些“历史的记忆”本来是不会使我们浪费更多笔墨的。

*

* *

本书的第一部分的设想是为了将非内行的读者领入这一问题的迷宫(第一章)、向未来的研究者指出我多年来积累的资料(第二章)、将研究者的注意力首次转向他将会正确评论其价值与相互关系的各类文献之中(第三章)。

第二部分也非常简单,也不会提出问题。这些故事所处的地理范围(第四章)出自格萨尔史诗本身并由一些互相独立的史料相佐证。此后的一章论述了该英雄人物(史诗中的主角人物)所属地区的历史,该地区的头人或首领仍在仰仗他的名望。惟有与史诗独立无关的藏文和汉文历史文献才可以使人追述它自1400年以来的发展沿革。其中又加入了某些难以定夺的资料以便能使人多少洞察到该史诗于这一时间之前产生的奥秘。

但对第三部分提出的有关其起源的重要问题则更难处理。我在这一问题上请求读者原谅我让他们花费了更大的毅力和耐心。当然,我更喜欢在这个问题上找到一些明确的、直接的和坚信不疑的文献。可是就我所知,这样的资料根本就不存在,而且这也是再自然不过的事了。任何藏族人都没有清醒地意识到格萨尔这一名字的外来起源。任何一位亚洲的史学家都从未想到要充分注意该名字以及该英雄人物的口碑故事是在什么时代和怎样在西藏被采纳的。如果大家希望回答这个问题,那就完全应该使用一种间接的和一种特别巧妙的论证,因而必须考虑到印度和伊朗史料,但大家只能使用第二手资料,无法直接接触原始资料,无法考证作者,因为他们在这一领域内无能为力。我希望专家们能宽容地纠正我的说法。本处所介绍的藏文新史料将会流传后世。我为了向前进而迈出的几步可能将会引起专家们的注意,从而有利于未来的研究。

罗马的恺撒(César)或拜占庭的恺撒(Kaisar)变成了西藏史诗中的英雄人物,这该是一种什么样的意外事件啊!它并不比大家所说的希腊—佛教艺术的大规模传播运动的意外性小多少,事实上可以与之并驾齐驱。这条源远流长的历史长河经中亚流向了整个远东,在伊朗和阿富汗的汇合处又吸收了印度和东罗马的两大支流,并卷走了在吐蕃那些已干涸的支流中沉积的一些艺术形象。可是于其发源地、终点或中点之间,在岁月的历史长河中冲积下的重复层次又该是一团多么难以理清的乱麻团啊!我们尽了自己的最大努力以从中得出某些意味深长的内容,但这又该是以多少探索为代价啊!不过我们觉得其成果可以证实这种方法的正确性。因为归根结蒂,我们得到的故事梗概是互相吻合的。内部逻辑和全面结构可以使人理解其中的每一种因素。如果所使用的方法(就我们现在所掌握的文献的情况来看,这也是惟一可行的方法)在仅仅是指孤立的具体情节时可能会显得很危险,那么当它涉及整体时就要好得多。由于所从事的试验都是一致的,并且能导致一种严密的结构,所以大家可以理由十足地确信所提出的假设在整体上是正确的。在对格萨尔这一名字的传播中起过主导作用的诸因素的研究结束之后(第六章),大家可能还会显得犹豫不决。现在对说唱艺人及其奇装异服的研究(第七章)得出了一些比较吻合的结论。反证法于此也能行得通。对受土著(第八章)和喇嘛教(第九章)启发影响之起源以及对英雄及其替身马匹(第十章)之性质的研究都有助于突出那些完全可以纳入到已经勾勒出的基本轮廓中的资料,甚至可以从中得出其意义。

大家在到处都会面对一些名为纯西藏的,而事实上同样也与外来因素相联系的事件。英雄人物和说唱艺人的形象具有一种跨国或跨地区的特征,我们敢于希望这一部已超越了纯西藏问题的著作的意义恰恰正在于此。某些历史关系已经相当清楚和颇有说服力地显示出来了。但明确而又具体的文献的贫乏性和对这些关系断代的不可能性则迫使人采取谨慎的做法。希望重现复原这部历史是徒劳无益的,我仅坚持那些显得可靠的基本轮廓。相反,在宗教和社会现象学领域中,现已发现的关系使我们觉得具有很大的意义。通过无数的神秘形象、含糊的象征和未经解释过的现象而得出一种解释、一种理论,这就是大家现在能够具有相当把握地从事的一切,对于研究全人类也将是有益的。

因此,西藏史诗、其英雄人物及其说唱艺人都具有双重意义。了解和理解这一切就已经能使尚未能最终确定的西藏文明之形象更加明显地变得充实和浑厚起来。但在西藏之外,它们却高度地涉及了从伊朗到中国中原和从西伯利亚到印度的整个亚洲文明史。其类型学有时是通过对比和更多地则是通过类比而说明世界民俗学的某些重大内容的。与宗教的神鬼附身论有关的诗歌创作以及英雄人物和说唱艺人的双重面貌(上师和勇士,但有时也是小丑和杂耍说书人)都属于最深刻的人类学问题之列。西藏有多种原因值得被最终纳入人类通史之中。

请允许我于此向所有那些支持我所作努力的人表示感谢,尤其是我的老师雅克·巴科(Jacques Bacot),他 20 多年来始终以多种方式帮助和鼓励我;希腊的彼得(Pierre)亲王殿下,承他美意向我提供了一些照片和两名说唱艺人的说唱录音;图齐(Giuseppe Tucci)先生也慷慨地将其收藏的格萨尔史诗手稿借给了我;葛兰言夫人(Marie Granet)和埃斯特·列维(Esther Levy)帮助我编写索引;高等实验学院第六系拨给了我一笔资助津贴以打印手稿;汉学研究所非常乐意地将我的书纳入了其丛刊之中。

汉译本新版赘言

法国已故藏学家石泰安(R. A. Stein,1911—1999年)先生的藏学名著《西藏史诗与说唱艺人》汉译本第二版又将于冬去春来之际问世了。这首先要感谢中国藏学出版社的领导与编辑,特别是马丽华先生与冯良先生;更要感谢多年的老朋友——学术著作出版事业的热心赞助人文群先生。他们不仅投入了大量资金,也花费了许多心血来编辑、校对译稿。此书的汉译本首次出版于1994年,至今已有10个年头的漫长岁月了。以往每次有译著出版,译者总会首先送给作者石泰安先生,我们也总会有些学术交流。但这次再版,却时过境迁,译者的心头不由自主地升起一片悲伤的浮云。石泰安先生1999年底于世长辞了,享年88岁,恰享中国人的“米”寿这个吉祥的高龄。近20年来,译者共在中国翻译出版了石泰安先生的藏学名著3部(《西藏的文明》、《西藏史诗与说唱艺人的研究》、《汉藏走廊古部族》)和十多篇藏学论文。

译者在多次赴法访问期间,曾多次赴石泰安先生府上拜访,共同切磋学术。在他的小洋楼或公寓房间中,承蒙他热心接待,促膝长谈。在中国学术界,译者也堪称与石泰安先生“交往甚笃”者了。1999年11月,当译者在法国进行学术访问时,几次与他联系,其助手都说他身体欠安,待康复后再谋会面。但不久即惊悉石泰安先生磕然辞世。译者与一大批法国的中国学家一起参加了他的葬礼,以送他最后一程,这也算“有缘”与“功德圆满”吧!根据先生遗嘱,他被安葬在巴黎著名的风景墓地拉雪兹神父(Père de Lachaize)公墓中了。先生的遗体也依据佛教仪轨而被火化。由此可以看出,先生终生念念不忘他辛勤研读一生的藏族文化。先生对中国的炽热情感,至死不减。

译者深信,如果确有“在天之灵”,那么石泰安先生看到此书的汉译本再次与中国读者见面,也一定会于长笑当空。我们衷心祝愿先生仙路常游,常来常往,喜看中华大地的人间春色,纵情欣赏西藏的山河巨变、文化璀璨。

耿昇　识

2004年10月15日

第一卷　文献及其分类

第一章　问题的现状和参考书目

一、基本概述

一个多世纪前，大家就已经知道高地亚洲有一部史诗或传说性的长诗，其主人翁是位英雄叫作格萨尔（藏文中作 Gesar Kasar，即格萨尔；蒙文中作 Geser，即格斯尔）。他于其中始终是一个叫作岭（Gliṅ，应读作 Ling）的地区的国王。无论现在所知的多种文本如何千差万别，这个故事的基本轮廓是一样的。它们可以用下述方式加以概述。

在大地上，特别是在岭王国，一切都在恶化。该地区没有能够改变这种状态的国王。有一名老者成功地从一尊天神处获得了派其 3 个儿子之一人主人间的许诺，神的儿子以很丑陋的相貌诞生在人世间，其母亲是以一种神奇的方式受孕而怀上他的。婴孩从一生下来就成了其伯父（晁同，藏文中作 Khro – thuṅ，蒙文中作 Cotong）的迫害对象，此人希望独霸该地区的统治权。但婴孩由于有神力庇佑，所以逃脱了其伯父欲杀害他的所有尝试。但他却同其母同时被驱逐出了该地区，被迫在流放中一直生活到他成年。在整整这个时代，他始终保持着其令人厌恶和滑稽可笑的相貌。其名叫作觉如（藏文作 J̌o – ruCo – ru，蒙文作 Dsùrù）。但这种处境并不能阻止他镇伏各种魔怪、成为流放地区之主和在不同程度上爱慕着命中注定要成为其妻子的女子。该女子的名字叫作珠牡（藏文作’Brug – mo，蒙文作 Bogmo），她本来是英雄的老伯父追求的对象。英雄的伯父是一名喜欢自吹自擂和自信心十足的人，他说服了全地区的人坚信必须以赛马来决定谁该称王。胜者将接受王位、美人珠牡和先祖的财宝。然而，在神灵的庇护和神马的帮助下，丑陋的觉如赢得了赛马胜利，因而被拥立为岭王并娶珠牡为妻。他正是从此时起才被称为格萨尔，并具有了光辉照人的仪表。

从此之后，格萨尔便将其毕生奉献给了镇伏形形色色的魔鬼的事业。这些魔鬼以异族国王的外貌统治着有人居住区的周边地带。他的第一次远征是袭击北方之魔鲁赞(魔国之王),他是一个食人肉的巨魔。格萨尔由于魔王妻子的背叛而消灭了他,魔王的妻子向他指出了魔王“藏”其生命(也就是其外魂)的地方。这个女子本是被妖魔劫持去的格萨尔的王妃之一,后来又以让英雄饮下了一种健忘酒的办法而挽留了英雄。当英雄长期不在岭地期间,其伯父晁同想方设法勾引格萨尔的正宫夫人。失败后,作为报复将附近霍尔人地方的三王之兵引入岭地。岭地战败了,格萨尔的王妃珠牡被擒并被押解到霍尔人地区。开始她虽抵抗不止,最终却不得不成了白帐王的夫人,并为他生下二子。

岭地防务空虚,晁同以国王的身份一直统治这里,直到由于天神的干预而使格萨尔恢复行使职权为止。格萨尔返回岭地之后,首先惩罚了其伯父,然后又前往霍尔人地区以夺回其王妃。他以丑孩子的外貌为化装成为了一个铁匠的徒弟,以便接触敌人。他最终成功地进入宫中,杀死了国王并携其王妃荣归岭地。同时没有忘记迫使其妻对她的不忠行为作一次忏悔。霍尔人的勇士们从此之后都归附了岭地。

某些文本(史诗的不同说法)还分别在这几部的前前后后介绍了格萨尔赴汉地并从那里带回了一名公主的一次旅行。由于这次旅行困难重重和历尽坎坷,所以必须拥有法器。这一章还包括赴上天或弭药(木雅,西夏)获得这些法器的远行。

继霍尔人之后,便轮到姜人及其国王萨丹木的归附了。该国王被杀,其勇士们归附了岭地。从此之后,史诗的所有各部族也被以同样的模式组织了起来。一个异邦的国王被铲除,因为他是一个魔怪。某些人物(甚至有时是国王的儿子和大相)被饶命,并开始为格萨尔服务,从此之后又参与了他陆续发动的远征。继姜人之后,格萨尔又率其能征善战的将士们依次征服了香赤、南部门族人的国王和西部的大食(伊朗)人的国王,晁同还曾盗窃过这后一个民族的骠骏宝马。

以上就是该史诗传说的要点,这是大部分文本中所共有的内容。其他各部也都被提及了。我们于下文稍远处在有关土著史料的参考书目中便可看到这一切。即使曾存在过一种所有各部的完整校订本的话,那它至今也尚不为人所知。没有任何成文文本,也没有任何口传本能包括完整的全部故事。就我们现在得到的该故事的情况而言，它仍是以一种充满生命的和变化不定的形式出现的。有人已经指出被永久补充于已知核心内容中的新的几部书的出现（罗列赫，1942 年，第 281 页）。这些补充既有成文的，也有口碑的。

直到目前为止，该故事的全部或部分已经在整个西藏出现，尤其是出现在其东部（康区和安多）与西部（拉达克边缘地带）。它同样也流传于几乎是所有的蒙古人中，尤其是布里亚特和卡尔梅克蒙古人中。

1716 年在北京刊印的该史诗的蒙文本甚至是可以被确切断代的第一种和惟一的一种文本。其中某些片断已经在中亚的突厥小部族中出现了。有一种罕萨（吉尔吉特）的布鲁沙斯克语（勃律语）的文本同样也于很久之前就为人所熟知了。该史诗还有一种雷布查（锡金）语文本，它虽然很久之前就已被发表，但时至今日却仍不为人所熟悉。

尽管存在有某些认为史诗可能是起源于突厥（鲍达宁，1890、1893 和 1894 年）的不同看法，但人们很久以来就承认了藏文本的最早地位，无论说它是从西藏的东部向蒙古传播（格里姆，1856 年；鲍培，1927 年；罗列赫，1931 年；劳佛尔，1901 年和 1931 年），还是从西藏西部向吉尔吉特（勃律）的传播（洛里默，1931 年）都一样。

成文本有时是刊印的，有时又是稿本。蒙文刊本（施密德，1836 年）是现在所知的最早版本之一。《格萨尔王传》史诗木刻本在西藏的存在（为了避免重复使用《格萨尔王传》史诗一词，我于下文仅仅以《格萨尔》或“史诗”来称呼它）最早曾遭到了否认（贝尔，1928 年，第 10 页；大卫—妮尔，1931 年，第 16 页），后来又被承认（劳佛尔，1932 年；罗列赫，1924 年，第 278—279 页）。大家于下文稍远处将会看到一些例证。许多稿本已经指出（谢夫纳，1864 年；施拉津维特，1866 年；罗列赫，1931 年，第 360 页；舒伯特，1933 年；罗列赫，1942 年，第 279—280 页），我将在《参考书目》中提供一份相当长的书目统计表。可是对这些文本的作者或出版者还从未有人指出过，除了是在某些非常近期的著作中（罗列赫，1942 年，第 281 页）和一种蒙文版本（达木丁苏隆，1957 年）的问题上。在现已所知的大部成文文献（木刻本或稿本）中，同一部史诗至少占据篇幅约为400页左右的一卷,有时又是两卷或三卷。这就是说大家仅仅能获得或占有孤立的一卷或数卷,从未有过能占有整部史诗者。

口传本中的情况也如此。虽然所有人都知道整部格萨尔史诗的基本线条,但任何人都不会说唱整部史诗(大卫—妮尔,1931年,第16页;弗兰格,1902年,第5页)。其主要传播者——说唱艺人或流浪乐师一般都善于说唱一部或数部史诗,或者是一些片断。演唱其歌或讲述其故事片断的平民百姓则于夜间到篝火堆边表演,所以这些艺人也仅仅掌握有一份有限的目录。我们尚需要研究由于这些特点而为格萨尔史诗的历史提出的问题。

事实上,我们称之为"史诗"是否合情合理呢? 我们只有在本研究著作的最后才能回答这个问题。但我们应该立即指出,这很快便成了一个问题。现知的最早文本都是以散文或赋的形式说唱的(贝格曼,1804年;施密德,1836年;弗兰格,1900年和1902年)。随着大家对该史诗所知的增加,我们便会获知一些经过大大扩大的文本,主要是以那些由相当短的散文(赋)的道白连接起来的长唱段组成(马克斯,1891年;弗兰格,1922年,第321页),至少在西藏是这样的。然而争论并不是围绕着这些差异而展开的,相反,它在一段时间内是围绕着简短口传本(其中包括唱词)和经过大幅度发挥的口传或成文的校订本的优先权(或至少是不同程度的最早特征)而展开的。在前一类口传本中,尤其是在居住于拉达克的摩拉维亚传教士弗兰格(A. H. Franke)搜集的那些文体中。传教士发现了一种神话的西藏宗教的原始状态。他甚至为这种假设的宗教生造了一个特殊的名称:"岭地教法"。那些对具有丰富的卓著战功人物之记述发挥较大的版本则使他觉得,更像是一种进化了的(暂不讲是一种冲淡)代表着格萨尔史诗的主题诗。劳佛尔的批判意识(1901年)毫不费力地证明了弗兰格立场没有能够成立的可能性,但他也并未因此而成功地说服此人使他放弃其理论。当我们将来研究各种文本之间可能的联系和演变关系时,我们还将对这个问题表态。

其他的学者(明显都是弗兰格所不知道的)都将格萨尔史诗视为一部文集或一本各种故事的大杂烩。他们都果断地将《格萨尔王传》史诗的内容、要素或孤立的片断与跨民族的民间故事中类似的内容进行了一番比较(格里姆,1856 年;谢夫纳,1859 年;拉德洛夫,1866 年;鲍达宁,1899)。尤其是鲍达宁在这条路上走得太远了,甚至是过分远了,正如大家将会在参考书目中所看到的那样,但尚从未有任何人能够发现掩饰了的相似之处,那些被认为是一个有机的和不可分割的整体的故事之完整性的相似之处。所有的比较都仅仅涉及了某些细节。

除了弗兰格的神话学观点之外,在有关格萨尔史诗的性质问题上也提出了某些泛泛的假设。鲍达宁把该部史诗分成了截然不同的两部分。第一部分包括该英雄的青年时代,他于其中表现得如同是一个不安分的、足智多谋的和超人的儿童,叫作"觉如"。它事实上是一种有关一尊狡黠的和淘气的(现在大家称之为爱耍阴谋诡计的)神祇传说的残余,正如大家所知道的其他突厥人和蒙古人的情况一样,他在那里一般都以动物的外形(蝙蝠或刺猬,见鲍达宁,1893 年,第二卷,第 127 页;1899 年,第 198、200、487 和 748 页)出现。这种观点始终未引起反响。

另外一种假设是认为格萨尔的长诗属于苯教文学(大卫—妮尔,1931 年,第 18—19 页;罗列赫,1931 年,第 205 页和 1942 年,第 284 页)。这种假设已经遇到了保留意见(弗兰格,1925 年,第 38 页;劳佛尔,1932 年;霍夫曼,1950 年,第 136 页),我们将会看到它出自一种不妥帖的观点。我们在另外两种解释上同样也需要表明自己的观点。其中的第一种认为,该史诗可能是西藏高原上游牧民的作品(格里姆,1856 年;鲍培,1926 年;罗列赫,1931 年;劳佛尔,1932 年)。第二种假设则将此首先视为对封建社会的一种批判(柯津,1935 年,第 7—34 页)。

如果考虑到史诗中描述的战争,那么大家就会希望将其核心视为对 8 世纪吐蕃卓著军功时代的"历史回忆"(大卫—妮尔,1931 年,第 13 页)。甚至还有人意欲为格萨尔史诗的存在断代。这些断代有一部分无疑系出自吐蕃的传说(我们将有机会来研究它们),其他则出自作者们的凭空杜撰。大家已经分别讲到过 6 世纪(达斯,加尔各答 1902 年版,第 845 页;贝尔,1931 年,第 11 页)、7 世纪或 8 世纪(达斯,同上引书,第 224 页;罗列赫,1931 年,第 206 页;托马斯,1931 年,第 828 页或 1951 年,第 228 页。他还提出一个令人瞠目的具体时间公元 790 年,见 1948 年,第 153 页)和 13 世纪(任乃强,1945年,第24—25页)。我们将来要看一下应对这些断代作何感想。

至于把格萨尔史诗的地点确定在岭地的这种定点定位的做法,惟有弗兰格和邵(Shaw,又译莎乌)曾坚持认为其地望应位于拉达克。几乎所有的作家和旅行家都把岭地比定在西藏东部(如大卫—妮尔,1931年,第14页),虽然在纬度问题上尚有一定的分歧。我们在有关地理的一章中将会看到他们是有道理的。某些人讲到了中亚(乔玛,1834年,第180页;达斯,加尔各答1902年版,第845页;托马斯,1931年,第829页和1935年,第300页)。但这后一种假设是以一系列事实为基础的;而这些事实又与史诗的整理校勘本没有任何关系。其具体情况如下:

很久以来,大家就得以在欧洲的文献中发现记载有一名格萨尔(Gesar)。他不是岭地的国王,而是被比定为中亚的冲木(Khrom或Phrom)的国王(格伦维德尔,1898年,第455和457页;1900年《环球报》文,达斯,加尔各答1902年版,第845页)。Gesar或Kesar此名同时被诠释为César,或者是其希腊文与拜占庭文的同义词Kaisar的对音(均为恺撒的对音,见邵,1871年;沃德尔,1895年《皇家亚洲学会会刊》第263页和1896年文第108页;格伦维德尔1898年,第455页),而且大家很快又把Khrom或Phrom视为Rūm(罗马,拜占庭)的对音(格伦维德尔,1898年,第455页),它完全是以一种东伊朗文的形式出现的(Frōm、Hrōm),也就是中国汉人所说的拂菻(伯希和,1914年等)。当托马斯(1931年)在藏文文献中发现了一些把这个格萨尔定为Drugu(也就是突厥)人的时候,这个问题便复杂起来了。将其故乡的方位确定在中亚的比定法由此而得到了加强。但“恺撒”(Kaisar)的尊号和拂菻(Frōm)的地名却于其中互相冲突起来了。我们必须使用整整一章的篇幅来论述这个非常重要而又特别复杂的问题。格萨尔史诗的形成问题将会由此而得以澄清。这个问题至今始终被回避,大家都对它避而不谈,讳莫如深。但在冲木·格萨尔和岭·格萨尔之间存在有什么关系的问题却被提了出来。

在该史诗的语言、风格、说唱和传播的问题上,至今尚未有人从事过即使是稍微深入一点的研究,有关说唱艺人的问题也如此。藏文文献的缺乏要对此负责。对其风格的主要观点都是由弗兰格提出来的，他直到最近（石泰安，1956 年）始终是惟一发表过格萨尔史诗的一种版本的人（1900、1915 和 1922 年）。现在已从有关格萨尔戏剧的存在中透露出了某些资料（鲍塔宁，1893 年，第一卷，第 378 页；罗列赫，1942 年，第 308 页；柯象峰，1944 年，第 74 页）。流浪的说唱艺人以心中牢记的办法说唱史诗，听众一旦听到他开唱就已经知道了其内容（弗兰格：《冬天里的神话》，1902 年，第 5 页）。某些人被认为是直接由格萨尔附身而受启发的（大卫—妮尔，1931 年，第 18 页），他们具有一种半神的特征，说唱时处于一种兴奋而狂舞的神灵附身状态，他们即兴而作，即席表演，戴着一种特殊的和具有象征性的帽子（罗列赫，1942 年，第 285 页）。我们将会长篇大论地来论述这个问题。说唱艺人经常在绘画中指点着他所描述的场面（罗列赫，同上引文）。一幅这类的绘画（它是至今所发表的惟一的一幅）已由哈千（J. Hackin）作过描述（1928 年，第 158 页）。格萨尔的一些画像肯定已为人所知，而且从一开始即如此，但有几幅壁画例外（马克斯，1891 年，第 116 页；格伦德尔，1901 年，第 218 页；弗兰格，1914 年，第 79 页），这实际上都是汉地战神关帝的画像或雕塑像，该战神已被比定为格萨尔（帕拉斯，1775 年；赖森，第三卷，第 121 页；波兹德湟耶夫，1895 年，第 1 幅图；契比科夫，1918 年，第 68 页等）。

恰恰是由于这种汉—蒙宗教的诸说混合论，格萨尔最早才被人所知。奉康熙 1716 年的诏令而印制的北京蒙文版中就载有汉文的缩写词《三国志》。尽管长期以来一直存在着某些犹豫不决（于道泉，1930 年，第 30 页），但大家还是很快就辨认出已变成战神的关帝的传奇故事与格萨尔史诗没有任何共同之处（伊凡诺夫斯基和鲍塔宁，1893 年，第二卷，第 390 页）。这个格萨尔——关帝的庙宇已由大批旅行家既在蒙古又在西藏指出过。对这尊战神的两种愿文（祈祷文）自帕拉斯以来就已经广为人知了（见其 1776 年的《文集》第一卷，第 224 页）。但甚至在这种诸说混合论之外，格萨尔或格萨尔史诗的宗教角色从此之后也是人所共知的事实了。说唱这部史诗是一种宗教行为（鲍塔宁，1899 年，第 851 页），它具有庇护保佑的作用（大卫—妮尔，1931 年，第 18 页），并伴以殡葬仪轨（罗列赫，1942 年，第 286 页）。被喇嘛教（宁玛巴教派，甚至是格鲁派，即红帽和黄帽派，见罗列赫，1942 年，第 286 页）接受之后，格萨尔于其中被作为战神对待。他被与贝则或军神(即使是对照对比也罢,见格伦维德尔,1900年,第168页)、白哈尔或护法神(沃德尔,1895年,第478页)和毗沙门或财主(图齐,1949年,第547页)联系起来了。喇嘛教派中的一些重要人物则被认为是格萨尔或其马的化身(沃德尔,1905年,第413页;塔菲尔,1914年,第二卷,第90页;于道泉,1930年,第30页;图齐,1949年,第697页)。最后,又有人暗示大家都相信格萨尔曾在北部神秘之地香巴拉居住过,他在一切都开始恶化的时候便从那里返回以战胜佛教的敌人,特别是西藏人与蒙古人的敌人(大卫—妮尔,1931年,第41和57页)。正如大家将要看到的那样,这个问题对于通过与西藏的全部信仰相比较而考定史诗的诞生地非常重要。

以上就是大家现在于阅读已成书的有关格萨尔史诗的全部著作时得以甩寥寥数行文字勾勒出来的概貌。大家在下文的参考书目中将会发现某些内容,该书目是有关早期或近期论述这个问题的著作。其中第一部分包括了学术著作,第二部分则是除格萨尔史诗的本文之外的藏文和汉文有关资料。

二、研究格萨尔史诗的参考书目

为了方便起见,某些经常引证的著作也被纳入了此书目,虽然它们并未论述史诗及与史诗直接有关的问题。前面带有星号的著作是我未能得以参阅者。

1. 阿加彼托夫(N. N. Agapitov)和汉加洛夫(M. N. Xangalov),1883年:《伊尔库茨克省布里亚特人的萨满教》,载《帝俄地理学会东西伯利亚分会学报》第八卷,第1—2期,伊尔库茨克1883年版,第58页有一幅格萨尔史诗的图。请参阅鲍塔宁1893年书和汉加洛夫1889年文。

*2. 阿列克谢也夫(V. Alexeev),1937年:对柯津(Kozin)1935年书的书评,载《东方书目》第十卷,1936年,莫斯科—列宁格勒1937年版,第180—183页。

*3. 阿列克谢也娃(T. K. Alexeeva)夫人:有关格萨尔汗的民间故事的未刊论著,由李盖提1951年文第339

页征引。

4. 巴伯(E. Colborne Barber),1886年:《四川西部探险记》,载《皇家地理学会增刊号》,第一卷,伦敦1886年版,其中第88页提到了格萨尔史诗中的三部,刊载了两个与格萨尔没有直接关系的故事。请参阅巴科1913年书和德格定1899年的辞典。

5. 巴科(Jacques Bacot),1913年:《摩梭人》,莱敦1913年版,第13页:'Jaṅ(姜)在格萨尔史诗中是摩梭人的藏文名称,其中将岭地定位在噶达克(江卡,噶托)。

6. 巴科,1935:《吐蕃赞普松赞干布与唐朝公主和亲考》,载《中国和佛都论文集》第三卷,第16—17页,其中有关《玛尼宝训集》的段落。

7. 巴科、托马斯(T. W. Thomas)和图散(Ch. Toussaint),1940年:《敦煌吐蕃历史文书》,巴黎1940年版。

8. 巴格西(P. C. Bagchi):《佛陀曲折生平中的12年》,既无出版地点又无出版时间(共43页),其中讲到了四天子理论。

9. 贝利(H. W. Bailey),1952年:《龟兹研究》,载《东方和非洲研究学院通报》,1952年,第14卷,第3期,其中第426页在一种于阗文文献中提到一名"格萨尔王"(Kheysara),鲁曼误读了(有些随意性)。

10. 博瓦尔·斯托克(C. De Beauvoir Stocks):《锡金雷布查的民间故事与习俗》,载《孟买亚洲皇家学会会刊》,新编第21卷,第4期,1925年号,1927年问世,第427—435页中有岭嘉措王的故事。

11. 贝尔(Charles Bell),1928年:《西藏的民族》,牛津1928年版,第10页,其中没有藏文刊本文献。

12. 贝尔,1931年:《西藏的过去和现在》,牛津1931年版,第20页是拉萨的一幅格萨尔(关帝)庙的照片。

13. 贝尔,1931年:《西藏的宗教》,牛津,1931年版,第11—15页是有关神话传说的节录、格萨尔史诗的时代和地点、说唱的方式。

*14. 贝勒津(I. N. Berzin),1868年:《拉施特的蒙古史》,载《帝俄考古学会东方部文集》第13卷。1868年,第54和197页:"格萨尔"(Qasar)意为狮子,成吉思汗的兄弟,可以比定为"格斯尔"。

15. 贝格曼(Benjamin

Bergmann):《1802 和 1803 年卡尔梅克人的驻牧地》第三卷,里加 1804 年版,其中第 121 页论述了宗教禁戒,第 233—284 页是有关格斯尔汗两部书的节译;第一卷,1804 年版,第 249—361 页是《说不完的故事》中的 13 个故事。

16. 贝尔纳迪(A. Bernadi),1936 年:《四天子,论说唱的历史》,载《贝斯勒档案》第 19 卷,1936 年柏林版,第 172—175 页。

17. 鲍布罗夫尼科夫(Alexej Bobrovnikov),1849 年:《蒙古卡尔梅克语语法》,喀山 1849 年版,其中的大部分例证均取自《格斯尔汗史诗》(施密德的版本)。

18. 布拉金斯基(I. S. Bragin skii):《苏联东方民族的史诗研究》(《古尔古利》和《格斯尔》)。载《苏联东方学》,莫斯科 1955 年版。第 19—35 页中概述了苏联科学院东方学研究所有关史诗特征的讨论,认为这并不是一部"民族资产阶级"的著作,而是具有民间特点;第 28—29 页根据纳木齐尔·巴尔丹的版本而概述了布里亚特语的"九支"。

19. 查德威克(H. Muro 和 N. Kershaw Chadwick),1940 年:《文学发展史》第三卷,剑桥大学 1940 年版。第 49 页是有关《格萨尔史诗》的意义,第 215 页又是将格萨尔与黑吉尔吉斯的英雄人物博罗特作了一番比较。

20. 夏普曼(F. SpPencer Chapman),1938 年:《圣城拉萨》,伦敦 1938 年版,第 250 页是拉萨的格萨尔(关帝)庙。

21. 查特尔基(Suniti Kumar Chatterji),1941 年:《格萨尔王的英雄故事》(实为弗兰格 1905—1941 年书再版本的导言),第 9—26 页中有些略显随意性的论述。

22. 查特尔基,1942 年:《由一名藏族艺术家雕塑的两尊格萨尔和珠牡像》,载《孟买皇家亚洲学会会刊》,文学类,第八卷,1942 年,第 313—314 页,其中的一幅图版是按照订作而制造的两尊肖像。

23. 佘贻泽,1944 年:《中国土司制度》,重庆,1944 年版。

24. 契比科夫(G. C. Cibikov),1918 年:《1899—1902 年赴神圣西藏礼佛记》,彼得堡 1918 年版。第 60—70 页是当地的传说,第 68 和 70 页是格萨尔——关帝的画像和塑像。

25. 孔贝(G. A. Combe),

1926 年:《西藏的藏族人》,伦敦 1926 年版。

26. 乔玛(Alexander Cosma De Körös),1834 年:《藏语语法》,加尔各答 1834 年版,第 180 页是有关“亚洲北部的国王格萨尔”(Qésar)之内容的。

27. 柯廷(Jeremìah Curtin),1909 年:《南西伯利亚旅行记》,伦敦版,无出版时间,1909 年作序,第 127—163 页是有关三个布里亚特文的“格斯尔·博克多”(格斯尔汗)的故事。

*28. 达木丁苏隆(Damdinsuren)和其他人,1953 年:《论布里亚特文〈格斯尔〉史诗的特点》,乌兰—乌德 1953 年版(由布拉津斯基书《报告和资料》,第 27 页引证)。其中包括米哈伊洛夫(G. I. Mixailov)的《论格斯尔史诗的民间基础》和乌兰诺夫(A. I. Ulanov)的《布里亚特文〈格斯尔〉及其基本主题思想》。

29. 达木丁苏隆(Cendiin Damdisuren),1955 年:《蒙古史诗〈格斯尔汗〉》,载《东方文献》第 23 卷,1955 年,第 52—62 页是对其 1957 年书的摘要。

30. 达木丁苏隆,1956 年:《格萨尔史诗的三种形态》(蒙文著作),乌兰巴托 1956 年版(与他 1957 年的著作持同样立场)。

31. 达木丁苏隆,1957 年《格斯尔史诗的历史源流》,莫斯科 1957 年版,共 140 页。其中包括蒙文、藏文与欧文参考书目、大量蒙文和藏文引文、民间史诗《格萨尔》、11 世纪的格萨尔(唃厮啰),其同时代的人——史诗的作者是却培喇嘛(请参阅任乃强 1945 年文和鲍塔宁 1893 年书第一卷第 349 页)。

32. 达斯(Sarat Chandra Das),1881 年:《西藏论集》,载《孟买亚洲皇家学会会刊》第 50 卷,第 1 期,1881 年版,第 248 页是有关格萨尔女婿之后裔们统治江孜一事(这是五世达赖喇嘛的史著《西藏王臣记》中的说法)。

33. 达斯,1887 年:《对西藏岭·格萨尔的解释》,载《孟买亚洲皇家学会会刊》第 56 卷第 1 期,1887 年,第 23 和 25 页。请参阅瓦西里耶夫 1895 年文。

34. 达斯,1890 年:《〈善言五集〉各种藏文著作的精选》,加尔各答 1890 年版,第 18—25 页是有关与姜人战争一个唱段的藏文文献。

35. 达斯,1902 年:《拉萨

和中藏旅行记》，伦敦 1902 年版，第 52 页（第二版第 69 页）是日喀则格萨尔庙的图片（插图 44—45，第二版为图 58—59）。

36. 达斯，1902 年：《藏—英辞典》，加尔各答 1902 年版，第 224 和 845 页，其中有关于格萨尔的时代和地点的论述。

37. 达斯，1905 年：《拉萨及其秘密》，伦敦 1905 年版（1906 年第三版），第 334 页是有关拉萨格萨尔庙的论述，第 413 页认为达赖喇嘛是格萨尔的化身。

38. 大卫—妮尔（Alexandra David - Neel）和庸登（Yongden），1931 年：《由当地说唱艺人演唱的藏族英雄岭·格萨尔超人的一生》，巴黎 1931 年版，其中有对西藏东部多种故事之混合本的一篇精辟导论和摘要文。

39. 邓尼克（M. J. Deniker）和德萨耶（M. E. Deshayes），1904 年，G……的搜集品；《西藏第一批艺术和高级珍异作品目录》，巴黎 1904 年版，第 210—215 页，涉及一幅尚未被正确辨认出原貌的格萨尔画。

40. 德格定（Desgodin），1880 年《远东史》第二卷附注，1880 年版，第 133 页。

41. 德格定，1885 年：《从传教士们的书简看西藏》，巴黎 1885 年版，第 269 页。

42. 德格定与其他神父，1899 年：《藏文—拉丁文—法文辞典》，香港 1899 年版，第 152 页将岭地确定在噶达克，同时也讲到了岭·格萨尔与战神格萨尔的区别；第 253 页提到了《传记文学》（格萨尔王传）中的三部书。

＊43. 季米特里耶夫（P. D. Dimitriev），1953 年：《格斯尔传》，乌兰—乌德 1953 年版，这是对音转写的《格斯尔传》的布里亚特文本（共分 10 部）。请参阅加尔撒诺夫（Galsanov）和达木丁苏隆 1957 年书，第 141 页。

44. 埃克瓦尔（Robert B. Ekval），1939 年：《甘肃—西藏边陲的文化关系》，芝加哥 1939 年，第 49—50 页是有关格萨尔遗迹的论述。

45. 费琅（G. Ferrand）：《世界上的大国王》，载《东方和非洲研究学院通报》第六卷，1931 年。

46. 弗兰格（A. H. Francke），1899 年：《拉达克人神话般的民间传说》，载《环球》杂志第 76 卷第 20 期，1899 年 11 月 25 日，第 313—315 页是有关对格萨尔史诗说唱问题的讨论。

47. 弗兰格，1900 年：《格萨尔王传中春天里的神话，西藏前佛教时代论稿》，载《芬兰—乌戈尔学会论丛》第 15 卷第 1 期，赫尔辛基 1900 年版，一种格萨尔史诗口传文本的原文和译文（请参阅他 1901、1902、1905—1941 年的著作），附有词汇和注释。

1902 年：《格萨尔王传中冬天里的神话》，载同一论丛，第 15 卷第 2 期，赫尔辛基版。

1902 年：同上。

1901—1902 年：《格萨尔王传中春天里的神话》，载《古代印度》第 30 卷，1901 年，第 329—341 页；同上（Ⅱ），载同一刊物第 31 卷，1902 年，第 32—40 页；第 147—157 页是对前几篇文章的校订再版本，附有新的注释。

48. 弗兰格，1901 年：《拉达克前佛教时代的婚礼》，载《古代印度》第 30 卷，第 139—149 页，其中第 139 页讲到在拉胡尔将格萨尔读作 Keysar。

49. 弗兰格，1901 年：《吐蕃佛教之前的宗教》，载《总布道团新闻》第 28 卷，柏林 1901 年版。

50. 弗兰格，1901 年：《拉达克苯教赞美诗》，载《古代印度》第 30 卷，1901 年，第 359—364 页是有关格萨尔的九段唱词，其中提到了格萨尔和松赞干布。

51. 弗兰格，1901 年：《18 个叔叔》，载《古代印度》第 30 卷，1901 年，第 964 页是神话统计表及其评论。

52. 弗兰格，1902 年：《拉达克之歌》，载《古代印度》第 31 卷，1902 年，第 304 页和以下几页是有关格萨尔的第 21—29 段唱词。

53. 弗兰格，1905—1909 年：《格萨尔王传的一种下拉达克文本》，载《印度图书》新编第 1134 期，加尔各答 1905 年版。其中刊有一种口传文本的原文、英文提要、词汇和注释。

54. 弗兰格，1905—1941 年：《格萨尔王传的一种下拉达克文本》，载《印度图书》新编第 1543 期，加尔各答 1905—1941 年版。其中转载了前一条所引之书并附有导言（请参阅查尔基文）、专用名词索引（有关格萨尔王的人名、地名和其他专用名词表）。它又转载了《春天里的神话》、《拉达克苯教赞美诗》、《拉达克之歌》、《拉达克前佛教时代的婚礼》和《武士》（仅有英文提要），此外还有《格萨尔王传中冬天里的神话》的英译本。

55. 弗兰格,1906 年:《西藏西部(拉达克)哈拉孜的历史资料》,载《德国东方学报》第 60 卷,1906 年,第 584—590 页是讲与格萨尔有关的遗址的。

56. 弗兰格,1906—1907 年:《格萨尔史诗中的勇士们》,载《孟买亚洲学会会刊》第二卷,第 10 期(故事一),1906 年;第三卷,第 2 期(故事二),1907 年;第三卷,第 5 期(故事三至五),1907 年。其中提到了格萨尔的第 2 组诗,附有藏文原文、英文提要和词汇。

57. 弗兰格,1909 年:《有关西部西藏的 10 支古代历史歌曲》,载《古代印度》第 38 卷,1909 年,第 60—61 页有几处提到了岭和霍尔。

58. 弗兰格,1914 年:《印度、西藏的古籍》,第一卷是有关说唱诗人的,加尔各答 1914 年版;第 21—22 页论述了与岭地诗歌相比较的节日欢庆活动,第 79 页是壁画,第 32 幅图版是阿固战神的假面具。

59. 弗兰格,1915 年:《岭地的教法》,载哈斯汀的《宗教和伦理百科全书》,爱丁堡 1915 年版,第八卷第 75 页是对格萨尔史诗的唱段与米拉日巴道歌之间的比较。

60. 弗兰格,1921 年:《杀死俄鲁赞的传说,出自普里的一种〈尸语故事二十五则〉的藏文文本》,载《德国东方学报》第 75 卷,1921 年,第 81、92 和 96 页,其中有与格萨尔史诗的某些细节进行比较的地方。

61. 弗兰格,1922 年:《苯教的问题》,载《德国传教区公报》第 49 卷第 2 期,1922 年,第 321、323 和 325 页,第 328 页有些注释,大家可以将辛饶赴汉地的旅行与格萨尔之行作一番比较。

62. 弗兰格,1923 年:《藏族婚礼歌》,哈根和达姆斯塔特 1923 年版,其导言中总结了格萨尔的神话及其歌曲,第 13、14 和 15 幅插图是格萨尔的两幅壁画和阿固的假面具(即弗兰格 1914 年书中刊登的那一种)。

63. 弗兰格,1925 年:《西藏的精神生活》,古特斯洛 1925 年版。第 27—32 页是对格萨尔史诗的综述,第 33—37 页是摘译文,第 38 页中放弃了将格萨尔纳入苯教范畴的做法,第 43 页是格萨尔和辛饶之间的共同特点,第 63 页是婚礼歌与春节欢庆活动之间的关系。

64. 弗兰格,1926 年:《印

度的藏区古籍》，第二卷，《拉达克王统记和小部编年史》，加尔各答 1926 年版，第 65、93 和 152 页中提到了格萨尔（请参阅《拉达克王统记》一书）。

＊65. 加尔萨诺夫（C. Galsanov），1941 年：《布里亚特蒙古民族中的格斯尔英雄史诗》，乌兰—乌德 1941 年版（由布拉金斯基书第 26 页引证），其中有布里亚特文的温金斯克文本中的两首歌。请参阅上引季米特里耶夫书。

66. 格布雷·达尔维埃拉（Golbet d'Alviella），1897 年：《印度向希腊借鉴的内容》，巴黎 1897 年版，第 16 和 75 页，后又由烈维作了比较任意性的阐述。

67. 喇嘛格桑·贡保耶夫（Lama Galsan Gomboev）：《〈说不完的故事〉，蒙古故事汇辑》，载《帝俄地理学会民族学论集》第六卷，1865 年（简单的编译文）。

＊68. 格里姆（J. 和 W. Grimm），1856 年：《儿童与家庭童话》（1812—1814 年），1856 年第三版，第三卷，第 386 页：蒙文《格斯尔史诗》的概述和对某些要点的比较，大家可以看到在细节上没有任何相似的记述，这是根据鲍尔特和鲍利夫卡而引证的，见《对格里姆两兄弟的〈儿童与家庭童话〉的解释》，莱比锡 1932 年版，第五卷，第 212—217 页。

69. 格伦维德尔（Albert Grünwedel），1898 年：《莲花生上师与曼陀罗》，载《德国东方学报》第 52 卷，1896 年，第 455 页注①和第 457 页是有关"冲木·格萨尔"（拂菻或东罗马恺撒）的论述。

70. 格伦维德尔，1900 年：《西藏和蒙古的佛教神话》，莱比锡 1900 年版（1900 年在莱比锡出版了法译本），其中提到战胜贝则（战神）的格萨尔（未注明参考资料）。

71. 格伦维德尔，1900 年：对弗兰格《春天里的神话》的书评，载《环球》杂志第 78 卷，1900 年，第 97—98 页，其中认为格萨尔就相当于东罗马的恺撒。

72. 格伦维德尔，1901 年：《格萨尔王的画像》，载《环球》杂志第 79 卷，第 18 期，1901 年，第 281—283 页，其中转载了拉达克的几幅壁画。

73. 格伦维德尔，1950 年：《喇嘛教宗教崇拜仪轨简释》，圣彼得堡 1905 年版，第 33 和 271 页，共有八件法器、塑像和绘画，代表着作为汉地战神的格萨尔。

74. 吉博(André Guibaut),1947 年:《果洛与色达》,吉博—利奥塔尔在西藏的第二次探险记,巴黎 1947 年版,第 115 页是对说唱艺人及其帽子(第 176 页的照片)的论述。

75. 哈干(J. Hackin),1928 年:《西藏喇嘛教的神话》,载《亚洲神话画册》,巴黎 1947 年版,第 158—159 页是对格萨尔的生活画及其传说的解释。

76. 韩儒林,1941 年:《罗马恺撒与关羽在西藏》,载《华西联合大学中国文化研究汇刊》第二卷,1941 年,第 30—37 页是对各种理论的综述。

77. 海西希(Walther Hessig),1944 年:《库伦旗萨满教与镇伏恶魔的巫术》,载《民俗研究》第三卷,1944 年,第 64—66 页论述了宗教中格斯尔汗的内容。

78. 海西希,1951 年:《1835 年鄂尔多斯编年史〈苏布德·艾列克〉的笺注》,载《德国东方学报》第 100 卷,第二册(1905 年),威斯巴登 1951 年版,第 603 页是有关格斯尔仪轨书的论述。

79. 海西希,1953 年:《西德玛尔堡图书馆收藏的蒙文图书》,载《德国东方学报》第 103 卷,第二册,1953 年,第 418 页是对格斯尔的一部仪轨书的解释。

80. 海西希,1954 年:《北京木刻版蒙古语喇嘛教经文》(哥廷根亚洲研究所丛书第二卷),威斯巴登 1954 年版,第 35—37 页,讲到了 1716 年的一种北京木刻版本,第 36 页注[11]是正受香火的格斯尔—关帝像,第 37 页是格萨尔的仪轨书,第 81—82 页是有关格斯尔史诗之风格的引文。

81. 海西希,1957 年:《比利时传教区的蒙文稿本和木刻版文献》,载《中亚学报》第三卷,第 3 期,1957 年。

82. 赫尔曼(P. Mathias Hermanns),1942 年:《回鹘人及其新发现的后裔》,载《人类学》杂志第 35—36 卷,第 1—3 期,1940—1941 年,弗里堡 1942 年版,第 81 页是有关生活在裕固族人中的霍尔人以及格萨尔遗迹问题的内容。

83. 赫尔曼,1948 年:《13 世纪之前有关西藏传说的古写本》,载《华裔学志》,第 13 卷,1948 年。第 173、177 和 181 页提到了格萨尔。

84. 赫尔曼,1946—1949 年:《藏族创世与人类演化的神话》,载《人类学》杂志第 41—

44 卷，1946—1949 年。第 295 页是《霍岭大战之部》的一种稿本的节录，第 839 页讨论了拉达克写本问题。

85. 赫尔曼，1955 年：《出自西藏的关于金牛宫和狮子宫的神话传说与童话》，爱森纳赫和卡泽尔 1955 年版。第 13 页是空泛议论、讨论、唱段等问题，第 52 页、第 72 页等处是讲招请白绵羊的问题，第 79—126 页是有关赛马的讨论。

86. 赫尔曼，1956 年：《西藏人的神话与奥义、巫术和宗教》，科林 1956 年版。第 7 页是有关格萨尔史诗和阿甲女神的史诗，第 92—97 页是格萨尔史诗的节录，第 106—109 页是节录，第 133 页是一名小童的事迹，第 108 页是第 95 页的续文，第 241 页也相同。

87. 霍夫曼（Helmuth Hoffman），1950 年：《西藏苯教源流史》，威斯巴登 1950 年版。第 136、193、244 和 256 页是有关冲木·格萨尔的内容（请参阅《五部遗教》和《莲花生遗教》）。

88. 胡默尔（Sieghert Hummel），1950 年：《喇嘛教研究》，莱比锡 1950 年版，插图 10 是塔菲尔根据一幅载有"阿尼格斯尔"的西藏画而绘制的未刊素描画。

89. 伊凡诺夫斯基（Ivanovski），1893 年：对鲍塔宁书的注释，1893 年。第二卷，第 387—390 页，是有关格萨尔就相当于关帝的解释，认为格萨尔与关帝各自的传说之间没有任何关系。

90. 任乃强，1934 年：《西康图经》，第二卷（民俗篇），南京 1934 年版。第 190—192 页是有关"蛮三国"（也就是格萨尔）的。

91. 任乃强，1945 年：《蛮三国的初步介绍》，载《边政公论》第四卷第 4—6 册。第 21—27 页认为在格萨尔史诗和《三国志》之间没有关系，并认为格萨尔是历史人物和 11 世纪吐蕃的首领（唃厮啰）。请参阅鲍达宁 1893 年书和达木丁苏隆的著作。

92. 任乃强，1947 年：《德格土司世谱》，载《康藏研究月刊》第一卷第 14 期，1947 年 11 月号。其中根据《德格土司世系谱》而研究了岭地的遗址和历史，但有些随意性。

93. 朱尔格（Bernhard Jùlg），1866 年：《卡尔梅克蒙古人的童话〈说不完的故事〉》，莱比锡 1866 年版。（卡尔梅克原文与译文），第 66—67 页《玛桑的故事》。

94. 朱尔格,1868 年:《蒙古神话汇编》,其中附有经精校的《说不完的故事》及阿尔其一布尔其汗的历史,1868 年,因斯布鲁克版,第 52 页是原文和译文,第 195 页是有关军事首领格斯尔汗的故事(第 23 个故事)。

95. 朱尔格,1869 年:《在蒙古族中出现的希腊英雄故事》,载《1868 年在乌尔兹堡召开的第 26 届德国语言和语言学家代表大会论文集》中,莱比锡 1869 年版,第 51—71 页(由考狄的《汉学书目》第 2793 条引证)。

96. 河口慧海(Kawaguchi Ekai),1909 年:《旅藏三年》,马德拉斯 1909 年版,第 550 页是对格斯尔王(关帝)庙的介绍。

* 97. 克拉普罗特(J. Klaproth),1823 年:发表在《迷信文库》中的某篇论文,圣彼得堡 1823 年版,其中有关于格斯尔就相当于关帝的地方。

98. 克拉普罗特,1824 年:《亚洲论丛》,巴黎 1824 年版,第 67 页提到了关帝庙,也就是买卖城的格斯尔庙。

99. 柯象峰,1944 年:《西康社会之鸟瞰》,重庆 1944 年版,第 74 页有在世俗戏剧中涉及格萨尔史诗的内容。

* 100. 柯瓦列夫斯基(O. M. Kovalevski),1829 年:《从古画中摘录的……》,载《喀山公报》第 26 卷,第 2—3 期,1829 年。第 119 和 147 页讲布里亚特人中的格萨尔。

101. 柯瓦列夫斯基:《蒙古文选》第二卷,第 347 页是有关汉地公主和亲之事迹的。

102. 柯津(S. A. Kozin),1935 年:《格斯尔王传,仁慈的格斯尔王的故事》,载《苏联科学院通报》,社会科学部,莫斯科—列宁格勒 1935 年版。其中有北京蒙文刊本的译本(请参阅施密德书),导言中特别有对封建社会的寓意性的研究(第 7—34 页)。

* 103. 柯津,1946 年:《蒙古史诗格斯尔的基本特点》,载《苏联科学院通报》第五卷,1946 年,第 173—178 页。

* 104. 柯津,1948 年:《蒙古民族史诗》,莫斯科—列宁格勒 1948 年版,其中格斯尔被考证为成吉思汗。

105. 柯兹洛夫(P. K. Kozlov),1905—1906 年:《蒙古和康地,1899—1901 年俄罗斯皇家地理学会考察报告》,第一卷第 1 册,圣彼得堡 1905 年版

《从蒙古到西藏边境》第173页(莫斯科1947年重版本第117页);第二卷第二册,圣彼得堡1906年版《康区与返回的路线》,第443—444和449页(再版本第214、216、232、277和303页),其中有格萨尔和岭土司的一些踪迹。

106. 柯兹洛夫(Kozloff,即Kozlov),1908年:《东部西藏和康地游记》,载《地理学报》,第31卷第5期,1908年5月,第525页中讲到了果洛人地区的格萨尔的情况。

107. 屈纳(Nicolai Kùhner,又作N. V. Kyuner):《西藏学论文集》,符拉迪沃斯托克(海参崴)1907—1908年,第二卷第一册,第116页和注释,第81、102—103和108页。

108. 拉露(Marcelle Lalou),1939年和1950年:《巴黎国立图书馆所藏伯希和敦煌藏文写本目录》,第一卷,巴黎1939年版(第1—849号);第二卷,巴黎1950年版(第850—1101号)。

109. 劳佛尔(Berthold Laufer),1901年:对弗兰格《格萨尔王传中春天里的神话》的书评,载《卡尔·马克思大学学报》第15卷,1901年,第77—107页是一些精辟的评论和书目。

110. 劳佛尔,1907年:《蒙古文学简史》,载波兰《东方学报》,第八卷,第2期,1907年。第229页是将格斯尔与辛哈萨纳德·瓦特里姆萨提的卡斯纳国王进行比较,第238—241页是参考书目。

111. 劳佛尔,1908年:《勤劳掘金者的传说》,载《通报》,1908年,第431—436页是对格萨尔史诗中一段文字的分析,认为在该史诗中没有印度的内容。

112. 劳佛尔,1911年:《一位藏王的神奇故事》,莱比锡1911年版,第44页的原文和第135页的译文是有关兵器之王的记述(见《五部遗教》)。

113. 劳佛尔,1919年:《印度伊朗编》,芝加哥1919年版,第235—236页把有关格斯尔汗的内容追溯到了13—14世纪,第437页注[1]则怀疑格萨尔即为恺撒。

114. 劳佛尔,1932年:对罗列赫《亚洲腹地旅行记》的书评,载《美国东方学会会刊》,第52卷,1935年3月,第95页。

115. 列辛(Ferdinand Lessing),1935年:《蒙古人的僧侣、司祭和魔鬼》,柏林1935年版,第65页中认为关帝即格萨尔。

116. 劳曼(Ernst Leumann),1919 年:《〈弥勒三弥底〉,佛教徒们的未来理想》,斯特拉斯堡 1919 年版,第二卷,第 152—153 页的题跋中可以读到格萨尔汗(这是一种误读,见贝利 1952 年文)。

117. 烈维(Sylvain Lévy),1891 年:《从印度史料看希腊和印度》,载《希腊研究学报》第四卷,1891 年。第 41 页是有关作为“罗马恺撒”之反响的耶婆提克萨鲁曼内容的(后重新刊载于《列维纪念文集》中了,巴黎 1937 年版,第 199 页)。

118. 李安宅,1947 年:《德格藏民研究》,载《东南亚人类学研究》第三卷,第 4 期,1974 年,第 279—293 页。第 280—281 页是有关德格和西藏历史的研究。

119. 李安宅,1948 年:《喇嘛教的古旧派宁玛巴》,载《皇家亚洲学会会刊》,1948 年,第 142—163 页。

120. 李安宅,1949 年:《喇嘛教中的噶举巴》,载《美国东方学会会刊》第 69 卷第 2 期,1949 年 4—6 月。第 57 页讲到了与该派有关的格萨尔。

121. 刘立千,1945 年:《续藏史鉴》,成都版,无出版时间(其序写于 1945 年)。第 63 页是有关格萨尔后裔问题的(请参阅五世达赖喇嘛的《西藏王臣记》)。

122. 李盖提(Louis Ligeti),1930 年:《汉学研究所图书馆藏色楞冯、格隆斯塔德的蒙古文特藏》,载《通报》,1930 年,第 174 页是北京的木刻版经文。

123. 李盖提,1933 年:《中国蒙古考察旅行初步报告(1928—1931 年)》,布达佩斯 1933 年版,插图 5 是具有汉地风格的格斯尔画像。

124. 李盖提,1951 年:《有关格斯尔汗汉地起源的一种小插曲》,载《匈牙利科学院东方学报》第一卷第 2—3 期,布达佩斯 1951 年版。其中第 339—357 页引自一种汉文故事的第五章。

125. 洛里默(D. L. R. Rorimer),1931 年:《罕萨有关格萨尔汗的一种口传本》,载《民俗研究》第 42 卷第 2 期,1931 年。第 105—140 页是对名称的考证,罕萨文本派生自拉达克文本。

126. 洛里默,1935 年:《勃律语》,奥斯陆 1935 年版,第二卷(原文和转写文),第 100—179 页《格斯尔或班珠的冒险故事》，罕萨（吉尔吉特）本的原文和译文，专用名词见第三卷（词汇）。请参阅洛里默1931年文。

127. 马长寿，1943年：《苯教源流》，载《民族学研究集刊》第三卷，1943年9月，第69—83页。其中第71页是有关由包括格萨（格萨尔）在内的四个地区对象雄发动的一次进攻的苯教传说；第71页是昂巴则仁成了岭格萨（即岭地格萨尔）的巫师并活了一万年；第72页将岭地考证在猛共（可能是指马尔康），为4—7世纪的；格萨尔是苯教的忠实信徒；取自从丹地、巴旺、懋功地区的土著人中搜集的传说，当时那里的苯教尚很活跃。

128. 大卫·麦克唐纳（David Macdonald），1931年：《藏族民间故事》，载《民族学研究》，1931年，第42卷。第178—192页和294—315页中是《尸语故事》（《说不完的故事》）中13个故事的译文。

129. 麦克唐纳，1932年：《旅藏20年》，伦敦1932年版，第132页中涉及了江孜的格萨尔—关帝庙。

130. 玛雅尔（Ella Maillart），1937年：《绿洲禁地》，巴黎1937年版，第112—113页中为一些传说确定了地点（可能取材于普尔热瓦尔斯基1888年书）。

131. 曼纳海姆（C. C. E. Mannerheim），1912年：《撒拉和裕固（黄头维吾尔）人地区的游记》，载《芬兰—乌戈尔学会会刊》第27卷。第31页讲到了黄头回鹘人中的“霍尔人的格斯尔王”及其行踪（请参阅霍尔曼1942年文）。

132. 卡尔·马克斯（Karl Marx），1891年：《拉达克历史文献》，载《孟买亚洲学会会刊》第60卷第1期，1891年。第116页是有关格萨尔后裔的叙述（请参阅弗兰格1926年书），其中注［3］介绍了他拥有的一种稿本和各种诠释。

133. 米哈伊洛夫（G. I. Mixailov），1955年：《格斯尔王传的简介与评述》，载《苏联民族学》，1955年第1期，第182—189页是有关格斯尔史诗之特征问题的。

134. 田清波（Antoine Mostaert），1941年：《鄂尔多斯语辞典》，北京1941年版，第220页是有关拖鼻涕的觉如，第262页是有关格斯尔的问题，第676页则是有关史诗的内容。

* 135. 巴尔丹（Namzil Bardan），1941年：《布里亚特蒙

古民族的英雄史诗——格斯尔》,乌兰—乌德 1941 年版。其中包括格斯尔史诗的原文,由柯津翻译的俄译本(苏联科学院东方学研究所图书馆藏手稿)。

136. 聂伯斯基—沃热科维茨(René Nebesky - Wojkowitz),1948 年:《藏族的官方神谕》,载《民族学杂志》第三卷,1948 年。第 143 页是有关格萨尔—白哈尔之关系的内容。

137. 聂伯斯基—沃热科维茨,1956 年:《西藏的鬼怪和神灵》,海牙 1956 年版。

138. 帕拉斯(P. S. Pallas),1776 年:《在俄国神奇的旅行》(第三卷涉及了 1771—1773 年),圣彼得堡 1776 年版,第 121—123 页(即《帕拉斯在俄罗斯帝国和北亚各省的旅行记》,第四卷,巴黎 1793 年版,第 162—166 页):对买卖城格斯尔或格斯尔汗(在满文中作"老爷"、"关老爷"和"关帝")的描述,其中把格萨尔确定在黄河源头地区。

139. 帕拉斯,1776 年:《蒙古历史资料汇编》第一卷,圣彼得堡 1776 年版。第 152 页是说唱史诗的方式,第 224 页是对"蒙古族和汉族的巴珠斯(希腊酒神)与赫拉克勒斯(希腊主神,宙斯之子)格斯尔汗的祈祷"。

* 140. 潘克拉托夫(B. I. Pankratov),无出版时间(可能为 1948 年):《苏联科学院东方学研究所藏有关格斯尔王传之争论的资料》(稿本)。

141. 伯希和(Paul Pelliot),1914 年:《在亚细亚学会的报告》,载《亚细亚学报》第二套第三卷,1914 年。其中第 498—500 页是有关格萨尔故乡拂森或冲木(即东罗马或拜占庭)的。大家还可以参阅布拉克的附注,载《亚细亚学报》第 202 卷,1923 年,第 83—88 页;葛玛丽:(Von Gabain)《拂森地望考》,载《汉学》第八卷,第 5—6 期,1923 年,第 195—197 页;亨宁于《普鲁士皇家科学院论丛》,1933 年,第 301—306 页的论述;劳佛尔 1919 年书和萨埃德勒 1934 年文,但具有随意性。

142. 伯希和,1923 年:《四天子理论》,载《通报》第 22 卷第 2 期,1923 年,第 98—101 页。

143. 伯希和与韩百诗:《〈圣武亲征录〉译注》第一卷,莱敦 1951 年版,第 174 页;贝勒津非常错误地(具有随意性地)将恺撒比作格斯尔。

144. 伯戴克(Luciano Petech),1939 年:《拉达克历史研究》,加尔各答 1939 版。

145. 伯戴克,1947 年:《〈拉达克王统记〉地名研究》,载意大利《东方学报》第 22 卷,其中第 83 页认为冲木·格萨尔丹玛就是“突厥人的首府焉耆”。

146. 伯戴克,1950 年:《18 世纪的中原与西藏》,莱敦 1950 年版。

147. 波波夫(N. Popov),1947 年:《卡尔梅克语语法》,喀山 1847 年版。第 374—377 页是原文,第 377—379 页是译文,摘录自格斯尔史诗第七部。

148. 鲍培(N. Poppe),1926 年:《格斯尔王传,关于蒙文本格斯尔汗史诗语言特点的研究》,载《大亚细亚学报》(《泰东杂志》)第三卷,第 1—2 期。第 1—32 和 168—193 页认为其蒙文本可能出自南蒙古和本为一种藏文原文的译本,其第 4 页是对鲍塔宁比较研究的批评。

149. 鲍培,1927 年:《论奇特的头人格斯尔汗》,载《东方学论集》第一卷,列宁格勒 1927 年版,第 190—201 页是对该史诗第 8—10 部和第 12—15 部的摘要,是北京木刻版前七部的续文。

150. 鲍培,1928 年:《论喀尔喀蒙古人的英雄史诗》,载《大亚细亚学报》第五卷,莱比锡 1928 年版。

151. 鲍培,1935 年:《论布里亚特蒙古文学问题》,载《苏联科学院东方学研究所论集》第三卷,1935 年。第 19 页是与成文本差异甚殊的西布里亚特蒙文本之比较:第 23 页的蒙文本与大卫—妮尔的文本颇为相似,是一种藏文稿本。

152. 鲍培,1936 年:《布里亚特的蒙古民间故事与方言汇编》,莫斯科—列宁格勒 1936 年版。第 37—38 页是格斯尔史诗的第八段唱词,只有转写文而无译文。

153. 鲍培,1951 年:《蒙古文版本的阶段与内容》(指格斯尔史诗),载《德国东方学报》第 100 卷第 1 期(1950 年号),1951 年版。第 83 页是柯津(随意性很大)那远不如施密特德译本严密的一种译文,共分 25 部的文本,一种已失传的稿本。

154. 鲍培,1955 年:《蒙古的民间文学》,东方学学会出版的文学著作丛书第七卷,威斯巴登,1955 年版。第 81—111 页是阿玛尔·扎戛尔汗(以格萨尔的模式写成)的传说,第189—223页是乌兰·花·达吉纳的故事,即格斯尔史诗的喀尔喀文版本。

155. 鲍塔宁(G. N. Potanin),1881—1883年:《西北蒙古概述》,圣彼得堡版,第一、二卷,1881年;第三、四卷,1883年。第四卷,第250—257页是有关格斯尔的故事,第817—820页是有关这些故事的非常随心所欲的解释。例如,其中认为格斯尔就是乌梁海的成吉思·格斯尔·喀拉汗和柯尔克孜人中的成吉思·撒吉尔·腾格里,也就是卡迪尔。他被与穆斯林的昔吉尔结合起来了;第257、260和261页是有关格斯尔及其同伴化身问题的,第212和230页则是民间文学中的格斯尔。

156. 鲍塔宁,1890年:《有关格斯尔汗史诗起源于俄国的问题》,载《欧洲公报》第五卷,第25年号,圣彼得堡1890年9月版,第121—158页。其中第125页讲到了有关起源于突厥的格斯尔问题。

*157. 鲍塔宁,1981年:《斯达夫尔·戈迪诺维奇和格斯尔》,载《民族学概论》第10卷,1891年,第40—49页。

*158. 鲍塔宁,1891:《圣者格斯尔与斯拉夫人对巴比伦国的渲染》,载《民族学论丛》第11卷,1891年,第106—121页。

159. 鲍塔宁,1892年:《莫尔雅姑娘与草原史诗》,载《民族学论丛》第12卷,1892年,第38—69页中将格斯尔与季尔图斯鲁克作了比较。

160. 鲍塔宁,1893年:《汉地边缘的唐古特—藏族与中部蒙古族》,圣彼得堡1893年版,第一卷。第349页认为唃厮啰(请参阅任乃强1945年文)就相当于格萨尔,第378页是戏剧舞台上的格斯尔,第397页是对格斯尔的崇拜问题,第442页是有关黄头回纥(裕固族)人中的格斯尔问题,第363页认为格斯尔可能是回鹘人的文化遗产,第二卷第3—44页是该史诗的唐古特(安多的藏人)文的三种文本,第44—113页是由汉加洛夫记录下的布里亚特文本,第114—128页的注释(第113—116页)是有关布里亚特传统故事的内容,第127页是被纳入到格斯尔史诗中那狡猾的淘气者的故事之要点,第301—303页是格斯尔的遗迹。

*161. 鲍塔宁,1893年:《历史长诗中的普遍相似性》,

载《民族学论丛》第 18 卷第 3 期,1893 年。

∗162. 鲍塔宁,1894 年:《希腊史诗与普通民间故事》,载《民族学论丛》第 21 卷第 2 期。1894 年,第 1—67 页是格斯尔的突厥起源,第 60 页是蒂尔·欧朗彼埃格尔与觉如的比较。

163. 鲍塔宁,1899 年:《欧洲中世纪史诗中的东方内容》,莫斯科 1899 年版。其中重复前人的假设,许多随心所欲的比较、故事从东向西传播的理论,第 689—690 页认为格斯尔史诗是一种故事集,未提供任何严肃的证据。

164. 鲍塔宁娜(A. V. Potanina)夫人,1895 年:《东西伯利亚、蒙古、西藏和汉地旅行记》,莫斯科 1895 年版。第 6—7 页是有关布里亚特主神之子格斯尔事迹的论述。

165. 鲍特(P. H. Pott),1951 年:《国立民族学博物馆西藏收藏品概述》,莱敦 1951 年版。第 78 页是代表格萨尔传说的绘画。

166. 波兹德涅耶夫(A. M. Pozdnyeev),1896 年:《卡尔梅克神话》,载《帝俄考古学会东方部报告》第 10 卷,1896 年,第 7 个故事。第 41—58 页是格斯尔史诗第八、九部俄译本和卡尔梅克文本(第 1 页)。

167. 波兹德涅耶夫,1896—1898 年:《蒙古和蒙古人,1892—1893 年旅蒙报告总结》,圣彼得堡 1896 年(第一卷)和 1898 年(第二卷)版。第一卷第 175—176、246、251、252、310—311、382、668 页和第二卷第 197、209、292 页讲到了格斯尔(关帝)庙。

168. 普尔热瓦尔斯基,1888 年:《从恰克图到黄河源头》,圣彼得堡 1888 年版,第 218 页是有关黑水河和格萨尔的传说。

169. 布科夫斯基(L. S. Puchovskii),1954 年:《苏联科学院东方学研究所的蒙文稿本与木刻本著作》,载《东方学研究所论集》第九卷,莫斯科—列宁格勒 1954 年版。第 122 页是格斯尔的蒙文版本(第七和 15 部),第 123 页是藏文岭·格斯尔史诗的蒙文本,第 123 页是有关格斯尔的仪轨书。

170. 拉德洛夫(W. Radioff),1866 年:《南西伯利亚突厥语民间故事译注本》第 1 辑,圣彼得堡 1866 年版。第 424—429 页是有关帕盖·觉如的故事,由谢夫纳作序;第 11 页把帕盖·觉如的故事,从 Sädäng – Käi

Käsär(第 87 页)和 Sartaktai Käsär(第 188 页)等蒙古人名字中又发现了格斯尔(Käsär - Keser)的名字。第 5 辑于 1885 年出版。

171. 骆克(J. F. Rock),1956 年:《阿尼玛卿山及其附近地区专题研究》,《罗马东方丛书》第 12 卷,罗马 1956 年版,第 58 页涉及了霍尔人问题,第 80 和 91 页是讲巴水河的,第 93 页讲霍尔人的遗址,第 116 页讲格萨尔及其幼弟,第 136 页是讲嘉萨王妃的问题,图 1、2 是霍尔人的地图,图 3 是有关霍尔仓问题的,图 1 也是姜人国。

172. 柔克义(W. W. Rockhill),1891 年:《从汉文典籍看西藏的地理、民族和历史》,《亚洲皇家学会会刊》油印本,1891 年。第 254 和 268 页是论述关帝庙问题的(请参阅该文第 70—71 页,第 19 条)。

173. 柔克义,1894 年:《1891—1892 年穿越蒙古和西藏的旅行记》,华盛顿 1894 年版。第 130 页讲到了山神格萨尔,第 165 页是其遗迹。

174. 罗列赫(George N. Roerich),1931 年:《亚洲腹地旅行记》,耶鲁大学 1931 年版(据 1933 年巴黎出版的《沿中亚的山道前进》的法译本引证)。第 191 页讲到了格萨尔的刀,第 205 页认为格萨尔史诗属于苯教组诗,第 206 页讲到了格萨尔史诗的时代,第 217—218 页是唱词,第 226 页是格萨尔的刀,第 360 页是 16 卷的稿本(请参阅劳佛尔 1932 年文)。

175. 罗列赫,1942 年:《岭·格萨尔王的史诗》,载《皇家亚洲学会孟买分会会刊》,文学类第八卷,第 2 期,1942 年。第 277—311 页是对该问题的精辟综述和有关说唱艺人的新资料等;这其中有一些重要的结论;叙述了吐蕃人和突厥人之间战争的英雄史诗,“格萨尔”(Gesar 或 Gaesar)是由中亚突厥头人采纳的尊号,后经于阗传到了吐蕃的东北部;某些稿本要比口传本和刊本更为古老;其中的语言和地名使人联想到吐蕃东北部为其发源地;该史诗是在吐蕃王朝时代之后形成的,但其核心部分则较为古老,具有前佛教时代的背景。

176. 罗列赫,1949—1953 年:《青史》,第一卷,加尔各答 1949 年;第二卷,加尔各答 1953 年版,它事实上是《青史》的译本(随意性很大)。

177. 罗斯托夫捷夫(Ros-

tovtzeff),1930—1932年:《中亚的伟大英雄及其功绩》,载《亚洲论丛》,1930—1932年,第一卷。它希望从“草原艺术”的斗士形象中找到史诗的场面;第113页是罗列赫的注释:蒙古史诗中的斗士场面。

178. 鲁德涅夫(A. D. Rudnev),1924年:《布里亚特人的史诗》I,《布格都尔汗之子哈·奥希尔》,载《芬兰—乌戈尔学会论丛》第52卷,1924年,第238—249页。请参阅此人1925年文。

179. 鲁德涅夫,1925年:《哈·奥希尔,布里亚特蒙文资料译文片断》,载《人类和民族学博物馆馆刊》第五卷第2期,列宁格勒1925年版。第557—572页是有关布格都尔汗的儿子哈希尔(即格斯尔)的唱段:一篇文献的摘译,相当于莎莫卡拉诺1914—1918和1931年文中的段落。

180. 桑德伯格(Graham Sandberg),1906年:《西藏和西藏人》,伦敦1906年版。第196和191页讲到了拉萨的格萨尔庙。

181. 萨埃德尔(Hans Heinrich Schaeder),1934年:《伊朗研究之二,拂菻》,载《哥廷根科学院论文集》,语言—历史类,第3套,第十种,柏林1934年版。第24—68页(特别是第35页)讨论了格萨尔=恺撒和冲木=拂菻的问题。请参阅伯希和1914年书。

182. 谢夫纳(A. Schiefner),1895年:《小鞑靼地区的英雄史诗》,圣彼得堡1895年版。第20页是与格斯尔史诗主题内容所作的某些比较。

183. 谢夫纳,1866年:请参阅拉德洛夫1866年文。

184. 谢夫纳,1864—1868年:《亚洲论集》,《圣彼得堡皇家科学院学报》第五卷(1864—1868年)的油印本。第47页是《姜岭大战之部》(见舒伯特文)的一种稿本,第86页是贾斯克的信(见谢夫纳有关这部稿本的考证,载《科学院学报》第六卷,第484页注[1])。

190. 谢夫纳,1869年:《传教士贾斯克辛勤搜集的一种格萨尔王传稿本》,载《科学院通报》,语言—历史类,第13卷,1869年,第476—484行。

191. 施拉津威特(E. Schlagintweit),1862年:《西藏地理名词解释》,载《皇家亚洲学会会刊》第20卷,第1期,1862年。其中第85页是把亚历山大大帝和格萨尔考证为同一人的传说。

＊192. 施拉津威特，1864年：《蒙古的英雄史诗》，载《国外杂志》，1864年，第601—606页。

193. 施拉津威特，1866年：《自王室从雅砻地区发祥直至在拉达克地区的削弱之间的藏王》，载《巴伐利亚科学院论丛》第一套第10卷第3期，慕尼黑1866年版。第21页注[1]是《姜岭大战之部》的稿本（请参阅谢夫纳文），其中有《王统世系明鉴》中相当于弗兰格1926年书，第39页的一段文字。

194. 施拉津威特，1903年：《莲花生上师传》，载《巴伐利亚科学院论丛》第一套第21卷第2期，第419—444页；第22卷第3期，第519—576页，1903年，第522页（第48章）讲到了《莲花生遗教》中的格萨尔（请参阅图散译本）。

195. 施密德（I. J. Schmidt），1829年：《东蒙古的历史及其王统》，圣彼得堡1829年版，这是萨囊彻辰史著《蒙古源流》的原文和译本。

196. 施密德，1836—1839年：《根绝十方十恶的业绩，功勋卓著的英雄格斯尔汗的蒙古英雄史诗》，引自北京的新刊本，蒙文原文，圣彼得堡1836年版；译本，同一地方1839年版。其中翻印了（有时也有一些微不足道的歧异处）北京1716年的木刻版本，附有译本和某些注释，蒙文本的第一至七部（柏林奥利加·维拉克1925年再版）。

197. 朔特（W. Schott），1856年：《格斯尔汗史诗》，载《柏林科学院论丛》，语言—历史类，1851年版；柏林1852年版，第263—295页。

198. 朔特，1856年：爱尔施和格鲁伯为《日耳曼科学与艺术百科全书》写的《格萨尔汗》的条目，第一卷第64页，莱比锡1856年版。第340—344页是对文章主题的比较，没有任何内容会使人联想到印度、幽默和讽刺的特征，格斯尔（Geser）就相当于梵文Késara（狮鬣）。

199. 施拉姆（Louis M. J. Schram），1957年；《甘肃—西藏交界地区蒙古尔人（土族人）》，第一卷，《他们的宗教生活》，费城1957年版。第110页是由萨满们说唱的格萨尔史诗的片断。

200. 施瑞德（P. Dominik Schröder），1952—1953年：《青海—西宁一带土人的宗教》，载《民族学报》第47卷，1952年。

第3和11页是蒙古尔文的格萨尔史诗。

201. 舒伯特(Johannes Schubert),1933年:《东方文学》第8—9期,1933年。第582页是《姜岭大战之部》的一部稿本(请参阅谢夫纳、施拉津威特等人书)。

202. 苏莱曼(Gùnther Schulemann),1911年:《达赖喇嘛史》,海德堡1911年版,1958年莱比锡的增订再版本。

203. 司律思(Paul Serruys),1948年:《鄂尔多斯蒙古人民间故事笺注》,载《汉学》第三卷,第1—2期,北京1948年版。第120、189和193页将某些独立内容与格斯尔史诗中的某些要点作了对照比较。

204. 邵(R. Shaw),1871年:《北鞑靼、叶儿羌和疏勒旅行记》,伦敦1871年版。第287页是"小藏王格斯尔"的巴尔蒂文本,霍尔人的战争;"格斯尔就是罗马与君士坦丁堡的恺撒的东方名字",耶纳1872年版,第245页。

205. 谢国安(Paul Sherap),1946年:《康藏高原的顶部羌塘》,载《康藏研究月刊》第3期,1946年。第25—26页是格萨尔在果洛人地区的遗迹。

206. 钢和泰(A. Von Staël－Holstein),1932年:《代表达赖喇嘛和班禅喇嘛教祖的两幅西藏绘画》,载《国立北平图书馆馆刊》第六卷第6期,1932年。第2页讲到了格萨尔是达赖喇嘛第26世化身(请参阅于道泉1930年文)。

207. 石泰安(R. A. Stein),1951年:《弭药和西夏,历史地理和先祖传说》,载《法兰西远东学院通报》第44卷,第1期,1951年河内版。

208. 石泰安,1956年:《岭地喇嘛教文本的西藏格萨尔史诗》,巴黎1956年版。其中转载了在林地刊布一种三部史诗的木刻本,系摘译本,附有名词索引、罕见和未知词汇表。

209. 石泰安,1957年:《汉藏走廊的羌族》,载《高等实验学院宗教科学系年鉴》,1957—1958年版。

210. 石泰安,1958年:《有关格萨尔生平的西藏绘画》,载《亚洲艺术》第五卷,1958年。

211. 石泰安,1959年:《汉藏走廊的古部族》,即将刊布于由汉学研究所出版的丛书第二卷中,这是我的补充博士论文(此书实际上于1961年作为《汉学研究所丛书》第15卷出版。——汉译者)。

212. 斯托茨纳(Walther Stöotzner),1924 年:《神秘的西藏》,莱比锡,1924 年版(附有金川地图)。

213. 塔菲尔(Albert Tafel),1914 年:《我的西藏旅行》,斯图加特 1914 年第一卷,第 231—240 页是讲宗教崇拜中的格萨尔;第二卷,第 90、110、169 和 179 页是各种译本,第 158—159 页是对一种玉树版本的简单综述。1923 年又作为一卷而于斯图加特再版,第 374—375 页。

214. 张其勤,1910 年:《西藏宗教源流考》,官印书局 1910 年版,第 5 页是在一份化身名表中的格萨尔(请参阅于道泉文)。

215. 庄学本,1914 年:《俄洛初步介绍》,载《西南边疆》第 13 期,1941 年 9 月。

216. 泰克曼(Eric Teichmann),1922 年:《驻东部西藏领事的旅行》,剑桥大学 1922 年版。

217. 托马斯(F. W. Thomas),1907 年:《于阗藏文文献辑录》,载斯坦因的《古代于阗考》,牛津大学 1907 年版。第 852 页讲到了冲木·格萨尔聘娶了于阗王尉迟桑格拉玛的公主(见其 1935 年书第 131 页)。

218. 托马斯,1926 年:《古代于阗的地名和人名考》,载《印度文学和历史论集》,这是为赫尔曼·雅格比祝寿文集,波恩 1926 年版,第 65 页与其 1970 年书相同。

219. 托马斯,1931 年:《新疆藏文文书资料集》,载《皇家亚洲学会会刊》,1931 年。第 807—831 页(突厥)和第 827—831 页(突厥和格萨尔):《五部遗教》中的突厥格萨尔(具有任意性),由此而将格萨尔和冲木定位于北庭(1951 年再版,具有任意性)。

220. 托马斯,1935 年:《新疆藏文文书资料集》,第一卷(文书),伦敦 1935 年版。第 266、270、273、276、287 和 290 页是各种文献(《五部遗教》和《莲花生遗教》)中的格萨尔的情况。

221. 托马斯,1948 年:《汉藏走廊的古代语言南语》,伦敦 1948 年版。第 135 页是已被断代的突厥格萨尔,第 213 页注[1]是他们风格的互相对照。

222. 托马斯,1951 年:《新疆藏文文书资料集》第二卷(文献),伦敦 1951 年版,第 287—291 页是托马斯 1931 年书的无多大修改的再版本。

223. 托马斯,1957 年:《西

藏东北部的古代民间文学》，载《柏林德国科学院论丛》，语言类第三卷，柏林1957年版。

224. 涤瑕，1944年：《会见德格女土司》，载《康导月刊》第五卷第10期，1944年。第73—76页认为格萨尔诞生于宋初的灵藏和邓柯地区地雄坝。

*225. 季姆科夫斯基（E. Timkovski），1824年：《1820—1822年经蒙古赴北京的旅行记》，圣彼得堡1824年版。第一卷第281—297页。克拉普洛特出版的英译本附注（不知何人译注）于1827年在伦敦出版；法译本于1827年在巴黎出版，第一卷，第233—250页中简述了贝格曼1804年的文体。

226. 夺节，1941年：《草原散记，林葱土司之武庙》，载《康导月刊》第三卷第5—7期，1946年。第10页讲到了建于岭地土司庄园中的格萨尔庙。

227. 图散（G. Ch. Toussaint），1933年：《〈莲花生遗教〉译注本》，巴黎1933年版。第164、410和415页在地区名表中提到了格萨尔。请参阅《莲花生遗教》一书。

228. 图齐，1935年：《印度—西藏研究》之三，《西藏西部的庙宇及其艺术象征意义》，第一部分是毕底和库纳瓦尔，罗马1953年版。第171—172页是所谓格萨尔的壁画（图版86）。

229. 图齐，1941年：《印度—西藏研究》之四，《江孜及其寺庙》，第一部分是对寺庙的综合描述，罗马1941年版。第69页是格萨尔在昂地的遗迹。

230. 图齐，1949年：《江孜县的藏族民歌》，阿斯科纳1949年版。第79页讲到了一首婚礼歌中的格萨尔。

231. 图齐，1949年：《西藏画卷》，罗马1949年版。第574页将格萨尔比作毗沙门或财主（第735页也如此），第697页讲到了格萨尔的化身，第646和662页讲到了五世达赖喇嘛的《西藏王臣记》和《江孜史》中提到的格萨尔的后裔。

232. 图齐，1950年：《藏王陵墓考》，罗马1950年版。

233. 图齐和杰尔希（Gersi），1935年：《西藏的秘密》，伦敦—格拉斯哥1935年版。第15页讲到了格萨尔遗址，第27页是该史诗的木刻本，第200页是在歌舞中的格萨尔（《图齐1933年在西藏西部的科学考察报告》，1934年罗马版）。

234. 乌斯季乌扎尼诺夫（J. N. Ustyuzaninov），1952年：《蒙古民族文化》，载《蒙古人民共和国文集》，莫斯科 1952 年版。第 241 页讲到了 1830 年左右蒙古僧侣界对格斯尔史诗的敌视问题。

235. 瓦西里耶夫（V. Vasilév），1895 年：《西藏地理书〈世界广说〉的蒙文译本》，载《帝俄科学院论丛》，历史—语言类第二卷，1889 年 5 月 2 日，圣彼得堡 1895 年版。其中第 41 页是对岭王国地望的考定，第 44 页是格萨尔庙的问题（请参阅达斯 1887 年文），它是对《世界广说》的非常不确切的译本。

236. 符拉季米尔佐夫（B. Vladimircov），1923 年：《蒙古—卫拉特英雄史诗》，圣彼得堡 1923 年版。这是对《说不完的故事》的译本，附有一篇很重要的导言，第 8—25 页指出《尸语故事二十五则》在西藏作了大幅度修改。

237. 符拉基米尔佐夫，1925 年：《〈五篇故事集〉中的蒙古故事集》，载《民族学和人类学博物馆文集》第五卷第 2 期，列宁格勒 1925 年版。第 449 页注［1］是对有关格斯尔的各种文献的论述。

238. 沃德尔（L. A. Wadell），1895 年：《藏传佛教或喇嘛教》，伦敦 1895 年版。第 167 和 478 页是讲格萨尔与白哈尔之对立问题的。

239. 沃德尔，1895 年：《拉萨大昭寺志》，载《皇家亚洲学会会刊》第 64 卷，1895 年。第 263 页提到了格萨尔史诗在拉萨噶厦中的流传，沃德尔认为格萨尔即为恺撒（Kaisar）或沙皇（Czar）。

240. 沃德尔，1896 年：《山僧和老鼠，西藏的传说故事》，载《印度古迹》第 25 卷，1896 年。第 180 页提到了格萨尔。

241. 沃德尔：1905 年：《拉萨及其秘密》，伦敦 1905 年版，1906 年第三版是格萨尔—关帝庙（第 40 页图 11），第 413 页讲到了格萨尔的化身。

242. 沃德尔，1933 年：对大卫—妮尔书的书评，载《皇家亚洲学会会刊》，第 964 页，没有多大意义。

*243. 汉加罗夫（Xangalov），1889 年：《布里亚特民间故事和传说》，载《西伯利亚地理和民族东方研究文集》第一卷第 1 期，伊尔库茨克 1899 年版（请参阅鲍塔宁 1893 年书）。

244. 汉加洛夫 1908 年：《巴拉千斯基文集》，托木斯克 1908 年版，其中讲到了说唱九天九夜的格萨尔史诗。

245. 于道泉，1930 年：《达赖喇嘛于根敦主巴以前之转生》，载《国立北平图书馆馆刊》第四卷第5期，1930年9—10月。第22页提到了格萨尔的26世化身（请参阅钢和泰有关隆多喇嘛的文章），第30页是于氏的注释。

*246. 莎莫卡拉诺（C. ž. žamocarano），1914年：《布里亚特民间文学作品集》，载《蒙古诸部族民间文学范例》第一卷，彼得堡1914年版（请参阅其1918和1930年文）。

*247. 莎莫卡拉诺，1918年：《布里亚特民间文学作品集》，第三卷（《埃希里特—布里亚特人的史诗》，俄文。请参阅鲁德涅夫1925年文以及1930年初和1931年版（可能是于1914年和1918年再版一次）。

248. 莎莫卡拉诺，1932年：《布里亚特民间文学作品集》第一卷，《哈—奥希尔—呼本》，列宁格勒1930年版；《蒙古部落的民间作品范例》，原文第二卷，蒙古文的转写文，无译文。

249. 莎莫卡拉诺：1931年：《布里亚特民间文学作品集》第二卷，列宁格勒1931年版，有关鄂索尔—博格多（格斯尔的长子，请参阅鲁德耶夫1925年文）和胡林·阿尔泰（格斯尔的另一个儿子）的唱段的转写文。

*250. 泽特林（Ida Zeitlin），1927年：《格斯尔汗在西藏的传说》，第七卷，共203页，1927年版。

251. 泽勒宁（D. K. Zelenin），1934年：《民间故事的宗教—巫术作用》，载《鄂登堡50寿诞纪念文集》，列宁格勒1934年版，第215—240页。

三、相互独立史料的参考目录

藏文、蒙文和汉文史料，以简名字母顺序分类。

1.《松巴堪布自传》，1875年：《松巴堪布额尔德尼班智达事迹—持声撷英》，由松巴堪布意西班觉（1704—1788年）著，据达木丁苏隆1957年书第169页和184页（引证了其中的一些片断）而断代。

2.《多罗那它自传》，17世纪初叶：《杰康巴多罗那它自传—深密真实之史实》，由多罗那它(亦名贡噶宁布)著。此人诞生于1575年。于1608年写成其佛教史。此书载其《全集》,觉囊派的彭措林版本。第一卷共131页,前面附有三部秘传,第一部9页(简称《自传》第一卷),其他两卷简称《自传》两卷。

3. 巴黎国立图书馆藏藏文稿本第493号,可能为15世纪或稍晚一些时代的作品:《世间大传》。近代重抄本,巴黎国立图书馆藏文特藏第493号,共199页。这是一部苯教著作,被认为是伏藏,由洛卓托美"掘藏"(第179页),未作断代。

4.《珠巴衮雷传》,16世纪中叶:《瑜伽师衮噶雷巴传记—对散逸等过失详细记录无遗》,两卷本。第一卷169页,第二卷(文集)81页,后附第三卷74页。它被认为是一部自传(第一卷第二页)。其题跋是在他死后于阴土牛年(1529或1589年)写成的愿文,见第167页;全文写于拉垄替,见第167页;其印版雕刻于支拉寺(不丹?),见第168页;衮雷是七世噶玛巴(1475—1506年)的弟子,并曾会见过根敦嘉措(1475—1542年)。

5.《二世班禅喇嘛传》(应为《五世班禅喇嘛传》——译者),18世纪作品:《释迦之比丘班禅遍知一切尊胜洛桑意希贝桑布之全集》,木刻本,其400页。洛桑益西贝桑布(1663—1737年)也被列为五世班禅喇嘛。

6.《噶玛巴传》,1891年:《历辈法王噶玛巴简传——如意宝树》,木刻本,共236页。它于1891年写于楚浦寺(噶玛巴的所在地),由噶玛额顿丹吉巴著。

7.《章嘉若必多吉传》,1792年:《章嘉意希丹贝准美之事迹简说,格丹教法严饰》,据达木丁苏隆1957年书第169和237页(引证了第二卷第229页中有关格萨尔的一段文字)认为,它是于1792年由土观活佛洛桑曲吉尼玛(1737—1802年)撰成。本处所引证的一段文字未出现在北京版的传记(木刻版,第151页)中,见《金刚持章嘉若必多吉意希丹贝准美贝桑布传——妙欲莲花盛开之阳光》,由却藏诺门罕阿旺图丹旺秋于1787年写成。

8.《萨迦班智达传》,可能为16世纪作品:《真实文殊教语依怙萨迦班智达贡噶坚赞贝桑布传——贤劫善道》,由阿旺久典旺秋扎巴(晚于1565年)

土司在仁钦蚌宫于阳土兔年写成。德格出版的木刻本,第一卷第68—145页,用诗文写成。

9.《汤东杰布传》,1588或1609年成书:《吉祥成就自在者尊追桑布传——显明宝镜》,木刻本,共174页,德格版。据题跋认为,它写于阴土鸡年(1609年),也就是在他圆寂(据其传记记载他生活于1361—1485年,据《如意宝树史》认为是1385—1464年)的120年之后;据图齐认为,此书写于阴土鼠年(1588年)。

10.《噶举道歌海》I,19世纪中叶作品:《噶举道歌海释义集要——断除缠缚——贤劫心慰》,木刻本,共96页,由达布噶举派的丹贝宁切刊布和修订,最终版本由十四世噶玛巴(1797—1868年)的弟子噶玛阿旺云丹嘉措提供。

11.《噶举道歌海》Ⅱ,18世纪著作:《显明尊胜成就之捷径的噶举派诸上师之金刚歌声——显现智慧自然解脱之大乐真意摄要》,木刻本,共92页,由丹贝宁切刊布,附有司徒白玛宁切的愿文,他是十三世噶玛巴(1733—1797年)的学生。

12.《新旧噶当派教法史》,1529年(第一卷)和1762年作品:《心意严饰》,木刻本,共103页。第一卷是1529年由索南扎巴(班钦,1478—1554年)写成,后由阿嘉呼图克图于1762年在布达拉宫作了补充。

13.《噶当派父法子法》(《噶当派祖师弟子问道录》),可能为11世纪(早于15世纪)的作品,(1)《父法》或《祖师问道录》:《阿底峡师徒语录—师法宝库—菩萨宝串根本疏》,木刻本,共361页,那塘寺于水虎年刊印;(2)《子法》或《弟子问道录》:《仲敦巴甲哇迥乃之殊胜智慧》,共432页。这一版本与东北大学《西藏大藏经总目录》的版本(噶丹彭措林寺的版本,第一卷共566页,第二卷共465页)有所不同。它被归于仲敦巴(1003—1064年)。据巴俄祖拉陈瓦史著第13卷第162页记载,它曾被七世噶玛巴(1454—1506年)的弟子阅读和供养过。请参阅《宝贝念珠》一书。

14.《五部遗教》,14世纪作品,共包括:(1)《神鬼遗教》(或《神鬼伏藏》);(2)《国王遗教》;(3)《王后遗教》;(4)《译师贤哲遗教》;(5)《大臣遗教》。它们是由邬金林巴和贡噶楚臣于1347年掘得的"伏藏"。德格版木刻本,共两卷,

281页，连续编页码（本书中将首先提及它）；1675年的甘丹寺（布达拉）版本则是每部单独编页码。其第三部已由劳佛尔刊布和翻译，见《吐蕃王朝的长篇文学作品》，莱比锡1911年版。

15. 洛桑山珠书，第一、二、三卷，19世纪作品。这是由达木丁苏隆1957年书第25和235页中提到的关帝三种仪轨书的作者（又叫作哈鲁桑呼图克图）：（1）《三界伏魔郑让杰波（长颈王）之转经》（二卷，共70种著作，其中63种是他自己写的）；（2）《郑让杰波转经之目录——明灯》；（3）《郑让杰波之信史》。请参阅有关关帝仪轨书的条目。

16.《小煨桑文》，其时代不详：《邬金白玛（莲花生）所作小煨桑文——依止如意宝完成心愿使自己祈请圆满实现》（接着是我们本书第二章的第41号稿本），其后面是另外一种《煨桑文》，见《煨桑祭神》一书。

17.《知识总汇》，19世纪作品，《知识总汇以少许要诀释诸疑难的汇合知识之无边大海》，木刻本，共三卷（Om、a、hūm），这是一种百科全书或类书。其作者可能是贡珠允丹嘉措，圆寂于1900年左右。

18.《布顿教法史》，1322—1323年：《善逝教法史大宝藏论》，木刻本，共203页，德格伦珠顶寺版本。据《年表》认为它是由布顿（1290—1364年）著，写于水狗阳年（1322年）。图齐于1949年的《西藏画卷》第141页中则认为它成书于1347年，因为其题跋中指出“写于水猪年”。见奥贝米莱译本：《西藏佛教源流史》，海德耳堡1932年版。

19.《宝贝念珠》，17世纪著作，这是一部同名藏文书的译本，译于17世纪。木刻版，共345页，1743年左右北京版。请参阅海西希1954年书。

20. 五世达赖喇嘛的史著，1643年：《西藏王臣记》，或者叫作《在雪域出世之尊胜王臣之史事——青年喜宴布谷鸟之歌》。木刻版，共113页，题跋中认为其时间应为一个阴水羊年。

21.《正字法，贤者之源》，1741—1742年著，由章嘉若必多吉（1717—1786年）著，载其《全集》第七卷。第4—13页，北京版本（第二函）。

22.《圣教教法史》，16世纪著作：《入教法海之巨舟——教法史补遗善说宝库》（简称

《教法史》),木刻版,共228页,德格(伦珠顶寺)版。第一卷是第1—128页,由官却伦珠(1497—1557年)著,第二卷由桑结彭措(18世纪)著。

23.《青史》,1476—1478年:《具缘贤哲之颈饰》,木刻版,共468页,功德林(拉萨附近)版本,由管译师宣努贝(1392—1481年)著。罗列赫英译本,加尔各答1949和1953年版,两卷本。

24.《曲扎词典》,1949年:《格西曲扎藏文辞典》,本刻版两卷本,由格西曲扎编修。拉萨版本,其中注为第一个饶迴纪年后的第923年(1949年)。

25.《大宝藏目录》,1909年木刻版,共130(?)页,于第14个饶迴(甲子纪年)的阴土鸡年写成。该大宝藏目录是分为63或65卷的宁玛巴著作集。于19世纪由贡珠允丹嘉措辑成。

26.《卓尼丹珠尔目录》,1773年版:《阐释善逝教语之丹珠尔(所有论疏)之目录——珍宝串珠》(简称《目录》,共5卷),木刻版共264页。其断代是根据第181页的一条记载("今天是乾隆登基后的第38年,水蛇年"),即1773年。据提供消息的人认为,这是拉卜楞寺版本。

27.《德格丹珠尔目录》,18世纪末:有关其标题,请参阅东北大学目录第4659号,木刻版,共503页。

28. 巴俄祖拉陈瓦史著:1545—1565年,《贤者喜宴》或《教法史贤者喜宴》,一般又叫作《洛扎教法史》。据其中的《年表》认为,作者生活在1504—1566年间。据这部史著的跋文(第五卷)记载,它的写作开始于1545年,结束于1565年。

29.《如意宝树史》,1748年著:《印度、汉地、藏区及蒙古佛教教法史》,木刻版,共317页,于第13个饶迴(甲子纪年)的阳土龙年(1748年)由松巴堪布意西班觉写于郭隆强巴林(佑宁寺)。其中包括历史年表(第27—284页)。达斯译文,载《孟买亚洲学会会刊》第58卷第1期,(1889年,其中的所有时间都错了1—2年)。达斯版本是第1—27页,英译名叫作《印度佛教的起源、发展和衰落》(第一卷)、《1745年之前的西藏古代佛教》,加尔各答1908年。请参阅我本人的考证,载《亚细亚学报》,1952年,第91—92页。

30.《德格土司世系史》,

1828年著:《具吉祥一方之主历辈德格王传——珍宝串珠增益妙欲》,木刻版,共56页。此书由才旺多吉仁钦于土阳鼠年写于伦珠顶寺。

31.《江孜土司世系史》,1849年著:《霍尔历辈法王简传——金穗》,木刻本,共40页,由才旺诺布的秘书于土阴鸡年写于丹增康(马头明王寺)。

32.《神教》或《天法》、《噶玛法王米居多吉传》,17世纪末著。这是一部文集的标题,被归予了米居多吉(1645—1677或1703年)。其所谓的梵文副标题是《Tista—Vajra Sastram》。第16卷包括其传记:《米居多吉活佛传——遍入声雷》,白玉(康区)版本。据其传记记载,他圆寂于火羊年(1667或1727年),但《噶玛巴传》(第194—195页)却指出他知道1703年十二世噶玛巴的诞生和于此之后的圆寂。

33.《宗教流派晶鉴史》,1802年:《善说一切宗教源流及教义晶鉴史》(简称《蕃地教法史》),木刻本,共164页,德格版,由十三世土观活佛洛桑却吉尼玛贝桑布(善慧法日,1737—1802年)著。

34.《听法记》,其时代尚未考定:《由羊色南喀卓钦佐处听闻之教语——珍宝串珠》,木刻版,共50页。这是一部受卓钦巴(大圆满派)影响启发的著作,由德钦林巴的弟子聂尊萨智著。

35.《经录集》或《教言集》,1729—1798年:《经录集——诸乘之海》,木刻本,共271页,73卷。第三卷是一部《全集》,由约如的大圆满派喇嘛攘迥多吉著。图齐1950年书第75页认为他可能是楚浦寺的一名噶玛巴喇嘛,但据李安宅于1948年在《亚洲皇家学会会刊》(1948年,第163页)认为,这里应该是指攘迥多吉计美林巴(1729—1798年)。

36.《香巴拉志》,18世纪作品:《香巴拉路引》,由三世扎什喇嘛洛桑贝丹意希(应为六世班禅大师。——译者)(1738—1780年)著,已由格伦维德尔刊布和翻译,书名为《香巴拉之路》,慕尼黑1915年版。

37.《卫藏圣迹志》,19世纪末著作:《前后藏佛寺塔像简明名鉴》(简称《信仰之种子》),木刻本,共29页,德格版,由遍知钦则旺波著。据图齐1950年书第75页认为,他圆寂于1885年。但如果确实是指嘉木样钦则旺波,那么其时代就应该是1820—1892年(见石泰安1956年书,第9页)。费拉丽的刊本和译本,1958年版。

38.《拉萨志》(《拉萨大昭寺志》),1645—1646年成书:《拉萨大昭寺志——水晶宝鉴》,木刻本,共21页。这是五世达赖喇嘛的著作,7卷(东北大学目录第566号,题跋为1646年1月7日)。格隆维德尔的刊本和译本:《拉萨寺志》,海德耳堡1919年版;沃德尔的摘译本:《拉萨大昭寺志》,载《孟买亚洲学会会刊》,1895年号。

39.《莲花生上师传》,其时间尚无考定:《不死海生佛之传记——奇异海之净相》,木刻本,共274页。白玉铁鸡年(1741或1801年)版;《莲花生遗教》的版本,共分108卷,被归予嘉木样曲吉多杰(海生金刚,莲花生,第273页)。

40.《招福法》,19世纪著作:《大成就者汤东杰布之金刚语——具护持力招福法》,木刻本,共10页,德格版,由嘉木样钦则旺波(1820—1892年)著。

41.《招福法补遗》,其时间无考:《增益受用之法——招福法补遗》,木刻本,共5页,属于一种招引财富仪轨书文集的组成部分。

42.《金钥——苯教源流史》,其时代无考。这是一部苯教著作,又叫作《教语总集—塞米经》。弗兰格刊布和翻译(第一至七卷)的是一种不完整稿本。弗兰格的文章叫作《西藏苯教经书——金钥》,分别载《大亚细亚学报》第一(1924年)、三(1926年)、四(1927年)、五(1928年)、六(1930年)卷以及新编第一卷第2期(1949年)中,后又由霍夫曼摘要发表于《西藏宗教》中了,弗赖堡—慕尼黑1956年版,第77—90页。

43.《霍尔教法史》或《蒙古教法史》,1819年著:《大霍尔(蒙古)地区教法如何传播之史实——显明佛法之宝灯》,由晋美日贝多吉于1819年著,由胡特刊布和翻译:《蒙古佛教史》,斯特拉堡1893年和1896年版;桥本光宝版本:《西藏文蒙古喇嘛教史》,东京1940年版;外务省调查部出版,见《蒙古佛教史》,东京1941年版。

44.《世界广说》,1820年著:《蒙古喇嘛教史》,这是我在甘托克参阅过的一种稿本。此书由敏珠尔赞布诺门罕(即安多敏珠林寺的诺门罕),他于1820—1830年间在北京,圆寂于第14个饶迥(甲子)的铁龙年(1830年)。达斯的部分译文载《〈世界广说〉中的西藏简明地理知识》,载《孟买亚洲学会会刊》第56卷第1期,1887年;瓦西里耶夫:《西藏地理书》,载《帝俄科学院论丛》,历史—语言类第二卷,1889年5月2日;圣彼得堡1895年版。

45.《康辖纪行》,由姚莹著,他于1844—1846年间被派往西康。全书共16卷,载于其著作集《中复堂全集》(1867年版);简本载《小方壶斋舆地丛钞》第3辑。

46.《乾淳岁时记》,13世纪作品,由周密(1232—1308年)著,载《说郛》卷18。

47.《隆多喇嘛全集》,1800年左右:《阿旺洛桑全集》,木刻版,第1—30卷,后来又增加22卷,功德林版本。作者生活在1719—1805年间。

48.《十万龙经》,其时间无考:《苯教幻变十万白龙经》(后来又有《黑龙经》和《花龙经》等)。木刻本,德格版。其中第92页之前的第一部分与《十万白龙经》(木刻本,共152页,北京版本,简称《龙王经》)相同。谢夫纳译本:《十万白龙经》,载《圣彼得堡科学院论丛》,1880年。

49.《睽车志》,12世纪,由郭彖(1127—1189年)著,共六卷,稗海版本。

50.《拉达克王统记》,18世纪著作。弗兰格刊本和译本,载《印度西藏古代史》第二卷,加尔各答,1926年版。

*51.《松巴书信集》,1779年:《答问录》,由松巴堪布意希班觉(1704—1788年)著,由达木丁苏隆1957书第263和184—196页引证,他无疑是根据此人的选集第七卷第10—16页引证的:班禅喇嘛贝丹意希从北京致松巴的信以及此人的答复(发自塔尔寺,1779年)。

52.《理塘志略》,无时间的稿本,由陈秋坪著。

53.《乐全集》,1087年之前不久,由张方平(1007—1091年)著,《四库全书珍本初集》本。

54.《神香》,时间无考,木刻本,标题与结尾均残缺,萨迦寺版。请参阅《神香胜者之酬》和《白色马胜》二书。

55.《龙筋凤髓判》,公元700年左右,由张鷟著,四卷,《学津讨原丛书》版本。

56.《炉霍屯志略》,1900年左右著,载《四川新建设》,炉霍地志,由李之珂著,春蓉城版本,1906年。

57.《玛尼宝训集》，可能为14世纪，2卷本，(1)《千佛菩萨事迹广记》，木刻本，共324页；(2)《遗教部》，木刻本，共269页，德格版。北京版(“宝”字函，1730—1731年)共228页，仅仅包括第二卷。这是一部掘藏书，由瑜伽成就者额珠和娘·尼玛俄色王(1136—1203年或1204年)掘得，在一世扎什喇嘛(1385—1438年，即一世班禅大师克珠杰。——译者)写的宗喀巴传中就已经提到它了。

58.《米居多吉传》，见上文第32条：《噶玛巴米居多吉传》。

59.《米拉日巴道歌集》，可能为12世纪初叶作品。(1)参考书目；(2)《道歌集》。《米拉日巴道歌集》，北京版，共342页(“王”字函)，由章嘉若必多吉(1717—1786年)负责出版；扎什伦布寺1448年版。其道歌可能是由热穷巴·多吉扎巴(1084—1161年)记录下来的，他是米拉日巴(1040—1123年)的弟子。由贡丹(1148—1217年)和塞顿觉淖于1250年听到的传记(和道歌?)，可见《青史》第二卷，第707和448页；其传已由巴科(《西藏诗人米拉日巴》，巴黎1925年版)和伊文思—温茨(见《西藏的大瑜伽成就者米拉日巴》，牛津1915年版)翻译。

60.《米庞大师语录集》，1900年左右的著作：《语狮子米庞却勒南巴杰哇全集》。(目录中的标题)或《怙主米庞嘉措全集》，木刻本，共19卷，德格版本(胜天赞诵部)；米庞坚白喜金刚(协贝多吉，1846—20世纪初叶)刊布。

61.《明史》，1739年成书，初稿修纂于1679年，由张廷玉等于1723—1739年间定稿。见《图书集成》版本。

62.《明纪》，19世纪著作，由陈鹤(?—1811年)开始编修，由其孙陈克家(?—1860年)完成。全书共60卷，以《明史》、《明史稿》等为基础。见世界书局1935年版本。

63.《梦溪笔谈》，约为1100年由沈括(1030—1094年)著，在1151年就已经流行了。见《四部丛刊》版本。

64.《梦粱录》，12世纪，由吴自牧(宋人)撰，20卷，见《笔记小说大全》版本。

65.《宝贝念珠》，其时代无考。它是《噶当派祖师弟子问道录》中部分内容的标题，于第一卷第二章第196页和第二卷第1页(共23章)提及，蒙文译文见第19条的同名蒙文译本(《宝贝念珠》)。

66.《诺桑》,时代无考:《曲吉杰布诺布桑波传》,剧本,木刻版,共218页,已被归于(第3页)才仁旺珠,他是丁青的疯僧。

67.《白马噶波史》,16世纪作品,《教法史——圣法莲日》,木刻本,共189页。蚌塘(不丹)版,由珠巴教派的白马噶波(白莲,1526—1592年)著。

68.《莲花生遗教》,1352年著:《上师莲花生本生记》,木刻本,共220页,德格版,108卷("遗教"类),图散译本:《莲花生遗教》,巴黎1933年版。它是于1352年被邬金林巴在协扎掘得的伏藏,由此而获得其《协扎遗教》的书名。现存有由喜饶俄色(1518—1584年)校订过的各种版本,而且此书也是由他刊布了第一版。

69.《托付事业》,17世纪(?)著作:《托付事业,殊胜宝王之仪范——所愿普现》,木刻本,共30页,它与《招福祈愿文》在同一文集,据白马赤勒(17世纪)的记载,它写于康地。

70.《汉地教法史》,18世纪中叶著作:《汉地佛教传布情形简说》,或者叫作《喜乐耳饰》(?),木刻本,共101页,德格版,由官布嘉布(乌珠穆泌旗的蒙古人)著,其尊号为"公",作为藏文译师而于1743年左右在北京工作。

71.《神香圣者之酬》,时代无考,木刻本,共49页。

72.《苯教源流史》,可能为15世纪著作:《苯教王统记》,达斯藏稿本,加尔各答1915年版(图齐收藏的稿本叫作《四大部洲佛教源流史》,由琼波洛卓坚赞著)。其中第61页提到:"今年——土羊年"(可能为1439或1499年),而《汉地史》第31页则写到明朝正统年间(1436—1449年)为止。

73.《西藏王统记》,1508年的著作:《西藏王统世系明鉴》,木刻本,德格版,19世纪。它是由萨迦巴索南坚赞于土龙年写于桑耶寺。刘立千的汉译本叫作《西藏政教史鉴》,载《康导月刊》第二、三、四卷,1939—1941年;王沂暖的译本叫作《西藏王统记》,上海1935年版(第三版)。

74.《密续摄集》,1892年的著作:《密续摄集之产生及结果情形讲说——开启深密百门之钥匙》(目录中的30函),木刻本,共199页,德格版本,写于1892年(见第161页),奉嘉木样钦则旺波(1820—1892年)之命而作。现存有32卷本的《密续摄集》的记录和记事说明。

75.《关帝的仪轨书》,1779—1780年著:《祈愿护法大王关老爷之愿文——所愿皆成》,木刻本,共16页,北京嵩祝寺版(长字函),由洛桑贝丹意希(三世班禅喇嘛,1738—1780年,于1779年6月前往汉地。即六世班禅大师——译者)所著。请参阅洛桑山珠书。

76.《玛钦蚌拉山祭礼》,18世纪作品,木刻本,共6页,北京版(庄字函),载章嘉若必多吉(1717—1786年)的《全集》第六卷,第29号。

77.《尸语故事》(《说不完的故事》),共包括三种手稿:(1)(上师龙树所著《尸语故事十三则——奇异宝宴》(石泰安收藏品);(2)《吉祥怙主圣者龙树所著起尸金法故事二十一则》,共有两种稿本,其一为楷书,其二为草书,新德里图书馆考古部藏(虽然其标题中说是21个故事,但草书稿本中仅包括11个故事,而另一种稿本中也只有18种故事和第19种的一部分);(3)我在噶伦堡看到的一种稿本,阙标题,共包括21个故事;(4)木刻版。过去收藏于"亚洲博物馆",来自拉卜楞寺(《尸语成就的故事》,大家可以从本参考书目第一部分,弗兰格1921年和麦克唐纳1931年文中看到这一切)。这是《起尸鬼故事二十五则》的藏译本。请参阅《说不完的故事》的条目。

78.《白色马胜》,17世纪著作:《丹增法王依止白色马胜供奉战神情形》,五世达赖喇嘛的著作,第11卷第125—126页[东北大学目录第5625(38)号],在第41号稿本之末是同样的标题(请参阅下文第二章),第12页和以下几页。其题跋中提到:"在德拉嘉策林的鼓动之下为了治好俄尔的持明而作"。

79.《萨囊彻辰史》,1662年:《蒙古源流》或《宝贝史籍》,施密德刊本和译本:《东蒙古人及其贵族的历史》,圣彼得堡1829年版。该书由鄂尔多斯部的萨囊彻辰洪台吉著。

80.《拔协》,可能为9世纪作品:《赞普赤松德赞及阿阇梨莲花生之时奉行显密教法之情形——拔协夏达玛》。这是我在甘托克阅读过的稿本著作(第七类),共57页。据其题跋记载,它存在有许多文本。这一种文本叫作“附添本”(夏达玛,拴在脚上的部分)。真正的《拔协》是由三种王诰组成的,其中有一册——王室档案中的那册被交给了夜叉丹甲纳布。有一种多册的抄本被分发给了大相们。旧本中充斥着抄写者的错误。本文是根据夏普让哇的抄本编定的。

81.《西夏纪事本末》,张鉴(1768—1850 年)著,1899 年慎记书庄版。

82.《西藏记》,18 世纪著作,无名氏作。载《龙威秘书》九集。这部著作重复了《西藏志》(其作者很可能是果亲王,他于 1734 年在西康)。

83.《西藏记述》:1740 年左右的作品,由张海著,载《振绮堂丛书》第 20 集。作者于 1735 年曾陪同七世达赖喇嘛从泰宁到拉萨(泰宁无疑是指章谷寨,见伯戴克 1950 年书,第 152 页)。

*84.《西藏见闻录》,1724 年之后成书,由萧腾麟(字十洲,于 1724 年居住在察木多)著,由《关侯事迹汇编》(1899 年版本,第二卷,第 20 页)引证。

85.《西域同文志》,1766 年的著作。这是一部五体语言地理辞书,共 24 卷,由一个编修组于 1766 年修成。

86.《尸语故事》(《金玉凤凰》),其时代无考。(1)《说不完的故事》,北京版第 57 页,其包括 14 个故事;(2)卡尔梅克文本,朱尔格版本,见本书的参考书目 I,它是《尸语故事》的蒙文本。

87.《续资治通鉴长编》,12 世纪作品,由李涛(1114—1178 年)著,其序作于 1163—1183 年。

88.《六世达赖喇嘛传》,1700 年左右成书:《第六世遍知一切(达赖喇嘛)罗桑仁钦仓央嘉措传——云裳增续金穗》,木刻本,共 514 页,拉萨版(第一卷)。据《隆多喇嘛全集》(第 25 卷第 5 页)记载,作者是摄政桑结嘉措(1679—1705 年执政),但这部著作却被收入七世达赖喇嘛的《全集》(东北大学目录,第 5823 号)中。

89.《宋史》,1356 年左右由脱脱(1313—1355 年)等撰,《图书集成》版本。

90.《宋会要辑稿》,公元 1800 年左右由徐松(1781—1848 年)根据保存在《永乐大典》中的片断编纂而成。北京 1936 年影印本。

91.《打箭炉志》,可能为 18 世纪作品,既无出版时间又无作者,2 卷稿本。

92.《多罗那它史》,1608 年:《明示吉祥之源佛法教宝在印度传播情形——诸愿普现》,木刻本,共 131 页,德格版。此书写于土阳猴年,作者诞生于 1575 年,当时 34 岁(1608 年)。谢夫纳的意大利文译本。《多罗那它有关佛教教理在印度口传的著作》,圣彼得堡 1868 年版,谢夫纳的德译本于 1869 年在圣彼得堡出版,请参阅此人的自传。

93.《章谷屯志略》,1874 年成书。由吴得煦发表(其序的时间为 1874 年),载《振绮堂丛书》第二集。这是章谷(Tchango,即康区的 Brag - sgo)地区的地志。

94.《竺国纪游》,1804 年成书,四卷本,由周蔼联著,这是作者写序言的时间,1913 年活字排印本。

95.《竹叶亭杂记》,19 世纪的著作,四卷本,由姚元之著,19 世纪人,载《国朝掌故》中。

96.《东部事略》,12 世纪末成书,共 130 卷;由王偁(字季平)著,已被收入了《四朝别史》或《宋辽金元别史》中,扫叶山房版本。

97.《青唐录》,宋代成书,被归于李远,两卷本,载《说郛》,涵芬楼版本,这种归属仅仅为一种假设。此外还有宋人汪藻的一种《青唐录》。

98.《白琉璃》,1669、1683 或 1687 年成书:《普派历算之解说——贤者颈饰》或《白琉璃璎珞——贤者·心宝》,木刻本,两卷。第一卷共 314 页,第二卷 321 页,德格版,由第悉桑结嘉措(1679—1705 年执政)著。据《年表》认为,这部著作写于 1683 年;但据其题跋记载,或者据隆多喇嘛认为(《全集》第 16 卷,第 17 页),它却是写于 1669 年,即土猪年。

99.《卫藏通志》,18 世纪末作,不著撰人,疑为和琳(1792 年在藏)所作。16 卷本,刊入《渐西村舍丛书》中。

*100.《卫藏图识》,1734 年之后成书,由马揭和绳祖(清朝人)作。

101.《武经总要》,1040—1041 成书,共 40 卷,由曾公亮(998—1078 年)和他人撰,载《四库全书珍本初集》,1935 年版。

102.《武林旧事》,13 世纪书,共 10 卷,由周密撰(请参阅《乾淳岁时记》),作者序中的最后时间为 1260—1264 年,载《笔记小说大全》。

第二章　《格萨尔王传》史诗的起源

一、格萨尔史诗各部的目录

许多企图提供该英雄史诗诸部名称的藏文目录均已被笔者所掌握。其中之一已由任乃强刊布(1945 年,第 22—25 页)。

《格萨尔王传》史诗的全文可能具有 20 多部或组成部分。一般来说,人们只能掌握其中的几部。所以杂多寺[1](红帽派,江孜地区)仅仅拥有 18 部,它收藏的那一套被认为是不完整的。囊谦土司(玉树的南部和西部)可能掌握有一套 19 部的史诗。任乃强甚至根据在德格受皈依而成为喇嘛的汉人李鉴明而指出该史诗共存在有 24—25 部。这一故事的核心可能仅仅包括五部。稍后不久,大家可能将此发展到 23 部。在上个世纪,一名萨迦巴喇嘛可能又从中加入了一部。最近,根据萨迦巴喇嘛热振[?]的命令而又增加了第 25 部。最后,大家于下面看一下任乃强先生是怎样总结由一名杂谷土司提供的目录的。[2]

“一、诸天会议(相当于《天岭卜筮之部》)。叙述一怨诟佛法之妇人发愿转世为魔,摧毁佛法。莲花佛知由此愿力,将产生三个力能摧毁佛法之子,为霍尔三王(见前)。召集诸天神佛会商,推举一神下凡,转世为摧破三魔国之人,即格萨(尔)也。

二、降生(相当于《降生岭国之部》)。叙述此神投胎,生产与幼时生活情形。谓其为林(岭)国王私通女奴所生之子。初甚贱视,名为足曰(觉如)。足曰,意为苦孩子或滥娃娃。但足曰能以术自立。

三、赛马(相当于《赛马称王之部》)。叙述林国王将以赛马获胜者承袭王位。足曰与诸世族子竞赛,遭受种种扼抑欺弄,终能以术解脱,卒获冠军,遂夺王位。格萨之名由此而得。

四、林与中华(相当于《汉地与岭之部》)。叙中国皇帝得一魔妇,多方摧毁佛法。其公主五人,皆度母化身,以隐语召格萨来。用种种方法破毁魔妇之术,卒弘佛法。

五、底纳折(可能相当于《黑魔之部》)。以魔王名为题。即首章发愿摧毁佛法之妇人，转生后，产育三魔子之事情。[3]

六、霍尔侵入（相当于《霍尔之部》）。叙述霍尔格噶（白帐王）设法秽灭格萨灵智将攻入林国，劫去其爱妻卓么（珠牡），迫为配偶事。

七、攻克霍尔（相当于《霍岭大战之部》）。叙述格萨清醒后，备历艰难，林国十八部，召集党徒，巧袭霍尔，夺回爱妻，斩除三魔。

八、觉林[5]（相当于（姜岭大战之部》）。叙觉阿撒打甲波（姜萨丹木王）与林格萨争斗，及其子叶拉（域神?）投降格萨事。相传其国在巴塘南。

九、喜折（相当于《辛赤之部》）。叙平喜折（辛赤，南部的岭王）王国事。

十、挞惹（相当于《分大食财宝之部》）。叙征服大食国（今波斯国）。

十一、林与蒙古上（相当于《上蒙古马宗之部》）。叙征服上蒙古（西部蒙古）。

十二、林与蒙古下（相当于《下蒙古铠玉宗之部》）。叙征服下蒙古（东部蒙古）。

十三、昔日（相当于《水晶宗之部》）。昔日，北方国名。此叙格萨征服其国事。

十四、卡契（相当于《卡契玉宗之部》）。藏人谓印度回教徒为卡契。此叙格萨自卡契取宝石事。

十五、祝姑（相当于《朱古兵器国之部》）。述格萨夺取海外奇器事。（祝姑国在印度之外）。格萨从那里偷了一枚大鹏卵。[9]

十六、白热（相当于《白惹绵羊宗之部》）。叙征服白热国事。或谓白热即白布国，今之尼泊尔也。或谓在波密之南，即白马冈。或谓即西康之白利。

十七、日勒得[10]通好。日勒得为西方女国。此叙通好之事，谓藏俗热赞必嗦哈达（丝织之长巾）始于此。

十八、取九眼珠。九眼珠为石理自成图案文之宝石[11]，价昂于黄金数倍，此叙格萨求取事。

十九、林与地狱（相当于《地狱救妻之部》）[12]。此叙格萨入地狱救其妻事[13]，与所传目莲救母事仿佛。”

与《格萨尔王传》英雄史诗有关的一大批内容如此丰富的故事可能会使人感到瞠目结舌，但它不仅仅在西藏，而且在蒙古也被确认和证实。在西藏，罗列赫很久之前就曾指出在西霍尔人中存在的一套共分为16卷的稿本著作（1931年，第360页）。他于1942

年(第281页)又补充说,西霍尔人中的这一文本与西藏东北部的文本之间具有非常密切的相似关系。这后一种文体共包括19部著作,其中有一部完整的稿本收藏于热振寺,一般写作Reting(是噶当巴,因而也是黄教寺)[14],直到它于1947年被劫走(当指1946年热振事件中藏军攻打和抢劫热振寺一事。——译者)为止。下面就是罗列赫非常乐意地向我通报的资料。

1.《英雄诞生之部》(《降生岭国之部》),1卷。

2.《降伏霍尔之部》(霍尔人中的魔鬼为夏哇如达或长彩角鹿)[15],1卷。

3.《降伏妖魔之部》[16](指魔和岭),1卷。

4.《霍岭大战之部》(霍尔和岭),共2卷。

5.《姜岭大战之部》(姜和岭)[17]2卷。

6.《门岭大战之部》(门和岭)[18]1卷。

7.《分大食(伊朗)财宝之部》,2卷。

8.《阿扎[19]拉姆之部》(《地狱救妻之部》),1卷。

9.《白利绵羊国之部》[20],1卷。

10.《卡契玉宗之部》,1卷[21]。

11.《象雄珍珠之部》(象雄是吐蕃西部的一个古王国)[22],1卷。

12.《索布马国之部》(蒙古[23]和岭),1卷。

13.《拉达克国之部》(《雪山水晶国之部》)[24],1卷。

14.《朱古兵器国之部》(或《松巴之部》,松巴是吐蕃东北部1个古民族的名称)[25],1卷。

16.《米努绸缎国女王之部》("米如绸缎国"可能是指缅甸),1卷。

17.《甲岭传奇之部》(《中华和岭之部》),1卷。

18.《降伏霍尔惹迥王之部》(惹迥王可能是指霍尔的世俗王或外道王),1卷。

19.《洛人狗耳国王之部》[26],1卷[27]。

大家已经看到,虽然其著作中的部数与任乃强书中的目录相同,但其标题名称却并非始终都相同。我们于下文中将计算所有的标题或各部的名称。我们首先要指出,某些部包括许多卷,热振寺收藏的19部著作共代表23卷。我们顺便还应指出,《格萨尔王传》史诗于此是作为各种民间故事的包容库的形态而出现的。

在故事情节及其标题问题上强烈地表现出来的不稳定状态也

反映在下述 10 部标题的目录中，它是由向骆克提供资料的打箭炉之顿珠指出的：

1.《霍尔和岭》(《霍岭大战之部》)。

2.《姜和岭》(《姜岭大战之部》)。

3.《魔和岭》(《北地降魔之部》)。

4.《门(洛)和岭》(《门岭大战之部》，可能是指南方的岭人)。

5.《哲乌果宗和岭》(可能为哲乌的兵器塔)。

6.《索布和岭》(《蒙古之部》)。

7.《大食和岭》。

8.《江地和岭》。

9.《木雅(弭药)和岭》。

10.《阿色和岭》。

这份目录说明提供资料的人在情况允许时是何等厌恶承认他们的无知。首先，史诗情节的顺序并未受到尊重，第三部应该被置于第一和二部之前。正如大家于下文不远处将要看到的那样，有关木雅(弭药)的情节(第九部)属于远征中原(第八部)的组成部分。阿色(第十部)仅仅为对霍尔人(回鹘人或蒙古人)的 11 种称呼。因此，大家很怀疑第十部是否果真代表着单独的一部书。在有关哲乌的第五部中，大家也可能把他们视为拥有兵器馆的突厥人(朱古人)。

一种有九部(以 3 ×3 而分类)的完全荒谬的目录却在江孜木刻版中被提及了(请参阅下文第三章)。它共包括三个真实的地区(汉地、门地和丁地)、三个神地(天神，上部的神；年神，中部和地神；龙神，地下神)以及有关地狱的一部。除此之外，同一部著作还提及(第七部，第 7—8 页)下述目录：魔地、霍尔地；汉地、姜地、门地、丁地、大食和穹德部(金翅鸟，即大鹏)。昌巴桑达(Champa - Sangta)也知道有关丁地(但他不懂该词的写法)的一部。据他认为，这里很可能是指吐蕃西部的一个小部。

罗列赫告诉我们说(1942 年，第 280—281 页)，安多版本中包括有以下诸部著作：

1.《格萨尔的诞生》[28](《英雄的诞生》)。

2.《降伏北方魔王》(《降魔之部》)。

3.《降伏霍尔》(《霍尔大战之部》)。

4.《征服[29]汉地》。

5.《姜岭大战》。

6.《征服门地》。

他于其中同时还指出了大家将会在下文不远处列举的数部新著作。应该指出在蒙古为人所熟知的一大批"部",我们于此仅限于考虑其目录。大家最早知道施密德的七部和贝格曼的另外两部(第八和第十部)。鲍培后来(1927 年)向人介绍了一组 15 部的史诗,它们包括了施密德的七部和贝格曼的两部。稍后不久,他又介绍说(1951 年,第 83 页)莎莫卡拉诺有一种由 25 部组成的文本,但这部稿本在内战期间已于蒙古失传。我们已经发现与部数相吻合的一种数目并不含有指同样情节的意义。因此,在这 25 部中,很可能是有一些为上文提到的藏文目录中所不知的情节。如果蒙文本的核心内容确实可以追溯到藏文本,那么它们就不是译本,而是可能包括晚期单独发挥的新著作。

有人在噶伦堡向我讲到了叫作《魔鬼和岭》(《森岭之部》)的一部史诗。这里可能是指莲花生上师的住地魔岛楞伽山。这种内容的一部载于江孜木刻本(见第 2 条史料,第九部)。但这里同样也可能是与《世界和岭》(《斯岭之部》)相混淆的结果。据一名原籍为弭药(木雅,在西康)的老喇嘛认为,这后一部史诗的位置应该放在《天岭卜筮之部》之后和其他所有各部之前。它描述了岭地及其附属地的创世或整治。如果这样一部史诗不是独立存在的,那么它就确实可以被认为是有关《英雄诞生之部》多种文本的组成内容。

在稿本著作《朱古兵器国之部》(上,第 13 页)中,大家发现了一份格萨尔战胜各个地区或妖魔的统计表,而且每次取胜都是由于该地区的一名女子的帮助。这就是:

1. 对黄霍尔人的报复。

2. 进攻姜人的战争(为了食物营养或养分)。

3. 进攻洛人(南方,大米之塔,bras - rjon 很可能是指锡金,在藏文中叫作"哲孟雄")。

4. 取得对北方之魔鲁赞的胜利(在由格萨尔完成为众生谋福之前[?])。

5. 战胜魔鬼(森波)夏强(鹿——野骡?)。

6. 征服魔鬼(阿色盔甲宗)的兵器馆。

这一类的另一种统计表(共 9 种内容)载于林葱木刻本(见石泰安,1956,第 21 页或原文第一卷第 7 页)。

这些目录或统计表都是由差异甚殊的内容组成的,其中某些篇幅浩繁的稿本已为人所熟知,而其他则仅为篇幅短小的片断。

另外一种目录(木刻本,《分大食财宝之部》第 2 页)包括镇伏以下地区：

1. 北方之魔鲁赞。
2. 古羊的国王达秀（在霍尔人中）。
3. 赭面姜人的萨丹木。
4. 叫作古尼的门族人中的香赤。
5. 大食人的国王，大力士等。

正如其形容词所指出的那样，这类目录是根据标志四方国王之名称表的模式而确立的（请参阅下文第六章）。

除了那些普通的情节之外，《分大食财宝之部》的手稿本（第23号，第137页）提到了晁同在印度反对宗教的情节。

各种稿本的题跋都提到了属于征服十八城的长诗组成部分的主要几部，它们各自以为岭地民众获得的一种“功德”为特征。这类目录中的片断几乎到处都有一些。这些功德有时分散在英雄早年的整个生平中，有时又被归于其生命的最初几天。有些不同的组诗可能会存在。现时，没有任何内容能使人理清这一切。但最重要的仍是能够理解这一切。

有人告诉我们说（《分大食财宝之部》）的稿本），格萨尔王传包括对吐蕃十八个大城堡的入侵（“攻打藏地十八大宗”）。现在拥有大量不同的版本，本处所涉及的一部（《分大食财宝之部》）是入侵，其目的是为了吐蕃利益而“创立和分配财宝”的财宝之宗。《卡契玉宗之部》稿本的标题指出，征服该地区涉及了“玉宗”（绿松石堡或玉堡），征服北方杰日地区或杰如就相当于征服“珊瑚宗”（《朱古兵器国之部》上，第44页）。征服其他的“宗”之后紧接着便是分配它们所代表的财富，而这一切又被归于了其称王即位之前的生活时代（角、牦牛、黄金、水晶、大麦等，见巴科藏稿本，第30页）。《朱古兵器国之部》上的稿本之题跋（第251页）则提供了《开启武器宝库之部》的标题。巴科藏稿本的第二部分（第100页）涉及了《西宁马宗之部》和《阿色铠甲宗之部》。噶伦堡的那些为我提供资料的人员向我提供了如下标题：《松巴犏牛宝之部》和《冰山水晶宗之部》。格萨尔王已控制的吐蕃的十八个大宗（十八国或十八城堡）都经常被提及。这个数字是传统性的，并已出现于其他的分类部分中。

在将上文提到的目录以及大家在某些稿本开头处发现的目录进行分类时，大家可以编制出下表：

热振寺本（据昌巴桑达的讲述）	任乃强和林葱木刻本史诗	罗列赫与《汉地之部》史诗	《卡契玉宗之部》稿本（开头部分）	《洛岭大战之部》稿本（莱敦藏本）	大卫—妮尔的文本	蒙古文木刻本	下拉达克版本	《分大食财宝之部》稿本第1页，林葱木刻本《分财》第33页	《白惹绵羊国之部》稿本Ⅰ和Ⅱ	《朱古兵器国之部》稿本Ⅰ	江孜木刻本	打箭炉绘画	人物，主要称号（据昌巴桑达）	林葱木刻本和已知的各独立文本
	天岭，序言	序言		序言	序言	序言	序言						序言 Ⅰ	林葱木刻本
降生岭国	降生	降生	降生青年		降生	降生青年	降生青年				降生青年（Ⅰ）	降生青年Ⅰ—Ⅳ		林葱木刻本，巴科稿本，赫尔曼
降伏霍尔												各种魔（1）		
	赛马		赛马，岭国称王		赛马		称王					赛马Ⅴ		林葱木刻本
	汉地				医药，外道	汉地	汉地（事实上）							图齐稿本
魔	魔（黑色?）	魔鲁赞	鲁赞	魔	鲁赞	魔	魔	鲁赞	鲁赞		鲁赞（2）	称王，魔，Ⅵ	魔鲁赞	

续表

热振寺本（据昌巴桑达的讲述）	任乃强和林葱木刻本史诗	罗列赫与《汉地之部》史诗	《卡契玉宗之部》稿本（开头部分）	《洛岭大战之部》稿本（莱敦藏本）	大卫—妮尔的文本	蒙古文木刻本	下拉达克版本	《分大食财宝之部》稿本第1页，林葱木刻本《分财》第33页	《白惹绵羊国之部》稿本Ⅰ和Ⅱ	《朱古兵器国之部》稿本Ⅰ	江孜木刻本	打箭炉绘画	人物，主要称号（据昌巴桑达）	林葱木刻本和已知的各独立文本
霍尔	霍尔	霍尔	霍尔	霍尔	霍尔	霍尔	霍尔	霍尔	霍尔（Ⅰ,23b）	霍尔（59b）	霍尔（3）	霍尔（3部分）Ⅵ—Ⅸ	霍尔，黑帐王	彼埃蓬稿本，大英博物馆，莱敦，罗列赫
		汉地（和弭药）				格萨尔变成了毛驴	汉地（243页），继霍尔之后					汉地Ⅹ		
姜	姜，萨木丹	姜	姜	姜（羌）	姜，萨木丹			姜	姜	姜（62a）	姜（4）		姜，萨木丹	柏林，大卫—妮尔，罗列赫稿本，哥本哈根

续表

热振寺本（据昌巴桑达的讲述）	任乃强和林葱木刻本史诗	罗列赫与《汉地之部》史诗	《卡契玉宗之部》稿本（开头部分）	《洛岭大战之部》稿本（莱敦藏本）	大卫—妮尔的文本	蒙古文木刻本	下拉达克版本	《分大食财宝之部》稿本第1页，林葱木刻本《分财》第33页	《白惹绵羊国之部》稿本Ⅰ和Ⅱ	《朱古兵器国之部》稿本Ⅰ	江孜木刻本	打箭炉绘画	人物，主要称号（据昌巴桑达）	林葱木刻本和已知的各独立文本
门	（洛，门），辛赤	门	洛＝门	洛辛赤	辛赤			门	辛赤	门（72a）	门和丁（恰）		洛辛赤	大英博物馆稿本，图齐，莱敦
大食	大食		大食	大食	大食			大食	大食		大食		努，大食	图齐稿本，华盛顿，哥本哈根
阿扎	索（上，下）		索布，阿扎					索布，阿扎		阿扎，索地首领			索，赤赞尼玛杰波	
白利	白利		白利					白利		白利绵羊宗（44a）			姜，白利	

续表

热振寺本（据昌巴桑达的讲述）	任乃强和林葱木刻本史诗	罗列赫与《汉地之部》史诗	《卡契玉宗之部》稿本（开头部分）	《洛岭大战之部》稿本（莱敦藏本）	大卫—妮尔的文本	蒙古文木刻本	下拉达克版本	《分大食财宝之部》稿本第1页，林葱木刻本《分财》第33页	《白惹绵羊国之部》稿本Ⅰ和Ⅱ	《朱古兵器国之部》稿本Ⅰ	江孜木刻本	打箭炉绘画	人物，主要称号（据昌巴桑达）	林葱木刻本和已知的各独立文本
卡契	卡契		卡契										上部索尼赤拉噶尔，下部索年切杰波	卡契，稿本，噶伦堡，图齐
象雄										象雄和拉达克（109b）			象雄伦珠扎巴	
索一岭														
拉达克														
朱古	朱古							朱古		朱古				图齐稿本
松巴	女国													

续表

热振寺本(据昌巴桑达的讲述)	任乃强和林葱木刻本史诗	罗列赫与《汉地之部》史诗	《卡契玉宗之部》稿本(开头部分)	《洛岭大战之部》稿本(莱敦藏本)	大卫—妮尔的文本	蒙古文木刻本	下拉达克版本	《分大食财宝之部》稿本第1页，林葱木刻本《分财》第33页	《白惹绵羊国之部》稿本Ⅰ和Ⅱ	《朱古兵器国之部》稿本Ⅰ	江孜木刻本	打箭炉绘画	人物，主要称号(据昌巴桑达)	林葱木刻本和已知的各独立文本
	白惹								白惹				白惹，杰波	米格稿本
措，米努杰莫								米努	措，日(米)努达曼杰莫	努(朱古之前)			日努，达羊杰莫	米格稿本
													卡契赤旦杰波	
													甘日协宗	
													阿扎尼玛，扎巴	
													朱古托果，杰波	

续表

热振寺本（据昌巴桑达的讲述）	任乃强和林葱木刻本史诗	罗列赫与《汉地之部》史诗	《卡契玉宗之部》稿本（开头部分）	《洛岭大战之部》稿本（莱敦藏本）	大卫—妮尔的文本	蒙古文木刻本	下拉达克版本	《分大食财宝之部》稿本第1页，林葱木刻本《分财》第33页	《白惹绵羊国之部》稿本Ⅰ和Ⅱ	《朱古兵器国之部》稿本Ⅰ	江孜木刻本	打箭炉绘画	人物，主要称号（据昌巴桑达）	林葱木刻本和已知的各独立文本
嘉一岭								嘉一岭			汉地			
《降伏霍尔之部》														
洛人狗耳国														
	9眼珍珠													
											森波阔尔（10）			噶伦堡的藏本《森岭之部》
地狱	地狱				格萨尔的结局，进入天堂	地狱						地狱Ⅺ		噶伦堡藏稿本，巴黎国立图书馆藏稿本

二、已刊(全文或摘要)和末刊的口传本

藏文本

由弗兰格搜集的拉达克方言文本(请参阅上文的参考书目)都是来自不同村庄和由许多人说唱的片断。第一种文本即列城本,被弗兰格称之为《春天里的神话》(1900年)。该文"几乎到处"都"代表"着一名约16岁少女的故事,这个故事被缓慢地说唱,后来被佛教祖师们的学校中的教师以文字录下(第1号稿本)。另外一名拉达克人也"逐字逐句地"录下了"流浪乐师们的"故事(第2号稿本),其道白和唱段则与第1号稿本(其内容也如此,同上引书,第18—20页)有差异。这种文本(我们从此之后称之为《春天里的神话》)包括以下诸内容:1. 开场白;2. 派遣一名天神之子;3. 他转生到大地上;4. 伯父的迫害;5. 英雄的订婚和结婚。

该故事的下文(弗兰格的《冬天里的神话》,1902年)是一种混合作品。其开头部分已根据塞赫(塞尔)流浪乐师们的口授而记录下来了。[30]这一部分曾读给60英里之外的卡拉泽(Khalatse,地图上作Khalchi)的一名男子听,并由此人作了补充(我们以下就称之为《冬天里的神话》)。它共包括:1.《格萨尔在北魔楚鲁鲁古中及其胜利》;2.《降伏霍尔人》。

第三种文本是弗兰格称之为《下拉达克文本》(1905—1909年)者。它是在卡拉泽由原籍为莱尔托(Lerdo,位于下拉达克的印度河畔。我们从此之后便称之为《下拉达克版本》)的资料员口授而记录下来的。它共包括:1. 开场白;2. 派遣一名天神之子及其在大地上的转生;3. 格萨尔王的青年时代、结婚和即位称王;4. 赴汉地旅行与汉公主和亲;5. 降伏北方之魔;6. 降伏霍尔人。

同一名提供资料的人官却扎西还介绍了某些有关几个次要人物的故事(弗兰格,1906—1907年。我们此后就简称《格萨尔史诗中的勇士们》为《勇士》)。这就是:1. 格萨尔宠爱的一名门族人;2. 岭地"伯父"之一的嘉哇果波;3. 无父之子"水晶童";4. 格萨尔的儿子嘉察噶波;5. "金童"(它重复了前一个故事的最后一部分)。

这些故事部分是格萨尔史诗的对应内容。它们也包括对格萨

尔生平早期情节的有益暗示。第一个故事是有关鲁赞(北方妖魔)之部的对应内容,但其中没有提到把他们派往魔域,而是格萨尔出于疏忽而将门族的魔鬼两兄妹派往龙城,它们在那里蹂躏了整个地区。格萨尔在那里受到了龙王两姐妹的邀请,攻击魔鬼并驱逐了它们。他在9年间遗忘了其故乡。在他缺职期间,其大臣丹巴乘机霸占了其妻及其王宫。此人在格萨尔返归时受到了惩罚(请参阅上文第一章)。

第二个故事介绍了岭地的嘉哇果波之子是怎样聘娶卓地国王的公主为妻的。该故事的一大部分(岭地的英雄们为了得到这名公主而必须克服的困难考验)则是模仿了松赞干布与唐朝公主的那次著名和亲(巴科,1935年)。

同样的内容也是第三个故事的基础。水晶幼童(协里布雄或协里吉布琼)并非他人,而恰恰正是孤儿和格萨尔的养子(义子)嘉察噶波,又叫作协噶尔(这是格萨尔的同父异母兄弟嘉察协噶尔的对应人物,在蒙文中叫作 Dzasa Šikir,即嘉察协噶尔)。许配给水晶幼童的女子叫协丹拉摩,她也是卓地国王的公主。当时举行了一次比赛以便能夺得她。未婚妻被汉地国王抢走了,岭地的英雄们前往汉地寻救她并把她带回了岭地。

第四个故事同样也是以大量的对应人物组成的,他介绍了格萨尔的养子和岭地的王子怎样获得另外一名女子。这就是姜地国王的公主,过去已许配给了洛扎(洛地)[31]国王为妻。另外一个小青年是岭地著名弓弩手的儿子,他于其中扮演了一种重要的角色。

大家于下文稍远处将会看到,史诗的这些发展(尤其是在格萨尔的儿子们的问题上)也出现在蒙古语口传本中了。这是现在已刊布的藏文仅有口传或半口传的文献。说它们是"半口传"的,那是由于为了记录下这些文献,甚至藏族人也被迫让人慢慢地朗诵,这就必然会引起说唱艺人的犹豫不决。[32]我们从西藏的其他所有地区都只发现了一些长短不一的简本,惟有由罗列赫提供的一种注音安多本的某些节录除外。[33]在拉达克和吉尔吉特(大家也知道那里的一种文本,见下文)之间,有一章关于"小吐蕃之王"(也就是拉达克和巴尔蒂斯坦或勃律之王)的唱词已由一名巴尔蒂人向邵(1875年,第245页)提供,它代表着与霍尔人战争的情节,邵氏(或者是向他提供资料的巴尔蒂人)称之为"叶尔羌王"。

严格地说,大家可以把大卫—妮尔的摘要文本(1931年)纳入康区（西藏东部）方言的口传本中。她是在玉树或称结古多（Jyekundo、Skye－dgu－mdo、Kyirkou 或 Jerkundo）得以听到一名专业说唱艺人的演唱。但他的说唱速度及其康区的方言使她感到很棘手。她借助于喇嘛庸登而得以在专场说唱中作下记录，这种说唱共持续六周（见其书第 52 页），每天两场和每场 3 个小时（第 61 页）。令人遗憾的是她从中加入了引自各种稿本著作（而且这些稿本也往往是用康区方言写成的）和听不同说唱艺人的表演（第 61 页）时所作的一些笔记。她指出自己在各种不同的详细情节中作了选择。这就是她的想象情况，她搜集的一批故事包括了以下情节：1. 开场白（因果报应的前世，前世之业羯磨）；2. 寻找龙母、英雄的诞生、他的青年时代及被流放；3. 格萨尔赢得了赛马，由此而获得了其妻、财宝和王位；4. 在喜马拉雅外道地区的征战，这些人拥有药草；5. 在魔王妻子的帮助下镇伏了北方之魔，其妻以一种迷魂酒（健忘饮料）而挽留住他；6. 格萨尔返回岭地，他在那里发现故乡已遭霍尔人入侵，而且霍尔人又劫持了其妻；7. 胜利征战霍尔人；8. 胜利征服南诏人（姜人）地区（云南）；9. 对香赤（南方之王）发动的征战；10. 对大食（伊朗）人[34]的战争；11. 格萨尔的最终归宿（进入西方极乐世界）。

康地另外的一种口传孤本（同样也是在玉树听到的）是塔菲尔以 2 页文字概述的那一种（1914 年），包括开场白、英雄的诞生、化身、婚姻、降伏北方之魔、征服霍尔等。

除了罗列赫作为语言的样本（见上文）而提供的几个唱段和故事片断之外，我们仅仅是通过一些很简短的摘要概念而知道安多文本的。最早的几种得归功于鲍塔宁（1893 年，第二卷，第 3—44 页）的提供，我们也如同他一样称这些文本为唐古特（西夏）文本。第一种片断（我们于此后称之为“唐古特 A”本，同上引书，第 3—38 页），而惟一重要的一种文本是从阿弥沙隆（意为“阿弥陀佛”）的口中搜集到的，此人为唐古特人，当时 60 岁，原籍为“都”或“魔地”（拉卜楞寺以西，位于哈拉乌拉山的南麓）。他用唐古特语讲述了这段历史，说唱了许多段落。色楞喇嘛是一名锡林郭勒蒙古人（也就是蒙古尔人或土族人）。他将此译作蒙古文，而鲍塔宁又以节译的形式把它译作俄文（唱段都被删去了，同上引书，第 38 页注［1］）。这一文本包括一节开场白、派遣一名天神之子、其诞生、暗害他的企图、订婚、赛马、降伏北方之魔、霍尔人入侵岭地和降伏霍尔人。

第二种片断（我们于此之后称之为“唐古特B本”，同上引书，第38—39页）系由独立的两段组成，它是由三川的一名喇嘛准堆搜集到的，他是以锡林郭勒语（三川地区的蒙古语，蒙古尔语）说唱它们的。由于他能阅读藏文而不是蒙文，所以这里无疑是指安多地区的一种“唐古特”文本（格萨尔的诞生和远征魔国）。第三种片断（我们从此之后称之为“唐古特C本”，同上引书，第40—44页），它是由黑水河（三川以西）形成平原的卡马拉村的文盲唐古特人桑巴尔恰说唱的。它包括派遣天神之子入主人间、英雄的诞生、婚姻和攻击魔国的征战。

罗列赫（1942年，第287—291页）提供了一种安多文本的摘要（不知是口传本还是成文本）。其中包括英雄的诞生、婚姻、远征魔鬼、与霍尔人的战争以及与姜人（羌或南诏，见上文）的战争。

一种半口传的文本也在康区边缘那片由已被藏化的土著人占据的地区出现。据人类学家马长寿认为，在巴旺（Pha – boṅ）县，松安寺的活佛嘉央丹增（’Jam – dbyans bstan – ’jin?）呼图克图曾写下了由岭国人（岭人）与霍尔人之间相詈之辞（1943年，第73页）。

对于西藏中部，寥寥数语的概述就是我们所知道的一切（贝尔，1931年，第11页）。该故事是由一个女子说唱的，她从其父处继承而来，后者曾携带一部在他面前打开的书而说唱史诗，我们下文还将有机会来重新论述这种资料，它对于理解口传本和成文本之间的关系非常宝贵。

现在已知的其他所有口传本（有些是用当地语言记录的，其余则为概述）均出自西藏的毗邻民族。

雷布查语文本

在西藏南部，有一种雷布查语文本，它至今尚未被认出是《格萨尔王传》的史诗，已由博瓦尔·斯托克（1927年，第421—435页）作了述要。这个故事（第28个）叫作《岭嘉措（Ling Gyaso）王是怎样降伏所有妖魔的》，它是在契博（Ghhibo）由一名“边做手势和边傻笑的老妪说唱的”。这个国王的名字明显相当于岭（Gliṅ，应读作Ling）·格萨尔。该故事中包括派遣一名天神之子、他在大地上的神奇诞生、生于岭羊（Iyang 意为地区，指岭地）、他受到迫害、即位成为吐蕃的岭地之王（Lin – Gyaso gya – bo）、他对魔鬼地区的征服、返回岭地、铲除其伯父和征服霍尔（Hore，藏文中作Hor）人地区。一种与前两个情节相对应的内容出现在与阿底—阿扎克的冒险故事有关的第27个故事中(第406—408页)。勒内·德·聂伯斯基—沃热科维茨曾实地研究过雷布查人,从而得以证实他们知道格萨尔,尤其是在锡金北部的拉成河和拉冲河谷的居民中更为如此。该故事被他们牢记在心中,并在数日和甚至是数周(口传资料)期间用雷布查语说唱。因此,一些很长和充满了唱段的文本似乎尚存在着,或者是在不多年之前尚存在。雷布查人可能非常清楚地知道该故事的西藏起源,但他们无法解释专有名词中的大量词汇。

哥本哈根国家博物馆民族学部主任哈尔夫丹·西格(Halfdan Siiger)非常乐意地向我吐露真情说,他得以搜集到《降伏霍尔之部》的一种文本(对霍尔人的战争,Hormu),系于1949年从一名普通农民的口中搜集到的,他希望刊布一种译本。

布鲁沙斯克语(勃律语)文本

从科学的角度来讲,记载最佳者是洛里默在罕萨(吉尔吉特)搜集到的那种布鲁沙斯克语(Burušaski,勃律语)文本(1935年,第二卷)。他用对音转写刊布了全文,并发表了一种逐字逐句的译本,专用名词都在索引中作了部分解释(第三卷)。

英雄在故事中于其青年时代叫作班珠,后来又叫吉斯尔(Kiser)。其故乡叫作拉玛(Lama),已被土著人比定为巴尔蒂斯坦或勃律(洛里默,1931年,第118页)。[35]这种文本[36]共包括一段开场白、英雄及其兄弟的诞生、分配地盘、班珠与朗佳·珠牡(Langa Brūmo,相当于Brugmo)公主订婚,夺得野牦牛的金毛、由以威严姿态出现的格萨尔取代国王、征服海海(Haihai[37]国,并迎娶公主、执政12载、霍尔王入侵其国,并劫持其妻、吉斯尔返回故乡以及对霍尔人的远征。

吉斯尔的故事在经过某些修改之后已经完全适应了该地区的情况,从而使之与其他土著组诗相联系起来了。在第5个故事中(洛里默,1935年,第二卷,第181页),又告诉我们说,“祖父”(我认为这里是指居住在蒙山中的山神)[38]是怎样聘娶了吉斯尔的祖母。吉斯尔正是根据其祖母的命令[39]而使她得到了这名夫婿,同时又让他娶了海海国公主布布丽佳斯。

此外,在吉尔吉特的一种传说中,某位巴加尔·堂被认为是吉斯尔的儿子和师利·巴达特的祖父(洛里默,1935 年,第三卷,第 437 页),也是吉尔吉特和罕萨—纳加尔的先生。另外,作为相对应的人物,这名师利·巴达特又作为师利·贝赖·巴加尔·堂出现在另一个故事中。而这个故事又仅仅是弥达斯(Midas,希腊神话中戈耳狄俄斯和女神库柏勒之子。——译者)[40]的翻版而已。

蒙古文本

在西藏另一端的东北部,我们也知道格萨尔史诗的大量蒙语口传本。俄国学者们(其中某些人就有蒙古血统)完美的蒙古语知识使我们得到了一些译本、摘要本和对音本。

布里亚特文本。鲍塔宁(1893 年,第二卷,第 44—113 页)发表了一个叫作《阿拜·格斯尔·博格尔汗》的故事,它是由汉加洛夫于巴拉金斯[41]地方笔录下来的,那里是伊尔库茨克的政府所在地。[42]大家于其中首先发现了一段开场白,它记述了在东方腾格里(天神,恶天神)和西方腾格里(善天神)之间的一场战争,其结果是战败的四尊恶天神都被堕入凡世间的大地上。它们赌咒发誓要向由西方的天神创造的人类进行报复,于是便炮制出了邪恶。该故事接着便以派遣西方天神首领的三个儿子之一到大地上入主人间以与邪恶做斗争的情形而开始。下面依次是:1. 神奇的受孕;2. 英雄的诞生及魔鬼企图杀害他(英雄于青年时代叫作努哈达—朱尔该,或者是叫作朱尔加或朱拉,第 67 和 69 页);3. 英雄与两个妻子的婚姻;4. 其光辉名字格斯尔(Gexer = Geser)赋予他的启迪;5. 对地下水族之王[43]的远征,他娶了该国王的公主并由于一种迷魂的(遗忘的)食物而被滞留在那里;6. 他携带第三房夫人返回了其故乡;7. 对奥克托尔(Oktor)巨狮的征服,其皮为格斯尔的 33 位同伴提供毛皮大衣、帽子和靴子;8. 对哈喇布萨尔(Xarabsar)鸟的远征,以获得雌鸟的奶、雏鸟的泪和雄鸟的鼻血;9. 赴汉地的旅行,首先是赴天神祖母处远足以便获得这些旅行所必须的法器;10. 格斯尔被魔鬼洛卜索加(Lobsoga)变成了驴子,后又被其妻阿尔玛——墨尔根哈敦所拯救;11. 对洛布索加(魔鬼)及其 3 名姊妹(名字各有不同)发动的远征;12. 托蒙·扎尔加朗出发前往长有 15 颗头的魔鬼处,帮助格斯尔杀死了该魔,然后又以一种迷魂食物而挽留了格斯尔;13. 由萨哈布尔(Sarabul)[44]三王对格斯尔国的入侵以及格斯尔对他们的远征;14. 对不可战胜的魔鬼加尔—多尔蒙—汗的远征。

1900年,库尔丹(无出版时间,其序是1909年写成的)在乌斯特乌尔特(伊尔库茨克稍靠北部一些地方)从一名叫作曼苏特的人的口中搜集到了一种格斯尔·博格多的故事(同上引书,第39页,第86—89页及其照片),被以"一名圣贤"[45]的尊号加以修饰。它无疑就是"格斯尔·博格多"的第三个故事(同上引书,第134—163页),应归于曼苏特(库尔丹未作具体解释)。在另外两种片断中,"格斯尔·博格多"的一个故事(第127—129页)是由斯克尔塔约夫叙述的。"格斯尔·博格多"的第二个故事(第130—133页)被称为第一个故事的一种翻版。大家还发现由阿洛诺夫说唱的一个故事,叫作《埃赛日·马兰和格斯尔·博格多》(第122—124页)。但由曼苏特说唱的格斯尔·博格多的长诗还包括另外两个故事,即格斯尔的兄弟铁英雄(第164—177页)和其子阿希尔·博格多(第178—185页)的故事。

埃赛日·马兰(创世者)及其孙子格希尔—博格多的故事代表着该史诗的开场白。其第一个片断特别包括下界人主人间之事,第二个片断则包括英雄的诞生及降伏各种妖魔,惟有第三个故事较为完整和相当于汉加洛夫介绍的那一个,包括开场白、英雄的诞生、迫害他的企图、其婚姻、其33名同伴的背叛、对加尔·诺尔曼汗魔的远征、铲除该魔的兄弟、消灭一个势均力敌的青年魔鬼(五弟)和老父魔鬼、格斯尔的儿子阿希尔·博格多的诞生、困难的旅行和获得第二房天神夫人、格斯尔被该女子变成了一匹耕地的马而又被其弟铁英雄和其子阿希尔拯救。这个故事之后是铁英雄的故事(第164—177页),他出发前去寻找一位女子(艰险的旅行,与魔鬼的斗争);接着是阿希尔的故事,他同样也前往寻找一个女子。这两个故事是根据第三个故事中的格斯尔旅行的同一模式编织起来的,它们如此相似以至于大家甚至可以说它们为同一故事的两种翻版。

大家只能怀疑由柯津搜集的故事仅仅为摘要。为他提供资料的主要人物曼苏特也尽力而为以避开外国人。[46]莎莫卡拉诺的著作(1918、1930和1931年)向我们表明了这名"贤士"能够干出的一切。他本人就是布里亚特人[47],并受到了伊尔库茨克学院和圣彼得堡大学文学系的科学培养。莎莫卡拉诺特别适宜搜集土著传说,他从童年时代起就通过其太祖母、祖父和父亲而牢记了许多这类传说(1918年,第11页)。对于他所搜集到的大量史诗说唱段落，我们于此仅仅提到那些与格萨尔英雄史诗有关的内容。1903年，他首先在库达搜集资料，从布里亚特人彼得鲁·米哈哈诺夫口中搜集到了叫作《汗·布格杜尔汗之子哈·奥希尔》（哈·奥希尔是格斯尔的儿子）的一首伟大的英雄史诗的片断。他还于那里在1906年从“说唱诗人”若尔本·萨尔巴该（或萨尔比科夫）[48]的口中搜集到了另外一种文本，而且还似乎是完整的文本。这两种文本均已刊布在莎莫卡拉诺的书中了（1918年），第一种共500行诗，第二种则具有4305行诗。该片断的译本已由鲁德涅夫完成（1925年）。但是，莎莫卡拉诺同样也是于1906年在鲁丁斯克地区，从一名布里亚特说唱艺人[49]曼苏德·额墨根[50]的口中搜集到了一部共由3章组成的完整史诗：1.《阿拜·格斯尔的儿子》（1930年，第1—10；592首诗）；2.《奥索尔·博格多的儿子》（即奥希尔或阿希尔，格斯尔的长子[51]，见1931年，第10·593—14·388首诗）；3.《胡林·阿尔泰的儿子》（格斯尔的幼子[52]，见1931年，第14389—22074首诗）。非常遗憾，据我所知，这首共有2.2万多行的长篇史诗尚未被翻译出来。我们虽然不懂布里亚特方言而简单地浏览了一番，但由此也似乎可以得出结论，认为该故事囊括了由库尔丹提供的所有情节，可能惟有铁英雄的故事例外，我未能在由莎莫卡拉诺刊布的文献中找到它。

布里亚特人讲到的该英雄史诗如同是“格斯尔史诗中的九部”（罗列赫，1942年，第301页）。鲍塔宁（1839年，第二卷，第133页）对它们作了这样的总结：1. 开场白、将天神之子派往人间、其诞生、青年时代以及与两个夫人的结婚；2. 狩猎野兽和与第三房夫人结婚；3. 斑煉雄狮奥克托尔；4. 汉地国王古门；5. 格斯尔被罗布索加变成了毛驴；6. 格斯尔患病及其战胜长着15颗头颅的魔鬼；7. 对萨哈布尔（锡林郭勒·霍尔）人的胜利；8. 对加尔·多尔莫汗的胜利；9. 最后一次战争和对罗布索加的胜利。

据鲍塔宁认为，其他的布里亚特人将该史诗分为三部，其余部分则是有关各次战争和诸王故事的。在一般情况下，当讲完有关某一名勇士的故事之后，说唱者便补充说这是《阿拜格斯尔·博格多汗》的一部。所以，它不仅仅为九部而是数十部和数百部之多（同上引书）。

“九部”后来都已被刊布（纳木齐尔·巴尔丹，1941年），并被译作俄文（柯津译本，未刊）。布拉金斯基（1955年，第28—29页）提供了下述摘要文。其第一部是西方的55尊慈悲天神（腾格里神)在他们的首领汗·胡尔玛的率领下与由阿泰-乌兰率领下的东方44尊畏怖腾格里天神之间的战争。汗·胡尔玛获胜,他将阿泰-乌兰的头颅剁成七段,并将之抛在大地上,从中出现了一些对人类有害的魔鬼。为了拯救人类,必须向大地上派遣汗·胡尔玛的长子勇士布斯·贝利格特。第二部讲到了此子以拖鼻涕(患鼻疽病者)的毛头小伙子外形而转生于人世间,成为一名贫穷的残废老妪的儿子并获得名字格斯尔。其母被神奇般地治愈了。格斯尔早在其青年时代就已经表现了其力气和技巧。从一开始起,其敌人就是其伯父"黑晁同"。由于在一次比赛(赛马)中取得胜利,所以才得到三个王妃:土门-扎尔加兰、乌尔迈-科松和阿尔玛·墨尔根。第三部是讲从阿泰-乌兰的颅顶诞生了魔鬼阿尔汗、哈拉·苏都斯尔,也就是"黑鬼阿尔汗",他被悬在天地之间,力图吞掉月亮和太阳以使大地陷入一片永久的黑暗之中。格斯尔战胜了他,并为人类拯救了日月之光芒。第四部是讲火魔(闪光的魔鬼)吞噬了一切,同样也是出自阿泰-乌兰的加尔-诺门罕给人类造成了惨重的损失。格斯尔战胜了他并将该魔鬼抢劫的财富分配给过去深受该魔鬼祸害的那些人。第五部篇幅特长,其中讲到了斑色魔鬼——奥尔戈利老虎吞噬民众及其所有财富。格斯尔杀死了它并从其腹中取出了被它吞噬掉的所有财宝,他又把这一切分配给了众百姓。第六部是讲凶恶而又长有一条黑色铁尾的巨妖——残暴的西林·米纳塔,它吞噬了整个部族。格斯尔战胜了它,尽管黑晁同策划了一系列阴谋。第七部讲格斯尔对恶魔阿巴嘎·色森·芒加海的胜利,该魔在哈拉·晁同的帮助下劫持了格斯尔最年长的夫人——美人图蒙—扎尔加兰。继此之后,格斯尔非常愉快地携其妻返回其领地。第八部讲格斯尔对极度骇人的龙卢阿尔·罗布索格尔堆图阿的胜利,它借助于巫术而使格斯尔在一段时间内成为"一头干活的毛驴"。在格斯尔获救和取得胜利中的一种重要角色是由其妻乌尔迈-科松扮演的。第九部讲格斯尔对汗·萨赖岱(索罗格尔堆)的胜利,它是"受到人憎恶的残暴者——挑衅者",系由阿泰-乌兰诞生。

"九"这个数字无疑是分类性的。它应该是指一个整体,而又不必使大家对于其组成部分的看法相一致。大家将会看到,林葱木刻版带有一个副标题:《九部之目录》,而江孜木刻本(第六卷)提到了分成九部的一整套英雄史诗。

对于以赋(散文)的形式写成的这个由鲍培(1936年,第37—

38 页）发表的有关阿金斯克的豁里—布里亚特人的小故事（《格斯尔的故事》）的内容，我无法作任何论述。有一种残缺甚重和错误百出的记述是东拼西凑起来的，它是由鲍塔宁（1893 年，第 251—256 页）从阿拉尔斯克地区某个有文化修养的（能读会写的）布里亚特人曼扎诺夫口中搜集到的，包括开场白、神奇的受孕、诞生、伯父的敌视、相继与两宫王妃结婚、受奥义、驱逐正宫夫人和在魔鬼中重新夺得她等情节。就在同一部著作（第 330 页）中，鲍塔宁还发表了两种多尔博德文的片断，它们把格斯尔与火的起源相联系起来了。其中同样也提到格斯尔是乌梁海人中的伏特加酒的发明人（同上引书，第 212 页），有一句谚语证明格斯尔传奇在鄂尔多斯也为人所熟悉（田清波，1941 年）[53]。某些不连贯的解释也证明格斯尔史诗同样也出现在甘州和肃州地区的“厄鲁特和裕固族人中”，他们用“唐古特文本”来说唱这一切，这就是说接近于藏文本的另一种文本（鲍塔宁，1893 年，第二卷，第 113 页）。这些裕固族人（Yegurs）应为曼内海姆（1912 年，第 31 页）所说的“黄裕固族人”（黄头回纥或黄畏吾儿人，Shera Yögûrs），他们承认自己有一个著名的先祖叫作“霍尔格斯尔王”（Khor Geser Rdjalu），相当于藏文文本中的“黄帐王”[54]；或者相当于赫尔曼（1942 年）所说的“黄裕固人”或“黄回鹘”（Sara Yugur），据该作者认为，他们操一种古老的蒙古方言（第 80 页）。然而，据赫尔曼神父认为（1942 年，第 81 页），这都是些“哈拉裕固族人”（Xara Yugurs，而据曼内海姆认为应作 Sarö），他们操一种突厥方言[55]，奉霍尔国王为其先祖。早在 18 世纪下半叶，松巴堪布意希班觉就证实了该部英雄史诗在黄裕固人中的存在（《自传》第 6 页）。所有其他的蒙古文、卫拉特文（卡尔梅克文）、喀尔喀文、布里亚特文的记述都已由稿本而为人所知。我们将在下一节中再来论述这个问题。

一种喀尔喀口传本已由鲍培做了记录和翻译（1955 年）。它开始于英雄的青年时代而结束于非常简单地叙述了反击霍尔人的战争。格斯尔于其中是以其阿勒坦·博格多汗的名字出现的。

最后，我希望在不久的未来，我们将会知道一种部头很大和涉及面很广的蒙古尔（最古老的蒙古方言）的口传本。多米尼克·施瑞德（Dominik Schröder，圣母会会士）非常乐意地告诉我说，在蒙古尔人（汉文中叫作“土人”）中存在有一种约为 2 万句诗的唱段，他得以在 45 岁的土人说唱艺人王文玉（其蒙古尔文名字叫作 Gnämbo-Sdžia）的口授下记录了 1.2 万句诗（请参阅施瑞德：1952

年,第 3 和第 12 页。它叫作《Rëdziōn - Xuā》[56],或者是叫作《格斯尔赛马称王》(Geser rëdzia - wu,相当于藏文 rgyal - po,意指“王”)。在等待这一重要文本发表期间,大家可以得到其中的某些片断(施瑞德,1953 年)。从这些片断来看,蒙古尔文本至少于其开头部分酷似由鲍塔宁携回的那些文本之一(唐古特 A 本)。

突厥语本

现在尚需要指出这些口传本的最后一个分支。这里是指南西伯利亚的一种突厥语片断,出自黑河(Kara Köl)河畔的苏荣人中,已被拉德洛夫(1866 年,第 424—429 页)用对音转写本刊布,并译成德文。这就是巴该·觉如(Pagai Tjürü)的故事。谢夫纳于其导论(同上引书,第 11 页)中已经把此人物比定为由施密德翻译的蒙文本中的觉如了(青年时代的格萨尔)。事实上,蒙古人把此名读作 Jürü > Djürü,由此而产生了苏荣人中的 Tjürü 的形式[57],他们均指觉如。该故事仅包括将觉如的父亲驱逐、青年的订婚和结婚等情节。格斯尔王史诗中的某些相对应的内容(同样也已经由谢夫纳于上引书中指出过了)也已经出现在《普岱汗》的故事中了(阿尔泰地区,同上引书,第 87 页),其中的一名英雄叫作赛当凯·格斯尔(Sädängkäi Käsär),他同时也出现在萨尔塔克台·格斯尔(Sartaktai Käsär,也是阿尔泰地区,同上引书,第 188 页)的故事中了。

三、成文本(木刻本和稿本)

木刻本

劳佛尔指出了拉萨的一种三卷的刊本(1932 年,第 95 页)。它始终不为人所知[58],如果它确实存在的话。我已刊布了(石泰安,1956 年)一种三卷的刊本,它是由岭地的一名土司(王爷,藏文为 rgyal - po)负责刊印的。这一整套刊本至少包括四卷,甚至也可能是九卷。[59]我根据其出版地点而称之为“林葱木刻本”,即岭地土司的所在地,位于玉树的东南和打箭炉的西北。

1a. **林葱木刻本 I**[60]

《征服敌人之宝、战神格萨尔传——天岭卜筮之部》(带有所谓的梵文标题），木刻本，开本为 44 × 7.8cm（文字部分为 37 × 5.5cm），共有每页为 6 行文字的 64 叶，惟有前两叶只有 4 行文字。叶旁的标题为《天岭卜筮之部》。在第一叶有文殊师利的一幅画像，在第二叶中有两身无法考证的人物画像，其释文不堪卒读。第 64 叶有题跋，由林（葱）土司刊印（“由岭国刊印”）。

1b. **林葱木刻本Ⅱ**

《世界雄狮大王之传记，岭国降生之部——花苑，占据黄河白绫结等》，同样的开本，共 79 叶。叶旁的标题简称为《降生岭国之部》。第 16 叶是莲花生的画像。第二叶正面左侧是寂护（藏文为 Ži－ba－mcho 或'cho，梵文为 Santirak Śita）的画像，右部是亦松杰（赤松德赞赞普）的画像。第 78 叶的题跋系由居美图丹嘉央扎巴奉林葱土司之令而作，由喇嘛嘉木样钦则旺布（1820—1892 年）在保存于林葱土司的古书之基础上写成。[61]作者也考虑到了布拉诺尔布的校正以及居住在格萨尔诞生地的宁玛巴喇嘛们的建议，这些喇嘛就是却居林巴、米庞坚白协贝多吉（圆寂于 20 世纪初叶）、卓都巴俄和勒热岭巴。

1c. **林葱木刻本Ⅲ**

《世界雄狮大王赛马称王之故事》，察顿诺布活佛作，同样的开本，共 111 叶。其简称标题为《赛马称王之部》。第一叶中心有一幅画像，其释文不堪卒读；第二叶是两身画像，左部是米庞，右部是格萨尔；第 111 叶有两身画像，其释文不堪卒读。有一条很长的题跋（第 108 叶和以下）：由善妙阿阇梨（也就是“学者”）所写，此名仅仅为林葱木刻本Ⅱ的编纂者图丹嘉央的梵文译名而已。上文提到的同一批喇嘛也提出了他们的建议。这名编纂者受到了米庞坚白协贝多吉的原文（见下文第 3 节）及其神秘解释的启发。[62]他也考虑到了《赛马称王之部》的其他数种文本，这就是：1. 霍尔科（炉霍，道孚地区，打箭炉的西北）的通灵人的版本；2. 普通说唱艺人或专门说唱格萨尔史诗的艺人惹古阿美的版本；3. 另外一种版本来自西藏的中部（卫地），共分五部。[63]

1d. **木刻本，《地狱之部》**

近来，麦克唐纳夫人成功地获得了一种木刻本，它可能属于全部是在德格刊印的共分为 18 部的《格萨尔王传》史诗的组成部分。其第一叶已缺，但其标题却出现在题跋中了：《世界大王传，地狱之部大功告成——见者自得解脱，为恶趣送去佛法之歌》。

木刻本，其开本为42.5×8cm（文字部分是37.5×6.5cm），每叶6行，共229叶。叶旁经简化后的标题是《地狱之部》。

共由4行组成的第2叶在不堪卒读的开头部分之后便以提及格萨尔的一段内容而开始，这就是第3行："哎玛荷！尊胜伟人格萨尔如意宝，降临藏地降伏魔类"。第2叶又提到了史诗的开头部分是："金刚教法雄狮之子！""在瞻部洲，南方之王是各大洲的最佳国王；在地脐，在黄河河曲，有金刚座；在玛卿蚌拉山的山脚下，有地神之首领；在天神光明世系的却培家族中，其父为狮子大臣（森伦），其母为龙女，其亲信为班智达；享受荼伽之供物的人，使守护神归附于其权力之下，他是南瞻部洲的杰出总督。我祝贺他！"

该故事结束于第228叶，于此指出："第18部末，其中提到尚察丹玛山珠（岭地的老大相）在对需要降伏的生灵作了最后一番概述之后前往印度，而且这也是在作为对诸耆那中的最珍贵者（格萨尔）传记之结论的完成众生功德业之后。"

第一篇题跋中提到了其标题：《世界大王传，地狱之部大功告成——见者自得解脱——为恶趣送去佛法之歌》。这段唱词或这一部是由丹地喇嘛却吉旺秋用汉地之墨写在汉地纸上的。此人后来又把它作为伏藏而埋藏在西北部（或者是在西羌部）的黄河塘静修处了，即"强多恰吉郑巴静修地"。

接着是一些愿文："祈愿在未来的寺院中，于我们这个衰落时代之末，最佳耆那喇嘛的这部传记能够遇到名声赫赫的扎哲多吉。如果能够遇到他，那么它就可以在整个世界或瞻部洲传播！同意！印！印！对于世界大王的这部传记，抄写它的人和诵读它的人都具有与抄写和诵读《甘珠尔》一样的功德。诵读它一次的功德便可以减轻疾病、刀兵或饥荒之苦……"

第二篇题跋（第229叶）："该文出自黄河（玛曲）河塘的伏藏中……（果洛人中?），由岭地世系的成员大持明扎哲多吉掘得：'此乃岭地执掌家族血脉世系传承之持明扎哲多吉从黄河果洛之河塘而得'。"

这些很重要的题跋证实了形成该英雄史诗或至少是它的这种文本的社会背景和地区。宁玛巴教徒和尤其是"掘藏师"的社会背景、岭地和黄河源头附近的丹地。令人遗憾的是其作者和"掘藏师"至今尚不为我们所知。这第二种人（掘藏师）的名字是颇有意义的。在将形成其名字的两种因素颠倒过来时，大家就会获得多吉扎哲这个名字，它也是莲花生或米居多吉的神秘名字（请参阅第三章），同时也是玛钦蚌拉山（阿尼玛卿山）的名称。

江孜本

《菩萨化现之人间雄狮降伏敌手如意宝之事迹——根本传记》[64]。这是一部已排除了经过发挥内容的传记。其开本为34×10cm,文字部分为26×7cm,每叶6行文字,惟有其前4叶除外。它共分为已编号的1—10这10部。属于巴科和图齐的几册未包括大英博物馆所藏一册(编号为19999,共22页)最前面的目录,后者还带有这样一个标题:《显明一切目录》[65]。目录中所指出的每部叶数与大家在已知几册中发现的叶数很相符,但目录中提供了经过简化的标题。下面就是其对照表:

目　录	图齐先生的一册
[2a]第一部+3个音节,《宗教的前行3大法事》,9叶。	30,《前行阻碍险途》,3叶。 唵(第1页和标题付阙如),3叶。 吽,《清除前行违碍之咒》,3叶。 共9叶。
第一部:《本生事之部》[66](以前历代转生的故事),21叶。	第一部(前文已指出标题,共23叶。[67]第1—2页是用梵文和藏文所写的佛教祈愿文。每1叶都有两身画像。第1叶左部是文殊师利,右部是观世音,第2叶左部是金刚手,右部是莲花成就者(莲花生)。第2叶左边是白梵天,右边是马头明王。第21叶:"摘自格萨尔自天下界一部"(第3a[乙]和第4a[乙]叶),他于林地的诞生(第5—7页)以及降伏内敌、妖魔(第10—11叶)和外敌鲁赞(第12—16叶)的七小部,降伏活动的结束。
第二部:《降伏北地魔国之部》,共13叶。	第二部:《雄狮大王降伏敌手之宝,征服北地魔王鲁赞之事迹》,共13叶。

第三部:《降伏霍尔魔之部》,共23叶。	第三部:《慈悲化现之雄狮大王降伏敌人之宝,摧毁霍尔魔军之简要史实》,共22叶。
第四部:《降伏姜国之部》,共29叶。	第四部:《镇压黑暗之王[68],降伏敌军之宝,摧毁姜国魔军之事迹集要》[69]。
第五部:《内传之部》,共15叶。	第五部:《岭国大成就伟人完成顿珠内部事业情形之部》,共15叶。
第六部:《因缘明灯之部》共6叶。	第六部:《大伟人事业方面的条件明灯》[70],共6叶。
第七部:《祈愿之部》,共10叶。	第七部:《格萨尔向战神之王祈愿托付事业》,10叶。[71]第10叶是:“由珠顿的格桑顿都多吉著。”
第八部:《邬金钦波降伏神魔之部》,共15叶。	第八部:《上师邬金王(莲花生)收伏世间藏地顽劣神魔之简要事迹》[72],共15叶。
第九部:《持巫母等之部》,共6叶。	第九部:《大宝上师收伏外海岛屿上具有法力和幻变的持咒母等的事迹》,共6叶。第5叶(题跋)记载有:“引自心之世系受奥义”[73];第6叶指出抄写者是:经师洛桑顿珠,刊布者洛桑及其子丹增平措。
第十部:《降伏神魔之部》,共10叶。	第十章:《西南遮末罗洲210万十小洲之事迹》[74]。共有10叶。其题跋是:《西南魔域史简义》,引自《驱散思想之愚的教义或手段》[75]。

目录的题跋共占有(包括本目录的两叶)159叶(事实上是161叶)。它结束于下面这样一段记述:“雕版收藏在卡孜(江孜)金山的官吏噶雪巴的小住宅中”[76],接着是愿文。

江孜位于从印度通往拉萨的大道上,属后藏,事实上不仅仅是这部著作的雕版存放在那里,而且大家还可以认为该版本的作者——编者也是该地区的人，或者是他曾在该地区工作过。在第六部中，还讲到了“我们的卫地（拉萨所在地区）和藏地（日喀则所在地区）”。

非常遗憾，上文提到的惟一一名作者（也就是第七部的作者）却是我们不知道的人。有几个人都叫顿都多吉，其前面带有不同的形容词或尊号。如噶玛顿都多吉是噶玛巴黑帽派祖师世系中的第16辈，诞生于1733年，他很可能不是我们的这位作者。另外一位是持明顿都多吉，他在1663年就已经很老迈了（《米居多吉传》，第8、157、189和200页），在1664年之后尚活在人世间（同上引书，第224页）。大家将会看到（下文第三章第53条），他积极地介入了反对一名自称是格萨尔的神灵附身的通灵人的斗争。同名的一个掘藏师是曾在卡哇噶波山为朝山者充当向导的人，卡哇噶波是一座神山，在那里掘到了有格萨尔王传史诗的一部稿本（请参阅第18号稿本注[5]和注[6]）。他无疑与上文提到的持明是同一个人，也可能就是我们的作者。一名顿都多吉（很可能与上文提到的掘藏师和持明为同一个人）“是玛钦蚌拉神山的一种伏藏稿本”的作者。这座神山也与格萨尔的历史密切地联系在一起（《玛钦蚌拉山之伏藏》，见《大宝藏目录》第69页）。如果这里是指惟一的和同一个人物，那么第七部就可以被断代为17世纪下半叶。在第六部中，提到了汉地的18个省份。但这个数字应断代为康熙六年（1667年），尽管后来又创建了新省，但它直到今天仍指中国内地的领土。此外，第六部出自佐钦巴（大圆满派）的一名作者，他情绪激昂地捍卫该宗的万神殿并冷酷地抱怨卫地和藏地的“黄帽派”僧侣。佐钦巴曾特别受黄帽派的卫道士准噶尔人（1717—1720年）之苦，而颇罗鼐（他原来统治藏地，后于1728年夺取拉萨并于1747年逝世）则更受他们的欢迎。[77]大家可以讲的一切仅仅是这一部书的撰写不可能早于18世纪的前四分之一年代。至于整部木刻版本的时间，则更难断定了。因为我们不知道第七和第六部的作者是否同样也是第一至六部中这最前几部的负责人。

木刻版本的内容可以被划分为许多部分：

（1）第一至四部：这是《格萨尔王传》这部英雄史诗的前四部（有关英雄的诞生和青年时代以及他与鲁赞魔、霍尔人和姜人的战争）。

（2）第五部：这是对格萨尔直到降伏鲁赞（第1—6页）之前生平的简述本以及有关宗教的离题话（第7—15页）。

(3)第六部:护教的抨击性著作。

(4)第七部:对格萨尔的祈愿文。

(5)第八至十部:对莲花生秘传的简述。

至于史诗的真正组成部分,前四部显得酷似是以"引自……"[78]的表达方式导入的一大堆摘录文的拼合。那些唱段已被部分地保留下来了。它们一般都经过了删节,但有时仍相当冗长。

本处仅有一次(第三部,第15页)一段唱词带有其篇名。[79]但在林葱木刻版中,大部分唱段却都带有篇名。连接各唱段的那些以赋(散文)写成的道白词均被删去。某些语言特征(在动词前面由e引起的疑问和后缀r被以s取代)[80]可能是指东方的一种模式。刊印者可能使用了两种或多种文本,但第五部除外。在前四部中,青年格萨尔的名字到处均写作Co-ru,而在第一部第12—15页和第三部第18页中则写作Jo-ru(觉如,如同在林葱土司的木刻版中一样)。这种删节的做法将在下一章中作具体阐述。

《米庞愿文》

这一简名从此之后将指一组愿文,它们占据了米庞坚白洁贝协多(1846—1914年)《全集》[81]第四卷的大部分篇幅。我们已经知道它是林葱土司木刻本的主要鼓动因素。该版本应为德格版本(木刻本,48.5×9cm,文字部分是37×6cm)。下面就是愿文的标题。

第一篇愿文

《不变智慧之伟人瑜伽上师,尽快给予加持》,共12卷。用数字标注的页码是第326—365页,用字母标注的页码为第1—40页,其背部的著作简名为《米庞大师全集》(米庞的著作)。

第1—2页:对于《降伏霍尔之部》和《赛马称王之部》的祈愿文,写于1887年藏历三月二十三日,其篇名为《奇异故事秘密宝鉴》。

第2—3页:《奇特的赛马故事——秘密宝鉴》,由米庞南贝嘉哇写于林地,第15个甲子(饶迥)木狗年(1874年),霍尔人的十一月十日。[82]

第3—4页:《祈愿降伏霍尔——勇士笑声》,由米庞南贝嘉哇写于1887年3月10日。

第4—9页:《伟人格萨尔金刚寿王之酬补仪轨——诸欲尽快

实现》，题跋："由米庞南贝嘉哇在则西拉则新宗的寺中完成的仪轨，写于他 28 岁时，即水鸡年(1873 年)的藏历十二月初一"(哥本哈根收藏的一种抄本，萨莫尔王子的搜集品第Ⅱ·14 号)。

第 9—10 页：《向守舍神(战神)作大祈愿——深广喜乐》，已经作了断代：火猪年(1887 年)的藏历七月十三日。

第 10—11 页：《依止格萨尔王完成器如意宝》，由米庞写于水虎年(叫作 - dge—byed，壬寅年，1902 年)十月十八日。

第 11—14 页：《格萨尔王招福仪轨——增益如意宝》。其题跋是在火鼠年(1876 年)三月二十五日写于益贡顿，而且是在祈祷守舍神塞如俄丹噶波和重新巧妙地增加了铁龙年(1880 年)×月(未标出)×日(未标出)之后(这是哥本哈根收藏的稿本，彼特目录第Ⅳ·5 号)。

第 14—15 页：《格萨尔招财仪轨——有寂宝聚》，其题跋系由司伦吉巴则写于火鼠年(1876 年)五月四日。

第 15—17 页：《格萨尔宝藏主守舍神酬补》。其题跋是"作为第三部而写成的，由米庞巴在扎西拉则补充于前两部分之中"(没有注明时间)。

第 17—18 页：《塞如俄丹噶波深密耳传》，从我的记忆来看，其题跋是根据守舍神塞如俄丹噶波的影响而写成的。

第 18—19 页：《光明守舍神之煨桑祭祀——光明宝鉴》。其题跋写于守舍神塞如俄丹噶波出现之后的木猴年(1884 年)六月十日。第 19 页是一篇新题跋，它是由米庞于木猴年(1905 年)五月五日修改整理的。其中附有一篇附录《风旗祭礼简要》，由米庞于同一年九月十日整理于鲁丹山寺中。

第 19—21 页：《依止藏区雄狮王献祭福运风旗之仪轨，千劫贤佛之心要》，其题识写于"我 20 岁时，即木牛年(1865 年)十月五日"，其后附有一首赞歌(第 21 页)。

第 21—26 页：《依止金刚雄狮王之缘起》，第 15 个饶迥(甲子)的水猴年(1872 年)十二月十四日，由一个叫作支《Dhi》[83] 的人所写。

第 26—27 页：《降伏敌手之宝心要》，其后的第 27 页是《战神身入》，第 27—28 页是《格萨尔王托付事业——金刚笑声》。其题跋是由嘉木样多吉(文殊金刚)于火猴年(1896 年)四月八日写于其美却珠林寺。

第 28—29 页：对风马旗的描述及其图案，后面附有愿文和新的画像(无标题),其中记载有:“由支氏于水虎年(1902 年)九月十一日绘制”。其后附有《格萨尔的祈愿文》,记载作:“由米庞于火猴年(1896 年)十一月三日写成”。

第 29—30 页:《格萨尔王祭祀供养——心愿即成》,写于“木猴年(1884 年)七月间”。

第 30 页:《格萨尔招财咒语》,后面紧接着是(第 30—31 页)《格萨尔生命轮》(其中提到了“取自米庞的思想”)[84]和《秘密天女成就》,其中提到“由支(支索)写”。

第 31 页:《格萨尔王之权势》,“写于土鸡年(1885 年)十月十九日晚”。

第 31—34 页:《守舍神煨桑祭礼——战神吉祥歌曲》,其中于第 34 页提到:“火牛年(1887 年)三月二十四日根据一时的灵感即席一气呵成”。其后附有数种无标题文献。第 34—36 页中提及:“木猪年(1875 年)四月十七日”。第 37 页中提及:“火猴年(1896 年)四月二十五日重新回忆起”;第 366 页被断代为木狗年(1874 年)六月二十五;第 37—38 页附有这样一条题跋:“由米庞在嘉洛家庭之主完成善行时所写”。

第 38—39 页:《雄狮格萨尔祭礼——事来自成》,由米庞于铁龙年(1880 年)七月二十四日写成。

第 39 页:《格萨尔祭礼》,由一个自称是支的人(支明帕索)所写。

第 39—40 页:《战神之王格萨尔日常祭礼——心愿自成》。其题识为:“根据梵子绛贝多吉的命令,由米庞南贝嘉哇写于伦珠顶寺[85],第 15 个甲子的木羊年(1895 年)元月(?)十三日”。

第二篇愿文

《祈愿文——事业速成》,第 12 卷简称《格萨尔》。用数字编页码,第 366—375 页;用字母编页码,第 1—10 页;其背面的缩写名称为《Ajitaçastram》。其中的题跋(第 10 页)为:“这些愿文系于火牛年(1877 年)、土兔年(1879 年)和铁龙年(1880 年)所写,也是根据在我的记忆中出现的守舍神如俄丹噶波而作出的断代。整部著作完成于铁龙年。(1880 年)藏历四月十八日”。

第三篇愿文

《格萨尔金刚寿王之咒语及教诫——甘露净瓶》(与第二篇愿文的简称之下一样)。第 376—382 页用数字编页码,第 1—7 页用字母编页码。其序(第 1 页)中指出:“此文被称为《通过生命力稳定或大神出现的咒语而为生命力举行仪轨的规则》,引自《作为神灵而出现的金刚长寿王英雄格萨尔的宗教史诗》。向强大的喇嘛黑茹[86]伽致敬。我(身穿破旧衣服的僧侣)赤列若巴则[87],通过某些梦而于土龙年(1868 年)五月十日清晨到达昌珠中心大寺。[88]我在那里遇到子喇嘛和奥义师协巴多吉……"[89]第 4 页是段落之末:"伟人格萨尔托付寿命"。第 5 页是:"格萨尔金刚寿王部分教言"。在僧侣格桑诺布、其西部弟子惹吉以及喇嘛多吉贝桑(又叫作麦旺秋)的鼓励下"写于白纸之上"。第 5—6 页是"增福成就法"。第 6—7 页"于铁马年(1870 年)某月(未注明时间)十九日重新写于纸上"。

第四篇愿文

无标题,仅有 1 面(其简称如同上文,用数字编写页码,共 383 页),由嘉木样多吉写。

第五篇愿文

《世界白螺奔巴嘉察霞噶尔之事业——金刚风火》(其简称在第 12 卷中是《Na, Ajitaçastram》),第 384—385 页以字母顺序编页码。第 1—2 页为"出自米庞、坚白吉贝之口说法"。

第六篇愿文

《祈愿平安文——破除违碍》[90](第 12 卷的简称是《破除违碍》),共编有 386 页。其中第 1 页中写作:"由坚白诺布写于土羊年(1859 年或 1919 年)六月二十二日"。

第七篇愿文

《格萨尔王招福文——招福之铁像》[90](第 12 卷的简称是《招财引宝》,《Ajitaçastram》,第 387—388 页的编页),第 1—2 页作"由米庞写于扎西拉则新宫,第 15 个甲子(饶迥),水鸡年(1873 年)六月十一日"。

《分大食财宝——不传外人之宝瓶》

木刻本,共 18 页,开本为 26 × 7cm,文字所占的篇幅为 18 × 4.5cm。每页 5 行,惟有第 16 和 2a 页例外只有 4 行。既无作者,又无时间,"由于耆那们的首领——非常神圣的保护主的这一重要事件享受了极大的圣宠,所以很快就导致了成就。由于这样的事在其他任何地方都不存在,所以不应该向其他人传播这种事。这是一种很深奥的教义。请别乱开口!"

这一小段文献与分配从征服大食中携回岭地的财宝有关。它是由安德烈·米戈(André Migot)在玉树向一名云游喇嘛购买的。

《世界大王格萨尔王传——攻克大食财宝宗并分配财物之部》

木刻本,共38页,其开本为29.5×7cm,文字部分为24.5×5cm。每面6行,惟有前两面例外而只有4行。正面页边上注有其简名:《大食》,背部写有《分财宝》。

它与上文第4条具有相同的内容,但还另附有一种招福引财的仪轨。其题跋中指出原文是由大圆满派喇嘛白马仁僧[91]编排的,这种仪轨完成于波鲁的山珠达结林寺。其木版系由桑惹寺才旺多吉雕刻。此人是索南才仁的惟一仆人,也是波鲁寺的财宝处。该寺位于被大成就者毕鲁巴开光的地方、通天河(金沙江)的左岸。

《世界雄狮大王征服敌手财宝之煨桑祭礼——托付事业》

其简称是《世界格萨尔王煨桑祭礼》,共8页。它属于包括高僧传的一部木刻本的组成部分,以这样的目录开始:《三身(法身、受用身、化身)传及零散经文》。它是图齐教授的私人藏书。请参阅第41号稿本著作。

(北京木刻本蒙古文本):《十方之王格萨尔汗的故事》[92]

木刻本,开本为56×18cm,文字部分是46×13cm。在汉文和蒙文中都独立编号,每种文本中都有七部:52+5+12+27+69+7+5(+1幅图像)页。其汉文简称为《三国志》。第1页背面的第8行载有两幅图像:左部的"霍尔穆斯达腾格里"[93]代表着一尊骑大象的中心神及其两个侍从;右边是代表着一名骑马勇士"格萨尔汗";美丽与聪明的恰和虎英雄。每页在正常情况下都有25行文字(惟第2a页只有19行)。最后1页的画像是指由两名侍从簇拥的一个中心人物组成的4组人物。其题跋(第七部,第5页)是:"于红(火阳)猴年春元月的一个吉日完成,时值康熙五十五年"(1716年)[94]。该文已由施密德刊布和翻译(1836—1839年)。其刊本包括一些略有不同的差异和用蒙文写的第二篇新题跋。

达木丁苏隆(1957年,第56页)介绍了一种蒙文译本。据他认为,该版本可能是在1630年左右由库库诺尔(青海湖)地区的五名额鲁特说唱艺人记录下来的(额鲁特人的语言很接近北京木刻本中的语言)。蒙古人都一致认为该版本是由一位章嘉呼图克图刊布的。在此情况下,本处就可能是指一世章嘉呼图克图阿旺却丹贝桑,亦名洛桑却丹(1642—1714 年),二世章嘉呼图克图若必多吉(1717—1786 年)诞生于北京版本刊印之后。

该木刻本的一册现藏巴黎法兰西学术院的图书馆(请参阅李盖提,1930 年),另外一册则由海西希收藏(请参阅海西希,1954 年,第 35 号),还有数册庋藏于苏联科学院东方学院研究所图书馆(请参阅柯津,1935 年,第 222 页)。

正如大家通过施密德的译本所知道的那样,该木刻本包括以下诸部:(1)觉如(青年格萨尔)的诞生和青年时代;(2)他消灭北方的黑虎;(3)他赴汉地旅行;(4)他消灭魔怪以夺回其妻以及他对岭地的遗忘;(5)霍尔人的战争;(6)他变成了毛驴;(7)他是怎样从地狱救其母的。

该木刻本的一种新刊本已于最近出版。请参阅上文第 50 条参考书目。

《格斯尔的净化仪轨》

北京木刻本(嵩祝寺),共 11 页,其开本为 18.5 ×7.4cm,文字部分是 12.8 ×5.2cm。每页共 9 行。其汉文简称为“哥”(格)。既无时间,又无作者。有一册现藏马尔堡图书馆(蒙古文书目第 130 号。请参阅海西希,1953 年,第 418 页)。

另外一册《格斯尔的传记故事》,现藏苏联科学院东方学研究所(V82):共 5 页,开本为 6 ×18cm(见布科夫斯基 1954 年,第 123 页)。

《格斯尔王赞》

共 8 页,开本为 8 ×26cm。其中有一册收藏于苏联科学院东方学研究所(布科夫斯基,1954 年,第 123 页)。

稿本著作

据我所知,任何公共或私人图书馆都不拥有来自同一出处的包括格萨尔王传英雄史诗之数部的一种或一整套藏文稿本著作,更没有包括全部情节者了。无论它是只由惟一的一卷或数卷组成,现在所知的每种藏文稿本都是有关惟一的一部史诗或其主要情节的。在这样的条件下,我将按照从上文提供的目录中得出的情节之顺序来描述它们,从中再加入某些稿本的导言或题跋中提到的事迹之目录。这些目录对于某几部史诗的下文是互相吻合的。对于剩余那些其中具有扑朔迷离的地方,我将采纳的顺序当然仅仅是勉强凑合的权宜之计。

“稿本”一词不可能是意有所指的。它一般都会使人联想到初稿、刊本之前的、真实的和古旧的文本。这样一种观念肯定不适用于我们所掌握的格萨尔英雄史诗的稿本。我们更应该讲“手抄的复本”。在西藏就如同在我们的中世纪一样,同一部刊本著作的册数往往都很少。大家都互相传借转抄它们。这种抄本当然可以根据一种真正的古稿本誊写,但它往往却仅仅是重抄的一种木刻本,这样做是由于在一般情况下无法得到保存在某座遥远寺庙中的雕版,而印刷起来又有许多困难。据任乃强认为(1945 年,第 22 页),萨迦巴寺院中有相当数量的僧侣都拥有整部史诗的一种原稿本,他们可能是以为其他人抄写此著作为职业的。他们还断言著名的德格印经院也没有刊本《格萨尔王传》史诗的雕版。但我们却看到存在有一种由林葱土司刊印的木刻本,由德格的宗教祖师们赞助和支持;在德格的大圆满寺中还藏有另外一种版本。任氏还断言抄写者对其著作的用心如同对待抄写经典一般。然而,我见过的所有稿本都充满了抄写错误。不过由于木刻本中也有同样的错误,所以根本不可能知道木刻本是在寺院中被用作稿本的范本还是恰恰相反(稿本被用作雕版的范本)。这些错误是由于在传统的拼写法与真实的读音之间存在着的差异造成的,因而提出了在刊本和口传本之间存在的关系问题。我们还将回头来论述这个问题。大部分稿本都以两种草书字将道白故事和唱段区别开来,其中一种(对于前者)采用很纤细的笔画,另外一种(更为方正和笨拙一些)则用于后者。唱段的开始部分以及诸神祇和格萨尔的名字一般均以朱墨所写,余者以黑墨书写。完全如同在其他所有藏文稿本中一样,其中具有大量的缩写词和词组。[95]文中的常用名词术语同样都被简化了。这些缩写字均以一种符号标出(×系指稿本,=是指在木刻本中)。

那些未被纳入各部的常见史诗中的著作(愿文、赞文、单独论述的内容)将于文末列举出来。

四、藏　　文

开场白：

根本不存在现在已知的任何稿本（这很可能是《森岭之部》或《天岭卜筮之部》）。

英雄的诞生和青年时代：

1.（巴科收藏的稿本）。巴科从西藏的东部携回了一本共257页的西文笔记本，其中分别编作第17—87、89—107、109—128页[96]等页码。整个开头部分均已残缺，总标题也与之一起残损。该稿本系用两种草书字抄写：其一很纤细，用以记述故事；其二是方字，用于记述唱词。该笔记本共分为两部分。第一部分从第17—100页，以觉如遭逐开始，以重新占领玛域和赛马而结束。第二部分从第100页开始，还有下述标题：《三宝化现征服敌手之世界，格萨尔传记——攻占西宁马宗及阿色盔甲宗》。

在第70页中增补的一条笔记提供了一个时间。"这就是世界之王格萨尔的诞生史，借鉴自一名叫作索南旺杰的僧侣，他是羊昌寺的济仲（孜仲）书记，写于光绪十三年（火猪年，1887年）六月一日"[97]。

2.（赫尔曼藏稿本）。《岭·格萨尔王之降生（?），奇异喜宴》，其中第1—15页已由赫尔曼引证（1956，请参阅上文第45条参考书目）。

汉地之行：

3.（《汉地之部》），《世界格萨尔王传记，汉地之部——所愿成就》[98]。这是图齐先生拥有的一部稿本，收藏于罗马。其开本为8×33cm。共有242页，每页6行。文中是用黑墨写成的草体字，惟有上师的名字和神咒用朱笔书写。

在讲到赴汉地冒险的故事之前，该稿本把一个很长的情节置于弭药地区（请参阅《所愿成就》各部目录第9条），它对于赴汉地旅行的过程是必不可缺的。对这次旅行的记述仅从第140页开始。在此对该稿本进行分类时，我沿用了任乃强的目录和北京木刻版本。但稿本本身则通过暗示而使人联想到有关汉地的情节在该文本中至少应被置于降伏鲁赞魔和霍尔人（第2页）之后。一段题跋结束了这一卷(第241页)。“唵!吉祥!岭地之王格萨尔,白莲花(可能是指莲台观世音菩萨)保护神的化身。他镇伏了所有的敌人。彻底歼灭了畏怖敌人(诸如伤害世间众生的霍尔人和妖魔)之后,又把他们带到了……极乐世界。后来,为了降伏支那(汉地)的女妖和为了把该地重新纳入宗教之中,这就是汉地分划的历史……(接着是一些愿文)……藏地的萨迦巴喇嘛大班智达令人制订了习惯法和宗教的各种形态,最后亲自来到林地(五颜六色的地区)。”[99]

《降伏北地魔王鲁赞之部》

现在尚无任何已为人知的稿本。

《降伏霍尔之部》

我个人已掌握了六种稿本。

4.《有关降伏霍尔之部的彼埃蓬收藏之稿本》、《岭地格萨尔王传奇异大海之霍岭大战之部——勇士意乐喜宴》。

彼埃蓬·摩尔根(Pierpont Morgan)的藏书楼,纽约,其编号为M339(装在一个盒子中),上面写有其简名《格萨尔史诗》。该稿本是由劳佛尔于1907年在达斯的关照下为该图书馆采购到的,而达斯又是从班禅喇嘛那里获得它的(请参阅劳佛尔:1932年文,第96页)。它共有271页[100],大部分是每页7行。第一页已经残缺,它已由另外一页取代,大家可以从中读到出自一个欧洲人(或达斯)之手的上述书名[101]和下述记述:“所残缺的一页出自初学者之手。”另外一条提到要补充地说:“西藏的长篇史诗格萨尔王传”[102],原稿系由达斯取自扎什伦布大寺的藏经楼中。[103]

该标题又作为第2a页的续文而重复了一次:《世界格萨尔王传记——霍岭大战简说》。正如第一个标题所指出的那样,这一卷中仅仅包括该故事的开头部分,也就是霍尔人在格萨尔暂时不在期间入侵岭地以及岭地的失败一事。其题跋中提到了其下文:“在以详简不等的方式全面地介绍了……(标题)……这就是其下文(该故事的剩余部分):重新制订霍尔人的法律。接着是南曼的命令,珠牡建起了已经圆寂的夏鲁的10万身供像。由于她放出了作为生命之依止的鹤(神鸟),让它携带了一封信(致被阻留在魔地中的格萨尔),魔鬼发大军到来了。最佳国王(格萨尔)本人也即将策马驰骋。已经转生为无头鹰的夏鲁便唱出了有关生和死的歌。格萨尔到达上部岭地以及诸如忠实考验的其他情节。大家可以看一下在我身旁发生这个叫作《降伏霍尔人或完成其计划,这是行为的开始或于其基础上消灭敌人生命的一大部》。非常遗憾,其最后一页的续文已不堪卒读(但可以参阅第7条)。

5.(霍尔,大英博物馆藏稿)、《岭国雄狮大王征服敌人如意宝之传记,征服霍尔之部——霹雳幻现心愿满足》,大英博物馆东方部藏第11378号。该手稿出自毕尔勋爵。全稿共有369页,每页6行。该故事开始于为嘉察霞尕尔(夏鲁,即霍尔人中的夏鲁。见彼埃蓬藏稿)的死亡举行的哀悼,以此促使格萨尔出发去北征霍尔人。其题跋开始于第368页:"他(也就是格萨尔)的活动故事是一部具有三种形态的史诗,这就是世俗的、宗教的和秘传性的形态。在该史诗的无数组成部分中,降伏霍尔人的这一部共占据了79页。至于创造该著作的写作者县长(第巴),Brag - ? un,他诞生于拉丹(拉萨)的纯洁地区,那里记载有戒律[104]的石块堆砌在一起。当他在波沃'隐蔽'地区[105]那优雅的树丛大宗中任官职时,便命令其一名卑贱的书记(我,抄写者)抄写……"

但这篇题跋仅仅涉及了本抄写稿本的制作问题。另外一篇更有意义的题跋写于其前面,由惯用誓愿和一篇对格萨尔的祈祷文与之分隔开来。其内容如下:

"[第367页]因此,这就是战胜霍尔人的一部,它属于《世界战神教法史》的组成部分。在这几部史诗之中,有一些大家无法片断地引证的唱段(就如同它们过去就如此这般一样)。其中特别是有关嘉察神鹰身体问题的情节,大家只能知道一个基本线条;此外还有仲尼大鸟的飞翔问题。(第367页)除了这些不宜完全提供的唱词之外,还有其他一些划分符号(为了将诗句区别开来)。大家希望按照说唱方式而列举的其他唱词于此仅仅是带有某些只适宜避开困难词汇的猜测而增补进去的。至于该部的第一部分,也就是重新提到白帐王那雄心抱负的开头部分,我们在与该卷开头部分没有多少联系的情况下刊布了它。"

"除此(这些空缺部分)之外,整个剩下的部分都是完整的。它是由赤列特却旺杰写成的。此人从12岁起便经常追随世界的神圣君主(格萨尔),他以其精深的才智清楚而具体地解释了'战神的宗教史'。此外还由一名'疯子'参与写作,他又被称为'恶人和大人'，始终为秘传派（密教徒们的古旧派）的卑微信徒。这个'疯子'赤列特却旺杰于贡桑曲林写成了它，那里是许多著名喇嘛持明的崇拜地，他先后在那里隐居遁世3年和12年，在那里专门忏悔并修持了对大圆满彻底解脱……（原文）。"

［第368页］"在这部世界战神宗教史中，轮回涅槃的教理及其许多奇迹都已被运用于人世间，尤其是被运用到土著传说中了。'与世间法相符合'，它是在贡桑曲林寺的修道院中由密教徒（持咒）贝钦多吉所写，他属于穿白衣和蓄长发的教派（宁玛巴、噶举巴或噶玛巴）。此人受到了俗教所有人的（?）……""他很习惯于玛桑的说教。这是由于此人（守护神多吉勒巴）亲自强加给他的幻觉，强迫他留下了其手印，由此而变成了强烈地保护他并与他不可分割地联系在一起的保护神。所有这一切都发生在多吉在惹西诞生之后，他受鼓励以这种方式（使佛教教理与土著传统相吻合）实施道德；同时也是发生在当时江则吉噶哇（无疑是在前世中的其本人）预见到将来不久会转生于另一个地区为止……"（原文）……"稍后不久，那个享有过去之善行（贝钦多吉的功德事业）的人，也就是化身喇嘛（活佛）却杰丹增在年满14岁的时候于木蛇年（1665、1725、1785或1845年?）重新使之变得洁净了……"

我们将要提到在某些情节和唱段中出现的不可靠性以及暗示说唱的地方。我们将回头来论述一名出家僧人对于其撰写进行干预的重要性问题。令人非常遗憾的是根本不可能对其中提到的人物进行考证和断代。赤列特却旺杰似乎与贝钦多吉为同一人。他属于宁玛巴教派，特别是属于大圆满教派，就如同他与穿白衣的噶举巴的"疯子上师"（疯僧）一样真实可靠。他对史诗的依恋和爱慕与其守护神的启示是密切地联系在一起的。事实上，格萨尔完全如同多吉列巴一样，被称为玛桑神和守护神。在史诗中有意地采纳喇嘛教观念的问题将使我们在第八和第九章中进行长篇论述，那时我们将研究其情形和背景。

6.《格萨尔王传——霍岭之部》（莱敦藏本）：《世界格萨尔大王传记精要——霍岭大战之部》。

原稿本现藏（或过去曾收藏）加尔各答的皇家亚洲学会图书馆。从其题跋来看，这部稿本著作共326页，抄写于1881—1882年（使用了草体字）。它是由冯·马南（Von Manen）于1922—1923年完成。收藏于莱敦汉学研究院的那本是该稿本的抄件，于1924—1925年由拉萨的仲孜彭措隆朵抄于加尔各答。这份抄件抄于一个欧洲制造的本子中，共1229页。

该稿本由彼埃蓬藏本中的《霍岭大战之部》开始，其行文甚至逐字逐句相同。题跋中的诗句（第1296页）同样也与在彼埃蓬稿本的题跋中完全相同。继这首诗之后，莱敦藏稿本的题跋是这样结束的："这就是岭地之主格萨尔王传中的史诗之纲要"。确实存在有一种《格萨尔传记全集》，也就是《史诗或传说故事集》，其各部分均是以与在意超拉姆（意乐仙女）的故事中相同的方式写成的。[106]但这并不会使之超过各部或各种内容的原型。除此之外，这其中再没有任何发挥唱段的机会了。另外，由于地区差异性的原因，当时存在有许多不同的说唱艺人——通灵人。这些人根据他们是早期的（较为古老的）或晚期的人而互不吻合，更不用说还有其语言和思想的差异了。对于我本人来说，我曾亲自听到过我们的20多名安多、康区和岭地专家的讲述，尤其是德格的才仁顿珠[107]、囊谦的拉旺才仁[108]、察木多的言教口诀（宗教官吏）彭措林巴和拉乌扎西。由于这四个人于其深奥而又可靠的观点上非常吻合，所以我觉得他们向我吐露的一大堆朗朗上口的语句非常清楚。因而大家于此掌握的是一种充满辨别力的精辟阐述，其中道白与诗句的妙合，如同镜子与它反映出来的目标相合一样。"……我是施主噶玛拉，我曾特别强调过一部格萨尔诺尔布顿珠的史诗之必要性。由于这种原因，一名叫作额氏的喇嘛曾如同原文一样准确地抄写了它……（愿文）"。"特别祝愿我们所有这些被称为噶玛的人（父亲、儿子和亲信）的全部敌人都能被平息！……（愿文）"。其原文共包括326页。它在铁蛇年（1881年）曾重新编纂过。"幸运啊！于1802年定稿"。接着是由冯·马南于1924—1925年制作的抄本新题跋。

7.《霍岭大战之部》，罗列赫藏本，无标题。

这部稿本过去收藏在乌鲁斯瓦提喜马拉雅研究所（旁遮普邦库鲁的纳加尔）。承罗列赫先生之美意，已在一种欧洲产的笔记本上用正楷字转抄了这部稿本，现收藏于巴黎大学汉学研究所。这部抄写稿共占据了分别为137和140页的两个笔记本。据罗列赫的一封信介绍，该稿本是在叶如（西藏西部）购得的，但它却带有

"康地方言的深刻烙印"。该故事开始于岭地的军队到达霍尔人地区,并有一个所谓的标题:"我们于此首先介绍安营扎寨的方式[109]和取材于有关霍尔与岭地之间的一系列战斗"。在第一本笔记本的第40叶背面中,表明了第六部的结束:"黄帐王在经过各种灾难之后便陷入了痛苦悲伤之中"。第七部开始于:"降伏霍尔的世俗人"[110],结束于第二本的第10页。最后一部未被编号。它叙述了对霍尔地区的彻底毁灭,"该故事引自岭地君主诺布扎都或大堆精美食物的历史"(第72叶背面)。

(乙)《霍岭大战之部》,噶伦堡藏,无标题,上述故事的第二部分。

8.《世界格萨尔大王传记——霍岭大战之部》。

由赫尔曼引证,载《西藏的游牧民》,维也纳1949年版,第301页;1956年,第108页。[111]

9.《丹玛布阵之部》。[112]

据罗列赫认为(1942年,第281页),它是近期由一名僧侣在下安多的华热(巴热,指青海省湟水以北、甘肃省天祝等藏族地区。——译者)地区写成的。

10. 无标题。

这是一部共225页的稿本,藏苏联科学院东方学研究所。其中讲到了与霍尔人的战争(达木丁苏隆,1956年,第14页)。

11. 无标题。

传教士卡尔·马克思(Kar Marx)拥有一部稿本(明显是抄于欧洲制造的笔记本上的),其中包括霍尔人一部史诗的所有部分(请参阅马克思:1891年,第116页注[3]。这本共有8开133页的笔记本落入了劳佛尔手中(劳佛尔,1901年第79页注释和1932年第96页)。但芝加哥自然史博物馆却非常肯定地告诉我说,在劳佛尔遗留下的文献中,没有任何这类手稿。

征服姜人的战争(《姜岭大战之部》)

12.《姜岭大战之部》(罗列赫藏本),无总标题。

与《霍岭大战之部》出处相同,罗列赫藏本。该抄本包括共83页的第一本欧洲造笔记本。该笔记本中的记录行文写得满满的,最后以一段唱词的开头部分而告结束。这是一个很难分类的片断。第二本笔记本(与包括有关霍尔人故事的开头部分相同)共有

80 页来论述与姜人的战争，但整个故事的记述都不完整。它以这样一个标题开始：《镇伏十地之佛陀，岭国格萨尔大王征服姜国萨丹木王之事迹》。[113] 这个标题无疑是由抄写者杜撰的。其真正的标题出现在第 17 页中：《世界格萨尔大王征服敌手之事迹的姜岭大战之部》。第二部于一个唱段的正中间开始并结束于第 23 页（第二部，姜人之王在遭到最初的失败之后便陷入一种思想的愚昧之中），下面的一部未被编号，但根据它开始时的一段对情节的概述来看应为最后一部。

13.《世界格萨尔大王征服敌手之事迹的姜岭大战之部》。[114]

这是共有 20 页的一部稿本，收藏在柏林民族学博物馆（舒伯特，1933 年，第 582 页）。舒伯特先生非常盛情地告诉我说，其编号为 I · D · 4382（目录中编为第 1061 号），但该部稿本似乎已在战争中被焚。它无疑与弗兰格向洛里默讲到的那部“具有 600 页的稿本”为同一部著作（洛里默，1931 年，第 107 页）。它很可能出自斯拉金威特（1866 年，第 21 页注[1]）的藏书中，他曾讲到过一部共 226 页的稿本，谢夫纳（1864—1868 年，第 47 页）指出他看到有人从英国的斯拉金威特兄弟那里得到了它（与上文的标题一样，还可参阅第 19 条）。

14.《姜岭大战之部》（哥本哈根藏本）。无标题，哥本哈根图书馆藏书（暂编号：东方手稿部，彼特 · 萨姆林第 1 · 14 号）。

它于一段唱词的中间（第 35 页）开始：姜地军队的备战和马尼尼对格萨尔下达的命令。它也停止于玛萨的一段唱词中间（第 335—336 页），大家在《姜岭大战之部》中又逐字逐句地发现了它（罗列赫，抄本第 60 页）。现在只剩下有第 35—100、102—150、192、198、199、208、218、264—278、280、282—287、299—300、302、304—309、311—324、326—336 页（40 × 8.5cm，行文部分是 33.5cm）。

15.《姜岭大战之部》。

这是一部残缺不全的稿本，由弗兰格于 1910 年获得。他称之为“漂亮的稿本”（1960 年，第 591 页注[1]）。

16. 无标题。

这是卡尔 · 马克思的一部稿本（请参阅上文第 11 条），其中也包括用康区方言写成的《姜岭大战之部》的部分内容（马克思，1891

年,第116页注[3])。

17. 未知标题,这是根据赫米斯(拉达克的一座寺院)所藏的一册而制作的抄本,由图齐获得。

18.《姜岭两国交战,岭国胜,姜国败,交战之经过》。

这是大卫—妮尔夫人所获得的一套,我们是根据过去交给巴科先生的一份著作目录(稿本或木刻本?)得出的结论。

19.《岭·格萨尔王之传记——降伏姜国萨丹木王之章》,其后记中又指出标题为《世界格萨尔王传——姜岭大战之部》。蒙古人民共和国国家图书馆所藏稿本,共293页。它出自博格多·格根(蒙古人对外蒙古的哲布尊丹巴活佛的尊称。——译者)的藏书中(达木丁苏隆,1957年,第155—161页,摘要本)。大家也可能应该读作姜·萨丹木(丽江地区的南昭人,'Jaṅ-si-tham,请参阅其蒙古文形式Sidam)。

19[乙]。《世界征服敌手之格萨尔大王征服姜国魔军大战之部——聪明勇士如意喜乐》。现藏苏联科学院东方研究所,藏文特藏第五卷,第1478号,共349页(达木丁苏隆,1957年,第161页;请参阅鲍培,1935年,第23页;柯津,1935年,第223页)。书目出现在书末:(第86页;弗兰格,1914年,第79页)。

20.《征服姜国之附记》。

这是由一名僧侣撰写的歌,如同第9条一样(罗列赫,1942年,第281页)。我不知道是否还存在有该文本的其他稿本。

征服南部的门族(洛族):《门岭大战之部》。

21.(《门岭大战之部》,大英博物馆藏本):《世界格萨尔大王传记——门岭大战之部》[115]。

大英博物馆东方部Or·11377号,共221页,开本为55×8cm。其保存状态完好,使用了很清晰的草体字,但其拼写法却错误百出。它是由毕尔先生在拉萨从一名女子手中获得的,而该女子又是从其原籍为康地的父亲手中接受的。[116]其题跋具有非常重要的意义:“这就是多少叙述了一些在南部地区(洛地)和岭地之间爆发战争方式的著作。我叫布拉诺布[117],是觉地的首领,曾赴下朵甘思(mDo)地区的卡巴甲拉山[118]朝山进香。铁羊年(1871年)二月三十日,我在位于下朵甘思地区的卡巴甲山口的扎西散卡桥上(我当时已有25岁)小酣时看到了这种梦境:天上一座彩虹形的帐篷中出现了一名女子。[119]一只绿色鹦鹉于其头上盘旋，其身后是如同……[120]一般的水鸟。她将一卷黄纸稿本放在我的手中[121]，然后对我说：‘请看一下它吧！’翌日清晨，我感到身体略有不适，但很快就恢复了清醒。此外，觉地[122]蚌喀林寺的大教主、白色的神圣顿部[123]（属于俄木地区）[124]的家族让其一名在智力勇气和力气方面无可匹敌的人讲了这样一段话：‘需要某种命令！’正如大家始终在继续传播的那样。火鼠年（1876 年）二月六日”。

我们将于下文来研究这篇题跋提出的历史、地理和宗教问题。

22.《门岭大战之部》（图齐藏本）、《世界格萨尔军王传记洛岭大战之部——贤者意乐喜宴》。

图齐先生的私人藏品，共 299 页，其开本为 35 ×8. 5cm，其文字部分为 25. 5 ×4cm。边缘中有一个简目：《洛岭》。其开头部分（惟一得到验证的地方）与大英博物馆藏稿本的行文完全相同。其题跋（第 298 页）除了末尾部分之外同样也沿用了前文：“大家就是这样叙述南方和岭地之间的斗争的。铁羊年（1871 年）十月二十二日，当汉人[125]居住在卡哇噶波时，我作为保护萨迦巴教理[126]那被称为玛尼（诺尔布，如意宝）的大教主在扎西散卡桥，时年 25 岁。我入睡了并在梦中见到了从上天的一座彩虹般的帐篷中走出一个白色女子来，以各种装饰物盛装打扮、美艳动人，身着蓝色丝绸服装和头戴花环，其闪闪发光的头发向后披在背上，于右手中摇动一个双面鼓，左手将一个银铃倚于其身体上并骑着一头白色母狮。一些绿色鹦鹉于其头上盘旋，一些白色水鸟于其背后飞翔。翌日清晨，我略染小恙，但逐渐又恢复了清醒的理智。此外，在学识、主意和荣耀方面举世无双的三位先祖[127]是棕色冬族人，来自昌都的托钦宫……（无法理解）……大家对此讲了又讲。这样一来，稍后不久，在大家完成称之为‘摘要之摘要’的行文之后，便于木猴年（1884 年）三月一日最终结束了写作”。

23.《门岭大战之部》（莱敦藏本）：《岭国雄师大王征服敌手如意宝击败洛地木尺王传记之部》[129]。

这是保存在莱敦民族学博物馆的一本共 643 页的笔记本，无疑是在与有关霍尔人的那部手稿（第 6 条）同样的背景下获得的。因为它带有这样的编号：“根据乌迈德的手稿抄写”[130]，而后者的手稿在 1922—1923 年间由葛根 · 仲译 · 彭措[131]获得（其暂编目录为第1067号)。

这部稿本的开头部分与大英博物馆藏和图齐藏《门岭大战之部》的稿本开始处都完全相一致。开头处指出的真正标题是虚假的。其真正的标题是在序言中提到的:《洛岭大战之部——勇士意乐喜宴》。完全如同在图齐收藏的《门岭大战之部》的稿本中一样,该标题的后面附有一种禁止向那些不信仰格萨尔的人诵读史诗的宗教术语。其题跋同样在开头处也与图齐[132]和大英博物馆的藏稿相同。所有这一切都在幻觉之后停止了。三篇题跋的下文则各有不同,完全如同其时间一般[133]。莱敦藏稿本的题跋在一首诗中提到了多康的色莫岗神地,那里未提到姓名的一名贵族施主占据了洛宗的勒热康的城堡。色莫岗即为德格地区。这首诗末尾载有下述一条注记:"土铁年(1891年)五月五日,由我们两人——管家贡噶才仁和西若的抄经师南木杰所写"。接着,在经过几段愿文之后,又有一条新注释:"由谿卓寺的两名分别叫作拉纳玛底和拉介苏里雅的僧侣作了校订"。

布拉诺布肯定是一个非常重要的人物,我们已经通过林葱土司木刻本的题跋而知道此人了。他也出现在有关《英雄诞生之部》的行文中了。其梦无疑应置于1871年(因为1811年似乎太遥远了)。三种抄本是分别于1876、1884和1891年完成的。

征服大食(伊朗)之部

24.《分大食财宝之部》(图齐藏本Ⅰ):《岭国格萨尔大王传,征服十八宗之一大食财宝国之部》。

这是图齐先生的私人藏书,其开本为28×7cm,共有每页各占5行的150页。它是一种不完整的文本(于一段唱词的开头部分戛然停止),其中充斥着拼写错误。大家在第3页中读到"在岭地首领格萨尔传中,有许多攻打18座大食巨大的财宝之城堡的不同方式"。

25.《分大食财宝之部》(图齐藏本Ⅱ):《世界格萨尔军王传记,深广海中之摧毁大食魔军攻取财宝宗——珍宝串珠》。

这也是图齐先生的私人藏书,其开本为32×8cm,共有每页各占6行的290页。它结束于一章之末,无题跋。其故事记述肯定未完成。大家在稿本的开头部分读到了与在第24条中同样的导言引语。

26.《分大食财宝之部》(华盛顿藏本),简称《大食之部》(即《分大食财宝之部》,其标题不完整)。

这种稿本是由骆克在噶伦堡购到手的,他认为此稿出自康区,现已由华盛顿大学获得。它由许多页纸和不同的字体组成,为每页各占6行的31×8cm的开本。它共有45页已编号的页码,外加被编为第57页但却未被插入它应在地方的一页。某些页已残缺不全。没有题跋,但故事记述已完。它是由一种祈愿而宣告结束的。

27.《分大食财宝之部》(哥本哈根藏本):《世界雄狮大王传记,攻取大食财宝宗——祈愿满足摧毁敌军之部》。

它有一个用蓝扎字(黑字)和藏文字(红字)写成的所谓标题。它共包括479页,写得很工整,还附有一些代表消灭魔鬼和敌人的格萨尔(第16页:"伟大雄狮大王")、其长兄嘉察协尕尔(第2页左)、丹玛玉杰脱果的细密画或工笔画,最后(第479页)则代表着一座窣堵波。没有题跋。该部稿本无疑出自热振寺。

征服卡契(克什米尔)即《卡契玉宗之部》

28.《卡契玉宗之部》(图齐藏本):《攻取卡契玉宗——玛桑之子传记,奇异的事迹》。

图齐先生的私人藏书,共69+144+48页。其开本为每页各占6行的34×8cm,其文字为出自数人之手的很潦草的草体字,很难释读。该稿本共分成三部分,每一部分都具有一种独立的编码。第一部分的简称是《上部卡契之战》,以重新提到其总标题而告结束(第69a页):《攻卡契玉宗之部》,其副标题已几乎不堪卒读。第二部分的简称是《中部卡契之战》和标题《卡契玉宗,智慧者的心田甘露——战场勇士之声》,它以一次重新提及标题《卡契大战的宝刀——勇士之歌》以及对抄经师和施主的誓愿而告结束。最后,第三部分(其简目是《上部卡契玉宗之战》)带有这样一个标题:《卡岭大战之第三部,战胜来犯魔军之喜庆歌》,没有题跋。

29.《卡契玉宗之部》(噶伦堡藏本):《玛桑格萨尔王子传记,攻取卡契玉宗——众生心愿》(其剩余部分已不堪卒读),它共有每页各占7行文字的230页,开本为33×8cm,文字部分为26×4cm,无题跋。

征服朱古(突厥)地区

30.《朱古兵器国之部》(图齐藏本Ⅰ):《救护世间之阳神格萨

尔军王之传记与羌塘朱古战争事迹——收降大力托桂之臣民取得兵器福运——意乐喜宴》。

这是图齐先生的个人藏书。其开本为8×83cm，每页6行。第1—300页作了编号，另外一页为第303页。它停止于一段已经宣布而实际上未提供的唱词中。其下文似乎写在另一部稿本中。中间一段的空缺（连同该部的题目在内）却出现在第251页中。

31.《朱古兵器国之部》（图齐藏本Ⅱ）：《阳神格萨尔军王传记，收服北方朱古王取得兵器福运之部——勇士喜宴》。

它同样也归图齐先生所有，共有已编号的349页，每页各占6行，其开本为8×33cm。它以一段唱词开始。正如其副标题所指出的那样，这个故事的第二部分并未于此稿本中结束。因此，这一套著作中的最后一卷付阙如。稿本于一个句子（“大相察尚丹玛绛察说：……”）的正中结束。

征服白惹（缅甸?）

32.《白利玉赤王之部·I》（米格藏本）：《护佑藏区战神之王征服敌手之如意宝格萨尔王传记之二，征服白利玉赤王之部——奇异妙语喜宴》。

这是安德烈·米格（Andreé Migot）的私人收藏品，共有每页各占6行的200页，被编为第1—199页，其中第115页被计算了两次。其开本为34×7.5cm。它于一个句子的中间突然中断。

33.《白利玉赤王之部》（米格藏本Ⅱ）：《世界格萨尔王征服白利玉赤王之部，意乐心点及征服日努达曼女王之部，奇异妙语集乐春雷》。

这是米格先生的私人收藏品。如同前者一样，该稿本是在康区获得的。它共有每页各占6行的136页（其中第80页已残缺），其开本为34×7.5cm。它虽不是前一部稿本的直接续文，但确实代表着由第32条开始的故事的第二部分。大家于其开头的部分（第2页）读到：“于此叙述了大家是怎样夺走了米努绸缎中的精华。”最后提到了派遣日努（米努）女王及其子前往白利之事。接着又讲到：“当时大家已接近征服在边陲海洋中的绸缎之宗。到此为止，大家叙述了在吐蕃赞普赤热执政时代，外邦日努是怎样被迫归附于岭地的政权之下。”因此，我们觉得这个情节还在继续着。“日努”（Ri－nub）有时也写作“米努”（Mi－nub，如第一部第86页），大家一般都把它比定缅甸。如在《白利之部》Ⅱ中，又讲到了“女王海洋中米努绸缎国的女儿”，这就是相当于罗列赫藏本史诗各部目录中的《米努女王之部》。

下地狱

34.《地狱救母之部》(巴黎国立图书馆藏本)：《格萨尔王从恶趣界救出母亲果莫之部》。

巴黎国立图书馆藏文特藏第804号。它是共有24页的一部稿本，其中充满了拼写错误，其页旁注有Pa(因而可能是整套中的第13部)。

35.《地狱救母》(噶伦堡藏本)：《尊胜如意宝格萨尔王传的地狱大功告成之部——见者解脱》(余者也不堪卒读)。这是一部不完整的稿本(共120页)。本人曾在噶伦堡参阅过它。请参阅上文提到的木刻本《地狱救母》。

杂文和愿文

36. 未知标题。据罗列赫认为(1942年，第280页)，美国国会图书馆藏有“一部格萨尔王传的删节本，由已故柔克义赠送”。我于1947年作的一次调查却令人非常遗憾地未能于柔克义特藏中找到这部《格萨尔王传》史诗，因为现在没有一种柔克义特藏的完整目录。有朝一日大家很可能会在其目录中尚不存在的藏文特藏中发现它。

37.《五部猛兽》[134]。这部稿本现藏噶伦堡，可能与《格萨尔王传》的史诗有关。

38.《格萨尔法令》。木刻本或稿本。罗列赫先生非常乐意地向我指出他在蒙古曾听人说唱过这部著作。非常奇怪的是这同一个篇名也在林地木刻本Ⅲ的题跋第110页中提到了。作者于其中被称为钦则意希多吉，令人遗憾的是我在其他地方未见过此人的名字。据在噶伦堡为我提供资料的人认为，已故的西藏摄政和热振寺寺主(请参阅本书第三章：《古迹》第26条)可能于1935年左右亲自写下了《格萨尔法令之部》。但由于该寺主从米庞及其老师处获得了有关格萨尔的灵感，他也可能仅仅是转抄了钦则意希多吉的《格萨尔法令》。这样一来，后者可能是著名的喇嘛钦则旺布，也就是林葱土司木刻本的鼓动启发者。

39.《格萨尔法王仪轨之部》。我应该将该标题归功于罗列赫先生。这部著作(是木刻本还是稿本?)存在于康地。

40.《格萨尔云长[135]战胜敌军故事之续补(广中略三种)》。它同样也是由罗列赫先生友好地向我指出的。它的3册现存于西蒙古。

41.《煨桑祭仪》(剑桥大学藏本):《世界雄狮大王征服敌人煨桑祭仪——托付事业,树立五部神旗帜,供养战神煨小桑之情形》。

现藏剑桥大学图书馆东方部 or·618[2]号。这是一部共35页的稿本。仅仅第一部分是有关格萨尔祭仪的,一直到第12页为止。大家于其中作为题跋而读到:"由大持明学者德钦多吉作为心之宝库而写作于巴曲喀"[136]。第二部分是有关战神和守护神类的其他神灵的。请参阅上文木刻本的第6条和《参考书目》2中的达图噶波《白色马毛幢》和桑琼(小桑)。

42.《阳神格萨尔之支柱(六岛迹)》。

现藏莱敦民族学博物馆(暂编目为1314号)。这是一部只有5页的稿本,即以与五颗黑色石子和一颗白色石子进行占卜的卦书。

43.《格萨尔煨桑祭仪——吉祥声之部》。这是一部包括多种短小愿文的抄本手稿,未编页。其中包括:

(1)前两页指出了如下内容:"由吉祥声钦则旺布(1820—1892年)写",他是米庞的大师。

(2)无标题的半页,由米庞署名,火马年(1894年)。

(3)有三页叫作《具善十三战神煨桑祭礼简要——明悟必要》,由噶托寺(康区)的隆塞宁波所著。

(4)带有标题的两行文字:《祈祷格萨尔及其战神》。

(5)有五页文字:《祭祀守护神之神桑——战神欢歌》。写于火牛年(1877年)。这最后两行文字仅仅为《米庞愿文》(2,第31—34页和第39页)的抄本。

44.《岭国大安乐》[?],可能为一个标题,或是在祈告主要英雄人物的几句愿文伴随下的一种舞蹈脚本上所作的题记。作者可能为康地的米庞。该哑剧可能是根据热振寺藏的这部著作表演的(噶伦堡的口传资料)。

45.(安多文本):《岭国雄狮大王本生传记之部》。这是一部用正楷字写成的稿本。列宁格勒的夏尔季科夫——谢德林公共图书馆(Pb·6号)。这是由鲍塔宁从安多地区携回的一种抄本(1893

年,2,第 114 页)。后者声称他是在三川西部的额济纳河(黑水河)流域的贡刹寺购到此著作的。它共分两部分:

(1)共有 67 页,其开本为 36 ×11.7cm,每页 8 行(第一部是讲天神之子下界,第二部讲英雄的诞生,第三部是讲英雄青年时代、婚姻和降服北方之魔,其第四部的标题如何呢?)。

(2)共有 89 页,其开本为 35 ×12.6cm,每页 9 行文字(第五部:《降服霍尔》或《霍岭大战之部》)。

第一部已由达木丁苏隆转载(1957 年,原文第 75—78 页,译文第 83—89 页。其余部分的摘录为第 89—92 页,第 148 页附有两幅图片)。该作者将此视为《岭·格斯尔王传》之蒙文稿本的原本(见下文第 57 条),同时又指出这两种文本不仅不相同,而且还相差甚殊。他觉得它具有一种摆脱了“荒诞古怪内容”的历史小说之气派(第 106 页),并自认为是面对该史诗的最古老文本,其语言是敦煌古写本中的语言。实际情况绝非如此。此文本是用非常通俗易懂的文言文写成的。作者在讲到它的时候指出,这是一种简单的摘要,无唱段(也可能很接近于第 36 条:《格萨尔事迹简说》)。它以一种对释迦牟尼的祈愿文而开始。其中所有的人物和冗长段落都与赫尔曼神父翻译的文本(1956 年,第 93—95 和第 186 页)相同,但这后一种文本则更为完整一些。其摘要文无疑是为鲍塔宁专门写成的。正如赫尔曼的译本所指出的那样,其底本应该还存在着,并且可能发挥得更加详细。

46. 藏文稿本(见达木丁苏隆,1957 年,第 149—150 页):《世界格萨尔大王传》(第一卷),现藏于苏联科学院东方学研究所,藏文特藏 B·1477 号。它共有 262 页,仅仅包括与霍尔人战争的第二部分(大卫—妮尔本,第 5—9 页)。它从格萨尔在魔鬼地区的停留开始。某些段落非常详细,如第 138—149 页(共 600 行诗句)有关惟一的一顶帽子(肯定是说唱艺人的帽子,请参阅下文第七章)的论述。其中有许多重复论述。文中存在强烈的“神秘论”、“虚构幻想”和“佛教”成分。达木丁苏隆提出的具有这些特征说明,本处是指附有与大部分文本的唱词都相同的一种稿本。但上文引证的段落都是用古典文言写成的。

五、蒙文本

许多完整程度不同的蒙文本已经有人先后指出过(鲍培,1926和1927年;布科夫斯基:1954年,第122页;达木丁苏隆,1957年,第128—129页等)。有关编号和藏书处的古旧资料并不与最新资料相吻合。我于此只保留所有手稿中的最重要者。我将仅限于指出那些最重要的稿本。

47. 蒙文岭·格萨尔王传:《世界雄狮大王传》(从藏文音译,据达木丁苏隆和布科夫斯基书引证),现藏苏联科学院东方学研究所F·312号。第一卷共542页,第二卷共430页。据鲍培认为(1951年第83页,1952年第23页),其行文与大卫—妮尔的文本相当吻合。据达木丁苏隆认为,其最接近的藏文原本可能是上文提到的第45号稿本。他认为该稿本应该是19世纪时由一名精通藏文、汉文和满文的作者写于乌梁海地区。该作者确实经常使用这些语言的一些简单转写词(有时也使用译名)。他自己的语言是喀尔喀口语,这不是民间歌曲的语言,而是一名有学问的诗人或作家的语言。作者有时指出其藏文原文是不堪卒读的,他遗漏了一些段落和遇到了一些不同的写法。第一部(自天降世之部)已由达木丁苏隆全文发表(第79—83页)和翻译(第83—89页)。有关黄河人战争的一部共由28段组成(第20—309页),已由达木丁苏隆书第92—106页作了摘要概述。接着是一篇结束语(第310—350页)。首先是格萨尔任命了他的继承人:让嘉察的儿子继承王位,让绒察玛勒人的儿子负责战争,让叉干的孙子却比布负责宗教问题。在第347页中有这样一段文字,达木丁苏隆认为从中发现了这位却比布是史诗的作者和与格萨尔同代的人(他认为格萨尔是11世纪的一名真实的历史人物)。令人非常遗憾的是达木丁苏隆既未提供“遗嘱”全文,也未指出用于编制其世系表(第109页)的文献。却比布于其中成了达嘉的儿子,而达嘉则是叉干的儿子(林葱土司木刻本中的玉潘达嘉,见第二卷,第4a页)。在跋尾中,它提到了诺布·却比布,他是诺布达吉的喇嘛(达木丁苏隆以“儿子”取而代之)。这些名字彼此之间互不吻合。下面就是其中的一段文字："在格斯尔死后，岭地的班第（班智达）诺布达吉的喇嘛（达木丁苏隆以'儿子'取代）诺布却比布将岭地诸部集聚于白琉璃岭（其藏文名称可能应为 Çel - dkar Lha - brag）宫，该山如同须迷庐山一样，位于岭地的上部，（蒙古文 Yong - gini，或者为藏文 J̌onggini）。他未遗漏一字或一词地向岭地的整个民族宣布了仁钦可汗（仁钦王）的历史，以一篇文字的发挥写成了整部历史。当时，由于岭地诸部都鼓动他于其历史之末写一句祝愿和吉祥的话，所以这名诺布·却比布喇嘛就唱了祝福歌中的一段唱词，它可以使人理解一次欢庆活动的好运气。"

达木丁苏隆（第 107 页）把"班第"（Bandi）一词理解作梵文词"唱手"或"歌功颂德者"之意义。但该文明显是译自藏文的，其中的"班第"（班智达）系指一名出家人（如五世达赖喇嘛）[137]。当然，这个僧侣是一位诗人。无论如何，我们可以肯定该故事的作者是一名喇嘛和这里是指一种成文本，这是达木丁苏隆从其译本中删去的两种具体情节。据此人认为，格萨尔是 11 世纪的一个历史人物（请参阅下文第三章和第五章），却比布是记下了真实事件的与格萨尔同代的人物。只要大家尚未得到其藏文原本或至少是蒙文本的完整文献，那就很难对此作出决断，尤其是在却比布的问题上更为如此。西藏人当然坚信格萨尔王传的史诗描绘的是真实事件，其跋尾是用于证实这一故事的。早在此之前（第 313 页，达木丁苏隆书第 108 页），格萨尔就非常慎重地告诉诸部落的头人说不必向他们介绍他的历史，因为他们对此非常熟悉，而未来的西藏人却不再能懂这一切了。[138]但这种论证法并不允许我们因而认为格萨尔史诗是对真实历史事件的一种记述。我们将于第九章来论述其作者——一名喇嘛的问题。

48. 布里亚特文本，该稿系根据口头演唱本整理。其中部分篇幅已由汉加洛夫（鲍塔宁，1893 年，第二卷）、符拉季米尔佐夫（1930 和 1931 年）和季米特里耶夫（1953 年）刊布。现存两种文本：温金斯克和埃克希里特的方言本。其中 10 部涉及了格斯尔与各地进行的战争问题：阿尔泰——乌兰腾格里［1］、十八苏勒木［2］、阿金——乌拉［3］、额德——赞丹·莫顿［4］、额仁——巴尔斯（5，即相当于北京木刻版的第二部）、阿巴尔罕、塞森（6，相当于蒙文稿本第十部）、萨拉普林——古尔班——汗（7，相当于北京木刻本第五部)、加尔——杜尔曼——汗(8,相当于蒙文版本第九部中的安杜尔玛——汗)、洛布索格尔堆(9,相当于蒙文稿本洛布萨迦,北京木刻本第六部)、蒙古汗(10,相当于北京木刻本第三部)。这是根据达木丁苏隆(1957 年,第 141 页,第 143—145 页的摘要)而提出的看法。

49. 卫拉特文或卡尔梅克文本,共有八部稿本。其标题有时略有差异,但基本与北京木刻本的篇名相同(第一至三九、八至九、一至八部)。其第一至八部基本如同北京版的木刻本一样。第八部是格斯尔的英雄们,第九部是安杜尔玛——汗(达木丁苏隆,1957 年,第 129、138—139 页)。第八和第九部已由贝格曼翻译(1804 年),由季姆科夫斯基作了摘要(1824 年),由波兹德尼耶夫(1896 年)和波波夫(1847 年)作了部分研究。

50. 喀尔喀文本,这是共有史诗 15 部的一套稿本(但第 11 和第 14 部付诸阙如),它是由莎莫卡拉诺在库伦获得的(1918 年,第 27 页)。它是一种喀尔喀文本。其中提到付诸阙如各部的地方则载于其他著作中(鲍培,1927 年,第 193 页;罗列赫,1942 年,第 298 页)。除了已知的几部之外,下面就是它所论述的内容。第十部:格斯尔战胜了一个曾经附身于萨拉·额尔德尼王及其王妃之身的魔鬼,格斯尔娶了他们的女儿赛胡莱·高娃(鲍培,第 193—195 页)。第 12 部:消灭魔王贡布——汗(第 195—196 页)。第 13 部:对北方纳泌汗的胜利(第 196—200 页)。第 15 部:消灭黑虎和斑虎。在第八部和此后的几部中,布乔夫斯基(1954 年,第 122 页,其中列出了一批稿本的目录)提到了其中的一批比在前七部中更要多得多的佛教内容。我们觉得正是这些文献成了最新完整版本的基础,大家可以从中发现同一种完全是喇嘛教的特征。

《格斯尔的故事》,内蒙古人民出版社,北京,1956 年第二版。此书共有两卷。第一有 313 +2 页,第二卷共 534 页。第一卷与北京木刻版本相同。第二卷则分别包括以下内容。第一部:《格斯尔的英雄》,相当于北京木刻本的第八部;第二部是安杜尔曼,相当于北京木刻本的第九部;第三部是洛布萨迦,它是第六部的一种异本;第四部相当于北京木刻本的第六部,赛胡莱·高娃;第五部相当于北京木刻本的第十三部,即北方的纳沁——汗。

51. 咱雅班智达,这是出自咱雅班智达藏经楼中的稿本,收藏在阿拉格海部的行政中心策策尔勒格(达木丁苏隆,1957 年,第67—72 页)。蒙古人民共和国国家图书馆藏。这是一套共分 19 部的稿本。1. 被派往大地上的格斯尔(第 1—6 页);2. 其诞生(第7—34 页);3. 他消灭了七种妖魔和镇压了 300 名强盗(第 35—45 页);4. 他在大食大师的帮助下杀死了麻葛和建造了一座新寺(第45—57 页);5. 他迎娶珠牡为妻(第 58—95 页);6. 他迎娶阿珠·墨尔根为妻(第 96—104 页);7. 他杀死了黑色——斑色猛虎(第105—114 页);8. 他拜访中原皇帝葛玛汗(第 115—131 页);9. 他身患恙疾,其妻图门——扎尔加兰遭逐并嫁给了兰萨或拉克西人的国王(第 132—146 页);10. 格斯尔前往寻找她,战胜了国王并在该地区逗留九年(第 147—189 页);11. 西喇古尔人(或西拉固尔人)对岭地的入侵(第 190—260 页);12. 格斯尔返回(第 261—289 页);13. 反击西喇古尔人的战争(第 290—321 页);14. 格斯尔杀死了喇嘛—麻葛(第 322—330 页);15. 格斯尔下地狱解救其母(第331—335 页);16. 与安杜尔马——汗的战争(第 336—362 页);17. 与北部麻葛的战争(第 363—374 页);18. 与纳沁——汗的战争(第 475—523 页);19. 前几部的继续(第 524—585 页)。据达木丁苏隆认为,前 15 部与我们的第 50 条相吻合,但其文笔和阐述则有所差异。该文本中具有比北京本更多得多的地名和人名,具有大量的藏文转写名词和名称。达木丁苏隆认为它是一种与藏文本原型独立无关的作品。但他也指出了大量的喇嘛教特征(例如,其中的晁同被认为是旦增的化身,这就是说晁同就相当于藏文本中的旦增或马头明王)。这些特征以及藏文本中的人名和名词使其假设失去了意义。

52. 舒特传教区的文本。

这是一部共 32 页的稿本。其第一部分论述了格斯尔在北方之魔中的停留及其返回岭地的过程。第二部分则涉及了第八至十部。它似乎是指鄂尔多斯的一种口头传说(请参阅海西希,1957 年)。

六、绘　　画

我们于此不讲作为与汉地关帝等同起来的战神格萨尔及其同

伴的汉—藏或汉—蒙绘画或雕塑像。我们也不论述那些代表作为战神的格萨尔之纯西藏或蒙古的绘画与供像。除了这些相当常见的形象之外，至今已有人指出了数量不太大的一批有关格萨尔生平的绘画。林葱土司木刻版（第三卷，第 109a 页）的题跋证实了这一切，并称之为“传记画”。本处提到了仅仅是一类文献。

拉达克文本Ⅰ

传教士卡尔·马克思就已经指出了在拉达克存在着有关格萨尔的壁画（1891 年，第 116 页）。后来，弗兰格又在列城发现了这样的一幅壁画并向格伦维德尔寄去了一幅草图，此人把它连同弗兰格的释文一起发表了（1901 年，第 281—283 页）。据这幅壁画房子的主人认为，它是在多格拉战争（1834—1842 年）之后绘制的。它的下部绘有坐在王位上的格萨尔，如同喇嘛一样结跏趺坐在那里，头戴一顶多瓣的白帽子。在他的身旁和面对观众的地方，有六个跪着和头戴宽边帽的喇嘛。在格萨尔的两旁，分别有二名和四名女子举起右手（可能为致意的标志）并转向了他。在他的面前和背对观众的地方，有六名世俗人士，扎着发辫和戴着帽子，左手叉腰，右手高举（无疑是伯父或作为谋士的“伯父”）。跪在占据着壁画上部的一幅画面前作祈祷状的两个人。中间有一个骑马的人右手挥动着一种兵器（？），身着宽大的衣袍并戴着一种复杂的帽子。他的后面有两个小人物簇拥，其中之一打着一面小旗帜。弗兰格将此视为拉达克文本中的格萨尔之天神父亲旺布嘉增及其三个儿子。事实上，大家在左部于一人高的地方看到一个其穿戴如同中心人物那样的人物画，弗兰格认为他是顿珠，也就是诞生之前的格萨尔。我则更主张把他视为上师喇嘛。此人的身份同样也是令人置疑的。最后，大家在右侧的壁画上看到了一个骑一头青尾“冰川狮子”（事实上是一头母狮）的女子画像。弗兰格非常正确地将此视为拉达克文本中的古曼莫，也就是格萨尔的天神女谋士。

拉达克文本Ⅱ

格伦维德尔另外还根据由弗兰格寄给他的一幅照片而刊布了在列城按预订而绘制的一幅画之草图。大家在上部的一幅山水背景画中发现了一名刚刚用箭射中两只飞鸟之一的勇士。弗兰格辨认出了这就是介入了白鸟（旺希）和黑鸟（妖魔）之间斗争的伯父贝拉。在下部，大家于大山之上的一顶支开的帷幔中发现了一个跪着的人物和穿得如同坐在莲台上的喇嘛一般的人物。有三个人(女子)为他奉献供物(?)。据弗兰格认为,这是返回到上天和绝食的旺布。格伦维德尔当然辨认出了这些画像的处理完全如同在常见的宗教画中一样。

拉达克版本Ⅲ

他还刊布了在位于列城附近的强巴发现的壁画的两幅照片(弗兰格,1923 年,第 13 和 14 幅插图),其一残损甚重,可能是代表着岭地的帽子;其二是一次会议场面,在云雾中有神祇和在下部有人物,这一切都位于一个有关多格拉战争的画面之旁。它们被绘于一个大相家族的府第中(弗兰格,1914 年,第 76 页),代表着这位现在已是最大大相的人拥有一部文言稿本中的姜地战争的场面(同上引书)。这其中有一些传说故事。弗兰格描述了旺希嘉增、果藏拉莫及其两个儿子(?)和格萨尔。

炉霍藏本

任乃强(1945 年第 21 页)描述了炉霍(在地图上用藏文写作 Hor Brag - sgro,即霍尔人的章谷土司,位于打箭炉的西北)格聪活佛[139]私寺的一巨幅壁画。它代表着一座有数层的住宅,男女都互相拥挤在一扇窗户前。一名红脸武士率领其他人攀援木梯而上,如同他希望与当地居民进行作战一般。据该"活佛"(事实上是诠释者借助他之口)认为,该画面代表着关帝(格萨尔)前往夺回他那被曹避(霍尔人的国王)掳去的妻子。

所有这些绘画都未向我们提供有关该史诗故事的更多内容。但其他一些绘画却成了研究它的一种重要史料。这种"画传"体裁中的第一种也是至今所知的惟一一种,是收藏在吉美博物馆并由哈干(1928 年,第 158 页)刊布者。在聚集于一尊中心神周围的一系列画面中,它描述了该史诗的开场白、英雄的诞生及其青年时代的主要情节。其中的大部分都伴有一条用藏文写的简单释文。这幅画已由罗列赫指出(1942 年,第 307 页),它在这个问题上向我们提供了有关此类唐卡的一些珍贵的具体资料。他首先正确地指出,这些图像都是沿用成文本故事的。他接着又具体解释说,这些唐卡很少在世俗人中出现,但它们更多的则是作为流浪说唱艺人的手段。他们在说唱史诗的同时将这些唐卡悬挂在那里。

吉美博物馆藏本

由哈干刊布的绘画肯定属于代表着格萨尔整个生平的一套画的组成部分。如果它是从一名私人收藏家手中购得的,那么该收藏家又是从哪里得到它的呢?大家很容易在1904年于巴黎特鲁奥宫拍卖物的目录中辨认出它来。这份目录的作者邓尼克和德萨耶(1904年,第212页,第773条)没有辨认出其内容,他们错误地转写了释文,提供了一些随心所欲的译文和考证。但任何稍微熟悉一点格萨尔史诗的人立即便会通过残缺不全的转写文而辨认出某些典型的人名来。这一整套画中共包括11幅图。其中的第二幅图(目录中的第774号)无藏文释文,同样也是由吉美博物馆采购到手的。

完全如同绘画的风格(哈干和罗列赫已经指出了这一点)具有常见喇嘛教绘画的典型特征一样,11幅绘画这个数字也是佛陀或其他上师画像的典型特征(中间一身,每侧五身)。但应该把这11幅唐卡归于哪一类中呢?目录中那些不伦不类的描述无法使人对此作出断言。

打箭炉藏本

一次幸运的机会使我在打箭炉弭药(木雅)人[140]的原土司府上发现了一整套甚至在具体细节上也完全相同的绘画。它共由10幅组成,大部分都在背部编了号码。[141]第一幅付诸阙如,它恰恰就是吉美博物馆中带有释文的那一幅。本处只要提供与目录中相符的名表及其所论述的内容就足够了。由于10幅绘画中的七幅都被编了号,所以这一套可以使人了解作为原形的文本中的故事情节之顺序。[142]

第一幅画。在打箭炉付诸阙如。在吉美博物馆被编作23·081号,也就是邓尼克目录中的第773号:开场白、英雄的诞生、早期的功业(神名未被考证出来;但上引哈干书和罗列赫1942年书第307页则把它考证为丁格协桑玛[翠颜仙女])。

第二幅画。背部未作编号,相当于邓尼克目录中的第772号,分配岭地的勇士及其宗或城堡(龙神祖拉仁饮)。

第三幅画。被编为"第3号",相当于邓尼克目录中的第780号[143]:英雄前七年的功业(长兄、父亲、冬琼噶波)。

第四幅画。已被编为"第4号",相当于邓尼克目录中的第776

号:觉如 8 岁和 9 岁时的功业(大守护神——神仙,如念青山,多吉拔哇扎)。

第五幅画。已被编为“第 5 号”,相当于邓尼克目录中的第 779 号:英雄 12 岁之前的功业和捕获格萨尔的马:赛马(赞神羊秀玛波)。

第六幅画。已被编为“第 6 号”,相当于邓尼克目录中的第 777 号:觉如 13 岁时即位称王、各种业绩、远征北魔(世界雄师王,即相当于格萨尔)。

第七幅画。已被编为“第 7 号”,相当于邓尼克目录中的第 774 号,吉美博物馆第 21・467 号[143]:霍尔人入侵岭地,格萨尔在魔鬼之地严阵以待(幼弟鲁朱托噶)。

第八幅画。已被编为“第 8 号”,相当于邓尼克目录中的第 778 号[144],珠牡被劫往霍尔人中(战神九兄弟)。

第九幅画。未被编号,相当于邓尼克目录中的第 771 条,有关与霍尔人战争的续文和结尾(多吉苏勒玛)。

第十幅画。未被编号,相当于邓尼克目录中的第 775 号,赴汉地旅行(螺髻梵天)。

第十一幅画。已被编为“第 11 号”,其“末尾”(第 11 幅)则相当于邓尼克目录中的第 770 号[144],与霍尔人战争的新情节,其中涉及了珠牡;格萨尔下地狱(妹妹、罗刹女、特勒玛)。

吉美博物馆和打箭炉收藏的这两组绘画如此相吻合,以至于必须断定它们出自一种共同的原型。然而,吉美博物馆收藏的那一组却包括四幅无藏文释文的画,而其中的七幅则如同打箭炉那一组画一样又带有藏文释文。因此,它似乎是由具有不同来源的两组形成的。大家可以参阅石泰安(1958 年)发表的那些照片和描述文。

莱敦藏本

普特(1951 年,第 78 页)指出了保存在莱敦民族学博物馆的一幅“传记画”[145]。它未附有释文,保存状态相当坏,制造得很拙劣。普特把那幅画的中心人物考证为松赞干布赞普。由于阙释文而使对其画面的考证暂时变得根本不可能了。

石泰安藏本

图齐先生盛情地给我带来了出自拉萨的一幅格萨尔画。虽然它并不代表该圣者的生平场面，但它也应被列于此。因为除了作为战神处理的格萨尔的大画像之外，它在下部还包括整整一大批其勇士及其家庭成员，每个人物都带有其名（见本书的卷首插图）。

X 处藏本

据许多提供资料的人认为，在噶伦堡有一组出自拉萨的五幅画，它们可能来自热振寺。它们表现了由释文指出的格萨尔王传中的某些情节。每幅画的中央都有一名英雄的巨身像。其主要唐卡是挂在中央和绘有主要人物的那一幅，中央以西藏方式绘有格萨尔本人的画像。下一幅唐卡（位于右边）于中央绘有天朝皇帝，蓄留胡须，戴有一顶中原式的黑色帽子，右手执一个瓷钵（长柄碗）。其右部是应该位于此后的一幅唐卡，中间绘有嘉察的画像，他是格萨尔的同父异母兄长。接着，在中心唐卡的左部是于中央绘有我未能够考证出来的另一位国王的唐卡。这无疑是忠于格萨尔事业的一名霍尔英雄，很可能是辛巴梅乳孜。最后一幅唐卡位于前者的左部，其中心是格萨尔的贤相丹玛的画像。

注　　释

[1]作者从未提供这些名字的藏文写法，我仅仅在自己知道的情况下才补入其藏文名字。

[2]我在方括号补入了大家可以根据意义与对音而复原的那些藏文标题。（在本汉译文中，考虑到排版的困难，将藏文转写文均删去了。——译者）

[3]这是一条含糊不清的资料。从这一部史诗的位置和名称来看，它应该指北方之魔鲁赞。请参阅下文。

[4]作者无疑是误解了为其提供资料的人，这一情节一般应属于第5条的组成部分。

[5]其英文对音应为 Chüe－lin。大家将会看到尾鼻音在许多情况下是无法被人听到的（无疑也不发音）。

[6]“蒙古”这种译法出自任乃强或为他提供资料的人。其相对的藏文词更应该是 Sog。但大家也可以参阅罗列赫书后面的名表，其中的 Sog 系指居住在西藏的游牧民族。

[7]在近代汉文著作中，“日”（太阳）一词一般都被转写为藏文中的 ri。但这里也可能是指其他目录中的“杰日”（Bye－ri）。

[8]在一般情况下，祝姑（即‘朱古’，Dru－yu 或 Gru－gu）都被译作“突厥”。我们于下文（第六章）将有机会来研究这个海外朱古国的问题。

[9]在汉文文献（《庄子》）中，有一只巨大的神鸟出自大鹏岛。但任乃强将这个故事与穷错联系起来了，此名应代表着藏文 Khyuṅ mcho。因此，藏文文献无疑讲到了一只大鹏鸟（属金翅鸟类）。

[10]在当代汉文拼音中，“日”一般都相当于藏文中的 ri，“落”相当于藏文中的 ra（还可能带有一个哑尾音）。

[11]这里肯定是指一种猫眼石，即

一种装饰以几何图案的史前珍珠(玛瑙?),其中包括9个圆环或“眼”,非常珍贵。

[12]其简称应为《地狱岭国大圆满之部》(《中华与岭》)。

[13]根据李安宅夫人(本名于式玉)的一种口述资料认为,她在拉卜楞寺曾见过一部追述格萨尔的王妃阿底(阿达)拉姆生平的著作。在格萨尔于五台山居住期间,她死于其家中并堕入了地狱。格萨尔返回来后到处寻找她,最后在地狱中找到了她并把她从那里救了出来。但据向我提供资料的昌巴桑塔认为,格萨尔从地狱中救出的是其母而不是其妻。这也是我得以研究的两部稿本和北京版木刻本的《地狱之部》中的内容。

[14]热振寺的寺主曾任摄政,后来被杀(即1934—1941年担任西藏摄政、1946年被西藏地方政府中达扎一派监禁,次年逝世于狱中的热振活佛土丹益西丹巴坚赞。——译者)。此人非常喜欢《格萨尔王传》的史诗,曾专门有一名说唱艺人昌巴桑塔(或强巴桑达)单独为他服务。后者非常精通有关格萨尔史诗的内容,在我于噶伦堡居住的5个月期间曾充当我的老师。下文的目录正是出自他那里的。

[15]另一种不同的写法作ru-bkra,即“斑色角”。

[16]本处是指北方之魔鲁赞。这一部也被称为《姜岭大战之部》。它与女英雄(空行母)——北方的阿达拉姆有关(昌巴桑塔提供的资料)。

[17]此地位于云南边陲的丽江地区。

[18]喜马拉雅地区的一个部族。大家也称之为绒岭和洛岭部。

[19]有关卡契的一部史诗讲到了征服索布阿扎(上蒙古地区)。赫尔曼神父非常盛情地告诉我说,他掌握有安多文本中有关阿扎拉姆的故事。他对此制作的译本始终未刊。在缀字拼写上出现的犹豫不决又恢复了一个读作“阿达拉姆”的名字。《白利绵羊国之部》的第2号稿本继大食之后列举了征服阿扎尼玛扎巴一事。《朱古兵器国之部》第1号稿本提到了索伦阿扎。大家可以由此而得出结论认为,“阿扎”(A-gras、A-drag、A-brag。)均指西藏北部的一个地区。

[20]它也被称为“北方的珊瑚”、“珊瑚宗”(《朱古兵器国之部》第2号稿本,第44a页)。

[21]至此为止,各部的顺序已由《卡契玉宗之部》的稿本(史料第25条)所证实,它从一开始就列举了本部之前史诗的情节。这就是:继格萨尔的诞生之后便是他称王即位,接着是先后征服北方的鲁赞、霍尔白帐王、姜萨丹木王、洛香赤、西部大食、索布阿扎、杰日和卡契。

[22]该地区与汉地有商业贸易关系。晁同杀死了一些商贾,这就是爆发战争的原因(昌巴提供的资料)。

[23]罗列赫向我指出,这个“索布”(Sog)与蒙古没有任何关系(请参阅上文注[6]),而是指位于那曲喀和察木多之间的游牧民——嘉德的索族人。

[24]请参阅下文不远处的两部属于图齐教授的有关朱古人的稿本著作,其中把朱古人的地望确定在吐蕃的东北部。他们入侵了吐蕃中部,那里向格萨尔求援。格萨尔的儿子扎拉(战神)征服了该地区。

[25]汉文中叫作“苏毗”,佉卢文中作Supiya。它今天已成了青海湖地区一个地方的名称。苏毗人盗走了拉萨的觉卧(佛像)。格萨尔帮助吐蕃反击苏毗人(昌巴桑塔提供的资料)。据其他人认为,曲松巴是格萨尔携回岭地的牛之财宝。

[26]洛族是西藏东南部的土著人。据罗列赫认为,Glo系指倮倮人,西藏人却将之理解作其他部族。

[27]昌巴桑塔也知道有关地狱的一部,它被称为《地狱和岭大圆满之部》(请参阅下文不远处提到的一部稿本和本部的一幅绘画)。

[28]同上引书,第287—288页:天神的一个儿子下凡到大地上入主人间、其诞生、消灭他的无效尝试、格萨尔与珠牡的婚姻。

[29]"降伏"则更为确切一些。罗列赫于其书第291页补充说,这一卷中也包括格萨尔与汉地公主的和亲故事。

[30]出自该文本的某些补充注释是被加入到下拉达克文本第73—74页中的。

[31]藏文作La'i-rdo,位于塔玛西附近,该地区又是普里的组成部分(弗兰格,1921年,第72页)。

[32]说唱艺人一般都不能以缓慢口授的方式重复其唱词。他在那样做时就会变得糊涂起来,失去线索和即兴创作的才能。大家在这个问题上掌握有拉德洛夫的一些很正确的看法,我们将要使用之(已转载于查德威克1949年书第180页中了)。为了获得一种真正的口传本,即一种绝对"新鲜的"文献,则必须用录音机直接把说唱和一名正在随心所欲的环境中说唱的说唱艺人的语言录下来。希腊和丹麦亲王殿下已经作过这样的录音了。承其美意而让我得到了他的录音带(尤其是有关魔鬼的一部)。

[33]《安多方言》,罗马意大利中东和远东研究所1958年版。

[34]据大卫—妮尔认为(1931年,第294页),格萨尔史诗结束于对南方魔鬼(香赤)的胜利。对大食地区的远征是为了使岭地民族得到所有的恩惠而发动的一系列征战中的第一次。其后又由在土尔扈特蒙古人中夺取的黄金、在未指出地名的地方获得的绸缎织物和汉地茶叶战利品的故事而继续,但大卫—妮尔则删去了所有这些具体情节。大家可以从中辨认出上文目录中有关索布、朱古和米努的几部史诗。

[35]巴尔蒂人也知道"小西藏(也就是拉达克和巴尔蒂斯坦或勃律)的国王格斯尔(Késer)的故事"。请参阅邵:1867—1868年,第287页。

[36]请参阅罗列赫的一段简短综述(1942年,第303—304页)。

[37]那里可能就是罕萨(请参阅洛里默,1931年,第119页)。

[38]请参阅第三章《古迹》第89条。

[39]请参阅藏文字a-phyi(祖母)一词。

[40]我们将会看到,《格萨尔王传》史诗的某些内容同样也与弥达斯(Midas,希腊神话中戈耳狄俄斯和女神库柏勒之子,佛律葵亚之王。——译者)史诗互相联系起来了。

[41]此地位于贝加尔湖以西和伊尔库茨克以北。

[42]在注释中指出的异文则必须以许多不同的说唱艺人为前提。汉加洛夫具体解释说(同上引书,第117页)他录下了说唱艺人彼耶特科夫·图西米洛夫以及他的亲生父亲的唱词。两名提供消息的人很谨慎地指出他们很久以来就没有说唱这个故事了。汉加洛夫补充说他也利用了某些补充的片断和某些从其他布里亚特人中搜集到的专用名词。

[43]该情节证明,于其名乌哈—罗布松—汗中,"罗布松"(Lobson)就相当于藏文鲁赞(应读作Lubtsan),请参阅《拉达克的武士》中的第一个故事。

[44]其前后文证明该词相当于Sirairol。这里是指霍尔三王(Siragol,即西喇古尔,本指裕固族人或黄头维吾尔人。——译者)。

[45]柯廷似乎使用了一名翻译。

[46]柯廷确实是曾追踪寻找过他。请参阅同上引书,第87—89页。

[47]他属于豁里—布里亚特人中的萨赖部,诞生于1880年。

[48]他在当时是年龄为53岁的布里亚特人。

[49]埃西里特—布里加特人是由伊尔库茨克政府统治下的一个布里亚特族。

[50]另外也写作(1918年,第12页)"曼苏特·伊梅格捷夫"。他当时年

龄56岁，居住在鲁丁斯克地区，在20岁时就开始说唱这部史诗的某些段落了。其父与其祖父同样也是“说唱艺人”。他的生活状况很贫穷。

[51]其副标题为《阿拜·格萨尔主人之子》。

[52]其副标题为《格斯尔·博格杜因之子》。

[53]还可以参阅鲍塔宁(1893年，第二卷，第113页)，他声称自己曾听过某位彭楚克说唱的文本。此人原籍为鄂尔多斯(旗)，曾阅读过一部刊本著作。所以其记载与北京文本几乎完全相同。

[54]曼内尔海姆听错了，同时又把格斯尔Geser(即格萨尔)与黄帐王(Gur－ser)相混淆了。鲍塔宁(1893年)也犯了同样的错误，至少也是将格斯尔的名字转写作Guser(请参阅同上引书，第二卷，第3页写作“霍尔格斯尔王”，但稍后不远处又写作“霍尔白帐王”；第35页写作“黑帐王”、“白帐王”和“黄帐王”)。

[55]但由赫尔曼提供的文献包括有一些藏文和汉文词，他们传说中的某些专用名词似乎出自蒙古文。

[56]施瑞德指出(1952年，第71页)，rëdriōn意为“骑马”，所以他提议将该字视为藏文的žon。这是不可能的。他于其文第68页引证并且解释说应为藏文的一句话lawdzë šda rëdziōn，即相当于藏文La－rce rtar·gyag(祭敖包赛马?)，因为rödziōn就相当于藏文的rgyug(奔驰赛马)。大家可以参阅藏文《格萨尔王传》第三部的标题(林葱土司木刻本)《赛马称王之部》的中rta－rgyug(赛马)一词。至于xuä一词，施瑞德(第68页)提出了该词义为“讲”(讲述史诗故事)，但它也可能是汉文字“话”之对音。

[57]我不懂pagai一词的意义，它肯定应被作为一个形容词来解释。

[58]我在任何一家图书馆中都未找到其踪迹。罗列赫在他于西藏及其周边地区的长期停留期间也未能发现它(1942年，第279页)。但他指出在柏林(民族学博物馆)存在有一部刊本，它属于由斯拉金威特兄弟寄回的三卷著作的组成部分。但谢夫纳(1864—1868年，第47页)以及斯拉金威特(1866年第21页)都声称这里是指一部稿本，舒伯特(1933年，第582页)也确认了这种说法。大家可以参阅下文有关《姜岭大战之部》的稿本(收藏于柏林)。

[59]罗列赫(1942年，第279页)见过《霍岭大战之部》的某些出自西藏东部康区的刊本。该刊本提供了一种比稿本更为短小的记述，似乎应归于“红帽派”(宁玛巴)。这些特征也成了林葱土司本的特点。因此，这里可能是指有人向我讲过的九卷本之一。

[60]由石泰安刊布(1956年)。请参阅其导言中更多的详细情节。

[61]在林葱土司本第二卷(石泰安，1956年，第82页)中确实存在这样一句话，已于1820年作为“出自岭地之王的史诗”而被引证。因此，它在这一时间之前就已经存在了(请参阅第三章，《古迹》第76条)。

[62]同上引书，第6页。

[63]《酥油丰收之赛马事宜五种》第109页。我开始时将之译作(同上引书，第13页)：“归于卫地的玛琼哇”，但很可能应理解作“自西藏中部来到下部(也就是来到本处康地)”。

[64]Skyes－bu意指特殊的人物，在一般情况下均指上师或圣贤。我把它译作“英雄”以将之与“上师”、“圣人”相区别。相当于“上师”的于阗文也具有“英雄”的意义。请参阅贝利：《印度斯基泰语方言》I，载《皇家亚洲学会会刊》，1953年10月，第103页。

[65]我应感谢埃里克·哈尔先生的美意，他向我提供信息说，哥本哈根民族学图书馆中近来获得了一册，其中同样也残缺了目录，特别是其最后一部。

[66]我从此之后以在方括号内写上衍字和在普通括号中写上正字的办法来纠正拼写错误。

[67]它一开始就是一篇导言，被编为第一卷1—3页。其次才从第3、4和4(乙)直到21页中开始介绍其历史。

[68]指魔鬼、恶行和罪孽者。

[69]最后1页确实写有“第29页，完”，但它共有两个“第28页”。

[70]开场白、天神下界、英雄战胜各种魔怪、订婚、降伏鲁赞魔、暗示史诗的其他各部以及宗教教诲之处。

[71]这是为该版本的一种辩护，它为了反击将一种非佛教的特征归于史诗而自我辩护。请参阅第三章，第32条。

[72]第9页(题跋)中有另一个标题：《对于向世界上师的祈祷之综述》(《世界公桑之部》)。

[73]或者是《隆钦心要——心传灌顶教诫讲说》。

[74]为了控制这一切，莲花生上师占据了魔王的位置、他周围人的皈依以及授记。

[75]《西南魔国之简要历史——出自遗教类去除心灵暗障》。其史料来源明显是诸如《五部遗教》一类的“伏藏”。

[76]“此版为任职江孜色角之噶雪巴所造，增益吉祥。”

[77]请参阅伯戴克：《18世纪的中原与西藏》，莱敦1950年版，第71页。

[78]《(天神下界之部)简要》(第一卷，第3和21页)。《总管王岗巴之歌的摘要》(第一卷第16页)。《在许多歌词和供奉愿中……有许多关于供奉的部，本处仅作摘要》(第一卷，第18页)。

《对声称他会镇伏鲁赞魔王的历史摘要》(第二卷，第2页)。

《格萨尔王语录摘要》(第二卷，第12页)。

《嘉察人头鹰身语录摘要》(第三卷，第13页)。

《鹰之歌摘要》(第三卷，第19页)。

《对有关姜人预言之部的摘要，对个人保护神赛措语录的摘要》(第四卷，第1页)。

《对于神马枣红色野马语录的摘要》(第四卷，第2页)。

《对白梵天神语录的摘要》(第四卷，第6页)。

《对红色野马之神奇形状的语录的摘要》(第四卷，第6页)。

《对白梵天神授记的摘要》(第四卷，第14页)。

[79]《仲钦司伦之道歌》。

[80]例如，用 sMa - čhu(黄河)来代替 rMa - čhu，用 skyaṅ(枣骝色马)来代替 rkyaṅ。

[81]请参阅石泰安，1956年，第9页。

[82]tab - ches 的词义是带有象征性的数字 ches(15)的饶迥(甲子)。有关这些数字的象征性名称，可以参阅乔玛所列的名表，载《藏语语法》，加尔各答1834年，第155—157页。

[83]“大明巴”，这个支氏在下文不远处还将会提到，我不知道这是否是米庞的化名(笔名)。

[84]原名为 Mi - pham pa'i yid - las - so(《米庞巴之心业》)。

[85]这是德格的大寺。

[86]在这篇愿文中，此人被比定为莲花生——马头明王(《莲花生骏马黑如伽》第3页)。

[87]此人应该是米庞。

[88]这是雅砻河流域的一座著名寺院，位于泽当以东。

[89]这是格萨尔秘传的名字。

[90]《噶德愿文的摘要》或《战胜敌魔之军》。这里是指噶德(玉树地区)的守护神白那。有关这个人物，可以参阅林葱木刻版中的索引；有关该地区，还可以参阅下文不远处(第四章)有关地理问题的阐述。

[91]该喇嘛(1625—1697年)于1685年在康区(德格以北)建造了佐钦寺。《格萨尔王传》史诗正是在那里由宁玛巴喇嘛们刊印的(请参阅罗列赫，1942年，第283页)。

[92]这就是第1页的标题。题跋中

指出的标题则比较长。科瓦列夫斯基于其辞典(第9页)提到了同一个名称,但只到“贤王”为止。接着便是《……历史》(达木丁苏隆,1957年,大家还可以参阅第54页)。

[93]霍尔穆斯达神也就是因陀罗。

[94]虽然其题跋中未指出这一点,欧洲作家们却都具体解释说该木刻版是在北京刊印的(请参阅劳佛尔,1901年,第78页;柯津,1935年,第7页;海西希,1954年,第35页)。

[95]有关这些情况,应该使用巴科的著作:《藏文草体字》,载《亚细亚学报》,1912年12月,第1—78页。

[96]由于抄写者的疏忽,其页码编得不连续,而事实上在稿本的开头和结尾之间并不缺页。

[97]“康熙十三年(火猪年)藏历六月一日从香山寺请促索南旺杰所借《世界格萨尔大王降生之部》”。更严格地说,大家可以读作 ches la - yaṅ Çaṅ - si,把 Çaṅ - si 视为中国中原的山西省。但如果其中的 kyis - druṅ 确实应为 rce - druṅ 的话,那么这里就是指一名和尚,其中的 si 就应为汉文字“寺”的对音,而 yaṅ - Çaṅ 则是一个以“山”字结尾的汉文词。

[98]它不是 le' u(章、卷、部)一词,而是(其题跋中已经表明)lis 的一种写法,大家可以于第2页的“在汉地的12个 lis - che”的一句话中发现它;它也可能是德格定辞典中的 liṅ - che(烤,烤架),山本于其《安多语辞典》中则以“棋盘”来解释该词。请参阅本书下文第八章。

[99]“由兄长萨迦班钦作世俗教法之教诫,前往花花岭国”。其中的“花”(指斑色的)系指一批各种各样的人。这里应该是指萨迦班智达(1182—1251年)。请参阅第三章《古迹》第62条和第五章。

[100]其倒数第1页中带有“第316页”的编页。这是由于其中缺页。大家在第72页中发现了这样一条记述:“第51—72页阙”(因而共缺21页)。从119页又跳到了第144页,而在第144页中又有这样一条英文记述:“由谢国安写的25页”(还有一个字不堪卒读)。因而,该书共有271页再加上已残缺的46页,全部就有317页(其最后一页已不堪卒读)。

[101]这一标题就是于题跋开始处(第316页)提供的那一种。

[102]由另一个人将此字写在括号内并增加了问号中的两个圆点。

[103]请参阅劳佛尔,1932年,第96页。其中确认这部稿本过去曾属于扎什喇嘛(班禅喇嘛)。

[104]这里无疑是暗示松赞干布及其确定10种道德规范的法律。

[105]该河谷已被填平和栽上了树,很少有人来往。波沃就是波域(波密),位于察木多的西南和距拉萨东部很远的地方。

[106]这是须大拿(诺桑)本生故事和以此人名字命名的戏剧中的女英雄(女主角)。

[107]这就是德格的喇嘛嘉木样(吉祥声)钦则旺波(1820—1892年),我们已经知道他是林葱土司木刻本的鼓动策划者。

[108]囊谦在最近仍属于在汉人治理下的青海省。

[109]此地属于彭措林寺,位于藏布江畔,地处从萨迦通向日喀则的大道上。

[110]请参阅罗列赫目录中的第18条:《霍尔细巴热宗甲波》

[111]他于其1946—1949年的一篇文章中无疑是单凭记忆而提到了安多的《格萨尔王传》史诗:《霍岭大战之部》。

[112]《丹玛布阵大歌》。丹玛是岭地的大相,在反击霍尔人战争的初期组织了一支军队。请参阅罗列赫藏稿本中的第一个标题。

[113]《由战胜敌人的岭地格萨尔王——征服十地的佛陀大宝对姜地萨丹木的降伏史》。这“十地”一般系指上师

的圆满程度，但本处的表达方式应相当于“十方”。请参阅北京木刻版中的标题。

[114]它与《姜岭大战之部》的稿本为同一标题。请参阅罗列赫本第17页。

[115]bhe－ra系指保护人类对付敌人的一种法宝。

[116]请参阅《大英博物馆季刊》第八卷，1933年，第1期，第12—13页。

[117]根据该说唱艺人（他于1951年尚活在人间，生于1885年）仁钦达结的看法（希腊国王彼得殿下应我的要求而盛情地请教过此人），布拉诺尔可能原籍为察木多（昌都）。这就证实了该题跋的下文。请参阅石泰安，1956年，第10页。

[118]由于这里是指一座神山以及其名字中的due（本意为“海螺”）系指白色，所以它很可能是指著名的卡巴噶波或多开拉，也就是察绒的圣地，距云南边界不远。这种假设已由图齐藏稿本中的题跋所证实。

[119]这就是神女姑姑贡曼杰曼，也就是格萨尔的天神姑妈和女谋士。在罗列赫所藏《姜岭大战之部》的稿本第1页中，对它的描述特别包括与在布拉梦中同样的特征“头上有绿鹦鹉盘旋……后面飞着各种水鸟”。

[120]其中有一个字无法识别

[121]本处所使用的术语始终是指掘藏或由化现者发掘到的伪经稿本。卡哇噶波朝山进香的一本导游小书就被归于了著名的“掘藏师”顿都多吉（伏魔金刚）。见（绕行卡哇噶波山之福益）稿本第7页。

[122]觉托，有关这种组成名字的方式，请参阅康地南部的噶托宁玛巴寺的名字。

[123]该家族（大家有时也写作LDoṅ）原籍为弭药。著名的红帽喇嘛汤东杰布就属于该家族，岭地的教祖和德格寺的创始人。请参阅石泰安，1951年，第238页注释与下文第四章和第五章。

[124]俄术楚河是形成湄公河（指澜沧江。——译者）的江河之一。它在察木多汇入了扎曲河。

[125]原文作Kha－ba dkar－po du rgya mi gnas－par。我读作rGya－mi，但这段文字有讹。请参阅前一篇跋文。

[126]原文作Sa－bstan skyoṅs－dbon，而不是如同前文的sky－o－dpon。这些文献之一有误。

[127]拼写法的不稳定性使译文变得令人多疑了。

[128]这就是岭地的家族。该家族与弭药（木雅或西夏）家族相同或具有密切的关系。

[129]我们下文将回头来论述“教法传记”的问题，这是一种适应了佛教的史诗。

[130]这部共有268页的稿本著作也收藏于吉美博物馆，被编为第1066号。它可以使人把gliṅ前面的一个字复原为’jam。

[131]此人与抄写了第6号稿本的彭措伦堆是同一人。

[132]但做梦的时间为藏历十月二十五日，卡巴噶波变成了“有人居住处”的朵思麻。

[133]在前两页中，断句的地方以slar（“另外，此外”）指出。在本章中，断句处则是以感叹词kyai来表示。

[134]“五种野生动物”。据噶伦堡那位为我提供资料的人认为，这里可能是指被觉如于其一生最初几天降伏的那些野兽——魔鬼。

[135]“云长格萨尔”。“云长”是关羽的字，他后来成了关帝和汉地的战神。

[136]《心之宝藏》是一部掘藏或伏藏，实际上并非完全是以稿本的形式存在的，而是由于幻觉、梦觉或静修三昧而在臆想中存在的。

[137]科瓦列夫斯基于其蒙古语辞典中确实指出，蒙古文中的bandi就相当于梵文bandny和藏文bandhe（班智达或班第，指大学者）或bcunpa（“以誓愿而联

系在一起的人、大师、教诲者，班第是佛教徒中的教阶中最低下者”）。

[138]近来，一名藏族说唱艺人在噶伦堡接受了我的询问，这就是丹增赤列（生于德格），曾在色拉寺和热振寺为僧，特别专长于格萨尔史诗，也曾按照同一意义讲过。据他认为，该部史诗（格萨尔史诗的故事）是由总管王绒察叉干所写，此人是“30名英雄中的第一位”和史诗中岭地的头人。此人可能是第一个写成一部史诗的人，其他英雄中的每个人都写成了另一部。格萨尔可能看到了这些经文并可能在编写和所叙述事实中的真实性问题上提出了批评（这是由麦克唐纳夫人友好地告知我的情况）。

[139]这位活佛属于格鲁巴的黄教教派。

[140]在汉文中叫作“明正土司”，其汉文名字是甲联升。他是甲拉（Chala, Djala、Lcags－La）土司的后裔，由此而出现了其汉姓甲。

[141]其开本为59.5×83cm，既无时间又无画家的姓名（有关其时间，其中提到一支火药铳枪）。它用蓝色的汉地织锦装裱带有“寿”字的图案。其背部的某些编号已被我未敢揭起的红色小布块覆盖。

[142]从此之后就以“第一幅画”或“画1”来引证它。为了方便对它们的考证，我将在括号内指出绘于唐卡中央的神祇之名称。

[143]本处阙藏文释文，而在打箭炉画却附有藏文释文。

[144]同[143]。

[145]这就是西藏特藏中的第2740－93号。在普特先生盛情地寄给我的照片上则写有在第2740－13号。请参阅普特：《国立民族学博物馆藏文特藏导论》，莱敦1951年版第78页。

第三章 有关分类和前后演变关系的内容

一、“古迹”和“历史的记忆”

我们未掌握已被确定写作年代的古文献，我们也完全不知道这部史诗的传播史。具有可靠时间的第一个文本是北京木刻版本（1716 年），它派生自一种未知的藏文本。19 世纪下半叶的一些藏文版本的几种题跋向我们讲到了已存在的大量文本，甚至还引证了说唱艺人或通灵人的几个名字。19 世纪的这些文本是否派生自一种可能是 1716 年的蒙文古刻本的范型呢？大家只有在对它们的内容作一番仔细研究之后才能对此作出回答，但其答案无疑是否定的。这个问题不仅仅要从历史的角度提出，而且也要从地理的角度提出。每种不同的地方文本都可能具有它的一部历史。这些地方文本可能只是较晚才被辨别出来，它在漫长的岁月里被口头流传，而仅仅是在最近才由一名好奇心十足的旅行家笔录成文。它也可能是在晚期由一名藏族作家确定下来的。但这并不妨碍它也具有自己的历史，并且也可能比过去出现的另外一种版本更为古老。当然，布拉诺布、说唱艺人惹古拉美、来自中部西藏的作者和霍尔科的通灵人的作品都必定会早于林葱土司木刻本，因为这后一种版本的题跋提到了它们。但其编纂者使用的岭地“原始史料”较上引人物的文本都较晚、同时代，还是要稍早一些呢？我们对此一无所知。我们能够讲的一切仅仅是它们揭示出了明显差异。

大家可以看到这个问题的复杂性。我们要避免无益的假设，它们只会束缚和妨害此后数代人的工作。我们最多可以在浏览了相当数量的事实之后于我们的结论中提出某些征象。因此，我们将首先阐述可以把与格萨尔具有疏远或不同关系的一切都纳入到时空范畴内的各种因素。空间的坐标会向我们指出该史诗传播的范围。

当大家对在一个具体地点和在一种特定的方言中搜集到的口传故事作一番巡礼时，当大家指出发现木刻版本或稿本甚至是那些绘有或保存有绘画资料的地点时，也不能扒梳干净能够向我们提供《格萨尔王传》史诗的传播地区和可能的传播中心的所有文献。我们尚有待于研究藏族人和汉族人称为格萨尔和史诗中其他人物的"古迹"[1]或"遗迹"的问题，也就是既涉及了其地点的简单事件，又涉及了物品或文献的情况。弗兰格曾对此给予了极大的重视。这些"古迹"或"历史的纪念物"在拉达克的存在使他觉得该地区本为《格萨尔王传》史诗的发源地和事件的发生地。[2]可能是一种简单的常识告诉他说这种传说没有任何历史的真实性，它仅仅是派生于一种得到普遍证实的愿望——把一位圣贤或一名英雄的丰功伟业确定在自己居住的地区并对它那当然会使人感到惊奇的形成提出某种成因论解释。此类"古迹"的一份比较完整的目录可以使人最终排除这种无多大价值的假设。此外，它对于编制一幅《格萨尔王传》史诗的现时传播图却是很有用的。因为很明显，在那些土著人自信发现了古迹的地方，该史诗也广为人知和颇孚众望。迪梅齐尔(Dumézil)曾针对高加索的英雄人物非常正确地指出过这一点，在那里几乎到处都指出了他们业绩的一些遗址(如马蹄痕迹，见《有关纳尔特人的传说》，巴黎 1930 年版，第 3—4 页)。[3]同样可以举出中国中原的一个例证，那就是关帝诞生于河东(山西)解州地方，但越南人却将河东省(交州)的解良村指为其诞生地。[4]最后，我们再回到西藏问题上来。被归于其弟子的《米拉日巴道歌集》中就已经讲到了米拉日巴的遗迹以及民众对它们的崇拜问题。[5]同样，由莲花生降伏的魔鬼的许多遗址也都于其传记中一一指出和提到过了。

因此，我于此将编制一份本人得以发现的"古迹"目录。这份目录不可能是完整的，因为我未能参阅旅行家们的全部游记故事，更未能全部阅读留传给我们的那些大部分都无法得到的藏文文献。为了避免使该目录过分冗长，我在"古迹"中增加了在特定地点举行的庆祝节日活动、寺院、世系谱传说(当它们已被确定地点或断代时)和化身转世。对有关作为"四天子"之一的军队之王格萨尔的记载被排除在该目录之外，因为这些记述属于一种独立的长诗，对此应用整整的一章(第六章)文字来论述。

二、可以确定地点的"古迹"目录

西藏西部

在拉达克靠近卡拉泽一带,弗兰格(1906 年,第 584—590 页;1923 年,第 25 页)指出了以下遗迹:

1. "格萨尔的马鞍"。这是印度河右岸的一块山岩,位于卡拉泽上部 4000 米的高处。山岩上留有一种回纹饰,叫作"汉地之路"或者更应该叫作"正路"。

2. "珠古玛的铃鼓"(这是弗兰格的译法)。它是位于印度河畔的一块岩石,上面带有一头奶牛(?)、两只山羊(其一于其腹中怀有一只山羊羔)和男女性器官的图案。

3. "珠古玛的纺锤"(弗兰格的译法)。它位于印度河的左岸。其上有呈一只西藏纺锤(可能为瑜伽行者的)形状的黄色图案。

4. "格萨尔宫"。这是位于印度河右岸的一块带有白点的巨石。

5. "汉地王妃"。据弗兰格认为,这是格萨尔在中原汉地的王妃和卡拉泽村女神的名字。它最早位于卡拉泽的地方,地处印度河的左岸;它后来处于该河的右岸,但却在一条小溪的左岸;它现在位于一条小溪的右岸,被置于一个神坛(石坛)上,装饰以朱鹭角和雪松枝。一种传说认为,女神很喜欢嬉戏的幼童扬起的灰尘,所以当大家举行冬季舞会时,要扬起灰尘以讨她的欢心。

6. 有关格萨尔的后裔在 950 年左右统治过上拉达克的传说。吉德尼玛衮……当时玛尔域的上拉达克被格萨尔的后裔们占据(《拉达克王统记》,弗兰格版本,1926 年版,正文第 35 页,译文第 93 页;斯拉金威特版本,1866 年,第 21 页;马克思版本,1891 年,第 103 页)。弗兰格补充说(第 94 页),在北托相当近期的一篇金石文中,拉达克被称为"格萨尔的所在地"[6]。

7. 桑格尔的传说:"岭·格萨尔"根据他自己的决定(在一开始时?)前来,他以其双脚踏遍了整个大地(也就是说征服了整个地区)。邬坚(邬仗那)国的莲花生上师来了,他以誓词束缚了所有的阿修罗(非天),镇伏了大地上的所有凶兆并在背(代表着大地)[7]朝下躺在那里的女魔的四肢上营造了建筑(弗兰格,1926年,原文第152页,译文第156页)。[8]

8. 拉达克和上库纳瓦尔的赛箭会,于春季举行这种庆祝活动。大家于那时要唱"岭地之歌",其中提到了格萨尔(弗兰格,1915年,第78页;1923年,第4和29页以及弗兰格的全部欧文参考书目)。弗兰格在期旺(9首)、卡拉泽(9首)和谢尔(5首)录下了这些歌曲。

9. 婚歌(同上)。

10. 被称为《格萨尔王传》史诗中的阿古扎拉的假面目。它过去由列城的"去除黑暗增益吉祥"所拥有(弗兰格,1914年,第82页和图版33;1923年,第15页)。[9]

11. 在比雅斯河畔(位于库鲁)的罗赫丹(或巴赫丹),于山岩上有一条人工开凿的长阶梯,人们称它是由格萨尔凿成的(图齐和格尔西,1935年,第15页)。

12. 波地(位于库纳瓦尔地区)[10]的欢庆节会是于每年的11月间举行的。其中的一些赞美歌中提到了"藏汗阿波"和格萨尔,其中心的神是"格拉布拉"(Grablā)[11]。请参阅:同上引书,第199页;弗兰格,1914年,第21—22页。

13. 在鲁楚(北纬33°和东经78°处),有一块"神谕石"或"占卜石"歇脚处。它位于一个山口附近,其山麓上都覆盖以黑色和白色的石块。大家声称亚历山大大帝曾在那里求神降示,以决定他是否应该继续把他的军事远征推进到拉达克。其卦辞是否定性的,有一名喇嘛补充说亚历山大的吐蕃的名字是"格萨尔王"(Gyalpo Kyshar),见斯拉金威特,1862年,第85页。

14. 在巴尔蒂斯坦(勃律),格萨尔被认为是"小吐蕃"(拉达克和巴尔蒂斯坦)的国王,霍尔人的国王被确定在叶儿羌(邵,1871年,第245页)。在格萨尔史诗的一种拉达克文本(弗兰格,1906—1907年,第261页)中,有一匹霍尔马被认为是来自Yar–Khyen的地方政府,此名无疑代表着叶儿羌(Yarkand)。

15. 在斯利那加东北的贡村附近,有一片山崖由约八幅粗糙的人物的刻画覆盖,西藏人声称它们代表着格萨尔王。在同一片山崖上还有一些八幅法轮的图案(弗兰格,1914年,第107页)。

西藏中部

16. 在下昂地(藏布江以南,年楚河中下游),民间传说把格萨尔生平中的某些情节确定在巴纳木,即白朗(图齐,1941 年,第 69 页)。

17. 在藏地(或在拉萨),格萨尔的盔甲被保存下来了,它不是一种普通的甲胄。这是由原籍为藏地的丹增嘉措口头告诉我的资料,这种现象使他还相信格萨尔肯定曾生活在这里。他亲眼看到了三种奇特物品,但却无法考证它们的地点:一架比一般实物大 2 倍的人骨骸、一顶能直盖到正常人胸部的铁盔、一具任何人都搬不动的马鞍。[12]

18. 在拉萨于布达拉宫后面举行的赛马中,身穿西藏古甲胄和武装以弓弩的骑手都被认为是代表着格萨尔的勇士们(罗列赫,1942 年,第 308 页)。

19. 据任乃强认为(1945 年,第 21 页),在拉萨的觉康寺(大昭寺)中有一身格萨尔的供像,它仅仅被喇嘛承认,但始终未被汉人认可。

这条不寻常的资料无疑是以一种混淆或一种诸说混合论为基础的。契毕科夫(1918 年,第 104 页)在他对拉萨“大昭寺”的描述中指出,在院子正门紧靠左部的地方,有一块里程碑,上面绘有一名大胡子英雄及其妻子和儿子,此人可能曾征服了吐蕃并将之奉献给达赖喇嘛。此人可能是蒙古族国王固始汗(于 1582 年诞生,1637 年在卫地,1642 年任藏王,1654 年薨逝)。[13]然而,他那门神的职责却使人联想到了关帝(已被比定为格萨尔)的职能。关帝同样也与其爱妻和儿子(关平)画在一起,而且始终都被画成美髯公。同样的守护神也被比定为尉迟敬德,即后来变成了中原汉地门神的唐将(见《卫藏图志》,1792 年,柔克义 1891 年译本第 263 页)。相反,相当于契毕科夫所指出位置的人物像在《拉萨志》(《大昭寺志》)[14]中却叫作畏怖神(忿怒明王)麦哇则巴(即除秽忿怒神)。据该书认为,此神在松赞干布时代保卫了吐蕃不受唐人侵入。

20. 据最可靠的权威人士五世达赖喇嘛[15]认为,拉萨大昭寺中包括有“刽子手梅乳孜[16]的神龛”,它是作为罪孽者的忏悔而建造的。然而,这位辛巴梅乳或逗钦辛巴(刽子手,大罪孽者)是格萨尔史诗中的一个著名人物，他是霍尔国王的大相，在霍尔人失败时得到了格萨尔的饶恕，并变成了他的忠实勇士之一。

非常遗憾，达赖喇嘛在讲到这个人物时，对于格萨尔史诗却只字未提。[17]这样一来，它就迫使我们对于这种关系重大的问题进行一番思考。究竟是史诗向喇嘛教万神殿提供了某些人物还是恰恰相反呢？在第一种情况下，大家将会发现，对史诗中一个著名人物的回忆在稍晚于1645年时被黄教教派中的上师之上师所接受。在另一种假设中，《大昭寺志》中的记述只能允许人们发现在喇嘛教和史诗中有一个共同的重要人物。我们还将回头来论述这个例证以及同类的其他例证（请参阅下文第九章）。

21. 达赖喇嘛有时被认为是格萨尔的化身（达斯，1905年，第413页；塔菲尔，1914年，第二卷，第90页注[1]：五世达赖喇嘛可能为观世音、死神或阎罗王、松赞干布和格萨尔的化身）。这种比定的神秘性已由于道泉（1930年，第22页）发表的一篇文章得以澄清。在更敦主巴（一世达赖喇嘛）前世化身的一份名表中，第26位就是格萨尔王。于道泉氏又补充说（第30页），格萨尔可能曾经是“蒙古人的国王”（霍尔王）和观世音的一种化身。[18]本处的名表引自《隆多喇嘛全集》（第22卷，第19页）。它不仅限于黄教派，而且同样也被接受到古旧派（宁玛巴）中了。大家发现它已被张其勤译作汉文（1910年，第5页），其中认为格斯（格萨尔）是第25代化身（在印度的瓦拉纳西为王），但该名表最终却一直讲到了萨迦巴喇嘛。同一份名表（第26位是格萨尔王）也出现在宁玛巴的一部稿本著作中，这就是罗列赫先生非常乐意地向我指出的《莲花生之地志》（第2页）。但这个格萨尔却与那部史诗没有任何（或很少有）关系。他是阿底峡前世本生传中的一个人物，于其中是作为一名莲花国王和一名桑莫女王的儿子出现的（《噶当派祖师弟子问道录》第二卷，第345—346页，请参阅下文第六章注[63]。

22. 有关格萨尔的传闻在拉萨的流传（第18和19条），可以通过我们下文将有机会更为详细地谈到的一种诸说混合论来解释，我们最好是立即指出它至少可以追溯到1748年。《如意宝树史》在这个时间（第296页，达斯的版本中未提到它）以下述方式解释了关老爷（关帝）一名：“大家还声称他是宗赞辛巴、格萨尔和贝则的化身”[19]。《汉地佛教史》（第52页）补充说，关帝（关老爷）“与陪同文成公主(唐代汉族公主)赴吐蕃的宗赞辛巴为同一人,同时与作为军队之王而著名的格萨尔也为同一人。此外还存在着另一种传说,据此认为关帝与夜叉贝则具有同样的宗教世系"[20]。于此后不久(1779—1780 年),三世班禅喇嘛(《关帝仪轨书》第 2—3 页)对于在西藏中部流传的这种混合论又作了某些说明。章嘉尊者(二世,若必多吉,1717—1786 年)[21]在前往西藏(扎什伦布寺)以向二世班禅喇嘛(1735 年)顶礼时,在四川(Zi - Khrvon)的尚林山(Zaṅ liṅ)附近度过一个月,关帝被认为居住在那里。他在梦中梦见关帝对他说,他不仅仅在中原汉地,而且在西藏也受到了崇拜。尤其是在藏地,一名大喇嘛长期为他举行崇拜仪式。作者补充说这里应该是指贝则(战神),班禅喇嘛崇拜此神[22],因为在该神的青年时代,有人为他说"悉达多(大雄之父)王的《譬喻经》"(《王子顿珠的故事》)。作者继续说,大家还声称关帝与多吉顿督(伏魔金刚)尚论神相同。[23]他声称,后者确实应该为中原天朝的一名大相,因为中国中原自从松赞干布与唐文成公主和亲以来,中国中原天朝就被称为"舅"(也可以说是"外公",即"尚")。由于关帝享有汉文尊号"三界伏魔大帝"[24]和曾出任汉地大臣(尚论),所以尚论神伏魔金刚只能是指关帝。许多上师还都声称这位关帝并非他人而正是宗赞辛巴神,其活动地被确定在许多地方,尤其是在拉萨以北的宗日山[25]和雅砻的水晶岩洞。

非常奇怪的是将格萨尔和关帝考证为同一人的同一批喇嘛教僧官们,就这样用已被汉化的形式促进了对他们崇拜的发展,而他们在其他地方却又是仇视史诗的。松巴堪布意希班觉(1707—1788 年,是《如意宝树史》的作者)的自传第 6 页中包括此人致班禅喇嘛三世贝丹意希(1738 或 1740—1780 年)的一封信。他于其中声称格萨尔史诗当时不仅仅在裕固族人(黄头维吾尔人,甘州和肃州地区的黄头回鹘人,请参阅第二章)中流传,而且也流传于中国中原、蒙古和吐蕃。但他却声称该史诗是由"共分二、三卷的一大串谎言编织而成",其名望"纯属无中生有的流言"。他将这部史诗比作科学专家(吠陀,吠陀教派学者?)们的传说或故事化的"一大串谎言"。他严禁向他们借鉴这样一种他们自己假装拥有的学问并沉湎于"充满废话和谬论的著作"。这样只能使他及其弟子们感到羞耻。

至于章嘉呼图克图若必多吉(1717—1786 年),他指出(据达木丁苏隆认为是 1740 年,见其 1957 年书,第 168 页,参考书目 2 第 229 页),大家在他那个时代都倾向于按照格萨尔史诗(格萨尔的传说)之模式来撰写传记,这就是说从中加入一些“战胜敌人”、“保护朋友”和招请帝释(因陀罗)帮助的仪轨书之故事。[26]

如果说松巴堪布相当严厉的话,那么其他教祖尤其是班禅喇嘛则更为关心格萨尔史诗。我们将会看到将于我们这个衰败时代之末出现的香巴拉的未来将军有时是格萨尔(或热振寺的喇嘛,请参阅第 26 条),有时又是班禅喇嘛(达木丁苏隆,1957 年,第 18 页)。很明显,三世班禅喇嘛正是由于这种原因才如此关心关帝和格萨尔。松巴堪布那令人置疑的书信就是作为对该班禅贝丹意希的一个问题的答复而写成的(原文见达木丁苏隆,1957 年,第 185 页,译文第 191 页;《贝丹意希全集》第七卷)。他说:“当我们的佛教史《教法源流史》讲到霍尔人时,这是对裕固族人的一种简称,其辖地属于西藏。我听人讲过,在与格萨尔的战争中被消灭的霍尔首领的大家族是黄霍尔人的黄帐王,又叫作阿南杰波,他可能有过一个大城堡(宗)……”该城堡或宗到底在哪里呢?这个格萨尔生活在什么时代呢?对于在格萨尔的喇嘛朗绛曲哲科问题上的授记应作何感想呢?(请参阅下文)松巴堪布长篇大论地回答了这些问题(书信第 10—16 页;达木丁苏隆,1957 年,第 185—191 年,译文第 192—196 页)。我把他有关地点定位的考证列入我的名表中了。他认为格萨尔的历史可以与中原和尚唐僧(《大唐西域记》的作者)的传说相比较,其真实性是一码事,但大家以某些故事在中原皇帝驾前表演戏剧的形式而了解到了这一切。或者是它可以与在科学方面的专家们(吠陀派学者)的传说相比较。大家可以把它视为异想天开的或者仅仅是一种诗歌。至于格萨尔的时代,大家不知道任何可靠的内容,但他认为这一时间是很近期的了。在第二封信中,松巴堪布重复说:“格萨尔王传的史诗故事现已流传于中国中原、西藏和蒙古,它可能是根据诗歌而发展起来的”(这就是说它不是对真实事件的记述,而是一部诗歌作品)。他指出,格萨尔似乎是一个普普通通的人(从其宗教观点来看,他不是一尊神),他发现很难相信其奇迹。大家可以看到这位作者颇有见识,如果大家愿意的话,那么也可以说他富有批判精神。无论如何,他也非常清楚地知道这种传说,从而可以将其下限时间确定在18世纪上半叶。他声称自己是从德格的某些老翁口中获得这一切的,他们尽管也有某些难以定夺的地方,但在整体上却是互相吻合的。

23. 在汉族人居住的所有地方,大家都会发现关帝庙。它与我们本书中的问题并没有直接关系。但由于西藏人和蒙古人始终称之为"格萨尔庙",而且这种称呼有时也能被断定时代和确定地望,所以我在自己的目录中加入这些例证也绝不是无益的。

在拉萨,关帝庙位于一块地处布达拉宫西南约200米的山冈上。沃德尔(1905年,第40页的折叠处第11条)称之为"磨盘(本哇)山"[27]。他讲到了(第334页)"格萨尔的汉地式庙,他是西伯利亚那已被奉若神明的蒙古皇帝";此人还讲到了"大家作为土著供物而向他奉献的白色老公鸡[28],数目多达百余只"。贝尔(1931年,第20页)发表了该庙内的两幅照片,夏普曼(1938年,第205页)对此有一篇记述。所有人在讲到格萨尔庙时都同时指出了其汉地特征。契毕科夫(1918年,第138页)称之为"蓝教派磨盘山汉庙"。《卫藏图识》(第4页)也指出在布达拉宫之后,有一座文殊师利的本命山,同样也以磨盘山之名而为人所知。位于其山顶上的寺庙是格萨尔庙。[29]汉文专著似乎以另一个名字提到了这座寺庙。柔克义(1891年,第264页注[1])指出了有关在"磨盘山"上建立一座关帝庙的1795年的一块碑。《卫藏通志》(卷六,第11—12页)也讲到了在由廓尔喀人于1791年毁掉扎什伦布的关帝庙之后又于1792年重新修造了另一座庙的情况(请参阅柔克义,1891年,第254页)。因此,该庙是相当晚期的了。所以,它未被五世达赖喇嘛于其《大昭寺志》中提及,虽然其中也提到了关帝庙今日所在的山(奔巴拉山,文殊师利生活的山。请参阅格隆维德尔书第71页)。

24. 护法神白哈尔附身于拉萨附近的许多通灵人——神谕者身上,尤其附身于距拉萨以西数公里处的哲蚌寺的下属寺乃穷寺的那个人身上。由于该神与霍尔人有联系,而格萨尔又战胜了他们,所以在乃穷寺和哲蚌寺禁止说唱格萨尔史诗[30](请参阅下文第31条),并禁止大家了解和接受该史诗。令人遗憾的是这道禁令的具体时间未被断代。[31]但它至少已被确定了地点并允许人们对有关黄教派禁止喇嘛们阅读《格萨尔王传》史诗的那种经常被重复的说法作出判断(鲍培,1926 年,第 3 页;于道泉,1930 年,第 30 页)。沃德尔(1895 年,第 478 页)已经指出了这一点,任乃强(1945 年,第 22 页)也根据甘孜一名为他提供资料的人证实了这种说法。这道禁令与那种认为格萨尔可能杀死了白哈尔的传说有关。我们必须强调指出的是该禁令并非是全面的,而是仅限于在白哈尔出现的地方和与霍尔人(蒙古人,霍尔家族)有关的一切问题中。[32]它可以通过宗教原因(请参阅第七章注[4])来解释。

25. 在拉萨北部不远的地方,达垅家族与格萨尔具有密切的关系(我应将这种资料归功于图齐先生的友好表示)。我尚未能得到其世系谱(写于 1767 和 1769 年间)[33],但该家族享有的和大家在林葱土司木刻本(第一卷,第 39 页,由吐蕃的原始六部族之一享有,即侏儒部族世系)中发现的噶司一名,确实被纳入了汉地国王的第二位公主(在史诗中是霍尔白帐王的王妃,见林葱木刻本第三卷,第 97 页:噶司女神)所享有的名字中了。

25(乙). 早在 1779 年,就已经有人指出格萨尔的帽子和箭矢等收藏于卫地和藏地的某些寺庙中(松巴堪布的信,见达木丁苏隆,1957 年,第 191 页,译文第 196 页)。

26. 再稍偏北一些的地方,于从拉萨前来的同一条大道上,有一座重要的噶当巴寺院——热振寺,它是西藏摄政的住处。据为我提供资料的人认为,该寺的寺主可能在传统上与香巴拉(北方的神秘王国)有联系,并由此而与格萨尔相联系,因为后者(格萨尔)被认为将是该地区的一位未来将军。无论如何,由西藏的最后第二位摄政——热振寺主对于格萨尔王传的史诗表现出的兴趣,确实是所有同代西藏人都熟悉的事实。该摄政(可以称为“摄政王”或王权的保护者)就是第悉土丹坚白意希丹巴坚赞,他 1947 年在 36 岁时圆寂于一场政治风暴中,他可能是大喇嘛伏藏的掘藏师,康地人和米庞的大师之一却居林巴大喇嘛的化身。[34]我们已经知道这名喇嘛是林葱土司木刻版史诗的鼓动者之一,我们将会看到是他发掘到了一部有关格萨尔帽子的特殊伏藏。热振寺的摄政可能拥有这顶帽子(为我提供资料的人声称曾见到过它)。他同样还可能令人刊印了米庞的愿文,也可能拥有格萨尔的某些绘画和促成了有关格萨尔的一场宗教舞蹈(跳欠舞或跳神)的排练。他的亲信中不仅有两名说唱艺人(说唱格萨尔王传的艺人,分别为世俗人和出家人)，而且还有一名私人演唱者。他还拥有一座格萨尔的庙(神殿)，其中供有格萨尔的两身像(我们将于下文不远处再来论述之)。摄政在22岁或23岁时可能撰写了一部《格萨尔大法会》，大家于上文已经看到了一套《格萨尔王传》史诗的19部，它们可能都被收藏于热振寺中了。

26[乙]. 在拉萨以北和南木错秀茂湖(腾格里湖)一侧便是哲哇纳仓，古如和门惹均属于它。一位身强力大的英雄可能就诞生于这两地之间。他诞生的那仓地区的居民被称为"魔鬼部族"。这个英雄前往拉萨以南的工布。那里是一条其水会使人变疯的毒水河或迷魂水河(?)的源头，所以该地区的人畜都如同醉酒者一般。英雄饮了这种水。此外，在该地区还有一座魔鬼的灵魂之山或生命之山，叫作哈尚则古。然而，当本处所指的英雄人物饮下这种水之后，这些湖泊中的水却都蓄积在一起了。所以大家认为他是作为魔鬼而诞生于人域的(上引松巴堪布书，第188页)。这里是指格萨尔史诗中的北魔鲁赞。

26(丙). 同一名作者在拉萨东北部的达木指出了(同上引书)一座用堆积起来的鹿角和鹿骨筑成的堡塞，这就是魔鬼之堡夏拉南宗。某一天，后者出发去从事土匪抢劫活动，他在格萨尔恰恰不在的时候(前往狩猎或进行抢劫)到达了岭地。魔鬼抢劫了该地区并掳掠了格萨尔王妃梅萨本吉及其家族中的一个成员钦囊坚。格萨尔一俟返回，便立即出发前往魔域，渡过了该地区的大江协曲康巴(接着是有关鲁赞的故事)。

27. 在桑耶寺(萨木秧寺)，于拉萨东南二、三日行程和甘丹寺以远地区，汉文专著中声称:"内供关圣帝君像。传云唐以前其方多鬼汉为害，人民不安，帝君(关帝)显圣除之，人始蕃息，土民奉祀，称尊号曰革塞结波(Ge - sar rgyal - po，即格萨尔王)"[35](《卫藏通志》卷六第5页、《西藏记》卷上、《卫藏图识》卷下第11页、《康輶纪行》卷七第15页;参阅柔克义，1891年，第266页)。这其中可能有一种错误。各种著作都在有关桑耶寺的段落中提供了这条记述，而且还是在拉萨及其附近寺院名表中提到这一切的。曾经参观过桑耶寺的图齐对于这样一座关帝庙只字未提。相反，白哈尔庙于那里却非常著名。大家可以谈到的一切是:甚至就在西藏中部(请参阅第22条)，用格萨尔一名代指关帝在18世纪中叶也是很常见的。

28. 另外一座著名的关帝(格萨尔)庙建于扎什伦布,位于城南(《卫藏通志》卷六,第10和12页;柔克义1891年,第267和268页则认为位于西部;有关它于1791年被毁的情况,请参阅第23条)。达斯(1902年,第69页和第58—59页的插图第28)于日喀则的西南角发现了它并称之为"格萨尔神殿"或"格萨尔庙"。

29. 桑主孜(日喀则)教祖家族的噶玛丹松旺布[36]被认为是格萨尔的一代化身(图齐,1949年,第697页)。

30. 在从印度通向拉萨的大道之西南处,江孜的头人(江孜土司或江孜王)至少从1643年起就被视为冲木的格萨尔女婿的后裔(五世达赖喇嘛:《西藏王臣记》第99页;相当于图齐,1949年书,第646页;刘立千,第63页;达斯,1881年,第248页;《江孜土司世系史》,相当于图齐1949年书第662页)。尽管使用了"冲木的"这种修饰词(我们下文不远处还将研究),但这里确实是指我们的岭·格萨尔。事实上,这个被称为扎果顿赞[37]的格萨尔女婿原籍为"上部康地"(也就是康区西部或西北部)。其史诗特征明显是由《江孜土司世系史》指出的:"他身穿用百张虎皮制作的一件皮衣并能够徒手擒熊。"[38]

我们还应该指出,在江孜有"一座汉式古庙,内供格萨尔王及其大相们的巨大雕像"(麦克唐纳,1932年,第134页)。它仅仅是一座关帝庙,当然也如同在西藏和蒙古的所有地区一样被与格萨尔结合起来了。

图齐(1949年,第79页)指出,在江孜有一首婚歌提到了格萨尔。

31. 在霍尔康的家族中,大家都不喜欢格萨尔的故事,因为该家族出自被格萨尔战败的霍尔人(西藏贵族中的一个人物向我口头提供的资料)。这里是指穷结家族,它定居在霍尔巴萨(穷结,在地图上作 Chong che Dzong,即穷结宗,位于雅砻河的一条支流上,地处布拉马普特拉——雅鲁藏布江以南,也就是泽当和桑耶寺以南)。[39]该家族自霍尔人开始的世系(在萨贺尔作的解释中)要上溯到(其上限时间)1643年,这是五世达赖喇嘛史中追溯的时间(第92页;图齐,1949年,第643页;刘立千,第54页;《如意宝树史》,达斯版本,第303页将萨贺尔考证为索布—霍尔,也就是突厥—蒙古人)。我们知道这些霍尔—萨贺尔人都与白哈尔的传说具有密切的联系(请参阅第 24 和 43 条),五世达赖喇嘛本人就出自该家族(《如意宝树史》,同上)。

32. 有一种敌视格萨尔的资料被模棱两可地确定于西藏中部,它是通过江孜木刻版(第六卷,第 2 页)而传给我们的。非常遗憾,我们不知道该文献的时代。“在我们的卫地和藏地,那些指责、非难和攻击诅咒岭地英雄格萨尔史诗中的这几部的人很多。”为格萨尔恢复名誉的著作在江孜的发表可能并非出于偶然。我们已经看到(第 30 条),这块采邑的首领们都间接地与格萨尔联系起来了。

西藏东部

33. 在林葱土司木刻版第二卷第 79 页的一篇题跋中,编纂者向我们断言,为了证实其记述故事化的真实性,他亲自参观了以下遗址:嘉萨帐篷的遗迹、觉如的足迹、“生命精华”之湖(魂湖)的源头、阿美干巴那位于扎纳伦多山谷中修禅定三昧的石洞、吉嘉达日山和吉曲河(拉萨河?)13 条河谷的遗址。这最后几个地点都位于黄河的上游。

34. 林地木刻本的编纂者依靠其“考古”调查,从不放过任何机会于其记述中指出那些“古迹”或“遗迹”,完全如同《米拉日巴道歌集》的编辑者们对待他们的大师所作的那样。大家在一片山岩上还可以看到觉如的屁股印,他当时尚为刚刚杀死 3 只铁鸟的一个 3 岁的稚童(第二卷,第 31 页)。巫师阿美干巴曾抵抗过觉如的地方在我们今日还叫作米曲卡(第二卷,第 39 页)。大家还可以看到封闭巫师吉浦的山洞岩石踪迹(第二卷,第 45 页,请参阅注[33])。吉曲河的支流与吉嘉塔日山的现今走向仍可以作此解释:“他们在觉如向玛域(黄河上游)出发的时候将头转向了他一方”(第二卷,第 61 页)。

34.[乙]霍尔白帐王的城堡雅泽喀玛位于(据 18 世纪的传说认为)一个特大的石梯岩的山麓上,而这座山本身又位于冰山藏恰噶波的山脚下。这后一座山位于地处红水河(曲麻莱河?)上游(西部)的阿钦河流域的上游,位于清水河的七大渡口的左侧(松巴堪布的信,第 189 页,请参阅注[43])。该城堡的城墙在这名作者的时代尚存在。

35. 在玛曲河（黄河）的西部和摄政王寺（热振寺）的对面是嘉萨（J̌aza，即 rGya – bza’，请参阅注［33］）的部族，这至少是探险家骆克提供的写法。[40]

36. 在黄河以东和巴曲河（它由东向西流，在北纬 35°30′和东经 100°30′的地方注入黄河）两岸，大家指出了通过史诗中的战争来解释的霍尔人的这一遗址（骆克，1956 年，第 93 页第 17 幅地图，请参阅注［2］）。

37. 再靠东部，在桑萨或桑查部的领地内，于岷州西南部的达仓拉姆的一个岩壁之间无法进入的山洞中，格萨尔可能存放过其马鞍、马辔和战刀。当他返回来时又到那里取走了这一切（这是埃克瓦尔提供的资料）。[41]

38. 在拉卜楞寺附近寺院的上方和河畔，被称为“格萨尔睡卧处”的地方，有一些格萨尔的马蹄印。在同一地点（但可以参阅注［37］）的一座山顶上有一个无法进入的石窟，其中收藏了格萨尔的弓弩（波塔宁，1893 年，第二卷，第 301 页，这是据拉卜楞寺的一名“唐古特人”的说法而记录下来的）。

39. 继续向南部，在距松潘城西南有 2 日行程的玛尔图（Rmartut），有一座赛格绒日山，格萨尔王曾在那里坐过。大家在那里可以看到其马、箭、弓、卧着的犬及其锁链、甲胄的痕迹。大家在那里还指点格萨尔王妃曾生活过的帐篷以及被格萨尔杀死的杜恰末（Rdučavi，魔王?）的黑色和白色的肠子（同上引书，第 300 页，“唐古特”人的资料）。

40. 再向北行，撒拉族人（贵德地区的突厥人）指点距黄河畔的 Yudzagǐ 15 里处有一个“格萨尔洞”（更应该是“格萨尔室”），格萨尔（Kuser）兄弟和普科希望在那里渡过黄河，他们射出的一支箭，射穿了岩石（同上）。[42]

41. 更靠北一些的地方，于藏区的边境和甘州的黄头维吾尔人（裕固族）地区，大家在潘达霍尔山（Xor – Bander，Xor – Bandiri?）[43]的山麓上指点“马蹄印”。大家还在裕固族（黄维吾尔人）中的金塔寺附近指点格萨尔的靴子印和马蹄印（同上引书，第 301 页，这是据一位裕固族人提出的看法）。玛内尔海姆（1912 年，第 31 页注［27］）具体解释说，“裕固族人”讲到过一位著名的先祖，叫作“霍尔格萨尔王”（Khor Geser Rdjalu）[44]。据说，其马蹄印存在于马蹄寺附近的一个深渊陡峭的岩壁上，位于甘州以南120里处。大家于那里还指点一个其中置有一块石头的洞子，说其中喂养着格斯尔（可能应读作Gur－ser，即“黄帐王”）的狗。据赫尔曼（1942年，第81页）认为，马蹄寺位于甘州以东。在已被改造为寺庙的一个山洞中，大家会指点“格萨尔”的马蹄印。在与霍尔人的交战之前，格萨尔可能在那里拴过马。大家在上部又指点了一个木桩和两条铁链，那里可能拴过“格萨尔”的狗。

马蹄寺的马蹄痕迹已经在《如意宝树史》（1748年）中被提及，但作者并未将之与格萨尔联系起来。[45]相反，《格萨尔王传》史诗中的霍尔三王在其中却与白哈尔的传说结合在一起了。在北部，于西藏和蒙古（Sog）边界上，在一个叫作甘州地方的弭药人（注，也就是吐蕃人）的王宫之后，在黑水河（额济纳河）附近有一片山岩，那里有一座度母（Tāra）寺（请参阅下文第六章），内供有卓玛（度母）的绿玉雕像，同时还有一座人称其中藏有由洛卓佩在征服鲁魔时执过的大刀的窣堵波，正如噶举巴的著作所介绍的那样。[46]在山岩的这一侧，共有25座寺庙，两座新庙和大型集会厅。但在右侧（南侧）却有一座藏式寺庙叫作甘丹达木曲林（共有500名僧侣），一般均被称为马蹄寺（其名称出于那里的山岩上有一匹马的马蹄印之事实）。该寺是由琼恰活佛大师建造的。在这片数量可观的寺院群前面便是甘丹曲果林（共有200名僧侣），它被称为“汉人寺”，因为它是由那些经过一次朝圣进香之后而定居在那里的汉人形成的……[47]在这后一座寺院的西北，便是大家声称过去白哈尔在裕固族人地区的潘达霍尔人[48]的静修地，或修道派创立之后从那里迁至西藏中部的地点（达斯版本，第二卷，第358页，相当于木刻本第227页）。

42. 我们刚刚提到的度母绿玉石像属于白哈尔和格萨尔长诗所共有的一批吉祥法宝的组成部分。鲍塔宁（同上引书，第一卷，第442页）指出，大家在黄头维吾尔人（裕固族人）中除了讲到马和犬的蹄印之外，还讲到了“自动出现或形成的”被携回的三身供像。这就是“绿玉石度母像、海螺和珊瑚马头明王像”。

《如意宝树史》（达斯版本，第二卷，第72页，相当于木刻版第112页）于其有关白哈尔的记述中，讲到了在甘州[49]潘达霍尔人中的一尊自动形成的绿玉石释迦牟尼像、一个损耗鬼的假面具和一躯水晶狮子像，它们被带到了西藏中部，身后拉着居民和财富。同一类物品也已经出现在五世达赖喇嘛的《西藏王臣记》中了，它应被断代为 1643 年（见第 39 和 93 页）。[50]非常值得注意的是达赖喇嘛猛烈地攻击了这种传说。

这一批三种宝物早于 1643 年就已经出现在白哈尔的长诗中了，而且也与格萨尔长诗有关，但我们不知道这里究竟是指一种借鉴还是一种共有内容。无论如何，将此与格萨尔长诗等同起来并非仅限于甘州地区的一种地方性做法。在西藏南部编写和刊印的江孜木刻版本也指出（第一卷，第 18 页），在岭地的宫殿——寺庙中，供奉有下述神祇的圣像：1. 一尊自动出现的释迦牟尼金佛像；2. 一尊绿玉石度母像；3. 一身珊瑚马头明王像等。[51]同样，林葱土司木刻版（第二卷，第 77 页）在财宝之中提到了青年格萨尔从玛域的水晶崖中取出的一身释迦牟尼金像、一身海螺壳的观世音像和一身自动出现的绿玉度母像。在大卫—妮尔（1931 年，第 71—72 页）的文本中，有些相似的供像则属于格萨尔的岳父。

43. 罗列赫（1942 年，第 302 页）在裕固族人（黄西番人）[52]中指出了一些会使人联想到《格萨尔王传》史诗的风俗习惯。大家于其中发现了一些分别叫作白帐王、黄帐王和黑帐王的村庄，而它们正是格萨尔史诗中 3 名霍尔王所享有的名字。有人在帐篷中缝上了一条白带，以象征着由格萨尔史诗作出的删节（浑圆晶莹）。史诗中认为是霍尔人保护神的白梵天神在今日仍受崇拜。如果某人骑一匹枣红色的马接近一顶帐篷，那就要把它拴起来并使其头转向该地区以避免具有同样颜色的格萨尔之马再出现和以其蹄踏平帐篷。“黄西番人”（裕固族或黄头维吾尔族人）吃饭吃得很快，因为他们声称格萨尔的一次奇袭使他们至今仍感到惊怕。大家声称在他们之中存在有《格萨尔王传》史诗的一种文本。[53]格萨尔于其中可能是作为危险和狡猾的敌人之面貌而出现的。罗列赫得出这样一种结论：“所以，对于古代在吐蕃和突厥部族之间爆发的部族之战的记忆至今尚存在，成了经常性的部族冲突的原因。”我们已经指出，在这类“记忆”中没有任何真实的历史成分。当然，某些历史事实上可能确实和已经促进了为史诗提供的内容，但现在的“记忆”却没有证实这一切。我们于下文不远处在讨论为格萨尔史诗指出的地望和时代时再回头来论述这个问题。

我们于此应该指出，由罗列赫揭示的某些内容至少可以追溯到 1748 年，因为《如意宝树史》曾讲到了这一切。在叙述潘达霍尔人（其地望被确定在甘州的裕固人地区）中的白哈尔故事时（请参阅上文），这部著作声称该神灵是“裕固族人中的白色、黑色和黄色的三个魔王之一”（石泰安，1951 年，第 249 页）。然而，我们还将有机会论述的这尊白哈尔神已被比定为白梵天神，它是史诗中霍尔人的两尊守护神之一，在各种杂文中也是蒙古人（霍尔人）的先祖神[54]（请参阅上文第 22 条）。

由罗列赫提供的传说至少也要追溯到 1779 年。松巴堪布于其信中指出，“于阗回鹘族”的霍尔人黄帐王的城堡位于德格的左部和上部，而属于他的西喇古尔（Širafol，裕固族）的八家（八部）则居住在青海湖的后面。在这几家中，有一个骑着一匹长有野驴嘴脸的马的人（如同格萨尔的马一样）就可能会受到当地邪恶神灵（霍尔勇士的化身，请参阅第七章）的折磨迫害。潘达霍尔人寺庙的遗址也恰恰位于那里，白哈尔过去也曾居住在那里（达木丁苏隆，1957 年，第 186 页，译文第 192 页）。

他于第二封信中讲到了生活在距霍尔人的雅泽噶玛城堡遗址不远的霍尔人七强盗（雅哇加顿）的后裔（请参阅第 34 条[乙]）。在他们之帐篷中，一根细柱子的顶端拴牢了一小串木念珠，它是格萨尔在战胜霍尔人的时候，曾于他们的帐篷中拴的一块牦牛粪的象征。此外，在库库诺尔以北七、八日行程的地方，于八宝河、黑水河与肃州之间，生活着霍尔黄帐王的后裔，这些部族（家）被称为“裕固族人”（黄头维吾尔人）。这八家（部族）操一种酷似于阗语的方言，他们的服装与汉人、蒙古人和藏族人略有小异。大家称他们为潘达霍尔人。他们于其帐篷上挂有一块黄绢布，这是格萨尔曾以其马砍断霍尔人之帐篷的象征。

在阿什穹（黄河上游）和上部青海湖的霍尔人中，霍岭大战留下了魔王白哈尔、白色尔等的幽灵或恐惧，其后裔们都变成了魔鬼，现在仍在活动，并祸害任何阅读《格萨尔王传》史诗或骑一匹长有骞驴（野骡）嘴脸之马的人。它们也附身于通灵人（达木丁苏隆，1957 年，第 190—191 页，译文第 195—196 页）。

44. 由北南下，我们首先会在柴达木盆地的纳木棍城以西发现一座似乎可以断代为 18 世纪蒙—藏战争时代的城堡废墟。但当地的蒙古族居民说这都是格萨尔用火药炸毁的西喇古尔人(西拉固尔人,也就是霍尔人)城市之遗址。再稍远一点则有一间带有圆屋顶的砖砌小屋,它可能就是西喇古尔国王巫师的住宅。但无论是格斯尔还是其护法神"马头明王"在开始时都不能战胜他,马头明王使用了一种诡计以分散巫师的注意力(它派两只乌鸦在屋顶上喳喳乱吵)。格萨尔利用这一机会设法使屋顶坍塌下来,将巫师砸死在瓦砾之中(契毕可夫,1918 年,第 67 页)。

45. 在位于青海湖以南的山脉之南,柯兹洛夫(1905 年,第 173 页,重版本等 117 页)指出了一个在藏文中叫作 GǰaǰUrnexa(加朱尔内克萨)和在蒙文中叫作 Nukitu - daban(努吉图—达板)的地方。那里有一片孤立而神圣的山岩。从形象看会使人联想到一大堆书:《甘珠尔》石经(蒙古文的《甘珠尔》)。唐古特人和蒙古人声称,大约在 1000 年之前,现在已成为圣人的格萨尔——博格多王曾定居于这片山崖上的一个洞子中。他从东部山峰上削掉了一块山岩,这就是《甘珠尔》石经。还有人在那里指点这部著作的踪迹。柯兹洛夫声称,该地区已于那部用卡尔梅克文写成的游记故事《小杜尔伯特的旅藏记》中提及了。[55]

46. 在三川以西和额济纳河(弱水或黑水河)流域,有 5 个唐古特人的村庄,分别叫作噶玛卡、扎屯西、图木西和日民,那里对"军王格萨尔"举行宗教崇拜仪轨(鲍塔宁,1893 年,第二卷,第 44 页注[1],这是根据原籍为噶玛卡村的一名提供资料的文盲桑巴拉而提出的看法。请参阅第 88 条)。

47. 据蒙古人和卡尔梅克人认为,格萨尔诞生于黄河源头附近(帕拉斯,1793 年,第四卷,第 162 页注[1])。

48. 在塔尔寺这个青海最大的寺庙中,存放着一块近一米高的巨石,民众们于其上辨认出了格萨尔的脚印。它已完全被酥油所覆盖,上面粘贴着铜钱(塔菲尔,1914 年,第一卷,第 231 页)。[56]在同一座寺院中,为了新年的大规模欢庆活动而制造的酥油塑品也有特别代表着格萨尔和汉文小说《西游记》中的主人翁唐僧的传奇故事(同上引书,第一卷,第 240 页)。

49. 三川的居民声称,他们那里的农民于夏季的中期组织演出戏剧,当时习惯上都是上演有关格斯尔汗的历史故事(鲍塔宁,1893 年,第一卷,第 378 页)。作者声称他无法知道这些演出场面是否属于他过去曾讲过的“七月会”的庆祝活动。

50. 在青海湖西南以及鄂陵湖和扎陵湖两湖北部的布尔汗布达山区(巴绒),柔克义(1894 年,第 156 页)向我们讲到了一些特殊形状的山崖,土著人分别称之为“格萨尔的帽子”、“格萨尔的马靴”或其靴子等。在通向都兰库斯的道路上,即位于独龙河之北不远处,有一个被凿开的山崖小遗址,那里被称为“关举”,意为“由关帝(格萨尔)建造的”。

51. 在拉卜楞寺,著名学者(格西)岭·顿珠嘉措的化身阿勒亥林仓[57]喇嘛(阿勒亥是安多地区的藏族对转世活佛的称呼,林仓在安多语中念作朗仓。——译者)拥有“一把格萨尔的剑”,他将此保存在护法神殿[58]中。

这个阿勒亥林仓就是鲍塔宁所说的“阿利格拉森”大师(1893 年,第二卷,第 301 页)。后者也根据拉卜楞的一名“唐古特人”的看法而宣布说,这名阿勒亥林仓是格萨尔的一代化身并保留了其刀。他还补充说护法禅师嘉木样协巴森是晁同(格萨尔的伯父)的化身。嘉木样协巴俄项宗哲(1648—1722 年)是创建于 1710 年的拉卜楞寺(拉章扎西旗)的创始人。[59]

52. 黄河(玛曲)以北的果洛人(或俄洛人)也声称他们那有口皆碑的勇敢精神出自格萨尔将其刀剑丢在该地区的事实,这把剑至今仍受人崇拜(塔菲尔,1913 年,第二卷,第 110 页)。柯兹洛夫(1906 年,1947 年再版本,第 214 和 216 页)则讲得更为具体明确。他声称,在果洛人中就如同在整个藏族中一样,大家都在传说,果洛人的好战精神以及在战争和抢劫中的成功,均出自格萨尔在经过阿什穹时将其神奇的宝剑丢在了那里,而又未能在那里重新找到它这一原因。虽然该剑自此之后已失踪,但大家仍将这些战斗本领归于它。[60]

53. 阿尼玛卿神山(又叫作玛钦蚌拉山)位于果洛人的领地上,被通俗地称为“格萨尔宫殿”(罗列赫,1942 年,第 279 页)。我们还将回头来阐述这些被称为“祖山”的神山,它们同时也是神祇或神祇的住处。柔克义(1894 年,第 130 页)指出,格萨尔就如同是它们之中的最强大者。骆克(1956 年,第 116 页)证实说阿尼玛卿山中收藏有格萨尔的宝剑,山中还有一块格萨尔曾拴过马的岩石,另一块则是代表其天神兄弟的大岩石。同一座山脉也包括宝马山

（马头山的另一个名称）山峰，它既表现在格萨尔的马身上，又反映于其伯父晁同的人身上（请参阅下文第四章）。柯兹洛夫（1906年再版本，第214页）指出，神山玛卿蚌拉山也如同格萨尔一样被认为激发了果洛人那尚武好战的思想。事实上，这些神山都被划分在战神一类。塔菲尔（1914年，第一卷，第231页注[1]）证实（但未能确定地望），在塔尔寺及其附近地区，大家都在讲阿弥或阿美格斯尔。在《格萨尔王传》史诗的康地文本中，地神玛嘉蚌拉（大卫—妮尔，1931年，第19和70页等处均作Djigdag Magyal Poumra）保存了应归于格萨尔的财宝，林葱土司的木刻版本中说，这些财宝都被保存在玛域的协扎（水晶崖，见第三卷，第100页），而玛卿蚌拉则将其宝剑送给了格萨尔（第三卷，第100页）。此外，对该神祇在同一文本的其他地方所起的作用，将另作一番更为深入的研究。它在《米庞愿文》（第一卷，第12页）中是作为陪同仁钦诺布（又叫格萨尔）的财产保护神。在巴黎国立图书馆所藏的《地狱救妻之部》的稿本（第12—13页）中，格萨尔的兵器也就是"玛嘉巴拉"（相当于"玛嘉蚌拉"）的武器。最后，在由罗列赫征引的一篇安多文献（未刊，见原文第23页）中，阿尼玛卿山仍被作为格萨尔王的守护神而受到崇拜。

格萨尔和玛卿蚌拉山之间的这些关系已经出现在《米居多吉（1645—1667年）传》中了。如果其中阐述的事实（第173—174页）被证实是确凿无误的话，那么我们就至少可以把它们断代为17世纪中叶。虽然该文献不是专门论述黄河上游地区的，但它相当重要，值得我于此全文发表。与此有关的一章试图证明米居多吉是一代真实的化身。作者利用这些机会而提供了一些伪托预言师和伪伏藏的掘藏师的例证。"一个青年人从夹莫的霍尔人领土上消失了。在经过漫长的年代之后，他头上翻蒙着毛朝外的一张山羊皮，声称自己具有有关大地、住宅等相互关系的神一般的预见天才。当地居民确实上当受骗了。他亲口说自己是邬金即莲花生之化身仁达那林巴（约为1500年左右）。他携带一名亭亭玉立的美貌少女，声称这就是却什吉（莲花生的妻子之一）。所以，他搜集了各种供品，其中大量来自德格。（第173页）顿都多吉（伏魔金刚，著名的伏藏师，与米居多吉是同时代的人。但在后者刚19岁的时候，就已经相当衰老了）污辱了他，并诱导他达成了一种协议（？）。

约两个月之后,他被索布人的军队抓获了。他被交给霍尔人时认为可以消除误解(或者是通过诅咒祭祀来杀死之)。他在声称自己是格萨尔的时候认为自己将镇伏兵营中所有的人(士兵)。如同举行竞力比赛一般,他向所有的病员抛掷石块,最终将他们压在一大堆石块之下,未死的病人又都痊愈了。稍后不久,他受到了国王的判决而被处死。这就是我所听到的情况……"(在其他情况下,作者却不希望作出判断,见 174 页)。"所以,大家也声称在玛卿蚌拉山附近,生活着 3 个具有创造幻觉之才能的人。他们都声称自己分别是邬金(也就是莲花生)、格萨尔和佛陀"。

在数页文字之后的地方,传记还向我们提到了这些冒牌的人,当时就曾提到了林葱土司的一种"批驳"(?)(见第五章)。

54. 在果洛人地区,在从果洛到石渠[61](位于色须寺附近[62],地处玉树的东北偏东方)的大道沿途,有格萨尔的大量古迹或遗迹。这是谢国安(1946 年,第 25—26 页)告诉我们的情况。所以,除了玛卿蚌拉山之外,还有一个地方叫作玛麦玉隆松多,当格萨尔被从岭地赶出来之后曾逃往那里避难。在距那里不远的地方就有一个赛马场。这就是两座分别叫作阿畏底和纳阿堆[63]的山岭。

这种传说要追溯到 17 世纪末叶和至少是中叶。松巴堪布声称(其信件见达木丁苏隆,1957 年,第 187 页)晁同把格萨尔驱逐到了拉隆玉多,那里位于扎陵湖和鄂陵湖(又叫作毒湖)附近,地处玛曲(黄河)的源头(在我们的地图上分别作 Tsaring 和 Ngoring)。在该地区,有一座山是格萨尔的牛圈,叫作卓喀顶。在距那里不远的地方,有一片地域辽阔的大平原,霍尔人的军队曾在那里扎营(阿其毒滩)。将这后两个所谓地点与格萨尔的事实相联系的做法已经由桑结嘉措(执政于 1679—1705 年)写的五世达赖喇嘛传(最后一部分,东北大学目录第 5589D 号,第六卷,第 181—182 页)所接受了。当五世达赖喇嘛赴中原旅行时(1651 年末),曾经经过喀拉乌苏河(黑河)、夏拉图和扎陵湖。他接着又穿过了阿其毒滩平原("霍尔人的军队在格萨尔时代可能占满了这里的山顶和山谷"),以便到达格萨尔的卓喀顶。他接着又继续向阿柔(阿力克)白滩(噶波塘)前进。

在从石渠到黑河的路上,已在北方马鼻山这座神山上发现了格萨尔王的许多遗迹。在石渠到西宁的路上也如此。[64]

55. 北方的达纳寺(马鼻寺)[65]属于噶举巴教派、帕木竹巴支系和叶巴小教派,大家声称格萨尔就属于该小教派。位于叶浦以北的达那寺也如同叶浦寺一样是由意希则巴创建的。[66]格萨尔的后裔们可能将其兵器委托给达那寺保管收藏了(李安宅,1949 年,第 57 页)。据任乃强认为,香(羌,北)达那寺位于隆庆(囊谦)的辖地范围,即玉树的西部和西南部。[67]格萨尔的大部分古迹可能都是由一名神通喇嘛带到那里去的。

56. 该喇嘛可能是从建造于格萨尔诞生地的一座寺庙中劫持了这一切,该庙中还保存有格萨尔的兵器及其象牙印鉴,据传说声称,其茵草终年常青的这个地方位于"雄坝"(意为"英雄平原"),地处雅砻江(扎曲河)的西岸和石渠县的东境之外,该地属于林葱土司的辖地范围。[68]正是土司在那里建造了一座庙并作为先祖祠而在那里举行宗教崇拜活动(任乃强,1945 年,第 24 页)。涤瑕也介绍了同样的传说(1944 年,第 74 页)。为他提供资料的人也认为格萨尔可能诞生于邓柯和林葱辖地的雄坝,生于宋朝初年。现今的林葱土司可能为其后裔。

夺节(1941 年,第 10 页)可能参观过该庙。它是由德格的工匠们于清末(因而也就是 1900 年左右)奉林葱土司王清真登曲衣的命令而营造的。甚至果洛人也去朝拜该庙。那里有一片观想树丛,作者在他于阿谷叉叉寺生活时期在赴扎曲河旅行时曾亲眼目睹过这一切。[69]

57. 我们现在已接近了那条通商大道(骆驼队之路或沙漠大道)了,也就是从打箭炉(达则多,现称康定)通向玉树(结古多,汉文中称之为"玉树")的北道,该路从玉树经那曲喀而抵拉萨。

在玉树的西北,靠近龙本错湖的地方和易曲河流域(它在那里从左侧接受了小支流冬绒河)便是巴赫拉日("拉日"意为"神山")山,山上有一个敖包(鄂博)。那里就是格斯尔汗于其战争期间最喜欢休整的地方,其大营就驻扎在山岭的附近。首领那巨大的帽子始终被置于山顶。在山岭的旁边有一座行人寺庙(柯兹洛夫,1950 年,重版本第 232 页)。

58. 北方通商大道继玉树之后的第 5 站是"格萨尔射箭场"(孔贝,1936 年)。

59. 在玉树附近[70],有一座"格萨尔庙"[71],史诗中的英雄人物可能是于其征战结束之后将其全部武器都存入到了那里。庙中的栋梁可能是由他的刀和枪组成的(罗列赫,1931 年,法文本,第 142 和 226 页)。

60. 就在玉树本地,大卫—妮尔遇到了《格萨尔王传》史诗中人物的两个化身(1931 年,第 17 页和 49—50 页)。其一是一名身材魁梧的男子,叫作逗钦辛巴(又叫作辛巴梅乳),他起先任霍尔人的大相,后来在格萨尔征服霍尔之后又任其将军。其二是个青年人,曾是霍尔三王之一的白帐王。

61. 若取道从玉树至打箭炉的大道,那么大家首先就会在东南方到达邓柯(Dhingo Comba,汉文叫邓柯,藏文作'Dan - Khog)。那里被认为曾是岭地大将军丹玛夏尊[72](任乃强,1947 年,第 29 页)的采邑。据曾在德格生活过的一名提供资料的人认为,大家声称德格已经继承了岭地之权力,邓柯必须向德格纳税,作为对丹玛杀死格萨尔的补偿。大家在这个问题上引证了有关"民法之起源"的下述说法:

"在上部(也就是在西方),国王(未知其人)被一位不知名者所杀,要作为补偿而交纳与尸体同样重的黄金。"

"在下部(也就是在东方),格萨尔王被丹玛所杀。这一天,作为杀人的代价,大家不间断地纳税。"[73]

《德格土司世系史》把这种说法与可能是发生在 1650 年左右的一次反对岭地的反叛联系起来了(请参阅第五章)。无论如何,格萨尔史诗确实是提到了丹玛地方应向岭地交纳的这些税务。据昌巴桑塔认为,格萨尔从鲁赞地区返回时变成了恶狼,吞噬了由丹玛放牧的一些绵羊以使他遭受苦难。丹玛杀死了狼。从这个时代起,西藏人则必须交纳杀生钱。在一个与鲁赞的历史相似的故事(有关格萨尔在龙宫而忘记其国的片断)中,也就是在该史诗的拉达克版本中,格萨尔也变成了狼,但贝勒牧羊时,辨认出了格萨尔。他向格萨尔指出,大相(噶伦)丹巴在他不在期间夺占了珠古玛(珠牡)并居于岭地的王宫中,格萨尔对大相发动了突然袭击。后者为了摆脱死亡而向格萨尔献出了他的整个国家及其财富,这一切当时都造册登记并保存在岭地。从这个时代起,丹玛就必须奉献其部属以为岭地服徭役(弗兰格,1906—1907 年,第一卷,第 488—490 页)。

这种传说已被松巴堪布证实(同上引书,第189—190页)。在与霍尔人的战争之后,格萨尔于某日前往丹地。有一只狗在那里追逐他那匹直立而起的马。格萨尔落马而亡。从这个时代起,丹玛部就必须为杀害格萨尔而付出代价。他们每年都要向岭地纳税。在丹地有一块小平原,那里有一大堆叫作“神殿”的石块。一直到这一天(1779年),丹玛的人每年都向那添加一块上面写有“嘛呢”的石头。人称他们如果千年以来就始终这样做,那将使该地区非常吉祥幸运。由此而产生了该地区的一句口头语:“为杀死格萨尔而付出的代价没完没了,丹玛的财富也无穷无尽。”

62. 稍走不远,在通天河畔(扬子江上游)的同一条道路上,在经过卓玛拉康(观音庙或度母庙)之后,大家便会到达林古斯(古色),其首领(土司)仰仗岭·格萨尔的名望,其王府位于古斯(古色)庙(见塔菲尔,1914年,第二卷,第169页)。柯兹洛夫(1905年,重版本,第303页)指出林古斯县是西藏东部第3个规模最大的土司。它是在“岭·格萨尔”时代以霍尔残部为基础而由其33位勇士形成的。林古斯[75]形成了该土司的名称。正是他的后裔在那里一直统治到我们今天。据大卫—妮尔认为(1931年,第66页,她提供了岭地之王的一幅照片),他可能是格萨尔养子的后裔。

林葱(其土司自称是格萨尔之弟的后裔)包括有土司的“署”和两座萨迦巴寺院,新旧各一,周围由一堵高墙环绕。旧寺叫作松竹达则,它是格萨尔首府的所在地[76],于明代(1368—1643年间)毁于一场大地震。这样一来便建造了新寺和衙门(任乃强,1945年,第24页)。

据为我提供资料的一个原籍为弭药的人(我在打箭炉请教过他)认为,格萨尔“宫”应在林葱。它并非是一座建筑物,而是一个被如此称呼的地方。在一座很高大的山脉之顶峰,曾有一扇大铁门。当那里大风骤起时,门便自动打开,野牦牛便进入其中。大门然后又自动关闭,牦牛便被关于其中。那些需要牛肉或牛皮的旅行家便前往这里寻求这一切。

松巴堪布在其信中(同上引书,第185—186页)也说格萨尔诞生于吉尼玛贡其,那里是岭国的一个地方,位于上部康区,地处它在行政上附属的德格之左方。这是3条河都在那里汇集的一个山谷,也就是夏伦的两条江和扎曲河发源的山谷(“扎曲河与玛曲和布垒楚河同时流动”），那里有许多片小湖，在两条河的汇合处有一片小山崖，这二者之间便是一片平原，那里生长着独一无二的一棵树（见下拉达克文本，开场白部分），那里还有一片上面支有其父母帐篷的山崖，这就是吉尼玛贡其。于传说中的这一地点之上，在康钦、雅聂和扎曲河3条河流之上的汇合处以及面对达日山的地方，有一道类似一颗心脏般的山岭。在该山岭的脚下和一座板岩大山之上，有一尊地神叫作岗巴拉察（林葱木刻本中作“苯教巫师”）。在该山前面的山顶上共有30堆嘛呢堆，它们代表着格萨尔的30名英雄（同上引书，和第186—187页）。格萨尔家族即岭地家族，也就是居住在德格地区的岭和丹的两个家族之一。在松巴堪布时代，丹族附属于德格，而岭族却并非如此。据一部分人认为，格萨尔的父亲可能是僧伦（此文中作 Sin - rlom，但应为 Sen - blon），其母是噶族的一个上等女子（噶如）。据其他人认为，当在岭地和丹族之间发生战争时，居民们可能经常对一尊本为他们地区的神山（大山上的年神或山神）的地神举行崇拜仪式（煨桑）。该神可能是如同格萨尔一样通过转生而诞生的。

该地区的历史和地理还将是我们研究的内容。本处只要指出把格萨尔与岭地（林葱）相联系起来的传说至少要追溯到17世纪末就足够了。米居多吉（1645—1667年）使“岭地之王格萨尔居住地”东雄奔努的居民都归附（皈依）于其权力之下了。[77]

《萨迦班智达传》（第125页）把同一地区与史诗中的格萨尔联系起来了。萨迦班智达在他赴中原汉地旅行期间可能经过了色莫岗，那里是“杂康地区的中心”（色莫岗一般均写作 Zal - mo - Sgaṅ，指德格地区）。他可能后来又到达了金沙江（Gin thaṅ），非常遗憾的是我无法考证出此地来。在距那里有400英里远的地方有一个叫作岭的神奇之地，疏注文中称该地区为“大瞻部洲”。格萨尔王在那里过去曾毫无恐惧地消灭了其所有竞争者，帮助他的是一尊“世界之神”。疏注文将它考证为“大神”格措。这个格措（Ger - mcho）又经常被写作格卓（Ge - 'Jog），他实际上在史诗中是格萨尔的天神父亲，它是康区的一座神山。大家于下文不远处将要看到，在萨迦班智达可能经过的地区的定位中产生了一种混乱。无论如何，有关萨迦班智达来到岭地的传说也在史诗的《汉地之部》稿本（第2条史料）题跋出现了。

63. 沿打箭炉之路向东南方向而下，大家就会到达玉隆（藏文作 Yid－lhuṅ）。格萨尔的王妃可能拜访过那里，并发现它是一个令人惬意的地方此地因而得名（Yid－Lhum 可能就相当于 Yid－'on，意为“如愿”和“如意”，见任乃强，1947 年，第 28 页）。

64. 在这同一条路更远些的地方，便是甘孜或霍尔甘孜[78]（噶季）。塔菲尔（1914 年，第二卷，第 179 页）则根据土著人的介绍而指出那里就是格萨尔王的故乡。

65. 在这条路更靠东南一些的地方，便到达了道孚、道或道坞（藏文作 rta'u 或 Lta'u[79]）。在河水（道坞位于由聂曲河注入的鲜水河畔，其上游即扎曲河，也就是雅砻江）彼岸，有一座山在汉文中叫作特日山，它可能就是由格萨尔战胜的大食古王的道府（任乃强，1945 年，第 25 页）[80]。这其中肯定有作者所犯的一种错误，但大食（伊朗）确实曾被定位于康区，这已经是 17 世纪末的事了。这也是出自《米居多吉传》（第 224 页）中一段文字的结论，其中提到前往迎接该上师的某个人自我抱歉落后了。他指出：“我很长时间受阻在察木多，但我一旦到达大食之地起就……”[81]

66. 离开了打箭炉之路和一直向道孚以西前进，大家就会到达瞻对（LČags－mdud，汉文叫瞻对，现今叫作瞻化，即相当于聂隆）[82]。在一个汉名叫作通宵的村庄中，有一座叫作格萨穷错（GeSar Khyuṅ－?）的神山。格萨尔在那里偷了突厥人的一枚大鹏卵（任乃强，1945 年，第 25 页）。

67. 再继续向西北走，我们就会到达德格[83]，我们于下文不远处将会用很多的时间来讨论这个问题。

据应归功于罗列赫先生的一种资料认为，在德格的林葱寺（也就是说在那里生活有原籍为林葱的僧侣的寺庙）中还保存有晁同喝水的钵，颇如喀托觉布及其禅杖居巴如仁。

68. 柯兹洛夫（1906 年，再版本，第 277 页）转引了一种传说。此传说认为，德格县（土司）过去曾由西喇古尔（西拉固尔人，霍尔人）占据，其中最大的一部分人游牧于北部的某个地区。但“岭·格萨尔”却来到了这个地区。大家不知道他的所作所为，但有人声称“他生活在他们地区”。据一部分人认为，格萨尔的 33 名勇士中的 13 名（其他人则认为是 17 名）居住在德格。他们与本地区的最早居民西喇古尔（西拉固尔）人形成了某些部族。随着岁月的流逝,居民们分化而形成了“天德格”和“地德格”。[84]

69. 在距德格大寺东南有30里的地方,有一个袭垭或夹热(泰克曼作袭垭颇章或袭垭宫)[85]和袭垭寺。据任乃强认为(1914年,第28页),此地很可能是格萨尔的大将(也是他的同父异母兄弟)嘉察的驻扎地。

据居住在德格的一名藏族官吏的儿子认为,大家至今在距大德威寺不远的夹热还可以看到额曲错宗城堡的遗址。那些无房顶的墙壁可能是用粘合成大块的小石子建成的,为我提供资料的那个人将此比作钢筋混凝土结构。正是这种材料被称为“错”(Khro,字面意义为“青铜”)。据他认为,这座额曲错宗城堡最早位于“西宁”一带。他认为这就是岭地最早在果洛人地区和仅仅在晚期才向南移的证据。

据《德格土司世系史》(第6页)认为,夹热(袭垭)地区被称为额达(额曲河的下游)。当时已归附了岭地的德格政权正是从那里开始的(请参阅下文第五章)。

70. 再向东南稍远一些的地方,便是墨雪[86](麦宿)索莫颇章[rMe(dMe) – ç̧od Sog – mo pho – braṅ,泰克曼作 Mesho Somo Podrang]。那里可能曾经是格萨尔的33名“将军”(应为“勇士”)的住处(任乃强,1945年,第25页)。在麦宿和袭垭,至今尚残存有一些防御坚固的城堡(同上引书)。但据同一位作者认为(1947年,第26页),这个索莫颇章(麦宿)可能是归附了岭地的蒙古王公的首府。这里出现了一种混乱,索布(蒙古人)系指定居在西藏的游牧民。

71. 在德格的南方和白玉之北是通天河(金沙江)的东部支流,著名的噶玛巴寺——格妥寺就位于该支流上。在该寺以西有一个在汉文中叫作河波的村庄,它因其铸造的刀剑而在整个康区都很著名。该村庄取名于格萨尔的一次迁移及其勇士之二的名字(涤瑕,1944年,第74页)。河波村附属于德格。

72. 在距那里很远的西方,察木多—昌都是我们已通过《格萨尔王传》的一种文本的刊布者布拉诺布而知道的一个大型居民中心。据打箭炉的一位提供资料的人认为,在察木多的西北和玉树的西南,有一个被称为穹波典钦[87]的地方(距查摩岭约有100里的地方)。那里有一个以牦牛尾做成的巨大帐篷,尽管它已有数世纪岁月了,但可能还是完好无损的。

73. 说唱艺人仁钦达结(囊谦县人,诞生于1885年,现在尚活着)曾说,在察木多的"阿温宗"有一块山崖,大家可以于上面看到格萨尔的脚印及其坐骑的马蹄印之痕迹。

74. 在东部和距巴地(巴塘)不远的地方,《世界广说》指出了圣地卡布纳囊,那里过去曾有过噶玛巴的一座大寺。该寺现已不存在了,但尚存在着大家称之为格萨尔的护法神殿和其他引人注目的内容(稿本第153页,瓦西里耶夫译本第44页,达斯译本第25页)[88]。

75. 再向南是芒康,又叫作噶托或嘉喀(江卡)。据德格定(1885年,第152页)认为,它曾是格萨尔的首府(巴科也持这种观点,见1913页,第13页;马长寿,1943年,第72页)。

76.《世界广说》(第150页)指出,在东部西藏的南侧,有一个由格萨尔史诗提到的地方。完全如同司空见惯的那样,瓦西里耶夫的译本(第41页)从头到尾都错了。达斯的译本(第23页)除了一处错误之外都很好。下面就是作者所讲的内容:"当从工布地区前来并向东行走时,大家翻越一个大山口就会看到博窝(在欧文地图上作波域,也就是波密),它属于上康区南部分支的组成部分。此地区无疑就是岭地之王史诗中讲到的阿达绒:'它(玛域)在另一端与阿达(A-tha'i,稿本中校正为Sta'i)绒接壤'。在该地区有些神奇的地方,大家声称其中之一就是白玛科钦(Padma-bkod-čhen,巴科作Népémakö,在地图上的白玛岗即Pe-makö之对音),它是第二尊佛——邬金大师(莲花生)的秘密地"[89]。

这段引文确实出现在林葱木刻本中(第二卷,第72页;请参阅石泰安,1956年,第82页)。

77. 由宁玛巴在格萨尔和莲花生之间确立的关系所引起的反响似乎在松潘地区的羌人中得到证实。这些羌人中的5名提供资料的人自称为麦人(阿坝人),他们于1923—1924年为迪埃德里克松先生提供了他们语言的词汇和语法的内容,此人当时被派往四川的盐税局。他们交给了他三篇用一种不认识的文字(可能是为了蒙蔽欺骗他而杜撰出来的)写成的文献,他们声称这些文献代表着由喇嘛们使用的一种字母。大家确实知道喇嘛教(尤其是其古旧派)在羌人中传播,而羌人的语言中也包括大量借鉴自藏文和与其前缀同时发音的文言词汇。尽管其文字如此,他搜集到的以对音而转写成的这三篇文献明显是代表着喇嘛教术语。它们都是无法翻译的,迪埃德里克松先生未曾记录下其意义,至今尚不存在任何一部羌语辞典。但两篇相似文献的开头部分却可以理解,也很明确。其具体情况如下:

tso ke – sɛri Bɛt – mɛ Smr – pa miri do les – smä sgo – spe 等。

tso Kesar Patma Zambu lalesma skuppi 等。

我们毫不怀疑,大家可以从中发现格萨尔(Kesar)和莲花生(Patma Zambu)的名字。

78. 再往南,在嘉绒人(他们于其宗教和语言中也浸透了喇嘛教的影响)中,马长寿搜集到了一些苯教传说(1943 年,第 71 页)。在一幅诸“神”(实际上是诸大师)的名表中,用汉文写的第 19 位名叫南巴杰仁。他一共活了一万岁,为岭·格萨(尔)王之巫师。《苯教源流史》第 38 页在一幅各地著名苯教师的名表中,确实提到了南巴杰仁(Naṅ – pa Lče – rin),他是格萨尔地区的苯教徒。嘉绒那些提供资料的人在讲到岭·格萨尔时,都使兵器之国的格萨尔长诗的内容适应了岭·格萨尔那人所共知的史诗。

79. 据罗列赫认为,卓格(毛儿盖)的安多人自称为“卓格岭巴”,并将格萨尔的故乡确定在那里。该地区的名称“卓格岭噶尔托”确实是林葱木刻版中岭地的一个常见的形容词(意为“上部白色岭地”或“上部信徒的岭地”)。这一传说在卓尼版的《丹珠尔目录》中就已经处于萌芽状态了,其中指出:“在我们今天,被称为岭堆的地方位于上部卓格”(卓格朵,请参阅我的补充论文,第 48 页)。

在西藏以外地区

80. 达斯(1902 年,第 224 页)声称格萨尔是“山西(中原汉地)之王”,后来变成了战神。这种资料明显是以把格萨尔比定为诞生在山西的关帝为基础的。

81. 达斯又指出(同上引书),蒙古人认为格萨尔是蒙古之王。

82. 罗列赫(1945 年,第 308 页)和达木丁苏隆(1957 年,第 26 页)都指出,蒙古的某些格鲁巴寺院演出一种“格萨尔汗的神秘剧”。例如,这种演出要于农历六月间在前达赖·琼忽儿王县(旗)

内,在西蒙古的拉忽尔桑活佛寺中表演。这些寺庙中的喇嘛演员们上演格萨尔的32位勇士,所有人都披挂甲胄。这位拉忽尔桑活佛被认为是格萨尔勇士之一的化身(见第83条)。波兹德尼耶夫(1896年,第一卷,第381页)告诉我们说,在拉忽尔桑·呼图克图的寺院中,有一座格萨尔的殿堂。据波兹德尼耶夫认为,其原因是拉忽尔桑活佛在达赖王旗中的化身希望讨好满族人(大清王朝),于是便在1860年左右向博格多汗(也就是大清皇帝)上表,折子中解释说皇帝那英明的思想会知道他过去的所有化身。他声称自己在诸前世之一中曾转生于作为格斯尔(也就是说受大清王朝特别崇拜的关帝)战友的32名英雄之列。因此,他请求恩准崇拜格斯尔。北京同意了这道请表。从此之后,在寺院的畏怖神大殿中每天都举行对格斯尔的宗教崇拜仪轨。

83.《格萨尔王传》史诗中的英雄的许多化身都生活在蒙古。鲍塔宁(1883年,第四卷,第257页,他又是根据乌兰固木王爷府中杜尔伯特人巴颜查干所提供的资料)介绍说,格斯尔汗过去曾有过32名勇士。他们的首领就是博格多—布尔罕,当时是库伦(今乌兰巴托)的呼图克图(喇嘛活佛)。第二位就是金刚波尼(金刚手),今天叫作某一位活佛。其余的勇士都变成了活佛扎罕孜和其他人。同一位作者(第260页,系根据鲁公旗的喀尔喀人古宁提供的资料)也讲到了过去的5名勇士,今天已如同喇嘛一样成为化身。这就是:1. 色楞—塔颜奇,至今仍生活在恰克图和库伦之间;2. 胡洪呼图克图;3. 诺颜呼图克图;4. 额尔奇兰活佛和鄂其尔波尼(金刚手)。这后者是格斯尔汗的化身。完全如同后者一样,金刚手非常残暴并杀死了许多人,他的现今化身扎罕孜活佛被误称为格萨尔汗。

由鲍塔宁指出的化身之一伊吉辛无疑正是于其寺庙中上演格萨尔戏的拉忽儿桑活佛(见第82条)。

与鲍塔宁的看法相反,塔菲尔(1914年,第一卷,第101页注释和第二卷,第90页)宣称,库伦的哲布尊丹巴大喇嘛被认为是格斯尔那聪明智慧的马之化身。

84. 布里亚特人认为格萨尔确实曾生活在那里。为了证明这一点,他们指出了他在人世间生活的踪迹。当格萨尔反击罗卜索格(魔鬼)时,他的一支箭落到了额洪—多伦并射裂大山。布里亚特人称此地为多伦—阿曼或多伦—和托尔(意为“多伦的出口”或“多伦的通道”)。当格萨尔拔箭时动摇了大地,此箭便形成了鄂克索格尔山。[90]在比尔契尔斯克省,也有两座被格萨尔的箭射穿的大山。第一座大山叫作穆呼尔—乌兰(或喀拉忽松),第二座山叫作乌达克台。

在通克,可能有加尔—多尔莫汗被焚的宫殿遗址。

布里亚特人具体解释说,阿拜·格萨尔生活在西藏的“热带地区”,但加尔—多尔莫汗和罗卜索格(他降伏的两个妖魔)则生活在伊尔库茨克政府的辖地之内(鲍塔宁,1893 年,第二卷,第 116 页)。

85. 鲍塔宁(1893 年,第二卷,第 301 页)指出了格萨尔在东蒙古的两处“古迹”。在达赖诺尔湖附近地区,托苏—乌拉(意为“铁砧山”)取名于格萨尔的铁砧(请参阅《帝俄地理学会会刊》,第 23 卷,第 48 页)。在“小沙漠”(见马利克彼斯科夫书)以西,带有如同被截去一段的山峰的济尔吉尔山,可能是被格斯尔拦腰斩去的(请参阅《帝俄科学院西伯利亚分院论丛》第二卷,第 1—2 期,1871 年,第 11 页)。

86. “格斯尔老爷不馆罕”(佛)是热河东部库伦旗女萨满的一首歌中所祈祷的对象(见海西希,1944 年,第 64 页)。海西希还补充说(第 66 页),格斯尔在该旗中特别受尊重,他在那里受到了如同保护神一样的崇拜。

86. 大家已经看到,在蒙古似乎拥有一些完全是蒙古式的(喇嘛教的)寺庙,虽然其中也流入了一些汉地内容(见第 82 条)。但大部分“格斯尔苏木”(格斯尔庙)却都是纯汉地式的“关帝庙”。它们的数量很大。已有人指出的第一座这类关帝庙是买卖城(恰克图的汉人商业城,见帕拉斯 1772 年的游记)的那一座。罗列赫(1942 年,第 308 页)也指出过库伦的一座这种庙。大家还记得(第 83 条),在这两座城市中曾生活过一些格斯尔史诗中的人物化身。我们无需再提到其他这类庙了。波兹德尼耶夫(1896 和 1898 年)曾列举过许多座,达木丁苏隆(1955 年,第 54 页)仅在甘肃就计算到 65 座,但其中却没有发现任何 1772 年之前的时间。

88. 土观喇嘛在其《若必多吉传》(第一卷,第 238 页;达木丁苏隆,1957 年,第 23 页)中则把格萨尔考证为准噶尔人。“准噶尔(Cun - gar)又称格斯尔,是军队、畏怖势力之王……”他还指出(第二卷,第106页;达木丁苏隆版本,第24页):“准噶尔卫拉特人又以军王格萨尔而著称,所以他们特别精通战争艺术”。请参阅第46条。

89. 在吉尔吉特(勃律),大家向西斯帕尔指点穆恩(Mūn,本意为“树干”)山(Hanuman,本意为“孤独的”)。骚扰该山的一尊神是木努伦·达多(“穆恩山的祖父”或“老翁”),可能聘娶了吉萨尔(格萨尔)的祖母为妻(洛里默,1935年,第二卷,第81页)[91]。

吉萨尔迎娶了某一位公主的海海玉尔之地已被考证为罕萨(同上引书,第三卷,第421页)。这名公主布布莉·佳斯的名字成了一座叫作布布利木坦山(意为“布布莉的山崖”)[92]的名称,它位于巴尔蒂拉玛附近。吉萨尔(格萨尔)的地区拉玛已被土著人考证为巴尔蒂斯坦或西藏(同上引书,第432页)。

三、分类的内容素材

大家从我们的目录、口碑和文献史料、古迹、地点、节日和法会中能得出什么样的结论呢?在传播地点的问题上没有任何新内容,整个西藏和整个蒙古都遍布这些资料。其分支一直传到中亚突厥人、罕萨人和雷布查人中。在西藏,其中部地区(卫和藏)在数量上似乎不及西部(拉达克),尤其是东部(康区、安多)边缘地区那样繁多。[93]大家于此不能得出任何结论。大量蒙古文本的存在引起了我们对此的注意。如果说西藏的东部似乎表现得最为明显,那可能仅仅是由于在那里从事探险旅行比较容易。西藏的东部地区比较容易进入,因为那里是中央政权的管辖地。西藏中部相反却始终都对大部分旅行家们封闭着。

前引资料至少能使我们变得谨慎起来,并且使我们避免把传说当作“历史的记忆”。它们为格萨尔史诗提出的和我们将于下文不远处讨论的时代,为岭地与传说中的其他地区提出的地望等意义,仅在于向我们指出一种地区性的不同说法。

大家很容易就会发现,有相当数量的“古迹”都出现在大路或小道的沿途,甚至尤其是在从打箭炉到玉树、从玉树到西宁和到达果洛内地的通商大道的沿途。某些寺院和贵族的府第在该史诗的各种不同文本的传播过程中肯定起过作用，特别是前者对于宗教的内容和后者对于世系谱的复原更具有重要意义。我们于下文不远处还将特别详细地来研究探讨这两个问题，我们于此只要重新参阅贝迪埃(Bédier)有关中世纪[94]和奥特兰(Autran)有关古代希腊[95]的著作就足够了。无论是大家对于有关史诗形成的理论和神职人员或巫师们所起的作用问题作何感想，有一件事确实是出自这些研究，即朝圣进香的道路和举行交易会的宗教中心对于其传播起着重要作用。

当然，在《格萨尔王传》史诗中，暗示历史事实的地方不乏其例。但我们不久将会看到，它们仅仅涉及各种时代，并且只能为其中包括的内容之撰写确定一个最终的下限时代。如果我提供尽可能完整的目录，那是我希望未来的研究人员可以利用这一切，为某种文本确定一个时间和空间。

在把格萨尔史诗与西藏中部和西部的名门贵族联系起来的传说问题上我们立即就可以提出一种看法(见第 6、25、29、30 和 31 条)。图齐已证明西藏中部地区的大量名门贵族都通过传说中的世系谱而与已被定位于西藏东北部的部族联系起来了。江孜的土司都仰仗冲木·格萨尔的名望，而穷结的土司则仰仗潘达霍尔人的名望，昂仁(藏布的北部，位于绛地)的土司则仰仗弭药人的名望[96]，纳撒(位于年楚河流域，介于江孜和日喀则之间)的王公则依靠阿柴(吐谷浑)人的名望(图齐，1949 年，第 6 和 701 页注[627])。图齐得出了游牧贵族从北方和东方向南方和西方迁移的结论。就西藏最西端的情况而言，他们把自己的语言强加于当地土著人，因而出现两种语言相重合的这一现象特别明显。在拉达克，门氏族人和达尔德人已被藏族人驱至边境，他们的语言也因此而受到了影响。在毕底和巴沙赫尔河上游，曲女城的方言逐渐消失了。在古格，象雄语已被藏语所取代(同上引书，第 737 页)。

从这一角度来看，东部在我们统计表中所占的相当大的比重，显得再也不会作为以后可能在那里更容易旅行的事实来解释了。我们还将有机会来研究把康区岭地与格萨尔长诗联系起来的传说。名字本身则不能证实任何内容，但一个地区的历史和地理会向我们提供一些坚实可靠的内容，在对西藏中部、西部和东部的许多名门贵族均与之一脉相传的“原始部族”的研究中也如此。所有这些内容都会把我们引向东方。[97]

在有关语言内容的问题上，我们将仅仅指出，据罗列赫的资料（1942 年，第 283 页）认为，藏文稿本表明了它们与西北部文本之间明显的相似性，它们的语言是西藏东北部或康区（东部）的语言。我只能完全同意这种判断。甚至罗列赫藏文的霍尔稿本（我的目录中的第 6 条）也是在如曲（西藏的西南端）发现的，它也是用这种半文言、受到了东部方言强烈影响的语言写成的，这也是我至今能够读到的所有稿本著作的特征。同样，为马克思所知的那部稿本著作（第 13 条）也是用康地方言写成的。

四、断代的考证

现在对于进行断代的因素该讲些什么呢？我故意从前列目录中排除了可以对格萨尔长诗进行断代的资料，惟有岭地史诗本和有关被历史证实的岭地之资料除外。它们将于下文不远处再作研究。可以与岭·格萨尔相联系的其余资料，除了把他作为史诗中的英雄，或将他视为由此而出的战神，便无法使人在时代上追溯得更为远古。当然，在讲到时间问题时，这里并不是指史诗的可能起源问题，甚至也不是它作为一种已成统一体的形成问题，当然更不是大家从中发现的内容或要素问题。这里仅仅是指其上限和下限时代问题，它们仅仅适用于特定的编写或其基本概念的形成。我们应该指出长诗有着巨大生命力。文学于我们今天仍继续发展，并不断加入新的作品。“格萨尔之神秘剧”（见第 82 条古迹）似乎应断代为 1860 年左右。稿本中的大部分题跋也应断代为 19 世纪。那些愿文的情况也同样如此。大家在把格萨尔考证为关帝时则追溯得比较古远了，那些庙宇应断代为 18 世纪末，这种考证从 1748 年起就已经在西藏出现了。例证对于使我们小心谨慎地行事是很有益的。西藏的历史文学作品大部分仍是我们至今无法得到的，我们不知道它们能为我们保留下来的内容。我们是在西藏之外发现了将格萨尔比定为关帝的最古老的时间，它是以已被断代为 1716 年的北京蒙文木刻版本的格斯尔史诗为基础的（但可能是在 1630 年左右被笔录下来的），其汉文标题就是《三国志》[98]。我们当然应该将这种考定的形成所必须的数年计算在内。事实上,它也可能应上溯到大清王朝的初年,也就是1644年左右。格萨尔的一名化身(见第53条)同样也应被确定于17世纪中叶,还有一种世系传说(第30条)对史诗中的一个人物的所知(第20条),甚至是有关战神格萨尔的江孜木刻本(第七卷)中一部的作者也应如此确定其年代。由于这些素材均以已经得到证实的传说为直接前提,所以大家至少可以把它一直追溯到1600年左右。

如果我们就这样把已形成整体的格萨尔史诗的时间上限追溯到1600年左右,那么在《格萨尔王传》史诗中遇到的某些具有真实历史特征的暗示同样也提供了可能的下限时间。完全如同"古迹"仅仅能被用来确定地理方位(而且还不是为英雄那真实的丰功伟业,而只是为传说故事的传播定位)一样,真实历史的暗示也仅仅是进行断代的可能标志它们通常是在整个藏族文学中广为流传的一些共同点和特定的一段文字(它也可能是被事后加进去的。如果大家希望更勇敢一些,那么它们所处的段落甚至更严格地说是收入了这一切的特定版本)。在可能是由某一位当代说唱艺人笔录的历史回忆问题上,则无法得出任何结论。甚至是作为传说必不可缺的组成部分的片断都无法使人得出一种具体的"历史事实之核心"的结论。当然,岭地和霍尔的毗邻关系以及与远近不同地区进行的战争都会使人联想到9世纪吐蕃辉煌的武功时代。但正如罗列赫(1942年,第282页)非常正确地指出的那样,这些内容以及《格萨尔王传》史诗中那些会使人联想到松赞干布历史的内容最多也只能证明以下这点:这部史诗的编纂应该被确定于这一时代之后。我们甚至还将会发现,在四方进行的这些战争均属于世界国王部分的内容。《格萨尔史诗》和松赞干布(甚至还包括辛饶)[99]传说的共同内容仅仅说明,这或者是由于它们彼此间互相借鉴,或是相当数量的内容都被僧侣们既用于传说性的编年史或圣徒传中,又被用于《格萨尔王传》史诗中了。

我们于此仅仅指出某些具体的暗示,它们把上限时间后推到比9世纪更远的时代,至少是在有关撰写包括它们在内的几部史诗中确实如此。那些提及"红帽派"的大师或愿文的地方,在许多稿本著作中也很频繁,以至于我无法将之全部录下来。罗列赫已经非常正确地指出(1942年,第286页),它们说明这些文本曾经过一些宁玛巴喇嘛之手。如果指出涉及“黄帽派”的地方，那就会更有益，因为它迫使人将这些著作的写作时间推迟到宗喀巴（圆寂于1419年）之后。所以，在罗列赫收藏的有关《霍岭大战之部》的稿本中（第4页），格萨尔成了“确立黄帽派教理的人[100]”。同一句话几乎是一字不差地出现在江孜木刻本（第二卷，第10页）[101]中了。在《朱古兵器国之部》的稿本（第一卷，第48页）中，指出了必须战胜朱古（突厥）人，否则“红帽和黄帽派的宗教将如同旭日升起时的星辰（也就是失去了光芒）一般。”[102]在第四种木刻本（《分大食财宝之部》第11页）中，赞扬了在吐蕃的大寺色拉（1419年）、哲蚌（1416年）、甘丹（1409年）、萨迦（1073年）和俄尔诸寺中对经文和真言的传播。林葱木刻版是在19世纪最后四分之一年代根据更为古老的史料写成的。这些史料之一不可能早于15世纪中叶，因为它提到了汤东杰布（1385—1464年或1361—1485年）；它们甚至不早于1609年，这是提及他于岭地旅行的传记的时间（第113页）。

我们再重复一次，本处始终是指一段特定文字撰写的时间，而不是一种可能的“历史回忆”的时间。事实上，该记述毫无顾忌地混合了各个时代的“历史回忆”。大家知道，它在这一方面酷似世界上的其他许多史诗。[103]

当然，中国天朝皇帝充当了“舅”（甚至可以说是“岳父”）的角色，岭地、霍尔和姜地显得如同是“甥”一般（石泰安，1956年，第42—43页）。这种亲属关系完全与7—8世纪唐公主和吐蕃赞普、吐谷浑人和回纥人和亲事相吻合。但这些“回忆”则属于一种非常著名的虚构（噶尔大相的传奇故事）的组成部分，它又由于诸如《西藏王统世系明鉴》（1508年）、《玛尼宝训集》等著作而广为流传。其他的记述故事则被《格萨尔王传》史诗的编纂者使用得更多，它们是由于宁玛巴著作（尤其是《五部遗教》，“掘”藏于1347年）而更加通俗和普及。有些记述可能正是出自这些史料，如林葱木刻本中提到了12个万户和50个千户（第一卷，第39页和第二卷，第76页），而这类组织（万户和千户）则要追溯到元代。[104]在林葱木刻本（石泰安，1956年，第97页和132页）中，与霍尔人有关的白利地区则是一个土匪强人出没的地区，岭地确实对此感到畏惧和憎恶。然而，我们于下文不远处将会看到这一切（见第五章），其头人保护了苯教徒的该地区于1639年被在德格人挑唆之下的格萨尔汗摧毁。因此,该地区在史诗中所起的作用与完全是17世纪初叶的形势相吻合。对于把由数世纪的时间隔开的和仅适用于史诗中的惟一一个相同故事的"历史回忆"混合起来的最好例证,则载于江孜木刻本中了。在第三部(第17页)中,格萨尔将以下罪名强加给了霍尔人:

"其一,你们摧毁了拉萨的庙;其二,你们用剪刀(?)毁坏了拉萨释迦牟尼老爷的供像;其三,你们摧毁了和尚寺;其四,你们把西藏宗教的保护者压制在你们的统治之下;其五,你们强迫我参加人口清查登记。"[105]

至少是这些指控中的一部分肯定是指13世纪的蒙古人,尤其是那时的人口清查。1240年,霍尔人祁加多达(萨囊彻辰书中作朵尔达,见施密德版本第113页,他是窝阔台的儿子阔端的使者)的大军挺进到吐蕃中部(Ⅱ),杀死500多名僧俗人士,焚毁了热振寺(拉萨以北)和杰寺。[106]但本处引证的这段文字同时也提到了准噶尔人(额鲁特人)于1717年的入侵。这些人夺取了拉萨并杀死喇嘛、焚毁祭坛、入侵布达拉宫并劫掠了五世达赖喇嘛灵塔中的珠宝。[107]在数页文字之后(第三卷,第21页),江孜木刻本又重新谈到对13世纪末蒙古人的模糊记忆。

在降伏霍尔人及其白帐王之后,一段附录文字简单地论述了霍尔人黑帐王的命运:"大相唐泽和雄狮王(格萨尔)这一对师徒便想到:如果大家不对与7名骑兵强盗结盟(同行?)的黑帐王采取行动,那么霍尔人中的这名黑帐王就会于劫末出现,前往吐蕃中部并以屠杀居民而使那里人烟灭绝。于是,他们便前往位于冈底斯大雪山之上部(也就是西部)的奔僧尼玛拉哇。但他(黑帐王)逃到了左方和右方的许多大山中,而且边逃边破坏。大师雄狮王及其弟子使那里不停地下了七天七夜大雪,又使世界上最大和最古老的冰川堵塞了道路,以至于师徒二人只能勉强看到他们前来的道路,而霍尔人却没有任何办法能逃命了。这就是西部(上部)霍尔人。大家声称'他们在恶世时将会卷土重来'"[108]。

这种预言(授记)肯定属于宁玛巴掘藏的范畴。图齐非常正确地指出蒙古人入侵的授记于其中扮演了多么重要的角色(1949年,第635—637和110—114页)。《五部遗教》和《莲花生遗教》[109]的常见版本中具有丰富的有关蒙古人的授记。它们似乎并未包括本处提到的这一段文字，但其他宁玛巴著作却包括有同样的暗示。一名在圣地白马科钦给朝圣进香的人作向导的人指出了在什么时代应逃避到那里，“当冈底斯山区被霍尔人夺占时……当北方（羌地）的热振寺屋脊损坏时，当在拉萨四处都起火时，当在布达拉山建立一座宫殿和一座寺院时（布达拉宫建于1645年，其寺建于1695年）……”[111]

这段引文再次证明江孜木刻本的编纂者在何种程度上受宁玛巴著作的影响。它们追述的内容绝不是对格萨尔时代的回忆，而是广为流传的内容在文学中受到的模糊影响。大家稍后不久就会看到，该向导将不同的时代混淆在一起了，完全如同江孜的木刻版书一样。但在确定这里是指什么蒙古人之前，则必须指出江孜木刻本并非是惟一加入了这些“历史回忆”者。它也出现在大卫—妮尔所刊布的版本中（1931年，第240页）。黑帐王率领7个人逃到了阿里地区（阿里三围，冈底斯山以西），格萨尔饶恕了他们。这7名霍尔巴人都是巨人，他们生活、繁衍，并在该劫之末离开了其隐蔽地，以便去消灭佛教徒。结果是萨迦巴大喇嘛制止了他们并阻止他们出行。

江孜木刻版和大卫—妮尔版本讲到的蒙古人于当代之末被迫离开其隐蔽地一事属于香巴拉长诗中的授记之范围（请参阅“古迹”第26条）。7名骑士的传说独立于《格萨尔王传》史诗而存在，它已被纳入到宗教中了，除非相反是喇嘛教向史诗提供了这些人物（请参阅下文第九章）。

黑帐王的情节系指什么时代和什么蒙古人呢？这种考证比较容易。“上部（也就是西部）霍尔人”就是在薛禅汗（忽必烈）皇帝[112]的长子（?）旭烈兀率领下迁向西部的霍尔人（蒙古人）。大家知道，于1256年被派往伊朗的旭烈兀于1285年在那里创建了伊利汗国。时隔不久，1285年，止贡巴烧毁了申域的寺院并杀死了藏敦。后来，他们又请来了“西霍尔人”（上部霍尔人）的军队以向萨迦巴发动攻击。[113]这些人在中原蒙古人的帮助下于1290年摧毁了止贡寺。[114]那种认为萨迦巴大喇嘛将7名霍尔人限制在特定范畴内的传说无疑与这一事件有关。大家已经看到，江孜木刻本就如同有关内佩玛克的预言一样，在对蒙古人无限恐惧的基本内容中,又加入了13和18世纪的事件,[115]其最终成文(至少是我们所研究的那些段落)只能被断代于18世纪的上半叶。但其第一稿则可以追溯到诸如《五部遗教》那类的著作,这就是说要追溯到14世纪(或者是14和18世纪之间的一个未定时代)。

除了那个根本无法考定的时间之外,我们应注意的是它得以接受灵感启发的背景。这就是"掘藏师"(稿本著作的发现者)的背景。我们已经看到("古迹",第53条),《格萨尔王传》的史诗在那里从17世纪中叶起就已为人所知,而且还在不同程度被人接受。因此,史诗那喇嘛教的表象可能比大家初看起来的更为古老。[116]大家可以为这些作为"伏藏"和其中包括有史诗片断的伪经的创作时代进行断代。我们于稍后不远处将会看到,其他事实也证明了这种假设。

对于可以断代内容的这种初步浏览可能会显得令人失望。那些希望把格萨尔视为一名历史人物,并试图从史诗的片断中得出一些能够为英雄及其业绩进行断代的因素的人是否至少可以从此免于其困惑了呢?赫尔曼(1940—1941年,第82页)向这种诱惑屈服了。他发现甘肃省现今的裕固族人自认为就是格萨尔史诗中的霍尔人,他觉得这是根本不可能的。为什么呢?他认为大家根本不知道格萨尔的生活时代,因为藏文编年史并没有延伸到那样古老的时代。"无论如何",格萨尔也生活在松赞干布(7世纪)之前。在这个时代,回鹘(裕固)族人尚未生活在甘肃,而是生活在色楞格河流域。所以,他们不可能会成为格萨尔的敌人,而是在事后被考证为史诗中的霍尔人的。大家由此看到了这些无益构思的危险性。

触及史诗时代问题的另一种方式是从中检出一些似乎是一个古代社会之典型特征的内容。罗列赫(1942年,第284页)想到了在经常提及苯教的内容中寻找一种"前佛教背景"的踪迹。事实上,我们于下文不远处将会详细看到,这些苯教内容可以通过吐蕃的"现时形势"来解释。在《格萨尔王传》史诗中,它们始终与那些大家知道今天仍实施苯教的人物或部族有关。至于赫尔曼,他曾引证了《霍岭大战之部》中的一段文字(1956年,第245页),这段文字能说明岭地英雄对于一名霍尔人苯教巫师之仇恨心情。据他认为,由于史诗是"最早的"作品,所以可以从这一段文字中得出结论，认为苯教徒最早不是吐蕃人。这种推论是荒谬绝伦和幼稚可笑的。格萨尔史诗仅仅表现了自己最近几个世纪以来在西藏出现的宗教形势：某些地区是宁玛巴派区（古旧派），其余则是苯教区。在岭地和德格附近，白利地区在 17 世纪时尚为苯教区，也正是由于这种原因遭到了固始汗的入侵和征服（请参阅下文第五章）。所以，白利的英雄人物在林葱土司木刻本（石泰安，1956 年，第 132 页）中是以魔鬼和霍尔人的敌人与亲属之面目出现的。鲍塔宁（1893 年，第一卷，第 282—283 页）提供了一份康地苯教信徒名表。大家于其中特别可以看到附属于“德格灵藏”的 4 座苯教寺庙以及“霍尔国王”的所有臣民。霍夫曼（1950 年，第 236—243 页和地图）对于苯教当代在西藏的传播提供了一种概观。在史诗中涉及苯教的段落中，没有讲到格萨尔时代的“历史记忆”。后者除了在传说性的分类之外，从未出现过。

但对于某些作家企图向我们明确解释的格萨尔的时代问题，我们又该如何答复呢？我们最好立即研究这个问题以排除另外一种假设，因为它具有如同“古迹”的“回忆”问题一样对我们的研究工作施加影响的危险。据贝尔（1931 年，第 14 页）转引达赖喇嘛一名录事的观点认为，格萨尔可能是在拉脱脱日年赞赞普时代生活于马尔康，而贝尔又将该赞普的时代确定于 4 世纪（这种说法又由马长寿重复，1943 年，第 72 页）。我不懂这名秘书得以计算的方式，但很可能是他知道了已被考证为格萨尔的关帝生平的一个大约时代。达斯先后将格萨尔断代为 6、7 或 8 世纪（1922 年，第 845—224 页）。这些时代中的第一个适用于冲木·格萨尔而不是岭·格萨尔，而达斯又将冲木·格萨尔的地望确定在叶尔羌的东北部。这种计算很可能是以松赞干布的和亲故事为基础的（巴科，1935 年，第 16—17 页），冲木·格萨尔于其中是作为同代的对立追求者。罗列赫（1931 年，第 206 页，7—8 世纪）与赫尔曼神父（9 世纪，见下文不远处）的断言可能是以达斯所提供的资料为基础的。在《白利绵羊国之部》的稿本著作（第二卷末）中，大家可以读到：“在吐蕃君主赤热时代，海外日努（米努）国已被岭国所吞并。”这名赤热只能是热巴巾（806—841 年）。任乃强（1945 年，第 24 页）转引了李鉴明的看法，此人当时在德格喇嘛庙中入教已有 3 年，精通藏文。林葱土司的一名老相臣对他说，格萨尔生活在莲花生之后和阿底峡之前(这就是说他生在11世纪初叶)。这个时间确实是由洛桑楚臣贝桑布提供的,他是三世班禅喇嘛(18世纪下半叶)的经师。他写道:"莲花生上师对朗贝吉僧格说:'在你之后的12代人时,大家将会降伏神灵、魔鬼和人类'。这种预言是针对绛曲哲科而讲的。大家声称后者就是格萨尔王的喇嘛,格萨尔王确实与斯摩利底功德成就者(仲敦巴的大师,生活于1004和1044年之间)是同时代的人,因而也就是生活在朗达玛赞普(薨逝于842或902年)和阿底峡(1042年到达吐蕃)之间。"[117]

事实上,大家在五世达赖喇嘛的《西藏王臣记》第70—71页中读到,阿美(巫师)绛曲哲科曾两次受格萨尔的邀请而赴岭地。[118]班禅的经师认为这是有可能的。因为在莲花生(约为750年)之后的12代人(约为280年)的时隔便会导向阿底峡之前的时代(750+280=1030年)。这种传说确实就是林葱木刻本(第二卷,第14页)的刊布者所采纳的那种。因此,李明鉴并没有搞错。

此外,林葱木刻本并非是惟一把格萨尔作为11世纪那些著名高僧同代人的版本。《朱古兵器国之部》的稿本第二卷第299页提及,在北方朱古(突厥)的兵营中,他们那年龄113岁的老大相苏巴德钦(大德)喜饶扎巴[119]为此而向突厥国王求援。然而这个非常著名的高僧喇嘛又叫作苏尔琼巴(幼弟苏尔),他在阿底峡到达吐蕃(1042年,见《青史》第一卷,第105页)时年龄为45岁。因此,他诞生于998年和圆寂于1058年(据巴俄祖拉陈瓦的计算是享年61岁,见其书第10卷,第44页)。《青史》(同上)认为其师共享年113岁。因此,保存在史诗一部稿本中的该传说证实了三世班禅经师的观点。同样,据达木丁苏隆(1955年,第60页,1957年,第127页)认为,岭·格萨尔史诗的蒙文版本(见史料第47条)明显是译自藏文,其中提到了格斯尔与著名的惹译师之间的友好关系。然而,后者却生活在11世纪(他于1076年在吐蕃西部的地方政府中任职),当时可能就已经进入耄耋之年了(请参阅罗列赫:《青史》译本第一卷,第70—71、325和328页)。[120]

《世界之主格萨尔王传》的稿本(史料第46条)也介绍说格萨尔按照拉喇嘛(天喇嘛)的模式而创立了一个教派,这位吐蕃西部的高僧生活在11世纪(达木丁苏隆,1957年,第152页)。该王子变成了一名僧侣,其名绛曲沃确实是那些邀请阿底峡者的名字之一。其父松聂赞普曾见到过斯摩利底的到达。[121]

达木丁苏隆极其轻率地接受了格萨尔是11世纪真实历史人物的观点，他将此人考证为汉文史料中提到的同一时代的藏族首领唃厮啰。我们将于下文看到应对这种考证所持的想法（见第五章）。但我们仍需立即指出，传说的差异性使他们的历史真实性变得令人疑窦丛生了。格萨尔可能加入了叶巴教派（上文业已提及）。但该教派是在13世纪中叶才创建的。在林葱木刻版中（石泰安，1956年，见专用名词索引），宁玛巴上师汤东杰布与格萨尔是同代诞生的人。然而，汤东杰布却生活于1400年左右。这种传说本身至少与由格萨尔邀请绛曲哲科之传说的背景基本相同。所有这两种传说均属于宁玛巴教派。相反，那种把格萨尔与天喇嘛的教派联系起来的传说则属于噶当巴教派，该派是由阿底峡创建并主持以反对莲花生的喇嘛教之弊端的。这名天喇嘛是普兰的国王，甚至是攻击俄巴（秘咒师）和宁玛巴的一首措辞激烈的诗歌的作者（《如意宝树史》，达斯版，第二卷，第393页，原文第248页，其中把它有意地纳入到他批评其教理的宁玛巴的历史中了）。

达木丁苏隆（1957年，第197页）还引证了一部匿名的蒙文编年史，其中提到："由于佛陀的保佑，由于霍尔穆斯塔的命令，继格萨尔百年之后……成吉思汗—博格达执政……"此外，松巴堪布指出格萨尔属于一个较晚的时代（请参阅第22条）。

当然，这并不是由于作者的一种观点在一个相对古老的时代用藏文作了表达，以至于应将此视为历史的真实。《格萨尔王传》史诗的文本都未被断代，大家所涉及的一切就是最晚在1643年，不仅仅是经过改革后的教派，甚至是黄教派也都承认在其达赖喇嘛为莲花生和岭·格萨尔宗教世系之间存在着的联系。但由于五世达赖喇嘛的记述似乎取自《朗氏家族史·灵犀宝卷》，所以这种传说至少可以追溯到该部著作的时代，令人遗憾的是这个时间不为我们所知。[122]我们将会看到，朗氏贵族与岭地之间具有确凿的联系（见第四章）。我们再来重复一次！我们所引证的文献证明的并不是为真实的历史人物格萨尔确定了10—11世纪这个时代，而完全是证明了在《朗氏家族史》这个时间上朗氏与格萨尔之间的比较。

在宣称格萨尔与斯摩利底为同时代人时，三世班禅喇嘛的经师无疑是以由五世达赖喇嘛引证的莲花生授记为基础的。他可能在我们无法得到的斯摩利底传中找到了一种论据。使他对此坚信不移的是由布顿于其《善逝教法史》中保存下来的这名高僧的生平简传。他确实指出(德格版本第131页;奥贝米莱译本,第二卷,第214—215页),斯摩利底曾赴康地并在那里于丹隆塘创建了传授《阿毗达摩俱舍论》的一个宗,然后又从那里到达黄金城(凉州,奥贝米莱译本中写作Li－čhu Ser－Khab)。我们已经看到("古迹",第61条),丹地位于林葱稍偏西北一些的地方。我们确实应该到那里去寻找丹隆塘。传说中认为(如《如意宝树史》,达斯版本,第二卷,第168页),正是在这片平原上矗立着由松赞干布建造的卓玛寺(度母寺)。[123]然而,恰恰是在面对林葱的地方,有一处叫作卓玛拉康(卓玛寺或度母寺)。因此,很可能是斯摩利底的一种传记在有关斯摩利底赴丹地旅行的问题上有一处提到了岭·格萨尔。但林(岭)曲的下一站只能是凉州,那里距今之林葱地区尚很远。这样提出来的问题应于下文不远处再来重复论述(见第五章)。

任乃强(1945年,第24—25页)为林葱那名老相臣指出的格萨尔的时代所诱惑。所以,他把格萨尔考证为在汉文编年史中出现的西宁地区一名藏族首领的名字,这就是唃厮啰(997—1065年),他觉得此名似乎是觉如(J̌oru)的对音。这种想法已经出现在鲍塔宁的著作中了(1893年,第一卷,第348—349页),此人曾在雅金甫一比丘林(《西藏和呼伦诺尔史》,圣彼得堡1833年)的著作中读到了这位首领的故事。他认为,"唃厮啰"是"格萨尔"的一种对音。但他在接受该王国的历史真实性时,认为其历史仅仅是派生自格萨尔的一种传说。任乃强认为,实情恰恰相反,唃厮啰是格萨尔真实历史存在的明证。他认为由于唃厮啰诞生于997年,所以这个时间完全与由林葱老相臣归于格萨尔的时间相吻合。他于是便准备动手在唃厮啰的生平中寻找可能与格萨尔相似的内容。[124]

达木丁苏隆同样也重复了把唃厮啰(其俄文对音叫作Gosilo)与格萨尔考证为同一人的做法。他也是以将格萨尔与11世纪的那些名人联系起来的传说或其他资料为基础的。非常遗憾,他为了在格萨尔和唃厮啰的历史上找到相似的内容时无法比任乃强做得更好。[125]如果大家接受有关与斯摩利底和阿底峡等人同时代的格萨尔的传说,那仅仅是其时代相吻合而已。

此外,从语言角度上则根本不可能把唃厮啰[126]视为格萨尔的一种对音。宋代当时的所有疏注文都通过“佛”来解释“唃”,以“儿子”来解释“厮啰”。它还补充说“佛子”的称号就如同中国中原的“天子”一样。[127]大家很容易从中辨认出藏文词 rgyal-sras,这是藏族人名中非常频繁地使用的名称,意为“耆那的儿子”,也就是“佛子”(佛男)。

此外,大量的例证都说明“啰”这个特殊的字被用于转写 ra 的发音[128],这就证明“唃厮啰”的原文为 rgyal - sras(王子,佛子)。相反,“厮啰”不大可能被用于转写 Sar。在 10 世纪突厥语的汉文转写对音中,尾音节 - ar 仍被用在 7 世纪时包括齿音的字(ho < ɣuət = qar 等,见哈密屯《五代回鹘史料》中的对音表,巴黎 1955 版)。有关 rgyal - sras 的对音,请参阅奥拉齐奥 · 德拉 · 佩纳于 1738 年左右所作的对音。Chiesri(伯戴克版本的《在西藏和尼泊尔的意大利传教士》,罗马 1953 年版,第三卷,第 63 页)和另外一名神父于 1731 年所作的对音 Chiesré(同上引书,罗马 1952 年版,第一卷,第 168 页)。

因此,“唃厮啰”并不是格萨尔。最令人感到不知所措的是《梦溪笔谈》(以及继它之后的《西夏纪事本末》)却以一种含糊不清的方式(那句话似乎有讹误)补充说,该“唃厮啰,人号瑕萨篯逋”。然则,这种称号可能是某一位 Qasar 的对音,其名可能与格萨尔相混淆了(请参阅下文第六章)。无论这些名字和尊号到底如何,唃厮啰于 11 世纪上半叶在西藏东北部所起的作用肯定是相当大的,可能对该传说的升华结晶施加了影响。我们应该充分考虑这一切(见下文第五和第六章)。但这一切并不是说史诗中的格萨尔代表着一个可以断代和确定地望的历史人物。该问题极其复杂。格萨尔史诗的形成是一码事,促使把它与一个特定时代的地方首领的世系联系起来则属于另外一码事。

五、各种文本的前后演变关系

各种文本的分类及其可能的前后联系或演变关系又提出了两个问题。第一个与西藏和外来传说之间的关系有关,第二个则与口碑和成文本之间的关系有关。

六、外来文本

对于前者,其答案不容置疑。幸运地是它是由一些明确具体的著作为我们圆满地提供的。鲍培(1926 年)对北京木刻蒙文版本(1716 年版)作了非常详尽的语言学分析。他发现该文本包括蒙古西南部方言成分,所以便得出结论认为它应该是在南蒙古译自藏文本的。罗列赫(1942 年,第 298—300 页)同样也想到了译自藏文原本的一种译本。他是第一个编制了一幅他得以指出其原藏文的那个蒙文版本中的 12 个专用名词和 4 个地名统计表的人。那些藏文名字按蒙文习惯,有时是被转写出来的对音,有时又被作了翻译。所以,我们可以肯定该蒙文词可以追溯到与它对应的那个藏文词。我们应该立即补充说明,突厥文本明显是起源于蒙古文本。因此,林葱文言本中的青年格萨尔的名字觉如(J̌o－ru,在其他地方又作 Čo－ru)产生了蒙文中的觉如(J̌oro 或 J̌u－ru)。大家知道,蒙古人将此名读作 Dzürü。突厥语(索伦语)Tjürü 正是派生于 Dzürü 这种形式。此外,大家都会很容易地发现布里亚特语文本(口传)中的专用名词的形式要比北京木刻本中的形式距藏文原文更遥远。这就是一幅令人相当信服和精辟的对照表。它没有抱那种要求完整无缺的奢望,目前在已掌握的史料中,某些藏文原文词仍是无法找到的。[129]

阿布萨·古尔切(Absa Gürče,施密德译本第 19 页作 Absa Gürtse)是格萨尔的天神祖母。如果大家将此人的布里亚特文名称芒赞·古尔摩(鲍塔宁,1893 年,第二卷,第 340 页)进行一番比较,那么大家就会发现"阿布萨"(Absa)就如同"芒赞"(Mandzan)一样应为称谓。在藏文中的情况也如此,A－ne(姑母)或 Ma Ne－ne(舅母)始终位于一尊叫作贡曼噶波的女神的名字之前(见林葱木刻版)。在拉达克版本中,它又叫作古曼(女王)。"芒赞"应相当于"曼穷"(sMan－bcun)。大家从古尔摩和古尔切的名字中发现了被解释为 Gut(由拉达克文 bkur 演变而来,意为"白色的")的 Guṅ。在一种安多语(唐古特 B 本)文本中,惟有该词的第二部分才残存下来了:芒扎姆(ManǰJarnu)就相当于芒杰莫(女王)。

巴尔波(Balpo,施密德版本第159页)系指尼泊尔(尼婆罗),在藏文中叫作Bal-po。

不花·东琼噶波(施密德版本第7页)是格萨尔的天神兄弟。他就是冬琼噶波的长兄(林地木刻本)。格萨尔的天神兄弟姐妹们的名字则与已知的任何藏文原名都不相吻合。

察罕·阿尔斯兰(施密德版本第126页)意为"白色的狮子",它是自然界的典型动物,在藏文中叫作"僧格噶波",它频繁地出现在所有的文本中。

察罕·葛图汗(Čaran gertü qan,施密德版本第159页)意指霍尔人的国王白帐王,这是对藏文Gur-dkar(白帐王)的译文(见罗列赫版本)。

叉干(Čagin,施密德版本,第9页作Tsargin)是岭地的3个大王之一(冬萨尔王)。他在藏文中也叫叉干(Khra-rgan),为岭地的头人(即相当于总管王。见林葱木刻本,第一卷,第24页)。在安多地区(口语,唐古特A本),Čagen正是模仿了Khra-rgan的发音。最正确的写法可能应作Čargen,由此而派生了蒙文Car-gin一词。在蒙古尔语(土人的语言,见施瑞德,1953年,第221页)中,此名曾被记音作Siergan;在卡尔梅克文中(贝格曼,1804年,第236页),又作Zargin。

晁同(Čotong,施密德本,第9页)是格萨尔的伯父,在藏文中作Khro-thuṅ。在安多方言(唐古特A本)中,大家就已经读作Čotoṅ。其布里亚特文形式中则具有严重的曲解,分别作Zo-to、Zotn(鲍塔宁,1883年,第四卷,第351页)和Suta(鲍塔宁,1893年,第二卷,第56页)。

果斯(Gegše,即果斯·阿姆希拉)是格萨尔的母亲(施密德版本,第9页)。木刻版中分别写作Geyše或Gegse。这就是果萨(罗列赫,写作'Gag-bza',但劳佛尔写的'Gog却是一种最佳写法)。罗列赫根据鲍培的讲法而记下了Kalša这种布里亚特文的形式。

格斯尔·嘉保·顿珠(Geser Garbo Donrub)就是天神格斯尔的名字(施密特版本,第8和12页)。Donrub就相当于藏文中的Don-'grub(见罗列赫与劳佛尔版本)。罗列赫采纳了蒙文rarbo的读法,相当于藏文dkar-po("白色的",意指"天神的")。柯津有一次读作 serbo(第 39 页,相当于藏文 set - po,意指“黄色的”),另一次则读作 garbo(第 43 页)。事实上,木刻本(第 5 页)有一次清楚地写作 setbo(黄色的),另一次则含糊不清地写作 qarbo(白色的,但 q - 与 s - 这两个音节很难区别)。[130]这种写法无疑最为可取,因为它相当于既在拉达克又在安多出现的文本中的写法:顿珠噶波(Don - ' grub dkar - po,见下拉达克版本第 39 和 17 页;赫尔曼,1956 年,第 93 页)。罗列赫正确地指出,在藏文本中频繁出现的这同一个名字“顿珠”也曾以译名的形出现过,作“成就者”(üile - bütegekči,即相当于 bütügekči,见施密特文本第 4—5 页)。

葛乌—伯颜(Geü - Bayan,施密德版本第 8 和 9 页中写作 Gü)。藏文本中的对应人物为噶地之噶洛,被称为“豪族”(富户)。“伯颜”(Bayan)意为“富裕者”。这里是指格萨尔母亲那身为富豪的父亲。Geü 已被读作 Gau,派生自 Ga[(<Sga) - bo?]。

固穆汗(Güme - qan,施密德文本第 130 页)是汉地国王(施密德写作 Küme,但布里亚特文则写作 Gümen,见鲍塔宁,1893 年,第二卷,第 113 页)我们只要比较一下安多藏语(唐古特 A 本)Goma J̌avu 就可以从中辨认出其原文 goṅ - ma rgyal - po(“上部国王”或“最高国王”),它一般是指中原皇帝的尊号。

嘉察协噶尔(J̌esa [J̌asa] Sikir,施密德版本第 22 页作 Dsese)是格萨尔的兄弟。卡尔梅克文(贝格曼,1804 年,第 236 页)作 Säsä Sikär。该名字的第一部分代表着藏文“嘉察”(rgya - cha,罗列赫写作 rGyal-cha,但 rGya-cha 是一种可靠的写法),第二部分则相当于藏文“协噶尔”(Žal-dkar,在林葱木刻本中频频出现)。在拉达克,此名首先写作嘉察协噶尔(rGyal-cha Çel-dkar);其写法比较接近蒙文形式 Šikir(《冬天里的神话》,第四卷,第 3 页),但它在变作 rGyal-sa Çel-dkar 之后,却被用作了格萨尔的义子的名字(弗兰格,1906—1907 年,第三和四卷)。

觉如(J̌oro,J̌uru,施密德版本第 19 页)是青年格萨尔的名字。蒙古人读作 Dzuru[131]。这就是林葱木刻本和巴科藏稿本中的 J̌o - ru,有时也定作 Čo - ru(江孜木刻本),即觉如。罗列赫将此名复原为觉日(Čhos - ris 或 Čo - re),这与大卫—妮尔听到的发音(1931 年,第 60 和 81 页)觉日(Čo - ris)完全相同。但这更应该是通过同音异义文字游戏(其本意为“贵族世系”,是为了嘲笑觉如的卑微出身)，而对名字进行解释的一种尝试的结果。突厥文(索伦文)Tjürü(见拉德洛夫，1866 年)要追溯到 Dzürü。鄂尔多斯语与此颇为近似，读作 Djuru(田清波，1914 年，第 200 页)。相反，其布里亚特文形式则特别不规则，分别作 Surgai、Surga 和 Sura(鲍塔宁，1893 年，第二卷，第 67 和 69 页)。

利(Lik，施密德，第 9 页)是英雄人物的故乡。罗列赫建议将此改作 Ling(林葱)并从中发现了藏文词 Gliṅ(岭地)。这是确实无疑的。

门(Mon，施密德，第 200 页)为一个地名，藏文作 Mon(门族地区或门地，见罗列赫版本)。

木花国师(Mua Güüši，施密德，第 7 页)系指卜师。很明显，它就相当于藏文 mo－pa(卜师)和 gu－ši(sri，国师，这是由政府承认的一种僧官尊号)。

华·贡希(Oua Günčid，Günčüd，见施密德，第 7 页)[132]是守护神。神山之王和格萨尔的天神父亲。它就是大卫—妮尔版本(1931 年，第 181 页)中的“阿斯·肯佐”(As Kenzo)，我无法解释其中的形容词 As 或 Oua。神山的名称本身(本命神，年神)一般均写作格卓(Ge－’jo 或 Ge－mjo)，但有时也作格措(Ger-mcho)。

黑帐王(Qara－gertü－qan。施密德，第 160 页)是霍尔人的国王，系藏文 Gur－nag 的译文(罗列赫)。

霍尔穆斯达(Qormusda，施密德，第 1 页)是格萨尔的天神父亲，它是拉达克版本中的帝释(brgya－byin)的译文(梵文作 Satakratu 或 Indra)。

珠牡(Roqmo，施密德，第 21 页)是格萨尔的王妃，在藏文中作’Brug－mo(罗列赫、劳佛尔)。

绒察(Rongsa，施密德，第 21 页)是青年格萨尔的哥哥。在藏文中作 Roṅ－cha(林葱木刻本，第三卷，第 18 页)，也就是指觉如的长兄。

呼鲁克(Ruluk，施密德，第 126 页)是一种动物。施密德曾提议将此视为藏文 rva－lug，意为“长角的绵羊”。

僧伦(Sanglun，施密德，第 19 页)是格萨尔在凡世间的父亲，他就是藏文中的 Seṅ－blon(罗列赫)。有一种布里亚特文形式作 Söngblön(见鲍塔宁，1893 年，第二卷，第 63 页)。其他写法则显得荒谬,分别作 Sindlei 和 Sundlei(柯廷,第 130 和 218 页)。突厥语(索伦语)中则作 Sägäläng(拉德洛夫,1866 年)。[133]

僧格鲁(Seggelu,施密德,第 55 页)[134]是格萨尔的岳父。尽管在考证等同时在语音上存在着某些困难,但他只能是嘉洛,在所有稿本和林葱木刻本中均作珠牡的父亲。

辛曼比乳泽(Šiman Biruuǰa,施密德,第 160 页)是西拉固尔人(黄霍尔人)的大相。罗列赫从中辨认出了辛巴梅乳则(bÇan - parMe - ru - rce),也就是拉达克文本中的桑克拉・梅乳。

黄帐王(Sira gertü qan,施密德,第 160 页)是霍尔人的国王,系藏文 Gur - ser(黄帐王)的译文(罗列赫)。

图蒙・扎尔加兰(Tümen - J̌irralang)意为"万乐"(施密德,第 113 页),他是格萨尔的第二个王妃,失陷于魔鬼之中,这是对"奔吉"('Bum - skyid)的一种意译。奔吉是格萨尔的"女友"(林葱木刻本,第二卷,第 30 页),意为"十万大乐"。在拉达克文本中作"奔萨奔吉"(劳佛尔)。布里亚特文中作托蒙扎尔加兰(TÖmÖn J̌argalang,鲍塔宁,1893 年,第二卷)和一种讹误的形式塔穆尔—吉尔加兰(Tamür - Žirgalang,同上,第 320 页)。

这幅对照比较表(将来的研究还可以延长它)是不容有任何怀疑的。蒙文本派生自藏文本,突厥文本则又派生自蒙文本。

我们也可以为布鲁萨斯克语(勃律语)文本编制一份类似的统计表。洛里默(1931 年,第 137—138 页)没有忽略对此作出努力,并得出了布鲁萨斯克语—拉达克语的派生关系(第 119 页)。[135]

阿爸(Aba)是父—叔(伯)一代的形容词,相当于形容词 agu 或 akhu(叔父或伯父,洛里默的考证)。

"金牛"(Brūng Kapurdōno),这就是由青年格萨尔杀死的金牛犊。在希腊语中,dōno 意为"牛犊"(洛里默,1935 年,第三卷,第 422 页),brūng 出自藏文'Broṅ(野牦牛。罗列赫的考证)。

本利夫丹(Būmliftan)是格萨尔的长兄,他似乎就相当于下拉达克文本中的九叔布玛尔兰丹。相反,在藏文文字本中的格萨尔之长兄嘉察协噶尔的常见形容词"奔巴"(Bum - pa)肯定是解释了布鲁萨斯文名词中的第一部分。

枣红色野马(Changi Hirpa)是格萨尔那以其非凡的形状出现的骏马。这就是《冬天里的神话》中的红色野马或野骡(rkyaṅ -

rgodd byer－pa,应读作 Čaṅ－gö yer－par)。

楚赫同(Chukhtung)是“阿爸”之一,长有鹰头。他应该相当于叉同(Khra' i－thun)[136],他就是下拉达克文本中的第四位伯父,也就是其他藏文本中的晁同(Khro－thuṅ)。洛里默曾假设认为他就可能是蒙文中的 Čotong(即晁同)。然而,在故事中,相当于晁同这一角色的却是由吉同(Kitung)充任的。

董布(Dumbn)是“阿爸”之一,长有驴头。因此,他就是下拉达克文本的黑驴(Boṅ－nag)董布(IDumbu),至少从语言和形象上看来是这样的。但第 14 位伯父则未起过班珠(青年格萨尔)和本利夫丹的父亲董布那样的重要作用。

东巴米如(Dongpa Miru)是第一位先祖。他可能就是下拉达克文本中的冬松米拉(洛里默的考证)。

法桑·卡拉斯吉(Fasan Karaski)是董布“阿爸”通过他而成为英雄之父的人物。该父亲在东部文本和已成文的版本中均作僧伦惹杰(Seṅ－bloṅ Ra－skyes),下拉达克文本中的巴桑丹惹杰即相当于此人。法桑(巴桑)惹杰似乎就应该追溯至此人。

惹尔玛哈尔玛(Germahalmas)是霍里裕尔人的金银匠和铁匠。洛里默(1935 年,第三卷,第 426 页)承认此名中可能包括有藏文名词 mgar(读作 gar,意为“铁匠”)。该名的剩余部分则完全与《冬天里的神话》中的霍尔人铁匠赫米相吻合。

海海域尔(Haihaiyūl)是格斯尔度过 12 年的地方(在其他文本中则相当于降伏北方之魔的情节)。其中的 yūl 就相当于藏文中的 yul,意为“地区”(洛里默的考证)。完全如同该地区的四名国王(萨丹木、布哈丹木、俄木丹木和拉里丹木)都带有明显是伊斯兰教徒的名字一样,Haihai 可能应通过汉文“回回”来解释,是通过另外一种中间语言演变而成的。

霍尔域(Horyul)系指霍尔人的地区,它纯粹是一个藏文名词(洛里默的考证)。

吉斯尔(Kiser)是英雄的名字,即格萨尔的拉达克文名字(洛里默的考证)。

吉同(Kitung)是“阿爸”之一,长狗头。这后一种具体情节令人联想到了藏文 khyi(犬),但我们不知道任何一个叫作吉同的伯父。洛里默把他考定为下拉达克文本中的伯父叉格叉同。吉同所扮演的角色确实相当于懦夫晁同(在拉达克文本中作 Khrai - thung)。但是这样一来,对上文提到的楚赫同又该作何处理呢?这是一种很奇怪的现象,华盛顿藏《分大食财宝之部》的史诗的稿本有时如同习惯上那样将此名写作晁同(Khro - thuṅ,第 25 页),有时又作格同(Ge - thuṅ,第 25 页)。“格同”这种写法在稿本中也出现得如此频繁[137],以至于它不可能是抄写者偶然的疏忽大意。然而,布鲁萨斯克(勃律)语中的“吉同”则必须与这种写法相联系。

拉麻(Lama)是吉萨尔的地区。据土著人认为,这里很可能就是巴尔蒂斯坦(勃律)。它明显是借自藏文词 bla - ma(喇嘛)。该地区的真正名称是林(ling)。

兰加·珠牡(Langa Brūmo)是吉萨尔的王妃。珠牡(Brūmo)在拉达克文本中作珠古玛(’Bruguma,洛里默的考证),或者更应该作’Brugu - mo(珠牡,罗列赫的考证),后者是东部和已成文本中的格萨尔王妃名字的写法。

岭·彼吉萨尔(Ling Pìkiser)意指林地(岭地)的吉萨尔(洛里默和罗列赫的考证)。请参阅“拉麻”条目。

巴哈丹王(Pahārdang yalpo)意指霍尔人的国王。他明显就是《冬天里的神话》中的巴哈尔德王(Pa - halde rgyal - po)。

班珠(Paṅgchu)是儿童时代吉萨尔的卑微名字。作为假设,我将提议将此名视为形容词 Spraṅ - phbrug(乞儿),它在文言本中经常反复出现。在拉达克文本中,它又采用了当地的土著写法 Sraṅ - phrug(“街头流浪的孩子”)。

尚图·米如(Shantu Miru)是霍尔地区的大相。这种形式与下拉达克版本中的桑克拉·米如(Sankra Miru)颇为相似(洛里默和罗列赫的考证)。

大家已经看到,除了某些增补的土著内容之外,布鲁萨斯克(勃律)语名词均派生自藏文,特别是那些拉达克文本更为如此。然而,相当数量的现象似乎可以通过已成文的或东部的文本来解释。我们于下文不远处将要看到,当大家发现了拉达克文本本身也远不是统一和连贯的时候,那就不会为之瞠目了。

为了更为完整一些,我们还需要对现知的惟一的一种外来文本——雷布查(锡金)文本进行一番浏览。正如对于蒙古文本和布鲁萨斯克文本一样,我们于此也仅仅研究其语言方面,即专用名词的前后演变关系。至于其实质内容，则必须等待对其内容的分析。

琼魔（Dut - Khyung）是需要制服的魔鬼之一，似乎本为藏文 bdud Khyuṅ（琼魔）。琼魔系指鲁赞或另外一种魔（见《白利绵羊国之部》稿本，第一卷，第 73 页）。

霍尔（Hore）是一个敌对地区，其国王劫持了英雄的王妃，在藏文中作 Hor。

吉摩通冲（Khimo Tung - Chung）系指送给英雄的一只天神狗。这里应该是指一只母狗（藏文作 Khyi - mo），属于与英雄母亲的分娩同时生下崽的雌性动物。在下拉达克文本中，这只母狗叫作噶莫（白色的母狗）。在雷布查语的名词中，tung 应该相当于藏文 duṅ（海螺，也就是说本为白色的）。

岭·嘉索（Ling gyaso）或岭·嘉沃（Ling gyabo）系指英雄。gyabo 即相当于藏文 rgyal - po（国王）。林当然就是岭地。嘉索应该相当于格萨尔。然而，从语音学上来讲，其写法似乎模仿了嘉察，即格萨尔同父异母兄弟的名字。但我们应该把作者那很不完整和漫不经心的记音考虑在内。

林德（Ling - dee）是英雄的故乡。难道它就是藏文岭德（Gliṅsde）或"上部岭地"（Gliṅ - stod）吗？

南坡·巴利东（Nambo - Palidung）是英雄的伯父，充当了叛徒的角色，因此，从他所扮演的角色来看，他就是晁同。"南坡"无疑是一个称谓，如同"伯父"一样。在其剩余部分，大家可以辨认出 dung 就相当于"同"（tuṅ，即晁同）。

萨姆·阿托（Samu atho）和拉摩（Lhamo）是需要镇伏的两个妖魔（第 428 页），但这里很可能是指同一个人。因为该英雄后来又抓获了一个女魔（第 430 页），一个叫作萨姆—拉托—拉姆（Samu - rado - Lhamu）的女魔，人称她制造过一种铁箭。可是在巴科收藏的稿本著作中（第 34 页），大家看到了由青年格萨尔降伏，并变成其女友的持铁弓铁箭的女魔阿甲拉母。在其他成文本和安多的口传本中，这个女友叫作阿达拉姆（A - Stag Lha - mo）。该名完全相当于阿托·拉摩（Atho - Lhmo，另外一种不同的写法为 rado - Lhamu）。大家很容易辨认出 Lhmo（这是一种印刷错误）和 Lhamu 就相当于藏文 Lha - mo（女神）。Samu 是雷布查文 Sû - mo，意为"雌性的"。

西利侬冬钦(Siri - nong - dong - chen,另外一种不同的写法是 Sari - rung - dong - chen),这是位于天地之间的地区,也是英雄自天下界的第一站。它肯定是一座大山,其第一部分可能相当于藏文 Çar - ri,意为"东部之山"。Dong - chen 则相当于大家在某些山名中发现的冬钦[LDoṅ(gDoṅ) - chen]的组成部分,即冬钦尼尼山(意为"汉地之山"),因而地处东方。见林葱木刻本,第三卷,第 40 页。色古冬冲木山(指安多"东部之山")[138]。其中 Ldoṅ 或 gdoṅ 的组成部分也往往写作'doṅ。双音节词缀 nong - dong 似乎相当于读作 ndong 的后一种写法。

塔布·冲赛加洛[Tabu Chong - Sey Ga - Lo(bo?),第 484 页索引中作 Ga - bu]是送给英雄的神马(tabu,即相当于藏文 rta - pho,意为"神马")的名字。Chong - sey 肯定是葱协(Čaṅ - Çes,一种不同的写法为 rKyaṅ - Çes),这是在已成文本中宝马的名字。对于 Ga - bu,大家很愿意联想到藏文 dkar - po(白色的)。但格萨尔的坐骑绝不是白马,而是一匹栗色马或枣红色马。

这样一来,《格萨尔王传》史诗中的藏文原型都是不容置疑的了。笼统地讲,下述演化示意图可以作为权宜之计而被接受:

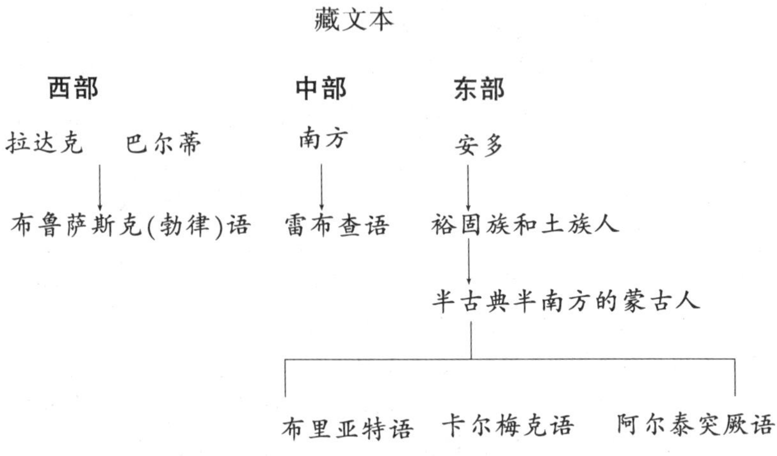

当然,随着大家掌握其他文本和从事更深入的研究,这幅示意图毫无疑问将会在具体细节问题上作某些修改。大家应该预料到一些复杂的关系,但我们从现在起则必须进行一种考虑。一旦当外来文本形成之后,它们就会以一种反馈而对藏文本施加影响。自从它们形成以来(其蒙文本最晚是于1700年左右形成的)。成千上万的蒙古各部族朝圣进香人曾前往西藏。这尚且不谈最终在西藏地界内定居下来、与藏族人亲密无间地生活在一起的霍尔巴和索布等蒙古部族。我们甚至不应该仅限于想象,事实上,人们在西藏地面上确实进行过从东向西和从北向南的迁徙运动。旅行家们可能通过从北部绕过西藏的道路和尤其是经过中国突厥斯坦(新疆)而传播其文本,或者至少是其中的一些片断和名称。从中国中原赴印度的许多旅行家所沿循的那条路在那里要经过吉尔吉特和克什米尔,这条路在那里又通向巴尔蒂斯坦(勃律)和拉达克。这样的传播渠道在我们现有知识的情况下是无法得以证实的。所以最好声称它们是可能的,以避免一种肯定是远离真实情况的过分简单的观点。

在拉达克文本的附属故事中(弗兰格,1907年,第223页;1905—1909年,第338页);南诏(姜,LJan)国王叫作西丹木(Sidam)。然而,在所有的藏文本中,该国王的名字却是萨丹木(Sa－tham或Sa－dam。在今天,丽江的藏文名字仍然是这种写法)。据我所知,惟有蒙文才提供了Sidam这种形式。[139]我们很难相信这是一种巧合或者是一种相似的语音发展。将两种彼此之间在地理上似乎相距甚远的文本进行比较可能会显得有些过分鲁莽了。但大家将会发现,在两种文本(拉达克文和蒙古文本)中,格萨尔的天神父亲是因陀罗(Indra,在拉达克文中叫作帝释,在蒙古文本中叫作霍尔穆斯塔)。在其他所有的文本中(其中包括安多文本在内)都作白梵天神。

因此,藏语之外的外地语言文本均派生自藏文本,但反馈也是可能的。鲍培(1926年,第193页)和罗列赫(1942年,第298和302页)都把蒙古文和布鲁萨斯克(勃律)语的文本视为译本。我认为这种说法非常不明确。这里更应该是指编译本,是出自操不同语言的个人或民族的长期接触而形成的;或者更应该是由流浪的说唱艺人、朝山进香的信徒和商贾贩客带来的逐步演化。这至少应该是有关口传文本的情况。[141]至于木刻本和稿本,当然很可能是一些僧侣喇嘛被迫把它们自藏文译作蒙文,也可能是奉中国天朝皇帝的敕令而如此行事的,因为这些皇帝(我们于下文将会看到)都非常关心历史。可是,我们现时尚不可能为此提供证据。为此则必须得到一种几乎是逐字逐句地与对应的一段蒙文文字相吻合的藏文文献,无论它多么短小也罢。鲍培(1951 年,第 83 页)非常正确地指出了一种与大卫—妮尔文本“相当准确地”吻合的蒙文本。但由于这后一种文本恰恰是各种成文本和口传本的混合物,因而我们只能徒劳无益地去寻找其原始文献。

我们似乎可以从达木丁苏隆的资料中得出结论,认为一篇有关格萨尔历史的藏文文献已被译作蒙文(请参阅有关格萨尔史诗起源的资料第 47 条)。但我们尚需要设法证实这种说法。

事实上,其他外部语言文本的使用也提出了一大问题。在不涉及译文而是指对其生动内容的编译本时,大家便可以思考外地语言的文本在何种程度上改变了原本的藏文故事。如果又有新资料增补在已形成的故事中,那么当已形成的故事在一个不同地区得到发展也就是确信无疑的事了(请参阅李盖提,1951 年)。起源于藏族的故事在另外一个地区传播时间越长,它就越会更多地被当地的地方色彩浸透,也更会在土著传说长诗中充满新的或经改编的内容。因此,我们必须采取谨慎的做法。但谨慎的结果并不能单纯强调其非藏族特征,从而忽略了藏文文本中未知而又出现在外地语言文本中的内容。外地语言的文本可能仅仅是简单地派生自一种藏文本,尽管我们不知道这种藏文本,但它必定是存在的。

七、口传本和成文本

事实上,正如大家看到的那样,情况非常复杂。口传本和成文本之间的关系也如此,完全如同于此论述的其他问题一样,必须等待对格萨尔史诗内容作出一种详尽的分析。暂时来说,我们只能摘录出某些语言方面的而又与对史诗内容和成因的内在分析独立无关的事实。

大家知道弗兰格为了捍卫其口传本的最早特征和他称之为文学长诗的独立性曾坚持过毫无希望的斗争。相反罗列赫(1942 年,第 283 页)却认为:“口传本似乎派生自稿本。它们得到了很大的发挥,并包括大家在稿本中找不到的丰富细节”。为了反对那种认为稿本也可以被视为口传故事的简化之观点,弗兰格恰恰是把这些故事那简单明了的特征与文学体文本中丰富的描述(如对战争和宴席的描述等)对立起来了。罗列赫在写下了这句话的时候明显是联想到了安多的口传本,他本人曾亲耳听到过说唱这种口传本,并提供了某些例证。这些口传本确实都作了相当的发挥。大家很容易看到,故事的篇幅长短不足以形成口传本或成文本的特征。因为存在着一些很简短(诸如弗兰格的版本那类)和经过长篇发挥的(如安多本,见罗列赫版本,请参阅下文第七章)口传文本。同样,也有一些经过删简(如江孜木刻本)和大加发挥(如许多部史诗那数目巨大的稿本)的成文本。事实上,短小和简单的口传本(弗兰格藏本)都具有一种民间故事的外貌[142],而那些成文的短小简单的文本则具有一种精湛摘要的外貌。[143]相反,所有冗长而又发挥深入的文本(无论是口传本还是成文本)都具有同样的特征,尤其是具有丰富唱段内容。然而,对于那些唱段来说,大家当然会联想到口传外貌的突出特征。罗列赫(同上引书)使我们更加坚信了这种观点,因为他告诉我们说:稿本是用一种与古典语言完全不同的语言和风格写成的,它们以藏文的唱词和叙事诗的语言与风格而表现出了极大的简练性,其中有许多可以追溯到前佛教时期。[144]

除了“精湛的摘要”之外,成文本都把叙事内容简化成最简练的散文(充当了把数量极大的唱词联系起来的角色),它们的剩余部分是以一种生动的文笔和一种大部分是口语与方言的语言写成的。所有这一切肯定是为了支持口传本的突出特征而写成的。此外,莱敦藏《霍岭大战之部》稿本(第六条)和林葱木刻本那详细的题跋都可以证实这种说法,即当它们向我们断言这些文献的刊布者知道另外一些文本时,其中至少有两种相应的口传本,这就是说唱艺人和通灵人的文本。事实并不如此简单,说唱艺人的口传本是在全部或部分是口传的基础上,还是根据一本成文的书而编成的呢?我们可以想一下为贝尔提供资料的人,此人的父亲习惯于在其面前打开一本书以说唱格萨尔史诗(见上文第二章);我们也可以联想到大卫—妮尔的说唱艺人(1931 年,第 52 页),他站在一大张白纸前忘形地说唱;我们也可以联想到确实是于梦中赐给某些稿本的编纂者。很可能口传本和成文本至少自3个世纪以来就彼此互相依赖了。

我们现在来看一下文献中可以揭示的内容。最容易确定其特点的例证是由江孜木刻本向我们提供的一例“精湛摘要”。其有关莲花生和宗教辩论的各部都清楚地说明这是红帽派(红教古旧派)出家人中的真实情况。它不是一种而是多种文本的概述,因为第五卷又重复了整个故事,并附有在前四部中未出现的情节,英雄名字的写法有时作 J̌o - ru,有时又作 Čo - ru(均指觉如)。这里确实是指一种摘要,它是从我在参考书目中就已经指出其中已多次提到的“引自……的摘要”以及以“摘要”等处或“精华”等而结束的各部之标题所得出的结论。应该怎样进行这样的摘要呢?借助于一个具体例证而详细阐述这一切并非是无益的。我们可以把有关姜岭大战的第八部之记述与罗列赫藏有关姜岭大战的稿本进行一番比较。当然,这种比较只能是约估的,因为我们没有掌握曾被作为江孜木刻本编纂者之基础的稿本或版本。但它确实颇有教益并足以吸引我们了。[145]

江孜木刻本	**罗列赫藏《姜岭大战之部》稿本**
(第2页)“守护神赛措(格措),大年神之说法的节录”[146]。	(抄本第148页)“在一段时间内,大年神格措来到了上天并出现在他(格萨尔)的面前,周围有一大批年神簇拥,它们均呈一种闪闪发光和骚动不安的形态,向他传授了降伏熊(姜王的命宫)的方式”。
唵嘛呢叭咪吽嚌!我们跪在了嘉哇嘉措(观世音的变形)的脚下。愿心被转向白色(吉祥)一边!愿大家在一世之中就达到佛地!愿六道一切众生都解脱可怕之苦厄!愿大家在受用身之界成佛!愿黑魔被彻底根除灭绝。	今天午前,在熊奔走和被追逐的各地,在你右部总有白梵天神、如同祥云一般集聚起来的天神(上部之神)和保护神;在你的左部是宝顶以及随从它的龙(地下神)和守护神(父系之神),它们都如同水一样动荡;前面有我自己、伯父……

	(对所有守护神的长篇列举)。
你,降伏敌人的上师和英雄,今天在中午之前,当你降伏了萨丹木的生命熊时,你和你的马将会受一大批天神的簇拥,它们在左右两侧保护你,它们在那里奔走来往。	你,降伏敌人的上师和英雄,除非是你没有无益地自我欺骗,那就不是我们上部的神起变化。特别是如果姜人的这一生命之熊增大了其身体,那就会有使人感到高兴的事情了。
如果生命之熊变大,那就不会有困难了。	小熊阻止了降伏。
在额中心之兴颅的表面,有7根孤立的白发。那里有熊之魂命宫。	在额头表面的中央,有7根孤立的白发。熊之魂命宫正位于其中。

这就足以说明问题了。首先,江孜木刻本并不是以故事情节的开始而开始的。它删去了全部起因,其第一段引文是指格萨尔已经开始起事的一个时刻。它删去了场面和描述中的所有细节。难道是稿本发挥了一个简单的故事吗?从理论上讲,是有可能的,但这种观点经不起事实的考验。木刻版的简单性使行文变得有时即使不是根本无法理解也是很难理解了。一些句子的片断都被错位,与主语(如奔走的熊)分隔开了。木刻本的刊布者是否加入了在稿本中付诸阙如的开头一段具有教化性的文字呢?这非常有可能,虽然其他稿本可能包括这样的衍文。该例证说明使用这些"精湛的摘要"该是多么危险啊!由于它们过分简单,所以某些曲解也是可能的。这是汉学家们都非常熟悉的一种情况。这些人都习惯于文人们根据记忆而引证的那些含糊不清的引文,因为其中遗漏了某些字或句子的组成部分。在藏文中,编年史学家们也依法炮制,以从他们前人的著作中汲取内容。

所以,这里必须作出另外一种说明。江孜木刻本有意地对有关战斗的所有记述和不断出现的对歌大幅度地延长稿本的问题佯装不知。然而,这也很清楚,正是江孜木刻本作了删节,而不是稿本发挥了这些内容。大家可以理由充分地认为,在其他的文献中也如此,即缺少这类记述,这远不是其最早特征的标志,而应称之为“简本”。大家在高度评价弗兰格文本时还将会记起这种情况,它们恰恰是大幅度地压缩了这些战斗或决斗记述的分量。

诸如江孜木刻本一类的“精湛的摘要”并非是惟一删节了较长故事的文本。甚至那些经充分发挥而唱词数量极其丰富的木刻本(或稿本)也如此,它们由于各种不同的原因而被压缩或甚至删节,因为它们是编纂者很熟悉的但又不想接受的内容。这些原因可能是伦理或教理方面的。但另外一种原因则纯粹是实用方面的,这就是在当时流行的大量不同文本中进行选择。弗兰格(1915 年,第 75 页)告诉我们说,在拉达克,每个村庄都有其独自的一种或多种文本。扎什伦布的一名喇嘛向他断言说,《格萨尔王传》(他不妥当地将此与史诗区别开来了)的大量文本都在流行。众所周知,某些说唱艺人往往仅说唱其中的一部。所以,当藏族编纂者们讲到这一切时,他们绝不会忽略强调他们面对这种千变万化的情形所感到的困惑情绪。下面就是江孜木刻版第六卷的作者向我们讲述的情况:

“(第 1 页)由于世界上师和降伏敌人者的这部历史以大量文本流传,正如大家可以在某种文本中所看到的那样,姜地的萨木丹国王被描绘成了魔王噶热旺秋(极喜自在)派往人域的使者。[147]至于姜地的这位国王诞生的方式,大家声称他诞生于山崖裂缝间的一个洞中。[148]他甚至还可能每天都吃人,这就是说他每天早上吃 100 名男童,每晚吃 100 名女童,尚且不讲其他生灵(动物)。既然该萨丹木似乎为一个阿修罗(非天)的巫术造物和以骨肉出现的魔鬼(或死神)的化身,所以他只可能生活在山野。如果不是英雄格萨尔不顾一切地战胜了他,那么任何人都没有办法镇伏他。”

“有关胜敌世界之宝战胜魔鬼的所有军队的一部史诗,我们在自己的书中暂且将它搁置一旁不顾。因为我们不知道有关魔岭大战的 3 部史诗。另外,我们手中也没有可以作为典范的书(原文)。即使我们拥有这样的著作,有关汉地、门地和丁地的 3 部史话,有关龙神[149]、年神(第 2 页)和天神的 3 部,有关地狱圆满成功的一部以及最后丰功伟业的伟大历史,有关魔岭和魔王的 9 部,它也可能同样是不完整的。当某些虔诚和勇敢的人出现时,我们将刊布一个新版本。”

这几部确实未曾出现在木刻版中，而且我们刚才看到其第四部对于姜地国王萨丹木的历史也只字未提。各种稿本的题跋都提到了各文本或各部的差异（请参阅上文史料第 4 条，大英博物馆藏有《霍岭大战之部》的稿本；第 21 条；图齐藏有关于《分大食财宝之部》和稿本第一卷）。林葱木刻本的编纂者同样也抱怨在特定的同一部史诗的各种文本之间进行选择的困难性。早在他之前，布拉诺布就已经编纂了一部他自己使用的英雄诞生史。有关秘传的解释是由其喇嘛为他提供的。在有关赛马称王故事的问题上，如果大家考虑到其发祥地及其作者的性格，那么他所面对的无疑就是 3 种差异极大的文本。其一出自康区的霍尔人地域（道孚地区），那里的人所操的语言并不是简单的藏语方言，而是另一种完全不同的语言。另外一种出自西藏中部。一种应归于一名通灵人，另一种应归于一名说唱艺人。那篇冗长的题跋向我们讲述了所有这一切，读者可以去参阅它们。我们还可以寻找编纂者于其著作中大动手术的踪迹。作者有时也以中断说唱而明显地引起大家的注意。在讲到嘉察是怎样如同其亲生母亲一样地照顾珠牡时（林葱木刻本，第二卷，第 19 页），他补充说："这些情节从一个故事到另一个故事时都有差异。虽然难以断定是否必须将上师的传记压缩成惟一的一种，但从全面来看，除了欠妥及错误之处不值得研究外，困难的是如何面对大量的著作。所以我严格地坚持中庸之道"。在此之前不远，作者还向我们提供该著作的一种样本。他介绍说（第二卷，第 18—19 页）携带其奶牦牛而到达岭地的珠牡，"早晚为奶水永远不会干的奶牦牛挤奶。这在当地的语言中很著名，'吉祥的白奶牛共有 130 个奶头，但惟有珠牡才能为它挤奶。那里只使用绿玉石奶桶'。但大量的奶头却是不存在的"。因此，这就是作者作为不真实的内容而抛弃的那些"欠妥及错误之处"。他另外还诚实地指出了讲到这些内容的文本。可是其引文清楚地说明这里是一种口传本。我曾试图于我的译文中保留使这段文字具有一首诗歌或一首民歌的典型韵律。这种韵律也出现在由编纂者提供的另外两段"名言"引文中。这些节录文与大家可以称之为"早期业绩之长诗"（这样称呼是与早年的业绩之长诗相对应）有关。一种非常奇怪的现象是编纂者在这部长诗中仅仅保留了与第一和第三天有关的字句。

“大家声称,这是人所共知的事实:‘刚刚有一天的年龄和仅有三只上天的黑鸟之一,他战胜了它们’(第二卷,第40页)。”

这些格言谚语令人联想到了由阿加彼托夫搜集到布里亚特语口传本的一种表达方式(鲍培宁,1893年,第二卷,第66页)。前三天,青年英雄相继杀死了由魔怪派遣前来消灭他的蜜蜂、毒蛇和胡蜂。在每次功业之末,大家都会发现这样的表达方式:“我度过了一夜,我战胜了一个敌人;……我度过了三夜,我战胜了三个敌人。”

一段类似的引文被加入到一种很混乱的记述中了。其文字暴露了编纂者的犹豫不决(林葱木刻本,第二卷,第66页)。建造觉如城堡的故事明显被大大简化了,因而也是含糊不清的。编纂者选择了一种讲到五层城堡的文本。但他也提到了按照与我们刚才看到的韵律相同的形式写成的格言谚语。“大家到处都在讲:‘第一层是由上部天神建造的,第二层是由中界年神建造的,第三层是由下界龙神建造的”。这种有关三层的说法似乎与有关五层的文本不大相同。

在其他地方,编纂者让英雄的同父异母兄弟协噶尔朗诵了一首诗,使之显得如同是一段引文和用来形容青年觉如的特征:“是啊!他的那一份肉很少,但这是一块绵羊肉;是啊!此人身材矮小,但他是伯父的侄子;是啊!其马个头很小,但它是一匹良种宝马”(第三卷,第18页)。

这些节录文似乎完全证实了以歌词或诗句的形式出现的一种口传本的存在,甚至还应该承认大部分藏族人仅仅懂得其中的一些孤立的诗句。林葱木刻本则根据一种略有小异的韵律(请参阅下文第九章)而于多处还加入了描述觉如那卑微和丑陋外貌的短诗(第二卷,第57页;第三卷,第70页)。最为引人注目的事实是这句诗于此直接插入到叙事散文中了,而没有使用一种用于插入引文的表达方式和过度语言,大家感到它是强行楔入作者的思想中的。它被运用于巴科藏稿本中(第19页),又几乎是原文出现在江孜木刻本(第一卷,第8页)中。但这些诗句明显是用东部方言写成的(请参阅下文第九章)。[151]这种事实支持了有关口传资料启发的说法并揭示了江孜(西藏的中部和南部)木刻版对东部文本的依附关系。

如果说编纂者未提供故事的全部情节,或者是对于某些情节仅限于一笔带过,那么这些就是从许多段落中得出的结论。他有时提到一些我们通过其他地方而了如指掌的情节,但仅用寥寥数行文字作了概述;他有时又提及一些我们根本不知道的冒险故事,但它们很可能形成于我们会于某一天发现的内容广泛的长诗。所以,我们现在仅能通过只言片语获悉该故事开始(第二卷,第 4 页)之前的一切:霍岭大战、与姜人的悠久关系(第二卷,第 5 页)、在汉地铸剑(第 7 页)、果岭大战(第 9 页)、英雄 5 岁时降伏具体指名的妖魔(第 45 页)、晁同对凯色热巴魔怪的胜利(第 51 页)。可见,编纂者很熟悉这些故事情节。他有时也可能无法充分了解所有这一切,所以没有详细介绍它们。在对由岭地首领占据的城堡(宗)之名称的讨论中(第二卷,第 78 页),他告诉我们说自己对此难以确信。他删去了一些异文。此外(第三卷,第 107 页),他还宣布说他删除了丹萨和晁同之间的轮唱对歌,因为他觉得它们过分滑稽可笑或者是令人讨厌的。

江孜木刻本的编纂者图丹江旺扎巴比这些故事的其他编纂者更为受奥义或教理的支配,他内心希望对史诗作出一种秘传的解释。因此,他删节某些情节的原因可能首先是从中根本找不到一种深刻的意义。

最后,如果他了解前人的研究成果和主要故事的细枝末节,那么他也不会不知道其后来的几部,我们或是通过目录或是通过稿本而了解到了它们。以预言(授记)的方式记载下来的格萨尔后期的某些冒险故事(第二卷,第 34 页)暂时都无法进行考证,其他的暗示则更为清楚一些。例如,当大家讲到格萨尔的未来王妃时(第二卷,第 30 页),认为森姜是格萨尔的正妃珠牡,却珍是霍尔人铁匠的女儿,奔吉是北方之魔鲁赞的妻子。惟有贡塔尔是我们所不知者,她可能来自中原汉地。此外,还有一些提到那些著名程度不同的史诗各部(有时附有非常明确的具体细节,诸如射中鲁赞头颅箭矢之类):霍尔人(白帐王)、姜人(萨丹木)、南方(香赤)、北方魔国、汉地、大食(伊朗)等等(分别见第二卷第 30 页,第 30 卷第 2、3、37、43、44、102 和 106 页)以及至此尚不为人知的某些情节,诸如印度、索布(第三卷,第 43 和 44 页)、征服汉地茶宗(第三卷,第 99 页),后者可能属于打开 12 座城堡门之故事的组成部分(第二卷,第 43 页)。

为了理解成文本的编纂以及它们与口传本之间可能存在的关

系，最好的办法就是将林葱木刻本与巴科藏稿本进行一番对照比较。这两种文本的文风与语言都完全相同，其故事是根据同一模式发展起来的。但唱段的下文却并非始终都相同。一段特定唱词的原文虽然在两种文本中互不相同，但大家却会发现一些类似的片断，尤其是使用了同样的内容。在一段唱词中，觉如对岭地人说其国缺了他就不能生存下去。在每一节中，岭地和觉如都被比作某些自然现象，其第二种自然现象却是第一种必不可缺的。巴科藏稿本（第20页）为此共使用8种譬喻，林葱木刻本（第二卷，第60页）则仅用了3种。在巴科藏稿本中，形成每首五言诗中的最后三言都作了完全相同的重复。在林葱木刻本中，每首（仅仅四言）则又各不相同。

巴科藏稿本	林葱木刻本
1.“岭地如同青天苍穹， 我觉如如同日月双星。 当我不再于此地时， 岭地六部怎能安宁？ 但如若如此（我在此地）， 岭地就会喜气冲天”。	
2.“六部族如同乌云， 我觉如如同霹雳”。 （下文完全与第1节相同）	
3.“岭地如同洁白的冰川， 我觉如则如同勇猛的雄狮”。 （下文相同）。	“白色岭地诸兄弟， 酷似冰川白色母狮， 若无长绿玉鬃的幼狮觉如， 岭地六部怎能安乐？ 如果他们安乐，那就让他们永久安乐！”
4.“岭地如同北方的红色平原， 我觉如则如同野驴一般”。 （下同）。	“对于伯父斑虎， 若无幼虎觉如， 白色岭地怎能美如画？ 如若它能变得美如画， 那就让它永远美如画”。
5.“岭地如同一片粘地带，	

我觉如则如同野牦牛”。
(下同)。

6.“岭地如同金色草原,
我觉如则如同麋鹿”。

7.“岭地如同一片森林,
我觉如则如同红色猛虎”。
(下同)。

8.“岭地如同碧绿的湖泊,
我觉如则如同金眼小鱼”。
(下同)。

“伯母如同母鱼,
若无金眼小鱼觉如,
身体怎能安泰?
如果她能安泰,
那六部就会永远安泰”。

究竟是这两种文本中的哪一种抄录、删节或发挥了另一种呢?哪一种更接近假定的原文呢?这样的问题可能会永远悬而无决。其内容和一连串的譬喻无疑是固定的,每个说唱艺人(作者或编纂者)都根据传统内容而单独地进行即席发挥以控制抑扬声调。我们在下文的一章中将会看到大家应该如何想象这类唱词及其变化是怎样形成的。我们于此所要指出的是,口传本确实较成文本更具有民歌的生动性。

这样一来,弗兰格在强调其拉达克故事的最早特征和对它们的喜爱超过了成文本的时候,是否有道理呢?他在把这些《格萨尔王传》的故事与格萨尔史诗对立起来时是否有道理呢?当时前者反映了前佛教信仰,而后者反映的却是喇嘛教和封建社会的信仰。非常遗憾!绝非如此。事态并非如此简单。因此,为了排除具有对后人著作施加不利影响之危险的后一种假设,我们有义务对由弗兰格搜集的这些文本略作一番粗浅的研究。

事实上,其主要内容已由劳佛尔(1901 年)于其对弗兰格《格萨尔王传》第一集的书评中讲过了。他一一检出了这种所谓最早的口传本和蒙文刊本之间的相同内容:背景、动机、专用名词和整段文字。他指出了弗兰格辑本中的民歌特征并承认它附属于一种藏文成文本,在等待了解该文本期间,其蒙文本会向我们提供一种反馈。他指出弗兰格文本是如何以肤浅的综述和缺乏生动描述为特征的,其中的诗句仅仅代表着一些残缺不全的片断。他特别是通过对相当数量场面的分析而指出了成文本对口传和民歌文献的这种依附性。

在这一批评之后发表的文献完全证明了劳佛尔的看法。我们于此仅仅摘录那些纯粹是语言方面的事实以便确定一个初步的方向。

我们的第一个目标应该是确定专用名词的意义。大家知道弗兰格在何种程度上注重于分析它们以从其故事中揭示一种佛教之前的状态。在大部分情况下,我们都很容易辨认出弗兰格文本中名词的文言形式,但要决定这些文言形式是否比其他文本要更好则颇为微妙。甚至成文本有时也在某个名词的写法问题上犹豫不决。这种情况至少可以证明它是通过口传形式而传播的,而这些名词却是很危险的,一些新意可能会出自一种新的写法。在林葱木刻本中,同一片平原的名字有时叫作达隆塘(第一卷,第 14 页),有时又叫作协隆塘(第一卷,第 27 和 33 页),这是由于协(Zla)和达(brda)的发音在当时是相同的(均读作 da)。大卫—妮尔(1931 年)讲到了"大贵族"支本杰保(支本王,第 94 和 159—160 页)。她明显是"听到"而不是"读到"了这个名词,因为她将此解释成 Čhibs - dpon。同样的写法也出现在一种拉达克文本中的写法均作 spyì - dpon(总管王)。这两个字基本上是以同样的方式发音的。大卫—妮尔还声称格萨尔的母亲来自"工域"(GongYul),她将此解释作 mgoṅ - yul! 意为"夜间之地"(第 36 页)。其真正的写法应为' Gog - yul(果域),由此而出现了其母的名字果萨拉莫,在拉达克文中作 Gog - za(或 bzaṅ)。[152] Lha - mo,在蒙古文中作"果斯"。[153] 在康区的弭药,尾音 - g 确实更倾向于读作经鼻音化的 - ṅ。这种发音使大卫—妮尔误解了,或者为她提供资料的藏族人自己也误解了。在林葱木刻本中,用于指格萨尔那匹神奇马的名词正确地写作 Čan - Çes(神通马),意指"遍知马"。但有时又被误写作 rKyaṅ - Çes(读作 Caṅ - Çes),这样选择明显是为了说明该马为"野驴"或"野骡"。因此,在解释专用名词时必须采取高度的谨慎态度,而弗兰格恰恰是在这个问题上犯了许多错误,因为他试图不惜一切代价地在这些名词中寻找一种符合自然崇拜神话的意义。在一种特定的方言中听到的名词可以用各种不同的方式进行解释,因为在同一种方言中有大量的同音字。更重要的原因是一种新的辞源可能会出现在操另外一种方言的人的思维中。[154]这种新的解释至少可以在理论上使某种情节产生新的不同说法。因此，社会学家和民俗学家们非常错误地抨击或拒绝了某一种经历史语言学家们证明是错误的写法。它可能具有其意义，但这不应该阻止我们在可能的情况下考虑某种曲解，并在各种文本的前后演变关系问题上得出某些结论。

八、弗兰格的各种文本

因此，我们对弗兰格声称是最早的和民间通俗文本的拉达克口传本作了一番浏览。他非常正确地指出，古典藏文的形式被混入拉达克文中了（弗兰格，下拉达克版本，第 79 页）。他认为这是为了赋予这种文本一种更为文雅的外貌。相反，大家可以思忖这些形式是否应为一种成文本的残余。在许多情况下，弗兰格文本的某些写法仅仅是由于抄写者的无知而造成的（如同用 blon - dpon 来代表 slob - dpon，同上引书，第 84 页）。大家发现一些方言（第 1 页，第 9 行的 Za - na）和文言（同上引书，第 10 行的 Ca - na；第 2 页，第 3 行用 Zam 来代替 Cam，同时还有 Ca - na 等并存）并列存在。[155]以'aṅ 结尾的祈愿式（如 gzigs - 'aṅ 意为“请看！”，在第 9 页和其他地方反复出现）虽被奉作拉达克方言的典型特征，但也出现在诸如《父法、子法》（《噶当派师徒问道录》，第一卷，第 81 和 90 页的 thos - aṅ）、《米拉日巴道歌集》（请参阅石泰安，1956 年，第 380 页）、《青史》（第四卷，第 92 页）和《格萨尔王传》史诗的各种稿本（《朱古兵器国之部》第一卷，第 141 页：gson - aṅ；林葱木刻本，请参阅石泰安，1956 年，第 380 页）等著作中。aṅ（而不是'an）这种形式也出现在拉达克文本中（《武士》，第一卷，第 486 页）。大家在祈愿文中发现了一些纯粹是文言文的形式。例如，大家发现 gsol - lo mČhod - do（第 57 和 303 页）这句话，弗兰格试图把它解释为以 - o 结尾的一种谐音形式（第 82 页）。感叹语 Kye - ma（第 5 页，嗟叹声、沮丧叹息之声）在藏文文献中非常著名，弗兰格希望以“小心一点”来解释（第 22 页）；真言“吽吽”（huṅ - huṅ，见《春天里的神话》第五卷，第 17 页）事实上就是人所共知的真言“吽”（hūm）。

Za－rgyu med（其意义为："既没有吃的东西，又没有穿的东西"，见下拉达克版本，第 145 页）并不是拉达克语中特有的词组，而相反却出现在西藏的中部和东部以及文学作品中（请参阅贾斯克辞典）。Mig－si－ri（同上引书，第 205 页）则是一把奇刀的形容词，但它始终未被人理解过。它是指一种钢或一种优质铁的名称（请参阅达斯字典中 LČags－mČhog，一词，意为"优质铁"，也就是 mi－che－ri）。该词已经出现在萨囊彻辰的书中了（见施密德版本，第 100—101 页）：miseri neretü bold，意为"miseri 钢"，也就是埃及钢（Misr 意指埃及，见伯希和：《通报》，1930 年，第 340 页）。形容词 spun－bdun（意为"七兄弟"）系指太阳（同上引书，第 237 页），出自印度的文言。其他一些形容词也明显具有文言特征。这就是："口—1 朵莲花"、"舌—1 个丝扣"、"喉—1 个金钵"、"心—菩提心"（这是 Sems byaṅ－Čhub－Kyi Seres 的意义，另一次被作了非常简单的压缩。见下拉达克版本第 93 页；《春天里的神话》第六卷，第 20—50 页；《武士》第三卷，第 307 页）。在《春天里的神话》中，大家也会遇到一些纯粹是文言的形式，尤其是在喇嘛教界的一类非常多见的祈愿文形式中更为如此。在一种祈告神（三宝，见第二卷，第 7 页）的愿文中，大家可以读到："祈祷心愿实现，祈愿成就，祈愿给予护佑"（第二卷，第 21、22 和 24 页）。这都是文言形式，带有某些在喇嘛教愿文中也经常重复的短语（"奉献应献之物"，请参阅石泰安，1956 年，第 397 页）。第三卷，第 24 页的情况也如此："祈愿实现所想之事"。文言形式是弗兰格始终都无法理解的（同上引书，第 66 页）。在那些次要的故事中（见《武士》一书），也存在着某些惟有在位于康区岭地的背景下方可理解的地名（如同在弗兰格文本之外的其他所有文本中一样），如姜萨丹木地；在附近有一个地方叫作嘉达则，事实上它只能指汉地的达则多（打箭炉，见第四卷，第 351 页）。在史诗的文言本（如果大家愿意的话，也可以说是内容广泛而又精炼的文本）中，明显出现的两种文风却支离破碎地出现在弗兰格的文本中了。其中之一是由下面这样一句话的方式引入一段唱词："您认识我吗？如果不认识，那么我就是某某人"（对于英雄的马匹和兵器的情况也如此）。另一种是经简化的方式（不圆满的规律清楚地说明了这一点），大家也发现了两次（下拉达克版本，第 38 和 45 页）。这并不是说这种表达方式不属于口传的社会背景。我们将会看到它是一名说唱艺人的说唱史诗之特征(请参阅下文第八章)。尽管它已经出现在米拉日巴(1040—1123年)的著名道歌中了。我们还将会看到,这名噶举巴的诗人当时就已经使用了大家又在《格萨尔王传》史诗的所有文本中发现的用大自然中典型动物之特征所作的譬喻。据我们现在掌握的知识来看,米拉日巴也是使用我刚才提到的第二种修辞法的第一名作者。[156]这里是指对民间仪轨或惯例所作的佛教解释,而且是通过下面这类术语表达的:“某种仪轨(或某种惯例)是……的标志(征兆)”。这种在《格萨尔王传》史诗中明确出现的文笔(请参阅下文第九章)也出现在拉达克的故事中了(下拉达克版本,第61和152页;《春天里的神话》第五卷,第11—16页)。它当然是文言的,并适用于史诗的喇嘛教刊布者们的范畴。在弗兰格的文本中,它显得如同是一种残余。“雄狮”(Seṅ－Čhen 或 mahā simha)这个形容词的情况也如此,它纯粹是一种佛教概念。这在其他所有成文本中都是习以为常的现象,但在弗兰格的文本中却仅出现过一次(《冬天里的神话》第六卷,第4页)。

除了这些孤立的表达方式之外,大家于其中还可以遇到大量暗示喇嘛教观念和习惯的地方。我们就简单地列一份统计表吧。

如同在所有成文本中都提到格萨尔在每次战功之间都要躲进一间修道的僧房中(下拉达克版本,第139、151和164页;《武士》第四卷,第328和332页;《冬天里的神话》第一卷,第19—20页)一样,其他的人也依此行事;大鹏鸟(金翅鸟,见《武士》第三卷,第115页)和尤其是岭地的谋士老喇嘛墨美洛本则古(下拉达克版本,第5、84、85和143页;《冬天里的神话》第一卷,第1页;《武士》第三卷,第272页和第四卷,第340页)。这个静修地或静修禅房是一座寺庙(贡巴,见《武士》第三卷,第273和274页;下拉达克版本第4页)。这确实是一名喇嘛(上引《武士》一书第三卷,第273和319页),一名宁玛巴喇嘛,完全如同其名所指出的那样(“上师”是莲花生的常用尊号),完成了其学业的宁玛巴喇嘛叫作“金刚上师”。“墨美”(Me－me)既是 a－mes(先祖)又是 a－mye(一个类似的词,指属于受“玄悟”的宁玛巴僧人)的方言形式(请参阅下文第七章)。

因此,弗兰格文本中的“墨美洛本”是一名宁玛巴喇嘛,他可以通过卜卦和占星而预言未来(下拉达克版本第 9 页)。格萨尔也非常乐意地以"墨美鲁也"(修道的先祖,见《武士》第一卷,第 489 页)或"康巴"(云游和化缘的瑜伽行者,也可以参阅下拉达克版本,第 88、152 和 180 页;弗兰格在没有理解该名词的情况下于其书第 163 页把它解释为"传法人,僧侣的尊号",grub - pa 一词事实应被译作"成就者")出现。这样一名"成就喇嘛"要比勇士们的地位更高一些(《勇士》第四卷,第 338 页)。他摇动着一面手鼓并沿街说唱(同上引书,第 374 页;下拉达克版本,第 179 页)。人们向他奉献金、银曼陀罗(下拉达克版本第 179 页作 mai - tal,第 198 页作 man - tal)。他拥有法力(同上引书,第 87 和 182 页)、咒语(同上引书,第 235 页)或成就法力(在幽禁中获得的巫术力,同上引书,第 139 页)。该英雄人物也经常以小和尚(班穷,青年僧人)的面貌出现(同上引书,第 94、98、181 和 266 页;《武士》第三卷,第 298 和 362 页,备有嘛呢筒或串珠)。该英雄和其他人物也经常向三宝或向神(宝法)进行祈祷、奉献喇嘛教的供品(下拉达克版本,第 3、6、39、50、87、93、95、108、256、261 和 301 页;《春天里的神话》第二卷,第 7 页;《武士》第三卷,第 278 页;在每月的上旬向神—佛和下旬向邪恶化身生灵奉献供品,见第 279、304、306—317 页;发化身愿,见第 363、373、374 和 376 页)。

喇嘛教的教规和信仰都通行于岭地和霍尔人中。那里生活有一些喇嘛(下达拉克版本,第 120 页。第 153 页是有关殡葬仪轨问题的,第 240、257—268 页是有关霍尔人中的喇嘛问题的,第 211 页有一座塔)。《春天里的神话》第五卷,第 22—26 页是有关喇嘛、僧人、比丘、善知识、大成就者的;第五卷,第 46 页是有关法衣和袈裟的。那里同时还有佛塔、还愿物、寺庙(同上引书,第四卷,第 23 页;第五卷,第 5 页;第八卷,第 36 页;《武士》第四卷,第 339 页)和多玛供(《冬天里的神话》第一卷,第 17—25 页)。其中还讲到了那些被堕入地狱的人(下拉达克版本第 88 和 148 页;《武士》第一卷第 481 页,第三卷,275 页)、在今世中获得人体那样珍贵物的吉祥(下拉达克版本,第 270 页)、魔鬼可怕形象的"空"性(《春天里的神话》第二卷,第 31 页),同时还有一些典型的佛教观念。[157]

年迈的格萨尔在脖子上带有一串念珠,手执一个嘛呢筒、头戴一顶 ban - žva(僧帽)。正如另一段文字(《武士》第三卷,第 307

页)所表述的那样,其中的 par－ma 是一个明显的印刷错误,应为 pad－ma(莲花)。我们应该把 ban－žva 改为 pad－žva,也就是西藏人所特有的那种莲花帽(同上引书,第三卷,第 279 和 289 页)。在一个受米拉日巴和苯教徒之间的那次著名比赛启发的场面中,格萨尔的养子与魔鬼的斗争被描述得如同是在佛陀和苯教徒之间展开的,本处的"佛陀"是由僧侣们簇拥的一名喇嘛。当然是"佛陀"的支持者岭国在这场斗争中胜利了(同上引书,第三卷,第 303 页)。

格萨尔的儿子仅仅是格萨尔的替身,他也被称为"清晨是杀人的刽子手,下午成了普度众生的喇嘛"(同上引书,第三卷,第 306 页,第四卷,第 362 页)。这种讲法在有关格萨尔本人的成文本中是习以为常的(石泰安,1956 年,第 136 页)。在所有这些文本中(如大卫—妮尔的文本),格萨尔并不是简单地杀死魔鬼以彻底歼灭之,而是要以解脱"灵魂"或"心"的同时救度它们,把它送到极乐世界。这种做法是在假面具舞蹈(跳神或跳欠)中处于身相(代表敌人或魔鬼的形象)时的特征。然而,无疑正是宗教法师和喇嘛教之神(在喇嘛教文本中,大家把格萨尔与这种神等同起来了)的这种表面上看来模糊不清的特征,解释了弗兰格非常重视的一段文字。在他那里这段文字是为了证明它是一种非佛教的和甚至是反佛教的文本。后来成为格萨尔的天神之子者在降生于人世凡间之前,曾在各种兵刃中特别要求"用于对付罪人的刀和用于对付佛陀的刀"(《春天里的神话》第三卷,第 4—5 页)。与大量证明尊重喇嘛教的习惯和信仰的段落相比较,这段文字不能被当作是一种仇视佛教的表现。这句话无疑是被作了不恰当的记录。首先,这里不是指格萨尔用来斩杀妖魔的刀和剑。此外,第三卷,第 11 页;《冬天里的神话》第三卷,第 25—26 页,曾具体解释说这里是指"三棱剑"。弗兰格把它当作是一把小刀(grì,是小品词)[158],但大家可以思忖这里是否是指 grì－gug(梵文作 karttrikā),意为"大砍刀"。这种武器用于"砍断敌人和魔鬼的生命之动脉"的[159],有时也被用于割断林伽(身相,虽然于此有时也被剑取代)。然而,在所引证的第二段文字中,格萨尔希望以其剑杀死魔鬼。但他的天神女谋士阻止了他如此行事,并建议他使用专为杀死罪孽者(而不是用于杀"佛陀")的大砍刀。强调使用这种武器的做法可以通过格萨尔的概念来解释，格萨尔是一个杀人的刽子手，但也是一个普度众生的喇嘛，其兵器是仪轨性的砍刀。

大家也可以通过纯属喇嘛教的背景来解释前来杀死新生婴儿格萨尔这一事实。这正是东部的3名、7名或18名盲冥化道师[160]（下拉达克版本中的第58页是3名；《春天里的神话》第五卷，第2—3页是7名，第20页则是18名）。在已成文本中，他们也是18名（江孜木刻本，第一卷，第11页）。很明显，他们与10世纪偷盗男女以食之（罗列赫；《青史》译本第二卷，第696页），并污辱女子（五世达赖喇嘛：《西藏王臣记》第48页）的18名密教僧侣是同一批人。

我认为现在必须作出结论了。弗兰格文本丝毫不比其他文本更为原始或更早。它们也如同成文本一样地反映了近几个世纪以来的西藏社会及其喇嘛教教规和信仰。当然，这并不是说它们未保留“早期的”或者无论如何也是非喇嘛教的内容和动机。但它们在这一方面与同样也包括这些内容的广为发挥的文本没有任何区别。此外，大家根本不可能想象经过广泛发挥的成文本或口传本是从诸如弗兰格文本那样比较简短的故事中汲取其喇嘛教灵感的。真实情况似乎恰恰相反。弗兰格文本经删简过，是以笨拙的方式说唱的，其中充满了传播错误，这一切都可以通过对在其他文本中出现的形式的误解来解释。大概事实上是史诗“堕落”到民间故事中了。

蒙古文中的情况也与此相似，我们已经在北京木刻本（第116号）中发现了喇嘛教内容。在由鲍培（1955年，第188页）刊布的喀尔喀口传本中的情况也如此。乌兰·高娃（藏文名字叫噶萨，霍尔人铁匠的女儿）于其中成了荼伽女（dagìna，也就是dakìni），神通马（Biligün kher，藏文叫Čan－ces，也就是格萨尔那匹遍知马）身上装饰有宗喀巴佛、金刚手佛和21个荼伽女（第197页）像，其他荼伽女也出面为英雄调停（第209页）。其中还提到了龙与天龙八部（第213页）。乌兰·高娃念诵了有关箭矢的祝愿文（加持，见219页）。此外，这种口传本遗漏了一些故事中最重要的和必不可缺的场面。

*

*　　*

因此，我们现在所得到的口传本并不是必然早于成文本。恰恰相反，口传本往往都依赖于成文本，这种现象可以通过宗教界在故事的传播中所起的重要作用来解释(大家于下文第七和第九章可以看到其详细情况)。我们还将会看到(第九章),完全与至今论述过这个问题并从“喇嘛阶层”中看到的一种晚期添加的作者产生的印象相反,成文本在历史上可以追溯得很遥远,甚至也可能与史诗本身的编纂时间一样久远。

但这一切并不能阻止故事的孤立内容和要素(甚至是完整的故事)追溯到相当古老的时代和非喇嘛教的背景中。《格萨尔王传》史诗的某些主题或内容已经出现在敦煌写本中了。[161]但它们于其中是与其他神话传说融合在一起的,因此大家从中找不到有关格萨尔或觉如的任何踪迹。格萨尔史诗的某些内容在敦煌写本中的存在并不意味着该部史诗在整体上是于此时代创作的,甚至也并不说明这些内容是在如此古老的时代被编入其中的。事实上,敦煌写本提供了有着某些故事或宗教记述之雏形的民间传说,从未停止在西藏颇有生命力地生存下来。在敦煌藏经洞封闭之后很久,吐蕃的作者们还都了解这一切。一切成文的和口传的文献在直至今日的整部西藏历史上都证实了这一点(人间教法)。[163]

因此,我们应非常注意地在将可能是于相当晚的时候在明显是喇嘛教的背景中形成的整部史诗与形成这部史诗那也非常古老的内容及要素区别开来,后者的古老历史,事实上已由史诗的文风和语言所证实。其中的大量词汇、短语和譬喻都被土著人的辞书称之为“古老”和过时的了,大家在米拉日巴的道歌集中,甚至在敦煌写本中就已经发现了这一切。[163]

注　　释

[1]藏文中作 re,意为“古迹”。

[2]他那种地方主义情绪从未促使他到拉达克去寻找吐蕃第一位赞普(神话国王)的踪迹。请参阅其《聂赤赞普王》,载《亚细亚学报》,后又转载于《孟买亚洲学会会刊》第六卷,第3期,1910年。

[3]还可以参阅查尔诺夫斯基:《英雄崇拜及其社会背景》;圣·帕特里克:《爱尔兰的民族英雄》,巴黎1919年版,第66页注释。

[4]迪姆蒂埃(Dumoutier):《安南人的宗教崇拜》,河内1907年版,第44页(节录自《印度支那学报》,1906年)。

[5]北京版16页:其舞蹈足迹见劳佛尔译本:《米拉日巴传》,1922年,第19页。第134页:“据说,直到今天仍在该石窟中保存着猎人们奉献的弓箭”;第190页:“甚至在我们今天,那里在上部崖

壁上还保留有上师的手印”；第206页：一个脚步印；第319页：“（米拉日巴）在山洞下部的一块山岩上留下了其足迹，他声称该足迹应作为昂仁居民们宗教崇拜之依止”。

[6]弗兰格把该名称与《拉达克王统记》（弗兰格版本，原文第20页，译文第65页）中提到的冲木·格萨尔丹玛联系起来了。但这里是指另外一码完全不同的事。我们于下文不远处还将回头来论述这个问题。

[7]这种说法模拟了松赞干布整治吐蕃的内容。

[8]这里是指桑噶尔的编年史，出自在桑噶尔的底斯塔的头人们，它明显是以普塔寺为中心的另外一部编年史（充满了抄写错误）的节录本。弗兰格的译本并不令人满意。

[9]弗兰格认为这尊战神在孟哲家族中受到崇拜。有人还告诉他说，代表着格萨尔伯父的其他假面具保存在拉马玉如的寺院中（大家称之为苯教寺）。

[10]那里的人讲库纳瓦尔语，这是一种受藏语强烈影响，具有蒙达语法的语言。

[11]所有作者们都将这种写法复原为 Sgrab - Lha 或 dgrab - Lha，而我认为它应该是 dgra - Lha（战神）。它与受到了库毛思的那些为了获得“买卖兴隆”的博提亚人崇拜的那尊被转写对音作 Gabla 者为同一尊神（谢林：《西藏的西部和英国的边境》，伦敦1906年版，第71页）。弗兰格（其书第21页注[2]）提供了利用这次节日庆祝活动的机会而提到的一组9尊战神名表，他曾得以抄录了这些唱段的一部稿本。他无法全文理解这部著作，但自信从中又发现了提到格萨尔的那些有关拉达克的“岭地之歌”和“婚礼之歌”的内容。

[12]这是一种流传很广的巨人英雄的内容。

[13]请参阅达斯1905年书，第366页，其中提到了格萨尔（盖瑟里）的这种形象。

[14]格伦维德尔版本，第32—33页。

[15]同上引书，第27页（木刻本，第6页）。

[16]格伦维德尔的译文是：“衣冠塚，为了粗暴的梅乳的可耻罪行赎罪而建立的”，这是错误的；沃德尔的译文是正确的：“Çlokos 是为赦免屠夫（或杀人者）梅乳则而写的”（《亚洲孟加拉学会会刊》，1895年，第65卷，第268页）。

[17]在拉萨寺中塑造史诗故事或者至少是世俗故事之造像的做法也在同一部著作（但却是在该阿兰若的另外一个地方）中得到了证实（请参阅下文第八章）。

[18]据为我提供资料的昌巴桑塔认为，格萨尔是观世音的一代化身，观世音在他之前就已经有26代化身了。

[19]对关帝和贝则的比定从1748年起就令人感到惊奇，特别是因为近代欧洲作家们都强调了贝则和格萨尔之间的对立。在格萨尔史诗中，后者（格萨尔）可能战胜和击败了前者，这是格伦维德尔的说法（《神话》，1900年，第168页）。他于其书评中（载《环球》杂志，1900年，第98页）具体解释说，这里是指蒙古人的一种观点（贝则相当于以其蒙古文名称额格齐—德古而出现的昌仁）。莎莫卡拉诺（1918年，第三卷，第28页）同样也声称格萨尔在豁里—布里亚特人中被人遗忘了，这是由于那些将格萨尔视为贝则（昌让，相当于昌仁）的不共戴天之敌的喇嘛们的反对，罗列赫似乎也承认这一点（1942年，第286页）。因此，本处提到的敌对情绪只不过是地区性的。就贝则的情况而言，它应出自后者与蒙古人有关的事实。当长有牲畜头的蒙古魔鬼前往归降索南嘉措·贝桑布而到达黄河沿岸时，他引导它们（见《霍尔教法史》，胡特版本，原文第136—137页，译文第217页）。同样也与“蒙古人”（霍尔人）有关的另外一种地区性对立，

请参阅下文的一段文字。

[20]原文是一段藏文："跟随文成公主到吐蕃的宗赞辛巴，即被称为格萨尔军工之人，又据说与夜叉比且是同一心续"。

[21]这个故事已由《若必多吉传》（北京版本）第43页所证实（达木丁苏隆，1957年版，第20—21页；木刻本第一卷，第135页）。

[22]贝则就是昌仁。后者的一幅假面具曾保存在扎什伦布的夏孜吉康中（《如意宝树史》，达斯版本，第二卷，第326页）。由二世班禅对护法神昌仁兄妹的崇拜已由《若必多吉传》所证实（北京版本，第38页）。

[23]大家知道，"尚－论"是古文献中经常使用的一个重要尊号。尚论多吉顿都（伏魔金刚）是夜叉首领。五世达赖喇嘛不屑于写有关这两尊神的仪轨书（见其著作第11卷）。

[24]汉文中叫作"三界伏魔大帝"，在藏文中写作："Khams gsum bdud－'dul rgyal－po Čhen－po"。

[25]原文作 Lha－sa'i grib－kyi rJań－bcań 是拉萨地区吉曲的一种地方神。（见《隆多喇嘛全集》第24卷，第14页）。

[26]见达木丁苏隆1957年书，第168—169页。我的译文在多处与他不同，在第二篇文献中，"招请帝释"一词暗示岭地长者祈祷该神，以求它派一个天神之子为其国王举行仪轨。

19世纪的一名作者洛桑珊珠（请参阅上文的参考书目）重复了前人的文献，但仅仅保留了对关帝即为贝则的考证（第三卷，第14页；达木丁苏隆，第24—25页）。察合尔格西洛桑楚臣（18世纪人，见参考书目）也沿用了同样的考证，把格萨尔奉为安多地区的一个历史人物（达木丁苏隆，第25页）。如果说洛桑珊珠在关帝问题上没有提到格萨尔，那么他事实上也知道并很喜欢此人。他确实正是著名的拉忽尔桑呼图克图（同上引书，第25页），其府中有一座格萨尔庙，并创作了我们的这名英雄的一出哑剧（请参阅第82条）。在已引证的其书（第三卷，第10页，达木丁苏隆本第26页）中，他指出："在安多地区流传的格萨尔史诗或历史故事中，现在大约尚存在有三四卷（约有三四函）。章嘉称之为由一个善于美言的人凭想象而创造出来的谎言。由于在其传记（《若必多吉传》）中提到了这个问题，所以我于此就不再重复论述了"。

[27]图齐称之为苯教徒，但他没有讲到寺庙（《拉萨及其以外地区》，罗马1940年版，第64页），大家还可以参阅桑德伯格的说法（1906年，第169和191页）。

[28]白色公鸡也是白哈尔的典型供品（《国王遗教》第13卷，第89页："托付于财库之主贝噶尔，故献上以白绫装饰之白公鸡；广作祈愿"；大家还可以参阅同一卷书第91页和第15卷第101页）。由于白哈尔是财富的守护神，所以汉地的"财神"（玄坛）也会得到公鸡之供品。

[29]这段文字原文是藏文，应译作："布达拉宫后面有文殊菩萨之神山，称作本巴日山。山顶有一神殿，即是格萨尔神殿"。

[30]聂伯斯基—沃热科维茨：1948年，第141页和以下几页；1956年，第419页和以下几页；达斯：1905年，第381和382页；沃德尔，1895年，第478页。

[31]白色天神（也就是白梵天神，已被考证为白哈尔）和哲蚌寺之间的关系，无论如何也在追溯到1748年之前，因为《如意宝树史》（达斯版本，第二卷，第301页）在有关由嘉央曲杰于1416年建筑哲蚌寺的问题上让该神出场。我不知道这种传说的最早起源。

[32]我们无疑应这样来解释禁止喇嘛们说唱格萨尔史诗和在寺院中保存格萨尔的史诗稿本的原因。这类禁令也出现在一些蒙古寺院中，如在达仓活佛喇嘛的大召庙、葛根庙，尤约孜尔寺等处

(达木丁苏隆,1956年,第53页)。

[33]伯戴克:《18世纪的中原和西藏》,莱敦1950年版,第263页。

[34]据另外一名提供资料的人认为,他可能是总管王的化身,总管王是格萨尔史诗中的一名年迈的头人。

[35]《西藏见闻录》中称之为"格萨仁布且"(格萨活佛),还具体解释说要在新年时向之贡献供品。这里是指位于多吉扎古附近的桑耶寺。

[36]据图齐认为,这很可能就是白玛噶布(白莲,1526—1592年)。

[37]我读作dBra(刘立千也持同样的读法,我们使用了同一种木刻本)。图齐则读作"扎格丹赞",而江孜史中又作"扎格东赞"。达斯写作Da - gyo - lon(其中的Da同时代表着dBra以及Gra或dGra的读音),这是因为他参照了"甲仲的西藏伟大史诗集"。图齐(其书第702页注[730])将其名译作"长有魔鬼面庞的鹫"(rgod指秃鹫或雕,bcan指魔鬼)。事实上,dBra(sBra、Bra、Gra、dGra)以及Ldoṅ('Doṅ、gdoṅ)都是部族名称(见我的博士论文的补充论著)。

[38]达斯将这句话中的藏文词dred - pa理解作"蒙昧的",从而译作"驯化了康地的蒙昧人"。

[39]请参阅图齐:《藏王陵墓考》,罗马1950年版,第30—31页。

[40]请参阅骆克:《神秘山地人的概观》,载《民族地理学报》第57卷,第2期,1930年2月,第167页(扎撒族)以及第172页的照片;骆克:1956年,第136和152页。

[41]请参阅罗伯特·埃克瓦尔:《西藏的风格》,伦敦1952年版,第5和第8页。特别请参阅埃克瓦尔1939年书,第49—50页;作者于其中讲到了同一个地方,声称于其中发现了"岭地霍尔王"(Hor - ling rgyal - po)的兵器和甲胄,他的继承人将会于某一日从该洞中走出来以重新把西藏人领向荣耀。在此之前(第49页),他提供了该地区游牧人的一种传说。据该传说认为,在数世纪之前,霍尔王国一直开拓到西藏的这一地域(至少是其部分地区)。吐蕃人现在还能在迭山山脉中指出中原和霍尔军队曾发生过战斗的许多地方(请参阅第26条,骆克的资料)。

用来指格萨尔的"霍尔人的岭地之王"的说法极其反常。大家在下面的几条注释中将会看到"霍尔黄帐王"(Hor Gur - ser)曾被与格萨尔相混淆。此外,史诗中与霍尔的战争一部就被简称为《霍岭大战之部》,由埃克瓦尔记下的短句可能即出自《霍岭大战之部》(Hor gliṅ)中的"格萨尔王"。

[42]鲍塔宁认为,Kuser就等于geser(格斯尔),这肯定是大错而特错了。如果这一传说与格萨尔有关(这是目前尚不能肯定的),那么Kuser就应相当于Gur - ser(黄帐王),即霍尔人的三王之一。请参阅下文注[44]。

[43]这无疑就是有关白哈尔传说中的"潘达霍尔人"(Bhata - Hor, Bhanda - Hor),我们还将回头来论述这个问题。大家首先可以参阅注[48]。桑木丹净巴(Santan - džimba, Samdadchiemba)曾作为古伯察和秦神父的向导,是一名rgya - Hor(汉地霍尔人,也就是三川地方的"土人"),他曾对鲍塔宁说(1893年,第一卷,第42页注[1];第二卷,第26页),"西喇固尔人"(霍尔人),潘达霍尔人古王生活在"凉州"(Lien - tcheou?),他被关老爷(也就是格萨尔)降伏了。俄文对音字Lyan会使人猜测到汉文Lien(廉,连),但在甘肃境内不存在任何"廉州"。我们无疑应将俄文字Lyan读作汉文中的"凉州"。

[44]这里是指Hor Ge - ser王,但正如在鲍塔宁的书(见上文注[40])中一样,他于其中也可能被与霍尔王黄帐王相混淆了。鲍塔宁本人(同上引书,第一卷,第422页)确实指出过,在裕固族人中发现了"霍尔人黄帐王(而不是格萨尔王)的马和犬的蹄印",而且史诗中的格

萨尔确实没有犬。相反,北京木刻本中也确实记载有白帐王的两只凶恶的狗,用链子拴着(施密德译本,第261页。大家还可以参阅上文注[41])。这里很可能是将两个地址相混淆了。某些裕固族人声称,马和犬的蹄印也存在于他们那里的李远营,其他人则声称它们位于马蹄寺附近。这些人认为"霍尔黄帐王"才是他们的真正国王,因而这里确实是指黄帐王而不是格萨尔。我们还应该指出,格萨尔史诗也出现在"唐古特语"中(鲍塔宁,第一卷,第442页)。在这种唐古特文本中,霍尔人的国王叫作"黄帐王"(Kuser,同上引书,注[1];请参阅第二卷,第16页)。

[45]"格萨尔"的这个马蹄印是使当地古老的民间传说与晚期史诗结合起来的一种颇有意义的样板。《水经注》(6世纪初叶,卷二,第43页)就已经指出了一片石头上的两个马蹄印。其一位于马蹄沟,距广武(在甘肃,位于兰州和凉州之间)西南20多里的地方;其二位于晋昌(在甘肃,位于安西或敦煌与玉门之间)以南。民众们可以在那里看到汉武帝从大宛国运来的"天马"的蹄印。裕固族人的马蹄寺恰恰在这两个地方之间。难道松巴堪布是出于无知或是出于恶意而在马蹄印的问题上才未提到格萨尔吗?还是由于在1748年,将该马蹄印归于《格萨尔王传》史诗的做法尚不多见呢?

[46]这个故事确实出现在《噶当派师徒问道录》第二卷,第172—180页中。在仲敦巴的前世之一中,此人在布达拉,混在一大群化身之中。其中之一便是青年洛卓佩,他遇到了汉地国王额波甲拔,将"教法皈依者"的两部分(也就是两种宗教,即苯教和佛教)统一为惟一的教法。他从其师阿伐珠提处获得了一把剑,降伏了一个女魔并杀死了出自其鼻的蛇魔。

[47]赫尔曼(同上引书)指出,马蹄寺是一座喇嘛庙,而且还是双庙。下部是为汉僧们盖的庙,叫作"甘丹却林";上部是为藏族僧侣们盖的寺,叫作"黑居甲哇林"。

[48]有关这个故事以及与它有关的霍尔三王,请参阅石泰安:1951年文,第249—250页。这段文字中的'Ban - dha Hor人就是同一部著作中的Bhata Hot人(达斯版本第172—173页,即木刻本第112页)和鲍塔宁书中的Xor Bander人,均指"潘达霍尔人"。

[49]这一段文字与前引段落有异,它清楚地说明作者曾使用了两种不同的史料。

[50]这一段文字已由托马斯翻译(1931年,第296页),他被原书的一个边注副标题引入了歧途,误认为这里是指《西藏王统世系明鉴》。托马斯的译文需要校正。第39页的"水晶狮子"一名应该删去,但93页的一组却是完整的(自现玉质佛像、妙音犀牛皮面具、坐椅水晶狮子)。有关其正确的译文,请参阅图齐:1949年,第643页。

[51]原书第17和18页是藏文:"此后,大王(格萨尔王)之幻化宫殿……神像为自现金像、玉质度母象、珊瑚质马头明王像等,鲜明光艳"。

[52]据赫尔曼认为(1942年,第80页),甘州和肃州之间的裕固族诸部族共分成了东西两部。东部的部族自称为"黄维吾尔",而西藏人则称之为"黄霍尔人"。西部族则被藏族人称之为"黑霍尔人"(Gur - nag),但却被东部部族称为"黑裕固族人"(XaraYugurs)或"黑维吾尔人"。黄裕固人操一种古老的蒙古方言,称其语言为安噶尔,黑裕固族人操一种突厥方言。

[53]赫尔曼(同上引书,第81页)声称裕固人奉史诗中的霍尔人国王为其先祖。该地区的藏族人把格萨尔史诗中与霍尔人的战争地点也确定在那里。

[54]《霍尔教法史》,胡特译本第134页;沃德尔:1895年,第477页。大家可以参阅胡特译本第16—17页,原文第

10 页。大家还可以参阅《神鬼遗教》第 19 章,第 31 页。

[55]见波兹德尼涅耶夫的刊本和译本:《小杜尔伯特的旅藏游记》,圣彼得堡 1897 年版,第 174 页。

[56]无论是古伯察(Hue)还是秦神父(Gabet)或费通起(Filchner)均未提到过这块岩石。据提供了其照片的霍尔曼(1956 年,第400 页,图48)认为,上面的痕迹是由于宗喀巴母亲放水桶而造成的。

[57]在大寺院中,原籍为同一地区的僧侣们都集中于被称为“仓”(chaṅ)的同一区,该名词位于籍贯名称之前。“岭仓”(Gliṅ - chaṅ)意为该喇嘛原籍为岭地。我们在第五章中还将会发现“岭仓”的称谓。

[58]我应该把这种资料归于罗列赫先生的美意盛情。他补充说康区和安多相当数量的寺院都声称收藏有格萨尔的兵器。大家在那些护法神殿中都可以发现兵器。它们一般都被断代为 18 世纪。

达木丁苏隆(1957 年,第 183 页)也引证了拉卜楞寺的祖师世系谱:贡曼(塘)仓的《拉卜楞寺志》第 5 页,据此认为,该寺院的建造人嘉木样协巴(妙音笑金刚,1648—1722 年)就诞生于完成过一种燃灯礼的地方。它还指出(第 214 页),其第十任法台——岭地学者顿珠嘉措与岭王格萨尔为同一家族。

[59]《年表》提供的正是这些时间(上引契毕科夫书:《菩提道次第广论》第一卷,第二册,符拉迪沃斯托克 1913 年版,第 34 页;图齐:1949 年,第 260 页,其中注[234]提供了 1643—1742 年这个时间,它无疑是一种印刷错误)。

[60]大家还可以参阅科兹洛夫:1908 年,第 525 页;后来又由塔菲尔重复(1914 年,第二卷,第 110 页),其中明确指出这里是指“果洛·霍尔噶玛”。大家还可以参阅第 64 条。

[61]这就是藏文词 rJa - Čhu - Kha(扎曲喀,杂渠卡,见任乃强:1947 年,第 28—29 页)。

[62]事实上,色须寺(红帽派)位于距石渠有半日行程的地方,汉人在那里建成梅幼云县。请参阅《甘孜到色许》(色许即色须。——译者),载《旅行杂志》第 19 卷,第 6 期,第 43—47 页。

[63]在林葱木刻本中,这些山岭叫作阿韦或阿域(dis 或 dil 意为“山岭”,见第三卷,第 19、20、71 和 81 页)。

[64]大家将会看到,达那位于囊谦县辖地,也就是位于石渠以西。因此,谢国安(Sherap)所说的“黑河”就应该是我们地图中的杂渠卡(Nag - Čhu - kha)。

(65)《青史》第四卷,第 71 页(罗列赫译本,第二卷,第 565 页)写作 rTa - sna(达那)。但《米居多吉传》确实写作 rTa - rha,达那是距叶浦(Ye - phug 或 Yel - phug)不远的地方(第 22、149 和 218 页。该上师所走过的路线如下:叶浦、僧格、南木宗、南木如巴玛、达那)。

[66]他被巴俄祖拉陈瓦称为卓贡叶浦巴(第 12 卷,第 54 页,他也写作“达那”)。达那的落成应被定于13 世纪中叶。

[67]囊谦的首府位于扎曲河畔。该河在下游稍远处被称为俄术江,最后在察木多注入了澜沧江(湄公河的上游)。

[68]大家确实可以在 1915 年参谋部的中国地图中,于石渠的东部的右方和雅砻江的南部、北纬 32°30′和东经 99°与 100°之间读到“林葱土司”,但我在任何地图中都没有找到雄坝。

[69]这里无疑就是泰克曼所说的乍丫寺,见《驻藏东部领事的旅行记》,剑桥大学 1922 年版,第 80 页和地图:约为东经 99°和北纬 32°30′,地处扎曲河(雅砻江)畔,属林葱土司界内,位于贡泽寺的东北与色须寺之东南。这种地望考证与任乃强指出的内容相吻合。

[70]在原文中出现的这种写法作 skye - rgu(- mdo),如《续部集要》第 48 和 147 页(上部噶地结古和位于上部噶地的噶·结古顿珠林)。打箭炉的一名为我提供资料的人向我指出了结古多(玉树)。其中的“古”(dgu)字确实读作

和经常写作 rgu，由此而出现了 Kyirkou（结古、玉树）的写法。大卫—妮尔（1931年，第47页）则通过 LČe - rku 和一种有关“脱口而出的语言”之原因的传说来解释“结古”（Kyirkou、Cherku、Jerku）一词。这肯定是一种错误，最多也是一种民间辞源。我们于下文第四章再来研究有关噶地（sGa、LGa、rGa）的问题。

[71]它们一般所指的都是汉地的关帝庙。

[72]它在《格萨尔王传》史诗的所有稿本著作中正确的和常用的写法是'Dan - ma（或 Ldan - ma）Cha - Žaṅ。我们将于第四章再来论述有关这个“丹地”的问题。

[73]这一段文字原为藏文：“上部……国王……杀死，尸体和黄金（应为格萨尔）相会；下部格萨尔王被丹玛所杀，现今还无暇索取命价”。

[74]在汉文地图上的“林葱”即相当于藏文 Gliṅ - chaṅ（灵藏）。

[75]在林葱木刻本中，“古司”或“古色迦让”是一柄名剑的名称（第三卷，第79页；第二卷，第7页）。其他的剑则叫作“古司宗噶尔”（《白利绵羊国之部》稿本，第一卷，第47页）和“古司郎保那”（达斯辞典，第267页）。大家经常用“雅司”、“古司”或“阿斯”来指著名宝刀。但“雅司”也是一个部族的名字，完全如同“噶司”和“木司”一样。《如意宝树史》（达斯版本第二卷，第338页，相当木刻本第127页）确实记载有 LiṅGo - ci，但这种写法仅仅是转载了汉文对音字“俄兹”（如用 Kam - ce 来指 Kandze，而甘孜这一地名真正的拼写法应为 dKar - mjes，汉文对音为“甘孜”）。《甘孜霍尔土司世系史》第29页写作 Glin mGu - zi（岭古司）。

[76]《在格萨尔王传》史诗的稿本中，大家发现格萨尔城堡的名字叫作森浦达则（或森浦达戎），它位于玛域（黄河上游）。请参阅林葱木刻本，第二卷，第66、71和77页；第三卷，第21页。

[77]请参阅下文第五章。东雄奔努是颇热官（汉文叫作袭娅，位于德格以南约15公里的地方）的名称。请参阅《德格土司世系史》第16页。在泰克曼的地图上，有江扎颇章（“颇章”意为“宫殿”）和江扎贡巴（“贡巴”为“寺庙”）。请参阅第69条。

[78]这是由霍尔人5个土司占据地区的中心。位于甘孜稍偏西部的地方，在白利和戎巴察之间，地图上于这里写作 Lintso（汉文中叫作林葱）。

[79]那里的人操一种与康地方言完全不同的语言，这种语言与由松潘的羌人所讲的语言很近似。

[80]但在一般情况下，汉文中的 je 都被转写作藏文中的 ri（意为“山”）。

[81]这一段文字原为藏文。

[82]这就是查拉或弭药地区。

[83]大家还发现了 bDe - dge（德格）这种拼写法（如在《米居多吉传》中始终如此，见第106、170、205和261页）。《续部文集》始终写作 sDe - dge（第46和160页）。

[84]尽管这句短语（南木德格、萨德格）出现在文献中，但于其中却由此名的古王国在吞并了岭地和其他地区之后的辽阔疆域来解释。

[85]请参阅上文注[77]。

[86]《德格土司世系史》第10页写作 rMe - Çod（麦雪），但《米居多吉传》（第205页）却始终都写作 dMe - Çod。泰克曼的地图于此标出了一条麦曲河。请参阅下文第五章。

[87]这种写法令人置疑。琼布是一个部族的名称，忠于苯教，已被定位于嘉德县境内。

[88]瓦西里耶夫的译文于此如同其他各处一样都充满了错误。我得以在甘托克参阅过的稿本作：“在巴地的东面有理塘寺，在该地有被称为离巴地不远的凸形柱内寺的一座有护持力的寺院。该处以前有一座噶玛巴的大寺院，现今由于时运已经衰败，所以被称为格萨尔依

怙殿等奇特之处还有留存”。其他著作则写作“康保纳囊”(位于康地,见《如意宝树史》第二卷,第369页)。该寺院在1164—1182年间就已经由都松钦巴(一世噶玛巴)居住(《噶玛巴传》,第14—16页),并由二世噶玛巴噶玛巴希(1206—1283年,同上引书,第30页)和三世噶玛巴攘迥多吉(1284—1339年,同上引书,第62页;巴俄祖拉陈瓦书第13卷,第40页,甘波圣山在那里欢迎他)参观过。据一位提供消息的人认为,这就是创立了对格萨尔之崇拜仪轨的攘迥多吉。

[89]这段文字原文为藏文:“从工布往东,有一座大山,至山后则为属于康区上部南面的波窝地区,该地区即是格萨尔王传所说的‘往彼方一刺插入了阿塔城’的阿塔城。据说此地即是邬仗那的第二佛陀的秘境白玛钦科,有许多奇异之处”。

[90]这里始终是指巨人战斗的内容。

[91]我们应该指出,他似乎被认为是某一部族和所有人类的先祖(同上引书,索引,第三卷,第433页)。有关“祖”字,请参阅用 a-myes(祖父、先祖)来指安多圣山的用法。

[92]mu 是阴性所属格的后缀,tin 意为“山崖”。对于 Haihaiyūl 的问题,上文业已讲到。

[93]请参阅罗列赫讲到的各种文本的传播情况(1942年,第278页):西藏西部(拉达克、赞喀尔、鲁普苏、拉胡尔、喀察、毕底)、西藏北部的游牧地带、(第279页)安多、果洛、东部的霍尔巴、羌塘和锡金的游牧部族、不丹、冈底斯山地区,在杂其卡以北的努布—霍尔人中深受大众喜欢,(第280页)在北部人中(羌巴)、南木如、那仓和崩若。

[94]约瑟夫·贝迪埃:《史诗传说》第二版,1917年巴黎版,第二卷。

[95]夏尔·奥特兰:《论荷马史诗及希腊史诗的神学起源》,巴黎1938年版。尽管其中某些部分相当含糊不清,但奥特兰的另一部研究论著确实突出了圣地和朝山进香导游文献对于这类内容在印度传播的重要影响(《印度史诗》,巴黎1946年版)。

[96]有关弭药的问题,我曾提供过某些具体情节(1951年)。它的意义特别重大。其世系并非完全是神话传说性的。从东北向西藏中部的转移活动应被置于13—15世纪初叶之间。此外,至少据传说认为,这种迁移活动一直延续到锡金(同上引书,第237页注[2])。我们将最终看到有关格萨尔史诗的一些重要内容与这个弭药有关。

[97]请参阅我的补充博士论文。

[98]施密德(1839年,第10页)认为这个尊号是送给格萨尔的,因为其中提到了“林葱、图撒和东萨尔”三部。这就可能会使人联想到《三国志》。事实上绝非如此。这是因为格萨尔已被考证为关帝,其故事获得了关帝为其中之英雄人物的那部小说的标题。

[99]弗兰格:1952年,第43页;1922年,第328页(有关辛饶的问题);1901年,第361页;1902年,第4页;1906年,第591页(有关松赞干布的问题)。

[100]“建立黄帽派的教法”。

[101]“黄帽派教法的建立者”。

[102]“红帽派、黄帽派会变得和天亮时的星辰一样(暗淡)”。

[103]请参阅马夸特著作中有关在民俗或传说内容的影响下对历史论著所作修改的某些例证:《伊朗的历史和学者论稿》,载《德国东方学报》第49卷,1895年,第654—655(3名历史人物集于唱段中的一人之身,即阿尔塔斯国王)。阿贝·玛里努斯:《传说》,载《巴尔干民间文学》,第12年号,第67期,其中提到了某些历史内容、人名和零散的事实,以其随心所欲的方式安排在泰卢瓦涅·德·麦里古尔的传说中了。尤其是蒙罗·萨德维克和凯尔索·萨德维克:《文学的发展》,剑桥1940年版,第34页(两名国王的特征集于同一名英雄之身),第122和

124 页(很少一点历史内容)。“第 374 页(经过整理的历史事实,1371 年的一名英雄遇到了 1437 年的另外一名英雄)。请参阅德里亚德的看法:《萨满教》,巴黎 1851 年版,第 326 页;《永久的轮回之神话》,巴黎 1949 年版,第 76 页。

[104]大家还可以参阅对万户、千户、百户和十户首领的记载(第一卷,第 31 页)。据达斯认为(《中国鞑靼皇帝时代的西藏》,载《孟买亚洲学会会刊》,1904 年,专刊号第 101 页),元代在吐蕃的组织如下:1 户被称为霍尔都(hordu),50 个霍尔都被称为达果,2 个达果被称为 1 个百户,10 个百户被称为 1 个千户,10 个千户被称为 1 个万户。

[105]这里原文是一段藏文。

[106]《如意宝树史》(未刊部分,第 276 页)。在另外一段文字中(达斯版本,第二卷,第 158 页),《如意宝树史》写作东达那波并附有这样一条注释:“祁家在卫地和藏地”。同样的故事(略为简单一些)也出现在《青史》(第二卷,第 13 页,罗列赫译本第一卷第 9 页写作 Dor - tag;第四卷第 77 页,罗列赫译本第二卷,第 577—578 页)中。

[107]苏莱曼:1911 年,第 172 页;伯戴克,1950 年,第 37—39 页。

[108]这一段文字原是藏文。

[109]请参阅图散:《莲花生遗教》译本,巴黎 1933 年版,第 364—365 页(原文第 154—155 页);《大臣遗教》第 58 或 271 页。

[110]《秘境白玛科巴之地志》,巴科藏稿本,第 27—28 页。本处引证的一段文字稍后便是有关潘达霍尔人的一种授记(第 14—16 页),其次还有我于上文讲到的蒙古人多达那波的入侵。

[111]原文是一段藏文。

[112]《佛教史》第 73 和 51 页;刘立千译本,无出版时间,第 20 页,他是根据《正字法,贤者之源》第二部分(18 世纪)翻译的。

[113]在有关蒙古人那一段非常含糊不清的授记中,《大臣遗教》(第 217 或 58 页)则具有一种比较具体的授记,是有关正在肆虐的“大食王 Hu - lu”(意指伊朗国王旭烈兀,Hülä'u)的授记。

[114]《如意宝树史》第 161 页和《年表》第 277 页;《青史》第四卷,第 108 页,罗列赫译本第二卷,第 649 页;图齐,1949 年,第 689 页注[134]。

[115]在各种稿本中,霍尔人都会得到“薛禅”的尊号,或者是由格萨尔杀死的霍尔国王(在一般情况下都是白帐王)都被称为霍尔人的薛禅王(《霍岭大战之部》,图齐藏本第 64、91、210 页;《岭与汉地之部》第 90 页,其中的白帐王是由格萨尔遣往吐蕃边陲的薛禅王的一名首领)。然而,薛禅(Ser - Čhen,在蒙古文中作 Sečen)在所有的藏文史著中均是忽必烈的常用尊号。但同一部稿本著作却将中国天朝皇帝说成是黄教的保护主(《霍岭大战之部》第 213 页),因此将该故事大大地向后推了(明代或清代)。

[116]请参阅罗列赫:1942 年,第 286 页:“近来,古旧派(宁玛巴)和格鲁巴的信徒们都在争相企图占有这部民间史诗”。但 1716 年的北京木刻本就已经常有喇嘛教的框架了,其中译自藏文的专用名词与喇嘛教诸文本均相同。因此,这种喇嘛教的背景至少应断代为 17 世纪末。我们应简单地提一下圣者兰迦利、圣者瓦洛里·乌迦利、伊尔瞻萨(嘉措)·达里乌丹(第 7 页)、茶伽女(第 8 页)、额尔克斯伦喇嘛(第 82 页)、凯·金刚·度母(第 260 页)、《甘珠尔》和《丹珠尔》(第 62 页)等处。

[117]这一段文字原为藏文,请参阅其著作第七卷第 4 页。我应该对向我指出此文以及对其作者的考证归功于图齐先生盛情友好的帮助。

[118]请参阅图齐:1949 年,第 634 页。

[119]这个情节发生在一个木龙年(同上引书,第二卷,第 195 页),格萨尔当时年龄为 87 岁,这个时代的木龙年可

能是1064年。

[120]在同一种蒙文文献中,曾经提到吐蕃西部的国王"塔里基·尼玛"(Taridži Nima),达木丁苏隆(1957年,第126页)把他武断地考证为赛义德·德·尼玛贡(10世纪)。

[121]《拉达克王统记》第12和169页。

[122]请参阅图齐:1949年,第711页;这部著作也叫作《朗氏家族史——灵犀宝卷》或《帕木竹巴的家族史》。我始终无法得到这部书。

[123]请参阅下文第五章。

[124]这就是他非常艰难地找到的内容:1.《格萨尔王传》史诗中的霍尔三部是西夏的三个部族;2. 唃厮啰内附中原就是格萨尔的汉地之行(是格萨尔降伏了整个中国中原);3. 曾把唃厮啰投入监狱而后来又被此人杀死的间逋哥就是《格萨尔王传》史诗中的霍尔人的国王白帐王。由于这些事件均发生在青塘(青海湖以东),所以任乃强非常简单化地提议把那里考定为林土司,而所有人都知道该土司位于玉树的东南部。

[125]下面就是他的论据之一:格萨尔的伯父晁同用蒙古文自称是Agi-tsoton,在藏文中是Sa-totun,在汉文中SiD-otu。这些名字的第一部分意为"王"。事实上,晁同的尊称是a-gu或a-khu,意为"伯父"或"舅父",与那个汉文名字没有任何关系。

[126]据《集韻》和《广韻》认为,这其中的第一个很罕见的字应读作峪。但在本处的具体情况下,它的口字偏旁仅仅说明应读作"唃"字,其音值略有不同。在11世纪时,它的喉尾音在中国北方无疑已经脱落了。

[127]见《宋史》卷492,第5页;河州人谓佛为"唃",谓儿子为"厮啰"。《梦溪笔谈》卷25第13页;"唃厮",华言"佛"也;"啰",华言"男"也。乾隆的那些藏族谋臣们也把"天子"(rgyal-sras)作为指已经变化的其名嘉勒斯赉的拼写法(《西夏纪事本末》卷8,第1页;《续资治通鉴长编》卷119,第17页)。

[128]如西夏文"山羊"叫作"啰贼",在藏文中叫作ra;西夏文中的"铜"叫"啰"(在一些复合词中),在藏文中叫作ra(-gan)ra(-rna)。在10世纪制订的突厥字的汉文对音中,这个"啰"字用来对-raq或ra(哈密屯的考证)。

[129]罗列赫提出的考证都用一个字母(R)指出,劳佛尔的考证(1901年,第81页)则用(L)指出。

[130]1956年的再版本(第8页)甚至写作:"Geser Serbo dörüb"和(第13页)"Geser Qarbo dzürü"。DÖrüb明显是Donrub(顿珠)之误。

[131]劳佛尔:1901年,第83页注[1],他是根据施密德的一种资料而作出这种考证的(无疑应读作Dzürü)。

[132]在木刻本中,-d的写法并不太肯定。

[133]这种现象与导致写作Lik而不是Ling者很相似。

[134]这是木刻本中的写法。施密德写作Sengeslu。这种现象与Lik和Sägäläng的情况恰恰相反。其中的鼻音已被遗漏,它于此处成了多余者了。藏文中的Sk最早能被听到和转写作Seg,后来则被武断地读作或转写作Seng。

[135]由洛里默提出的考证将用字母L来指出,罗列赫的考证(1942年,第302页)将用R来表示。

[136]Khra意为"鹰"或"鹫"。

[137]例如,第25、29、31、41和42、44、49、55页等处。大家将会在第四章中看到,"格同"(Ge-thuṅ)在史诗之外的地方也曾出现过。

[138]请参阅石泰安:1951年,第225页。

[139]见萨囊彻辰书,施密德译本第239页。非常遗憾,这种情况并不像大家所希望的那样清楚。这部著作的汉译本《蒙古源流》(卷七,第6页)将此名转写作萨达木,因而它是以原形Sadam而不

是 Sidam 为前提的。

[140]大家于上文已经看到，其拉达克文的形式 Cel－dkar 更接近于蒙古文 Šikir，而不是其文言本原形 žal－dkar。

[141]达木丁苏隆（1955 年，第 55 页）近来讲到了这种意义。他发现，在蒙古本的 13 部史诗中（请参阅史料第 46 条），仅仅两部与藏文本具有相似之处（英雄的诞生和讨平西拉固尔三汗两部），其余各部均是蒙古人的作品。无论如何都不能把蒙文本视为藏文本的译本（同时也可以参阅李盖提 1951 年书）。

[142]下拉达克版本由“从前有一次”（yod－chug）这样的句子开始。最初的几个人物都没有名字，而仅仅是诸如“一个老翁”和“一个老妪”这类的称呼。这一切正是民间故事的特征。其他的许多特点也证明了这种印象。

[143]请参阅《参考书目》一章，江孜木刻本，其中的引文均以“引自……”来指出。

[144]罗列赫补充说，“刊本中的语言更接近于藏语的古典形式”。这种说法仅仅对于那些“精湛的摘录”文（江孜木刻本）、愿文或仪轨文才算正确。林葱木刻本中充满了方言因素和具有与稿本相同的特征。

[145]彼此之间相同的字都被用重点线突出出来了。

[146]在第 4 页中，同一部确实写作“格错”（Ger－mcho）。

[147]该魔鬼是由一名苯教徒招请的（林葱木刻本，第二卷，第 39 页）。据《曲扎字典》认为，该魔是“神鬼魔”（欲神）。

[148]这种传说是由昌巴桑塔向我确认的。萨丹木生于土（“由土中降生”，完全是玩弄了其名字的字眼），他那匹不可战胜的马生于一块山崖，它始终被关闭于其中。

[149]请参阅第二章《武士》一书中的第一个故事。

[150]请参阅石泰安：1956 年，第 7 页和以下。

[151]据我向罗列赫先生借鉴的一条资料认为，这句诗中的词汇属于康地的一种方言，或为穹波方言或为丹地方言。

[152]出现在手稿中的尾音’a 那习惯性的鼻音化现象使 bza’（原籍为某地的子女）变成了 bzaṅ（好的），由此而产生了该名词的一种新辞源。

[153]Gegče 这种形式更应该是派生自原藏文’Gog－cha，就是 Gog－bza’的另外一种不同形式，大家有时也会遇到它（如林葱木刻本，第三卷，第 18 页；江孜木刻本，第一卷，第 4、6 和 7 页）。

[154]从语言学观点来看，ājāneya 这个名词在一般情况下（如在《翻译名义大集》中）都指一匹骏马或一头良种象，意为“良种”，派生自辞根 jan（诞生）。但藏族人却将它视为 jṅa（智慧）的词根，所以把它译作 Çaṅ－çes（神通、聪慧，本意为“遍知”）。难道这完全是由于他们的无知或者是在他们思想中完全没有在高地亚洲各游牧部族中广泛流传的那种良马宝驹的概念吗？还是他们根本不愿意掌握这个外来词呢？从这种观点来看，新的拼写法 rkyaṅ－çes 仅仅是同化发展途中的新阶段，虽然从语言学角度来看是错误的，但依然是颇有意义的。

[155]同样的情况正是 Ca－na 与 Za－na 的同时并列存在，见《武士》第一卷，第 485 页。

[156]请参阅下文第九章。

[157]我们还应指出食人妖魔和两尊保护神，这一切完全都是喇嘛教的概念（下拉达克版本，第 31、49、114、181 页；沃尔德：1895 年，第 494 注[4]）。佛教宇宙观中的四大洲（同上引书，第 61 和 165 页）、向 4 个方向前进 7 步的岩石是格萨尔胜利的标志（同上引书，第 113 页；《武士》第三卷，第 290 页。佛陀在其诞生时而走出的前 7 步）。Lan－Čhags 是由于在前世中的劣行而降临到某人头上的一种灾难，绕塔仪轨连同磕头顶礼

是为了涤除罪孽(《武士》第二卷,第336页)。

[158]《翻译名义大集》第8975条确实写作gri-gu,gri'u即为“小刀”,次仁旺杰的字典证实了这种词义。

[159]聂伯斯基—沃热科维茨:1956年,第15页(他写作“生命之根”,这就代表着藏文Srog-rca,其真正的意义是“生命之脉”)。

[160]andhe-bandhe,另外一种不同的写法是arandre-baran-dre。

[161]其中最重要的内容是众人向天神寻求一名头人的主题。我们将于第六章来研究该问题。这是吐蕃所有先祖传说中所特有的内容。格萨尔史诗和敦煌写本中所共有的这种独特内容的目的在于强行博得一名女子的好感。淘气的青年格萨尔觉如巧加安排以设法从其未婚妻怀中发现了一颗小驴的头颅。由于她受丑闻的威胁,所以被迫邀请他参加订婚宴(为选夫而进行的考试),觉如针对这次丑闻而声称:“我将把这一切告诉大家”(下拉达克文本,第123—124;《春天里的神话》第六卷,第1—68页;洛里默:1935年,第119页;施密德,第49页,再版本第46页,原文第31页;鲍塔宁:1883年,第253页;巴科藏本,第23页)。这种内容针对另一个完全不同的故事而出现在巴黎国立图书馆所藏敦煌藏文写本第1285号中(请参阅拉露1958年于《亚细亚学报》第4期中发表的文章)。中原皇帝有一位公主,叫塔那嘉莫塘,多名追求者向她大献殷勤,其中包括天神地区的首领、龙王之子、人类之子和魔鬼罗刹之子。后者就是使用了阴谋诡计的罗刹古沃卡(第一卷,第125—130页)。他把一匹马驹的尸体放在公主的腋下。翌日清晨,他前来说道:“塔纳嘉莫塘曾与一匹马交欢!其子位于其腋下。我将把这一切告诉其父亲!我将把这一切告诉其母亲!”。她回答说:“不要把这一切告诉我父亲!我将是魔鬼之王古沃卡的夫人”。她后来便嫁给了他。整个故事似乎被确定在黄河上游地区。我们将会看到《格萨尔王传》史诗中的另外一种主题——他那卑微帽子的内容也可能出现在一卷敦煌写本中了(见下文第十章)。对于另外一种独立的和也是古老的内容——《玛桑的故事》,请参阅下文第六章。

[162]我们还将论述“人间教法”的问题(下文第八章)。在我的补充博士论文中,我提供了描述该地区的一个例证,引自巴俄祖拉陈瓦的古史,它无论在内容上还是在形式上都与敦煌写本中的描述极其相似。这类风格和内容的其他文献均载于“遗教”一类的著作(至少应追溯到17世纪中叶)里。或有关小神的某些喇嘛教经文中。宁玛巴的大文集本《宁玛巴大宝藏》(卷十三)就包括一种《教语集》,被认为是娘若(1136—1203或1204年)的“掘藏”。大家于其中第37页中读到:“犀牛皮城是紫色的,四面都用牛皮围;四面牛皮是紫色的,严严实实不进尘灰……铁打的城是紫色的,坚实牢固不可摧”等。大家还可以参阅《国王供奉的神桑祭文》第13页:“地方神是香波神,俄德王名叫贡杰……黄颜色的是毒海,数目上千的是黑湖”。这种在以ni(其前面附有de、yi或La)将诗句或者甚至是词汇分开的做法也出现在敦煌写本中。下面就是一些例证:“在国家的中心,王者大德;发布教语”(和其他,载《亚细亚学报》,1913年,第一卷,第446页;巴黎国立图书馆所藏敦煌写本第1196号,见拉露:1950年,第86页);托马斯:1957年,文献第9—10页(“君王驾崩”,dpan teni rjegrons……),第70页(Snegs-te ni slebs,指“到达”)。同样,敦煌写本中如此典型的做法(据此认为),首次以绝对观点提出主要内容,然后再作重复,(如城、玛域)也出现在《格萨尔王传》的史诗中(如《朱古兵器国之部》第一卷,第41页)。

[163]有关古词和新词的词汇表,见《新旧词语对照集》,载《隆多喇嘛全集》

中的第15卷，第9页；《章嘉若必多吉全集》第7函（《正字法》，《贤者之源》卷十一。这些辞书均被达斯和达木丁苏隆使用过。下面就是几个被归于“古老”而又在《格萨尔王传》史诗中通用的词汇（除非是指出相反的情况，否则均参阅石泰安1956年书）ṅag - phran = mda'（第392页，箭矢）、Zoṅ = nor（第374页，Zog，财物，货物）、chum - pa = Čhags - pa（第361页，贪欲）、Smreṅ - smra - ba（第371页，说）、Čhad - med = rgyus - med（第361页，陌生）、bya - ma - rta = rma或baṅ - Čhen（第369页，耳，信使）、Char - phreṅ - ba（第372页，Char - lo，念珠）、'do - ba - rta（第366—393页，敦煌写本中也相同，马）、dbaṅ - thaṅ = sKalb - ba（第393页，缘法）、bser - bu - rluṅ（风，噶伦堡藏《霍岭大战之部》稿本第22页，Ser - ba又常作se'u，如《汉地和岭地之部》第111页）。

第二卷　英雄的地区和名字

第四章 地 理 范 围

大卫—妮尔很久之前就已经指出(1931 年,第 14 页),她刊布的文本中几乎所有的地名都可以被轻而易举地确定在西藏东部的康区。我阅读过的所有文献(无论是稿本还是木刻本)都证实了这种观点。甚至是蒙古文本(它们肯定是根据藏文的模式而创作的)也都忠实地保留了这种地理方位,这些文本中的真正故事也都发生在黄河上游(请参阅“古迹”第 47 条)。

一、丹玛('Dan-ma)

惟有弗兰格曾希望把格萨尔的故乡确定在拉达克,我们已经看到其观点是根本站不住脚的。几乎所有的地名都从史诗的口传本中消逝了,其剩余者仍涉及了西藏东部。弗兰格主要是以在《拉达克王统记》(第 65 页)的地名表中提到冲木·格萨尔丹玛为基础的。而冲木·格萨尔一事却涉及了一个特殊问题(请参阅下文第六章)。但是,丹(玛)在康地很著名,离岭地不远,位于从打箭炉到玉树的大道上(在汉文中叫作“邓柯”,即'Dan-Khog 的对音)。此外,我们还将看到,邓柯一事在同一地区也得到了证实(请参阅下文第五章)。在《格萨尔王传》史诗的所有藏文本中,丹玛('Dan-ma,还有另外一些不同写法:LDan-ma、mDan-ma、'Den-ma)系指格萨尔的一名重要大相,他取名于其地区并享有一个绰号绛察(Byaṅ-Khra 或 sPyaṅ-Khra)。岭地第二位首领晁同的妻子也来自该地区,叫作丹萨(丹地的女子),她是丹地国王的公主(林葱木刻本,第三卷,第 9 页)。拉达克口传本将这个地名歪曲作当玛(sdaṅ-ma)。然而,对于把丹(邓)地的地望确定在康区岭地附近的做法并非只是格萨尔史诗中的独创。它也由一些独立的文献所广泛地证实,它们全部(其中包括汉文史料)都把该地区的地望确定在康地。我于自己的补充博士论文中已提供了一些例证。在史诗中,丹玛与嘉和珠部族有关(林葱木刻本,第二卷,第73页),而这些部族同样也出现在西藏东部(同上引书,第24页)。

二、守护神格卓

另外一个重要的例证也以同样的方式被提出来了。在格萨尔史诗中,一尊仅仅为某座神山的保护神扮演了使龙母受孕的天神之父的角色。其名字似乎属于西藏东部的土著语言之一。它保持得非常差,其写法似乎变化太大而无法使人认为它纯属于藏文。大家可以分别发现Ge-mjo、Ger-mjo和Ger-'jo(林葱木刻本,第五卷索引;巴科藏稿本,第23和39页)、Ger-mcho(江孜木刻本第七卷,第2、4页写作sGer-mcho;《米庞愿文》第十二卷,第12页作Ger-mjo、Ger-mcho、Ge-'jo等写法。这就是大卫—妮尔所说的As Kenzo(也应为"格卓"的对音),也就是施密德蒙文版中的Oua Gün čid。拉达克文本又一次误解了该神的尊号和名称。所有这些文献都一致认为应该把该神视为一尊年神(畏怖神),也就是一尊山神,即格萨尔的天神父亲(守护神、生命之神)。拉达克文本称之为"父神神洛年波"(弗兰格,1905—1909年,第95页)。[1]

据为我提供资料的谢国安认为,"格卓应该是德格—玉隆地区的一座大山的山神"。大家可能会提出反对意见,说东部的文本不可能忽略这个名字以将所有的名字都置于了它们形成或抄写的地区,因而其地望不能证明任何问题。但非常幸运,格卓山如同丹玛地区一样,由于一些独立的史料而使之能够在同一地区得以确认和定位。在一部《煨桑祭文》的著作(第21页)中,杰卓山(带有与史诗中相同的形容词"旺许")[2]被称为扎(曲)河山脉的地方神(土地神鲁年)。[3]其后便是玛钦蚌拉山,即玛域(黄河上游)的地神。同样,在《神香圣者之酬》(第21页)中,也讲到格措山(位于丹地的维笛麦苟一带),而且在提及玛钦蚌拉山之前还提到了崩沃年神。崩沃(sBom-'bor,又写作sPo-'bor)作为康地的6大年神而为人所熟悉。[4]另外一种神山名表则将格卓年神的地望确定在维笛一带,而把维苟确定在通天河流域,也就是金沙江('Bri-čhu,扎曲河)上游地区(聂伯斯基,1956年,第225页)。这个维笛维苟只能是丹地的维笛麦苟，其地望已得到了证明。已经包括在《噶玛巴法王米居多吉传》（《神教》或《天法》，约为1645—1667年）[5]中的一篇这类文献也列举了多种山神，尤其是年神（gnen - po，即 gnan po）、本命神格卓、玛尔康的地神年神，接着讲到了（第25页）丹地的维笛麦苟，随后又重新讲到了格卓。然而，如同博窝（波沃）一样，马尔康是康地的六大岗之一，那里也就是我们地图上的马尔康或噶大克。这个马尔康已被考证为岭地（江孜木刻本，第一卷，第10页；第三卷，第3、5、7页；巴科，1913年；德格定，1899年，第152页）。在一部近代苯教的稿本著作中（巴黎国立图书馆藏第493号，第198页），有一尊地神（土地神）是财宝的守护者，他声称自己是卓卓年宝。然而，这个故事发生在扎珠和冬部地区，这些部族已被考定在西藏东部（请参阅我的补充博士论文）。这些部族都被视为有别于真正的藏族人，尽管他们表面上很相似。“格卓”一名很可能会通过他们的语言来解释。康地的另外一座神山也有一个神秘的和其外形不大像藏文的名称，其名也以“卓”（'Jo）结尾。[6]

三、格同和晁同

最后，格卓的一个富饶地区被格萨尔史诗定位于玛地与格地之间（《汉地之部》稿本，第84页）。玛地是众所周知的黄河上游及其神山玛钦蚌拉山（阿尼玛卿山）地区的名称。“格”令人联想到了同一地区另外一座神山的名字阿尼格托山，位于黄河以西，面对拉加寺，它是嘉萨（Jaza，rGya-'ba'）的果洛部族的守护神（请参阅“古迹”第35条）。然而，在格萨尔史诗中，嘉萨是僧伦（格萨尔那虚构的父亲）的妻子和嘉察（格萨尔的同父异母兄弟）的母亲，但她却与晁同（格萨尔的伯父）相勾结。此外，这名晁同有时也被称为格同（Ge - thuṅ 或 Ger - thuṅ），详见《分大食财宝之部》（华盛顿藏稿本，第17、25、29、31、41、42、44、49和55页等处）。在阿尼玛卿山山脉中有一个很著名的山口叫作格同（Gethung，有时也被写作 rGgyal - thuṅ，但这种写法具有任意性），距格托山不远（骆克，1956年，第116页）。如果这里不是指巧合，那就正如《煨桑祭文》（第21页）中的一段文字所说明的那样，其中认为格同是“木族国王”的名字，属于木神一类。木神既是一类神祇,也是吐蕃“原始六部族”之一,在格萨尔史诗中又是岭地的主要部族之一(请参阅我的补充博士论文)。

所以,格同是一个神类或魔类国王,但这也是格萨尔史诗中另外一个最重要人物的名字,即格萨尔的伯父和对立者。其名很接近阿尼玛卿山的地名。格萨尔与这座神山密切地联系在一起(请参阅上文“古迹”第53条)。晁同/格同的情况也如此。事实上,在这部史诗的所有文本中,晁同都被认为是旦增(马头明王,又叫作骏马,即马神)的化身,系指“北方之天神”。[7]我们将会看到(下文第九章),这些观念在何种程度上与史诗的主要内容不可分割。我们于此只要指出它们似乎促使 Khro – thuṅ 这种写法占了优势,而使 Ge – thuṅ 的写法受到了轻视。因为大家也经常称之为晁杰(Khro – rgyal,意为“畏怖国王”),而这正是马头明王的常用称号(“忿怒明王”)。然而,神山阿尼玛卿山的地名有时也不仅仅包括格同山口和代表格萨尔那天神幼弟的山岩,还有一面陡峭山坡(位于南部),叫作达曲贡马(马王、骏马、宝马,这是马头明王的尊号。见骆克,1956 年,第 115—116 页)。

当我们于黄河上游地区在格同的形式下又辨认出了格萨尔伯父晁同的形象时,我们却遇到了一大困难。在《青史》有关都松钦巴(1110—1193 年)的记述中(第四卷,第 33 页;罗列赫译本,1949—1953 年,第二卷,第 478 页),突然间又涉及了“木神之甥”。然而,当时的一些幻觉促使该喇嘛前去投靠“门族之王”噶同。在“木”(mu,另外一种不同的写法为 dmu)这个修饰词的突然出现和前往噶同处的决定之间那不可否认的联系,迫使我们把后者考证为上文已经遇到的“木族国王”格同(“国王”可以指一尊山神)。但如果这种比定正确的话,那么又该如何在与阿尼玛卿山有关的格同和被确定在门族人(该部族一般均指南部的和喜马拉雅地区的土著人)中的噶同之间进行协调呢?

四、东部的门族人

格萨尔和门族人之间的某种联系在一个古老的时代就已经出

现了，甚至与岭·格萨尔史诗独立无关。在吐蕃人战胜了北部的突厥格萨尔之后，被战败的民族可能定居在门族人地区。这是我们于下文不远处（第五章）还将研究的《国王遗教》中史诗般的一段文字所告诉我们的情况。[8]这里是否是指喜马拉雅山区的门族人呢？我们对此一无所知，但很可能应该将此视为汉藏走廊地区的土著人。托马斯在把藏文 Mon 与汉文“蛮”的用法进行比较时承认了这种可能性（1948 年，第 150 和 152 页；1935 年，第一卷，第 268 页）。[9]据《国王遗教》记载（第 57 页和 19 页），牟如赞普被驱至朵甘思地区。据五世达赖喇嘛的史著（《西藏王臣记》第 40 页，其中写作 Mu-rug）记载，当时他又应召从门地（门域）返了回来。在格萨尔史诗中，“门”族一般都会得到“古尼”[10]的尊号。但这个尊号在其他地方却被用于指一个北方地区，与突厥人相毗邻（《朱古兵器国之部》稿本，第一卷，第 46—47 页）；或者是指野猫塘[11]大平原，那里共包括 18 个部族，其中就有门恰[12]、达绒、帕绒和塔绒（同上引书，第 68—70 页、71、75 页）。突厥人的女祖在其他地方又自称为“古尼本珍”。她嫁给了北方另外一个地区索布（蒙古部族，同上引书，第 40 页）国王的儿子。在门族人十八部的名表中，达绒部就是晁同的故乡，肯定位于康区[13]，而帕绒则似乎完全相当于旅行家们所说的帕乌绒，位于雅砻江畔（尼绒。请参阅托马斯，1948 年，第 72 和 89 页，所谓西番民）。

这些资料足以证明，用于指居住在从东到西的喜马拉雅山谷中的土著人的一个很笼统的名词“门”也可以适用于汉藏走廊地区的非藏族土著民。巴俄祖拉陈瓦肯定了这一切，他同时还证明格同/噶同都应该被视为门族人的一种先祖（传说性或神灵的，见第十三卷，第 116 页）。他指出，从前，当都松钦巴（见上文）为门族人地区的东仓举行忏悔仪轨时，接受了门族国王顿珠的造访，该国王是在门族人、藏地人、噶卡拉人和印度人中拥有“千户地”者，他是原门族国王嘉同的后裔。这个情节是在七世噶玛巴曲扎嘉措（1454—1506 年）赴达布（西藏的东南部）旅行时被提及的。门族国王顿珠无疑正是生活在那里。稍后不久，七世噶玛巴又接受了“东部门族国王”觉巴的拜访（同上引书，第 127 页），该国王也被称为“嘉同的后裔，门族国王”（同上引书，第 225 页）。因此，可以肯定，门族国王嘉同是指第一位先祖，无论是南部门族还是东部门族均出自于他。

所以，不仅应将门族人的先祖噶（嘉同）比作木族人的国王格同，而且被比定为已被确定在康地和安多之间的格同（又叫晁同）也是可能的。甚至当格萨尔史诗将晁同奉为达绒人的首领时，也同样证实了史诗的正确性。我们刚才确实已经看到，达绒也出现在野猫塘的门族诸部之中。

五、绒和达绒

对这个达绒族的确切定位并不容易，但却值得下工夫去作一番尝试。这样一种尝试确实会启发我们认识到同一个地名可能被移位并被用于不同地方。其他许多例证都可以证明这种假设。

在晁同招请达绒地区的四大战神的故事之后，此人便将其城堡确定在与这两个地方有关的地点：1. 黄河上游地区（玛域岭赤）；2. 玛域和扎地的色摩岗地区（《朱古兵器国之部》稿本，第二卷，第88页）。然而，这两个地区彼此之间相对较远。第一个地区是指黄河上游的盆地，位于巴颜喀拉山地区以北；第二个是德格地区，位于该山脉以南。确实地根据与这两个地区的关系而为达绒定位（附带地）则特别引人注目，因为正如我们将要看到的那样，岭地本身也在这二者之间徘徊不定。

晁同也被称为“绒·米措玛波”（《朱古兵器国之部》稿本第一卷，第183页和第二卷，第119页；《霍岭大战之部》，图齐稿本第131和271页），其中的“绒”是“达绒”的简称，“达绒”同样也被称为“米措玛波”（同上引书，第88页）[14]。然而，这后一种称呼特别适用于道孚（rTa’u 或 LTa’u，林葱木刻本第一卷第34页，第二卷，第27页），[15]后者确实非常著名，它在汉文中就叫作“道孚”，位于打箭炉的西北，其居民操一种被旅行家们称为霍尔巴的非藏语。霍尔巴的一名公主于1914年还在那里统治着100多户人家（斯托茨纳，1924年，第268页）。该地区也包括霍尔人的甘孜，也以“霍尔五部（司）”之名而著称，这就是麻书、孔撒、章谷（Brag－mgo）、竹窝（Tréo）和渣（上、中、下渣坝）。我们还将回头来论述霍尔人的问题。据传说认为，这五部（五司）均出自麻书。此名词曾向一位汉族探险家以“母基”的意义解释过。因此，该名词的写法应为 ma－gži。然而，在《格萨尔王传》的史诗中，晁同经常被称为“玛司”，一种通俗的辞源解释说这是因为他是由 4 个母亲养育成人的（林葱木刻本第一卷，第 31 页；第二卷，第 15、36 和 38 页；第三卷，第 6 和 18 页。华盛顿藏《分大食财宝之部》第 3 和 34 页），但大家还发现“玛司”另一种形式（林葱刻本，第三卷，第 75 和 78 页）。因此，我们可以肯定，达绒和晁同均与道孚有联系，这一点与把它们和马扎[16]色莫岗相比较而确定其方位的办法相吻合。但怎样调和与玛司相比较的这同一种考证方法呢？在这后一个地区，有个果洛部族恰恰叫作道孚，其圣山位于阿尼玛卿山的东南（骆克，1956 年，第 123—124 页）。大家所面对的似乎是地名从北向南迁移的现象。

六、由北向南迁移的霍尔人

晁同在史诗中扮演的叛徒角色被纳入到这种背景中了。晁同在其中与霍尔人和北方之魔鲁赞都有亲缘关系，他的守护神就是北方之神。大家已经看到了这些霍尔人在黄河大河套地区留下的与格萨尔史诗有关的古迹（“古迹”第 36 条）以及在更靠北方于甘州裕固人中留下的遗迹（第 41 条）。这些“遗迹”既可以通过格萨尔史诗的现今流传情况，又可以通过藏族人在讲到岭·格萨尔之前曾了解霍尔人或突厥人中的格萨尔之事来解释。这些霍尔人就是突厥回鹘人。但稍后不久，“霍尔”一词又用于指蒙古人。吐蕃人正是在这种意义上理解了康地五司的。这五土司的建立确实被归予了忽必烈时代和藏族喇嘛阿年丹巴时代的蒙古人首领（请参阅我的补充博士论文），他们与扎族[17]土著共同协调行动（《甘孜霍尔土司世系史》第 17 页及以下）。他们创建的第一个土司叫作霍尔科。它仅仅在 1676 年之后不久才分化成了 4 个司（同上引书，第 22 页）。这些首领们的城堡之一叫作措仓[18]（同上引书，第 31 页），“大霍尔人的后裔们”于 1739 年之后不久归附了德格（《德格土司世系史》第 34 页）。我们在下一章中将会看到，霍尔人的首领被与历史上的岭地联系起来了，于 15 世纪在同一地区就已经扮演了一种重要角色。这些霍尔人的首领之一名叫措沃嘉，另外一位叫措沃旺秀。这些名字以及霍尔仓的霍尔宫之名使人强烈地联想到了史诗中晁同的名字。晁同又叫作晁嘉，这是措沃嘉保的简称。[19]这种相似性证明了晁同与道(道孚)霍尔人和阿尼玛卿山地区的联系。

大家将会看到，岭地基本位于林葱今天仍在的地区，与丹地(邓柯)和霍尔五土司(包括道孚在内)为邻。但是，由于大家在古代赋予了它一种相当大的势力，所以其地域很可能曾经非常辽阔，尤其是向北延伸。无论如何，其大部分文本确实反映了巴颜喀拉山以南格萨尔史诗现今地理更靠北部的一些内容和地名。

我们于此将不对与北部有关的内容和地名进行论述，这是由于“霍尔”一名的曲折历史造成的。它最早系指甘州回鹘人，后来又指元朝(尤其是忽必烈时代)的蒙古人。[20]我们已经发现了这些“古迹”或“历史的记忆”。格萨尔和白哈尔之间的对立关系与霍尔—回鹘人有关。“霍尔”这个民族名称的概念也在史诗中反映出来了。这些人的守护神是白梵天神，而且白梵天神已被考定为白哈尔并被奉为蒙古人的天神。白哈尔是台乌让(桃郎神)一类的魔或神，它们是独腿和独脚的铁匠。[21]在格萨尔史诗中，铁匠于霍尔人中扮演了一种重要角色，他们形成了其军队的组成部分(噶尔哇或铁匠王)。格萨尔为降伏霍尔人的国王，曾变成了他们铁匠的徒工。霍尔人的生命就如同一块神铁。大家知道，早在甘州突厥回鹘人鼎盛时代之前，突厥人就是著名的铁匠。[22]

对于这些遥远时代的先祖，史诗则通过喇嘛教文学而吸收了他们，但史诗当时对于这一切也不大清楚。惟有铁和铁匠的重要意义于其中仍是霍尔人的典型特征。台乌让神及其主要代表白梵天神、萨梯那波和巴梯扎沃于其中仅仅为苯教神，它们也如同苯教神一样既在霍尔人中，也在羌人和洛—门人(南方的辛赤国王)中受到招请。

苯教的这种强大势力应确定在近代(自15世纪之后)的地理范畴中。晁同始终被认为是苯教的大巫师。[23]这又是他与霍尔人之间的另外一种新联系。在林葱木刻本中，白利被定位于岭地和霍尔人的附近，它被认为是魔(北方之魔鲁赞)将军和霍尔人(石泰安，1956年，第132页)。然而，白利是一个很著名的地方，位于玉树和打箭炉之间的地区，被认为是一个已皈依苯教的地区，正是由于这种原因而于 1639—1640 年之前被固始汗摧毁(请参阅下一章)。

史诗中的霍尔人都是苯教徒。他们的喇嘛是苯教徒雅穆喇嘛法师(赫尔曼,1956 年,第 242—244 页,第 7 幅绘画;《朱古兵器国之部》第一卷,第 58 页)。这种在长文本中普遍出现的特征也勉强地在弗兰格的残本中得以维持(1905—1909 年,第 276 和 284 页)。霍尔人的天神于其中受请戴上了“羊毛巾”,这是苯教徒们的典型头戴。[24]但是他们却与岭地人分享一批神山。阿尼玛卿山是他们的保护神(赫尔曼,1956 年,第 107 页),就如同它是岭地的保护神一般。格卓也是一尊同样的神,佛教徒认为他就是贝则,苯教徒则认为他就是达拉麦拔(《汉地之部》稿本第 84 页),是既由晁同又由霍尔人经常招请的守护神。[25]

所有这些资料始终都会把我们导向以巴颜喀拉山山脉为轴心的同一地区。但后来发生了一些迁移并反映在各种文本那互相矛盾的资料中。

七、日 月 山

林葱木刻本(第一卷,第 34 页)提到了日山山谷的进口,而该山又属于 Zi - Khron - lin 的组成部分。我开始想到 Zi - Khron 应该转写为汉文“西川”(1956 年,第 160 页)。事实上,这个藏文转写词更应该相当于“四川”,该词自宋至清始终指四川的西半部,其刺史管理汉藏走廊地区的土著部族。[26]但该西川却远不如另一个指位于西宁之外地区的西川著名。大家恰恰在那里发现西藏和汉地之间的边境,有一座大山在藏文中叫作 Do rnirta (mdoṅi - Zla,见柔克义,1894 年,第 111 页)或 N̄i - ZlaLa。在汉文中则叫作日月山,在蒙古语中叫作 Nara - Sara。这座名声赫赫的大山位于青海湖的东南角(东经 100°,北纬 36°),相当于唐蕃古边境,在 9 世纪时于汉文中叫作赤岭,在藏文中叫作梅乳(rMe - ru)。[27]据《西藏王统世系明鉴》(第 95 页)记载[28],此名出自在一块石头上显示了日月的一幅图案。唐蕃之间缔结的会盟条约就是在这里宣布的,并竖碑勒石为纪。稍后不久,到了元代,又在那里祭天(《元史》卷 72,

第1页)。对该日月山在文献中的记忆很可能促进形成了格萨尔史诗中霍尔英雄中最重要的形象之一,即"刽子手"和"罪孽者"大相梅乳(rMe - ru,另外一种不同的写法为 Miru)或梅乳则("则"即rce,意为"山峰")的形象。[29]我们已经讲过,史诗中一般都把霍尔人视为蒙古人。它在经常将他们置于其后裔(道孚一带的霍尔人)地区的同时,又保持了一些大家确实将之置于更靠北一些地方的内容。[30]

我在其他地方(1951年)已经提出了弭药一名(与之同时变化的还有"羌")是怎样同时指北方(甘州和阿拉善地区)和南方(打箭炉地区)的,而且这还是在非常古老的时代指松潘地区的羌人之后。正如我们将要看到的那样(下文第六章),弭药人很早就有一些与《格萨尔王传》史诗有关的宗教特征。其形容词"羌"(北方)又使之与北方的神秘和极乐世界般的香巴拉史诗联系起来了。格萨尔史诗中保持了其影响。虽然林葱木刻本的刊布者们明显了解并提到了打箭炉的弭药人(林葱木刻本,第一卷,第38和40页),但其他的文本则保留了一些神秘的和"北方的"特征。

八、弭药(木雅)

格萨尔史诗各部目录中出现的有关弭药人(请参阅上文第二章)被纳入了格萨尔赴汉地旅行之前的时代。所以它占了《汉地之部》稿本的很大篇幅(第37—140页)。这是一个很难进入的地方,惟有超凡的(神仙的)手段才可以到达那里。格萨尔可能在那里获得了一些珍贵和罕见的物品,因为他需要这些法器以克服在其汉地冒险旅行中遇到的障碍。弭药在《汉地之部》史诗稿本中的这种特殊地位完全与蒙文本相吻合(见施密德本)。在蒙文本中,寻求赴汉地旅行的必需物将史诗中的英雄导向了天神祖父的天域而不是弭药。我们于此仅仅注意某些可以确定其地望的资料。该弭药的国王叫作玉则(敦巴)上师,共统治了弭药的十八部族(《汉地之部》第47—48页)。它是东部神山阿尼玛卿山(玛钦蚌拉)的神子。其名字无可争议地与同一弭药地区的神山玉日则嘉山的名称有关(同上引书,第39页),国王及其家族的城堡就位于那里。根据藏文的习惯，玉日则嘉一般都可以简称为“玉则”。玉则山也出现在林葱木刻本中（第三卷，第42页），格萨尔的神马在被英雄捕获之前就生活在那里。为了到达弭药地区，则必须有一匹与格萨尔的马同类的神奇马（《汉地之部》第65页）。然而，玉则神山属于年神一类，就如同玛钦蚌拉山一样，弭药国王玉则仍为其神子，该山也作为果洛人的圣地和守护神而非常著名。这就是年波玉则扎惹。族行家们却以年波玉则（Nyambo Yirtse）之名而熟悉它，位于黄河第一个河套以南的果洛康赛和康干（东经101°和北纬33°30′，请参阅骆克，1956年，第125和134页，第5幅地图）。一名从该地区返回的蒙古旅行家在北京告诉我，果洛人的一种先祖传说认为这座山将其女儿嫁给了果洛人的先祖（请参阅骆克，1956年，第125—126页）。[31]果洛人的这种传说与以《格萨尔王传》史诗为中心的民间文学有关（请参阅下文第六章）。这次婚合共生3子，分别成了果洛主要三部的先祖：阿琼部、翁琼部和白马部。其中阿琼部有4子：阿琼格马、阿琼日芒、阿琼拉洛和阿琼希玛。

这些名称可以使人考证史诗中的许多地名和人名。阿琼（Archung或Achung）确实既作为果洛一个部族名称又作为黄河上游一个重要地名而为人所熟悉（塔菲尔，1914年，第一卷，第177页作Ardschün；菲尔希纳：《横穿西藏的东部》，地图中作Artschung）。大家可以思考果洛人的这个阿琼（Archung/Achung）是否与位于稍靠北一些（位于贵德和循化之间）的著名阿琼有关[32]，它被称为南木宗，意为“天堡”（或“南木”，即“天”）。南/南木与冬族和弭药的关系是人所共知的（请参阅我的补充博士论文）。[33]“天”之意可以解释史诗中弭药人的天神特征以及在蒙文本中将这种情节置于青天的同源对应词。如果大家承认在阿琼南木宗和出自玉则山的部族阿琼之间存在有某种关系，那么大家也就可以解释拉达克文本中的不同写法了。在这后一种文本中（弗兰格，1905—1909年，第154—155页），格萨尔为其中原汉地之行而所必需的珍奇罕见物既不是由弭药，又不是由尔在上天的祖母向他提供的，而是由其岳父丹巴（bsTan-pa或Than-Pa）向他提供的。在完整的文本（林葱木刻本和稿本）中，这名始终被称为“富翁”的岳父是噶部落嘉洛家族的敦巴坚赞。

对这个人物所处的地理位置的确定很容易，他与另外两兄弟

(俄洛或俄译师与卓洛)经常被同时提及。被同时提到的还有另外一位与他们有亲缘关系的上师(敦巴)——郭地(或贡地,这是格萨尔母亲的地区。她于岭地附近的郭地被找到之后又首先委托给了嘉洛敦巴坚赞)的惹译师。[34]我们发现有一名惹译师也出现在阿琼的4子(四部、四族)之中。嘉洛被认为属于位于嘉洛和俄洛之间的噶部(《汉地之部》第45页)。他生活在扎陵湖(《朱古兵器国之部》稿本第一卷,第127页;巴科藏稿本,第21、23页)和鄂陵湖畔(巴科藏稿本,第50和56页),这些湖的名称明显与他(嘉洛)及其弟(俄洛)的名字有着千丝万缕的联系。然而,以扎陵(Tsaring)和鄂陵(Oring)[35]的形成而为旅行家们所熟悉的这些湖泊恰恰位于黄河的源头,而噶在所有的文献中均指玉树地区。[36]

因此,所有这些资料都非常一致地把我们导向了黄河上游的同一地区,尽管这些彼此独立无关的资料之来源千差万别。在此问题上还有许多其他事实都证明我们所遵循的道路是正确的,澄清了在史诗中的各个地区和人物之间含糊不清的关系。

九、弭药、霍尔和“霹雳”

在与格萨尔史诗独立无关的文献中,弭药人则与霍尔人密切地联系在了一起(请参阅石泰安,1951年)。在格萨尔史诗中的情况也如此。弭药国王的父亲玉则敦巴又叫作协钦或恰钦,他是过去被岭地人杀死的(《汉地之部》稿本,第59页和64页)。从其名字来判断,其母西若托措[37](同上引书,第74页)似乎与西若托嘉[38]有亲缘关系,后者为霍尔人的大将,曾去祭祀岭人和霍尔人共有的神山玛钦蚌拉山(阿尼玛卿山,见赫尔曼,1956年,第106—107页)。其中的“托”(Thog,本意为“霹雳”,有时也意为“勇将”)在弭药和霍尔国王的名字与民俗中扮演着一种重要的角色。玉则敦巴国王身穿一件“云裳”,其武器为一种“霹雳”(《汉地之部》第74页)。他骑一只木鸟(行人可以如同进入飞机一般而步入其内)来到岭地,该木鸟叫作果沃雪让(大鹰或长有长翅的灰色秃鹫),于风暴、霹雳闪电和乌云中飞翔,于青天之上挥动其霹雳(同上引书,第71—74页)。其飞行工具(木鸟)就已经使人强烈联想到了霍尔人的守护神白哈尔。白哈尔叫作“携带木鸟的神”，因为它是骑“木鸟”而来到吐蕃的。

在这个英雄人物的真正历史之前，就有一位霍尔人的国王叫作托嘉（霹雳之王）或托托（另外一种写法为“托莫”）热钦（霹雳，大刀），他是霍尔大相逗觉辛巴（又叫作梅乳孜）的祖父。他曾被带领99名“雷人”的格萨尔战败（林葱木刻本，第二卷，第63页）。另外，一位国王托果（巨雷）则属于北方的突厥人。这就是突厥人中的格萨尔，即兵器、甲胄和马匹之王（《朱古兵器国之部》稿本第一卷，第1、257和200页；第二卷，第128页）。其兵器宗（堡）位于鄂陵湖地区（同上引书，第二卷，第85页），而这个鄂陵湖则被认为位于霍尔人的阿钦塘平原（同上引书，第一卷，第49页和57页）。同样颇有意义的是这名托果也是属于赞神（战神）类的神祇，已被比定为白梵天神（又叫作白哈尔，即霍尔人和姜人的苯教神），既由辛巴人（梅乳）又由姜人的国王萨木丹召请（《姜岭大战之部》，罗列赫藏本第15页；《朱古兵器国之部》第一卷，第221页）。在格萨尔史诗之外，大家还知道一些畏怖神托果。弭药冬族地区的一名苯教巫师共招请313尊托果神（斯巴托果，巴黎国立图书馆藏第493号稿本，第18页）。

大家不可能研究这些如同是由于偶然性而互相吻合的所有资料。其他内容也证明了已揭示的关系及其大致的地理方位。据格萨尔史诗记载，弭药国王使姜人的萨丹木国王归附了其政权并任命鲁赞魔为雅康北方（羌、羌塘）的国王（《汉地之部》稿本第75页）。姜·萨丹木（Sa－dam或Sa－tham）一般均指云南的丽江和大理地区，甚至在格萨尔史诗中也如此（请参阅《姜岭大战之部》的稿本）。但这并不妨碍史诗奇怪地将此地比作弭药。在林葱木刻本中，姜（羌）被称为“玛科的侧谷”（黄河上游），达布盐池（茶卡盐池）就位于那里。姜人的城堡（宗）之一是弭药丹巴噶拉（《朱古兵器国之部》第一卷，第66页）。如果这些资料肯定是指打箭炉的弭药人，那么最好也应该提一下藏族编年史学家们肯定了弭药＝西夏＋羌人的等式关系，他们无疑将“Jaṅ一名视为汉文“羌”的转写对音字（石泰安，1951年，第261—263页）。无论如何，我们应该注意弭药在史诗中占据重要影响的内容。它已由一种独立的史料所证实，这就是《苯教源流史》。据此书认为，“同一名岭地格萨尔过去可能曾向弭药纳贡”(请参阅下文第五章)。

十、阿钦和北部地区

弭药的这种强大势力主要与北方有关。我们已经提出了它与霍尔人的亲缘关系及其对北方鲁赞魔的统治权。霍尔人经常与“阿钦方坝”(四方的阿钦平原)相联系,以至于这后一个名称系指霍尔地区了(《朱古兵器国之部》稿本,第一卷,第 234 页),从而便把单独使用的“阿钦”一词变成了对霍尔人的称呼(林葱木刻本,第二卷,第 62—63 页和 72 页;江孜木刻本,第三卷,第 22 页),这就是大卫—妮尔书第 51 页所说的“阿钦霍尔”(HatchenHor)。大家已经看到,鄂陵湖位于这同一个平原上,突厥人也被确定在那里。此外,它还被称为“北方阿钦平原”(晁同及其子绒色的居住地,见《霍岭大战之部》稿本第 272 页)。据赫尔曼(1956 年,第 108 页)认为,阿钦方坝的守护神可能是玛卿(阿尼玛卿山),而且该词系指整个安多地区。我们已经作过一次概述的定位,确实迫使大家取其一种较为广泛的意义。此外,我们所研究过的各个地区(弭药、霍尔、北方之魔、突厥)似乎都互为毗邻,并指一个其范围很有限的地区。我们得到的第一种印象无疑是由于藏文文献对地理和历史知识的全面贡献,第二种印象相反却是在史诗发展的环境中(黄河上游地区)的地方性文化遗产。[38]

因此,我们现在暂时要对本处涉及的地区之毗邻和亲缘关系进行一番研究。从北方魔鬼(鲁赞)地到岭地的路要经过“Atchen choung Long”(大卫—妮尔书第 142 页)。但其狩猎地位于“Hatchong Tsigou”大山附近(同上引书,第 123 页)。Tsigou 肯定代表着藏文 rce - dgu,意为“九峰”,这是指山脉的常用名词。Hatchong 应被比定为“阿钦”(霍尔人地区)。阿钦就是霍尔人地区,包括鄂陵湖在内。然而,阿琼却位于距那里不远的黄河岸边。格萨尔史诗中包括相当数量的有关弭药、霍尔、突厥、鲁赞和岭地之间亲缘关系问题的资料。我们已经指出了这一点,并且我们还可以指出其新的例证。

格萨尔的大相之一钦依诞生在绒地,其守护神为神山卡哇噶波(为其供奉之神)和绒地的则拉穆布(其魂山,见《汉地之部》第54页)。这些山脉和这个绒地都是非常著名的,它们都位于康地的南部。尽管如此,这个钦依却是弭药国王玉则敦巴的好友,“以女子联姻而建立联系”(同上引书,第44页),曾任鲁赞的使节(同上引书,第23页)。他后来成为格萨尔的大相,守护岭地北部以防魔国人。

据各种文本记载,北方之魔鲁赞的妻子叫作奔萨(奔氏妃,拉达克文本)、麦萨(《汉地之部》稿本)、梅尔萨或曼萨(江孜木刻本;《姜岭大战之部》稿本,罗列赫藏本;这就是大卫—妮尔书第123页所说的梅桑·本切)、奔吉(相当于蒙文本中的图蒙·吉尔加兰)。她原本是格萨尔的王妃,当时叫作岭氏王妃梅朵则,后来遭鲁赞劫持,接着又被格萨尔夺回岭地(《汉地之部》第42—43页)。鲁赞派往弭药地区的使节和后来在岭地任大相的钦依成了其情夫(同上引书,第44页)。她可能帮助格萨尔夺走了弭药地区的珍异物,但后来却背叛了他并煽动弭药人向岭地发动战争(同上引书,第66和73页)。如果大家想到了把她派往弭药地区,那恰恰是她叫作麦萨,也就是说她本姓麦(也就是“弭”),如同其母麦萨阿珍一样(同上引书,第39页)。我们确实知道弭药的羌人自称为麦(rMe)、玛(rMa)或米(rMi,见石泰安,1951年,第253页)。在麦萨奔吉和弭药之间的关系可能是以她是一名麦氏女子或一名弭药人的妻子之事实为基础的。然而,她在所有地方都被称为来自“北方的赤雪”(“北方赤雪的麦萨”,见《汉地之部》,第40页;江孜木刻本,第一卷,第40页)或来自“北方的冲木雪”(“冲木雪的梅萨”,位于玛尔康以北。见《姜岭大战之部》,罗列赫藏本,第56—57页),而其夫鲁赞则被称为“北方赤雪人的首领”(《霍岭大战之部》第210页)。

十一、赤雪和冲木

非常遗憾,在这些传说问题上呈现了一种令人失望的混乱。但最重要的是将这一切进行一番比较后,得以理解名词的变迁和通过语言的媒介作用而引入的某些内容。麦萨和弭药之间的关系也出现在我从打箭炉(通过谢国安)搜集到的一种颇有意义的口传资料中。在距打箭炉弭药人很近的瞻对,有人指出过一个叫作冲木雪、冲木塔尔[39]或汉文地图中叫作昌泰的地方。大家于其中指点的那些废墟都被认为是冲木赤雪一个国王的城堡之遗址。一种可能与这种传说有关的古文献将是我们于下一章中研究的内容。向我提供资料的一个人就非常清楚今天生活在打箭炉附近的弭药人过去曾生活在北部(他认为甚至曾居住在突厥斯坦的叶儿羌一带)。

大家都知道,赤雪“王后”中的赤雪系指青海湖(孔贝,1926年,第168—169页,孔贝转引了谢国安指出的资料)。《神鬼遗教》一书把它确定在北方的康地之野猫塘平原,写作“赤雪杰莫”(Khri-çod rgyal-mo,第32—40页)。大家还会发现Khri-bçog rgyal-mo(《如意宝树史》,达斯本,第二卷,第344—345页)这种写法。这些名词都可译作“赤雪杰莫”,意为“赤雪王后”。它与冲木(“市场,城市”)之间的关系早已出现在敦煌大事纪年中了(巴科等人1940年书,第15和34页)。据一部苯教著作记载,赤雪湖位于格萨尔辖地与吐蕃之间(托马斯,1951年,第285—286页)。

大家都明白,北方之魔的夫人麦萨(弭药人的妻子)享有一种把她与青海湖联系起来的尊号,这种内容随着弭药人向南(打箭炉地区)迁移的足迹而变化着。但格萨尔史诗在赋予我们知道其地望已被确定在黄河源头的嘉洛之儿子和女儿以同样的称号(带有赤木—冲木[40]这种不同的形式)时,也增加了混乱的程度。珠牡是嘉洛的女儿和格萨尔的正妃,被人称作“安多王后”(朵甘思王后),获得了“冲木雪”的尊号或称号(《汉地之部》稿本第10、17、46和88页;巴科藏稿本,第40页),而其兄珠杰则被称为“北方的赤雪”(《霍岭大战之部》稿本,图齐藏本,第32、88、137和215页)。我们有时又觉得“冲木雪”(Khrom-çog,有一次写作Khrom-Čhog,见《汉地之部》第88页)仅仅意为“美貌”或“美人”,就如同冲木托(Khrom-thog)一样(请参阅石泰安:1956年,第357页)[41],而“赤雪”(Khri-çog)也带有了同样的意义(可能是通过“人群”的意义)。中原天朝政府的京城被称为“天门,汉地的赤雪”(见《汉地之部》稿本。第214页,但第216页却作“汉地赤雪天门”)。南部辛赤的女儿梅朵拉则自汉地获得的称号为“赤雪王后”(《霍岭大战之部》稿本,图齐藏本,第196页和268页,但第268页又作“冲木雪”)和“赤雪王后的女儿和汉地的公主”(同上引书,第152页)。所以,专用名词“赤雪”和“冲木”的意义有时也确定了一些显得有些武断的特殊意义。但这种做法至少进一步促使我们把还将有机会遇到的重要传说(尤其是对于冲木地区)与史诗联系起来。我们于此还应该指出,把“赤雪”或“冲木雪”的称呼归于嘉洛家庭的后裔一举是以对一个地名的定位为基础的。大家已经看到,嘉洛氏居住于黄河的源头,然而,在对阿钦霍尔地区(阿钦平原也位于同一地区)的一种描述中,有人告诉我们说在东部有一座果波玉则山(弭药地区的玉则山和年波玉则山),在西部有臣木雪(Khrims - çog)湖(《朱古兵器国之部》稿本第一卷,第60页),其中的'Khrim是由于在“赤雪”(Khri - çog)和“冲木雪”(Khrom - çog)之间的混淆而造成的误写[42](Khrim = Khrom,请参阅下文第六章)。该湖确实位于嘉洛地区(大量湖泊形成了黄河源头这个地区的特征)。如果珠牡被称为“朵甘思的王后”,那么这个尊号就与以下事实完全相符。朵甘思和安多的四大山岭(岗)地区(岭—康)的十八部分散在从朱布到宗喀和赤雪(青海湖与塔尔寺地区)之间(巴黎国立图书馆藏稿本,第493号,第29页)。

大家已经看到了,无论我们研究过的人名或地名的出发点如何,始终都要归结到以黄河上游为中心的藏区东部。所以,现在是指出玛域在史诗中所起的突出作用及其与岭地关系的问题的时候了。

我们刚才提到的朵甘思—安多的四大岗被认为是玛尔、赤(通天河,'Bri,应该读作'Bri)、达和玛。这就是四大江河:黄河(玛曲)、雅砻江上游(扎曲)、金沙江上游(通天河,直曲)和玛尔曲。[43]格萨尔史诗中岭地之活动最明确的部分就应该被确定为这同一领域。非常遗憾,在此问题上犹如在其他问题上一样,某些名称的同音异义现象在有关玛域(sMa、rMa、sMar、dMar、Mar等)问题上产生了混乱(请参阅我的补充博士论文)。

十二、玛域和岭地

格萨尔也被称为“多康”(朵甘思)之王(《朱古兵器国之部》第

一卷,第 156 页)或“玛康王”(同上引书,第 158 页),岭也被称为“玛域”(玛域岭噶查莫,《霍岭大战之部》,图齐藏本,第 72 页)。但是,这种犹豫心情也连续出现在地名中,因为“康”意为“地区”,“岭”也具有“地区”之意义。这些名词的用法相当有意义而值得我们于此提及,它无疑解释了选择“岭”字来指一个从 15 世纪初叶就确实存在(大家将于下一章中看到这一切)的小王国和史诗中英雄的家乡。因此,我们于此就编制这些称号的一幅统计表:

玛(rMa)康(芒康?)的岭部族(共 8 处,格萨尔为其上师,见《朱古兵器国之部》稿本第一卷,第 3 页)。

玛(rMa)康岭族(部族,同上引书,第 19、44 和 58 页)。

玛(rMa)康岭域(《白惹绵羊国之部》第二卷,第 4 页;《霍岭大战之部》,图齐藏本,第 147 页作 SMa - Kham Glin - Gyl;华盛顿藏《分大食财宝之部》稿本第 75 页作 rMa;第 77 页作 sMar)。

玛尔(sMar)康(《朱古兵器国之部》,第一卷,第 44 页)。

玛(SMar)康林赤(同上引书,第二卷,第 329 页)。

玛康岭噶尔域(同上引书,第一卷,第 120 页)。

玛(SMar)康岭(同上引书,第 143 页;《霍岭大战之部》,图齐藏本,第 66 页作 SMar;华盛顿藏《分大食财宝之部》稿本第 31 页作 rMar;江孜木刻本第一卷第 10 页,第二卷,第 5 页)。

玛(rMa)康岭噶尔(《白惹绵羊国之部》稿本第 13 页)。

玛(rMa)康岭赤噶波(华盛顿藏《分大食财宝之部》稿本第 156 和 161 页;《分大食财宝之部》木刻本第 1、5 页;《朱古兵器国之部》稿本第二卷,第 329 页)。

多康(MDo - Khams)岭(《朱古兵器国之部》稿本第一卷,第 260 页;林葱木刻本,第三卷第 3 页作 dKar)。

多岗(mDo - gam)岭赤(《朱古兵器国之部》稿本第二卷,第 194 页)。

玛(rMa)康岭族(岭部,rus,同上引书,第 62 页)。

玛(rMa)域岭古(岭国六部,岭地的长者之国,同上引书,第 261 页;同样的地区也是下玛域多岗岗朱的组成部分,同上引书,第二卷,第 188 页)。

玛(rMa)域岭赤(《朱古器国之部》稿本第一卷,第 47 页;《白惹绵羊国之部》稿本第一卷,第 10 和 25 页)。

（东方）上玛域的岭域（黄河上游的岭国，巴科藏稿本第34页）。

因此，格萨尔史诗中的地名同时揭示了应将英雄的地区确定在安多和黄河上游地区，又说明了“岭”和“康”等具体地名经常向 glin 和 Khams（均指“地区”）等普通名词的过渡。我们在以下数章中还将来研究“岭”（glin，意为“地区”）的意义。我们于此还将指出，这种用法确实也出现在格萨尔史诗之外，它具有非常古老的使用历史。在一卷敦煌写本中（突厥或回鹘可汗的一封书信，见拉露，1950年，第1082号），提到了派向察绒和青海湖以南大平原野猫塘岭（野猫大平原地区）的吐蕃使者。在另外一卷敦煌写本（印度事务部图书馆藏第719号，占卜文书）中，讲到了“玛曲岭”（玛曲或黄河地区）。这种用法一直维持在古典文献中。多康（朵甘思）被划分成了一个大平原（野猫塘，分别作 gYer – mothaṅ、dByar – ma thaṅ 和 gYar – mo thaṅ 等）、一个山区（色莫岗，德格地区）和宗喀的岭—康（宗喀的康地，指西宁—塔尔寺地区。见赫尔曼，1948年，第194页）。同样，在《噶玛巴米居多吉传》（《神教》，第16卷，第13页）中，多康的岗被分成了上、中和下3个岭赤[44]，格萨尔史诗中的做法只不过是沿用了这种习惯。同样，当它与东部玛康之王格萨尔同时讲到北部突厥王的格萨尔时，也将这两个地区对立起来了，分别称之为“朱古岭”和“玛康岭”（《朱古兵器国之部》稿本第一卷，第172页）。

甚至在诸如林葱木刻本那样的文本中，岭地也明显被置于丹地（邓柯）附近、巴颜喀拉山以南，黄河上游地区对于史诗中的英雄始终具有一种特殊的意义。这就是地神玛钦蚌拉（阿尼玛卿山），其中收藏有要送给格萨尔的宝物。青年格萨尔觉如正是被驱逐至玛域，他也正是在那里奠定了其政权的基础。这其中最引人注目的是这些基础里包括对自西（拉达克）向东（汉地）的那条通商大道的控制和保护，商道上汉地商客们运输茶叶从峨眉山（也就是四川）前来（林葱木刻本，第二卷，第64页）。关于这种说法其刊布者肯定是联想到了从打箭炉到巴塘或从打箭炉（经霍尔甘孜）到达玉树的茶叶商队之路。但这些汉客不惜一切代价地坚持为中原皇帝购买格萨尔的宝马，而这种交易市场更应该是在安多（河州和洮州地区），汉人在那里建立了采购马匹的中心。此外，拉达克的商人们也受到阿钦平原上霍尔族强人们的劫掠。因此，通商大道是要经过黄河上游的。然而，甚至是林葱木刻本（第二卷，第72页）也认为，霍尔人占据了黄河3个河套中三分之二的面积，岭地只占三分之一。我们于下一章中将会看到，从吐蕃进入中原汉地的道路在元末明初要经过阿尼玛卿山地区、拉加寺和河州，而不是如同近代这样是经由打箭炉。甚至是在格萨尔史诗明显将一大批故事情节确定在巴颜喀拉山以南的康地的章节中，也包括了一些有关将之定位于更靠北部地方的资料。

在玛域和玛尔（sMar、Mar、dMar）之间造成的混淆之后果是把岭地定位于南方。马尔康系指噶托城或嘉喀（在汉文中叫作江卡），大家把岭地与格萨尔都确定在那里（见“古迹”第75条）。但同音异义并非是该地将定位向南移的惟一原因。这后一种做法同样也是由于某些家庭分支的定居，他们似乎随身带去了一些地名名词。《米居多吉传》（《神教》，第12卷，第13—25页）中的一段重要文字便证明了这一切。下面就是这段文字的概述。

米居多吉诞生于俄木地区（察木多或昌都地区，有拉楚河或湄公河流经）。这个地区是哪里呢？西藏东郊，多康（朵甘思）系由五六个岗组成，在前3个“地区”（岭一赤，上、中、下）中，它是中间者。在五岗的分类中，就是位于南方的拉（达）楚河（湄公河上游）和怒江（怒水，萨尔温江）之间的察瓦岗。但学者们认为共有六岗，在此情况下，这里就是指色莫岗（其中也包括德格在内），位于扎曲河（雅砻江）和俄木楚河（湄公河的支流）之间。俄木（鄂穆）地区就位于那里。其上部被称为若洛，位于类乌齐镇（北部）与昌都（察木多，南部）之间，那里还有噶玛寺和类乌齐寺。大家会在那里发现许多神山和圣地，如敦巴洛若、格仁、白利王、巫王洛布尔等，这一切均位于俄木（鄂穆）辖地的措莫（洛）多河谷中。[45]诞生于这一地区的米居多吉也属于藏族土司家庭。正如西藏编年史（请参阅第五章）所证实的那样，宗喀和朵思麻的土司均出自吐蕃西部赞普们的后裔，如吉德尼玛贡和扎西则巴诸土司（10世纪），定居在康地的该世系共包括两支。其一产生了东部的宗喀王（11世纪初叶）。其二定居在俄木地区，以冬蚌拉（另一种不同的写法为“蚌拉冬”）或“白色天神冬族”（拉冬噶波）之名而著称。它出自光明天神（光音天），而被称为细冬的分支则是新来者和被称为属于王族者（请参阅下文第五章)。因此,这里并非是一些藏族家庭(“不是吐蕃的族类”)。

冬族(gDoṅ、LDoṅ、'Doṅ)曾在吐蕃东部起过一种重要作用(请参阅我的补充博士论文)。特别是他们形成了弭药和岭王国的基础。蚌拉是黄河上游一座神山的名字(玛钦蚌拉山,即阿尼玛卿山)。因此,从我们所引证的一段文字来看,原来定居在黄河上游两个河套中的王族分支,在11世纪时又向南迁居到了察木多。格萨尔史诗诸多稿本的某些题跋认为俄木地区的“白色天神冬族”之觉 sKyo 人的首领——某一位布拉诺布在该分支的形成中起过重要的作用(请参阅上文第二章,第21号稿本)。著名的上师和巫师汤东杰布同样也出自定居在吐蕃中部偏南的弭药人之“白色天神冬族”中,而史诗和其他文献则认为他是岭地的喇嘛(请参阅石泰安,1951年,第237页注[2]和本书下文第五章)。

十三、彭、朗和岭

在论述把冬族与岭地联系起来的问题之前,我们还必须触及由刚才概述的文献提出的另外一个问题。据六岗的分类法认为,该地区也如同我们上文提到的地区一样,位于扎曲河与通天河(金沙江上游,下游又叫作扬子江或长江)[46]之间,包括德格[47]、玛曲河(黄河上游)和扎曲河(雅砻江上游)[48]之间或怒江和扎曲河[49]之间的地区。然而,该色莫岗则被称为彭域(彭地)[50]。我在其他地方已经指出(请参阅我的补充博士论文)了这片相当辽阔地区的特别含糊的名词是怎样与朗氏家族(叫作彭保朗)的冬族和岭联系起来的。在格萨尔史诗中,提到了与玛嘉蚌拉平行和相距不远的一座神山。它叫作扎嘉彭波山(国王,也就是扎地的一座神山)并与未来的格萨尔觉如有关(巴科藏稿本,第23页)。它也被定位于突厥人地区并受他们的祈祷和招请(《朱古兵器国之部》稿本,第一卷第20页;第二卷第99和284页叫作扎果彭波,是帮助突厥大相的一尊土地神)。[51] 正如大家还将看到的那样,突厥人的国王是一位格萨尔,他是岭·格萨尔的同源对应者。在谈到非常接近岭地的扎地时,巴科藏稿本第37页提到了一个叫作扎阿尔昂玛岗森的地方,上天的玉宗(绿松石宗或城堡)便位于那里,是大鹏鸟(金翅鸟)的居住地。此名又出现在组成白色扎人(dBra,另外一些不同的写法分别作阿扎或阿尔)的九族之一中,白色扎人又被称为阿尔昂波。第一个家族是阿尔冈斯,第二个是昂波。被称为"彭人"的朗氏家族便出自斑色扎人集团。

朗氏代表着一个土著家族。Rlaṅs 这种写法是由于一种以先祖传说为基础的通俗辞源所造成的(本意为"蒸汽")。其余的写法分别为 Ga-gla 和 Glaff 或 Blaṅs。[52]形容词"彭"也应与同一传说有关。完全如同在格萨尔史诗中的岭地一样,神山也以与上天相同的名义介入了先祖的诞生事件。

有关吐蕃"原始部族"之起源的传说(请参阅我的补充博士论文)认为他们原来就是冬(gDoṅ、LDoṅ)、扎(dBra,另外的不同写法分别为 Grags、dGra 等)和珠('Bru);第四位出自木氏母亲,这就是噶(dGa')。扎氏分成了 3 个集团,分别为白色、黑色和斑色。在斑色扎人集团中,大家一直讲到阿尔杰祖松。其子芒冬(LDom,另外一种不同写法为 LDoṅ)[53]达赞是天神八兄弟之一在大地上的化身。其历史中包括一些大家可以在格萨尔史诗中重新发现的内容。下面就是他那与格萨尔的故事相比较的历史。

《朗氏家族史》[54]	岭地的历史 (据史诗记载)
芒冬达赞与其凡间妻子无子,他上天去求子。	岭地长者向天神(梵天或帝释)为岭地请求一国王。
向他许诺了大喇嘛和英雄们的一个世系。	天神许诺一神子将成为英雄格萨尔。
他必须在 13 个月期间为其本命神赎罪并在名山(神山)上进行祈祷和祭祀。	他为此必须在山上举行煨桑仪轨(祈祷和祭祀),共有 13 件的一批法器(第一幅绘画;林葱木刻本第一卷,第 15 页)。
他获得了梵天的一名叫作曼琼的女儿为妻。	格萨尔的天神母亲是贡曼噶莫,在拉达克语中叫作古曼,但在布里亚特语中却作芒赞戈

曼琼有一头天神地区的白色奶牛。她在其夫躲在一块岩石之后窥伺她的时候挤出了牛奶，然后又把奶奉献给天神，并将剩余者倒在水中，发愿将有一个特别神圣的后裔。

祈求的儿子诞生了，母亲把他放在一个盒子中并摆放在神山的顶峰。如果这是一个天神之子，那么他就会活下来。否则，他就会被走兽和飞禽吞噬。当再前去看望他时，其父母却发现了一个扎有绿松石发髻的小童，其前颅有一股白色之气(rlaṅ)。绿松石的龙—雷向他倾注了一种“勇气之水”，母龙让他吃其奶，苍鹰以双翅遮蔽保护他，野兽簇拥着他，一道彩虹于其头上形成了一顶帐篷。

其世系由这股气而获名朗氏。

莫(可能为曼琼噶莫)[55]。但她未将格萨尔分娩在大地上。在大部分文本中，这种作用都要归于一名龙女。但在一种安多的文本和布里亚特语文本中，格萨尔凡世间的母亲也是被从上天派遣来的。[56]

格萨尔的母亲拥有一头共长有惟有她才能挤的130个奶头的奶牛。她必须爬在一块大岩石旁边，并向湖泊(其龙父在那里)祈祷以有一子(林葱木刻本，第二卷，第18—22页)。

在所有的文本中，都讲到格萨尔生下来不久便遭遗弃。这是一个肚子(胃)、一个口袋和一枚卵。它由一尊天神或一名女眷打开，母亲于其中发现了一个很标致的婴儿。在讲到这种诞生时，大家会联想到过去冬氏的男系亲属有许多非人的儿子，均由冰川的白色母狮哺育和以白色苍鹰的双翅温暖之。

格萨尔也于同时出自本命神。各种名表变化不定。大家会发现一组4种动物：红色的虎、蓝色的龙、大鹏鸟和狮子，再加上另外9种动物。在格萨尔那些也与他同时诞生的天神兄弟姐妹中，长兄自母亲的前颅以白色光芒的形式出世。他变成了格萨尔的保护神。

对朗氏家族与岭·格萨尔传说中的内容之相似性一般均应通过这样的事实来解释:所有的贵族家庭都声称出自一位天神先祖并在赞歌中使用了类似的内容,但仅有一些片断流传给了我们(请参阅图齐先生指出的事实:1949 年,《西藏的画卷》第 680 页注[162])。不过朗氏家族和岭地之间的关系并不仅限于共同使用了一般的传说性内容。我们已经看到,朗氏家族的人被称为彭波,而该词本来是指一座神山和位于西藏中部与康区之间的一片土地。此外,这个别号也与岭地的部族冬族有关。在一种世系谱中(赫尔曼,1948 年,第 182 和 198 页),木波冬的世系(即史诗中岭地的世系)叫作格冬彭巴。冬部中最著名者是梵天之子杰彭(同上引书,第 180—196 页)。冬氏第一位先祖的后裔之一是岭·巴拉朋(第 187、200—201 页)。同样的词汇成分'phan/'phen 又重新出现在格萨尔史诗中岭地先祖的名字里了。完全如同朗氏家族的人一样,他们也出自意曼杰保(王)。下面就是其名表。

1. 意曼杰保(意曼王)—冬卡哇本—冬惹叉格布(另外一种不同的写法为"惹赤噶布")⟶如察格布⟶却佩(彭)纳波⟶却拉彭⟶岭地 30 名英雄(巴科藏稿本,第 55 页)。

2. 木保冬的王族世系:却佩(彭)纳波⟶扎杰本美⟶却拉彭和却拉本⟶僧伦(父亲)⟶格萨尔(林葱木刻本,第二卷,第 3 页)。

3. 木保冬的长者世系:却彭纳波⟶却拉彭⟶僧伦⟶格萨尔(《汉地之部》稿本第 15 和 38 页;《朱古兵器国之部》稿本第一卷,第 2 页)。

4. 却彭纳波⟶却拉彭[57]⟶喇嘛彭⟶僧伦⟶格萨尔(《朱古兵器国之部》稿本,第二卷,第 91 页)。

在朗氏家族的世系中,神奇而生的儿子聘娶了一名冬氏女子为妻,他们的第 5 代后裔是冬格。一种传说认为德格的噶尔[58](该家族的历史与真实的历史地名岭地的历史密切地联系在一起)便出自他的后裔。朗氏家族天神儿子的第 16 代子孙是巫师绛曲折科,他可能曾两次被格萨尔邀请到岭地。朗氏家族的同一世系还提到了冬塞(冬氏之子),他降伏了丹地(岭地附近)和朗贝吉僧格(第 17 代后裔)。这后一个人物被史诗认为是岭地的喇嘛之一,与其前任绛曲折科的尊号一样(林葱木刻本第二卷,第 14 页)。从第

14世(恰恰在绛曲折科之前)脱离出去的朗氏家族的一个分支被称为拉色,从而产生了多康的一些家族,其中就包括阿努家族。然而,米居多吉的世系谱(俄木地区的冬蚌拉家族,又叫作白色天神冬族)导致了某一位扎纳的出现,他是八思巴(1235—1280年)的官吏,从蒙古(中国元朝)皇帝处获得了"都元帅"的尊号和印鉴,被三世噶玛巴让迥多吉(1284—1339年)剃度为僧,成为四世噶玛巴若必多吉(1340—1383年)的施主。其后裔之一叫作扎玛尔,是阿努家族的某位首领(外道),生活在米居多吉传作者的时代(17世纪)。格萨尔史诗中也出现了一名阿努贝森(A-nudpa'-serṅ 或 dpal-seṅ),是岭地中间世系的首领,为天神之子(石泰安,1956年,索引;达斯,1890年,第19页)。他如同中间世系的所有人一样,被定位于翁布('Om-bu,其不同写法分别为'Am-bu 或'Um-bu)。大家在现今地图上于格色寺(岭古司寺)之北——东北方向找到了这个地点,它位于扎曲河畔,地处东经98°和99°之间,北纬约33°线上(见塔菲尔的地图,1914年,四川、西康和云南的汉文地图中均作翁布)。该头人及其世系取名于其母亲翁或翁布女子('Am - bza', 'Om - bu bza'),她原籍为翁布(翁布女子),是却彭纳波的第二房夫人(第1幅绘画,林葱木刻本第二卷,第3页)。

十四、岭地的"原始部族"

大家已经看到,朗氏与岭地之间的关系是多方面的。朗氏先祖传说中的神山(耶巴拉日)已被定位于拉萨的东部和很近的地方。[59]彭域也位于拉萨东北部仅有一日行程的地方。[60]但"彭域"一词也适用于康地,冬扎等土著或原始部族始终都被定位在东部(请参阅我的补充博士论文)。然而,其他的"原始部族"也都出现在《格萨尔王传》的史诗中了。噶族和珠族都是格萨尔王妃的"富裕"亲属(石泰安,1956年,索引;上文注[36])。至于木族人(dMu、Mu 或 rMu),他们代表着岭地的幼弟世系,而格萨尔及其同父异母的天神兄弟(奔巴嘉察协噶尔)恰恰属于该世系。[61]在有关"原始部族"的传说中,木族人由于其几乎完全是宗教的外貌而占据着一种极其特殊的地位(上天的居民,以一条把先祖——国王与上天联系起来的攀天光绳为特征)。在格萨尔史诗中的情况也如此,岭地的幼弟世系或木族世系也是以同一方式为特征的。代表该世系的首领仁钦达鲁正是以其“攀天光绳”(林葱木刻本,第三卷,第71页)而著名。至于对木族之地望的定位问题,“扎氏国王”的神山正是位于他们的地界内,而且该山也被称为“彭”,大家既在朗氏家族中,又在岭地的先祖中都发现了此名。

该世系也享有“木姜”(木族之女)的尊号。因为从女方来说,该世系出自木族的女先祖姜木或姜萨。这后一个女子便是却彭纳波先祖的妻子(林葱木刻本,第二卷,第3页),或者是一个天神父亲年(神山)玛松(即玛桑,同上引书,第一卷,第39页)的妻子。虽然岭地的这一最重要世系(幼弟世系,史诗中的英雄即属于该世系)始终均与木族相联系。从全面来看,岭地,特别是格萨尔及其同父异母兄弟(林葱木刻本,第一卷,第35页;江孜木刻本,第一卷,第12页)都被认为出自“光音天”的冬人之世系(林葱木刻本,第一卷,第28页)。木族人(可能是从其女祖一方来讲)与冬族人之间那模糊不清的关系最早似乎是敌对的,就像其在萨迦巴的先祖传说中那样。在萨迦巴的先祖传说中,有4位人间首领系一尊天神的后裔,他们向冬族的18个大家族发动了战争,由于其天神叔父的帮助而战胜了这些家族。该天神叔父于是便聘娶木族的一名女子为妻(请参阅石泰安,1951年,第254页)。在格萨尔史诗中,女祖绛莫萨(属于木族)首先降伏了冬阿果拉果(见第1幅绘画)。有关“原始部族”的传说同时把冬族人和木族人说成是真实的家族与天界生灵,以宗教作用来确定他们的特征。它们在这一方面与史诗相吻合,并且具有不只一种的共同内容。冬族人于其中也如同在史诗里一样被称为“紫棕色的人”,这是木族人(上天的生灵)所特有的颜色。在史诗中,格萨尔同时属于“紫棕色”的冬族人和木族人世系,正好以其“天神的紫棕色”面庞为特征。[62]相反,《格萨尔王传》史诗的说唱艺人和觉如(青年格萨尔)本人都以白帽为特征。然而,这同一顶帽子在传说中却将冬族人与其他部族人区别开了(赫尔曼,1948年,第182和198页)。大家于其中还发现了一名相当奇怪的冬族人——格萨尔·冲木之王(同上引书,第181和197页),他似乎与托族人的圣地有联系。我们将会看到,有关冲木·格萨尔的史诗传说都早于有关格萨尔的传说。我们已经知道,扎地如同玛地一样,形成了史诗中该地的地理特征。霍尔曼的稿本(1948 年,第 180 和 197 页)在贵族中列举了冬·冲布、冲木仓与弭药部并列存在。相关的我们已经遇到了所有这些地区,而且还将看到它们在有关具有历史真实性的岭地的问题上出现在康地(见下文第五章)。大家可能通过其他地方而获知,弭药人与冬族人有联系(石泰安,1951 年,第 238 页)。这可能正是冬族人和木族人的天神特点,而且正是这种特点促成了史诗中有关格萨尔汉地之行一部的弭药人——天际之间的变化(详见下文)。

所以,无论大家从什么角度来考虑问题,无论遵循一条什么样的道路,史诗中的所有地理和世系内容均是指康地和安多,也就是说均指藏区东部。格萨尔史诗根据有关"原始部族"的传说对它们作了分类,而这些部族正是大量贵族世系的基础。我们故意未使用地名目录和比较容易考定的地点。我也有意在尽可能的情况下从不同的文本和各部史诗中汲取资料。事实可以最好的证明将其内容明显确定在康地和安多并不仅仅是由于一名特定刊布者的地方主义感情色彩造成的。但就在这一辽阔地区之内,地名发生了移动,尤其是由北向南移动。这类移动,部分原因是由于同音地名的混乱造成的,但也可以通过家庭的迁移和支系的扩散来解释。

注　　释

[1]同样的讹变也出现在安多的另外一种口传文本中,它是由赫尔曼介绍的(1948 年,第 207 页);'Kyer-Coṅ snaṅ-Po。同一名作者于另外一处又写作 Ger-'joṅṅ gṅan-po(1956 年,第 94 页)。

[2]在《神香圣者之酬》的一段类似文字(第 13 页)中,同一尊神又如同在史诗中一般被称为"年波鲁拉夏宗"。gču 一词需要校正为 žu = žva(帽子),请参阅石泰安:1956 年,第 386 页和索引第 145 页。

[3]扎曲河是雅砻江的上游,发源于石渠附近,流经甘孜。该地区包括杂渠卡和扎科。请参阅泰克曼:1922 年,地图(扎曲河即雅砻江,扎科位于玉隆以北)。萨尔温江(怒江)上游的另外一条支流也叫作扎曲河,但它与此无关。

[4]《如意宝树史》第 337 页:波沃尔、恰洼、马尔康、色莫、弭药色岗。大家还可以参阅《世界广说》,瓦西里耶夫译本,第 41 页。

[5]第五卷《煨桑次第——寄托诸歌》第 15 页。

[6]这就是与云南相毗邻地区的土地神峨日卓山,于 1470—1471 年提及(见巴俄祖拉陈瓦:《贤者喜宴》,第 13 卷,第 107 页)。

[7]在与格萨尔史诗有许多共同内容的剧本《诺桑王子》中,北方的保护神神山(年保)和本命神恰恰是格措(第

101、116和179页）。

[8]同一部史诗的另一段文字也以神秘的方式把北方的冲木·格萨尔、吐蕃、达布、工布和吐蕃南部（东南部）的昂布联系起来了。我们于第六章中还将回头来论述这个问题。

[9]汉藏走廊地区（金川）的土著人被汉人称为“西番人”或“蛮子”（请参阅托马斯，1948年，第64—69页）。劳佛尔指出，“门”是一个指非藏族土著人的含糊不清的名词，可以与汉文中的“蛮”字相比较（《十万龙经摄要》，赫尔辛基1898年版，第98页）。我已经提醒大家注意一卷敦煌写本，其中的“门”系指高丽和中国东南沿海的居民（见《林邑》，北京1947年版，第298页）。

[10]这时是指“古尼门地的香赤王”（《分大食财宝之部》，木刻本，第2页；《朱古兵器国之部》稿本，第一卷，第63页；《霍岭大战之部》，图齐藏本，第4页）。洛族人或门族人的这位香赤国王在其他地方则被称为“木族之王”（《霍岭大战之部》，图齐藏本，第104页。这也是姜人萨丹木所获得的尊号）。他确实拥有可以使他攀天的木神之绳（攀天光绳。见林葱木刻本第三卷，第107页；《分大食财宝之部》第5页）。大家已经看到，门族人的格同亦为“木族国王”。香赤也被称为“洛沃或洛巴之魔”（林葱木刻本，第一卷，第7页）。因此，它似乎被与门洛沃联系起来了。门族人的称号被冠以“姑内”（Gu－ne）一词就已经以“古内门岗”的形式出现在敦煌写本中了（巴科等人，1940年，第51页）。

[11]这个名词一般均指包括青海湖在内的北方大平原（例如，《神鬼遗教》第32—40页；罗列赫，1949—1953年，第二卷，第696页；《隆多喇嘛全集》第23卷，第5页；达斯，1902年，《藏—英字典》第1131页；托马斯，1948年，第33—34页）。位于索曲附近的康地的野猫塘大平原由念青唐古拉山山脉而与突厥人地区相连接（请参阅我的补充博士论文）。但大家也讲“古尼门岗”的野猫塘（见《霍岭大战之部》稿本，第96页和100页），或者是芒地的上（西）部野猫塘（同上引书，第97页）。

[12]门和夹有时是作为两个互为毗邻的地区（《霍岭大战之部》第238页）。我们还将会遇到把“夹莫”一词作为对果洛人的称呼的做法（见下文第五章）。

[13]请参阅我于1956年在《亚细亚学报》第343页中作的考证。

[14]“绒”出现在史诗中的许多名词中，其意义相当含糊和广泛。该词事实上是指由农业居民居住的河谷地区，与游牧民们的牧场相区别。岭地的两位首领是总管王（又叫作绒察叉干）和晁同，他们都是同一名绒氏女子（绒察）的儿子。但“绒”有时又是“达绒”的简称。晁同的儿子之一叫作绒色（绒族的儿子）拉果本鲁，另外一个是达绒绒察（绒氏的外孙）玛尔勒。晁同招请神山绒赞多吉晁拔（愤怒金刚），该山位于东南部的绒族诸部之中（《朱古兵器国之部》稿本第一卷，第193页）。

[15]文中有一次是指统称的岭地民族（林葱木刻本，第二卷，第51页）。

[16]“玛”是指黄河上游。但在地图中出现的另外一条玛楚河（玛曲河?）是雅砻江上游扎曲河的支流。

[17]蒙古文尊号“答剌罕”（Tarqan）至今在道孚语中仍很活跃（口碑资料）。但这种尚不大为人熟悉的语言既不是蒙古语也不是突厥语，而似乎是与走廊地区的其他吐蕃语言相似者。

[18]这就是泰克曼地图（1922年）中的Trötsang Podrang（措仓颇章），位于甘孜以西和玉隆以北。

[19]晁同与北方有关。其名晁嘉（晁王）也是其本命神（丹增、马头明王）的名字，这是一尊北方之神。在讲到于1739年左右归附了德格的霍尔官措仓时，《德格土司世系史》（第33页）似乎把他与一名使北方地区杨柳宫（天城，北方守护神毗沙门的住处）受苦的暴君比定

为同一个人了。北方的内容将在后面的一章中论述。

[20]忽必烈始终被土著人称为薛禅(《年表》:"忽必烈薛禅,成吉思汗的孙子,诞生于1215年,1260年登基"),请参阅《如意宝树史》第276页。在格萨尔史诗中,霍尔国白帐王有时被比定为"霍尔人的薛禅国王"(《霍岭大战之部》稿本,图齐藏本,第210页),有时又认为是他的附庸(其官吏,见《汉地之部》稿本第90页)。15世纪康地历史上的霍尔人被认为是"霍尔薛禅"的后裔(见巴俄祖拉陈瓦书,第13卷,第109页)。

[21]请参阅聂伯斯基—沃热科维茨,1956年,第97—98页和101页;石泰安,1956年,第384页。霍尔人的神是台乌让(见江孜木刻本第二卷,第5和9页)。

[22]请参阅沙畹:《西突厥史料》,圣彼得堡1903年版,第222和235页。

[23]林葱木刻本,第二卷,第35页;《汉地之部》稿本,第23、142、148和205页(其庙叫作雍仲溪巴,他举行禳解仪轨并诵读苯教咒语"嘛赤呣耶沙勒都");《朱古兵器国之部》稿本,第一卷,第196页(他率领达绒的苯教徒举行一种巫师们的仪轨)。

[24]请参阅霍夫曼,1950年,第209页。

[25]由晁同招请者,见《朱古兵器国之部》第一卷,第125页;由霍尔人招请者,见赫尔曼,1956年,第242页。大家把他考证为贝则(《汉地之部》第84页)。

[26]请参阅《读史方舆纪要》卷七,第41页,有关"西川路"一条。

[27]请参阅图齐:1950年第26—27页;我的补充博士论文注[240]。

[28]该书在蒙文中叫作Bodimoir(施密德,1928年,第361页)。

[29]据打箭炉的一名为我提供资料的藏族人认为,辛巴梅乳则可能诞生于青海湖(库库诺尔)地区。

[30]有关对岭与霍尔两地边界的可能定位问题,请参阅我的补充博士论文注[75]。

[31]根据由一名汉族民族学家记载的文本来看,有一个生活在"银部叶尔济山"(Yirtse)的仙女受到了一尊吐蕃山神的爱慕。山神向仙女射出了一箭以与她婚合。她由此而怀孕并生了子:阿尔蓬、白马蓬和汪清蓬,他们形成了果洛三部族的先祖(庄学本,1941年,第20页)。这种传说可以与格萨尔诞生的一种预兆有比较:一个金刚出自东部的玛钦蚌拉山(阿尼玛卿山),落到了吉嘉(Skyid-rgyal,一种不同的写法为Skyi-rgyal)山峰之上(林葱木刻本,第一卷,第14和20页)。吉嘉山无疑应位于安多,但大家可能会把它与拉萨附近的同名地区相混淆。

[32]这就是黄河上游(玛隆)著名的阿琼(又作昂琼),弑杀朗达玛的凶手就逃往那里(842或902年,请参阅下文第五章注[47]、[48])。该地区位于安多(朵思麻),地处被称为南木宗(天堡)的丹斗寺附近。此地在敦煌写本中就已经出现,作为位于赤噶地区的隐修处(位于宗喀。请参阅拉露,1939年,《亚细亚学报》,第515—516页;托马斯,《皇家亚洲学会会刊》,1927年,第551—552页)。因此,罗列赫非常正确地(1949年,第65页)把丹斗寺考定于黄河畔,位于塔尔寺的东南和循化以北(请参阅霍夫曼,1956年,第245页:贵德河下游的寺院南木宗)。但在三世达赖喇嘛1583—1584年的旅行中,他从塔尔寺出发以经过临洮前往鄂尔多斯,在丹斗山之前的一站叫作"甲穹岩"(夏琼)而不是昂琼(图齐,1949年,《西藏的画卷》第49页;《霍尔教法史》,胡特版本,第142—143页,译文第227页)。夏琼系由顿珠仁钦(他曾于1362年邀请宗喀巴,见《年表》)所建,位于黄河北岸,介于贵德和循化之间(鲍塔宁,1893年,第216和344页;契毕科夫:《〈菩提道次第广论〉译注》;符拉季沃斯托科,1913年版,第14页)。夏琼寺被称

为“山岩院”(brag),而昂琼则被称为“金刚岩院”(如在《布顿教法史》中,奥贝米莱译本,第二卷,第1405页)。大家还将会发现,“蓝色大鹏鸟”(金翅鸟)也是山岩,为拉加寺的地方神(其喇嘛为宗喀巴母亲的化身),那里更偏南部,位于果洛领土的边缘(请参阅骆克,1956年,第67—71页)。格萨尔史诗中还出现了一个北方之魔,它有时被考证为鲁赞,叫作阿琼格如(《汉地之部》第233页)或阿穷格如(《白利绵羊国之部》稿本,第一卷,第73页)。这后一个人拥有四大城堡(天堡、南木宗)之一,鲁赞则拥有另一个宗(同上引书)。阿琼似乎又与阿钦相对应,后者为霍尔人和大家不久就会发现位于黄河源头的一个平原的尊号。此外,丹斗的阿琼(A-čhuṅ)也被写作 Ag-čhuṅ《如意宝树史》第二卷,第177页),阿钦平原也被称为 Ag-čhen(请参阅下文不远处)。

[33]大家已经看到,丹斗南木宗山位于赤噶附近(见注[32]。赤噶或赤喀应读作 Chikha)就是贵德(归德,见罗列赫的未刊地图,载《安多语》一书;还可以参阅骆克,1956年,第2幅地图,其中在“贵德”名下所写的 Chi-ra 无疑是 Chika 的一种印刷错误)。然而,有关一名喇嘛上师将在赤喀诞生的预言在提及冬族时也被暗示到了(《霍尔教法史》,胡特版本,第228页,在译本第361页中未被辨认出来)。

[34]玛雪或马科位于果地和霍尔人地区之间(林葱木刻本,第二卷,第12页)。果地是格萨尔母亲(果萨)的故乡,与岭地为邻,因而也位于黄河上游。它可能取名于果水河,一卷敦煌写本(巴黎藏第1082号)把它与位于甲绒野猫塘地区附近的玛仲联系起来了,这个玛仲于稍后不久又作为果洛地区的玛冲木而被提及(请参阅我的补充博士论文)。木司色是一名苯教上师,他似乎就是出身于苯教徒的名僧拉钦(9世纪,其名最早作玛萨色或木色),生活在果布地区(《苯教源流史》第35、40和56页)。

[35]请参阅塔菲尔,1914年,第二卷,第15页:藏文名称作 Schdyarä(扎陵湖)和 ngora(鄂陵湖)。

[36]请参阅我的补充博士论文。

[37]“措”字经常出现在女子名字之末;“嘉”字则是男子名字中的典型用法(“嘉”有时又作“杰”字),嘉洛的女儿叫作珠牡,其子叫作珠嘉或作“珠杰”。

[38]阿钦平原(写作 Ag-Chen thaṅ)确实被非常狭义地定位于黄河源头,位于三世达赖喇嘛从西藏中部赴蒙古(1577年)的路线上。在渡过金沙江上游(通天河)之后,他又相继经由上纳木错、玛尔纳河、阿钦平原、玛钦蚌拉(阿尼玛卿)山和阿柔噶波塘(白滩)。见图齐:1949年,《西藏的画卷》第254页注[93]。

[39]这就是《续部广集》第148页中的写法。此地属于喇嘛俄尔·嘉木样洛德旺布(19世纪)赴康地路线的组成部分。他取北路而行,并在那里遇到了果洛人(第145页),然后又前往玉隆,沿北路向囊谦土司和玉树前进(第147页)。他接着从那里出发又前往德格和冲木塔尔(昌泰),那里原来有一座寺院。在汉文的西康地图上,昌泰位于东经99°—100°之间和几乎是北纬31°线上,地处也流经白玉的金沙江的一条支流的上游。

[40]鲁赞夫人的称号梅萨一般均写作赤雪,但有时也写作冲木雪(在北方地区)。

[41]“冲木”具有“卓越”的意义。个个都是“英雄”或“武士”的岭地30名大相(勇敢的大相)都被称为“卓越的人”(华盛顿藏《分大食财宝之部》稿本,第14页)。“冲木”也如同“赤”一样具有“人群”的意义。

[42]这里是混淆还是移位呢?“富裕的”臣木雪也是对绒木里(位于康区以南的木里地区,见《朱古兵器国之部》稿本第一卷,第104和184页)的称号。该地区的土司也被称为“绒地之主,麦勒之

土司”(同上引书,第106页),该地区叫作绒木里(《白惹绵羊国之部》稿本,第一卷,第92页)。

[43]该玛尔曲河应为三世达赖喇嘛路程中的玛尔纳曲河(请参阅注[38])。因为萨囊彻辰书中与这次旅行相对应的记载(施密德译注本第227页)中作乌兰木伦河(红河),这就是对玛尔曲河的译名。玛尔和扎地区的岗包括夹莫(果洛地区)和哲沃(哲地,即霍尔五部之地,请参阅我的补充博士论文)。另外一条玛曲河也作为形成金川北部的一个地区而被提到过(同上引书)。

[44]gliṅ-khri的具体意义仍含糊不清。我们于第五章将会看到,khri-rce一词在一篇古代石刻中用于指“地区”。khri也可能被作为khri-skor(万户)的简称而使用。大家知道,吐蕃在元代于萨迦巴统治下共被分为12或13个万户。格萨尔史诗中也出现了这些万户(江孜木刻本第二卷,第11页,有关吐蕃;林葱木刻本,第一卷,第39页;第二卷,第76页),有时也将之归于岭地(林葱木刻本,第三卷,第21页)。Gliṅ或glaṅ也作为苏毗人的称呼而出现过(请参阅我的补充博士论文)。

[45]措洛多河谷被认为是德格势力的摇篮并与岭地有关系,白利也与岭地有关。请参阅第五章。

[46]林葱木刻本,第一卷,第40页:格萨尔的诞生地。

[47]《汤东杰布传》第113页。

[48]林葱木刻本,第二卷,第75页。

[49]《经录集》(又译《教言集》)第142页作“(dÑul)扎色莫岗”,德格版《丹珠尔目录》第275页也作“额(rÑul)扎色莫岗。”

[50]《西藏王统世系明鉴》第81页,《经录集》第124和131页。该形容词也由《神鬼遗教》(第17卷)所证实;吐蕃南方和东南方(娘、工布、达布地)的6个魔鬼占据了彭城。它们在莲花生的驱逐下首先逃往彭城的普拉寺,后又逃往色莫岗。

[51]此外,突厥人的神山(域神、地方神)被称为莫嘉彭波(《朱古兵器国之部》稿本,第一卷,第262页;第二卷,第58、60、65和167页),但有一次却作玛嘉彭波(同上引书,第二卷,第158页)。

[52]巴俄祖拉陈瓦:《贤者喜宴》第12卷,第50页提供了Rlaṅ或Blaṅs等写法。对于其余全部情况,请参阅我的补充博士论文。

[53]《朗氏家族史》的稿本写作“芒冬(Maṅ-Ldoṅ,第8页)这种拼写法无疑要比Ldom好得多。因为冬族的形容词是“芒”(许多个,请参阅赫尔曼,1946—1949年,第279和294页)。对于Ldoṅ向LDom等词形变化的另一个例证,请参阅石泰安:1951年,第255页。

[54]五世达赖喇嘛:《西藏王臣记》第68页和以下;图齐译本,1949年(载《西藏的画卷》)第632—634页。

[55]鲍塔宁:1893年,第二卷,第45和340页。

[56]同上引书,第41和63页。

[57]这种用两个人名字中的一种共同组成部分和连接词la来表示父子关系的做法已经出现在诸如苯教徒先祖们的世系谱中了,而这些世系谱的特点正是以用于指木族和玛族的一种内容“层”为特征的(请参阅我的补充博士论文)。

[58]同上引书,有关其世系问题,请参阅注[54]。

[59]《隆多喇嘛全集》第24卷,第15页写作叶巴拉日。达斯于其辞典中把该山定位于拉萨以东10英里的地方。

[60]请参阅我的补充博士论文。

[61]格萨尔被称为“木族的中心柱”,见《汉地之部》稿本第38页。

[62]江孜木刻本第一卷,第5页,林葱木刻本第三卷,第103页。大卫—妮尔1931年书第9页作“深肤色,米酒色”。木族不仅仅具有木神的颜色,而且有时甚至还用此词来指其位置(请参阅我的补充博士论文)。

第五章　岭地的历史

一、与汉地和噶玛巴教徒的关系

位于玉树和打箭炉之间的康地之岭国的存在（请参阅上文“古迹”第56和62条）至少要追溯到15世纪。它在当时的重要地位足以迫使中原王朝对它高度重视。当时，其头人可能在喇嘛教的僧官中充当了重要角色。因为中原天朝皇帝认为以对待同时代的其他高级僧官一样的名义册封他一个荣誉尊号是合适的。《明史》有关这些人物的一卷已由图齐译出（1949年，《西藏的画卷》第25页），惟有有关岭地的段落例外。图齐将“大乘法王”（《明史》卷331，第3页）考证为萨迦巴贡噶扎西坚赞，把“阐化王”（同上引书，第4页）考证为一名帕木竹巴，把“阐教王”（同上引书，第6页）考证为一名止贡巴，把“护教王”（同上引书）比定为一名达仓巴[1]，把“佛宝国师”（同上引书，第8页）比定为多康（朵甘思）的各土司。大家看到这里是指尚未改革的教派的宗教中心，如萨迦巴和噶举巴教派的分支噶玛巴。

《明史》中的同一卷还用数行文字来记载“赞善王”，认为“赞善王者，灵藏僧也”。“灵藏”只能是代表着我们今天的藏文 Gliṅ-chan（自18世纪以来被对音为“林葱”）。该灵藏大致就位于今天林葱所在的地方。《明史》中首先指出（同上引书），“其地在四川徼外”（也就是说位于打箭炉以西），“视乌斯藏为近”（与中原相比较）。它接着又指出了（第7页）一条从中国中原赴尼八剌国（尼泊尔）的道路。然而，这条路自东向西相继经由罕东卫（四川东部）（明初所设的罕东卫应在青海。——译者）、灵藏、必力工瓦（’Bri-gun-pa，止贡巴）和乌斯藏（西藏中部）。然而，止贡位于拉萨的东北部。因此，这里是指经由玉树和杂渠卡的北道。这样一来，岭地明显就占据了与今天相同的地区。当明成祖皇帝于1403年登基时,曾命僧人智光往使。1406 年,灵藏的喇嘛著思巴儿监藏(却吉坚赞?)[2]也遣使赴天朝宫廷以“入贡”。该喇嘛在回程时首先获得了“灌顶国师”的封号,后于 1407 年又获得了“赞善王国师”的册封,同时又被赐金印。1419 年,明朝复遣中官杨三保出使那里。1425 年岭王卒,其从子(侄或甥)喃噶监藏(南喀坚赞,Nam-mkha' rgyal-mchan)袭其位。叔侄之间的这种袭位可以通过国王本为一名僧侣的事实来解释。这种习惯在当时如此多见,以至于“侄”或“甥”变成了“僧官的同义词”[3]。新“王”于 1427 年接受了“中官侯显的往使”。[4]1440 年他又呈奏朝廷强调了自己的年老,要求以其长子班丹监剉(dpal-ldan rgya-mcho)代。帝不从其请,其子只得仅满足于“都指挥使”的称号。我们应该认为老国王继续执政。但到 1467 年,皇帝诏令其一位“塔儿”把监粲(Thar-pa rgyal-mchan)袭封,我们不知道他与老国王的亲属关系。后来,皇帝又封某一位喃噶监粲巴藏卜(Nam-mkha'rgyal-mchan dpal-bzaṅ-po)为赞善王,此人卒于 1503 年。其弟端竹监粲(Don - grub rgyal-mchan)奉命嗣之,他是《明史》中向我们提到的最后一位灵藏王。此人在嘉靖(1522—1561 年)后还曾向天朝宫廷上贡。

所以,在一个多世纪的时间里,天朝宫廷与灵藏维持着密切的关系。如果说汉文编年史中证明了该地区的存在,那么藏文编年史也并非对它一无所知。大量著作都把它作为同时代的一个重要地区而提及它。由于灵藏国王与萨迦巴和止贡巴等僧官为邻,所以它可以使人相信岭地受到了噶玛巴大教祖们的巡视[5],我们从他们那最认真负责的史学家巴俄祖拉陈瓦书中得到了有关这个问题最多的资料。下面就是他于其史著中向我们提供的内容。对于岭地的记载首先出现在有关五世噶玛巴得银协巴(1384—1415 年)的问题上。

鸡年,当他 10 岁时(1393 年),得银协巴首先前往噶玛(哈立麻),后来又前往蚌地(蚌错普莫湖就位于那里)。“馆觉地区当时遭到了由大批蝗虫造成的巨大损失。他以发布一道文告而制止了它们”。后来,他继续其在波沃和工布地区的旅行。“从前有脱欢贴睦尔(1333—1368 年在位,元代末帝),该霍尔(蒙古)王共统治 35 年。[6]在若必多吉返回吐蕃(1367 年)5 年之后,中原人揭竿而起,皇帝逃回了霍尔人地区。中原皇帝太祖(明太祖,1368—1398

年)也统治了不太长的时间,后来,大明王朝又统治了整个中原汉地、蒙古和弭药(鄂尔多斯的甘州)”。此时,明朝皇帝成祖派遣侯显司礼少监[7]去交给得银协巴一封邀请他赴汉地的信。得银协巴时年23岁(因而是1406年),在噶玛(哈立麻,位于察木多和类乌齐之间)会见了天朝使者。他后来再次上路,共分6程(6站)渡过了扎曲河(金沙江上游),到达了隆塘寺(因而他是向丹玛地区前进的)。[8]他在那里接受了灵藏人的无数布施,接着经10程到了拉加寺(位于黄河上游的河曲),后又经6程(应为10程)到达冲木布。他在那里一次就从冲木布居民中获得500匹马。在稍远的一站,他受到了“朝廷代表大人”(ta'l-žiṅ)的欢迎,又经过两站之后便到达噶曲(河州)。次年(1407年),在他为大量被囚禁的佛教徒和道教徒(佛教徒、苯教徒和神仙教徒)[9]说情之后,天朝皇帝颁布了一道大赦令,同意册封并赐印于帕木竹巴、灵藏和馆觉。[10]最后,得银协巴劝阻了明朝皇帝以军队平定西藏的做法,皇帝同意进行大量册封。帕木竹巴获得了阐化王的封号(藏文对音作 čhen-ha-waṅ,即《明史》中的阐化王),必力工瓦('Bri-khuṅ-Pa,止贡巴)获得了藏文中作? …Ka'u[—Kya'u]Waṅ(即《明史》中的阐教王)的封号,藏地的达仓巴获得到了藏文中 STag-chaṅ-pa(即《明史》中的辅教王)的封号,灵藏巴获得了藏文中的 Cen-çen-Waṅ(即《明史》中的赞善王)的封号,馆觉的人获得了藏文中的 Hu-Kya'o Waṅ(即《明史》中的护教王)的封号(详见第十三卷,第76—82页)。

另外一种很严肃的和早于巴俄祖拉陈瓦书的藏文编年史《青史》向我们具体解释说(第四卷,第46页;罗列赫译本第二卷,第507页),得银协巴于1401年受到了贡觉(馆觉?)大首领沃色南喀的接见,他后来便前往岭地。据这条史料来看,这两个地区均位于朵甘思(多康)。

二、七世噶玛巴的活动

大家已经看到,巴俄祖拉陈瓦书和《青史》都完全证实了《明史》中的记载。非常遗憾,它们仅仅是附带地讲到岭地,忘记了告诉我们与五世和六世噶玛巴教祖同时代的岭地喇嘛之教主。巴俄祖拉陈瓦在讲到七世噶玛巴却扎嘉措贝旺布(1454—1506年)时提供了稍微多一点的具体情节,而且也与《明史》相吻合。下面就是其传记中与我们本处有关的内容。我们将利用这一机会对此作一番概述或翻译以澄清格萨尔问题的所有段落(同上引书,第13卷,第95—135页)。在1466年新年时,他正在苏芒并接受丁噶人、苏贡和丹地人的恭贺。“到达岭地时,他在那里发现了无数的争执和内讧。他以其主张建议而平息了这一切,选举了一名新首领(大本)并使教俗人士各在其位,各司其职”。这一故事情节可能是指老“王”要求其子袭位的意愿。据《明史》记载,这道奏表遭到了拒绝。七世噶玛巴继续其巡视并到达了夹莫和折沃,在折沃度过了1467年的年节(第106页)。“丹巴(应为“塔儿把”)监璨[11],灵藏地区的Can - çiṅ - dbaṅ(《明史》中的赞善王)邀请他入其宫(金殿)并以大量礼物敬呈他”。继此之后,七世噶玛巴便前往上下协科。对于佛教僧侣与苯教徒等之间的争论、各镇(或寺)之间的激烈斗争,他安排处理了这一切。他释放出了监狱中的那些人,使“所有的敌对者都平息下来了”。在经过巴塘和聂隆之后,“他到达了冲木吉托(‘冲木主城’或‘冲木总城’)。他以其建议和主张平息了佛教僧侣和苯教徒之间的激烈斗争以及各寺院之间的纠纷,如噶妥寺与其他寺院之间的争执”。他还到了哲雪,在秀日塘产生了一次化现,然后又到了弭药惹岗(打箭炉)。他在那里又平息了各种争执(第107页),在惹冲木和德杰扎西隆度过了1468年的冬季和新年,出席了夹莫的大型集会,以调停人的身份对其他争执施加影响,最后受到了安多的普察昂索、山区人、黄霍尔平原上的居民和白利僧格米洛施主们的邀请。如果他不能前往黄霍尔本地,那么他至少也许诺要接近那里。他经过若达那时,在上玛地的惹果通布尼谢停留,那里是莲花生上师实施巫术的地方。他在那里会见了霍尔人的一些头人,诸如普察昂索喜徹俄色、黄霍尔山地人的首领阿努王等人。他拒绝了他们请他赴霍尔地区的邀请(第107页),经江沃、道孚和惹雪而返回了弭药拉岗。他接着于1469年(第108页)对其他地方作了多次访问。他又派遣两名喇嘛赴姜纳拉洼。汉人充满了自信,他前往羌和弭药边境的果惹(波惹),在夏城度过了1470年的新年。“他在那里挑选地神峨日卓为居士弟子(受沙弥戒者)并送给他一个多吉博康迥(护持藏寺之金刚)的名字”。他又前往珠族人中以平息他们的争端(第109页)。“这样一来,他以宗教和物资财富而安抚了弭药地区惹同夏岗的所有教俗人员,为他们带去了幸运吉祥”。他后来又转向了本沃地区,接受了聂隆人的“过路税”(买路钱)并到达德钦登,在那里又平息了果洛人和玛冲木人等之间的激烈争斗。经过1471年的新年之后,他借助于大量礼物而受到了以下霍尔人的邀请:1. 旺巴、霍尔人(忽必烈)薛禅皇帝世系的王子;2. 平原居民(塘巴)们的首领、霍尔人鲁莫的3个儿子,这就是措沃嘉、措沃旺秀和嘉翁;3. 霍尔山地人的首领阿努王;4. 白利的3个万户;5. 僧格米洛(也为白利地区)的普巴太(施主?)。1471年(第110页),“他定居在蚌尼黑并使冲木(城市)等地的万户南喀坚赞叔侄等(总而言之是使冲木中心政府的所有佛教和苯教徒以及世俗人)受皈依或带领他们走上了解脱之路”[12]。他在冲木吉托产生了一次有关白色观世音的化现。在经过新的跋涉之后(第110页),他于1472年解决了扎和珠两大部族之间的一次严重纠纷。1473年(第111页),他接受了丽江国王的礼物以及天朝皇帝的一顶黑帽(其噶玛巴僧官的标志)。1474年(第112页),他在支地的若拉遇到了红帽派的四世教祖(噶玛巴的另一位僧官和灵藏的赞善王),后者邀请他并将其子和其弟送给了他(无疑是作为沙弥——仆人)。“他被中部岭地的土司定增意希请到了其河谷中的所在地,又将其两名侄子定增俄色和定增扎巴奉献给他为其仆人。却扎嘉措在那里创建了一座寺院。后来,他又前往康玛和丹地的赞康”。在此后的数年间,他仍在旅行之中,这一次一直到达卫地(西藏中部)。又经过与我们本文无关的安排得满满的旅行的数年之后,七世噶玛巴于1506年初圆寂。在他的诸多弟子中,巴俄祖拉陈瓦(同上引书,第135页)提到了岭地的土司定增俄色。大家刚才已经看到,这就是曾邀请七世噶玛巴的岭地土司之侄子。我们突然间发现应在具有赞善王封号的灵藏宗教首领和可能为世俗人的其土著首领之间作出区别。

三、岭地的各首领

《明史》使我们清楚地看到了灵藏各官吏之间的某些对立。

《德格土司世系史》在有关大相们的一章(第 52 页)中也向我们揭示了一种同类的对立。这些大相中的第一位是策察的波乌。[13]"他首先是见蚌寺的寺主。当见蚌寺反叛(反对林地?)时,他便要求归降于岭地土司(也就是要求居住在麦雪)。当这后者的政权由于在土司和岭地首领的辖地之间的内部斗争而衰弱时,它(无疑是策察波乌)把一名叫作格铙多吉的人带到了灵藏。非常幸运,岭地(灵藏)首领立他为措洛多和其他地方之主。这样一来,他就创建了噶托庄园。[14]策察波乌有两个儿子——噶玛扎布和沃鲁松"。他们首先前往岭地的"自前喇嘛"(学者——秘书喇嘛)身边,但后来又被该喇嘛委托给了德格的大首领(土司)喇钦(约为 1650 年左右,请参阅下文不远处)。

我直到目前仍猜测认为藏文文献中的 du-si 是汉文"土司"的对音,在清代的晚期文献中的情况确实如此,如在林葱木刻版中的那样。但该 du-si 也可能是转写了汉文尊号"都司",这两个尊号曾并存过。例如,大家在《康輶纪行》中(卷四,第 20 页)读到,在巴塘地区:"正副土司署皆在其北"。"都司无署,僦民房居之"。

然而,在明代,"都司"是一种重要的武职官员。该词是"都指挥使司"的简称。我们已经看到,灵藏的赞善王曾上表奏明天朝册封其长子。该请状遭到了拒绝,其子仅获得了"都指挥使"的封号。我们看到了在"王"(无疑为藏本文献中的"本",dpon)和"都指挥使"之间的一种对立竞争是怎样诞生的,"都指挥使"于此无疑相当于藏文中的 du-si。我们于下文将会看到在岭地的本(钦)与都司之间区别的其他例证。

四、另外两世噶玛巴

第四位"戴红帽"的噶玛巴祖师是执掌红帽派金冠者却吉扎巴意希桑布(1465—1536 年),他曾于 1474 年同时会见了七世噶玛巴和岭"王",他同样还在整个西藏东部地区从事其活动。巴俄祖拉陈瓦(同上引书,第 137 页及以下)告诉我们说他诞生于朵思麻的哲沃康玛,出生于一个冬族父亲和扎族母亲的家庭。他甚至在遇到七世噶玛巴和受度为僧之前,"就受到了岭地之王、大首领和土司的敬仰”。在他那不停的远足旅行期间，也到达了伦珠顶寺（第138页）。这次巡礼的时间却令人遗憾地未向我们提供，但它应介于其一生的12和22岁之间，因而应置于1476和1486年之间。这一时间很重要。伦珠顶寺确实是德格的寺院，其历史与当时刚刚创建的岭地寺院的历史（大家不久就会看到这一切）是密切联系在一起的。红帽派的第4代执掌金冠者“受到了许多人的邀请，从朵甘思的洛绒直到南方的18个大河谷（洛垅钦）、丹玛、岭·白利等，它们均属于玛曲河（黄河上游）的组成部分（第140页）。他于1486年和1488年之间再次经过灵藏（第140页）。在1524年间，他又主持了巴俄祖拉陈瓦的受度仪式（第155页）。因此，我们从这后一个人身上得到的资料都是第一手的和很近期的，由此而产生了它们的可靠价值。

八世噶玛巴却扎布巴贝桑布（1507—1554年）的生平也对于西藏的整个东部（康地）和特别是对于岭地具有重要意义，依然是巴俄祖拉陈瓦向我们提供了最佳资料（同上引书，第13卷，第186页和以下）。他出生在俄木河地区的一个村庄，距噶玛巴的驻地不远，位于上朵甘思地区。其母也属冬族，为一名成就者的侄女。她是以神奇的方式受孕而怀上此人的。“霍尔历（也就是汉历或农历）二月十日，有一个光球陨落在屋脊之上并以一声巨响通过屋顶洞而进入屋内。整个屋内都被照亮得如同旭日东升一般明亮，火球于是便进入了其怀”（第187页）。当他尚在母胎中时，母亲的奶便坏了。“其叔父阿塔尔便说：‘你是不是有了一个魔鬼孩子呢？’于是便用一把刀敲击其腹部。但她丝毫不觉得疼痛，奶头的皮囊相反却被撕破”（第188页）。他于十一月十四日诞生时便说：“我是噶玛巴。”“当时，一股彩虹光柱触及了屋顶，一阵花雨自天而降”（第189页）。在他诞生的13天之后又降了一场花雨和产生了一道彩虹，而两个妙龄少女（来自神山或其本部族）自上俄木的冬拉果前往迎接他（第189页）。稍后不久，他又受到了冬其章玛和章杰首领的来访。后者笑着对他说：“你是一个罪孽者”（第190页）。其叔父阿塔尔喂他吃了一种已融化的酥油和毒酒（或剧毒药）的混合物并且还说：“如果他是噶玛巴，那么这一切就不会对他有害”。他混身布满了小丘疹脓疱（第190页）。天朝正德皇帝（1506—1521年）为他送来了礼物（第195页）。在1515—1523年间，他应岭地大臣定增沃巴叔侄们的邀请(第200页)前往那里。这里应该是指定增俄色,即岭地的土司(或都司),他可能承袭了定增意希之位(前文业已谈到)。

一名使者 tha' i-kyen(无疑应为汉文"太监"之对音)前来邀请他赴中原,使者与其同行人员居住在弭药惹岗(打箭炉)。在嘉东巴、苏尔芒巴(噶玛巴寺)、岭地土司、夹莫(果洛地区)的国师(go' i-çri)、丹玛地区的法官和其他人的建议下,八世噶玛巴答应在1年之后赴中原。汉人希望强行劫持走他,但武宗皇帝晏驾,汉人在藏族人的压力下被迫后退了。[15] 八世噶玛巴于是便受到了霍尔人塔巴本的邀请并在霍尔人的领地丹尊之北建造了一座寺院。1525年(或稍后不久),他任命桑结坚赞为岭地的首领[16],即掌权的大臣和管事(第223页:森本和强佐或襄佐)。1532年,巴俄祖拉陈瓦(时年29岁)首次会见了他(第224页)。因此,他的资料具有很大价值。他还作过红帽派四世执金冠祖师之侍从,即在这同一年的十月,管、东、岭等地的首领前来该万户的营地以讨论由曲多居民对博窝入侵的问题。四世红帽派祖师远没有诉诸战争武力,而是仅仅通过劝告说服便成功地挽救了受到了各位首领(尤其是哲杰和贝拉)威胁要破坏的寺院。在1533年之后不久,两年以来就一直患病的岭地首领薨逝了(第227页)。这无疑就是顿珠坚赞。据《明史》记载,他于1522—1566年之间曾向天朝宫廷纳贡。

五、与格萨尔史诗的关系

我在有关岭地的历史问题上有意地概述了某些同时代的噶玛巴僧官们的生平。事实上,有相当数量的专用名词和传说内容都出现在格萨尔史诗中。我们迫不及待地重提这一切并非无益。

1. 在1467—1471年间,我们发现岭地首领与"冲木"中心政府保持着关系。这里明显是指一个地方,也可以仅仅简单地译作"城市"或"大市"。但如果大家把它理解作一个地名或一个普通名词,那么"冲木"一词就可以很容易地与"岭"联系起来了。于1471年提到的冲木万户南喀坚赞可能与岭地的首领南喀坚赞贝桑布(喃噶监藏)为同一个人,他获得了天朝宫廷的册封,《明史》中认为他死于 1563 年(请参阅本章的上文)。我们还从其他地方获知,经常受人朝拜的丹地为岭地(灵藏)的西部。然而,《拉达克王统记》(弗兰格 1926 年版,第 65 页)讲到了"冲木·格萨尔·丹玛",这位冲木的格萨尔将是我们于下一章研究的内容。我们已经发现他与冬族人有关,大家在该族人中一方面还会发现弭药和冲木沃的人,另一方面是岭地人(请参阅上文第四章,还可以参阅我的补充博士论文)。

2. 岭地东部和南部的近邻也如同在格萨尔史诗中一样是北部黄霍尔人和南部丽江人。正如在《格萨尔王传》的史诗中一样,黄霍尔人系由山地人和平原人组成。

3. 霍尔人的首领之一叫作措沃嘉。他可能与在其他地方以陪同贝拉的措嘉之名字出现者为同一人。然而,措嘉(晁王)在史诗中则是格萨尔那处处与他为敌的伯父的名字,而贝拉或贝勒则是其勇士之一(也请参阅上文第四章)。

4. 冬和扎两部族的重要地位也曾多次出现,我们经常会在传说和地理书中遇到他们,他们在史诗中也起了最重要的作用(见上文第四章)。

5. 八世噶玛巴冬族母亲的神奇受孕和青年时代的八世噶玛巴使人联想到了《格萨尔王传》史诗中的许多内容。如果以吞下一个发光的球而神奇受孕之说也出现在其他许多故事中,那么它也因流传过分广泛而难以证明它与《格萨尔王传》史诗有某种联系。但是,有关伯父的内容则专门属于它并形成了其最为频繁出现的主题之一。该伯父远不相信这个孩子的天神特征,而是希望把他看成一个"魔鬼的孩子"并试图消灭他。由于他无法获得成功,于是便将一种毒药粘贴在新生婴儿宫中的酥油上并送给了他。这两大特征均出现在岭地木刻本中(石泰安,1956 年,第 57 页)。

这些相似性使人联想到了格萨尔史诗确实是在一个与岭地的真实历史"王国"(土司)密切联系在一起的社会背景中形成的,但其全部成书时间则相当晚了(从 16 世纪末开始)。

六、上师汤东(杰布)

我们现在再回头来谈论岭地(灵藏)的历史。就在《明史》和巴俄祖拉陈瓦书阐述的这个问题的时代,又出现了它们丝毫未讲到过的和其时代相当难以断定的另一事件,这里就是指以汤东杰布[17]之化名而为人所知的建筑桥梁的大师到达岭地之事。非常遗憾,这个事件仅仅由其传记及《德格土司世系史》而得到证实。然而,这两种史料中的第一种充满了传奇性内容并以其全部年谱的不可靠性为特征,第二种史料(至少就本处所涉及的情况而言确实如此)也以同样的传说为基础。这个人物与西藏东部的关系要追溯到其先祖那里,他们尽管住在西藏南部,但却仰仗了弭药的名望,更具体地说是仰仗了拉冬噶波的名声(见其传记第7页)。我们已经看到该部族在何种程度上于岭地占据着绝对统治地位(见上文第四章)。在格萨尔史诗中,岭地也属于这个世系,汤东于其中扮演了被邀请到岭地来的喇嘛的角色(林葱木刻本,见石泰安,1956年,第25—29页)。

下面就是《汤东杰布传》中叙述的内容。在一次从拉萨经工布(夏日夏工等地,见第110页)赴朵甘思(多康)的长途旅行期间,他于通天河(金沙江、长江上游)、扎曲河(湄公河上游,又叫拉曲河,于察木多的上游或雅砻河的上游)和那曲河上建造了一些铁桥。他在使色莫岗和理塘(第113页)具有了神圣物品之后,便来到了岭地,在那里要求看一下生命之所依绿玉(神玉)——拉隆贝吉多吉(杀死朗达玛的凶手)之纳木俄列,正是这块玉石导致了霍尔(蒙古)人军队的迷路。因为这块玉石为一种宝物(护身法宝),所以,大家不愿意把它重新交到一个人的手中。汤东于是便预言说有人于某日将会把它拱手送给他。他假装前往类乌齐,但实际上却到了打箭炉,这就是说他到达了弭药的东部和汉地。在从打箭炉(达则多)返回时,“他到达了弭药地区的城堡岭宗”(“Mi-ñag gi Yul-mkhar Gliṅ-du phebs,第117页)。

由某位丹增坚赞在修订该传记时撰写的对岭地首次记载的一条注释为我们提供了下述解释:“这段文字中的‘岭’为夹热之堡

塞[18]，当它被掌握在岭地人手中，便附属于朵甘思的德格。在这个时代，甚至是诸如俄尔的那烂陀寺那样西藏中部的寺庙[19]等都拥有一些为原籍岭地的僧侣们保留的僧房”。由于它所指的几乎就是这个时代，所以“他在色莫岗建起了身、语和意之依止处”等，这一类话就应该是指位于德格伦珠顶阴坡上寺院中的“汤东庙”，又以扎赤色莫岗之名而著称。这一年，“大成就者时年86岁”。

从其传记中的时间来看，这一年应该是1446年。但如果大家接受其诞生的时间为1385年，那么他到达岭地的那年就应该被定于1470年。到底应该偏重于这两个时间中的哪一个呢？由红帽派四世祖师于1476和1486年间（请参阅下文）对伦珠顶寺的巡礼无法令人对此作出选择。疏注者的想法是汤东不是到达了真正的岭地，即丹地稍偏东一些和今德格之北，而是到达了距当时由岭人占据的德格有数公里远的夹热堡寨（宗）。《明史》和巴俄祖拉陈瓦书中的行文记载都证明北部岭地的重要性。《汤东杰布传》似乎是在一个相当晚的时代（1588或1609年）写成的，即在岭地势力衰落的一个时刻，否则大家将很难把岭地定为“弭药地区之城堡”了。相反疏注者则通过岭地在其鼎盛时期吞并了德格地区，德格地区仅仅在后来才发展壮大到吞并尤其是包括岭地在内的各个地区的传说来自圆其说。这种传说已在《德格土司世系史》（现被断代为1828年）中作了阐述。

七、德格的崛起

据这种传说认为，德格土司出自噶尔家族，其著名的代表人物是东赞域宋，曾任松赞干布的大相（同上引书，第3页）。在经过漫长的一系列无法断代的后裔之后，于其第29代后裔时才进入了大家所熟悉的真实历史。该家族的代表人物噶尔钦却顶巴曾拜在萨迦班智达（1182—1251年）和止贡的久典贡波（1143—1217年）门下为徒，因而他可能生活在12世纪末和13世纪初叶（第5页）。岗敦丹巴·索南仁钦可能是于其下一代人时从八思巴（1235—1280年）处获得了封号及水晶印，成为下朵思麻地区的“千户”。这件事发生在八思巴从蒙古王薛禅汗（忽必烈，元世祖）处获得对整个吐蕃的统治权时代,《年表》把这一事件断代为1253年。这位索南仁钦可能创建了被奉为未来德格寺之模式的萨玛寺。[20]

我们是在该家族的第34和35代代表人物索南本及其侄子努巴却吉多吉(第6页)时代又发现了岭地和汤东杰布。这一时间是由德格版(《丹珠尔目录》第163—164页)向我们提供的,而且它也沿用了与《汤东杰布传》中相同的记述。据该《目录》认为,索南本从噶玛巴却扎嘉措和努却吉多吉(师徒二人)处获得了他将统治一个具有吉祥征兆地区(暗示德格)的授记。然而,这种场面发生在噶妥寺,七世噶玛巴却扎嘉措于1467年经由那里(请参阅上文。他于1471年也经过了萨玛尔。见巴俄祖拉陈瓦书第13卷,第110页)。根据这种授记(预言),索南本将会逐渐到达夹热,他在那里将会成为岭地部分地区和政权之主,同时也为钦波达仲(也就是岭地王)的大相。这片领土获名德格。

索南本共有4子,其中最杰出者(见其《世系史》)为其次子(见《目录》),叫作波塔尔。[21]惟有《德格土司世系史》赋予了他以下传说(第6页):波塔尔很健壮和聪颖,他有一女名叫作则丹。具有一种协敖(刺史)之权力的岭地之王对他说:“作为姑娘的身价我将把你在一天间可以耕种的土地及其旁边的村庄和城市都送给你”。波塔尔于是便带着岭地首领家的一个很健壮的人和两头犏牛而开始耕地。他在黎明时从措洛多开始[22],于晚上到达了夹热的年达。这样一来,他就得到了岭地首领的整个这片领土。从这一时代起,大家便说:“波塔尔由于其女儿而获得了满意”。因为他在其女儿与岭地之王私通时得到了他所希望得到的一切(有关另外一种不同的或口传的说法,请参阅李安宅,1947年,第281页)。这两篇类似的文献于下文都一致指出,该波塔尔变成了君主,他邀请了成就者汤东杰布(莲花生的化身)。汤东降伏了阴坡一片湖泊中的龙并于该地建起了伦珠顶寺。[23]这一事件应被置于1467年之后,早于由四世红帽派教主巡视伦珠顶寺的1476—1486年的时代之前。然而,据其传记的疏注者认为,汤东的巡礼可以被断代为1446或1470年(请参阅上文)。因而,我们应保留的正是这第二个时间。

所以,从这些文献来看,岭王于1470年还统治着包括今德格在内的一片相当辽阔的领土。其宗教中心是当时建造了伦珠顶寺的德格地区,德格仅仅在1570年之后才以损害林地为前提而得以发展。

创建德格的传说也值得引起我们的注意。波塔尔送给岭王的女儿则丹的名字正是史诗中格萨尔那被莲花生带到岭地的龙母所享有的名字。然而,至少是在林葱木刻本中,这一事件要早于由莲花生派往岭地的汤东杰布到达的时间。这种安排酷似大家刚才看到的文献。

非常令人遗憾,德格的历史资料没有向我们提供有关伦珠顶寺创建之后一个半世纪的德格史的任何情况。在整个这一时代,德格与萨迦巴的关系始终都很密切。对于这一时代,岭地史中的3种具体情节都是由其他史料提供的。

在15世纪末,萨迦巴贡噶坚赞聘娶了岭地首领(本钦)之女噶莫为妻。[24]《米居多吉传》中的一章论述了在各个不同时代制造的伪"掘藏"问题。大家于其中可以读到(第186页),在却旺大师时代(1212—1273年),出现了由"白哈尔(Be - dkar = Pehar)祝圣的"13种伪"掘藏"。在仁达那林巴时代(也就是在15世纪)[25],某一位贡波阿曲仍在伪造"伏藏"。"夹热的桑结意希用戏弄的文字写成的反驳信件(原文不清,不知是桑结意希写的还是驳斥桑结意希的信件)是由灵藏的君主寄出的。到此为止,始终有风言流传说整个康地和卫地都有待于皈依"。这位岭地首领的重要地位于此出自其尊号"贡玛"(上部、皇帝)。据我所知,这个尊号被"中原皇帝"以及掌握了整个西藏权力的萨迦巴和噶玛巴大教祖们所拥有。对于史诗的结局,我们也最好是指出岭地一名宗教首领为反对某些被认为是伪造的"掘藏"作品而作出的干预。1526年,格鲁巴的教理可能被方洛巴喇嘛引入到了岭地。[26]

八、岭地的衰落

在德格第42代首领时代,我们又发现了处于其衰落初期的岭地。这一代是由喇嘛强巴平措(见《德格土司世系史》第9页;据德格版《甘珠尔目录》第297页记载,他圆寂于火阴羊年,即1667年)所代表的。有关德格历史的这两种相似的文献告诉我们说,当时岭地的某些小头领(小部落的头人)、白利土司和其他人"都仇视佛教”,他们均以极傲慢而著称。强巴平措决定降伏这些宗教的敌对者。由于他尚未强大到足以单独行事的程度,他于是便向额鲁特人的和硕特首领固始汗(护教法王,丹增却吉杰波,1582—1654 年,他从 1642 年起统治了整个西藏)求援以帮助他。据德格版《甘珠尔目录》记载,其结果是德格头人使 18 个大城堡(“臣民十八宗”)都归附于其权力。这种说法颇具意义。18 个大“宗”的归附则是《格萨尔王传》史诗中反复出现的主导内容之一。

在一条长篇注释中[27],《德格土司世系史》(第 10 页)于此向我们提供了当时由德格征服的地区统计表。

1. 麦雪(请参阅上文“古迹”第 70 条),被称为岭地头人(本)的“土司”。当扎、格和其他部族[28]发生反叛内讧时,反叛被“大喇嘛”(强巴平措)的法力所制服,麦雪的辖地或部族也归附于其权力之下了。杀人犯必须为杀死的人命付杀人钱(命价)。“我们今天(也就说 1828 年)的情况依然如此,始终存在着为杀死土司(都司?)而付出的被称为‘岭’(Glin)的纳税份额”。这最后一种看法涉及了《格萨尔王传》史诗中的民俗(请参阅“古迹”第 61 条),其中认为杀人犯在丹玛。扎族人(Bra、sBra、dBra、Gra、dGra,大家尚可回忆得起来)是该地区的土著部族之一。[24]

2. 比维(sBe-War),据任乃强 1947 年文第 26 页认为,它位于德格以南。某些人声称它曾被喇钦的部队所征服。但据其他人认为,白利顿月的这片领土可能是由丹增却杰(也就是固始汗)在其事业急转直下的时候赐给德格的。

3. 喀多楚目。这片领土过去曾属于岭地的一位首领(本)。在该首领的一段暂离期间,贵族达摩—师利向德格派遣了一名使者。据说,喇钦于是便率领一支军队前来把它变成了自己的附属地。

4. 喀多帕日。这是白利的一片领土。它是由蒙古人(索布人,也就是固始汗)奉送给德格的。

5. 古司旧地以及纳西。其主为一名叫作色多喇嘛的人,他与馆觉的女首领有着密切的联系。喇钦使他归附了自己的权力(这是为了馆觉,请参阅注[10])。

6. 波鲁也属于馆觉女首领辖地的组成部分。波鲁的喇嘛噶玛[30]在经过噶保松山之后便要求喇钦把它置于其庇护之下。

7. 古司的新领土过去同样也属于馆觉的女首领。但 3 名头人反叛了馆觉并归附了喇钦。

8. 噶杰和贝拔尔过去是曾附属于东拉领地的首领。这片领土似乎是喇钦统治时利用一些争执而被德格所征服的。贝域（今白玉县）似乎即为同一片领土。

由于这份统计表很冗长和岭地于其中不再出现了，所以我仅限于简单地指出一些地区以说明德格权限的扩大：香多（昌都）、本多（楚日和帕日）、叶纳，包括惹恰和尊托在内的措洛多、夹热和惹丹[31]、玉隆、拉如和霍尔波。

固始汗（他对康地的干涉强有力地促成了岭地的衰落和德格的兴盛）的历史是大家很熟悉的，它已由苏莱曼作过介绍（1911 年，第 133 页和以下）。我于此仅仅指出与岭地和笼统的康地之命运有关的内容，紧紧依靠五世达赖喇嘛的《西藏王臣记》（第 109 页）和《如意宝树史》（原文第 106 页，达斯本第二卷，第 163 页；原文第 133 页，达斯文本中未作转载）中的记述。[32]固始汗一旦于 1637 年在青海湖一带安身之后，便完全准备介入藏区东部的事务。那个被称为顿月多吉的白利土司早从 1635 年之前就加入苯教教派并以佛教徒敌人之身份行事。他把萨迦巴、格鲁巴、噶玛巴、珠巴和达垄巴的许多大教祖都投入了监狱。我们已经看到，德格派首领强巴平措呼吁固始汗帮助反击白利。所以，固始汗于 1639 年（于汉历五月间）侵占了白利土司的大部分领土，于 1640 年（汉历十一月二十五日）又成功地俘获了顿月多吉。他将顿月投入监牢，释放了遭囚禁的喇嘛教各派的僧官们并把他们遣送回原地。他平定了整个康地并接受各地的入贡。甚至包括南诏（丽江的摩梭人地区）王的臣民们的贡物。

非常遗憾，向我们讲到对白利的这次征服的任何史料都只字未提岭地。由于缺少文献，我们不知道那里所发生的情况。

《米居多吉传》（1645—1667 或 1702 年）无疑是由其弟子撰写的，它描述了这位青年活佛喇嘛于 1663 年左右的成功。他当时受到了噶举巴、萨迦巴和苯教徒等派别的崇拜，使“岭地之王格萨尔过去生活过的地方”的所有居民（包括土司和王后等）都归附于其权力之下（见《十二世噶玛巴米居多吉传》或《神教》第 12 卷，第 212 页）。该地方叫作东雄奔努（夹热宗，请参阅上文第三章注［77］）。在 1667—1699 年间，德格第 43 世的一位代表人物（《德格土司世系史》第15页）多尔勒巴（也就是多吉列巴）为同名的畏怖神（具誓，护法神）的化身，他可能具有一种非同小可的法力。在他对夹热岭地首领发动战争的时候，他可能曾向郭仓（鹰巢）之顶射去一支箭，射中了岭地的黄金装饰物（屋顶金瓶）。其幼弟玉嘉在法力方面可能与格萨尔相匹敌。

我们非常奇怪地发现，岭王的地望于此被确定在紧傍德格的夹热，而不是在更靠北部一些的地方，大家在这个问题上同时还首次讲到了格萨尔。其他所有史料无论是《明史》还是巴俄祖拉陈瓦书，都明确地向我们证实岭地位于丹地以东，对其首领仅仅使用“本”或“土司”等名词来称呼，而又未于其中加入“格萨尔”的名字或尊号。我们知道，早在1643年，五世达赖喇嘛就已经作为一个历史人物而讲到了岭地的格萨尔，并将其行踪确定在黄河上游（请参阅上文第三章）。历史上的岭地与史诗中的岭地之间的关系应被断代为这个时代吗？

继17世纪末之后，我们就仅仅掌握有关岭地的一些极其罕见的资料了。它们明显只涉及林葱的小片领土。《西藏纪述》（第21页）向我们指出了一位于1729年被封为“林葱安抚司俄木林琴”的人。《打箭炉志》（卷下，第23页）则将此名写作“衮布林亲”，他于1728年内附。但佘贻泽（1944年，第59页）则根据《大清一统志》和《大清会典》等史籍而写作“衮布林亲”。这后一种写法无疑为最佳，《清史稿》（《土司传》二，第16页）中向我们提供的写法也如此（“林葱安抚司，其先衮卜林亲”）。该名字的第二部分“林亲”无疑代表着Rin-čhen（现译“仁钦”，意为“大宝”。——译者），而第一部分则应相当于mGon-po（衮卜）。最后《甘孜霍尔土司世系史》在有关甘孜的第十二世喇嘛格桑图多贝布的诞生问题上（第29页）也向我们讲到了这一切。在被称为岭·仓（灵藏）的地方，它如同一个岛屿（gliṅ）一般，几乎到处均由通天河与扎曲河（雅砻江上游）所环绕，与霍尔章谷的山谷下部相连接。在萨多村，有一名商贾的女儿叫作却塔本。她从不定居在一个固定的地方，而是在朝圣中云游不定。她生了两个儿子，这就是噶玛巴却旺达结和上文提到的一名喇嘛。此女可能是无夫而受孕，但有些人声称该喇嘛的父亲是“岭·古司首领的大相，叫作德古济桑贡布”。该喇嘛生于阴火龙年（1747年）。因此，其父贡布可以被比定为林葱俄（衮）木

(布)。《噶玛巴传》(第192页)向我们指出,在1700年之后不久,“司徒法王米庞”作为林葱首领贡伦巴的儿子而以化身诞生。十一世噶玛巴教祖意希多吉(1676—1702年)当时就希望承认此子为噶玛巴之主并赐他一个名字。但林葱当时已决定归附萨迦巴(直到那时为止,噶玛巴于那里始终都扮演着一种重要角色),其子由于这一原因而亡,他不能被列入司徒噶玛巴的世系之中。所有这些叫作“贡布”的名字事实上均指惟一的一个人。无论如何,这个时代的岭地应该还具有某种重要地位。德格版《甘珠尔目录》(第234页)也讲到它是“藏区的中心”,同时又将它定位在色莫岗(德格地区)。虽然林葱由于德格首领那日益增大的权力而从政治上消失了,但它直到19世纪仍与德格维持着重要的宗教关系,格萨尔史诗的林葱木刻本跋文就证实了这一点(石泰安,1956年,第8—9页)。

在这个时代,林葱土司最终被比定为格萨尔史诗的岭地。这些头人都自称是格萨尔的同父异母兄弟奔巴协噶尔的后裔(请参阅“古迹”第62条)。有两名大学者当时决定发表史诗的一种刊本。这就是嘉央钦则旺布(1820—1892年)和米庞嘉木样吉贝多吉(1846—1914年?)。他们同时与岭地和德格有联系(请参阅上引石泰安书)。

九、1400年(?)之前

如果说我从1400年这个时间开始阐述岭地的历史,那是由于我们在这一时间才有了一块可以脚踏实地地从事研究的阵地;如果该“国”并非是突然无中生有地出现的,那么它在这一时间之前的情况如何呢?我们在这个问题上仅仅掌握有一些含糊不清和颇难断代的资料。但是,如果需要非常谨慎地对待这一切的话,那就必须于此对它们进行一番阐述。为了这样做,我试图以逆时间的方式(如果大家希望这样讲的话)来论述之,以尽可能的手段步步扎实地追述其岁月的发展过程。非常明显,我们愈是追溯既往,就会愈加冒犯错误的危险。

首先,我们必须提出一种想法。岭地的历史随着元王朝的崩溃和明王朝的开国而突然间明朗了。中国天朝政府当时感到了对于其宗教首领进行册封的需要，如同它对萨迦巴、帕木竹巴、止贡巴、达仓巴与馆觉的重要宗教中心以同样的名义和同时进行册封那样。西藏史向我们介绍这种封号的分配时就如同是得银协巴的一种外交成就，他成功地说服了皇帝不派兵进入西藏。对于明朝宫廷来说，这就是把过去由蒙古人进入并将其权力委托给萨迦巴实行统治的乌思藏重新直接归中央治理管辖。我们于上文已经看到，德格首领的先祖之一可能从八思巴处获得了朵甘思的“千户”之职务。察木多冬族世系的另外一位首领可能曾任八思巴的官吏并拥有一种蒙古尊号（请参阅上文第四章）。图齐也告诉我们说（见本章上文注[10]），林葱和馆觉的头人是萨迦巴宫中的四大贵族（内大臣）之一。非常遗憾，我们不知道其时代，萨迦巴的编年史很可能会使我们得到一些具体解释。但我却始终无法参阅这些资料。

十、13 世纪

但有一种事实则出自其中的某些资料，这就是林葱自元初（13 世纪）就已经出现，其宗教祖师们都服从萨迦教祖。传说中就已经使萨迦班智达到达岭地（见“古迹”第 62 条）。一直到近代，林葱和德格从宗教观点来看都与萨迦巴教团相联系，尤其是与俄尔寺（位于藏地，西藏西部）相联系。与岭地相毗邻的一个地区丹玛肯定曾见过当萨迦班智达和八思巴于 1247 年赴阔端宫廷旅行时经由该区（请参阅我的补充博士论文）的情形。但萨迦巴的教徒们并非是惟一受宠于蒙古皇帝的人。噶玛巴教祖也受到了这种宠爱。二世噶玛巴噶玛拔希（1204 或 1206—1283 年）于 1255—1256 年入忽必烈宫廷以晋见他（巴俄祖拉陈瓦：《贤者喜宴》第 13 卷，第 17 页），这几乎与八思巴是同一时代。三世噶玛巴让迥多吉（1284—1339 年）获得了封号。四世噶玛巴若必多吉（1340—1383 年）也如此（请参阅上文注[6]—[15]）。

《神鬼遗教》中一段含糊不清的文字（第 41—51 页）无疑正是指元末或明初的。这里是指有关历史预言的一章，其中关于明朝开国(1368年)一事已被提及(第38页)。下面就是它所告诉我们的内容。

“所有人都将会被汉族军队战败。在香波山(也就是我们刚才讲到的雅砻),将会建立汉族的大量营地……现处于霍尔人(蒙古人)国王权力之下的寺院财产将被耗尽。不祥的黑色太阳将在吐蕃升起。灵察(可能系指灵藏或林葱)、馆觉、冲木托和弭药将会出现。[33]由于盗窃犯、强盗和乞丐都不能增加道德,所以卫、藏和康这全部3个地区都将要受苦厄(喊叫声和哭声)……但有一名国王于某日前来以降伏所有的反叛者、魔鬼、罗刹、女魔、夜叉,即上文提到的所有这些畏怖魔怪。以美而取胜的有关汉地与吐蕃的这一章至此结束。”

非常令人遗憾,其关键的句子不清楚并可以按照不同的方式进行翻译。我将cha字复原为chaṅ字,并将这些词汇理解作并列词汇,因为馆觉(dGon-'ǰo的不同写法)是一个地名,甚至在其他地方与灵藏(林葱)是并列存在的(请参阅本章注[107])。否则就应该翻译为“馆觉,岭的女系侄子或孙子”。但其中还有其他困难。由于这里是指一段诗歌,所以有些介词可能不发音。请参阅第38页的一句话:me-mo-phag Lo Yar-Kluṅs Khrims-dmag' byuṅ,其意义明显应为“在火猪年,(汉地)的一支讨伐军出现在雅砻”。因此,大家可以把上面那句子翻译为:“岭察(和?)馆觉将会在冲木托(和?)弭药出现”。但由于大家很快就将看到的一些原因,这一切都是不大可能的。在最后两个字的问题上仍存在有一些疑问。Khrom-thog意为“美人”或“以其美而自豪的人”,它已经作为弭药的名称而出现过。此外,其他文献又称弭药为“美人国”(请参阅下文第六章),但我们刚才利用七世噶玛巴出行的机会也已经看到,在德格和岭地有一处叫作“冲木吉托”,它是冲木“中心政府”的所在地,岭地首领可以被称为冲木的“万户”。就在这同一个时代,弭药惹岗(打箭炉地区)是单独被提及的。正是由于这种原因,我才在自己的译文中决定把它视为一种各个名词的简单并列。

最后,动词' byuṅ(出现,将会有)的主语仍令人难以定夺。大家可以假定把它译作“这个不吉祥的黑色太阳(或敌人)将会在林葱等地出现”。

我们应该把这种授记确定在哪一个时代呢?我们不可能指出

这一点。由于其中涉及了曾获得蒙古人封号的寺院的衰落，所以大家便试图将此看作暗示元朝的衰亡（约为1350年左右）。大家也可以联想到这些大寺院中心的内部斗争，其结果是止贡巴于1290年遭到摧毁。我们已经看到，格萨尔史诗中的某些暗示似乎均与这些事件有关（请参阅上文第三章）。当时有一个岭地存在也并非绝无可能。但巴俄祖拉陈瓦书中一个令人遗憾、多少有点含糊不清的句子似乎证明它在一个更为古老的时代就已经存在了。

在二世噶玛巴（贝噶玛巴，又叫噶玛拔希，1204或1206—1283年）的传记中，我们读到（第13卷，第15页）噶玛拔希在11岁时受度为僧（因而是1214或1216年）。一年之后（1215或1217年），他以圣迹而征服了（也就是使其皈依）朵甘思的所有苯教徒和外道信徒。后来，他又前往楚浦（噶玛巴的所在地）。“在这个时代，楚浦寺始终为空寺，因为它已遭岭地和白利人的摧毁（或损坏）”[34]。噶玛拔希定居于那里并居住6年，他于此期间修葺扩大了该寺。

这个岭地到底是哪里呢？难道它确实是我们至此始终都在研究的那个岭地吗？大家很希望如此，因为它与其东部近邻白利有关。根据这篇文献来看，上文提及的萨迦班智达的路线曾穿过康区岭地也并非是完全不可能的。

十一、10世纪（?）期间

在另一次令人莫名其妙地提到的岭地问题上，则更难作出决断。一部令人遗憾地未加断代（但肯定不会早于明末）的苯教史《苯教源流史》（达斯版本，第30页）告诉我们说：“弭药同样也叫作甲部。在吐蕃赞普朗达玛（9世纪上半叶，薨逝于841或901年）时代，将其权力扩大到了位于中原、吐蕃和霍尔人之间的交界领土上。某些人也称其王为‘汉地之主’。大家声称，甚至岭·格萨尔也必须向他进贡礼（另外一种不同的说法是‘马匹贡物’）。在3种弭药人中，也就是东部（鄂尔多斯，宁夏）、南部（打箭炉）和北部（甘州）的弭药人中，本处是指生活在宗喀的弭药人”[35]。笔者本人已经指出（1951年，第230—231页），该弭药在稍晚时候便相当于西夏。如果大家希望相信那部苯教编年史的话，那么岭地的存在早在公元900年左右就已经得到证实。暗示交纳一种马贡再加上两个地区可能互为毗邻一事,都可以使人把该岭地的地望确定在黄河(玛曲)上游现今被果洛人占据的地带。非常遗憾,提及格萨尔一事使文献(它本来不需要这种提及)又产生了6种传奇神话色彩。当大家联想到萨迦班智达旅行的晚期记述时,便会试图认为那部苯教史中提到的岭与弭药之联系是指南弭药(打箭炉地区),而不是北弭药(青海湖地区)。我们已经看到,大家可以称岭地为"弭药地区的城堡"。但这些记载均指15—17世纪的林葱。大家对于把它归于朗达玛时代又该作何感想呢?

某些西藏传说正是在这一时代指出了格萨尔(请参阅上文第三章)或其后裔("古迹"第6条)的存在。这里仅仅是以一种授记(预言)为基础的想法。此外,据各种历史文献记载,吐蕃王统世系的后裔们也于这同一时代从拉达克迁至安多。《西藏王统世系明鉴》(第99和102页)与五世达赖喇嘛的史著《西藏王臣记》(第45—51页)都指出,扎西则巴(墀德尼玛贡的兄弟,10世纪中叶人)[36]共有3子。年纪最长者和最幼者分别占据了吐蕃西部和中部领土。次子俄德又生4子。朵思麻的宗喀土司均出自其第二子墀德,诸土司中的一名代表人物即冬钦大师。因此,这些安多土司基本均生活在11世纪初叶。《米居多吉传》(《神教》,第16卷,第17页)在作为我刚才概述过的世系而引证了《西藏王统世系明鉴》之后,又讲到了出自康区的两种王统世系。其一产生了宗喀诸王;其二则居住在俄木地区,被称为冬蚌拉或蚌拉冬(第20页)。该世系又分化成出自光音天的拉冬噶波(白色冬天神)世系和另外一个叫作细冬的世系,这是新出现者和被称为出自君主之王(中原皇帝)的家族。[37]非常奇怪,作者认为他们不是西藏中部的家族。大家确实知道,冬族人如同弭药人一样是出自羌人支系的部族(请参阅我的补充博士论文)。

这些文献中没有提到岭地,但尽管其地望的定位千差万别,这里确实是指它。不仅仅冬族和蚌拉与之不可分割,而且《米居多吉传》指为俄木领地确实的地址的措洛多也是此地。据德格王统传说认为,波塔尔曾在那里获得了岭地的一片领土(上文业已论及)。因此,俄木的冬蚌拉家族(就在宗喀王也定居在那里的时代,为西藏西部诸王的后裔)的这种传说对该地区那含糊不清的历史投下了一束微弱的光芒。大家知道,整部西藏编年史在朗达玛时代都充满了60年一个甲子的错误,在西藏人所说的吐蕃宗教之"前弘期"和"后弘期"(朗达玛之后)之间的过渡阶段是含糊不清的[38],僧侣们正是在这个时代逃离了阿里三围(吐蕃西部)并进入霍尔人地区,后来还到达了下朵思麻地区,尤其是到达了玛隆多吉扎拉(金刚崖),该地区又叫作昂琼南木宗或丹斗协吉央宗。[39]正是在那里有个人感化了木司或木祖家庭的一名苯教徒,此人于832年(可能应校正为892年)诞生于宗喀德康,于915年(可能应校正为975年)圆寂,晚年成了大喇嘛格饶色。稍后不久,到1028年,弭药人(也就是西夏人)占据了过去由回鹘人占据的甘州(请参阅石泰安,1951年,第226页注[2]和234页)。[40]

十二、唃厮啰和青海道

然而,就在同一时代,汉文文献向我们描述了在西宁(宗喀)和黄河上游出现的一个经常与西夏人分庭抗礼的强大土著首领。这就是著名的唃厮啰,某些作者希望从中找到格萨尔的名字(请参阅上文第三章)。但据同时代(9世纪)的汉人认为,其名意为"佛子",因而代表着藏文 rGyal-sras 一词。

据《宋史》(卷492,第6页)记载,唃厮啰薨逝于1065年,享年69岁,因而他应该是诞生于997年。在唐王朝和中央集权的吐蕃王朝末年,出现了吐蕃与羌人(尚且不讲北方的甘州回鹘人)在青海湖和黄河上游河套地区之间持续不断地迁移。在六谷番部(西番)的首领潘罗支于1004年死于西凉(凉州)地区(《宋史》卷7,第2页)之后,西番人(吐蕃人或羌族人)感到了拥有一位首领之需要。由于这种原因,某一位耸昌厮均和其他人便前往移公城寻找当时仅仅12岁的唃厮啰(《乐全集》卷22,第20页)。因而,这应该是在1008年。耸昌厮均匡扶青年唃厮啰在移公城即位,希望他能统治河州(黄河以南,距循化不太远)。[41]但一名蕃僧宗哥(其藏文名字应为 Coṅ-ka 或 Coṅ-kha)[42]、李立遵(其藏文名字可能为 Lha-bcun)和邈川(碾伯地区,相当于湟州,西宁以东)首领温逋奇(哥)又劫持了年轻的唃厮啰,并把他安置在宗哥(Coṅ-Ka)。李立遵在那里成为其大相并将一女嫁他（据说，他共娶18房夫人。据《宋会要辑稿·藩夷》卷4上第4页记载，宗哥的唃厮啰于1007年就可能要求与甘州一名回鹘可汗的公主和亲，但该公主拒绝了他）。

安多的吐蕃人于是便前往西部很远的地方寻找其首领，其理由是很明确的——他们希望能有吐蕃赞普的一位真正后裔。我们已经看到，藏文编年史认为，中部吐蕃赞普的后裔逃走并居住在西部，后来又返回了东部并在那里成为宗哥（宗喀）和朵甘思其他地区的“赞普”。汉文史料明确指出，唃厮啰是自唐代以来的“钱逋”（赞普，rgyal-po，王）王族之后（《乐全集》卷22，第20页）。此外，他本名欺南陵温钱逋。该名字中的最后两个音节就代表着藏文bcan-po（赞普），其他的音节似乎也代表着当时藏王的名字中的常用组成部分。[43]据汉文史料记载，唃厮啰的故乡位于青海湖以西很远的地方，由许多番部与该湖相隔。这些番部均被列于“西域”（该词包括了整个中亚和西亚，甚至包括印度在内）。此地叫作武三咩（《乐全集》，同上）或高昌磨榆国（《宋史》卷492，第5页）。与武三咩的最后一个音节“咩”[44]代表着藏文mi（人，原籍为某地人）一样，“磨榆”国中的最后一个音节应为藏文yul（域，地区）。因此，我们觉得该地名曾被用藏文拼写过。“高昌”则作为吐鲁番的名字而广为人知，但它自981年起又被称为西州（《宋史》卷490，第4页）[45]，而从未被称为武三（咩）。大家同样也看不出怎样才能于其中找到吐蕃王族的一名后裔。相反，大家知道这些王室后裔们当时生活在吐蕃西部。大家在离开青海湖向西行（或经羌塘，或经于阗）同样也会到达那里而不是到达吐鲁番。最后，“磨榆”一名与“高昌”连用也说明这里不可能是指通常所说的高昌（吐鲁番）。“磨榆”可能代表着藏文Mar（sMar、dMar）-yul（玛域），这是吐蕃西部的一个地区，吐蕃赞普的后裔可能曾于那里执政（见“古迹”第6条）。[46]

记录下此名的汉人可能误解了藏文Stod-byaṅ（高—北，也就是西北）一词。他们把stod译作“高”，把藏文字byaṅ对音转写作“昌”（请参阅“羌塘”一词，指北部高原，读作chang tang）。

这样一来，定居在吐蕃西部和真正是从那里前来的吐蕃赞普后裔唃厮啰（佛子，rGyal-Sras）于1007—1008年左右到达了黄河河曲。他首先定居在河州，很快便被宗哥僧李立遵和邈川豪酋温逋奇(哥)劫持。他们首先把他安置在廓州(今巴燕戎附近),然后又移到宗哥(今宗咯。见《宋史》卷492,第5页)。把他安置在宗哥一事可能发生在1014年(《东都事略》卷129,第2页),但其他史料则证明他于1012年就已经在那里了(《宋史》卷490,第6页;卷492,第4页)。唃斯啰正是在1012年的这一时间由于对三都谷的失败感到不满,于是便与其大相李立遵分道扬镳并迁到邈州[47](住在其妻家中),任命温逋哥为相(《宋史》卷492,第5页)。李立遵可能曾为他本人(或者是为唃斯啰)屡次向天朝宫廷上表求赞普号(《宋史》卷492,第5页;卷258,第4页;《东都事略》卷129,第2页),但遭到了拒绝。就在同一时代,李立遵和唃斯啰(或者是两人之一)阻挡了应前往甘州回鹘可汗夜落纥(Ya lalɣar?)中的宋朝使节的道路。该可汗自980年以来就向宋朝宫廷入贡遣使(后又分别于1004、1007、1008、1010和1011年反复遣使)。但其使者们往往遭西夏人的抢劫(这里是指凉州道)。自从李立遵和唃斯啰内附之后,他们仅有宗哥(宗咯)道向宋朝宫廷开放了。但由于回鹘汗拒绝将公主下嫁唃斯啰,此人便以断绝道路而作出了报复。仅仅是在该可汗于1016年薨逝之后,其子才将一女下嫁李立遵(《宋史》卷490,第5—6页)。

唃斯啰在邈川一直居住到温逋哥于1032年起来反叛他为止。唃斯啰战胜并处死了他,然后徙居青唐(今西宁)并统治了附近地区(《宋史》卷492,第5页;据《乐全集》卷22第21页记载,他在那里一直停留到65—66岁时,即公元1061—1062年间)。在整个这段时间内,他频频胜利地与李元昊(西夏王朝的创始人)相对抗。在1035年,他面对李元昊的一次进攻而被迫首先退守青唐,而李元昊又成功地包围了该城。由于李元昊不能战胜他,便返回其故地并对甘州发动进攻以切断唃斯啰与宋廷的交通。后来,他又从回鹘人手中夺取了瓜州、沙州和肃州的领土。他也以厚礼而贿赂希望能独立于其父亲的唃斯啰的儿子们(《续资治通鉴长编》卷119,第7页;《东都事略》卷127,第3页)。李元昊于1038年称西夏帝,又从回鹘人手中夺得了甘州和西凉。甘州回鹘的精锐部队和西凉的藏族首领潘罗支于是便归附唃斯啰(《宋史》卷492,第5页)。从此之后,文献中于此都强调了中亚的"诸国商人皆趋鄯州(西宁)贸买",经凉州鄂尔多斯的中亚正常之路已被西夏阻隔。

唃厮啰政权的势力在开始时相当强大,但该政权在与其诸子的内讧斗争的影响下很快就分化了。1058 年,他还曾攻击西夏王谅祚并从契丹获得一位公主下嫁其幼子董毡(《宋史》卷 492,第 6 页)。

唃厮啰的前两个儿子瞎毡(居住在河州)和磨毡角于 1058 年继反对其父的叛乱之后亡殁,三子董毡继其父位。由于董毡子英年早逝,继任他(于其 1086 年亡殁时)的人是阿里骨(1040—1096 年)。阿里骨与其母来自于阗,由董毡收养为子(《宋史》卷 492,第 7 页)。这个董毡很可能就是大师冬钦,他是藏文文献中的宗喀"赞普"。我们于此不必详细追述唃厮啰的儿子和孙子们的命运了。汉文史料可以使人把他们一直追踪到公元 1100 年,他们统治了从西宁和湟州(碾伯)一直到洮州和岷州的小片领土。为了补充这幅名表,只要提及以下事实就足够了:据汉藏文文献记载,这些"羌"人的风俗习惯事实上是藏族式的(其语言也如此),佛教僧侣于那里扮演了一种相当重要的政治角色。[48]最后,最重要的是要指出由这些藏族首领在 11 世纪于中亚(吐蕃中部从政治上讲与此无关)和中国中原之间所起的连接作用。我们已经指出,李立遵有时被称为"胡僧"(中亚和尚),唃厮啰儿子的养子阿里骨来自于阗。此外,他于 1094 年还向宋天朝进贡了一头狮子(《宋史》卷 492,第 7 页),他可能是从中亚得到的。董毡有一个疏族(远房亲戚)叫欺(溪)巴温,其子陇拶(藏文名字为 Roṅ-cha?)于 1089 年生活在那里,其妻为一名龟兹公主(《宋史》卷 328,第 10 页)。汉文史料证实河州的"羌"人曾阻截过于阗的入贡之路并袭击入贡使的队伍。此外,他们自己向天朝宫廷奉献的贡物(珍珠、象牙、玉石、乳香)明显均出自中亚(《宋史》卷 492,第 6 页)、"青海(库库诺尔)、高昌(吐鲁番? 本处可能系指吐蕃西部?)。诸国商人皆趋鄯州贸买以故富强"(《宋史》卷 492,第 5 页)。于阗的一位使者在唃厮啰的儿子董毡处受阻一年(《宋会要辑稿・藩夷》卷 4,第 17 页)。我们已经看到李立遵和唃厮啰是怎样阻止宋天朝,怎样与拒绝将一个女儿许婚给他们的甘州回鹘人交往的。藏文文献也证实了同样的交往。逃避了朗达玛法难的 3 名僧侣曾经经过葛罗禄人地区和北方之道,于霍尔人(甘州回鹘人)中作了停留,然后便前往朵甘思(详见上文)。同样,时年 17 岁(因而是 1020 年)的仲敦巴从康地前往普兰(吐蕃西部)时,他也经由北方。[49]由于汉文史料,北方道是我们非常熟悉的。拂菻(当时在安纳托利亚的东罗马帝国,其国王于1081年登基,获恺撒之王号)的使者当时经由于阗、南山回鹘人和青唐(《宋史》卷490,第9页)。[50]他们从于阗出发,历经“黄头回纥人”地区和青唐以进入中国中原(由于害怕遭契丹人的抢劫)。唃厮啰的儿子董毡护送了至中原的边陲熙州的使者(《宋史》卷490,第3页)。《续资治通鉴长编》(卷335)于1083年这一时间下也提及了同一条道:于阗使者经由黄头回纥、草头鞑靼和董戬(毡)等地。

我们于下一章中将会看到这些交通大道对于军王格萨尔之民间故事的可能传播以及最终将之与东部吐蕃首领联系起来的重要意义。我们已经讲过,由鲍塔宁、任乃强和达木丁苏隆提出的把格萨尔比定为唃厮啰的思想似乎是不能成立的。从语言角度来看,“唃厮啰”意为“佛子”(rGyal-Sras)而不是格萨尔(Gesar)。格萨尔是一种宗教民间故事中的形象。格萨尔史诗沿用了一种笼统的、史诗性的和宗教的内容,并不代表对一个特定人物的回忆。然而,事实在于藏族首领们统治的一个岭地也确实存在于吐蕃的东部。正是由于这种关系,唃厮啰及其后裔们的历史才可能于其中起了某种作用,但并未因此而成为该史诗形成的惟一内容,晚期的一些历史事实同样也促进了它的形成。

这一切都已经讲过并已特别强调指出过了。无论如何,由一些藏族首领在位于黄河上游的西域与中国内地交接处于一个世纪中行使的权力是可以解释格萨尔史诗形成的地理、政治和社会范畴的第一种能够得到理解的内容。前一章中提到的某些地名的变迁也可以追溯到这个时代。如果当代霍尔人在紧靠今天林葱(岭地)的打箭炉西北之存在可以追溯到蒙古人的侵入时代,那么黄河河曲的其他霍尔地名也可以追溯到甘州回鹘人归附唃厮啰的时代(虽然大家在此问题上甚至都承认这些霍尔人出自迁移后的回鹘人,一个新的霍尔——蒙古人的阶层肯定与他们结合在一起了)。大家都跃跃欲试地企图以同样的方式解释史诗中的这种如此重要的内容:它把格萨尔描绘成了在中国中原与吐蕃西部之间进行转口贸易之主,而且是通过位于汉地、甘州回鹘和西域之间交通大道上的唃厮啰及其后裔们的媒介作用进行的。在这个问题上,一些非常近代的事实可以与这同一种内容相比较,尤其是在黄河上游地区存在着一些果洛部族,他们经常截击汉族与藏族的商队。我们于上文已经看到,岭地与弭药之间的联系在我们今天同样也得到了证实,它似乎也可以追溯到一个接近于唃斯啰的时代。由于弭药也指西夏,所以大家完全可以联想到唃斯啰和西夏之间的永久对立。然而,我在其他地方已经指出(1951 年,第 228 页),“弭药”一词要大大早于“西夏”,它在公元 7 世纪系指松潘地区的羌人。

十三、早期历史的模糊记忆

弭药和冬族之间的关系同样也要追溯到一个早于唃斯啰历史的时代,这两个部族的特点是其形容词“白色的”也具有冲木的羌人之外貌(请参阅我的补充博士论文)。然而,冬和“白”同样也是格萨尔史诗中岭地的特征。大家在下一章中将会看到“岭”(Gliṅ,意为“地区”)这个笼统含糊的词是怎样变成史诗中的一个地名的,它也可以通过“南瞻部洲”(Jambudvipa,指世界)来解释。但大家也必须理解这个出自民间传说和宗教内容的词是以什么方式变成了一个在吐蕃东部真实存在的地名。唃斯啰的历史曾得以作为凝聚点使用过。事实上,藏文文献证明该词或该名称出现在一个很早的时代,但却与一些似乎不可能是历史上岭地的地方相联系。

谐音的偶然性在选择“岭”作为地名时可能起过作用(请参阅前文第四章)。仲敦寺主米底于 1020—1040 年间曾前往“凉州黄金城”(可能系指京师,Liṅ-čhu gser-khab)。该城只能是凉州(或灵州)。[51]它也曾被提到过,包括由墀德祖赞(约为公元 700 年)建造的一座寺庙,位于下朵甘思(东安多,见《布顿教法史》第 119 页,奥贝米莱译本第二卷,第 186 页作 Lin-čhu Khri-rce)。可是,如果其中的组成部分 čhu 于此可以肯定地比定为汉文“州”字的话,那么大家在一篇很古老的石刻中却仅仅发现单独使用的一个 Gliṅ(岭)字。不过,这里只能是指同一个地方。[52]

松赞干布就已经在吐蕃东部建造了 3 座寺院,分别建于 Ka-čhu、Kaṅ-čhu 和 Gliṅ – čhu(《西藏王统世系明鉴》第 64 页)。这 3

个地名只能代表河州、甘(?)州和凉州(或灵州)。至于"灵州赤则"(Lin-čhu Khri-rce)一名,大家发现"赤则"已经被单独在敦煌本吐蕃大事纪年中提到了(巴科等人书,1940 年,第 39—40 页)。吐蕃赞普于 701 年和 702 年间居住在那里。该地似乎应位于距松州(Zoṅ-čhu)、洮州(The' u-čhu)和南冬冲木不远的地方。此外,于 705 年又提到了一个岭仁夏(同上引书,第 41 页)。

大家已经看到,地名"岭"至少自 8 世纪初叶以来就已经存在于安多地区了。因此,当它在一些我们不了解的背景下被用于一个与史诗中的英雄人物格萨尔有关的地区时,大家在长时期内就已经掌握它了。以 gliṅ、glaṅ、gloṅ 等形式出现的一个民族名称也频频地出现在吐蕃的东北部(请参阅我的补充博士论文)。此外,这一组成部分经常与冬族相联系,与一个意为"白色的"藏语—羌语名词"冲木"联合使用。然而,在格萨尔史诗中的情况也如此,"岭"始终被称为"白岭"[53]并与冬族相联系。无论未知的历史背景在哪一个时代可以使世界之王的民间传说凝聚在一位首领和一个地区周围,史诗中的某些地名和人名的组成部分都可以追溯到一个要大大早于这种聚合的古老时代。

注　　释

[1]但事实上是辅教王(同上引书,第 6 页)被称为思达藏(sTag - chaṅ)僧。

[2]"藏"字一般均为 bzaṅ 的对音,但复合词 rgya - baṅ(监藏)却并未出现过,除非是大家仅仅想到了监粲巴藏卜[rgyal(- mchan dpal -) bzaṅ - po)的一种简称。但在某些情况下,"监藏"确实相当于 rgya-mchan 之对音。《明史》(卷 331,第 1 页)提到的公哥监藏巴藏卜的那个八思巴的后辈确实叫作 Kun - dga' rgyal - mchan dpal-bzaṅ - po。

[3]见达斯辞典,第 13 页。

[4]请参阅《明史》卷 304,第 2 页:他遍历乌思藏(卫藏)、必力工瓦(支贡)、思达藏和灵藏。

[5]出自本文翻译的所有文献中的噶玛巴与灵藏之间的密切关系已由在纳囊的噶玛巴大寺中供奉格萨尔的护法神殿之存在而得以证实(请阅"古迹"第 74 条)。此外,如果相信我在噶伦堡从一名蒙古喇嘛口中获悉的资料的话,那就是三世噶玛巴让迥多吉(1284—1339 年)确立了对格萨尔的供奉崇拜。这一重要事实的记载出现于该教祖的传记中。非常遗憾,我没有掌握该书。《噶玛巴传》的近代著作没有讲到这一切。但大家于其中发现在让迥多吉的诸多弟子里提到了岭仲巴(岭地教祖)。该弟子应为朵甘思的定增藏布,他与蔡巴和让迥多吉同时从蒙古皇帝处接受了一颗司徒印(见巴俄祖拉陈瓦书,第 13 卷,第 44 页)。从其名字来判断,这可能就是我们于下文不远处将会遇到的岭地两司徒定增扎巴和定增俄巴(15 世纪末叶)。

[6]据《年表》(《如意宝树史》第278页)和萨囊彻辰(《蒙古源流》,施密德版本,第123页)认为,脱欢帖睦儿诞生于1318年,于1333年即位,于1368年失位。据巴俄祖拉陈瓦认为(见其《贤者喜宴》一书第16卷,第24页),他是在上都于鸡年(1333年)六月八日即位的。他依靠让迥巴法师(三世噶玛巴让迥多吉)。后者于1298年获得了噶玛巴的尊号和一颗水晶印鉴(同上引书,第12卷,第44页)并于土兔年(1339年)圆寂于土都。皇帝还册封圆寂于土狗年(1358年)的萨迦巴贡噶坚赞"帝师"的尊号。1360年,皇帝接受了四世噶玛巴若必多吉的朝拜,并赐给他"护国法师"的封号。1363年,若必多吉返回吐蕃。6年之后,皇帝及其子于1368年被迫逃往蒙古。

五世噶玛巴得银协巴也在中国中原王朝扮演过一种重要角色。这就是《明史》卷331,第1—2页中的哈立麻(这卷传记已由图齐翻译,载《西藏的画卷》第682页)。

[7]这里是指侯显。《明史》于第79页在永乐元年(1403年)二月以下提到,成祖听说了哈立麻(指五世噶玛巴,请参阅上文注[6]的法力,于是便派遣司礼少监侯显出使,携一封邀请他的诏书。《明史》(卷331,第1页)指出,同一使团中还包括僧智光。侯显与哈立麻于永乐四年(1406年,见《明纪》第84页;《明史》卷五,第1页)十二月入京。次年,经过皇帝亲自宣读愿文的礼仪之后,哈立麻获得了"大宝法王"的尊号。

[8]《噶玛巴传》(第108页)指出,他先从卫地(拉萨)赴香衮(临洮,位于安多),经过了索地、那雪、衮德、拉登、噶尔玛、聂托,马尔康,通天河、丹地和灵藏。

[9]我认为Zin-çin是对汉文字"先生"的对音。该词在元代碑文中指道教徒。但当吐蕃人讲汉地"苯教徒"时,他们也指道教徒。他们认为,Zin-çin似乎是指儒教徒。噶玛拔希也曾于1255年与婆罗门僧(印度的外道)和"先生"们讨论过(巴俄祖拉陈瓦书,第13卷,第15页)。1256年,他到达了汪古部地区,其王爷"信仰索布人的教理"(同上引书,第17页)。这里的erga-bo应指也里可温和景教徒。但《噶玛巴传》第38页在追述这些事件时也讲到了在"先生"、"道士"和"也里可温"之间所作出的区别。

[10]"馆觉"(Gon-jo)也写作Go-'Jo,此地位于德格以西的康地。图齐向我们指出,据《娘琼史》(第13页,娘地或昂地的编年史,此地区位于江孜)记载,在萨迦巴宫中共有4位内大臣。这就是分别治理下述地区者:1. 馆觉;2. 灵藏;3. 夏喀;4. 冬(《印度—西藏资料集》第四卷,第一册,第83页)。这些内大臣之一的帕旺布(生于1318年)是江孜地方政权的创始人,他从萨迦巴处获得了对一片位于贡嘎和金沙江边之间的领土的赐封(同上引书,第81和83页)。我们还应提醒大家注意,江孜王自称是冲木格萨尔女婿的后裔(请参阅上文"古迹"第30页)。

[11]Than-pa肯定是thar-pa的一种印刷错误。《明史》证明了这种看法。

[12]这句话的原文是藏文。

[13]有关策察的地理方位问题,请参阅:同上引书,第11页。其中提到了夹热(位于德格附近)的一位策察首领。

[14]我们已经遇到过这片领地庄园(见上文第四章),我们还将会看到它是德格的文明摇篮。

[15]这种记述已由《明史》卷331第2页所证实:中官刘允奉命去隆重地迎接活佛,共有10名将校和千余名士兵相陪。但活佛不欲前往,匿不出见。汉族将校们欲胁以威,而番人夜袭之,夺宝货器械以去,刘允逃脱。当他返成都时,武宗已崩(1522年)。世宗召他还朝,下令治罪。

[16]文献中似乎在反复地讲惟一的一位首领("岭地荣耀的首领,岭地的首领"。我们在第一种情况下也可能应该读作dbon po并理解作"岭地的首领桑结

嘉措,岭地班丹的侄子”。这后者可能是班丹监刿,即被人从继承权中排斥了的第二位赞善王的儿子。

[17]其本名叫作贡珠藏布。图齐(1949年,《西藏的画卷》第163页)接受了《白琉璃》和《如意宝树史》中提供的1385—1464年这个时间。但这些时间肯定是由于混淆或一种有关长寿的传说内容造成的结果。

[18]此地位于德格附近,请参阅上文“古迹”第69条。

[19]萨迦巴的俄尔寺在1429年创建于藏地,位于那塘寺和夏鲁寺之间(图齐,1949年,《西藏的画卷》第91和145页)。德格寺为其分寺。俄尔寺第21任教祖、寺主嘉木样贝曲坚赞是第一个到达德格者(《续部广集》第38页)。

[20]据任乃强认为(1947年,第21页),萨玛位于白玉以南,地处巴塘的边境。其寺至今尚被德格首领奉为先祖寺(也请参阅李安宅,1947年,第280页注[1])。

[21]据《德格土司世系史》认为是洛卓托丹波塔尔,据德格版《丹珠尔目录》认为是德格波塔尔。

[22]请参阅上文第四章,此地位于察木多以北。

[23]《续部广集》(第46页)证明,波塔尔(其真名为德格的扎西僧格)是喇嘛汤东杰布的施主,他们两人共同创建了伦珠顶官—寺,并使之与俄尔寺联系了起来。

[24]请参阅图齐:1949年,《西藏的画卷》中有关萨迦巴的世系表。

[25]据《年表》记载,他诞生于1403年。

[26]请参阅《新旧噶当派教史》第99页。

[27]这些疏注文参照了过去保存在拉萨的一种目录,其中包括德格及其附庸的历史。它后来失传了。由此而在具体问题上产生了某些疑问。

[28]原文作“Bra dge Sogs ṅo – log gi naṅ – ’Khrugs”。大家可以把 ṅo – log 理解作一个专用名词并译作:“在扎和格地的果洛人之内讧斗争期间”。

[29]请参阅我的补充博士论文。大家可能会联想到嘉绒的18个“土司”,其中就包括扎底和格什扎(《世界广说》稿本第145页;瓦西里耶夫译本第46页,达斯译本第26页),这就是地图上的 Badì 和 Geshītsa(如斯托特兹尼耶地图)。

[30]米居多吉(1645—1667年)致波鲁噶玛和馆觉地区另外一名喇嘛的两封信均已在其传记中引证(第162和163页)。

[31]嘉绒18个土司之一(见上引《世界广说》)。

[32]请参阅图齐译本(1949年,《西藏的画卷》第650和655页);同时还可以参阅《霍尔教法史》(胡特版本,第156页,译文第249页)和《宗教流派晶鉴史》第199页。

[33]原文为一段藏文。

[34]《噶玛巴传》第34页证实了这种写法。白利的一次入侵和反击霍尔人的一场斗争都在郭仓巴(1189—1258年)的一部传记中作了记述。但根据图齐的摘译文(1949年,《西藏的画卷》第158页),我们无法断言是白利的一次入侵行动还是一次入侵白利的行动。

[35]我的译文是以前后文的背景为基础的。作者明显在强调这个古弭药的势力。但从语法关系来讲,主语和补语并不明确(以 gyi 和 la 来表示)。大家可以理解作弭药应向格萨尔纳贡。然而,史诗中正是这样处理其内容的(见《朱古兵器国之部》稿本,第一卷,第138页)。

[36]在论述可能占据了玛域或拉达克的赞普的后裔之前,《拉达克王统记》(第35页)相当混乱地(原文献保存状态不好)介绍说,在扎西则巴赞普(10世纪中叶)时代,吐蕃正处于动乱状态,有100名骑兵来到了吐蕃西部。这支部队是由3个人率领的,其中之一为弭药人。他们公正地宽恕了玛域。

[37]该传说已由《康輶纪行》(《小方壶斋舆地丛钞》本,第84页)所证实:“番人相传,察木多之大呼图克图为明建文帝(惠帝,1399—1402年)转世”。

[38]有关其混乱不堪的纪年,请参阅罗列赫:1949年,第9—18页;中根千枝;《关于西藏史中年代标准的决定》(载《东洋文库研究纪要》第五卷,1954年);辨匡青木:《古代吐蕃纪年研究》,东京1955年版。所有人都使用了推后的纪年,这就是他们从朗达玛起增加了60年。

[39]请参阅上文第四章注[32]。有关经突厥斯坦从西部赴东部旅行的僧侣们的情况,请参阅霍夫曼:《藏文文献中的葛罗禄人》(《东方学报》第三卷,第2期,1950年)。

[40]罗列赫:1949年,第一卷,第62—67页;《圣教教法史》第126页;《如意宝树史》第177—179页。在有关格饶色的问题上,纪年中的困难表现得非常明显(请参阅注[38])。据《年表》认为,他于1035年84岁时圆寂(因而是诞生于952年)。但罗列赫与青木以《青史》为据而采纳了892—975年这一时间。

[41]据《宋史》(卷492,第5页)认为,一名河州藏族首领何朗业贤可能在高昌会见过唃厮啰(详见下文),可能带走了他,并将他安置在𠶂心城。大姓耸昌厮均又使之居住在移公城,欲之河州立文法。

[42]据《西夏纪事本末》卷八,第1页记载,这是一名“胡僧”(西域的僧侣)。

[43]《宋史》卷492第5页和《乐全集》卷22第20页。《竺国纪游》(晚期的著作)卷四第20页写作“斯南”。此名可以被复原为藏文Khri gNam - Lde(Ldiṅ?) dbon('od?) bcan - po。吐蕃赞普的名字往往都是以分成不同顺序的固定成分组成的。据五世达赖喇嘛的史著(第46页)记载,朗达玛的继承人是赤德(允丹),但据《唐书》(卷216下,第4页)记载则为“乞立胡”(Khrì - 'od)。朗达玛的另外一个儿子是南木带,又叫俄松(伯戴克,1939年,第38页)。俄松的儿子是贝觉赞(薨逝于公元932年)。这后者有两个儿子,从其中之一中诞生了赤吉丁或吉德尼玛贡,系西部赞普的后裔。另外一位是赤扎西切贝,其子为俄德,俄德的儿子又叫赤德。正是这后裔的儿子大师冬钦成为宗喀之王。我们无疑应将它断代为1000和1050年之间(《西藏王统世系明鉴》第99和102页,五世达赖喇嘛史著第45页和以下,《米居多吉传》(又叫《神教》,卷16第17页)。组成这些藏王名字的音节可以启发人基本如同我所做的那样复原唃厮啰的藏文名字。从语言角度来看,“陵”完全可以代表Lde和Ldiṅ(这些名字在尼玛贡赞普的名字中是可以互换的)。在陕西和云南的汉语方言中,尾喉鼻音往往几乎都听不到(如t'ing变成了t'i)。至于藏文声母Ld -,则用来音译为汉文。大家可以比较赤松德赞(Khri - Sroṅ Lde - bcan,汉文中作“乞立赞”)的名字,其中的Lde用汉文转写作“立”。当然,其他的复原法也是可能的。这样一来,“斯南”就可能代表着gNam或sKyi - Nam(本指黄河上游地区)。根据这种假设,“陵”可能就相当于gliṅ(glaṅ)的名称,它与民族名词苏毗连用(请参阅我的补充博士论文)

[44]“咩”字经常被误用“哶”字。

[45]哈密屯:《五代回鹘史》,巴黎1955年版,第146页。

[46]请参阅图齐:《尼泊尔科学考察初步报告》,1956年罗马版,第72—74页。

[47]晚期著作均将此视为洮河地区(狄道)。如《五经总要》(前集,卷18下,第24页)和《西夏纪事本末》(卷23,第3页)。它们无疑都是以《青唐录》为根据的(卷35,第11页),据此认为青唐和邈川覆盖了成都以西的整个黄河河曲地区,向北一直扩大到湟水。据《宋史》(卷87,第1页;卷492,第7页)记载,湟州是于1099年在邈川创建起来的。因此,邈

川就位于今西宁东南的碾伯。

[48]大家已经看到匡扶唃厮啰掌权的宗哥(宗喀)的李立遵。另外一名僧侣鹿尊(Klu - bcun?)则认为唃厮啰的孙子木征定居在洮州(《宋史》卷402,第8页)。《青唐录》描述了青唐城(西宁)。在该城以西有一大佛寺和共13层的一座塔。它指出:“吐蕃重僧,有大事必集僧决之,僧丽(罹)法(无)不免者。城中之屋,佛舍居半”。

[49]《噶当派师徒问道录》(《父法,子法》)第6页。

[50]《宋会要辑稿》(藩夷四,第19页)记载得比较明确具体。为了从拂菻(东罗马帝国,安纳托利亚)赴中国,要相继经由西大食(阿拉伯人,伊朗人)、于阗王居住的新福州、旧于阗和形成于阗边界的约昌城、黄头回纥地。这条道路从那里开始似乎又分成了两段,大家可以取道二者之一。人们或者是向东进入鞑靼和种榅人中;或者是同样也经过东部(但无疑应改为“南部”)而穿过董毡地,然后再经过林擒城(位于西宁以西,基本相当于丹噶尔)和青唐城(西宁),最后进入中原。

“黄头回纥”一名无疑应相当于Šara - Yugur或SariyYugur(黄头维吾尔或撒里维吾尔)族的称呼(又分别叫作“尧呼尔”、裕固、黄番子),他们现在定居于甘州以南。由于甘州于1038年曾被西夏人夺取,所以拂菻的使节于1083年是穿越黄头回纥人地区而到达中国中原的,他们无疑经过了更靠南一些的地方。

[51]萨迦巴的史著不是写作Liṅ-čhu gSer - Khab(灵州黄金城。见《布顿教法史》第131页,奥贝米莱译本第二卷,第214—215页),而是写作Liṅ-čhu rce-Khab”(灵州王城)或仅仅作“灵州”,该城于1246年是萨迦班智达的所在地。曾经引证过这些文献的图齐(1944年,《西藏的画卷》第680页注[39]和[40])则把它视为凉州。严格来说,大家可以联想到灵州(宁夏的南部)。一部近代的萨迦班智达传似乎把这个灵州与康区的岭地相混淆了(见上文“古迹”第62条)。

[52]噶迥石刻,请参阅黎吉生:《吐蕃的三篇碑文》,载《皇家亚洲学会会刊》,1949年,第51和55页;图齐:1950年,第14页。石刻中把在岭地城建造的一座庙归于了墀都松(679—704年)。

[53]对于大量的参考资料,请参阅石泰安:1956年,第145页。大家还声称Khra - mo Gliṅ中的Khra - mo(斑色的)意为“众多的,纷杂的”,但这个形容词并未排除“白色的”之意义(请参阅上文有关“大批白色岭城”一词)。

第六章 从冲木·格萨尔到岭·格萨尔

我们从一开始就已经讲过(第一章),在参考书目中也已得到证实[1],甚至在能够解释史诗中的“岭·格萨尔”之前,我们就已经在“其他文献”中指出了一位冲木(Khrom 或 Phrom)·格萨尔。大家从中辨认出了东罗马(Hrōm)或拂菻(Frōm)的恺撒(Kaisar),Hrōm 或 Frōm 是东罗马(Rūm,拜占庭)的伊朗文形式。我们觉得这种比定显得特别可靠,尤其是因为进行比较的两种要素在吐蕃和伊朗都不是孤立的,而是互有联系的。这个等式不仅仅从语言角度来看是坚实可靠的,而且正如大家于下文不远处将要看到的那样,它也受到了能够解释这种尊号(恺撒)一直传到吐蕃的民间故事和历史的支持。

在这个冲木·格萨尔与岭·格萨尔之间到底具有什么样的关系呢?我们对于该史诗形成的时代一无所知。可以被比定为格萨尔的岭的豪酋首领们最晚都是在 1400 年左右出现的。但是,即使是把格萨尔史诗作为一种非常协调的统一整体而追溯到一个相当古老的时代,大家也完全会觉得有关冲木·格萨尔的记载要早于岭·格萨尔。[2] 因此,大家都应该从冲木·格萨尔再到岭·格萨尔。我们已经看到(上文第四和第五章),许多背景都促进了这种过渡。当“岭”始终被定为“白色的”和与冬族的“原始部族”相联系时,某些非常古老的文献则把这一切与南人、苏毗人和弭药人有关的冬族人的地望确定于安多,同时又把一个意为“白色的”形容词“冲木”(Phrom)与之联系了起来。稍后不久,当岭地的首领在康区出现(约为 1400 年左右)之后,他们又与一个明显是位于同一地区的冲木(Khrom)中心政权建立了关系。无论是这部史诗还是某些编年史都向我们证明了其他一些带有“冲木”之组成部分的地名,它们全部位于西藏东部。我们于本章末还将回头重新来论述这个问题。

在所有的古文献中,格萨尔始终为“军队之王”或“兵器之王”,或者为一名力士。他于其中不仅仅是冲木(Phrom/Khrom)之王,而且还是突厥人或霍尔人之王。把格萨尔归于“突厥人”使学者们觉得困惑不解,从而使他们产生了一种认为恺撒变成了中亚突厥国王们的一个尊号,又经于阗而传到了吐蕃的东北部(罗列赫,1942年,第 309 页)。我们还需要对这种假设提供一些重要的细微差别。

一、古代史诗的片断

有一种至今确实尚未被强调指出过和恰恰能允许把岭·格萨尔与冲木·格萨尔和突厥(朱古)格萨尔进行比较的内容,那就是这后者(突厥格萨尔)除了一处特殊之外,都出现在非历史中,而是出现在史诗或诗歌著作中。对它们的分析可以使我们发现在它们与现有的史诗之间可能存在的前后演变关系。

二、米拉日巴

提到格萨尔的最古老的道歌片断至今尚未被人指出过,这就是米拉日巴(1040—1123 或 1135 年)的一首诗歌或道歌。从题跋中来看,它应该是由昂尊敦巴普提罗阇(Bo - dhì - rā - jā)[3]记录下来的。非常遗憾的是这个人物在其他地方未出现过(《米拉日巴道歌集》第 144—147 页,蒙文译本第 122 页)。其译本并不流畅易懂,但除了某些含糊不清的名词术语之外,其推理和结构都很清楚。米拉日巴于其中第 5 处将其修道与相继形成位于四方的 4 个地区的特征作了比较。大家每次都发现每个地名随后都附带有一种外来危险的敌对行为,而只有在一种内部行为的条件下才能排除这种外来危险。下面就是这首诗:

1. 啊! 织锦!

　在东方汉地的扎西赤果(京师)[4],
　你,如同水波一般的丝绸由汉族女子纺织。
　你在外部不会被一时的狂风所吹拂,
　只要梭子在内部不在经过纬纱时脱出。

因而纺织时要格外小心注意。

2. 啊！上师的奇迹！
在北方金城[5]霍尔人的京师，
在进入强大力士[6]的决斗中时，
你在外部不会被格萨尔的军队吓倒，
只要你在内部不以那混乱的叫声骚扰该地区。
因而祝愿该地区安宁长存。

3. 啊！巫术之门！
在西部大食（伊朗）国王那狭窄的大门，
你带有勇敢（？）标志的海螺（？）门[7]，
你不会被外部的投石器所吓倒，
只要内部的青铜[8]门闩不被横放。
祝内部的钉子永远钉得牢固。

4. 啊！森林之地！
在南部尼波罗的雕石之国，
你药用檀香木，
武装以斧子的门族人在外部不会前来，
只要你们从内部不提供斧柄木。
祝愿森林内部树木界能得到保护。

5. 啊！瑜伽行者！
在仁地的楚巴尔之修道处，
你优秀的修道僧米拉日巴，
你不会在外部被魔鬼吓倒，
只要思辨思想之魔不从内部突起。
祝愿你的心在外部得以净化。

这种对四方之典型特征和地区的分类与由大部分其他古文献提供的分类法相差甚殊。

在吐蕃颇受青睐的汉地丝绸在罗马人中的情况也如此。诗中的那“如同水波一般的丝绸”暗示它极其纤细。《格萨尔王传》史诗中的一段文献（《分大食财宝之部》，木刻本第4页）讲到了“在水上织成的汉地丝绸”。但我们于此首先关心的则是另外两个地区，这就是霍尔人地区和伊朗。霍尔人以其竞技力士的好斗精神而与众不同，格萨尔则以其军队而闻名，这二者均处于同一地位，可能会被互相混淆(就如同“外部魔鬼”——魔障和“心中的魔鬼”或使人疑惑迷乱的鬼一样),但格萨尔于此却与霍尔人作对。在我们史诗中的情况也如此。至于大食,格萨尔史诗以及四个方向的分类法一般把它描绘成一个财宝之国,但在本处的情况却绝非如此。非常遗憾,我们不知道本处所指的“狭窄的大门”及其门闩暗示什么故事。但我们应该牢牢记住的是史诗将战争的能力和财富都归予了大食人。该地区的国王被称为“大力士”。当他被镇伏时,大家又声称大力士被战胜了,财宝被带到了岭地(木刻本,《分大食财宝之部》第2—3页)。在北方和西方的大力士之间,绝没有任何对立之处。这是一种应该引起我们注意的事项。

三、《国王遗教》

如果米拉日巴使用过的片断就已经使人猜测到它与岭·格萨尔史诗的某些关系,那么其他明显具有史诗特征和同样也是以诗歌的形式出现的片断则更强有力地证明了这一点。这就是很久之前就曾被托马斯使用过(1953年,第266、272—274页;1931年)的《五部遗教》。尽管它模棱两可和含糊不清,我们也应该试图重新翻译它们,尤其是分析其前后文背景。据我们认为,托马斯从中得出的结论是错误的。他忽略了文献整体内容的前后文及其史诗特征。

下面就是《国王遗教》(原文第55—56页,托马斯版本第17—18页;托马斯1935年书,第266页)中的记述:

“一位法王是怎样来到吐蕃的。据魔王洛布尔[9]的历史所指出的情况,4种‘选中国王’在该世系中的国王和魔王洛布尔的两个时代之间于四个方向出现。[10]

在东部的中国汉地是占卜科学的国王。他根据占卜而决定凶吉预兆,以‘酥油罐’进行占卜的方法作出选择。在南方的印度是法王。他将醍醐瓶拴在黄牛(或大象)的鼻子上。这样一来,他传授了奥义,并驱散了无知的黑暗。在西方的伊朗(大食)是财富之王,乘船前往海洋,他取走了一些财宝(宝石)。他在金器中装满了黄金,从而消灭了贫穷。在北部的格萨尔[11]是军队之王,他在四方各竖起了一个靶子，凡是能发射出巨矢，并同时射中4个靶子的人将被选为王。他以这些巨矢战胜了彼方的敌人。[12]

占卜科学之王就如同蛇一样盘绕，
宗教法王就如同追狗的狼一样窥伺，
财富之王就如同鹰扑小鸟一样颤抖，
霍尔之王就如同斧头砍树一样飞快。

在四方之王各自于其一方繁荣昌盛的时代，吐蕃人尚处于无君主的时代。所以，在所有的山岭和陡峭岩壁上都建有防御强大的堡塞。衣服和食物、财宝都储藏在这些安全可靠的工事中。在这个任何人都不足以强大到能在争执中战胜对方的时代，在这个军队的数目尚微不足道的时代，在这个本人无权就不能以结盟联姻而得到支持的时代，于悉补野执政之前已相继有6个对这个雪山吐蕃统治的时代了。"

在分别列举了各以一类特殊的魔鬼[13]之统治为特征的6个时代之后，文中确实讲到了悉补野赞普王统治的时代，悉补野并非他人而正是"自天神下界入主人间的吐蕃赞普鹘提悉补野，他自天神界经9层而从梵天的手中脱出"。但经过某些冒险事情（我已在其他地方试图理清这堆乱麻，请参阅我的补充博士论文）之后，最后是另外一名天神的儿子聂墀赞普作为第一位国王而来到吐蕃（悉补野为部落名，聂墀赞普为该部落的首领，鹘提悉补野是他的称号。——编注）。

四、与史诗的关系

在重新将各方四大国王的记载纳入其前后文背景中时，历史就会得以明朗化，并对这一史诗片断和格萨尔史诗之间的前后演变关系作出一种意料之外的澄清。其中心内容相当清楚。这是由于吐蕃人无君主，因为没有任何国王统治中心政府，四方"上天选中的国王"对于他们则是一大危险。《玛尼宝训集》令人赞叹不已地表达了这种思想，声称（第一卷，第161页）当时"在吐蕃的君民之间没有区别"。"十二小邦王子"代表着被天神送去的一位国王到达之前的那种混沌的原始和无中心组织的状态，该国王与一座神山结合在一起了。在有人居住区的这一中心周围,天神之子将组织政权。正如笔者在我的补充博士论文中所指出的那样,这种内容已经出现在一卷敦煌藏文写本中了(巴黎国立图书馆藏第126号):“必须为无君主的黑头人[14]指派一位首领”。据另外一卷敦煌写本(巴黎国立图书馆藏第16号)记载,人类的这个首领来自天神:这是大蕃的一位圣神赞普[15](“大蕃圣神赞普,由天界下降,作直立之黑头庶民之主”)。该内容与《国王遗教》中的记载完全相同。但后者已经变得程式化了,它仅仅保留了用于指四天子的bs-kos(由上天指定或选中者)一词,将四天子置于印度的神话国王和来自上天,并被比定为一座神山(请参阅上文注[9]和[103]和“圣神赞普”之间了。这很明显就是非吐蕃的佛教观念之影响导致了如此安排。这种观点出自其前后文背景,已经由佛教名词术语所证实。与“上天选中的”四类国王相对应的被称为“四大类大王”的各个方向之守护神(护世四大天王)。我们于下文稍后不远处将会看到,这些护世四大天王恰恰是获得了保护四方的使命,因为将有3个或4个无道暴君在那里出现。

在西藏的传说中,“上天选中的”或“被任命的”(skos)国王一词成了第一位自天下界赞普的如此典型之特征,以至于苯教文献把它作为一个指出自宇宙之卵的“第一个人”的普通名词而使用。[16]但于此可能会引起我们注意的情况却是,在现存的《格萨尔王传》的史诗中,本处提到的主题和名词术语形成了其基本内容。青年格萨尔被称为系由天神“选中或委任的……是入主人间的天神之子”(林葱木刻本,第三卷,第34页),或者他是“由天神委任的神子,即将使世界归附其权力”(同上引书,第二卷,第25页)。他“是被选自(来自)上部天神之地的儿子”(江孜木刻本,第三卷,第5页)或“由上天委派的国王”(《分大食财宝之部》,华盛顿藏本,第34页)。在《格萨尔王传》史诗的所有文本中,这种由天神派遣国王的命中注定的特征始终与两种内容相联系:1. 征服世界和特别是在4方统治世界的大魔王的必要性[17];2. 向无有首领和由于这一原因而依靠其强大近邻的岭地提供一名首领的必要性。[18]所有这一切与上文引证的《国王遗教》中的段落之间的一致性是显而易见的。至于其他的具体情节,虽然有时很难把它们纳入到格萨尔史诗现存的形态中去,但也证实了这种比较。

自上天或神山下界以成为吐蕃人之主和保护他们抵抗边境上的四天子的那位国王通过“梵天之手”而开始下界。在格萨尔史诗的大部分文本(拉达克和蒙古的文本除外)中,格萨尔都是白梵天神的儿子。在这个问题上依然如故,该内容并非是《格萨尔王传》史诗所特有的主题。此外,吐蕃赞普的先祖们都被认为是“由梵天选中的人间君主”[19]。完全如同天神赞普鹘提悉补野似乎与既为神山又为吐蕃赞普之第一先祖的俄带贡杰不可分割一样(请参阅图齐,1949年,《西藏的画卷》第730页),格萨尔既为白梵天神(或因陀罗)的儿子,又是格卓神山的儿子。然而,该山为一尊玛桑,格萨尔也如此。该名词确实是指年神(神山),大家共列举了其中的四大神山(林葱木刻本,第一卷,第33和35页),被称为“四部”,如同被任命的国王一般(第39、40、43和47页)。它在喇嘛教神话中是一种常见的普通用法,但这并不妨碍它特别指格萨尔史诗。然而,在天神国王(神山)到来之前的最早岁月中就有一个“玛桑九兄弟”的时代,其统治是以兵器的出现为特征的。众所周知,格萨尔首先是一名勇士,其兵器在史诗中扮演了重要角色。[20]在冲木·格萨尔的最古老的史诗内容中,他仍为军队之王或兵器之王。大家看到他们是多么容易就将前者与后者联系在了一起啊!但除此之外还有更多的内容。在《格萨尔王传》的史诗中,有一个寻找一名天神之子以入主没有国王的岭地之故事,它使该地区资格最老的总管王在一场天神与魔鬼的斗争中介入而帮助天神。他们以两头牦牛和两只鸟的外形而进行斗争,他们一黑一白,分别出自两座也是一黑(魔鬼)和一白(天神)的大山。在《尸语故事二十五则》(《尸语故事》的藏文和蒙文)中,这同一个故事则被归于了一个叫作玛桑(奶王)的牛头人,他诞生于一个男子与一头母奶牛的野合。[21]此人绝不会与格萨尔的人间父亲不相干,后者也长有牛头,正是由于这种原因才在除了拉达克文本(他于其中被称为巴桑丹惹杰,这无疑是一种经传讹的名字,请参阅注[23])之外的所有文本中都叫作僧伦惹杰(意为“长角的雄狮大臣”)。《尸语故事二十五则)的蒙文本中在另外一个故事(第23个)中也包括“被任命的”四方的四天王。我们于下文不远处(第八章)将会看到,《玛桑的故事》和《尸语故事二十五则》中的故事也出现在藏族文学那已知的最早“史诗性”的故事中。因此,我们具有不止一种理由而确信,在所有这些文献中,尤其是在《格萨尔王传》史诗和《国王遗教》中的本段文字之间进行的比较可以得到证实,同时也使我们洞察到了它们之间的可靠关系。

我们已经发现,《国王遗教》中某些内容的简单图式化和不连贯性,是由于喇嘛教作者关注于汇辑和调和土著传说与佛教故事造成的。我们在有关四个方向的典型国王中有意地讲到了四天子。本篇阐述的下文将会清楚地证明这一点,正是这种著名的佛教理论主宰了那些典型国王模式的形成。

恰恰是人—牛玛桑历史的这种具体情节可以使人前进一步,以便理解从典型的北方之王军王格萨尔向史诗中的岭·格萨尔的可能过渡。天神或因陀罗(帝释,如同在拉达克文本中那样)向玛桑指出了战胜其敌人魔王的办法,魔王以黑色夜叉的形状出现,以额头的一种标志而与众不同。玛桑应该以其铁弓而向"这只额头的眼睛"发射一支铁箭,稍后不久在到达魔王之地时又把这枝箭进一步深深地射进其体内并自称是医生。因陀罗同时又送给他一种可以使他摆脱魔鬼之妻追逐的法物。

在格萨尔史诗中,格萨尔以一支箭射中北魔鲁赞的一块额斑而杀死了他(林葱木刻本,第三卷,第36和106页)。他后来可能摆脱了魔王妻子的追捕。当然,该魔王是黑色的(大卫—妮尔,1931年,第50页)。其灵魂(也就是其真正的精灵)是野牦牛康巴如仁(巴科藏稿本第32页),其生命寄居于其额头一块很白的圆斑上(大卫—妮尔,第130页)。烈火于其口中燃烧(同上引书,第122页)。在《吸血鬼的故事》中,魔王的妻子却叫作卡拉美拔("口中喷火的人")。仅仅害怕格萨尔的北方之魔(江孜木刻本,第二卷,第7页)只能被一支射中其额头的铁箭射死。它是格萨尔在四方战胜过的四种(也就是四部)魔鬼之一(林葱木刻本,第三卷,第106页;大卫—妮尔书,第9—13页)。[22]

在《国王遗教》的史诗片断中,吐蕃人的北方敌人以同时向四个方向发射巨矢的战绩而有别于其他所有人。然而,这种战绩最终实现了战胜边境之外的所有敌人,并委任或指定了惟一能够称职胜任的人为国王,此人就是格萨尔,为军队之王。这一切并不像托马斯所认为的那样是此人挑选了国王。正是他本人(明显是在中心,也就是说生活在开化地区或人类地区)被选为国王并在四界镇伏了敌人——魔鬼(蒙昧者或野番)。如果说《国王遗教》中的这段文字会由于其过分简单的文笔而可能制造混乱,那么较近期的一篇对应文献则明确地指出了其意义。为了教化四方,佛陀采取了四种不同外表的形态,每种外形都适合其地区的特征。他就这样一一做出了“降伏”:1. 以苯教而降服了象雄,自己化现成了辛饶米保(苯教的创始人);2. 以医药或医生毕杰而降伏了托噶尔,自己化现成了措切宣努(耆婆,神医);3. 以财富而降伏大食,自己化现成了尊者宝藏神;4. 以兵器降伏了格萨尔,自己化现成了一种大力士式的英雄,身穿铁甲,脚踏铁靴,向四方发射同时射准目标的箭矢(《白琉璃除锈》第136—137页):“格萨尔军王为征服各地,化现为穿铁衣、蹬铁靴的力士,同时向四方射出四枝‘箭’”。当作者在17世纪末撰写其著作时,他明显还知道另一段比由《国王遗教》提供的更为完整的片断。其意义于此很清楚,与岭·格萨尔史诗的比较是必然的。在该部史诗中,战神之王格萨尔是被上天“选中的”(或任命的),他降伏了四方的敌人,尤其是其中最强大者——北方之敌。如同与格萨尔之父及岭地头人极其相似的玛桑一样,格萨尔用将一支箭射向其额头的方法而战胜了该魔鬼。但在这些箭中确实有四种是主要的。有一卷稿本提供了它们的名字并称它们为“具有降伏四种敌人的法术的神箭”(《地狱救母之部》,巴黎国立图书馆藏本,第13页)。

这种分析的结果很明确,《国王遗教》中的第一种史诗片断由一些有时安排不同,但却以统一的方式与同一种基本主题要素相联系,它也出现在《格萨尔王传》史诗与其他的故事和传说中。但在《格萨尔王传》史诗的中心部分,以其光辉威武的外表(作为降伏四方之野蛮魔鬼的世界中心之世界之王)而出现的英雄的活动,于此却部分地与另外一个位于北方的军王格萨尔相联系。《格萨尔王传》的第一部分(英雄作为天神或神山之子而下界入主人间),则与全部吐蕃人之神话先祖联系在一起了。我们于自己的研究之末还需要解释得以从北方格萨尔(但却是中部之王)向岭·格萨尔过渡的方式问题。我们于此仅仅指出古代的史诗片断与现代史诗的亲缘关系。

五、与历史相符合的史诗内容

现在是回头来讲《国王遗教》的时候了。确实有一种很奇怪的现象，我刚才翻译的那一片断之后紧接着又是另一片断，它如同是前者的对称作品，与一种历史背景非常吻合（第58—59页，与21—22页相同。见托马斯，1935年，第269—275页）。在列举了布带贡杰（已被考证为支贡3个儿子之一的夏赤）的后裔之后，作者便讲到了赤松德赞（8世纪）的儿子之一江允赛那莱，同时还指出他将于稍后不远处再重新来讲这个问题。接着，他指出了在每位赞普统治时代引入的各种文化新事物。在南日松赞（松赞干布的父亲，因而是6世纪）时代，人们就导致该地区动荡不安的军事冲突而举行了一次大会（或会议），以分割辽阔的边陲地区而降伏了出现仇恨（或争执）的中间劫之"类别"（四部），这就是汉地和突厥人地区。[23]然而，在后来重新论述江允（歪脖子）赞普时，又分别称他为牟笛赞普、牟如赞普或墀松赞，同一文献正是把征服突厥人的功劳归于了他。大家立即就会看到本处不是指真实的历史，而是指被纳入到四部分类法和相继与有2—3个世纪之差别的两个历史时代有联系的传说内容。我们已经发现（第三章注[130]），这种做法是许多史诗故事的特征。

文中指出，牟如赞普已经使世界的三分之二归附了其政权。他就这样使以下四部居民（都居住在边境地区）沦为其奴隶并使之为他劳动。

1. 在世界的东部，是秀浦地区的鹰面人。

2. 在南部是蔡邦地区长驴蹄的鸠荼盘人（妖魔，请参阅注[38]）。

3. 在西部是巴贡地区长猫尾的藏米人。

4. 在北部是那囊长兔耳人。

所以，其权力"比天还高"，其领地比"江河还宽阔"。但在此之前，在他如此建立其政权之前，"四部国王"（也就是被上天选中的国王）占据了四方。由此而在吐蕃赞普与互相为敌的这些周边地区的国王之间出现了争执。吐蕃军队集聚了起来，它不仅仅包括兵士,也包括武装以金刚橛的巫师。一名大力士英雄被指定为其首领。这样一来,这支具有无以匹敌的威力的军队便向“四部国王”发动进攻。

1. 在南部生活有印度国王吉祥法王和扎蚌。他们归附了吐蕃,并不断地提供印度的财宝和珍贵食物。

2. 在西部生活有波斯(大食或阿拉伯人)国王拉梅姆和海达尔。他们作为贡品而提供财宝、医药和美味食物。[24]

3. 在北方生活有格萨尔(和?)突厥人。吐蕃的军队如同赭面魔鬼,将其黑色帐篷一直支到了突厥人地区的翁都。这支军队摧毁了该地区之后,又迁移了其居民并将那些住宅纳入了门族人的辖地。他们甚至还消灭该地区的那些相信坏人者,作为威慑而在那里留下了一位大师(商主或船长)以负责治理该地区。突厥人(和?)格萨尔服从吐蕃的命令。吐蕃军队(也利用这种机会?)对李域(于阗)发动了进攻,并征服了该地区。

4. 在东部,吐蕃军队冲向中原汉地。汉地的白屈(Be - Čhu)大皇帝将其权力和皇位禅让给吐蕃,并不断地奉献丝织物和美味食物。

“这样一来,江允国王(牟笛赞普)便将天下的三分之二统一到了自己的权力之下”。他的仁政一直扩大到了四方和中间地带。他从其中心辖地提取其财富,边境上的四部之众向他奉献其财富。论述法王降临吐蕃的一章结束于对定居在中心地带、并统治四方世界的国王的这种描述。

大家已经看到,定居在中心地区并降服了四方国王的明君转轮圣王的基本内容,于此被纳入了9世纪初叶的一种特殊历史背景中了。[25]但其史诗气派始终与前引片断文献中相同。边境上的四王同样又被另一批地区和被征服的民族分成了两大类,这些民族以魔鬼和动物特征而构成其特点。甚至在“历史”记述中也完全如同在现存的《格萨尔王传》史诗中一样,这种征服既是通过巫术,又是通过战争技巧,尤其是通过英雄—大力士的个人功德而实现的。如果我们在强调这些片断的史诗特征和根据它们被纳入的分类与传说的范畴而理解历史内容之必要性时没有搞错,那么这也是《国王遗教》向我们清楚地证明了的情况。这一部分确实重复了前文已两次引证过的片断(见原文第二卷,第225—226页,它与第

6 页相同，讲到了国王的降临；第八卷，第 230—231 页，相当于第 12 页，增加领土和降伏边境上的敌人；托马斯，1935 年，第 276 页）。但就在第二卷转引《国王遗教》的第一个片断以及“四方国王”的名表时，相当于第二个“历史”片断的第八卷却从《国王遗教》中删节了那些具体明确的历史暗示，并将已经是众所周知的“四方国王”名表置于其位置上。

方向	第二卷	第八卷
东	汉地，占卜术之王	汉地之王，如同狼一样窥伺
南	印度，宗教之王	印度国王，如同蛇一样盘绕
西	伊朗（大食），财富之王	伊朗国王，如同鹰一样有害
北	格萨尔，冲木军王	格萨尔（之）王，如同马一样疾驰

六、《大臣遗教》

作者最为注意的是以四方而划分该地区及其特征。一些真实的历史事实仅仅是附带地被纳入到这一模式中了。确实如此，我们下面就看一下《大臣遗教》中是如何表达的。第二卷中论述了由猕猴与岩罗刹女的结合而开始的“吐蕃人的起源”，这种结合使他们赢得“妖魔的赭面吐蕃人的名称”[26]。它又紧紧追随《国王遗教》中的第一个片断而论述了国王到达的内容。它在一开始就区别出了三种国王，即“被推选的”或被任命的国王、洛布尔（突然出现的，巫术般出现的）国王和“世传的”国王。最后一类国王《摩诃婆罗多》之前的九种天神（众敬王，佛教传说中的第一位国王）直到罗睺罗（佛祖释迦牟尼出家前生的儿子），他们所有人都属于释迦世系。第二类是“被上天选中的国王之四部”的类别，“对于他们，有许多关于欲界神于其中出现的记述”[27]。上文提供的名表对于每个方向都包括一个星座（北方是大熊星座），仅仅对于前三个方向才有一尊神（东方是文殊师利，南方是释迦牟尼，西方是尊者宝藏神或财神）和一种“文化”贡献。惟有北方特殊，仅有一句话与它有关：“它被根据三十多条短格言”而作了论述（“简说三十经义”）[28]。我们发现，早在《大臣遗教》的撰写时代（14 世纪），有关冲木·格萨尔的传说就已包括一些比较完整故事的很少一些名言和片断了。文中在讲完“被选中的”国王之后,又讲到“突然出现的”国王,其中第一位似乎就是聂赤赞普。有关他的传说是以三种不同的文本而为我们所知的。

其后的几卷涉及了大相们的血统(第三卷)、军队(第四卷)、宗教法(第五卷)和世俗法(第六卷)以及人口普查(第七卷)等问题。最后第八卷论述了“辖地的扩大和对边境敌人的征服”。该地区一直开拓扩展到占据了世界三分之二的领地面积。四界敌人都被吐蕃的贤明教法所征服,事实上,四方的敌人是吐蕃的“一整批敌人”。接着是上文所列举的名表。汉地被拉藏鲁白[29]将军以带毒的竹箭所征服。宝石都从那里外流。格萨尔被外道巫术所征服,他具有投石器的巫术手段和兵器。“这样一来,四方的所有小邦王子都归附了吐蕃政权,领地得到了拓展。在东部打开了黄金桥的财富之门,在南部拴有熊的黑链,在西部流着滔滔不绝的精美食物之潮流,大家在北部指出了明亮的肉和皮之表面相似性”。民众们很幸福。“吐蕃君主的诏令如同是初升的太阳,政权就如同是由铁链拴得那样牢固”。

七、四天子

下面这幅田园诗般的图表丝毫不需要注释。它尽管有一种历史背景,但整篇都是赞扬在降伏四方之后使之呈现出和平的那个居于中心的世界之王的内容。在对四方国王的分类之中,大家可能就已经辨认出了著名的“四天子”理论,从中心之王身上看到了转轮圣王的内容。如果说《国王遗教》以及《大臣遗教》都讲到了牟笛赞普,他使天下的三分之二都归附于自己的权力之下,降伏了四方,那是由于他过去就已经统治了天下的三分之一,也就是吐蕃。事实上是《国王遗教》告诉了我们这一切(第二十卷,第97—70页):国王已经征服了世界的三分之一。于是大相在一道上表中便提议让他也统治世界剩余的三分之二地区。因此,牟笛赞普最终统治了世界的三分之二,也就是整个世界。这里不仅仅是指历史,而且也是指一种王权内容。巴俄祖拉陈瓦(《贤者喜宴》第七卷,第

11 页)将此归于了达日年塞赞普(松赞干布的祖父!):"他降伏了诸小邦中的三分之二"(其中就包括吐谷浑和象雄的首领或国王)。

这样一来,我们就完全有了目标。那些讲到了一名军王和大力士英雄格萨尔的古文献都是史诗片断,其主要内容都出现在《格萨尔王传》史诗的现有形式和其他传说中了,而且同样也与这部史诗有联系。这些片断已经被喇嘛教作者们使用过了,因为它们酷似"四天子的佛教理论"和世界国王的概念(或者确实与此有关)。为了更好地突出与这种"理论"的关系,并指出这些名称在岁月的流逝中经过的反复变化,再没有比我们现在应编制的一览表更能说明问题了。对于所有非藏文文献,我们当然是以伯希和(1923年)、巴格西和费琅(1931 年)等前人的著作为基础的,但我们也可以从中增加新的内容。

对这幅表的阅读不会引起任何怀疑。至于一名与冲木或突厥人地区有联系的军王英雄格萨尔的概念,它是于 12 世纪左右或略早一些时间在四天子理论的模式内和由于这一模式的传播而被传入吐蕃的,一些史诗性片断或格言短语也都被纳入到了这一模式中了。我们觉得它在吐蕃的这种传播是通过佛教的媒介作用而实现的。因为米拉日巴通过其师玛尔巴将自我与印度的密教教义互相联系起来了,《五部遗教》即属于这同一种背景。尽管汉族进香朝圣人在印度也证实了这一切,但任何印度文献(更谈不到一种以藏译本而为人所知道的印度文献了)至此尚未提供其范例。由于 9和 10 世纪的穆斯林作者们赋予这种分类法的重要地位以及他们当时与吐蕃人的接触(尤其是在于阗,见下文不远处),所以大家也可以联想到把这些观念在吐蕃的传播归于那些中介人。这特别是因为他们提到了东罗马(Rūm)地区,其名称的伊朗文形式为 Frōm 或 Hrōm,它形成了藏文 Phrom/Khrom(冲木)的基础。但很明显,这些佛教和伊斯兰教的社会背景仅仅是其传播的原因,这种观念本身与它们是无关的。它属于一种流传很广和在非常古老的时代就已经出现的宗教民间故事的组成部分。尤其是伊朗—希腊这种背景使它变得非常著名,并得以将之运用到史诗或传奇故事中了(大家将会看到亚历山大的传奇故事于其中可能会起到的作用)。这种事实很久以来就已经被提及了。大家注意到了印度的纸牌[52]和棋[53]、护世四天王以及它们与很古老的动物形象之间可能会有的关系。[54]

但我们首先应分析列于我们表中的资料。这样我们就会更好地将分类模式与它使用的历史传说和事实分割开来,我们也会理解导致岭·格萨尔史诗形成的主要内容。

史 料	东	南	西	北
Ⅰ.康泰(245—250年)。[30]	1. 中国,人众。	未提及印度,因为记述者当时正在那里。	2. 大秦(东罗马),宝众。	3. 月氏(印度斯基泰人),马众。
Ⅱ.《恺法雷亚传》第77卷(公元3世纪末)。[31]	4. 中国。	3. 阿克苏姆(埃及)。	2. 罗马人。	1. 巴比伦和波斯。
Ⅲ.《十二游经》(公元392年)。起源于南方,东方。	1. 晋天子(中国),民众繁荣。	2. 印度天子,有很多大象。	3. 大秦天子,有许多财富(金银珠宝玉器)。	4. 西北,月氏天子(印度斯基泰人),有许多宝马。
Ⅳ.玄奘(《西域记》,664年),P.,东方,瞻部(世界)洲[32]琌。	4. 人主,地区潮湿,人多,智慧,仁慈、正义。	1. 象主,地区有利于养象,爱好学习和异术。	2. 宝主,地区近海,多宝物,无礼义,重贸易。	3. 马主,地寒冷而荒凉,宜养马,民天资狂暴,鸟居逐牧。
Ⅴ.道宣(《释迦方志》,650年	4. 中国支那(China),人主。	1. 印度,象主。	2. 胡国(伊朗),马主。	3. 突厥,马主
Ⅶ.拉萨唐蕃会盟碑。[33]	吐蕃与唐朝的会盟条约。吐蕃赞普出自天神,插有卐字旗,共降伏了:	1. 天竺(与门?)。	2. 不堪卒读(大食??)。	3. 朱古(突厥)=拔悉密(?)。

续表

史　料	东	南	西	北
Ⅷ.《阙特勤碑》(732年),请参阅注[25]。方向,突厥首领由天而定,居于中天,共降伏和指挥。	1. 中原汉地。	2. 吐蕃(Töpüt).	3. 铁门(锡尔河)。	4. 拔野古。
Ⅸ.《苏莱曼东游记》(?)[34],851年,但于913年又被作了补充(P)。	2. 中国的国王。	4. 印度国王巴拉罗,拥有许多马匹和大象。	1. 大食人(阿拉伯人)的国王(报答的哈里发)。	3. 拂菻的国王(拜占庭)。
Ⅹ. 贾希兹(卒于869年)。[35]	2. 中国人精于工艺。[36]	1. 萨珊朝波斯人善长治国术(政治)。	3. 希腊人善于科学(哲学)。	4. 突厥人精于战争艺术。
Ⅺ. 阿布·宰德·哈桑(915—916年),P	2. 中国国王是人类之王(和平,大诰)。	4. 印度国王是大象和智慧之王。	5. 拂菻国王是美貌人之王。	3. 九姓乌古斯(突厥)国王是猛兽之王。
Ⅻ. 阿苏第(956年)。	3. 同上。	同上 1. 中央是"王中王",巴贝尔的国王。	同上。	突厥国王统治了九姓乌古斯,这是猛兽、马匹之王(勇敢的骑士,许多马匹)。
Ⅷ. 穆斯林编年史(时代?)[37]。亚历山大征服了以下地区:	2. 中国。	4. 印度。	5. 希腊。	3. 鞑靼。

续表

史　料	东	南	西	北
XIV. 印度诸王碑，11世纪末—12世纪（巴格西，第24—25页）。他们是以下地方的国王：	人主	象主		马主（请参阅注[25]）。
XV. 米拉日巴（《道歌集》第144页，12世纪?）。方向。	1. 中国，扎西赤果，反对汉族女子穿丝绸衣之风。	4. 尼婆罗（巴勒布）：门族人，砍树木的斧头。	3. 伊朗（大食），窄门，以锡门闩对付门的巫术投石器。	2. 金山的霍尔人，反击术士们的格萨尔军队。
XVI.《国王遗教》第七卷，第55页或翻刻本17页。方向。	1. 中原汉地是占卜科学（祖拉）的国王。	2. 印度是宗教（法）国王，拴到一头牛鼻子上的酒杯（相当于大象牙）。		
XVII. 同上，第56a = 18a页。方向	1. 科学国王，如同毒蛇一般。	2. 宗教国王，如同豺狼一般。	3. 财富国王，如同鹰隼一般。	4. 霍尔国王，如同砍树的斧头一般。
XVIII. 同上，第58 = 21页。方向。聚集在汉地边境上的牟笛赞普的吐蕃军队。	1. 秀浦（?），长有鹰隼面。 4. 汉地的国王，白曲。	2. 蔡邦，长驴蹄的鸠槃荼。[39] 1. 印度的国王，达摩—贝和扎乌蚌。	3. 巴伦，长猫尾的藏米。 2. 大食的国王，拉梅姆和海达尔。	4. 那囊，长兔（ri – bon̄，应校正为bon̄，指兔子）耳兔（?）。[40] 3. 格萨尔和突厥，突厥和格萨尔。3a. 于阗（李域）。
XIX.《大臣遗教》（1347年），第二卷，第225b =6b页。方向。	1. 中国，占卜科学的国王，文殊师利，七圣贤。	2. 印度，宗教国王，释迦牟尼，gandusa。	3. 大食，财富之王，圣者宝藏神，月亮。	4. 冲木·格萨尔，军队之王，大熊罴。

续表

史　料	东	南	西	北
XX. 同上，第八章，第231a=12b页。	1. 中国占卜，大慈，如同豺狼。	2. 印度，如同蛇一般。	3. 大食，财富，如同鹰隼一般。	4. 格萨尔，如同马匹一般。
XXI.《王后遗教》第6页（劳佛尔译本第135页）。方向。	1. 中国（大洋的彼岸）。	2. 印度一门族（于此以远是大洋中的9个岛屿）。	3. 阿里三围（吐蕃西部）。	4. 格萨尔，军队之王。
XXII.《王统世系明鉴》（1508年第32页，方向。	1. 中国和弭药，贵族。	2. 印度，宗教的译著。	3. 粟特人（?）和尼婆罗，财富。	4. 霍尔（蒙古人，突厥人?）和回鹘人，法律和行动著作。
XXII. b. 同上，第64a页。方向。	1. 康地（西藏东部）的寺庙，弭药的建筑。	2. 奔塘的寺庙[41]（奔塘系门地，不丹），托噶尔的建筑。	3. 克什米尔（卡契）的寺庙，巴勒布（尼泊尔）的建筑。	4. 羌（北方）的寺庙，霍尔的建筑。
XXIII. 同上，第43页，汉公主的追求者。	（该情节场面发生在中国中原）。	1. 印度，宗教国王。	2. 大食，财富国王。	3. 格萨尔，军队之王。 4. 巴达霍尔人的国王。
XXIII a. 同上，第43页，方向。	1. 东门上的印度人。 5. 东北角的吐蕃人。	2. 南门的格萨尔国人。	3. 西门的大食人。	4. 北方的霍尔巴人。
XXIII b. 同上，第45a页。		1. 印度，宗教国王。	2. 大食，财富国王。	3. 霍尔人，强大与正直。 4. 格萨尔，军队之王，美貌之人。

续表

史　料	东	南	西	北
XXIV.《玛尼宝训集》(15世纪?)。与XXII相同的故事(巴科译文,1935年,第16—17页),第176a页。	(故事情节发生在中国中原汉地)。1.吐蕃人。	4.印度,宗教(法)。	2.大食,财富。 3.大食,火。	1.格萨尔,军队之王。 3.冲木,美貌之人。 2.霍尔格萨尔,军队。 4.冲木、水,美貌之人。
XXV.巴俄祖拉陈瓦书《贤者喜宴》(1545—1565年),第七卷,第5页。	1.中国国王,如同蛇。	2.印度国王,如同狼。	3.大食国王,如同鹰。	4.(?)国王格萨尔,如同马(rta = Sta,实际上是指斧子,即Sta)。
XXV b.同上,第18页(引证),《太史书》,方向[42]。	1.中国和弭药,手工艺和天文字。	2.印度,宗教。	3.索布和尼波罗,财富(如同第21条一般)。	4.霍尔和回鹘,法制与行为(如同第21条)。
XXV c.同上,第15页(引证了)《柱间史》。	2.中原汉地。	1.印度。	4.大食。	3.冲木·格萨尔。
XXV d.同上,第22b页。方向。	1.木人和草人	2.洛和门[43]。	3.象雄和朱古。	4.霍尔和回鹘。
XXV e.同上,第28a—29a页。汉公主的追求者。	(在中国中原)。	3.印度,宗教。	2.大食,财富。	1.冲木·格萨尔,军队。
XXV f.同上,第65b页(玛尔对松赞干布的赞颂)。	2.中国中原的国王。	1.印度,巴拉的国王,香达坚。	3.弭药,扎米人的国王(请参阅XXV b.1条目)[44]。	4.格萨尔,军王。

续表

史　料	东	南	西	北
XXVI.《大昭寺志》(1645—1646年),第3页9格伦维德尔译本,第5页)。	2. 中国。	1. 印度。	3. 大食。	4. 格萨尔。
XXVII. 五世达赖喇嘛(编年史, 1643 年)。汉公主的追求者(第21a页)。	(在中国中原)。	1. 印度,宗教。	2. 大食,财富。	3. 格萨尔,军队。 4. 冲木,美人。
XXVIII.《白琉璃》(1669 或 1683 年),第136b—137页。	1. 象雄,苯教,辛饶米保。	2. 托噶尔,医学,措切宣努。	3. 大食,财富,圣贤宝藏神。	4. 格萨尔,军队(大力士向四方射箭)。
XXVIIIb. 同上,第152b页。	1. 小中国。	3. 门。	1. 大中国(=大秦)[45]。	4. 北方(羌康)。
XXIX.《苯教源流史》(时代?),第3—4页。方向。	1. 中原和契丹。于此以远是以狗为夫的王后[46]和托噶尔。	2. 印度和卡梅(应为"卡契",即克什米尔)。于此以远是力士地区和胡巴。	3. 大食和邬坚(乌仗那)。于此以远是侏儒和富那。 5. 中心是吐蕃。	4. 格萨尔和霍尔。于此以远是波和尼婆罗。 5. 中心是吐蕃。
XXX. 巴黎国立图书馆藏第493号写本第20b页。方向是沿用苯教的顺序。	1. 中国国王。	2. 印度国王。	3. 大食国王木维。	2. 冲木的国王(格萨尔,冲木国王)第21页,冲木的格萨尔;军队之王。
XXXI. 德格版《丹珠尔》目录	1. 中国中原和契丹。	2. 印度和克什米尔(卡契)。	3. 大食和司潘。[47]	4. 冲木和格萨尔。
(1760年?),第275a页。方向。		中心:吐蕃		

续表

史料	东	南	西	北
XXVII.《如意宝树史》,达斯版本,第一卷,第3页。方向。	2. 中国中原,文殊师利。东北,吐蕃	1. 中心:印度,宗教。 3. 布达拉山观世音菩萨。	4. 邬坚和卡契。	5. 香巴拉和霍尔
XXVIII.《佛语大集》(1729—1798年),由图齐引证(1950年,第3—4页)方向。	4. 霍尔	5. 雅孜(吐蕃西部,相当于古格)。 3. 中心,吐蕃。	1. 印度	2. 中国中原。
XXXIV. 匿名著作,《尸语故事》(朱尔格,1868的,第52和195页[48]。请参阅上文第15条)。	故事情节发生在印度以东。	1. 长子,印度的宗教国王(宗教经文和寺院)。	4. 第四子,财富国王,被称为虎—豹(Bars – libris < sTag – gzig),通过在四方的贸易而获得如意宝珠。	2. 第二子,强大者,蒙古的国王(相当于霍尔人),一箭同时射中四个急速奔驰的人。 3. 第三子,格萨尔王,军队首领(以一个汗毛孔就可以消灭10万人)。
XXXV. 赫尔曼藏稿本(1948年),第7页。方向,按照佛教顺序。	1. 中国	2. 冲木·格萨尔(军队)。	3. 印度(宗教)。	4. 大食(财富)。 5. 在东北部是特尔莫霍尔人。
XXXV b. 同上,第13页。方向,依苯教顺序。	1. 白色冬族人降伏了中国中原。	4. 蓝色冬族人凯勒南(应改正为"凯勒门")	3. 黑色冬族人,西方,魔鬼。	2. 红色冬族人,特勒莫霍尔。

续表

史　料	东	南	西	北
XXXVI.《招福法》,第4页。	3.茶叶和丝绸。			
XXXVI b. 同上引书,第5页。	2.中国中原,茶叶和丝绸。	1.印度,宗教。	3.大食,财富。	4.格萨尔,军队。
XXXVII.《圣者之酬》第31页。方向。	1.中国,人域(原文误作Li-yul,应为mi yul),增加人口。	2.印度,宗教之国,发展宗教。	3.格萨尔,军队之国,在战斗中获胜。	4.大食,财富之国,能获得一切的如意宝。
XXXVIII.《招福法补遗》第3页。	2.中国,法律。	1.印度,宗教之国。	3.大食,财富	格萨尔,军队。
XXXIX.《托付事业》[49]第17页。方向。	1.中国,人域,人口众多。	2.印度,宗教之国。	3.格萨尔,军队之国,在战斗中取胜。	4.大食,财富之国,能获得一切的如意宝。
XL.《格萨尔王传》,林葱木刻本,第二卷,第26页。方向。	1.中国,如同镜子。	2.印度,如同占卜法器。	3.大食,如同经书。	4.格萨尔,如同供品。
XLa. 同上,第27页。方向。	1.中国,茶叶之堡(宗)。	2.米努,绸缎之宗。	3.大食,财宝之宗。	4.杰如的沙漠。
XLb. 同上,《霍岭大战之部》,稿本第147页。	2.中国,法律之王。	1.印度,宗教之王。		3.格萨尔,军队之王。
XLc. 同上,《分大食财宝之部》稿本,第13页。方向。	2.中国,法律,宗喀之国王。	1.印度,教法,藏额的国王(第84a页)。	4.大食,财富,财富国王。	羊塘,军队,朱古·格萨尔之王。[50]
. XLd. 同上引书,木刻本《分大食财宝之部》第13—14页。方向。	东圣身洲[51],美貌的身体。东南,严厉的法律和茶叶。	南瞻部洲,运气(财富)。西南,吐蕃,粮食。	西牛资洲,财富(牲畜等)。东北,印度,宗教。	北拘卢洲,长寿。西北,朱古·格萨尔,军队。

八、四分法与三分法

表(1)中的第一种暗示提出了一个问题。一种三分法(以三进行分类)似乎早于四分法(以四进行分类)之前就已经存在了,至少是与之并列存在的。[52]大家可以首先想到,仅仅提到三个地区的事实可以通过观察者所在的方位来解释。观察者可能遗漏了他自己所在的、情节所发生的或他所谈到的那个地区。由于对康泰的引文(1)已经失去了其前后文,所以我们对此不能得出任何结论。在拉萨碑(指唐蕃会盟碑——译者)中(7),中原汉地当然不可能被作为边境的敌人之一而提及,因为它是参加会盟条约的一方。在有关松赞干布和亲的传说中(23、24、25、27),没有提到汉地之事可以通过该情节就是在那里发生的事实来解释。一旦涉及赞扬一位吐蕃赞普时,汉地就立即出现了(22f)。因此,大家可以承认,正如巴格西(其书第25页)对于印度的碑铭所作的那样(14),在某些情况下,四分法的模式被简化成了一种三分法。

但一种更深入的研究证明大家不能用遗漏了四种因素之一的说法来解释一切。一种三分法与另外一种分类法并列存在。在《格萨尔王传》史诗中,岭以及霍尔地区都已分成了三部分。在霍尔人中,共有3位国王:白帐王、黄帐王和黑帐王,但有时也从中加入第四位国王,即斑色的首领逗钦辛巴(这是一种口传资料)。岭地的3个世系都与3种动物(狮子、金翅鸟或大鹏、龙)相联系。大家有时于其中还增加伯父(虎)的世系,这样总共就形成了风旗(风马)上的4种动物(请参阅我的补充博士论文注[46])。三分法的模式也被用于了世界主要国王的分类模式。[53]在介族的先祖传说中(图齐,1949年,《西藏的画卷》第656页),一名天神的儿子自天下界并成为大食(伊朗)的国王。他的三个儿子变成了霍尔人、汉地和象雄的国王(因而就是4=3+1)。[54]同一名父亲的三个儿子以他们占有尸体的方式而互相区别:第一个是汉人,他获得了其父的头颅和双臂;第二个是吐蕃人,他获得了其父的胸膛;第三个是鞑靼人,他获得了尸体的下半身(古伯察和秦神父:《鞑靼和西藏旅行记》,北京1924年版,第二卷,第149—150页)。三兄弟都是斯基泰人诸部的先祖（希罗多德书，第四卷，第5—7节）。在伊朗的传说中，费里敦的三个儿子是萨利姆、图尔和伊拉吉，他们分别是伊朗、土兰和罗马的代表。然而，“萨利姆代表着财富，托兹是勇士，埃里奇则选择了法律和宗教”（图尔 < tar，“强有力者”）。[55]大家已经看到，这种三分法直接地涉及了我们本处的内容，因为被提及的地区以及它们各自的典型特点（财富、战争本领、宗教或法律）都出现在“四天子”的模式中。伊朗—希腊背景已经使我们觉得它如同是该模式传播的因素之一，我们还将会看到印度斯基泰人所起的重要作用。然而，有一种这类传说（其中的“三”与“四”轮番变化）已在一部古佛教经文中向我们证实了这部经文在西藏广泛流传，并涉及了一名法王或转轮圣王，也就是阿育王的传说。统统要追溯到3—5世纪的其各种汉译本已由普祖鲁斯基作了翻译（《阿育王皇帝的传说》，巴黎1923年版，第399—403页）。其藏文本是由布顿传播的（《善逝教法史》第113—114页；奥贝米莱译本，第二卷，第173—174页），他声称自己是从《大集月经》（《甘珠尔》经部第32卷，第216—220页；东北大学目录第356号，译者不为人所知，在汉文三藏经中没有对应译本）中得到这些资料的。[56]

九、世界国王和四方

佛陀预见到了其教理的衰落，于是便将佛法委托给了天下四大国王（东方是提头赖吒，南方是毗卢释迦，西方是毗流波叉，北方是毗沙门或据另外一种说法是俱鞞罗，见普祖鲁斯基，第313页注[4]）。他们应该保护佛法不受将与俱鞞罗天王来自同一地区（同上引书，第312—313页），并将受各自有十万亲属的三恶王的伤害。他们既不是中国人，也不是印度人（见布顿书）。他们在南方是塞种人（布顿书写作 Çiikuna，指斯基泰人），北方是耶槃那人（布顿书的写法相同，指希腊人），西方人帕拉维人（布顿写作 Ba-la-bā，指安息人）[57]。布顿还补充说他们以其战争蹂躏了北方和西方。《杂阿含经》提供了四位国王，从中又加入了居住在东方的吐火罗人的国王，如果说在三王的说法中仅仅缺这个方向，那是因为东方是留给反对其他所有人的国王的。

在东方的俱赏弥，有一位摩晒陀王子（《杂阿含经》和布顿书，意为“大帝”）或“大军王”。其子生下来就身穿铠甲和手中捧血（布顿记载为：额头带有铁记和下身带有血斑。他与其会讲话的马同时诞生，并降下了一阵血雨）。500 名长老（上座）与他同时诞生，所有人都身穿铠甲和手中捧血。这个非常强大的王子充满了一种如同太阳般的极大威严，以至于大家很难注视他（他即由此而获其名）。在一名天神的建议下，大军王禅位，将“天冠”戴在其子头上，并立他为王。500 名力士成为其大臣。他们共同杀死了各恶王，该国王变成了世界之王。布顿补充说，在该国王与恶王格斗时，其铁印记便会特别明显地出现，其全身都变成了铁质的了。

该传说与我们的问题具有许多共同点，并能够以这种事实而澄清之。它首先证明了我们上文已经想到的事。四位“被上天选中的”恶王的模式又由于护世四天王而得以倍增。后者是被拥立为王（由佛陀任命的，请参阅藏文词 bskos）以击败前者，这两类国王之间的相似关系非常引人注目。其中惟一差距是第二类国王都被用于为佛教服务了。[58]在《阿育王经》的传说中，边境上有三个或四个恶王，他们各自拥有一个有十万同类成员的家庭。护世四天王也各自拥有一类特殊魔鬼追随他们。专门追随南方护世王的鸠繁荼置身于被认为是一方的牟笛赞普的军队中（请参阅注［39］）。这支军队共由四个集团组成，各自有万余人，分散在四方。如果尚需要的话，那么所有这一切都可以向我们证明应将护世四王的名表考虑在内（请参阅注［53］和［54］）。我们还将有机会来重复论述这个问题。但我们现在应该立即指出以下一点：俱鞞罗——（毗沙门）在该故事中起了一种特殊的作用，他与三恶王属于同一地区，虽然后者被列入了三个不同的方向。我们在《国王遗教》的史诗片断中也注意到了北方“被上天选中的国王”——格萨尔的特殊作用，他在被限定于这一方向的同时又降伏了边境上的四大敌人。[59]在阿育王的传说中，降伏了其他国王的世界之王是一名强大的勇士，名叫“大军王”或强大的军队之王（请参阅格萨尔的情况，他也被称为军王）。他以一种如此威严的光芒照耀得大家很“难以看视”或“难以承当”。大家很难不会联想到光轮，它在形成伊朗的世界之王特征之后又落到了毗沙门的肩上（见下文不远处注［117］）。大军王生下来就穿铁甲，并在战斗中变成了铁。在格萨尔史诗中,格萨尔以及与他极其相似的同父异母兄弟也都穿铁甲。在包括有《国王遗教》这一片断的《白琉璃》的文本中(详见上文),军王格萨尔也穿有铁甲。我们很快将会看到,这就是一位世界之王的特征。最后,那匹会说话并与世界之王同时诞生的马匹,也是格萨尔史诗和曾被考证为格萨尔的香巴拉(北方)之王(见下文第九章)中的典型内容。亚历山大的传说可能也如此,它为我们提供了其他一些比较。

变成了铁的大军王被称为世界之王。这种说法可以通过在西藏广泛流传的另外一种佛教传说来解释,它事实上仅仅是四方国王模式的一个变种。我是想讲四位转轮圣王的理论。这四位国王是兄弟,所有人都是乌陀波刹的儿子。第一个儿子是曼马太多或顶行,生于其父之头部,以金轮统治了四大洲。第二个是遮娄,出生自其父的右腿,以银轮统治三大洲。第三个优婆遮娄,出生于其父左腿,以铜轮统治了两大洲。第四个是具美金曜(则丹)或遮娄迦(则仓),出生于其父的脚,以铁轮统治了惟一的阎浮提洲。[60]

对于一名可能会熟悉这些由于喇嘛教著作而广为流传的传说的西藏人来说,它们明显与军王格萨尔的概念相联系,而且当然也应归于这种概念。其证据出现在幻术者米居多吉的一个奇怪的故事中。虽然这个故事非常混乱,但它仍然意义重大,并证明了格萨尔的形象是怎样得以纳入到有关世界国王传说中的(《米居多吉传》或《神教》第24卷,第12—16页)。

一名少女叫作则丹(具美金曜！如同阎浮提洲的国王铁轮王一样,在史诗中作为格萨尔的母亲)被许配给了甲格("鸟脖子")国王,但她还有另外两名追求者,即格萨尔王和则都王("聚美")。由于她拒绝了他们,并进入了教门,这三王便率大军赶来。然而,她由于其巫术而成为不可战胜者了。甲格的军队遭水淹,格萨尔的军队被火焚,则都的军队被一次消灭。

具美金曜虽为一少女,但她是不可战胜的,她翦除了三王。她在这一方面既与阎浮提洲(瞻部洲)之王铁轮王又与阎浮提洲之王铁王大军王相似。如果大家承认这种联系,那就应该将《神教》中的三王与《阿育王经》中的三恶王进行一番比较。在此情况下,格萨尔应该相当于耶槃那。在《摩诃婆罗多》(第三卷,第491页)中,耶槃那·格斯鲁莽被睒维那的朋友讫瑟叱王击败和杀死(见列维,

1891 年,第 41 页)。[61]

有关瞻部洲的两种传说经过高地亚洲而互相联系在一起了,因为它们表达了同样的观念。它们可以适用于任何具有转轮王那样抱负的大英雄。所以,大家对于在 13 和 14 世纪汉文文献中出现的那种在成吉思汗传说中又重新发现的某些主要内容就不会感到惊奇了。成吉思汗诞生时右手握凝血块。他本来就是或者是稍后变得很高大,并有一种特殊的形貌(见伯希和与韩百诗:《〈圣武亲征录〉译注》,莱敦 1951 年版,第 1 和第 9 页)。这种凝血块预兆着其战争本领。其名“铁木真”很快就被以“铁”的内容作了解释(temür 意为“铁”,同上引书,第 9 页)。伯希和也没有忽略指出(第 10 页)血块的内容形成了印度和伊朗大征服者们的特征(见他尚未刊布的有关马可波罗游记的注释)。他肯定是想到了大军王,此人在诞生时于其手中执凝血块,浑身具有一个大力士那样的力气,并带有铁的印记。我们可以更向前迈进一步。我们恰恰是在一部佛教编年史中发现了成吉思汗的转轮王的第二种内容。《佛祖历代通载》(其序写于 1344 年,作者诞生于 1283 年,载《大正新修大藏经》第 2036 号,第 489 页)告诉我们说,成吉思汗是作为北部多音地区的铁轮王而降生到人世间的。该地名似乎未见诸其他记述。由于文中的佛教影响及其对吐蕃事务的熟悉,所以大家可以假设认为多音系指北俱卢洲,其名也可以被理解作“恶音”或“妙音”(见《翻译名义大集》第 3057 和 3058 条,藏文作 sgra mi - sṅan),或者是被解释为“多闻”的吡沙门天王的名字。有一件事实颇有意义,正如在军王格萨尔和鞞罗—毗沙门的例证中那样,所有这二者均是北方的国王。成吉思汗于此则为世界之王(铁轮王,即阎浮提洲或瞻部洲的国王),同时又为北方之王。

在这种于四方国王的模式中浏览了说明世界国王的内容之后,现在是回头论述三分和四分法问题的时候了。这二者的结合已由柯尔克孜人的一种传说而得以阐明。一个少女由于天神的功能而神奇地受孕,并生下一个叫作“成吉思”(Šnigis)的男孩,此人变成了公正的君主。她与其凡世间的丈夫所生的另外三个儿子都很坏且无能力执政。成吉思有三个儿子和一个女儿。由于公正的名望到处传播开了,各个不同地区的民众们都向他请求一个儿子以成为他们的国王。他分别向东罗马、克里姆和哈里发地区各自送了他的一个儿子。斡罗思(俄罗斯)人接受了其女儿。柯尔克孜(黠嘎斯)人只能仅满足于成吉思的三个恶兄弟(拉德洛夫,1870年,第三卷,第82—89页)。

另外一组故事则把保存在喇嘛教社会环境中的同一内容运用到了藏区东北部的一个民族中。第一个故事属于《说不完的故事》(第23个。见朱尔格,1865年,第187—196页;弗拉基米尔佐夫,1923年,第112—116页)。

一个叫作"英雄性格"的印度国王的侍卫放走了一只蟾蜍,它恰恰就是带白螺壳的龙王之公主。英雄遭到了驱逐之后,来到了有一大片水的地方。他在那里看到了一只猫头鹰叨走了一条白蛇。他将自己的腰带叨在口中,然后又把它投了下来。他说服了猫头鹰也同样做,从而拯救了作为龙王之子的蛇。作为犒赏龙王鹰送给了英雄一只红色母狗、一块斑色的地毯和一根螺壳手杖。当用手杖触及地毯时,大家便会以此而获得所希望的全部食物。那只红色母狗就是龙王的公主。她于某日脱衣裳时,被一名想劫持她的国王看到了她的美貌。她通过一种诡计而让人杀死了国王。就在同一天夜里,英雄与她共得四子,这就是四方的国王(见表中第34条)。瞻部洲(世界),当时非常繁荣昌盛。

十、安多的民间故事

这个故事的某些内容要素同时重新出现在《格萨尔王传》史诗[62]和由《噶当派师徒问道录》提供的一种格萨尔王本传(请参阅上文第三章"古迹"第21条,我们于下文不远处将会看到它与《尸语故事》或《说不完的故事》的关系)[63]中了。但于此使我最感兴趣的事实是《说不完的故事》中的这个故事也部分地出现在居住于黄河上游地区的果洛人先祖传说中,因为岭·格萨尔的历史故事恰恰也发生在那里。这是由1948年从果洛人地区返回的一名蒙古旅行家向我介绍的故事。它是从位于巴颜喀拉山脚下的喀拉兰错湖畔的一个果洛人那里搜集到的(它在那里是犯禁忌而不得非议的)。

一名叫作释安本[64]的印度青年来到了蓝色山谷地区的温水河

(蓝色的水),该河反向而流,并注入了温错湖(蓝色的海)和代错湖(毒海)。他在那里看到了老鹰于其喙中叨有某种酷似一挂肠子的东西。他呼唤它将之送给自己。飞禽抛下了它,英雄捡到了这种东西。一批穿白衣和戴白帽的人来到了温错湖畔。这都是神山年保玉则派去寻找被一只鹰掳去的山神儿子的使者。一批穿蓝衣和打蓝旗与穿黄衣和打黄旗的人出现时又重复了同样的场面。后者之中的一名老翁询问英雄用来准备做饭的是什么东西。英雄指点着那一挂"肠子",它事实是一条色彩斑斓的蛇,即山神的儿子。山神收回了它,并询问他希望得到什么样的报酬。释安本希望得到其女儿。山神同意了,但害怕释安本缺乏相当大的"运气"(命运力量)以忍受该女的巫术之力。他交给了此人一根带有六条具有不同颜色(白、红、黄、蓝、绿和?)丝带的棍棒。如果他能抵得住其长女,那么他就将统治六个大王国(其对音转写的名字似乎是一些具有诗意的形容词);如果他能抵得住其次女,那么他就将会统治四个大王国;如果他能抵得住其最小的幼女,那就只能统治两个大王国。只要他不感到害怕,并以其棍触及她就足够了。长女以狮子的外形出现,释安本感到了害怕。次女以一条蛇的外形出现,他又一次失败了。幼女以一头野牦牛的外形出现,扑向英雄,其一支角直冲天空,另外一支角则向下朝他。释安本以其棍棒触及到了她,牦牛立即变成了一名美貌少女。他娶她为妻并以嫁妆而获得了一张带有巫术的绵羊皮。在敲打它(无疑是用其棍子)的时候,便从中出来一头牲畜。释安本在与她长期生活之后,因杀死一头水牦牛(无疑是龙王)和痛打一头神牦牛而得罪了少女。少女以升天而离开了他。她仅为他留下了一个独生子,这就是果洛人的先祖。果洛三部便出自他的三个儿子。

我们在提到位于黄河上游的年保玉则神山对于格萨尔史诗的重要意义时就已经暗示到了这种传说(见上文第五章)。英雄的名字释安本(Čhos A' - bum?)酷似岭地小房世系的先祖的名字却拉本(chos - la - bum),他是却拉彭的幼弟。[65]其基本内容就是英雄为了支持一条神河或一座神山(这都是两尊地神)而进行的干预以及他与后来成为女祖的女子的婚姻。在史诗中,格萨尔的母亲即为通过莲花生的巫术而获得的一个龙女。这一部分历史故事现在仅仅是透过喇嘛教的广加掩饰才为人所知的。《说不完的故事》中的故事和果洛人的传说可以使人窥视到尚未具有传奇色彩的说法是什么。无论如何，龙女的故事正好是寻找一个天神儿子之故事的模拟对应。在这个问题上，也有一名英雄为了天神的利益而介入了。同样的故事也出现在《说不完的故事》中（详见前文）。这里也有一座神山，如同是父亲或祖父而介入了活动，尽管天神之父强烈反对。

但《说不完的故事》中的故事最后在讲到了成为四天子的四个儿子时，果洛传说中的同一个故事却用于解释该部先祖三子的血统。究竟是果洛传说抄袭了《说不完的故事》，还是恰恰相反呢？或者是这两种故事均属于同一种传说呢？我们对此一无所知。尽管四天子的模式能够被聚合成一个故事，而这同一个故事又得以被定位于黄河上游地区。对于我们的这个要知道怎样从军王格萨尔过渡到被定位于黄河上游地区的岭·格萨尔的中心问题上来说，这一事实很重要。最后一种迹象于是便具有了一种特殊意义。居住在黄河上游大河曲以南（果洛人的东北和拉卜楞寺的西北）的隆务寺的热贡首领被选中（请参阅 bskos 一词，意指“被选举的”或“被任命的”，这是四方国王的尊号），并有三年任期。然而，他享有一个颇有意义的尊号：“北方的军王”（罗列赫：《安多方言》词汇，尚未刊）。这恰恰就是“四天子”中第四位的尊号。我们于下文不远处还将回头再来论述这个问题。

我们现在回头来论述我们表中的第一种分类法——三分法（人、宝、马）。我们现在对于发现这种模式已被运用于吐蕃就丝毫不会感到惊奇了。对它的分析我们明白了“四天子”内容（北方的那一种）的不同形式。

在元代，吐蕃共被分成了三个地区（却喀，即 Čhol - kha，派生自突厥文 Chölgä 和 J̌ölgä。请参阅图齐：1949 年，《西藏的画卷》第 687 页注［993］）。据五世达赖喇嘛的史著《西藏王臣记》（第 60 页）、《宗教教派晶鉴史》（第 78 页）和《如意宝树史》（第 158 页注释与第 279 页）记载，卫藏之地是宗教（教法）地区，上（西）朵甘思是人地，下（东）朵甘思是马地。据萨迦巴的一部史诗记载（图齐，同上引书，第 14 页），宗教地区（法之地）从阿里三围（吐蕃的西部）一直延伸到索拉甲沃，人域从那里一直延伸到黄河河曲（黄河上游的第一个大河套），马域[66]从此处开始一直到达中原的白塔（位于凉州的西南)。相反,《萨迦班智达传》(第126页)则颠倒了其次序,将马域确定在从索拉甲沃一直到玛曲库巴的地方,人域(第127页)则被确定在从那里到白塔的地方。

十一、"长大平正"之人与宝马良驹

如果说在"人"("长大平正的或是英勇无畏的"人)和"马"(剽悍的,良驹宝马)的形容词归于附近地区,那是由于分散在辽阔地区的游牧民恰恰是既以他们对于征战的癖好,又以其马匹的精良而出类拔萃的。自北方的甘州和沙州一直分布到河州和松潘地区的诸部族于公元9世纪末也被《唐书》(卷216下,第8页)称为:"其近蕃牙者最勇,而马尤良云"(请参阅石泰安,1951年,第228页和补充博士论文)。三个却喀的特征明显也是一种简单图式化的结果。

在将这种模式与康泰(见表中第一条)的办法进行比较时,大家就会发现3个术语中的两个在两类中均相同:人和马。与"宝"并列存在的第三种因素"宗教"则可以通过对一览表的简单读法来解释。当西方始终为"宝"的方向时,南方(印度)却被用于了"宗教"。据藏文文献(第16条和以下)来看是这样记载的,但首先却是由"马"开始的(第3—11条)。大家也可能是玩弄了在民间故事中出现的对财宝和宗教之间所作的比较。[67]无论如何,南方被从一却喀中排除了。西部的阿里三围包括被草率的比定为象雄的古格,而象雄有时又被与大食相混淆了。西部的所有这些地区在一览表中都包括一个修饰词"宝"(21,阿里三围;25c-d,大食或象雄和突厥)。然而,大食(伊朗)代替了康泰(1)所使用的"大秦"一词,而且从7世纪起就已经如此了(请参阅泛指伊朗人的"胡"一词)。这种事实使我们面对在我们的表中取代名词术语的关键问题。对于"人"和"马"这两种因素的比较会使人洞察到替换和取代是怎样被引入图式化的分类中的。

月氏人(表中第1条)由于他们的良马而曾经名噪一时。他们在到达妫水(阿姆河)流域时,便继承了大宛(费尔干纳)的名马。[68]但良马(龙马)在龟兹以及甘肃和青海同样也很著名。[69]月氏人最早恰恰就是在那里生活并在那里留下了他们的部分后裔，这就是与羌人杂居在一起的小月氏。有一件事很奇怪，“月氏”一词从公元3世纪初开始就已经具有了一种“靶子”的意义，大家骑马奔驰着对准它而射箭。[70]然而，这种内容可以把马匹的概念与取代了它而又从未排斥过它的概念联系起来，军王格萨尔同时向4个箭靶射箭。大家可以从中窥视到这些内容是怎样得以维持在图式化的分类中，它应该是适应了不同的地理和历史背景。

有关马匹的内容应该始终与北方有关，同时又与历史的发展相联系和根据实际情况而又与不同民族相联系。如果这是在中国的北方或伊朗的北方，那么游牧民族的马匹就会迫使各帝国采取一些相似的措施，并在那里（以勇士的勇敢精神）留下同样的记忆（请参阅阿尔德海姆：《亚历山大和亚洲》，巴黎1954年版，第102—103页等处）。历史解释了我们一览表的模式内诸民族名字的取代。突厥人（继匈奴人或猃狁[即匈人]之后，见本表第六条）在汉文中作“突厥”，在藏文中叫作“朱古”（Gru - gu）可能取代了斯基泰人、印度—斯基泰人或印度境域以北的其他胡族人。查希兹（见表中第十条）在这一方面颇有造诣，他长篇大论地描述了突厥人的勇敢精神以及他们那与马匹密切联系在一起的生活（请参阅注[35]）。我们将会看到，英雄的陪衬马匹的内容是在何种程度上始终与北方的内容联系在一起的。

对著名“人域”的分类也可能会向评注者们提出一个问题。中国中原确实是“人域”（一览表，东方，第1—12），从康泰和佛教取经朝圣人到伪托卡里斯滕和大食人（请参阅注[32]），大家都认为那里人很多、社会秩序良好、具有艺术和长大平正的人。但是汉人恰恰是为此而称东罗马为“大秦”（一个更大的中国），他们声称那里的“人民皆长大平正，有类中国，故谓大秦”[71]。自唐以来，一旦当拂菻（Frōm）一名取代了老名称“大秦”，它便获得了同样的形容修饰。[72]在阿拉伯人中，东罗马取代了古大秦（9—12）。吐蕃人当然会用它以指冲木（Khrom/Phrom[< Frōm]，即拂菻，见第236、24和27条）。但是，究竟该把这个具有长大平正之人的冲木置于哪里呢？大秦的位置（西方）本来是专门为贮存财宝而保留的，这就是后来取代了它的大食（胡，伊朗）。有关马匹和战争本领的内容传到了突厥人中（始终是在北方，见第5—6条）。冲木·格萨尔也

就是拂菻（东罗马）的恺撒，它被分裂成了两种因素。军王格萨尔取代了突厥。当他与冲木的关系尚未被遗忘时（表中第19、25c和e、30条），长大平正之人类的内容已经被从中排除出去了（惟有第23b条除外）。当大家希望保持这种内容时，那就要使格萨尔与冲木脱离开，同时将有关军队的内容与格萨尔联系起来，把长大平正人之内容与冲木联系起来（表中第24、27和31条）。但是，那样一来，大家就应该避免四分法的破裂。这一成果可能会在中国中原（人域）无论如何也要被排斥时获得（表中第23、24和27条）。

十二、由西向北和向东转移的内容

在"长大平正之人"的地区大秦（在康泰书中系指中国）和财富之国大秦（表中第1和3条）之间的对立也与取代大秦（见表中第5条）的伊朗人的出现相联系起来了。公元727年，慧超认为大拂菻国（君士坦丁堡）"土地是宝物"（白鸟库吉：同上引书，第261页）。但道宣（第5—6条）却认为，财宝已不再是大秦（该词当时已因过时而不适用了，已由"拂菻"或"拂临"所取代）的特征，而是胡人或波斯人（这是在汉地对Perse的罗马对音，在某些情况下也作大秦）的特征。该地名变幻不定。其方向（主要内容）却保存下来了。"大秦"一名被放弃了，其形容之一（长大平正之人）可以很容易地传到北方以取代月氏人。他们的国王（贵霜王）之一伽德费斯（Kadphise带有一个意为"可爱的、漂亮的"（Kada）和"形状、外形"（phise）的名称。[73]这些名词显得是逐字地译作藏文，即那里的人声称冲木王的相貌（gzugs）很美（mies、legs、bzaṅ）等等。完全如同冲木是再现了已取代了"大秦"的"拂菻"一样，该地区的"长大平正"的人之内容也会被列入冲木国名下，但其地望则更靠北方（月氏故地）。这样一来，我们就面对冲木自西向北的第一次迁移（随之而迁移的还有格萨尔）。

其他因素也促进了冲木（拂菻，大秦）·格萨尔自西向北移动。冲木—大秦是人域，因为它酷似中国中原（秦）。这个"秦"字尤其是指中国的西北部（陕西）。这种说法正确与否于此则使我们觉得关系不大。大秦已被考证为黎轩（梨骊或黎轩，可能系指亚历山大城，位于里海彼岸），至少从公元4世纪时即如此了。[74]黎轩一名从汉到十六国时代（4—5世纪）都是对张掖郡（甘州）的称呼。[75]这种变迁是极其引人注目的，因为"大秦"完全相当于梵文Mahācina（大秦，摩诃支那，大中国，意指中国）。位于甘州以南的地区则是由小月氏和羌人混合杂居的地方，后来又由吐谷浑人占据。这种混合形成了吐蕃人称之为弭药人的基础。我们已经看到（或者还将会看到），该弭药曾被同时与冲木和岭·格萨尔联系起来。然而，"弭药"一名则被解释成了"体美之人"[76]，这种称呼则与世界四王的模式中的冲木的形容词相同。

如果说汉人就这样得以促使了与大秦有关的内容向青海湖（库库诺尔）地区流传，那么印度人和佛教徒则也促进了它在吐蕃和印度西北地区的传播，这是由于在支那和摩诃支那（秦和大秦）的问题上存在着某些混乱概念。我们于此无法全面概括地论述这个复杂的问题，但为了提及那些重要事实而作出某些说明出并非多余的。Cina（支那，秦）在佛经中确实是指中国（当时被译为"秦"）。但该词也被用于指印度西北部的一个地区，甚至是吐蕃西部。至于Mahācina（大秦，摩诃支那），如果说它有时意指中国，那么它似乎确实也指喜马拉雅山脉中的某地。然而，此名完全相当于"大秦"，它也被置于了印度边境。[77]

所有这些评注都足以证实上述观点。我们应该避免将四方模式中的地区之定位当作历史事实。巴格西（同上引书，第26和28页）完全正确地指出，转轮圣王以法令而统治了四方中的三个方向，这些国王的民族名字必然会在岁月的流逝中发生变化。我们还必须从中补充说明这里不是指历史地理，而是指民间传说和可能适用于这些不同的真实地区那含糊的地理观念。

为了使我们更好地理解在四方模式中地理归属的不稳定性，最好还是对与我们表中有关的某些理论作一番浏览。

在将四分法和三分法这两种分类法结合起来时，《国王遗教》（第92页，相当于第63页）如此这般地把由四方胡人奉献的财宝分藏在桑耶寺的三个地窖中。1. 中门：印度国王的财宝（白银和黄金）；2. 左门；汉地国王的财宝（丝绸、金币）；3. 右门：波斯（大食）国王（黄金和医药）与突厥国王（绿松石和医药）的财宝。如果印度地处中心和大家如同习惯上那样面对南方，那么东方（左部）就是由中国中原汉地所代表的,但西方却是由大食人和突厥人(他们应该位于北方)所代表的。我们已经遇到并还将会发现在北方与西方之间的这种犹豫。颇有意义的是医药被同时归于了大食人和突厥人。在我们上文已经遇到的一种分类中,大食于其中如同习惯上那样是主宰财富的,但托噶尔人(Thod - dKar,可能应为 To-Khares,即吐火罗人,穆斯林)却主宰了医药。大家很快还将会看到,这种不正常的现象却属于西方和北方的代表物密切结合的范畴。在本处所涉及的模式中,西方大食人的财富都被置于财神的保护之下了。但这后者却被考证为俱鞞罗—毗沙门,而且也如同他一样被分配在北方一类中。[78]此外,毗沙门又与其地也位于北方(或西北方)的马匹有关。但北方的护世天王毗沙门则属于战争国王一类。我们在有关吐蕃三却喀的问题上已经看到(上文注[66])。大家是怎样通过一种"通俗的"辞源而得以将有关宝马的内容纳入到勇士或大力士的内容之中的。在《白琉璃》一书中(详见上文),格萨尔是一位身穿铁甲的巨人和大力士一类的上师。一名具有神通(受神灵启示)的人自称是格萨尔,在 17 世纪时以大力士般地抛石块而出人头地(请参阅上文第三章,"古迹"第 53 条)。这同一句话又形成了看守北方财宝国铁门的财神铁巨人的特征。如果说一种苯教宇宙志把财宝之神的财宝国确定在北方(见注[78]),那么同一部著作(《苯教源流史》第 6、7 页)的另一种宇宙观则将"大力士地区"定位于乌浒水(dpag - çcu,Paks. u = Vaks. u = Oxus)[79]的右岸,也就是位于西北方,而《十二游经》(见表中的第 3 条)恰恰是把马匹之主置于那里。然而,多钦(大力士)在史诗中则是北方(或羌塘)突厥人的国王(大家甚至声称他就是格萨尔),被称为托果(可怕的霹雳),此名使之更接近于北方铁门的看守者财神铁巨人,他手执一块炽热的霹雳之练功石。多钦托果麦拔("炽热的火")也是霍尔人的一名英雄。[80]在我们的表中(第 23a 和 34 条),取代了突厥人及其马匹的霍尔人都被称为"身强力壮者"。其国王在蒙古文中则享有一种"强大者"的尊号。勇士(及其马匹)力量的内容与北方相联系,因而它可以与财富或"长大平正"之人的内容互相交换,所有这二者均与西方有联系,但其中之一与伊朗(大食)有联系,其二则与"罗马"(大秦)有关。

十三、格萨尔与突厥人

因此,我们现在已完全清楚了,而且如果稍微注意观察一下该表也会充分证实这一点:那些出自把多种内容都堆砌到统计表的一个格子中或让它们彼此变迁的考证并非是历史的再现,也不应该以简单的方式咬文嚼字地对待它们。如果我们极其强调这一点,那是由于托马斯根据《国王遗教》(表中第 18 条)而声称格萨尔是一个朱古人(也就是突厥人),从而形成了一家之说。他认为其中应该有两个不同的冲木。其一为拂菻(拜占庭,格萨尔相当于恺撒),另一个则应位于中亚。由于《西藏王统世系明鉴》讲到了"冲木·格萨尔丹巴",所以托马斯根据他的假设而从丹玛('Dan-ma)中发现了托勒密所说的丹纳('Damna),把它考证成了突厥人的首府焉耆。一名突厥学家则将乌兹别克人中的《喜撒尔史诗》(在吐蕃之前和基玛里之后提及)与《格萨尔王传》的史诗(其中提到了部分突厥人)做了比较。[81]

因此,我们需要解释一下《国王遗教》是怎样得以把格萨尔与突厥人联系起来的。托马斯在将这个故事视为历史事实的时候,既未能充分注意到全文的史诗风格,又未考虑到它被纳入到了对适应四天子模式的征服的一次列举中的事实。

我们将首先指出(上文业已讲到),诗歌(因为此文是以一部史诗的形式出现的)的开头部分讲到了与吐蕃对立的"格萨尔·突厥",但其结尾处却说"突厥格萨尔归附了吐蕃"。从语法上来讲,最后一个短语("突厥格萨尔")是可以被理解的,正如托马斯所做的那样,就如同是"突厥人的恺撒"(指国王)一样。但第一个短语("格萨尔突厥")的情况却绝非如此,它只能意为"格萨尔和突厥",或者严格地来说应为"突厥人,又叫格萨尔。"[82]在编纂者的思想中,这里肯定是指两个民族或国王的名字。事实上,在一些相似段落中,它也提出了两个由"和"联系起来的名词(对于印度来说是罗阇达摩—贝和扎乌—蚌;对于大食来说则是拉姆—姆和海达尔)。就目前而言,把格萨尔和突厥区别开来或考证为一人的做法是对是错对于我们则无关紧要。苯教编年史(表中第 29 条)也将两个地区归于各个方向。除了在北方那有争议的情况之外，我们知道它们互为毗邻：汉地和契丹、印度和克什米尔(?)、伊朗和乌仗国。苯教编年史中的“格萨尔和霍尔”一词则完全相当于“格萨尔突厥”。在历史上，霍尔人曾取代朱古人，也就是回鹘人取代了突厥人。在格萨尔史诗中，这两者始终都具有密切的相似性。早在米拉日巴的道歌(见表中第14条)中，北方就是被霍尔人和格萨尔占据的，但这二者又似乎确实是互相对立的。一旦当某篇文献不再明确地指出方向，那里因而也就不再被迫使用对同一个方向一分为二的做法了，格萨尔和霍尔完全是被单独列举的(自1508年开始，见表中第23、23a、23b、24、25、25c、25e、34条)。或者有时是同一部著作包括两个相似的段落，其他因素于其中都相同，但有一次写作“霍尔”(马匹)，另一次则写作“格萨尔”(军队)。这一切并不仅限于晚期文献。大家已经看到，米拉日巴就曾经按照这种意义而论述过。《国王遗教》(同样也是这部著作向我们讲到了“突厥格萨尔”或“格萨尔突厥”)于同一页中向我们提供了前三个名词中的绝对相同的两组，但对于第3组却有一次作“格萨尔”，而另一次作“霍尔”。

在以香巴拉和霍尔取代了格萨尔和霍尔这一对名词之后，《如意宝树史》(见表中第32条)仅仅在表面上翻了新花样。大家都期待我们下文将要讲到的格萨尔从香巴拉为救世而返回的事件。晚期的评注家们认为，霍尔人是香巴拉的近邻。[83]这种可以通过北方的内容(神圣的地区和霍尔人的地区)来解释的概念却又由于在香巴拉和坦布拉(sTambhola，也就是君士坦丁堡)之间的混淆(偶然的或有意的?)而得以加强。《如意宝树史》(木刻本，第303页)告诉我们说：“察合台(成吉思汗的儿子)的四子贡噶尔(Koṅ - kar)。(查察合台并没有这样一个儿子，而只有一个儿子贝达尔。——译者)并被推选为(拥立为，bskos - pa)东罗马地区的国王，并居住在Sāmbho - La城(作者原注：也是Sāmbhala的一部分)。”[84]他在这里又将东罗马与香巴拉相混淆。它从穆斯林作者们的时代起(见表中第9、11和12条)便取代了“大秦”[85]，但其人仍具有那些“长大平正”的特征，后来在藏文文献(通过大秦=拂菻，拂菻=冲木—东罗马这一等式)中又由于冲木和格萨尔而重复了这种内容。

当然，一些历史事件也在冲木（东罗马、大秦）和突厥或霍尔之间的比定、联系或混淆中留下了其踪迹。但正如我们已经发现的那样（见上文第三章），那些时代差异甚远的“古迹”和“历史记忆”都已经被结合进同一内容中了。如果这类文献（见表中第24条）中讲到了“霍尔格萨尔”，那么这其中的就很可能有对由安纳托利亚（东罗马，见下文不远处）塞尔柱（塞勒术）人所享有的尊号“恺撒”（国王、皇帝）的一种记忆，但更可能是霍尔人与格萨尔的这种结合仅仅为北方国王和同一北方黩武民族之内容相结合的结果。阿尔德海姆（同前引书）非常正确地指出，游牧勇士和骑士们是怎样在漫长的岁月中留下了北方伟大文明（从中国中原到伊朗和拜占庭）对他们那经常性威胁的记忆。早在塞尔柱民族之前很久，汉文文献中就证实了一种完全与“突厥格萨尔”和“格萨尔突厥”相似的句法之反复变化。慧超和《唐书》都曾指出过有时被称为“可萨突厥”和有时又被称为“突厥可萨”的突厥人对“从拂菻”或“大拂临”地区的入侵。白鸟库吉指出（《解决拂菻问题的新尝试》，载《东洋文库论丛》第15卷，第266—269页），这里是指可萨突厥人（其地处于拂菻以北，介于伏尔加河与高加索山脉之间）和君士坦丁堡。“可萨”确实可以复原为Qasar。稍后不久，在讲到成吉思汗的兄弟哈撒尔（Qasar）时，拉施特则用“凶猛的野兽”而解释了此名，这是由于该兄弟以力大无敌而著称（伯希和与韩百诗：《〈圣武亲征录〉译注》，莱敦1951年版，第174页）。这个哈撒尔特别容易被与格萨尔相混淆，以四个方向所作的分类法首先归于北方的就是匈奴人，或是“如同野兽一般的突厥人”，然后才是军王格萨尔。

一旦在西方地区（大秦、拂菻、东罗马、冲木）和北方地区（匈奴人、突厥人、朱古人、霍尔人）都被结合进四方分类法中时，这一批人和另一批人的内容既可以混合在一起，又可以从一个地区向另外一个地区迁移。

十四、在“突厥人”与东罗马之间

在一种共分18部的《格萨尔王传》史诗的版本（请参阅上文第二章）中，第15部是有关“朱古人”之征服的，“朱古”这种汉文对音只能是代表着 Gru－gu（突厥）。该地区被认为位于印度洋彼岸。格萨尔在那里偷了一枚大鸟（汉文中作“鹏”，无疑应为藏文 Khyuṅ）的卵。他还从那里取走了其他罕见物和珍贵物。这种内容酷似出现在五世达赖喇嘛《西藏王臣记》中的另外一种传说（见第90页；图齐，1949年，《西藏的画卷》，第695页注［316］）。松赞干布的大相若巴增（持辫者）从突厥人地区带回了载满7船的绿松石之珍宝（或巫符）。在《格萨尔王传》史诗中，却是有关卡契（卡切或喀且，指克什米尔）的一部位于有关突厥人一部之前，它论述了绿松石宝。但在拉达克文本中，则提到了一位“突厥人中的绿松石或绿玉之王”（见弗兰格：《武士》书，第三卷，第281和285页）。图齐联想到了历史上的突厥人，他非常惊奇地发现船只出现于其中了，因而想到了木鲁乌苏河（通天河的上游，位于玉树的西北）。我觉得这种假设是无法成立的，它没有考虑到那些传说内容。把“大秦”（位于海岸，请参阅上文注［74］的阿荔散或亚历山大城的问题）和突厥人的内容结合起来就可以使我们对于这类迁移具有充足的准备了。格萨尔在地处“大海彼岸”的突厥人中取走了一枚大鹏鸟卵。“大秦”及其近邻条支都以“大鸟”而著名，其“卵如瓮”，安息人向中国入贡这种鸟卵（《史记》卷123，第3页）。它也被描述为位于大海彼岸，被称为“海西国”[86]。这里还以其他奇珍异物而著名，尤其是珍珠木难（有时被考证为琉璃），它被认为是一种叫作金翅鸟的大鸟之涎水凝聚而成的。然而，“木难”却是梵文 Suparni 和藏文’dab-bzaṅ 的汉文对音，系指金翅鸟（《翻译名义大集》第4872条），在藏文中也作 Khyuṅ（鹏），请参阅白鸟库吉：《大秦的木难珠和印度的如意宝珠》（载《东洋文库论丛》第11卷，东京1939年版，第14页）。白鸟库吉就已经把这种宝石比作了印度的如意宝珠了。他还引证了一些（第8页）证明世界之王——转轮王获得这种宝珠的佛经文献。在将这些内容与《格萨尔王传》史诗和五世达赖喇嘛《西藏王臣记》中有关突厥人的传说作一番对照比较时，我们就应该补充说这种中心内容已相当古老，并与世界国王有关。阿育王从海龙那里夺回了一批宝石，宝石是海龙从自宝珠岛返回的商人那里掠夺的（普祖鲁斯基：《阿育王的传说》，巴黎1923年版，第102—104页）。这一传说由于多罗那它的佛教史（见谢夫纳译本，第31—32页）而得以在吐蕃流传。有一出藏戏讲述了一种类似的故事。莲花生的化身白玛文巴前往海上，以在那里的龙中寻找能够产生一切的如意宝(满足诸愿之宝)。这后一种宝并非它物，恰恰正是如意宝珠。同样的故事也被归于萨贺尔的国王因陀罗菩提，他在其商人的陪同下曾前往海洋的则丹玛龙王那里去寻找该宝。[87]

如果所有这些文献都更接近于上文提到的《格萨尔王传》史诗中的各部，那么前往突厥人中取宝的大相惹巳增的名字则可以使人联想到格萨尔的名字本身。"惹巴"(Ral – pa)意为"头发"或"马鬃"，它是用来翻译 Kesa 一词的，其中包含狮子(长有狮鬃)和国王的意义。吐蕃人肯定是联想到了这一切。在格萨尔史诗中，格萨尔始终享有"世界雄狮"的尊号，而且它是与"如意宝"的尊号并列存在的。然而，Kesarin 一词并不仅仅指狮子，而且也是指在佛经中出现的一种著名的宝物。它得到这一名字是由于其卷状须，卷得如同发环套一般。它是王权的同义词。[88]

如果说突厥人传说中的如意宝内容肯定是出自"大秦"或西方另一地区的移位，那么有关海洋和以船运输的内容则也是按照同样意义论述的。拂菻(它取代了"大秦"并代表着 Phrom 一词)曾被想象为(公元 6 世纪)海洋中的一个岛屿(请参阅耶槃那的首府阿拉桑达的问题)，那里所有的树木都是宝。大家在那里搜集由一只大鸟带来的一种特大如意宝。有人声称它属于色界的天神王(白鸟库吉:《木难珠》第 18 页)。这位天神王并非他人，而恰恰就是毗沙门，也就是《大臣遗教》(见上文和注[27])中已经讲到的四方之"被选中的"或"被任命的"国王。这后一个地区应该位于北方。其居民都被描述得很漂亮，肤色为红色和白色(白鸟库吉:《解释拂菻问题的新尝试》第 270 页)。《大臣遗教》中讲到了拂菻人"明净的肤色"，位于北方(见上文)，而"冲木"人也被解释为具有"美好的身体"。我们已经看到，毗沙门的对应者是财富之神，它与西方和大食有关，也被置于北方。在我们表中的第一和第三条于西方仅仅讲到了财富，但玄奘(表中第四条)就已经把"宝主"确定在一个"乃临海盈宝"的地区。在 16 世纪时，大家又向我们描述说大食的宝王是在海洋中得到它们，并用船只运来的。

当在 6 世纪时(《梁四公纪》)，拂菻可能被设想为一个海岛。此后 7 世纪时的文献(《释迦方志》，玄奘书，见上引白鸟库吉文第

248—249 页)则非常正确地把拂菻置于波斯的西北,但却将它与位于拂菻西南的一个岛屿密切地联系起来了。那里也充满了稀奇物和珍贵物。这就是女国,那里的女子们是由于从拂菻引入的男子才得以延续下去的。列维指出(见上引《列维纪念文集》第 414 和 421 页),在 7 世纪时,一名印度作家曾得以暗示亚历山大(AJasas' Candakos'a)[89],说他是大地上的胜利者,不能前往女国。这个情节令人联想到了有关亚历山大的小说(伪托卡利斯滕书,第 25—26 章),其中的女国位于西方,并禁止亚历山大入内。列维也指出,玄奘和印度人也都认为女国位于吐蕃西部(请参阅上文注[77],图齐的考证)。

当然,曾存在过数个女国。但与我们本处有关的那个女国则与对于支那、大秦和拂菻的不确切定位有关,它有时出现在印度的西北部,有时又位于海中。为拉施特提供资料的一名怯失迷儿(克什米尔)人(约为 1302—1306 年)认为,阿马宗人生于北方的一个地区并均为佛教徒。那里的女子偷丈夫(K·杨:《拉施特和〈佛陀的生平与说法〉》,载《中亚学报》第二卷,第 2 期,第 90 页)。该女国无疑与有关突厥人的传说有着密切联系。但其实质内容是大家可以使它由西向北传播(请参阅上文注[78])。我们已经遇到了在东罗马(君士坦丁堡)和香巴拉之间于有关勇士地区的传说问题上的混乱。然而,多罗那它却叙述了一种把他带到香巴拉的梦,他是由一名长有大力士外貌的白衣少年带到那里去的,那里的居民大部分是女子。[90]亚历山大的东罗马帝国不只在一方面与《格萨尔王传》史诗具有共同点[91],而有关北方的内容在这两种资料之中都具有一种特别重要的意义。

我们上文简单浏览过的例证都倾向于证明在有关纯属西方(财富)和北方(貌美之人和勇敢之人)所特有内容之间的混淆,突厥人中的格萨尔(冲木的格萨尔)以及来自突厥地区的船只和财富都可以这样来解释。在伊朗和东罗马之间也产生了一种混淆,其他的例证也可以说明这种情况。景教寺和摩尼教寺在中国中原最早被称为“波斯”寺,后来又叫作“大秦寺”(745 年。见白鸟库吉,上引《解释拂菻的新尝试》第 257 页;请参阅《大宋僧史略》,载《大正新修大藏经》第 2126 号,第 253 页)。这个“大秦”已被考证为拂菻。大秦—波斯之间的反复变化也出现在藏文中,但它却是以被比定为大食的冲木之面貌出现的(见下文第九章)。巴俄祖拉陈瓦在他有关西藏医学史的论述(《贤者喜宴》第五卷,第46页)中告诉我们说,在文成公主(641—680年生活在吐蕃)时代,他们把3名医生请到了吐蕃,一名来自唐朝,一名来自印度,第三名则是来自大食的克里木(Khrim,可能应为Khrom,指冲木)的一个叫作加尔诺斯(Ga-le-nos)的人。稍后不久,在金城公主(710—739年生活在吐蕃)时代,他指出又从冲木请来了一名叫作毕齐纳(赞?)哇希拉哈的医生,此人变成了赞普的御医并受到了很高的尊崇。冲木于此是大食(伊朗)的部分地区,但对希腊人的记忆却又出现的名医卡尔诺斯(Calenos)的名字中了。大秦(拂菻=Phrom或Khrom,即冲木)医生在8世纪中叶的中国内地也很著名(见杜环:《经行记》,载《通典》卷193,对"大秦"的诠释部分,《通典》卷193,第20页),就如同耶槃那的医生在印度一样著名(普祖鲁斯基:《阿育王的传说》第107页注[1])。老子正是在一个类似的地区中作为药王(医王)的化身而出现(请参阅上文注[86])的。但冲木的医生毕齐纳(赞哇希拉哈)酷似形成了《白琉璃》中的四方分类模式中的托噶尔之特征的医生(或医药)毕杰,它与大食(财富)和格萨尔(大力士)并存。喇嘛作者们都把托噶尔人(意为扎"白巾"的人)视为穆斯林(尤其是于阗的穆斯林)[92],但该词却显得似乎是根据吐火罗民族而作的词源诠释,由于从吐火罗(Tukhra,印欧人)向突厥(Turuska)的一种容易辨认出来的过渡形式而使这种变化方便得多了。[93]

我们表中的内容从一个民族向另一个民族的转移有时受到了历史事实的支持,这种历史可以使人理解首先是月氏人(印度斯基泰人,吐火罗人)由突厥人(Gru-gu,Dru-gu,Turus、ka)所取代,后来又由霍尔人所取代。大家知道突厥人的一种尊号(叶护)就已经由吞并了月氏人的贵霜人所享有了。[94]月氏人被白匈奴(哌哒)人所消灭,而哌哒人又被突厥人消灭。这种新局面是于6世纪实现的。突厥人明显位于北方,完全应该把马匹归于他们。所以,他们在我们的表中(第五条)占据了月氏人(7世纪的文献)的位置。大家知道回鹘人后来于8—9世纪时是怎样取代了突厥人。但我们无需强调指出这一历史方面。传统模式名表中的作者们认为,这些概念都是含糊不清和模棱两可的。不同的民族和地点可能会在同一个名称下被混淆。“朱古”似乎确实相当于“突厥”(Turkut),但敦煌的一种汉文—印度文词汇就已经把 Dru-gu 译作了“回鹘”(巴黎国立图书馆汉文特藏第 2762 号)。另外一卷敦煌写本讲到了九姓“朱古”,其首领是“回鹘都督”,其部族之一部即为回鹘部(Ho - yo - hor)[95]。九姓“朱古”即相当于汉人所说的“九姓胡”和穆斯林们所说的“九姓乌古斯”(Toruz - Oruz)。这后一个名词在我们的表中(第 11 条)正确地出现在“朱古”的位置上。在《于阗授记》中,藏文本中的“朱古”就相当于汉文本中的突厥,而“霍尔”则相当于“回鹘”[96]。但在较晚的藏文文献中,“霍尔”一名则越来越倾向于取代“朱古”这个名词,并适用于任何一个突厥或蒙古民族。[97]我们已经发现格萨尔史诗是在何种程度上密切地将“霍尔”和“朱古”联系在一起的,同时也会理解它是怎样使这些名词传到了吐蕃的西北,而且霍尔人(蒙古人)也确实定居在那里。

十五、“恺撒”尊号的发迹与遭遇

但是,我们现在要再次回头来谈模式性分类法中的西北之交接点问题了。“突厥”(Turuska)取代了“吐火罗”(Tūkhāra)。“迦腻色迦”(Kaniska)也可能被称为突厥人,8 世纪时的犍陀罗突厥国王则称他为其先祖。[98]然而,事实上他作为一名贵霜人和罗马帝国之间的关系已经分别由史学和考古学所证实。[99]大家本来会预料到具有“皇帝”意义的“恺撒”这个尊号也曾为贵霜人所熟悉。[100]但它似乎并未出现过。至少是指罗马皇帝和与军队有关的“恺撒”(Kysr)一词出现在公元 262 年伊朗的一篇碑文中。[101]柏库利碑(约为公元 294 年)在前来祝贺纳尔赛国王的其他国王中并列提到了“贵霜王”、“恺撒”、“东罗马王”、“花剌子模王”等。“恺撒”和“东罗马”这两个名词却令人非常奇怪地并列存在,就如同是指两个地区或两个国王一样。[102]我们于此不宜解释这种事实,但我们可以重提一下,非常晚期的藏文文献也得出了同样的结论。大家于其中发现了军王格萨尔和“长大平正”人地区的冲木(详见上文)。无论如何,从公元 3 世纪末起,Kesar 和 Kysr(均指“恺撒”)都在伊朗出现过。如果说这一尊号被摩尼教徒们传到了中亚,那么这却是粟特文 Kēsarkan(恺撒汗或恺撒王)一词证明的,它是对《福音书》中 dēnarion(古罗马的金银币)一词的翻译,也就是恺撒的钱币。[103]该名词可能是连同其实物及携带者而一直传到中国西北,到达了吐蕃的边境。带有奥古斯都头像的金币被以金锭的价值使用,它也使用于印度(见维亚尔,同上引书,第 208—209 页)。在公元 6 世纪时,来自西域诸国的金银币仍在河西诸郡通用("河西"指中国西北部,详见《隋书》卷 24,第 9 页,561 年以下)。萨珊王朝(公元 2—7 世纪)的银币也具有同样的幸运,其中有些一直流传到罗马和印度。大家在吐鲁番、库车、西宁和中国中原地区都发现了它们(夏鼐:《中国最近发现的萨珊朝银币》,载《考古学报》,1957 年,第二期,第 49—60 页;《西宁最近发现的萨珊朝银币》,同上刊物,1958 年,第一期,第 105—110 页)。我们还将会看到,它们的图像可能对于毗沙门在于阗和吐蕃的形象施加了影响,其国王的王冠与说唱艺人和格萨尔的帽子具有不只一处的共同特征。在 6—7 世纪时,粟特人就已经定居在鄂尔多斯和沙州地区。他们与突厥人有联系,并与拜占庭通商互市(见伯希和:《亚细亚学报》,1919 年第 115 页;羽田亨:《支那学》第三卷中,1923 年,第 319—333 页;普祖鲁斯基:《通报》,1952 年,第 41 卷,第 4—5 页)。他们从而使"恺撒"(皇帝、国王)这一尊号在吐蕃东部和唐朝的西北部(也就是"弭药"一词所覆盖的地区)广为人知。相反,在此之前很久(见《大正新修大藏经》第 1509 号,《大智度论》第 80 页,于公元 400 年左右译于凉州),大家就已经讲到了月氏人中的胡人(印度人)、汉人和羌人(藏族人)奴婢(见拉摩特:《大乘宗的形成》,载《亚洲研究》,这是维勒的纪念文集,莱比锡 1954 年版,第 391 页)。一种有关摩尼教传播史的粟特文本中也有一位恺撒(Kysr, César,前引亨宁书)。但对于我们的这个有关从恺撒向神话传说中的格萨尔过渡的问题来说,最重要的则是那些由摩尼教徒们传播的粟特文文献都证明恺撒(Kaisar,在粟特文中作 Kysr)本为一种民间故事中的形象。有一个令人非常遗憾的是不完整的民间故事把恺撒和一些盗贼们推出了台(亨宁,同上引书)。其中之一作为骗术手段而化装成了本命神法尔恩,它确实以戴着同名国王的王冠和身穿其王服的形象而出现(法尔恩在贵霜钱币上则是以法罗的形式而为人所知的。见上引亨宁书)。我们于下文将会看到这些概念又在于阗出现,而且与毗沙门史诗有关系。“恺撒”这一尊号在8世纪时变成了以Kheysara的形式出现的一个专用名词。[104]

十六、迦腻色迦、阿育王和亚历山大

在月氏、贵霜和于阗人之间存在着多种联系。他们的语言有很近的亲缘关系。[105]晚期的传说证明了他们之间的真实历史(军事的和宗教的)与传说故事性的联系。[106]迦腻色迦可能是在一次北征中晏驾,而惟有北方才是于转轮王的权力中付诸阙如者,这种传说使人联想到了亚历山大的东罗马帝国。如果这不是迦腻色迦,那就是佛教中的另外一位大转轮王阿育王。传说中选择了他为于阗神话先祖之父,同时又把中国天朝皇帝作为他的养父和把毗沙门作为其真正的始祖。此外,阿育王的传说也与迦腻色迦和亚历山大的传说具有同样的内容(请参阅注[89])。世界之王和战神的内容就这样自西向北传播。

我们现在首先来看迦腻色迦的传说。[107]月氏王明月迦腻色迦已经战胜了三个方向,惟有北方(另外一种说法是东方,但这次远征是向帕米尔方向进军的)付诸阙如。他希望以其威望而征服“四海”。其臣民们都对这些为数太多的军事远征感到不快(请参阅亚历山大被其部队所逼而被迫放弃征服印度的历史),他们都希望摆脱他。由于他患病,大家便给他蒙上了一床被子,然后坐在上面使他窒息而死。国王以一条千头鱼的形状而转生在海洋中。一个带刀的轮子转动起来,并不停地砍掉人头。但人头立即又重新长出来了。这样一来,大海顷刻间便被填满了人头(波浪?我于此校正了列维的译文)。波涛惟有当某座寺院的钟声响起时才会停止。这种传说中的最后一部分与《慈悲女》故事的最后部分雷同。但在后一种故事中,英雄人物为一名海上的商人,他首先在一个天女(印度人认为是诞生自波涛翻腾的海洋中的女子)之岛屿,那里遍布以宝石筑成的城市(请参阅拂菻和女国,有时是海上的岛屿,有时又位于北方)。它结束于一座铁城,那里的一个铁轮捣碎了其脑浆。[108]

但有关迦腻色迦的传说却特别使人联想到亚历山大及其战友

（伪托加利斯滕的厨师安得拉斯、哈迪尔、阿拉伯人中的基迪尔）的传奇故事中的一个片断。亚历山大在将其军事远征引向其他三个方向时[109]，同时也是作最后一次远征以找到“生命之源”（长生不老）。这种“生命之源”一般均位于北方，有时也位东方，很少时候才由于与太阳垂落之源相混淆而位于西方。有人劝阻他作出这项壮举[110]，他一无所获地空手而归。可是他的战友却发现了这种生命之源，并变得长生不老而归。亚历山大希望因此而惩罚他。由于大家无法杀死他，他于是便被判处永远生活在海底深处，最终变成了“魔鬼”。曾经也饮过长生不老水的亚历山大之女变成海中仙女。厨师仅仅通过最后审判的螺号声才从其艰苦的不死中摆脱出来。[111]

阿育王的传说当然也包括一些相似内容。我们已经遇到了有关从海龙那里夺回财富以及征服四方（北方被吐蕃作者们称为“吐蕃—雪山”和于阗[112]）的内容。它还包括我们刚才看到与亚历山大的战友和迦腻色迦有关的悲惨结局的内容。作为其前世残酷行为的恶果，阿育王死于一阵暴怒之中，并在一片湖泊中转生为龙（多罗那它：《教法史》第 20 页，相当于谢夫纳版本第 32 页，译文第 39 页；《如意宝树史》第一卷，第 80 页）。藏族人甚至还更向前发展了一步，他们把转轮王那变成鱼类的结局与他们的战神相联系起来了。《汉地教法史》（第 52 页）于其中有关关老爷（关帝，它将此人比定为宗赞辛巴、格萨尔和贝则）的历史中介绍了关帝是怎样死于战斗中和充满了遗恨，后又转生为地下龙神，仅仅在 400 年后才被“智者大师”解脱了这种处境，他立关帝为护法神。作者用心良苦地将这一历史比作转生为海魔（吞鱼、鲸鱼的异称）以及后来被向他说法的上师耶舍解脱的故事。

因此，世界之王的内容在与格萨尔的不同的、相似的或相像的传说中表现出来。[113]我们已经洞察到，该内容通过这些人物之一而应被定位于北方，尤其是被确定在于阗，他在那里与一尊战神和财势之神的形象结合在一起了。《于阗教法史》证明与毗沙门结合在一起的阿育王及其大相耶舍以及中国中原皇帝都被认为是该地区的缔造者（托马斯，1935 年，第 97—101 页）。亚历山大恰恰被称为“恺撒”（或恺撒的儿子，Kaisar 又作 Qaïsar）[114]和“罗马人”（希腊人，拜占庭人）。Romain（罗马人）一词在波斯文中作 Rūmi，在伊朗文中则作 Hrōmayik[115](其中的 Hrōm 即相当于藏文中的 Khrom 和汉文中的“拂菻”)。“冲木的格萨尔”(Gesar de Khrom/Phrom)就代表着“罗马的恺撒”(Kaisar de Hrōm/Frōm),他是军王。在粟特文献(摩尼教文献)中,“罗马人”一词被用于了“士兵”的意思。[116]同一批文献还提到了 Kysrc 恺撒,亦指恺撒币或东罗马银币。在一种传说中,这个恺撒币又含糊不清地与一尊带有威严光轮的守护神(法尔恩)互相联系起来了。这种光轮位于头上和肩上,它是一种闪闪发光的光轮。[117]肩上的火光出现在佛教界(指世界之王迦腻色迦)以及贵霜时代的钱币上。[118]然而,这些火光也是毗沙门的特征。[119]图齐联想到了武士类毗沙门的一种印度起源(尤其是对于其纛旗及其甲胄,见《西藏的画卷》,1949 年,第 574 页)。火光也说明了同样的意义。在散落于中国突厥斯坦、青海和中国内地的萨珊币上,“诸王中之王”有时肩披两条丝带或一轮新月和一条上面写有“力量”或“命运”的彩带。其王冠有时也带有两个翅和飘带(见上引夏鼐文)。在萨珊王朝国王的肩上从光芒转变成了一种“彩带”的现象在其他的伊朗人形象中有时也会出现(吉尔斯曼:《从起源到伊斯兰时代的伊朗》,巴黎帕约特出版社 1951 年版,第 304 页图 103 和第 302 页图 101)。这些特征又出现在毗沙门天王身上,当我们将于下文研究说唱艺人的帽子时还要论述其王冠。

十七、毗沙门和于阗

毗沙门是真正的于阗之主。正是他使该地区获得了其第一位国王(托马斯,1935 年,第 17、98—99 和 308 页)。于阗国王都声称出自于他(《法宝义林》第 79 页)。于阗和于阗的一个都督府都享有其名(毗沙,见《大宋僧史略》,载《大正新修大藏经》第 2126 号,第二卷,第 254 页;《唐书》卷 43 下第 8 页,卷 221 第 10 页)。除了于阗之外,他也保护了缚喝(巴尔赫)的大修院(《法宝义林》第 79 页),他也作为夜刹而居住在吐火罗地区(同上引书,第 80 页)。在有关他进行军事干预的传说中也一样,他主宰着北方,但他的供像却竖立于该城的西北门(《法宝义林》第 82 页)。他的对应者和与他有联系者般遮迦是“迦湿弥罗边境地区”或者是喜马拉雅山麓以北的一个“支那”（秦）国的夜叉（列维：《亚细亚学报》，1915 年，第 101、120 页）。有时又是其子与“支那”（秦）有联系（同上，第 51 页注[80]）。这种变化不定的状况出自其含糊不清的地理概念，因为其中仅仅保留了一种北方（西北方）的思想。于阗的重要历史地位使得大家认为毗沙门于那里起了最大的作用。

但大家最好是应该知道这种定位完全是相对的。吐蕃人认为，所有这一整套都可以被搬到吐蕃（北方地区）。我们已经看到和我们还将会看到，般尸诃（Paṅcas ’ikha）位于北方。他与般遮迦（Paṅcika）共同占有 Paṅca（意为“五”）一词。所以，“额丹”（Paṅ－cavata＝Paṅcāla）如同是于阗的同义词（达斯：辞典；托马斯，1935 年，第 96 页注[3]），Paṅcāla（额连）是印度西北的一个省，而且也是犍陀罗的一个夜叉国王和般遮迦（俱鞞罗，即毗沙门天王）的父亲，该父亲共有 500 个孩子（A. K·科玛拉斯瓦米：《夜叉》第二卷，第 5 页）。由布顿在吐蕃传播的《文殊师利根本怛特罗》（奥贝米莱译本，第二卷，第 118 页；德格版本，第 94 页）中的历史预言（授记）、《如意宝树史》（第一卷第 71 页，第二卷第 157 页）和《霍尔教法史》（胡特版本，第 7 页）都讲到了被分在四方的各不同国王。但北方却于其中出现了两次。有一次是在东方和西方之间，连同“突厥国王”和“突厥摩诃婆罗多”（“由许多人拥立”），这种概念与已经得到证实的《国王遗教》中的北方国王格萨尔很相符（详见前文）。[120]但北方第二次却是指喜马拉雅山地区，连同其地拉丹（圣地）以及将会统治 80 年的国王米拉（人类之神）、吐蕃人将此视为吐蕃及其赞普松赞干布。拉丹确实为拉萨的古名。这件事实颇有意义，大家还声称额丹（LÑa－Ldan，见达斯辞典，第 1334 页。在藏文草书名，ha 和 ṅa 很容易相混淆）。在一段藏文唱词中，也讲了北方的拉丹，位于乌浒水（Pagsu＝Oxusl）畔，观世音菩萨（吐蕃的保护主）就生活在那里。[121]

大家看到了西北方和北方的内容不可避免地不仅仅被搬到了于阗，而且也被移植到了与汉地相毗邻的吐蕃和弭药。吐蕃人于其中也未付阙如。汉族和穆斯林作者们于其中为这一切作了准备。般遮迦统治下的“秦”（Cina，支那）肯定位于印度的西北，但汉文和藏文译本的疏注者们却将此视为中国中原（尤其是唐朝，其藏文为 rGya，具体指汉地）。相貌“长大平正”之人的内容已从大秦和冲木传到了弭药。在穆斯林作者们的著作中，“秦”(Cin)和“大秦”(Macin/Mahācina)系指于阗。[122]同样，突厥文中的“吐蕃”(Tubbat 等)一词在这些作者们的著作中又指突厥斯坦，尤其是指于阗。[123]唐代的汉人可能也曾有过一种类似的混淆，因为他们从那些被称为“秃发”(Tuppat?)的“突厥—蒙古”首领们的名字中派生了出了“吐蕃”这一名词。[124]无论如何，汉人和日本人所说的“吐蕃”的毗沙门恰恰正是于阗的毗沙门，虽然其肖像类型明显是伊朗的。此名在日文中读作 tobatsu，其写法是使用了在唐代读作 təu－b'uət、tuo－b'uât、tuo－b' wat、təu-puât 和 Tâu－b'uât 的方块字。它被明确指出是一个地区的名字，日本人从中辨认出了一个叫作“d'uo－pân”地名的不同写法或另外一种写法。所以，日本许多学者都希望将此视为对西藏的古名“吐蕃”的一种传讹的对音。[125]但无论该词的原形如何，它都很容易与指于阗的 Tubbat 相混淆。

大秦、秦—大秦(Cina－Mahācina)、于阗、汉地和弭药地区之间的这种联系也解释了为什么于阗的缔造者既是自阿育王又是自中国中原皇帝派生而来的。同时又与毗沙门(般遮迦，俱鞞罗)有联系。唐朝享有李姓，该王朝又赐李姓予许多藩部。这特别是于阗和弭药的情况，所以于阗和弭药在藏文中均被称为“李域”[126]。直到 936—943 年间尚如此，于阗王李胜天还“自称唐之宗属”(《宋史》卷 490，第 2 页)。汉人认为“自高昌以西诸国人等，深目高鼻(这是胡人或“伊朗人”的特征)，惟此(于阗)一国，貌不甚胡，颇类华夏”(《北史》卷 97，第 3 页)。

我们现在再回头来谈随地名变迁的宗教内容和形象。大家很久以来就知道了般遮迦、俱鞞罗和毗沙门三种形象的结合。这都是一些守护财宝的武士(傅舍:《犍陀罗》第二卷，第一册，第 122—123 和 131 页)。于阗的毗沙门更是特别指武士类(他是兵器的保护神，见《法宝义林》第 81 页)。正如图齐非常正确地指出的那样，他可能在这种角色中不可避免地与四天子理论中的军王冲木格斯尔相近(1949 年，《西藏的画卷》第 574 页)。在西藏的肖像中，他与八名叫作“马王”的勇士相联系。因而他必然相当于同一种分类法中的“马王”(司马)，但他这一次更多地却是与突厥人(朱古人，霍尔人)相联系。在这一组九骑士中，毗沙门在吐蕃与大家很容易会比定为史诗中格萨尔的战神九骑士一组没有任何区别了。这位格萨尔和这尊战神恰恰是再现了西域毗沙门勇士的肖像类型(图齐,请参阅我们的卷首插图)。我们于下文(第七章)将会看到,格萨尔的头盔既可以比作毗沙门天王的王冠又可以比作弥勒的法冠,弥勒是地处北方的另外一位世界之王。

十八、格萨尔、毗沙门和白哈尔

这些名称和内容由西向北迁移的后果是融合、重叠和犹豫:财富和勇士以及美男子、勇敢的人、勇士、良马等内容。格萨尔首先是一名勇士和世界之王。他也变成了汉地和吐蕃的财主(《朱古兵器国之部》稿本,第一卷,第3页)。当他完成了其任务和返回诸持明(在北方!)中时,直到未来的末劫将会变成财神(林葱木刻本,第二卷,第30页)。他也如同战神一般必须接近真正的战神——被称为“马王”的一组九骑士中的第一名。但这一切均未产生。他与此颇为近似,但又有区别。当然,我们将会发现他(见下文第九章)几乎与其马匹同化了,该马是所有马匹中的最佳者(宝马),与马头王神和北方有关。但其伯父晁同也是他的主要对手(此人里通霍尔人)。然而,他的本命神是马头明王。对我们的四方模式表的分析已经向我们证明了在军王和马王之间的交错和犹豫。这二者本来会倾向于融为一体,但却始终互相有别。在吐蕃和其他地方,大家肯定会倾向于把居民们的战争本领及其马匹的特征进行比较[127],但大家也维持了人员和马匹的毗邻地区之间的区别。格萨尔史诗既维持了在传统模式中出现的相似性又保存了其区别。这些模式在一段时间内得以在格萨尔和朱古之间做了比较,但我们已经得出结论认为应该把它们区别开来,而这种比定又是由于一种重合造成的。《格萨尔王传》史诗的喇嘛编纂者们肯定熟悉这些文献。他们采取了维持两个格萨尔的主意:主要英雄岭·格萨尔以及作为其对手之一的突厥人(朱古人)中的格萨尔。

这后一位国王地处北方并享有“军王格萨尔”(《朱古兵器国之部》稿本第一卷,第9和40页)、“突厥人的军王和(?)马王”(同上引书,第一卷,第200和第262页;第二卷,第128和228页)或“北方马兵之王”(第一卷,第11、31和41页)。他拥有来自岭·格萨尔夺占的“兵器之宗”(堡)。其城堡(宗)被称为“迦拉巴”(Ga - la - pa,见第一卷,第43页),该词只能是代表着卡拉巴(Kalapa),即香巴拉的首府。他是通过一次大力士的较量,尤其是通过一次射箭(第一卷,第5页)和一次赛马(第一卷,第41页)而赢得其王位的。这种原因同时反映了四方分类模式(其中记载说北方之王以射箭而被选为王)和格萨尔史诗(其中记载说岭·格萨尔以一次赛马而称王)。

史诗中有关突厥人的这一部明显是以对我们表中所使用的文献的透彻理解为基础的。它很有可能晚于岭·格萨尔主体史诗的形成。我们没有掌握对此作出决断的任何标准。因为它符合我们对于军王(大秦、冲木)格萨尔和马王突厥人之重合内容的分析。最有意义的是在史诗的这一部中,突厥人的第二位格萨尔是“军王(和?)马王”。

随着这三种内容(地名、四天子理论、佛教的财神和战神)继续向更靠东部的地方迁移,也就是说使于阗向弭药地区迁移,我们可以发现自己走上了一条正确的道路。格萨尔和毗沙门天王之间的相似性及差异性于其中都通过白哈尔这个人物而表现出来了。我们已经知道,格萨尔和白哈尔互相对立,因为后者在史诗中为霍尔人之神和岭地的敌人(见上文第三章,“古迹”第24、31、41—43条)。我们还看到了他与霍尔人、突厥人和弭药人之间的关系(同上引书和本书第四章)。有关白哈尔的传说已由图齐(1949年,《西藏的画卷》第734—737页)和笔者本人(石泰安,1951年,第249—252页)作了阐述。[128]因此,我们只需要于此提供将此人与格萨尔、毗沙门、霍尔和弭药联系起来的动机和内容就足够了。

1. 完全如同毗沙门、般遮迦和俱鞞罗一样,白哈尔是一尊“财宝守护神”或“财宝之主”,同时也是一座寺庙的保护神。他也如同他们一样含糊不清地定位于西方、东方和北方。其尊号“财主”完全与四天子理论中的尊号“大宝王”(位于西方)相符合。据神话传说认为,它取代了另外一尊财宝守护神龙或乾闼婆和般遮迦,其名亦属于五人(如同般遮迦、般遮婆多和般遮罗一般)等的内容。如果他与霍尔人(在传统分类中位于北方,但于本处却是位于东方,位于甘州的弭药人中)有关,那是由于大家以有关胡人和护法王的文字游戏而使之从因陀罗菩提的故乡迁到了萨贺尔地区。正如大家所知道的那样，该地区和该国王是有时被定位于印度以北（位于乌仗国附近，即今之斯瓦特一带），有时又被确定在东部（孟加拉，阿萨姆）。但传说中却认为该民族经孟加拉和中国中原汉地而到达甘州。在定位中表现出的这些犹豫不决的背景下，大家还会发现对“秦”（支那）、“大秦”（摩诃支那）与“阿萨姆的大秦婆罗门”的定位。般尸诃（paṅcasikha）意为“五缕头发”，这里是对狮子的一种称呼。但藏文名词 Zur－phudLṅa－pa 也可以复原为（而且已有人这样复原了）paṅcacira（意为“五个脊顶”）。这后一个名词是文殊师利的称号，因为其头发被挽成了五个环形发卷（达斯，辞典；次仁旺杰的《藏文—梵文辞典》，请参阅 Zur－phud 一条目）。“苏浦阿巴”（Zur－phud lṅa－pa）在吐蕃被造型为扎绿玉发髻的幼童（《莲花生遗教》第 104 页，图散译本第 283 页）。在《文殊师利根本仪轨》的预言（授记）中（详见上文），汉地国王又成了吉祥妙音（文殊师利），他将采用一个幼童的外貌。梵文文本中作 Cina（秦），而藏译本中却作 rGya（汉地）。大家可能会把印度西北方的“秦”（其守护神是般遮迦）和秦（汉地，其守护神是五台山上的文殊师利）结合起来，而且还是通过长有五缕头发的青年小伙子般尸诃的媒介作用实现的。我们已经知道，卷毛与狮子有关（上文已作阐述）。在吐蕃，冰川幼狮（在史诗中，大家把它比作格萨尔）有一种绿玉鬃毛。《文殊师利根本仪轨》（即《文殊师利根本怛特罗》或《文殊师利根本续》）于其有关历史预言（授记）的一卷（第 53 卷，梵文本第 642 页第 22 行；《甘珠尔・续部》，那塘版本，第十一卷，第 466 页）讲到了一位“般迦恺撒里”（Paṅcakésari，5 个法髻）的国王，而藏文译本却以“五狮子”（Seṅ－ge－lṅa）来翻译它（布顿：《善逝教法史》第 2 页于其国王名表中也出现了一名僧格阿或“五狮”，见奥贝米莱译本第二卷，第 118 页；《如意宝树史》第一卷，第 66 页）。这位结“五发髻”（般迦恺萨里）的国王的地望似乎被确定在东孟加拉或阿萨姆。[129] 大家应注意到这些人物和这些内容之间的相似性。我们在有关香须宝（上文注［88］）、如意宝和萨贺尔国王因陀罗菩提的问题上已经看到了这一切（详见上文）。我们还应该提醒大家注意，般遮迦是迦湿弥罗或西北部秦之交界地区的夜叉，这个“秦”（支那）已被考证为中国（中原汉地，详见上文）。有关萨贺尔的白哈尔之传说也被纳入到这个大背景中了。对于它显得含糊不清和混乱不堪的表现，我们不会感到任何惊讶。因为它是以不同的片断组成的。但这些各种各样的片断却是以一种统一的方式辑起来的，基本上相当于“秦”一名的传播及该神的特征。

十九、白哈尔、弭药和格萨尔史诗

2. 白哈尔与弭药的联系已由圣徒传记和当地流行的传说而得到了双重证实。它也已由吐蕃王统传说、史诗、民间故事和宗教论著所确认。白哈尔在被传入吐蕃之前曾生活在甘州的潘达霍尔人中。该地区另外还被称为霍尔人或吐蕃人的弭药。它被降伏的故事包括着创造一种完全是姜地的毗沙门之形象。该地区一般系指云南的南诏或丽江，但它却被比定为李域（请参阅上文注[126]）弭药并且可能与另一个李域于阗（被称为江若穆布或紫柳园，与江日穆布相似。请参阅石秦安，1951年，第262页）等同起来了。此外，这次降服是利用在野猫塘发动的一次对汉地、霍尔人和突厥人的军事远征之机会而发生的。该地带位于整个地区的东北边境，而这一边境又与弭药的地望相吻合。由白哈尔替代的人物乾闼婆苏浦阿巴（般尸诃，见《青史》第四卷，第60页，即罗列赫译本第二卷第540页；《莲花生遗教》第九卷，图散译本第245页）也被确定在北方的南木地区。军事远征是由尚拉藏鲁白将军统率的，此人精于巫术、征募了一支位于四方的四类魔鬼军队。该故事已被纳入到四天子的模式中了。国王首先降伏了东方的“鹰面人”、南方的“驴蹄人”、西方的“猫尾人”和北方（那囊地区，又叫作南或南木）的“兔耳人’。他于是在他们的帮助下便在北方降伏了格萨尔和突厥人。在白哈尔的传说中（图齐，同上引书，他是根据一部宁玛巴著作而论述的），将军使用了同一批士兵，但在北方却有一些“驴耳人”。在藏文中，“驴”叫作 boṅ，而“兔子”却叫作 ri－boṅ（“山上的驴子”），所有这两者均长着长耳朵。我们以后还将会遇到这种与格萨尔有关的内容。但我们本处却应该立即指出，“驴耳人”是裕固王的名字。其妻与自天而降的一名白色骑士（肯定是指白梵天神，即霍尔人—蒙古人的本命神，稍后被考证为白哈尔）相通受孕并分娩生下了成吉南木吉布(天子成吉思汗,见《苯教源流史》第30页)。然而,据甘州裕固人的当地传说认为,白哈尔是裕固三魔王(白、黑和黄色)之一,大家从中很容易就会辨认出格萨尔史诗中的霍尔三王(白帐王、黑帐王和黄帐王。请参阅石泰安,1951年,第249—250页)。

把白哈尔定位在甘州弭药人中的做法也由其他文献所证实。据《如意宝树史》认为,在甘州弭药的吐蕃王宫之后有一座度母庙,还有一座内藏一把洛卓佩曾经用于降伏了龙—魔的大刀之塔(见前文第三章,“古迹”第41条)。这里究竟是指什么呢?据巴俄祖拉陈瓦认为(《贤者喜宴》第七卷,第89—91页,他是以一部叫作《拔协》的桑耶寺古史为基础的),奉命降伏白哈尔的将军的名字不是拉藏鲁白,而是那囊的达惹路恭。在他对霍尔寺取得胜利,并将白哈尔安置在桑耶寺之后,达惹路恭便去世,并变成(以化身而转生)一个大阿修罗(非人,神鬼)。他当时被称为“蒙昧者”或“达惹鹰”,并被指定为琛浦的护法神,而白哈尔却被指定为桑耶寺全面的护法神。他因而变成了魔鬼和守护神;完全如同其敌对者白哈尔一样。弭药王的庙可能就是专为他而修造的。这座度母庙中确实收藏有卓玛(度母)的绿玉供像并似乎由此而获名。但这很有可能是晚期的一种解释。洛卓佩的刀也与降伏一条龙的问题有关(见上文第三章注[46])。然而,无论如何,绿玉度母供像确实同时出现在白哈尔的长诗和格萨尔的史诗中,被确定在甘州裕固族人中(见第三章,“古迹”第42条)。

3. 如果白哈尔被迫离开甘州庙以去充任桑耶寺的财宝守护神,那是由于它受到了毗沙门的强迫。在绘于吐蕃军旗上的这后者的画像中,莲花生驱除了毗沙门,它再现了骑其绿玉(绿松石)狮子的形象,其信徒们就均为夜叉的八个“马头明王”。白哈尔以一只鹰或一只苍鹰(rgod - po,并不像大家平时所说的那样为一只秃鹫。见石泰安,1951年,第251和265页)的外形而逃走。毗沙门随从者中的夜叉之一以一支箭射中了它。这个场面发生在云端,因为该故事叫作“云中毗沙门”。白哈尔是乘一只木鸟来到吐蕃的,由此而产生了其夜叉香甲坚(“乘木鸟者”)的名字。其大相(在喇嘛教的肖像中)是甲果唐纳(长黑尾或黑脯之鹰,见聂伯斯基—沃热科维茨,1956年,第112页)。据另外一种传说认为,白哈尔是一个长有人体和鹏(金翅鸟,同上引书,第102页)头的龙女之子。一个夜叉击败了它,但它自己本身也是一个夜叉。它的命运与其战胜者达惹路恭很近似。战胜者和战败者之间都很相似。毗沙门于其王冠中戴有一只鸟,而于阗王也戴有一顶酷似一只鸡冠的帽子(松本:同上引书,第436—437页)。

白哈尔被毗沙门随从中的一个夜叉以箭射中。它有时长着一颗金翅鸟的头颅。格萨尔史诗的一种摘要概述本声称,格萨尔曾以一支箭射下了一只大鹏(金翅鸟)。然而,这只金翅鸟又叫作色乌(se'u),而这也是弭药人先祖的名称(石泰安,1951年,第252页)。正如图齐已经向大家指出的那样,夜叉射中金翅鸟的场面也出现在于敦煌和西域发现的毗沙门的画中,毗沙门于其中是在云端行走的。它飞越过了海洋,这是暗示它拜访龙宫以在那里赢得其财宝。[130]我们已经看到,这后一种传说存在于大量文本中,并与世界国王的内容相联系。我们也已经发现了它与金翅鸟类的大鸟及如意宝的关系,同时也发现了它与西部诸地区千丝万缕的联系。毗沙门的射手夜叉在其画像之一(见斯坦因于《亚洲腹地考古记》中发表的第12幅图片)中长有鹰钩鼻子和大胡子(上半身赤裸,戴有稀奇古怪的帽子),他酷似一名胡人或伊朗人。这有时是毗沙门天王,有时则又是酷似格萨尔的侍从夜叉。它正是"秃拔"的毗沙门,其王冠中有时带有一只鸟,这只鸟有时被称为"凤凰",有时又被称为"金翅鸟"(这是一种特殊的鸟,我们已发现它与大秦和如意宝有关)。他还自称为"如意宝"(Cin - tāmani),完全如同格萨尔一样。它以翅膀在长空中飞翔,肩上有火焰(松本,同上引书,第433—439页)。我们上文业已指出,这种具体情节使他更接近了伊朗人的荣耀光轮,尤其是粟特故事中那个化装成法罗(荣耀光轮)的守护神之盗贼,并与一个国王(恺撒)有关。非常奇怪的现象是毗沙门天王光环中的飞鸟却具有一种很特殊的用途:当有盗贼时,它便会击翅以使贼从那里逃走(同上引书,第436页)。大家通过毗沙门而看到了英明国王的古老内容可以从西域一直传到于阗,再从那里传到弭药,这就是说传到了甘州和黄河上游地带。

4. 其他一些很分散的事实证明,一大批以不同的方式安排而又错综复杂地彼此交织在一起的内容又与毗沙门、白哈尔和格萨尔相联系起来了,而他们又是作为传说或史诗性组诗中的人物。

非常遗憾,我们不知道这些组诗篇幅的长短,惟有格萨尔史诗除外。我们仅仅掌握有一些片断,不能够对它们进行断代。但我们应注意到这种杂乱无章状态的存在,以更好地理解格萨尔史诗的诞生。在中亚的画像中,一个为毗沙门天王效劳的夜叉以一箭便射中了一只金翅鸟。在白哈尔的组诗中,毗沙门天王侍从中的一个夜叉又以一支箭射中了以猛禽之形状出现的白哈尔。该白哈尔的形象是被认为长有一颗金翅鸟的头,其母为一条母龙。格萨尔则以一支箭射中了一只威胁世界的大金翅鸟。这只金翅鸟如同弭药人的先祖一样被称为色乌,而该先祖的父亲则是一个龙魔。在有关白哈尔传说的另外一种说法中,它虽属于木天神一类,但却是龙的外孙或内侄。所有这些内容全部重新出现在款氏家族(萨迦巴)的先祖传说中,该家族大的世系一直追溯到其家庭的先祖雅邦吉(意为"板岩平原上的人"。请参阅石泰安,1951 年,第 254—255 页)。然而,在玛尔地区(吐蕃的西南部),白哈尔被称为雅邦昌吉杰西保("板岩平原边缘上惟一的一个人",见聂伯斯基—沃热科维茨,1956 年,第 96 页)。这种考证证明我们过去完全有理由使各传说互相接近起来。它也证明了这些内容是怎样重新出现在格萨尔史诗中的。事实上,我们已经知道该雅邦吉如同是诸多玛桑之一,我们也已经看到他是怎样同时被格萨尔史诗和藏文与蒙文本的《起尸鬼故事 25 则》(即《说不完的故事》)所运用的(见上文注[20]和[21])。当然,这里只能是指一些散乱的故事,每次都被纳入到另外一个总体范畴中了。但说唱艺人却使用了它们。如果我可以说的话,那么他们还都是有意地使用了这一切。这些内容又都与一些相似的人物有关。我们还可以核实这一切。在《起尸鬼故事 25 则》或《尸语故事》集中,雅邦吉是背叛了英雄—玛桑雅如喀查的口蜜腹剑的朋友之一。后者曾在一场斗牦牛中出面支持了帝释。这种内容又与《格萨尔王传》史诗的开场白相同(详见前文),其中记载说帝释曾以两种形状而与魔鬼斗争,这就是黑白鸟和黑白牦牛。在下拉达克文本中,魔鬼(鸟和黑牦牛)叫作楚鲁鲁克(弗兰格书,第 32 页)。英雄(贝勒果波)以其弹弓发射出的石块而打倒了黑牦牛。在《春天里的神话》中,他仅仅击中了黑鸟。这种情节已被表现在列城的一幅绘画中(见上文第二章,其中记载英雄向两只飞鸟之一射出了一支箭)。

在江孜木刻本(第六类,第3页)中,格萨尔史诗中有关射死金翅鸟色乌的故事之后紧接着便是另外一次战功:黑色野牦牛吐鲁逃到了外海的一个岛屿和天空的云隙中,格萨尔向它射出一箭并射死了它。这些有关格萨尔史诗、其先人贝勒果保和此人的对应者雅如喀查的故事虽然是残缺不全的片断,但也都出现在与毗沙门和白哈尔有关的内容中了。否则就会令人无法理解。他们的角色和作用当然并非始终如一。我们已经指出了战胜者和战败者以及征服者和被征服者之间的相似性。毗沙门一有机会便会表现出来,就如同从于阗赴吐蕃大道上的一头白牦牛一般(托马斯,1935年,第59和82页)。它在其他地方被描绘成置身于云隙和正在渡过海洋者,而在《格萨尔王传》的史诗中,黑色坏牦牛则逃往了云隙中和海洋中的岛屿上了。此外,格萨尔史诗中的牦牛和白鸟代表着因陀罗(帝释)。变成了一只飞鸟的白哈尔又被称为"白色因陀罗"(白色帝释。见图齐:《西藏的画卷》第736页),而已被考证为毗沙门的俱鞞罗则共有99个儿子,所有儿子都被称为"因陀罗"(《法宝义林》第80页)。于阗或秃发(Tubbat?)所特有的毗沙门于其王冠中带有一只鸟(有时是一只金翅鸟)。大家还介绍了白哈尔的一个非常奇怪的故事,他以一个戴有一顶上面插有飞鸟羽毛的活动帽子的人形出现,并自称是莲花生(见第七章注[51])。我们还将会看到格萨尔史诗以及代表他的说唱艺人二者均戴有这样的一顶帽子,而这种帽子又与莲花生有关(莲花生以其三昧修道而招来子毗沙门并镇伏了白哈尔,战胜者则炫耀战败者的特征)。

因此,白哈尔就是"白色因陀罗"或"白色帝释"。他也被考证为白色天神(gNam - the dkar - po,其中的 the 即相当于 the' u - raṅ,即白哈尔所属的一种神台乌让或桃郎神)。在此情况下,他就是白色天神的儿子和霍尔 — 蒙古人的守护神(聂伯斯基—沃热科维茨,1956年,第99页)。他们确实是仰仗着因陀罗天神(霍尔穆斯达的)名望。他们的国王成吉思汗一般均被认为是由上天授命和由因陀罗授权,人称他是由一名自天下界的白色骑士和"驴耳"裕固(回鹘)国王王后所生的儿子。但白哈尔也被考证成了白色梵天(同上引书,第99页)。这些交替变换都非常引人注目。格萨尔史诗的所有文本都可以被分为两大类:于其中第一类中,格萨尔的父亲是因陀罗(拉达克和蒙古的版本);在另外一类中,其父则为白色梵天(林葱木刻本和其他大量稿本)。在白哈尔与梵天或因陀罗的关系之基础上,便有毗沙门天王的形象。此人骑一匹白马,其王冠上装饰以白色饰带(魏礼:《敦煌画的目录》第41页)[131]。在吐蕃的肖像中,毗沙门一般都骑一头狮子,却由八名骑士簇拥。这就是白色梵天于其中继承的一匹白马,却带有一只如意宝钵。但他又被比定为某一位李靖哈剌或白色李靖,而李靖本人则又被认为是白哈尔的化身(聂伯斯基,1956年,第146、152页和图5)。这个白色李靖至今尚未被考证出来。但大家很容易看到他就是手中托塔站立的毗沙门天王的汉地形式。这种形式取名为"李托塔",其中的"李"可能是来自于阗(李域)。他的真正名字叫作李靖(金葆光:《中国迷信研究》,第二册,第九章,上海1915版,第553页)。北京雍和宫的喇嘛们正是向列辛指点说此人为"多少有点神秘的李靖",这就是说此人是"白色李靖"。但他觉得此人与白哈尔即使不是相同至少也是相似(《雍和宫》,斯德哥尔摩1942年版,第168注[2])。

二十、最终形成于吐蕃东北部的史诗

宗教万神殿和民间传说的众多形象中所有这些交织在一起的错综复杂的关系都会使我们即使不是具体地,也是强有力地洞察到史诗中的格萨尔及其传说是怎样从一大批严密而又差异悬殊的内容和动机开始而形成的。勇士、财神、世界之王等便是其中的主要内容。不同社会背景和漫长岁月的交往都促进了这种结果的形成。四天子理论在很大程度上便为其原因。这种理论从西部开始,经过西域和特别是于阗而凝结成了一些地方性故事的片断。我们能够追踪这些形象一直传播到弭药地区(甘州)的过程。藏文文献从11或12世纪便讲到了军王和冲木·格萨尔。继佛教界之后,便是穆斯林作者们广泛地促进了四天王模式的传播,同时又重新引入了恺撒和东罗马的名称。他们都出现在10和11世纪。在这个时代,于阗被穆斯林教徒们所统治。它后来又被玉素甫·阿迪尔汗(被称为"中国之王")于1006年征服,但佛教仍在那里维持了不长一段时间(到1026年,见格雷纳尔于1900年在《亚细亚学报》中发表的文章,第64、65、68和75页,同时还可以参阅上文注[122])。[132]我们正是在这个时代发现了弭药被一位势力很大的藏族首领唃厮啰所占据(见上文第五章)。此人介于西域和中国中原之间,迫使商队经由其位于青海湖附近领土。他与甘州的突厥可汗保持着关系。其子曾收养了一个于阗人,并有时会扣留阻止该国的使者。然而,正是在这个时代发现了到达他那里的一个拂菻使团,该使团经过于阗和南山回鹘人地区并准备赴中国中原(请参阅上文第五章注[50])。这个与灭力沙(塞尔柱人玛利克沙,1072—1092年)同时代的拂菻不再是指拜占庭了,而是指安纳托利亚的东罗马(那里至今尚有一座恺撒城),其国王尼克弗罗斯·梅利赛诺斯于1081年登基,获得了"恺撒"或皇帝的尊号。该使团可能讲到了东罗马和恺撒,因为汉文断代史(《宋史》卷490,第9页)指出,拂菻这个国王的尊号是"灭力伊灵改撒"。大家从这个尊号中辨认出了玛利克(灭力)和恺撒(改撒)。[133]由于该使团应该是经过了青海—弭药藏族首领的首府(西宁),而该首领也应该懂得该地区的名称及其国王的尊号(大家还可以参阅其绰号,见上文第三章,可能应为Qasar)。时隔不久,藏文文献讲到了冲木·格萨尔。于此之前不久,那些来自黄河上游地区的藏族僧侣们就已经从吐蕃西部出发并经由北方。

这样一来,就为一个有关军王格萨尔的藏族史诗故事奠定基础而准备好了一切条件。我们缺乏具体文献,但我们已经得出了一种值得注意的约估。我们已经遇到一种在《说不完的故事》中出现的内容,并将之定位在果洛人中,于其中也导致了四天子,同时也指出其中之一的尊号"北方军王格萨尔"又由热贡的首领所采纳。这种同化涉及了已由弭药(同一地区)君主们享有的尊号"北方之主"[134]。热贡的首领甚至还可能是唃厮啰后裔的远房继承人。这些藏族和羌族首领们于11世纪曾在该地区扮演过一种决定性的角色[135],他们看到了拂菻恺撒的使团经由那里。能够帮助把某些内容与一位冲木(Phrom或Khrom)的格萨尔联系起来并把它们定位于黄河上游地区的因素,那就是在该地区存在着一些既与冲木又与岭同音的地名和民族名称(请参阅上文第四和第五章)。无论它符合一种历史事实还是它仅仅出自一种地名的混淆,对这些术语的解释则是特别可靠的,因为它们全部与弭药和冬族的名称相联系。这后者(冬)也是史诗中岭地的名称。

江孜(嘉喀则)的贵族自称出自冲木·格萨尔王女婿扎果顿赞的后裔。此人可能曾生活在上部康区。他身穿用百张虎皮制成的衣服,可以通过抓蹄子而活擒熊(五世达赖喇嘛的史著,第99页)。我已在自己的补充博士论文中讨论了该英雄的名字,扎和冬是吐蕃东北部的部族,而且扎族人又享有"色琼"的称号。这后一个名称不可能与由格萨尔射落的大金翅鸟(鹏,Khyuṅ)色乌和弭药的先祖色乌相分隔。我也曾指出(同上引书):1. 冬—冲木(LDoṅ - Khrom,旧作 LDoṅ - Prom,指白色的冬族人,完全如同史诗中的白色岭人一样)与南木和苏毗(松巴)人有关,位于黄河上游的同一地区;2. 地名"冲木"无疑也出现在 Ysabadä Parrūm(鄯善)城的于阗文名称中了,该城位于距沙州不远的地方。在这些冬族人、冲木(Phrom 或 Khrom)、于阗和格萨尔之间的关系也反映在那种把于阗王作为冲木·格萨尔之女婿的传说中(见11世纪的《于阗授记》)。完全如同大力士和冲木·格萨尔的另一个女婿扎果冬赞一般,于阗王尉迟·桑格罗摩(Vijaya Saṅgrama,可能其意为"战胜者"、"战斗")也聘娶冲木·格萨尔一女为妻,此人则以其英雄和大力士之本领而名震遐迩。他杀死了许多外来之敌(phyi - dgra,托马斯于其1935年书第120页误写作 Li),并独自一人擒住了一头凶猛的狮子。他于是便以此"狮子"(Seṅ - ge,Simha)为名。

由于阗王聘娶的冲木·格萨尔的女儿邬绒噶可能是来自古藏(Gu - zan)。托马斯将此地考证为古城(吐鲁番,同上引书,第282—283页)。因为他将此视为一个突厥地区,但这种观点却是以一种令人特别生疑的译法(它将 Gru - gu 与 Gu - Zan 比定为同一地了)为基础的。[136]无论如何,赤雪(青海湖地区)的一个冲木已经出现在敦煌本的吐蕃大事纪年中了(请参阅笔者本人于1959年在《亚细亚学报》第84页中所作的小考)[136]。"赤"(赤杰,万人之主)一词于同一个时代用于指凉州(请参阅第五章)。在这两种情况下,它应该是指1座大城,甚至与冲木具有同一意义(而且这两个词恰恰是被结合起来用于指弭药和青海湖。请参阅上文第四章)。托马斯非常正确地指出,有一种苯教文献将赤雪湖定位于格萨尔王国和吐蕃之间。但由于它是与突厥人(托马斯希望把他们的地望确定在古城)同时提到的,所以托马斯希望将此视为博斯腾湖。事实绝非如此。赤雪始终是指青海湖,位于野猫塘大平原上。一卷敦煌写本利用建造一座寺院的机会而将一个“冲木大城”(冲木钦保)定位于该平原上。在那里曾组织了与突厥和汉人(或者是汉地的突厥人,rGya－Drug)的一次大规模战斗,朵甘思(安多)人分担了其费用(拉露,1939 年,第 16 条,第 33—34 页;托马斯,1951 年,第 99 页)。

一个冲木王国及其国王格萨尔是否确实曾在青海湖和黄河上游地区存在过呢?这种可能性是很小的。但有些地名或这类名称自 7 世纪以来在该地区却是司空见惯的现象,它们与冲木(拂菻和大秦)的相似性可以使人引入一个与格萨尔名字有关的世界国王的民间故事,而且从公元 9 世纪起就已经如此了。

在公元 11 和 14 世纪之间,大家发现在黄河以南出现了一些岭地的首领,他们稍后都仰仗格萨尔的名望,同时也出现了一些与此有关的事件。我们却无法知道这一切。但是,如果说我们由于缺乏文献而不能说明一些土著首领是在什么时候和怎样得以与格萨尔联系起来的,那么我们从此之后至少可以肯定各种内容的一种混合物一直传到了史诗最终形成的吐蕃东部。我们已经浏览过的那些数目众多、复杂紊乱而又翔实可靠的事实都证明,岭·格萨尔出自冲木·格萨尔的多种类型,无论这个人还是那个人均不是历史人物。

二十一、从世界国王到岭地之王

“岭”(Gliṅ)仅仅意为“地区”。在讲到须大拿国王的地区“北方”之地时,一出藏戏中指出:“我自己的地区”(《诺桑王子》,第 126 页)。除了其形容词“白色的”之外,岭还始终被称为“斑色的”,这后一个短语系指人群。但在讲到作为“世界之装饰”的英雄人物时,有一段文字则把这个形容词用于指瞻部洲或阎浮洲了(《朱古兵器国之部》稿本,第一卷,第 136 页。该史诗的蒙文版本一般均见李盖提,1951 年,第 352 页注[9])。

我们可以肯定,“岭”(Gliṅ)在格萨尔史诗中仅为'Jambu－gliṅ或'Jam－gliṅ(梵文为 Jambudvipa,瞻部洲、阎浮提洲、南瞻部洲,意指我们的人类世界)的缩写或简称。格萨尔经常被称为“世界国王”(《米庞愿文》第一卷,第 20 页),其地区“岭”地则被称为“人域”(《春天里的神话》第三卷,第一册;江孜木刻本第一卷,第 3、4 页)。在安多,他甚至以“嘉木林仓”(Dzamlang – sang 或' Jam – gliṅ chaṅ,意为“世界国王”)的名字而著称(罗列赫,1942 年,第 280 页)。然而,正是这个尊号及其有关的称呼才使人毫无争论地把他考证为四天子理论中的军王冲木·格萨尔以及于其中杂乱无章地堆积起来和我们浏览过的内容:狮子、如意宝、头发、军队、财宝。在四方的模式中,北方的格萨尔是惟一的一个有资格向四方射箭和以“战胜敌人者”的称号来称呼者。在史诗中,格萨尔始终被称为“制服敌人者”。

现在似乎尚存在着惟一的一个困难。在这种模式中,格萨尔位于北方。他怎样得以被运用到吐蕃和岭地的呢?其答案再简单不过了。格萨尔史诗和所有喇嘛教著作都认为,吐蕃既可以被比定为世界(瞻部洲),又可以被比定为该世界的北方。我们只要提供一些例证就足够了。首先,我们来编制一份可以证明我们说法的格萨尔之称号的名表:

世界国王:

“世界之王格萨尔”(《地狱救妻之部》稿本,巴黎国立图书馆藏本,第 16 页)。

“世界的格萨尔王”(《朱古兵器国之部》稿本,第一卷,第 2 页)。

“世界雄狮王”(《米庞愿文》第四卷,第 1 页)。

“世界雄狮上师”(江孜木刻本,第三卷,第 16 页)。

“世界雄狮王”(《霍尔大战之部》稿本,第 262 页)。

军队和财富:

“战胜敌人的军王格萨尔”(《米庞愿文》第一卷,第 25 页;《白惹绵羊国之部》稿本,标题)。

“格萨尔如意宝”(《米庞愿文》第一卷,第 27 页)。“制服敌人的雄狮格萨尔如意宝”(同上引书,第 27 页)。

“军队之神格萨尔王”(同上引书,第 31 页)。

“如意宝称心末尼”(《米庞愿文》,第二卷,第 3 页)。

“制服敌人的如意宝北方的持明”(同上引书,第 2 页和第五卷第 1

页)。

"财宝之主"(《朱古兵器国之部》稿本,第一卷,第 3 页)。

"保护世界的守护神军王"(《朱古兵器国之部》稿本,标题)。

"军王雄狮"(《霍岭大战之部》稿本,第 262 页)。

世界 = 吐蕃

"吐蕃之王,世界之王"(《米庞愿文》第一卷,第 7 页)。

"世界的庇护者,吐蕃的庇护者"(《朱古兵器国之部》稿本,第一卷,第 79 页)。"世界之王,吐蕃之王"(《分大食财宝之部》木刻本,第 5 页)。

如果"吐蕃"是"世界"的同义词,那也是格萨尔的尊号之外其他许多段落所证实的情况(例如,大家可以参阅林葱木刻本,第一卷,第 34、35、41、43、47、59 页;第二卷,第 17 页;第三卷,第 73 页)。但就在同一时代,喇嘛教作者们却认为吐蕃也位于我们世界的北方(例如,林葱木刻本,第一卷,第 14 页)。这是因为他们原封不动地接受了把北方置于喜马拉雅山和吐蕃的印度佛教观念。当大家的地理知识扩大到突厥斯坦时,产生了向该地区(尤其是向于阗,请参阅上文有关五部地区的复杂问题)的一次新迁移。但古老的观念依然存在。由此而产生了一种冲突和一些不可避免的混乱。有关方向应该注意的不是真实的地理,而应该是关于北方的笼统内容。

我们可以提供涉及了与我们有关地区的一个例证。这就把著名的《须大拿本生事》(《诺桑王子》[137])改编成藏戏一事。

该文从一开始(第 3 页)就向我们讲到了位于印度东方(原文如此)的两个地区。第一个地区位于北方,叫作阿丹(lNa - Ldan,即般遮罗,可能位于印度的西北部,也可能是指于阗)。第二个地区位于南方,是日丹(库利卡)。在末尾的情况也如此(第 196 页),其中提到在这两个地区的第一个中生活的人是历史上的英雄人物(诺桑,须大拿),大家认为它位于印度的北方。可是,在主体故事中,诺桑的地区仅仅被称为"北方",其守护神是年神格措(第 101、116 和 180 页)。然而,在《格萨尔王传》的史诗中,这后一个人格措正是英雄的天神父亲和位于吐蕃东部的一座神山或一尊山神(请参阅上文第四章)。这种定位法已经由把"北方"比定为弭药而得到了证实。该地区的诸王(北方之王)均迁到了拉萨西南的昂仁,而此地当时被称为“羌”(指“北方”,与指雅鲁藏布江以南的“洛”或“南方”相对)。这出藏戏就与此相符。诺桑从其北方的故乡出发,可能前去征服北方的“蒙昧人”。他经过了一个无人居住的缺水少草的地区,该地区只能是荒凉的羌塘平原(北方平原)。稍后不久,当诺桑必须前往乾闼婆地区以重新夺回其妻意超玛(意乐仙女)时,大家向他指出的布满障碍的道路要经过由“佛陀—皇帝”(暗示中国天朝皇帝)崇拜的白塔。该白塔(白色窣堵波)位于甘肃的凉州,通向香巴拉的道路之一正是从那里出发的(图齐,1949 年,《西藏的画卷》第 617 页注[298])。弭药首领定居的羌地(北方)之首府昂仁被称为“香巴拉第二”。完全如同额丹(阿丹)一样,该香巴拉的地望被确定在突厥斯坦。岭地的教祖——弭药冬族的汤东上师也曾作过一次从羌地的昂仁到北方荒凉平原的旅行,以在那里修造一座窣堵波(石泰安,1951 年,第 237 页注[1])。

这样一来,最早被确定在印度的故事使用了一个过去指于阗的名词。该故事主要发生在吐蕃,并明显与弭药的复杂局势相联系。北方首先是指印度的北方。然后才是吐蕃的北方(出现在四天子的理论中),最终才是吐蕃本地。这种变迁曾多次出现过。

无论这一切显得多么古怪,吐蕃人在把吐蕃(在史诗中则特别是岭)同时视为世界之中心(地肚脐,林葱木刻本,第一卷,第 35 页)和该世界的北方(林葱木刻本,第一卷,第 14 页)时,没有任何不便之处。这后一种观点在所有文献中都是习以为常的现象。观世音菩萨从印度的布达拉出发前往北方的雪域(雪山,Hi－mavat,Kha－ba－čan。见《大臣遗教》第 224 页和第 4 页)。该地区已被考证为吐蕃:“北方是雪域吐蕃”(《苯教源流史》第 32 页)。吐蕃人甚至为他们自己接受“蒙昧人”的称呼,而“蒙昧人”却与北方的这一地区不可分割,同时又将之用于了佛教传入之前的时代。《神鬼遗教》(第 4 页)指出:“在蒙昧吐蕃的这个不大为人所知的地区”(《如意宝树史》第二卷,第 400 和 406 页中还有其他的许多例证;格萨尔史诗的林葱木刻本,第一卷,第 7 页;《米拉日巴传》,北京版本,第 59 和 60 页;巴科译本:《米拉日巴》,巴黎 1925 年版,第 149—150 页)。

可是由这些观点造成的冲突于所有文献中都是很明显的。格萨尔为吐蕃—岭地—北方世界的军王。他又由于北方的另一个突厥人的格萨尔而变成了双重人物，后者也是军王，是冲木格萨尔的对应人物，在四天子的模式中是北方军王。

两种相似的文献可以使我们生动逼真地理解从北方之王冲木·格萨尔向吐蕃之王格萨尔的过渡。前者就是《神鬼遗教》（第17—21页）中的一个很奇怪而又很苛刻的人物。

“龙神军保、夜叉郭玛喀和长空中的魔鬼洛玛真（闪电—乌云）举行了一次会议，并在讲到以下问题时达成了协议：达布、工布和娘布这三个地区（吐蕃的南部和东南部）是在被称为北方冲木·格萨尔地区的最有害者，也就是饿鬼的地区，死者的都城（阎罗王之城）[138]又叫作吐蕃”。

我们的译本中很能突出有关冲木和吐蕃的两种主张之间密切的相似性和并列关系：

byaṅ – phyogs	Ge – Sar	Khrom – gyi yul
北　方	格萨尔	该地区的冲木
yi – dags	Pre – ta – pu – ri	Bod Kyi yul
饿　鬼	死人的都城	该地区的吐蕃

其紧接着的下文“在此之中”系指吐蕃非常著名的三个地区。因此，“冲木”和“吐蕃”这两个名词似乎已被考证为同一地。但一种相似的文献似乎证明了在越来越大的范围内的未经开化程度以及这些地区的互相交错：吐蕃界内的三个地区和冲木的吐蕃。下面就是《苯教源流史》中所载的原文，它引证了一部未提及标题的苯教经文。它希望如此来说明辛饶（苯教的创始人）到达吐蕃及其活动的情况：

“非常奇怪，雪域（注：吐蕃）是未经驯服的处女地，它动乱不安，正如经文中所说的那样：

‘又叫作北方冲木的格萨尔之地，
吐蕃食肉生番的地区在边陲，
那里是食人生番的地区。[139]

此外还有：

‘人类的最有害者是冲木边境的吐蕃人，
吐蕃的最有害者是昂地、达布和工布三域。
这三域之中的最有害者是工布的那些作恶之徒’。”

冲木（Phrom/Khrom）和吐蕃既互有区别，又非常接近或近似，但于此却被作了平等对待。所有这两个地方均位于世界的北方。由于格萨尔与冲木不可分割,所以他很容易成为吐蕃的军王。[140]

这些混乱可能使我们感到无法忍受,但它们却不会使藏族的说唱艺人们感到棘手为难。它们的价值在于提醒我们防止一种把这些传说资料当作史料的简单化观点。说唱艺人们的满腹都是从各地搜集来的学问,按照它们那不连贯的意义进行安排,并将它们定位在他们自己生活的地区。

在结束这次调查研究时,我们可以怀着极大的自信心得出这种极其微不足道的结论。

史诗中的岭·格萨尔并非是对一个具体历史人物回忆的结果。他直接派生自四天子理论中的冲木·格萨尔,而后者又代表着拂菻的恺撒。在突厥人中未曾有过其他格萨尔(恺撒),突厥·格萨尔是冲木·格萨尔的对应者。

这种基本模式在发展过程中产生了与那些以不同的方式凝聚成繁缛故事很相似的内容,并具有了某种联系。其中最重要者是有关世界国王、财宝、兵器、马匹、北方的内容。它们都是伊朗的、印度的、印度—希腊或印度—斯基泰的、于阗或中亚其他地方的、突厥的、吐蕃东北部和中国中原西北部(青海—弭药,甘州、凉州和西宁三角地带,黄河上游地区)的土著人(羌人、藏族人等)。

这些传播的媒介及其发展的负责者都是佛教界(布教祖师、出家人、信徒、说唱艺人)、粟特人(布教祖师、摩尼教徒和佛教徒、商贾)、穆斯林作家。我们对于其在吐蕃的情况将会讲得更具体,这就是出家人和说唱艺人。

这些内容和要素的凝聚点在弭药人地区。11 世纪的历史背景及其后果都促成了这一切。它在吐蕃的同化可能是由于这种观念由北方传入吐蕃的结果。我们首先应该考虑突厥斯坦之路。但西方(迦湿弥罗、大勃律)和南方(印度)的贡献当然也涉及了。它们派生自印度文学和万神殿(而且还不仅仅是佛教的)传入吐蕃的结果。

注　　释

[1]请参阅上文第一章和参考书目:格伦维德尔,1898年,伯希和,1914年;萨埃德,1934年。

[2]有关冲木·格萨尔(不带“军王”的尊号)的最古老记载是《于阗授记》中的那一种(托马斯,1935年,第131页)。当然,如果托马斯为该文献所作的断代(约为1046年左右)是正确的话,那么讲到了“军王格萨尔”(或为冲木·格萨尔,或为霍尔与突厥·格萨尔)的其他著作则应断代为12—14世纪。

[3]同一人物还拥有一个相应的藏文名字绛曲杰波(相当于“菩提王”),详见同上引书,第208页。

[4]《如意宝树史》中作“扎西果赤”(吉祥万门),并声称它在唐太宗时代是天朝的首府。见达斯版本,第168页。

[5]蒙文本中写作 Giṅ-Çan,但最佳的和同时也是最通用的写法是 Gim-çaṅ 或 Gyim-çaṅ(均为“金城”的对音)。该地区的霍尔人与 Gom-çaṅ(金城?汉地)的汉人失和。Gyim-çaṅ 肯定代表着汉文名词“金城”。请参阅我的补充博士论文注[72]。

[6]在其他地方(第236页)也如此,即在另外一种以四方所作的分类中,米拉日巴把互相较量力气的力士拉噶和鲁噶均置于了北方。

[7]蒙文译本中作“在英雄夏冬的门口”。

[8]其中的 gziṅ-mgo 肯定应为 gzer-mgo(钉帽)之误。在第一首诗歌中的情况也如此,我把原文中的 sKaṅ-mda' 理解作 skar-mda'(纺锤、锭子)。

[9]《神教》(《米居多吉传》第16卷,第16页)在察木多(昌都)地区的圣地(神山)中提到了洛布尔·普巴杰波(请参阅上文第四章)。我们在下一个片断中还会重新发现这些国王(还可以参阅注[15])。

[10]托马斯在不考虑前后文背景的情况下翻译时搞错了。原文第三章(第50页,也就是翻刻本第11页)论述了诸转轮王(其中第一位是大平等王)的降世:“据世袭国王们的历史记载……”这句话与我们本文这段文字中的说法相同。魔王洛布尔(意为“突然出现的魔王”)明显是自天而降或自神山而下界的神话国王,我们于下文不远处还将会讲到他们。四方那些“被委任”或“被选中”的国王都介于他们与印度的“世袭国王”之间。

[11]比较的做法要求于此把“格萨尔”作为一个地名对待。这样一种用法确实已被证实(《苯教源流史》第38页:格萨尔,地处苏毗和印度等附属他的地区;位于冲木附近,第45页;第15页:冲木·格萨尔、勃律、葛罗禄等地;《莲花生遗教》第164页)。

[12]托马斯的译文似乎是无法成立的。原文为:“北方格萨尔军王,在四方树立靶子发射神箭,同时射中四方靶心被立为王,用神箭摧毁各方之敌”。“把仆人安置在四个方向,无论是谁被中间人抓住,都要由他来指定国王”。但藏文'ben 仅仅意为“靶子”,而且恰恰与动词“发射”连用(见达斯辞典),文中明显写有“同时”一词。

[13]这段文字已由图齐翻译(1949年,《西藏的画卷》第732页)。他在4岁时看到了“玛桑9兄弟的统治以及箭、矛和其他兵器的出现”。他在6岁时正是我在自己的补充博士论文中讲到过的“12个小邦王子”们行使权力的时代。

[14]请参阅石泰安:1957年,第7页。

[15]“大蕃”在古典文献中系指吐蕃东部。“圣神赞普”的概念可能是“巫术

国王洛布尔”(sprul－pa Blo－bur)的理论基础(请参阅注[9]、[10])。

[16]这些文献经常讲到 bskos－mkhan,图齐将这个术语译作;“怎样安排和委任职务”,他将此理解作“创世神”或者“文明的缔造者”(1949 年,《西藏的画卷》第 711 和 741 页)。事实上确实是“文明确系由他而开始”,他建造城堡和田间的工程激怒了地神。但我却相信该术语意为“被选中者”或“被委任者”。我们将会发现它被用于指由上天任命的国王。《隆多喇嘛全集》也指出它是“大相”的同义词(第 99 页)。因此,bskos 意为“被选中的”、“被指定的”、“负有使命的”。但同一部著作也特别认为 bskos－mkhan 系一苏毗文短语,它相当于象雄文中的“具有巫术的儿子”,在藏文中作“世界上无所不知者”(遍知),在苯教中则指龙(117 页)。该词后期的(或同时的)发展也说明了同一意义,它又具有了“命运、佳运”的词义,与“权力”并列使用,格萨尔的儿子被称为“被授权的人”或“具有权势的人”(《朱古兵器国之部》稿本第一卷,第 139 页)。“天神的选中者”的辞源意为“自天而降”,相当于“由天神选定的”。它也出现在《格萨尔王传》史诗的内容中,与类似的突厥文和蒙古文词汇的辞源相同。葛玛丽自 id－(由天派遣的)而派生出了突厥文 iduq(受到祝福的、吉祥的、被天神选择的,由祭祀委任的、命运;受天派遣,相当于“圣人”。详见《古突厥语法》,苯比锡 1950 年版,第 149 页)。“由上天委任的国王”一词被用于指成吉思汗,译成蒙古文之后意为“由上天事先指定的”或“天命注定的”,其中的ǰara 意为“命运,命中注定的”,而动词ǰaragu 则意为“由天神赋予、派遣、给予、事先指定的”(其次要意义亦为“创造”)。成吉思汗由于是“被天神选中或派遣的”,所以他也被称为“大地上的梵天”(《霍尔教法史》第 9 页,译本第 14 页)。格萨尔是被其父梵天派遣到大地上来的。突厥可汗也被认为是“由上天确立的”(请参阅注[25])。

[17]林葱木刻版,第二卷;第 6 页:“白色岭是由天神委任以降伏世界上的 12 个大宗,这就是吐蕃和西界上的四魔国”。江孜木刻本第七卷,第 5 页(愿文):“祝愿他通过业力而使四界国王的臣民归附其权力”。“岭地边界”上的这 4 个地区就是霍尔、门、魔(鲁赞)和姜(见林葱木刻版,第三卷,第 95 页),或者是指汉地(东方)、印度(南方)、大食(西方)和格萨尔(北方)。该地区正如《五部遗教》所说的那样均以一些物品为特点:镜子、算盘、书籍和供品(林葱木刻本,第二卷,第 26 页)。

[18]弗兰格:1905—1941 年,第 30 和 34 页;1906—1907 年,第三卷,第 298 页:“在岭国无头领时被任命为头领”。

[19]《大昭寺志》第 21 页:“先祖梵天任命的人间之主”。

[20]在宗教肖像中,“玛桑兄弟”中的首领是大罗刹(火星、勇士、将军),他们都出现在格萨尔面前(《米庞愿文》,第 12 卷,第 5 页和第三卷,第 2 页)。在一种驱邪的仪轨中,战神的战争喊叫声早于那种希望在“玛桑格萨尔的魏玛(兵器之神)驱逐敌人摩罗(死神)”的誓愿之前(同上引书,第 25 页)。此外,正是又叫作晁同的晁杰(格萨尔的伯父)为“冬族达绒的首领”,他就是“玛桑 9 兄弟”的首领(《朱古兵器国之部》稿本,第一卷,第 124 页)。他以其“格同王”的名字(请参阅第四章)为掩饰,也变成了“玛桑”、“圣神赞普”,主宰了虚幻者的景象(《分大食财宝之部》,华盛顿藏本第 131 页)。其他许多人物也都是玛桑,这都是一些勇士(聂伯斯基,1956 年,第 208 和 236 页;《国王遗教》第 109 页,翻印本第 83 页)或畏怖之神(多吉勒巴,铁匠;《神香圣者之酬》第 13 页;请参阅上文第二章。他被考证为玛桑雅邦吉并由威力无穷的勇士玛桑 9 兄弟陪同。见聂伯斯基,1956 年,第 154 和 156 页)。

各种玛桑都是作为贵族家庭的先祖

而出现的。9兄弟早于迎接第一位赞普的吐蕃12个或40个小邦王子(请参阅我的补充博士论文)。“山口”(拉卡)玛桑为热巴津的远祖,哲嘎寺的教祖们均出自热巴津。该名单后来加入了萨迦巴(五世达赖喇嘛的史著:《西藏王臣记》第90页。该名词未被图齐辨认出来,见《西藏的画卷》,1949年,第641页)。另外一名玛桑是“岩板草原人”雅邦吉,即最后一位“光神”,他积极地介入到了萨迦巴款氏家庭的先祖传说(图齐,同上引书,第625页;笔者本人,1951年,第255页。我们都错误地将“吉”从这个专用名词中排除出去了)。他以“岩板草原人和岩板山王”(雅邦扎杰)玛桑的名字而出现在康地的诸地神和神山之列(聂伯斯基,1956年,第244页)。我们还发现他被比定为与格萨尔具有千丝万缕联系的白哈尔。

[21]这个故事与玛桑的复杂问题之关系已经由两个重要细节澄清。在开始时,长牛头的青年玛桑(叫作雅如喀查)与3个代表同样特征背景的人建立了友谊。他们分别是“诞生于森林者”(那杰,黑色的)、“诞生于草原者”(邦杰,绿色的)和“诞生于高山牧场者”(协保杰,白色的)。第二个人明显可以比作玛桑雅邦吉。稍后不久,这三个朋友欺骗了英雄。但这后者到达了因陀罗那里,因为他曾杀死过因陀罗的敌人黑色魔鬼扎美。然而,在款族人的先祖传说中(请参阅注[20]),玛桑雅邦吉杀死了魔鬼嘉让扎美并强夺其妻。他们的儿子就是款族人的先祖。魔鬼名字的写法未能很好地保留下来。《续部广集》(第31页)写作查米玛,但《苯教源流史》(第8页)却写作嘉让嘉扎美。这后一种形式与《尸语故事》中的写法相同。有关参阅《尸语故事25则》的地方,请参阅下文第七章。牛头玛桑的故事已经翻译出来了(第三个故事。朱尔格,1866年,第66—71页;贝格曼,1804年,第一卷,第275—284页;符拉季米尔佐夫,1923年,第23页;麦克唐纳,1931年,第294—297页)。

[22]同样的内容又经不同的安排而出现在布岱贡甲赞普的传说中了,也就是《国王遗教》的记载最终讲到的那个人物(鹘提悉补野,俄带贡甲)。该赞普已被考证为甲赤,也就是支贡与其妻鲁赞美坚所生的儿子——三兄弟(夏赤、聂赤和甲赤)之一(五世达赖喇嘛的史著:《西藏王臣记》第11页)。该王后的名字与《格萨尔王传》史诗中格萨尔的王妃和后来变成北方之魔鲁赞的妻子者所享有的名字相同(梅萨,请参阅上文第四章)。然而,支贡是能够借助木神之绳而升天的最后一位赞普。他在一次于其中出现了斗牛的搏斗中被其“大相”牧人罗阿木杀死,此人用一支射向一面挂在额头的镜子上的箭射死了他(《西藏王统世系明鉴》第25页)。支贡和鲁赞美坚的3个儿子都遭篡权的大相驱逐,母亲则与以白牦牛形状出现的神山雅拉香波神保持着性关系。她生下了一个不成形的血肉球(《西藏王统世系明鉴》;巴俄祖拉陈瓦的史著《贤者喜宴》第七卷,第7页)或者是一枚卵(《霍尔教法史》第3页,译本第5页)。为了赋予他一种形态,母亲把他养在一只野牦牛角中,由此而产生了其名茹拉杰(“诞生在一只角中者”)或茹杰(巴黎国立图书馆藏写本第493号,第39页,该文把他考定为布岱贡甲)。此名与格萨尔父亲的名字惹杰或茹杰(拉达克文本)很近似,而他的神奇诞生也与青年格萨尔的诞生很相似。格萨尔的天神父亲采纳了一头白牦牛的外形,但却是神山格卓在与其母相合后而使他诞生,他也是如同一个血球(一个口袋)或一枚卵那样诞生的。

[23]请参阅《翻译名义大集》,榊亮三郎版本,第8281条。bar - gyi bskal - pa即相当于梵天antara - Kalpa(中劫、内劫、小劫)。

[24]有关这些国王的名字,托马斯提出了如下建议:1. 护法王(约为769—801年)。大家还可以参阅伯戴克:《穆斯

林舆地书中的西藏》(载《林琴国家科学院论丛》,伦理科学类,第8套,第二卷,第1—2册,1947年,第58页注[5])。2.与吐蕃有关系的玛蒙国王(约为813年左右)。

[25]同样的模式也被突厥可汗们运用到另外一种历史背景中了(在732年和735年的两块鄂尔浑碑的碑文中)。突厥汗是由天拥立的或"天生的"(就如同匈奴首领单于们一样是"天所立"。见《史记》卷110,第5页),他支配了东、南、西、北诸方的民族并使之归附了其权力。他在东方一直到达中国中原,在南部一直到达吐蕃,在西部到达铁门,而在北部却到达了拔野古地区,而他自己所在的于都斤神山却位于中心(阙特勤碑,南则)。在此之前(东侧,应先读),诞生于天地之间的民族受其两个先祖的统治。四方的民众是互相对立的。他们被这些拓疆展土的先祖们所征服。他们就这样统治了蓝突厥(天突厥)人,因为这些人"既无首领又无组织"。此外,大量地区的人都参加了阙特勤的葬礼。在他们之中就有汉人、吐蕃人和阿哇尔——拂菻人(Apar – Purum),请参阅汤姆森的校订译文,由萨埃德译作德文,载《德国东方学报》新编第三卷,1930年;由罗斯译作英文,载《东方和非洲研究学院通报》第五卷,1928—1930年。萨埃德(1934年,第38页)非常正确地指出了这一记述那非真实历史的特征。大家应注意到其史诗的特征。其内容与《五部遗教》和拉萨唐蕃会盟碑(见下文第9幅表)中的内容相同。

[26]请参阅石泰安:1957年,第6页。

[27]在"四大类国王"中共有8位国王,这就是四方的守护神。毗沙门被置于北方,无疑是其中最重要或大家最熟悉者。

[28]托马斯的译文(1935年,第276页):这是格萨尔宣扬的"30种经文中惟一一种的意义",这是不能成立的。因为mdo并不是意为"经文",而是意为"精义"、"格言"、"谚语"和"警句"。这里应该是指我们已经在《格萨尔王传》史诗中遇到的那类史诗片断(请参阅上文第三章)。

[29]请参阅图齐,1949年,《西藏的画卷》第734—737页。牟笛赞普从北部边境和野猫塘(青海湖平原)开始的军事远征与我们下文不远处将要研究的白哈尔—毗沙门的军事征服有关。它系由某一位丹玛切芒撰写,其名字本身就说明他原籍是康地的丹玛,根据由图齐征引的一种宁玛巴文献记载,拉藏鲁白当时征服了中国的契丹人。然而,最早也只能从907(或947年,该王朝创建之始)起才能被考虑契丹的问题。这种说法很难与其他时间相吻合。此外,尽管拉藏的军队是根据四个方向布阵的,但也可以在"中国中原的桥头堡"上集聚并对"汉地,霍尔人和突厥人"大肆劫掠。其中没有提到印度和伊朗。此外,大力士的名字拉藏鲁白与拉葛(和?)鲁噶大力士的名字过分相似了,后者是米拉日巴作为北方的典型代表(请参阅注[6])而提到的在比赛时竞争力气者。历史事实和传说或分类性的内容都被混合在一起了。

[30]字母P系指伯希和(Pelliot)的文章。图表中处于地名之前的数字1—4指文中列举它们的顺序。如果文中具体指出了它为每个地区确定的方位,那么"史料"一栏中就载有对"方向"的记载。

[31]见莫纳雷·维亚尔:《阿克苏姆和世界的四方》,载《文学纪事》第12卷,1948年,第125页。他对第四位国王sileōs的读法已由吉尔斯曼改正为Sinēōs(《贝格拉姆》,开罗1946年版,第166页注[4])。这种校正又由霍尼格曼和玛利克所确认,《格斯塔夫国王研究》,布鲁塞尔1953年版,第7页。莫纳雷·维亚尔确确实实地辨认出了四天子的理论,并正确地指出(第143页),变化无常的历史背景在分类目录中留下了其痕迹。他相信迦腻色迦佛教思想的影响。吉尔斯

曼为《恺法拉传》确定的时间是241—276年并将4个地区的模式视为被摩尼采纳的印度理论。

[32]下面的文献具体说明这里是指中国中原。早在伪托多加利斯腾纳(公元3世纪)有关亚历山大的传奇故事中，受到亚历山大拜访的"赛里斯人"就被称为"公正者"(请参阅扎格:《伪托多加利斯腾纳书》,哈雷1867年版;第162页,相当于原书第三卷,第17页)。

[33]请参阅李方桂:《821—822年唐蕃会盟碑》,载《通报》第44卷,第1—3期,见第31和46页。作者指出黎吉生得以在西侧阅读出了"nub phyo [gs Kgi tazhig]",在北侧阅读出了drugu ne和Smel,而不是Spel(佐滕长的读法也如此)。在我于中国参阅过的一种质量很高的拓片中清楚地辨认出了sme。Ba-sme和Ba-smel(拔悉密人),这两种形式出现在一卷敦煌写本中(巴科:《5位回鹘使节对高地亚洲的考察》,载《亚细亚学报》,1956年,第146—147页)。

[34]这就是《中国和印度游记》中的记载,见索瓦热刊本和译本,巴黎1948年版,第11页和以下(我们表中的第4条于其中作巴拉哈王)。

[35]瓦尔克的译文,载《皇帝亚洲学会会刊》,1951年,第682和685页。突厥人于其中经常以他们的马匹和勇敢精神为特征。

[36]请参阅马韦齐的著作,他是马利克王的御医(约为1056—1120年左右),米诺尔斯基译本,伦敦1942年版,第14页有关中国的内容:气候温和、居民相貌堂堂而惹人喜欢,优秀的匠人。虽然东罗马人也是优秀工匠,甚至也被中国人承认如此,但他们却不能与中国人相媲美。大家还可以参阅下文不远处有关中国和大秦的内容。

[37]"未刊史著"叫作《赞美诗》,由《骑士查尔丁波斯游记》征引,朗格莱斯版,巴黎1811年,第八卷,第216页。

[38]我们应指出列举方向的顺序:东、北、西和南。这就是苯教仪轨向附近地区传播的方向。在大部分情况下所遵守的顺序却是佛教传播的那一种:东、南、西、北。

[39]这些名词术语把这种分类与护世四王的分类法联系起来了。护世四王中的每一个都有一支魔鬼或特殊神灵的侍从队。南方的护世王是毗留罗叉王,身旁由瓮环绕(请参阅马松:《巴利文佛经中的民间宗教》,鲁汶1942年版,第40页)。

[40]那塘本《甘珠尔目录》第50页(托马斯,1935年,第30页)具有一些颇有意义的不同说法:东部的军队长有人身和鹰头,南方军队上部长有人身,而下部却是马蹄和驴蹄;西部军队长有人身和猫尾;北部军队长有大耳、人身、驴耳。在"驴"(boṅ)和"兔子"("野驴",rì-boṅ)之间的混淆是很容易的。由图齐引证的(1949年,《西藏的画卷》第734页)摄政桑结嘉措(1671—1705年)所著之五世达赖喇嘛传证实了上引目录。鹰长有马和驴的蹄子,鼠尾(这是由于图齐的疏忽大意造成的,他读作byi,意为"鼠",事实上应该为byi-la,意为"猫"。这里肯定应该是指猫)和驴耳。"驴"的读法无疑为最佳者。

[41]布顿(《善逝教法史》第124页,奥贝米莱译本第二卷,第185页)写作"门域奔塘(Bum-thaṅ,不丹?)帕慧"(Paro,位于不丹)。他未提供建筑者们的名字,而巴俄祖拉陈瓦(第七卷,第39—40页)则提供了这些名字并提到了门族人。《布顿教法史》和《西藏王统世系明鉴》中的这一段文字涉及了由松赞干布以在女魔的四肢上建3×4座寺院的办法而镇伏地神(背朝下躺的女魔)之内容。被镇伏的3块平坝地彼此互相交错在一起,而且距赞普居住的中心地带越来越远。它们由内向外分别叫作"镇伏双翼"、"降伏边陲"和"降伏更远的地方"。这个故事又由《如意宝树史》第168页重新提及。

[42]25b－f 涉及了松赞干布。

[43]《拉达克王统记》(第32页,译文第83页)重复了这一段文字并附有以下不同写法:东方是“扎宋”(草原人)和“辛米”(森林人),南方是洛沃和象雄,西方已被删节,北方是霍尔。

[44]当扎米(草原人)位于东方(25d)时,这对于始终与东方和汉地有关的弭药人来说是能够成立的。第66页中认为扎米人位于北方,他们提供良种马(这与分类相符)。在同一段文字中,讲到了汉地提供的最佳丝绸(米拉日巴的一段文字也提到了同样内容,见第14条)。

[45]其中的方向未被指出,分类颇为困难。“大中国”(大秦)可以译作Mahācina(摩诃支那)和意指中国中原。但在藏文中,形容词“大”则相当于“外”。所以,“蕃”系指吐蕃中部,“大蕃”系指吐蕃东部。汉地中原被称为“秦”。被比作中国天朝的东罗马也被称为“大秦”,也就是后来的中国(请参阅被印度化的印度支那,被称为“大印度”的情况,同时还可以参阅“大月氏”和“大夏”的情况。见注[71])。

[46]这是有关“狗女国”的汉文文献的反映,据说那里的女子都具有人形,而她们的丈夫却长有一颗狗头(请参阅石泰安:《辽志》,载《通报》第35卷,1939年,第24页注[13])。有关狗头的具体情节恰恰使他们更加接近契丹人了(同上引书)。

[47]我们应该指出其具体做法。出于对对称的关注(其他方向都有两个地区)。“大食”(sTag－gzig,是根据词源Ta－zig演变而成)一名可以分化成stag(虎)和gzig(豹)两部分,再加上一些往往是一名勇士名字的组成部分(如达绒司潘,他是岭地长系的首领。见石泰安,1956年,索引中有关gzig－phen一条目)。

[48]该名表证明那些名词均译自藏文,但我尚未能成功地找到《尸语故事》中的一篇包括有上引第23个故事的行文。其中的“额纳特珂克诺门可汗”就相当于嘉朵却吉杰保(印度法王)。“巴尔斯伊比尔斯克梅顿可汗”则相当于“大食财宝之王”,“巴林契达契额尔克图蒙古勒可汗”相当于“霍尔王”,“泽日格诺颜格萨尔汗”则相当于“格萨尔军王”。

[49]该文中的某些内容又出现在五世达赖喇嘛有关战神达图噶波的一本小册子中了(东北大学目录第5625号,第38页),其中提供了一幅具有典型特点的精华(幸运,福运)表。人类的精华或福运被归于了转轮王,军队的精华被归于了英雄格萨尔(“英勇军队的福运”,这句话又转载于剧本《诺桑王子》第217页中了)。

[50]在第96页中,大食王被称为“吐蕃四界王之首领,大力士”。在第59页中,岭·格萨尔被称为“军队雄狮王”。在北方提及羊塘(Yaṅ-haṅ)是很奇怪的,大家可以认为它是“羌塘”(Byaṅ－thaṅ)的一种讹误形式(请参阅第28b条中的“羌康”),它颇为接近于汉文史料中的“羊同”(大家往往把“羊同”视为“羌塘”)。

[51]应该指出,《翻译名义大集》(第3047和3049号)的汉译文是“身洲”或“神洲”。这后一个名词一般都是指中国。大家将会看到,“长大平正”之人的说法在中国和大秦都很著名(“其人民皆长大平正,有类中国,故谓之大秦”)。普通的分类被移位到中间四点以将四大洲保留给四方。

[52]伯希和,1923年,第112页。在这里涉及的游戏中的12(3×4)个国王中,有马王、象王和人王,第四位尚未被理解其义,第五个是财主(《翻译名义大集》第3699—3704条中的5。王:马、象、人、财和报偿)。颇有意义的是这种做法是由一名阿拉伯作者描述的,这就是艾因·阿克巴里。大家还可以参阅表中第14条。

[53]贝尔纳迪,1936年文。他将这

种游戏与巴比伦的世界四王和护世四王作了比较(请参阅基尔菲:《印度的宇宙观》,波恩1920年版)。库玛拉斯瓦米《夜叉》第二卷,(华盛顿1931年版,第18和31页)也认为各个方向的守护神既是巴比伦的又是印度的。

[54]莫纳雷·维亚尔(同前引书,第139页)在"护世四王"中寻找"四天子"理论的起源。图齐于《印度—西藏研究》第一卷(罗马1932年版,第80—81页)中把出自无热恼池(阿耨多湖)的4条河流、四天子、护世四王、形成佛陀生命之特征的4种动物、鹿野苑的柱子和莫亭朱达罗村的艺术图案(牛、象、马、狮)进行了比较。对于4条江河的发源地,大家比较能够一直追溯到史前时代的观念(天堂),大家可以参阅加尔特:《史前时代绘画中的宇宙观》,载《人类学杂志》,1914年,第956—979页。

[55]莫勒:《伊朗传说中世界的划分》,载《亚细亚学报》,1952年,第455—463页。作者没有忽略重新提及由杜梅齐尔推断出的13种功能。3分法在西藏是很通行的,与另一种4分法同时并存。我们于此无法深入研究细节问题。对于某些事实,请参阅我的补充博士论文。

[56]对于另外两种引自《甘珠尔》的版本,请参阅谢夫纳:《多罗那它的〈印度佛教史〉》,圣彼得堡1869年版,第310页。

[57]这是列维的考证,见《十六罗汉》,载《亚细亚学报》,1916年,第272页;《印度斯基泰人小考》,载《亚细亚学报》,1897年,第1期,第10页。奥贝米莱接受了这些考证。我根据德格版本而提供了其藏文名称。奥贝米莱读作Bal-ahu和çikuna。大家知道,耶槃那最终确实被用于指其他外邦人,甚至是阿拉伯人(德·拉·瓦累·普散:《孔雀王朝时代的印度》,巴黎1930年版,第283页)。此名特别是指与安息人结盟的大夏人(阿尔德海姆:《亚历山大和亚洲》,巴黎1954年版,第208页以下以及第216页)。

[58]在中国,护世四王叫作"末利",此名出自承负佛陀莲座的4个末罗的概念(莱辛:《雍和宫》第一卷,斯德哥尔摩,1942年版,第48—49页。大家于其中还发现了四方守护神的比较表)。

[59]我们应该指出军王格萨尔的巨大箭矢。某些佛教文献指出了护世王的巨大身材(《通俗篇》卷19,第12页引证了《婆沙论》,见《大正新修大藏经》第1545号)。这种概念在中国很快就变得相当通行了。在四方都站有金刚力士,其身高为3000×10000丈,长有金头和铁额。详见《古微书》中的《论语河图》,卷34,第5页;《河图玉版》,由《荆楚岁时记》引证(6世纪)。

[60]《阿毗达摩俱舍论》卷三和《设施论》,瓦累·普散:《世亲和耶舍蜜多》,伦敦1914—1918年版,第320—321页,其中附有参阅曼达达罗传的地方;柔克义:《佛陀传》,伦敦1884年版,第9页。有关它在吐蕃传播的情况,请参阅《因缘经》第45卷(相当于《贤愚经》卷13,第64页);《如意宝树史》第一卷;第17页。大家还可以参阅沙畹:《三藏经中的500个故事和寓言》第四卷,巴黎1934年版,第8和107页。

[61]《摩诃婆罗多》也是多罗那它所熟悉的,他设法对此作了诠解;它同时也为《罗摩衍那》和来自吐蕃的两个孟加拉班智达所熟悉(《自传》,第72页)。

[62]在与格萨尔、其保护神和朋友同时诞生的众生之中,有一只红铜色的母狗、黄色和蓝色蟾蜍两兄弟(赫尔曼,1956年,第96页;弗兰格,1905—1941年,第49页;弗兰格1900年书第25页又增补了白蟾蜍;江孜木刻本,第一卷,第7页)。在他们获得的珍贵和具有魔力的物品中,大家发现了应急袋、木棍(棍头上装饰有丝绸)、彩色地毯[林葱木刻本第二卷,第37页是自神山玛钦蚌拉(阿尼玛卿)山神处获得的袋子;巴科藏稿本,第44和45页;弗兰格,1905—1941年,第260—261页;可以召来所有地区产品的彩棒;同上引书,第16和55—56

页]。

[63]在江绕城(波罗奈)生活有两名国王,这就是莲花(白玛)和乌特陀罗。前者有一个太子叫格萨尔,后者有一个公主叫作达布热("美丽的翅膀")。这两个孩子互相许配为婚。由于他们的两个女仆普尔特(莲花的女仆)和吉玛(乌特陀罗的女仆)的恶言中伤,两个国王反目为敌而互相争斗。在莲花晏驾时,其大相、臣民及其子格萨尔的财富均被乌特陀罗所窃取。格萨尔的母亲及其本人都忍饥挨饿,但却从一名上师那里接受了食物。少年格萨尔(6岁)流亡而去。他对认为他还太年幼的母亲,使用了许多譬喻回答说,斧子再小也能砍倒大树(请参阅格萨尔:砍树的斧,表中第17—25条)。他在森林中接受了一些法器:可以把人带到希望去的任何地方的靴子、一个供他生活的应急袋。乌特陀罗国王于是便将其女子达布热嫁给了他。他们二人沿大洋海岸出发,她夺取魔靴并抛弃了他。他被一头长有一支角的红色动物救下来并又把他带了回来。他在大量冒险活动中获得了一顶可以使他隐形的帽子(格萨尔也有这样一顶帽子,见弗兰格,1905—1941年,第246页;《朱古兵器国之部》稿本,第一卷,第197和262页;《尸语故事》中的一个英雄也如此,见弗兰格,1921年,第88页,此人也有可以使他前往自己所希望去的任何地方的靴子)和两朵可以使他变化的鲜花。他以这些法器返回了其故乡并迫使乌特罗陀国王及其公主归附并皈依教门。请参阅下文第十章注[13]和[14]。

[64]由我为提供资料的果洛人作出的拼写法大部分都是随心所欲的,只不过是根据发音进行复原的一种笨拙努力。

[65]该世系就是冬族的世系,同时也是其神山就是年保玉则的弭药人的世系。其中的"本"(bum)一词周期性地出现在该世系成员的名字中:卡哇本出现在紧接人类第一位先祖之后。扎杰(战争之王,战胜敌人者)本美是却拉本的父亲,而奔巴嘉察却是格萨尔的同父异母兄弟。

[66]gyad - gliṅ("大力士之地")的修饰词于此用于指其同音短语 gyi - liṅ,意为"宝马"(来自汉语"麒麟",见图齐,同上引书,第252页注[38])。德格版《丹珠尔目录》(第275页)提供了同样的限度范围,它具体解释说阿里三围的起点位于贡塘。它不是写作 gyad - gliṅ,而是作 Ger - liṅ。《霍尔教法史》(第112页,译文第176页)也指出了宗喀地区(西宁)是属于马匹却喀。

[67]大家可以把康泰书中的"宝"与指佛教的"三宝"进行一番比较。佛法被比作毗沙门的如意宝,他虽然被置于北方,但却与西方有联系(请参阅《法宝义林》第81页)。

[68]康泰在有关输入扶南的月氏马问题上正确地指出(席尔宛·列维:《两个鲜为人知的民族》,载《列维纪念文集》,巴黎1937年版,第236页)。印度文献也将马匹与印度西北的一个民族联系起来了,即与6世纪时的苏利卡人(粟特人)相联系;在史诗中却与凯卡亚人、马德拉人或笼统地与俱卢人相联系(巴格西,同上引书,第28—30页)。

[69]有关龟兹(库车)的情况,请参阅伯希和:《吐火罗语和龟兹语》,载《亚细亚学报》,1934年,第67—70页:龙于其中既是一种宝马又是一个"奔驰得如同脱缰野马一样快的鲁莽而勇敢的民族的起源"。对于中国中原汉地来说,这类马并非是在武帝发动远征之后才到达那里,它们在此之前已于那里被饲养(请参阅博德贝格:《有关中国边境史的3条注释》,载《哈佛亚洲研究》学报第一卷,1936年,第288页注[21])。《左传》中的记载确实令人怀疑(伯希和,同上,第72页注[2],但陕西省(秦)和山西省自古以来就以其马匹而著名。至于青海湖,那里的龙马也是有口皆碑的(请参阅石泰安,1956年,第245页注[4])。我们

应该指出，自汉至唐，在青海湖地区始终都有粟特人的部落（羽田亨：《北部边境和粟特人》，载《支那学》第三卷，第5期，1923年）。

[70]哈伦：《大月氏之一支》，载《德国东方学报》，第91卷，第2期（1937年），第268页注[4]；大家还可以参阅同上引书。月氏人的勇敢精神在当时是很著名的。

[71]伯希和，1923年，第119—120页(3世纪的文献)。白鸟库吉确实指出中国人赋予了大秦许多他们当时自己理想中的品质(《大秦习惯中的中国理想之反映》，载《白鸟库吉纪念文集》，1931年；英译文载《东洋文库研究部纪要》第15卷，东京1956年版，第25—72页)。他完全正确，惟有在以那里的人被认为身材魁梧的事实来解释形容词“大”时除外。该形容词在这里是指“外中国”（请参阅上文注[45]）。白鸟库吉没有考虑到“秦”（中国、支那）或“大秦”（大中国、摩诃支那）。据《魏书》和《北史》记载，恰恰是一些藩邦外来人（而不是汉人自己）称其国为大秦（同上引书，第30页）。然而，“大秦”的字面意义完全相当于“身材高大的中国人”（可能高达100法尺，约为25米！）。但这里是指一些传说性文献（同上引书，第37页），我们认为，这种内容颇有意义，大家可以联想到军王格萨尔的巨箭（见注[59]）。大家还可以参阅注[76]。

[72]请参阅白鸟库吉：《解释拂菻问题的新尝试》，载同上杂志，第165—329页。这是他发表于《东洋学报》（第19卷，第3期，1931年和第20卷，第1期，1932年）的文章的译本。在唐代，大秦又与拂菻并列出现（分为大小两国）。大拂菻当时是指君士坦丁堡（第268页）。

[73]拉·瓦累·普散：《孔雀王朝时代的印度》，巴黎1930年版，第304页。

[74]《魏志》中的《魏略》第13页。请参阅藤田丰八：《犁轩和大秦》，载《文学和政治系论丛》，大博帝国大学报，第一卷，第一册（1929年），第47页。藤田将犁轩确定在里海（Raghai）之南。他的理论受到了白鸟库吉的批评（《东洋文库研究部纪要》第15卷，1956年，第76页和以下），白鸟将此视为亚历山大城（东罗马的京城）。白鸟解释了该地名通过经商关系而向中国西北的迁移（第85—87页）。大家还可以参阅伯希和：《大秦的别名犁轩》，载《通报》，1915年，第690—691页（犁轩相当于亚历山大城）。把“犁轩”复原为亚历山大城的做法是翔实可靠的。不仅仅《弥烂陀王问经》，而且《大史》（赛格译本第194页）也提到亚历山大城是耶槃那的主要城市。由于第一种文献（汉译本）将亚历山大城确定在远离印度的地方，位于海边，并认为它是一个岛屿（洲），所以白鸟库吉、伯希和、戴密微和列维都把它考证为埃及的亚历山大城。其他人则更喜欢巴利文本，将此视为巴拉巴尼萨德山的亚历山大城（伊朗，请参阅Ch.洛：《古代佛教中的地理》，1932年版，第51页；阿尔德海姆：《亚历山大和亚洲》，第305页；塔恩：《希腊人在大夏和印度》，剑桥大学1951年版，第421页）。无论如何，《那烂陀王问经》把“大秦”（Yonaka的译名）置于了北方（伯希和：《〈那烂陀王问经〉中的汉译名的原名》，载《亚细亚学报》，1914年，第202—203页）。阿尔德海姆认为，耶槃那（Ya－Vana）主要是指大夏的希腊人（见上文注[57]）。在各个不同的亚历山大城之间出现混淆是很容易的，我们将会看到海洋和岛屿的内容始终与这些地区有联系。席·列维（他接受了Alassanda就相当于埃及的埃历山大之理论）引证了《那烂陀王问经》中的一个段落，其中的亚历山大（Alassanda）是作为一个海港而出现的，而且还与“秦”和“金地”是并列存在的（“《印度文献中的亚历山大和亚历山大城》，载《列维纪念文集》，巴黎1938年版，第417页），而且这一切是出现在另外两幅大家于其中发现塞种人、耶槃那、秦……亚历山大、迦湿弥罗

和犍陀罗并列的名表之后。大家将会看到,"秦"也位于印度的西北部(请参阅注[77]),在西喜马拉雅山的这一地区与海中一个岛屿之间的混淆也与女国的概念有关(请参阅列维:同上引书,第414和421页)。

[75]《汉书》卷28下,第2页。《甘肃省地理沿革图》(北平1935年版)将该地定位于凉州的西南。白鸟库吉(同上引书,第85页)则补充了《汉书》卷63第3页的资料。哈伦(《大月氏之一支》第274页注[3])则认为两个黎轩(或犁轩)的写法的相同仅仅是一种巧合,中国那个郡的名字则更应该通过一个匈奴王号"犁汗"(《汉书》卷94上,第13和14页,匈奴王号)来解释(《汉书》卷94上中作"犁汗王"而非"犁汗"。——译者)。但即使该王号的写法是可靠无疑的(某些版本中作"犁汗"),那就不排除他本人也与西方的犁轩有关。无论如何,颜师古(581—645年)明确地指出,犁轩就是大秦国。张掖的犁轩不会再有此地之外的其他起源。他的观点即使是错误的,也不会不影响其晚期的同胞们。

[76]《如意宝树史》第二卷,第338页,相当于木刻本第217页。一部西夏文献称弭药(木雅)人为身材魁梧的人,高10尺(石泰安,1951年,第229页)。这一传说性内容非常古老。《博物志》(晋代张华著,232—300年)于"异人"一节中写道:"大秦国人,长十丈(100尺),中秦国人长一丈(10尺),临洮(位于黄河上游的第一个河曲附近)人长三丈五尺(35尺)"。他重新提到了有关大塑像的传说:"秦始皇二十六年,有大人十二见于临洮,长五丈,足迹六尺"。请参阅注[71]中有关护世四王之巨大身材的问题。

[77]有关印度北方的"秦"之问题,请参阅已经提到了李希托芬:《中国》,第一卷,第437—441页;劳佛尔:《通报》,1912年,第723页。列维:《亚细亚学报》1915年,第101页;但尤其是列维《〈罗摩衍那〉的历史》,载《亚细亚学报》,1918年,第115、117、122和126页。对于指古格(吐蕃西部)为"秦"的问题,请参阅图齐:《尼泊尔3次科学考察的初步报告》,罗马1956年版,第71页(还可以参阅第103页,参考书目)。作者认为这个"秦"(Cina)在不同程度上就相当于吐蕃西部的"金地"或"女国"(第105页)。众所周知,印度密教徒将他们那女子占突出地位的宗教崇拜及其性合仪礼的起源定为"大秦"。"大秦"(摩诃支那,Mahācina)就相当于Bheta(吐蕃)。有关17世纪的一个用藏文转写印度文的例证,请参阅图齐:《赴斯瓦特河流域朝圣敬香的吐蕃人》,加尔各答1940年版,第38页,有关尼泊尔的一个古隆文的例证,其中的一名"秦国喇嘛"明显是一名吐蕃人,完全与作者的想法相反。请参阅赫尔曼:《印度—西藏研究》,孟买1954年版,第15页;有关密教文献及"吐蕃,喜马拉雅"的词义,请参阅巴塔恰里雅:《秘传佛教导论》,牛津1932年版,第134和156页;巴格西:《怛特罗研究》第一册,加尔各答1939年版,第41—45、55和97页(其中的"秦"就相当于"大秦");图齐:1949年,《西藏的画卷》第389页;沃德洛夫:《随能和随力》,马德拉斯1951年版,第190、193页(其中的"秦"似乎是指中国,"大秦"系指吐蕃)和197页;有关将"大秦"视为中国的可能性问题,请参阅菲利奥扎:《道教和瑜伽》,载《越南人民报》第3期,1949年,第120页。大家至今还错误地分开研究秦/大秦(汉学家)和支那摩诃支那(Cina/Mahācina)(印度学家)的问题。自公元3世纪直到唐代以来,当中国人声称有一条经永昌(与缅甸的交界处)的路从云南通大秦(《魏略》和《通典》)时,认为掸国国王(当时地处云南的缅甸国王)于120年向中国派遣了一些大秦音乐家和眩人;"大秦的婆罗门"生活在阿萨姆(迦摩缕波)。我们不一定必须像伯希和所作的那样(《交广印度两道考》,载《法兰西远东学通报》,

1949年,第142、151、178—179页)必须联想到"地中海畔的西方"。"大秦"(相当于东罗马)被认为位于安息的西方(《魏略》中作"帕提亚人")。在云南的情况也如此,那里也有一个"安息"(同样的汉文方块字)。大家正是从那里出发向西行就会到达"大秦的婆罗门僧"之中(第178页)。伯希和本人也正确地指出,印度西北部的地名被移用到了印度支那和云南(其书第158—159页中称之为犍陀罗)。阿萨姆和缅甸海岸被称为"金地",就如同吐蕃西部地区一样。大家已经看到(请参阅上文注[74]),这后一个地区在不同程度上与同一个地区的"秦"混同起来了。"秦"可能与犍陀罗及其他地名(如占婆)一并被移用到了东方。大家还会记得,被置于北方的"大秦"可以译作"Yona(Yovana,耶槃那)地区"。在印度支那,"耶槃那"(Yavana/Yona)一词曾指掸邦、老挝,甚至是越南人(请参阅戈岱司:《远东印度文化国家的古代史》,河内1944年版,第212、223、270和312页)。这里始终是指地名的变迁。有关被迁至东部的"耶槃那"和被运用于印度支那的印度地名,大家可以参阅我们已经提到的列维:1891年,第37页。印度人认为,"耶槃那"人的特征是剃光头发(请参阅:同上引书,第39页)。这一内容已被运用到了以一个民族卑谬(Prom)为中心的高棉人中了(请参阅石泰安:《林邑与占婆》,北京1947年版,第215页注[203])。

[78]《苯教源流史》第5页:"在北方是夜叉们的财宝之国(gliṅ),这就是财富的施主圣宝藏神"。还可以参阅《天法》第16卷,第16页。有关北方之主和财神俱鞞罗和般尸诃的情况,请参阅傅舍:《犍陀罗的希腊—佛教艺术》第二卷,第114和118页。在苯教著作《金钥》中(见《秦东》第一卷,第270页,译文第323页),大家可以看到圣宝藏神被定位于地处香波拉则山以北的铁门。它酷似一个可怕的钢铁巨人,手擎一块大铁的"大力士石"之外形,看守着进入如意宝国的大门。他由大量扎玉发髻的青年(派生自般尸诃,即财宝守护神)簇拥。

[79]这是一种巧合还是颇有意义的事实呢?大家在越过铁门峡谷而前往突厥斯坦时所驾的乌浒水(阿姆河)上的船只叫作波托、格萨尔(吉萨尔,在巴尔赫以北,有一座同名城市取代了特尔梅兹。请参阅傅舍:《从大夏的印度赴呾叉始罗的古道》,巴黎1942年版,第16页)。一种通俗的辞源通过一种生长不老的树(波托梨树)和生长在江边的柽柳来解释该名词,但这种诠释显得不大令人满意。

[80]于其名字中带有Thog之组成部分的各个人物都与霍尔人和弭药人有关,而所有这两个民族始终都位于北方(请参阅第四章)。

[81]宰吉.韦利迪·托干:《乌兹别克史诗中汗的名字》,载《中亚学报》第一卷,第2期,第153页。

[82]请参阅在《佛法神桑》(第19页)中对各个地区的另外一次列举:"还有其他地区、突厥人、象雄人、葛罗录人等地区,也就是边境上的蒙昧人地区。"虽然从语法角度来讲,没有任何因素说明这里是指两个地区,任何人都不会想到将突厥人和象雄人地区等同起来或者认为象雄是突厥人地区(还可以参阅图齐:1949年,《西藏的画卷》第257页注[151])。

[83]在《香巴拉志》(其作者与《如意宝树史》的作者是同时代的人)的神话传说性宇宙论中,霍尔人生活在由西向东流的徙多河(Sita)畔(格伦维德尔:同上引书,第57页;劳佛尔:《回鹘人的佛教文献》,载《通报》,1907年,第404页)。据《如意宝树史》记载(达斯版本,第38页),北方的香巴拉本身就位于徙多河畔。乔玛将此视为药杀河(Yaxartes,即今之锡尔河),但劳佛尔则更倾向于认为这里是塔里木河(同上引书,注[43])。《如意宝树史》(木刻本第315页)和《霍尔教法史》(胡特版本第159页,译本第

253 页)认为,香巴拉位于卫—藏(西藏的中部)西北部,地处土尔扈特(卫拉特或额鲁特四部之一,这里是指原伏尔加河流域的卡尔梅克人的阿玉奇汗,逝世于1724 或 1730 年)王公的辖地附近。我们应将"霍尔人"理解作"上部霍尔"或"西部霍尔人"。

[84]同一文献已由劳佛尔征引(《藏语中的借词》,载《通报》,1916 年,第 491 页注[1]),而且是根据《霍尔教法史》引证的(胡特版本第 29 页,他读作果卡尔和 STambola,STamtola 则相当于 Stambul,即君士坦丁堡)。它也出现在《汉地教法史》(同一时代,第 21 页)中,其中讲到了已成为东罗马国王和居住在君士坦丁堡的工卡尔,并补充了一条很谨慎的注释:"我怀疑这就是香巴拉"(《霍尔教法史》第 19 页中也作了这样一条注释:"人称君士坦丁堡属于香巴拉的组成部分"),劳佛尔非常正确地指出,这里的"东罗马"既指拜占庭又指土耳其。请参阅下一条注释。

[85]颇有意义的是在隆多喇嘛于其有关香巴拉的论述(《隆多喇嘛全集》第六卷,第 4 页)里引用的两幅相似的统计表中,香巴拉与"大中国"轮番出现。据《无垢光》(无疑是德格版《甘珠尔》第 168 号,《金光明经》)记载,世界分为 7 部分:1. 印度;2. 吐蕃(蕃域);3. 于阗(李域);4. 汉地;5. 大中国(外中国?);6. 雪域。但据藏族学者藏琼曲扎嘉措、噶珠诺桑嘉措和普巴伦珠嘉措认为,这第五部分应为香巴拉,"大中国"是梵文 Mahācina 或"大秦"的字面译名。

[86]在《化胡经》中,斯那玉界始终相当于藏文中的 g - yu,经常与苏邻(伯希和与沙畹认为是 Suristan 的对音)或西海国之间反复变化。老子于其中是作为"光明道气"和"长寿甘露无上药王"的化身而出现的(伯希和与沙畹:《摩尼教流行中国考》,载《亚细亚学报》,1911 和 1913 年,第 144—145、155 和 156 页)。大家还可以参阅下文不远处有关大秦、冲木等地名医的传说。

[87]巴俄祖拉陈瓦:《贤者喜宴》第 10 卷,第 34 页:赞普返回时发现莲花生(在雷布查语中也是同样的故事。请参阅格伦维德尔:《莲花生和曼陀罗》,载《德国东方学报》等 52 卷,1898 年,第 451 页)。如意宝又叫作"满足诸愿如意宝",它是由莲花生藏入宝库中的(在《大圆满经—深密诸空汇聚三根本缓急混合修习三羯磨仪轨》中有对这种如意宝的祈祷,见第 65—66 页)。我们应该指出,在格萨尔史诗中,则丹是莲花生曾在诸龙中寻找的那个后来成为格萨尔母亲的龙女的名字。格萨尔本人也经常被称为"如意宝"(林葱木刻本,第三卷,第 67 页),他手捧这样的如意宝(参阅注[88])。

[88]有关热巴津(Ral-pa-čan = Kesarin = 狮子)的问题,请参阅伯希和:《通报》,1914 年,第 66 页;劳佛尔:《通报》1916 年,第 454 页;图齐:《西藏的画卷》第 355 页;戴密微:《吐蕃僧诤记》第一卷,第 231 页注[13]。伯希和在变成了藏文的 ge - sar 的该词和 Ge - Sar = Gaesar(恺撒)之间作出了区别(见上引伯希和与韩百诗书,第 174 页)。但民间故事却倾向于使"格萨尔"名字中的有关长发和国王的两种意义互相接近。正如弗拉泽正确地指出的那样(《王权的神奇起源》,巴黎 1920 年版,第 223 页),恺撒家庭取名于其长发(Caesaries,这是已经被剪掉一半的头发,但仍然很密和很长,尤其是男子更为如此)。费斯图斯(2 或 3 世纪)确实解释过这一个问题。在史诗中,格萨尔王披有一头覆盖了背部的长发(《分大食财宝之部》,华盛顿藏稿本,第 146 页)。在肖像中,他的长发被分成了"小卷环",右手于其心前执如意宝,即权力之王(《米庞愿文》第一卷,第 5 页)。宝(鸡萨罗)之宝在《华严经》中已经提及,见《大正藏》第 278—279 号,卷 57(载京都版,第七卷,第 5 和 309 页)和卷 76(第七卷,第 9 和 368 页)。慧远(唐)对

该经新译本的诠释(京都,第35套,第3本,第15页,对第76卷的诠释)解释了该词:狮子身上的毛是翻卷的,大家称之为卷毛狮子。在西域,有一种完全如同狮子毛一样的如意宝,它即由此而获名。在藏文中,大家也知道一些以其螺旋性为特征的如意宝。“喜旋宝”是一种价值120古两(盎司)黄金的如意宝(见达斯辞典):“大青石”(梵文作rājāvarta,同上引书;德格版《甘珠尔目录》第283页中有关对各种如意宝的列举)。大家可以把鸡萨罗(Kesaru)宝的名称与恺撒王的货币(Kēsarakan)在印度西北地区名表中出现的“狮子国”(Kesara或Kesari)相比较,后者有时被作为提婆普多罗的名称处理。见列维:《汉文印度传》,载《法兰西远东学院通报》第五卷,第263、265和266页;作者于同一篇文章第254页指出,这个Kesari可以被译作“狮子国”,在第283页中,该王国又叫作Kesara,均指“狮子国”。西藏人和全部佛教徒都认为,最好的如意宝都是灼热的,也就是说由火焰围绕(对于其形象,请参阅格伦维德尔:《喇嘛教的神话》第50页;望月信亨:《佛教大辞典》第五卷,第4132页)。史诗英雄的名字出现的“如意宝—狮子”的结合(格萨尔—雄狮宝鬘)应与狮子的民间故事有关,它随着狮子舞而被从西方(伊朗)传到了吐蕃和汉地(包括日本、印度支那)。“如意”在背部带有5头狮子(五个方向的狮子?)的形象(望月信亨:同上引辞典,第二卷,第1195页)。

[89]列维以“暴戾可畏的”或“易怒的”来解释Conda一词,这完全是一位国王的专用称号。它使人联想到了阿育王也以此名而著称:“暴戾的阿育王”,暗示他在受皈依之前的残暴行为,多罗那它佛教史(谢夫纳译本第30页)写作Caṇḍa-La As'oka(恶阿恕伽或梅陀阿输柯,即“好怒的阿育王”)。大家本来还可以从中补充“梅陀罗”(Caṇḍa的汉文对音)、迦腻色迦的著名例证,它有时被解释为“月亮”,有时又被解释为“恶暴的”(见贝利:《迦腻色迦》,载《皇家亚洲学会会刊》,1942年,第16页,他于其中用Canda来解释,即意为“月”;《Canda和Caṇḍa》,载《皇家亚洲学会会刊》,1949年,第2—3页,他于其中又接受了Caṇḍa的写法,但没有联想到Caṇḍa-As'aka)。因此,这里是指一种世界国王的基本内容。

[90]其自传之前的第二部《秘传》(第5—6页)记载作:“由一个像力士一样的白色小童领路”和“大部分在妇道人那里”。

[91]大家将会发现,在有关夺取卡契(克什米尔)的玉石或珍珠、夺得了朱古人中的珍异物和大鸟卵之后,任乃强的名表(第二章,第45页)又提到了西女国中有关给予友谊的礼仪情节。

[92]《如意宝树史》第302页:铁木真(成吉思汗)在44岁时杀死了托噶尔的国王苏勒特并征服了该地区;同上引书,第302页:其子察合台获得了斡端(于阗)托噶尔的王位。在这两种情况下,萨囊彻辰书(施密德版本,第85和111页)中对应的段落讲到了萨尔塔忽勒(木速蛮,请参阅前引自伯希和与韩百诗书,第151和253页)。

[93]请参阅列维:《印度—斯基泰考》,载《亚细亚学报》,1897年,第10页注[10];瓦累·普散:《孔雀王朝时代的印度》,巴黎,1930年版,第337页。在北方筑起成千上万窣堵波的国王(迦腻色迦?)于《文殊师利根本仪轨》(扎雅斯瓦尔:《印度帝国史》,拉合尔1934年版,第23页)、《克什米尔王统记》(见上引列维书)和察干—苏布卡戛的藏文—蒙文碑,1626年,(见波兹德涅耶夫:《蒙古和蒙古人》,1898年,第二卷,第370页)中都被称为“突厥人”。梅陀罗(Kidāra)的钱币上则与贵霜人等同起来了,被中国人称为“月氏王”,但却被拜占庭史料称为匈人('Ounnoi,布萨格利:《有关匈人问题的某些看法》,载《林琴科学院报告》,第8套,第五卷,第3—4册,1950年3—4月,第230页注[1])。秦伯里讲到的“突

厥人”实际上仅仅是贵霜人（基尔斯曼：《贝格拉姆》第170页）。

[94]沙畹：《〈后汉书·西域传〉笺注》，载《通报》，1907年，第188页；伯希和：《吐火罗语和龟兹语》，载《亚细亚学报》，1934年，第38页。

[95]巴科：《5位回鹘使节对北部高地亚洲的考察》，载《亚细亚学报》，1956年，第145页。请参阅科特维茨：《中亚研究》，载《波兰东方学报》第15卷，1949年，第165页：“突厥人的继承者回鹘人也使用‘突厥’一名，并与他们自己的名称并列……”为了举出一个例证，请参阅《福乐智慧》，圣彼得堡1891年版，第83页。

[96]托马斯：1935年，第78页。其汉文原文载《敦煌遗书》中。

[97]霍尔人在《西番夷语》（《龙威秘书》第9集，第102页）中被译成了“鞑靼人”，系指蒙古人（《如意宝树史》第二卷，第158页；五世达赖喇嘛：《西藏王臣记》第52页）、沙陀人（突厥人）和甚至是契丹人（《如意宝树史》第290页）。

[98]列维：《〈罗摩衍那〉的历史》，载《亚细亚学报》1918年，第1期，第94页；《迦腻色和萨塔瓦哈纳》，载《亚细亚学报》，1936年，第83和119页。

[99]基尔斯曼的发掘报告，见《贝格拉姆》一书，开罗1946年版；由迪迪埃对这些问题的总结：《犍陀罗艺术研究》，巴黎1950年版，第99、134和248页。

[100]在阿拉的佉卢文碑文中，有一位迦腻色迦享有“大王 rāja'tirāja devaputra(?)i(?)ra”的尊号。鲁德尔希望将这后一个字视为Kaisara（《碑文集》，载《普鲁斯皇家科学院论丛》，1912年，第824页和以下，后又收入《印度语言》文集，哥廷根1940年版，第230—236页）。维亚尔在一次整理中（《贵霜币和罗马帝国》，载《东方学报》第17卷，第2期，1948年，第217—218页）将该铭文归于了迦腻色迦二世，而且于其钱币上出现的还有太阳的光环。非常遗憾，正如菲利奥托先生非常希望告诉我的那样，Kaisara的释读是可靠的，虽然大家也提出了某些其他看法。大家还希望在塞种文的《弥勒三弥底》（《弥勒会见记》）题跋中的 Keysar - Kulna 中发现一个王朝的名称（鲁克曼：《弥勒三弥底》，斯特拉堡1919年版，第二卷，第152页和以下），但贝利却指出应读作“与其子 Ysarkula”（《东方和非洲研究学院通报》第九卷，第71和第14页、第3期第427页）。

[101]纳格什—鲁斯塔姆的夏布尔一世的碑文，在希腊文中作 Gordianos Kaisar 和 Rōmafōn，在安息文中作 Kysr 和 Prwnyn，意为“科尔迪亚努斯国王被杀和罗马军队被歼”（维登格伦：《库思佬阿努希尔宛，哌哒人和突厥民族》，载《苏卡纳东方研究》，第一卷，第1—2期，第88页）。作者还补充说，该碑文是沿用了赞扬国王的一种苏美尔—阿卡德文的古老模式。（大家还可以参阅亨宁：《粟特人的传说故事》，载《东方和非洲研究学院通报》第九卷，第3期，第477页；莫纳雷·维亚尔：同上引书，第218页）。

[102]赫兹费尔德：《萨珊帝国古代史上的古迹和碑文》，柏林1924年版，第117页：“贵霜的国王……和罗马的恺撒……以及花剌子模的国王……”阿尔德海姆（《古代世界的危机》，柏林1943年版，第40页）武断地将此文作为四天子理论的例证而引证，但其中仅仅包括贵霜王、花剌子模王、“罗马的恺撒”和塞种人的国王。事实上，碑文中列举了更多的国王，而且还将恺撒与拂菻分割开了。

[103]伯希和：1914年，第498页；贝利：同上引书；萨埃德：1934年，第35页。

[104]古代于阗文的经商信件提到了“恺撒”（Kheysara）国王（贝利：《龟兹语研究》，载《东方和非洲研究学院通报》第14卷，第3期，1952年，第426—427页）。

[105]勒努和菲利奥扎：《古代印度》，巴黎1949年版，第435和443条。

[106]同上引书和上引瓦累·普散

书第320—321页;基尔斯曼:《贝格拉姆》,第143页注[3]和147页。

[107]列维:《印度—斯基泰考》第473页(《杂宝藏经》,载《大正新修大藏经》第203号,译于472年,卷17第16个故事)和第483页(《付法藏因缘传》,载《大正新大藏经》第2058号,卷五第3158页,译于472年)。第一个故事又载沙畹:《三藏经中的500个故事和寓言》,第三卷,巴黎1911年版,第85页。

[108]勒努和菲利奥扎:同上引书,第二卷,第363页;沙畹:《三藏经中的500个故事和寓言》第一卷第131—135页和第三卷第10—11页;该故事与前往海中寻找龙王如意宝的商人故事有关(同上引书,第四卷,第90页),这是有关转轮王的内容。

[109]弗里德伦德尔:《萨迪尔的传说和亚历山大的故事》,柏林1913年版,第139—140页;扎谢尔:《伪托卡利斯滕纳书》,哈雷1867年版,第141页;切拉兹:《亚美尼亚人中亚历山大的传说》,载《宗教史杂志》第43卷,第3期,第345—351页,其中第349页记载说:亚历山大统治了世界的3部分,但未能统治第四部分,他迫使鱼类向他奉献大量宝石。弗里德伦德尔把西德尔(Xidr,本意为“绿色的”)比作格罗科斯(海神)。

[110]请参阅有关迦腻色迦的传说。他的朋友(尤其是马鸣菩萨)建议他施行仁政,但他拒不纳谏。在前往东方去的时候(而事实上却到了北方),马匹(以及大象,但国王仅仅讲到了马匹)拒绝前进(列维:同上引文,第437页)。大家还可以比较向那些试图到达北方极乐世界者建议返程的人(图齐:《佛教小考》,载《中国和佛教论丛》第九卷,第193页)。

[111]这种内容也出现在伊朗和印度。请参阅普祖鲁斯基:《阿育王的传说》第179页,它被与救世佛弥勒的降临联系起来了。

[112]多罗那它书,谢夫纳译本第34页,原文第27页:在北部是雪域(吐蕃)和李域之后的冰山;第36页:直到李域的北方。我们还将在第283页中看到,吐蕃人把他们的地区与于阗混为一谈了。

[113]一名为我提供资料的西藏西部或克什米尔的人认为,亚历山大是“格萨尔王”。他可能打卦问卜以知道自己是否应该入侵拉达克(见第三章,“古迹”第13条)。

[114]弗里德伦德尔:同上引书,第236和289页。

[115]有关Rumi(拂菻的情况,请参阅同上引书,第179和236页;达姆斯泰特:《东方论丛》,巴黎1883年版,第233页。有关Hrōmayik(拂菻人)的情况,请参阅贝利在《东方和非洲研究学院通报》第六卷中发表的文章第778页。

[116]萨埃德:1934年,第28—29页;fuwmčyq(粟特文)、frwm'y(安息文),意指“拂菻人”,即相当于“士兵”。

[117]Xǔrδno,hvarna,稍后又作farr,Xǎrr,包含有实行统治的权力与能力(贝利:《公元9世纪著作中的袄教问题》,牛津1943年版,第1—77页)。这种光轮、火焰和神灵形成了英雄的特征。他在伊朗英雄阿尔德希尔的故事中起了一种决定性作用。它的形象也出现在希腊—大夏国王们的钱币上,而且是以提刻的面貌出现的,于其中用一个意为“幸福、吉祥”的词所指。它可以使人获得胜利,从而变成了一尊守护神(阿尔德海姆:《古代世界的危机》,柏林1943年版,第44—45页;基尔斯曼:《贝格拉姆》第80页)。这些特征甚至也都成了西藏战神(格萨尔、贝则和其他许多人,其中部分是根据由8名骑士簇拥的毗沙门天王的形象而塑造的)的特征。战神与守护神都寄居于其双肩上。同样的概念也出现在蒙古人(sülde,苏勒得)和突厥人(qut,福乐、命运、神圣,有时也以一个火球的形状出现)中。但以其提刻的女子形状出现的该神已被比定为伊朗的神女阿尔杂克索和佛教的鬼子母。它是般遮迦(般遮罗的儿子)的夫人。大家经常发现它的两

种表象——战争和财富均汇集于守护神和世界国王的形象中了。

[118]莫纳雷·德·维亚尔:《阿克苏木和世界四王》,载《文学年鉴》第12卷,1948年,第133页注[33],他参照了迦腻色迦的历史(玄奘的著作,见儒莲译本,第一卷,第51页),请参看上文注[100]。

[119]魏礼:《由斯坦因在敦煌发现的绘画目录》,伦敦1931年版,第41页。其中参阅了斯坦因的《西域考古图记》第847页,他从中发现了伊朗的"国王荣耀"。科玛拉斯玛米也作过同样的比较(《夜叉》第二卷,华盛顿1931年版,第7页),同时也由维亚尔所接受(同上引书,第141页注[3]。有关其翻印转载的情况,见拉露:《印度神话和高地亚洲的绘画》,载《亚洲艺术》,1946年,第104—105页。她那在某些情况下将此视为象牙(财宝)的理论并不排斥那种将此神为火焰(庄严)的理论。图齐:1949年,《西藏的画卷》第616页注[269]和布萨格利(《弥勒像》,载《文学年鉴》第13卷,1949年,第366和371—373页)都采纳了这后一种理论。汉人可能将此视为火焰。在殡葬中,四方分别由四个相应的"禅那佛"所代表(东方是阿闳佛,南方是宝生佛,西方是阿弥陀佛),但在北方却是以"双肩生火焰的佛"代替了不空成就(格罗特:《中国的宗教体系》,莱敦1892年版,第一卷,第122页)。这后者只能是北方的守护天王毗沙门的别名。

[120]多罗那它于其佛教史(第2页)中提供了一幅国王名表,大家于其中发现并列存在的是迦腻色迦、突厥王和"索布芒保库尔哇"(谢夫纳译本第2页将此人作为"释迦—大平等王")。稍后不远处(谢夫纳译本第103页,原文第81页),他提到了突厥大平等王和突厥王的儿子迦湿弥罗王。

[121]《噶举歌海》第20页。众所周知,松赞干布于其薨逝时同他的两个妃子和两名大相都化入观世音的圣像中了。正是由于这五圣,拉萨及其圣像才被称为"阿丹",即"五位一体"(见达斯辞典)。

[122]格勒纳尔:《萨图克、布格拉汗的传说和历史》,载《亚细亚学报》,1990年,第13页注释和第14页注[13];第68页:"于阗王被称为秦王"。有关史诗中的"秦"和"大秦"就相当于于阗的问题,请参阅布洛赛:《什叶派信徒对中亚景教地区的征服》,载《基督教的东方》,1925—1926年,第19页注[13]。有关霍尔人和西夏人的问题,请参阅米诺尔斯基:《马韦齐论中国和突厥》,伦敦1942年版,第18页:在中国汉地以远'Sh. rghūl民族又被汉人称为S. nqū,距契丹有一月行程之远,处于无人居住的边缘,大家还声称这里就是"大秦"(mājin, Māchin),印度人称之为"大中国"(Mahācina)。米诺尔斯基书第75—76页未曾解释Sh. rghūl,并认为S. nqū代表着"宋国",这是不可能的。Sh. rghūl只能是西喇古儿(Shiraighol或Sharaighol),也就是撒里畏兀儿或裕固族人,这就是甘州和南山地区的霍尔人。这条小传系指马韦齐时代(请参阅注[6],约为1056—1120年)。S. nqū应该是西夏人,他们自1028年以来就占据了甘州。这很可能是"夏国",除非是大家联想到藏文中弭药人的先祖塞胡王。

[123]格勒纳尔:同上引书,第65页;伯戴克:《穆斯林舆地书中的吐蕃》,载《林琴科学院报告》第八套,第二卷,第1—2期,1947年,第59页。

[124]《唐书》卷216下,第1页。如果大家相信《龙筋凤髓判》(卷上,第18页)的话,那么就应该是由一名吐蕃使节对这种理论负责。秃发氏是定居于中国西北的鲜卑族人,他们在那里创建了南凉王朝。同一血统和定居同一地区的吐谷浑人中就有一个拓跋氏族,同样也有西夏族(石泰安,1951年,第255页)。与其名代表着桃花石(Tabγač, Taugast)拓跋魏王朝,相反本处的拓跋应相当于秃

发的这二者都有同一个诸如 Tubbat 和 Tabbat 那样的原型。几乎就在同一时代，鄂尔浑突厥碑文中就讲到了“吐蕃”(Tüpüt)。

[125]请参阅松本荣一:《敦煌画的研究》,东京 1937 年版,第 417—469 页中的全部文献和讨论;《吐蕃毗沙门天王的历史起源》,载《民族学》第 471 期,1930 年。

[126]唐代的李姓特别是赐予了拓跋(Tabbat?)羌人,他们在李元昊时代创建了西夏(弭药)王国。这就是为什么弭药也被称为“李域”(如同于阗一样),其国王被称为“李王”(Li rgyal)。此外,这个又叫作李域的弭药都被考证成羌地(石泰安,1951 年,第 261 页)。然而,祥云中毗沙门那典型的形象被认为起源于羌地。

[127]德格版《甘珠尔目录》(第 275 页)在对吐蕃的一篇赞文中写道:“由出自人员都很勇敢和马匹都很急速的事实的惟一品德所美化。同样的联系也出现在龟兹,与毗沙门有关”(石泰安,1951 年,第 246 页)。

[128]还可以参阅聂伯斯基—沃热科维茨:1956 年,第 94—133 页。

[129]扎斯瓦尔:《印度帝国史》,拉合尔 1934 年版,第 65 页第 41 条。我们应该指出,有关般迦恺撒里的一段文字在藏文中载一卷敦煌写本中(第 87 号,印度事务部目录,见第三卷,目录第 378 号)。

[130]斯坦因:《亚洲腹地考古记》,牛津 1928 年版,第 875 页,图版 72(其中参阅了格伦维德尔:《中国突厥斯坦古代龟兹的佛教徒》,柏林 1912 年版,索引第 351 页(第 528、583 和 628 页);同上:《如来佛》,伦敦 1921 年版,图版 25;同上:《西域考古图记》,牛津 1921 年版,第 874 页;松本:同上引书;魏礼:《由斯坦因在敦煌发现的绘画目录》,伦敦 1931 年版,第 41 和 79 页。一种汉文编译本已由列辛作了描述,见《18 条海上交叉之路》,载《中国—瑞典联合考察团公报》第 38 期,斯德哥尔摩 1954 年版。

[131]在喇嘛教中,要举行牵着一匹白马围绕着寺院转的仪轨,它被认为是驮着四方国王弥勒(费尔克纳:《衮本强巴林》,莱比锡 1933 年版,第 151 和 305 页)。我们还将回头来论述弥勒、毗沙门和格萨尔的共同特征(白色、三尖王冠、马匹、位于北方和同时为四方国王,也就是世界国王)。

[132]尽管蒙古人采纳了伊斯兰教,但佛教在蒙古依然维持到 13 世纪末,甚至 14 世纪初叶(扎恩:《中亚学报》第二卷,第 2 期,第 83 和 89 页)。

[133]萨埃德:1934 年,第 67 页。他引证了先人的著作,批评了夏德希望将“岭·恺撒”视为“拂菻·恺撒”的思想,此人既不是希腊人又不突厥人。布洛赛将此复原为 Mélik Kaisar – i – Roum,意为“拂菻的恺撒王”。奥斯曼苏丹和塞尔柱人的政治继承人在波斯文诗歌中也享有“拂菻·恺撒”的尊号(《远东地理和历史考》,载《基督教东方杂志》。1908—1909 年,第 362 页)。因此,他假设为在汉文文献中是将名词颠倒了。

[134]请参阅石泰安,1951 年,第 237 页:与香巴拉(我们发现它与霍尔人混同起来了)的关系。弭药人的第五位统治者(我所列表中的第 12 位,请参阅:同上引书,第 260 页)享有“北方之王”的尊号,接受了忽必烈的敕封(《如意宝树史》第二卷,第 160 页;图齐:《西藏的画卷》第 631—632 页)。

[135]热贡的“北方之王”居住在绒布寺(即青海省黄南的隆务寺。——译者)。该地区又以“绒”之名而为人所知。唃厮啰儿子的一名远房亲属叫作陇拶或隆赞,我们可以把他视他藏文 Roṅ – cha 或 Roṅ – rgam 的对音。在《格萨尔王传》的史诗中,“绒察”是岭地头人(总管王绒察叉干)、青年格萨尔的长兄和其他许多人的尊号(见石泰安 1956 年书的索引)。所有人都是由于其母原籍为与岭

地毗邻的绒地而取此名的。

[136]敦煌本吐蕃大事年表(巴科等人书,1940年,第36页)作如下记载:687年,“大相赤仁在突厥姑臧地区召集了”(原文如此,缺“召集”的补语)。托马斯:1951年,第269页:“赤仁在突厥姑臧地区开会”。但大家可能作如下理解:1.“突厥和姑臧”;2.“把突厥人请(吸引)到姑臧”。686年,他还讲了“前往突厥人地区”,或“请突厥人到该地区”。689年,大家又说他“从突厥人地区返回”或“携来了该地区的突厥人”。因此,“姑臧”与突厥并不相同。676年,大家又说“藏那请突厥人到该地区,东布前往赤雪冲(青海城)”,或者是“藏那前往或应邀赴突厥人地区”等。这里是指同一个人物——藏那东布(在673年就是这样称呼他的)。

[137]我们已经使用过它了,因为它讲到了格萨尔,其本生事(但这是在藏戏中的改编)已由沃德尔作了概念总结,见:《喇嘛教》第551—553页。有关其他参考资料,见沙畹:《三藏经中的500个故事和寓言》第四卷,第133页,第80个故事。

[138]这种在西藏非常流行的概念是将“蒙昧和魔鬼地区”与吐蕃的名称悉补野联系起来了。后者在敦煌写本中就已经出现了(巴黎国立图书馆藏第1038号:“悉补野吐蕃赞普”)。该名称也为古代汉人所熟悉,他们知道此名与布岱贡甲(也就是《唐书》卷216上第一页中的“鹘提勃悉野”)神山的名字有关。rgyal一词中的开始声母r-导致了将spu解释为spur(意为“尸体”)。由此而产生了使之与“死者的都城”之印度概念等同起来的做法(见达斯辞典,此地位于吐蕃西部。见图齐和格尔西:1935年,第68—70页)。

[139]原文作 ňin-ça-gis za-ba,达斯和德格定认为其意为“吃自己的肉”。但它应该是指食生肉者,这是对“赭面魔鬼”的形容,意指吐蕃人和霍尔人(石泰安,1951年,第229页注[2]和第250页注[83])。

[140]在使用吐蕃的“悉补野”一名时,作者们也玩弄了与梵文spu(头发)同意的字眼,尤其是因为格萨尔也使人联想到了Kesara(头发)。罗马城(Romaka)在印度很著名(请参阅维迪亚布萨纳:《罗马城》,载《孟加拉亚洲学会会刊》,新编第二卷,1906年,第1—7页)。

第三卷　格萨尔史诗及其英雄的组成内容

第七章　说唱艺人以及他们的相似性

一、说唱艺人的雷同

是谁在说唱格萨尔史诗？是谁使它得以传播和普及呢？根据地区和说唱的特点，答案各不相同。

据弗兰格认为（1900年，第8页），在拉达克是由流浪音乐家来负责这一切的。[1]该种姓可能是由门族人（也就是喜马拉雅的土著人）组成的。但弗兰格的各种文本均系从藏族平民口中搜集到的。它们那质量低劣的文句、民间故事的简单特征（第三章，第164页）以及某些孤立的内容（如有关该地区创建的开场白）无疑解释了这种事实。

传播媒介

在西藏的其他地方以及在蒙古，大众都零零散散地掌握、说唱和传播格萨尔史诗的片断。旅行家们向我们讲述了夜间在火堆旁或在沿途由旅行家、守兵和骆驼队商人们哼唱的史诗段子（罗列赫，1933年，第191和217页）。一名少女从其父处学到了这一切（贝尔，1931年，第12页）。那些赤贫者和孤儿承担这种任务以谋生糊口（鲍培，1937年，第54页）。这些业余爱好者、即兴说唱者无疑仅仅掌握这部史诗的一些片断。他们也经常冒着犯错误、把不同文本混合起来和受其他故事影响的危险。一种透彻精辟的看法是由蒙古人向我们提供的。当讲到成文本和口头传说之间关系的问题时，符拉季米尔佐夫（1925年，第437—438页）向我们说明，为什么当某人拥有"格萨尔汗"史诗的几部（章）著作时，附近的男男女女都几乎逐字逐句地学会了它，虽然他们都是目不识丁的文盲。他都洗耳恭听，并凭记忆而能背诵这一切。符拉季米尔佐夫还为我们证明了云游和尚与说唱艺人所起的重要作用。他们当然是首先传播佛教故事以及有关法器、寺院和活佛喇嘛们奇迹的故事。

但他们也绝不会不屑于以他们从有文化修养的喇嘛和官吏们那里学来的历史故事来取悦于其听闻者(听说法的人)。在英雄史诗的唱段于卫拉特人的传播中,佛寺起了重大作用(鲍培在《大亚细亚学报》第一卷第678页中发表的书评)。所以据贝迪埃认为,我们史诗中的那些武功歌也是由神职人员和说唱人的合作而形成的,同时也反映了寺院、圣地和朝圣道路的重要意义。藏文的《格萨尔王传》史诗也显示出了它们的这种踪迹(请参阅上文第三章)。

说唱史诗的宗教特征

民间业余爱好者说唱史诗当然是为了自我消遣取乐。但那些可以证明说唱史诗明显具有一种宗教特点的资料也绝不乏其例。在此情况下,最受人喜欢的则是一名专业说唱艺人,也就是一名吟游诗人。那些最佳观点也是从蒙古传到我们之中的,那里的(格萨尔史诗的)民族语言所取得的发展要比西藏大得多。

那些包括有关畏怖的不岬罕(天神)之传说的宗教书籍(如《格萨尔王传》史诗)只能于春季和夏季诵读,否则,就会引起风暴和雪暴(贝格曼,1804年,第三卷,第121页)。这种观念完全与格萨尔作为诸战神之一的事实相吻合,而这些战神又与神山融为一体了,如果神山大动雷霆之怒,那就会引起冰雹和大雪的风暴。贝格曼是否误解了呢?有人笼统地告诉我们说,在蒙古说唱一段格萨尔史诗的做法只能是于夜间和冬季或在昴星团明显可见时举行(莎莫卡拉诺,1918年,第18页;鲍塔宁,1893年,第二卷,第115页)。在吐蕃人(对于那些史诗故事,见弗兰格,1925年,第65页)和突厥人(黠戛斯人和克多人等。泽勒宁,1934年,第218和220页;拉德洛夫,1885年,第五卷,第7页;谢夫纳,1859年,据卡斯特伦认为是第9页)中的情况也基本如此。

说唱已与一种强烈的巫术魔法结合在一起了。它有助于获得各种有利条件,尤其是能成功地狩猎和进行战争。为了发动那些大规模的劫掠和战争,则必须要有一名说唱艺人,他会为其说唱而获得丰厚报酬。在狩猎时,说唱艺人成了能吸引猎物的一名巫师(莎莫卡拉诺,1918年,第33页和18页)。[2]这种说唱史诗的角色和作用已由泽勒宁作了研究(同上引书)。其基础是坚信地神或地主会兴致勃勃和津津有味地听故事,于是便会有所表示,作为犒赏而送来猎物(泽勒宁,同上引书,第 223 页)。一些类似的事实也出现于西藏。[3]泽勒宁的分析可能会有助于解释我们于稍后将要讲到的藏文史诗中的某些内容:用于祭祀地神的法会、作为战神而出现的神山等。

在西藏,与格萨尔史诗具有许多共同内容的藏戏也在扮演着同样的角色。藏戏在藏历七月末上演,恰恰时逢收获庄稼之前,其目的是向地神和神山等赎罪。由于诸神因戏剧而感到欢乐,所以便不会使冰雹或寒流出现(邓肯:《西藏的欢庆秋收戏》,香港 1955 年版,第 10 页)。

完全如同任何巫术魔法一样,为了使它确实行之有效,则必须准确和完整地说唱格萨尔史诗。由此而产生了说唱艺人的必要性。掌握史诗的说唱确实非常微妙。它招致了神祇或者是被认为是神祇的英雄人物的真正出现。据布里亚特传说认为,天神也在聆听史诗故事。如果说唱艺人准确无误地叙述格萨尔的故事,那么天神就会送给他一匹白马。甚至有一次出现了这样的情况:马匹已经开始自天而降以作为对灵巧熟练的说唱艺人的报偿,艺人恰恰于此时遗忘了英雄执于手中的小马鞭(详见下文不远处),马匹于是又重新升天(鲍塔宁,1899 年,第 852 页)。甚至有人声称,在吉尔吉特,任何人都无法完整地说唱吉萨尔(格萨尔)的故事。如果某人能够既无错误,又无遗漏地说唱它,那么吉萨尔就会把两只野山羊通过其屋的烟囱而抛入其房间中(洛里梅,1931 年,第 117—118 页)。天神派遣的白马无疑正是格萨尔的天神父亲白梵天神的。无论如何,说唱史诗明显会取悦神祇或英雄,并能使之出现。它可以使他肉身化现,表现出来和有所行动。我们很快就能看到从说唱诗人的举止行为中看到说唱形成了(如果我也能这样说的话)英雄的身体之例证。

据波塔宁认为(1893 年,第二卷,第 38 页注[1]和第 113 页),唐古特人也在婚礼中说唱格萨尔史诗。这就必然会引起其宗教特点的问题。但这种特点却更多地出现在其他事实中。格萨尔史诗故事是在下述情况下说唱的:1. 由"蒙古尔(土族)人的萨满"于春节的夜间说唱(施拉姆,1957 年,第 110 页);2. 在殡葬筵席上说唱,这种习惯已在热贡(安多)的霍尔人和果洛人中得以证实。在说唱之前,大家要准备一块于其上面撒上糌粑的场地。听众们环场而坐成一圈,说唱艺人在数日期间说唱史诗。据说,大家于是便会在这块场地中见到格萨尔的马蹄印(罗列赫,1942 年,第 286 页;《安多方言》,未刊)。因此,说唱会引起英雄的真正存在。[4]莎莫卡拉诺也证实了同类习惯在蒙古人中的存在(1918 年,第 18 页)。他说,据信奉萨满教的布里亚特人认为,说唱艺人口中的英雄现在尚活着。"说唱艺人"要在他们面前对一种不正确的说唱负责。所以这种说唱在从前都伴以各种仪轨。例如,大家将一盘奶置于蒙古包的脊项,点起蜡烛、倒扣一只杯子,再从上面铺上灰烬以看一下上面是否出现了马蹄印。很明显,蜡烛和灰烬被用于辨认英雄或神灵的真实存在。所以在信奉佛教的中国中原,大家也招请饭堂的看守神宾头卢。[5]大家由此便会发现,地主或地神都仔细地倾听了夜间在阿穆尔河流域的鄂伦春人中讲述的故事:他们在入睡之前要将锅推翻在已熄灭的火堆上,于清晨再仔细检查灰烬以从中得出征兆(鲍塔宁,1899 年,第 851—852 页)。

这样一来,大家对于获悉说唱异人也是一位先知时就不会感到惊奇了(罗列赫,同上引书)。如果说唱史诗是一种宗教和巫术行为,那么这种做法的专家说唱艺人在所有词义中都是一个以神通为特征的人物:他不但是诗人、说唱家和音乐家,而且还是通灵人、占卜师和"萨满"。所以,他的行为和他的服装都与巫术—宗教领域中的各种专家之间具有许多相似性。

在西藏,格萨尔史诗被称为 sgruṅ,其说唱艺人也由此而获得其名 Sruṅ - pa。在蒙古,指说唱艺人的词也是以同样的方式组成的,大家从 tuli 或 üliger(史诗)而形成了动名词 tulči 或 uligerči(说唱艺人。见鲍培,1937 年,第 54 页;1928 年,第 184 页)。[6]其他的蒙文术语也涉及了说唱的方式和内容;Xurci 系指操胡琴(Xúr)的人(鲍培,1937 年,第 54 页);J̌angarči 系指英雄江格尔史诗的说唱艺人(贝格曼,1804 年,第二卷,第 207 页)。

虽然这后一批蒙古文名词术语在藏文中没有对应词,但它们仍然颇有意义。它们提醒了我们注意在神通的、创新的说唱艺人、简单的演奏者、照本宣科地说唱和叙述已学会的史诗片断的人之间作出区别,而且还引起了大家对于音乐之重要性的注意。

神通人和说唱艺人

初看起来，大家可能会认为操胡琴者仅仅是简单的演奏家，但他们绝非如此。在蒙古人和西域突厥人中，大家确实在两类说唱艺人之间作了明显区别。一方面是专业歌手，大家在他们之中可以发现真正的诗人，他们还会根据当时的事件而创作歌词；另一方面是一种文学颓废的现象，也就是那些只会重复其内容的说书人。所以，当时与前者的诗歌形式和韵律相对立的通常是第二种之中的散文或赋之文风（莎莫卡尔诺，1918 年，第 26 页；鲍培，1928 年，第 184 页）。在突厥范围内，拉德洛夫在那些创作唱段的通灵"行吟诗人"和如同喀喇（黑）柯尔克孜人中的"说唱艺人"那样只会复述已学会的段子的"吟游诗人"之间作了区别（1885 年，第五卷，第 21 页）。唱段和音乐伴奏有时也可能被普通的演奏者所采纳，但它们首先是典型的真正说唱诗人。在西藏，如果流浪音乐家确实是作为音乐家而出现的，那么格萨尔史诗的说唱艺人则尚从未被描绘成以一件乐器伴奏的人。但是大家将会看到，与神通说唱艺人具有某些共同特点的其他作家则于其中保留了音乐的伴奏。

我们所掌握的有关说唱方式的某些资料未在专业人员和业余爱好者之间作出过丝毫区别。帕拉斯（1776 年，第 152 页）就已经告诉我们说，在卡尔梅克人中，说唱有关勇士江格尔或格斯尔汗的长篇历史故事的特点如下：

1. 以一种弦乐伴奏；
2. 声调低沉，缺乏抑扬和显得单调；
3. 节律根据内容而有别；
4. 分成了唱段。

在我们当代，这些看法仍然与事实相符。在喀尔喀人中，史诗故事是被演唱的（鲍培，1928 年，第 184 页）。史诗中的每个人物都具有形成其特征的主题和选句。这些选句都由听书人重复和歌唱。唱段有时伴以音乐（胡琴和筝，见莎莫卡拉诺，1918 年，第 26 页）。

在西藏的情况也如此，格萨尔史诗是被演唱的（在霍尔巴人中是边唱边跳，见罗列赫，1933 年，第 217 页；在唐古特人中的情况，见鲍塔宁，1893 年，第二卷，第 38 页注[1]），但有时也以一种弦乐伴奏(鲍塔宁,同上引书,第113页)。由希腊彼得亲王陛下在噶伦堡观察到的两名康地说唱艺人和原西藏摄政的一名颇受人宠爱的说唱艺人(他过去在那里曾是为我提供资料的人)则不以乐器伴奏。至少我曾得以观察到他们的说唱(对于这些说唱艺人的唱段,我是由于希腊彼得王子的美意才听到的,他曾以录音机而录下了他们的唱段)。对这种说唱的研究尚有待进行,但大家从现在起就可以探讨以散文或赋的形式写成的短小叙事段落与从中插入的长唱段之间的差异。前者是以一种单调的语气和疾速而简单的连珠炮式叙述的。[7]后者则是根据数目不大的一些旋律或曲调而演唱的,它们又似乎并不与英雄的性格而是与各种不同的处境和姿态(悲痛、荣耀、胜利等)相吻合。史诗的稿本和林葱木刻版转载了这种差异,同时既采纳了一种不同的草体字以记载散文的叙述内容和唱段,又为唱段指出了大家演唱时的曲调。[8]那些主旋律被称为"马",这种叫法已经出现在更为古老的喇嘛教说唱艺人中了,如朱巴衮雷[9](16世纪上半叶,请参阅第九章)。它可能派生自那些将神通萨满们的"马"与其乐器联系起来的概念。我们还将回头来论述这个问题。但我们应立即提醒大家注意以下事实:1. 如果朱巴衮雷骑苯教徒们的"马"(旋律、乐曲)和同时利用一面鼓(注[9]),那么苯教徒就被认为是骑着他们的鼓以充作马(霍夫曼,1950年,第274页);2. 萨满最常见的乐器是其带铃的鼓,它被认为是他为了从事长途的神秘旅行而骑的马。但在鼓被琴取代的地方,琴也有一颗"马头",一种传说将它解释为一名萨满马的身体。

说唱艺人的宗教特征

在说唱艺人与萨满之间的比较已经得到明确证实,而且也被人这样做了。萨满们是口头英雄文学的卫道士。他们熟悉部族的世系谱、传说和宇宙志。他们都是说唱艺人,其神通性出自神灵在他们耳边低声细语的事实(伊利亚德:《萨满教》,巴黎1951年版,第12页注[1]、第32、41和203页;查德威克,1940年,第199页)。他们的词汇非常丰富,特别是包括作为史诗典型特点的多种隐喻或譬喻。说唱史诗和萨满教赞歌具有同样的特征(大家不能在冷漠无生气地、没有因兴奋狂舞或受神灵启示的情况下说唱。见莎莫扎卡拉诺,1918年,第14和15页)。"说唱艺人"往往也是萨满。

他是自上部(天神或山神)接受其史诗的(同上引书,第19页)。至于民间通俗史诗,布里亚特人的萨满教文献既包括大量口传内容又包括成文的、土著的和密教的内容。《格斯尔史诗》中的英雄人物(主角人物)变成了萨满教文学中的神(鲍培,1935年,第27页)。[10]我们还将看到,格萨尔和西藏那些神通说唱艺人为了更好地听到声音而都以把一只手伸向耳朵的手势为特征。他们的帽子和服装也可以与萨满们的这一切相比较。

一种相当古老的故事清楚地说明了我们已经浏览过的各种特征。它企图解释说唱艺人的起源。公元1771年左右,有一名卡尔梅克人就这个问题受到了一名僧侣的诘问。他表面上死去了,被陈殓在草原上,直到他在3天之后恢复知觉为止。在他"死亡"期间,他便下到了死者之王阎罗的阴曹地府。他在那里发现了一些奇怪的神灵在演奏乐器,这就是胡琴、笛子或其他乐器。阎王发现他到达地府是由一种错误造成的,于是便将他放生还阳。作为对他热爱音乐行为的犒赏,阎罗王允许他选择其乐师的一个唱段。那名卡尔梅克人于是便选择了江格尔史诗。阎王便在其舌头上盖了一颗印章,并命令他说,只要在一名僧侣未向他要求这一切之前,他就不能向任何人泄露这些内容。和尚确实出现了,而且还向他提出了问题,说唱艺人便向他泄露了自己的所知,并叙述了其旅行。和尚把他领去拜见为他出资的国王。他创造了新的情节,并由此名震遐迩。他可能共唱过360首歌。现在流行的江格尔史诗的说唱艺人可能就出自于他,但这些人现在仅仅懂得20多个唱段了(贝格曼,1804年,第二卷,第207页)。

这种传说值得我们高度注意。对它的分析可以为说唱诗人的性格的研究以及他与其他专家之关系的研究奠定基础。

1. 下地狱(入冥)是萨满引以为自豪的典型事迹之一,他于其叙述中介绍了自己旅行的曲折过程(伊利亚德,同上引书,第184—186页和以下)。他一般都是为了寻找一个病人或一名死者的灵魂而从事这种旅行的。他有时甚至表现得很狡猾,并试图欺骗阎罗王。此外,这种内容也成了英雄人物或狡猾型的上师、调皮淘气者、"疯子"或神通者的特征,该内容也出现在蒙古和印度并形成了格萨尔史诗的特征。所以,在成就大师们的宗教中,身材魁梧和具有魔力的巨人抓住了阎王或其冥官,并对他们严加拷打(达斯古普塔,《孟加拉文献中含糊不清的宗教仪轨之背景》,加尔各答 1946 年版,第 245 和 260 页)。另外一名上师格拉赫特纳为了救其师米纳—纳特而进入阎罗城,并威胁要消灭阎罗王。阎罗王卑微地起身相迎,由于恐惧而战慄不安,并将其主人的生死簿交给格拉赫。格拉赫从亡人名单中勾销了其师的名字,并严重地警告阎王后离开了地府(同上引书,第 254 页)。同样,受格拉赫特纳邀请的摩耶纳摩底夫人也从阎王处夺回一名已故国王的灵魂,并使她自己也变得长生不老了(第 257—259 页)。

在蒙古,一名著名的淘气喇嘛巴林—桑(Balm - Sang)[11]也扮演了同样的角色。他以其诡计而欺骗了阎王(Erlik - Xan,死者之王),与他交换了服装和坐骑,并得以如此下阴曹而不会被人识破。他从那里救出一个青年女子的灵魂,并利用她(大家把她当成了阎罗王)而设法将阎罗王投入地狱的一座监狱中(鲍塔宁,1889 年,第 466 和 473 页)。

这种恶作剧者的形象既与觉如(即青年格萨尔)的人物特征又与"疯子"一类的"上师"(疯僧,朱巴衮雷即属于这类人物)具有许多相似性。我们还将会论述他们,于此则仅仅提醒大家注意,格萨尔史诗中也包括有下地狱救母或救妻的内容(稿本和绘画)。类似的故事当然均出自健目连下地狱那人所共知的故事,在整个远东由小说和戏剧改编本而广为流传。但无论这后者本身是否以其他故事为基础,萨满或巫师下阴曹地府的内容毕竟是独立存在的。伊利亚德曾指出,那些英雄们经常扮演同样的角色(详见他的参考资料及其俄耳甫斯的图像,载《萨满教》,第 196 页注[1]、219、281 页和以下、352 页)。查德威克(1940 年,第 215 页)也将格萨尔和喀喇柯尔克孜的英雄波罗下地狱的故事进行了一番比较。这类下地狱的故事在汉地和西藏都是家喻户晓的。[12]我们稍过一会儿就会看到那些说唱故事的专家们是怎样在西藏传播它的。但《格萨尔王传》的史诗中不仅仅出现了下地狱救母的事,而且还说明了说唱艺人是怎样下到地狱中去,并为了让人煮其帽子上的毡片而从那里借了一口小锅。

彼此相似的专门艺人

2. 下地狱旅行的故事一般都包括对酷刑的描述,而这种描述又被佛教界用于一些劝人为善的目的。在西藏，存在着整整一大批这样的文献。遭到表面死亡打击，并在阎王处度过一段时间后又还阳到活人界的人叫“还魂者”（从死亡中返回者）。这是由那些跑遍各地的流浪乞丐（化缘僧或托钵僧）创作的有关他们的故事。他们的象征物是一种宝座，带有金属盘，他们不停地旋转之，以使宝幢的布帛打开而形成一种被截顶的圆锥状（巴黎人类学博物馆收藏有一件样品）。[13]

这种习惯与印度集市上的说唱艺人们的惯用伎俩相吻合。但后一类人是指点着一幅画上的有关情节而解释其故事的，而这幅绘于水牛皮上的画经常是代表着死域之王阎罗王。由此而产生了“表演地狱受苦画的人”。这种习惯在7世纪时就已出现，并在信仰佛教的远东广泛传播（雅格：《街头配图说唱诗人的故事》，载《东方文学》第41期，1930年1月，莱比锡哈拉索维茨出版社版）。在西藏，“还魂人”并不出示画片，但流浪说唱艺人却这样做。这也是一些流浪的乞丐（云游化缘僧），他们从举行法会的地方到集市，以便使用已在藏戏中出现的传说故事，并在大幅画卷上指点其情节而教化民众（插图1，一幅线条画，见沃德尔，1895年，第542页）。他们并不专长于下地狱的入冥故事，但这样的故事却出现在他们的节目单中。这就是却旺大师（1212—1273年）的情况——一名被视为莲花生化身的著名上师从地狱中救度了其母。[14]

但是，大家将会说，这一切与卡尔梅克说唱艺人和《格萨尔王传》的史诗又有什么关系呢？据噶伦堡为我提供资料的一个人认为，无论是流浪说唱艺人还是《格萨尔王传》史诗的说唱艺人都不会在画面上指点解说其故事。但据曾受到希腊亲王殿下询问过的说唱艺人仁钦达结认为，如果说他本人未曾使用过这种做法，那么其他说唱艺人则使用之，并以一支装饰彩带的箭矢指点格萨尔的传奇事件。这也是由罗列赫搜集的资料（1942年，第286页；请参阅上文第二章）。有一组《格萨尔王传》史诗的绘画证实了这些资料（请参阅上文第二章）。它们是依照与流浪说唱艺人绘画的同样模特儿而绘制的：中心是一尊神、一名英雄或一名上师，其周围的情节均配以简单的解说词。这些绘画只能用于解释对格萨尔史诗的一种说唱。打箭炉的第11幅画确实是代表着格萨尔赴地狱救母之情节，其中根据喇嘛教的观念而将乌龟画得非常具体详细。

无论是“还魂人”还是流浪说唱艺人均不以某种乐器伴奏。[15]但其他的流浪演唱者则以乞食化缘而谋生，他们根据极其简单而单调的舞步说唱，我在噶伦堡发现了一对乞丐夫妇以马头琴伴奏，而这类马头琴在该地区又似乎极其常见（请参阅注[98]）。数批人数更多的乞丐也模拟藏戏剧团，他们一般都从剧团中吸收了“猎人”或“渔夫”（也就是说唱艺人）的三角形面具。大家发现他们经常以琴伴奏。[16]然而，藏戏的内容与由流浪说唱艺人们说唱的内容（其中有一些是由“还魂人”说唱的）相同，而且这些戏剧的风格也与格萨尔史诗相同：一段相当短的道白文和根据同一模式组成的许多唱段。许多内容和名称在两者之中是共有的。其语言相同，带有大量东部方言的特征。[17]此外，某些不连贯的资料也说明了格萨尔史诗那如同是哑剧或戏剧的编排。在三川，人们在夏季中期演出这种戏，完全如同大家在蒙古尔人（土族人）的春节时说唱格萨尔史诗一样，这里无疑是指一种为排除冰雹的巫术——宗教法会（鲍塔宁，1893 年，第一卷，第 378 页）。有一出以格萨尔史诗为内容的世俗藏戏曾出现在康区（柯象峰，1944 年，第 74 页）。据西藏原摄政的说唱艺人认为，一种这类剧本可能是在热振根据米庞（林葱木刻本的鼓动启发者）的一部叫作《岭卓巴・德钦若巴》的著作制订的。我们已经看到，格萨尔的一种跳欠或跳神舞是在蒙古创造的（见上文第三章，“古迹”第 82 条）。

因此，大家可以说有关说唱艺人起源的卡尔梅克传说的各种内容确实也出现在西藏。在该地区仅仅是数种内容，或者特别以这些特点中的这一种或那一种为基础。

3. 卡尔梅克人的传说似乎把两种内容混淆在一起了。我认为这既不是出于无知，又不是出于一种大家可以很好理解的诸说混合论。说唱艺人完全如同萨满一样，也是从神灵那里接受其知识的人。唱段是向他启示的，它经过于一种秘传过程。提供资料的人特别注意到了地狱，而且这也是最常见的内容。但这种描述又使人联想到了另一事件，即在地狱中绝没有异行的乐师。这些乐师相反却是喇嘛教神祇中某些“极乐世界”或“净土”的特征。大家正是在莲花生的“极乐世界”桑多白利中才可以于其背景上发现 6 名正在翩翩起舞的音乐师。他们的乐器是带有藏式鼓柄和镰刀状鼓槌的铃鼓（见插图 2）。不过，最能引起我们注意的却是他们的奇装异服。他们戴着一种弗里吉亚帽，上面似乎缀有一些小铃。他们的耳朵上挂有呈展开的扇子状和彩色奇特的装饰[18]，我们在跳神的假面具舞蹈中的那些骨瘦如柴或小丑之类人物中又重新发现了相同的装饰（这都是一些用布帛作成的小玫瑰花结）。[19]这种相似性并非是偶然的。据由五世达赖喇嘛介绍的这种跳神舞起源的传说（《吉祥普贤菩萨跳神舞蹈之备要》，东北大学目录第5766号，第39号）认为，它是以由许多掘藏师在莲花生的帮助下于桑朵贝日实施的梦游为基础的，如却吉旺秋（即却旺大师，1212—1273年）、止贡的僧官仁钦彭措（14世纪末叶和15世纪初叶）和在那里看过舞蹈的其他人。因此，跳神的启示是以与卡尔梅克说唱艺人的启示相同的方式完成的。[21]在梦中见到的一种跳欠舞的泄露启示者却旺大师也是一种流浪说唱艺人之故事的创作者。我们已经看到它们与藏戏的关系。某些剧作家和云游化缘者（乞丐，女子）在耳朵上都带有与跳神中的小丑和莲花生乐师同样的小玫瑰花结，他们也携带有鼓和锣（请参阅上文注[16]、[17]、[20]）。我们还应该指出莲花生极乐世界的舞伎乐师们服装的一种具体情节：四条彩带（黄、蓝、红、绿色）飘扬于其背部。一名流浪说唱艺人的帽子也带有五色彩带（罗列赫：《破石的仪轨》，载《乌鲁斯玛底喜马拉雅研究所学报》第二卷，1932年，第30页），但这种帽子（咒士帽）也与假面具同时出现在跳欠仪轨中（《天法》，第20卷；《净相歌舞中的跳神仪式》第6和13页，17世纪的观察结果）。至于多色彩带，它们也在跳欠（跳神）仪轨中出现了（请参阅注[19]）。我们在已与莲花生的修道帽等同起来的说唱艺人的帽子上也发现了这一切。

莲花生是格萨尔史诗的保护主，其中的英雄为其化身或使者。神圣保护主传授一种由一顶特殊帽子具体化了的奥义。在我们本书谈到的卡尔梅克人的传说中，传授奥义的内容已被启示神强加给未来的说唱艺人的止观静修标志所清楚地指出。大家未能告诉我们说唱艺人是否利用这种机会而接受一顶帽子，与莲花生极乐世界的乐伎之比较则启发大家提出这样的看法。在西藏，每个教派的每位专家都以一顶特殊的帽子相区别（苯教徒、咒师或密教徒、噶玛巴等。请参阅沃德尔的统计表，1895年，第196页），我们还将会看到几个例证。我们于此仅仅指出，萨满（至少在雅库特人中如此)也会在梦中看到他的守护神并从它那里得到制造一顶帽子的命令和进入彼世的许可(尼奥拉兹:《西伯利亚民族中的萨满教》,斯图加特 1925 年版,第 95 页,这是根据普里布索夫的文章而引证的)。莲花生极乐世界的舞蹈乐伎们的帽子似乎装饰有小铃,有些饰带垂于背部。这些特征使人联想到了蒙古尔(土族)的通灵人:其头颅被包在一块红布中,上面又拴有一面镜子和许多小铃,而于其背部则缝有红色和绿色的“帕巾”(斯拉姆,1957 年,第 91 页)。镜子也出现在说唱艺人和莲花生的帽子上。对于任何受度者都必须的发三昧止观愿的内容已被阿底峡用来支持尸语故事的传播(请参阅上文第八章)。

对于卡尔梅克传说的分析可以使我们浏览回顾说唱艺人宗教特点的某些内容。如果这种看法使我们觉得主要的和还应占据我们更长时间的话,那么这绝不是出于对宗教事务的突出兴趣,而完全是因为这个方面最终在真正的说唱艺人和普通的歌手之间作出了区别,同时也是因为它将会解释(大家将会看到这一点)说唱艺人与他表现的史诗中的英雄人物之间的相似关系。但在对说唱艺人之宗教形态作出更多的具体说明之前,我们将首先来看一下我们可以从形成它的社会背景和曾促使形成史诗的那些相似人物中得到的内容。

社会功能

鲍培指出(1947 年,第 54 页),在蒙古人中,说唱艺人或专业歌手都是从社会所有各界中征募的。这主要是:1. 在民间,如喀尔喀人中的说唱艺人罗布藏;2. 在佛教界;3. 在台吉或头人中,如卫拉特人中的帕钦。这种事实对于最近在人民民主国家的东方学家中展开的讨论之档案具有实际意义。其中的一些人希望把《格萨尔王传》史诗定性为“民族资产阶级”思想的产物,因为其中有对头人的大量赞扬和喇嘛教特征;其他人则以提出格萨尔史诗那种“民间”特征来反对,他们认为这种“民间”特征在对社会的大量批评(反对喇嘛、头人和富人)[22]中表现出来了。[22]如果于此详细讨论这个问题,那就会过分冗长了。社会各界对格萨尔史诗形成所作出的贡献是肯定无疑的。所以,我们应该正确地为赞美史诗的演唱人(使者一类)和僧侣界的代表人而预先确定单独的两章。我们现在仅需要立即指出，对于统治阶级（贵族和教团）流弊的批评绝不是其“民间”特征的惟一事实。如果说它确实存在于这后一类史诗中的话，那么它于其中却从未表现出来（应该存在着一些孤立的唱段，但至今尚未被人抄录成文）。相反，它却是“疯子”一类云游和尚的特征，而这些和尚恰恰又以神通诗人和如同史诗中那样组成的唱段的作者而为人所知（如珠巴衮雷那样的人，见下文第九章）。[23]

完全如同我们中世纪和文艺复兴时代的“疯子”们可能会成为言听计从的谋士一样（拉卜赖称弗朗索瓦一世的“疯子”特里布莱是“疯子—贤士”）一样，蒙古的说唱艺人也在宫中受到尊崇，并承担重要使命。卡尔梅克说唱艺人的传说已经证明了这一点。成吉思汗的说唱艺人阿尔噶逊浩尔齐善于用譬喻进行表达，并受任重要使命（施密特译本的萨囊彻辰书《蒙古源流》第77页和79页）。波斯蒙古王阿鲁浑（1284—1291年）的说唱艺人穆斯克利·浩尔齐于1289年奉命把一封信送给了（国王）美男子菲利普（同上引书，第381页）。

在社会所有阶层中征募蒙古说唱艺人就已经解释了史诗那混合的特征。拉德洛夫曾得以考察柯尔克孜史诗的说唱艺人：他们考虑到了其听众的特征，因为他们希望能取悦这些人。如果他们面对富人说唱，那么他们就会引入对其氏族或家庭的赞扬（我们在西藏也会发现这种内容）；如果听众由穷人组成，那么他们就会使自己的故事充满对贵族和富人之奢望的苛刻看法（1885年，第五卷，第19页）。这种看法无论对于蒙古人还是对于西藏人都是适用的。

在喀尔喀人中，歌手们在民间节会时登台演出（这些民间节会活动包括赛马、摔跤和射箭等比赛）。他们于其中除了歌颂英雄传说之外，还要表示崇拜比赛获胜者（包括人和马）、为胜利者唱赞歌和赞扬马匹（鲍培，1928年，第183—184页）。莎莫卡拉诺也指出，在显赫人物家的盛宴中，当一名贵客来访时和在艺术家们聚会时，大家都要唱歌（1918年，第33页），这同样也是歌颂高贵品质并大加赞扬和赞美的机会。大家可以把这一切与在柯尔克孜人和喀喇柯尔克孜人中举行殡葬斋供以对英雄那高贵品质之做法进行一番比较（拉德洛夫：同上引书，第4和14页）。众所周知，类似的突厥文史诗片断已由鄂尔浑突厥可汗们的墓志铭向我们证实了，大家还会记得我们正是在那里发现了降服四方和位于中心的公正国王的模式(见第六章注[25])。然而,其中指殡葬的词在其他地方又具有了“赛马”的意义。[24]

说唱艺人、竞技力士和街头卖艺人

藏族人也并不例外。我们已经指出,《格萨尔王传》的史诗是在举行殡葬仪轨时说唱的,这既是一种宗教习惯,又适宜创作如同世系谱一类的赞歌。为了使我们避免落入我们自己对文学体裁的严格划分之习惯中,我们也有幸掌握着一种西藏的分类法,它认为说唱故事是圆满之人的9种(这是一个总数!)活动之一。这是隆多喇嘛为我们记录下的做法(《隆多喇嘛全集》第16卷,第7页)。[25]

他说:“大家共讲到了两类:人类的9种力量和人类的9种功德”。前一类如下:

1. 仅以一个拇指就可以把一只鹿按在地上不动;
2. 以游泳泅渡一条大江;
3. 如同飞鸟一般地轻巧行动;
4. 为了伦理的目的而以故事提高道德水准;
5. 以轶事趣闻逗人发笑;
6. 以争论而制伏对手;

这就是语的3种力量(3种功德)。

7. 使贤者的思想变得敏锐;
8. 导致英雄们能吃苦耐劳;
9. 不用在心中思考(犹豫)而用语言表达清楚。

这就是意的3种力量(3种功德)。以上就是圆满之人的9种力量(9种功德)。

但据《汉地和印度占卜计算的问答》一书[26]认为,吐蕃人对于圆满之人的9种力量(9种功德)作如下理解:

1. 故事;
2. 著作;
3. 计(占卜);
4. 箭(射箭);
5. 石(弹石);

6. 跳;

7. 跑;

8. 泳;

9. 斗。

大家将会看到,藏族人具有一种完整的、理想的和教育圆满的人之概念,这种人的身体和智力活动是平行并列的。这样一种理想无疑与战争贵族的社会背景是相吻合的。[27]格萨尔史诗吸收了其中的一些内容。史诗中的格萨尔就是通过一次赛马而获得了岭地的王位(即“赛马称王”)。四天子的史诗片断中的格萨尔也是通过一次神秘的射箭而平定了边境。我们还将回头来详细论述这些节会及其赛马、射箭和其他比赛。但我们必须立即指出。在世俗和宗教内容之间作出过分草率的区别将是错误的。勇士和力士都颇为接近“巫士”。[28]

如果隆多喇嘛的第2幅9种功德表列举了“石”和“跳”作为两种神功,那可能仅仅是为了达到3种内容所必须的数字。我们通过其他地方还知道一种叫作“战神的石与跳(或以石而跳?)”的既是体操,又是宗教的运动。我们已经指出,在17世纪于黄河上游地区,有一名具有宗教幻想的人,自称是格萨尔,并与莲花生联系起来了,他似乎可以用强制人接受一种投石锻炼的办法而治好病,并在战场上露面(见上文第三章,“古迹”第53条)。这种宗教神功可以通过格萨尔的性格本身来解释,他是力士(见前文第六章)。一种著名宗教神功的目的是在一名力士的胸膛上击碎一块重石,这一切与戏剧、上师汤东杰布(岭地的保护主)和降服妖魔(见下文第九章)具有共同点。这种仪轨是由流浪说唱艺人们引入的,他在一幅画上指点着解释诺桑的故事,并同时模仿之。他们也利用同样的机会而从事一种刀剑练习(他们横卧在直插的两口刀刃上)。巴鲁赫(同上引书,第313页)讲到了由“还魂人”(无疑应读作“嘛呢巴”)表演的哑剧和刀术。所以,据梅纳斯神父的一种口头资料认为,史诗的说唱艺人朗诵《帝国记》时又作杂技表演比赛。我们中世纪的杂要演员和史诗的说唱艺人等同时也是街头卖艺人或流浪艺人。他们都是诗人、音乐家和舞蹈演员,但同时又是巫术和相面术的专家。[30]所有这些特征又都出现在藏族说唱艺人力士的身上。他们那两种颜色各半的服装使他们酷似滑稽可笑者和丑角人物，小丑们的角色也在西藏找到了其对应者。

力士的宗教特征又加上了说唱诗人的特征。由于史诗中的英雄们附身于已陷入兴奋状态的说唱艺人身上，畏怖神和各种战神同样也附身于处于兴奋状态中的武装通灵人。我们过一会儿还将会看到，他们的做法都相同。同样，勇士猎人与萨满们具有共同的守护神（伊利亚德：《萨满教》第108页）。大家已经看到，曾在毗沙门天王和莲花生的帮助下降伏了潘达霍尔人与白哈尔的吐蕃军队中，包括同样多的强大巫士和力士（见上文第六章）。那些在北方与一条青龙（一般均是霹雳的代表）较量的著名力士都具有一些意味深长的名字："拉噶"和"鲁噶"，意为"天神的热爱者"和"龙的热爱者"（米拉日巴：《米拉日巴道歌集》第236页），而指挥"巫"军的将军叫作拉藏鲁白，后来变成了与其对手白哈尔地位相同的畏怖保护神。这些特征可能会通过西藏的某些事实来解释，但我们不知道其具体情节，它们可能与神鬼附身的勇士或街头卖艺人—幻术师的双重性格有关。[31]但这里也可能是指文学中的一些不自觉的相互影响。在《天神譬喻经》中的《阿育王经》中（布尔努夫：《印度佛教史概论》第一卷，1848年，第363页），阿育王雇佣了两名"裸体巨人"为他服务，他们守卫城市的两门，而其对手妙梵天子却只有一名这样的人物（同上引书，第364页）。布尔努夫于其注释中认为，那些"裸人"（露形神）似乎是完成了几乎是超人的军功之勇士，而且这种意义要比由威尔逊所指出的意义更为合乎情理："裸人"（力士）即相当于"说唱艺人"。莫尼埃—威廉姆斯的辞典明确指出 ngana 意为"裸人"，具有"随军说唱艺人"之意义（据辞书的解释）。他也提供了 nagnaka"裸人、托钵僧、说唱艺人"的意义（在辞书中），而 mahānagna 则意为"大力士"（佛教术语，用于文学著作中）。我们已经看到，说唱艺人在蒙古则是为了狩猎和战争的成功而必不可缺的人物。所以，对于蒙古文中的 böke（力气，力士，译自藏文的 gyad）非常接近 böge（萨满，译自藏 Lha－pa），无论如何也不会感到奇怪了，该字无论如何也没有对两种写法作出区别。[33]

神召和学徒

因此，说唱艺人可以出自不同的社会各界。各种专家都可能曾为格萨尔史诗的形成作出过贡献。我们将单独论述喇嘛教僧侣界的专家、举行斋供和会议的专家。同一位说唱艺人明显可能汇聚了各种特长。非常遗憾的是我们没有掌握这些人的传记。大家至少可能会想象不同社会阶层的贡献是以什么方式才能汇聚于同一人的思想中的呢？布里亚特学者莎莫卡拉诺向我们介绍了他在青年时代所接受的全部传说（1918 年，第 11 页）。其 80 岁的高祖母向他传授了她对青年时代有关"鬼戏"、萨满与喇嘛的斗争和神山大神的记忆。其祖母向他讲述了格斯尔的赫赫战功。其祖父向他讲述了家族中那些在死后仍保持其外形，并劫持亲属的游荡之魂。最后，其父有时也向他背诵格斯纳汗、阿尔济 —博尔得济和弗里米吉德汗的三部曲，也就是说派生自印度的佛教故事。有关"白莲花"的印度寓言譬喻，同时也朗诵有关成吉思汗两匹骏马的短诗。如果莎莫卡拉诺没有经过他的近代俄国教育，那么他无疑就会变成一名说唱艺人，大家对于在其唱段中发现了佛教的、土著的和"萨满教"英雄诸内容也就不会感到惊奇了。

为鲍塔宁提供资料的人也就是格萨尔史诗的"唐古特 A"本译文的炮制人，他是一名叫作阿弥·萨伦的唐古特人。他的"唐古特文"（事实上是藏文）故事是由色楞（藏文为 Che – rin）喇嘛译成蒙文的。因而，这其中就具有一名世俗人和一名信教徒的合作。这个阿米·萨伦到底是什么人呢？他的名字暴露了其身份，A – mi = a – mes = a – mye，系指"巫师"（汉文中叫作"端公"），同时也指神山。[33]红帽派的多名喇嘛大上师也享有这种尊号。其中较特别的是阿美绛曲哲科（绛曲哲科），他是莲花生的化身，被认为是岭地的保护主之一。阿米·萨伦并非是曾享有"端公"尊号的惟一说唱艺人。林葱木刻本使用过的文本之一系由拉古"端公"所作，该说唱艺人（说唱格萨尔史诗的艺人）曾写下了《赛马称王之部》（石泰安，1956 年，第 13 页）。为我提供资料的昌巴桑塔则认为，拉古·阿美（拉古端公）应为果洛人，但这可能仅仅是他的一种推论。他确实认为"阿美"（A – mes）意为"先祖"（祖父），系指果洛人中的一座神山。（这是正确的）。但另外一名向我提供资料的人（一名宁玛巴喇嘛）则认为，"阿美"的意义确实有两种，1. 祖父；2. 巫师（端公）。他认为，"阿美"系指古代吐蕃的苯教巫师。事实上，大家从 9—10 世纪起就发现它指"咒师"和喇嘛教的巫医（见上文注

[33])。

因此,说唱艺人拉古的宗教特征是确实可靠的。林葱木刻本使用的另一种文本的作者或说唱者的情况也如此,这就是"霍尔通灵人"文本(石泰安,1956 年,第 13 页)。莱敦藏《霍岭大战之部》的稿本题跋(转抄本第 1297 页)也讲到了大量"通灵人—说唱艺人",他们按照其地区不同而各有所异。dpa' - bo(其阴性形式为 dpa' - mo,有时也写作 ba' - mo)一词在通用藏文中确实系指"民间的"或世俗的巫师或通灵人,也就是说他们不属于喇嘛教或苯教的任何教团。[34]该词的选择是颇有意义的。它译自梵文 vira,意为"英雄"和"上师",而所有这两者又仅以其勇气和耐力而著称。完全如同 gyad - pa(力士,竞技者)的情况一样,同一种义素(语义单位)表达了英雄和处于兴奋状态的神通说唱艺人之间的相似关系。我们还会记得,dpa' - bo(gliṅ)和 mkha' - 'gro - ma(= dpa' - mo,'ba' - mo)均指莲花生极乐世界中的舞伎乐伎(见注[18]和[20])。

从噶伦堡的一名提供资料的人(拉萨地方政府的文书)那里得到的一部说唱艺人传说证明了这些关系,在某些内容中重复了有关说唱艺人起源的卡尔梅克传说。

本处所指的说唱艺人原籍为康地的那雪。他本来为牧人。某一天,当他正在山中放牧绵羊时,在梦中看见了一名身着盔甲的赭色人和岭地的许多英雄。此人对他说他不应该再做牧人了,因为格萨尔史诗面临着失传的危险,他应该致力于这项事业,并为此而必须去拜访达浦活佛(此活佛可能生活在那雪并圆寂于 1935 年左右)。牧人听从了他的话,而事先就知道他即将来临的喇嘛接见了他。喇嘛向他传授奥义(灌顶,功德库,权力),并教他学会了每次都能帮助他进入兴奋狂舞状态的愿文。但我们将于下文不远处再来论述其行为。

完全如同在卡尔梅克人的传说中一般,神灵—英雄很珍惜和注重使传说故事延续下来。完全如同在上一种情况中一样,一名喇嘛的度礼和许可都是必不可缺的。[35]

为我提供资料的昌巴桑塔没有举出一个具体例证。他同样也告诉我说,在霍尔人中出现了这样的情况,当一名牧人在山中睡觉时,便于梦中学会了说唱《格萨尔王传》的史诗。这些做梦并接受神启的牧人都是“通灵人”。所有这两名提供资料的人都强调了真正的说唱艺人(说唱格萨尔史诗的艺人)仅仅在他们处于因兴奋而狂舞的状态(神灵附身)时才会说唱的事实。其他那些仅仅会在无兴奋狂舞的状态下阅读和说唱的人却不是这样的艺人,同样也不大受尊重。或者是还有其他情况:那些无师自通地说唱格萨尔史诗的人是惟一会精彩说唱的人,大家应理解作他们是在梦境或在兴奋狂舞中学会这一切的。所以大家可以说:“梵天的传播人(当不是梵天自己时)是诗人,即无限超越了通常颂扬人和讲述人之水平的那些具有深刻预感的人”(勒努和希尔布尔恩:《论梵天的概念》,载《亚细亚学报》,1949 年,第 13 页)。

如同在某些萨满中的情况一样,实际上是说唱艺人的帽子使他得以在兴奋中演唱和准确地叙述。没有帽子就不会受神的启示,也无法学会阅读或说唱史诗,也只能产生一些残缺不全的片断。

那雪的说唱艺人一旦进入因兴奋而狂舞的状态时,便会持续说唱数小时。一旦摆脱兴奋状态之后,他就再也不会演唱了。当然,说唱的长度并非是决定性的标准。有人告诉我说,一次在兴奋中的说唱可以持续一整天或一昼夜,而一名只在心中背诵一部已学会的著作的说唱艺人有时可能会叙述 1—3 个月。但同一名提供资料的人却将在梦中学会,并需要一顶帽子的真正说唱艺人的长篇“正确”说唱与那些通过阅读而学会史诗者的简单说唱对立起来了。惟有处于兴奋狂舞(神鬼附身)时的说唱方为“真正的”或完整的。另外一种说唱则徒劳无益地持续很久,它永远也只能是一种赝作。

一名原籍为康地洛绒的老喇嘛曾告诉我说,他在羌地(北方,那仓,霍尔人地区,申扎县)曾见过一名说唱艺人(专门说唱格萨尔史诗的艺人)的行事方式。只要他没有陷入兴奋狂舞状态,他就丝毫不会说唱。一旦陷入入神(神鬼附身)的状态之后,他就开始说唱史诗中的 18 个地区(也就是所有地区)的“国王”,或“城堡”的故事。某人要怀疑兴奋狂舞的真实性,史诗之天神便会勃然大怒。其结果是,说唱艺人抽出了其刀剑,并以此刺入自己的胸膛,却又不会由此而产生任何痛苦。老喇嘛补充说,这就是他确实被“神鬼附身”的证据,否则他就会自杀身亡。我们立即要指出,这种兴奋狂舞的证据在远东的萨满、通灵人或端公中，特别是在西藏的护法神中被普遍承认。它与进行表演的嘛呢巴（流浪说唱艺人）的兴奋状态相同。我们还将有机会指出他们与说唱艺人之间的其他相似性。

我们很快即将看到，为了获得这种兴奋状态，在一般情况下则必须祈求神灵。那名老喇嘛告诉我说，羌地（北方）的说唱艺人也不例外。但他又补充说，他觉得在朝圣进香期间最容易进入兴奋状态，当时的兴奋状态是自行、自然和自动出现的。说唱艺人于是就会辨认出格萨尔赫赫战功的地点。[36]据这名说唱艺人认为，最为合适的朝圣进香旅行是赴南部康区的卡哇噶波神山巡礼。《霍岭大战之部》3 种稿本的题跋都证实了赴卡哇噶波神山巡礼对于史诗之灵感的重要作用（请参阅上文第二章第 21 和 22 号稿本）。觉托的某位头人布拉诺布属于俄木（察木多地区）的拉冬噶波家族，他同时与岭地和弭药有联系（请参阅上文第四章）。他于某一天在赴卡哇噶波巡礼时，在梦中去拜访了格萨尔的天神女谋士玛尼尼。她在将一卷黄色稿本著作放在梦游者的手中时又对他说："看一下这一切吧！"这场梦促使他写成了这部史诗。

我们已经指出了朝圣巡礼对于格萨尔史诗传播的重要意义（见上文第三章）。我们现在应该从中再补充这些背景的宗教特征。在神山附近呈现出一种能产生灵感的气氛。为了对该山进行崇拜，大家绕山巡礼（喇嘛们按顺时针方向而始终让该山处于其右边，苯教徒们则以相反的方向行事）。大家于其中与嘛呢巴、还魂人以及云游僧接踵并肩地行进。[37]大家在学习传奇故事的同时又以一种祈祷和崇拜的姿态而静修止观三昧。掘藏师们正是在这些山神附近让人发现并向世界揭示那些全部是黄纸卷子的稿本著作的"宝藏"[38]，除非这都是一些法器实物、供像或思想中的掘藏。那些如此这般地在梦中或止观三昧修持中获得一种掘藏的喇嘛上师的数目很多，多罗那它在 16 岁时就有一次化现，告诉他前往朵甘思或洛 —门地区以修持成就，热衷于"疯僧"的做法和注重莲花生的圣宠。他在 37 岁时于梦中赴香巴拉旅行一次，由一名白色力士引导。早在此之前，经过一次招请（现观）本尊神的止观修持之后，便在梦中被一名少女引导到一座冰山的溶洞中，在那里发现了乌仗那的神奇地区，并接受了金刚女魔法使（或荼伽女）的度礼（见其《自传》卷一,《秘传》第3和5页,《自传》第16—17页)。

在以同样方式而虔诚地专心修持会产生说唱能力的祈祷时,林葱木刻本的编纂者发生幻觉而看到了格萨尔的神马,它把此人引向了香巴拉,并在那里接受了一本有关《赛马称王之部》史诗的书(石泰安,1956年,第13页)。

我们于本处只须指出说唱诗人和喇嘛之体验之间的密切关系就足够了。我们于稍后不远处将更为长篇大论地讲述这后一批人。我们于下文不远处还要谈到神山和为之举行庆祝节会的作用。我们于此还要重新论述征募那些未加入一个教团的说唱艺人的社会范畴问题。

我们已经看到了一些在山上做梦的牧羊人、在一次巡礼进香期间受神灵启示的头人和由于发愿或巡礼而处于兴奋狂舞状态中的一名说唱诗人。

我的那名优秀的资料员昌巴桑塔具有作为一名僧侣的那种坚实的教育。他那悦耳的声音及其卓越的记忆力导致他成了受到西藏原摄政宠爱的说唱艺人。摄政就是"喇嘛王"和热振寺的寺主,他通过其宗教的(精神的)世系而特别关心《格萨尔王传》的史诗(请参阅上文第三章,"古迹"第26条)。尽管他属于格鲁巴教团(黄教派),但却令人赞不绝口地熟悉宁玛巴(红教派,古旧派)的仪轨性唱段、史诗、戏剧、跳神以及整套风俗习惯和宗教,但他毕竟只不过是说唱艺人。他属于那些过去曾学会格萨尔史诗的人之列,而并不是名副其实的说唱艺人。可是,他在热振寺却遇到了说唱艺人桑塔尔,这是对教名(桑巴塔钦)的简称,此人每年一次前往热振寺巡礼。

桑塔尔从其诞生起就会说唱《格萨尔王传》的史诗。这种才能是天生的。他出自内心地自动说唱,没有书本。如果他未曾学习过,那么这一切又是怎么可能的呢?据说,格萨尔于某一天曾于其马蹄下踏碎一只蟾蜍。为了救度这只动物的灵魂,格萨尔想到了这只蟾蜍可以作为化身而会说唱格萨尔史诗。[40]它可能会在那里有18种化身(也存在有同样多的故事、被格萨尔征服的18座城堡),桑塔尔即为其中的一种化身。热振寺的"摄政王"送给他一顶说唱艺人的帽子,一旦桑塔尔戴上了这顶帽子便开始不停地说唱。他在噶伦堡也通过镜子而问卦一次。我们已经指出,说唱艺人也是占卜师。在格萨尔王的保护下可用镜子问卦的做法以及另外一种以箭或刀卜问神意的做法已由聂伯斯基—沃斯科维茨作过描述(1956年,第462—463页)。格萨尔的一幅画像被挂在一张桌子前,而这张桌子上又放着镜子和箭矢,一名青年小伙子(无疑是神通人)应观察在镜子中出现的显圣化现。这面镜子(在一般情况下就如同箭一样)应装饰以彩虹的五色彩带。[41]我们将会看到,镜子和彩带又都出现在说唱艺人的帽子中。如同说唱艺人对于其说唱一般,卜师(同一人物)在凝视镜子或格萨尔刀的闪亮刀锋时便会陷入因兴奋而狂舞的状态。其做法以及指它的名词术语都相同。

神灵附身的启示和兴奋狂舞的技巧

现在是提出因兴奋而狂舞这个颇有意义的术语的时候了。

在兴奋狂舞中说唱史诗,就叫作"史诗之神下界"(降临到它附身的说唱艺人——通灵人身上)。这就是由说唱艺人仁钦达结所使用的表达方法。这种表达方法可以理解作它是一种结合的结果,Lha－'bad本意为"一尊神下界",实指"被一种神灵附身"(本处是"神灵"或"天神"。与被一种魔鬼附身相反,后者作'dre－žugs,本意为"一种魔鬼进入"。见由打箭炉的传教士们编写的《法文—藏文辞典》)。Lha－'bab－mkhaṅ或Čhos－Kyoṅ'bab－mkhaṅ系指由于一尊神附其身而处于兴奋狂舞状态下的通灵人(谢国安的说法)。Lha－'bab－pa或ye－ces'bab－pa就相当于Sku－rten－pa,意指进入兴奋狂舞状态和使自己成为一尊神的依止(昌巴桑塔的说法)。"意希"指通灵人将之用于有形所缘的神意之状态。史料中经常在Sku-(b)rten(神灵的依止)和Sku－bstan(出现在其身体中,指神灵)的拼写法之间犹豫不决[42],徘徊不定。

相反,达斯把sgruṅ－babs("史诗下界")译作了"西藏说唱诗人家族中受神灵启示者"。据打箭炉的那位为我提供资料的人(谢国安)认为,大家甚至还说Kho－la glu babs－rin－red,为"他在兴奋中说唱"(汉文中作"降神",指使神灵下界),其本意为:"唱段落到了他身上"。那种可以使人作预卜的表达方式是"降卜"(Pra－phab,使卜辞降下)或"卜辞降下"(mo－'babs),这是为了"望镜而得预兆"(达斯和德格定辞典;林葱木刻本,第三卷,第89—90页)。如同说唱艺人必须招请史诗之神以使之前来附于其身,并使他能够在如此神灵附身的情况下说唱一样，占卜师为了“受到神灵的启示”和降下卜辞也必须招请占卜之神。

我们可以在格萨尔史诗有关这个问题的一部中，充分注意到纯属于喇嘛教界的类似事实。但我们觉得最好是立即找出其类似的地方。不仅仅喇嘛教通灵人(他使畏怖神附身，成了宗教的保护人)的兴奋狂舞被称为“处于神意状态的神降到了他身上”[43]，甚至止观禅定也可以得到使想象中的神和止观修持者密切结合的结果，这种结果也具有同样的名称。一名弟子要求其师传授度母的奥义，大家做了一些准备工作。“当神意下降时，神女清楚地和长时间地出现在十方的坛城中”。所以，师傅对他说：“这个小和尚接受了我的度礼”(巴俄祖拉陈瓦，第 13 卷，第 11 页)。或者是另外一个人在修道，从神意降临之时开始，他就在坛城中看到了完全如同他所想象的那些荼伽女(同上引书，第 10—11 页)。在跳欠的假面具舞蹈中也如此，最高极点是神的智身降到司祭者身上(请参阅石泰安：《喇嘛教跳神中的身相和灵魂的理论》，载《中国—印度研究》第五卷，第 3—4 期，1957 年，第 29—31 页)。神灵当时确实是存在于密教徒或戴黑帽的“巫师”身上，所以他带有金属镜子，完全如同通灵人和说唱艺人一样。

由止观三昧修持或者是跳神舞(它只不过是前者的一种形式)引起的神灵真实存在，在何种程度上与由招请格萨尔所产生的神祇相同，这也是昌巴桑塔向我介绍下述传说时所清楚地说明的内容。

在康区大圆满教派的寺院中，每年都在藏历十一月举行一次格萨尔的跳神会。这种跳欠舞的“脚本”作者可能就是米庞，他曾在代表格萨尔的绘画前举行崇拜仪轨(大家知道他写了一些有关格萨尔的愿文和功德文。请参阅林葱木刻本第二章，第 3 条)，这些绘画突然间变活了。勇士们从绘画中走了出来，围绕该地转一圈后便又返回画中去了。大家于是便可以发现，绘画中勇士们的那些武器军械都被搞乱了，这是他们走出画面之外的证据。

面对画像而作的祈愿或宗教崇拜仪轨会使其中所代表的英雄出现。我们过一会儿就会看到，这种愿文是根据功德文的同样模式组成的，而这种功德文是被用于在止观修道中逐一地造神，修道者也使用了一种绘画。但是，如果相信昌巴桑塔所说的话，那么恰恰就是这种做法绝非仅为佛教僧侣们所专有。世俗通灵人也使用这种做法。

我们已经遇到过一名霍尔“巫师”和一名变成了说唱艺人的霍尔牧人。据昌巴桑塔认为，现在那些能够进入兴奋狂舞状态的说唱艺人都是霍尔人。他们以与康地方式不同的霍尔人的方式说唱（这种方式对于史诗所有各部都是行之有效的）。今天，康地的说唱艺人们仅仅会照本宣科地背诵原文，不会进入因兴奋而狂舞的入神状态。曾由希腊彼得王子殿下询问过的两名说唱艺人均为康地人，这就是苏鲁克的岗布占都（67 岁）或囊谦的仁钦达结。这最后一个人声称他仅仅是出于一时的兴致而说唱，但他不承认其他人会进入兴奋狂舞的神灵附身状态。他对于一种可能的神召或神启也只字不提。他在非常年轻的时代就由其师喜饶群培（囊谦人）举行受度仪轨。他的一切都是口头学会的，从未使用过任何书本。从这种描述来看，其师似乎曾为僧侣。

因此，现在真正的说唱艺人相反都是霍尔人，也就是说都是那些外来血统的西藏游牧民，他们生活在藏北，即该高原的边缘：那曲卡、泡河老、桑雄、开克、达木、聂荣和萨迦纳木如（北方的纳木如，那里有一个盐湖，附属于萨迦巴）。事实上，我们已经遇到过北方的一名说唱艺人，他证明了他那以刀刺入胸膛而呈现兴奋状态的有效性和真实性（为我提供资料的人称之为降神）。我们前文提到的西藏摄政——热振寺主的两名说唱艺人也来自同一地区。其中之一的喜饶札巴原籍为萨迦纳木如（位于北方，羌地）；另一个人则叫作昂贡（Angong，这种拼写法在其他地方未出现过），来自达木的开克。列罗赫正是在这些被称为“西霍尔”的霍尔人（由于他们的地望位于康地以西很远的地方，地处西藏中部）中，听到了有关格萨尔的许多唱段，找到了共分 16 卷的一部稿本著作（1931 年，第 360 页）。

在这些北方（姜地或羌地）的游牧民中，有一些是男性通灵人（降神师，神汉）或女性通灵人（神婆或巫婆），昌巴桑塔认为他们的行为可以与说唱艺人相比较。在正常情况下，这都是一些普通的游牧民或牧民，没有任何特殊的说唱癖好。但当有人邀请他们隆重地举行宗教仪轨时，他们便会起身焚香和招神降临到他们身上（呈现入神状态）。一旦“神灵附身”，他们便开始以霍尔人的曲调说唱(如同说唱艺人一般),并预言未来(神谕,但不像说唱艺人那样使用一面镜子)。他们有时在每年的节庆大会中演出,尤其是在民间新年年供和夏日献供期间,或者是当大家专门邀请他们时("呼唤宾客",对于尊贵者来说则是"迎请宾客")。

这些民间通灵人演出的地方之一是姜格饶人(北方的铠甲,我们在有关霍尔说唱艺人的问题上已经遇到它了。该地位于达木之北,地处一座大山之后)。但昌巴桑塔却认为,他们的说唱并不很好。相反,他向我提供了按照达木·乌玛塘(达木·卫玛塘)的方法和出自此人的一种说唱法。那里有这样一个女子(神女),她可以在兴奋中使女神阿达鲁姆附身,而格萨尔史诗中的女主人翁则被认为是喇嘛教女神贝丹玛苏尔玛(班丹拉姆的一种叫法)的化身。为我提供资料的人所使用的这种表达方式意味深长("母黄牛身边总有一只狗,巴莫降临总有女子在场")。我们知道,女通灵人本人被称为"空行母"(有时也被称为女护法神巴莫),但"空行母"也就相当于荼伽女,系指格萨尔史诗中的女神和女英雄。此人也是北方的一名势力很大的女巫师,在与格萨尔作对之后又变成了他的女友。

下面就是这一唱段的开头部分:

于其带鹿角的全白城堡中,
有一扇全红的珊瑚小门。
有一个在北方流浪的阿达鲁摩,
她于其绿玉和珊瑚头上戴一顶白盔。
绿玉和珊瑚是女子的标志,
而白盔却是战神炫耀的东西。
女子浑身披挂铠甲。
……身体是一个女子的特征,
铠甲却是战神炫耀的东西。

对于她的其他外貌,则以此类推。这个唱段的风格和内容与《格萨尔王传》史诗中的一些唱词相同,其中也认为一个人始终是以自我介绍而开始的。昌巴桑塔认为,这是毫无疑问的,格萨尔史诗中的神灵都会在北方的降神师或巫师的身上表现出来。他作为例子而提到了热高藏（“长羊头者”），《格萨尔王传》史诗的仪轨书中确实出现过此人，他作为格萨尔的仆从而置身于他面前（江孜木刻本，第七卷，第2页），他是辛巴（完成高等功业者）的首领。

为了招请和使史诗中的一个人物出现在他身上（附于他那处在兴奋状态的身上），说唱艺人使用了与“现观”一尊喇嘛教的神相同的方法。喇嘛教的方式叫作“现观”或“观证”（mṅonrtogs）。昌巴桑塔懂得该词，并把它读作 ngonto。他在接受其相似性的同时，又强调了他读作 ngondo 的说唱艺人的做法与此作了区别，但他不懂该词的写法。该词并未在辞书中出现，我把它写作 dṅos－mdog，意为“真面目”。[44] 正如列辛非常正确地指出的那样，“现观”（成就）的目的是“仪轨性创造、实现神的化现”，其司祭从“多元论（他自己成为神）到二无论（他以伺机而动的形式成为神）而达到一元论（他达到具有智慧或灵知的形式）”。神灵的这种“智慧”在藏文中叫作“意希”，它形成了 ye－çes’bab－pa 一词，意为“神意降到了通灵人身上”，用以指因神灵附身而呈现的兴奋狂舞状态；然而，列辛还指出，“现观最重要的是唤起神的显现之方法，画像为神提供了看得见的依止或所缘”（引自《招神》一文，载《闪族和东方研究》，加利福尼亚大学版，第11卷，1951年，第4期）。这就是现证修道者的工作，这也是跳欠舞中密教徒们的做法。最后，这也是说唱诗人们的行为。

据为我提供资料的人认为，下面就是其具体做法。他以沐浴而净身，同时要焚烧香料，尤其是刺柏枝。这一切都被默默无语地完成了。其后，他又戴上了其帽子，我们已经知道的这顶帽子是招请格萨尔所必不可缺的。接着就会出现对格萨尔的一种净化供品（神香）[45]。一次招神，甚至那个不会陷入兴奋状态、声称从不招请格萨尔和以招神而开始的仁钦达结也要向五尊神佛进行祈祷（这是一种单独的口头资料）。他于是便说（而不是唱）在他希望讲的史诗之一部中第一个出现的人物之“现观”。这种“现观”一旦结束，声闻者便会以六字真言“唵嘛呢叭咪吽”来回答。接着，说唱艺人便开始说唱史诗。

从表面上看，“现观”是对人物肖像的描述。但从其内部来看，这就是其思想上的创造，并随着圣像一一形成而与人物等同。说唱艺人能看到和听到他表现的那个人物。在说唱时，他事实上是在思想中想象“现观”的，他作了昌巴桑塔当时用喇嘛教术语称之为“我生”的事，也就是从思想上创造与神相同的本身，这种等同之后便是在自己面前造神（对生）。

在此时，“神便降下了”，或者是史诗（降神的故事）或“降福”（降加持），该名词系指“神之圣宠”（加持，摄受，依止）所赋予的启示。喇嘛教中的修现观者讲“神秘形式降下”或“智慧降临”。说唱艺人于是便陷入神灵附身的兴奋状态。他变颜变色，具有一种痉挛的表情，浑身颤抖。其动作就如同是模仿了射箭或其他符合神通人物的行为。天神、英雄和史诗中的人物都出现了。莱敦藏《门岭大战之部》的史诗稿本和图齐藏《门岭大战之部》著作的序言（见上文第二章，第 23 条）都明确解释说，当人们不信仰格萨尔时，就要严禁说唱史诗。这无疑是由于格萨尔存在于那里，他会对不信仰他的人大动肝火，那个以刀剑自我刺身以说服那些不信仰者的说唱艺人可能会表现出其愤怒的例证。所以，那些使神灵也会存在的喇嘛教通灵人（护法神）陷入了兴奋狂舞状态，这就是说处于了相当于对其姿态之列举的造物幻想（聂伯斯基—沃热科沃维茨，1956 年，第 474 页）。有一名祖师指出，在唱祈祷神（招神）的愿文时便会使神出现于其面前。大家不会在不怀有信仰的情况下为了消遣或探讨而这样做，因为神会大动雷霆之怒（同上引书，第 524 页）。已有不只一位探讨者可能在外人面前感到了突然间的恐惧。

在这种兴奋狂舞状态期间，说唱艺人边说边唱。当他说唱完毕时，兴奋状态也就结束了，“史诗中的神消失了”（如同彩虹一般消逝而去“仲拉隐现”）。

当代那些提供资料的人都搞错了吗？他们讲到的那些现象都是近期的吗？我们幸运地掌握有一种可以证明这一切的权威著作，其时间为 1779 年，即松巴堪布敬呈班禅喇嘛的信（达木丁苏隆，1957 年，第 190—191 页，其译文于此有误）。他说：“现在，在察木多和康区的其他地方，生下来就如同神一般的神灵的岭地 30 多名兄弟（格萨尔的英雄战友）中的某些人附于通灵人之身，并发出了神谕。同样，在南山（甘州以南）的裕固族人地区，同时也在其他地区，霍尔人的白帐王和英雄们都如同神 — 魔一样诞生，并降临到通灵人（降神师）身上。”

说唱艺人和滑稽表演者

一、如同所有街头卖艺者和集市上的歌手们一样，说唱艺人很乐于在新年和其他节日期间说唱以化缘钱财(打箭炉的一名提供资料的嘛呢巴信徒之所说)。他在说唱期间便以一些象征性的动作模拟表演，有时从其帽子上取下某些物品以作为喻物而向公众出示之。尽管吉博的看法不太全面完整，但他的见证(1947 年，第 115 页)在这一问题上是很有意义的。在甘孜以北(位于康区)，于一个圣地的旧址上举行了一次集市大会(9 月初)。那里有一名老翁和一个青年小伙子“传递着一顶奇怪的帽子……于其头上戴着这顶帽子的人把它摘了下来，以一种庄严呆板的姿势用胳膊的一段支撑着它，同时又滔滔不绝地说唱一种没完没了的故事……(无疑是指《格萨尔王传》的史诗)……接着是一名儿童出场以一块应该是代表一支枪的木板而模拟表演一种长篇独白”。因此，说唱艺人并非始终都是独自一人，他有时颇似滑稽演员——街头卖艺者。由吉博观察到的这名说唱艺人的行为可以通过一名曾长期在德格(康区)居住的贵族官吏的资料得以证实。据他认为，说唱艺人在讲述格萨尔史诗的故事之前先作“夏协”(以帽子说唱格萨尔史诗)，这是对帽子的赞扬和象征性解释。他摘下了帽子，并解释其各部分和装饰物。他以不同的方式折叠帽子，每次都代表着另一种物品或内容，既有宗教性的，又有世俗性的。例如，有时是印度国王或中国皇帝的王冠，有时又变成了螺旋状。那名嘛呢巴资料员也向我讲述了“夏协”，也就是对他提到的那名说唱艺人的模拟表演涉及的帽子的解释。非常幸运，我们掌握有这样一篇文献，并即将研究它。

对于包括其演员和说唱者在内的戏剧与包括其说唱艺人在内的格萨尔史诗之间相似性中最有意义的地方是道白的必要性。一名原籍为藏地的为我提供资料的人曾在打箭炉受到我的诘问，他向我断言《格萨尔王传》史诗的真正说唱艺人都需要有一个抗辩者(即处处与说唱者辩驳的陪角)，神祇和英雄只能在其对立者的激发诱使下才会表现出来。他以一名盲人说唱家为例，此人既不会阅读，也不会写字。他为了接受神灵的启示就需要有一个唱对台戏者站在面前以激发他讲话，并回答前者的问题(大家更应该说他处处反驳此人)。例如,如果他专长于招请逗钦辛巴梅乳(霍尔人的大相,后来变成了格萨尔的朋友),反驳者应为丹玛(格萨尔的大相。他们的对话确实载于《霍岭大战之部》中)。这两人轮唱,说唱艺人是在其对立面的激发鼓动下才进入了因兴奋而狂舞的状态,既蹦蹦跳跳,又指手画脚。这种资料已被大卫—妮尔的一次观察(1931 年,第 49—50 页)所证实,一名身材魁梧的人物突然冲出来,愤怒地挥动其刀而追逐一个少年儿童。这就是逗钦辛巴的一种化身,他刚刚说唱了一个《霍岭大战之部》的段子。那个少年儿童是霍尔人的国王和格萨尔的敌对者白帐王的化身。他激起了本来会"降临"到说唱艺人头上的逗钦辛巴的愤怒。

这样的事态在其他地方也出现过,无论是对于说唱艺人还是通灵人或神灵附身者都一样。例如,在楚克奇人中,萨满们在演唱,旁听者形成了合唱。但萨满则必须有某一个人问答(察普里卡:《西伯利亚的土著人》,牛津 1914 年版,第 230 页)。

据打箭炉那名为我提供资料的人认为,他所描述的说唱艺人的行为举止解释了整部格萨尔史诗永远不会全部被显示出来,其中始终都会增加一些新故事。处于兴奋状态的各个说唱艺人都专长于在一个人物或一个故事中体现出来。大家可以假设认为这样一名说唱艺人在兴奋狂舞或神灵附身时便开始说唱那些直到当时尚不为人知的唱段或道白,这就意味着英雄或神祇惠予揭示先前就存在的新的具体故事。对于这些唱段,他可能看见它们写成了文字,或是听到了它们。那些"具有预见性的通灵者"说唱艺人自称是逗钦辛巴的化身。他向大卫—妮尔断言(同上引书,第 17 页),格萨尔及其天神朋友口授他所唱的段落。虽然他不会阅读,但却始终要求要一页白纸,并在他说唱的整个期间目不转睛地盯住纸页。为贝尔提供资料的女子的父亲就是这样行事的。他说唱的故事无疑被认为是单独存在的,并可以被分片断地揭示出来。所以,我们发现林葱木刻本的编辑者和刊布《门岭大战之部》稿本的头人,都是在受神灵启示的梦中有人把一卷《格萨尔王传》史诗中某一特定部的稿本交给了他。其中喇嘛教的神灵启示是不容置疑的。在梦中交给他的那些稿本著作被准确地描述为"掘藏",它们在喇嘛教中扮演了一种重要角色。[46]这都是一些黄纸卷子,就如同大部分敦煌写卷一样,但却与藏文文书的常见外表相反(请参阅注[38])。

在对说唱诗人的举止及其神灵启示或灵感所作的描述之间,存在的某些差异是很明显的。在前一类描述中,始终是指作为其附身之依止的说唱艺人——通灵人身上招请的英雄的真正存在。这并不是说唱艺人以下述开场白开始其唱段的:“如果你不认识我,那么我就是某人。”这是英雄本人通过艺人之口而在讲话。在后一类描述中却相反,是说唱艺人以重复他所看到和听到的一切而在讲话。

二、帽子和棍子

我们现在已准备好探讨对于研究说唱艺人、其服装和尤其是其“奇怪的帽子”都特别重要的一种事实了。我们已经知道了这件事,但还必须再重复一次以强调它,它就是这种帽子对于真正的说唱艺人和要进入神灵附身状态的人都是必不可缺的。若无它,那么招请英雄和他的真正存在都根本是不可能的。由此而产生了对它进行深入研究的必要性。

理想化的帽子

有关这种帽子的资料是由多名提供资料的人向我介绍的,并包括某些不同说法。它们都值得于此被一一提及。据第一位为我提供资料的人(原籍弭药,他是惟一能解释林葱木刻本中的方言文字或古词的人。见石泰安,1956 年,第 4 页)认为,存在有多种说唱艺人的帽子。第一种是由一顶尖帽代表的,他对此无法作任何解释。对于另外一种,他则凭记忆而为我画了一幅草图,并简单地描述了它,他知道这一切都不是完整的。下面就是这幅草图(图 1)及其解释:

1. 帽子是白色的(有时可能有红色或带有红色的边饰)。

2. 帽子的 3 个尖顶上插着一只鹰或鹫的白绒毛[47],为我提供资料的人把这些羽毛称作 sbo - sgro,其意义肯定为“成绺或束的羽毛”。

3. 中间代表着一面镜子的圆盘。

4. 另外两种图案（它们在草图上的位置完全是相对的）是一张弓弩和一支箭矢。

5. 到处都多少有一些小贝壳（边部为白色，内部为红色或棕色）。还有许多其他装饰物，但提供资料的人却回忆不起来了。

这幅草图与安多的一名喇嘛画家（格西根敦群培）为罗列赫画的那种彩色图案完全相符。[48] 我于此把它介绍给大家（见图2）。帽子为白色的，其边饰为红色和绿色的，太阳呈金黄色，月亮呈银白色。其图案可以与由罗列赫提供的描述相比较（1942年，第285页），罗烈赫的描述肯定不是以亲眼观察而是以有关的图案为基础的。说唱艺人的帽子是白色的，饰以红缘，装饰着太阳和月亮，尖顶，并带有三角形的侧面。说唱艺人也穿有一身白衣，罗列赫把它比作了巫师和苯教祓魔士们的白色礼仪服装。

我在康地的第二位资料员（谢国安。请参阅石泰安，1956年，第4页）向我证实，说唱艺人的帽子包括以下组成部分：马耳朵（两个尖顶）、上面是闪烁着光芒的太阳和月亮（就如同在一座窣堵坡等建筑上一样）、由100多条细线组成的绳子、箭矢、马鞍架。可以肯定的这里不仅仅是指对在一名说唱艺人头上看到的真正帽子的回忆，而且还是对其画的追记。虽然它作为说唱艺人的帽子出现，但出现在绘画中的实际上却是格萨尔的帽子。罗列赫（1942年，第307页）非常正确地指出了这一点：在表现格萨尔生平的唐卡画中，位于中间的那个人身穿白袍，戴着一顶酷似罗马教皇三重冕的帽子，上面插有羽翎，“身穿藏区东北部说唱格萨尔史诗的专业艺人的那种破烂不堪的普通服装”。事实上，这种看法要求作出某些具体说明。在我见到的绘画中，格萨尔仅仅以其勇士形象出现在中央，如同一尊战神一般，顶盔披甲，拥有纛旗和骑马（请参阅卷首插图）。相反，大家于其中清楚地看到他身穿白袍和头戴尖顶白帽，帽子的顶部装饰有一绺皮毛，下部则装饰以3片叶子（图3），完全如同在说唱艺人帽子的图中一样。但这恰恰就是作为觉如的格萨尔，即从他的诞生一直到称王即位为止。据弭药的一名老喇嘛认为，说唱艺人的真正帽子（我可以出示它的一幅照片）就是觉如的帽子。此外，据他认为，说唱艺人的起源要追溯到格萨尔本人。说唱艺人仁钦达结戴有一顶真正的说唱艺人帽子，他声称他根本不知道那种三尖帽，这后一种则是觉如的帽子，他仅仅在绘画中见到过它,但大家从不戴它。

所以,说唱诗人的帽子就是觉如的帽子,也就是调皮的、充满智谋和善巫术的青年格萨尔的顶戴。我们上文已经看到,这后一种外貌在有关说唱艺人起源的问题上该是何等重要。但我们于下文不远处还应该再长篇大论地来讲它。

在列城的壁画中(见第二章,拉达克第一幅画),格萨尔戴有一顶多叶的白帽。最后,在由拉萨的一名艺术家白玛旺秋为查特基专门制造的一尊供像(1942 年,第 313 页,插图 6)中,格萨尔就是这样表现的。格萨尔身穿护胸甲,其双手执弓弩和箭矢。他戴有一顶圆锥形的帽子,基部为方形,前部和侧部均有大叶饰环绕,中心锥面的顶部是 3 根羽翎(图 4)。

这里明显是指一顶理想的帽子。据长期居住在德格的官吏们认为,格萨尔的某种帽子叫作“萨苏”(chashu,可能应为 bya - žu,意为“鸟帽”)。它可能是被发掘到的,出自“伏藏”或由著名的“掘藏师”却居林巴掘得的法器和经文的秘密收藏处。它是白色的,用一种鸟绒和丝绸组成,小巧玲珑(大家不能把它戴在头上),其中包括一些“耳朵”(它酷似一匹马),顶部有羽翎,如同说唱艺人帽子一样(这是向我提供资料的人所作的比较)。上师可能将此帽送给了西藏的摄政——热振寺教祖,我们已经知道他对于《格萨尔王传》史诗的兴趣和关心。他已在林葱木刻本的题跋中作为“大掘藏师”和辨认出了格萨尔诞生地的那些人之一而被提及(石泰安,1956 年,第 8 页)。他是十四世噶玛巴教祖(1797—1868 年,《噶玛巴传》第 233 页)的弟子。

莲花生的帽子

我们已经经常提到“掘藏师”这一喇嘛界对于《格萨尔王传》史诗形成的重要意义了。在 17 世纪时,该喇嘛教界曾出现过对真假化身和真假“掘藏师”的争论。他们可能曾经有过一种上面带有鸟羽的帽子。当仁达那林巴(诞生于 1403 年)发现了“南方伏藏”时,“北方伏藏”是由持明郭吉典楚津(16 世纪)[49] 发现的,其名意为“戴有鹰之羽冠的人”,可以通过其头上戴的来解释,phru 系指盔顶上的一种装饰,即一种羽毛饰。但该词也用于指塔顶、寺顶脊或城堡上端那往往是黄金的装饰。大家知道这些建筑物上的如此装饰一般均是由一整套太阳、月亮和光芒的图案组成，他认为说唱艺人帽子上存在的就是这种装饰(上文业已论述)。[50]宁玛巴上师们的羽冠可以通过莲花帽辨认出来(见图5和图6)，因为莲花生本人就是大"掘藏师"[51]。他以其奇装异服之下的外貌被称为萨贺尔玛(出自其诞生地)。形成其服装之组成部分的帽子可以被折叠起来以形成带有侧面的小护耳和前面的一块承负日月的布片，而其顶端则装饰有1、2或3根羽毛(羽毛有时由金刚取代或羽毛置于金刚之上，见图5、图6)。被称为"莲花帽"的帽子上带有一根鹰翎，这就是"咒师帽"或"莲花帽"(见《霍岭大战之部》，图齐藏稿本第287页)。所以大家都对我们说，"黑帽"(咒师帽)的奇特装束者是假面具跳欠仪轨的主要演员——司祭，这本身就是莲花生的帽子，以其具颅骨串珠(密法师的帽子)之形状而出现(为崇拜古如扎玛而跳的舞，就如同锡金甘托克的那种舞蹈一样。见《扎通·白玛扎布的伏藏中的程序》第3页)。现在，在甘托克，这种"咒师帽"是黑色和宽边尖顶的，装饰有太阳(黄金)和月亮(白银)，上面带有一种用一大根孔雀翎制成的装饰，中间藏有一个铁盘("热宝")。[53]

一篇有关莲花生帽的短小论文[54]共从中区别出3种形状：1. 通人冠；2. 五禽冠；3. 居夏帽。第一种(又叫"班智达帽")是圆形的、高大而具有尖顶(欧洲作者们所说的"主教冠"，这是与"莲花帽"相混淆的结果)，具有两个小护耳和"叶瓣"(翅、翼)。它用于降伏神灵、魔鬼、人类和外道。第二种(本意为"带有叶瓣的五禽帽")带有叶瓣，酷似一朵盛开的莲花(因此，这里是指真正的"莲花帽")。正是这种帽子于顶部装饰有一种羽冠或鹰翎以及五色彩带。也正是这种帽子承负着日、月和镜子，而帽檐都装饰着珍珠。这就是能赋予加持(护佑，摄受)的帽子。最后一种帽子在形状和功能(大家戴上它就不再害怕敌人和强盗了，看到它就能摆脱恶道的化身)方面与第一类相似。这是一种"小帽"。它象征着"因果报应的连锁"(缘起，即因缘缘起)。

在内部，这些帽子都有蓝色丝绸和天蓝色纸的里子，其顶端是一个"轮"的图案，并带有征服世界(镇伏万物)者及其圣物的画像、神灵之恩惠的依止，然后用五彩丝绸包裹。为了对它开光，则必须在止观中实现把它与神等同起来(我生)，完成一种可以使意希三化(智慧喜乐)与连同其神力都进入轮中的仪轨。此外，该论著强调了帽子形状的变化。为举行平安仪轨(连同其金刚密法师),帽子应为白色;但为替神力(灌顶,连同莲花密法师)而举行仪轨时,帽子则为红色;举行修行仪轨时,帽子为黄色;举行畏怖仪轨时,帽子为黑色。

这些颜色确实依赖于一种有关仪轨的很著名的分类法,因而并不是很有说服力的。但是,即使是为了降伏妖怪,莲花生有时也戴一顶白色,而不是红色的帽子,这就是从由图齐发表的绘画(1949 年,《西藏的画卷》第三卷,插图 145,见其下部,它与第二卷第 540—541 页的插图相同)中得出的结论。大家从中可以看到莲花生身穿白衣和头戴白帽(一种法冠),帽子上面有一条龙、一尊赞神和玛桑雅邦吉的图像。

其他的相似性

此外,莲花生周围或自称属于其世系的那些人物在这些绘画中则戴有另一种与我们下文很快即将讲到的格萨尔帽十分相似的头饰。在位于中心和处于莲花生保护之下的一幅似乎是代表五世达赖喇嘛的画像中,大家可以看到一名出家人身穿肥大的珍贵服装,这是莲花生(绘于其上部)的萨贺尔玛(萨贺尔式)的外形,但他却头戴一顶特殊的帽子。其宽大的下缘为金黄色(同上引书,插图 80 和第二卷,第 406 页),其上部的梨形系由红线组成,顶端装饰有三根灰色的羽翎。这名僧人左手为一弟子摩顶,右手捧一块蓝色的如意宝,一些带有长矛或旗幡的骑士们也戴着一顶类似的帽子(同上引书,插图 149—150 的右部和下部,插图 202 的右部和下部)。但其宽大的下缘为白色,顶部的羽毛由如意宝或一个球所取代。对于第一位骑士,我们通过释文(第二卷,第 548 页)而获知这里是指莲花生周围的一名地神,它可能是"白毡守护神"(钦噶注)与香巴拉和玛钦蚌拉有关的热振神山(聂伯斯基—沃热科维茨,1956 年,第 160—163 页:由它附身的通灵人应戴一顶白帽;第 413 页插图 10:宽边白帽,其圆锥面由流苏穗子覆盖,顶部装饰有一个球)。"白毡"帽可能是居住在玛钦蚌拉山(阿尼玛卿山,同上引书,第 160 页)周围的果洛人之帽。宽边圆锥形的白帽子确实出现在他们之间[55],它们在圆锥面的周围却没有红缨流苏。但这些流苏缨子却又出现在使我们非常感兴趣的同一地区的帽子上。当我们于下文不远处还要讲到(第八章)的春节赛马时,说唱艺人戴着其“装饰有红丝绸流苏穗子的白毡帽”(赫尔曼,1955 年,第 79 页;第 246 页注[2]。作者补充说这样的毡帽主要是由西宁河以北的大通河之巴日地区的人所戴,红流苏不会见诸于青海湖地区)。

这就是莲花生在林葱木刻本(石泰安,1956 年,第 154 页)中出现的密法师的外貌。他正是在这种形貌下才被考证为古尔扎或古如大自在天,并主持一种假面具舞蹈(跳欠仪轨,这就是锡金甘托克的那一种。见《神教》第 20 卷,第 16 和 19 页)。然而,正是在穿扮成“萨贺尔王”的古如大自在天的这种形状(也就如同以萨贺尔玛之外貌出现的莲花生)下,也出现了格萨尔(《白惹绵羊国之部》第一卷,第 105 页)。但在其他地方,格萨尔却是作为“战神”[56]而与莲花生联系起来了,这尚且不讲其他许多格萨尔于其中是莲花生的化身和我们将来尚需要研究(见下文第八章)的段落。

因此,我们应该考虑到,在格萨尔和说唱艺人那理想化帽子与莲花生帽之间的明显相似性绝非偶然,而是与一种真实的亲缘关系相吻合。这些相似性还要更明显得多。如果说莲花生的帽子在一般情况下都是红色的,那么也可以是白色的。如果一些具有亲缘关系的人物都戴着一种带红色流苏的白帽,那么大家向我们讲到的就不是说唱艺人,而是具有这些外形的格萨尔的帽子。

最后一名西藏摄政——热振寺教祖可能于其寺中供奉着两身格萨尔塑像。其一代表着格萨尔的温和外貌:呈现跏趺坐状,右手执一轮于其肚脐前,左手执铁弓铁箭。他的头上戴着一顶白毡帽,帽子是圆形的,顶端上有一颗宝珠和三支孔雀羽翎。红丝绸流苏覆盖了帽身。以这种外表出现的格萨尔被称为多吉次嘉(长寿王)。这种称呼已由林葱木刻本(第三卷,第 2 页)证实,它也发表了一幅格萨尔像(同上引书)。这顶帽子于基部有一个很宽的平沿,上插两支孔雀翎、一个如意宝珠和两条彩带(见图 7)。一顶这种在圆柱体部位带有红缨的白帽子可能收藏于类吾齐(康区)。

所有这些资料都与出自在现观中招请的那种格萨尔的肖像相吻合(《米庞愿文》第一卷,第 4 页)。他于其中戴着一顶圆形毡帽,呈月亮色(也就是月白色,即“月白色的圆形毡帽”),其顶部装饰有一束孔雀翎,并以一面镜子、一颗如意宝珠和五色彩带装饰。[57]我们刚才看到,格萨尔的这顶帽子(带有红缨的白毡帽)同时既与莲花生的僧侣,又与神山之神和流浪中的说唱艺人有关。

热振寺的另一身供像代表着以其“畏怖”面目出现的格萨尔,也就是说他如同“战神”一般,骑马、披甲、顶盔,右手执鞭(如意藤鞭,它可以使降落一阵宝石雨)[58],左手执一根带旗的长矛。他就是这样出现在打箭炉第6幅绘画和石泰安收藏的绘画(卷首插图)中的。

我们已经发现这两种外形部分地集中于拉萨雕刻家做的格萨尔小雕像中了。完全如同在莲花生的两种帽子的情况中一样,它们是相辅相成的。即使是在其温和的外形中,格萨尔也携带铁弓和铁箭。他那长寿王的形象成了米庞愿文(第三篇)的内容之一,我们可以于此卓有成效地进行一番研究。在向黑茹加顶礼之后,米庞声称他在梦中到达了昌珠寺(位于雅隆河流域)。他在那里见到了长寿王格萨尔和奥义大师——喇嘛协巴多吉,前者变作了后者的外形。他依照招神法(现观)而手执弓箭。他就这样确实遇到了此人,持明协巴多吉变成了莲花生的形象。这后者于是便自称是莲花密法师(具颅骨串珠者),也就是吐蕃的祓魔师,以马头明王的外形出现,通过愤怒而降伏畏怖之神。做梦者米庞的身体于是便变成了无比勇敢的马头明王(请参阅注[57]),圣宠进入了其心,上师(格萨尔)变成了其同伴。这就是在修法时于对面虚空中出现坛城,也就是供奉仪轨沿用的“对生”。

苯教徒和米拉日巴的弟子

这种仪轨清楚地说明了格萨尔和莲花生之间的密切关系以及他们那温和与畏怖外貌之不可分割的特征。但如果我总结概述了这一切,那是由于它也能解释说唱艺人和觉如(青年格萨尔)服装中的另外一种因素——白衣。罗列赫希望以苯教巫师们的服装来解释这一切。这些人确实有时被描述为戴白帽和穿白衣者,但他们的服装一般都是蓝色或青色。巴黎国立图书馆藏敦煌藏文写本第493号,第174页似乎把白衣说成是一种改革或特殊情况。当它讲到苯教在吐蕃的传播时宣称:“他们只能穿蓝衣,不能在不戴他们那白帽的情况下行走。[59]赞普赐给了他们受尊重的手段。所以,作为他们发展和受崇拜的标志,赞普命令他们头上留一种呈尖顶状的发式、一条很宽的丝巾、一顶虎皮帽和一顶牦牛皮帽、一顶鹰翎帽和一种绿玉鸟羽冠。为了使他们的身体变得更为尊贵，他又赐予他们一种白丝绸服装以及虎豹和其他野生动物皮”。此外，苯教徒们（密教徒和某些外道的情况也如此）的法衣是蓝色的，惟有其巾（包头巾）有时为白色（霍夫曼，1950 年，第 190 页和插图 7、9、10）[60]。此外，“苯教徒”一词往往也是“咒师”（密教徒、巫师）的同义词。这些人有时被认为穿白衣。在一种有关莲花生的授记中曾经指出过：“在本处的吐蕃，一支戍边军队将毁废毗奈耶（律）的宗教。接着便会出现许多穿白衣的密教徒”（咒师，见江孜木刻本第 10 卷，第 9 页）。这无疑仅仅是佛教传说的一种反映。据此认为，在佛陀之后的 1300 年时，袈裟（僧衣）将是白色的，未经染色。这种授记（预言）被用于了为摩尼教徒们的服装辩护。一种满文文献中的“白帽外道教理”的记载正是在这种意义上被解释为一种对摩尼教徒的回忆，而在吐鲁番壁画中的摩尼教徒则都戴白帽。[61]

无论能够通过在各不同宗教专家（萨满、苯教徒、各种巫师、摩尼教徒）之间可以通过其含糊关系而很好地自圆其说的这些相似性如何，可以肯定的是穿白袍和戴白帽的觉如与说唱艺人的直接范例并不属于社会中的这一界，而是属于噶举巴的上师诗人阶层。实际上，非常有意义的是米庞仪轨书是针对作为长寿王的格萨尔的，在招来莲花生之前要在梦中把他与协巴多吉联系起来。协巴多吉是米拉日巴的秘教名字。[62]此人就如同其他通灵上师和诗人一样，其形象始终被画成右手捂耳状，就如同是为了在说唱的同时而能听到声音一般。正如图齐非常正确地指出的那样（《西藏的画卷》，1949 年，第 365 和 537 页，插图 40 和 41），这就是“噶举派说唱艺人们的典型仪表”（可以比较萨满们的某些姿态）。然而，在那些绘画中，穿戴白色衣帽的觉如恰恰也被画成以右手捂耳状（图 10a、b 和 11b）。当大家指出觉如被画成以右手捂耳的所有情节（打箭炉绘画第 3、4、6、9 和 10 号）时，立即就会发现除了某些释文中丝毫没有提到或明显是涉及一次降伏魔怪的情节之外，这种姿态仅仅针对下述情况才能被采纳：1. 他获得了其天神女谋士的启示；2. 他唱了一段歌子；3. 他招请了天神；4. 完全如同街头卖艺的说唱艺人一般（见下文）。较此更有甚者，我们已经看到，在米庞的仪轨书和供像中，格萨尔将温和（白色的）外貌与畏怖（弓箭）形象结合起来了。“疯子上师”（疯圣人，完全如同米拉日巴一样）和诗人朱巴衮雷也被画得右手捂耳,但其左手却执弓和箭(见注[32])。在已画成的格萨尔肖像中,此人于右手中执如意宝珠或另外一种物品,但左手却执刀和箭。另外一名上师、说唱艺人和诗人也被画得以右手捂耳,此人就是夏噶尔多吉强。[63]其名不会使人感到意外。多吉强(意为“金刚手”)是噶举巴和大圆满派宗教世系的创始人,后者又是《格萨尔王传》史诗的许多部或篇的编写负责人。我们很快就将会看到,固定在说唱艺人帽子上的镜子象征的也是多吉强(金刚手)。

在由哈干发表的吉美博物馆的一幅绘画(《图解亚洲神话》,巴黎1928年版,第156页)中,处于中间和以右手捂耳的米拉日巴由多名身穿白衣的弟子簇拥。他们其中之一也戴有一顶底部为黑色的尖顶白帽。大家还可以在由托尼·施密德发表的米拉日巴传中的第一幅绘画(《疯子米拉》,斯德哥尔摩版,第一幅画,位于米拉的左部)中看到,米拉日巴身穿相当宽松的白衣,其中似乎包括一种披在背部的风帽,他呈行走姿势(如同一名朝圣巡礼人),光着头。但他于左肩上扛着一根长棍,棍上端顶着一个尖帽,其尖头稍微向前弯曲。这顶帽子是白色的,惟有其尖顶为彩色(从上到下分别为金黄色、深灰色、蓝色和金黄色),其下端边缘则以兽皮包裹。其前有一方块红布,以一种黄色缎子镶边。其后垂着一条白色的宽带,中心沿长的方向装饰有一串遍布金滴的红色菱形图案。这就是岗波巴,又叫作达布拉杰(1079—1153年),系达布噶举教团的创始人。他梦见自己头戴一顶白帽,身穿一件白衣,并带有其他象征性装饰物。我们掌握有对此的描述和米拉日巴的神秘解释(《米拉日巴道歌集》,第246—247页)。这后一种描述将是我们下文研究的内容,因为已被比作莲花生修道帽的说唱艺人帽也将是这样一种解释的内容。但我们最好是于此立即提供对岗波巴服装的描述:

1. 汉地丝绸里子的白帽,边饰红熊毛('obs?)[64],上插鹰翎(一种被称为“演员帽”或“伸缩角”的羽毛饰)。[65]

2. 带有浅浮雕图案的铜装饰物的绿鞋和装饰有银环的鞋带。

3. 白色丝绸服装[66],圆形脖领上绣有一条金线,装饰以红色细绳。

4. 门地山羊毛腰带,绕腰三周,装饰着鲜花和成串的珍珠。

5. 带有金丝绒把手的珍贵木棒,执在右手中。

6. 左手中是一种装饰有金刚的头颅骨钵，其中盛满了金色的甘露。

7. 在右肩上有一个装满白色大米的袋子。

8. 在左肩上有一张带有羊头和羊蹄的完整羚羊皮。

梦见帽子的场面同样也表现在米拉日巴传的绘画中（同上引书，插图15和第18条，细部画28）。但帽子并非与在棍子上挑着的那个相同。它在本处是全白色的，其边缘很宽，帽身酷似一座窣堵波。[67]

当然，觉如和说唱艺人帽子上的所有组成部分均未重新出现在米拉日巴和达布拉杰的奇装异服中。但是，如果大家想要把它们比作其他服装，那就完全应该比作这些。如果大家考虑到其他物品时，那么这种比较就会更进一步得到证实。我们即将看到，一名真正的说唱艺人携带一根朝圣巡礼的棍子，并以一个环而固定在食指上，同时还携带一根于最末端带一个小铃的皮带。达波拉杰也有一根木棍，但米拉日巴的棍杖更能引起我们的注意。完全如同达布拉杰的帽子一样，此杖已在米拉日巴的一首歌中作了象征性的描述和解释。（《米拉日巴道歌集》第87页；蒙文译本，北京版，第71页）。

米拉日巴除了一根竹杖（藤鞭或藤杖，蒙古文作beriye，该词也具有鞭子把和木棍的意义）之外再无其他东西了，棍上挂有必不可缺的物品。他将棍子执在手中，于是便前往一富户人家化缘乞食。该富人向他询问这根奇特木棍的意义。他声称："这种木棍酷似儿童的一根鞭子或疯子的一种标志"。米拉日巴在描述其木棍的同时，对它也作了一种象征性的解释（我们于此暂撇开它不予重视）。他同时称之为"棒子"和"鞭子"。这是一根砍去根部和顶梢的竹子，约为二腕尺（coudée，法国古代长度单位，约等于半米。——译者）长，极易弯曲，又极易笔直。这根竹子随其主人从一个集市流浪到另一个市场。它共分成四段，但却只有三个节。它是圆形的，内部空心，一般为白色，但在各节的接头处却为黑色。杖的下端包着铁，把手处包着红铜，上面钉有许多钉子。一个黄铜环固定在上面，一条鹿皮带（鞭梢）悬挂在上面。两个小洞（北京版本作"铁球"，但年楚的吉浦版本第76页作Lcogsbras），一大一小（母和子）在那里汇集在一起。其上面固定着一个化缘钵（托钵），同时还有带着火镰的小袋，一个白色的海螺环、野兽破皮块、一面镜子、一把剃刀、一个水晶球、一串念珠、一个小铃、一些白色和红色的哈达。

米拉日巴的这根木棍颇为引人注目。它可以被比作格萨尔的鞭子(3 节竹子)和战神的鞭子(详见下文)，但也可以比作说唱艺人的奇装异服。惟一的差别是某些象征性物品在这里都挂在杖上，而在那里却挂在帽子上。我们于下文就会看到这一切。

在我们把他们比作说唱艺人和觉如—格萨尔的那些穿白衣戴白帽的人(莲花生和噶举巴的说唱艺人)之中，我们还应再补充另外一名，他的帽子确实具有 3 片叶饰，完全如觉如和说唱艺人的帽子一般(图 8)。这就是昂地(吐蕃南部)的一名瑜伽师，他在梦中向宗喀巴传授金刚界的舞与歌。在代表他的绘画(图齐:《西藏的画卷》第二卷，图 2；第三卷，第 421 页，第 86 条；译本第 429 页)中，大家有一次看到他坐着，另外一次却站立着，并正为一个和尚摩顶。大家看到该和尚(无疑是宗喀巴)光着头在跳舞。在该画示意的宗喀巴传的标题中，此人被认为与噶举巴和大圆满派世系的创始人金刚持不可分割地联系在一起了。米拉日巴和噶举巴僧侣在吐蕃积极地继承了密教歌舞的印度传统(第九章)。

我们就这样完全确定了自己的目标。毫无疑问，觉如与说唱艺人的白帽白衣首先和最直接地通过噶举巴的上师诗人以及宁玛巴巫师们的传统来解释。但这种启示并不排斥其他的解释。我们首先不应该忘记，白色服装专门指青年时代的格萨尔，也就是调皮淘气的、足智多谋的、拖鼻涕的、既会占卜问卦又具有魔力的觉如之形象。这种形象也是以小鞭子(三节竹子)和充作马蹄的白棍为标志的，我们稍后便会解释这一切。但这种淘气毛头小伙子的形象本身就很接近于具有疯狂的爱说爱笑的和冷嘲热讽的行为举止的上师之形象，同时也颇为接近宗教和戏剧中的其他人物。这两种面貌并不互相排斥。那种对于见到携其降伏的“疯子”上师米拉日巴的到来而感到惊讶的西藏人的看法是颇能说明问题的，他会把这后一种人与一个儿童的玩具和一名疯子的标志(或用具)相比较。当青年京俄大师扎巴迥乃(1175—1255 年)15 岁时，便偕其堂弟前去向止贡寺主顶礼朝拜。止贡寺主被他那极大的佛教才干折服了，于是便以手摩其顶并对他说:“由于这些儿童那眼睛的智慧、他们积累的大量功德以及他们戴小帽的方式，所以你将变成大修道者”(《青史》第八卷,第 74 页;罗列赫译本第二卷,第 572 页;巴俄祖拉陈瓦:《贤者喜宴》第 12 卷,第 49 页)。为什么这顶小帽显得如此出息,以至于大有前途而如同是炯炯有神的眼睛呢? 巴俄祖拉陈瓦书的初稿将 grun(聪明的,智慧的)和 žve(帽子)等词进行了比较,就如同这其中具有一种暗示 sgruṅ - žva(说唱格萨尔史诗艺人的帽子)的意义。[66] 无论如何,头戴一顶这种“小帽”的青年会使人联想到一名未来的修道者。我们很快就会看到,说唱艺人的帽子已在林葱木刻本中于送给觉如和莲花生的“修道帽”之名称下作了描述。然而,这顶帽子被称为“小帽”或“小花帽”,而它们本来却是“眼睛”的形容词(石泰安,1956 年,第 143 和 390 页)。由却居林巴发现的插着羽毛的格萨尔帽很小,这也如同被描绘成第三种帽——莲花生帽的“小帽”一样(上文业已论述)。

此外,这样被第一眼就区别出来的诞生于上部朵甘思的小青年可能与朗氏贵族并非没有关系,而该家族又是拉色家族的一个支系。据传说认为,该家族曾为岭地提供了数名大喇嘛。我们已经看到(见上文第四章),该家族通过神山和彭氏或潘氏先祖而与冬族相联系,觉如就是一个冬族人。然而,霍尔曼藏稿本(1948 年,第 198 页,译文第 181 页充斥着错误)却告诉我们说,这些冬族人以一顶白帽(冬人白帽)为标志。它还向我们断言说(第 197 页,译文第 182 页),达波(达布)噶举巴都是冬族人。[69] 京俄大师(活佛)恰恰是于 17 岁时就由于岗波巴(又叫达布拉杰,1079—1153 年,米拉日巴的弟子,达布噶举世系的创始人)的供像而在达布出人头地并名噪一时。止贡寺教祖当时便声称他将是达布噶举教派的“所缘”或“所依”(《青史》,同上;罗列赫译本第二卷,第 573 页)。我们正好又看到了达布拉杰岗波巴头戴一顶白帽和身穿一件白袍。

大家已经看到,说唱艺人的帽子使人联想到了觉如—格萨尔、莲花生和苯教徒们的帽子。但穿白衣者则是达布世系的噶举派,由此而解释了说唱艺人和觉如的奇装异服。尽管有这样一种来自神通上师和诗人界的影响,这后者仍可以理解为本处专指冬族人和仅仅适用于一名青年。

说唱艺人真正的帽子

我们把通过一种比较而对觉如帽子特殊形状所作的分析留在

下文稍远一些的地方去作。现时,我们还需要论述说唱艺人的帽子。直到目前为止,我们实际上还只是研究了其理想的形状,如它在绘画和提供资料的人记忆中出现的那种形状。我们现在可以从中补充对当代说唱艺人戴的真正帽子的描述了。一直到一个较近的时代,这种帽子从未被赴西藏的大量旅行家中的任何人指出过,更未曾有人对此作过研究或拍照。据我所知,惟一曾讲到过它并提供了一幅照片的人是吉博。下面就是他的描述以及根据其照片而作的一种素描(图 9,1947 年,第 115 页)。说唱艺人那“奇怪的帽子”是一种毛毡的“三重冕,带有帽耳,上面插有孔雀翎”。

非常幸运,我们根据希腊彼得王子殿下的美意而更好地理解了这一切,他曾两次得以拍摄,并询问了从康区来到噶伦堡的两名说唱艺人(见图版 3 和 4)。

第一名说唱艺人先后于 1950 年 11 月和 1951 年 10 月间曾到达噶伦堡(当时 63 岁),于 1956 年再度返回那里。他首先自称叫作贡保旺扎,后来又说叫作仁钦达结,原籍为囊谦(康地)。据昌巴桑塔认为,他可能操霍尔方言,也可能是以霍尔人的方式说唱史诗。他未穿白衣,但声称其他人却穿这样的白衣。他右手执木棍,一条其末端带一个小铃的皮带挂在套于食指上的一个环中。

至于帽子,下面就是由说唱艺人提供的描述和象征性解释。

描述	**解释**
1. 帽子:已经变得很脏,过去曾为白色。	
2. 形状:基部为方形的金字塔状;上面有一个颠倒的截顶圆锥状,同样也为方形。	
3. 在两端的中间,下部拴着皮制附属物,被称为“耳朵”。	3. 这都是一些驴耳。当格萨尔到达北方魔鬼鲁赞国中时,珠牡被霍尔人劫走,这对夫妇彼此之间互无音讯。耳朵说明了他们那焦急的等待。

4. 从耳朵尖上垂悬着4色(白、黄、红、蓝)彩带,从帽尖上向后垂悬各种布片或布带。	4. 这就是本命神的生命之旗魂:白色是大神白梵天神,黄色是身体之神格措(神山,年神),红色是岭地的战神,蓝色是龙神祖拉仁钦,斑色为岭地的“杂色”居民。
5. 顶部戴有深色羽毛。希腊彼得王子殿下认为它们是孔雀翎(如同上文提到的吉博一样)。但据说唱艺人和昌巴桑塔认为,它们都是白腹鹰的鹰羽。[70]	5. 它们象征着一名英雄(dpa' – bo,该词也指一名巫师或通灵人)。
6. 顶部也戴有(有时付阙如)一个环。大家在内侧可以发现。	
7. 中心是一个很大的白色铜盘,这就是“镜子”。	7. 象征着格萨尔史诗中的金刚手的化身。
8. 镜子上部是另外一个更小一些的铜盘和一颗野猪牙。	8. 太阳和月亮象征着格萨尔统治整个世界的力量。
9. 在“镜子”的左部是一张已拉开上弦并插有一支箭矢的弓弩(据昌巴桑达认为,这就是格萨尔的铁弓和铁箭)。	9. 格萨尔来到岭地。
10. 在“镜子”的右部,有一个木马鞍。	10. 格萨尔对霍尔国王的胜利。[71]
11. 在下部是4个贝壳,形成了一朵莲花。	11. 格萨尔在远征北方之魔以后返回岭地。
12. (有时付阙如)这朵花的右部是被凿穿9个洞的一小片金属。[72]	12. 格萨尔对9魔的胜利。
13. 在帽子的下缘是一行贝壳。	13. 岭地的30名英雄(30名英雄供礼)。

14. 在这一行的左端，有一颗蓝色的玻璃珠子，上部带有一枚汉地的钱币。	14. 摧毁 18 个王国。
15. 在帽子的最下端，帽檐装饰有 35 粒叫作“坚硬植物”的种子。	15. 瑜伽的 35 种“脉气”。格萨尔制服了生命之气。[73]

非常遗憾，我未能获得对第二名说唱艺人（康地苏鲁克的岗保章杜，67 岁）帽子的明确具体的描述和解释。此外，其帽子在其他地方显得不及本处那些清洁和完整。其中往往缺镜子和日月装饰。上面绘有万字（卍，吉祥符）的金属片是预兆吉祥的 8 种标志之一，它占据了其帽子的中心，似乎是由于缺乏更好的办法而被拴在那里的。

至于第一位说唱艺人，他过去同样也不大可能知道悬在他固定于其食指上的那根皮条上的小铃之用途。我们将在这个问题上被迫作出某些比较。

棍子和鞭子

我们又一次遇到了米拉日巴。他的木棍上拴有大家在说唱艺人帽子上发现的那种镜子，但也有一根皮条和一个小铃，它们使人联想到了说唱艺人挂在他那已武装有棍子的右手食指上的那种皮条。它同时是一条鞭子和一根木棍。它那“三节竹”的特征把它比定为格萨尔的鞭子（也为了三节竹。见江孜木刻本，第七卷，第 7 页；《米庞愿文》第一卷，第 10 页）和战神的鞭子（《神香圣者之酬》，第 44 页；聂伯斯—沃热科维茨，1956 年，第 329 页。在蒙文中作 sülde、Dayičin – tengri 或 Dayin – tengri，意指战神或战神—天神）。仁钦提供了这后者的一种画像，他将其鞭子比作可以使人迅速迁移的萨满的鞭子（一鞭子就可走 1000 里。见《论蒙古萨满教》，载《东方研究》第 18 卷，第 4 期，第 13—14 页）[74]。格萨尔鞭子的“三节竹”带有一个球和一个环（采用了与对米拉日巴棍子的描述相同的名词术语），一根五彩线的绳子拴在环上（《米庞愿文》第一卷，第 10 页），五彩丝绸也如此装饰着其球。我们在变成了街头卖艺者的说唱艺人之格萨尔帽子上以及在布里亚特萨满的鞭子和木棍——“马”上都发现了这些组成内容（请参阅下文）。我们于下文不远处还将会看到，充作木马骑的红鞭子和白棍子是戴白帽并穿白衣的青年觉如的绝无仅有的用具（在绘画中，见图11）。然而，米拉日巴的木棍也是白色的，它并非仅仅是一条鞭子，而且还是取经巡礼人的一根木棍。

据图齐认为（1949年；《藏族民歌》第63页），朝圣巡礼的木棍叫作“三节竹棍”，完全如同米拉日巴的棍子一样。[75]它是云游喇嘛（例如，可以参阅鲍培，1955年，第69和157页，共有6头和108节）修道人、掘藏师们所特有的。[76]它上面带的各种金属物品（环和铃）使之更像是佛教僧侣们化缘的那种装有6个环的杖（汉文中叫作“锡杖”）。这种锡杖可以使上师在神地于空中飞行（尚且不谈其他巫术能力、使泉水涌出地面、改变形状、打开地狱之门）[77]。那些很乐意骑鼓旅行的苯教徒则具有一种咒骂佛教徒们的奇特方式。他们说：“你们把乞讨棍作马骑。你们手捧饿鬼乞丐的碗”（巴黎国立图书馆藏稿本，第493号，第62页）。布里亚特萨满教徒也不仅仅骑在鼓上，而且还骑着带有小环和饰带的杖。至于那种只有木棍的说唱艺人，皮带和小铃使其木杖更接近朝圣—化缘僧（托钵僧）米拉日巴的木棍了。此外，其“马”就是其歌的曲调（请参阅上文注[9]）。在中亚的说唱艺人——萨满中，他使第二匹马（代替了鼓或木棍马）—马头琴相当于原来的马。至于马头琴，我们已在西藏见到了它，但并非是在说唱艺人中，而是在朝圣巡礼的演员、歌手和舞蹈家中。我们还将回头来论述这些相互关系。

格萨尔的赛马帽

但是，直到目前为止我们尚未扒梳尽所有资料。在将所有这一切用于论战之前，我们还应该将出现在绘画中的那种说唱艺人或觉如的帽子与我们刚刚描述过的真正说唱艺人的帽子进行一番比较。它们的相同是无法否认的。所有这两者均为白色，并于顶部装饰有羽毛、镜子、日—月饰物和贝壳。绘画和提供资料者记忆中的形象是被用单线条勾勒的，已被简化或理想化了。真正帽子的“耳朵”于其中变成了形成一顶王冠3个尖顶中的两个。在真正帽子的这些“耳朵”上悬垂的饰带于理想化帽子的尖顶上则显得如同鸟绒一般。这两种差异都具有其意义(请参阅第十章)。如果我们采用一种提前时代的办法来论述它,那么王冠就如同是某些佛陀(尤其是弥勒佛)、毗沙门,辛饶(苯教祖师)和伊朗国王们王冠间的差异。耳上的绒毛则使它们变得如同格萨尔马的头冠。为了更好地看清楚这些关系,就必须等待对英雄及其马匹特征的分析。

说唱艺人的真正帽子以及对它的象征性解释是否符合史诗的传统呢?是的,完全符合。非常幸运的是我们可以用两种具有重要意义的文献来证明这一点。虽然说唱艺人既不是僧侣,又不都是受过教育的人,但他清楚地懂得以喇嘛教奥义为基础的象征意义:瑜伽修持(脉之气)与现观修持是不可分割的,而且是以巫术之力(如轻升浮起)为基础。金刚手是噶举巴、大圆满派世系的创始人和进入兴奋状态的必不可缺的施予者。在这一方面,说唱艺人与林葱木刻本中的记载完全相符,其中包括了对帽子的描述(第三章,第86页,见石泰安,1956年,第126—128页)。

为了引入这种做法而选择的时间是颇有意义的。这里是指赛马,胜者将获得岭地的王位、其财富和珠牡的许婚。参加了这次赛马并获得了胜利的英雄尚不是威严的国王格萨尔,而是当时年仅13岁的青年觉如。他仅仅是在这次赛马获胜后才被称为格萨尔的。当以其丑陋不堪和滑稽可笑的外貌出现的其马与他本人于最后的竞争者中处于不利地位时,他从岭地最漂亮的青年人(他的堂兄弟)昌巴俄累手中接受了莲花生的修道帽。这顶修道帽或受度帽(邬金的修行帽)被称为"小帽"或"小花帽",它实际上是岭地的长者世系(冬族的耳传)的"全部所依"[78]。该词很奇怪。止贡派的祖师利用这一切而形成了戴"小帽"的青年人的特征,而这种"小帽"将是达布噶举派的"所依"(上文业已论述过了)。它于此则形成了岭地和格萨尔幸运财富的保证。它从莲花生那里获得名称,并用于未来的保证,它更接近莲花生的第3类帽子("小帽"),专门用于象征"缘起"。觉如接受了它,在摘掉他一直戴到那时的丑陋头戴(被称为高帽),并将它放入自己的衣服中后便戴上了这顶帽子。我们于下文不远处(第十章)还将长篇地论述这种丑陋的头戴。戴新帽子似乎决定了赛马中的胜利。被这顶帽子招请的莲花生则成了马头明王(马中的最骏者)的化身。

我们仅限于重提一下对帽子的描述。

1. 帽子共有3个尖顶[79],装饰以斑色彩带。

2. 这些尖顶(或者仅仅是其中最高者)都装饰有各有所异的17条彩带和四根羽毛(大鹰——金翅鸟、白腹鹰或白尾鹰、鹦鹉和另外一种鹰的绒羽)。

3. 帽子共有4面,每面又有两个边缘。但它也有6面和可以折叠成2、4或6面者。

4. 它装饰有6瓣莲花。

5. 它带有两个附耳,分在右部和左部,体积很大。[80]

6. 帽子的形状变化不定,它可以被变形(以象征无论什么东西)。[81]

7. 它是白色的。

8. 它在一端有一个环,上面挂着3条彩带。

9. 它在边缘有一些棉布折边。

正如对于达布拉杰和莲花生的帽子一样,为了该帽子的每个组成部分而配备了一条象征性的喇嘛教释文。我们在其他地方(第九章)还将论述这种做法。但是,难道与送给觉如的莲花生"修道帽"如此相似的说唱艺人帽是可以想象的吗? 难道它可能是根据喇嘛教的象征意义设想出来的吗? 它是否是有意地在这些基础上产生的呢? 这是不大可能的。因为归根结底,虽然这种帽子是作为莲花生的和用于修道的帽子而出现的,但它实际上是说唱艺人的帽子。如果帽子中的某些特点(羽毛)是两种帽子所共有的,那么其他部分则是说唱艺人所特有的,尤其是帽耳。驴耳和兔耳均以其特大体积而引人注目。然而,神通上师—诗人和说唱艺人——觉如都是为了更清楚地听到声音而以右手捂耳为特征。因此,说唱艺人帽子上的大耳朵就是在情理之中的。我们还将看到在说唱艺人和英雄为一方与马、驴或野驴(野骡)为另一方之间的其他关系。无论如何,面对神秘解释而作出的第一种反应是将此视为一种晚期的事实,也就是比较古老的象征主义的重新再解释。

说唱格萨尔史诗艺人的帽子

非常幸运,我们还掌握有格萨尔史诗中向我们描述了说唱艺人帽子的另外一段文字,但这一次却出现在完全是庙会演唱人的一种环境中。

对说唱艺人帽子的这种描述是利用下述机会作出的(《霍岭大战之部》稿本,噶伦堡藏本,第二卷,第2—270页;《霍岭大战之部》稿本,大英博物馆藏本,第106—153页;打箭炉绘画第9幅;江孜木刻本,第三卷,第6—9页)。为了夺回被霍尔国王劫走的王妃珠牡,同时也是为了战胜霍尔国王,格萨尔首先独自出发,并且以多种不同的外貌进入了该地区。最著名的一种是一名淘气青年的外貌,他是霍尔铁匠的徒弟(施密德,1836—1839年,第246—248页;洛里默,1935年,第36页以下;大卫—妮尔,1931年,第187页和以下;弗兰格,1905年,第308页和以下)。但在此之前,他来到了霍尔国王的城堡前,以3名特别标致青年(也就是小和尚)的面目出现,叫作羌巴蚌松(集中在一起的3兄弟)。他们三者在年龄、形貌和身材方面都很相似(第2页)。代表他们的绘画(图10a－b)确实如同排成一行的3个相同的觉如:白衣、白帽和以手捂耳,这是说唱艺人和神通者的姿态。尽管有这种相似的特征,稿本仍根据非常流行的三分法而把他们区别开了(第8—9和17页)。第一个是扎白色(也就是海螺色)巾的白色杂耍艺人,这就是印度的杂耍艺人阿扎。第二个是扎黄色(也就是金色)巾的黄色艺人,这就是吐蕃(悉勃野吐蕃)的杂耍艺人阿色。第三位是扎蓝色(也说就是绿玉色)头巾的蓝色艺人,这就是汉地的杂耍艺人阿嘉。[82]这种分类略微显得有些蹩脚。如果印度始终与天神和白色并存,汉地始终与龙和黑色或蓝色共同存在,那么吐蕃却并非经常与黄色联系在一起。相反,这三种颜色都是三界(天、神、山神和龙神)的特征。昌巴桑塔也以这种方式向我解释了这一切。他认为,这是白梵天神的象征物,年神—龙神—天神(生育繁衍之神,神山、格卓)和祖那仁钦(龙神宝髻)。稿本著作都把它们说成是饥饿者,头发蓬乱,云游化缘乞食而游览了所有地区。它们各自持一支矛枪。大家声称这种矛枪很"小",但奇迹神话般地如同城堡一样高,被称为"晨曦"(第12和44页)[83]。它被认为染成了红色(昌巴桑塔把它比作了护法神那犀利和红色的矛枪,请参阅聂伯斯基—沃热科维茨,1956年,第15页;它是毗沙门天王一种外形的特征,同上引书,第69页)。它的上部有一个铁尖,但其下面也有另一个铁尖以便把它插在地中。它也带有一条枪缨(第12页)。这3位杂耍艺人(我们从此之后在联想到该词的中世纪词义时便这样称呼他们,均指吟游诗人或说唱艺人,请参阅注[30])中的每一位都把一头驴推到他面前,并在其后面牵来一只猕猴(第2页)。

这些猕猴(sprel或or-rge,康地方言)确实是庙会上的卖艺者和流浪马戏演员们使用的动物。它们能将某个人带到空中。[94]它们能支撑起3根长矛,大家于上面放了一块虎皮垫子(第55页)。坐在该王位上的人也将会被带到天空,他在那里可以极目鸟瞰所有地区。霍尔国王可能很喜欢这种游戏。杂耍演员们使训练有素的猴子降下这三支长矛中的这一支,或者又是那一支,以至于使国王感到眼花缭乱,最终把它抛在49代霍尔人国王的茅坑中了。这种淘气蒂尔式的取笑被解释为国王垮台的预兆。杂耍演员们的这些猕猴都有一种特殊的外貌。它们都长有人类的面庞、牲畜的毛皮、旱獭的爪尖和熊的蹄子。它们如同狗一样行走,具有孩提(nōg=a-ṅog,康地的方言)一样的举止行为。它们的尾巴就如同旱獭尾,它们都不会发声的嘴巴就如同一条虫子,其习性如同一只鹰。第45页中又补充说它们有一颗金头(这是它们作为财神的标志)。但在第55和63页中,它们又分别成了以下诸物:1.“白猴山顶顿珠”(这也是格萨尔的鞭子和盔的名字,本意为“如意”)或仅仅为“顿珠”;2.“先前的ṡnon-ma,(可能应读作“蓝色的”)猕猴”罗阇冬尼(扁面孔的国王);3.赛措(“金色”)。

杂耍演员们的驴子也未减其奇怪的特色。它们如同任何驴子一般也驮小麦驮子,但却长有兔耳、奶牦牛头颅的上部,马匹头颅的下部、奶牛的身子、黄牛的尾巴、马匹或骡子的蹄子、花腿棒的下部如同一只老虎,其强有力的吼叫声如同一只喇叭,并长有山羊的棕色毛皮。

杂耍表演者们应王妃的要求而对其帽子所作的解释成了一种真正的表演(第28页)。[85]所以,表演者们要求国王及其全体民众都参加这种表演。现在已不再仅仅是猕猴表演的一种攀空节目了,“就像是大家在霍尔地区从未见过的那样”(第51页),但杂耍演员们的唱段则是由一个其中包括许多说教段落的长篇传奇性冒险故事组成的。大家于其中可以列举各个地区的山脉、湖泊和方物(各种丝绸、茶叶、琼酒),尤其是不同的帽子(大家共提到过32种,第33种则被遗忘了)。

下面就是杂耍演员们这一故事的摘要。它被讲得很精彩,以使在王爷周围集聚起来的整个庙会的人群都能出神入化地聆听它。

他们到了印度的宗教王、汉地的法王和吐蕃等处。大家在到处都发现有一个人头顶无帽子、身上无衣服和脚底无靴子，相貌相当丑陋。拉萨的佛像（第29—30页）告诉他们说，他们应该有一顶帽子。但他们必须首先找到制帽的材料。所以，他们便相继前往天神（拉）、地神（年）和地下神（龙）的地区，向他们的首领（白梵天王、生命之神格措和龙王祖那仁钦）讨要天神、年神和龙神之“长毛”绵羊。大家送给了他们三只羔羊兄弟。它们被称为“红根”，也就是吉祥根，实际上却叫作“白色绵羊，神的显示”。他们让这些绵羊恢复自由，并让3名女神（神女、龙女和年女）看守而为它们举行度礼（灌顶）。它们得到了良好喂养，其“吉祥毛”也增加了。三名神子（天神之子曼玛噶琼、年神之子扎督和龙神之子沃丹）于是便去剪羊毛。这种做法牵涉到了一些仪轨和行为，而它们的象征意义已经被解释清楚了。

当完成这一切之后，杂耍艺人便前往冥府，以便向死神阎罗王借其白锅。他们作为对这种出借的回报而发愿将煮熟的死人引上救度之路、把灶上的3块灶石变成宝石，并将火焰变成珍贵的大海。在将锅放在慈悲灶上、向其中注入莲花生的长寿水以及辛饶的巫咒水之后，他们就会把地狱变成纯洁的宗教界。绵羊毛在锅中变湿，然后又被摊在四方、天极和天地间，在太阳下曝晒、在风下吹凉和摊铺在地上（这一切都被作了象征性的解释）。

白毡（第33页）就这样被制成了，但还必须找到工匠以制造帽子。所以，他们就求助于天神的匠人却拉朋、年神的匠人达拉结、龙神的工匠诺拉结，同时也向工匠们的国王工巧天（自在天国王）求援。但是，应该选择什么样的式样或底色呢？他们轮番摒弃了以释迦牟尼、莲花生、辛饶的帽子以及其他30顶帽子（其中包括“苯教徒的白帽”）为帽样，杂耍演员于是便跑遍世界以在各大洲，各地的大山和湖泊中寻找式样。所有人都被提及，并指出了其形状。任何人的意见都未被保留，甚至是神山玛钦蚌拉（阿尼玛卿山）也如此。最后，被选中的帽样是格卓神山（格萨尔的天神“父亲”）。它的名称“红山，度僧帽”（在林葱木刻本中也作如此称呼。见石泰安，1956年，第145页）可以由它酷似戴一顶度僧帽（红色的，见第 37 页）的喇嘛之事实来解释。[86]在右部（佛教）和左部（苯教）的三重摇动产生了节奏感。此外，这其中还有一种制造帽子的日程表。在每个月的 29 日，大家便从事剪帽子（这是彻底剪断魔鬼强行支配的标志）：布帛和毛毡摆在“空”（“方便”和“智慧”的标志）的周围。大家将于下一个月的一日再缝帽子（是缝好天神的统治）。每月的 3 日，再于帽子上插羽翎，10 日安排饰带或帽缨。15 日，杂耍艺人们将重新戴好帽子，一次“帽子节”要持续 13 天（因而是一直持续到 28 日，这是一个月的周期）。

现在是杂耍艺人们描述帽子的时候了（第 38 页和以下）。我们于此也使用在此之前发表的比较简单的第一种描述（第 25—26 页）而对全文作一番概述。大家将会看到，从全面来看，这种帽子完全相当于说唱艺人的帽子和送给觉如的那种莲花生的“修道”小帽（见林葱木刻本）。虽然这种情节被置于了觉如即位而被称为荣耀的格萨尔王之后，他于此以杂耍艺人之形象出现的小丑般表演的整个场面事实上与觉如的性格特征是相吻合的。

正如对于林葱木刻本上的“小修道帽”一样，帽子的每个细部于此都接受了一种象征性解释。精彩说唱的乐趣使描述变得过分不成比例地冗长和复杂了。我们当然应该把某些夸张，尤其是在羽饰和各种折叠处或边缘处问题上的夸张计算在内。这就是无论如何也必须在帽子中找到说唱艺人认为是必不可缺的各种象征性内容。下面就是未作具体解释的简表。

1. 帽身为方形（“各面正方形”、“正方体”或“正方形”）。它带有各种装饰。

（1）5 种宝石。右部是海螺、蓝宝石、珊瑚，左部是水晶、绿玉。

（2）一只展翅的大金翅鸟、一面镜子和一个海螺环。

（3）右部是九眼锁子甲（请参阅注［72］）和铁箭，左部是铁弓和铁绳。

（4）霹雳、三角黑铁和贝壳。

（5）小堆的贝壳、丝绸缨穗和金刚。

（6）如意宝、莲花和马鞍（据昌巴桑塔认为是丝绸）或鲜花。

（7）五色（白、黄、红、绿、蓝色）彩带。

（8）太阳、月亮和魔刀（金刚橛）。

（9）草籽和其他种子。

(10)一枚铜针。

(11)一个白色的“阿”和六字真言(据昌巴桑达认为是“唵嘛呢叭咪吽”)。

2. 帽子的尺码很宽。

3. 其顶部向下倾斜,但尖顶向上(见第39页;从裁口开始,帽子便倾斜。其尖顶向下倾,但后来又向上翘)。它装饰有以下飞鸟的羽翎。

(1)鸟中之王——苍鹰(大鹏)。

(2)修道鸟(飞鸟的羽毛或翎毛)。

(3)鹰(岩雕)。

(4)孔雀。

(5)水鸟。

(6)杜鹃(布谷鸟)。

(7)鹦鹉。

(8)公鸡。

(9)黄鸭(大雁)。

(10)蝙蝠。

(11)雪鸡(雪地山鸡)。

(12)灰鹤。

(13)鸽子。

(14)乌鸦。

(15)隼(鹰)。

4. 帽子惟一的底部共有3个尖顶。它是用白色和黑色线缝起来并装饰以白线。

5. 三角形的侧部都以绢镶边。

6. 帽子在它为白色一面如同一个海螺,其外部更应该是浅白色,但在内部却是黑色或者更应该说是油光色。

7. 其四侧(侧面和正面)连同角共为八个。再加上顶端,这就共形成了九个(这是为了象征佛教宇宙观时的诸大洲)。

8. 一个装饰有海螺(据昌巴桑塔认为,它位于顶部),并在那里于帽子的后部垂悬一条鹿皮绳,它可能就是第一和第二条中的海螺环。请参阅垂悬于套在说唱艺人食指环上的那根皮条的情况。

9. 帽子上的“附属物”都以绢镶边。

正如我们于上文已经讲过的那样，对该帽子那过分繁琐的描述无疑汇集了各种特征。我们还将要研究这些特征。但我们可以立即指出，由格萨尔变成的杂要表演者的这顶帽子与说唱艺人的帽子完全相同，与赛马时送给觉如的帽子也相同。那些装饰物可以充分地证明这一点（请参阅比较表），而且说唱格萨尔史诗艺人的部分唱段（第42—43页）也可以证明这一点。在解释其帽子的象征意义时，说唱艺人确实补充了一些大家可以赋予它的不同形式："如果把它放在右肩上，那么大家就会说它是一座水晶（也就是'白色的'）堵波；如果把它放在左肩上，那么大家就会说它是扛着一个茶叶箱的仆人；如果把它扛在背上，那么它就如同是一个托钵僧……如果用左手从帽顶抓住它，那么它就如同是一名手执小铃的喇嘛……如果向上摇动它，那么它就如同一个挥舞其鼓的苯教徒"等等。此外还有：如果把它放在左腋和右腋下，那么它就如同箭囊和弓弩；如果把它放在地下，那么它就如同是坐在王位上的国王；如果把它戴在头上，那么它就像是长着巨角的雄鹿（第43页）；如果把它耳朝下放在地上，那么它就如同是饮水的骡子；如果把它耳朝上放在地上，那么它就像是追袭绵羊的豺狼；如果把它耳朝后戴上，那么它就如同是耳朝地睡着的兔子等。然而，这种以帽子塑造各种物品或生灵的活动方式恰恰是大家向我们描述的说唱艺人于说唱之前的典型特征。因此，我们可以肯定，那些稿本著作中的杂要艺人确实就是说唱艺人。他们如同说唱艺人一样同时也是占卜师，国王和王后要求他们占卜打卦（第49页）。他们也利用这种打卦的机会上谏国王，作为必需的仪轨而表演将御座带上天的猴子的游戏，与这后者有关的是卜辞要落在狮子身上。从中觉察到了某种诡计和圈套的大相劝阻这种仪轨，他的指控证据恰恰就是国王的位置是坐在狮子[87]承负的金座上，而不是坐在由猕猴扛起的王座上（在藏文中，这两种意义的动词相同，见第52页）。

打箭炉的绘画又在"三名杂要艺人"的形象中补充增加了新的不同形式。首先，他们也出现在伯父晁同的屋前（图10a）。当格萨尔在对北方之魔鲁赞的远征之后又以其卑微的外表返回时，便开始考验他那些在岭地的真正朋友，并惩罚其伯父的背叛行为。由于晁同坚信其侄子已丧命于魔鬼那里，所以便迫使大家承认他为岭王。他于是便头戴彼此重叠在一起的两顶帽子，其中一顶象征着正在魔鬼那里的格萨尔，另外一顶帽子则象征着在岭地的他本人（下拉达克版本，第200页；当他远征汉地时，也以戴上彼此重合在一起的三顶帽子而表达了同样的奢望，同上引书，第148—149页）。在绘画中，置身于晁同宅前的三名杂耍艺人都头戴三尖的白海螺色帽，身穿白袍和一种遮蔽了胸膛与双肩的披风。他们均以左手捂耳，右手执一根上面带旗的长矛。一根木棍挂在他们的腰带上。

另外一个场面（图10b）表现了他们置身于霍尔人城堡的前面。这些人具有同样的王冠、同样的服装，但却没有披风，以手捂耳。仅有一人执一根旗矛，但所有人都有一根挂在腰带上的木棍。一种传说则称他们为"三名杂耍表演者"。另外一个场面却说他们是"猴子多吉顿珠"，此名则相当于噶伦堡藏稿本中的白猴桑巴顿珠。这仍是格萨尔或其鞭子（格萨尔诞生之前叫作"白色顿珠"，有关鞭子的情况，上文业已讲到）的对应者。这只猕猴于此为棕色，大家看着它攀登上了城堡的脊顶，并向格萨尔弟弟的头颅顶礼，该头颅连同鹿角而作为战利品插在那里（释文："猕猴与人头的痛苦相会"）。但这个场面带来的新内容是：在霍尔人城堡的内部，有七个人正在跳舞，他们身穿不同颜色的长袍，右手高高举起，左手叉腰。所有人都头戴三尖海螺色白帽。释文中称他们为"跳舞的客人"。据林葱木刻本来判断，这就是格萨尔侍从中的天神或魔鬼（请参阅石泰安，1956年，第382页）。

最后，为了完整起见，我们还要指出，即使无矛枪，身穿白衣、头戴三叶白帽和以手捂耳的格萨尔（?）之形象也出现在第10幅绘画中了。大家可以由此而得出结论认为，即使是在街头卖艺者的场面之外，这种觉如—格萨尔的服装也就是杂耍表演者的装束。

江孜木刻本中经压缩的故事在提供了与噶伦堡稿本逐字逐句相同的段落之同时，在许多问题上又有差异。当霍尔人的七名骑士 — 强盗逃向西部吐蕃时（请参阅上文第三章），格萨尔变成了七名舞蹈演员。他召集了全体民众，并向他们献上了一个节目，这种说法明显与由第九幅画所说明的场面略有小异。他后来又变成了汉地的占卜师，然后又变成说唱格萨尔史诗的艺人兄弟（附有下地狱借锅的故事，此文与噶伦堡稿本中的记述相同）。接着又重新变成汉地占卜师贡协（遍知，在林葱木刻本中则是岭地的占卜师），他建议表演猴戏(请参阅注[84])。最后,他变成了铁匠徒工。“杂耍家”的各种不同角色(舞蹈表演者、杂技演员、街头卖艺人、占卜师、说唱艺人)于此都以不同的人物所代表。他们的统一性出自这里始终是指同一位格萨尔的变化之事实。但这种做法使我们颇感兴趣。它说明我们完全有理由把说唱艺人比作不同的藏族专家。

三、分析和比较

有关杂耍表演艺人及其帽子的奇特片断提出了许多问题,它们都与说唱艺人的混合性人格以及史诗受启迪的背景和起源之差异性有关。寻求所有内容和象征物的来源、追踪其所有行迹和渠道,详细而具体地阐明所有问题,那就可能会突破这本书的框架和范畴。但为了防止仅仅是反映了文献不足之处的一种简单化观点,为了能够进行一次如此严密的分析,形成真正说唱艺人尽可能的大量因素及其在史诗中的反应,都会迫使我们(至少是简单明了)追求他所有能够辨认出来的外貌。

初步概览

我们可以比较对赛马帽(林葱木刻本)和猕猴表演的节目(《霍岭大战之部》稿本)的两种解释。在第一种情况下是指莲花生的修道帽;在第二种情况下则是指杂耍表演者的帽子,其形状酷似一种修道帽的神山。出家人的其他帽子也被认为代表着一个神洞或一座神山(见注[86])。喇嘛教的干预存在于两种情况中,但在第二情况下则更显示出了民间宗教界的影响。我们还将回头来论述象征性解释的习惯。但从现在起我们就可以说,与前一种其解释完全是喇嘛教教理的情况不同,在第二种情况下,象征既从这种教理的范围,又从传统与习惯那更为具有民间特点的范围内来汲取内容。我们已经看到,说唱赛马故事的艺人戴着一顶典型的格萨尔帽(带有红流苏穗的白帽)。这些赛马都是利用以神山为中心的庙会庆祝活动的机会而举行的。大家在此期间戴着白色绵羊毛帽,上面飘有彩带,配有蓝布尖顶和红布边饰(请参阅第八章)。这些组成部分又出现在说唱艺人和杂耍表演者的帽子上了,带有一种以民间宗教为基础的象征意义（天神的等级地位，白色；山神的等级地位，黄色；地下龙神的等级地位，蓝色；赞神或战神的等级地位，红色）。在这个问题上不能有任何怀疑，从此之后，两种等级或阶层已很清楚，并由我们的文献所证实。这就是宁玛巴和噶举巴出家人的等级和民间传说演唱艺人的等级。虽然民间传说本身很久以来就已经浸透了喇嘛教，但依然保持着比较“新鲜”的特征，它们无疑更为古老，而且无论如何也与佛教无关。

虽然无法预料最终的比例分量，但我们也应在西藏之外寻找比较。这即使是考虑到未来的研究也罢。它们不会不引起对某种细节的注意。折中主义则是由于我们已经知道的这些非常错综复杂的背景所要求的，它们促进了格萨尔之名以及史诗的基本概念传入吐蕃，同时也解释了说唱艺人的人格。

我们在解释说唱艺人及其服装的时候就已经针对他们而指出，如果我们可以这样说，那就应该考虑象征主义及其影响的一种渐变。这是它在西藏社会中产生的直接和立竿见影的影响，那些间接的和遥远的影响可能在这个社会那至少已有千年的历史上起过作用，而西藏社会本身又是由曾为其形成作出过贡献的多种因素的混合产物。

另外一种看法又为我们准备好了更多的可能比较。大家明确地告诉我们说，说唱艺人的帽子就是觉如—格萨尔的头戴。因此，我们应该预料到两种象征性意义。其一将会解释英雄的本质，其二则会解释说唱艺人的本质。虽然说唱艺人确实代表着英雄，但他也有其自己的特征。对于英雄来说，我们必须在另外一章（第十章）中来研究他们那淘气调皮的性格，现在尚根本不可能同时讲明这一切问题。但我现在就可以指出他们的其他特征了。至于说唱艺人，他们至少以两种外貌已经为我们所熟识了：可以进入兴奋狂舞状态，并因此而更接近萨满、巫师和占卜师的通灵人；在庙会和节日活动中出现的流浪说唱艺人、杂耍表演者、江湖艺人或街头卖艺者。此外，各种比较的新理由、觉如—格萨尔和说唱艺人的服装并不一致。即使是在同一个体系内部，在打箭炉的绘画中，觉如的白色帽子并非始终都有同样的形状，它有时仅有惟一的一个尖顶圆锥，有时又有更多的尖圆锥，如 3 个尖顶或帽叶（请参阅图 13）。

我们应立即指出,我们在任何地方都没有同时发现这种奇装异服的所有组成部分。这个人物确实是典型的西藏人,是格萨尔史诗所特有的角色。各种不同的因素仅仅是孤立的或以小批量地相重合。各种专家们仅仅通过某些方面而互相接近。我们通过自己的比较而仅仅希望或是从历史角度上指出这种通灵性的可能起源,或是从现象学角度上指出可以对说明觉如—格萨尔和说唱艺人的特征作出可能性解释的模式。

如果我们总结已经阐述的和我们还将要讲到的所有文献,那么我们就可以编制出两幅表来(见下文),它们虽然很简单,但依然可以为我们确定一个简单的初步方向。我们在第一幅表中可以区别出我们的这个人物的不同面目,我们在第二幅表中则把它们汇集成一行文字以便进行更广泛的比较。

我们把为了说明本处所指的这个人物而能够作出的比较共分成了两大类,其一涉及了说唱艺人(Ⅰ),其二(Ⅱ)则涉及了史诗中的英雄。每一种比较都可以再细分为两种。对于第一类,大家可以区别出:1. 进入兴奋狂舞状态,并使一种神灵附身的人物,或者能够看到和听到声音的幻觉者;2. 江湖艺人、演员、庙会上的说唱艺人、丑角表演者或街头卖艺者。在第二幅表中,大家可以区别出:1. 淘气的和足智多谋的青年觉如;2. 威严的格萨尔王。在这两种情况下的两种类之间绝无对立,而仅仅是同一个人物的双重面目。

服装道具对照表(Ⅰ)

	真正的说唱艺人	想象中的说唱艺人	觉如	格萨尔	送给觉如的莲花生帽	杂耍艺人格萨尔	讲述《赛马称王》的艺人	冬族人,安多哇	莲花生及其教派	米拉日巴及其教派	苯教徒	山神
以手捂耳			×			×				×		
白毡帽	×	×	×	× 与盔	×	×	×	×	有时	×	有时	
三类或两耳圆锥帽	×	×	×	×	×	×			×		辛饶	某些

续表

	真正的说唱艺人	想象中的说唱艺人	觉如	格萨尔	送给觉如的莲花生帽	杂耍艺人格萨尔	讲述《赛马称王》的艺人	冬族人，安多哇	莲花生及其教派	米拉日巴及其教派	苯教徒	山神
宽边白帽、红色流苏，红边				×			×	×	×	×		
外白内黑蓝色的帽子		×				×			×			×
白色的衣服	×		×			×				×		
镜　　子	×	×				×			×	× 棍子上	有时	
日　　月	×	×							×			
弓　　箭	×	×	挚于手中		×	×				手中		
彩　　带	×	×		×	×	×			×		×	
鹰羽翎	×		×		×	×			×		×	
孔雀翎	×	×		×		×			在跳欠中			
各种羽翎	×		×	×	×	×						
贝壳或珍珠	×	×				×			珍珠			
(3节)棍子或鞭子	×		×	×						×		
皮条、环和小铃	×		×							×		

服装道具对照表(Ⅱ)

	说唱艺人和觉如—格萨尔	莲花生和其教派	米拉日巴和其教派	莲花生净土的乐伎	流浪说唱艺人和史诗艺人	演员	大山仪轨舞伎	进香人歌手杂耍艺人	通灵人	小丑演员	巫士—占师	苯教徒	萨满教徒
以手捂耳听声音	艺人，觉如		×										×
白色衣服	×		×										×
必不可缺的帽子	×	×	×						×			×	×

续表

	说唱艺人和觉如—格萨尔	莲花生和其教派	米拉日巴和其教派	莲花生净土的乐伎	流浪说唱艺人和史诗艺人	演员	大山仪轨舞伎	进香人歌手杂耍艺人	通灵人	小丑演员	巫士—占师	苯教徒	萨满教徒
白色的帽子	×	有时	×						某些		×		有时
斜顶圆锥帽	×		×				×	×		×	有时	有时	×
三尖或两顶帽	×	×											×
上面插有羽翎的帽子	亦有盔	×											
上面带有珍宝或其他物品的帽子	×	金刚		铃?	×				×		×	×	身上
镜　　子	帽子上	帽子上	棍子上		华盖上		亦有盔					×	
弓和箭	帽上		手中			“猎人”			×		×		×
贝　　壳	×					面具	×	胸、矛	面具	帽、胸			×
彩带(5、17、30)	5、17、30			4，花结		×	×		矛上	花结	仪轨	鼓、马	1070,30
马匹(曲子、木棍、鼓、琴)	马、琴马、驴耳		棍、马琴马			花结		棍、马琴马	花结		花结	驴耳	鼓、马琴马
棍—鞭子	×		×										×
铃　　铛	棍子		棍子上	铃?				铃	铃	铃			铃
带缨的箭矢	×				×							×	×

与萨满的相似性

(1)我们从一开始就已经发现,说唱艺人与萨满(我们使用该词的狭义,即指蒙古、西伯利亚、中亚、满洲人中的萨满教信徒,而不是指随便一种什么巫师或通灵人)具有许多共同之处。这种比较不会引起我们对历史演变渊源关系的任何假设。虽然这一切是可能的,但它却不能得到证实。该地区萨满的任何一个特殊类型都不能被作为模式。相反,在现象学的范畴中,比较则可以反映出说唱艺人的特点。

我们已经指出了某些萨满的白衣,甚至有时还有白帽(见上文注[60]),同时还指出了通过灌顶而接受一顶帽子的必要性和他们听到的声音。但还有其他许多的说唱艺人和觉如—格萨尔身上又重新出现过的因素。科布多的萨满戴有一顶呈管筒状的帽子,上面缀有多种物品:1. 一个圆铜盘,上面带有雕刻(神佛像);2. 贝壳;3. 一个江珧盘(请参阅说唱艺人的海螺);4. 珊瑚;5. 一块宝石;6. 一批钱币;7. 一面小鼓;8. 一个刻有龙的盘片。其顶端插有羽毛(猫头鹰羽)和“鸟尾”(当萨满起舞时,将从这一侧起飞,从而使他具有了一种飞鸟的形状)。[88]

布里亚特萨满具有两种头戴。一种是尖顶的猞猁皮帽,帽顶戴有飘带。[89]一顶带三尖的铁盔,其中两个尖顶酷似动物角(伊利亚德,同上引书,第145页;请参阅第149页有关通古斯人中的情况,鹿角或驯鹿的角)[90]。北方的萨莫耶德人和南部的阿尔泰人都有一顶装饰以飞鸟(天鹅、苍鹰、猫头鹰)羽翎的帽子,而特勒乌特萨满则用猫头鹰皮制造他们的帽子,皮上保留了猫头鹰的双翅,甚至有时还保留了其鸟头(伊利亚德,同上引书,第149页)[91]。众所周知,对于头戴就如同对待服装一样,大家都发现了多种动物,主要是飞鸟和麋鹿—— 驯鹿(同时还有熊罴,其骨架)。我们可以仅限于根据一种蒙古文文献而更为详细地描述布里亚特萨满的服装。[92]他头戴一顶带两个角(鹿角?)的铁帽;身后垂着一条链子(脊柱),在两侧挂着长条的铁块和各种颜色的彩带(代表蛇的颜色)。他手执一根鞭子,上面挂有各种小物品和彩色布条(请参阅米拉日巴的木棍)。其鼓一般均由“木马”来代替。他还有一个大铃和一面镜子。在这里,最使我们感兴趣的是他的木棍—马,名叫作Sorbi或Xorbi,Xurbi(出家人的木马)。其他人共有两种。其一端雕刻成马头状,脖子上带着一个套圈,套圈上挂有3条铁系带(马尾)。其下部也有铁系带(尾巴)。在木棍的前部,还有一个环套和一些微型物品(嚼子、长矛、刀剑、斧头、锤子、船舶等)。非常奇怪的是在科瓦列夫斯基的辞典中,Sorbi一词被用藏文rten-gri翻译,意为“刀之所依”(神像所持之刀,无疑是指神于其中化为肉身）。这后一个词组与土人（蒙古尔人，其词汇是半藏文半蒙文的）通灵人之长矛的名称相同：rten－mduṅ（长矛—所依物，神像所持之矛）。神正是表现在这种长矛中，当通灵人进入兴奋狂舞状态中便让它摆动颤抖。它有五彩（绿、红、黄、白、蓝）的饰带，其中藏有一些镜子（意为通灵人能明察一切）。它有时又由一张桌子（它也摆动颤抖）所取代，桌子代表着“黑虎”（汉人宗教崇拜的影响），备有镜子和铃铛。镜子置于通灵人的胸部，而马铃则均缀于其红巾上（有时外加一顶带有五禅佛的五叶法冠，大家可以联想到西藏说唱艺人在说唱之前要招请它们）。同一名通灵人也携有一条带铁环的绳索（皮带），铁环套在左手的拇指上（请参阅说唱艺人仁钦达结的情况）。此外，他还持有弓箭。[93]

说唱艺人和萨满的马

微型的弓和箭又出现在阿尔泰的萨满身上（伊利亚德，同上引书，第 147 页）。木棍—马取代了鼓（萨满的马或狍子。同上引书，第 163 页）。鼓槌有时就是鞭子（同上引书），有时又是用母马或驯鹿的腿皮绷成的，上面带有铃（在雅库特人中）。在萨莫耶德人中，萨满用一根棍子槌打它们（第 207 页）。[94]我们上文已经提到了萨满的鞭子与觉如的棍子之间的相似性，我们也把它与米拉日巴的木棍（米拉日巴本人也带有大家在萨满身上发现的物品）作了比较，它同时也是进香巡礼人的木棍—马。觉如有时骑白木棍马，上面备有毡鞍，他挥动着其马鞭（图 11a）；他有时又舞动其红鞭，这条鞭子同样也备有毡鞍（图 11b）。

最后，作为藏族帽子之如此典型特点的日月装饰也出现在雅库特和通古斯萨满们的服装中（伊利亚德，同上引书，第 143—144 页）。

但应该引起我们注意的却是马匹。大家在说唱艺人身上没有发现的惟一组成部分是萨满们帽子上的兽角。取代它们的却是马耳或驴（事实上是介于驴和野马之间的野骡）耳。说实在的，我们所比较的藏族和异族之社会各界在耳与角、马与鹿之间均未出现丝毫的根本差异。3 名杂耍演员（觉如，当他头戴帽子时）的帽子可能是代表着一只大角鹿，但他在其他姿态中却骑一头骡子、一只狼、一只山羊（上文业已讲过）。萨满的鼓就是他的马或他的狍子

(疑为麂子、獐子)[95]。巴兹鲁克[96]的骏马的头上装有鹿角,它在那里是为了说明两种内容的可能结合。我们于稍后不远处将会看到(第十章),觉如头戴一顶由一只狍子的骨骼制成的帽子和脚踏用马皮制成的长统鞭子,他穿这样的服装,并以一根木棍作马骑。尽管如此,打箭炉的绘画却把他画成了骑这根木棍、扬起其小鞭子、戴着一顶白色的圆锥帽(不过没有3个帽叶)并身穿白衣(图11a)的人物。因此,正是这种已被理想化的帽子相当于一种麂皮帽。

鼓—马的内容可以使人观察到从萨满向流浪说唱艺人的过渡过程。鼓是萨满和苯教徒们的马匹(或者是一种鹿科动物)。鼓是由被祭祀用的马之皮绷成的。鼓槌(一根木棍)则由一头母马或一头驯鹿的腿皮覆盖。这种鼓被称为"会唱的弓"或由一张作为单弦乐器的弓弩所取代(伊利亚德,同上引书,第163页)。这张弓就是马头琴弓,其弦乐由马尾制成。在蒙古文中叫作tabke(本意为"琴马"),被译成了汉文"弦马"(《四体合璧清文鉴》卷七,第68页)。三弦或四弦乐器在中国则以从中亚(胡)发源的乐器而著名。它在突厥文中叫作qobuz(柯尔克孜语)和在蒙古文中作quur(quɣur,qubur > xūr)[97]。它装饰着一种马头、龙头和狮子头。在柯尔克孜(吉尔吉斯)人中,行使萨满职务的说唱艺人(他能进入兴奋狂舞状态、治好病人和说唱)用琴(胡琴)代替了鼓,这是带有小铃和铁片的二弦琴。他还有一根带有小铃和铁环的木棍(拉德洛夫,1866年,第三卷,第60页注[1])。

马头琴在蒙古人中很著名(在蒙文中叫作xil-xūr)。它在西藏也很著名,由流浪说唱艺人们操在手中表演。蒙古的传说解释了这种琴的形状(我强调指出了我们在有关觉如—格萨尔的问题上所发现的特点)。在北方很远的地方,有一座普通凡夫俗子无法攀登上去的大山。其主(地神)是一头凶猛的狮子,但它却无法离开大山。这座神山是"珍贵八骏马"的住处,它们大都肥而骏,惟有一匹马瘦弱而丑陋,但它却比其他马驰骋得更快、更具有耐力。在数月之间,二十八宿陨落在大地上,并在那里变成了青年勇士。其中有20名原来就骑着马,另外8名前去抢神山的8匹马。他们整夜地攀登,并在天亮之前到达了天际。28名勇士之首领骑上了那匹瘦马。他有一个女友,此人为了阻止它走失而于某一天砍断了该马于腿后折叠的小翅膀。这样一来,那匹马便再也不能返回天堂去了,于是堕地而亡。它变成了一只马头琴(其鬃和尾变成了能发出响声的琴弦),骑士变成了流浪琴手或说唱艺人。[99]

如果说唱艺人是神通者,那是由于他的乐器就是能使他骑着到处奔驰的马匹,而且它也是萨满鼓的后继物。在西藏,流浪歌手们均以马头琴伴唱,但他们都不是说唱格萨尔史诗的艺人。说唱艺人只有一根棍子,但他却戴着一顶配驴耳的帽子。他代表着觉如—格萨尔(觉如—格萨尔的化身)。觉如骑着一根由晁同送给他的棍子,而其守护神北方之神则是马头明王。他的真马也是该马头明王的化身。这是一个"遍知"(神通者或聪慧者,请参阅注[99])。它腿生双翅。但只要格萨尔尚仍为丑陋的觉如,那么其马也必然悲惨不堪。其马也是他的对偶者,它事实上并不是一匹马,而是一头野骡(野驴或野马)。说唱艺人的帽子不是以其帽身而令人联想到了这匹马吗?

在西藏,变成马头琴的马之传说至今尚未得到证实。但另外一种传说却在蒙古和西藏广为流传。它同时解释了一顶帽子和一件乐器——笛子(竖琴或鼓)的原型。这就是长驴耳的国王弥达斯(Midas,原指希腊戈耳狄俄斯和女神库柏勒之子,佛律癸亚之王,他后来曾在阿波罗和潘或马耳叙阿斯的音乐比赛中充当裁判,由于他判潘为胜者,故被阿波罗把他变成了一个长着一对驴耳的人。——译者)的传说(在欧洲还有一些不同的说法:马耳、公羊耳或牛耳)。在该故事的蒙古文版本中,他又是汉地中原或西夏的国王。该故事似乎是由《说不完的故事》所传播,并形成了其中的第22个故事。该故事的中心内容始终是大耳朵国王。他将大耳朵掩饰起来,并处斩了那些曾见过这对大耳朵的梳妆师;惟有一名这样的梳妆师逃脱厄运,并成了此人的同奶兄弟。他无法保守这个机密而把它告诉了一棵植物,有人又用它制造了一件泄露秘密的乐器。大家最终找到了一种补救的办法,即制造一顶可以使他掩饰(或装入)双耳的帽子。司律思(Servuys)神父非常正确地指出,这种病因学的传说可以补充用于解释一种已存在的帽子或一种特殊的头戴,他想到了亚历山大大帝的头盔。事实上,在该故事于中国突厥斯坦流传的文本中,国王是亚历山大,其双耳已由一根角所取代。[100]难道在有关马—琴的传说和其发明与带耳的帽子相联系的乐器之传说之间没有一种联系吗？迪梅齐尔说明，有关弥达斯的最早传说同时既与弗里吉雅式的帽子，又与乾闼婆——半人半马者（马和音乐的生灵，也可能是成为马之前的驴）有关系。[101]这些内容的一种反响能够传到中亚和西藏吗？尤其是经过佛教（而佛教本身也吸收了伊朗的一些内容）的媒介作用。在柏孜克利克第37号洞的一幅壁画中，大家发现了手执一把“竖琴”或一把“龙头琴”[102]的乾闼婆般尸诃（在西藏的绘画中，大家有时也会看到一尊乾闼婆或以手执弦琴的长马头的绿色半人半兽或似人非人者）。[103]我们已经看到，般尸诃在何种程度上被比定为西藏东北部的一座神山，它正位于西方物品经中亚而传到吐蕃的交通路口，我们很快就会发现其法冠。在《罗摩衍那》中，流浪歌手（弹唱诗人，俳优）们取名于罗摩和亩沟的两个儿子俱舍和罗婆，他们被比作了乾闼婆。他们是否有一种专门的头戴呢？

正是这些乾闼婆解释了有关马头琴传说的一种始终未被诠释过的主题，变成了青年勇士的闪烁发光的二十八宿共分化成了27位再加上变成了说唱艺人（连同其琴马）的另外一位。然而，恰恰共有27位乾闼婆，它们代表着星宿（但大家一般均可以计算到28位）。它们在一次称王的礼仪性赛马中起过某种突出的作用，围绕着神王增长天而集中起来（迪梅齐尔：同上引书，第117页）。我们还应该重提一下，觉如在他可能会赢得他成为格萨尔王的赛马时接受了带耳朵的帽子。然而，这顶帽子也就是说唱艺人的帽子。

马匹、帽子和弥达斯的内容

这些研究考察具有一种长处或价值，尽管马头琴具有一种“简单和粗糙”的外表，而且它与萨满教的观念具有确凿的关系，但马头琴的传说也包括一些佛教内容或其他完全属于亚洲诸多伟大文明的因素（八骏和狮子的情况也如此）。我们很注意把自己与萨满的比较局限在北亚的有限范围内，因为我们非常确切地理解北亚与那些伟大文明以及它们在萨满教中留下的大量影响（伊朗和粟特的、景教的、摩尼教和佛教的）之间的千年历史关系。大家对于把如此古老和距吐蕃如此遥远的弥达斯王考虑在内可能会感到犹豫不决。但该故事的大量蒙文和藏文版本都存在于那里，足以证明该故事向我们所论述的这个领域传播的真实性。我们本书前面的一章就为我们的这种观点作了准备，这个弥达斯王的故事恰恰是通过与亚历山大的传说相结合而得以传播开的。在许多文本和尤其是在一种藏文本中，这个故事中的国王没有长长的耳朵，而是长着角。我们于下文还将论述这个问题，但我们还应该指出这种奇特的事实。弥达斯的传说与具有不同的传奇性的两位国王科尔迪奥斯和科尔迪亚斯（其名可能会联想到乾闼婆——半人半马者）和由亚历山大利用过的一种王权内容相联系。但正是在虔诚者的科尔迪安（233—244 年）和科尔迪亚诺斯（名字相似）统治时期，轧制了一种钱币，表现了“一名青年骑士，戴有弗里吉雅帽和王冠，上面带有一个胜利女神像；该马的两条后腿是普通马的腿，但其左前腿则为一条人腿，其右前腿则由一条抓着于其周围盘着蛇的人类胳臂所取代……”这幅画所附的释文是“尼赛人的人臂马”（迪梅齐尔，同上引书，第 247—248 页）。然而，这位科尔迪亚诺斯（其钱币似乎是通过暗示科尔迪奥斯—弥达斯和亚历山大而庆祝“国王”尊号和胜利的）享有的名字与在 262 年的夏布尔一世碑中提到的皇帝相同，该国王的尊号是恺撒（Kaisar，在安息文中作 Kysr，请参阅第六章注[101]）。这个恺撒变成了一个粟特文故事中的英雄，王权的光轮于其中起了作用，也就是那些位于臂膀上的光芒，它们在毗沙门的肩膀上却变成了几种新月（请参阅第六章注[119]）。然而，科尔迪安的钱币在另外一枚同样也是尼切的和在任何方面都相同的钱币上也有一个相对应的图案，惟有骑士在肩膀上带有两种翅膀，这就是“新月”。它属于安东尼奥·庇乌（138—161 年），此人于其钱币上被称为“恺撒”。早在迪梅齐尔之前，大家就意欲通过一种提及恺撒的办法而解释“人腿马”的问题，恺撒在罗马的雕像表现了一匹其前腿为人腿形的马（瓦丁顿、巴布伦和雷纳尔：《小亚细亚希腊钱币总集》，巴黎 1910 年版，第一卷第三册，第 409 和 488 页，插图 68 第 16 号，插图 84 第 39 号）。

萨珊王朝的钱币被传到了中亚，甚至一直被运到中国。弥达斯的神话传说也被与亚历山大联系起来了。由于此人被称为“恺撒”，并被比定为格萨尔（请参阅上文第六章和注[113]），所以这两种内容可能是被传向中亚和进入了吐蕃。它或是通过迦湿弥罗而直接传入吐蕃，或是通过于阗和青海湖而间接传入。由于文献的匮乏，大家不能证实这一切。但大家可以从中洞察到弥达斯和亚历山大传说中的王权内容是怎样得以传播，并接近了作为我们本书中格萨尔原形的恺撒之形象。

因此，我们在尽可能的范围内可以确信自己的比较是正确的。大家已经清楚地看到，弥达斯—科尔迪奥斯为了掩饰其驴耳而戴的“圆锥形冠”应该是代表着一种带有如同是兽耳或兽角之附件的头戴。但这个弗里吉雅人也应该是以科尔迪亚诺斯钱币上的骑士所戴的弗里吉雅帽为特征。然而，我们本处听讲的杂耍演员——说唱艺人觉如的帽子也有耳朵，大家也长时间地强调了帽身的尖顶向前倾斜（如同一顶弗里吉雅帽那样）的事实。难道这类帽子与在中亚和吐蕃出现的帽子不同吗？是的，恰恰如此。我们已经看到，在乐伎——英雄的头上戴有一种顶部系有铃铛（或者是一颗宝珠）的帽子，这种人带着弯鼓槌的鼓（图 11）。我们于下面一节中还将会看到这是滑稽剧演员或杂耍表演者的特征。

难道我们从事这类比较时搞错了吗？反证法是完全可能的。说唱艺人和觉如的白衣白帽均被与苯教徒们的服装作了比较。这种比较仅仅部分正确。噶举巴信徒则更为接近说唱艺人。但苯教徒同样也不应该被完全排斥。他们一般均扎白色或蓝色巾。我们的这位具有三重身份的觉如——杂耍艺人后来被描述得头戴一顶带耳朵的帽子，但首先是作为扎白色巾（三重色为白色、黄色和蓝色）者出现的。然而，起源于辛氏家族的苯教徒的这种传说（见注［100］）告诉我们说，羊毛巾用于掩饰第一位苯教徒的驴耳。当巴俄祖拉陈瓦书（《贤者喜宴》）中的说法把这第一位巫师的地方定在吐蕃中部时，其他人的说法则把这些辛（苯教师）确定在吐蕃西部，甚至是伊朗。这些辛的名字甚至很可能与洪扎—纳加尔的辛纳之辛（欣）人语言有关系，而苯教传说却与勃律（吉尔吉特，见笔者于《东方学报》第十卷第二期中作的考证，1957 年，第 372 页）有关。所以，大家最不会感到奇怪的恰恰是在吉尔吉特的《格萨尔史诗》中，青年格萨尔的父亲班珠及其同父异母兄弟布姆利福坦则以一颗驴头为特征（请参阅上文第三章）。

我们曾在同一条注释（注［100］）中提到，苯教巫师、裕固族国王或那囊民众们的驴耳都被定位在中国突厥。那囊已被比定为萨玛尔罕（见达斯辞典），虽然此名肯定首先是指西藏的地区（请参阅我的补充博士论文）。但西藏的其他地名也被定位于中亚。不过，作为突厥斯坦之特点的佉卢文则通过传说而与位于印度西北以远的一个地区怯路数怛勒(Kharostra,该地区又被比定为疏勒和于阗)和一名上人佉卢虱吒(驴唇)相联系。下面就是有关此人的传说:“天子”大平等王[104]有一王妃,她与毛驴性合之后生下一个长驴头、驴耳、驴嘴、驴眼而又具人身的儿子。他遭其母遗弃,并被抛入了茅厕之中,但却被一个叫作“驴神”的罗刹女打捞出来,她教他学会了以长生不老药(一般均产于北方)为生。由于这些药的作用,他的体态变美了,他身上仅仅留下了驴唇。[105]由此而有了其名。这样一来,各种佛教和西藏的传说都将驴或马类生灵的地点置于了北方的突厥斯坦。于阗被认为是由毗沙门天王保护的,大家又把 8 名马主之神与他联系起来了。龟兹王被伊朗人(胡人)既不称为驴,又不称为马,而是称为骡子(因为他采纳了汉人的习俗)。

一整批完全属于萨满教徒、说唱艺人和淘气调皮格萨尔的故事又恰恰把我们带到了这个关键性的地区。

骡子、狮子和魔马

龟兹王被称为骡子,既非驴又非马。在吐蕃,骡子以“三条腿”的名称而为其特征,因为它有 3 种血统:父亲为一头公驴,母亲为一头母马,而它自己却是一匹骡子(达斯辞典第 72 页,有关夭女骑骡子的问题)。然而,“长三条腿者”系指毗沙门—俱鞞罗,他是北方的保护神,同时也是财神(同上引书,第 74 页)和于阗国主。在吐蕃的肖像中,他骑一头狮子,其信徒为八名骑士。这两大特征又出现在有关萨满—说唱艺人的马头琴起源的传说中了。这种马头琴代替了萨满的鼓和普通马。然而,据一种雅库特神话认为,一面被一根棍子 3 次击破的鼓变成了一头三条腿的母马(伊利亚德,同上引书,第 408 页)。当萨满的鼓不是被一把马头琴取代时,它就是被一根木棍马所取代了。我们已经在佛教朝圣巡礼人、说唱艺人和觉如—格萨尔中发现了一根功能相似的棍子。正如在有关人类(儿童、成年人和老人)的著名谜歌中一样,木棍可以被视为拄棍人的第三条腿。科尔迪亚诺斯钱币上的骑士长有两条马腿、一条人腿和执一根木棍的一条人臂。迪梅齐尔(同上引书)非常正确地指出,这类形象可以通过年终的假面具舞蹈跳欠来解释,舞场的中央放置一个作为节日狂欢活动化身的吉祥木偶国王。我们还将会看到,伊朗的一种这类节日(一些狮子和一头毛驴介入其中了)也在突厥斯坦扎根立足,甚至一直传到中国中原和日本。一些这类的形象变成了以其狡猾、淘气和充满魅力的小丑(如同觉如那样)之特征而与众不同的故事中英雄人物的性格。奥谢金人中的英雄希东具有一匹三条腿和快如疾风的马。他在斯堪的纳维亚人中的对应者洛基变成了一匹母马,并产下一匹八足马驹(迪梅齐尔:《洛基》,巴黎1948年版,第181—182页和192页以下)。这些英雄人物那淘气滑稽的性格可以使人将他们与觉如相比较,他们的恶毒言行也如此,但更主要的是比作觉如的对手——其伯父晁同。觉如的木棍—马匹正是出自作为法器持有者的后者。晁同则与亦为其本命神的北方之神马的马头明王相联系。

在讲到长马头的乐神乾闼婆时,我们已经看到,它们由于其数目而使人联想到了马头琴传说中的28名骑士,他们都出现在一次为称王而举行的赛马中,集中在俱鞞罗王的周围。这后者已被考证为毗沙门(财富之神和保护主)。但毗沙门是如同国王一样显贵而威武的青年勇士(他具有国王陛下的王冠和光轮)的典范,由八名骑士簇拥。俱鞞罗既丑陋而又粗俗不堪(其名译成藏文为Lusṅan,意为“丑陋之身”;它的印度文名词无疑应出自Kūbara,意为“驼背人”)。这是一个白色人,长有三条腿,但仅有八颗牙齿、一只斜视的眼睛和一个便便大腹。他是铁匠。[106]

俱鞞罗—毗沙门的对立性和同一性与我们还将要研究的觉如—格萨尔之间的关系相同。格萨尔—觉如与铁匠之间的关系是多方面的,我们于此仅仅注意以下事实:格萨尔装作杂耍表演者之后,他便在霍尔人地区作为铁匠徒工而开始了活动。在霍尔人地区,铁匠们的势力很大,他们的生命之灵是一块神铁,他们的本命神是特尔或台乌让(桃郎神),即独眼单腿的铁匠(请参阅上文第四章)。他们的本命神白哈尔也如同毗沙门—俱鞞罗一样为财宝的守护神,其特点或标志是它骑的一只木鸟(请参阅上文第六章)。俱鞞罗自己也由乾闼婆簇拥,乘一辆半鸟半马的密迹天(瞿醯夜迦)[107]拉的车(在藏文中作Çiṅ-rta,意为“木马”)而行走(迪梅齐尔:同上引书,第127页)。霍尔人恰恰拥有一匹“三蹄魔马”,它带领霍尔人中的所有马紧随其后奔驰,并以此而确保其主人占有它们。格萨尔以青年铁匠的面目出现而骑上了它,并且以要诡计而为岭地得到了它(弗兰格,1905 年,下拉达克版本第六卷,第二篇文献,第 206—212 页,第 244 页的概述;第七卷,第七篇文献,第 300 页,在概述中删去了这一段文字)。如果格萨尔如此这般地夺占了霍尔人那三足魔马,那么他青年时代的木棍玩具马归根结底也是出自霍尔人中。事实上是白梵天神(天上的台乌让和霍尔人的本命神)把这根木棍(它是白色的)送给了象雄的一名苯教徒上师,它又于此而传给晁同,晁同可能把它转让给了觉如(林葱木刻本,第二卷,第 41 页)。[108]

如果三条腿的马是出自安着一根木棍的一面鼓的萨满教徒们的用具,那么它却同时酷似雕刻着马的木棍和马头琴,它们取代了这同一面鼓。迪梅齐尔(《洛基》第 30、41、47 页)也讲到了在假面具舞蹈中(跳神、跳欠)中骑着长有三只足或八只足的马的"蒙昧骑士"。伊利亚德曾指出(同上引书,第 407—408 页),八足马是日耳曼和日本人男性秘密会社的特征,但同时也是萨满教的特征。[109]在萨满教的社会环境中,马头琴出自北方大山中的八骏(八匹奇特的马)之一,该山之主(地神)为一头狮子。生活在北方的霍尔人也有"八匹智慧马",其名仅仅为藏文 Çaṅ-ces 的译名,意为"遍知"、"神通"或"聪慧"。这是对骏马(尤其是格萨尔坐骑)的称呼,而该藏文词又是梵文 ājāneya 的意译,本意为"良马"或"宝马"。但霍尔人的八骏(八匹遍知马)也被译成了藏文,并带有动词' Jom-pa(聚齐、完备),它对于觉如一杂要演员来说则系指同一个人物的三重身份。因此,大家完全有理由认为八匹马就相当于惟一的一匹马。从此之后,大家就会非常惊奇地发现此马并没有八足。我们已经指出了马匹—鹿科动物之间的相似性。在通古斯人的萨满之中,有一种动物的母亲生了一匹八足獐子(伊利亚德,同上引书)。霍尔人的八匹"遍知马"在蒙古文本中却变成了"驼鹿"或红色麋鹿、驯鹿或獐子。它们使霍尔人整群的马紧随其后,完全如同下拉达克版本在与格萨尔史诗相对应的段落中所说的"三足魔马"一样(施密德,1836 年,第 173 页,重版本第 169 页;木刻本第 11 页;乌兰巴托再版本第 189 页)。

所有这一切都完全会使人联想到八匹马(其中的一匹变成了琴)与八足马之间的相似或亲缘关系。[110]据我所知,这后一匹马未在藏文中出现过。相反,“八足狮子”这种印度观念却在那里起了一种重要作用。在马头琴的传说中,八匹马生活在一座其神为一头狮子的大山上。毗沙门(长有三足者)由八名骑士簇拥。在他的公开的形态中,他却骑着一匹蓝马。但在他的神秘的形态下,却是一头长蓝色鬃毛和尾毛的狮子(《隆多喇嘛全集》第24卷,第7页),而蓝色的鬃毛和尾毛却是格萨尔坐骑马的特征(林葱木刻本,第三卷,第39页)。蒙古的八匹“遍知马”涉及了“遍知”的良种牲畜概念。但如果该词泛指一匹马和特别是指格萨尔的马,那么辞书编辑者们也知道另外一头神通的狮子、一匹马和一头大象(良种,见《翻译名义大集》第4769、4771和4773条)。这无疑就是世界之王的牲畜。[111]所以,宝马被认为体态很美,具有孔雀的颜色、狮子的力气和大象的智慧(《神香圣者之酬》第41页),或者是大家共同鉴别出的马匹的3种品质:最上乘者都如同野骡和狮子,中等者如同驯鹿和麋鹿,低等者则如同残废和瘸腿的旱獭(巴科藏稿本,第72页)。然而,佛教中也出现过一头长八足的狮子。据达斯认为(其辞典第73页),它也出现在吐蕃的神话雕塑或“神话绘画”中。有一件很奇怪的事,该词(“八足狮”)翻译了梵文gavaya(据莫尼埃—威廉姆斯认为,gavaya意为“一种牛、良种牛,但它却被印度学者们错误地分在鹿科动物之中了”)和’sarabha(八足鹿或八足狮,意指一种神奇的动物,酷似鹿,它只能被一名国王杀死,而该国王也由此而得名为“世界国王”)。[112]但在另外一部辞书(《四体合壁清文鉴》卷31,第5页)中,“八足狮”这个藏文词汇却被用于翻译汉文“龙马”或蒙古文Lun-meri(其意又为“龙马”,指奇特品种的马)。至于中国中原一方,那里在汉代和唐代之间,一种八足狮象征着在八个方向旅行(如同萨满们的那种神秘旅行)之愿望。[113]

我们还将会看到,格萨尔的马即为他本人的对应者,也是其王权所必不可缺的。然而,它事实上是一只野驴(野骡),也就是介于驴和野马之间的一种奔驰得特别快的马。它那漂亮的耳朵酷似一顶帽子,其蹄子酷似鞭子(林葱木刻本,第三卷,第47页)。其耳朵尖装饰着鹰羽(同上引书,第38页),完全如同说唱艺人的帽子一般(见上文图1)。说唱艺人的帽子就是他所代表的觉如—格萨尔的帽子。对于帽子上两个驴耳的解释是强词夺理的。当代说唱艺人的解释(格萨尔想到了其王妃或者相反是王妃想到了格萨尔)仅仅为一种权宜的解释,是不得已而求其次的解释。另外一种神秘性的解释(把"智慧"与"方便"联系起来了)则是喇嘛们有意识的再解释,他们希望在格萨尔史诗中找到一种隐蔽的意义。对所有具有相似性的形象比较研究都会把我们导向一种协调一致的景象。帽子及其耳朵可以通过戴帽者的双重性格来解释。一方面,这是神通说唱艺人与萨满及其在西藏的对应者(苯教徒、宁玛巴和噶举巴出家人)相似。另一方面,这就是他代表的英雄——世界国王,世界国王的特征与一种流传相当广泛的民俗和使其与能够吸收这种民俗的佛教所共有。在这样做的同时,我们就已经遇到了这样的人物和社会环境(毗沙门天王、突厥斯坦),我们觉得他们要对从拂菻的恺撒之名称与民俗向冲木·格萨尔和岭·格萨尔的传播负责。

帽子上的另外一种相当出乎意料之外的因素也讲到了同样的意义。在这个问题上也如此,国王—勇士和说唱艺人这两种人物结合在一起了。说唱艺人的帽子装饰有不同飞禽的羽翎,这就使他同时酷似萨满和宁玛巴上师。但是,对觉如—杂耍艺人帽子的描述另外还包括有一只展翅的雄鹰(金翅鸟,见上文第1、2条)。这种金翅鸟及其如意宝在世界国王和毗沙门天王的传说中起过一种巨大作用(请参阅上文第六章),它形成了白哈尔的头颅(请参阅上文第六章)并装饰了毗沙门的王冠(同上)。由毗沙门保护的于阗王戴有一顶金冠,它酷似一只公鸡的鸡冠("鸡冠"一词完全是指包头发的头巾或帽子)。[114]傅舍(Foucher)想到了在般遮迦(毗沙门的对应者)和公鸡之间的关系,同时也思考国王不会由于其王冠而酷似其假定的先祖(《犍陀罗》,第二卷,第一册,第123页)。其象征肯定是勇士。陕西的一尊唐代小塑像便代表着一名勇士(他无疑挥舞着一根长矛枪),头戴一顶出自金翅鸟的鹰的鹰头帽,此外肯定还戴有王冠(劳佛尔:《中国的泥塑像》第一卷,芝加哥1914年版,第227页)。[115]我们还将会在某些萨珊王朝国王的王冠中发现鹰头。但在本处,我们所关心的是神通说唱艺人。勇士的面貌对于他来说并不比萨满—巫师的一方更为陌生和格格不入。我们已经知道了说唱艺人—力士表演者。通灵人恰恰与他们相符合,藏族通灵人一般都带有一顶盔,上面有鸟冠或鸟羽饰(在苯教通灵人盔上是公鸡毛)。[116]他也携带说唱艺人和萨满的镜子或者是日月装饰。它同样也是大家在伊朗的盔——王冠上发现的象征物。这就是说通灵人代表着一尊战神。在说唱艺人和格萨尔之间,没有丝毫差别,其依止就如同附身于那里的神灵。勇士英雄也是巫师。

说唱艺人和滑稽表演者、猕猴和雄狮

(1)2. 说唱艺人也是杂耍演员。这样一来,某些特点可以通过与各种以娱乐而消磨时光的人之比较得以解释。

这个问题应被作为说唱艺人和萨满之间的相似性而被提出来。我们仅仅注意其中几种突出的特征,我们不认为这些并非是涉及孤立特征而是涉及了一些统一整体的比较是理由充足的。这就是为什么最重要的是正确看待格萨尔——杂耍艺人场面中的实质性内容。三名杂耍表演者演出一种国王和全民都参加的节目。他们从事一种取乐的诙谐行为。这些人既以其帽子,又以随同他们的动物(猕猴和毛驴)而有别于其他人。猕猴扮演了一种明确而具体的角色。它们取代了一般都是支撑御座王位的狮子。狮子代表着荣耀和威严的外貌,而猕猴却代表着滑稽可笑的方面。

然而,早在很久之前,劳佛尔就已经提醒大家注意在汉地的一整套可以比较的做法。这一整套做法直到日本都获得了一种极大的成功,它是出自印度(他认为是这样的)并经由中亚而传播来的(《中国汉代的陶器》,莱敦 1909 年版,第 240—241 页)。在陕西,从潼关到西安,大家经常会看到在住宅前有些木桩子,他们似乎是被用于拴马的。它们的顶端有时装饰着一种桃状的圆形物(尖嘴朝下),有时又装饰一头狮子(这是典型的佛教吉祥物),但有时也装饰一只猕猴模型。猕猴有时是独自被装在那里,有时又是骑在一头狮子的背上(爬在狮子上面或者是如同骑马一般骑上它)。在第一种情况下,它坐得很端正,前爪中捧着某种它正在啃啮的东西(无疑是孙悟空偷吃的那种长寿桃),或者是它将前爪交叉在胸前。[117]当它坐在狮子身上时,则以右手捧物品而同时以左手抓住狮子。但现在又是另外一种柱子。这一次是一个被劳佛尔称为“滑稽演员”的人,他或独自一人坐在那里,或者是骑在狮子身上。福尔克描述了在同一地区的同类柱子(他称之为木桩),这就是说它带有蹲在一头狮子身上的猕猴,或者是坐在狮子身上并在肩上[118]带一只飞鸟的"戴其疯僧无边圆帽的小国王"[118]。由劳佛尔描述的"滑稽演员"戴着一种"宽松的、通常是圆锥形的和尖顶的小丑帽子。其帽尖垂落在前面。有些帽子则带有拉下来遮住耳朵的帽檐"。在其他情况下,"这种帽子用缠绕着的线以螺旋形缝制而成,因而在外观上颇似一个真正的蜗牛的硬壳"[119]。据当地传说认为,这些柱子可能开始于唐代。劳佛尔认为,完全如同佛教中的狮子一样,"滑稽剧"应该是来自印度。他强调指出了在唐代到达中国的印度杂耍演员。无论如何,他在突厥斯坦发现了猕猴和"滑稽演员"形象的样本,它们是由斯坦因从那里带回来的。霍恩勒在描述突厥斯坦的一个陶器残片时,使用了这样一句话:"一个男人,其装束与中世纪的宫廷小丑的服装具有惊人的相似性"[119]。劳佛尔针对这个问题而指出,欧洲的丑角演员经常都戴有狮子面具。[120]他思忖这些事实与在中国内地、日本和越南广为流传的狮子舞之间有什么关系。在西藏,这种狮子舞也存在,狮子是由一名"丑角演员"而传入那里的。

这些滑稽剧演员、街头卖艺人和杂耍表演者问题的涉及面太广而很难被作以研究。几条资料就足以为格萨尔——杂耍演员的演出确定地点和断代了。我们首先指出其相似之处。格萨尔——杂耍演员表演一种头顶王位御座的猴戏,这些猕猴取代了狮子。表演者有一顶帽子,其主要的两大特征就是其耳朵与其尖顶向前倾的圆锥帽。尽管如此,他也被说成是头扎一条巾。陕西"台柱子"的滑稽表演者头戴一顶类似的帽子。他坐在一头狮子的身上(意指他降伏了狮子)。猕猴有时也要表演其角色。猴子和耍猴人融为一体,所有这两者同时或各自单独表演一些滑稽剧。猕猴的这样一种用途在中国自汉代以来就已经出现了,尤其是出现在楚地和今之四川。它在当代羌族人中仍然很流行。在这些人(他们自上古时代以来就在汉藏走廊地区繁衍,而格萨尔史诗也正是诞生于那里)中,猕猴也是巫师—通灵人的先祖。这种巫师—通灵人酷似我们本处所说的说唱艺人,他身穿白色外套和一件绵羊皮大衣,其帽子是用猕猴皮制成的(带有眼睛和耳朵),上面缝有猴尾,从而形成了三尖状(石泰安,1957 年,第 8 页)。在我们的史诗中,3 只猕猴(和 3 头驴)仅仅为 3 名杂耍艺人的对应者。但在中原汉地、日本、西藏和印度,杂耍演员及其猴子或猴子独自(尤其是孙悟空亲自这样做)以其表演手段而完成一种特殊的功能,他们看守和牢牢控制的是马匹而不是狮子。[121]类似的例证也出现在西伯利亚(同上引书,图10,猴子骑在马身上)。在日本,佛教与其他非佛教内容的结合经常比在汉地表现得更为强烈,其形式与在西藏完全相同。在日本,那些准备张贴在马厩中的法帖是要由佛寺来颁布的。大家于其中看到有一至三只猴子牢牢地拉着一匹马,它们披着头巾,携带一把雨伞或一根其顶端悬挂一串纸条的木棒。其中有一些戴着真正的弗里吉雅式帽子;另外一些则戴有一顶"三重冠"(圆锥形帽),其横截面下部呈梯形,上部呈三角形(如同西藏说唱艺人的帽子一般),装饰着一个圆盘(图12)。

这种法帖叫作《马头观音》。[122]

降伏马匹的猕猴很可能就相当于骑狮子的猴子,它们是降妖者,但同样也是街头卖艺者、马戏团和庙会上的表演者。八足狮子或马匹、毗沙门的坐骑狮子或马匹、有关马头琴传说中的八骏和狮子为我们酝酿成了这种反复变化。狮子和马匹有时就是贤明国王的象征物或代表物(见上文第六章注[88]),有时又是他的驯服坐骑(毗沙门天王)。

现在已是重新提到三名杂要表演者(格萨尔)的猕猴有一颗金头(其中之一叫作"金色")的时候了,这是它们作为"财神"的标志。它们在这一方面既与毗沙门又与羌族通灵人(他们以猴皮作帽子,这是"金丝猴"。见石泰安,1957年,第8页)的猴祖相似。在吐蕃,猕猴亦为人类之先祖。完全如同格萨尔一样,它是莲花生的化身和国王的保护神(同上引书,第5页。有关格萨尔的情况,请参阅达木丁苏隆,1957年,第151页)。[123]

除了由一只猴子牵马的图像之外,汉地还出现过一种由被称为拂菻(东罗马,在藏文中叫作Phrom)的"西域胡人"用铁链牵狮子的图案。在宋王朝统治时代,这种图像装饰着柱子(《营造法式》卷33,商务印书馆版,卷四,第137—138页和第103页)。在至少从7世纪就于中国中原出现的狮子舞中,狮子都是长角动物。从汉代开始,各部断代史都讲到了狮子,认为它们是与一种酷似鹿和长有一二只角的动物同时被入贡中国的(稍后无疑是与之相混淆了),这就是由印度斯基泰(月氏)人、安息人(帕提亚人)和乌弋山离(亚历山大城)人奉献的贡品(《汉书》卷96上,第6页;《后汉书》卷三,第9页)。狮子舞本身就是有口皆碑的,就如同它于隋代自西域(龟兹)传入中原的情况一般。[124]在龟兹,有一座位于北方的神山(那里有一座北方天神庙,也就是毗沙门天王的庙)。一条虎头龙变成了狮子。这头狮子被国王驯服之后便成了其坐骑。[125]大家还记得,一种驯化狮子的故事也形成了于阗王(其保护神为毗沙门)的特征(见上文第六章)。我们就这样发现了马头琴和毗沙门传说的内容。我们现在再回到传入中国中原的狮子舞问题上来。它与一种新年的礼仪有关,一些裸体青年人在这种礼仪中于隆冬寒天而被冷水浇身。这种节会庆祝活动在中原汉地未能保持下来。它出自波斯,在那里形成了新年(诺鲁兹节)的特征。但狮子舞和有关狮子(连同其绣球和乳汁)的民间传说都被维持下来了。在宋代尚如此,大家在新年时堆雪狮。[126]至于狮子舞,它已变成了一种始终都会使人感到滑稽的娱乐。

在西藏,有关狮子的民间传说也如同在汉地一样和甚至比在汉地更为活跃或更具生命力。那里始终是一头长有"绿玉色"鬃毛和尾巴的白色狮子,这就说它是一头蓝绿色的狮子,完全如同毗沙门天王骑的狮子一样。[127]这头母狮及其幼狮(在史诗中,格萨尔经常被比作该狮)是冰川雪域中的典型动物。因此,它与寒冷气候的关系被维持下来了。在西藏,既在新年,又在其他节日表演狮子舞。但是,时间不长,一场裸体青年的赛马形成了达赖喇嘛官方新年活动的特征,那些赛输的人都要被冷水浇身。正月(新年元月)与假面具舞蹈(跳神)和驱逐替罪羊(老工甲布)一样成了一次欢庆活动。那个化装成没有教养的牧羊人者面部被涂得半白半黑。他暂时被授予可以征收赎金的权力(欢庆活动中的国王),他可以玩骰子和与化装成达赖喇嘛的一名喇嘛持续进行神学讨论。如果他失败了(这是理所当然的事情),那么他就要遭驱逐。在狮子舞中,此人(由两个人扮演)被一名丑角演员或小丑引导。他也化装成无教养的牧羊人,带着铃铛(一般是由一名青年人代表)。大家在民间新年的那种半白半黑的脸谱中还可以发现这个小丑,他于其中边舞边唱一些吉祥的祈愿。他自称"白鬼",滑稽地表演各种人物(包括飞鸟和骑士等)。他骑一根叫作"如意宝贝"的木棍马,而他本人却叫作山巴顿珠(这是昌巴桑塔提供的资料)。这一切同时都是孩童时代的觉如—格萨尔的姿态和用具,而那些名称则都是对其鞭子和白色猕猴的称呼，该猴子正是格萨尔—杂耍演员（桑巴顿珠）的第一只和主要的一只猕猴。[128]

这些事实的重要性只能在有关英雄觉如—格萨尔本质的最后一章中才会淋漓尽致地表现出来。我们于其中将会看到（现在是提前讲一下），觉如那卑微的形象与“狂欢国王”（可能是指老工甲布，打的是牛魔王。——译者）的职务相吻合。但在本处，我们仅仅是表面上远离了主题。事实上，下面就是我们在追溯泼水节的伊朗起源时所发现的内容。在这个年末节日中，有一个诡诈的、淘气的和作恶的人物起了一种主要作用。但在马苏第（10 世纪）最古老的描述中，他是仅称王一天的新年国王，在此期间可以随心所欲地取走他希望的一切。他光身骑着一头毛驴而穿街过巷，被人浇一身水和泼一身雪（这是为了驱寒）。在其他的记述中，这个人物（或者是其替身）在节日之后被杀（替罪羊，就如同在西藏一样）。这种节会也于 7—8 世纪出现在萨玛尔罕，它是从那里与龟兹的狮子舞同时传入中国内地的。[129]在中国中原，伴同泼水礼仪的舞蹈（或唱段）叫作“苏莫遮”，该词系指一顶帽子（无疑是尖顶帽，它是高昌或吐鲁番的帽子）。向达认为这种礼仪是从伊朗开始而传入印度，再经龟兹而传入中国中原。该词以及用来称呼它的舞蹈出自龟兹，那里假面具舞蹈的目的在于降魔。大家不知道这种假面具的形状。但保存了许多外来舞蹈的日本人却认为，它代表着以金猴外形出现的一尊山神，其前颅有时装饰着一只角（1138 和 1233 年的文献）。大家可以讲的一切就是在龟兹的新年期间，于假面具中有一些“狗头”和“猴面”。[130]

这一通回顾明显地突出了扮成说唱艺人——杂耍表演者的格萨尔的那些街头卖艺人或滑稽表演者的性格特点。经西域而与伊朗相联系的事情又一次显得明确无误，不容置疑，“滑稽演员”的性格只是在表面上于此显得与神通说唱艺人的性格有所差异，这类艺人的特征又同时出现在萨满教中和大文明的宗教民间传说的某些事实中了。各种因素的结合是在西藏的东北部实现的，那里的居民（尤其是岭地世系的冬族人）都是土著人和占相当分量的羌族人。在这些人中（我们已经指出了这一点），猕猴同时扮演了滑稽演员和巫师——通灵人先祖的角色。在丑角演员与“萨满”之间没有任何绝对的对立。我们暂且不讲如此鲜明的北美印第安人的特征，只要于此作为比较而提一下布里亚特人的事实就足够了，萨满在晚会上要手执其木棍马而招神。受招请的神便附于他身上，而萨满便模拟它以作滑稽表演。滑稽角色很多。萨满以真正演员的身份行动，往往是戴着一顶假面具，与各尊神进行对话（见克莱门茨于哈斯汀的《宗教和伦理道德百科全书》中写的《布里亚特人》一条目，第三卷，第13页）。

（2）1. 英雄的外貌就如同淘气的孩子，他很接近我们刚才在（1）2中讲到的杂耍表演者的形象。但这种内容如此重要，以至于我们被迫为它保留整整一章的文字（第十章）。所以，我们于此立即转向论述英雄的第二种外貌——国王的外貌。

王冠

（2）2. 王冠在具有三重身份格萨尔——杂耍演员的场面中，此人被描绘得如同是扎一条巾。昌巴桑塔认为，这就是代表着世界三层的三尊天神王的象征。事实上，这三者中的第一位是白梵天神，叫作昌巴顿妥（螺髻梵天）。在打箭炉的第10幅画（中心画）中，它被描绘成头扎一条很精致的白巾：其前部被掩饰在一顶王冠之后，其顶端结束于一个真正的贝壳。后者在由聂伯斯基—沃热科维茨发表的一幅画的照片中非常明显（1956年，图5和第146页）。中界的代表是神山格卓，它也被绘于一种橘黄色的巾上（第6幅画，图13）。但在同一批绘画中，头巾还形成了其他许多人物的特征。神山玛钦蚌拉（阿尼玛卿山，第6幅绘画）、"宗教的三王"（白色的，第1幅绘画）、辛拉俄噶、达拉雅苏（即相当于般尸罗，也就是唐古拉山山神）、世界第一神仙先祖益门国王及其代表"原始部族"（噶、白等部族）的后裔，最后是闻喜（兑巴噶，格萨尔在天神之域的名字，所有这些人都扎有白巾，见绘画1，图13）。

如果说白巾也可以是苯教徒们的特征[131]（虽然他们也有蓝色和红色巾），那么它也特别是一种国王的标志，松赞干布就扎着这样的巾（上面带有阿弥陀佛的供像，位于一幅格萨尔传绘画的中央。请参阅上文第二章，莱敦藏画）。这种国王的形象在吐蕃至少要追溯到某些佛陀、菩萨或神仙的佛教肖像，它们均以其国王（而且往往也是青年时代的）的特点而引人注目。在描述格萨尔——杂耍演员的三重身份者的帽子（其巾仅为一种对应物）时，噶伦堡藏《霍岭大战之部》的稿本(第42页)指出:“帽子上挂镜子的事实,这就是他酷似一名扎巾国王的事实”。然而,这顶帽子有3个尖顶,三重身份的格萨尔——杂耍演员正是以这种带3个尖顶的白色王冠而出现在打箭炉绘画中的(第10幅图)。

在我们讲到的佛教形象中,缠在头发上的巾也与“一种把头发梳妆成3(4?)、5绺或尖顶的三重冠式”的装束结合在一起了。印度的事实已经被作了阐述,只要简单地指出可以与格萨尔和说唱艺人相比较的某些事实时,参阅这一切就足够了。

佛陀,贵霜风格,头扎一条巾,带有一个叫作“嘛呢”(如意宝)的金属盘,上面写有经文。其巾是国王或神仙权威的区别标志。	格萨尔——杂耍艺人帽子上的镜子使它酷似国王的巾。如意宝(嘛呢)是单独提到的,有时在镜子之外,有时在带红流苏的帽子上单独被置于帽顶。
在被做成贝壳形卷发的头发和缠头帽之间的犹豫不决。长发(国王和修道人)和剪发一绺或者是在佛陀剃度时留一绺以扎巾,在为孩子剃发时留三五缕,内容之间反复变化。	请参阅上文第六章:格萨尔为“雄狮”和“胜敌之宝”。发式、卷毛狮子和卷作贝壳状如意宝的内容。狮子的一种称号为“五髻”(般尸诃,五缕毛,见达斯辞典)。般尸诃与北方之秦国和毗沙门的关系。
在佛本传中,毗沙门亲自制作了为俱鞞罗和悉达多王子举行国王受度仪礼的巾。	格萨尔——毗沙门——俱鞞罗之间的关系。天神之子格萨尔的名字是顿珠(悉达多,成就事业)。[133]同一个名字也被赋予了白猕猴,它是格萨尔—杂耍演员的对应者,他那相当于一条巾的帽子是由昆首羯摩天(工巧天)所造。
青年王子或天神的特征是由三、五个“王冠”形成的,如般尸诃、文殊师利(连同其狮子)、观世音和毗沙门的那种。	带3尖顶的王冠首先是青年格萨尔(觉如)的特征。

只要瞥一眼佛陀或佛教神王的某些圣像，大家就可以理解人们会在三绺或五缕头发之间犹豫不决。吐蕃式的西域毗沙门（双肩上的火焰和头上的轿子——宝幢）有一种很精致的头戴梳妆。最为引人注目和使人感到惊奇的是一顶五个尖叶的法冠（或巾），其中三个主要尖叶都很明显，另外两个较小的被置于两个外叶和中心叶之间（松木荣一：《敦煌画的研究》，第120页；请参阅上文第六章注[120]；拉露：《亚洲艺术》，插图1—4；请参阅上文第六章；注[119]）。在其他圣像之上，大家只会发现一种简单的3叶冠（同上引书，插图119a—b和121a），酷似觉如的帽子（请参阅本书图14a）。

吐蕃式毗沙门的这顶王冠与比哈尔的说法佛陀（9—10世纪，见霍尔瓦斯：《中亚艺术》，布达佩斯版，无出版时间，插图96；见本书图14b）的法冠（酷似头发的一种梳妆方式）完全相同。同样的梳妆方式（一个圆锥发髻之前法冠上的三个尖顶）形成了苯教创始人辛饶的特征（霍夫曼，1950年，插图11和第122页；我们本书中的图14c）。所以，我们现在对于达斯为此人物所下的奇怪定义就会感到不那么惊讶了："辛饶被描述为具有白色的皮肤（如同觉如和顿珠一般，也如同弥勒佛一般），其衣着酷似戴着毗沙门王冠的宁玛巴佛教徒上师莲花生的法衣"（《西藏苯教史纲》，载《印度佛教经文学会刊》，1893年，插图1，第4页）。

被分类为北方佛和即将诞生于被描述为俱卢洲（北方）幢相山的弥勒佛在西藏则被描绘成戴有一顶三尖法冠者（图14d，拉达克戈尔古尔的供像）。同一法冠形成西域毗沙门（同样也在北方，它同时也以欧洲方式坐在那里，就如同是弥勒佛一般）的特征。他乘一匹白马渡海，其头上装饰有两根羽毛，一黑一白（悉达多和弥勒也各自有一匹白马）。他披挂甲胄，头戴"三叉冠"（魏礼：《敦煌画的目录》第41页）。他以右手执一根长矛（第79页），魏礼声称这种三重冠"酷似佛本生画中国王的旧王冠"[134]。

我们已经说过（上文第六章），图齐提出了这种头戴的一种伊朗雏形。这种假设与在弥勒佛的某些画像中出现的那种（在巴米杨）很相符，哈干认方它是贵霜—萨珊朝风格的典型帽子（带有3个新月和3个圆盘的帽子）。如果大家是指出现在钱币上的那些萨珊朝王冠，那么大家就确实会导致将此视为说唱艺人——格萨尔帽子上某些组成部分可能的遥远雏形。城墙上的三个雉堞可以被一个不懂其意义的外来人误解,从而被解释成三个尖顶。缠头巾、新月、圆盘和有时(夏布尔一世的那种)又是以一颗鹰头而结束的圆锥形帽子[135],所有这些特征都又重新出现在我们说唱艺人的帽子上了(图 15)。

我们于此是重新提及说唱艺人帽子的其他组成部分和耳朵似乎同样也出自一种在伊朗形成并在突厥斯坦传播的民间传说(弥达斯—亚历山大、耳朵—犄角,请参阅上文注[100])的时候了,它明显与一种头饰或一顶头盔有关。一顶这类的"盔"则是萨珊朝勇士们的特征。它颇似一直披到双肩和胸膛上部的僧衣。但除了中心的尖顶之外,还有大家可以当作是耳朵(就如同在我们中世纪"疯子"的无边圆帽上一样)或犄角的其他两种尖顶(图 16)。[136]大家将会发现,打箭炉画中的三重格萨尔——杂耍艺人(图 16)带着一顶三尖冠和穿一种短披风,或者是遮住了双肩和胸膛上半部的紧身衣。如同是萨珊王朝的勇士们一样,他也携带有长矛和挂在腰带上的木棍(代替了刀剑)。

当然,我们并不打算也由此而得出结论,认为格萨尔和西藏说唱艺人的形象直接派生自伊朗的事实。漫长的岁月把它们分隔开了。但这些伊朗因素不但丰富了佛教的习俗和肖像,而且有时还既在印度的西北,又在西域与一些当地的观念凝聚在一起了。由格萨尔和说唱艺人的形象而迫使大家作出的比较过分追随那种我们认为可以解释从冲木格萨尔向岭・格萨尔的过渡转变,从而使我们能够得出一种巧合的结论。这仅仅是为了指出借鉴的可能方向和预防简单化与过分仓促的判断,我们才选择简单地指出那些最不会令人感到惊奇的相似性。

我们还应该指出由穆斯林教徒在这些内容(四天子、亚历山大——弥达斯)和名字(拂菻、东罗马)经于阗向吐蕃的传播中所起的作用。然而,一种非常新的出版物可以使人理解古代伊朗的王冠是怎样得以在这种背景中被重新作了解释。这里是指出自阿富汗或者是河中地的钵(碗),大家可以把它断代为 12 世纪中叶(利斯:《伊斯兰金属制品研究》之五,载《东方和非洲研究学院通报》第 21 卷,1958 年,第 251 页)。这个钵的主要图案在圆形装饰的中央绘有一个双腿跏趺坐的人物,由另外两个站着的人物簇拥。一个巨大的光轮环绕其头直至双肩。他头戴一顶奇怪的帽子，上面于中心露出了一个球和如同每侧的耳朵一样的长尖顶。一些彩带飘扬于其后。两名弟子都戴着一种类似的帽子，但两个尖顶则酷似一轮新月，而中间的球则更像是一顶无边圆帽。这个中心场面由15个小圆形饰物环绕，每个小圆形饰物之中都包括同样多数目的各自演奏乐器或用杯子痛饮的人物。这里是指一次斋供。这15个人物都或扎一条带有飘扬在身后的彩带的巾，或戴一顶有两个尖端和中心有一个球的王冠。作者认为中心人物代表着一位“君主”，而“王冠”则是对萨珊朝王冠（艺术家对它仅仅有一些含糊不清的记忆了）的错误解释。

这种晚期，而又是很接近早期藏文文献的形象是一些中期形式的例证，它们可能存在于古代的形象与我们说唱艺人的服饰之间。君主和乐伎都戴有同样的冠，这种冠与一种巾反复出现，它具有可以使人联想到一顶帽子两侧的附属帽耳之形状。我们再一次不准备从中发现西藏说唱艺人帽子的直接雏形，而是准备找到一些可能的神灵启示起源的资料。

至于其直接模式，它们当然是由佛教万神殿提供的。它们是一种长期的诸说混合论与地方性表现形象结合的图形。毗沙门于其中占据了一种重要的位置。作为结束语，我们最后看一下打箭炉绘画中的3位格萨尔——杂耍艺人的形象（见上文图10）。他们所执的长矛带有一绺牦牛（在突厥—蒙古文中作 Tuɤ）皮和随风飘扬的旗帜。毗沙门也以执有带着一面旗的长矛的形象出现在西域的绘画中（斯坦因：《西域考古图记》图73；拉露：同上引书）。据噶伦堡所藏的《霍岭大战之部》的史诗稿本记载，格萨尔——杂耍演员的长矛是红色的。红色长矛也是毗沙门的一种西藏形象所特有的。最后，格萨尔——杂耍演员由7名衣着如同他一般而没有长矛的舞伎陪同或簇拥。另外，毗沙门的主要儿子自称“舞伎”（噶尔堪），他也如同其父一样为北方的夜叉。一名“巫师”（持明）正是通过舞蹈而成为毗沙门的化身。归根结底，格萨尔——杂耍艺人也备有一根木棍。该木棍是俱鞞——毗沙门（披甲胄，大王）的典型标志。[137]

这样一来，我们现在就可以作一番总结了。

说唱艺人代表着格萨尔。其服饰中纷繁复杂的组成部分大都可以通过宗教和国王的民间传说来解释。这就是我们已在有关格萨尔的名字和形象问题上发现的情况:伊朗—突厥斯坦—吐蕃的东北和伊朗—佛教—吐蕃,这或是经由印度的西北和突厥斯坦传播,或是直接扩散。但这并非是惟一的传播过程。说唱艺人也是一种奇特的人物,两种主要性格特征均融于他一人之身,这就是代表了神祇的通灵人的特征和能为人群逗乐的街头卖艺人或杂耍表演者的特征。初看起来,他与西域、蒙古和西伯利亚的萨满教(萨满教本身在很大程度上又是伊朗、粟特和佛教影响之源)具有许多共同特点。其次,他酷似流浪滑稽演员的一种相当国际化的形象,而这种形象本身又至少是部分地接近年末欢庆活动中的一名国王。

当然,有关神灵启示的这些起源非常遥远。它们无疑是真实的,并被列入了在西域整部历史上形成的相互关系的通史中。它们是不能被断代的。大家至少可以说,我们所作的比较有助于理解说唱艺人和英雄的藏族形象的意义。

但所有这一切都不应使人忘记,我们的说唱艺人完全是纯西藏的产物。这是此类体裁中的惟一产物,不过它与娱乐和宗教的其他专家们都具有相似关系:由惟一和同一个人物在其他地方行使的职务在西藏则于说唱格萨尔史诗的艺人和其他演唱或说书讲故事的人之间进行了分类。所有人都沉浸在宗教的基本背景中了。说唱艺人与苯教徒具有某些共同之处,但实在很少。相反,他却与喇嘛教的两种主要潮流相近,而这两种潮流本身却又彼此密切相联系,这就是宁玛巴和噶举巴。前一个教派通过“掘藏师”或伏藏发现者的社会阶层而强烈地影响了说唱艺人和史诗,神通人则以“疯子”之名而著称。后一个派别则以神通诗人之潮流而有力地促进了这一切,他们于其整部历史上均为该教派的代表。两个已知的名字可以总结这些倾向,莲花生和米拉日巴。我们将在第九章中遇到他们。但在具体解释这些集团的贡献之前,我们还应该指出曾促使格萨尔史诗形成的其他纯土著内容。

注　释

[1]大家也写作 bhe-da 和'be-dha。对于某些参考资料,请参阅劳佛尔版本:《十万龙经心要》,赫尔辛堡 1898 年版,第 98 页。

[2]在库伦旗(热河),格萨尔是一尊保护人畜不受疾病之苦和预防风暴蹂躏的神。在遇到瘟疫的情况下,僧人便会诵读几段北京木刻本《格斯尔王传》的史诗,以作为陀罗尼(咒语)使用(海西希,1944 年,第 66 页)。说唱《格斯尔王传》史诗在遇到灾难的情况下是有益的(鲍塔宁,1893 年,第二卷,第 115 页)。

[3]抄写《格萨尔王传》史诗是一种宗教功德行为(任乃强,1945 年,第 22 页)。说唱(诵读)它则具有一种保护作用(大卫—妮尔,1931 年,第 18 页)。在林葱木刻本(第三卷,第 109 页。请参阅石泰安,1956 年,第 14 页)中,编纂者声称是怀着能以此预防战争、疾病和牲畜瘟疫的希望而抄写这一切的。

[4]正是这种信仰解释了以下情况:如果说唱(诵读)《格萨尔王传》的史诗在其他地方具有一种保护功能,那么它在某些地方却受到了黄教派的禁止(如在乃穷)。这是由于其保护神白哈尔和昌仁(贝则)都曾被格萨尔战败过(见上文第三章,"古迹"第 24 条)。如果说唱格萨尔史诗受到了禁止,那是由于它把格萨尔推出了场,而这种存在又将会危及白哈尔和其他神灵。

[5]这是指饭堂中的宾头卢。请参阅伯希和:《对某些艺术家的考释》,载《通报》第 22 卷,1923 年,第 272 页注[3]。有关邀请它以及它在分布于土上、床上和澡塘内的鲜花上留下踪迹的情况,请参阅列维和沙畹:《十六护法罗汉》,载《亚细亚学报》,1916 年,第二卷,第 218 页和 219 页。

[6]在中亚突厥文中的情况也如此,史诗被称为 yΙr,专门说唱该史诗的演唱家叫作 yršΙ(维尼埃:《哈萨克的英雄史诗》,载《皇家亚洲学报》第 38 卷,第 4 期,1951 年,第 288 页;请参阅葛玛丽:《古代突厥语法》、莱比锡 1941 年版,第 354 页:yΙr,Ιr 意为"歌曲、音乐")。

[7]在布里亚特人中的情况也如此(莎莫卡拉诺,1918 年,第 25 页)。

[8]有关林葱木刻本中的曲调和旋律的名称问题,请参阅石泰安,1956 年,索引:"法白九旋"、"白色六变"、"吉祥六度"、"幸运六转调"、"回旋"和"布谷六转调"等,所有这些名词都被定为"曲调"。9 世纪时于桑耶寺演唱的古代歌曲的名称已在《王统世系明鉴》第 91 页、《国王遗教》第九章第 70 和 36 页以及《王后遗教》(劳佛尔,1911 年,第 130—133 页)中提到了。

[9]有关林葱木刻本中的 rta(马)= ṅag-rta(曲牌、曲调)的大量例证,请参阅石泰安:1956 年,第 363 页中对 rta 一词的解释。该词的同一词义也经常出现在《珠巴衮雷传》中。由于大家要求他唱一首招神(民间宗教之神)的歌,他于是"在骑上他那苯教徒的马(也就是按照苯教徒的办法行空)之后便以其鼓伴奏唱了起来"(第一卷,第 37 页)。另外一次,他以下面一段歌词而开始唱其歌,"我是旋律之马的老手和内行者,我就是这样唱的"(第 81 页)。或者是有人告诉他说:"创作一首吉祥的乐曲吧"(第 110 页,第 81 页也相同),他有时根据宗喀的一种曲牌("歌之马")演唱,有时又骑工布一种歌的"马"(第 109 页)。

[10]《格萨尔王传》史诗中的英雄苏玛尔(北京木刻本)是"北方的 13 尊英雄之一"。我还可以从中补充其他例证。在库伦旗(热河)的一名女萨满的招神歌中,大家会发现"英雄奔巴"的名字(海西

希:《东蒙古民俗研究》,载《民族研究》第九卷,1950年,第173页)。这里只能是指奔巴嘉察,也就是格萨尔的同父异母兄弟。在萨满仲恰的另一首招神歌中,格萨尔本人也被提及了(海西希,1944年,第64页)。最后,在同一位萨满祈祷翁衮的歌中,也招请某一位米拉阔出,那些提供资料的蒙古人似乎把他与米拉日巴等同起来了,而海西希则把他比作木刻本《格斯尔史诗》中的米拉·贡楚(同上引书,第62—63页)。大家还可以联想到下拉达克版本中的"蓝色的冬松米拉",如果"阔出"(Kögčü)确实派生自"青色的"(köke)的话(请参阅成吉思汗那位有着萨满的名字阔阔出哲布腾格里)。

[11]据鲍塔宁认为(同上引书,第473页注释),卡尔梅克人称之为巴尔丹—桑。此名事实上肯定是派生自藏文贝丹僧格。有关这一人物的故事可能是从外贝加尔湖地区向打箭炉传播的(同上引书,第197页)。另外一个有关狡猾盗贼的故事(埃尔利克和巴林—桑)是由鲍塔宁提供的(1883年,第四卷,第241—243页),符拉季米尔佐夫(《蒙古国家的形成》,列宁格勒1926年版,第85—90页)和列辛(1935年,第160—162页:Balgn Ssang或Balm Ssang,"蒙古人中的恶作剧者"或者是欺骗埃尔利克汗者)。据列辛认为,可能存在着有关这一人物的一部通俗稿本著作,但他从未找到过该书。据乌兰巴托的民间传说专家索德侬认为,巴尔丹·桑仅仅是通过口头传说才为人所知。他搜集了该书的一些片断。据他认为,此人可能就是《70个骗子的故事》的作者。该故事的摘要概述文是由乌洛娃提供的(《现代戏剧》,莫斯科1947年版,第299页)。有关所有这一切,请参阅海西希:《论蒙古文学》(载《中亚学报》第二卷,第1期,第56页)。由田清波(Mostaert)神父提供的这个故事(《鄂尔多斯民间文学》,北平1947年版,第36—45页,有关帕朗桑的故事)清楚地说明这里是指一名咒师类的喇嘛。他利用"吽、叭"这一咒语,完全如同以其"吽"之咒语声而使阎罗王感到颤抖的霍拉赫纳。海西希非常正确地在疯僧(疯子上师,如阿古顿巴)的故事中寻找西藏雏形,但至今尚未被找到。有关这个名字,大家可以联想到朗贝吉僧格,也就是莲花生的弟子和上师——巫师阿米绛曲哲科。所有这两名喇嘛在格萨尔史诗中都是岭地的保护神(石泰安,1956年,第47页)。它同时还会使我们联想到秀浦的贝吉·僧格,他是赤松德赞的大相和大巫师(《大臣遗教》第269页,《国王遗教》第43章第1页和第66章第9页)。

[12]在汉地,唐太宗的入冥故事从8世纪初叶就已经广为人知,而且还被收入到《西游记》中了(魏礼:《敦煌画的目录》第32页;敦煌写本《唐太宗入冥记》)。此外还有其他许多类似的故事。在西藏则具有藏戏《囊萨姑娘》(沃德尔:《喇嘛教》第562—564页)、《古鲁却旺》以及一整批文学著作。非常有意义的是《尸语故事》中搜集了这些故事之一(第3个)。请参阅下一条注释。

[13]在麦克唐纳(1932年,第200页)和巴布格的《西藏的一种奥义》(载《南方丛刊》第291卷,1948年,第312—321页,附有岭氏王妃却吉的故事,它也已经由斯列夫翻译,见《访佛教涤罪所》,载德国《东方学报》第65卷,1911年,第471—486页)。好几个有关从冥界还魂的人物的故事均载《里日克斯民族博物馆学报》,莱敦版(第42号:茶伽女噶玛旺增;第270号:目健连;第389号,意希措嘉;第607号,囊萨却什保或岭妃却什吉;第608号,却旺)。这些故事均属于一部卷帙相当浩繁的木刻本著作,其中一大部分又出现在西雅图华盛顿大学的远东丛书中了(见张昆书目第48条,其完整的标题叫作《隐修者贡噶让卓和章·绛曲僧格奉法王之命所编写的世俗男女的传记》,共256页)。在巴科的特藏中,只有1册,叫作《贡噶隐修者》,共

283 页。

还魂人稍后也出现在17世纪中叶。米居多吉正是在他论述黄河上游地区的伪掘藏和自称是格萨尔与莲花生(有一名少女还自称是措嘉)的骗子们的段落中(请参阅上文第三章,“古迹”第53条),引用了持明顿督多吉的一条资料,“将在康地出现一大批还魂人,将从北方来一批通灵人,将从玛尔康来一群修道人,骗子们的伪伏藏将充斥大地”。我们还颇感兴趣地指出,还魂人于此是与神通类宗教专家们同样的名义提及的。巴俄祖拉陈瓦的史著《贤者喜宴》(第13卷,第110页)指出,七世噶玛巴(1454—1506年)在同一个康区接受了还魂人施主的供品(1471年)。因此,还魂人的存在至少要追溯到15世纪中叶。据巴鲁格认为(同上引书,第314页),岭氏王妃却吉的一部稿本的题跋指出,该文是于1534年,首次刊印。拉胡尔的一条藏文题识(其时代为16世纪)也提到了它。令人遗憾的是其史料来源难以核实。它是从拉达克的一名藏族牧人那里得到这一切的。

[14]据巴鲁格认为(同上引书,第113页),嘛呢巴(故事的说唱人)便叙述过一些还魂人的故事。如果他们在我们今天似乎仅仅是愚昧无知的乞食人(化缘僧或托钵僧),那么他们过去却起过很重要的宗教和社会作用,其中有些人也曾以他们的名字而闻名于世。大家可以看到说唱故事的人(洛桑尼玛)由一些世俗信徒簇拥,在1669年的新年年供期间向班禅喇嘛献灯。在1674、1675和1676年间,班禅喇嘛定期在新年期间主持嘛呢巴和信徒们的大法会。1676年,有些山僧(隐修僧)和嘛呢巴利用这种机会而“安排长寿的保证物”,该词系指带有愿文的供品和吉祥赞歌(《二世班禅喇嘛传》第24、42、45和52页)。一些嘛呢巴(其中就包括伦珠嘉措和雪喀嘛呢巴)也在七世噶玛巴(1454—1506年)的弟子中被提到了(巴俄祖拉陈瓦:《贤者喜宴》第13卷,第136页)。这都是一些宗教出家人。他们与山僧(山人)合作一事已由一部关于接受教义(觉)的著作的题跋所证实,《觉派灌顶法摄要》(木刻本第15页)系由山僧罗迦(无疑是静修师罗迦,17世纪)所作,但却由嘉康的古如嘛呢巴记录成文。嘛呢巴(说唱故事者)的起源要追溯到已接受莲花生咒语的出家人。早在12世纪的上半叶,白族的本顿杰岗巴达摩僧格受到了该族的一名首领的嘲骂,此人询问他是否为一名被真言或唵嘛呢叭咪吽的意中者(巴俄祖拉陈瓦的史著,第15卷,第11页)。这是由于他获得了莲花生的唵嘛呢叭咪吽的奥义(罗列赫:《青史》译本第二卷,第737—738页)。稍后不久,在八思巴赴蒙古旅行期间(约为1253—1260年),人称悉达(事业成就者)噶玛拔希(1204或1206—1283年,他曾于1255年赴蒙古旅行)就是一名嘛呢巴。在提到这一事实时,巴俄祖拉陈瓦(第15卷,第19页)解释说,他那个时代的嘛呢巴与大家在噶玛拔希时代对嘛呢巴的理解并不相同。“这后者(噶玛拔希)实现了坚哇嘉措(莲花生的一种变形)在修持奥义事业,五族荼伽女告诉他们说应在所有的集市(冲木、市场、城市)中都安排这种嘛呢。当所有那些看见和听到这一切的人都将会受它们的降福”。“所以,在发现了掘藏《拉萨大诏令集》(无疑是《嘛呢宝训集》,其第一卷系由对‘唵嘛呢叭咪吽’的多种解释所组成的)之后,法主娘(娘热巴)尼玛悦色(1136—1203或1204年,掘藏师,请参阅图齐,1949年,《西藏的画卷》第114—115页)及其宗教弟子在庙会(冲木)中传播这种嘛呢。其次,这种嘛呢从古如却旺(1212—1273年)撰写多种嘛呢的时代起就得到了很大发展。从此之后,嘛呢巴的习惯便传播开了。古如却旺的传说在其他地方还叙述了此人为了将其母领上宗教之路而怎样在门外和灶上拴铃以提醒他必须念“嘛呢”了。

[15]但我们应该指出,达斯于其辞

典中证实 ma-ni-ma 一词，相当于 rol-ma，系指一种类似钹的乐器（据《世间理义论俗世故事》一书记载）。该词可能起源于伊朗。难道有些流浪说唱故事的艺人要以钹伴奏吗？

[16]但也有一些带柄的钹和鼓（图齐，1949 年，《西藏的民间故事》第 12 页；请参阅前一条注释）。大家可以参阅西格尔书中的图片（《西藏的朝圣进香舞蹈者》，载《地理教学》第 51 卷，1951 年，第 4 和 7 页）。他们有时也备有一只琵琶（贝尔，1931 年，第 262 页；福斯特曼：《神仙之地喜马拉雅》，柏林 1926 年版，第 395 页）。我们还应指出，在所有这些照片中，有一些带耳朵的彩色玫瑰花饰（请参阅沃德尔，1895 年，第 565 页）。

[17]完全如同嘛呢巴和还魂人一样，演出这些节目的藏戏演员和流浪歌唱家都具有一种强烈的宗教色彩。他们部分地与诸如疯子汤东杰布（他后来成了藏戏之神和岭地大喇嘛）那样的伟大上师相联系，与米拉日巴有关（请参阅下文第九章）。说唱艺人的角色是由“猎人”中的头面人物来完成的，其假面具使人同时联想到了上师（头上扎有顶髻）、野人和丑角演员（大家可以在说唱艺人帽子上发现小贝壳）。此外，他还表演滑稽剧（沃德尔，1895 年，第 540 页，有关假面具的精彩照片，请参阅西格尔：同上引书，图 1 和图 6）。这名“猎人”（流浪演员）手中执有一条牦牛尾和苯教徒的钹。另有两类演唱人则很接近于这种“猎人”，这就是戴着一种野人假面具的扎西雪巴（上人汤东杰布的弟子，其数目共有 6 名，就同莲花生净土中的舞乐伎们那样，我们于下文将还会遇到他们），此外就是被称为“白色魔鬼”的小丑。所有这两类人都演唱吉祥愿文，完全如同古代的嘛呢巴一样（请参阅上文注[14]）。当我们论述到青年格萨尔的范型时还将研究这一切。但我们要立即指出，这些人物也出自一种宗教社会背景中。完全如同流浪歌手敲苯教徒们的那种钹一样，“白色魔鬼”则以由辛饶传入吐蕃的一种苯教舞蹈之名而著名（达斯：《西藏苯教史纲》，载《印度佛教经学会会刊》第一卷，第 1 期，第 3 页；霍夫曼，1950 年，第 345 页）。

[18]图齐；1949 年，《西藏的画卷》第三卷，插图 222：在下部是耳朵上带有小玫瑰花结的乐伎；吉美博物馆藏西藏绘画（MA·1054 号）：在中心是莲花生净土，周围是一个传说的场面（救度的白色野马、为了获得如意宝的远途跋涉、于一朵莲花中诞生）。这里明显是指供嘛呢巴使用的一幅画像。类似的同一幅画像载沃德尔书中（1895 年，第 542 页），但他错误地将此视为《毗奢蜜多罗本生事》。据噶伦堡那位为我提供资料的人认为，这里应该是指藏戏《白玛文巴》，此人会使莲花生附身（沃德尔注意到了这种详细情节并于第 49 条中作了解释。请参阅上文第六章注[87]）。有关莲花生净土的一幅画面，请参阅罗列赫：《西藏的绘画》，巴黎 1925 年版，图 16 第 28 条。大家于画面中的上师左部看到 3 名正在起舞的荼伽女，其右部是 3 名携带柄鼓、耳朵上带有小玫瑰花结和头顶上有一面勇士旗的舞伎。由罗列赫引证的对极乐世界的描述（《七章祈愿文》，甘丹彭措林寺版，第 30—31 页；大家还可以参阅图齐，1949 年，《西藏的画卷》第 548 页。插图 149—150）具体解释说。这些女舞伎和女歌伎都是荼伽女，那些男舞伎和男歌伎都是“乐伎大通灵人”。在现代藏语中，这些词都是指通灵人和说唱艺人的。

[19]这些小玫瑰花结有时也装饰了密教徒（咒师）们的帽子。完全如同悬垂在背后（咒师们的身躯之后）的彩色飘带一样，这些小玫瑰花结均为彩虹色（也就是五色）。它们的意义尚不为人所熟悉。我的研究提醒我说它是指本命神那“神意的”或“彩虹身的”状态之象征，这是成就者们获得的一种修成的身体。有关对它的一种精辟描述，请参阅邓肯：《西藏的新年舞蹈》，载《中国华西边政学会会

刊》第四卷,1930—1931年,第36—38页。

[20]据由《知识总汇》对跳欠(跳神)舞仪轨所作的简单描述来看,莲花生在古如却旺修道时曾拜访桑白多利净土,当时向他传授的跳欠舞在宁玛巴中则以“七月初十日舞”之名而著称。这是在乌伏那国的因陀罗菩提的一朵莲中诞生的莲花生的生日,而且也是宁玛巴举行重大法会的日子。为了这一时间而举行的跳欠或跳神舞已由孔贝作了描述(《打箭炉的跳神舞》,载《中国华西边政学会会刊》第二卷,1924—1925年,第20—32页)。所以,大家对于从中看到出现了铜色吉祥山(莲花生所居净土)中的5名通灵人和5名空行母或荼伽女(请参阅注[18])、8名铜色吉祥山舞伎和8名乐伎就不会感到惊奇了。这些女通灵人或空行母和这类跳欠的“舞伎”都带有五部佛(五耆那)的五叶帽、鼓和铃。这恰恰就是在耳朵上带有小玫瑰花结的女演员和女舞伎(藏戏演员阿加拉莫,见注[16])。

[21]我们应指出以下情况:卡尔梅克人的故事不是讲莲花生的一片净土,而是讲到了地狱。但铜色吉祥山的净土却矗立于魔王居住的魔鬼(它们也是由莲花生镇伏的)岛屿之上。某些人员的灵魂在那里受到了折磨,并试图从那里摆脱出来,其中有一些由于对莲花生的祈愿而果真从中脱离出来了(罗列赫,同上引书,第79页)。这些吃人魔鬼(恶鬼、罗刹)的王国可能会很容易地被与阎罗王的地狱相混淆。在吐蕃,由莲花生揭示和仅仅接受度礼者或受度僧进入的白玛科钦净土由一尊具有人体和牛头外形的神灵居住,任何能看它一眼的人立即就会死亡(巴科:《反叛的西藏》,巴黎1912年版,第12页)。该神只能是阎罗王,净土可以与地狱相混淆。“那些穿着华丽服装和带着小铃的街头卖艺人”在该极乐世界中演唱诗歌(同上引书)。

[22]详见参考书目:布拉金斯基,1955年;达木丁苏隆和其他人,1953年;柯金,1935年;潘克拉托夫,无出版时间。我们特别应参阅劳佛尔的考证,1901年,第93页;柯金,1935年,第19页和以下。

[23]请参阅某些讽刺嘲笑和批评大人物(林葱木刻本,第一卷,第57页;第二卷,第20、38和71页;第三卷,第64页)、头人的腐化(由贿赂而获得的不公正判决)、喇嘛们的虚伪、觊觎财富。有关西藏文学中的例证,请参阅大卫—妮尔:《未刊藏文文献集》,巴黎1952年版,第28—29页(国王的舞弊等);《经录集》第6页(虚伪的、贪嘴的、贪婪财富的僧侣);《神王岗波巴著作集》(岗波巴是米拉日巴的弟子)第三卷,第3页:出卖宗教等;《珠巴衮雷自传》第一卷,第53—62页(反对各种教派和占卜师等);嘲弄僧侣们的讽刺,至今仍很常见(“你们不懂皈依佛陀,而是追求推销茶叶”,以及其他许多更为粗俗和更为淫秽的嘲笑)。请参阅第九章注[5]。

[24]萨埃德,1934年,第38页注(4)。突厥文yoɤ < doɤσoxix,意为殡葬,可以与duɤ、doɤ(奔走)相比较。这是突厥人在死者的帐篷周围奔驰(《通志》卷200,第63页),在高车人中也如此(《北史》卷98,第10页)。

[25]在《正字法,贤者之源》(第九卷,第2页)中具有同一篇文献,它写于1741—1742年(带有蒙文译本)。

[26]五世达赖喇嘛的著作,见其《全集》第20卷(东北大学目录第5670号)。

[27]一个著名七力士的集团(7个著名力士或勇士集团)被归于了贡松都杰(约700年左右)赞普时代,他又叫作都松莽布杰。这些名字根据其史料而各有差异(《拉达克王统记》,弗兰格版本,1926年,第85页;五世达赖喇嘛的史著,第30—39页)。

[28]大家可以非常有益地将“七力士”和莲花生弟子们功德的两种统计表(这后一种表系由《如意宝树史》提供,达斯版本,第二卷,第387页,相当于木刻本

第245页)进行一番比较。

[29]江孜木刻本(第六卷,第14页)解释了格萨尔作为神而分别对他们行的善:“继解脱了女子们那骗人的情欲之错误倾向的机会之后,他又使那些具有思想的良家英雄、如同战神的跳跃和石块那样的青年人变成自己终生的可靠同伴。”

[30]法哈尔:《法国中世纪的杂耍演员》,巴黎1910年版,第39、64、81和83页。教会宠爱他们或纵容他们(第44页)。在西藏也如此,我们将会看到喇嘛教团与说唱艺人合作。

[31]“丑角演员”(arlequin,Harlekin <Herlekin <Hellekin)一词在沃坦的酒神狂欢宗教信徒中找到了其原形(他是野蛮人狩猎的首领)。最后,大家可以参阅威登格伦:《丑角演员和修道士》,载《瑞典东方学报》第二卷,第2—4期,1953,第76页。

[32]在一篇布里亚特文的萨满教文献中,北方13位国王中的数位于其名字中都带有Böge(男萨满)或Böke(力士)一词,翻译者们可能会对此感到犹豫不决。那些向众生传授大家怎样获得萨满之能力的人带有一张弓,他与前面12位(住宅的保护神)一样为萨满王(帕尔塔侬:《对布里亚特萨满教的记述》,载《芬兰——乌戈尔学会会刊》第51卷,1941—1942年,第11页)。颇为引人注目的是神通上师、诗人和歌手珠巴衮雷于其姿态中把萨满——勇士的两种外貌结合起来了:他右手捂耳(以便能更好地听到声音),但左手却执弓弩和箭矢(他有一只猎狗和一块盾牌。见其传记中的画像,第一卷,第2页)。

[33]强秋琼那是阿底峡的弟子,于1605年在热振寺坐床。他有时被称为瑜伽行者,有时又被称为“巫师”(《如意宝树史》;达斯版本,第二卷,第187和200页;《尸语故事》;《青史》第五卷,第10页,相当于罗列赫译本第一卷,第264页)。米拉日巴向其学习降冰雹之黑色巫术的大师雍敦措嘉也被称为“巫师”和“咒师”(华盛顿藏格萨尔王传史诗中的《分大食财宝之部》稿本第56页)。a-myes(先祖、巫师)有时也被称为mthu-pa(巫师。见《朱古兵器国之部》稿本,第一卷,第206页),其衣着打扮如同那些黑帽巫师(同上引书,第二卷,第99页),穿着令人生畏的黑色巫师的奇装异服(同上引书,第二卷,第175页)。至于岭地喇嘛巫师绛曲哲科(请参阅上文第三章),他被如此称呼是由于他在赴乌仗那旅行并拜谒本尊神之后,又应邀赴岭地,他在那里镇伏了四方的妖魔,作为坐骑而骑一片山岩(五世达赖喇嘛:《西藏王臣记》第70—71页)。其儿子之一是朗贝吉僧格,此人很可能就是蒙古人中的淘气上师巴林桑的雏形(请参阅注[11])。噶尔氏世系中的强巴贝是巫师格哇贝的儿子,被称为神王(医生、占卜币)和巫师强巴贝,此名在康地方言中应该是与黑茹加相同。他获得了长生不老,作为“天神之主”而“死去”,但未抛弃其身体,执一种具有马嘶般响声的黄铃(《德格土司世系史》第3—4页)。

[34]在锡金,通灵人就相当于西藏中部的“法王”或“护法神”(喇嘛教通灵人)。对于女子,大家于其中也使用一个名称“空行母”(荼伽女),相当于“女瑜伽行者”或“女巫师”。女巫师被认为是归降了萨迦大教祖政权的女仆(请参阅冯马恩:《东方雪山之梦》,载《西藏小部佛典》第一卷,收入《印度丛书》新编第1426号,加尔各答1919年版,第77—80页)。

[35]这同样也是林葱木刻本编纂者的情况(石泰安,1956年,第13页)。

[36]在这一方面,它符合“掘藏师”上师的态度,其中的某些人辨认出了格萨尔史诗中提到的地方(同上引书,第8页)。

[37]有关前往朵噶尔(又叫作卡哇噶波)朝山巡礼的记载和照片,见巴科:《赴朵凯拉的朝山巡礼》,巴黎,勒鲁出版

社1909年版,第8、10和12页。有关土著人的情况,“高娃—开保”是一个修道上师(第9和18页)。对该神山的崇拜以及它与岭地可能存在的关系是很古老的了。七世噶玛巴却扎嘉措(1454—1506年)曾在1474年拜访灵藏土司之后,于1477年为它写过一篇赞文(巴俄祖拉陈瓦:《贤者喜宴》第13卷,第113页)。有一本仅6页的小册子(稿本著作)讲到了大家在从事转山时从中得到的益处,它由一名“掘藏师”喇嘛顿督多吉写成,此人肯定就是与米居多吉同时代的那一位(因而是1650年左右)。其传记(第8页)讲到了来自卡洼噶波的一些大圆满派修道人。有一种事实意味深长,因为他同时也是阿尼玛卿神山一部“伏藏”的作者(《玛钦蚌拉山伏藏文书,伏藏宝库目录》第69页)。

[38]有关这些稿本,请参阅劳佛尔,1911年,第6—8页;有关其掘藏师,请参阅图齐,1949年,《西藏的画卷》第258—259页。

[39]于思想中发掘到的“掘藏”叫作“思想宝藏”,属于“空的宝藏种子”。林葱木刻本就是以这样一种启示为基础的(石泰安,1956年,第11页),它属于口传世系。请参阅下文第九章。

[40]我们应该指出,格萨尔始终被称为“雄狮”,狮子吼声系指说法布道,而“沼泽地”中的那种吼声响亮的狮子则是对“蟾蜍”的称呼(达斯辞典,第679页)。

[41]某些以箭矢和镜子进行占卜的例证载林葱木刻本第一卷,第45页;第二卷,第12页;第三卷,第89—90页。

[42]为我提供资料的人一般均将该词写作Sku rten-pa,意为“神像”或“佛像”(江富:《东部藏语辞典》,冈山1954年版,第1656条,第119页),但曲扎字典则仅将该词理解作3种依止(身、语、意)之一,也就是佛陀的一身供像(江富:同上引书,第1731条,第124页相同;我们当代的辞书也如此)。相反,大家往往都会在有关“以……外形表现出来的一尊神”的问题上发现“现身”一词(例如,可以参阅《萨迦班智达传》第74页:“显现威猛身”;《米庞愿文》第四卷,第7页:格萨尔“显现藏王身”;东北大学目录第6215条)。

[43]这是一种尊称:Sku-phebs gnaṅ-ba,意为“俯允亲临”(聂伯斯基,1956年,第428页),但也可能应写作Sku-phabs gnaṅ-ba,“请他俯允亲临”。主持仪轨的人确实叫作“请神下界者”(同上引书,第410页)。Phab是' bebs(' bab - pa的施动词)的过去时,但也如同Phebs(到达)一样发音。

[44]完全如同mṅon-rtogs(显现,招请,证)是由“对希望之赞歌的描述”来解释一样。据昌巴桑塔认为,他所说的ngondo(可能为mṅon-rtogs的讹读)也被用于指“酬补仪轨”,即用于鼓励和安慰保护神的仪轨,系由赞歌、罪孽者的忏悔和安慰(酬补)组成。为格萨尔举行的如此仪轨的仪轨书系由米庞所撰(《米庞愿文》第一卷,第4—9页)。他以一种“现观神”(把神招到自己的面前)而开始,仅仅为对格萨尔肖像的一种详细描述,当然包括“赞颂”和“酬补”(请参阅注[57])。从辞源学上来讲,mṅon-rtogs以及ngondo(现观)与ṅo-tog或ṅo-thog(事实上,确实存在)相联系。

[45]现出尚存在有它的一些文献(请参阅第二章,木刻本第3、6、8、9条,稿本第41和43条)。

[46]那些在梦中或在修道中见到的一切均被认为是由“荼伽女”或乌仗国的文字写成的(《如意宝树史》第二卷,第389页,相当于木刻本第246页;《神教》第11卷,第55和64页)。在汉地也如此,道教认为某些被重新发现的经文就如同是过去曾存在并用金字或玉字写成的一般(请参阅马伯乐:《道教》,巴黎1950年版,第101页)。

[47]无疑应作bya-rgod thaṅ-dkar,指白腹鹰,大家就是从这种鹰身上取得鹰羽。大家往往都误将bya-rgod译作“秃

鹫”(见下文注[52];石泰安,1951 年,第 251 页注[4]和第 265 页)。

[48]即将刊载在他将出版的《安多方言》中。

[49]请参阅李安宅,1948 年,第 149 页。郭吉典楚津被认为发现了《神香圣者之酬》的伏藏(第 35 页),这是一部有关崇拜当地神灵和战神的著作。

[50]在盔上,橛一般系由上面插有一面小旗的尖顶组成(例如《米庞愿文》第 32 页)。但松赞干布盔的上面却插有一条牦牛尾(或马尾)和 3 根羽翎(格伦维德尔,1900 年,第 45 页,法译本图33),完全如同莲花生的帽子一般。在打箭炉的绘画中,作为勇士的格萨尔和岭地的其他勇士都戴有一顶其上部中央带小旗和两侧各有一支白羽翎的帽子。作为宫顶(屋脊)的装饰,也提到了岭地城堡(请参阅上文第五章)和霍尔王城堡(作为铁匠徒工的格萨尔于其上面拴了一条绳索,以攀上其顶。见江孜木刻本第三卷,第 9、10、11 和 16 页)上面的金橛。作为塔(窣堵波,同样也为金质的)之组成部分,它是继宝幢之后才被提到的(石泰安,1956 年,第 369 页)。

[51]格鲁巴信徒似乎认为这里是指一名伪莲花生。真正的莲花生仅仅在吐蕃滞留了数月时光。在他离开之后,有一名外道(泥婆罗人)被白哈尔附身(我们知道白哈尔与色乌乌有关,后被格萨尔或莲花生战败。请参阅上文第六章),他身穿一件丝绸服装,头戴一顶“上有鸟冠飘舞的帽子”。他可能是在桑耶寺说外道之法,自称古如白玛(莲花大师。见《如意宝树史》第二卷,第 392 页,相当于木刻本第 248 页),或者是他“自我将鹰翎系在头顶上”,这是在吐蕃以“邬坚(邬仗那)萨贺年玛之名而著称的奇装异服大师(《宗教流派晶鉴史》第 26 页;达斯:《论西藏宗教史》,载《孟加拉亚洲学会会刊》,1882 年,第 9 页)。

[52]莲花生的镀金像现藏宾夕法尼亚大学,见《博物馆学报》,费城 1914 年版,第五卷,第 1 期,图 5;请参阅同上杂志,第五卷,第 2 期,第 77—78 页:“他的僧帽上遍是表明各种象征的符号……帽顶上装饰有秃鹰的羽毛”(因为,秃鹫飞得高,但秃鹫是对 bya rgod 的误译,这里是指鹰,请参阅上文注[47])。

[53]同样的装饰(孔雀翎中的金属圆盘)也出现在勇士们的头上,他们在同一项跳欠仪礼中为了先祖及锡金的圣山而边歌边舞,大家还发现它出现在由嘛呢巴们戴的红色方形帽上(但无孔雀翎,而是带有窄长形的饰带,如同作者本人在古姆所见到的那样)。

[54]这是由桑结林巴(14 世纪末)在普日浦莫切发现的“伏藏”,载《伏藏宝藏》中,第 11 卷,第 3 和第 5 页(目录第 71 页)。

[55]请参阅骆克,1956 年,图 69a,站在马匹后面的人戴着一顶宽边尖顶白帽。

[56]木刻本《分大食财宝之部》第 1 页(请参阅“古迹”第 4 条):“三界真性幻海莲花所生,化现为战神的人世间的太阳……名叫大丈夫格萨尔。”

[57]这就是我们在注[44]中已经阅读过的文献。大家首先要修道以使自己变成马头明王白玛旺秋(马头明王的外形),于其前颅顶戴有一个金刚具颅骨串珠(莲花生)。无需文中具体说明,“我生”(心生)正是在那里。其后便是“对生”。大家应想象自己面前有一座神宫,格萨尔作为战神之王而于那里坐在王位上。手的姿态根据礼仪而不同。其左手始终执弓弩和箭矢(这两种东西都是铁制的)以保护吉祥,右手执如意宝珠于心前。但对于降伏的情况而言,它又执一个钩子和一条魔绳;为了以箭作占卜,手又伸开并执一朵白莲花;为了举行驱魔仪轨,它又舞动着能砍断魔鬼之头的陨石刀。

[58]《米庞愿文》(第一卷,第 10 页)中,鞭子恰桑叫作如意宝贝,而这又是在林葱木刻本中(第三卷,第 68 页)鞭

子把的名称。

[59]这是《霍岭大战之部》稿本中的一段文字，图齐肯定了苯教徒们的白帽子。南部之王辛赤于其中声称（第75页），格萨尔负责白色宗教，皈依戴红帽的苯教徒们的教理，保护戴白帽的苯教徒们的教理。红帽是噶玛巴僧官们的帽子。

[60]在纳西族人中的情况也如此，苯教巫师们都被描绘得如同是戴圆锥形宽边白帽者，帽子上面带有一个球。他们手执一支带缨的箭。霍夫曼（同上引书，第209页）对苯教徒们的蓝色服装和布里亚特人中黑萨满们的服装作了比较，但他忘记了指出那里的白萨满们穿白衣（伊利亚德：同上引书，第145、171和191页）。对于阿勒泰萨满（白萨满）们的情况也如此：如果说束腰长袖长袍并非是必不可缺的，那么他们则必须戴羊羔皮帽（第175页）。雅库特的萨满们始终都使用白公马的马尾，当他们进入因兴奋而狂舞的状态中时，则在白母马皮上跳神（谢罗斯泽夫斯基：《从雅库人的信仰看萨满教》，载《宗教史学术讨论会论文集》，巴黎1902年版，第144、145、148和149页）。为了祭山，契丹的萨满身穿白衣和头扎白巾或素巾（《辽史》卷49，第1页）。羌族的萨满穿白袍并与白羊有关系（他戴一顶呈长三角状的猴皮帽。见石泰安，1957年，第8页）。成吉思汗用一名应该是别乞的兀孙取代了其政敌萨满阔阔出，此人就是衣以白衣，乘以白马（《蒙古秘史》第216节）。“别乞”已被考证为意为萨满（波格）的词（广里岩：《别乞和蒙古萨满》，载《东洋文库研究部论丛》第14卷，东京1955年版）。有关在成吉思汗和忽必烈对白色的偏爱中可能具有一种摩尼教影响的问题，请参阅沙畹和伯希和：《摩尼教流行中国考》，巴黎1931年版，第339页注[2]。

[61]沙畹和伯希和：同上引书，第153页注释：老子化作白佛，又叫玛尔·摩尼，他是从莲花生的故乡邬苌那前往那里，作者们都把他与吐鲁番的壁画作了比较；第224页注释：福建的摩尼教徒穿白衣和戴白帽（第214页又讲到了紫帽和紫袍）；第295页：摩尼教徒们提到了一名穿白衣的佛陀；第310页：白衣和黑帽。提到白色袈裟的地方载《摩诃摩耶经》（《大正新修大藏经》第12卷，第1013页）；哈伦和亨宁：《摩尼教中的教礼和风格，白衣佛》，载《泰东》杂志，新编第三卷，第2期，第192页。有关满文文献及其注释（据我武断地认为），请参阅《西藏的宗教》，慕尼黑1956年版，第179页。

[62]见其传记第53页，巴科译本第136—137页，伊文斯—温茨译本第133页；桑德贝克：《西藏和西藏人》，伦敦1906年版，第252页注[1]。

[63]《大光明圆满的观见之歌》，木刻本，第3页，右部的画像。这部著作是有关宗教歌曲的。

[64]据布顿认为，一种帽子是苯教帽（《善逝教法史》第126页，奥贝米莱译本第二卷，第203页，有误）。据达斯辞典认为，“长白胸膛”的动物是一种熊类动物，浑身为火红色而又长着白脸。昌巴桑塔认为，它是一种属于狐狸类动物。无论如何，它的红色是肯定无疑的。米拉日巴却说这是“红色的沟墙”（《米拉日巴道歌集》第246页）。

[65]“插上雕翎”，完全如同对于莲花生和郭吉典楚津的帽子一样。因此，“角”（Ru，就如同在苯教徒帽子上的“鸟角”的情况一样）可能仅仅为phru（羽冠，羽毛饰）的一种不同写法。至于指嘛呢巴演员帽子（完全以羽毛覆盖）的Phod一词，它也可能仅是phon（束、簇）的一种不同写法，被用于指格萨尔毡帽顶端的孔雀翎。

[66]噶举巴教派如此广泛地以白色衣服为特征，以至于大家称呼它（或者是它的一个分支）为“白色世系”（dkar-rgyad，与bka'-brgyud的读音相同），在汉文中叫作“白教”。请参阅李安宅，1949年，第51页。《宗教流派晶鉴史》第46页：

在珠巴的某些著作中,噶举巴被称为"白教",这是由于玛尔巴、米拉日巴、林热巴……均穿白衣。珠巴衮雷仅仅讲到了"白衣人"(见其自传,第二卷,第2页):"白衣人将其头发梳妆成美丽的发髻,在前颅顶加一种羽饰(或者是翎饰)……他们身穿白衣,而这种衣服上又有100多个褶……他们于胸前放着一面有一个簸箕大的镜子"。

[67]我们不应忘记这些绘画都是近代(可能为18世纪?)的,而且仅仅是以传记和歌曲唱段为基础。然而,大家颇感兴趣地看到一名土著艺术家是怎样想象这些帽子的。曾受到米拉询问过的两名牧羊人都穿得很阔气,戴着酷似荷马帽的那种白帽(图24和图8第18幅画像)。从印度朝圣进香返回来的热琼也戴着一顶犄角形的帽子(或者是缠头巾),其底部为黑色,帽身似乎为白色,但其底色几乎在彩色(黄色、绿色、青色、红色)条纹下暴露出来了。在下部和前部是一个带金饰边的红色方形,完全如同在神王的帽子上一般。在后部垂着一条饰金的红色长彩带(插图14第28和29号画像)。我们还应该指出苯教巫师们的帽子:小而尖,白色,下部代表着一个深色的三尖法冠(插图12,第13—17、19、20、22和25号画像)。他按照经文的规定(第22条,第77页)穿青色衣服。

[68]"身边的子孙都很神气,按习俗戴上了帽子"。大家根据《青史》的写法应该这样断句,《青史》在 guṅ 之后用双短线断句,并写作 Za'u。

[69]在由头戴白毡红缨帽的说唱艺人为了赛马而演唱的长篇赞诗(赫尔曼,1955年,第79—126页)中,神山马嘉(阿尼玛卿山?)以其冰峰的尖巅而象征着"戴白帽的吐蕃人"的统治权得以发展(第80页)。在一段似乎是涉及宗喀地区的文字中(第92页),提到了"西藏那边缘很尖(?)的白帽系指印度,其红色意指中国中原汉地"。在第105页中,又讲到了"戴白帽的西藏头人"。尽管根据其许多具体细节都出现了无数误解的一种译文作出判断是很困难的,但戴白帽的藏族人于此则都是冬族人或安多其他部族的人。

[70]昌巴桑塔告诉我说,帽子上的雕翎被称为"箭羽"。大家针对这些东西讲了一句话:"插上鸟王的箭羽"。他认为,这里鸟王带着苍鹰、猫头鹰和乌鸦的羽翎。

[71]这一胜利确实在所有文本中都由下面一句话表观出来了:格萨尔将其马鞍放在了霍尔王的脖子(颈部)之上了。

[71]原文作 Khrab,昌巴桑塔认为它是指锁子甲的金属条或皮条。甲胄中的这种组成部分确实在噶伦堡收藏的《霍岭大战之部》的稿本(第39页)中提到了,而且是以"九眼甲的小薄片"之名在有关说唱艺人帽子问题上提及的。

[73]原文是一句藏文。

[74]请参阅汉地端公们的坐骑马——竹棍(康德谟:《列仙传》译注本,北京1953年版,第173页)和"云中扫帚"(用作鞭子的马尾)的情况。道教仙人吕洞宾正是由于这种马才可以到处骑行,一刹那间便会跑出100里地。请参阅列辛:《汉族艺术中的象征性语言问题》,载《汉学杂志》第九卷,第3—4期,第128页。在汉地,扫帚是端公(蚩尤,方相氏)和通灵论者的一种武器,也是下界于那里的神祇之依止(请参阅紫姑的情况)。大家还可以比较道教天师们那九节棍。

[75]据图齐认为,它象征着解脱的3种办法。米拉日巴认为,这是集中于这种依止之上的三身之象征。

[76]已经被"佛教化"的苯教教派的一名上师"南宝"颇官宣布说,他既不需要接受奥义(受度),也没有必要去找到一种真正的如意宝。他所索求的是一种心净的如意宝贝,他在头的上方旋转其杖的同时哼唱一段歌词(《经录集》,第32页)。七世噶玛巴(1454—1506年)在一次举行受度仪轨时,将其既粗又长的

木棍放在坛城上而又丝毫不扰乱用彩色灰所绘的图案。接着,他又做出了拉弓射箭的动作,声称其弓和箭是"方便"和"智慧"。请参阅巴俄祖拉陈瓦书,第13卷,第99—100页。

[77]《释氏要览》(《大正新修大藏经》第2127号)第279和298页:西方的那些得道的和尚一般均携带他们那能够随意转动的锡杖而云游。有关它的变化本领,请参阅列辛:《雍和宫》第一卷,斯德哥尔摩1942年版,第186页注[22]。汉地端公们的竹杖也具有同样的用途(康德谟:同上引书)。

[78]帽子是嘉洛家的世袭财产(林葱木刻本,第三卷,第87页)。他是怎样得到它的呢?当莲花生从龙那里得到了注定要成为格萨尔母亲的姑娘时,他导致了一种指出她所居住地区的预言。他为此而将其帽子抛向天空,帽子然后又重新落在管葱洛敦巴坚赞的帐篷顶上,由一道彩虹光环绕(第一卷,第61页)。后来,莲花生又出现在这后者的家中,头戴其"莲花帽"。然而,嘉洛又叫作敦巴坚赞,也可能与葱洛为同一人。无论如何,拥有这种帽子的嘉洛是宝藏神或毗沙门的化身。我们还将会看到,这后者戴着酷似莲花生与觉如帽的一种头戴。

[79]大家还可以理解作该帽子装饰有一种戟或另外一种三尖顶装饰物。事实上,帽子的"耳朵"数目有时还更多和并不认为是尖顶的。大家看到了觉如"主教冠"顶部有一束3个小尖顶(图3)。

[80]这里无疑是指驴耳和兔耳。这两种耳朵于此被认为是象征着"方便"和"智慧"的结合,也就是大家把它们比作格萨尔和珠牡(林葱木刻本)的阳和阴的本原。因此,象征论与由说唱艺人所指出的那种完全是同一类。在一个噶玛巴的故事中,一只公兔成为瑜伽行者,并解释说它的两只长耳是"方便"和"智慧"的象征(《噶玛巴传》第213页)。由变成了街头卖艺人的格萨尔牵着的驴长有如同"母兔"一般的耳朵(请参阅上文)。

[81]请参阅上文讲到的说唱艺人于其帽子上印刷各种图案的情况。

[82]根据一种非常多见的文风习惯(如江孜木刻本,第三卷,第7页),"说唱艺人"也被称为"杂要艺人"。其名字中的字母A会使人重新联想到这一切。他们的帽子被称为"杂要艺人的帽子"(同上引书,第25页),他们的服装被称为"杂要艺人的服装"(第10幅画,有关汉地的情节,一个穿白衣的人以手捂耳)。其释文为:"穿戴成杂要艺人的女使者"(?)。昌巴桑塔把该词解释为指一种修道人。它未被任何辞典所证实。说唱艺人们也自称为如意宝,完全如同格萨尔和拉萨的那尊青年佛陀的供像("白面之王",石佛如意宝,详见第30页)一样。

[83]据昌巴桑塔认为,该词属于"岭地的语言",也就是格萨尔史诗的语言。这是那些有时单独使用而有时又与普通名词连用的词汇之一。我已经编制了一份统计表(石泰安,1956年,第390—395页的那些形容词)。我们应该指出,据达斯的辞典认为,光轮是由不同阶段的教友所代表的(接着是白色和金色)。

[84]请参阅达斯辞典:'khyog-pa意为"扬起、扛起",'khyogpo意为"弯曲的",'khyog意为"轿子"。江孜木刻本第三卷,第8页也指出:"以猴子昂格松为伙伴"。

[85]对各种物品或生灵的"解释"提供了其起源与一种象征性的解释。《格萨尔王传》史诗中的最著名者是对岭地赛马中所必不可缺的马匹之"解释",对"帽子的解释",由昌巴俄累说唱(同上引书,第126—128页);贝勒果保对"刀的解释"(弗兰格,1905年,第296—298页。其中有拼写错误,作grib-çlad,但在英文摘要第311页中却付阙如)。大家在婚歌中又发现了它们(赫尔曼,1955年,第52页,婚姻的起源;第56页,吉祥绵羊的起源)和赛马赞歌(第81页,赛马的起源;第96页,氏族的起源)。

[86]阿底峡红帽的情况也如此，它酷似一座蒙古包，被认为代表着阿修罗（非天）的洞。达布噶举派信徒们那带折叠3叶的帽子形式出自达布的岗波神山（它是由达布法王岗波巴发明的，取名于该圣地，其白帽则可比作说唱艺人的帽子，前文业已讲过）。请参阅沃德尔，1895年，第196、198—199页。

[87]狮子背负王座一事在佛教中很著名（如佛陀、教祖的法台以及国王御座）。西域（龟兹）和青海（吐谷浑）的一些王公也曾采用过它（有关龟兹的情况，见《魏书》卷102第4页，相当于《北史》卷97第6页；有关吐谷浑的情况，见《魏书》卷101第6页，相当于《北史》卷96第7页）。

[88]鲍塔宁，1881年，第二卷，第82页。

[89]扎布里卡：《西伯利亚的土著人》，牛津1914年版，第223页。

[90]在雅库特人中的情况也如此。它或为能掩耳的“古代无边高帽”（malakai，在蒙古文中作malaɣai，意为“帽子”），或为一种带角的铁王冠（谢罗斯泽夫斯基：《从雅库人的信仰看萨满教》，载《第一届宗教史讨论会论文集》，巴黎1902年版，第104页）。

[91]请参阅有关满族萨满的情况：带有羽饰的皮帽、两支铁角和一长块彩色丝绸（德·哈尔雷：《东鞑靼人的民族宗教》，布鲁塞尔1887年版，第26页）。他在腰部拴有小铃或铃铛，另外7个小铃拴在其杖的中间，还有一大一小的两个铃被执于手中。他除了鼓之外还有一支吸引鬼神的箭（箭的一端带有长缨，但图中却出现了许多根细绳），同时还佩有细绳和小环的魔刀。由布伦希尔德·科尔纳在北京观察到的满族女萨满头戴（《北平满族人对先祖的崇拜》，载《游记档案》，新编第三卷，第184—185页）一顶圆锥体的铁法冠，在法冠的前部和两侧带有3棵酷似鹿茸的“生命之树”，其顶点带有一只长有5羽尾的大凤凰之图像。在凤凰尾的5根羽翎的每根之上，都悬有一条很宽的织锦彩带。她在胸前带有一面大镜子和数枚钱币。法冠上的3棵“铁树”酷似4—6世纪高丽墓中的那些著名王冠上的那些，也像5或6世纪一块金属牌上的铁树（亨泽：《汉代高丽的萨满教》，载《东方古代学报》，第99卷，第5期，柏林1933年版；萨尔莫尼：《古代的作品与语言》，载《亚洲艺术》，1954年版，图29）。努明城的满族萨满们载有一种装饰着贝壳的念珠，而这些又被分成类以组成鲜花（林格伦：《达斡尔人中的萨满》，载《地理年鉴》，1935年，图3和第369—370页）。

[92]帕尔塔依：《对布里亚特萨满教的描述》，载《芬兰—乌戈尔学会会刊》第51卷，赫尔辛基1941年版，第18—20页；伊利亚德的摘要文：同上引杂志，第143和248页。

[93]施瑞德，1952—1953年，第19、20、26、27、31、32和237页。

[94]鞑靼人的萨满切年涅维有两根杖，其中一根是普通的木棍，另外一根则代表着马（鲍塔宁，1883年，第四卷，第54页）。其弓和箭与鼓（会唱的弓）是相同的，鼓为弓而鼓槌则为箭。钉于鼓上的“角”和环都是萨满的进攻和防御武器（埃姆赛梅：《论幼稚的巫术鼓的思想》，载《民族学杂志》第九卷，第142—143页）。大家还会记得神通诗人上师，他以手捂耳，携带有弓和箭（上文业已论述过了）。

[95]萨满的鼓是驯鹿、驼鹿、马匹和小艇（伊利亚德，第161和212页）。我们应该指出，吐蕃和远东其他地方的小艇舟船都被雕刻成了马形（有关吐蕃的例证，请参阅图齐：《在拉萨及其以远地区》，罗马1950年版，第64—65页间的照片）。

[96]有关化装成鹿的马（在卡坦达和帕米利克）的情况，请参阅基赛列夫：《南西伯利亚古代史》，莫斯科—列宁格勒1949年版，第186和199页，第206—

207页的插图33。那具长有人面、马耳(?)、鹿角、燕尾与燕翅的人物,在帕米利克的第5号古墓中,见鲁登科:《山地阿尔泰居民的文化,斯基泰时代》,莫斯科—列宁格勒1953年版,第401页,插图114。有关马(驴)、绵羊和驯鹿这些与斯基泰人有关的不同形式,请参阅普祖鲁斯基的假设:《斯基泰人历史的新面貌》,载《布鲁塞尔大学学报》第3—4期,1937年,第9—13页。

[97]《元史》卷71,第4页:“胡琴制如火不思(qobuz),卷颈,龙首,二弦,用弓捩之,弓之弦以马尾”。但“火不思”被描述为“四弦”乐器,有关该词,请参阅弗兰格:《论中国元代的文化史》,威斯巴登1956年版,第66页注[5],突厥文作qūbūz。但在鄂尔多斯蒙古文中,“胡琴”系指一种四弦琴,完全如同xūr(在古典蒙古文中作quur、quɤur,但《至元夷语》中认为qubur是三弦琴)。科瓦列夫斯基(辞典)把quur译作了“巴拉莱卡琴、诗琴、吉他”;蓝司铁(Ramstedt)则译作“琴”,并与柯尔克孜文qobuz作了比较。由于在蒙古文和突厥文中的r-z(s)之间经常性的反复变化,所以蒙古文qubur和突厥文qūdūz无疑都是相同的。非常奇怪的是在蒙古文中,xowuz出自文言文qobusu(n),意为“假设”或“猜测”(仁钦:同上引书,第9页)或“巫术,萨满们的变幻本领”(海西希:《蒙古史料》,载《民族学杂志》,1953年,第494页注[90])。在雅库特文中,homus意为“竖琴”(扎普利斯卡:同上引书,第356页)。

[98]《中国音乐史参考图片》(上海1954年版)第二册,插图19的“马头琴”一图。其中的马头被置于一个妖魔般的人头之上,这里无疑是指马头明王的头。有关它在蒙古的情况,请参阅威列士刊布的《古代和东方的乐器》,伦敦1957年版,图6a;哈斯伦—克里斯滕森:《古代蒙古乐曲探源》,载《中国瑞典联合考察团报告》第八卷,第四册,斯德哥尔摩1943年版,图Ⅱ、Ⅲ、Ⅶ和第35页图1;有关其释文,见第35—37页;有关其描述,见第85页,为拴被称为“耳朵”的绳子的木钉;第86页,其弦可能是由一匹因疲劳而死亡的马的马尾制成的弓;第85页,把装饰着一颗马头的木棍与萨满们木棍的比较。有关西藏(西南)的情况,请参阅《地理学报》第九卷(1922年7月)中刊布的照片(与第9页相对处);由笔者本人在大吉岭拍摄的照片(一名古董收藏家的藏品)。有关摩竭鱼头,请参阅同上引书。早在敦煌写本中,就已经提到了“以马装饰的漂亮乐器”(拉露:《苯教仪轨书》,载《亚细亚学报》,1952年,第352页)。狮子已经出现在一首鄂尔多斯的歌曲中了(见田清波的《鄂尔多斯文辞典》第370页)。有关龙或摩竭鱼的一段文字可以通过在中国和印度流行的那种马匹起源于海洋的理论来解释(迪梅齐尔:《半人半马的怪物问题》,巴黎1929年版,第116页有关乾闼婆的论述;科玛拉斯瓦米:《夜叉》第二卷,第31页;有关汉地的问题,请参阅《元朝秘史》卷三,第64页,大家还可以参阅石泰安,1951年,第245—246页有关毗沙门、其狮子和龟兹的论述)。

[99]哈伦—克里斯滕森:同上引书,第35—37页。司律思的部分分析(《鄂尔多斯蒙古民俗笺注》,载《汉学》第三卷,第1—2期,1948年,第136—140页。作者有意在用干枯头颅制琴的一名盗贼的传说问题上讲到了它,其巫术作用是诱惑牲畜。该盗贼是一名狡猾的恶作剧者。八骏的内容已被普萨(《论成吉思汗的世系谱》,载《亚洲研究》,莱比锡1954年版,第448页注[30])与达斯的一条注释(辞典,第907页)作了比较。达斯也讲到了“八匹受度马”。但达斯的解释是错误的。它是以隆多喇嘛(《全集》第23卷,第9页)介绍的一个故事为基础的、在中国天朝皇帝周王(Či'u-dbanṅ)时代,大家知道佛陀是由于西方的一道光芒而诞生的。其子达乌王(穆王)由于八骏拉的车之巫术力量而到达了吐蕃,来到了

玛庞(玛法木错)湖(周穆王骑八骏向西行的故事)。他在接受经文和真言的奥义之后又返回汉地,稍后不久又以文殊师利的外形而返回了五台山。《四体合璧清文鉴》(卷31,第66页)使用了“八骏”(穆王的8匹骏马)一词而译蒙古文naiman ajinai(“8匹智慧马”)和藏文rta-brgyad'jom(8匹集聚在一起的马,其中的'jom如同在'jom-pa中一样,指事实上形成了同一人的三名杂要演员)。然而,科瓦列夫斯基的辞典和《名义之海》(卷三,第21页)提供了ajinai medekči morin(知道主人意思的马)和uqaɣatu morin(有神通的马),如同是藏文čaṅ-Çes rta(神通马或遍知马)的译文。它也是梵文àjāneya(宝马)的再解释,也就是格萨尔坐骑的名称。在格萨尔史诗的蒙文版本中,霍尔人拥有“八匹具有智慧的浅黄色马匹”(施密德:同上引书第174页,再版本第169页,木刻本第五卷第11页)。它们均生活在北方。

[100]蒙文版本,米尔格1868年版本,第182—187页;符拉季米尔佐夫,1923年第99—101页;鲍塔宁,1893年,第二卷,第211、293—295、383页和1883年,第四卷,第293—298页(与造成一个湖而不是制造一种乐器有关,国王的母亲与一头驴私合。该国王已被比定为被成吉思汗或大清皇帝杀死的西夏国王锡都尔固,鲍塔宁却把他比作朗达玛了。鲍培:《喀乐喀蒙古语语法》,威斯巴登1951年版,第104—105页)。在我们还将要研究的7个秃头恶作剧者的故事中(田清波:《鄂尔多斯民间故事》,北平1947年版,第209—215页)。西夏国王(司律思神父,同上引书,第179—180页,他参阅了与亚历山大有关的一个中亚萨尔特或布鲁特文的故事:他头上长一只角,其全部势力都处于其中。他又用心良苦地把它藏在一顶高高的盔之下。他的理发师把这个秘密泄露给了水井,其回声传开了这个消息。在一次反叛中,有一个人砍下了他的角)。埃布拉尔在他对该文的书评(载《美国东方学会会刊》第69卷,第2期,1949年,第113页)中也参阅了亚历山大的传说。萨尔特(布鲁特)文的故事要更为接近那些突厥文本(请参阅埃布拉尔和波拉塔夫:《一种突厥的民间故事》,威斯巴登1953年版,第295页,国王长有他掩饰起来的两只角、头戴、笛子的起源、双角王亚历山大)。

其藏文本(这是昌巴桑塔提供的口头资料)说,朗达玛于头顶的中央长着一只角。他杀死了那些曾为他洗过头的女子,但仅仅饶恕了其中的一名。她将这一秘密泄露给了一个老鼠洞。后来又从那里长出了一棵竹子,那里的人用它制造了一根长笛。当大家吹笛子时,它便发出了这样的叫声:“赞普长有一只角”。接着就是赞普被拉隆贝吉多吉弑杀,此人将一支箭射在赞普额头的两眼之间(正如格萨尔对北方国王鲁赞魔所作的那样)。另外一个传说(同样来源)讲到了一名和尚,他圆寂后变成了一个长驴头的魔鬼。大家从他头上戴的一顶红色风帽而认出了他,这是为了掩饰其耳朵。第3个传说涉及了天苯的创始人(巴俄祖拉陈瓦,第七卷,第8页):辛地或温('On,原文如此)摩隆仁地区位于卫地(吐蕃中部)。在这里的温地辛氏家族中,曾有过一个长驴耳的少年。他在12岁时被魔鬼夺走,并在魔鬼那里留住12载之久。当他返回人类之中时,便变成了有关要知道某个魔鬼存在于哪个固定地点问题上的“遍知”(如同其马一样)。为了掩饰其驴耳,他头扎一条羊毛巾并对魔鬼举行崇拜仪轨。多尔苯(原始苯教)就是这样传播的。在其他文本中,又说该青年13岁,于魔鬼中停留了13年。其故乡一般都被称为俄摩隆仁,位于象雄、吐蕃西部或大食(伊朗)。请参阅霍夫曼,1950年,第211、213和229—230页。我们应该指出,苯教在遭迫害之后的复兴要归功于某一位苯教徒纳钦里却,意为“大耳人,家住于阗一带”(同上引书,第

229页)。我们已经遇到了北部纳囊(又作纳木)的驴耳生灵、"大驴耳"、裕固族土司和成吉思汗的父亲(请参阅上文第五章)。

西部的(古代的、伊朗的等)文本与《尸语故事》的行文已经由古贝纳蒂斯与古代故事作了比较(《动物神话》,巴黎1874年版,第404—405页),他也研究了有关毛驴的全部民间传说(第406—419页)。该故事与萨提里(希腊低级的森林诸神,具有半人半羊的特征。——译者)。和西勒尼(Silène,本指希腊的魔神,整日骑在驴身上。——译者)有关。弥达斯将其耳朵掩藏在一个红色的帽子之下(第409页)。有关其古典文本,请参阅罗赛:《对希腊和罗马神话中词汇的详细解释》,莱比锡1894—1897年版,第二卷,第二册,第2954—2967条。有关西勒尼和萨提里的情况,请参阅:同上引书,第445—448页(马、驴、羊,性崇拜行为);让梅尔:《酒神》,巴黎1951年版,第279页(其中认为弥达斯为萨提里,把萨提里与西勒尼相混淆了)和310—311页(与戏剧、跳欠、神鬼附身等问题的关系);迪梅齐尔:同上引书(年末的跳神、新年献祭、称王、欢庆活动中的国王)。有关欧洲的一些不同形式(绵羊或马匹的耳朵),请参阅罗赛,同上引书,第2966条;于埃,《民间故事》,巴黎1923年版,第45页;格罗克:《弥达斯王及其驴耳》,载《民间文学》第22卷,1911年,第184页和以下(第186页,马耳和角;第189—190页,角;第190页,制造一面鼓;第191页,亚历山大;第192页,土库曼的说法,驴耳;第193页,波斯的说法,夏布尔国王长着角;第194页,大勃律,长驴蹄的国王;第194页,双角王米扎普尔,制造一面鼓等)。我们还应补充罕萨(大勃律)的一种说法,其中讲到了长有金角的国王、巫师、占卜师、制造笛子等问题(洛里梅,1935年,第377页和以下)。

"双角王亚历山大"已被比定为穆斯林们所说D'ul-qarnaĭn。请参阅诺尔德克:《论亚历山大的历史》第27和29页;安德松:《双角王亚历山大》(《美国哲学学会论丛》第58期,1927年,第100—122页;尼扎米;《双巨耳王亚历山大》第120页)。长驴耳的亚历山大是波斯王达拉卜(可能为大流士)的王妃和魔鬼所生的儿子(达梅尔斯特德:《东方论丛》,巴黎1883年版,第233和246—247页)。他的角也出现在其坐骑布凯法洛斯的身上了。巴达赫尚出土的一枚钱币于背面在国王肖像的地方出现了一颗长牛角的马头(安德松:同上引书,第117页)。这种吉祥物完全是罗马东方行省所特有的。亚历山大的将军塞琉古斯选择马作为最受宠的吉祥物。他采纳了角为其自己的肖像,同时也作为其马匹和大象的吉祥物(角是势力的象征)。耳朵出现于盔之下(阿鲁什—勒巴热:《大夏王国的货币艺术》,巴黎1956年版,第39—40页)。安息人的王盔也在侧部有两支牛角(阿尔德海姆:《亚历山大和亚洲》第283页)。有关亚历山大(大流士王妃的儿子)那被砍掉的角,在有关大流士即位的传说中与伪国王的断角作了比较(迪梅齐尔:同上引书,第73页注[2])。

[101]请参阅普鲁祖斯基:《驴、马和乾闼婆》,载《印度文化》第三卷,第4期,第613—620页;《语学言和比较神话学》,载《宗教史杂志》,1937年,第233页和以下;古贝尔纳蒂斯:同上引书,第934页。

[102]哈干:《中亚考古研究》,载《亚洲艺术杂志》第十卷,第2期,插图18b。

[103] Ljon-rta-mgo 意为"绿色马头",这是真陀罗(人非人,是人非人)类生灵的名称(《对善金刚和8种好酒的祈愿》第2页)。颇有意义的是真陀罗已被比定为霍尔人(北方,马匹)。请参阅达斯辞典,第960—961页(蒙古女子、马头女子、女乾闼婆)。

[104]我们还应该提一下,西藏的传说讲到了一名突厥和索布(蒙古)人大平

等王(请参阅上文第六章),驴耳和马头都被与霍尔人和裕固族人(请参阅上文注[99]和[100])相联系起来了。

[105]列维:《汉文中的印度传》,第一部分,载《法兰西远东学院通报》,1902年第1—8页;第四部分,同上刊物,1905年,第25—27页;第49页的神话传说。大家还可以参阅瓦西里耶夫于谢夫纳的《多罗那它的印度佛教史》中所作的考释,第30—32页。

[106]道森:《印度神话的典范辞典》第7版,1950年伦敦版,第174页。请参阅梅洛菲对增长天的概述,载《人类学》第47卷,1952年,第672页;图齐:1949年,《西藏的画卷》第571—573页;马松:《巴利文佛经中的民间宗教》,鲁汶1942年版,第40页。三足、三头和十臂的毗沙门出现在吐蕃(波特为西藏货币展览所写的目录,莱敦1949年版,第107条)。"白腹"(Lto-dkar)是对毗沙门—俱鞞罗的称呼(见达斯辞典)。这也是毛驴、骡子和野驴的特征。

[107]在藏文中,bya-ma-rta意为"半鸟半马",一般均指一种"快使"(石泰安,1956年,第369页)。但古文辞典《正字法,贤者之源》却指出了它的两种意义(第4页):"耳朵"和"信使"。

[108]在觉如从晁同处获得的东西之中就包括一根很敏捷的白色木棍和一块彩色地毯(见巴科藏稿本第44和45页)。在《尸语故事》中,世界四王的未来父亲(请参阅上文第六章)从龙王那里获得了一只红色母狗、一根白色木棒和一块彩色地毯(朱尔格,1868年,第192页的译文有误;符拉基米尔佐夫,1923年,第114页)。

[109]布里亚特文的释文:一个女子等待其"萨满先祖灵魂"的出现以迎娶她。这一事件的征兆应为于其畜群中诞生了一只8足马驹。丈夫(人间的)看到了它,并砍掉了他认为是无用的四条蹄子。妻子在获知此事之后便呼天抢地地哭泣:"这是我的小马,我骑上它就会变成女萨满"。但她将神灵招致自己身上,并趺跏而坐(如同一名修道的喇嘛),于是便以其先祖的灵魂之力而自我升空,并在无马的情况下离开那里而畅游世界。当地居民们看到了她在长空中行走。她变成了"霍尔姆"女神,大家向她供俸一只未曾剪毛和其角装饰有白色彩带的羊。经过3年之后,大家便杀死它并将其皮挂在一棵桦树上,然后再用一只新羊来代替它。再经过3年,大家便在那棵桦树前祭祀羊,将其皮和头挂在那里(桦树因此而即将带有两只羊角和马耳)。请参阅桑德赛耶夫:《哈拉伦——布里亚特人的宇宙观和萨满教》,载《人类学杂志》第23卷,1928年,第608页。

[110]佛陀的法座系由8头狮子所承负(达斯辞典)。但那些大国王们却在一座山的8足狮子座上行使政权(五世达赖喇嘛,第42和52页)。

[111]每位转轮王都有他可以在长空中骑的一头大象和一匹马(《游戏大全》,由福科译自梵文,巴黎1884年版,第17—18页;由福科译自藏文,巴黎1848年版,第16—17页)。非常引人注目的是吐蕃的"五王"集团将不同的坐骑结合在一起,白哈尔于其中乘一头白色狮子而出现了两次,帝释(因陀罗)骑一头白象(或白色摩竭鱼),战神骑一头白色野驴(野骡),第5位则骑一匹白马(布莱克登纳:《生命之主》,载《民族学档案》第五卷,1950年,第105—106页)。米拉日巴骑一匹白马,它本为一头无嚼的狮子,或者是可以比作一头幼狮子(《米拉日巴传》第15和92页,巴科译本第57和225页),"镇伏"(藏文为rnam-par gnon,梵文为Viskambhana,《翻译名义大集》第2551条)一切系指:1.狮子;2.马匹;3.英雄(达斯辞典)。格萨尔的马是马头明王的化身(如同马头琴和木棍一样),他于自己的头上长有一颗马头,但其头发却是狮鬃(见《佛教大辞典》第206页)。格萨尔马的嘶鸣声是可以打开宝库之门的

一种八倍笑声(林葱木刻本;第三卷,第100页)。

[112]次仁旺杰的《藏—梵文辞典》,巴科版本,巴黎1930年版,第177页。普祖鲁斯基:《斯基泰史的新概况》,载《布鲁塞尔大学学报》第3—4期,油印本第11页。它参照了《旁遮普的一个古老民族》,载《亚细亚学报》,1929年,第312—325页。请参阅达斯辞典中的ri-dvags cam-bha-ra和Ça-ra-bha等条目,它们分别是"战胜狮子"和"8足狮子"的同义词:Ça-rdu-la(《翻译名义大集》第4777条则译作"老虎"),向"狮子"词义的过渡可能是在中国突厥斯坦完成的。在"塞语"(于阗语)中,Sarāva的词根系指狮子(鲁曼:《佛教在北方的传播》,莱比锡1933年版,第一册,第98页)。

[113]唐代的《开元禅经》提到了"云头兽"(埃尔克:《宋代的圣贤》,载《通报》第34卷,第4期,第98页)。

[114]沙畹:《宋云在乌仗国和犍陀罗的旅行》(518—522年),载《法兰西远东学院通报》第三卷,1903年,第394页。一只白公鸡被作为祭祀品而供奉给了作为宝藏之主的白哈尔(《国王遗教》第13卷,第89和91页;第25卷,第25和101页)。白公鸡也被供奉在拉萨的格萨尔—关帝庙中(沃德尔,1905年,第354页);这两个人物都与毗沙门相似。

[115]在汉地,公鸡象征着在战斗中的勇敢精神,有些军人戴有雄雉鸡帽(鶡,A·和W·埃布拉尔:《秦汉时代的时髦》,安特卫普1946年版,第62页;子路"冠雄鸡",因为他"好勇力,志伉直"。《史记》卷67,第2页)。驱傩的巫士(方相氏)是以勇士的外貌出现的,以至于墓中的大量小兵俑均可以此来解释(劳佛尔,同上引书,插图15:上部带有孤立尖顶的盔)。我们应该指出,吐蕃的金翅鸟(大鹏)是以其耳朵和头上的角为特征的(米勒:《喇嘛教中的治病与解脱》,载《民族学报》,1927年,第931页图5及其参考资料;聂伯斯基—沃热科维茨,1956年,第256—257页;图齐:《印度—西藏研究》第三卷,第163—164页;有关牛角问题,请参阅赫尔曼:1956年,第396页,图1)。

[116]周长海:《西藏宗教研究》,载《中央亚细亚》第一卷,第2期,第10页:雄鸡翎盔、甲胄、背部的5杆护背旗(箭—旗)、虎皮靴、弓弩和大刀。

[117]在北京,帽商的幌子是代表一只直坐猕猴的木像,其两只前爪交叉在胸前,雄性器官勃起。我不知道这种象征物的起源(请参阅注[119])。

[118]《从北京到长安和洛阳》,载《东方布教报告》第一卷,1898年版,第72页:在位于华州附近的赤水。

[119]大家会经常看到具有如此头戴的汉地供像。请参阅"如同鸟羽般的经夸大的坐像"之例证。在唐代,长鹰钩鼻的人戴有一顶弗里吉雅帽,其尖顶向前弯曲(《1935—1936年中国艺术国际展览目录》第三版,第2417号)。呈卷曲状或贝壳状的头戴可能代表着一条巾、头发,或者是扎在一起的这二者(如同佛陀的贝壳式卷发)。那些戴有弗里吉雅式帽子的"杂耍艺人"(其一带有一只鸟,另一个人则演奏一种吹奏乐器)都画在一只具有伊朗风格的汉地碗的神奇生灵中(鲍·基林斯瓦尔:《唐代的折叠帽和羽冠》,载《远东博物馆学报》第29卷,1957年,第103和图59)。它们完全可以与由霍恩勒描述的于阗小塑像相比较(《来自中亚的古物收藏品》第一部分,载《亚洲皇家学会孟买分会会刊》第68卷,第1期,油印本,1897年第一册);第31页,玩排箫的和使人会联想到森林神与农牧神的猕猴(与其他的希腊形象同时存在,如飞马和半人半马者);第40页,第36号物品:裸体像,无疑是一只猕猴,戴有羽毛盔。大家还可以参阅霍尔恩:《大英博物馆收藏的中亚古物特藏报告》,第二部分,载《亚洲皇家学会孟买分会会刊》第70卷,第1期,1901—1902年,油印本第1本;第44页:混合塑像,包括牛鸟半猴

者、弹诗琴者(相当于第一部分图19的第70条);同止引书,第54页(插图13第29条)和第54页;第46—47页(插图9)是伊梯法尔式乾闼婆猕猴、带有“逗人一乐的小丑”、吹横笛(排箫)或双簧管的扎巾人、执一个钵或一个甜瓜的蹲在一旁的猕猴;第48—49页(图10):互相拥抱和演奏乐器(排箫、竖琴、锣、印度小鼓)的猕猴,坐在那里修道,执一根木棍或另一种物品、长有伊梯法尔式的羊头。霍恩勒指出,所有这一切都会使人联想到林神或希腊的潘神(Pan,希腊的森林之神和牧神。——译者),但也说明了印度的乾闼婆有时也是猕猴。

[120]据鄂托·德里森认为如此(《丑角演员的起源》,柏林1904年版,第144、169—170页)。这里是指简单的巧合还是颇有意义的相似呢?我们无法深入讨论这个重大问题。我们仅仅指出欧洲“疯子”的无边圆帽事实上是修道人的风帽(被称为“小风帽”),其尖顶向前倾,再加上另外两个被明确称为“驴耳”的尖顶。所有的尖顶都装饰有小铃,甚至还出现了一个公鸡冠于其中央取代了倾斜顶,而这些鸡冠有时又被当作是鸟冠(请参阅加米:《小丑演员》,巴黎1882年版,第36页)。大家可以参阅《大英百科全书》和《大百科全书》(巴黎)中的“丑角演员”条目。大家还可以参阅上文注[31]。

[121]详见伊希达·埃齐罗书中有关中国、日本和印度的参考资料(《卡巴的传说》,载《民俗研究》第九卷,北京1950年版,尤其是第125—135页,图6—9页的形象)。对于吐蕃的情况,见《青史》第四卷第110页,罗列赫译本第二卷第652页,这是13世纪中叶的事实。在《格萨尔王传》的史诗中,鉴定马匹并伴随它的并不是猕猴,而是汉地的一名幻师(林葱木刻本第二卷,第65页)。该藏文词Sgyu-ma-mkhan相当于梵文māyākāra,系指杂耍演员、预言家和幻术师。

[122]马头观音也如同马头明王一样于其头上长有马头,它也如同马头明王一样与阿弥陀佛有关。

[123]在西藏绘画上,猕猴、侧像、携带供品者的画像已被喇嘛们解释为财宝之神。它被称为“却佩杰布”(增盛教法之王),并由“四大”之神簇拥:火蛇、冰猴、水猪和木虎(格伦维德尔,《喇嘛祭祀器具汇集》,载《佛教丛书》第六卷,圣彼得堡1905年版,第64页第14条,第118页第0.139条和图28)。大家很快就会看到惟有狮子一般才是冰川中的代表动物。

[124]有关中国中原的狮子舞,请参阅古兰:《试论汉人的古典音乐历史》,1913年版,第195页(还可以参看《乐府杂录》第4页,载《守山阁丛书》);戴密微:《吐蕃僧诤记》第一卷第206页注[2]);埃布拉尔:《中国的节日庆祝活动》,纽约1952年版,第57—59页;傅云子:《正仓院考古记》(汉文著作),东京1914年版,第53—59页;埃布拉尔,《古代中国的地方文化》第一卷,第190页。大家还可以大量增加这些参考资料。

[125]《酉阳杂俎》卷14第4页(《四部丛刊》版本)。列维:《B种吐火罗语——龟兹语》,载《亚细亚学报》,1913年,第355—356页。有关北方之神的庙,请参阅石泰安,1951年,第246页。

[126]《梦粱录》卷六第3页,《武林旧事》卷三第6页,《钦定词谱》卷21第32页(巴克斯特译本,玛萨诸塞州,坎布里奇,1956年,第18页)。

[127]冰川的白母狮及其乳已由米拉日巴提及(《米拉日巴道歌集》第5、38、78、121、137、297、308和338页)。它在林葱木刻本的《格萨尔王传》史诗(第一卷,第20、40、42等页)和民间故事中都很著名。白母狮是毗沙门的法台,但同时也是文殊师利和金刚手(观世音的一种形状)之莲台(格伦维德尔,1900年,第132—140页),这也是由于其法冠而相似的人物。有关吐蕃狮子舞的情况,请参阅沃德尔,1895年,第538—539页

（及其照片）：冰川狮子是吐蕃吉祥幸运和财富的保证。白母狮的乳汁系指冰川水，是一种良药（达斯辞典，第1275页）。

[128]有关所有这一切，请参阅下文第八章。

[129]埃布拉尔：《中国的节日庆祝活动》第57页；《地区文化》第一卷，第191—192页；《论中亚和西亚的民族文化》，载《人类学学报》第73卷，第236页；埃布拉尔和波拉塔夫：《突厥边陲的文化类型》，威斯巴登1953年版，第390页。那种表演滑稽剧者是秃头人，扮演狡猾的坏人者是胡须稀疏的老翁。他们酷似西藏哑剧中的"白色魔鬼"。

[130]埃布拉尔：《地区文化》第一卷，第192页；尤其是请参阅那波利贞：《苏莫遮考》（京都1941年版，第447—513页），其中汇集了所有的汉文和日文文献以及照片。其帽子是用毛毡制成的。

[131]当然，大家会发现其他许多扎巾的人（如汉地国王，见图10）。据曲扎字典（见"头巾、缠头巾"一条目）认为，红巾成了"法王"的特征。白巾在我们今天则是汉藏走廊羌人的特征（格雷厄姆：《羌人的服装》，载《中国西部边政学会会刊》第14卷上，1942年，第78页）。头巾可以随盔而变化。我们提到了松赞干布的头巾。此外，他还戴着手上面插着3根羽翎的盔（格伦维德尔，1900年，第46页图33）。

[132]格玛拉斯瓦米：《佛陀的头发、发髻、顶髻和法冠》，载《皇家亚洲学会会刊》，1928年，第815—840页，插图4—5；班内扎：《论印度肖像学的发展》，加尔各答1856年版，第286—288页；玛利曼：《论观世音的一种头戴和一串念珠》，载《东方艺术》第一卷，第4期，1949年，第166—176页；拉露：《帛画上的肖像》，巴黎1930年版，第13—14、66—70页（弥勒佛、文殊师利和般尸诃）。

[133]如果格萨尔的名字顿珠（成就事业者）包括有借鉴自佛本生传中的内容，那也是早已有人指出的事实了（劳佛尔，1901年，第81页；罗列赫，1942年，第295页）。大家还发现顿根珠（上师，伟人，《米庞愿文》第12卷，第21页）的名字，它也完全相当于梵文 Sarvārthasidha（成就一切事业者），它是在由拉施特保存下来的怯失迷儿佛教故事中，后来成为佛陀的国王所享有的名字（卡恩，《中亚学报》第二卷，第2期，第91页）。为在天上的格萨尔选择此名可能是由于顿珠也被用作顿月珠巴（不空成就）的简称的原因（林葱木刻本第一卷，第13和53页），这就是北方"禅佛"的名字。在《格萨尔王传》史诗的各种不同文本中，一般都是天神的第三子顿珠作为格萨尔的化身，但有时又作为其第二子（北京木刻本和江孜木刻本）。然而，在下拉达克文本中，天神的3个儿子分别叫作顿丹（长子）、顿月（次子）和顿珠（三子）。在将长子和次子的名字结合起来时便会得到顿月珠巴一名。北方适用于格萨尔，同样也适用于俱鞞罗。

[134]有关拉达克的弥勒佛像，见弗兰格：《西藏西部考古的初步报告》，载德国《东方学报》第61卷，1907年，第658和655页。毗沙门以欧洲方式坐着（财宝之主或财神），请参阅哈干：《西藏艺术》，巴科特藏本，巴黎1911年版，第12页（带3朵小花的法冠）。

[135]哈干：《中亚考古研究》，载《亚洲艺术》杂志，第10卷，第2期，第66页（与一名伊朗国王的王冠相比较的马杜拉之菩萨头戴）；布鲁尔：《在阿富汗的最新考古发掘》，载《亚洲艺术》杂志第八卷，第2期，第118—119页和图1（巴米扬的弥勒佛像）。阿尔德海姆和斯蒂埃尔：《亚洲的服饰》第一卷，威斯巴登1954年版，第101、103、105、121页和插图（萨珊国王们王冠的发展过程）。大家还可以参阅在格尔斯曼的《伊朗》（巴黎1911年版，第103页），它使人联想到这些国王们的画像都出现在中国内地和突厥斯坦了，因为在那里已经发现了他们的钱

币(见上文第六章)。

[136]勒克柯:《中亚艺术和文化史图集》,柏林1925年版,图74(据斯米尔诺夫认为,这是萨珊朝银盘)。作者于第12—13页指出,有时很难说明是指一顶盔还是一顶帽子。他提及中亚的一些带翅的圆锥形盔,其中有一些可能装饰以飞鸟的图形。汉地的仿造品一般仅仅保留了盔中心惟一一个尖顶。

[137]有关噶尔堪(一种宫廷舞的舞伎)的情况,请参阅林葱木刻本第一卷,第57页;有关毗沙门的煨桑祭文,见《宝鬘宝王仪轨》第2页;有一种专门为此而诵读的怛特罗(《甘珠尔》,续部,东北大学目录第767号)。请参阅聂伯斯基—沃热科维茨,1956年,第76—77页。这可能就是跳舞的湿婆(舞俑)。有关舞蹈,请参阅拉露:同上引书,第108页(见代表毗沙门传说的西藏舞蹈);图齐,1949年,《西藏的画卷》第616页注[23]。有关红矛枪的问题:八世噶玛巴在康地举行一种招请南托神山(毗沙门)的仪轨,以红缨枪而使南托山成为宗教的保护神(巴俄祖拉陈瓦书,第13卷,第202页)。有关俱鞞罗的木棍,见费尔:《甘珠尔分析》,巴黎1881年版,第341页;拉露:同上引书,第109页。

第八章　民间影响的起源

一、古　　代

我们直到本处所讲的说唱艺人和史诗(《格萨尔王传》)仅仅是由一些相当晚期的文献才使人熟知的。大家有权力思考他们的历史或起源如何。

直到今日,我尚未成功地在藏文或汉文文献中找到古老的描述。但某些有关古代形势的文献却是存在的。它们已经由所有的藏文编年史重复,虽然其中也有某些不同之处,而《格萨尔王传》史诗于其中从未被提及。"史诗故事"于其中仅指民间故事或传说。

五世达赖喇嘛(在1645—1646年)于其《大昭寺志》(《拉萨指南》)中提到了绘于拉萨大昭寺的那些故事的历史(请参阅第三章注[17])。虽然他对格萨尔只字未提,但他应该清楚地知道格萨尔史诗(请参阅第三章注[3])。他明显地知道这些故事并不包括格萨尔史诗。我们于下文不远处很快就会看到他可能联想到了什么。

节会的欢庆

另外一件事实是否定的、奇怪的和令人震惊的,在对建筑桑耶寺之后举行斋供的详细描述中,同样也丝毫未提到说唱艺人或史诗,但其中却提到了各种娱乐活动,所以我们于此提供这种描述并非是无益的。劳佛尔已经根据《王统世系明鉴》(第90页)而提供了一种译文[1],但该文献却较晚了。

早在此之前(第33页),《王统世系明鉴》就已经描述了为使松赞干布感到欢欣而举行的一次欢庆活动。

"为了使伟大的宗教之王感到欢欣,大家于是便轮番向他奏献舞蹈和其他娱乐表演:狮子、狮子—牦牛和狮子—老虎的假面具,持鼓的舞伎和其他舞伎。大家又向他奉献上了天神之大鼓、琴、其他乐器和锣钹的乐器……(还有其他神香和宝幢)。16 名美貌少女,花枝招展,手捧鲜花,向他奉献上了歌舞欢乐的盛宴”。

桑耶寺的斋供法会也酷似前者。那里有歌有舞,有宝幢、音乐以及良马宝驹的比赛(第 90 页)。青年男女翩翩起舞和击鼓而引吭高歌。其中有“狮子—牦牛、冰川狮子和狮子—老虎”,此外还有假面具、幼狮和男舞伎(毗沙门的儿子?)、神通的舞会(跳欠或跳神者)、美男子和雍容华贵者,各自挥舞大鼓。所有这一切都奉献给了赞普。赞普此时便从其王座上站了起来,歌颂该寺庙的建筑。该文列举了由其亲信心腹成员们合唱的歌曲之标题(请参阅上文第七章注[8])。

《王统世系明鉴》的一条小注指出,这个故事是以《大遗教集》为基础的。大家确实在《国王遗教》(第 70 或 35 页)中发现了它。这就是对可能是在大画廊中表示这种斋供法会活动的绘画所描述的内容。该寺庙中其他部分的壁画则代表着佛教的内容。

“在大画廊的门口处画有以下内容:吐蕃王赞普坐在中央,周边是歌、舞、乐、杂耍表演者、幻术师、力士竞赛,与人戏耍的老虎和斑豹、毒蛇和狮子之斗等,所有这一切在吐蕃都具有神奇的内容。”

在湖泊附近,大家支起一顶帐篷,赞普于其中召集了吐蕃所有军事单位的青年人。“大家歌舞跳跃,讲一些娓娓动听的美妙语言。王座上的信教之人译出了这些话。那些相貌堂堂的男童击鼓、起舞、跳跃并表演哑剧。为了取悦赞普,大家造了一些假面具和狮子像。那些苯教巫师们舞动着鼓,表演神舞(跳神舞)……一些姿色出众的少女带着有吉祥标志的舞蹈面具跳舞,演唱他们的赞歌和讲一些美好的语言。骑马的百种巫术形式和跳神者俱在,他们的急速及其回旋方式都如同熊罴和猕猴一样”(包括音乐、旗幡、菜肴、饮料以及歌曲的标题等)。

这些描述均是以桑耶寺的古史《拔协》为基础的,我曾得以参阅该书的一种稿本。其中还提到了同样的表演和其他以画面表现的内容。但在那里同样也对说唱故事或格萨尔史诗只字未提。

我们是否可以由此得出结论认为该史诗故事在当时尚不存在呢?绝非如此。有一种传说证实了这一点,但却把它确定为准历史(原始历史)时代。一个特定时代的属性往往是变化不定的。下面就是从时代上所作的划分。

传说故事和谜语

在聂赤赞普（自上天或神山而下界的第一位神话赞普）统治时代。

《国王遗教》（第5、7和19页，霍尔曼译本，1950年，第246页）在一直讲到赤松德赞的儿子江允塞那莱以前的赞普世系之后，又指出它还将在下文不远处提到此事，并增加了以下记述：

"至于圣教（佛教）和具吉祥符的苯教（苯教中的雍仲）出现的时代，那是在独一无二的君主聂赤赞普生活的时代出现了神仙宗教、说唱故事和谜语故事。"

稍后不久，在止贡时代，大家又邀请了大食（伊朗）和阿夏（吐谷浑）的苯教徒以引入对死者举行的殡葬仪轨（接着是其他赞普的执政以及文化的革新）。

根据大家很快就会看到的背景和类似的文献，"神仙宗教"于此应该是指另外一种不同的和早于大食与吐谷浑宗教的苯教，这就是"天苯"。至于它断定的时间，我们应该以含糊的方式理解为一个很古老的和原始的时代。此后的文献恰恰使我们联想到这里只能是指一种含糊不清的传说，而不是已被明确断代的历史文献。

在布贷贡甲统治时代

巴俄祖拉陈瓦的编年史（《贤者喜宴》第七卷，第8—9页）继被罗阿木弑杀的止贡赞普的历史之后又讲到了该赞普。正是在他那个时代，创造了各种艺术和职业，"出现了天苯的大辛保和苯教经文"。在一条用小字写的注释中，作者于此加入了辛地苯教的历史，该地区的辛氏家族居住在卫地的温，大家正是由于这一原因才讲到了诸辛（苯教祖师）的地区温摩隆仁。曾在魔鬼中学习过的青年人（请参阅上文第七章注［100］）源出于多尔苯。这其中还有一种功德及其果之苯教，尤其是"变幻苯"（因缘苯）。大家总共从中区别出了4种（已由图齐作了描述，见《西藏的画卷》第716页）：囊辛，他们能招来吉祥幸运，并会使畜群兴旺繁衍；幻象辛，他们制造经文，并能除障；恰辛，他们能通过占卜而预言未来；多尔苯，他们可以为死者和生者作占卜。所有这些人都可以骑鼓而行。

继这条注释之后，作者又继续说：

"在这个时代,作为经文出现的先兆,故事和传说流传开了。"

在一条新注释中,我们幸运地看到他又告诉了我们应该对此作何理解。他在这个问题上也如同习惯上一样比其他编年史著作更为明确具体,因为后者仅仅提到了这种文献的名称。那么,据他认为,当时流传的故事和传说到底是什么呢?

《起尸和炼金的故事》、《玛桑的故事》和《麻雀的故事》(或者叫作《铁锡的故事》)等等,这些故事都是为了让人听(也就是为了口头表演)而写成的。作为《阿毗达磨藏》(论藏)出现的预兆,大家使用了谜语,这就是诸如下面那样的一些问题:村口的主管人在骨头(?)中有大关节,这是什么?其顶部有1颗人头和在增加其数时就会变粗的钵,这是什么?有人称苯教、传说故事和谜语这三大内容都被绘于拉萨大寺庙的栋梁之上了。

继我们于下文不远处还将研究的这条附加注释之外,巴俄祖拉陈瓦又按以下方式重复了其论述:

"由于这三种内容,吐蕃人具有一种比较开阔的胸怀"。他接着又重复了其世系谱。"继两名赞普(他们都是代表上方的)之后,又出现了大地上的6位列氏(伊肖列等)。继他们之后,又有8位岱族国王(如扎玛增岱等)。他们的后面又由5名赞族国王(如托热伦赞等人)所继续"。

"在第4位赞普托杰托赞的时代之后,便出现了天神的笛子、音乐(或乐器)。在直到该赞普之前的27代赞普期间,政权是由传说故事、谜语和苯教徒行使的(本意为'保护的')"。正是继该赞普之后,随着拉托托日年赞赞普的执政,我们便到达了圣教(佛教)的初传时期。

在另外一章中,作者承认他把所描述的这些内容都视为为佛教开辟了道路:"一般来说,吐蕃人开始阶段的思想则由于传说故事、谜语和苯教徒而变得开阔起来了。随着文字和计算术的发展,当他们的思想变得敏锐(本意为'犀利')时,宗教便会自动出现"(第五卷,第42页)。

巴俄祖拉陈瓦的资料具有巨大意义。但由于他经常重复这个问题和为了更好地看到这些问题的全局,我们仅仅在阐述了所有文献之后再来讨论它们。

《王统世系明鉴》(第26页)也讲到了苯教在甲赤(又叫作布岱

贡杰)赞普时代的传播。在阐述了自象雄引进的苯教的特征之后,他便以这样一个谜一般的句子作了总结:“所有人(苯教徒)都击铃鼓,说唱艺人支配(讲述?)了它,并操纵之”。这至少是最接近原文的译文,因为这个句子的3种因素被安排成平行的了。霍尔曼将这段文字理解作:“大家在所有人中都演奏鼓乐和铃鼓乐,那些讲述故事和谜语的人都有指导”(无疑是指导其具体事务)。图齐在讲到说唱故事(《西藏的画卷》第716页)时参照了这段文字,他认为“其作用主要是政治的而不是宗教的”(由于“政权”一词)。他们明显都联想到了苯教、谜语和故事的列举顺序,但文中明显却作“苯教的操纵者”。这里不可能是指一种误读的错误。事实上Lte-bsgyur(脐轮火方面择住)一词已由《白琉璃》(第二卷,第62页)和《青史》证实它是专用词汇。在第二种情况下;罗列赫译作“它要由男性后嗣来保证”(第九卷,第3页;《青史》译本第二卷,第729页[3])。莱敦博物馆收藏着一部22页的著作,叫作《轮的104种操纵力》。宁玛巴的保护巫绳被称为是“雍仲苯教大藏经”(聂伯斯基—沃热科维茨,1956年,第503页)。

动词bsgyur系指一种大家设法转动的轮和一个大家可以变化的方向(如同牵一匹马一般),由此而产生了“支配、操纵”的意义。“转轮”系指梵文中的Cakravartin。然而lte-ba系指一个轮的轴或毂。因此lte-bsgyur一词似乎相当于藏文(苯教文)Khor-lo bsgyur-ba,意为“转轮”。这种礼仪主要是由在不同地点的相继迁移而组成的。“吉祥符”(雍仲)也指一种转动(这是苯教的象征),而其中引证的著作标题清楚地说明这里是指一种轮。

所以,《王统世系明鉴》确实暗示一个统治时期,但其职责具有一种宗教特征。这部著作似乎将苯教、说唱故事、谜语和某种统治方式的宗教特征的同时存在精炼压缩成了一句话。我们将试图确定这种职务的意义。但我们应该立即修改霍夫曼的译文。其他编年史中的类似段落系由3种专家(苯教徒、说唱艺人和谜语专家)行使,而不仅仅是由后两种专家来执行。

五世达赖喇嘛的编年史《西藏王臣记》(第12页,霍夫曼译本,1950年,第316页)记述了同样的历史,同时也把它归于了甲赤统治时期。在这个时代,“出现了说唱艺人、讲谜语者和天苯的大辛”。我们已经看到,天苯就是《国王遗教》中的“天神苯教徒”。

这就是《青史》(第一卷,第 20 页,相当于《如意宝树史》第二卷,第 167 页)所说的“爱天的苯教徒”们的那种宗教。

五世达赖喇嘛接着又说,在从甲赤到赤托杰赞之间的 27 代赞普统治期间,“该王国被三类专家所统治:说唱艺人、讲谜语的人和苯教徒”。

在松赞干布时代(约为公元 605—650 年之间)。

大家向我们讲到的那些专家始终持续地具有相当的势力,因为该赞普认为于其拉萨的大寺庙中用绘画表现他们的活动是很必要的或很有益的。这种传说是相当古老的了。在讲到松赞干布时代的“伏藏”时,《国王遗教》(第 80 页,第 49 页也相同)在那些被藏于山洞中的东西中提到了“宗教的和珍贵的物品,诸如神女玉嘉多钦托果的故事等那样的一本故事集,谜语故事以及保护宗教的赞普(也就是松赞干布)的教诲(或王诰)等”。在另外一部手稿中也提到了同一问题。

但是,如果说这些文献被藏在秘密的掩体中了,那么其故事则被描绘在寺庙中。据《王统世系明鉴》(第 65 页)记载:“在所有的柱头和墙面(?)上,无论是内部还是外部,古老的说唱故事之传说被清楚地雕塑成浅浮雕画了”。同样的记述又由五世达赖作了重复。在其《西藏王臣记》(第 27 页,霍夫曼译本,1950 年,第 317 页)中,大家可以读到:“在大昭寺(如同是拉萨的‘主教堂’)中,赞普同样也令人绘制了许多画面,其内容取自说唱艺人和苯教徒们的传说”。

他于其《大昭寺志》或《拉萨指南》(第 12 页,格伦维德尔译本第 50 页)中承认:

“在柱子的所有柱头和寺庙四侧的所有内外画面中,都清楚地展示了说唱艺人的故事以及‘人类的安慰语言’。”

如同习惯上那样,巴俄祖拉陈瓦的编年史《贤者喜宴》则更为明确一些(第七卷,第 44 页):

“为了使未来几代人理解科学的宗教(持明教法,持明经)[4],赞普令人在墙壁(?)、柱头和小梁上绘制了说唱艺人、谜语的作者、苯教徒和在天空行走的鹿等故事。大部分苯教著作都被伏藏在柱子之下以安慰未来人的愁闷,绘画被整理成一本叫作《先祖的犊瓶》(‘犊瓶’本指奶牛的乳房,意指‘小故事’)[5],又被掩藏在宝藏和石窟档案中”。

“犊瓶”(be-dum)一类的文献稍后在11—12世纪中被用于了布教(请参阅注[4])。从各种史著来看,这已经就是松赞干布的政策了。它同时也是《玛尼宝训集》的观点,其中与我们有关的两段文字(第一卷,第193页;霍夫曼译本,1950年,第266页)如下:

“赞普再一次未能与普通民众唱同一个调子(本意指‘相吻合’),而是同样也以苯教、谜语和故事的传播方法(不仅仅是通过佛教教理)而把吐蕃民众引向了宗教。后来,他又为了未来的数代人而以秘密的包裹把法(佛教)、巫术、苯教、宝藏和王诰集藏在4根柱子下和戒坛中,同时也藏在拉萨大昭寺的鲁康中。”

此外(第一卷,第244页),该书又一次提到了松赞干布,由于他希望使其国皈依圣教(佛教),所以他邀请了许多外邦和尚,在印度文字的基础上创造了藏文文字(第244页),令人翻译了印度的佛教经书以及汉地的天文学与医学著作。他甚至亲自布讲佛教教理,而他的那位已掌握了良好记忆之真言的大相吞米桑布扎则在纸卷上写下了赞普所讲的一切。“为了使圣教也能被普通民众所理解,赞普传授了一些故事,诸如女神苏吉尼玛等那样的故事。为了使人理解圣道(正理,圣谛)宗教,他传授了谜语或谜歌。在从象雄地区请来象雄苯教徒拉典后,让他加入了吐蕃的苯教徒南哇南色一派,同时命令他们两人为病员占卜、召请神灵、从事苯教活动和驱魔。他们两人在如此这般地互相施教之后,苯教也传播开了。由此而产生了对所有男子、女子以及病人都有益的效果”。

所以,如果相信那些编年史之记载的话,那么松赞干布对于在引进佛教的同时,对鼓励土著传说并不反感。其原因是他认为这是将新鲜事物纳入到风俗习惯中的最佳办法。大家始终都重复说,苯教在与佛教接触中则奉佛教为楷模,以至于使苯教在我们今天酷似喇嘛教的一派。大家尤其是在参照莲花生的行为时还声称,佛教正是在与土著传统的混合中才变成了喇嘛教。但是,大家始终都是过分单一地追忆苯教,而忽视了说唱故事和谜语。大家未能充分注意松赞干布(完全如同稍晚一些时代的阿底峡及其弟子们一样)已经有意地和自愿地使用已存在的文学体裁来作为传播一种民间佛教的方式。

在详细地讨论大家刚才读到的资料之前,我们还可以更加深入地研究一些说唱故事的历史。仍然是巴俄祖拉陈瓦的史著《贤者喜宴》向我们提供了最后一种珍贵资料(第十卷,第55页)。在有关"掘藏师"的段落中,作者向我们提供的最著名的人物之一——古如却吉旺秋(生于1212年元月15日,圆寂于1273年)。他从4岁(1215年)起便学习读书、写字、文法和医学。他同时还学习了以下学科:

"有关舞蹈和歌曲的104种论著,如《七王世系史》、《岱族大世系的故事集》等。此外还有75部苯教巨著、《天卜手册》的小书、有关10部小部经典以及100部大经,诸如《尺度经》那样的秘密传授和公开传授的真言等。"

我们恰恰是遇到了作为一种跳欠舞和一些嘛呢巴(也就是流浪说唱故事的艺人)们故事的发明人古茹却旺(见上文第七章注[14])。

这些伏藏稿本的掘藏师已经作为与《格萨尔王传》史诗密切联系在一起的人物而经常出现在我们的著作中。大家试图将真正的和冒牌的掘藏师于其行列中区别开来。其中之一于17世纪时论述了江湖艺人,自称是莲花生和格萨尔,在黄河上游地区从事其活动。对于另外一位以其帽子上的鹰翎而与众不同的人(见第七章),大家声称他已由白哈尔附身。五世达赖喇嘛称伏藏教理为由格萨尔附身,而其他人又称之为"托钵僧的故事"(《大昭寺志》,见格伦维德尔书,第69—70页)。但图齐却正确地指出,存在着一些无疑具有史诗气势的有关白哈尔之奇遇的文献。他还通过毗沙门史诗而提出了一些与《格萨尔王传》史诗之间可能具有的相似性(1949年,《西藏的画卷》第735页)。至于我们,当然没有理由在真伪"经书"之间作出选择。我们将颇感兴趣地指出,最大和最有影响的掘藏师之一学习了(无疑应是保留了)歌舞著作和与岱族王统世系有关的故事集。

从年代顺序来讲,古茹却旺的记述也非常珍贵。它向我们证明,自从传说和被赋予故事集的那个古老时代起,它们就始终是一种真正教义的内容。在公元7至13世纪之间,不用考虑会有任何断档。我们未能找到适用于此后几个世纪的任何类似文献。在那里我们至少到达了已经提及《五部遗教》和米拉日巴道歌片断的时候了。它们证实了存在一种根据四天子的模式而写成的有关格萨尔和霍尔人的韵文语言的文学，这也正是岭地势力刚刚崛起的时代。我们对于当时所发生的情况一无所知，但我们可以颇有兴趣地指出，在18世纪中叶，当松巴堪布挺身而出反对《格萨尔王传》史诗的“二、三卷”文字时，他似乎又与被归予松赞干布的做法相联系起来了，也就是相当于松赞干布史诗称为“科学专家们的传说”时（见上文第三章）。为了培养吐蕃人掌握这些科学，远没有松巴堪布那样狂热宗派情绪的松赞干布可能促进了苯教、说唱故事和谜语的历史发展。四门主要科学包括诗歌与治国术。然而，大家告诉我们说，苯教、故事和谜语也负有治国的使命。

*

*　　*

我们必须尊重事实并表明自己对这一切的立场。历史传说明确证实了传说故事早在一个相当古老的时代就已经存在了，这也就是说它们早于佛教的传入。但自18世纪以来，对于最著名的说唱故事和《格萨尔王传》史诗则只字未提。这是一种定论吗？可能如此。但至少有一部古史——巴俄祖拉陈瓦的《贤者喜宴》则以其特殊的准确性而广为人知。他全文引证了受古代影响和具有世系传说的文献，而这些引文又几乎逐字逐句地与确实是由我们今天录下的石刻文字以及敦煌写本相吻合。当然，一种被否定的事实是不能证明任何问题的，使用一种无法证实的论据则是很危险的。但这种沉默恰恰可以使我们保持警惕。那些希望把《格萨尔王传》史诗视为一部前佛教的和与苯教有亲缘关系的作品的近代理论却没有任何根据。霍夫曼的想法就已经是比较正确的了（1950年，第208页），他认为古代传说故事的说唱人应该是“传播古代民间传说的宗教吟游诗人”。当然，我们能够，也应该以一种批判的眼光看待吐蕃的历史传说，但其真实性已多次得到全面证实。当西藏的考古有所发展时，这种传说无疑更应该如此。我们将会看到，最近公布的许多事实都支持这种传说（请参阅下文注[31]）。

因此，在古代是没有《格萨尔王传》史诗的，至少我们现时可以这样讲。我们还会记得，在敦煌写本中也没有任何这样的内容。我们必须采取谨慎态度。但是，大家看一下说唱故事和谜语文学是由什么组成的。我们可以暂将苯教徒们的文学置于一旁不予理会，因为它们至少于此不需要作解释评论。不过，我们应该极力强调指出的是它显得过分不妥当的那些地方，即大家把吐蕃所有一切显得是非佛教的内容都视为苯教的成分了，这也是由于大家缺乏充分地阅读而造成的现象。当然，当时苯教徒已经存在于那里，而且势力很大。但除了他们之外，还有其他非佛教的专家，这就是说唱故事和谜歌的艺人。我们将不再讨论他们的时代了。文献中的犹豫不决说明只要仅仅联想到赤松德赞之前的时代就足够了。

传说故事的佛教编译本

传说故事

一些土著的传说故事从松赞干布时代起就已经存在了，甚至在此之前很久就已经如此了。所有这一切没有任何令人惊讶之处。它们到底是以什么组成的呢？大家将此视为可能为印度佛教中的经文和阿含（圣教教法）作了准备的一种内容。因此，它们之间具有亲缘关系。这再自然不过了，这种佛教文献中充斥着民间故事（本生事，譬喻）。赞普希望利用土著传说故事训练其民众熟悉佛教传说，于是便重复使用了印度佛教徒们的同样策略。这些人搜集了印度的民间故事（它们没有任何佛教内容），以使之适用于布教以及宗教经文传播的需要。当印度的祖师们到达吐蕃时，他们也以同样的方式行事。我们于下文不远处将会看到一个例证。

对于这些土著传说，巴俄祖拉陈瓦共向我们提供了三种意味深长的标题：《尸语的故事》、《玛桑的故事》和《麻雀的故事》。我不熟悉这最后一种故事，但我们已经非常清楚前两种。《尸语的故事》就是《起尸鬼的故事二十五则》（请参阅上文第六章注[20]和[21]），《玛桑的故事》在我们当代已被纳入其中了。大家还会于其中发现一个与果洛人先祖传说相同的故事，果洛人就定居在已确定为格萨尔故事发祥的地理方位的地方（阿尼玛卿山，请参阅上文第六章）[6]，但它却以四天子（包括军王格萨尔）的模式而告结束。还有一件更为令人震惊的事情，该故事的某些内容又出现在一个格萨尔王的本生故事中了（见上文第六章注[63]）。这后一种本生故事又被纳入到噶当巴的一部故事集（《父法、子法》（《噶当派师徒问道录》）中了，其启发了鼓动者阿底峡热情地支持了《起尸鬼的故事》在吐蕃的传播。

《起尸鬼的故事》或《尸语故事》的藏文和蒙文本之历史尚有待研究。我们于此仅作一种简单的概述就足以证明这些“传说故事”是怎样传播流行的。

噶当巴有关一位格萨尔王的本生故事载于《噶当派师徒问道录》(又叫作《宝贝念珠》)的第二部分中了。大家也正是在该书的第20章(在噶当彭措林巴版本中为第二卷,第397页)中找到了如下看法[7]。俄译师洛丹(列巴)协饶(1059—1109年,阿底峡的弟子)说:

“在13阶梯的问题上(也就是在此之前的故事,其中包括格萨尔王的故事),下面就是我从印度某地的一名班智达那里听到的内容。

从前,当龙树和婆多婆汉那(安乐行,善行)王以人的尸体制造黄金时,王子曾13次或21次前往尸陀林墓地夺取该尸体……(接着是一个非常著名的故事:王子不能保持沉默不语,尸体每次都逃脱了,从而产生了同样多的故事,但王子最后仍将尸体带回到其主子面前。此人将尸体变成了供印度使用的黄金)……我是从一位班智达那里听到这些故事的。他总共这样处理了13具或21具尸体以制造黄金”。

大师(阿底峡)说:“无论如何,该译师应该仔细倾听。因为王子没有听从其师的教诲,所以他丧失了尸体。他将这类故事传到了所有那些人中(无疑是声闻者),但却闭上了嘴!保守机密是一件至关紧要的事”。

所以,阿底峡(982—1054年,从1042年起在吐蕃)已经赞同了《起尸鬼的故事》的传播。他为此而必须把它们译成藏文。其教派噶当巴的一名僧侣很快就自告奋勇地承担了这项任务。“尚巴恰·云丹扎(1070—1141年,波多巴的弟子,而波多巴本人则又是阿底峡的弟子)曾在印度度过25年,也曾到过怯失迷儿和尼婆罗等地。他翻译了……(一些佛教著作)和龙树的大部分论(详见下文)。他共有4名弟子:1. 协乌岗巴(非常精通语);2. 藏巴哲居(精通意);3. 玛甲强卓木;4. 尚唐剎巴。这后两个人既懂语又懂意”(《隆多喇嘛全集》第22卷,第3—4页)。因此,《起尸鬼的故事》的藏文改写本要追溯到11世纪末或12世纪中叶。

大家从《起尸鬼的故事》中可以看到会使11世纪中叶的一名

佛教祖师感兴趣的内容。这些故事精辟地说明了大家在任何传授奥义的考验中都要尊师和必须保持沉默。如果大家相信巴俄祖拉陈瓦所说的话，那么松赞干布就可能已经发现了这本故事集并使用了它。这些传说故事是土著的还是佛教的呢？印度文本的故事框架推出了一名希望为赞普举行祭祀的巫师——婆罗门僧出台。藏文和蒙文本改变了这种框架结构，并以佛教上师龙树取而代之。这样就将其活动地点置于印度了，我们对此则一无所知。相反，一旦当我们阅读藏文和蒙文的故事集时，我们就会发现存在有大量不见诸印度文本的传说。尤其是《玛桑的故事》和其他许多故事。在基本故事中，藏文本赋予了王子一些大家可以在《格萨尔王传》史诗中发现的武器，而且就连其名称也相同。

统计表

石泰安藏稿本	格萨尔史诗（下拉达克版本）
1. 斧头拉哇噶波（白色的月亮）。 2. 小袋甲泽查莫（共包括100个，均为什色的）。 3. 绳索甲泽查沃（100？的重量，均为什色的）。	1. 斧头拉哇噶波（第16页）。 2. 口袋查莫（什色的）和小口袋噶莫冬雄（白色的，共包括1000个。第16、55—56页）。 3. 绳索甲达查沃（斑斓大虎，第16、55—56页。Stag-thag意指“绳索”）。
（德里藏稿本） 4. 刀剑额尔玛冬觉（可以斩铁，经过淬火的）。	4. 贝勒和格萨尔的刀剑，它经过3次淬火，叫作多觉玛（可以斩铁的刀，第45、49、205、296—298页）。
5. 网套夹吉米都（带有9个网眼，用铁造的）。 5a. 绳索夹吉阿伦（铁环）。	5. 施密德的蒙文版本第5页：“铁制9结”套索。

此外，德里藏稿本（共有21个故事，与《尸语的故事》各有差异）的7个故事长篇大论地讲到了一匹特殊的马，它是保护一名国王的圣物，会讲话并向英雄人物提出建议。它名叫木伦达札（宝镜斑马）。然而，它仅仅是将名称颠倒的格萨尔养子和替身贡马布查

之马的名称：强扎木伦（宝镜杂色野驴）。请参阅《武士》第四卷，第337—339页）。

这样一来，尽管《尸语的故事》（《起尸鬼的故事》）初看起来具有印度的外貌，但它完全可以作为一个能够被用于传播佛教而同时又允许保留土著内容的传说故事个集被引证。大家提到的第二个例证《玛桑的故事》也完全被列入其中了，它可能至今尚独立存在。大家也确实在萨迦巴的先祖传说中重新发现了（请参阅第六章注［20］）。该教派的历史叫作《玛桑九部族》（见巴俄祖拉陈瓦书，第15卷，第4页）。它与冬族和木族人的历史相联系（石泰安，1951年，第255页）。这就是说它恰恰是受到了这些有关氏族起源的（其中包括《岱族王统世系》）传说故事的启发，该故事即为一大例证。它们的重要意义在13世纪时就已经得到了证实，该例证说明这些传说故事无疑是作为一种戏剧而被歌唱，甚至是以舞的形式表现出来的。正是岱族的这些先祖世系和传说中的史诗片断被纳入到《五部遗教》中了。我们正是在这些文献中发现了有关上部天神之子诞生以入主人间的内容和四天子理论的内容均与北方的格萨尔有关。同样，这些内容中的第一种不仅仅形成了玛桑故事的实质性核心，而且也是吐蕃其他贵族世系的主要核心内容。在萨迦巴的先祖传说（同时也是“玛桑九族”的传说）中起了主要作用的是木族和冬族人。在《格萨尔王传》的史诗中，这些木族和冬族人也是岭地的主要部族。《玛桑的故事》于其中却出现在序曲中，而且格萨尔本人也被视为一个玛桑。

此外，现在于《尸语的故事》和《格萨尔王传》史诗中所共有的那口宝刀的名称多觉玛早已经出现在敦煌古写本中了（巴科，1940年，第109页），而且也是作为冬冲宝刀的名称出现的。

这两类“故事”的相互借鉴已经由《尸语的故事》中的另一个例子所证实，这就是《先祖的犊瓶》。据巴俄祖拉陈瓦认为，这是一本图解故事集，出自苯教徒、土著说唱艺人和谜语表演者。大家认为这是所发现的一本很重要的文集，从而由松赞干布保存下来了。但在我们当代，《犊瓶》（经文集）被认为是一部苯教经文集，而吐蕃佛教徒们则认为它是一种具有教化人之特征的文献。然而，同一标题又被阿底峡教派的一位大师于1300年左右赋予了一部著作（请参阅上文注［5］），而阿底峡其他那些更为早期的弟子们同样也认为应该刊布那些具有教诲性传说的文集。大家告诉我们说,由松赞干布至少是以图形而保存下来的传说都是"一些安慰人类的话"。这也是一些用小故事解释说明的伦理格言。我们确实是通过敦煌写本而掌握了这类文献的样本。《松巴格言》(其中有一部分已由托马斯翻译,1957 年,第 103—112 页)带有一个意味深长的标题:《松巴的基本重要观点,作为典范而留给后代的格言(经文)集》。这个标题是模拟了经文的题目,但其内容却是土著的,暗示后代的地方使该书与松赞干布的《先祖的犊瓶》颇为相似了。我们已经看到(上文第六章),论述四天子的北方代表的史诗片断被称为"短格言"。因此,我们于此掌握了使土著故事和智慧格言适应佛教范畴的一个古老的真实例证。更为意味深长的是松巴的这些"观点"属于"一部完整的文集",其中包括巫教和佛教的格言,一种佛教传说(郭庞国王及其大相乌恰)与汉地的一个故事(儿童,孔夫子之师)[8]并列存在。我们于上文遇到的"十万传记集"或"十万故事集"一词就应该是指这种文集。一些出处各有不同的故事可能与此相似。

这类有关民间智慧和传说的内容在吐蕃则用"人类宗教"一词称呼,它于此与用于指苯教的"神仙宗教"(天神之法)相区别,显然这种区别也包括了与苯教同时提到的另外两种内容——史诗和谜语。这一整套是由风俗或传说组成的,也就是"人类宗教",在《大臣遗教》中就已经提到了它,将它归于一名赞普的善政(第 279 或 68 页),并提供了其内容(第 244 或翻刻本第 26 页,第十五章):

"人类宗教的 9 种基本形式都象征性地与狮身(应理解作狮子身体的组成部分)相联系。1. 右蹄,大家诵读了世界诞生的方式;2. 左蹄,大家介绍了众生出现的方式;3. 后蹄,大家叙述了大地的划分;4. 右'爪',大家叙述了君主的世系;5. 左'爪',大家介绍了臣民的世系;6. 中间爪,大家介绍了教理诞生的方式;7. 脖子,大家介绍了每位君主的臣民;8. 头颅,大家叙述了父母的家庭;9. 尾巴,大家介绍了象征性再造大地的歌。"

我们于下文不远处还会在谜语和格萨尔史诗中重新发现所有这些内容,完全如同松巴的民间智慧著作一样。《大臣遗教》则以伦理和智慧的格言而继续其论述。也如同该部稿本所说的那样,它将佛教(于此却被称为"神仙宗教")的主要伦理认可的这些格言的关心确定在一个已经非常古老的时代了。这两者的混合论占据了其中的第九和十章(神法与世间法二者之间的关系)。在本处就如同在其他许多情况下一样,其传说自敦煌写本时代一直存在到当代。对唐古拉山山神的称呼"雅秀"一名(敦煌写本,见托马斯,1957 年,第 93 和 140 页)也由有关山神的一部近代仪轨书所证明。它具体解释说,据"人类宗教"认为这是其名称,而其名在"神仙教法"(佛教)中却是般尸罗(聂伯斯基—沃热科维茨,1956 年,第 570 页)。

更为有意义的是,正是土著文学与佛教的这种结合又一次出现在我们于《尸语的故事》中已经遇到过的说唱艺人的背景中了。在这后一种文献(德里藏稿本,第 1 页)的故事框架中,提到了龙树在吉祥山汇集了佛陀的所有语录,写成了有关神仙宗教和人间宗教的经论。[9]

据《国王遗教》记载,一部故事集(史诗集)中的故事之一是神女苏吉尼玛的故事,这是在印度已出现的一个女子或天女的专用名词(色蕾,见莫尼埃—威廉姆斯和达斯的辞典)。然而,以一种略有小异的形式出现的苏吉尼玛这尊女神却是一出戏剧中的女主角,她在西藏很著名,最近刚在西方被翻译和发表。无论这里完全是指同一个故事还是此名的讹传(Sṅe-ma > ṅi-ma),都是晚于 18 世纪中叶的,而且都是出自《白琉璃》中的有关经论历史的一段记载(第二卷,第 291 页):

"至于戏剧的典籍(戏剧歌舞论),过去曾有过婆罗多(一部戏剧艺术指南《舞曲论》或《俳优论》的作者,见莫尼埃—威廉姆斯辞典)。过去还曾有过一些关于龙贡都噶哇(阿难)、世俗人(持明)贡都噶切、苏吉尼玛(色蕾)的戏剧,连同主持表演(持经人,修经多罗)及其化妆的主要演员……"

很久以前,符拉季米尔佐夫(1925 年,第 444 页注[1])就已经指出,这出同样也在蒙古流传[10]的戏剧提到了《尸语的故事》。下面就是大家在由巴科刊布的木刻本导言中所读到的内容(他未能辨认出所引标题的相同,见译本第 1 页):

"婆罗门僧之女苏吉尼玛的这部传记沿用了口传的故事(秘语)。这是按照他们的意思而讲述的无数故事之一:飞鸟的故事(这可能就是由巴俄祖拉陈瓦提到的《麻雀的故事》)、尸语的故事

(《起尸鬼的故事》)、神猴的故事、玛桑(木刻本刊布者误作 Ma Sṅa 应为 Ma-Saṅ)的故事、意超玛(意乐仙女)的故事、吉拉噶(众喜)的故事、雌鱼(或贵夫人)和老翁的剧本、郑桑甲乌的剧本以及其他许多取自律和经中的故事……这出戏过去曾由译师毗卢遮那和协乌的译师翻译过了。我们沿用了协乌的译本,对于这出戏,我们还应该指出为了听这些故事而必须发的 3 种愿。这就是:1. 即使大家知道它,它不应再‘参照过去’了;2. 在说唱期间要毫不松懈地倾听;3. 不要放任那些平庸粗俗的笑话”。

这篇序言的时代和作者均不为我们所知。在撰写它的时代,《玛桑的故事》(正如巴俄祖拉陈瓦所认为的那样)尚独立于《尸语的故事》,而它于我们今天却已成了后者的组成部分。大日如来(毗卢遮那)与莲花生是同时代的人(9 世纪)。巴科认为协乌的译师曾与他合作,但两位译师各自译出了不同的译本。这里更应该是指协乌岗巴,他是语言专家,12 世纪初叶龙树经论译师的弟子(上文业已讲到)。如果指出协乌是康区(西藏东部)的一地,那无论如何也是有益的。然而,我们已经指出,使格萨尔史诗与西藏现今的藏戏接近的因素是康区方言中所特有的语言和词汇(例如,动词之前加上 e 代表疑问式)。

我们现在可以更好地理解为什么由古茹却旺学到的岱族王统世系的《故事集》可以被称为“歌舞论典”。这些传说故事无疑是如同现今藏戏和格萨尔史诗一样写成的,即把大量唱段结合起来的一部赋或散文。

但是,大家是否可以说这种文学全部都涉及了格萨尔史诗呢?格萨尔史诗从未被提到过,它形成为一个统一系统的整体很可能是相当晚的事了。但《格萨尔王传》史诗中最重要的内容却是寻找一个天神的儿子入主人间,同时使某一个人在天神与魔鬼的斗争中为此而进行干预。我们恰恰正是在一种敦煌文书中发现了这些内容,该文献讲到了木族人并由于这种事实而更接近于“原始部族”的先祖世系与传说。我们在这个《玛桑的故事》中也发现了这一切,而《玛桑的故事》也与这同一批传说(萨迦巴)有关,它首先是独立存在的,后来被纳入到《尸语的故事》中了。

更有甚者,《格萨尔王传》史诗的编纂者非常清楚地知道把该史诗与大家已经浏览过的那些古代故事联系起来的演变关系,或者是他们至少很愿意与这种传说联系起来。

莱敦藏史诗稿本《霍岭大战之部》（第二卷，第6号稿本）是以这样一种断言而结束的："一大堆历史和故事集"。在题跋中（第二卷，第81页），编纂者表现了他面对不同史料而感到束手无策。一方面，说唱艺人们彼此之间都不相吻合。另一方面，确实有许多《故事集》都是以《意乐仙女因缘传》的方式写成的。但大家于其中仅仅发现了一些并未得到充分发挥以在此问题上形成唱段内容（也就是主题）的萌芽。

事实上，意乐仙女的故事形成了西藏很重要的一出戏的主题（请参阅上文第二章注[106]），而我们恰恰是于其中发现了《格萨尔王传》史诗的内容（见第六章）以及说唱艺人们活动的关系（见第七章），我们还将有机会来重复论述这个问题。

因此，莱敦藏《霍岭大战之部》稿本的编纂者使之直接地与《国王遗教》相吻合。对于这后一部著作来说，《故事集》中特别包括苏吉尼玛的故事。对于《霍岭大战之部》的史诗稿本来说，它又包括了意乐仙女的故事。然而，所有这两种文献都已被改编成了剧本。[11]《格萨尔王传》史诗的编纂者在一些基本内容和诸如把格萨尔作为四天子理论中北方之王的名字等问题上可能是受到了它们的启发。此外，他们是专为说唱艺人而写成的。这样一来，他们便遵循了传说，而那些编年史都把这些传说追溯到松赞干布时代，从而使土著传说与佛教背景结合在一起了。大英博物馆藏《霍岭大战之部》的史诗稿本（开头部分）正是在这种意义上讲到了"外部的（世俗的、土著的）、内部的（佛教改编的）和秘密的（密教改编的）史诗"，而莱敦藏《门岭大战之部》文本（第23号稿本）的标题则称之为"按佛教作了改编的史诗"。

谜歌和世系歌

谜歌

那么，说唱艺人之灵感的第二种来源是什么呢？谜歌或谜语是一种什么体裁的文学呢？巴俄祖拉陈瓦书以其惯有的准确性而使我们得以作出肯定的回答。他为我们提供了一些例证，这都是一些谜歌。大家正是由此而得以从中看到一种雏形，但这一次并不是以其佛本传和因缘传的民间故事为佛经提供的雏形，而是为胜法(也就是为哲学)、科学或这些科学所必不可缺的基本结构(逻辑、辩论艺术和正理)提供了雏形或作了舆论准备。这种比较是经过精心选择的。具有宗教作用的谜语和仪轨性讨论在印度形成了哲学本身的基础,从而进一步推动了那些对话场面的出现。谜语在佛教文学中同样也很著名。[12]它们那神秘的特征,引起巧妙回答的本领使之与正理论结合在一起了。事实上,大家应该把“谜歌”理解为在一种口头比赛中以轮唱而表达的回答。

“谜语”(谜歌)一词被认为相当于藏文中的 sku-ka(其不同写法分别为 sku-rka、sku-ska、ku-ku),被译作梵文 prahe likā,意为“谜”(《翻译名义大集》第 7351 条,还可以参阅达斯和次仁旺杰辞典)。在今天,一些以短诗的形式演唱的谜歌则被称为 chod-çes 或 chod-bya(会猜谜)、Idem-po(绕弯子,迷惑人),同时还有 ldem brjod-pa(含糊地讲话,譬喻、双关句。见达斯辞典;图齐,1949 年,《西藏的民歌》第 13 页)。但对于一名高深的西藏文人来说,Ide 则指一名头人或首领(Ide-bo 意为“长兄”,Ide'u 意为“幼弟”),Ide'u 也意为“小故事”(这是罗列赫的口头资料)。

由于《国王遗教》中与《故事集》同时讲到的不是其他文献中的 Ide'u 而是 Le'u,所以这个问题就变得复杂化了。这并非是一次偶然的例外,该词于此不可能具有它的通常意义“章、卷”。事实上,它具有“章、卷”之外的双重意义。据辞书《正字法,贤者之源》(第二卷,第 7 页)认为,古老的词组 Le'u-glon 则相当于近代词组 Lan-'don,意为“作出一种回答”。因此,我们会于其中发现“章、卷”字的一种必不可缺的别义——“谜”(谜语或谜歌),因为谜语或谜歌是要求在问答轮唱中给予一种答复。正是这种意义成了 Le'u-che、Le-chan、le'u(节、部、种)之发展过程的基础。此外,人类的 5 尊保护神之一是“胎儿神”,它因此又被定为是“保护幼年者”的神(《隆多喇嘛全集》第 24 卷,第 15 页)。

曲扎的辞典又重复了这种定义,并略作了修改:“从青年时代起就保护人的神”。但他还补充了另外一种重要意义:“九世之神”。因为在苯教语言中,“九”读作 Le'u。曲扎的这最后一种断言(Le'u =9)也可能仅仅是他本人推论的结果。林葱木刻本,第一卷,第 46 页确实写作 gab-rce le'u 与 gab-rce gdu 并列存在(第一卷,第 1 页),意为“9 幅占卜表”,不过大家也可以计算到 360 幅

（第一卷，第47页）或3600幅（第一卷，第45页）。但“九世”的意义完全符合一种与世俗保护神相吻合的先祖传说之文学。[13]

当然是第一种意义应首先引起我们的注意。《国王遗教》并非是惟一的一种写作le’u的著作。在林葱木刻本（第三卷，第71页）中，赛马（附有奉献给天神的供品和对战神的赞扬）的礼仪是由能够创作或说唱谜歌（Le’u）的人来举行的。[14]然而，我们很快就会看到，这些赛马的庆祝活动恰恰就是演唱家族世系歌的机会。但我们应该立即指出，这些空泛议论和说唱的机会至少从14世纪起就已经出现了，甚至还被追溯到赤松德赞统治时期。

《大臣遗教》于其有关民俗的一章（第七章，第230页或11页）提到了利用以赛马为标志的集会机会而说唱故事的三种方式。第一种涉及了贵族，他们说唱混杂有宗教（佛教，善行）的故事；第二种涉及了民众，他们说唱22种谬误（恶行）；第三种是说唱善恶之间平等的方式。同一部著作在第五章（第228或第229页）就已经论述了“教法、王法和民俗”。这里首先涉及了在松赞干布时代传入佛教的问题，大家最早是注意到了这种佛教的伦理准则。接着是赤松德赞由此受到了启发，抛弃了“黑色的”教义，尤其是崇拜喇嘛和孝道。总而言之，这里是指一种民间佛教。

并非仅仅是印度在习俗与佛教的这种同化中起了作用，而且还有中国内地。非常奇怪的一段文字说明了民俗与被称“Le’u-che”的汉地教义的这种混合论。这后一个词可能仅仅为一个汉文词的对音，因为它与我们这里涉及的Lde’u-Le’u没有任何关系。然而，由于格萨尔史诗中同样也出现了这些Le’u-che，所以最好对这些资料作一番研究。它至少指出了史诗所受启发的原始资料之一。

最完整的记述载于巴俄祖拉陈瓦的史著《贤者喜宴》中（第七卷，第78页）。它在《拔协》（稿本第7页）、《布顿教法史》（第120页，奥贝米莱译本第二卷，第187页）和白玛噶波的教法史（第98页）中作了删节。当赤松德赞成长为成年人，也就是年长13岁和即位时，他看到了其父或其先祖的一部著作，其中提到了将使民众变得幸福的习俗与汉地的Le’u-che结合起来的问题。赞普思考其父是否未曾获得巫术。大相们询问父亲（或先祖，《拔协》写作，汉地或嘉之先祖）的这些Le’u-che系由什么组成。赞普于是便询问嘉尚梅格(另外一种不同的写法为"嘉梅格"):"在我父时代,大家声称有过一种叫作 Le' u-ce 的汉地科学,它是什么呢?"此人于是便读到有关 Le' u-ce 的著作。赞普认为其父曾试验过一种完全适应世俗人的"贤明教法"。

这个故事暗示一些吐蕃出家人赴汉地以在那里寻求佛经的旅行。在他们返回时,已爆发了一次抑佛的反响,经书都被藏起来了。当青年赞普即位时,他获悉了这个故事,并把这些经书从其掩藏处取了出来。汉文译师——录事嘉梅格有时被称为"汉僧"(图齐,《小部佛典》第二卷,罗马 1958 年版,第 10 页),但"嘉"(rGya)有时也是吐蕃的一个地名或氏族名。松赞干布的诞生地被认为位于嘉玛,地处拉萨以北(黎吉生先生提供的资料)。

大家不知道汉地的这些 Le' u-che(部)是由什么组成的。这里似乎是指已适应了或可以适应民俗的汉地佛教伦理格言。《拔协》指出,录事根据 Le' u-che 而阅读"教诲"或"治国"。然而,这个词组可以与大家用于形容松赞干布时代的谜语歌演唱者、说唱故事者和苯教徒们行为的名词相比较:čhab-srid skyoṅ,意为"保护政权"或"治国"。

Le' u-che 一词被格萨尔史诗的编纂者们用于了赴汉地旅行一部,其标题为《汉地与岭国之部》(请参阅上文第二章注[98])。在这一部中,共讲到了汉地的 12 个 Lis-che,大家是否可以把它理解作"贵族家庭"或"世代"呢?其中有很长的一段文字用于了岭地一名青年和汉地一名少女之间的轮唱。这些唱段是以谜语的形式出现的,形成了一种真正的舌战或赛歌。然而,它们也论述了"原始部族"(特别是冬族人)的起源,即从由 3 只飞鸟生的 18 枚卵开始(见我的补充博士论文,其中专门讨论了这一段文字)。这种宇宙起源论和这些神话传说的世系同时是现今的苯教界和所有贵族世家(朗氏、萨迦氏等)的先祖传说所特有的。

《格萨尔王传》史诗中的岭地也不例外。它有一部论述该地起源,并预言其未来的经书。该地区的头人总管王(又叫作叉干)占有此书,经常查阅它,并在格萨尔称王即位时送给了他。他查阅此书,是由于其中不仅仅以预言的形式解释了诸氏族的起源,而且还解释了其未来。这是一部大家通过它而发誓的圣书。[15]大家有时称之为"父辈们的著作",有时又称之为"母辈们的著作"或"基础著作”,除非是其中曾存在过两部相似的书。“紫色冬族”(岭地氏族)的《母亲的著作》包括有关觉如诞生(林葱木刻本第二卷,第10页)及其胜利(第二卷,第33和34页)的一种预言。大家也称之为《有关世界起源的书》、《冬族的书》、《紫色冬族的分部或分世系书》(第三卷,第103页)。如果总管王掌握了此书,那是因为他已进入耄耋之年,很老了,如同他所了解的世界一样古老(因而是世界起源时代的)。

我们现在可以更好地理解被归于苯教徒、谜语歌手和说唱故事艺人的一句很神秘的话了:“对国家的保护”或“治国”。如果“治理、统治;掌权”的意义占据了优势,那么大家就可以把srid和čhab-srid译作“政权”或“统治”,srid具有“被创造的世界”和čhab具有“水”的意义同样也是真实的。大家可以联想到一些语言学问题,如越南语中的nu'o'c意为“水”和“地区”,突厥文中的jer Suv意为“地和水”(指国家,神)一样。čhab-srid一词可以被分解čhab和rid(第一个词更应该是指臣民)。佛教徒们在希望诋毁苯教时呈奏赤松德赞说:“至于王权(rgyal-srid),苯教徒们赞叹(?rmad,可能应读作smad,意为‘贬低’)臣民们(民众们,čhab),同时也不帮助赞普”(见巴黎国立图书馆第493号写本,第71页)。我们不知道这一切具体是指什么而言。但《宗教流派晶鉴史》(第166页)却告诉我们说,苯教分成了被称为“白水”的巫咒苯和被称为“黑水”的世界传说苯(这无疑是以《金钥》为基础的资料,见弗兰格版本,第八卷,载《泰东》新编第一卷,第2期,1949年,第179页,译文第188页)。

这样一来,谜语歌演唱者和苯教徒就负责政权,因为他们演唱有关世界和氏族起源的传说。论述这些民族的唱段在《汉地之部》的轮唱(这种歌词代表着一种谜语歌的样本)中叫作“冠冕堂皇的人”,但这部著作也作为一部苯教经文而著名(黑头冠冕堂皇的人。见霍夫曼:《西藏的宗教》,弗赖堡1956年版,第98—99页)。它也出现在觉如—格萨尔的书中(详见下文)。该书应该与岭地的《世界起源》相同,它解释了冬族人是以怎样的方式自6个“原始部族”衍繁而出(林葱木刻本,第三卷,第95页)。然而,这同一个有关“6个侏儒部族”的传说却是由《安多政教史》提供的,既不是根据苯教徒,又不是根据谜歌的演唱者,而是根据说唱艺人的故事写成的

(赫尔曼,1946—1949 年,第 291 页)。我们在其他地方已经看到,以与“神仙教法”(苯教)对立的“人间教法”之名掩饰下的那些说唱艺人和谜语歌演唱家叙述了一些有关世界起源和部族等的故事。[16]在这些世系史和先祖传说中,第一位先祖始终如同格萨尔一样出自天神的后裔,都来自于同一座神山。这尊先祖之神一般都是一尊“世界之神”(如创世神,意门神),而这些“世界之神”是在举行祭祀仪轨时招请的战神。我们将要看到,这些仪轨恰恰包括尊崇此类天神的歌、赛马和各种其他舌战或比赛。这样一来,大家就可以理解,尽管苯教徒、谜语歌演唱家和故事说唱家们的活动具有这种宗教特征,但却具有一种政治意义。我已于自己的补充博士论文中指出,先祖传说是怎样可以用于在将一个贵族家族与一种天神世系联系起来时为该家族的权力作证和辩护的。一些激烈的斗争有时会使这些家族对立起来,他们的世系史或先祖的传说有时会暴露出一些蛛丝马迹来。他们作为帕拉斯(Palladium,本指希腊的城市保护神,雅典娜的别名由此而来。——译者)神而可以互相争夺。世系史学家、先祖传说的歌唱家、赞扬这些家族的预言者在这场斗争中起了一种突出的作用,并同时行使了宗教和政治职责。

二、近　　代

舌战和游戏

谜语或谜语歌这种口碑文学一直维持到我们当代的各界之中,而且还附带所有的古老特征:谜语、轮唱和舌战。在其他的文明之中,这类体裁又可以比作青年男女的对歌,而这类歌曲又是婚姻的前奏曲(请参阅注[12])。这些对歌是婚姻所必不可缺的仪式,非常广泛地存在于西藏。它们表达了两个氏族或家族之间的对立。新郎一方的人必须在对歌中接受以谜语的形式提出问题的考验,他们是以“买方”的角色出现的。婚姻往往是对于打冤家(族间仇杀)的一种解决方式。歌词恰恰是论述了世界的起源和一大批有关风俗习惯的传说(弗兰格称之为“前佛教之宗教的教理书”,

“前佛教”即“大地上的宗教”，但大家更应该称之为“人间宗教”）。理所当然，《格萨尔王传》史诗的内容都已被纳入其中了。[17]

其他的机会也适用这类唱段，尤其是利用春节（在拉达克称之为“岭歌”或地方歌）、秋收节、新年和为了祭祀神山之神而举行的赛马机会。[18]这里始终是指一些结盟或联姻而又对立集团的聚会，而对立集团的权威之对立则通过舌战或口头辩论来表达。对歌有时则以真正的戏剧来代替。[19]这些轮歌和辩论的特征是使用一种古老而具有诗意的语言。这也是史诗的语言，那些为我们提供资料的藏族人则更愿意称之为“岭地的语言”。这种语言确实古老，足以能鼓励古典作家们发表一些古词及其近代对应词的辞书（请参阅第三章注[163]）。演唱者们也掌握有与《格萨尔王传》史诗的说唱艺人们同样古老的譬喻和词汇。他们也如同后者一样触景生情地即席创作一些唱段，但始终是使用一些完全是约定俗成的措辞和一批特定的内容与形象。[20]我编制了一幅譬喻、描述词汇和古老名词表，载于我刊布的林葱木刻本中，大家于其中很容易参阅这一切。

非常幸运，我们比较明确具体地知道这种灵感之源。除了简短地提及集会及其对歌之外，大家还告诉我们说，在安多藏族新年间举行军民大会时，古老的习惯要求贵族们比赛讲演。士兵们都要身穿古装。讲演必须遵守一种古老的文风。大家要根据一种已拟定的稿子而宣读。如果是文盲，那就是凭记忆而背诵。青年贵族们应该轮番登上讲坛，面对人群而背诵或宣读。那些没有能力这样做的人将会面临嘲弄。[21]

那些更为明确的文献是由赫尔曼神父刊布的（1948 年，第 162、165 页和以下；1955 年，第 13—15 页等处；1946—1949 年，第 281—295 页）。这都是一些稿本著作。赫尔曼神父正确地强调指出了西藏人说唱的欢乐。讲故事和唱歌占据了节日庆祝的一大部分活动。在举行盛宴时，一种等级观念支配了对座次的安排。表演精彩和轮番演讲在这种场合下是必不可缺的。[22]

1948 年发表的稿本著作是以赞歌或赞词开始的，其中充满了譬喻，主要是暗示：1. 大自然；2. 佛教；3. 瑜伽行者；4. 苯教徒；5. 巫师；6. 医生；7. 工巧明；8. 圣贤和古人；9. 喇嘛；10. 卜师；11. 头人首领；12. 老者；13. 青年人；14. 女子；15. 儿童；16. 仆役。其次，在对集会的人群作了譬喻性的比较之后,文中又对佛教(于此被称为“神仙教法”)和民间宗教(人间教法)作了阐述。最后接着又是王统和大相们的世系对西藏的一种描述和有关原始部族的先祖传说。

大家在此文中可以发现大量的表达方式和譬喻,而我们既在格萨尔史诗,又在《国王遗教》对“人间教法”的阐述中发现了它们。大家已经指出了这些内容的相似性。我们于下文不远处还将论述《格萨尔王传》史诗。[23]但我们暂时应留意于赫尔曼藏稿本中的一段论述“人间宗教”的文字。其中确实具有的奇怪之处是这种“人间宗教”的全部定义系由一系列古代形容词或词组形成的,而且与大家在格萨尔史诗中发现的那些一模一样。

“对高而阔的天(大家所使用的是普通字 gnam),使用形容词‘蓝天’来讲它;对于太阳(大家所使用的普通名词是 ni-ma)……于此却使用了形容词‘周边很美的天盖’……为了指能治病的医药……使用了形容词‘集中于疾病上的’……还有一些表示欢迎(取笑)的词组,诸如‘既无脚又无手地跑遍整个王国’或‘既无角又无蹄地踢打和殴斗’……”

然而,大家不应认为这些术语和譬喻的使用仅限于有关“人间教法”的这段文字,它们出现在整部文献中。大家在《格萨尔王传》史诗中也可以发现那些土著譬喻,诸如指成年金翅鸟的‘六翅’(赫尔曼,1948 年,第 191 页;林葱木刻本,见石泰安,1957 年,第 394 页)和指老虎的‘六微笑’(同上引书)。除此之外,大家还使用一些起源于印度的譬喻,如用‘出自水’来指云,用‘乘七马的国王’来指太阳(赫尔曼,第 190 页;石泰安,第 392 页)。我们现在知道了这两种灵感来源的混合并非一种晚期的现象,它要追溯到敦煌写本和赤松德赞时代”。

譬喻和古旧词组的使用以及有关世界和政治制度之起源的歌曲,所有这一切都使这种文学酷似古代的谜语歌。赫尔曼举出了另一个颇有意义的例证,这就是出自巴日或华日地区(西宁以北和南山以南,见其 1946—1949 年书,第 281 页;1955 年,第 21 页和以下)的一首创世歌的例证。该文献叫作《三种起源世系的生衰和出现》。我们只要向《国王遗教》中有关“人间教法”的段落瞥去一眼就可以证明这些词的专用词义很古老了,“生,被创造”系指世界,“出现”系指众生,“世系”系指世代。我们在谜歌中也发现了同样的术语,在格萨尔史诗中它们也再次出现了。巴日的文献是以问题开始的,接着又作出了一些答复。它讲到了世界、五行、人类和畜类等的形成。其中一些印度和汉地的观念与土著观念并存。一些谜一般的词组术语于其中得到了解释(国王是年份,12 位官吏是月份等)[24]。

由赫尔曼刊布的第三种文献(1946—1949 年,第 293 页以下;1955 年,第 79—126 页)更使我们感兴趣。除了已经遇到的内容之外,它还说明了在这种文学、格萨尔史诗和戏剧中的另一种典型现象:经常使用古人的谚语。[25]它们的知识形成了作为旧传统卫道士的老人智慧的特征。在节日的闲谈中,舌战或口头辩论的支持和反对、叙述或论证都是以引证谚语而进行的。这里是指利用春节赛马的机会而展开的讨论,我们于下文还将研究这种赛马。有一件事实颇有意义,这就是说唱艺人和诵读这些赞歌的表演者都头戴装饰着红丝绸流苏的白毡帽。我们知道,这恰恰就是作为温和外貌神的格萨尔的帽子之一,象征着长寿和财富(请参阅上文第七章)。下面就是其中所涉及的内容:1. 对该地区的称赞;2. 居住于该地区的部族;3. 社会的代表人物;4. 赞扬舌辩艺术;5. 赛马的起源(或先例)以及佛教的起源和宗教之王(松赞干布、莲花生等);同样也有古代的赛马(以《王统世系明鉴》和《嘛呢宝训集》等为基础的一段文字)、岭·格萨尔的赛马、被置于金刚保护下的赛马;6. 对喇嘛上师(伏藏主林波等)的赞扬;7. 对吐蕃的描述;8. 氏族的起源;9. 对喇嘛、头人和马匹等的新赞扬。到了此时此刻(1955 年,第 106 页),第一位舌战者停了下来,受到了欢呼。另外一位立即接替了他,因为"一次美好的讲演必须有一种答复"。他又重复了以下内容:1. 对历史上各种赛马机会的记述(在天神、龙中等,引证了《朗氏家族史·灵犀宝卷》,岭地的赛马);2. 对西藏和巴日地区的描述;3. 氏族的分布等。这一整部记述都充满了文学中不自觉的影响。除了土著传说之外,大家还会发现对"山上的宗教"(也就是多罗那它的教理,第 119 页)、唐公主和尼婆罗公主的故事(引自《王统世系明鉴》等书)、宁玛巴寺院和佛教教理的 3 种传播方式(第 122 页)等的记载。整场赛马都是为了供奉山上的"战神"。宝马就是"风马",也就是利用举行这种仪礼的机会而插在石堆上的风幡,它与战神冬琼噶波(白色金翅鸟)有关(第 84、108 和 126

页),而冬琼噶波在史诗中则为格萨尔的天神兄弟。

只要阅读一番林葱木刻本就可以发现史诗该从说唱艺人、古代谜歌表演者、赛马时的歌手和传说的说唱艺人界借鉴了多少内容啊！这是同样的形势:以级别的分布而举行的集会、吹牛和赛马等;同样的内容:民族和家族、马匹、兵器或其他物品的起源;同样的文风:对歌、互相挑起的问答、引用谚语、使用譬喻和古老词汇。格萨尔史诗忠实地反映了吐蕃社会。

完全如同在苯教、说唱故事和谜歌中的情况一样,传说故事和互相交换的对歌同时具有一种宗教和政治的作用。唇枪舌剑的辩论是一整套比赛的组成部分,它从社会方面赞扬了威望,在超过了社会领域的宗教方面把人类社会与其生活场所联系起来了。天神参与帮助了节目表演,与人类共享欢乐。谜歌和说唱故事的比赛完全如同刀剑的比赛一样,确实对于五谷丰登和畜群兴旺具有某种影响。天神和人类利用大型节会斋供的欢庆机会而结合在一起,社会的对立显示出来了,但同时又得到了缓和。这一批人与其历史(世界和先祖的起源)和居住地(先祖神山)联系了起来,并感到受到了重新锤炼锻造。

我们在前一章中已经看到,说唱艺人被分在了其他相似的专家之列,竞技力士即为其中之一(第七章,第328—330页)。我们在本章的开头部分同样也与赛马和其他游戏一并提到了歌舞。《格萨尔王传》的史诗中也包括许多这类的段落。勇士们从大食征战回师时都在一次盛宴中聚会,以赛马、射箭和歌舞相伴,他们于此期间叙述了其功绩的历史(《分大食财宝之部》,华盛顿藏本,第34页)说明了讲演所必须的一次开怀畅饮。这是“一个天神的吉祥日子”。每个人都在歌唱,每匹马都为参加比赛而奔驰。这是一场赛歌,其中每个人都阐述其地区和其部族的起源,从而导致了一些不吻合处。一名老妪以中间人的身份居间调停(第37—38页),成功地说服第一位歌手放弃其答歌。全场人都感到满意(第40页)。在其他地方,青年米琼(被称为“好口才者”和“善言者”)和晁同之间爆发了一次争论。居间调停人强行进行惩罚。全场人都发出了笑声,受罚人感到怒气冲天(《霍岭大战之部》,图齐藏本,第145—150页)。这就是米琼(这一次被称为“花言巧语者”)赢得了对汉地少女有关世界和氏族之起源对歌的比赛胜利(详见上文)。然而，这场比赛之后接着又是岭地人和汉人之间的其他比赛：气力的比赛（竞力）和巫术的比赛。汉地和岭地喇嘛之间的宗教辩论、幻术比赛、力士竞赛和赛马、掷骰子游戏、挤奶牛比赛、射箭比赛、选美比赛（《汉地和岭地之部》第170—216页）[26]。大家在林葱木刻本中还会发现其他许多例证。

但现在是具体解释舌战更为喜欢的、传说故事和包括全部传说的歌曲所需要的半宗教半世俗的具体情节的时候了。

新年、丑角和狂欢之王

风俗习惯当然是根据社会阶层和地区而变化不定。我们于此仅仅指出那些可以阐明《格萨尔王传》史诗的灵感之源以及这部格萨尔史诗与古代说唱故事和谜歌之间关系的内容。这就是民间的新年，它将会特别引起我们的注意。据我那位卓越的资料员昌巴桑塔认为，它是以演员的参加和一组男子与一组女子之间的对歌轮唱（问答）为特征的。他们唱的歌词涉及了“世界诞生的方式”。下面就是其中的一个例证：

男子们唱：

山谷上部尚未诞生，它已在山谷的上部诞生。
山谷的上部，白色冰山在那里诞生。
冰山和冰山互不相似。
这就是过去在创世之始诞生的冰山。
中部尚未诞生，它已在中部诞生。
在中部诞生了斑斓的大城堡。
大城堡和大城堡并不相似。
这就是过去在创世之始诞生的大城堡。
山谷的下部尚未诞生，它已在山谷的下部诞生。
山谷的下部，碧玉般的蓝湖已在那里诞生……（同上）

女子们唱：

在上部，上部冰川很高。
它如同汉地纸张一样洁白。
上部冰川的白色母狮，以书写的文字染黑了它。

这些歌曲是在大山上演唱的，大家先在那里竖起了飘有“风马”（幡）的旗杆，然后在那里野餐，祭祀战神或当地的地神。这种祭祀就是煨桑(焚烧香精物以除去不净)。

正是利用这一机会(此外,还有在仲夏的五月)民间通灵人(神汉,巫婆)便使小神附身。我们已经看到(见上文第七章),他们的所作所为与说唱艺人完全相同,他们的歌词也出现在《格萨尔王传》的史诗中。据昌巴桑塔认为,这些歌的旋律与婚礼歌完全相同,但其唱词却不同。在每年的五大节日(新年、夏、冬、春和秋节)都有降神师(巫师)出现,并很快使域神(地神)附身,“地神”也就是以战神的外形出现的神山。[27]这一切都与史诗中的英雄相同或与之相结合了,这些英雄自己也都变成了地神,并附于通灵人之身(见上文第七章)。事态到了如此程度,以至于大家不禁要思忖格萨尔史诗中的人物是被纳入了万神殿,还是相反。

诸如演戏那样的其他特点也出现在新年之外。它们事实上是民间及其神的所有节日或聚会的特征,尤其是以“地主”(地神)为中心的那些节日或聚会的特征。

在青海(藏族的事情在那里表现得很突出)的土人中,每年前15天的夜间都被用于在庄园中聚会,在那里要焚香(煨桑,那里的庄园院落中仿造了一些山顶嘛呢堆),并邀请说唱传说故事的艺人,这些人进行对歌比赛(胜者要在败者的衣服上剪下一块布来)。男女青年边歌边舞。那些反穿(也就是毛朝外)皮衣的小童扮演魔鬼并作滑稽表演、玩弄手法、充当小丑(施瑞德,1952年,第627和628页)。这些人物可能会使我们感兴趣。他们都是一些“白鬼”,我们在前一章(见第七章)中已经讲到了这一切,大家于本书末还将会发现它们。

麦克唐纳(1932年,第137页)在讲到江孜的新年时,描述了一批批专业舞蹈者,他们制造了一些代表神话中的走兽飞禽的巨大纸像。一批批舞蹈家中包括扮作巨禽状的小丑,他们逐门行走,到处都生下了一些金光闪闪的巨卵。据昌巴桑塔认为,这里确实是指模拟飞禽(大鹏或金翅鸟,其巨卵很著名,详见上文第六章)的“白鬼”。其面庞一半涂成白色,一半染成黑色。他骑一根儿童的木棍(玩具马),木棍被称为“如意宝”,而他本人却叫作“白鬼桑巴顿珠”。我们已经发现,这些名字与《格萨尔王传》史诗中的那些相同,如其木棍——马鞭以及伴随格萨尔——杂耍表演者并把他们分开的猕猴。

“白鬼”于大清早就演唱吉祥的祝愿,完全如同古代的嘛呢巴和本生故事说唱艺人一般,他们现在都已出现在戏剧舞台上了(见上文第七章注[14])。他于其歌中提到了装饰其鼻子的贝壳币和太阳—月亮的装饰物。这些特点使他同时既与格萨尔史诗的说唱艺人又与戏剧舞台上的演员——说唱艺人、小丑演员或“猎人”都很相似了。在这两种情况下,一种牧人或猎人和卑微人之形象又与瑜伽行者一类的人物联系起来了(“猎人”的面具上面带有一种代表瑜伽行者的发髻)。“白鬼”唱道:“我今晨从太阳升起的一方前来。我从东方而来,从金刚力士那里前来。今晚,我将前往莲花生大师那里去(西方)。我的右颊为白色,如同印度国王一般。我们左颊为黑色,如同汉地国王一般。在我的眉毛间有日月,如同莲花上师一般。在鼻子上有贝壳币,如同山羊一般”(che-che 在古老语言和史诗的语言中是对山羊的称呼!)。

大家发现“白鬼”具有了“猎人”的特征。他也被与新年末的国王相混淆了。达斯(1902 年,《拉萨和中藏旅行记》第 345 页)讲到了“白鬼”,也就是于新年第一天穿街过巷的舞蹈乞食人或托钵僧。他们都戴着假面具,“一般是代表着一个黑色魔鬼,长着一把稀疏的白胡子,在眉毛处和面孔周围有小贝壳,有时在脸颊的每一边都带有一个贝壳。他们翩翩起舞和取笑逗乐……”大家描述过的面具也是“猎人”的面具。相反,达斯于其书第 252 页中发表的照片完全相当于“白鬼”,它代表一个穿一身翻毛皮衣的人,其面庞半白半黑色。他头戴一顶酷似我们马戏团小丑们的那种尖顶帽子,左手执一根木棍,右手执一把蝇拂(无疑是一条牦牛尾)。但达斯不是称之为“白鬼”,而是声称这是代表着新年末的国王(替罪羊,老工夹布),我们还将有机会来论述这个问题。[28]

“白鬼”和那些模拟调皮淘气之顽童的土人儿童酷似 17 世纪那个自称是格萨尔和莲花生的骗子,他也身穿一件翻毛羊皮衣(请参阅上文第三章,“古迹”第 53 条)。他也以一块沉重的石头玩弄大力士的竞技把戏。然而,这就是由沃德尔(1895 年,第 505 页)描述的新年节日欢庆的一种奇怪细节。节日欢庆活动几乎持续整整一个月。大家边歌边舞(男女单独分组),从事诸如射箭、杂技(沿一条绳子而下滑)和“投石”那样的比赛活动,失败者于此时都交罚金。这后一种娱乐活动叫作“岭地大狮王”,也就是格萨尔。它直接涉及了藏戏和格萨尔。我们在说唱艺人——力士的问题上已经遇到了他(见上文第七章),并还将回头来论述这个问题。

现代的藏戏拥有7个与"白鬼"相似的人物。他们通过幸福吉祥的祝愿(由此而产生了他们的名字扎西雪巴,指布达拉宫下面的地区)引入了藏戏,头戴山羊皮假面具,羊毛朝外,从而产生了"起尸鬼的作用"(邓肯:同上引书,第18页)。据沃德尔认为,世俗人在元月十五日那种狂欢活动的最高峰时也戴上了代表胡须的以羊毛作边饰的彩布面具(同上引书,第506页)。

狮子舞、藏戏和祭山仪轨

我在大吉岭新年欢庆活动中,看到的两头狮子、两头牦牛和孔雀的舞蹈是由一名小童引导并伴舞的。他戴着假面具扮成一个愚蠢的人(肮脏的面庞,肥大的耳朵)。他那灰色的衣服似乎仿造了一种山羊皮,上面缀有10个铃铛和一个小铃。[29]他手执一把白色蝇拂,跳跃、舞蹈和从事娱乐活动,大家称之为"慈悲鬼"、达(则)多贡桑和"打箭炉的贡桑"。这是一名牧人,看守狮子。他丢失了狮子并且必须重新把它们找回来。狮子们生活在冰川上。作为吉祥的预兆它们被找了回来。它们属于一组9种长寿标志的组成部分,各自代表着大自然中的一界,如狮子代表冰山,仙鹤代表飞禽,长寿老人(白色老翁或地神)代表人类,麒麟代表马匹。大家要向它们奉献舞蹈。

大自然中各界(它们是分层次的)的典型动物(狮子、金翅鸟、老虎、牦牛、鱼类)都是歌曲中的常见内容,从米拉日巴一直到格萨尔一概如此(详见本书下一章)。但它们的象征性却是多种多样的。冰川中的白母狮是格萨尔的天神女谋士玛尼尼的坐骑(同时也是毗沙门天王的坐骑),但格萨尔却始终被比作其子。此外,在一座神山玛钦蚌拉山(阿尼玛卿山)的山巅,它摆动着其狮尾,并以此而避开了朱古(突厥)人那不祥鸟的邪恶(《朱古兵器国之部》稿本,第二卷,第336页)。它也是梵天(白梵天神)的化身,而梵天正是格萨尔的天神父亲。[30]它驱散了敌人(《白惹绵羊宗之部》稿本,第一卷,第106页)。昌巴桑塔不知道牧人寻找的两头狮子的身份。[31]在两头牦牛之中,其一为白嘴巴的黑牦牛,被称为"野猴牦牛";另一头为黄色,被称为"仲哲色牦牛"(bres-se,在史诗的古老语言中是野牦牛的名称)。在牦牛舞中也出现了一名牧人,这一次却是一个身体魁梧的强壮男子,带有一条大鞭子。他也前去寻找走失的牦牛。舞蹈代表着由两头牦牛相伴的一个白色人,在五世达赖喇嘛赴拉萨北部的一次旅行期间出现在他面前。白色的人是神山念青唐古拉山(它在其他地方是作为一头白牦牛而出现的)或白梵天神(据昌巴桑塔认为,它与神山相同)的化身。[32]

这些舞蹈与戏剧的联系是确实可靠的。白色人出现的地方——北方(羌)是夏隆或色隆,那里是汤东杰布(白色老翁,在藏戏中是以6位扎西雪巴为首的戏神)的居住地。这同一位白色老翁主持了我们还将要讲到的石头仪轨。雅隆扎西雪巴的舞蹈是为了纪念五世达赖喇嘛的另一次化现。他在雅隆遇到了满头银发的7兄弟。这次相遇可能与在夏隆的那次相遇发生在同一时代。但昌巴桑塔没有讲到的情况则是:雅隆的神山雅拉香波也是以白色牦牛(变成了白色的人)的形状出现的,也就是如拉杰的天神父亲(请参阅第六章注[22];赫尔曼,1956年,第100页)。第二个故事仅仅为第一个故事的重复。

新年是为崇拜达赖喇嘛而演出藏戏的机会。其起源仍被归于五世达赖喇嘛,因为他曾看到了印度神和其他神的化现。大家表演的假面具舞蹈(也就是哑剧)正代表着这些神:因陀罗、梵天。这可能就是对狮子舞和牦牛舞的追忆。印度神的身份也不会使我们产生误解。因陀罗(帝释)或梵天(白梵天神)在格萨尔史诗中也扮演了天神之父的角色。它们彼此都被与一座白色的山等同起来了,并且是以一头正与黑色牦牛(黑山,魔鬼)搏斗的白色牦牛的外形而表现出来的。长者"野人"贝勒果保介入了这场搏斗,他以放牧其山羊而参与了这场斗争。他酷似赶牦牛的牧人。然而,两个山神——牦牛的搏斗则是以一种在格萨尔史诗中也表现得相同的特殊形状显示出来的,这就是一种煨桑,就像出现在有关崇拜神山的这类文献中一样。在格萨尔王传的史诗中(下拉达克版本,第30和64页),这种内容被一分为二了。首先,黑鸟于上午时获胜,它们二者在中午时势均力敌,白鸟于下午时获胜。其次,白色牦牛于上午时取胜,中午时双方势均力敌,黑色牦牛于下午时是获胜者(英雄接着出面支持白色的牦牛)。这就是《神香圣者之酬》(第38页,有关对战神唱赞歌的段落)一书所表达的。该文是以创世(事物的诞生)而开始的。首先是佛教的宇宙起源论(虚无混沌、风、水、金、苏迷卢山或须弥山、外洋),在须弥山的顶峰居住着帝释(因陀罗),于山基部居住着阿修罗神主。这些神觊觎宝树上的果子,由此而产生了在天神和阿修罗之间的斗争。阿修罗于上午时是胜利者,天神则于下午获胜。为什么呢?因为因陀罗(帝释)向密迹金刚菩萨求援,密迹金刚菩萨(金刚力士)向它们指出了它们缺乏一尊战神。它于是便得到了战神,同时还得到了兵器(其名称也出现在格萨尔史诗中了,将军名叫诺布山培,见第40页)。这次胜利是在“叽”、“喔”和“哈”的喊声中取得的,这些喊声是使吐蕃人在翻越山口时发出的“叽叽”和“嗦嗦”的战争喊叫声与一种印度咒语(娑婆诃)结合起来的结果。

因此,我们如实地得到了《格萨尔王传》史诗的渊源之一:为了崇拜战神所说唱的传说故事,这些战神就是神山。但还有更多的其他情况,我们从在新年期间为尊崇达赖喇嘛而演出的戏剧开始。对于把这种活动归于五世达赖喇嘛的说法,不应作咬文嚼字的理解。我非常有幸发现一篇文献,它向我们证实了这种风俗习惯在其他地方和在另外一个完全不同时代的情况。这就是大家向我们讲的元月十五日于七世噶玛巴却扎嘉错(1454—1506年)府上举行的庆祝活动。这些节日庆祝活动对于民众来说是见到他的惟一机会。“下午,在那里举行各种藏戏表演(戏剧主角演员的表演),如佛陀的许多前世(本生事)、印度和吐蕃的大成就者们的故事。转轮王、汉地和吐蕃及霍尔人的国王、天神与阿修罗的斗争、因陀罗和创世四王等”(巴俄祖拉陈瓦书,第13卷,第122页)。

藏文本(天神和魔鬼的斗争、两座神山)和蒙文本(白色和黑色天神的斗争)《格萨尔王传》史诗版本开场白中的一种重要内容已由早、午和晚的轮番胜利与失败这样的特殊场面所表现,它同时也由另外两种背景所证实:为崇拜神山的战神的背景和新年年供活动(带有戏剧)的背景。民间内容和佛教表演的结合完全相当于有关古代谜语与说唱故事结合的传统。[33]

新年期间演出的藏戏内容都是佛教的。这与诸如《五部遗教》那样的古文献中的史诗片断内容(转轮王、创世四天王及其对应者——印度边境地区4国的国王、因陀罗)都相同。如果它们被用于形成《格萨尔王传》的史诗,那是由于它们被诸如新年年供和他们得以在那里与土著内容相结合的神山而通俗化了。这些内容有时在民间娱乐活动中也在其他地方延续下来了。

我们还将会看到的一种新年年供活动直接与戏剧和嘛呢巴结合在一起了,这种投石娱乐也与格萨尔联系起来了。官方新年中的另一种仪轨性娱乐活动的情况也如此,这就是赛马。赛马已由18世纪的汉文和欧文史料作了描述。它们属于整整的一系列比赛(《七世达赖喇嘛传》中指出是“各种游艺比赛”)[34]。《康辎纪行》(卷七,第17页和以下,又由《竺国纪游》卷四,第74页和以下所重复)的描述就已经足够了。1. 布达拉宫的盛宴和青年男子表演的勇士舞蹈,他们身穿五颜六色的衣服,头扎白巾,脚上装饰以小铃和手执战斧(随鼓声而起舞);2. 杂耍演员沿从布达拉宫一直垂到山脚下的绳子而上上下下;3. 阅兵仪式;4. 由裸体幼童所骑马匹的赛马比赛(赛败者要受冷水浇身之罚);5. 驱逐替罪羊(老工甲布,面庞半白半黑的魔王),他首先应与一名装扮成达赖喇嘛的喇嘛作掷骰子比赛并注定要输。我们应该注意,检阅只具备老式装备的士兵的阅兵式被认为是再现了格萨尔的那些英雄们(请参阅上文第三章,“古迹”第18条)。赛马确实是格萨尔生平第一阶段最完美的结局。但我们于上文中已经看到,它仅仅为许多例证之一,而这些例证在为地神举行的赛马中都很著名。完全如同其他比赛(射箭、格斗、赛歌、掷骰子)一样,这也是集团之间的对立以及它们在已与一种时空的更新相结合的任何欢庆活动中保持平衡的表现。[35]在每年始末之间的时间之中,狂欢之王的空缺期正好与此相符。他模棱两可并使对立面调和起来。他如同小丑一般半白半黑,是魔王被驱逐时的取代者。我们仅仅在最后一章中才能理解史诗中英雄的形象相当于或借鉴自这种比赛的背景。

我们已经为这一切作好了准备,而且随着多种多样的、互相交织在一起和错综复杂的事实出现在我们面前,我们将会逐渐被导向这种境地。事实上,我们未经有意地寻求便得出了一种被强加于前一章末的结论。对新年年供庆祝活动的分析又证明了对说唱艺人——杂耍表演者的分析。在新的大赛期间,除了与格萨尔有关的赛马和破石比赛之外,我们还将会发现裸体和被浇了冷水的青年人的跑步比赛。然而,我们知道这种风俗习惯起源于伊朗,经西域传到中国中原和吐蕃,与格萨尔史诗中如此频繁出现的狮子舞和一整套与狮子有关的民间故事都有联系。

但无论新年多么重要,我们仅仅停留于此仍是错误的。谨慎的做法迫使我们也研究每年的其他节日。

春天里的节日

这个季节远不是以可以与《格萨尔王传》史诗之诗歌相媲美的突出特征而引人注目的。我们不应该忘记,官方的新年(国王的新年)也模仿汉地而于初春度过,而农民的新年则更为古老,恰逢冬至时节。

利用春天开耕的机会而进行譬喻性的赛歌已由米拉日巴所证实,他曾为一名富裕的庄园主写下了这样一首歌(《米拉日巴道歌集》第87—88页)。在西藏西部,大家于春季庆祝格萨尔节,以比赛射箭和被称为"岭地之歌"的歌曲为特征,其中包括提到格萨尔的地方。这其中始终都应该有9处(弗兰格,1901年,《拉达克苯教赞歌》)。大家知道,1组由9节组成的歌词也形成了格萨尔史诗的特征。

发生在春季的一个重要节日,就是弥勒佛节,但它首先是喇嘛教的节日。

于圣地举行的夏节

为神山举行的祭山节于夏季举行,这种背景明显是格萨尔史诗众多内容的灵感来源之一。由提供资料的人举出的时间在这个问题上依然多变,他们分别认为是藏历五月、六月、七月或八月。其特点与新年完全相同:人和所有神的聚会、分组比赛(赛歌、赛马、赛戏),节会活动的中心是一座神山。[36]

通灵人"疯僧"珠巴衮雷于1500年左右描述了"夏季祭山戏"的节日庆祝活动,村民们成群结队地前往参加。他混入那些唱歌和演哑剧的人群之中,随着他们而哼唱一首歌(《珠巴衮雷传》第一卷,第112页)。这无疑就是昌巴桑塔所说的"夏季大法会",他将此节置于了藏历五月。某些通灵人(降神师、代表龙神者等)于其中使各种地神附身,完全如同在新年期间一样。汉族作家们也把该节确定在五月。其中的一人在五月间讲到了祭山神的节日,于此期间要祭祀那些参加了赛马的马匹(理塘地区)。[37]另外一位指出了在康定(打箭炉)附近于五月十三日祭山神的仪式,同时还要举行赛马。[38]这类资料都很贫乏,因为大部分观察家以及18世纪的汉人和意大利人的描述仅仅讲到了城市与寺院中的节日斋供法会。民间通灵人于其中活动的夏节之更为可靠的对应者是于五月十五日在拉萨举行的那种仪轨。它叫作“世界公桑”节(对世界进行全面净化的节日)。西藏所有的神灵于是便集中起来,并附于通灵人之身(昌巴桑塔。请参阅聂伯斯基—沃热科维茨,1956年,第421—442页,其中对“公桑”的写法 spyid-gsaṅ 是错误的,应作 spyi-bsaṅs)。

其他那些提供资料的人则认为,类似的法会也定于六月。一种珍贵的记述是由罗列赫在一部尚未刊出的著作(《安多方言》,第17号文献)中提供的。六月三日的节日叫作“神会”。在“将军”庙中,大家插一根长杆,于其顶端悬挂“先祖”(神山)的画像。这根杆叫作 tog,它事实上是汉文“纛”的对音和突厥—蒙古文中的 tuɣ,意为“军旗”[39]。青年男女聚会,一名通灵人立即进入神鬼附身的兴奋狂舞状态。大家完成一种净除或涤除不净的仪轨(煨桑)。他接着轮番指定一男童(送给他一钵米酒)或一名少女(送给她一支箭矢),这就会他们合唱一首歌。这种歌唱活动要持续3天。

被称为“先祖”的神山以“战神”的外形表现出来了,其中的许多位都被称为“将军”。“大将军”是“战神九兄弟”之一(《隆多喇嘛全集》第24卷,第14页)。一位“降敌将军”是夏哇岗(康地南部,见聂伯斯基—沃热科维茨,1956年,第221年)地神的首领,其名与格萨尔的称号相同(“降伏敌人者”)。“长矛尖将军”是格萨尔故乡一座神山的名称(同上引书,第226页)。节日欢庆活动的战争姿态与男女青年之间的轮歌融为一体了。

所以,每年的六月三日,土司(土著头人)在理塘组织一次“赛马节”(汉文中叫作“跑马会”)。一支捧神香、旗幡和宝幡的长长队伍在寺主的率领下攀登“索摩拉卡”。大家在山口焚烧神香,并诵读愿文。土司们在每一站都骑马围绕主持仪轨的人跑3圈。接着便在平原上举行骑射比赛(《理塘志略》,卷下,第6页)。

同样的节日欢庆活动也出现在土人(蒙古尔人,属于西藏喇嘛教文明和藏—蒙混合语言)和蒙古人之中。在他们之中,山口嘛呢堆的节日是祭祀该神山的山神的,于六月六日举行。这里不是详细研究鄂博(oho,蒙古文,汉译"敖包"或"鄂博")或山顶嘛呢堆(藏文作 La-bcas 或 La-rjas)问题的地方,它们是位于山口或山岭的石堆。这些神祇是整整同一批清一色的人物的中心,也就是他们的地神。某些嘛呢堆仅仅以树枝或破皮片为标志,每个过路人都同时要从中增加一块白色石头。但其他许多更为完整的嘛呢堆上也备有长矛、刀剑、箭矢、弓弩、画戟和仿造的木制武器。长矛带有牦牛尾绺,而这一切本来是军旗纛(蒙古文作 tuɤ,藏文作 tog)的特征。[39]这些兵器属于山岭和村庄之神。从前,人们前往那里寻求这一切以在节日时玩战争游戏。事实上,当代庆祝节日的活动仅仅包括赛马和对歌比赛。但在过去,他们还从中加入射箭和投矛枪的比赛、斗刀比赛和摔跤。山神对于这些欢乐活动很高兴(施瑞德,1952 年,第 64—67 页)。[40]土人的一种传说涉及了第一个鄂博的起源,这就是《格萨尔王传》史诗的初级阶段。

施瑞德在一条注释中(第 69 页注[3]补充说,据为他提供资料的人认为,鄂博节始终于六月间举行,但日子可以改变。事实上,在拉卜楞地区(安多),大家已向我们描述了六月十五日(1939 年 7 月 31 日)举行的这样一种法会。他们在山顶上举行煨桑仪轨(举行神香祭祀,在一堆篝火上焚烧祭祀物)。大家绕篝火堆转一周,插上 8 面幡和把已印刷好的纸抛在风中飘扬("风马")。大家发出了胜利的呼唤("咦! 哈! 神胜利了!"),然后将纸(相同的纸)贴在绳索上。大家向所有的大山都诵读愿文。军民都带有白绵羊毛的帽子,上面带有飘带(如同说唱艺人和赛马故事的说唱人一般),帽子的尖顶上包着一块蓝布,布边为红色(这是 3 层世界的颜色,请参阅上文第七章)。所有人群都围绕转一周,并高呼:"神胜利了"[41]。

类似的节会活动也以不是神山的地神为中心,它们更应该形成农耕地区的特征。据为我提供资料的昌巴桑塔认为,"夏季大法会"(夏季转法轮)于藏历六月和七月的十五日举行。祭神的队伍从寺庙走向木桩,围绕着田地转圈,那些世俗人携带巨帙的《甘珠尔》和《丹珠尔》(以为田地祝福)。继上午的法会之后,于下午举行赛马,而晚上则被男女的舞蹈和对歌所占据。在此期间就如同在新年期间一样,大家都要追述创世的历史。在赛马之前,首先要祈祷当地的域神。一种类似的法会也要每 12 年(每逢羊年)于七月十五日在热振寺举行一次。它于荼伽女们集会的一个大平原上举行。次日,再举行一次赛马用来祈祷天神,特别是为兵器祈祷。甲胄、头盔、步枪、弓弩等都要奉献给当场的战神和此地的域神。在藏历该月的十七至十九日,大家演唱岱哇丹巴国王和贡却邦的藏戏。这种戏如同在热振寺本地一样也与格萨尔史诗具有直接的关系。[42]

正如对歌和赛马或其他比赛一样,戏剧便形成了夏季诸法会的特征。这种戏并不是无论什么时间就可以演出的。我们已经看到,这些藏戏都与说唱故事相似。以舞蹈而表现的蒙古文本《格萨尔史诗》的哑剧演出于藏历六月间(请参阅上文第三章,“古迹”第82条;一种类似的跳欠仪轨受到了热振寺主的鼓励,同上引书,第26条)。三川(青海)的“唐古特人”也在藏历七月间表演有关格萨尔生平的戏剧场面。这些戏剧表演似乎是属于“七月会”的组成部分。当时穿着戏装的农民表演舞蹈,而那些能管冰雹的专家(汉文中叫作“雷家”)便专心致力于排除威胁农业收成的危险(鲍塔宁,1893年,第一卷,第378页)。“雷家”们的这种预防措施是必不可少的,它与演戏本身和节会欢庆活动的性质有关。

在土人中有一种特殊的仪轨,也就是一种宰祭山羊的仪式,用于排除霹雳和冰雹风暴,它们在夏季都会威胁农作物的收成。在安多的藏族人中,同样的功能被归于了石堆(“勇士城堡”),而这些石堆又酷似土人于其住宅院落中修造的“城堡”(带有插着旗杆的土城墙),它确实模拟了当地神山的石堆(山顶嘛呢堆),只不过缩小了而已。[43]

对这样一座“战神勇士城堡”的赞歌则在利用藏历元月十八日节日法会活动的机会而由《格萨尔王传》史诗的一篇文献所提及(《朱古兵器国之部》稿本,第一卷,第116—124页),他们祈祷13尊“降伏上部玛域的神”,也就是祈祷青海湖地区的神山或“先祖”[44]。这是一次阅兵的机会,他们在发动一次军事征服之前要“计点人员、马匹和武器装备的数目”。稍后不久,在与突厥人发生战斗之前(同上引书,第一卷,第186页),岭地的勇士们要向战神奉献赞歌、净化的供品(神香或煨桑)和其他仪轨,战神也是岭地的保护神(扎拉和魏玛)。他们同时还从事赛马、比赛射箭和“人类的其他九艺”(请参阅上文第七章)。六月间的另外一次法会庆祝活动（十三—十五日）也于此前被提及过（第一章，第19—20页）。它于一座大山上举行，其中包括赛马、摔跤，对弈和射箭（这是与唱赞歌和上供物相同的活动，见《汉地和岭国之部》稿本，第141页）。大家同时还向大山（山神）奉献供物，在结古。于“生命之湖”（魂湖）之畔举行一次法会庆祝活动，土司在那里逮住了3只“飞鸟姑娘”。同样也是利用格萨尔的同父异母兄弟和替身青年夏鲁（协噶尔）进行第一次抢劫活动的机会，为战神举行一次宗教仪轨，并使用被焚烧的供物（林葱木刻本，第二章，第11和13页）。

秋季，有关神山的仪轨和传说

据昌巴桑塔认为，在每个季节都要举行一次大规模的煨桑仪轨。如果新年和仲夏似乎显得特别重要，那么春季和秋季也基本如此。与农作物的收获有关的秋季大法会也如同所有大法会一样，以青年男女的对歌为特征。对歌又以古老语言中的那些晦涩难懂的词汇为特征，完全如同他在《格萨尔王传》史诗中一样。佛教内容于其中与《格萨尔王传》史诗和苯教徒们的词汇颇为近似（弗兰格，1952年，第15首歌，有关拉达克的情况；图齐和杰尔希，1935年，第199—200页，有关波域的情况）。在康地的理塘地区，于藏历八月十五日要举行一次“神山大法会”。其目的是祝愿该地区的平安无恙与繁荣昌盛。有一天的时间被用于祈祷，另一天则被用于赛马、射箭、各种竞赛和跳舞。[45]

每年于藏历七月二十八日（公历9月末）都要在理塘唱戏，此时恰逢收获庄稼之前。演戏的目的是向当地诸神、神山和地神赎罪。如果它们对上演的藏戏表示高兴，那么它们就会使冰雹或寒冷不降临此地（请参阅上文第七章）。

至于在石堆（鄂博）前对神山进行崇拜的仪轨，在蒙古人中有时是于春天和秋天，有时又是在夏天和秋天举行的。一些重要资料支持了我们的观点。这就是在地下神龙“自天而降”和出现在大地上的时候。[46]这事实上正是被允许说唱故事、谜语和史诗的时节，而这些活动在冬季（当昴星团可见时）却普遍受到了禁忌（请参阅上文第七章）。说唱故事会引起神灵的真正存在。在冬季，它却会冒着吵醒沉睡中的地神而导致霹雳的危险。[47]

“龙”一词本来是指水中和地下的地神，但它又具有了一种更为广泛的词义，于是就如同此处一样系指世界所有各层的全部地神。波兹德聂耶夫于其描述中明确指出，大家区别出了木龙、水龙、山龙、风龙或者是白龙、青龙、黄龙、黑龙（同上引书）。这些颜色正确地为世界所有各层及其各自特有的神灵确定了性质：天神为白色，山岩赞神是红色，树上或山岩上的年神为黄色，龙神是青色，魔鬼为黑色等（沃德尔，1895 年，第 369 页；《隆多喇嘛全集》第 24 卷，第 12 页；林葱木刻本，第二卷，第 23 和 39 页，第三卷第 20、25 和 90 页）。至于这些颜色，大家在大山的崇拜仪轨、在参加仪轨者和说唱艺人的帽子上都发现了这一切。它们说明了全世界之神灵的聚会。世界在圣地是完整的。[48]

如果《格萨尔王传》史诗的说唱在冬季可能会被禁止，那么对英雄的崇拜在夏季则是必须的和可以用于排除风暴的，尽管当时在大地上还存在着龙。在额济纳河（黑水河，位于三川以西，安多地区）流域的 5 个“唐古特”村庄中，各自都拥有一座格萨尔庙。格萨尔于其中则以“军王”的称号而受到了崇拜，大家还记得这就是同一地区热贡诸头人的尊号（请参阅上文第六章），“军队首领”之神在六月五日法会间受到了赞扬。据为鲍塔宁提供资料的人（1893 年，第二卷，第 44 页注[1]）认为，对格萨尔的崇拜排除了擅长于驱雷仪轨的巫师们的帮助，他独自就可以排除风暴。格萨尔于此是作为战神和神山（先祖，请参阅上文注[44]）而出现的。在本处提到的 5 个村庄之一的噶玛喀村的庙中，格萨尔被供于中央。其左部是埃·苏木，骑一匹马，为埃松日山的女神。其右部是埃·错门（在汉文中叫作“娘娘”），位于一条龙之上，这是从西藏中部一直延伸到黄河岸边的冲木村的山脉之女神。鲍塔宁重新提到，那些高耸的山峰叫作“先祖”，他认为它们应该是有关大山的战斗或婚姻的传说故事的内容，正如大家在阿尔泰山所知道的那样（他引证了其中的一个例证）。

形成整个地区之特点的因素一般都是一对山脉（阳性）和湖泊（阴性）夫妇。它们的婚合产生了居住在这个地区的人类集团的先祖。这样一个完整地盘（湖和山）及其仪轨已由《青史》（罗列赫译本，第二卷，第 718—719 页）而为人所熟悉。在雷布查人中，由这样一种结合而出自同一位先祖的后裔则得到了更好的证实。[49] 甚至当大家仅仅讲到山脉时，神湖普遍存在于该山之顶峰。[50] 这些山属于战神类，它们的粗暴行为或愤怒则是通过冰雹、霹雳和闪电等表现出来的。我们已经知道，它们的惊险故事都与《格萨尔王传》史诗开场白中的那些相同或相似。我们确实已经遇到了果洛人的先祖传说并发现它们一方面出现在《格萨尔王传》的史诗中，另一方面又存在于《尸语故事》中。它存在于弭药地区和格萨尔的故乡，而且这二者均与冬族有关（请参阅上文第四和第六章），先祖的妻子是一尊龙神，并与一个湖泊有关，但其父却为神山。其使者分别是青色（龙）和黄色（年神，神山）。据另外一种文本记载（请参阅上文第四章注[31]），果洛人的女先祖自己就是山上的女神。她因其情人——西藏的一座神山射出的一支箭而受孕，从而生下了诸先祖。这里涉及的神山年波玉孜具有由3座山峰环绕的一片湖泊（埃克瓦尔先生提供的资料）。安多地区的另外一座神山具有一个类似的名字，也拥有由3座山峰环绕的一个水塘，为一种相似传说的内容。这就是阿尼念青山。在汉文中叫作"太子山"，位于临夏（河州）以南（骆克，1956年，第27页），我们于上文中已经描述了对它的崇拜（请参阅注[41]）。3座山峰代表着念青神、其妻及其子（太子山，位于中心）。在六月十五日举行法会的时候，当奉献珍贵供品时，大家也在山峰上向水洞中抛扬供物。正如毗沙门天王和格萨尔一样，这座神山也是一尊战神，同时也是一个散财者，其传说故事使我们很感兴趣。该神是神山阿尼玛卿山（白色山）的很坏的对立面（黑色山）。这两座山首先是互相对立的。玛卿山是黄教派的保护神，念青山则是红教派的保护神。它们不可能融洽相处。念青曾劫持了玛卿的妻子，玛卿追击它，并向其右眼射去一箭，从而使之变成了瞎子。念青被拉卜楞寺的第二位活佛教祖所镇伏，从此之后也变成了黄教派的保护神。据另外一种说法认为，一名雷家（专长于防雹仪轨的巫师）可能以其火而使山神变成了瞎子。其镇伏者是拉卜楞寺的活佛（呼图克图），他把另外一座山送给它为妻。

两种内容似乎被结合起来并由射出去箭的原因而联系在一起：两座山、两尊神之间的敌对和斗争，甚至还包括一方劫持另一方的妻子；2. 两座山（其一为神，其二为神女）之间的婚姻以及后者的受孕。在《格萨尔王传》史诗开场白的相似结构中，我们将会看到在两座山之间的关系中又加入了一种在神话表现中更为常见的结合——一座山和一个湖泊的结合。我们上文已经指出，祭山节又加上了祭“生命之湖”的节日，国王于其中共获得3名神女（完全如同藏戏中的英雄人物诺桑一样，我们已经了解了他与格萨尔史诗的某些关系）。

我们还发现了在新年期间演出的一出藏戏和在夏季举行的祭山仪轨，这二者均会使人联想到天神与阿修罗之间的斗争，完全如同在《格萨尔王传》史诗中白色山（天神）与黑色山（魔鬼）之间的对立一样。在仪轨中，这就确保了天神的胜利，它同时也是战神的干预。然而，整个这部历史都与世界形成的初期有关。全文的开头部分（同上引书，第36—37页）就提出了传统的佛教宇宙起源论。但在讲到招请一尊战神之必要性的时候，文中又重复了另外一种更具有地方特征的宇宙起源论（第38页）。

创世之歌

“天上的白色被创造出来了，地下的青色被创造出来了。接着是创造白色冰山，再其次创造外洋。在该洋的中心被创造了大约9个袋子（能漂浮起来的皮囊）。这些袋子张开了口，某些防御性兵器自动出现，它们绝非是由任何铁匠制造的：1. 甲穹格如盔（金翅鸟或大鹏的冠）；2. 尼夏洛嘉（日出照南坡）铠甲；3. 多吉果恰护颈（？），意为‘金刚铠甲兵器’；4. 村恰兰洛（弯曲的兵器）护带；5. 达村根图（能防敌人箭矢的兵器）护心；6. 协尕尔俄丹（闪光的白水晶）刀；7. 涅巴觉切（能防御灾难的）护膝；8. 村恰根图（能抵御各种兵器的）护脚；9. 拔玛林周（六节红竹的）盾牌。这一切都被首先创造。接着是在创造的中期，共创造了已被创造出来的世界上的9种进攻兵器：1. 乍勒南杰（战胜敌人）的轮；2. 乍沃雪切（砍断敌人）的战斧；3. 丹年图切（能降服背弃誓愿者）的短刀（匕首？）；4. 额尔玛冬觉刀；5. 乍累根木切（能劈开敌人的头颅）的弓弩；6. 托达尔培切（如同闪电一般落下）的箭矢；8. 乍宁色切（穿透敌人的心脏）刀；9. 朱扎卓切（响如炸雷）的投石器。这9种都是自动出现的兵器。接着，在最后创造的时候，以带有雷声和闪电的真噶俄绰（闪光的白云）为祖父以拉果托帕（可以降霹雳的野神）为父，以鲁莫冬琼玛（龙女神，地下女神）为母，以已创世的九兄弟和战神九姊妹（接着是其名字）为子”。他们于是便对因陀罗说，为了战胜阿修罗，则必须崇拜它们。上文提到的各种兵器是作为祭祀物而奉献给他们以使他们作为所依和所缘。[51]

这都是一些可以为以战神的形象想象出来的神山崇拜而辩护的先例,大家向石堆(鄂博或山顶嘛呢堆)供奉的兵器、赛马和勇士们的其他比赛又重复了其起源。至于所唱的那些歌曲,也不过仅仅是为了歌颂神山而已。我们现在理解了大家为什么将此一直追溯到创世时代了,其数亦为"9"的吐蕃神山就是"9 尊创世神"(《隆多喇嘛全集》第 24 卷,第 14 页)。继对它们的列举之后便是对"已创世界的战神九兄弟的列举"。这两类列举之间的相似性是确实无疑的。我们刚才引证的仪轨书(第 33 页)是针对石堆的,它是举行仪轨的中心,被称为"创世之石堆"。它再现了神秘的中心山须弥山(苏迷卢山),此山于此却被与地神神山等同起来了。在其四侧则存在着四方的动物:白母狮在东方,青龙在南方,老虎在西方,野牦牛在北方,在栽种于中央的一棵直立挺拔的大树树梢上有一个穹噶莫鸟的鸟巢(第 34 页)。同样的描述形象也出现在婚礼歌中。我们完全是面对着一种相当于古代谜语的文学。在蒙古的情况如此,那些针对住宅地神——灶神的仪轨书以及史诗的内容始终是以重新提及创世而开始,那些用作本仪轨书的先例和证据的事件都发生在这里:"当杭爱汗山尚仅仅为一片丘陵时,灶母就已开始出现等"[52]。完全如同大家演唱世界和神仙的起源一般,大家也利用同样的机会而赞扬作为地神后裔的部族之祖先。文中在石堆、四方的动物(第 34 页)中又增加了鹰(金翅鸟)、放雷的龙和宝马,它们也出现在大家挂于旗杆顶上和到处飘扬的"风马"幡上。无论是在《格萨尔王传》的史诗中还是在独立的先祖传说(它们以创世之神意门国王而开始,请参阅我的补充论文)中,这同一批动物都可以作为不同氏族世系之特征。在为神山举行仪轨的萨迦巴的仪轨书之一(煨桑文,无标题,第 28 页)中,大金翅鸟和其他动物都被称为冬族长者世系的战神,这也是格萨尔和岭地所属的那个世系。

上文提到的煨桑仪轨书中的冬琼噶莫鸟与赫尔曼文中和"风马"有联系的冬琼噶完全相同(详见前文)。在《格萨尔王传》的史诗中,后者是格萨尔的天神长兄(林葱木刻本,索引;大卫—妮尔书,第 42 和 163 页)。它保护了其盔之顶(林葱木刻本,第二章,第

24 页），同时亦为监视其马的战神（《米庞愿文》第 33 页）。

对于祭神山的节日时说唱有关起源的故事之必要性在赞扬（但有时也是以此取乐）参加比赛和盛宴的人之义务中得到了反映。由此而产生了一种赞歌文学，它们追述了起源，并形成了参加的特征。我们于上文已经看到了一些例证（赫尔曼的藏本）。对在赛马中获胜马匹的赞扬于其中占据了一种突出的地位（有关例证，大家可以参阅鲍培，1955 年，第 11、17、117、179 和 284 页）。

这些颂扬社会上和世界上各种不同事件的赞歌，其轮唱的风格、以谜语形式的问答，所有这一切（我们从此之后就知道它们了）与古代谜语的背景有关。我们可以提供有关它们的最后一种论证。

噶举巴的"疯子"诗人珠巴衮雷更习惯于模仿民歌，他仿造了一首对神山举行煨桑仪轨的歌曲（见《珠巴衮雷传》第 80 页）。他说："某一天，某些苯教大巫师告诉我说：'在我们的净化（煨桑）仪轨书中，涉及了从已创造的世界之创造而开始的石堆之出现。从前，在世界被创造的时代，大家便在白色冰川上建造了一个山顶嘛呢堆。这就是人类的 5 尊守护神道路之边境"[53]。

世界、万物和众生的这种起源、古代的谜语和"人间教法"用 9 段文字对此作了阐述，而这 9 段文字又被与一头狮子（它无疑是代表着一座神山，见上文）身体的 9 部分等同起来了。我们已经发现，当代有关先祖的传说保留了其词汇（上文业已讲到了）。已创造的世界也充作了占卜的模式（一只乌龟，见上文注[24]）。所以，大家就可以理解占卜师们的赞词了，它在一次聚会中被称为'打开巨大人体的钥匙'（赫尔曼，1948 年，第 191 页；译本第 168 页，不太妥当；'身体'一词可以通过'狮身'一词来解释，《大臣遗教》也使用了该名词）。古代的传说把苯教徒与行使保护世界或政权之责任的说唱艺人和谜语歌手们联系起来了，并行使着保护世界（王位）的职能。珠巴衮雷向我们证明，在"石堆"问题上的世界起源之歌也是由苯教徒们演唱的。这样的歌并不是绝无仅有的。演唱有关世界起源和带有特殊词汇（"出现"、"被创造"、"诞生"等）的歌曲之专职也是由年长者和族长完成的。我们下面就看一下巴黎国立图书馆藏第 493 号苯教稿本在这个问题上是怎样表达的："大家以已成文的专门证书来犒赏国王的苯教徒们。首先是专业词汇的专门证书。由于他们(无疑是指医生们)使国王的身体痊愈了,受到了'身辛'之名称的犒赏。由于谋士们都专长于进谏出主意,所以他们以'辛论'之名而受到了赏识……由于他们懂得三界三世的起源和诞生,所以被誉为'父亲和尊者'或'族长'等尊号(第46页)"。在苯教徒和佛教徒于赤松德赞赞普面前进行的辩论中,前者是这样形容他们的知识的:"我们确切地知道世界的秩序(系统地安排)。我们能计算出世界自谁而出和诸天神的世系,其次是诸辛计算其起源"(第61页)。

族长和宗教专家、说唱艺人、歌手和巫师!他们的知识涉及了起源问题。在已经提到的指这些起源的词中,还必须增加于本处解释过的一些新术语:grol 和 phug(起源和诞生)。它们被忠实地维持在先祖传说中了(赫尔曼,1948年,第195页;译文第175页)。它们与世界的形成、众生的起源和人类的创造有关。大家在重复创世问题(第195页)时,又指出一枚卵为其起源。在从不同的天神世系起而形成噶族起源的问题上,大家又重新使用了 grol 一词(第199页;同上引书,有关恰族和木族的世系问题,见第203页)。

三、与格萨尔史诗的关系

我们是否堕入迷途了呢?我们是否远离了我们本书的主题呢?绝非如此。整整的这些长篇有关说唱艺人和古代谜语说唱者以及他们近代对应者的宏观综述直接涉及了对《格萨尔王传》史诗的解释。我们已经有机会附带证明格萨尔史诗的主题内容和文风在何种程度上与我们已经阐述过的一切都相似。惟有为了更加清楚起见而对事实进行分类的愿望阻止了我们对格萨尔史诗的不同内容进行全面比较。我们现在即将动手来这样做。

岭地的传说

当涉及使法会中的人各就各位和向占据了这些位置中最前列的头人表示欢迎时,岭地的族长总管王以赫尔曼文献中所记载的同样方式向这些人致意:"首先是一些吉祥话(带有一些吉祥手势),接着是讲世界的形成、众生的起源、佛教的缘起、冬族先祖世系的起源。难道是它们的数量迫使我这样做吗？它也如同‘覆盖一切’的天空星辰的陈列一样大，如同面积辽阔的大地上的六谷之数目。恩惠有多么深呢？历史的财宝。世界的白色冰川冈底斯山是大江（藏布江，布拉马普特拉河）的源头。对于冬族人的先祖世系，确实有一些值得作纵深论述的内容。正如古人的谚语所说的那样，大家称呼纯洁美好的传统为‘无需自我吹嘘，由上天作证’（林葱木刻本，第一章，第26页）。”[54]

大家还可以成倍地增加例证。但说实在的，它们都将不会是有益的。它们事实上仅能证明以下情况：格萨尔史诗是近几个世纪西藏社会的忠实反映。史诗表现了社会各阶层：佛教徒（各种级别的，公开传授的和秘密传授的，哲学的和仪轨的）、苯教、民间宗教、种植业主和饲养业主、定居民和游牧民、农民和牧民、封建领主、喇嘛、土匪，总而言之是形成这个社会的所有人。它忠实地再现了节会中的闲谈也是正常的。我们希望于此注意的是涉及史诗结构本身，其形成和灵感启发之源的一些更为深刻的特征。因此，我们就来看一下我们是否能够从中发现一些该著作所固有的内容和主题。如果没有这一切，那么该故事就是不可想象的，这也是其内在逻辑所必不可缺的。这一切同时也只能通过古代的说唱艺人和谜歌歌手、民间风俗、先祖传说、有关神山与一年中重大日子的庆祝活动的背景来解释。

下面就是第一项重要内容。觉如（青年格萨尔）的伯父和岭地的老者之一晁同自我吹嘘是熟知万物的奇才之一，并自荐向觉如揭示这一切。但是被拒绝了，后者不需要这一切，因为他作为遗产而拥有3部书，它们的标题正相当于晁同自吹熟知的内容。如果将这两段文字（林葱木刻本，第三卷，第94—95页）结合起来；那就可以获得如下相应的内容。

1. 晁同懂得世界的诞生、本世的存在和未来遭毁灭（随坏和空性）之劫（宇宙的阶段）。这就是宇宙观。觉如精熟于此，因为他掌握有《世界身之大洞》一书。这个标题同时是指与狮身9部相联系的起源传说（《大臣遗教》的古文献），又是指赫尔曼藏本中以乌龟形状再现世界的占卜表。这两种传说互相不吻合，出自不同的背景。“狮身”包括了所有的（既包括有关世界的又包括有关部族等的）的传说。“乌龟”只能是指世界。正如在觉如的下一部书中一样，部族的起源是在另外一部著作中论述的。

2. 晁同懂得孩子是怎样在人类舒适美意的环境中诞生，是怎样受生命转生的束缚和他死后是怎样进入中阴（生与死的中间状态）的。在他的回答中却没有任何内容与这些知识相符。林葱木刻本的刊布者可能从中加入了这些内容。但晁同仍在这样持续不停。他还知道木人集团（冬族）是怎样从吐蕃的“侏儒六族”（原始部族）中脱离出来的和“十三兄弟”（岭地的英雄）是怎样得以诞生的。他受到了觉如的排斥。觉如拥有一本书叫作《有关侏儒人（原始部族）起源的口传》。我们已经知道该书名是一部苯教著作的书目（《黑头冠冕堂皇的人》）。《格萨尔王传》史诗的一种稿本在讲到诸部族及其由 18 枚卵的起源时提及了它（《汉地与岭国之部》第 176—178 页）。虽然该书目于其中未出现，但其文完全相当于由赫尔曼刊布的传说（1948 年），岭地的部族冬族于该传说中占据了一种特别重要的地位。

3. 晁同懂得位于岭地边境的霍尔族、门族、魔族和姜族这 4 个国王（土司）的起源，同时还知道他们大相的级别及其臣民的数目。在觉如那里，与此相吻合的是《伏藏宝灯》一书。该书名只能是指《五部遗教》（见参考书目），尤其是指《国王遗教》，它是由位于岭国附近的康区丹玛地的一名作者所写（但也可能是指《大臣遗教》）。我们于上文第六章已经看到，正是这些文献讲到了定居于边陲的世界四王（格萨尔居住于北方，与突厥人有关。在米拉日巴书中则由霍尔人取代了突厥人）、其大相和氏族。众所周知，这部著作曾被改编过。《格萨尔王传》史诗中边境四王的名字无疑并非直接出自《五部遗教》，但被吐蕃赞普降伏的边境四王的基本内容以及格萨尔的名字本身连同其勇士的性格却似乎确实由此而来。而有关四界的敌人——魔鬼和特别是有关北魔鲁赞的段落似乎是通过《玛桑的故事》才写成的，这个故事现在已被纳入到《尸语故事》中了（见上文第六章）。这些故事恰恰是作为土著故事与佛教内容的古老同化例证而使我们熟悉的。因此，觉如的第三部书、其标题及其内容都将我们置于了把纯属对神山崇拜为背景的内容纳入了纯属喇嘛教为背景的内容之大环境中了，虽然难以断代，但却是真实的。这已经属于新年演戏的情况了，它又一次使我们处于两种背景的结合点上。但我们还是回头来研究觉如知识的第三种来源。《伏藏宝灯》(莲花生传)是与《五部遗教》相似的著作(二者均系由同一位邬坚林巴掘得或发现的),它是在位于雅砻和距桑耶寺不远的协扎(水晶崖)发现的。在林葱木刻本中,水晶崖完全是一个宝库,格萨尔从那里获得了其兵器和用金字书写的12部经书《十万龙经》(林葱木刻本,第二卷,第77页)。但是,这片水晶崖于其中则被比定为神山阿尼玛卿山(玛杰蚌拉山)。在讲到打开该宝库的门时,文中对它使用了"宝库"一词。可是觉如的书却被称为"库法"(地区习俗,送行礼)。我们今天知道的苯教经文《十万龙经》中具有丰富的有关宇宙起源的故事和先祖的传说。我们于上文(注[15])已经指出,岭地的经书论述了同样的内容而且它来自谜语歌手的社会阶层。其中之一涉及了8部世界的起源,而《大臣遗教》的传说则将起源的传说分成了与狮尸有关的9部。觉如的"库法"之一无疑是存放在水晶崖(又叫作玛杰蚌拉山)的"伏藏宝库"中的遗产的组成部分,其中第一部论述了世界之身的起始(出现,诞生)问题。

然而,觉如在那里定居并且接受遗产的神山和整个玛域(黄河上游)都被称为玛科,意为"玛的身体",这就可以被理解作"玛域雄狮之身"了(林葱木刻本,第二卷,第72页;同时又作"黄河河曲",见第二卷,第30和71页;第二章,第67页)。[55]因此,英雄的故乡就是狮身。我们通过其他地方还知道了它被与整个世界(相当于岭,瞻部洲)等同起来了(请参阅上文第六章)。如果古代的民间传说(人间教法)将其全部所知与一头狮子身体的9部分联系起来,那是由于一种创世的传说无疑应以对一只巨大神奇动物身体的分割为中心。恰恰正是这种主题连同9部的特殊内容形成了《格萨尔王传》史诗开场白的特征,而这部史诗又与该地区及部族的起源有关,它应该被称为《斯岭之部》或《有关已创世界之部》(请参阅上文第二章)。

创世的故事

最早,甚至在岭地,其宝藏及其英雄出现之前,在下拉达克版本(弗兰格,1905年)中就出现了一位年迈的大师,此人向先祖夫妇及其捡到的儿子施教。我们已经看到(上文第三章),该大师的名字叫作墨美洛本则古,此名实际上是指宁玛巴的一位司祭—巫师

（“墨美”意为“先祖”）。我们还发现（请参阅第七章和本章注[44]），同一个词 a-mye（先祖）也指神山。然而，这位先祖名字中的“则古”（rce-dgu）意为“九峰”，一般可以通过一座大山（或者在譬喻中指一座九顶塔，这是一样的）来解释。但同一个名词“则古”（九峰）在该文本中也指一个九头魔，它居住在紧傍同名大师住处的一个山崖中。先祖之山似乎被一分为二了。第一部分（吉祥的）为英雄指路；第二部分（邪恶的）是注定要被抛弃的。“九峰”大师确实向岭地的第一个儿童——先祖“蓝色的”冬松米拉建议，杀死九峰魔并粉碎它。从其碎块中将会诞生岭地及其城堡（宗）。

被砍下和抛弃的四个头颅将会变成岭地城堡的四堵墙。

被砍下和抛弃的另外四颗头颅将成为岭地九峰城堡的四角。

被砍下和抛弃的第九颗头将会成为大地上的地层。

腿脚将会变成主梁，臂膀变成了附梁。

手指将会变成屋脊的板条，肋骨变成其护坡，内脏变成了覆盖它的“混有酥油之面粉”的土地。

被撕下来和抛弃掉的肺脏将会变成黄色的山，被撕下的心脏将会变成白色的海螺山。其胃将会变成第一片大平原卓麻塘（产蕨麻的平原），其肠子将会变成第一个大山谷居玛绒。第二个胃将会变成围场（狩猎地）波托囊玛，两只眼睛将会变成昌雅泉，两个鼻孔将会变成妙音笛子（但愿如此），而两个肾脏则会变成背部所依靠的山岩。

文中没有具体解释魔鬼的种类。如果大家进一步紧扣主题，那么这第 2 个胃就是指一种反刍动物。是黄牛还是牦毛呢？大家本来以为是一头狮子，但却出现了一些不同的说法。被切碎的份数也变化不定，至少是“9”这个数字是存在的，尽管它们是指同一些头颅。该故事的下文与岭地 18 名（9 的 2 倍）英雄的诞生有关，他们所有人都诞生于同一天。有关起源的内容又一次被重复了。那里还存在着一个城堡，其中收藏有所有的财宝以及第一批动物和物品。在一名懂得世界过去和岭地未来的老妪建议的指导下，18 名英雄中的年龄最长者带走了这一切，并将它们贮藏在岭地的城堡中。

大家在觉如的经书问题上还会犹豫不决。我们可以联想到这里仅仅是一些借鉴，也可以说是向通俗流行文学的外来借鉴，即向苯教、民间宗教和喇嘛教文学的借鉴。但是，为了创造该地区而切碎动物身体的内容则是故事所必不可缺的，甚至成了该故事不可分割的组成部分。它是直接地受到了说唱谜语者的社会背景的启发，而并非是表面上加入到了一个独立的故事中。

《格萨尔王传》史诗的许多文本都忽略了其序诗（开场白或序言）或者是以莲花生在龙王那里的故事所取代（如在林葱木刻本和大卫—妮尔的版本中）。但是，如果《斯岭之部》的史诗著作很少见，那么所有的文本，甚至那些最为精辟和“已经被喇嘛教化”的文本，也是预先假定的。

我们于上文已经遇到了岭地的一名青年勇士，他擅长于用譬喻讲话和用对歌回答的艺术。在人们纷纷参加的赛歌和赛马的盛会期间，同一个青年人米琼与其对手老晁同对歌。我们知道，老晁同自吹自擂地声称懂得世界的起源（《分大食财宝之部》稿本，华盛顿藏，第 32 页以下和 35 页以下）。下面就是他们所讲的内容：

1. 开始时，在劫的起源时是佛教的宇宙起源论（首先诞生风，接着是土、石、山、四大洲和八小洲、金山或须弥山和七海）。其次是佛教的地理论：在印度的金刚座之北是九层黑山（喜马拉雅山）、冈底斯山与无热恼池，四条江河即由那里发源。

2. 但还有更多的情况，现在土著传说得到了恢复。尚未产生的“绿玉色的青蟾蜍”夺到了梵天。但它后来又坠落到凡世间并粉碎成了许多块。从中诞生了木族人仁钦达鲁（岭地幼者世系的首领）。落在平原上的关节诞生了其马帕宛哲噶尔，从蟾蜍那被风吹乱的毛（原文如此）中诞生了玛域神山的十三棵神刺柏。从其倾注在地上的血液中诞生了玛域神山上的十三个碧玉湖（蓝色的湖泊）。从其骨头中诞生了玛域那臆想中的坛城（这一部分的目的在于为木巴人的世系定性）。

另外，“喝奶和吃人的母虎”被力士的大力气捕获了。当它的头颅被抛到地上时，便从中诞生了格措神山，它又叫作日玛尔藏苏山。当其皮被铺在平原上时，便从中诞生了达塘察莫（斑色老虎平原，这是岭地举行会议的地方）山。[56] 当其尾巴被剪断时，便从中诞生了在玛曲河（黄河上游）夹纳那荒凉的山谷。被抛弃的左右肾……变成了噶族和珠族“原始部族”的 1 万个人和 10 万匹马。被抛在地上的 4 块骨头变成了木萨（木巴或木族人，又称木桑，可能为“天”的形容词）的天王。其肝脏（丝帘）变成了富翁嘉洛的家族。从其白色的肠子（天神之绳索）中诞生了噶尔如（白翼）的11个千户，从其黑色的肠子（魔鬼之绳索）中诞生了那如（黑翼）的12千户……从被置于石头上的母虎之心脏中诞生了达绒（虎谷）那强大的家族（于此歌诵其功德的晁同家族）。他的巨大勇气便自那里而来。棕色的冬族人、斑色的冬族人、扎恰人、羊恰人和噶岱人，这就是岭地的尊者。[57]其中一部分人在大山的上部发现了金花，所以赛（金，岭地的长兄世系）族人共有八兄弟。其他人则在大山的中部发现6支柽柳木箭，由此而派生出了翁布（岭地的中间世系）的6个集团。还有人在山脚下发现一只9头母狼，由此而诞生了木姜（母狼，幼弟世系）的四家族。这些集团的女子在那里是岭地特有世系的基础，大家很容易从林葱木刻本中发现之（第二章，第3页）。[58]

所以，家庭世系和先祖传说直接与世界（大家应理解作这里涉及的地区、有人居住地点）的起源有关，大家把它视为对一只动物的肢解。由于本处认为是一只蟾蜍或一头母虎（出于玩弄字眼和暗示被赞扬的家族名称）身体组成部分的玛域在其他地方却被认为是一头狮子身体的组成部分，而有关创世的岭地经书却叫作《狮身之洞》，大家确实会觉得古代对一头狮子身体诸部分的分类派生自由肢解而创世的一种传说。其风格和内容都与赫尔曼藏本以及谜语中的那些一样。它们的背景就是对先祖神山崇拜的背景。

我们已经指出过这一点了，林地的族长总管王叉干（老鹰）拥有岭地的一本基本书，该书阐述了创世是同时代的。它知道以下内容：1. 世界诞生的方式；2. 众生的形成方式；3. 神仙圣教（佛教）的起源；4. 转生为人身或民间传说中的人类史（《朱古兵器国之部》第一卷，第277页；第二卷，第101页）。晁同吹嘘拥有所有这些知识（详见上文），但它们本来却仅仅属于长者总管王。这后者是世界的先祖（林葱木刻本，第一卷，第21页）。他是三世人中的老者、三世天神的老师、它创三界的老人（巴科藏稿本，第18页）。或者还可以说是：人类三代中的老人、三世天神中的老神、创世时代的老冰川（《汉地和岭地之部》第34和131页）。他被称为“世界起始”（有时又作“白头者”）[59]。完全如同帝释（因陀罗）在天神界诞生时和祖那仁钦（宝髻）在龙界一样，他——这个智慧的伯父也是在劫时诞生并遍知一切(《朱古兵器国之部》稿本,第一卷,第276—277页)。“三世”并不应从字面上来理解。此外,他声称已有360岁(《朱古兵器国之部》稿本,第二卷,第92页)和本不应被定为世界起源之始的却拉彭的孙子。但他与创世是同时代的,他本人就可能是一座如同世界一样古老的大山。他还自称是“乞食者”(化缘僧或托钵僧)噶尼官巴(《朱古兵器国之部》稿本,第一卷,第290页)。这就是弗兰格文本中的卡干噶尼,也就是生来就长有毛发和白胡须的)8名“伯父”之一(下拉达克版本,第12页),江孜木刻本(第一卷,第4页)中的伯父官干(老修道僧)已经年长3代人了,他从未死亡,了解地狱的历史;他从来不老,懂得(为此)父亲的世系和儿子们的家世。

有所有的文本中,这个与世界起源同时代的人物也起了同样重要的作用,虽然其名千变万化。[60] 在大部分文本中,正是又叫作叉干的总管王使岭地得到了一位老人。他遍知一切,因为他有一本“底本书”或“原文书”(字面意义为“母书”)。在拉达克的诸文本中,这种角色是由贝勒果保扮演的。然而,甚至就在求上天之恩惠以便岭地得到一位首领之前,他使之获得了所有的财宝以及第一批动物和物品,其他所有动物和物品均出自它们。这是由于他通过“老祖母”而获得了启示(下拉达克版本,第14页)。她也绝不是从未在成文本中出现过。她与其夫“北方的老日西”当时正置身于北方很远地方的突厥人中。他们都是'Khon-pa和'Khon-ma(无疑是汉文“乾”和“坤”的对音,即指天和地),也就是老翁和老妪,即“世界的祖父”和“世界的祖母”。他是“主世界诞生时的老父”、“第一劫时的老翁”。她已年长数千岁,是“主宰三界的惟一母亲、成劫时诞生的主宰者和世界的老祖母”。她拥有4种宝贝或法器:1.可以使“小花马驹”吐如叉琼变得让人看不到的“木头”;2.“降伏三界”的金鼓康松旺堆,大家骑它,它可以在瞬时间将人带往他希望去的任何地方;3和4白色和黑色的扇子,它们可以煽起风和云,引起或制止暴雨[61](有关所有这一切,请参阅《朱古兵器国之部》稿本,第一卷,第288、29—298页;第二卷,第7、9、10—11、44、45页)。

在《格萨尔王传》的史诗中,世界起源时代的这个老祖母向当地的长者揭示了其氏族和英雄的前途,她为该地区谋得了起源时代的动物和物品，这能够很透彻地解释说明传说的古文集之标题《先祖母之犊瓶》故事（请参阅上文）。她就相当于下拉达克版本中的老“先祖父”，曾向第一个男子建议以肢解魔鬼和生育18位头人的办法创建其国。各种文本在名字和作用问题上的犹豫可以通过这种双份的行为登记簿来解释：1. 一名老者（诞生时或在诞生时就老了）为了创造该地区及部族而作的干预；2. 一名老者为了获得一位首领而作的干预。

虽然岭地的老者总管王仅仅是在次要的方面进行了干预，但他却被认为是与第一个人同时代的。他在这一问题上被以一个特别奇怪的名称称呼：“三世（mdaṅs）的老人”（《朱古兵器国之部》稿本第一卷，第261页）。mdaṅs这种写法似乎是错误的，因为mdaṅ Sum意为“前一夜”（德格定字典），是“梦”的形容词（《霍岭大战之部》，图齐藏稿本第269页）。相反，这个词又使人联想到了下拉达克文本中第一个人的神秘名字——蓝色的东松米拉和吉尔吉特文本中的冬巴米如。此名词可能会作为冬族和松巴（苏毗）族原始部族的地神[62]来解释，因为此人共聘娶18名少女为妻，从而生下十八子，成了岭部诸部族的首领。然而，岭地属于大家始终都能列举其十八部族的冬族人（请参阅我的补充博士论文）。无论如何，相当于绘画（第一幅）中的第一幅人体画的人物叫作冬松官拉噶波（三界白色保护神）。但是，如果下拉达克文本告诉我们说蓝色的冬松米拉可能将山崖之魔鬼剁碎以使之成为岭地，并且还向我们叙述了该地区创始的故事，那么第一幅画则向我们指出了冬松官拉噶波中心世系的诞生。然而，他是在向神山奉献煨桑（神香仪轨）时获得这种世系的。

祭山和英雄的诞生

在第二份统计表中，大家可以于第一幅画的右部和上部看到大山和法器；呈塔状的3堆白石，上面插有彩幡，释文认为它们分别代表“天神十三塔”（守护神的所在地）；3根带有小彩旗的长矛和3支带有彩缨的箭；供物和特别是1个大香炉（煨桑法器）。大家正是在这些供物之下读到了这样的释文：“当冬松官拉噶波奉献净化供物（煨桑）以发展吐蕃人类的世系（谱系）时”。至于这种仪轨祈祷的神，大家看到它是从右部向此山前来，这是一条青龙。释文中说是"碧玉龙"。它"长有铜尾,是棕色冬族人的战神"。在司祭之后,大家看到了两尊扎白巾的神、辛拉俄噶(辛氏家族的家神)和达拉雅苏。仪轨的结果可以在这一画面的右部和下方看到。这就是出自第一位先祖的吐蕃"原始部族"的起源,也就是创世神意门国王及其后裔"创世王子"丁格。然而,这一世系以及我们于此可以避而不谈的所有特定细节与《朗氏家族史·灵犀宝卷》和霍尔曼藏稿本(1948 年)而开始的那种世系相同。我们已经知道有关这些朗族人中第一位先祖那神奇诞生的故事在何种程度上酷似格萨尔诞生的传奇(请参阅上章文第四章)。在第一幅绘画上,该世系于下部和右方而直接导向 3 个女子,岭地的 3 个世系(江莫萨、赛萨和翁布萨)均出自她们,有关从我们上文已经研究过的那头被剁碎的母狮身体而开始创世的故事也讲到了她们。

因此,所有这些传说都特别互相吻合。它们并不仅限于格萨尔史诗,而且还成了这一民间传说和这些已向我们证明是属于一个很古老时代的事迹之特征。这些创世和部族世系的故事背景确实就是对神山的崇拜以及由它而产生的互相矛盾的转山会(对歌、赞扬先祖和马匹等)。格萨尔史诗为形成其故事所必不可缺的引言的结构密切地依赖于此。

当大家讲到上文提及的第二幅统计表时,这种背景的意义及格萨尔史诗对此的依赖性则显得更为明确了,第二幅统计表就是有关族长为获得一位首领而进行干预的那幅。我们重新提一下,这种内容也在与格萨尔史诗无关的一卷敦煌写本(请参阅上文第六章)中出现。因此,它的古老性完全是确实无疑的。但它也是一个故事的基础,这就是已被收入到《起尸鬼故事》(《尸语故事》,请参阅上文第六章)的佛教故事集中的玛桑的故事。巴俄祖拉陈瓦这名颇为负责的史学家,作为松赞干布于其为佛教造舆论的政治中使用的古老故事的一个例证而向我们讲到了它。因此,我们就看一下它是怎样出现在格萨尔史诗中的吧。

在林葱木刻本(第一章,第 15、30 和 35 页)中,这种内容确实是作为与民族创造的相似故事而出现在第一幅绘画中的。岭地的所有氏族和头人,也包括民间的所有代表人物,他们都应该在玛域(黄河上游,该地为一头狮子之角,收藏有英雄的财宝与兵器的玛卿蚌拉山就位于那里)的寺庙中聚会。从藏历夏季第二个月十五日起，便举行祭祀战神的仪轨，应该在那里建立起13个经煨桑净化的仪轨祭坛，每个祭坛都应专门供奉一种不同的木香；那里应插上13面幡（用于祭祀战神）和13个精心安排的招祥坛（白毗沙门保佑）。长者总管王于是便哼起了一首创世歌，从石堆（神坛）而来的战神则主导了创世（如同在第一幅绘画中一样）。雄鹰、蛟龙、狮子和老虎是参加者，这就是大家绘于“风马”4角上（绘于载有如意宝的中心马的周围）的动物，当大家在石堆上祭山时，向风中抛扬的幡上所画的正是这些动物。在第一幅绘画中，其中之一是龙，大家看到它如同岭地的战神一般前来祭山。

这一祭山会的时间与夏季用于祭祀神山活动的时间相吻合。这种吻合性也可能并没有多大意义，格萨尔史诗确切地描述了其所处时代的社会制度。但这个情节的下文却说明，其内容是史诗所使用的古老方式所固有的。事实上，这种转山会（庙会）和所举行祭仪的目的是什么呢？林葱木刻本删去了这种法会的记述。它仅仅指出了举行这种会的决定。该记述的下文涉及了寻找将成为格萨尔母亲的龙女。当该故事再度开始讲述岭地事件时（第二章，第3、4页），它讲到了庆祝诞生的活动，但这里并不是指格萨尔的诞生，而是其同父异母兄弟嘉察的诞生。然而，后者明显是格萨尔的对应人物。应该举行的这种节会肯定是针对格萨尔之诞生的，因为其开场白的目的是向民众宣布总管王在这个问题上所做的梦。此梦恰恰可以通过我们在用祭祀神山的转山会问题上已经研究过的传说来解释。它主要指出了两种关系，其一是两座山（玛钦蚌拉山，它是财宝的保护神和守卫者；比杰山或吉杰山则是岭地的圣地和保护神）之间的关系；其二是一座山脉（格萨尔的天神父亲）和一片湖泊（龙女的栖息地，格萨尔的母亲）之间的关系。在这两种情况下，其联系是通过光线而实现的。第三种标志是宝幡，它是胜利的象征，涉及了格萨尔人间凡夫父亲（大家把龙女送他为仆）僧伦，他也是格萨尔的同父异母兄弟和对应者嘉察的父亲。

这后一个人（嘉察）诞生于藏历十二月一日，因而应该是在春天受孕的。格萨尔的情况也如此（诞生于藏历十二月十五日）。当林葱木刻本再次开始讲述这个故事时，它首先追述了庆祝嘉察诞生的节日，他是一个“神子而不是凡人，将要降伏妖魔”等，完全如同格萨尔一样。下面就看一下格萨尔的受孕和诞生是如何发生的吧。他受孕于藏历三月八日（大家正式承认的冬末[63]，或者是春天的最后一个月[64]）。所以，文中也明显地指出（第二章，第23页），这也是举行一次节日庆祝活动的日子。这是一种什么庆祝活动呢？这一天，龙女母亲与一个黄色男子同宿，他就是格卓神山，也就是格萨尔的天神父亲（第二章，第23页）。总管王在梦中以从格卓山到玛法木错湖（玛庞湖）的光线之征兆而预见的正是这次结合。然而，这种内容形成了我们知道与祭神山法会有关的传说之特征。这些节日欢庆活动于夏季举行，根据总管王的命令而祭山的仪轨也被明确地定在这个时间。但本处所说的节日庆祝活动也被置于春天，格萨尔受孕的时间可以通过这种事实来解释。我们已经看到春末和夏初的节日欢庆活动在何种程度上与对排除冰雹的关注相吻合。在《格萨尔王传》史诗的多种版本中，未来的母亲前往山口，在吞下一大粒冰雹时便神奇地受孕（下拉达克文本，见弗兰格，1902—1905年，第69页，原文第50页；雷布查文本，博瓦尔·斯托克版本，第428页）。

在蒙古文本（北京木刻本；施密德本，第9页；鲍塔宁，1893年，第二卷，第64页）中，母亲出去捡柴，沿一个步行人留在雪地中的脚印行走。这种内容借鉴自汉地后稷的传说。[65]然而，对于此传说，我们可以肯定，这种神奇的受孕是利用春节的机会在男女青年们对歌的圣地（山和水）附近实现的。蒙文本中的借鉴是有意这样做的。这种比较已得到证实并以一种整体性内容的深刻意义为基础。在西藏的情况也如此，男女的对歌是在春节时举行的。他们涉及了世界的起源、自然界的典型动物以及我们利用夏季大法会的机会已经遇到的特征。

格萨尔如同其同父异母兄弟和对应者嘉察一样诞生于藏历十二月（据林葱木刻本第二章第24页认为是十五日）。据同一种文献（第二章，第61页）记载，这个时间是旧年之末和新年之初。他生下来就很卑微，并受到了鄙夷，而且就在同一时间被驱逐（同上引书）。它酷似狂欢节之王和新年时的“白鬼”。不过我们于最后一章再来研究这一内容。

我们于本处还应该重新分析有关格萨尔诞生之前的事实。春季或夏季大法会，这类事件的时机形成了崇拜神山的典型特征。它已与世界的起源结合为一体了，大家利用这个机会而说唱此类故事。蒙文史诗把这些事件都置于世界形成之初了。实施这种仪轨的总管王是“世界的古老冰川”。所以,大家对于格萨尔史诗在土人中被与第一个石堆(鄂博)的传说联系起来就不会感到惊奇了(施瑞德,1952 年,第 67 页):在黄金时代,一切都很正常,第一位国王(汗)哈姆鲁·谢尔干(Siergän <蒙古文 Tsagin <藏文口语 Čargen <藏文文字 Khra-rgan <总管王叉干)于夏季 3 个月之初在日拉—图保(藏文作 Ri-rab Lhun-po,日饶伦堡即须弥山或苏迷卢山)山顶峰建造了一个鄂博。这个建筑以一次围绕鄂博策马奔驰而告完工。总管王是在世界的开创之始而行动的。稍后不久(同前,1953 年,第 223 页),他又为了打开天门而奉献煨桑(焚烧香料)仪轨,并向天神为该地区祈求一名头人。同样的情节也出现在安多的唐古特文 A 本中了(鲍塔宁,1893 年,第二卷,第 4 页)。经过察干(Cagen = Khra-rgan)的仁政统治之后,接着便是晁同那残暴的统治。为了纠正这种事态,察干被派到了上天。他第一次空手而归,一无所得。他又为岭地作煨桑仪轨以迫使白梵天神赐一子作为岭地之主,这就是未来的格萨尔(在雷布查文本中,煨桑的烟火也具有迫使天神作出决定的动机,见博瓦尔—斯托克,第 406—407 页)。

在神山(它已被与天和氏族的间接先祖视为同一体了)上举行法会庆祝活动以及向石堆举行仪轨的背景,正是史诗中这些故事的基础。我们知道,与此有关的传说共有两种:两座大山或一座大山与一条河的结合、两座山(天神与魔鬼)的斗争,第一种内容是林葱木刻本中的故事(格卓山与玛法木错湖中的龙女)的基础。第二种内容也被下拉达克版本解释清楚了。

于此则不是由总管王或察干,而是由岭地的另一位老者贝勒果保出面干预,以为无国王的岭地获得一名首领。他能够这样做,是由于他在帝释(在本处是指因陀罗,但在其他文本中却是指白梵天神)与魔鬼的搏斗中帮助了它,从而得到了天之神主的诺言。这场斗争表现得如同是两座大山的斗争,其中一座为白色的山(天神),另一座为黑色的山(魔)。它们相继作为白色和黑色的飞鸟与牦牛而出现,轮番于上午或下午获胜。然而,这个故事在玛桑雅和喀查的故事集中也相同,该故事集于我们现代已被纳入到《尸语故事》中了,但它在过去却是独立存在的,作为已与佛教结合起来的古代故事之一而为人所熟悉。我们还知道本处提到的这场斗争已经被与天神和阿修罗之间的斗争等同起来了，它是祭祀神山时诵读的煨桑文献中的战神的主要内容，有关天神与阿修罗之间这场斗争的一出戏在新年节日期间演出，而且还与有关转轮王和四方国王的其他戏同时演出。玛桑雅如喀查是一个人—牛，如格萨尔的虚构父亲和格萨尔之对应者嘉察的父亲僧伦（大臣—狮子）一样。在格萨尔史诗中，他不再介入两座对立的大山之间的斗争了，而是由其兄总管王出面这样做。

“野人”贝勒的故事又出现在了玛桑的故事中，而其刀剑的名称却保留在《尸语故事》的基本框架中了，并且与其他著名兵器的名字并列存在，而这些武器又与格萨尔的武器相同（见上文）。因此，它证明了我们的结论，即《格萨尔王传》史诗的灵感之源（受启示之源）处于喇嘛教和民间宗教背景的连接点上，我们知道它非常古老了，而且我们已经看到了它从原始历史时期直到公元 14 世纪之间的一些具体例证。

我们在下一章中将试图更准确地确定喇嘛阶层在格萨尔史诗形成中的影响之范围和方式。但是，大家应该知道我们现在掌握了出自祭祀神山节会背景的绝大部分内容。作为结束，我们可以从同一观点考查格萨尔史诗中的另外一种主要内容——赛马了。

赛马称王

作为带有一种相当封闭内容的史诗而出现的说唱故事的第一部分是以赛马而告结束的，英雄于其中以其卑微丑陋的外貌而生活，名叫觉如。这第一部分与第二部分正好相对立，他对于第二部分中又叫作格萨尔，是一名正忙于降伏妖魔和边境敌人的威严荣耀的大王。在这第一部史诗（赛马称王，胜者将会赢得王位、未婚妻和守护神）的开头（整治国土、民族的起源、拥有一名首领的必要性和寻找英雄、英雄神奇的诞生）和结尾（胜者将会获得王位的赛马、订婚和保护神）之间的整个故事，仅仅局限在驱逐觉如以及他夺占玛域的事件上。我们于最后一章中将会看到，这种内容完全可以通过庆祝年节的背景、一名假设国王的概念和狂欢中的小丑来解释。因此，这一部分到赛马而告结束。除了我们已经知道的所有情况之外，如果联想到了将石堆用于祭祀神山、伴随这种节日的各种比赛以及为了对参加人、勇士和马匹表示尊崇而举行的各种比赛,那么这种安排也并非荒谬绝伦的。

王位被归于一次赛马中的取胜者的事实并不大多见,也无法通过正常时代的一种社会制度来解释。格萨尔史诗通过觉如之口而指出了这种事实。赛马是仪轨性的,它是一个特殊时代和一种节会所具有的特征。“白色岭地的这次赛马是一种令人惊讶的娱乐活动……印度的宗教之王不是通过赛马而被指定继承王位的,无论是汉地法律中的国王,还是大地上 18 个角落中的许多王国中的任何一个都绝非如此。但在白色的岭地,国王却是由马匹选中(指定)的。甚至两名乞丐(觉如,格萨尔)和谷尔(谷如,乞丐的儿子)也都跨上了马,如果他们的马跑得最快,那么他们就将是岭地的国王,甚至如果大棕色部族冬族王家成员的马匹跑不快,那么他们也要成为岭地氏族的仆役。你理解这种奇迹吗? 占卜师!”(林葱木刻本,第三章,第 89 页)。

这样的基本主题在所有的民俗传说中都是很著名的。这就是一种节日的主题,一名女子在这种节日期间被归于比赛获胜者,无论其社会地位如何。大家只要阅读一番我对林葱木刻本的综述就可以发现赛马的赌注是王位和所有镇国宝物,也包括妙龄美女,社会上所有阶级的代表人物都可以参加这种赛马。为了称王而必须举行的仪轨性赛马的内容也同样流传很广。[66]

这种赛马在圣地、神山上并于为了祭祀它们的习惯性法令日举行。觉如的伯父和对立者晁同希望于冬季举行这种比赛。但是,在于藏历十二月十五日举行的一次法会上,长者总管王决定它应推迟 5 个月或 6 个月。事实上,它被推迟到了藏历四月十五日,也就是夏季的第一个月,这个时间是一种以神仙会集为特点的节日(林葱木刻本,第三卷,第 13、14、17 和 20 页)。因此,大家可能会在新年和夏季的 3 个月之间犹豫不决。我们已经发现,在我们当代已被证实的风俗习惯的实际情况中也如此。[67]这些节日之一是有关战神玛本(将军)的,以通灵人进入神鬼附身的兴奋狂舞状态和青年男女的对歌为特征,更确切地说应该叫作“神仙会”。它在安多地区于每年的六月三日举行。

岭地的赛马伴以在嘛呢堆(鄂博,石堆)上举行的典型仪轨,史诗中利用神奇受孕的机会已经描述了同样的仪轨:13 根长矛、13

支箭矢、13个山顶嘛呢堆、13个供奉煨桑供物的龛(燃香殿,第三卷,第21页)。两座山岭(其一为上部的神仙,另一座是地下神之山或龙宫)是演藏戏的舞台和奉献煨桑的圣地(第三卷,第19和71页)。天神降临在那里,所有的天神都作为观众而混杂在人群中(第三卷,第100和101页)。各种级别的神仙首领都参加赛马,各自属于岭地的一个世系,由于这一事实而将其典型的颜色强加给该氏族(如年神为黄色,被强加给长者世系等,见第三卷,第20和71页)。这些颜色就是说唱艺人和赛马时的歌舞表演者们帽子上所具有的颜色,也是装饰插在嘛呢堆幡杆上的旗幡之颜色。其中什么也不缺,甚至是我们发现在夏季的这类节日中有冰雹和风暴之危险的也不乏其例。岭地赛马的出发点是阿喂(阿唷)三山,而每个山岭又是一尊长着动物头颅的地方女神。它们非常愤怒地看到其地遭到了人群的践踏,为了阻止赛马而掀起了一场霹雳和巨雷的风暴。觉如必须降伏它们(第三卷,第81页)。[68]

因此,我们的注意力完全集中到了这种赛马的社会背景上了。但是更有甚者,史诗文献本身就向我们提示说,组成该史诗的歌词均受到了大家祭神山以及作为赛马圆满结尾时所唱的赞歌之启发。它还告诉我们说,必须描述赛马才能使这一故事长时间地持续下去。这种必要性已被比作口头传说而在佛教传播中必不可缺了(第三卷,第20页)。在其他地方也如此(《门岭大战之部》稿本,莱敦藏本,第2页),编纂者们指出了向不信教者传播该故事的禁戒,因为它是以口传为基础的(也就是密传的,仅传给赛马中对歌的参加者们)。我们现在对于所有这一切已经是洞察秋毫了。我们知道,从很古老的(松赞干布和赤松德赞)时代起一直持续到晚期(古如却旺将此定为13世纪),一些土著的事实(本处是说唱故事和谜语歌)便与佛教资料作了比较、对照和彼此结合起来了。佛教的口头传说在吐蕃主要是受到了宁玛巴(尤其是大圆满派)和噶举派诗人们的培育和发展,它明显相当于说唱艺人、歌手、讲故事者的唱段和滑稽剧的表演者之口传。我们对于当代的这些说唱艺人和赛马时的歌手们都是古代说唱格萨尔史诗艺人和唱谜语歌专家们的直接继承人的事实已不再有任何怀疑了。林葱木刻本(第三卷,第71页)告诉我们说,在赛马的终点古热扎要向神山和上天(天神与之融为一体了)举行煨桑净化仪轨,大家说唱战神的功德,格萨尔已变成了该战神的代表，其最著名的首领就是以毗沙门天王为依据而塑造的。这就是“能够成功地唱谜语歌的人”（请参阅上文注[14]）。然而，我们知道 Le'u 一字仅为 Lde'u 的一种异体字或俗字写法。

这样一来，不仅仅是《格萨尔王传》史诗第一部分的内容可以解释了，而且使之丰厚充实的大量唱段也如此，以至于大家可以附带地指出，这都是一些说教性的阐述（世界地理、氏族的分布、疾病等）、世系知识、赞扬马匹，此外还有对马匹、帽子和史诗的“解释”（带有象征性的赞歌）。[69]

因此，大家也可以理解选择格萨尔作为英雄名字的原因了。一方面，佛教传说拥有一尊战神和马匹的概念；另一方面，土著传说却赞扬了以战神之形象出现的神山，而这些战神有时仅简单地被称为“战争首领”，并以赛马和兵器供物来为之增添荣耀。这两种概念之所以能够特别容易地结合起来，主要是由于格萨尔史诗形成的地区安多有时是由某些被称为“北方战争之王”的首领所统治，该尊号偶尔或无意地与佛教传说中格萨尔的尊号相吻合。著名的“战神”及其 8 兄弟的肖像本身就确保了这些交点的真实性，它模拟了毗沙门天王的形象。最后，如果那种把赛马获胜者选为部族首领，并授予该部族的兵器和镇国宝物的内容可以被祭神山和先祖以确保该集团之统一的法会所解释，那么将女子归于这同一名获胜者的内容也被恰如其分地纳入到这个统一的整体中了。形成这些转山会之特征的男女之间的对歌比赛则是婚姻过程必不可缺的序曲。

所以，我们可以怀着某种坚定不移的信念来结束这一章的论述了，即认为在古代的对歌、带有譬喻词汇的谜语歌和夹杂着苯教的宗教概念的说唱故事中，在我们今天为祭祀神山以及庆贺新年而举行的节会期间的歌咏、竞赛和仪轨中，在与这一整套情节有关的传说和观念中，我们得以发现《格萨尔王传》史诗的灵感的来源，或者至少是其来源之一。内容和动机于此又彼此结合在一起了，同时也包括文笔风格本身。我们已经讲到了从譬喻、古老语言和自然界借鉴的形象。我们通过这种背景甚至还可以解释格萨尔史诗那最为典型的表达方式。

众所周知，以赋或散文的形式写成的道白叙事文与成为该史诗主要内容的无数唱段相比较占有很少的篇幅。这些歌词是轮唱或对唱的,它们是在两个人之间轮唱的。形成这些唱段之特征的是其开头部分自报家门的方式:“你认识我吗? 我是某某人。”对于地点、家族和马匹等的情况也如此。[70]在许多情况下,尤其是指敌对者时更是如此,因为这样会增加一种挑衅和吹牛发狂的典型语气。一方面是赞美之言,另一方面则是揶揄挖苦的话,所有这两方面同样都被夸大了。这确实是我们已经描述过的那些节会庆祝活动的参加者之间进行赛马和其他比赛时的气氛:大家互相吹捧,互相对抗,互相比赛各自的威望声誉。在岭地的赛马中,各个不同的人物在将要奔驰的终点问题上互相比赛灵活的手段,有人建议从中国中原奔驰到印度,另一个反驳说更应该是从地上奔驰到上天(第三章,第18—19页)。

介绍人惯用的客套用语已被非常巧妙地用于这几种决斗或比赛,也就是节日期间各种对阵者之间的较量。这种口头的表达方式完全与对阵和对峙的结构本身相同。

这种表达方式也可以使人理解戏剧和史诗之间的相似性,我们经常遇到它们之间的一些共同点。现今的藏戏确实很少使用自报家门的名词术语(如“你认识我吗?”等)。它始终是一名说书人负责介绍故事和人物的语言。这名说唱者(“猎人”、“渔夫”、“山野之人”或“婆罗门僧”)同时也是一名小丑。[71]演员们面对着一系列的长段轮唱,而歌词中除了一篇对话之外再无其他内容了。对于《格萨尔王传》的史诗来说,说唱艺人把道白(简单合仄押韵的赋文或散文故事)者和他相继代表的两名互相对立的演员之角色集于其独自一人之身。他那说唱艺人、赞歌歌手、滑稽剧表演者和萨满的复杂性格无疑是来自古代那说唱故事者、谜歌歌手和苯教专家的复杂职业。

注 释

[1]《勃律语》，载《通报》，1908 年，第 40—41 页和注[2]（有关狮子舞的问题）。

[2]这些奇特的表达方式可能是一种混淆的结果。冰川白色母狮在藏文中被称为 dkar-yag ga'ns-kyi dar-sèn（很白的冰川白冰狮，见格萨尔史诗中《霍岭大战之部》稿本，罗列赫藏本，第二卷，第一页），或者叫作 dar-se'nd kar-mo（江孜木刻本，第一卷，第 8 页；《春天里的神话》，第 19 页）。大家似乎是把 dkar－yag（很白的）与 g-yag（牦牛）相混淆了。巴俄祖拉陈瓦的史著《贤者喜宴》（第七卷，第 23 页）使用了同样的一批名词术语（'bag da' nsèn-ge stag-gsèn g-yag-gsèn-da'n），但却写作 gsèn 而不是 sèn。然而，牦牛也与狮子同时出现在新年的舞蹈中（详见本章下文）。

[3]《白琉璃除锈》一书讲到了魔鬼，特别是小鬼。这些鬼都会祸害儿童并会使一个正分娩女子死亡（聂伯斯基，1956 年，第 300—303、515—518 页；石泰安：《西藏占卜中的 33 支签》，载《哈佛亚洲研究学报》第四卷，第 3—4 期，1939 年，第 330—331 页）。所以，我们应该为一名少女举行“脐轮火方面释注”（Lte-bsg-yar）的仪轨，否则她就将会死亡。大家为这种仪轨指定了室内的 6 个地点（第 61 页）和室外的 5 个地点（第 62 页），在那里可能掩藏着一种法器。

[4]文中由于粗心大意而有时写成 rig-pa，有时则又写成 rigs-pa。无论如何，这两种观念均与正理（以一种正确进行的推理进行判断）一样有益于科学（医学等。请参阅勒努和菲利奥扎：《古典印度》，巴黎 1953 年版；第 1463 节）。但我们将会看到，rigs-pa（正理，持明）的写法则更为令人喜欢采用。

[5]费克斯的辞典指出：be-bum 或 be'u-bum 系根据王统世系而写成的著作，可能与苯教徒们的经文著作有关，be-'bum 系指同一种著作。据为他提供资料的喇嘛认为，佛教徒们也为其感化启发而阅读“小册子”著作。曲扎把 be'u－bum 一词的定义确定为“小册子”。达斯指出，be'u-bum 一词的本意是“犊瓶”，指乳牛的乳房，由此而产生食物，包括精神营养食物经书。相反，他却把 be'u-bumsnon-po（据《隆多喇嘛全集》第 22 卷，第 2 页）的意义确定为：“噶当巴的宗教和宗教史的古著，由格西朵巴活佛编纂”。据图齐认为（《西藏的画卷》第 99 和 132 页），朵巴（又叫作仆朵巴，12 世纪人士）活佛的《蓝色小册经教》经常被一世班禅喇嘛（圆寂于 1662 年）与其他被称为“净心”的著作同时引证。这些著作代表着阿底峡弟子们的一种土著文学（11 至 12 世纪），这就是一些苦修禁欲的“奥义教科书”。这类文学体裁的另外一部著作是波巴（1027 或 1031—1105 年）的《譬喻教经》（其蒙文译文作 üligen-ün nom）。该书名清楚地说明，尽管图齐作出了那样的定义，但我们还必须将这类文学体裁视为小故事或故事形式的教化文学并被用于在民间传播佛教的主要观念。Phyi－mo 一词也可以指未来的世系。所以此书的标题意味着《为我们的后代留下的故事集》。但是，大家还可以参阅本章下文。

[6]“毒湖”（dug-mcho）从 1651 年起就已经作为格萨尔的“古迹”而被提及了（请参阅上文第三章，“古迹”第 54 条）。

[7]它已由符拉季米尔佐夫提及（1925 年，第 444 页）。有关《宝贝数珠》（其蒙译本叫作 Čintamani erike，即《珍珠宝鬘》）一书，请参阅劳佛尔：《蒙古文学概略》，载其《文选》第 225 页；海西希：《北京的喇嘛教石经》，威斯巴登 1954 年

版，第92页（17世纪的蒙文译本）；庞蒂·阿尔托：《斯文·赫定蒙古文献特藏目录》，斯德歌尔摩1953年版，第H·3581号（《菩萨宝鬘》，载《丹珠尔·经部》第31卷第13号和第33卷第7号，作者为阿底峡）。《宝珍数珠问答》的书目标题确实出现在《父法，子法》（《噶当派师徒问道录》）中了（第一卷，第二部分，第196页，巴科木刻本；第二卷，第1页，蒙文刻本）。

[8]拉露：《巴黎国立图书馆所藏伯希和敦煌藏文写本目录》第二卷，1950年版，第992号。有关郭庞的传说，还可以参阅：同上引书，第990号。它一直延存到我们当代（卡尔·马克思：《哈香王和邬达对话录》，载《皇家亚洲学会会刊》，1891年，第60卷，第37—46页）。中国中原汉地的传说已由苏远鸣（M·Soymié）翻译和研究，见《孔子项托相问书》，载《亚细亚学报》，1954年，第311—392页。

[9]两种近代稿本证明了其同化的倾向。1.莱敦民族学博物馆特藏，第600号，《世间必要之教诫摄要》，共5页。这是一些伦理格言，被编作1—16条，其后附带有关行为及其后果的20条考注。其中前16条被称为"世间教法"或"人间教法"。该文可能是由医生梅特木尼扎利用一次讲解《四部医典》（医学著作，由译师智慧·最胜编纂）课程的机会而编修成书的。2.同一特藏，第787号：《天神与人间结合之教诫——珍珠宝鬘》共5页。其后附有各种词汇。这也是一些被称为"使宗教与社会协调起来"的伦理性公理箴言。该文献系由被称为多吉（金刚）的本哇巴和尚所编修。

[10]雅克·巴科：《苏吉尼玛》，载《亚细亚学会丛刊》第14种，第二卷（原文和译文），巴黎1957年版。其书标题为《苏吉尼玛的故事》，其蒙古文译本的标题是《苏吉尼玛的传记故事》。因此，该文被视为是一种论的作品。

[11]大家还记得，在由《苏吉尼玛》的藏戏剧本引证的著作目录中，也有意超玛（意乐仙女）的故事（而不是剧本）。

[12]勒努和希尔布恩：《梵天的基本概念》，载《亚细亚学报》，1949年，第22页和以下。有关佛教界的情况，请参阅温特尔尼茨：《印度文学史》第二卷，加尔各答1933年版，见索引中的"谜语"一条目（他强调了其民歌的一面以及这种对话向戏剧过渡的可能性问题）。印度的这些事实已经被戴密微与中国的事实作了比较，见《道教之谜》，载《人文科学研究所50周年纪念专辑》，京都1954年版，第54—60页（他于其中也引证了惠金卡的观点，见《爱开玩笑的人》，巴黎1951年版，第180—184页）。我们还必须从中加入查德威克（1940年）有关利用婚礼机会而轮唱谜语歌的考察（第212—213页，如同在越南那样）。大家还可以参阅在两名互相对立的说唱艺人之间用神秘语言提出的难解问题的比赛（扎尔诺夫斯基：《英雄崇拜》，巴黎1919年版，第279页），尤其是表达了柯尔克孜人中氏族和部族之间的对立（甚至是仇杀）的对歌比赛。这些赛歌是在重大节日时进行的。一名歌手向另外一名挑战，失败者则必须送一件礼物。那些重要的歌曲都要牢记在心间，并由此而传向民间（拉德洛夫：《民间文学的样本》第三卷，1870年版，第34页注[1]）。在布里亚特人中，青年新婚夫妇于冬季的夜晚请来许多宾客，他们分成互相对阵的两组，从事一场猜谜比赛。每当一组输掉一局（无法作出回答）时，便将其成员之一输给对方。最后，获胜的小组将"出售"如此这般地赢得的人员。这种游戏只能在冬季玩耍，否则畜群将会衰败（卡斯特伦：《试论布里亚特语》，圣彼得堡1857年版，第228—230页，附有60条谜语；有关其具体法则规定，请参阅主宰说唱格萨尔史诗的要求规定，见上文第二章）。

[13]大家很难把Lde'u与Lde分割开来。我们已经看到了在Lte'u-bsgyur-Lte-bsgyur和be-bum-be'u-bum之间的反

复变化。然而，大家还知道 Lde(德)是吐蕃赞普名字中的一种非常多见的组成部分。在巴黎国立图书馆所收藏的第 497 号苯教写本(第 37 和 38 页)中，吐蕃的第一位赞普叫作德·聂赤赞普。所以，图齐在将这一组成部分与“行使政权”的谜语家和说唱艺人进行比较时，希望把它视为一种宗教意义(《论西藏历史传说的真实性》，载《古代印度》，1947 年，第 320 页注[8])。但他也如同霍夫曼一样，错误地把谜语家们的活动视为与苯教徒及其宗教(天神教法)的活动相同。格萨尔史诗的说唱艺人和谜语家们都在苯教徒之外而被提及了。吐蕃赞普们名字中的“德”(Lde)或“德乌”(Lde'u)可以通过其“首领”和“长兄或幼弟”的意义来解释。如果大家比较其异体字 Le'u-Lde'u，那就会不自觉地试图将此视为一种类似“种类、类别”的意义。有关 Le'u-Lde'u 之间反复变化问题，请参阅 LDe'u-sga'n(德乌岗，它是康区的一个地名。见达斯辞典)和 Le'u(勒乌，康区巴塘土司官，请参阅塔菲尔，1914 年，第二卷，第 232 页，再版本第 422 页。该词也出现在有关古代英雄们的轮唱歌曲中)。有关 Le'u 的“类别、种类”和“小孩或兄弟”的意义，请参阅林葱木刻本，第一卷第 46 页：“请帮助我准备各种占卜案子上的经书”；第一卷，第 53 页：“愿我获得一种无疾病的神体……愿孩子们的天神保佑我!”；但在第三卷第 103 页中却作：“5. 类丝绸”(darle'u-lṅa，不过一般均作 sna-lṅa)。在巴黎国立图书馆所藏第 493 号写本(第 117 页)中，遭遗弃的王后对一名在国王驾前失宠的苯教徒说：“我已是 3 个儿子的母亲，但我仍遭到了遗弃；你是谜语家，你也被抛弃了”。在史诗《朱古兵器国之部》的稿本著作(第一卷，第 139 页)中，大家把青年勇士(mi-bkrag rta-bkrag Le'u-bu)描绘得如同是一只刚成年的幼虎。

[14]原文作 Le'u sgrub-mkhan。这可能是 Le'u sgruṅ-mkhan(能够说唱谜语和谜歌的人)的一种误写(由刊布者、雕版者或抄写者造成的错误)。在字母 ṅ 和 b 之间的混淆是很容易的。

[15]有关包括预言的岭地之书(格萨尔的全部历史故事都于其中被预见到了)的情况，请参阅大卫—妮尔 1930 年书，第 73 和 79 页。除了大家可以引以为证的《祖师问道语录》[对它发誓愿(林葱木刻本，第二卷，第 38、45 页)，它也能证明岭地的未来(同上引书，第二卷，第 11 页)]和《世界原本》之外，岭地还拥有一部《十万龙经》或《济龙经》(难道是同一部著作吗?)，它是有关龙的宝藏，这些人对它而发誓(林葱木刻本，第一卷，第 56 页)。大家有时还声称这是 12 部经书，只能被它们本来就是为之所写的人看到(同上引书，第二卷，第 11 和 17 页)。把 12 部母(原文作 Yim，但无疑就作 yum，本意为“母”，它也如同'bum 一样指《般若婆罗蜜多经》)经书奉为至宝的做法在达仓拉姆的安多人中就已广为人知(埃克瓦尔：《西藏的地平线》，伦敦 1952 年版，第 12、25 和 159 页)。噶伦堡藏《卡契玉宗之部》的史诗稿本(第 227 页)讲到了 12 部《祖师问道语录》的经书。在保存得很糟的一段世系传说的文字中(赫尔曼，1946 年，第 184 和 199 页)，《十万龙经》似乎已由《大般若经十二函》作了解释。该经文被与产生了该世系的“儿童、成年人和老人的编年史”联系起来了。《原本》一书不仅仅被称为《世界原本》，而且也被称为《劫的八部》。它包括对岭地攻击朱古人(突厥人)战争的预言授记(《朱古兵器国之部》的史诗稿本，第二卷，第 336 页)。

[16]前 8 部分被称为 gleṅ(故事)，因而也就相当于 sgr'un(传说故事，史诗故事)。但第九部分却是由“歌”组成的，因而就适用于 Lde'u(谜语或谜歌)。我们将要指出，将内容分成 9 部分的分类法同样也是藏文格萨尔史诗和布里亚特语史诗的特点(请参阅上文第二章)。

[17]有关婚礼歌的问题，请参阅弗

兰格,1901 年(前佛教的婚礼)、1902 年(第 18—19 和第 30 章,提到了格萨尔)、1923 年、1925 年(第 63 页);图齐,1949 年,第 7 页注[1](参考书目),第 14 页(根据娘曲地区仪轨书的一种稿本)。弗兰格也使用了他刊布的稿本著作(《喀拉孜的酒歌》,列城 1902 年版;《塔玛西克的婚礼歌》,列城 1904 年版)。大家还可以参阅里巴克:《卓巴南杰在西藏的生活》,慕尼黑 1940 年版,第 79—90 页。有关"岭地之歌"的问题,请参阅弗兰格,1902 年,第 21—29 首歌(涉及了格萨尔)。许多轮唱的婚礼歌相反却被收入到《格萨尔王传》的史诗中了(弗兰格,1906—1907 年,第三卷,第 308—310 页,第四卷,第 372—373 和 375 页)。有关对婚礼的一种精辟描述,请参阅河口慧海:《旅藏三年》,伦敦 1909 年版(有关互相对垒的情况,尤其请参阅第 361 和 369 页),最方便适用的则是说唱格萨尔王传史诗的艺人所作的那些解释。请参阅以帽子、刀剑和马匹说唱《格萨尔王传》史诗的人(或者是《格萨尔王传》中的马赞、刀赞和帽子赞)。所以,大家还可以参阅达斯:《西藏婚俗》,载《孟买皇家亚洲学会会刊》第 62 卷(C),第 3 套,第 1 期,1893 年号,加尔各答 1896 年版,有关鄂尔多斯蒙古人中的一种鲜明的对照(诵读由这种仪轨的巫师设想出来的语言写成的古老故事),见范·奥斯特:《在额鲁特人地区》,巴黎 1932 年版,第 93—95 页。

[18]请参阅上文第三章,"古迹"第 8—9、12 条和本章上文注[17]。

[19]这些节日法会是根据播种和收获季节而举行的,包括山歌、舞蹈、跳绳、赛马、摔跤、野餐(《康导月刊》第五卷,第 1 期,第 61 页;第五卷;第 9 期,第 23 页)。

[20]《章谷屯志略》第 22 页,《四卢霍屯志略》第 18 页。这些即兴而作的作品是在青年男女的对歌中创作的(宗教赞歌、对在场人物的赞扬)。见俞湘文:《西北游牧藏区之社会调查》,上海 1947 年版,第 122 页。

[21]马鹤天:《甘青藏边区考察记》,上海 1947 年版,第三章,第 580—581 页。

[22]有关在聚会期间以大量隐喻和谚语而发展的雄辩口才,请参阅埃克瓦尔,同上引书,第 11 和 15 页(关于善辩的人)。我们只有如同埃克瓦尔那样拥有彻底的善辩力才能密切注视这些论述的细微差异。借助于隐喻和谚语而作的同样论证在《格萨尔王传》的史诗中也是屡见不鲜和司空见惯的现象,从而使其翻译变得如此困难,以至于任何人都无法全文译出。赫尔曼神父的译本中充满了错误,经常使人无法理解。非常遗憾的是他未能刊布所有的藏文文献,从而使对它们的核查地变得根本不可能了。

[26]我们必须指出,对形成赫尔曼藏史诗稿本著作开头部分之特点的社会各种成分的列举又经常出现在《格萨尔王传》的史诗中,即当人们每次聚会时均如此。各阶层或职业的代表人物所占据的地位与身份都是按照一种级别而排列的(如林葱木刻本,第一卷,第 25 和 30 页)。大家于其中也经常发现集会和调解争端的调停者存在的必要性(如在林葱木刻本中,魏玛战神,见索引)。这种调停者的角色已由埃克瓦尔阐述清楚了(同上引书,第 190 和 196 页)。

[24]其中长篇大论地提到了代表世界的乌龟,它成了一种占卜方法的基础,其中的印度和中国因素都并列存在。大家通过其他地方还获知,代表这种占卜问卦法的形象叫作"世界的形象"(请参阅维迪亚布萨纳:《世界的形象》,载《孟加拉亚洲学会论丛》第五卷,1913—1917 年,第 1—11 页)。大家也讲到了"世界乌龟之外衣"(《朱古兵器国之部》的史诗稿本,第二卷,第 6 页)。

[25]有关《格萨尔王传》史诗的问题,只要阅读一番林葱木刻本就足够了(石泰安,1956 年,如第二卷,第 5、6、7、8、9、10 页等处,共有 60 多次);有关藏戏问题,请参阅已经译出的剧本(巴科:《苏

吉尼玛》，巴黎1957年版；M. H·邓肯：《西藏的庆丰收戏剧》，香港1955年版）。在有关松巴智慧格言的敦煌写本中就已经有些古老的例证（详见上文）。宗教信徒们很快就将这一切夺为己有，玛尔巴的儿子们在一次与其父的讨论中使用了它们（巴科：《玛尔巴的生平》，巴黎1937年版，第83页）。

[26]请参阅在米拉日巴和苯教徒之间于冈底斯神山周围进行的著名比赛（《米拉日巴道歌集》第101页；霍夫曼，1950年，第271—272页）。这种比赛首先是赛巫术，然后是竞力，最后是比赛技巧。天神参与了节目表演，失败者将遭受他们的嘲笑。

[27]通灵人也可以使当地的其他神灵附身，如龙神、年神和地神，国王和赞普。他们根据所附身的神灵而穿不同的衣服（但却没有假面具）。

[28]聂伯斯基—沃热科维茨（1956年，第508页）也描述了新年间的两个“替罪羊”（劳工），认为他们“身穿粗糙的皮衣，头戴滑稽可笑的帽子，其面部有一半被涂成黑色”。早在1865—1866年间就已经如此了（洛里默：《两名班智达在西藏的旅行和探险》，载《英国杂志》，1868年10月，第423页）。“猎人”们（戏剧中的道白者）和“白鬼”或小丑之间的混淆是习以为常的事。图齐（1949年，《民歌》第12页）称头戴假面具而演唱的乞食人为“白鬼”。这事实上是指一些道白、丑角演员或其模仿行为（见贝尔书中的照片，1913年，《西藏》第262页），不过这后者表演的孔雀舞却很精彩’正如我们在新年中所遇到的那样。

[29]据沃德尔认为（1895年，第238页），狮子舞不是在新年间而是利用其他机会表演的。他提供了狮子的历史，并具体解释说它是由一名“哑剧中的丑角演员”作出些小丑般的滑稽表演（见照片）。我们已经知道了小丑——杂耍艺人与狮子的关系以及有关《格萨尔王传》史诗这些内容的吻合性（请参阅上文第七章）。塔菲尔（1914年，第二卷，第278—279页）记述了8月间的一次法会节日。大家首先模拟两头狮子；接着是两副有长胡须和鹰钩鼻的假面具。这是“印度的圣贤”在跳欠的假面具舞中扮演小丑的角色；最后是两尊“森林之神”，骑白马和长青白胡子，被称为“白鬼”（小丑人物）。在蒙古的跳欠舞中，小丑的角色是由“白老翁”充当的，他代表着地神和中原汉地的寿星（藏文作miche-rin，其藏文名称叫作sgam-pod kar-po），他胯下骑着白色的冰川狮子（帕塔侬，请参阅第七章，注[92]，第7节）。

[30]大家还会记得，母狮、蛟龙和其他动物以及由母狮喂奶哺育的故事已经出现在朗氏的先祖传说中了，而且我们已经把该传说与格萨尔的传说作了一番比较（请参阅上文第四章）。冰山白色母狮之奶（无疑系指冰山雪水）是长寿药或净化与受度的组成部分。青年铁匠（霍尔人中的格萨尔）通过一次奶浴而涤除了不净或污垢（弗兰格：《冬天里的神话》第八卷，第1—7页；请参阅大卫—妮尔，第265页，有关受度的情况）。如果新年间的狮子舞与五世达赖喇嘛联系了起来，那么大家也可以对六世达赖喇嘛讲同样的话，他曾前往冰山去饮白色母狮（它酷似一只山羊）之乳汁，并以此乳制造珍贵的药丸（这是由昌巴桑塔提供的资料）。

[31]请参阅本章上文注[30]和第七章注[127]。我们已经知道了狮子舞对于杂耍演员、街头卖艺者或流浪艺人（觉如和说唱艺人为其典范）的重要意义（请参阅上文第七章）。有长长的一行卧狮（其中的某些长有人头，而其他则长有另外一种动物头）被镌刻在拉萨的“主教教堂”（指大昭寺。——译者）的挡雨披檐之下。这些雕刻品已被断代为唐代。它们的风格使人联想到了古代中东的那一种（刘艺斯：《西藏佛教艺术》，北京1957年版，插图5）。难道这些狮子不是代表着松赞干布可能令人于其庙中绘制的那

些土著传说内容之一吗？一头大石狮被竖在吐蕃古代赞普的王陵之一上。但据很乐意地向我提供一幅照片的黎吉生先生认为，该王陵可能是热巴津的。我们已经看到（见上文第六章注[88]）此名就相当于梵文 Kesarin，即“狮子”。

[32]唐古拉神山如同白牦牛一般活动（《白惹绵羊国之部》史诗稿本，第一卷，第106页）。毗沙门也如此（请参阅上文第六章）。这样一来，唐古拉山就被比定为毗沙门化身的般尸诃了。

[33]由吐蕃土著巫教苯教采用帝释（藏文作 brGya-byin，梵文作 S'atakratu，意为帝释，也就是因陀罗）的做法可能是很古老的了。敦煌写本中的一部苯教编年史（拉露：《巴黎国立图书馆所藏伯希和敦煌藏文写本目录》第二卷，第1040号）也表现得如同是一尊 rgyal-byin 神的世系，此名很可能是 brGya-byin（帝释）的一种误写。

[34]由伯戴克引证：《赴西藏和尼泊尔的印度传教士》第四卷，罗马1953年版，注[214]。大家还可以参阅：同上引书，第133页，由玛切拉塔的卡奇亚诺神父（1741年在拉萨）对节日法会的描述：3月19日举行弥勒佛的出行仪轨，然后是10—15岁男童的骑马比赛，接着是人（他们过去完全裸体）赛跑，再接着是两名裸体斗士的摔跤比赛。在下午，有一支披戴盔甲和以非常古旧的武器武装的军人的骑马驰骋。

[35]由松赞干布在拉萨组织的赛马的目的是整治场地以在古湖之上修造一座寺庙（《玛尼宝训集》第一卷，第175页）。松赞干布曾被比定为格萨尔，并出现在一幅有关其生平的绘画中。

[36]夏季的中期及其节日可以被视为一种对新年的重复，由空闲时期将一年分割开来。在中原汉地的情况也如此，年末的节日（腊）在仲夏也有一个相对应的节日（见《后汉书》卷15，第4页，这两个节日分别在冬至和夏至）。在吐蕃，政府的演员们必须在藏历七月一日至十九日于达赖喇嘛的夏宫演出戏剧。前6日要用于庆祝赞普们的本传和历史（王统世系），完全如同在古老的新年中一样。昌巴桑塔把这种必须的职责与夏居安住（随一支旅行队而于夏季去避暑）的佛教习惯（藏文作 dgag-phye，梵文作 Pravārana，本意为“随意”、“具开”，意指祈愿成就，包括说唱故事、宗教辩论、逗乐、共同沐浴。这种法会于藏历七月十六日举行，明确被称作“年末”）等同起来了。新年之后紧接着是一个弥勒会。但这种法会也于夏季重复一次。在土人中，展弥勒佛像的法会于藏历六月六日再重复一次（施瑞德，1952—1953年，第255页）。在蒙古人中，大家于8月15日（因而也就是藏历七月）庆贺这一节日，这就是乘一辆由一头白色大象拉的车而转寺（拉贝：《在西伯利亚的喇嘛中》，巴黎1909年版，第132页）。

[37]张子惠：《理化和邓柯两区人民生活状况考察》，载《康导月刊》，第一卷，第2期，第43页。

[38]张伯言：《调查道卢甘瞻矿产日记》，载同上刊物，第一卷，第9期，第46页。

[39]地神“将军”出现在安多的一种跳欠舞中（赫尔曼，1956年，第148页）。它被与 A-bsve 同时提到了，后者在《格萨尔王传》的史诗中是被格萨尔降伏的魔鬼之一（《汉地之部》的史诗稿本）第10—129页中有关于它的长篇情节。

纛旗被奉若神明并由此而代表着最重要的战神之一，五世达赖喇嘛就已经为此而写了一部仪轨书（《全集》第11卷，第125—126页，东北大学的西藏大藏经总目第235号）：“向以达图噶波（白马之纛旗）之外形出现的战神奉献供品，它是宗教国王、教理的保护主”。格萨尔正是在此文中作为军中之精英而被提及（请参阅上文第六章注[49]）。有关战神的首领骑白马的达图噶波的情况，请参阅聂伯斯基—沃热科维茨，1956年，第329页和第580页第24条。

[40]作者在节日法会的问题上提供了一些典型的句子(第68页):赛马,跑得最快的是什么马?射箭比赛,谁最精通使用武器的艺术?青年人在摔跤,谁是最强有力者?老人在讲述传奇故事,谁知道的传奇故事最多?

[41]李安宅:《藏民祭太子山典礼观光记》,载《华文月刊》第一卷,第2期(太子山就是神山阿尼玛卿山,请参阅下文)。

[42]这是由昌巴桑塔提供的资料。第二出戏,代表着《父法》(父亲的教法)的本生事,第一出戏则是代表着噶当巴的《子法》(儿子的教法)的本生事。《父法》介绍了阿底峡的生平,《子法》则介绍了其子仲敦巴的生平。我们已经知道,这一套故事集包括有关格萨尔王的一个故事(请参阅第六章注[63]),它积极地鼓励土著故事和印度故事的同化结合,特别是《尸语故事》(详见本章上文)。宗教崇拜仪轨中的茶伽女都是两出藏戏中的人物。他们栖身于堆积在热振平原上的大批石堆中。在平原的中央非常明显地出现了一片山岩,其顶峰是一棵刺柏树(这是一种神树,大家为举行煨桑而焚烧其芬芳枝条)。在举行法会庆祝活动的那天,人群围绕着它而转动以求佛恩降福(白天是人类,夜间是茶伽女)。众所周知,热振寺主很关心《格萨尔王传》的史诗,他将自己与《父法子法》(《噶当派师徒问道录》)故事中的格萨尔联系起来了。该故事中的独角红牛(请参阅上引书)也完全出现在上引藏戏剧本中了。

[43]施瑞德,1952—1953年,第44页:在敖包(鄂博)或在家庭的"城堡"(宗)前举行煨桑仪轨;第55—63页:插在那里的树枝和"宗"(如同鄂博一般的建筑);第823—830页:被宰杀的山羊(于藏历的五月十三日和六月六日之间竖立在山上,于藏历八月十五日撤走)。赫尔曼,1956年,第117页(勇士之城),第138页(以及第6幅图片)与第272页(预防冰雹)、第283—286页。

[44]有关该地区的13座神山(先祖)的情况,请参阅塔菲尔,1914年,第一卷,第202页注[1];柔克义,1894年,第130页(其中之一的先祖竟是格萨尔)。《西域同文志》卷15共列举了14个名字,其中就包括阿尼玛卿山,但它却明确地指出:在青海的诸神山之中,共有13座山都以"先祖"之名而为人所熟悉,这都是青海的"望山"(大家对之进行宗教宗拜的山)。同样的资料也出现在季姆科夫斯基的书中,1824年,法译本,1927年版,第二卷,第275页。在罗列赫藏《霍岭大战之部》的史诗稿本(转抄本,第43页)中,提到了"玛尔康和玛钦蚌拉山峰上的13尊神",这样一来确实成了14尊神。

[45]鸿登:《毛丫之祀神山》,载《康导月刊》第二卷,第9期,第58页。

[46]波兹德尼耶夫:《佛教寺院的习俗特点》,圣彼得堡1887年版,第403页:鄂博节是在各个部族和寺院内分别组织的。其时间各异,但它应定在夏季或秋季3个月中的某一天。在这两个季节中的每个月,都有一尊"龙王神"自天而降(夏季每个月的二日或十六日)。在冬季,所有的龙神(lū,藏文中叫作klu)都要冬眠。这种仪轨是针对所有神灵的。莱辛却认为(1935年,第168—179页),鄂博节(会)是于春季和秋季举行的(包括赛马、摔跤、以兵刃作供品)。有关龙神的这种资料已由《白龙经》中的一段文字(北京版本,第64页,它存在着一种蒙文译本)所证实:每年夏季第一个月的十五日,当年秋季和春季的第一个月,诸龙便会动作起来,并分散到各处。

[47]龙—蛇—神冬眠的概念,在远东流传得很广泛。雅库特人认为,"动物—母亲"是萨满的神,它们在冰雪融化时从其藏身处起来并到处游荡(扎普里卡:《西伯利亚的土著人》,第182—183页,它们也懂得春季和秋季的两大节日)。在中国,龙于农历二月二日在经过冬眠之后才抬头(甘博:《定县》,纽约

1954年版，第374页)。

[48]有关说唱艺人的问题，请参阅上文第六章；有关节日法会的问题，请参阅本章的上文。有关一个更为古老的例证，请参阅特纳(Turner)：《出使西藏》，法译本，巴黎1800年版，第一卷，第58—63页：在不丹崇拜神山；插白色旗幡；以5面鼓和白色旗幡举行出神仪式，接着是两根裹着蓝色、红色、黄色和白色织物的长杆。大家甚至可以成倍地增加其参考资料。

[49]里斯利(Risley)：《锡金地名辞典》；加尔各答1894年版，第36页：出自一片山洼或一棵树木与一片湖泊之婚姻后裔的每一家的先祖。在婚礼歌中，新郎被比作一座神山，而新娘却被比作一片湖泊(聂伯斯基—沃热科维茨：《雷布查人的婚歌》，载《亚洲研究》第六卷，第1—4期，第32页)。这两位先祖有时又是两条江河(同上引书，第36页)，或者是两块岩石(《甘城章嘉峰的供像崇拜》，载《第四届民族学和人类学国际学术讨论会论文集》，维也纳1952年版，第二卷，第186页)。在吐蕃，莲花生上师就是在一块山岩(父亲)和一片湖泊(母亲，该莲花生就生在其中)的结合之后而诞生在一朵莲花生中的(鲍塔宁，1893年，第二卷，第232页)。

[50]在大约位于察木多以西300里处的瓦哈山上有一片湖泊(汉文中叫作"海子")，有一尊神灵居住在那里(《康輶纪行》卷七，第1页，《小方壶斋舆地丛钞》版本第84页)。另外一片湖泊位于打箭炉的山上，大家在那里求雨。在那些必须保持安静，如果有人讲话，就会招致冰雹。在巴塘和松番附近的情况也如此(同上引书，第2，17页，《小方壶斋舆地丛钞》版本第76页)。

[51]军械和战神的名称部分地与《格萨尔王传》史诗中的那些名字相同。协噶尔俄丹(白水晶)刀就是格萨尔的宝石刀(协吉布止，Çel-gyì spu-grì，见林葱木刻本第三卷，第100页)或协止噶尔宝刀(霍尔曼，1956年，第186页)；护膝是聂巴觉切，在《格萨尔王传》史诗中的名称也相同(林葱木刻本，第三卷，第105页)，盾牌拔玛林珠就相当于格萨尔的盾牌拔玛林夏(林葱木刻本，第二卷第29页，第三卷第100和105页)。额尔玛冬觉刀中的"冬"(gd'on)令人无法理解，明显是错误的，它就是《尸语故事》中额尔玛多觉(Spyod = gčod)刀和下拉达克文中那些经过3次淬火的刀多曲扎(见本章上文)。前两尊战神的名字也使人联想到了《格萨尔王传》的史诗。第一尊是玛本(将军)，第二尊是扎督(降伏敌人者)。兵械名称的吻合性并不是偶然的。格萨尔的兵械都明确被称为"战神的9种自动出现(而不是由一名铁匠打造)的兵器"(林葱木刻本，第三卷，第105页)。

[52]鲍培：《论蒙古人对火的崇拜》，载《泰东》(《大亚细亚学报》)第二卷，第1期，第139页；鲍塔宁，1881—1883年，第四卷，第429页。为了使崇拜仪轨变得切实可行，对于介绍其起源的同样关心在敦煌写本的土著文献，在纳西族(摩梭族)人的仪轨书中以及在有关小神和土著神的喇嘛教仪轨书中都已得到了完全证明。有关纳西族人的情况，请参阅骆克的著作(兵器的起源，《纳西人的殡葬仪轨》，载《纳西人的纸玛殡葬仪轨》，维也纳—莫德林1955年版，第8和149—150页，其记述与某些敦煌写本极其相似)。有关藏文仪轨书的问题，可以参阅诸如《托付事业》那样的著作(补遗部分)第2页，有关绵羊(父亲、母亲、孩子)的起源；《小煨桑文》第7页，有关煨桑(父亲、母亲、孩子)的起源；《格萨尔王传》史诗的林葱木刻本，第三卷，第38页，有关马匹(同上)的起源。对于敦煌写本问题(如马匹的起源、牦牛的敌对)，它们很接近对于纳西族的记述。请参阅托马斯，1957年，文献第22—29页。

[53]大部分作者均写作Lha-tho(天神之界)，见图齐和格尔西，1935年，第17—18和23—24页；它被画成了红色，

见第 189—190 页；弗兰格，1905—1909 年，第 288 页：白色系指天神，红色系指战神，黑色系指龙神，而棕色却是指霍尔人；1902 年，《冬天里的神话》第二卷，第 20—24 页；1906—1917 年，第三卷，第 277 和 283 页：岭地的 3 种神界是 3 块堆积起来的岩石，分别为黑、红和白色；魔鬼地区的 3 种神界却是以相反的顺序出现的，分别为白色、红色和黑色。颜色说明了世界的层数，完全如同彩带的颜色。Lha-tho 一词也出现在《霍尔教法史》一书中（胡特版本，原文第 197—198 和 200 页）。珠巴衮雷的缀字拼写法 lam-mtho 可能为最佳者。

[54]引号中的短语都是一些隐喻，它们有时与一个词连用，有时又单独使用。

[55]在蒙古文中的情况也如此，岭地（Ling）的神山被称为“狮子山”（阿尔厮兰—乌拉），大家在那里举行祭祀活动。岭地的英雄们在格萨尔离开和霍尔人入侵时曾在那里祈祷。格萨尔本人也在那里举行神香祭祀，并为其保护主战神（苏勒得，相当于吐蕃的战神。见鲍培，1955 年，第 203 和 213 页）举行了一次祈祷。大家在我们上文（第七章）已经分析过的有关说唱艺人——萨满传说之起源的蒙文故事中又发现了这座狮子山，该山的地神是一头狮子，在那里还有八骏马。著名的战神由 8 名“马王”所簇拥，他自己也骑一匹马或一头狮子。

[56]图齐藏《霍岭大战之部》的史诗稿本（第 20 页）提到了这一切：“这就是玛塔塘莫的吉祥山，死母虎的皮就曾被铺在那里”。带有“吉祥山”之称号的同一名称也为林葱木刻本所清楚地熟知（第二卷，第 4、72、75 页；第三卷，第 11，12 页）。

[57]同一个词组“令人尊敬者”（čhe-bcun）在赫尔曼的文献中被用于形容某些部族的特征（1948 年，第 198 页，译文第 180 和 183 页），作“令人敬畏的人”。

[58]在答歌中（第 35 页和以下），大家都吹嘘知道“有关世界（劫）之诞生与毁灭的说教”，就如同林葱木刻本中的晁同一样。在所提到的那些譬喻中，“侏儒 6 世系”都被比作天上的昴星团（共有 6 颗星辰）和地上的 6 粒种子。从这 18 个人中繁衍出了头人们的世系，即人类的头领，他们包括却拉本和却彭，这就是棕色冬族人的先祖。

[59]《朱古兵器国之部》的史诗稿本，第一卷，第 276—277 页作 dbu-bskr（欺骗?）；同上引书，第一卷，第 290 页作 dbu-skal（开始时的命运）；dbu-dkar 意为“白色的头”，它是以陈旧的观念为基础的一种谬误的辞源推论。把它与世界起始时的一种冰川结合在一起的概念在其他地方也出现过：“岭地部族诞生时的一片古老冰川”（大英博物馆藏《霍岭大战之部》稿本，第 11 页）：“在劫诞生时的古老冰川”（噶伦堡藏《霍岭大战之部》的史诗稿本，第 58 页）。其城堡（宗）是所创造的城堡中的第一个，其地是所创造的地区中的第一个，他本人是所创造的人类中第一个（哥本哈根藏《分大食财宝之部》稿本，第 473 页）。其名察干（Khra-rgan，本意为“老隼”或“老鹰”。鲍塔宁译本中作 Čagen，蒙文本中作 Tsagin）似乎与太阳有关系（《汉地之部》的史诗稿本第 34 页）。

[60]在大卫—妮尔的文本中，sPyì-dpon（于此被读作 Tchipön）被解释为“总管王”（也就是骑本，Chibs-dpon，其发音相同）：他已年长 500 岁，并娴熟于古老的歌曲（第 94 和 159—160 页）。在弗兰格的文本中，总管王的名字又叫作察干，也叫格内贡巴，他一直被保留在 18 名舅父或伯父的名单中（噶尼，意为“老翁”，卡仁噶尼），但他的角色却由另外一名老者贝勒果保所扮演。相反，那些增补故事（《武士》第三卷，第 269 和 271 页）却保留了由一个叫作骑本的人物所取代的情节，他年长 1050 岁，居住在一个共分 18 段的洞穴（18 洞穴，Phug-skor bčod-

brgyad)之中，这是由于使其原形grol-phug和18洞穴相混淆的结果。它于其中还被与先祖九峰大师相混淆了。但他们所拥有的和应该送的马匹冬吉(D'un-gi，第269页；另外一种不同的写法作冬日，即D'un-gri，见第271页)在其他地方则是贝勒果保的马(《武士》第四卷，第362页)而其名达瓦赞保却出现在下拉达克文书(第12页)中的18名先祖之中，再没有其他重要意义了。

[61]虽然第一种"宝"被称为"木"，但大家始终都将此视为其帽子。在《格萨尔王传》的史诗(下拉达克版本，第206、234，235和259页)、《尸语故事》(蒙文译本，弗兰格版本，1921年，第88页)和在《父法，子法》(《噶当派师徒问道录》)有关格萨尔王的故事中，英雄们都戴这种帽子。阿其(毒滩)的"隐身术"一名在其他地方则与格萨尔从莲花生那里获得的名字(叉琼，意为"长有野骡耳朵者")相同。这后一种帽子是白色的，装饰有一面镜子和彩色飘带(请参阅上文第七章)。非常奇怪的是，为了接近年迈的祖母，则必须得到她的一顶帽子，仅仅看到它就会吓跑所有的妖魔鬼怪。这就是白色母狮的帽子——飘带(sen-ged-kar-mo'ithod-gžu，同上引书，第一卷，第297页；sén－gža第二卷，第3—4页；Sen-gžu，第二卷，第48页)。他叫作门巴贡珠(诸愿成就)，装饰有冬松俄塞(照亮三界)的帽子和彩色飘带，他是白色的(戴白色魔鬼的狮子帽)。因此，它酷似送给格萨尔的莲花生帽，惟有其中的动物不是一匹马是一头狮子。这两种动物之间的轮番变化已经是我们所熟悉的情况了。

[62]大家也写作mi-cha，并列举了"九兄弟"。其仪轨书载《托付事业》中(见"米拉"和"损耗鬼"等条目)。有关蓝色的冬松米拉一名也可能保存在萨满教中的情况，请参阅上文第七章注[10]。

[63]麦克唐纳认为如此，见《西藏人的风俗和习惯》，巴黎1930年版，第200页。

[64]德格定认为如此，见其辞典。

[65]后稷传说的经典文本是有口皆碑的(格兰言:《中国古代的节日和歌曲》，巴黎1919年版，第166页和以下)。后稷遭遗弃的内容也出现在《格萨尔王传》的史诗中，但有关保护他的动物的情节却是《格萨尔王传》的史诗和朗氏的先祖传说所共有的内容(见前文第四章)。北京版蒙文译本中有关降大雪和出发去找柴薪的母亲的内容也原封不动地出现在出自山西(蒙古人和汉人在那里杂居)近代有关后稷传说的口头传说中了。那里每年于农历三月初一在位于闻喜附近的后稷之母姜嫄庙中举行一次盛大的宗教庆祝活动。这种传说的基本内容如下:姜嫄(又作姜原)到野外寻柴，由于无法在大雪中行走而又看到巨人的足迹，所以便践其迹而行，由此而受孕(《古史辩》，顾颉刚版本，北京1930年版，第二卷，第102页)。

[66]我们当然应该联想到在印度的祭祀和赛马都被普祖鲁斯基与突厥人(匈奴人)的一些做法进行了比较(《斯基泰史新貌》，载《布鲁塞尔大学学报》第三四卷，1937年，第23页)。仪轨性赛马称王的一个精辟例证(其目标是一座山岭，伯父的潜在反对形成了格萨尔赛马的一个典型特点)是辽代的那一次(石泰安:《辽志》，载《通报》第35卷，第70—73)。

[67]神山洞开，并把它蕴藏的珍宝和保护神送给英雄的情节一般是发生在赛马之后(大卫—妮尔，1931年，第83页；林葱木刻本，第三卷，第100页是有关兵器之事的)。然而，大家在此之前恰恰是在藏历十二月十五日(新年。见林葱木刻本，第二卷，第77页；大卫—妮尔，第66、70、71、73、86、88页)举行的。开宝是举行一次节日庆祝活动的机聚会，全民都要参加这种聚会，喇嘛们于其间举行"赞扬天神和降伏恶魔"的仪轨(大卫—妮尔，第85—86页)。这后一句话可能是由于对大家于山顶嘛呢堆附近写的Lhar gyal-Lo，'dre-Pham-pa'o("天神是胜利者，恶魔是失败者")的偈语的译文。

财宝的兵械(它们后来被分配给了民众,惟有那些准备要分配给英雄的东西例外),深山中的贮藏处在其他地方则显得如同是与旨在把财宝埋藏于嘛呢堆下,并于其上插兵器的法会仪轨的神秘对照。祭神山的法会确实也是于新年期间举行的。在《格萨尔王传》的史诗中可能会出现变迁。在此情况下,藏历十二月十五日就是其诞生、遭驱逐和赛马称王的历书上所规划的时间!

[68]在大卫—妮尔的版本中也如此(第87—88页),当地的魔鬼或天神都试图阻止赛马。它们之中的第一个就是一阵黑风。

[69]有关其地理,请参阅林葱木刻本,第一卷,第38—39和40页;第二卷;第26—27页(并附有其地的部族);第三卷,第46页(玛族),第26—27页(有关吐蕃和汉地中原的情况);《武士》第三卷,第304—305页(与《煨桑祭文》中相同的地区名表)。有关疾病和医药的情况,见林葱木刻本,第一卷,第53页;第三卷,第47和9—92页。有关龙的情况,请参阅林葱木刻本,第一卷,第39(种姓)、55(财宝)等页。有关马匹优良品质,请参阅第三卷,第46—47页。有关英雄及其马匹的名表,请参阅第三卷,第77—80页。有关赞扬马匹的问题,请参阅第三卷,第43—45页。有关帽子的问题,请参阅上文第七章以及下拉达克文本第246—298页;《朱古兵器国之部》稿本第二卷,第210页(编纂者从中补充了这样一种看法:它可能:过分冗长,我把它们作了压缩简化)。巴伯(1886年,第88—89页)就已经指出了在有关说唱艺人的帽子问题上(请参阅上文第七章)提出的冗长说教段落(地理、毛毡的制造等)。

[70]这种说法的陈述根据文本和甚至是同样文本的段落不同而有变化。在林葱木刻本中,最常见的模式是:“若是你不认识我”(如第一卷,第4页),“若是你不认识这地方”(第一卷,第20和32页,其中带有:“若是你不认识这曲调”),或者是“若是你不认识我”(第一卷,第20和45页)。在《春天里的神话》中则是“若是你不认识这个人”(见第七卷,第11—14,19—22、27—30、36—39页)。其变化的幅度相当大。如在《朱古兵器国之部》的稿本中(第一卷,第80页:“你当然不认识我这样的人”;第84页:“若是你不认识我是谁”;第205页:“若是你不认识我这样的人”)。这种表达方式已经出现在柯尔克孜的史诗中了:“这家伙,柯尔克孜人!若是你们再没有其他要求”(拉德洛夫,1866年,第三卷,第96页);它也已经出现在《神鬼遗教》中了(第32和41页),其中的一尊地神就是这样出现的。它也出现在米拉日巴的著作中(《米拉日巴道歌集》第9、72、88和121页;《青史》第三卷,第13页,即相当于罗列赫译本第二卷第431页)。据昌巴桑塔认为,它可能未被运用于戏曲剧本中。它于剧本中确实很罕见,但我却遇到过一次(《诺桑王子》第120页:“若是你不认识这个人”)。

[71]有关“猎人”的问题,请参阅上文第七章注[17]。有关讲述故事“梵天”(戴白色面具,扎白帽,长着粗大的鼻子),请参阅托马斯书中的一幅照片(《外部世界学报》,纽约1950年,第213和215页)。这种角色似乎是派生自印度的丑角演员(戏剧中的道化者),他是一名婆罗门,请参阅沃德尔,1895年,第540页;巴科:《西藏的3种奥义》,巴黎1921年版,第11页。有关道化演员的问题,请参阅莫尼埃—威廉姆:《梵文—英文辞典》;列维:《印度戏剧》,巴黎1890年版,第212页;哈兹拉:《梵文戏剧中的道化丑角演员》,载《孟买亚洲学会会刊》第19卷,第1期,加尔各答1953年版,第83页。列维(同上引书,第309—311页)强调指出了格萨尔史诗与印度戏剧之间的关系。

第九章 喇嘛教的社会背景

整部《格萨尔王传》的史诗都带有喇嘛教的印迹。大家经常讲到这一点,我们也曾多次指出过。对于这种深刻渗透的大量例证,我们希望将此仅留在本章中论述,我们也希望于此把它们都汇编起来,虽然完全作到这一切是不可能的。其互相交错的联系如此密切,以至于我们必须武断地将文献切割开来,并因此对它们造成部分的歪曲。在如此把它们隔离开时,我们就可能会对史诗的内容及其说唱艺人产生一种错误的看法,而且可以尽可能地追溯到过去更为遥远的时代。我们于此提出了在所有那些仅仅是从表面来论述这种内容的作者中广为流传的一种印象,即格萨尔史诗中的喇嘛教内容是节外生枝地添加的,系由于僧侣界僭越武断地干预而于晚期和仅仅从表面上增补进去的。这种印象是错误的。我们此后将通过在前一章中引证的各种古代编年史而知道这一切,佛教内容和概念与土著内容的结合确实曾发生过,但却完成于一个非常古老的时代,没有任何因素能使人确定格萨尔史诗为一个完整的统一体,具有纯洁状态和处于一种"原始"文本态(喇嘛教的内容可能是于后来增补进去的)。这是一些孤立的内容、主题和情节吗?是的。但形成了史诗特征的整个故事却并非如此。因此,我们要被迫假设这部格萨尔史诗的形成是在这个以土著和佛教概念有意识的结合为标志的古老时代之后实现的。

由史诗而提出的真正问题,也就恰恰使得对它的研究具有了其全部意义的问题,这就是它正是对形成西藏全部文明之特征的首次选择的例证。事实上,造成喇嘛教成为它现有状态的因素正是佛教和土著因素的这种古老结合。对于格萨尔史诗来说,在仔细探索它们的结合点时,我们就可以一举促进对喇嘛教最透彻的理解,我们也将理解主宰西藏文明这团乱麻的扣结。

然而,这样一来还有什么要做的呢?我们可以免除作这一章的论述了。那将是一种懒惰的解决方法,因为我们还掌握有某些文献。它们涉及了两个我们最好是作一番阐述的问题。

第一个是对于本处讲到的结合进行断代的问题。我们使用过的那些古代编年史把它确定在一个非常古老的时代。然而,大家声称这些编年史本身却是相当晚期的了。没有任何因素能向我们确保它们的准确性。第二个问题则涉及了这种诸说混合的办法。它是怎样发生功效的呢?它在何种程度上能自我辩护呢?我们将试图对这两个问题稍作一番研究。

一、喇嘛诗人的贡献

史诗的下限时代

我们完全有权力持怀疑态度,也有义务采纳一种批判态度。但是,如果我们用自己的假设取代传说,那也是错误的。这种传说无论如何也比较接近事实。当然,它会促使我们对某些细节仍保持怀疑态度:各种编年史为佛教和土著现象的结合所指定的时代(聂赤赞普、甲赤、松赞干布、赤松德赞)大不相同。我们仅仅保留了其笼统的古老性。可是,我们已经指出,史学家巴俄祖拉陈瓦以其特殊的准确性而著名,我们无需怀疑他的资料。然而,这名非常认真负责的史学家如此大量地和毫无保留地广征博引各种文献,向我们提出了一些传说故事的例证,但对于《格萨尔王传》的史诗却只字不提。这种情况一直持续到赤松德赞的古老结合时代(这也是敦煌写本的时代,它们对于《格萨尔王传》的史诗保持沉默),甚至对于古如却旺(13世纪中叶)的广泛研究也如此。我们对于所有这一切都已经知道了(请参阅上文第八章),我们应注意不要遗忘它。

根据由罗列赫介绍的一种传说(1931年,英文版第359页,法文版第205页)认为,《格萨尔王传》的史诗可能是其本人也是说唱艺人的著名密教喇嘛的作品。此人诞生于西藏的东北部,他也可能是在那里编写了这部史诗。他于某一天处在酒醉状态时,开始说唱整部格萨尔的“叙事长诗”。但罗列赫却采纳了另外一种传说,也就是康区游牧民和霍尔人的传说。据此认为,这部史诗不能归功于惟一的一名说唱艺人,而是一部有关过去时代战争的史诗故事(1942 年,第 303 和 311 页)。这种态度具有典型性。西藏人当然会相信这部史诗描述了一些真实事件。它甚至也可能包括对各种历史的回忆,但这些回忆却是整个西藏文学所共有的。史诗作者的问题依然未得到丝毫解决,除了我们已经知道的所有这一切之外,有关密教说唱艺人的传说当然需要牢记。非常遗憾,它未能给我们留下任何人名和任何时间。我们至少可以注意其灵感或启发背景和编纂的地点。一切迹象都非常吻合地确认它是在藏区的东北部形成的。我们也是在那里看到了拉卜楞寺的第二位化身(指拉卜楞寺的第二世嘉木样活佛晋美旺波。——译者),他隐没在有关两座神山的传说中,而这两座神山之间的关系又使人联想到了《格萨尔王传》史诗开场白中的一种内容(请参阅上文第八章)。这种干预的目的在于为黄教派(格鲁巴)赢得过去由红教派(宁玛巴,密教)统治的守护神,也就是那些所谓的神山。然而,拉卜楞寺于 1710 年由嘉木样协巴(妙音笑金刚)创建,此人被认为是晁同(格萨尔的伯父)的化身,而拉卜楞寺的另外一名喇嘛阿勒亥林仓可能即是格萨尔的化身,也是学者顿珠嘉措的化身(见上文第三章,“古迹”第 51 条)。这后者可能是拉卜楞寺的第 10 世大法台,因而可能生活在 19 世纪末(作者的这一推算不准确,拉卜楞等格鲁派寺院的法台都是数年一任,林仓活佛如果是第 10 任法台,则应在拉卜楞寺建寺后不久的 18 世纪中叶。——译者)。他与岭·格萨尔是同一家族(请参阅上文第三章,注[58])。

尽管这些传说都含糊不清,但惟有接触当地历史文献才有可能排除这种含糊性。拉卜楞寺的法台很可能是继承了同一地区的宁玛巴教派的社会环境,该教派的一名代表人物可以被认为是《格萨尔王传》史诗的作者。[1]这名“密教喇嘛”(假如他存在的话)应该早于拉卜楞寺的创建时间 1710 年。难道他会晚于巴俄祖拉陈瓦的编年史《贤者喜宴》(它似乎不知道《格萨尔王传》史诗)的撰写时间 1545—1565 年吗?[2]或者他是否晚于古如却旺(13 世纪中叶)呢?因为巴俄祖拉陈瓦指出了史诗故事的研究而又未提及《格萨尔王传》的史诗。就我们所知的现状而言,则很难作出具体说明。我们还应该重新提一下,当地的编年史是于 1663 年左右首次讲到《格萨尔王传》史诗的(请参阅上文第五章),五世达赖喇嘛于 1650 年左右将其遗迹确定在黄河上游地区(请参上文第三章,“古迹”第54条,还可以参阅同一时代的第30—31和53条),但他于1643年在引证《朗氏家族史》(请参阅上文第三章)时将岭·格萨尔确定在11世纪。在1663年之前,令人遗憾的是这部古代史的时代不为我们所熟悉。我们从令人不熟悉的诺尔布·却伯布(曲培)身上不能得出任何结论,他已被蒙文岭·格萨尔史诗的题跋作为作者的名字了。达木丁苏隆那将此人视为与格萨尔同时代的人和11世纪的历史人物的主意明显是缺少任何根据的。

有关密教徒说唱艺人的传说也与大英博物馆藏《霍岭大战之部》史诗题跋中指出的内容(见上文第二章,第5号稿本)相吻合。当然,在贡桑曲林寺撰写这一部的出家人赤列特却旺杰(又叫作贝钦多吉)绝不是其作者,而是一位编纂人,因为他已经知道了史诗和无法全部提供某些唱段及情节的完整内容。他的身份及其时代则令人遗憾地尚不为人所熟悉。但他的存在却证明了造成《格萨尔王传》史诗传播的社会背景。他自称“疯子”,同时信仰宁玛巴,尤其是大圆满派以及穿白衣和蓄长发的噶举巴的名望。他也有意地使喇嘛教教理和土著传说相结合,其目的在于对土著传说作出一些喇嘛教诠释的政治相联系起来。他的这种启示和灵感出自处于入神状态下的幻觉,其本命神于此期间向他揭示“说教”或故事。这尊喇嘛教的神就是非常著名的铁匠多吉勒巴,他有一尊守护神,又有一尊玛桑神。在这后一种情况下,他更接近于《尸语故事》中的主人翁玛桑(请参阅上文第八章)。

作者的社会背景

无论其可能的时代如何,《格萨尔王传》史诗的作者——密教喇嘛的传说在有关它受启发的社会背景方面是很珍贵的。该喇嘛是歌手,他在醉酒的状态下想象出了“叙事长诗”。这就足以形成它的特征了。这里是指一名“疯僧”,是我们经常作为格萨尔史诗成因者的两个教派(宁玛巴,尤其是其中的大圆满派;噶举巴,尤其是其中的珠巴教派)之特征的一名神通喇嘛。这完全也是史诗本身的资料启示我们的,也就是在它使用的所有人物之外,当它向我们讲到必然要赞扬岭地赛马的歌曲时(请参阅上文第八章)。它将这一切都结合到口头传说和《精义》传说中了。

thig - snin 一词只能是指宁玛巴(尤其是大圆满派)的著名教

义,以 sñin - thig(精义)之名而著称。这种教理可能是由无垢友传播的,他可能生活在赤松德赞时代(《青史》第一卷,第 191 页)。但它主要是由于隆钦巴(1308—1363 年,此人是许多著作[其中一部为诗歌]的作者)[3]和尤其是权威人士大圆满派法师隆钦宁格提勒而变得名噪一时的。

至于"口传"(口耳相传的教法),该词在原则上适用于所有教派[4],但它首先却是米拉日巴的教派噶举巴的同义词,同时也适用于宁玛巴。因此,这后两大教派也是密切联系在一起的。在《神教》(《十二世噶玛法王米居多吉传》)的一段阐述(第四卷,《天法心要藏回净论》)中,大家共区别出了邬坚巴、慈悲派、生活于其魔鬼岛住处的莲花生(他在那里接待了"掘藏师"古如却旺、仁达那林巴和顿都多吉的拜访)的口传(第 9 页)。"这种口传并不以黄纸(发掘到的稿本著作)为基础,而是以耳对耳地相传。它出自耆那的'心之宝库'。这也是'天法'(天之宗教),并非以地为基础,而是被认为以天为基础"(第 11 页)。

这种"心之宝库"或直接灵感启示出自那"天界宝库",但仍被称为"虚空藏"。林葱木刻本(第三卷,第 2 页)正是指这种出处:"我有幸从出自'天界宝库'的宗教范畴内得到口头传说的一批纯洁的语言"。至于米拉日巴一方,他则以同样的观点表现出来了。在讲到应该抛弃的东西时,他惊呼:"黑字书都是骗子货。至于我,我却在修持口传教义"(《米拉日巴道歌集》第 107 页;大家还可以参阅,同上引书第 120 页:"现在请听口头传说")。他明确地指"天界宝库"(虚空藏,同上引书,第 335 页)。同一种灵感和启发之源也是宁玛巴(一部著作是从空虚藏或心之宝库的深处发掘到的,见《伏藏宝库目录》第 104 页);大家还可以参阅《青史》(第二卷第 827 页)和已经与大圆满派信徒结合起来的苯教徒们(见《神教》的书名,请参阅本书中的《参考书目》)所特有的共性。据《如意宝树史》(达斯版本,第二卷,第 400 页)记载,卓米、仲敦巴、玛尔巴、米拉日巴等都首先听到了大圆满派的教义,但可能后来抛弃了它。大圆满派信徒们对于经书不屑一顾。如同所有的宁玛巴信徒们一样,他们的保护主是莲花生,蓄留长发,酗酒和娶妻(图齐和杰尔西,第 44—48 页;巴科:《动荡的西藏》,巴黎 1912 年版,第 237 页)。所以,大家对于以下情况便不会感到惊讶了:据罗列赫(1942

年,第287页)认为,可能正是这些人确定了《格萨尔王传》史诗的刊本。我的资料员昌巴桑塔已向我证实了这一点。他是从格萨尔为这些人的守护神这一事实推论而出的。林葱木刻本和大卫—妮尔的版本也是根据同一意义而论述的,正如许多抄本一样(如噶伦堡藏《卡契玉宗国之部》,第2页:格萨尔从事“佛法大圆满”事业;《汉地和岭国之部》稿本第231页;《朱古兵器国之部》第一卷,第77页)。但这都是一些可以被称为“表面的”现象。其他教派(甚至包括格鲁巴)也都被提及了。我们应试图触及更为深刻地扎根于格萨尔史诗形成的整个过程中的事实。

我们根据说唱艺人帽子的象征性和格萨尔在绘画中的典型姿态(戴帽、仔细聆听声音)而指出了这一点。如果宁玛巴和噶举巴这两派都为这些形象的形成作出了贡献,那么这后一种却占据突出地位。我们现在于此可以提供某些具体解释了。

“疯子”上师

传说中认为是《格萨尔王传》史诗作者的那名喇嘛的举止行为说明,这里是指西藏人称之为“疯子上师”(疯僧)的人,也就是神通者和摆脱了俗套的人。我们已经有机会看到(上文第七章),说唱艺人酷似这些疯子。然而,两名如同说唱艺人和觉如那样被绘成以手捂耳形象的大诗人米拉日巴和珠巴衮雷不但都是噶举巴,而且也是“疯子”,其行为方式(如同说唱艺人和觉如一样)完全如同是淘气的玩世不恭者,以其对大人物和教团之时弊的粗暴批评而与众不同。大家在《格萨尔王传》史诗和宁玛巴的授记[5]中则又可以发现这些批评。可是,如果说宁玛巴们肯定是促进了《格萨尔王传》史诗的形成,为该史诗和说唱艺人的服饰提供了许多新内容,那么噶举巴的贡献则更重要。除了他们的神秘特征之外,他们确实还以其与民间的密切关系及其对诗歌和舞蹈的爱好而引人注目。作为《格萨尔王传》史诗作者的喇嘛可能是在醉酒的状态下演唱了“叙事长诗”。大家发现珠巴衮雷也是在醉酒的状态下混杂于一次法会节日活动的人群中哼唱歌曲(详见下文)的。主要是噶举巴选择采纳和学习土著传说中的民歌与宗教诗歌。我们已经知道,他们的服装(帽子、木棍)更使他们酷似小丑和丑角演员的各种形象。大家可以把他们比作中世纪欧洲的托钵僧修会会士。丑角演员和小丑的服装于其中被用僧侣(神通喇嘛、修道上师、玩世不恭者)的无边圆帽与农民的褴褛衣裳的结合来解释就不会令人感到惊讶了。[6]

但我们应该立即指出,西藏的"疯子"上师类别的人具有一些印度先例。米拉日巴的道歌要通过其师玛尔巴和这后者的印度大师而追溯到印度密教徒们神秘的歌(挤牛乳歌)[7],密教徒都学习歌舞(它们在西藏一直留存在被称为跳欠的部分假面具哑剧中)。有一种事实在社会学方面显得特别具有意义。尽管与此有关的是一种神秘意义(鄙视外表、谦卑、摆脱了任何束缚,甚至是摆脱了通行伦理之羁绊的高傲),这些密教徒们来源于一个完全是民间的社会环境中,显得特别喜欢与低下阶层的人(所有受人歧视职业的从业人员,如纺织工、陶器工、渔夫、小酒店伙计、妓女等)[8]打交道。

我已经讲到的这两个教派都仰仗同一位主要宗教大师金刚持(金刚手)的名望,他们在这个问题上都明确地自称是"疯子"。"该世系的创始人——伟大的金刚持是疯子。我的曾祖父蒂洛·协桑是疯子,我的祖父那罗是疯子,我的老父译师玛尔巴是疯子,我本人米拉日巴是疯子"(《米拉日巴道歌集》第310页)。他自称是神通"疯子"或陷入了兴奋狂舞状态,完全如同患病和中魔一般:大手印使其背部受苦,大圆满于其前部折磨他。其诗的语言是"荼伽女的秘密语言",也就是谜语歌的语言。这种语言正是口传教义的表达方式,口传则以其鄙视经书的行为而形成了噶举巴和大圆满派这两个教派的特征。我们应指出它们与汉地的一些相似性,如在禅宗和道教之间,大家于其中也可以发现"疯子"。禅宗在吐蕃曾广泛传播,并由大圆满派保存下来了,请参阅图齐:《藏文小部佛典》第二卷,罗马1958年版。

米拉日巴的法号是协巴多吉,意为"笑金刚"。其意义肯定如此:米拉日巴最终被接受举行度礼,他无比兴奋。此人被接受进了神秘斋供客人(众僧轮)的圈子,在那里受到一阵笑声的欢迎(木刻本第53页,巴科译本第136—137页,埃文斯—温茨译本第133页)。[9]这就是一名被纳入到使他解脱了一切的法(被称为"金刚")之范畴的上人的笑声。这是歌舞的气氛,而恰恰就是密教徒们利用神秘斋供(众僧轮)的机会而从事歌舞。一名对于普通戒律感到不满意的青年出家人与一批歌手结合在一起。他稍后不久就变成了一名大上师(大圣人),足可以实施某些密教仪轨了。他装扮成歌手,并在6年内行使这种职务(《青史》第12卷,第30和32页,罗列赫译本第931和936页)。令人遗憾的是我们不知道歌手的这种服装是以什么组成的。岗波巴(1079—1153年,米拉日巴的弟子)遇到了康区的3个人,他们组成了一个会供曼荼罗,以表示向多吉帕姆(金刚婆罗)顶礼:当时酿造了青稞酒并仔细准备着召神仪式以及集体举行的歌舞。接着是一首在跳舞期间伴唱的歌曲之歌词。一个和尚用棍棒追逐他们,声称这样的行为(歌舞)与寺院戒律是背道而驰的。但他们在岗波巴们的鼓舞下,依然继续跳舞和唱歌(《噶举歌海》第84—87页,再版本第92—95页)[10]。

玩世不恭的米拉日巴

"笑"产生了米拉日巴的密教名字(笑金刚),他也经常会逗其他人发笑。他在向其弟子热琼介绍其生平时将此作为可以使人致笑的功德业。他解释说自己的笑是艰苦修道的结果(《米拉日巴道歌集》,木刻本第102页,巴科译本第249页)。笑和逗笑都是"疯子"的行为。其姐姐对于他的裸体感到羞耻,于是便给他带来了布帛以便让他为自己制作一条裤子。但他更喜欢以此来作一些罩衣,以便包扎其头颅手指、脚趾和性器官(同上引书,木刻本第97—98页,巴科译本第237—239页)。这是一种调皮淘气的滑稽行为。米拉日巴在回答问他将怎样迎接死亡的丹巴桑结时出示了其性器官。丹巴觉得这是疯子的行为。上师于其歌中回答说:"是的,我是疯子,我的整个家世均如此",接着便是上文所引证的段落(《米拉日巴道歌集》第310—311页)。在中原汉地也很著名的宗教争论的比赛之一,辩证学家噶浦巴对于被人战胜而感到愤怒,被在场的人搞得羞愧满面。他自言自语地说:"米拉日巴是一个专会开玩笑的疯子,满腹诡计和谎言"(木刻本第109页,巴科译本第262页)。米拉日巴就是一名调皮淘气的蒂尔式的人物,他始终在开玩笑。这种玩笑有时开得相当粗俗。在另外一次导致使一名逻辑学(因明学)教师狼狈不堪的舌战中,互相对立的双方则以他们的性器官逗乐。批评即由此而出现。米拉日巴对另一方说:"你满腹傲气,你尽打自命不凡之嗝,尽吐嫉妒红眼之气,尽放蔑视他人之屁,尽射粪便般之精液"。这就引起了对方的一阵狂笑(《米拉日巴道歌集》第192—196页)。

疯子上师的世系一直维持下来了。米拉日巴的同代人夏拉哇(云丹扎,1070—1141年)就是被这样称呼的。他也撰写了一些歌曲。[11]我们没有必要一一列举所有这些上师。略举几例就已经足矣!冯·马依曾简单地指出了有关藏地和卫地"疯子"的故事的存在。他认为它们诞生于不丹,这是由于修饰这些人的形容词' Brug(珠)的原因。然而,"珠"事实上与噶举巴的珠巴分支有关系,其中最为引人注目的代表人物是珠巴衮雷(衮噶雷巴班觉,约为1500年左右)[12]。形成这后一个人物特征的因素是,他是这样一位诗人和歌后:一方面批评和嘲弄所有教派与权势人物的所有弊端,另一方面又置身于民众中,受民歌风格的启发影响,并试图使它们适应一种神秘意义。有关他的大量故事都在流传。他以托钵僧(化缘僧)的身份出现在布达拉宫的大门,以要求达赖喇嘛召见,却成了官吏们粗暴无理对待的对象。但是,他声称"我要奉献进贡某种物品"。情况于是大不一样,他受到了召见。在进入大厅的时候,他在地下放了一袋金子,并立即开始以顶礼而对它表示崇拜。难道金子不值得受到崇拜爱慕吗?若没有它,那么大家就不能见到达赖喇嘛(这一故事显然是后人编造的,珠巴衮雷的时代格鲁派还未掌权,也还没有修建布达拉宫,珠巴衮雷也不可能到布达拉宫求见达赖喇嘛。——译者)。

珠巴衮雷的歌曲

珠巴衮雷从该地区的一个角落到另一隅而到处奔走,他边歌边舞(《珠巴衮雷传》第一卷,第39页)。一名头人请他为自己演唱祝福长寿的吉兆誓愿。这在当时是由小丑们在新年和任何一场戏开场时都行使的一种职能,珠巴衮雷便利用这一机会吟诗一首,于诗中阐述了所有的社会总则、风俗和习惯(第43页)。他利用另一次机会(第53—62页)浏览和批判了社会上的各种问题,其中包括宗教教派、跳欠或假面具舞蹈和占卜预言。

米拉日巴极力以在内容和形式上模仿喇嘛教和民间宗教出家人(苯教徒)的歌而表达其思想。[13]珠巴衮雷也以同样的办法行事。他长篇地模拟31首在山顶嘛呢堆上举行土著仪轨时所唱的歌,并附有喇嘛教的解释(请参阅上文第八章和下文不远处)。大家请他“召神”，众人都“认为若做得如同他不精通这一切，那将是丢人现眼的羞耻”。他于是便骑上了苯教徒的马（也就是哼其歌韵），携带其鼓，并声言……（第一卷，第37页）。如同米拉日巴一样，他也自我比作是那些已成为所有民歌特征的大自然中的典型动物（详见下文不远处）。他或者是如同现今戏台上的丑角人物一样唱歌，还演唱祝福歌（详见下文不远处）。他还模仿前往汲水的少女们的歌（第120页）。他受到了工布[14]地区歌曲的旋律或曲调、苯教徒们的歌和巫师们的曲调的启发影响（见第一卷，第163页）。他混杂于前往神山参加夏季大法会（看戏，大家在此期间要跳舞，以谚语和谜语比赛的形式对歌演唱，从事诸如赛马和摔跤那样的比赛）的村民的人群中。“他们表演歌曲和哑剧。我已经被青稞酒灌醉，由于我能言善辩，我于是便开始跳舞和唱起了这首歌……”（第一卷，第112页）。

我早就应该引证这名神通诗人（神灵附身的诗人）的歌曲了（参阅上文第七章注[8]和注[9]），因为完全如同在格萨尔史诗中一样，曲调或作为诗句唱词基础的曲子于其中被以诗人骑的“马”一词来称呼，这种概念很接近萨满们的鼓—马和取代它的具有灵感的工具（琴、木棍马）。我们于此可以做得更多和更好一些。在上溯到米拉日巴的时候，我们就发现，不仅仅是这些诗人与青年格萨尔和说唱艺人具有同样的姿态、同样的服装，甚至他们的文风也与《格萨尔王传》史诗中的那种相同（譬喻和韵律）。

文笔风格

指出这一点的功德应归功于弗兰格（1915年，第75页；劳佛尔对弗兰格《米拉日巴》一书的书评，载《东方历史文献》，1923年，第9期，第426—429页，他后又于1925年文第49页重复了这种观点）。他指出，米拉日巴的道歌明显与民歌有联系，无疑是按民歌的曲调演唱的。民歌要由舞蹈相伴。所以，大家会看到米拉日巴在被他用作讲坛的一块石头上参加了这种舞蹈。现在尚有人指点其足迹（请参阅上文第二章注[5]）。弗兰格认为，甚至米拉日巴的名望本身也出自他懂得利用民间的歌曲和宗教思想。他认为这名诗人保留下来了大家至今在藏历年和婚礼时还演唱的许多这类宗教歌曲。他作为例证而引证了如下内容：冰川的白母狮，其后是金翅鸟、鱼类、老虎等。我们于前一章已经举出了一些例证，还于其中研究了以使用这些形象和譬喻而与众不同的节日背景。

弗兰格完全正确。《格萨尔王传》史诗中的歌恰恰是以米拉日巴和珠巴衮雷的歌曲一样的方式组成的。我们将借助于某些无可批驳的例证而具体说明这一点。

1.“骑……的马”这种表达方式意为“根据……的曲调”（上文业已讲述过这一点了）。

2. 介绍的方式：“你认识我吗？如果你不认识我，那么我就是……（某某人）”。我已经举出了一些例证（请参阅上文第八章注[70]）。

3.“嘿！嘿！”（Tralala）一类歌的开头。在《格萨尔王传》的史诗中，所有的唱段都以 a-la 和 Tha-la 而开始（如林葱木刻本第二卷，第 4 页，其中重复了无数次），它是一个根据行文而变化的长句子的简称。例如，大家掌握有：“tha-la 歌，这就是 tha-latha-la，tha-la 就是 la-mo-la-glin”（噶伦堡藏《霍岭大战之部》稿本，第 13 页），或者是“这是 fha-la la-mo La-La 的歌”（同上）。或者还有：“tha 歌（等等，就如同在文中一样），这是 a-la la-mo”（《朱古兵器国之部》稿本，第一卷，第 80 页）。还有“Kyee-la-la-lila mo-la-li，a-ya-ya，这个神奇的人；a-la-Ii-la-li，这个梵天的儿子”（江孜木刻本，第七卷，第 3—4 页）。“a-la-la li-li la-mo-li”（同上引书，第 7 页）。同样的术语还出现在格萨尔的仪轨书中（见上文第二章，第 41 号稿本第 1 页）：“a-la-la lila-mo-li，我向朋友格萨尔顶礼”。

与《格萨尔王传》史诗中的这些歌相比较，现在该讲珠巴衮雷了：“由于我前往门地（喜马拉雅山区）的奔塘，所以某些门族少女唱了一首如同下面这样的歌：çō-nì la-yì co-’ o la-yì ço-’o；la-yo。la-mo lā-yo-ya；108 座金塔是佛心的所缘所依……”（《珠巴衮雷传》第一卷，第 118 页）。或者是还有：“我唱工布的这首歌（马）phya-mo de a-lo la-mo de la-mo，支持这道曲子的马的大路很畅通，a-’ o a-’ o”（同上引书，第 142 页）。米拉日巴没有使用这种表达方法，但大家可以在噶举巴的其他诗人中重新发现这一切。所以，在帕木珠巴（1142—1210 年，原籍为康区）的弟子达隆巴的一首歌中，所有的诗句都以 a-la-la 的韵律而开始的（《噶举歌海》第一卷第 81 页，相当于第二卷第 88 页）。

4. 曲调的名称。在《格萨尔王传》的史诗中，大家为每首歌都指定了一种它据此而演唱的曲调名称。我已经指出了《格萨尔王传》和《五部遗教》在有关用“马”作“曲调”问题上的一些例证（请参阅上文第七章注[8]）。米拉日巴没有这种习惯，但大家在其师玛尔巴的著作中却发现了它，玛尔巴也如同米拉日巴一样撰写了一些“马歌”。他发现了一名婆罗门僧于梦中看到的歌：“依照大鹏展翅长空的曲调而牵马？”，他“集中其精力而讲这种金刚大马歌”（《噶举歌海》第二卷，第35页）。或者是他本人“根据闪光的瀑布之曲调而牵马唱了很长的一段歌”（同上引书，第46页）。玛尔马第一首歌之曲调的名称载林葱木刻本中（第二卷，第68页：“大鹏展翅长空”）。

5. “请听我说，某某人”或“请听我说！不要走神（不要懒惰）！”这样的表达方法是史诗中唱段的特征。它于其中与同一类型的另外一种表达方式并存：“如果你听到了此歌，那最好；如果你没有听到它，那就太糟了”。这后一种措辞也曾以多种方式表现出来过。下面就是一些例证，有关第一种方式的有：“不要睡，大首领，站起来”（林葱木刻本，第一卷，第33页；江孜木刻本，第三卷，第4页）；“不要睡，注意听”（林葱木刻本第三卷，第7—8页）；“注意听，下面就是具体情况”（“请听”，ṅ on-daṅ，林葱木刻本第二卷，第19页；“注意听”，gson-daṅ，同上引书，第二卷，第37页；下拉达克版本，第8页等处则同时具有这两种表达方式）。有关第二种形式：“如果你听到了此歌，那就要牢记在你的心田；如果你未曾听说，那么此歌就不会有解释”（林葱木刻本，第一卷第61和63页，第二卷第71页，第三卷第17、24、35、50页带有一些异文）。同样的措辞也出现在戏剧中。“请于此注意听，集聚在这里的人群……耳朵不要走神”（《诺桑王子的故事》第6页，第5和6页中有些异文）。“如果你听到了它，那就要把它牢记在你的心田”（同上引书，第119页）。米拉日巴也以同样的方式表达其观点。“注意听此处，你有英雄一般的力气”（《米拉日巴道歌集》第111页）；“儿子热琼，别走神地听我一会儿”（第167和331页，还可以参阅第283、284和315页）。

修饰和譬喻

6. 修饰的用法。我们在有关"人间教法"(人法)的问题上已经指出(请参阅上文第八章)了土著传说。我已将引自米拉日巴道歌和藏戏剧本《诺桑王子的故事》中的例证纳入到了我对林葱木刻本词汇的汇编中了(石泰安,1956 年);有关藏戏,见 kha-dkar(白嘴)一词,指野驴。《诺桑的故事》第 117 页中又补充了其他一些例证:Lto-dkar(白腹)、tha'ṅ-dkar(白头)、rmug-čhuṅ(蹄小);有关《米拉日巴道歌集》中的例证,见 ko-mog(水坑)、Kyi-ser(凉风)、khro-ma(陶器)、gre-'o(凶杀男鬼)、gra-bži(正方)、'gyur-Lčam(物质、材料)、rgyu-kha(因果)、Lčags-dkar(白铁)等,总共有 25 例之多。珠巴衮雷也使用了这一切("清风",见《珠巴衮雷传》第一卷,第 164 页;gru-bži(正方)第二卷,第 11 页;rcal-gsum rjogs-pa(具足 3 种技巧),第一卷,第 34—110 页;大家还可以参阅石泰安 1956 年书中的同样例证)。其中之一 kyi-ser 系指凉风,它在赤松德赞时代就已经出现了(图齐:《西藏小部佛典》第二卷,第 135 页)。

7. 取自大自然中的各种形象也往往与这些修饰词相联系,它们同样也是《格萨尔王传》史诗、民间文学以及诗人米拉日巴和珠巴衮雷著作中所共有的特征。这里是指典型的动物,始终以同一顺序列举,一般都是按照世界的垂直层次一一提到的(从上自下,从冰川到江河),但有时也按横向来讲(四个方向)。我们已经讲到了这一切,同时也指出了这些分类被"风马"(幡)使用,"风马"就是为了祭山会和为了世系与家庭而插在山口的旗幡(请参阅上文第八章)。下面就是某些很具体的例证,而且也很容易使它们成倍地增加。

《格萨尔王传》史诗中的例证

所以,总管王确实形成了老喇嘛汤东杰布的特征。他由于其"六倍力"(这是对成年动物的修饰词)的碧玉般马尾(宁玛巴信徒们的长发)而酷似白色母狮。他肯定是行走在白色冰山的顶峰上。他以自己独特的方式将其"六翼(修饰词,原文作 gçog-byug,但无疑应读作 gçog-drug)舒展于边陲,这似乎是长"白腹"(修饰词 thaṅ-dkar rgod-po,白头雕)的雄鹰。它肯定达到了"蓝色的"(修饰词 dg'uns'non)天际。他以其方式将“六倍微笑”(修饰词' jum-drug)集于己身,似乎为冲下山冈的虎中之王。他肯定将去檀香树林(林葱木刻本第一卷,第20页)。格萨尔及其同父异母兄弟和他的对立者嘉察也都可以被比作这些动物——自然界的代表。我们已经提供了一个例证(见上文第三章)。大家还可以再从中增补林葱木刻本第一卷第42页,其中格萨尔自比冰川幼狮,当它一旦成年(修饰词“六倍力”,rcal-drug)时便会以其爪而制伏一切;他自比为南部云端的龙王——雷公,手执如意宝,以其妙音而庇护政权;自比作“鸟中之王”金翅鸟,它一旦成年(修饰词“六倍翅”,gçog-drug)便从世界之树的顶梢而征服整个世界。或者还有林葱木刻本第二卷第6页的例证,其中嘉察既被比作冰川白母狮之子“碧玉尾”幼狮,又被比作云端中的龙(同上引书,第9页是自比作幼狮和虎崽,第二卷第8页是金翅鸟和母狮,第25页是龙、白色母狮及其子格萨尔,第46页是金翅鸟和狮子、天神之子)。为了举出口传文本中的一些例证,可参看下拉达克文本171页:如果格萨尔从岭地出发,那就如同是日月离中天、碧绿尾幼狮离开冰川、野山羊离开山崖、牦牛离开牧场、“金眼”鱼离开湖泊等。同一批动物也形成了岭地诸世系的特征:伯父(达绒,即晁同)的氏族为母虎,长者世系为母狮,中者世系是龙王—雷公,幼者世系是苍鹰—金翅鸟(林葱木刻本第三卷,第69—70页,第72页有一些不同之处,第75页的幼者是幼狮和小金翅鸟)。或者是还有其他例证,达绒氏族是林中母虎,长者世系为冰川母狮,中者世系是山崖地带的龙王—雷公,幼者世系为山顶的金翅鸟(同上引书,第77—79页)。同一批动物还保护和簇拥着格萨尔的马,我们将会看到,它是格萨尔的替身。在“红色野驴”(格萨尔的马)之上站立着金翅鸟,后为白色母狮,前为母虎(同上引书,第40页)。这里仅仅缺龙,否则就可以将这一整套变成插在神山嘛呢堆上的“风马”旗,四方是其他动物,中心是载有如意宝珠(这是对降服敌人和“雄狮”的格萨尔的称呼)的马。

宗教诗人中的例证

米拉日巴将其弟子山僧热珠比作了以下动物:1. 冰川碧绿玉尾白色母狮;2. 山崖“鸟王”苍鹰;3. 森林“斑斓”猛虎;4. 湖泊中的“金眼”鱼(《米拉日巴道歌集》第297、308和333页)。此外,为了处罚热琼,他也为师徒之间的关系作了这样的定性,即父和子(精神或宗教上的)之间的关系。父亲(老狗)被遗弃在沙漠中,儿子(海螺白狮)前往该地区的中心;父亲是狐狸,儿子是“斑斓”猛虎的小崽;父亲是公鸡,儿子是“鸟中之王”雄鹰;父亲是驴子(čog-ro’n修饰词),儿子是“宝马”之公种马,父亲是老黄牛(gte - ’o,修饰词),儿子是野牦牛犊(《米拉日巴道歌集》第303页)。他还知道一些典型的动物:冰川母狮、林中老虎、山崖苍鹰、草原雄鹿、水中游鱼(同上引书,第35和266页)。此外还有四方的动物:在北方是“白嘴巴”的野马(这恰恰是格萨尔马的名称,请参阅下文第十章),在南方是食肉的母虎(与《格萨尔王传》史诗中的母虎相同,请参阅上文第八章),西部是白色母狮(“母狮”或“狮子夫人”是格萨尔王妃名字的一部分),东部是“鸟中之王”苍鹰(同上引书,第137页)。有关其他例证,大家还可以参阅弗兰格的著作。

但我们应于此补充说明,珠巴衮雷维护了这种传说。他唱道:“当冰川白狮诞生时,它将是某种‘集三倍力者’;当大家涤除了尘垢时,那就将会变成佛陀”(《珠巴衮雷传》第34页)。在其他地方,他又自我比作各种已经变大的动物中的最小者:如同“金眼”鱼一般,我游荡于海洋中;如同“斑斓”虎王一般,我将流窜于檀香树林中;如同“鸟中之王”苍鹰一般,我将达到天际长空(同上引书,第39页)。他遭遗弃(其父被杀,其母死亡),也如同幼兽遭弃一般;其父“10角”雄鹿被杀,其母牝鹿已死;如同小鱼遭遗弃一样,其父“金眼”被杀,其母已死(第81页)。大家利用另外一次机会而要求他写一首“祝福歌”。其情况如下:“在冈底斯山,作为白色冰川的装饰而飘扬着冰川白色狮子旗,小崽摇动其舌,对于其碧玉尾得意洋洋,其‘已圆满的三倍力’作为装饰物而飘扬。祝愿此地也具有如此的吉祥幸运。在碧玉湖泊深处的青色帐篷中,飘扬着如意宝旗。小崽摇动其舌,它可以得到大家所希望的一切。祝愿你们得到有子嗣之福和聚财”(经常是一些佛教的对比。同上引书,第110页)。大家认为是听到了一个“白鬼”(小丑)或者是舞台上的一名歌手在新年或其他节日即兴演唱吉祥喜歌,我们最后再举一个关于为了解释佛教内容而使用自然界诗歌形象的例证。“某一天,他以用荞麦(黑色粮食)做成的世俗人之丑陋外貌为其歌的典范,在使之与佛教徒的神圣宗教相吻合时讲了这一切(我们现在已经非常清楚地懂得了这种结合的做法了)。‘宝马’驰骋遍了整个北方平原(羌塘),但‘白嘴巴’的野驴在速度比赛中获胜。‘青角’野牦牛在石板上选择了其栖身地,‘独角’羚羊确立了对其他羚羊的统治权。大法印的教理作为欺人之谈而抛弃了轮回—涅槃的概念”(同上引书,第128页)。

象征性的诠释

8. 诗人的意图是很明确的。如果他们使用民歌,那是为了同时传播佛教教理。这是一种刻板偏执的态度,我们现在可以为之断代了,而且我们在有关说唱艺人和格萨尔的帽子问题上(请参阅上文第七章)已经发现过一个重要例证。我们于此可以通过对文风的分析而证明这种做法是格萨尔史诗、节会庆典时的歌曲和宗教诗人所共有的。

由于我在自己发表的林葱木刻本(石泰安,1956年,第126—128页)中已对“帽子的解释”提供了一种完整的译文,所以于此只要指出其中使用的名词术语就足矣。帽子上的每种构件都用于象征一种佛教概念。指这种比较或这种象征论的词是mchon(表示,象征),或者更常见的是brda’(标志,征象),这些字都被置于了句子末尾(不用动词“是”)。在仅仅保留了有关这一切的很少一些踪迹的拉达克口传本中,这些词则又被“是……的标志”[15]的表达方式所取代。我们应该指出rtags和brda’这两个词都意为“标志”,其读音几乎完全相同(ta)。在成文中,其韵律始终如一:

LoLoLoL(de,比较物),LoLoLoL(brda’,是……的象征)。

例如,“帽子装饰有6种附属物,这是指6类欲天神的标志”(林葱木刻本,第三卷,第87页);或者是:“帽体是空的,这是一切本质均为空的象征”(同上)。

下面就是在宗教出家人之社会背景中的同样的措辞用语和同样的表达方法。

在宁玛巴信徒和苯教徒中

“这些蓬乱的头发是降伏三界的标志”(苯教著作稿本,巴黎国立图书馆藏第493号写本,第62—63页)。

在断(gčod)的仪轨中,也就是在大家可以比作萨满受度的那种剥掉自身之皮的仪轨中,所不可缺的6种法器都被以我们研究过的那种明确具体的术语从哲学角度作了解释:“股骨笛仅有一个洞,意指所有的法仪是一种风趣”(《隆钦宁投的觉域派》第3页)。[16]

在有关兔子变成瑜伽行者的噶玛巴歌中,兔子的双耳获得了与格萨尔帽子上的驴耳相同的象征性解释:

“他有两只长耳,它们是他具有方便和智慧这一对本领的外貌,标志着他可以继续走其解脱之路”(《噶玛巴传》第213页)。

在噶举巴信徒中

如果全文引证米拉日巴以同样的措辞和同样韵律而使用了同样方法的冗长段落,以对神王之梦(帽子、靴子、衣服、棍子,见上文第七章或《米拉日巴道歌集》第246页和以下)或他自己的棍子(《米拉日巴道歌集》第88—89页)作出象征性解释,那很可能有点令人乏味。下面就是一些例证:

“头戴一顶白帽,这是上方和下方已被修道所颠倒的标志”(同上引书,第247页)。

“现在,这就是我的棍子—马鞭!你是否理解了其意义呢?如果你未理解其意义,那么我就向你解释它,请注意听!”

“棍子的下端在根部已被砍断,这就标志着我砍断了生死轮回之基础”。

“棍子的上端在梢部已被砍断,这就标志着我砍断了怀疑论的枝杈”(《米拉日巴道歌集》第88页)。

在其他情况下,米拉日巴无意间模仿了民间宗教和苯教的歌曲,但没有使用如下措辞:“这标志着……”如同在蒙古文本的格萨尔史诗中(请参阅注[15])一样,他仅仅说:“这一切”(土著观念的组成部分)和“这就是”(与一种佛教观念的结合)。这些道歌的原文和译文都已由霍夫曼刊布(1950年,原文见363—366和377—395页,译文见第268—270和279—291页)。我们于此只要指出其结构就足矣(我的译文有时与霍夫曼的译文大相径庭)。

在第一个情节中,涉及了米拉日巴和苯教徒那罗的那次著名比赛。它显得完全如同是祭神山节的比赛。比赛地点是一座极为著名的神山(冈底斯山)和玛庞湖(玛法木错湖)。这次比赛在于较量法力(以转山的方式登山)。此外还有赛歌,而且要使歌曲的内容彼此相吻合,其中经常出现吹牛说大话的地方。歌曲的韵律正如我们已知道的那样,但象征性的解释仅仅被用作程式用语:"这……是"。"负有盛名的冈底斯白色冰川,其头上覆盖着白雪,这就意味着佛陀的教理是白色的"。

第二个情节则更有意义。为了使一名患病的苯教信徒皈依,米拉日巴逐项地模仿了一部仪轨书和一首苯教歌,在每种内容之后都加入了一种佛教的解释。已有人向我说明了其情况。他说:"注意听我的苯教仪轨书,根据一首苯教乐曲哼唱一首佛教歌,以一首叫作《22 对已婚夫妇》的歌为原型,他唱出了这首歌:ba-sō-ya 'nya'n-ya'n-ya'n-ya'n-no。"在启蒙时代,于刚刚创造的世界之初……"(接着是对该地区、众生、城堡、父和母、子和女等等一切的赞扬)。

这种做法在噶举巴的诗人中被维持下来了。在该教派的一首歌中,果莫巴对于雅鲁藏布江上漂游的一只舟船的所有细部都作了一种佛教性解释(《噶举歌海》第一卷第 83 页,相当于第二卷第 91 页)。珠巴衮雷也采取了同样的做法。我们已经引证了他那模仿神山嘛呢堆的苯教仪轨的歌(见上文第八章)。如果他唱了此歌,那是由于他希望通过这种拐弯抹角的办法而传播佛教。"Ky-ee!从前在开始时,当神灵诞生时,大家在尚无建造的地方建造了石堆,这是保护神之路的第一个路标。后来,大家在无障碍的路上也建造了嘛呢堆,这是 6 种生灵之路的路标"(《珠巴衮雷传》第一卷,第 80 页)。

很明显,出家僧侣为了传播佛教的需要而使用了这种对土著行为和内容作象征性解释的做法。大家甚至还可以从中窥察到他们是怎样使佛教依附传统文学的。各种编年史都向我们介绍了所有这一切:阿含(圣教传统)或本生事都被结合到说唱故事中,佛教或科学都被结合到谜语歌中了。一种幸运的发现可以使人理解象征性解释能够与谜语歌互相迭合起来。

采用了印度《尸语故事 25 则》框架的西藏故事集《尸语故事》中的第 8 个故事(德里藏稿本,第 45 页)。包括以下内容:一名贤明的大相为一位失权的和形秽的青年王子预见到他将得到一位王后和一个国王的办法。英雄那未来的王后是在一次节会活动中和在湖畔的一次演戏中出现在他面前的。她对于他向她提出有关其姓名、家庭名和地区名称的问题,只能以手势动作来回答(她以其手指相继触及其大象、鼻子、靴子和头颅)。大相解释了她的示意手势。然而,虽然此故事系用散文(赋)写成的,而且因此的失去了其格律,但它于此却使用了出家人作象征性解释而使用的相同术语:“某种手势……这是……的标志”(完全如同在下拉达克文本中一样)。但在该故事中,其程式用语非常适用于一个谜语和一首谜语歌的既定条件。出家人很可能正是在这种古老的谜语文字中发现了象征性解释的程式,并产生了将之用于其目的的想法。

韵律

9.韵律。《格萨尔王传》史诗中的诗句都是以同样的方式构成的。它们由7音节(律)组成,7音节又组成3种典型的长短格韵律(Lo,最后的一个半音节付阙):

Lo Lo Lo—

这句诗的前面有时包括一个单音节的字,处于一种独立地位,从而形成了一种不带语调的半音节[17]:

—LOLOLO—或 —LOLOLO—

LOLOLO—或 —LOLOLO—

下面就是《格萨尔王传》史诗中的几个例证,需要加入到上文已经引证的那些例子中:

dus *de-rin ǰo-ru' i' ur-thog' dis/—LoLoLo—*

gdon *bra-ba' i gnas-ris ston-par çog/*

lha *dkon-mčhog[gis]' dren-ston mjad-par çog/*

bka' *mdo-brgyud ñ ams-len ma-žan na/ —LoLoLo—*

yon-tan mthon-rgya su-čhe yin/ LoLoLo—

愿今天觉如的这雷石,

把魔地鼠之地打成旷野。

愿佛三宝加以指引!

若不修持密教经典,

谁也不会德识广大。

(林葱木刻本,第二卷,第62页)

这种诗的格律以一种引人注目的规则性而完全适用于格萨尔史诗所有未经删节的稿本和木刻本。它甚至也与其他诗句一并出现在拉达克的半口传的文本中。我们已举出了一个例证（见上文注[15]），指出了其诗句已被两个加入的字破坏了。同一首歌中的其他诗句也被打乱了，歌手再也无法理解其韵律了。我们已经知道（请参阅上文第三章），这种文本远不是最早的，而是显得如同是对某种比较完整文本（带有歌词和合乎规则的格律）的删节，贬低到一种简单故事的状态了。

这种韵律也是米拉日巴使用的那一种：

ph yi-yi yul-drug d per-bžag nas/　LoLoLo—
nan-gi skyon-drug gtan-la' bebs/
……
glu *de-rǰse bskyar-nas ma-blans na/* —LoLoLo—
don-de thugs-su mi-byon-pas/ LoLoLo—
chig *brda-yis' gro-landi-skad yin/*—LoLoLo—
以外部天地为榜样，
使内部六护持得巩固。
此歌若不被反复唱，
此义则于心中难被记取。
此即答复之话语。
（《米拉日巴道歌集》第 17 页）

大家很容易使这些例证成倍地增加。[18]

在阅读已收入《噶举歌海》中的所有歌曲时，大家便会发现这种格律是玛尔巴、米拉日巴和达波拉杰的歌曲中所特有的。它在这些人的继承者中发生了变化，诗句变得更长了。但现在却根本不可能从中得出一种有关《格萨尔王传》史诗创作时代的结论。珠巴衮雷确实重新使用了与米拉日巴相同的格律（而且确实也与其他形式同时使用）：

na n a ñ e' u' i lo-nas ma-zin-pa　—LoLoLo—
n a-čhen yor-mo' i dus-s ma-thul-ba　LoLoLo
min-yan gser-mig' khyil-pa lo　LoLoLo—
da-lta rgya-mcho' i klon-na' phyo　LoLoLo—

当我还是小鱼时就未被抓住，
当我长成大鱼时更无法被制伏。
名字叫作金眼旋纹鱼，
如今在大海之中游弋。
(《珠巴衮雷传》第一卷，第 39 页)

这种格律自何而来？图齐强调指出，米拉日巴道歌的韵律派生自印度《挤牛乳歌》的藏译本。许多诗的情况确实如此，但也如同在《甘珠尔》和《丹珠尔》的其他地方一样，它更接近那些相当冗长和复杂的诗句。[19] 在敦煌写本中发现的《罗摩衍那》的藏译本(因而早于米拉日巴)的情况也如此。例如，那些与《格萨尔王传》和《米拉日巴道歌集》中相同的诗句：

dam-la gnas-dyas mGrin-bazn̄s-po/ *LoLo—*
'Ba-li lam-du ma-' gro-çig/ *LoLoLo—*
谨慎安稳的妙歌喉，
请不要走上艰难的道路。

(托马斯，第 202 页；同时还可以参阅第 207 和 218 页注[20])。

但在其他地方，又有一些很不规则诗句的例证：

skra-ni mthon-ting-yas-su' khyil/ *LoLoLo—*
dmig ni' ud-d pal la *LoLo—*
chans-pa' i dbyans-ltar ha-dog rnamk-par dag *LoLoLo—*
'phral-ba rgyan̄-mčhog mjes-pa bbyis-su çis *LoLoLo—*
蓝色的头发向右旋，
眼睛有神(炯炯光灿)。
颜色像天空碧蓝明亮，
像玉石镶嵌在珠玉上。
(同上引书，第 198 页)

因此，这种韵律过去曾是很高深的并且是出家人社会阶层所特有的。然而，它现在却流行于民间婚礼歌和流浪艺人的歌中，下面就是两个婚礼歌的例证：

çar-nas gçegs-pa'i *khri-g*dugs *de/*　　*LoLoLo*—
mun-pa *sṅon-nas saṅ*-de *yo ṅs/*　　*LoLoLo*—

此宝幢（太阳的修饰词）来自东方，黑暗在它面前即将散去。[20]

大家在新年期间会吟一首有关“白鬼”（小丑）的诗（请参阅上文第八章），或者稍后是根据同一种韵律而写成的几行诗：

çar phyogs rGya-garčhos-kyi sgo/	在东方，于印度宗教的大门。
dam-chigs' byed-pa' i lčam-khranla/	在实现誓愿的坚强门闩(?)处。
de-la' gron-čhenǰi-ltar gçegs	贵宾怎样到达那里?
lho-phyogs sTag-gzig nor-gyi sgo/	在南部的伊朗财宝之门。
sgo-thag spyad-pa' i lčam-khreṅla/	在关门(?)的坚强门闩处。
同上	同上
nub-phyogs rGya-nag rcis-gi sgo/	在西部的汉地占卜之门。
spar-mkha' byed-pa' i lčam-khraṅ la/	在进入八卦的坚强门闩处。
同上	同上
byan-phyogs Ge-sar dmag-gi sgo/	在北方格萨尔的军队之门。
ral-mkha' bied-pa' i lčam-khraṅ la/	在接触刀剑的坚强门闩处。
	同上[20]

大家会认为是阅读米拉日巴的诗，也就是我们在第六章中已经研究过的那些诗，即根据同样的格律和按照同样的内容而写成的诗。为了更为可靠一些，我们还可以看一下一首街头卖艺人或小丑的歌。格律确实经常是不规则的，但这首先是由于提供资料的人回答民族学家的问题的方式而造成的。由于他被迫缓慢地口述以便给调查者留下记录的时间（我本人就作过这样的试验），所以便打乱了思路，倾向于落入散文或赋中，或者是倾向于以解释性文字来延长诗句（完全如同我们针对下拉达克口传本而指出的那样）。七言律诗（如同上文那样是带语调的）却相当频繁地反复出现。“白鬼”唱道（请参阅上文第八章）：

*sna-la' gron-bu btags-pa/che-che ra-ma'i *tsö-lugs/*,等。

鼻子戴着海贝,它是山羊的一种装饰。

因此,其中缺最后一个半音节。下面就是舞台上吉祥歌演唱家的道白,它与真正戏剧中的节律完全不同:

gzim-čhuṅ steṅ daṅ gzim-čhen žol/ *LoLoLo*
steṅ-žol med-la nor-gyi khaṅ/
有上层下层的是寝舍,
没有上下层的是牛棚。
(昌巴桑塔提供的资料)

米拉——街头卖艺人的保护主

尽管存在着格律的不一致性,而且大家无疑可以称之为"畸变",但我们对于已指出的演变关系(从米拉日巴的诗到近代歌曲)还是坚信不疑的。我们在这个问题上非常幸运地掌握有一种极其重要的证据。它是辛格搜集到的(请参阅第七章注[16]和[17]),我的优秀资料员昌巴桑塔向我证实并解释了这一切。那些戴着"猎人"(戏剧中的小丑和道白者)的帽子和表演各种舞蹈(尤其是猕猴舞和孔雀舞)的康地流浪街头卖艺人都明确地倚仗他们的保护主米拉日巴传说的名望。他们声称自己是"根据由米拉日巴于其10万首道歌中提供的传说而同时歌舞的。但他们也沿用由米拉日巴的先人迪罗、那罗和玛尔巴提供的传说"(同上引书,第8页)。昌巴桑塔告诉我说,街头卖艺人说唱一种对米拉日巴的愿文,他们也仰仗他或其弟子——猎人官布多吉[21]的名望。米拉日巴可能作了康地舞伎们细短绳"衬裙"。大家今天在辛格的文章(第7页图4)中看到了一幅照片的这种衬裙,它确实属于街头卖艺人服装的组成部分。它用39根山羊毛细绳组成,最后结束于另外一种动物(黑熊?)的毛绺。它是根据米拉日巴的命令制造的,代表着大象的肠子。其服装中另外还包括代表老修道山僧的"猎人"(其头上扎着发髻,双眼之上有日—月,下颌有一撮山羊胡子)的假面具、一根棍子、一面鼓(ça'n - ça'n,辛格书中作 langden,相当于 lag-rten,本意为"手杖"或"扶手")、一些锣、一个牦牛尾蝇拂、一个能排除危险和可能是由莲花生上师发明的魔角(带花纹的长牦牛角)。然而,那条"衬裙"则酷似岗波巴的"门地山羊毛腰带"和装饰其脖子的小细绳。[22] 米拉日巴的这名弟子也有一根棍子(请参阅上文第七章)。

这些街头卖艺人——"猎人"(小丑)究竟在何种程度上以其服装与行为而接近于说唱艺人和青年觉如,我们一清二楚。不仅仅这些街头卖唱艺人的传统导致我们对米拉日巴棍子和岗波巴帽子的比较,我们还看到由说唱艺人演唱和以觉如为主人翁的格萨尔史诗本身也广泛地依附于米拉日巴的宗教世系。

米拉日巴的密教名字是协巴多吉(笑金刚),其小名是闻喜(兑巴噶)。这也是林葱木刻本《格萨尔王传》史诗中格萨尔成为化身之前的名字。他于其中叫作兑巴噶哇,又叫作白玛协巴(莲花开放)或协巴则(石泰安,1956 年,索引,第 151 页)。第一个名字暗示上师的笑,第二个名字则指他通过耳闻的声音(在绘画中是以手捂耳,完全如同觉如一样)而得到诗的启发。[23] 上师自比自然界的典型动物,尤其是自诩为冰川狮子的大量譬喻[24],也可能至少是部分地解释了格萨尔史诗中几个重要人物的绰号:格萨尔叫作僧钦(雄狮),其父叫僧伦(狮子大相,虽然他被认为是一头牦牛或一头黄牛),其王妃珠牡叫僧察(狮子少女)。由一个小"野人"或杂要艺人——小丑表演的狮子和牦牛舞无疑都促使接受了这些名字。在两种启示影响来源之间,不存在任何对立,而且恰恰相反。

宗教界的影响

我们承认,现在作为一个已形成的整体而存在的史诗《格萨尔王传》在很大程度上要归功于神通教徒和诗人界。有关可能编纂了这部史诗的密教喇嘛的传说很精彩,至少在有关这个社会阶层的问题上如此。但也很明显,这些宗教人士并非完全是他们在土著居民中凭空和有意地杜撰了这些内容与民歌。他们有意地采纳和传播了这一切,其中至少有一部分是出于兴趣癖好。因为他们自己毕竟就是西藏人,但主要是由于他们将此视为在民间传播佛教基本概念的最佳手段,而且他们也没有搞错。成果就在那里,在我们今日尚如此,无疑至少是自从二三个世纪以来,整个民间文学都充满了这些观念。

因此,他们没有创造,而是作了汇集和传播。土著传说能够以口头的形式维持下来了,但它未能摆脱佛教徒们的影响。尽管噶举巴和宁玛巴信徒都鄙视经书,但他们却未能够或不愿意阻止以文字而把他们的歌曲与传说确定下来。我们已经(上文第七章)借助于仔细观察到的蒙古例证而指出了格萨尔史诗的这种情况。当时惟有宗教界人士才有学问,惟一能够读书和写字的也是出家人。他们从那里分散出去而走上朝圣进香人之路——去寺院、去可能举行法会的场所和有土著信仰活动的场所,而且在这一过程中,还促进了将这一切不同程度地与大家一致称为喇嘛教的宗教同时传播开来。对于宗教人士和经文集的这种作用,我们在这部探讨性研究著作的开头部分(上文第二章)中就已经指出来了,于其中提出了成文本与口传本之间的关系问题。

我们必须立即再重复一次,所有这一切仅仅对于撰写或发表史诗,而不是对于其全部组成内容有效。我们已经知道(上文第三章),《格萨尔王传》史诗中的典型片断都明显地与余者脱节,而这些片断又仅仅涉及了青年觉如的生平。它们具有一种谚语或格言的外形。我们曾得以指出,一大批这类谚语格言(经)在一个相当古老的时代就已经被宗教人士所熟悉和使用(见上文第八章)。但它们的格律几乎与米拉日巴和史诗剩余部分相同。大家在民间宗教文献(如煨桑文献,见上文第三章注[162]和本章有关 a-La-La 的例证)中也可以发现它们,就如同我们今日掌握的由宁玛巴改编过的那些著作一样。相反,诸如敦煌写本所表现的同类文献则具有一种不同的格律(长短短格,而非长短格韵律)。[25]

格萨尔的"格言"

žag-gčig žag-ṅo ma-lon gaṅ/ LoLoLo
gnam-gyi bya-ang spun-gsun thul/
在白昼光明尚未到来时,
天空中的黑云便开始消退
(林葱木刻本,第二卷,第 31 页)

或者是:

ça čhuṅ-yaṅ g-yaṅ-dkar lhu-dum/—*LoLoLo*
mi čhuṅ-yaṅ a-khu' i cha-bo/
肉再少也是吉祥羊的一部分，
人再小也是大叔的侄子。
（同上引书，第三卷，第 18 页）

其中的半个音步付诸阙如。在下面的情况下也相同：

čhas-drug lus-la chaṅ-le/ *LoLoLo*
d pa' -snin yid-la' jom-le/
虽然身穿六种甲衣，
心中的勇气却已丧失。
（同上引书，第 69 页）

相反，一种长短短格韵律似乎渗透进了对于觉如那丑陋不堪的仪表所作描述的表达短语中了；而且还被多次重复（请参阅本书第十章）。

mgo mi-mja' rgo-pho' i čog-žu/ *LooLoLo* 或—*LoLoLo*
lus mi-mja' bis-chag mtha' -gyoṅ/LooLoLo
rkaṅ mi-mja' rla-tham dmar-sug/LooLoLo
dres-ma' i rta-yi lhvam-mthil/ *LoLoLo*
rta-rna ñ ag-ma' i lhvam-sgrog/ *LoLoLo*
头不美而长着短硬的黄毛，
身不美而穿着破烂的披风，
脚不美而踏着血红的靴子。
用黄兰草做马蹄垫子，
用马耳草做绊马套子。
（林葱木刻本，第二卷，第 57 页）

近代的遗教（见上文第三章注[162]）被认为是在公元 1200 年左右才被“发掘”到的：

bse-mkhar de-ni smug-po la/ LoLoLo—
logs-bži dag-kyaṅbse-la bgyis/
黑夜的城堡是黑色，
四面洁净而黑光闪烁。

或者是不带最后半个音步：

yar-lha de-ni çam-po/etc. LoLoLo/
雅拉于此即香波。

相反，在敦煌写本中却如下(同上引书)：

yul-gi ni dbus-mthil du/ LooLoo(或 *LooLo—*)
lha-bcun ni bda'-skad skyel/
国家地处大地的中央，
尊贵之处用言语表达。

在加入一个简单的 de 的同时，经改编的文献就可以获得一个长短格以取代长短短格韵律。事实上，敦煌文献的韵律具有相当大的差异和相当的不规则性。有些孤立的情况颇为接近于格萨尔的“格言”(见第二个例证)。因此，大家很难对此作出决断。但是，那些具有一种更为古老形状的史诗片断很可能都是根据宗教诗人所采纳的格律组成的。民间宗教文献说明了这个问题是怎样提出来的。这些内容都很古老了，但喇嘛教的改编本同样也很古老。

二、诸说混合论的功能

喇嘛教启示灵感的双重起源(噶举巴和宁玛巴)都反映在一种诸说混合论中，它以一种了不起的连续精神和逻辑而主宰了《格萨尔王传》史诗中的许多内容。我们可以提供一些例证。

格萨尔神秘的亲属关系

1. 格萨尔被认为是金刚持的化身，而金刚持又是噶举巴和宁玛巴的保护主(《朱古兵器国之部》稿本第一卷,第二页;北京木刻本,施密德翻印本第260页,重版本第253页;江孜木刻本,第二卷,第12页)。他也可能是居住在玛康的德木却(胜乐)宫中的金刚持的一名从不分离的喇嘛(《朱古兵器国之部》第一卷,第109页)。为什么呢?玛康的德木却宫是我们所熟悉的。这就是位于打箭炉以北的木多神山(Mordo,Mu-rdo,Mur-rdo),那里是一次重大节日庆祝活动(于1894年夏季观察到)和持续12天的转山节的中心地。[26]该山的名称意为"界"(界标),它在林葱木刻本(第二卷,第50页)中与一头黄棕色的野驴(野骡)以及青年格萨尔未来的胜利有联系。这种联系可能会显得有点含糊不清。当大家知道德木却有一种长驴头的外形时,它就不再会如此了。格萨尔的马是一匹野马(野骡),而代表格萨尔的说唱艺人的帽子上则带有一面镜子(金刚持的象征物)和驴耳。格萨尔与其马——野驴(骡)之间的密切关系又一次出现在我们面前了。喇嘛教的诸说混合论已经充分考虑到这一切了。

德木却宫也被定位于工布或绒地(康地南部),并被比定为白玛科钦,那里是莲花生的圣地和未来的"极乐净土",我们时代最终灾难的残余者将前往那里避难。它于其中被定性为代表着降伏龙(帕木鲁督玛)和马的母猪之山。[28]

这些内容很连贯,把它们的地望确定在安多和康地区与格萨尔史诗的体系是相吻合的。下面确实就是莲花生和格萨尔的神秘世系。

莲花生(化身)＜观世音(报身)＜金刚持或金刚手(法身。见林葱木刻本第三卷,第54和65页)。前两者还有可能是相同的,但法身却是普贤菩萨(《霍岭大战之部》稿本,图齐藏本,第288页)。此外,莲花生以3种形式在吐蕃化为肉身:(1)为了长寿,就如同汤东杰布(岭地喇嘛)那样;(2)为了修道,就如同米拉日巴(其中被写作Mi-la ral-pa)那样;(3)为了军队,就如同格萨尔那样(《白惹绵羊国之部》稿本,第一卷,第52页)。他在其他地方又是格萨尔的父亲,而此人却是无量光佛(阿弥陀佛)的"精神儿子"(弟子)和莲花生的"法子"(《汉地和岭国之部》第38页)。与前述血统世系的关系出自宁玛巴的正常世系(《七章本》,第14—15页),其中的"三身"相继为无量光佛(阿弥陀佛的外形)、大悲菩萨

(观世音)和莲花生。或者是:普贤菩萨、马头明王和莲花生(图齐,1949 年,《西藏的画卷》第 548 页)。我们现在就根据林葱木刻本(第一卷,第 2—14 页)而确定格萨尔世系表。

在大卫—妮尔那部更为简单的文本中(第 14 页),考证比定则显得很清楚:

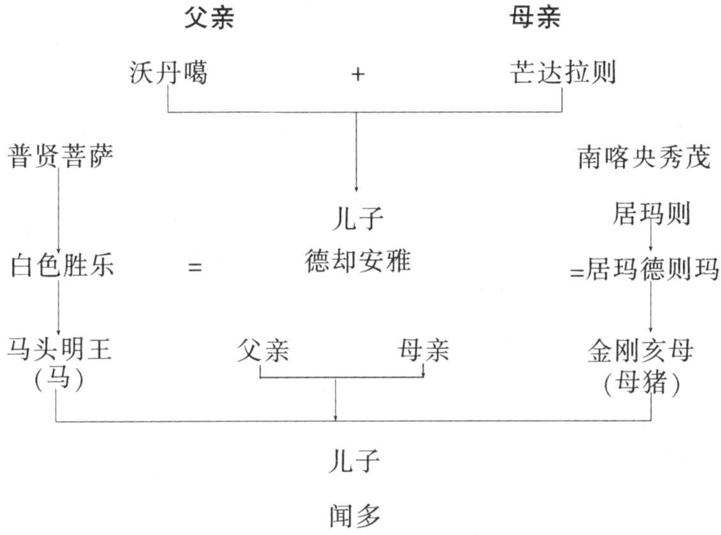

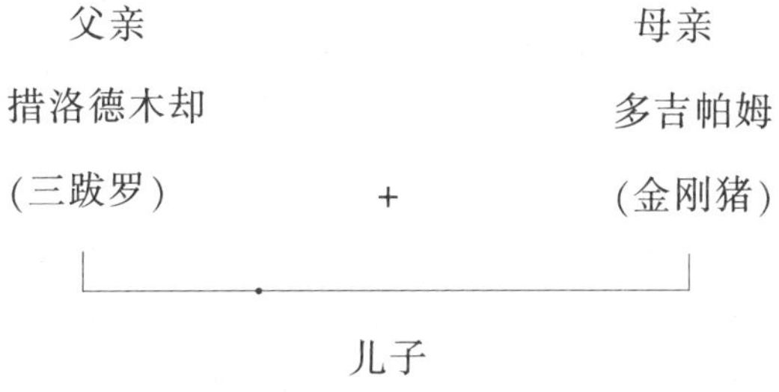

图巴噶注[29]

大家已经看到了,德木却(胜乐)有时长有一幅驴面孔,栖身于一个与野驴(骡)有关的山上,而于本处却与马相同。其世系的起源很清楚。“马头”和“猪头”夫妇(分别与观世音和度母有关)镇伏了暴风神(塔巴那波),即通过肛门和性器官而一直刺到其脑颅(《莲花生遗教》第 16 页,图散不太确切的译本第 38—39 页)。马首先获得了一个图噶宗奴的名字，而猪则获得了丹恰或囊恰的名字。然而，第一个名字使人联想到了大卫—妮尔版本中儿子的名字，而第二个名字则可能会使人联想到林葱木刻本中父亲德木却安雅的名字。同一个体系也是林葱木刻本（第三卷，第82页）中一种断言的基础，即肯定格萨尔以其温和面貌出现时就是观世音，而当他愤怒时就是马头明王（旦增）。这种说法已由江孜木刻本（第七卷，第4页）所证实。据此认为，格萨尔的马是马头明王的化身和“镇伏暴风魔的大巫师”。

由于该系统的连贯性和诸说混合论的逻辑性，大家可以毫不怀疑地从中得出有关格萨尔史诗中某些重要人物之血统关系的结论：格萨尔及其替身野马、他的对手伯父晁同。事实上，在喇嘛教能够触及的范围内，不仅仅是格萨尔的神秘原型（闻喜，这也是受神灵启示的和能听到神灵声音的米拉日巴的名字）出自马头明王——马，其马和其伯父也如此。

英雄、其伯父及其马匹

格萨尔的马受到了马头明王的“祝福”（也就是说被比定为它），并为“最佳马王”（马头明王或云马王，见林葱木刻本第一卷，第39和40页）的化身。甚至在蒙古文本中，它被称为doqsin（达木丁苏隆，1957年，第82页），也就是说出自藏文Khro-bo（在梵文中作Khrodho，意指“忿怒、瞋恚”），系“忿怒明王”和以其粗暴外貌出现的格萨尔的形容词。我们刚才已经看到他了，该格萨尔就是莲花生，其报身是“宝马”（马头明王），其法身则是普贤菩萨。相反，这后者变成了三跋罗＞马头明王和闻喜（兑巴噶，神秘的格萨尔）。至于格萨尔及其马的两种世系，我们看到它们在召神的仪轨书中已经结合为惟一的一种了，其中认为把修道者与神结合为一体的过程如下：莲花生＞以协巴多吉（笑金刚）之名出现的米拉日巴＞马头明王（忿怒明王）＞格萨尔（见上文第七章）。大家是否需要一种证明呢？格萨尔（他就是马头明王）的马的嘶鸣声是英雄胜利的标志，被称为“八倍力的笑志”（林葱木刻本，第三卷，第100页）。但格萨尔（即莲花生）也要追溯到阿弥陀佛（上文业已讲过）。阿弥陀佛附身于格萨尔的宝马身上（大卫—妮尔，第18—19页；《汉地和岭国之部》稿本，第92页；《霍尔大战之部》，图齐藏本，第32页；

噶伦堡藏《地狱救妻之部》第100页),而马头明王又变成了格萨尔的伯父(见大卫—妮尔书)。昌巴桑塔则认为,格萨尔的伯父晁同是红色马头明王的化身,而格萨尔的马则是阿弥陀佛和马头明王的化身。他说阿弥陀佛确实是马头明王之"根"。林葱木刻本中的记载也(第三卷,第49页)记载说,格萨尔的马是红色的,是马头明王的化身。他也是莲花生一种外形的化身(第三卷,第16和100页),这归根到底都是一样的。这种理论可以使人理解拉达克口传文本中遭曲解的一段文字(《春天里的神话》第三卷,第22页)。天神之子顿珠——未来的格萨尔在下界到凡世间之前,曾前往其舅父处寻找已答应送给他的马——红色的旦增马。当大家知道该马是马头明王旦增(rTa-mgrin,应读作Tandjin)的化身和后者被经常称为"天神舅父"时,便可以得出结论认为《春天里的神话》误解了这一切,而仅保留了英雄的马、伯父与马头明王之间的联系。

格萨尔的伯父也是红色马头明王的化身(《霍岭大战之部》稿本,图齐藏本,第151页;《汉地和岭国之部》稿本,第25和148页;巴科藏稿本,第101页)。[30]或者是同样的情况,马头明王为伯父的本命神。它经常以红色乌鸦的面目出现在他的面前(巴科藏稿本,第101页;林葱木刻本,第三卷,第7、8页)。最佳的宝马是云马,长有呈乌鸦喙状的嘴脸。[31]当守护神如此地表现出来的时候,它始终被称为"羌拉"(北方之神,见林葱木刻本第二卷,第44页;第三卷,第8、10、62和73页)或"尚拉"(舅父之神)。为什么呢?北方是马匹的地区(请参阅上文第六章)。格萨尔的马是作为幻觉而出现在说唱艺人面前,并把他带到了北方之地香巴拉,以将《赛马史》交给他(林葱木刻本,第三章,第110页)。北方的这个话题将是我们于下文不远处所研究的内容。

伯—侄之争

如果格萨尔的伯父以及格萨尔本人与其马均属马头明王的范畴,那么伯父与格萨尔之间的对立是怎样成为格萨尔史诗中最为重要的内容之一的呢?在该史诗的所有文本和所有的部中,晁同是一个暧昧不清、模棱两可、背信弃义、作恶多端、卑鄙残忍、自吹自擂和滑稽可笑的人物。每次当他起来反对英雄或其国时,格萨尔最终都要惩罚他,并使他饱遭嘲弄。但这个曾灭除了许多魔鬼和劲敌的格萨尔却根本不想消灭该伯父。惟有拉达克文本(下拉达克版本第153页)中出现了有关伯父被格萨尔杀死的情节。然而,他(伯父)在该文本中也于稍后不远处又重新出现了(第243页),可见该文本的说唱艺人肯定误解了。当然,其某些蒙文本揭示说,格萨尔曾因其伯父的背叛行为而希望杀死他,但此人却始终都会得救(鲍培,1955年,第215页),晁同仅仅是格萨尔许多变形中的一种邪恶的形象。为了证明这一点,此二人融合为同一个人了(海西希,1957年,第186页)。

喇嘛教的诸说混合论是否歪曲了英雄与其伯父之间的关系呢?它是否误将其伪装表象装饰到了一种在伯—侄这一对人物之间不可能有的任何对立调和的内容上了呢?这都是不大可能的。即使我们不能从一开始就洞察到这一切,喇嘛教的外装相反却鼓舞我们考虑一种能克服这种对立的解释。这种对立在吐蕃社会内无疑是真实的,我们知道其原因。属于同龄阶级集团(父亲—伯父、兄弟—堂兄弟。请参阅石泰安,1956年,第23、29和40页)之间亲密的团结使父亲的哥哥更具有了便于剥夺其侄子——兄弟的儿子之遗产,并代替他而接受遗产的可能性。但我们应该相信,可能会由此而产生的对立绝不会发展成为一种氏族内部仇杀的威胁,林葱木刻本(第二卷,第42和45页)明显地抨击了这种可能性。但格萨尔和晁同之间的血统关系可能是他们各自角色中所根深蒂固的。所有这二者在实质上和特别是当他们对立时都是喜剧性人物。我们已经对此有了一种宏观的了解(见上文第七章)。

侄子和伯父之间的对立已由一个我们清楚地知道他与格萨尔史诗之间关系的人物——米拉日巴具体证实了。

米拉日巴的故事是众所周知的。在其父过世时,其伯父首先希望能使自己夺占弟媳(米拉日巴的母亲)。当遭到她的拒绝之后,他便着手剥夺和掠夺米拉日巴及其母亲的所有财产。为了替其母报仇,米拉日巴便开始投在雍敦措嘉大师门下学习巫术。其弟子热琼也有类似的命运,其父英年早逝,其伯父续娶其母为妻,他自己则必须如同仆人一般地在其伯父家中劳动(《青史》第四卷,第16页;罗列赫译本第二卷,第436页)。米拉日巴的巫术师的名字很古怪,它使人联想到了措嘉的名字,该措嘉又叫作晁同,即格萨尔的伯父,也是巫术专家。在华盛顿藏《分大食财宝之部》的稿本(第56页)中,大家发现了晁同吃巫师阿美雍顿的多玛供。米拉日巴的故事又一次作为格萨尔史诗的启发灵感之源而出现。它也解释说,尽管晁同与岭地有密切关系,但却经常如同苯教徒一般表现。他手执的棍子出自一名苯教师(林葱木刻本,第二卷,第41页),他经常召请苯教神,尤其是达拉麦拔神(同上引书,第二卷,第36和45页),而他本人恰恰是该神的成道肉身(《汉地—岭国之部》稿本,第25页)。大家应该把本处的"苯教"理解作喇嘛教派。该词一般均指巫师(密教徒)。一幅代表着如此"苯教徒"的画是在安多为罗列赫画的,把他画得头戴一项乌鸦头状的帽子。同一顶帽子在其他地方则又被归于了一名宁玛巴喇嘛(有关其照片,见赫尔曼,1956年,图36)。它可能是代表着以乌鸦之形状出现的红色马头明王。

藏戏的保护神汤东(杰布)

2. 莲花生上师可能变成了汤东杰布、米拉日巴和格萨尔(上文业已讲过了)。这是一幅颇有意义的名表。如果说米拉日巴变成了街头卖艺人的保护主,那么汤东则变成了藏戏之神。他是诸如"白鬼"(见上文第八章)那样的演唱事先预祝吉祥的喜歌的6名丑角演员的保护主。藏戏中的主要丑角演员是"猎人",受米拉日巴保护的街头卖艺人戴有其面具。这些滑稽角色都被常人(牧人、猎人、渔夫)视为玩世不恭的儿童或长白胡子和扎发髻的老山僧、跳欠舞中的神汉和"猎人",汤东杰布也是属于"疯子"一类的上师。[32]他与格萨尔史诗的关系非常多,如他是来自岭地的喇嘛,并招致了龙母的降临。他也属于与弭药(因而也与岭地氏族)有联系的白色占卜师的冬族人(石泰安,1951,第238页注释)。

大家把他描绘成一个眉毛和胡须都白了的白老翁。他于其母腹中共滞留60年,就这样诞生了。[33]所以汉族学者便称他为"李老君"。他的供象在藏戏舞台上受到了崇拜。[34]据昌巴桑塔认为,他于其母腹内滞留了500或800年。当时的吐蕃共受到了"刀积恶"的侵犯。为了镇伏它们,汤东必须随身携带"十积善"。大家确实发现它以一种奇怪的方式镇伏了邪恶。

这个老翁的形象与白老翁(藏文分别作 Sgam-po dkar-po, mgon-po dkar-po 或 mgon-po che-ri'n, 寿星老, 蒙古文中作

Čaɤanebugen)的形象相同,他在新年的跳欠舞中扮演了地神的滑稽角色。这是喜马拉雅山的地神,它统治了整个大地和“王权的保护神”。他长有一把白胡须,身穿一件白衣服,手执一根其上端以“龙”头而结束的木棍。[35]

据一名提供资料的人(一名藏族贵族)认为,由五世达赖喇嘛(已经与狮子和牦牛舞联系起来了)引入了白老翁舞。这种舞蹈只有一场(在蒙古也曾出现过),老翁于其中打一只虎(由放在地上的一张皮和一副假面具代表),打死了它,并剥下了其皮。在赛科(安多)的跳欠舞中,它穿作猎人状(赫尔曼,1956年第137和147页)。然而,这种内容正是创造岭地的诸多说法之一(见上文第八章)。在另外一种说法中,则认为该地区是以一只蟾蜍的身体为基础而建造起来的,而古代传说却提出了一头狮子身体的假设(有关蟾蜍的情况,请参阅上文第七章注[40])。我们知道,以剥碎一个魔怪——反刍动物而创造该地的岭国英雄却是“野人”老者贝勒,他生下来就长有一颗老人头,而且其角色在其他地方是由与创世同时代的修道山僧(噶尼官巴)充任的。但是,我们已经看到,这个世界被想象成了一只乌龟(本意为一只骨瘦如柴的蟾蜍)。代表这只乌龟的形象被用于了占卜和发吉祥誓愿。它也代表着一个被剥皮(头颅和四肢完整)的魔鬼。处于被用铁扦子穿起来的蟾蜍的四肢中,可是该魔叫作干布恰或“老恰神”(占卜,但也是一尊“世界”之神)。它曾被考证为“岩罗刹”(无疑是背朝下躺着的罗刹女,其身体代表着吐蕃,请参阅第六章注[41]),但也指风暴神,这尊神又是由马和猪通过一种“木桩刑”而被镇伏的。[36]

因此,我们现在面对的是针对从一个魔鬼或巨兽妖魔的身体开始而创造某一地区的土著内容的喇嘛教改编文,而格萨尔史诗则广泛地使用了这种内容。格萨尔史诗中搜集了其中的某些文本,藏戏中的则使用了其他一些文本。这一切确实是以证实白老翁汤东与跳欠舞中的地神白老翁具有同等的职能。

如果他以十善战胜了九恶,那就是他辨认出了藏身于一块石头内部的以一只蟾蜍形状出现的魔鬼。这至少是大圆满派的一种说法,但我仅仅通过一种并不充分的暗示才知道了它。[37]至今已出现的其他说法同样也是不完整和混乱不堪的。但魔鬼始终是一块顽石,上师用另一块石头可以击碎它。据理塘地区(康地)的其他说法认为,汤东可能以6个与他自己相同的人物(有时又作:他自己和6个人)外形在市场上抛头露面,并且还跳舞。他以这种表演来吸引魔鬼的方法可能会阻止它们作恶祸害人。这就是为什么他被奉为藏戏的创始人。[38]但在拉达克还搜集到了另外一种说法:为了镇伏以一个胃囊的形状而存在于拉萨宗喀巴门槛处的病魔哈拉达甲(8匹哈拉马),汤东使它进入了一块同样形状的顽石中并以另一块呈魔刀(橛子)状的石头破碎了它。这件事发生在市场上一个洁净的院子中。拉萨的老人骑木棍马前来看戏,他们同时也欣赏"疯子"瑜伽行者的"疯子的奇装异服"。这个故事的编纂者明显误解了传说故事。骑木棍的老人无疑是魔鬼或地神。"疯子的奇装异服"(或用具)这句话使人联想到了描述米拉日巴棍子的表达方式(请参阅上文第七章)。与汤东非常相似的白老翁有一根龙头杖。为我提供资料的昌巴桑塔认为,这场戏很清楚。上师"装疯"以将魔鬼引向戏台,他后来又招来了其保护神(无疑是马头明王)以创造一个"金刚院",也就是说一个不可逾越的仪轨场,它可以阻止魔鬼逃走。大家知道跳欠和那些仰仗米拉日巴之名望的街头卖艺人表演的舞蹈的目的之一也就是同一种对当地的"驯服"。该传说似乎含糊地把作为汤东之对应者的7个老翁与作为妖魔的7个骑木棍的老翁结合在一起了。我们已经(上文第六章)在有关格萨尔和白哈尔之间的相似性问题上指出了镇伏者和被降伏者之间的密切关系。

无论如何,我们肯定是抓住了《格萨尔王传》史诗的一种重要内容。我们曾多次提到,为人治病的伪莲花生和格萨尔声称能用石头袭击病人来治病的办法,我们也指出了战神的碎石游戏以及说唱艺人和竞技力士之间的关系(请参阅上文第八章),力士和马匹的内容始终与北方有关(尤其是与霍尔人有联系,特别请参阅上文第六章)。所以,这确实是北方的内容主宰了与碎石仪轨有关的所有表演。具体情况如下。

汤东(杰布)和北方

据罗列赫认为,大家已从为汤东塑像而开始,另一身像是莲花生的。此外还有一幅画,绘有流浪说唱艺人使用它的情节,其内容是《赤美衮登》(事实上是诺桑)的藏戏。喇嘛们的教主戴演员们的五色帽。大家还搬来一块沉重的石头,于上面画有一身人像,它就是需要摧毁的“病神”。在随锣声而经过一阵狂舞之后,大家便演出一场戏,其中出场的角色说明这里是指诺桑(须大拏)。一名演员穿戴成牧人状(灰色的衣服、黑色羊皮帽、面部涂抹糌粑粉,投石,向人群逗笑)。这就是“北方之野人王”。他发动了与“宗教王”诺桑(如同汤东一样也是邪恶势力的破坏者)的一场搏斗,并最终被杀死了。继这场戏之后,通灵人便躺卧在直插的一些刀剑之上,借助其腹下的另一块石头而击碎第一块顽石。如果他们成功了,那就是一种吉兆,否则就是一种凶兆。一名喇嘛应该能够击碎顽石,如果该石块是在寺门口找到的话;但如果它是在一座城堡中找到的,那么他就应该成为一名“天王”。[39]这种思想很清楚。在当地占突出地位的应该是降魔的思想。上师连同其巫术行为则相当于英雄或国王及其业绩。大家看到了这种内容是怎样得以涉及格萨尔的。

藏戏《诺桑王子的故事》的主角人物确实是一名“宗教王”,即一名转轮王。他首先降伏了“北方野人”[40]。如果本处确实是指这个剧本,那是出自沃德尔对此所作的分类安排的结果(1895 年,第 551 页)。[41]大家于其中发现了牧人(羊皮服装、涂糌粑粉的面庞和投石),而且还有其“屠夫”(指残忍的,张开血盆大口者)7 兄弟。他们出现在此处是为了干什么呢?

大家只要重新阅读一番我上文提供的《诺桑王子的故事》(见第六章)的概述就可以理解为什么这出戏是利用汤东举行仪轨的机会演出的。此人也如同戏中的转轮王一样曾赴北方旅行。他为了阻止霍尔人而建起了一座塔,他的全部活动都被转移到了吐蕃北部,转移到了神秘的香巴拉地区。他与格萨尔史诗的关系(和把他与《诺桑王子的故事》的藏戏联系起来的关系一样。他属于本为弭药部和岭部(他们之间又有联系,见上文第五章)的冬族。弭药人的统治者定居在羌(北方),并与香巴拉联系起来了,因为该地区也位于北方。在《诺桑王子的故事》的藏戏中,国王经由白塔(大家知道它位于香巴拉的路上)前往北方。他往那里寻找其妻,即乾闼婆地区的紧纳罗女。此地的国王,也就是该仙女的父亲长有一颗马头,完全如同适宜于这些生灵那样(第 171 页)。他送给其女一种结婚的礼物,这是一尊绿玉的度母像。然而,我们知道在甘洲霍尔人那里的白哈尔的宝物中就登录有这样一身供像(请参阅上文第三章,“古迹”第42条),它同时也出现在格萨尔的护身圣物之中。我们还知道白哈尔(格萨尔的敌人)与北方弭药及乾闼婆的关系(见上文第六章)。《诺桑王子的故事》中的北方之国的确就是霍尔人及其对应者突厥人的地区,其首府即为香巴拉的卡拉巴(见上文第六章)。

我们已经知道了上师和英雄在镇伏顽石行为上的相似性。事实也很明显,上演的这出戏重复了同样的行动。牧人或被转轮王杀死的北方残忍国王应该相当于被关在石堆中的魔鬼,此魔叫作“八骏”(八马),这已经几乎就是北方的内容了。降伏者和被降伏者之间具有一种秘密的亲缘关系。岭地格萨尔的对应者就是突厥人中的格萨尔,也就是军王和马王;从前仅有格萨尔为军王,霍尔人或突厥人仅仅是马匹的代表。这就是对立和统一。格萨尔与其马(它又与北方的香巴拉有关)不可分割。尽管他与其作恶多端的伯父明显对立,但最终也与他相混淆了。此人又与霍尔人及其近属——北方之魔鲁赞联系起来了。他特别是从霍尔人的守护神、苯教之神、白梵天神处取得后来变成了觉如之马的魔棍。

这些内容有时被彼此混乱地搅在了一起,有时又被孤立起来,并与一些不同的情节钩扯在一起,我们还可以指出它的另外一个例证,它可以说明在格萨尔史诗、戏剧和土著仪轨著作中的喇嘛教诸说混合论。

格萨尔史诗中的7名屠夫

我们在思忖《诺桑王子的故事》的剧中人——7名“屠夫”(据沃德尔认为)自何而来。我在该藏戏剧本的行文中没有找到他们。相反,他们的数目至少会使人联想到在由其他骑木棍的老翁(也共有7名?)经常来往的市场戏中的7名汤东。

当觉如说诞生时,其伯父晁同便决定杀死他。他此时请求北方之魔鲁赞为反对青年英雄而派遣“7名屠夫”。觉如不能够战胜他们,但他在其天神母亲的指教下便成了他们不能粉碎的顽石(“唐古特A种语言”文本,鲍塔宁,1893年,第二卷,第7页)。在拉达克的版本中(《春天里的神话》第五卷,下拉达克版本,第82页),其对应的人物是7名带足枷的盲人(在江孜木刻本中共有18

名,见第一卷,第 11 页)、残酷的巫师(同上引书,第三卷,第 167 页)。但在其他地方,他们又被 7 名骑士(雅哇迦顿)所取代,这是由北方之魔应晁同的请求而派去反对格萨尔的(江孜木刻本,第一卷,第 12 和 13 页),其中第 7 名叫作赞果(粗暴而野蛮的人,赞是一类魔怪)。

然而,如果说觉如在另外一种文本中变成顽石以抵御 7 名屠夫(这又使人联想到了汤东的仪轨和藏戏《诺桑王子的故事》),那么他在本文本中却具有一种战胜 7 名骑士的奇特方式,而这种方式又再现了汤东传说中的另一种具体细节。

在江孜木刻本(第一卷,第 12—13 页)中,觉如说服了第 7 位骑士赞果,用其马交换木棍马以渡过黄河,并到大河的彼岸夺取食物。这样做了之后,觉如对其木棍(即他从晁同处得到的那根,而晁同又是从霍尔人的神那里获得的,它是一匹"魔马")下达了淹死 7 名骑士的命令。各种蒙文本中也清楚地知道这一情节。据北京木刻本记载,为了降伏骑马而来的 7 名魔鬼,觉如用其 7 根具有能劈开山海之能力的白木棍马(这都是藏文本中对共骑木棍的 7 倍再现)来交换他们的马匹。魔鬼们骑木棍马渡江,但木棍都变成了游鱼,魔鬼都淹死了(施密德重版译本第 36 页,柯津译本第 59 页,木刻本第 23 页)。在布里亚特文本中(柯廷,1909 年,第 131 页),格萨尔把 9 棵桦树(白皮桦)变成了 9 匹青色的马。它们一旦被魔鬼骑上之后又重新在黄河中游泳并变成了桦树。

观众中的白色老翁在汤东降伏石头中的"哈拉八骏"魔鬼时骑木棍马前来,它似乎完全可以通过此类内容来解释。我们可以核实这一切。

首先,雅哇迦顿(7 骑士)与 7 名屠夫完全相同,属霍尔人的组成部分,据曲扎字典解释,ya-pho 一词意为"屠夫"(刽子手)。然而,《格萨尔王传》史诗的所有文献都知道屠夫与铁匠并列存在,就如同是形成了霍尔人的军队一般,尤其是其首领屠夫梅乳则。在霍尔人中,大家还知道 7 名强盗骑士阿延甲巴迦顿(或延甲巴迦顿),他们是霍尔黑帐王的谋士,都逃到了西部冈底斯山附近,威胁要卷土重来,并与西部霍尔人结盟(请参阅上文第三章)。[43] 为了降伏他们,格萨尔摇身一变成为 7 名舞伎,他们将所有村庄的人聚集起来表演节目,完全如同为骑木棍到达的"老翁"演戏的 7 名汤东一样。然而，他们却如同杂耍演员或街头卖艺者们扮演的“国王”(头戴三尖王冠)一样(请参阅第七章图10)。但木棍马的内容却说明了它，于此在降伏者和被降伏者之间具有一种密切的关系。这种相似性以及对立性同时也完全是在觉如与其伯父之间存在的那种关系。有一个情节使人联想到了被淹死的魔鬼的故事。觉如使晁同及其9子中的8名渡过了黄河，惟有晁同得救，他的8个儿子均被淹死，并变成了水中的魔鬼(巴科藏稿本，第33页)。

但是，在仪轨书和戏剧以及史诗之间的所有这些联系，这种对相同内容的共同使用都极为重要，尤其是它可以使人立即理解喇嘛教的诸说混合论。那些被降伏的人物事实上都进入了其万神殿。

仪轨书中相同的人物

我们首先对人名作一番总结。在那些已经被看到的人中还应增加另外两个人。据我从一名弭药老喇嘛处搜集到的一种口传说法认为，由鲁赞派遣来消灭新生婴儿的7名妖魔叫作若巴迦顿(7名杂耍骑士)。觉如变成了一个孱弱和悲惨的儿童，其丑马变成了木棍。他使魔鬼们相信它们搜寻的觉如正在江河的彼岸。他向它们指出了骑其木棍渡河的道路，并告诉魔鬼们说应该坚持穿其旱獭皮衣。旱獭皮始终保留在它们手中。当它们快淹死时，于是便向觉如祈祷，并向他奉献它们的“命根”(生命实体)。觉如使它们变成了佛教的保护神。喇嘛声称，这就是若巴迦顿作为喇嘛教之神的来龙去脉。

我们已经更进一步地向前发展了。正如在已归附了格萨尔的魔鬼或敌人的其他许多例证中一样，此人对莲花生降伏敌人的模式施加了巨大影响，莲花生也可能以同样的方式把当地的土著神纳入到了万神殿中。若巴迦顿的一种仪轨书确实载于《神教》之中(第15卷，第七章，第28页)，它们骑着长有“风翅”的红鬃马，保护了马匹(第29页)和捆绑住了土匪。大家称它们为桑果若巴迦顿，这就再一次把它们比定为江孜木刻本中的桑果雅洼迦顿。然而，这一切同样也是一种仪轨书的内容，《夜叉雅哇迦顿经仪轨书》其作者为五世达赖喇嘛(《五世达赖喇嘛全集》第二卷，该书被严格保密，是宁玛巴的著作，第12卷，东北大学目录第5818号)。据东北帝国大学《西藏大藏经总目录》第5818号的提要来看,这里是指“中了马头明王法术和被莲花生变成了佛教守护神的夜叉7兄弟”[43]。

这条资料非常恰当,完全会引起我们浮想联翩。非常明显,土著神被纳入到传入吐蕃的印度佛教之中了,从而可以用于装饰喇嘛教的万神殿。可是,现在尚完全难以断定喇嘛改编者们是否在格萨尔史诗中发现了这一切,如同弭药的老喇嘛所相信的那样。相反我们却觉得很可能是格萨尔史诗也把它们都纳入到已经形成的喇嘛教中,把格萨尔说成是莲花生的一种先前显相,并把他及其木棍马都与马头明王联系起来了。五世达赖喇嘛非常熟悉岭·格萨尔,认为岭地喇嘛也是莲花生的一种化身,指出了格萨尔在黄河上游地区的遗迹(请参阅上文第三章,“古迹”第20和第54条)。还有比这更精彩的,也正是此人(五世达赖喇嘛)在描述拉萨寺庙时提到了一个叫作逗钦辛巴梅乳的人,即“大罪孽者、大屠夫梅乳”。此人在格萨尔史诗中是霍尔王的大相,后来变成了格萨尔侍卫随从中的一名英雄。尽管五世达赖喇嘛熟悉格萨尔史诗,但却在有关这个人物的问题上丝毫没有提及。《神教》于上文提到的仪轨书中对《格萨尔史诗》只字未提,可是它却知道一名自称是格萨尔的骗子。最晚是在1779年,松巴堪布相反却将雅哇迦顿与格萨尔史诗联系起来了。格萨尔史诗是否仅仅在1650年之后才吸收了这些人物呢?现在根本不可能对此作出决断。只要大家尚未更深入地研究和在可能情况下对本处提到的喇嘛教仪轨书作出决断,那就最好是应该谨慎地保持我们的判断。

据江孜木刻本(第13页)记载,在玛曲河(黄河)中淹死的雅哇迦顿7骑士便变成了宗教的保护神,于是便被称为“热情的(灼热的)7兄弟”(巴尔洼彭顿)。《神教》确实是以这种名字为它们写了一种仪轨书《赞部巴哇7兄弟的事迹》(见有关汉地一卷,第145页),它被用于招致冰雹的降落。在18世纪中叶,这些人物都已明显地与羌地(北方)王爷们联系起来了,而这些北方王爷又与弭药和香巴拉相联系,汤东杰布也正是在那里活动的。当大师赴羌(北方)的一次旅行期间,该地区之主将其女儿许婚予他。文中利用这一机会而含糊地讲到了“第一个赭面人”拉赞岗玛尔,属于巴尔哇彭顿家族(见那塘版《甘珠尔》的目录第52页)。

巴尔哇彭顿(热情的7兄弟)在喇嘛教中变得很著名了。隆多喇嘛(《全集》第七卷,第14页)为此提供了一幅名表:第一位是祖玛波,也就是桑耶寺的保护神;第二位是几曲(拉萨地区)的宗赞,我们知道他已被比定为格萨尔、贝则和关帝,被称为"辛巴"(屠夫,刽子手),而且是从1748年起即如此了(见上文第三章,"古迹"第22条),第四位(原文中的第三位付阙如。——译者)是岗卡那的鲁赞,其名与格萨尔史诗中北方之魔的名字相同。同一位作者(第13页)又把祖玛波考证为羊勒比的"屠夫"。所有这些考证都与藏戏《诺桑王子的故事》和《格萨尔王传》的史诗中7名妖魔的名字相同。

赞果(粗暴而野蛮的)巴尔哇彭顿(热情的兄弟)都是一些"将军"。他们在一部有关"白哈尔王"的仪轨书中也被提到了。[44]这就可以解释为什么贝则可能会被比定为宗赞和格萨尔,而同时又是格萨尔的敌人。我们在格萨尔和白哈尔之间还会发现相同的亲缘——对立关系(请参阅上文第六章,第291页)。他们所有人都是战神。他们之间的相同性和对立性要归结为在山神和地神之间呈现的那些关系,表面在马匹和木棍马的双重内容之中。这种统一对立性不会不在格萨尔史诗中出现其不合逻辑的或互相矛盾的表现形式。因为从该部史诗的开头部分起,模棱两可或犹豫不决就形成了北方之王(但也是霍尔人或突厥人的国王),同样也是北方的马王格萨尔之内容的典型特征。在格萨尔史诗中,它也确定在突厥人的格萨尔(马匹、军队、赛马等)和岭地格萨尔之间时共存之中。

格萨尔史诗中的突厥王叫作多钦(大力)托果王(《朱古兵器国之部》),霍尔人的强盗7骑士都附属于他(请参阅本章注[42])。但在其他地方,格萨尔则在霍尔人之前降伏了一位托嘉杰王(托王),即托托热钦或托热巴哇,他生活的北方并与霍尔人有关系(如同霍尔人7骑士、巴哇顿巴一样)。[45]

但现在这些名字和这些内容都已被《神教》用于制造一种有关"赞王"托果的奇特仪轨书,其页边的小标题中带有一个"辛巴"(屠夫,刽子手)的意味深长的称号(第28卷)。托果杀死了无数生灵,任何人都无法战胜他。忿怒明王、马头明王和金刚持都被点将去完成这项任务。但托果却不害怕他们那牛叫声的力量。赭面人马头明王与他进行了一场“计算”比赛(这似乎是一场围绕世界的赛跑),但赛输了。大力坚持与他进行一场幻术比赛,同样也输了。金刚持在一场巫术斗争中与他较量,依然未获成功。最后魔鬼亲自指出了“吐噜咕噜”(Ku-lu-ku-Lu)的真言咒语,惟有这种咒语才能降伏它,它也在布讲自己的仪轨书。大家应该把它想象成手持武器和骑一只红色飞鸟者。接着是一种“梵文”术语,其中包括“玛—如—孜”。它是“三界之王”(完全如同格萨尔一样),手执一根红色长矛(就如同毗沙门天王和杂耍演员——格萨尔一样。请参阅上文第七章)。这种仪轨书的后面紧接着另外一种,是有关红色和黑色的“屠夫”(刽子手)的。他骑跨一只红色金翅鸟,并一眨眼间就“计算”出了四大洲,这就说明该“屠夫”与托果屠夫是同一个人。本处的“梵文”真言也相同(带有“玛—如—孜”)。

这种仪轨书清楚地说明了诗歌或戏剧创作的方法,神通教徒都表现得力所能及。作家米居多吉是一名幻觉者,也是一名“掘藏师”。这些掘藏有时是真正以稿本的形式被发现的,有时则又是以修道中的梦或幻觉的形式取自“心或空(天)的宝库”。大家从中可以窥视到这种神通在何种程度上酷似史诗中的灵感启示和史诗是怎样使用这一切的。其“作者”可能就是这些神通喇嘛之一。仪轨书和格萨尔史诗的组成都是具有默契和吻合性的。我们研究了霍尔人的7名骑士,最后找到了托果的仪轨书。这后一种仪轨书与“屠夫”和玛—如—孜相联系。然而,被格萨尔降伏,变成其朋友的霍尔人的大相就是“屠夫”梅—乳—孜。

从《罗摩衍那》到《格萨尔王传》

3.“罪孽的屠夫”梅—乳—孜的情况值得作一番研究。它从一种奇特的角度说明了史诗的形成方式。在这部史诗中,他属于霍尔人的托果世系(《朱古兵器国之部》稿本,第一卷,第60页),他是托果热钦的孙子逗巴热扎(罪孽王子)的5个儿子中的年长者(同上引书,第二卷,第85页)。他是“屠夫”,为红色者,具有阎罗王的外貌(第一卷,第211页;第二卷,第85页)。据在噶伦堡受到的询问的一位宁玛巴喇嘛认为,他长着红色的头发。据一名蒙古喇嘛认为,大家在蒙古称之为乌兰—巴托尔(红色的勇士),并认为他是一名额鲁特人。其宝刀可能收藏在噶玛巴教祖所在的寺院楚浦寺。这两种比较已由文献得到了证实。一世噶玛巴都松钦巴(1110—1193年,于1159年建筑楚浦寺)降伏了逗觉杰波(逗觉王,逗钦辛巴在某些文本中也享有这个名字)。[46]当他转世为二世噶玛巴拔希(1204—1283年)时,其过去的施主也转生为蒙古皇帝蒙哥汗(1251—1259年,见巴俄祖拉陈瓦的古史《贤者喜宴》第13卷,第17页)。

在喇嘛教的万神殿中,这名叫作玛—如—孜的屠夫成了昌仁(相当于贝则,蒙古人的保护神。见聂伯斯基—沃热科维茨,1956年,第92页)。至于贝则,他则是于阗的宗教保护神(同上引书,第89页)亲信中的21名"屠夫"之一,生活在玛—如—孜的墓地(第90页)。这种传说与比较古老的文献和印度观念非常吻合。在《莲花生遗教》(第45、91、172页,图散译本第105、215、410页)中,玛—如—孜的故乡是在波斯和香巴拉之间提及的,而且与于阗或与阿柴和勃律(吉尔吉特,其后是香巴拉、象雄、大食、格萨尔、托噶尔、夜叉、如玛)形成了一个整体。[47]印度文献也把白匈奴、阿伐干纳(阿富汗?)和玛如—秦(从汉地到蒙古之间的戈壁沙漠)列入受同种吉星图的星相影响之下的地区。[48]这里是指印度西北部的中国部分,这也就是为什么玛如被确定在奇特拉尔。

西藏的宗教出家人过去都懂印度经文,他们可能会把"屠夫"玛—如—孜与蒙古联系了起来,同时又把蒙古与北方的玛—如—孜(玛如秦)地区相混淆了。"屠夫"的形象也具有一种印度起源,这就是在敦煌写本中存在着一种藏译文的《罗摩衍那》。夜叉俱鞞罗(在北方)被毗沙门驱往了地狱。玛如孜是其大相,他完全如同西藏梅—乳—孜一样也长着红色头发。罗摩那(罗摩)镇伏了他。[49]正如托马斯所指出的那样,玛如孜就是印度经典文献中的摩利加,也就是变成了十首王(哮吼罗刹)大相的妖魔。摩利加首先劝阻其君主抢劫罗摩妻子,而且后来又帮助他完成了劫持。在格萨尔史诗中的情况也如此,梅—乳—孜首先曾阻止霍尔王绑架格萨尔的王妃,但接着却参加了针对岭地的抢劫。在喇嘛教中,十劫王的妖魔之岛变成了能降伏妖魔的莲花生的居住处。我们在有关卡尔梅克说唱艺人之起源的问题上发现,莲花生的这一"活动阵地"被与地狱相混淆了(请参阅上文第八章)。所以大家发现梅—乳—孜被称为阎王,或者是红色梅—乳—孜被称为阎王的大鬼卒

(鬼卒也作为莲花生“净土”的舞伎而生活的魔鬼岛上)[50]。

这是势在必行的结论。格萨尔史诗中的梅—乳—孜的形象、他对霍尔人地区的依附、与北方7名骑士或7名屠夫都出现在喇嘛教中,并通过喇嘛教来解释。喇嘛教是从印度史料,尤其是从格萨尔史诗与外邦名录中汲取了所有这一切。二者必居其一,或者是《格萨尔王传》史诗的作者从已经吸收了印度观念的喇嘛教中汲取了这一切,或者是他直接受到了这些已在藏译文中为人所知的印度观念的启发(这些藏译文并未被封藏于敦煌石窟中,多罗那它知道它)。对于格萨尔名字的爱慕更容易使人接受,尤其是《罗摩衍那》和地区名表中的所有两个玛乳孜均与北方的人物和地名有关系,我们已经指出(上文第六章)它们与《格萨尔王传》史诗的连接点:毗沙门—俱鞞罗和泰(支那)。

大家只能坚持认为把“造孽的屠夫”纳入史诗中是很晚的和表面的现象。这个人物于其中起了重要作用。大家不可能在不有害于故事的情况下删除它。他也出现在所有的文本中,甚至是那些大家认为是最早期的口传本(而我们从此之后便知道它们仅是前一些的反映)中,如拉达克文本(天帝释米如)、吉尔吉特文本(尚都米如)和蒙古文本(辛曼·比乳则)。

我们提出了喇嘛教和格萨尔史诗在“造孽的屠夫”梅乳孜问题上的关系,五世达赖喇嘛在拉萨讲到了梅乳孜而又对格萨尔只字未提(上文业已讲过)。对于这一具体情况,我们至少可以肯定地说格萨尔史诗的起源绝不是民间,而是知识界。西藏人则认为,格萨尔史诗确实为喇嘛教提供了一些人物。弭药的老喇嘛向我确认了这一切。昌巴桑塔在讲到阿达鲁姆(龙女,《格萨尔王传》史诗中的女英雄,但也是附身于通灵人的神)时,也持同样的观点。他为了支持其论点,向我提到了热高藏,也就是大家在格萨尔的仪轨书中发现的“长山羊头者”(见上文第七章)。这其中很可能有一种反响。格萨尔史诗一旦形成之后,它就可以向喇嘛教的万神殿提供一些人物。格萨尔正是以这种方式变成了战神之一,并接受崇拜。据为我提供资料的一个人认为,格萨尔史诗可能是由三世噶玛巴让迥多吉(1284—1339年)开创的,其传记中可能提到了这个问题。但这一切显得似乎是不大可能的。由巴俄祖拉陈瓦所著《贤者喜宴》和《噶玛巴传》提供的虽经删节但却相当充实的故事对此却只字未提。大家可以说的一切仅仅是，噶玛巴教派确实在整个康区，特别是在岭与德格地区施加了一种巨大影响（请参阅第五章）。

我们发现，说唱艺人为了使自己处于神灵附身的兴奋狂舞状态和招请英雄的手段与成就者们的做法如出一辙。然而，吐蕃的出家人是在印度发现这种做法的，他们不是向格萨尔史诗借鉴到的它。当然，它始终是招神的诗歌形式。土著诗歌可能于其中起了作用。但我们已证明了格萨尔史诗在何种程度上依赖很早就已在吐蕃出现的印度歌曲和戏剧。说唱艺人的帽子与米拉日巴、其弟子和莲花生的帽子具有许多共同点。他是否仅仅是模拟了这些人呢？这些宗教人士那如此特殊的帽子在自己一方无疑也是受到了世俗人模式的启发。我们应防止简单化地行事，关系是多方面的和相互的。大家在民歌史的问题上已经讲到它了：各种文本都是民间口头流传的，但一旦当其中的1、2种文本是由有学问的作家以文学的形式搜集到时，一旦当它被撰写成文并获得一名作者的烙印，这种新的文本就倾向于取代或影响口传本。西藏史诗的历史也可能是走了一条相似的道路。出自节会斋供活动和先祖故事的口头传说从未停止过生存，但它很早就被宗教出家人独占了。在将它们积聚于一些非西藏概念中时，这些人不仅仅创建了喇嘛教，他们也主宰了《格萨尔王传》史诗的形成。

诸说混合论中的北方

4. 反映在格萨尔史诗中的喇嘛教诸说混合论是根据一种始终不渝的内在逻辑发生作用的，从而形成了一种非常统一严密的体系。我们可以借助一个例证而证实其机制作用，其价值就在于证明我们在第六和第七章中阐述的比较是理由充足的。这里是指北方的内容。它对于格萨尔史诗来说是至关紧要的，因为是它使我们理解了英雄的名字本身和它所包含的整部民间文学与明显被确定在西藏东北部的土著传说的结合。其连接点就是安多的弭药，它是“原始部族”冬族、其先祖神话及其世系传说之继承者。该弭药就是北方，其头人的尊号“北方国王”在安多地区一直沿存，又加上了一个完全是四天子理论中的格萨尔所专有的“军王”的尊号。有关北方特别是有关香巴拉的所有联想都形成追随弭药的君王在吐蕃中部的羌（北方）地周旋的路线。我们在那里重新遇到了与拉萨北部的噶当巴寺院热振寺有联系的香巴拉(见上文第三章,“古迹”第26条)。民间文学也走过一条同样的道路。我们在一本《尸语故事》的故事集中又重新发现了《格萨尔王传》的史诗和安多果洛先祖传说的主要内容,而该故事集特别是由热振寺的噶当巴创始人使用和传播的。

这样一来,我们就会理解使得由黄教派采用《格萨尔王传》史诗变得可行的原因。除了红教诸派(噶举巴、宁玛巴和噶玛巴)之外,还有黄教的格鲁巴仰仗其名望的噶当巴教派,他们同样都促进了《格萨尔王传》史诗内容的传播。

如果说西藏的最后一位摄政——热振寺主被认为是岭地长者总管王(见上文第三章,注[34])或一名喇嘛教上师的化身,那么笼统所说的“热振王”就可能是牟笛赞普的化身(据昌巴桑塔的看法)。我们知道这后一个人,他是曾降伏了四方“神选国王”(连同北方的格萨尔在内,请参阅上文第六章)的转轮王内容的中心。[51]昌巴桑塔一直认为,热振王未来应是香巴拉的将军僧格嘉巴(百狮),后者在环抱香巴拉的山脉中指挥右翼军。他可能是受日丹扎波(“忿怒的”具种王,他并非别人,恰恰就是格萨尔)将军的指挥。据其他人认为,这位将军可能是班禅喇嘛的化身。[52]

因此,这就是与格萨尔相竞争的黄教派的最高僧官之一。大家从此之后便会理解他鼓动刺激了对贝则的信仰以及把贝则比定为关帝的做法,他曾长时间地调查格萨尔的历史,并写了一部香巴拉地志。为什么会是他而不是另外一个人呢?因为他是阿弥陀佛的化身。我们知道后者也附身于马头明王和格萨尔的马身上。然而,良驹宝马始终是香巴拉的典型特征。

香巴拉和英雄的马

格萨尔史诗忠实地反映了这种理论。格萨尔的马把说唱艺人带往香巴拉以向他传授“赛马称王”的故事(林葱木刻本第三章,第109—110页)。该马恰恰就是马头明王,并被说成是“来自乌仗那地区”,它生活在北方的野骡或野驴之中(第三卷,第6页)。格萨尔应该是生活在北方的日丹(具种王)的忿怒具铁轮王(第二卷,第2页)。在其他所有的地方,其中包括在米庞祈祷格萨尔的愿文(第12卷,第26页)中,将军的名字叫忿怒具轮大自在天王。林葱木刻本的刊布者为什么会从中加入一个“铁”字呢？他明显是暗示“四轮王”的理论，其最后一位铁轮王统治了南瞻部洲，成吉思汗可能被比定为此人（见上文第六章），此外，他仅仅在名字的形式中作了改进。这种内容也出现在经典文献中，具轮大自在天王将军由于一种自天而降的标记——铁轮才获得了天王（世界之王）的封号（《隆多喇嘛全集》第六卷，第12页）。

把格萨尔比作香巴拉将军的做法是非常严密的考证。它直接出自与蒙古霍尔人和拂菻人相联系的冲木或突厥（马匹，军队）的格萨尔概念，而所有这两者都已被比定为香巴拉（请参阅第六章注[83]和[85]）。我们已经发现了“财宝”（伊朗）和“军队”（北方）的概念自西向北的转移与交迭重复。然而，随着主宰诸说混合论这种奇特逻辑发展的同时，也是一部苯教护教短文所主张的内容。它们的发源地是大食（伊朗）的俄木隆仁，于其中却被象雄的居民们称为“大食冲巴岭”，但却被印度人称为“北方的香巴拉”（赫尔曼，1956年，第236页）。

这些比定是极其巧妙地使得把格萨尔与其马联系起来的考证互相迭合。香巴拉的将军具种王扎波（风暴神）以其对“会讲话的宝马”之修持而战胜了蒙昧人（胡人）或阿修罗（非天。详见《如意宝树史》第一卷，第39页；格伦维德尔：同上引书，第75页；《宗教流派晶鉴史》第201页提到了《时轮根本怛特罗》）。更为奇妙的是藏文文献提到了具种王（日丹）一名，而《时轮根本续王经》的相应梵文文献（第一卷，第158页）提到了迦勒吉（Kalki，白马）未来救世者。（见格伦维德尔：同上引书，第75和95页，第466页的注释）。[53]然而，这种迦勒吉是毗湿奴以白马形式出现的最后一次下凡时的化现。一种繁琐的辞源可能会把迦勒吉（Kalki）与具种王（Kalka）进行一番比较。据达斯辞典（第1181页）解释，日丹（具种王）就相当宝马，这是因陀罗的坐骑大耳马的名称。但本处所涉及的不仅仅是名字的混淆，它与毗湿奴轮回的关系是真实可靠的。

格伦维德尔正确地指出了（同上引书，第95页和466页注释；1900年，第41页）在《罗摩衍那》和毗湿奴神话中所隐含的意义。事实上，香巴拉的将军具种王（忿怒转轮王）的战友是哈努曼达（猴王将军或猿将。见《宗教流派晶鉴史》，同上；格伦维德尔，同上引书，第79页）。两名摩罗出现在香巴拉国王的名表中，隆多喇嘛

(《全集》第六卷,第10页)把他们考证为毗湿奴的两个化身,即第6位罗摩和第7位黑罗摩。所有这些观念确实均派生自毗湿奴的传说(《摩诃婆罗多》和《迦勒吉往事书》)。其第七种化现就是罗摩,即曾在猿猴将军的帮助下于楞伽岛战胜妖魔罗代拿的十乘王的儿子。他以迦勒吉之名和作为香巴拉一名婆罗门(教士)的儿子而诞生于我们的世纪末。他具有一匹能在各处驰骋的金翅鸟(碧玉色)马和一只懂得一切的鹦鹉。他降伏了所有的蒙昧人和不信教的人,成了一名转轮王。[54]

这其中存在着一种可以把这种长诗与《格萨尔王传》的史诗和莲花生联系起来的因素,这就是毗湿奴在过去也曾具有一种马匹的外形(马头明王、马的头颅或脖颈)。他就这样居住在乳海之畔。

西藏史诗正是这样理解它的。据林葱木刻本(第二卷,第2页)记载,作为具轮大自在天(具轮铁王)的格萨尔的传记出自乳海。[55]在《罗摩衍那》的藏译本(敦煌写本)中,世界之主毗湿奴统治了北方的乳海。这种观念可以使人再一次把他与北方的净土之地等同起来。乳海位于须弥山(苏迷庐山)之北,是白色之岛(洲)的典型特征,而白色之岛也如同香巴拉一样被定位于突厥斯坦,并与"王中王"增长天有着密切的联系。那里是持明巫士们的居住地,那里的居民全部身穿白衣。[56]一种名字的巧合可以使诸说混合论的作者们把这一切都与岭地的格萨尔联系起来。这后一个地区如同弭药一样是冬族之地。然而,弭药(它被移到了羌地或北方,同时又被比定为香巴拉)人则被称为冬族持明(石泰安,1953年,第238页注释)。这就是通向北方俱卢洲地区的一条路线:大家先到达建有增长天之宫殿的冈底斯山;然后再到达凤凰山,巫士居住在那里;再到达曼纳卡(Mainākа),那里有些长马头的女子;再到达香山(吐蕃人认为是于阗)和北海,马头神(长马头的毗湿奴)就诞生在那里。[57]曼纳卡必然会使人联想到弭药。

这些定位与战争英雄及其马之间的关系互相吻合。我们已经发现,格萨尔史诗与有关汤东的相似传说导致了这些人物的双重面貌,一方面是神的外貌,另一方面又表现为妖魔。一方面是霍尔人的7名骑士和被关闭在岩石中的魔鬼八骏,另一方面是大家在一幅绘画中看到了香巴拉国王及其将军。这后者如同关帝一样生就一种枣红面庞。他由7名骑士陪同(列辛,同上引书)。8名骑士都有毗沙门和吐蕃人的著名战神的典型特征。这种双重面目也出现在《罗摩衍那》的古老藏译本中。毗沙门天王在其中与增长天及其魔子战斗,并将他们驱逐到了楞伽岛上。但这种对立又加上了另外一种对立,即罗摩及其将军猿将与楞伽岛之魔罗婆那的斗争。该妖魔于其中被称为"十首"或"十头",因为它长有10颗头颅。这些头颅之一是一颗马头(托马斯;同上引书,第197页)。在香巴拉的长诗中,这个罗摩变成了迦勒吉(白马),其马性是肯定无疑的。与善良的转轮王相对立的是邪恶的转轮王,与神马相对立的是魔马。[58]

当我们试图(第七章)理解英雄、说唱艺人及其奇装异服的双重矛盾时,这种二律背反论就已经经常出现在我们面前了。我们一方面发现了可以与毗沙门、弥勒、佛陀和辛饶的法冠相比较的头戴,另一方面是马、驴(与狮子和猕猴有联系)的飞鸟。

迦勒吉有时是一个长着马头戴法冠的人,有时又是一个以其长绿玉石翅的白马而取胜的白梵天神。此外,他那热衷救度的性格使人联想到了骑白马的弥勒佛的特征。所有这二者均与北方有联系。大家没有放弃机会将白马的相似内容(佛陀或观世音,它能拯救受诸如雷云或头发那样的魔鬼威胁而被淹入水者),甚至是类似的伊朗内容(索西昂和克列萨斯巴英雄,瘦马)与这一切进行比较。[59]

这些相互印证最终证明了我们的比较已得到了充分确认。最后一种出乎意料的证据是由巴俄祖拉陈瓦的古史(《贤者喜宴》第13卷,第144页)向我们提供的有关15世纪的情况。1474年,七世噶玛巴却扎嘉措曾在热振寺产生过"噶当巴的教理保护者楞伽十颈王(罗刹王)"的化现。该人物出自《罗摩衍那》(详见上文),而热振"王"可能是香巴拉的一位将军。无论大家转向哪一方面,肯定都会发现考证和比定的一种很严密的体系。但我们有关诸说混合论以及喇嘛教和格萨尔史诗之间的共同特点的调查并非是徒劳无益的。我们更好地理解了造成它们的社会背景。

这里所涉及的并非仅仅是印度的佛教史料。我们还必须从中加入两部印度史诗与诸如毗湿奴教那样的非佛教宗教。无论如何,对于我们所掌握的有关西藏大出家人那创世能力和诗歌才能的一切情况,印度提供的这些非佛教的内容未被《格萨尔王传》史诗直接使用,而是在被佛教,尤其被时轮吸收之后间接使用的。西藏的传说为这后一种做法确定了一种北方的起源,其传入吐蕃的时间被定于1027年。这种定位法可以使我们联想到突厥斯坦对于民歌传播的重要地位。这个时间对我们的知识未增补任何新内容。米拉日巴和阿底峡正是在这个时代开始活动的,我们知道他们对于民间内容传播的支持。但吐蕃人在这个时代已经知道了《罗摩衍那》。单独论述形成《格萨尔王传》史诗的各不同社会阶层之愿望导致我们在本章中强调出家人在一个非常古老时代所起的极其重要的作用。这种论述的必要性却不应使我们忘记世俗界。世俗界不仅仅由我们于前一章中已经指出的藏族土著成分所代表,我们还必须从中加入一整批外来的民间文学,包括印度的、伊朗的或其他地方的,它们或是直接地从南方或西方,或是间接地从北方和突厥斯坦传到吐蕃的,甚至可能是转弯抹角地从中原汉地传入的。《罗摩衍那》的命运于此使我们浮想联翩,其英雄猕猴(猿将)是形成一部汉文小说中的猕猴孙悟空的形象基础。所以,我们应谨防得出过分仓促的结论和过分草率地表态。我们仅仅可以说,除了土著内容之外,为格萨尔史诗提供营养的强大的外来因素之潮流得以通过两条渠道传入其中:一种是直接地通过说唱艺人、滑稽演员或外来商人的媒介作用而传播,另一种则是通过曾采纳和改编了这同一批非西藏内容的宗教人士的作用而间接地传入。无论如何,这些宗教人士在《格萨尔王传》史诗的形成过程中都起过一种极其重要的作用。

注　　释

[1]阿尼玛卿山可能被绛曲哲科选为"宗教的守护神",他可能被称为岭·格萨尔的喇嘛(请参阅上文第三章,《玛卿蚌拉山祭祀文》第4页)。

[2]我讲"似乎"是因为我未能仔细地阅读整部编年史。其中确实提到了已发掘到的沃洛格萨尔的稿本,系由掘藏师桑结喇嘛于13世纪(?)掘得(见该书第八章,第51页)。但这仅仅是由雕版者造成的沃洛·格噶尔(噶尔)之误,这是一个位于尼泊尔北部的地方(图齐:《赴尼泊尔3次科学考察的初步报告》,罗马1956年版,第14页;图散:1933年,第376页;德格版本第159页确实写作洛沃·格噶尔)。

[3]尤其是四卷本的《七库》(德格版本)。一卷诗歌(共388页)叫作《隆钦·智美俄色著作散集》。

[4]《格鲁巴教法传承中的耳传教法》,请参阅东北帝国大学《西藏大藏经

总目录》第6001和5880号。

[5]劳佛尔(1901年,第93页)指出,弗兰格揭示出了格萨尔史诗中对宗教的批评但这并不意味着格萨尔史诗是由与僧侣界相对立的民间形成的。他指出了在莲花生的授记(预言)中对不道德的祭司们的批评。此外,这种态度要追溯到古典的《罗摩衍那》。据拉摩特认为,大量经文都只不过是"反对宗教界的抨击性著作"(有关《罗摩衍那》的形成,请参阅费斯克里夫特·韦勒:《亚洲研究》,莱比锡1954年版,第379页,附有例证)。有关《格萨尔王传》史诗的情况,请参阅上文第七章注[23]。

[6]请参阅上文第七章注[31]已经引证过的韦登格伦的一篇令人赞叹不已的文章(有关方济各会士的情况,特别请参阅第79—84页)。

[7]请参阅萨希杜拉赫:《坎哈和萨哈拉的神秘歌》,巴黎1928年版。我们应该指出,这些诗人使用了一种"秘密语言"(空行秘密教诫。请参阅,同上引书,第9页;达斯辞典,第1033页)。它是以譬喻和借鉴的形象组成的,完全如同格萨尔史诗和轮唱谜语歌中的语言一样。有关米拉日巴的道歌和挤牛乳的歌之比较,请参阅图齐:1949年,《西藏的画卷》第一卷,第98页。

[8]请参阅格伦维德尔:《84种巫术的历史》,载《档案指南》第五卷,第4—5期。

[9]巴科《米拉日巴传》,巴黎1925年版以及继其后的伊文斯—温茨(《西藏的大瑜伽行者米拉日巴》,牛津1925年版)都理解作"喜金刚",托尼·施密德(《米拉日巴的道歌》,斯德哥尔摩1925年版,第15页)理解作"圆满金刚"。但"笑"的意义则是确切无疑的。桑德贝克(《西藏和西藏人》,伦敦1906年版,第252页注[1])正确地译作"笑金刚"。

[10]大家可以比较一番穿小丑衣服的跳舞的苦行僧(韦登格伦,同上引书,图17)。

[11]大卫—妮尔:《未刊藏文文献集》,巴黎1925年版,第151—154页。

[12]冯·玛侬:《论西藏的书目》,载《孟买亚洲研究会会刊》新编第18卷,1922年,第171期。卫地的疯子是贡噶赞保(生于1457年);藏地的疯子是与他同时代的人(但不应与生活在此之前很久的藏地疯僧黑茹伽相混淆)珠巴衮雷,他的情况也是这样。后者与拉垄(位于日喀则的东南)的珠巴寺有关。该教派在不丹(珠地或布噜克巴)广为传播。有关珠巴衮雷的轶事趣闻,请参阅达斯:1920年,《日记》第125页;赫尔曼,第253页。

[13]在收获时举行充满隐喻的赛歌(《米拉日巴道歌集》)以及对苯教仪轨的模仿,请参阅赫尔曼,1950年,第279—291页。

[14]位于西藏的西南部,他曾在那里生活过很久。他与此同时伴唱和模仿的门族女子们的歌曲也如此(第一卷,第118和142页)。其他的则是工布女子们的歌(第142和149页)。

[15]下拉达克文本,第61页:"在四侧都拴有绳索,这是我统治四大洲的标志"(我们应该指出,这后两个字被破坏了,如同在成文本中那样应停止在btag一字上的诗歌的诗韵)。有关《格萨尔王传》史诗中的其他例证,可见林葱木刻本,第三卷,第56页,对珠牡行为的象征性解释;北京蒙古文木刻本(施密德书第16页,重刊本第15页):对新生婴儿觉如之丑陋形象的象征性解释(但没有"……的标志"一句)。

[16]完全如同在《觉域派文集》第38—39页中有关恰那波钦波的形象一样,首先是……pa'i rtags(多次),接着是……pa'i brda。

[17]语法小品词(kyis,gyis等)有时则不计在内。元音属格(pa'i)始终仅被算作惟一的一个音节(读作pä)。

[18]贾斯克:《试论米拉日巴10万道歌的口传》,载德国《东方学报》第23

卷,1869年,第549页:“经常是音韵不全的扬抑格的格律”;柔克义:《西藏米拉日巴的10万道歌》,载《美国东方学会会刊》,1894年10月,第六卷。

[19]《西藏的画卷》,1949年,第98页(请参阅萨西杜拉赫:同上引书,第125页和以下)。有关藏语的基本韵律,请参阅帕维尔·普查:《藏文诗》,载《东方文献》第18卷,第4期,1950年,第188—235页;第22卷,第4期,1954年,第563—585页;维克尔迪:《简论藏语韵律》,载匈牙利《东方学报》第二卷,第二、三期,1952年,第221—234页。对音节语调的读法已由贾克斯的资料所证实(《藏语语法》,1929年,补编第110页;普查书第123页)。古代的韵律是以五言律诗或六言律诗为特征的,而喇嘛教文献的韵律则以七言和更多音节为特征(普查书,第二卷,第579页)。

[20]弗兰格的石印本:《婚礼仪轨书〈不同标题的歌曲〉》,无出版地点,1904年,第12页。

[21]我们还应该提一下,珠巴衮雷携带猎人的弓弩和箭矢(见上文第七章)。

[22]“红线”在藏文中叫作thig-ras,这就是岗波巴领子上的细短绳、“朱砂明点”及其腰带“门地出产的布匹”。

[23]巴科确实将thos-pa dga'一名译作“喜讯”,因为其传(第10页)中似乎正确地指出,当其父获得他诞生的消息时,感到非常高兴。但米拉日巴于稍后不远处又指出:“经过一次起名字的盛大斋供之后,我被非常慈爱地养大了。由于稍后不久,我每次听到妙音时都会感到心神非常愉快,所以大家都说他被起了一个好名(他完全堪佩此名)兑噶巴(闻喜)”。因此,即使此名首先是涉及了诞生的好消息,它后来也仍然是以米拉日巴喜欢道歌和妙音来解释。

[24]幼狮叫作“碧玉尾”。然而,在讲到他们之间的相互爱情时。,米拉日巴指出,当他们还是幼童时,他们兄妹都长有蓬乱的金尾和碧玉尾(头发)。

[25]大家将会在已经刊布的敦煌写本中发现无数的长短短格韵律的诗歌(如巴科:《闪电预兆表》,载《亚细亚学报》,1913年,第447页:“乌鸦是人的救星,仙人是天神的教导”;劳佛尔:《吐蕃的鸟卜》,载《通报》等15卷,1914年,第31—32页),其中把重音放在了最后一个音节,大家会从中看到一篇长短格和后面紧跟的两个长短格韵律的诗。大家还可以参阅普查:同上引书,第215页。

[26]鲍塔宁:《四川旅行记》,载《帝俄地理学会会刊》第36卷,1899年,第40(402)页。

[27]《多罗那它自传》第20和52页,两篇有关该天神的文献,现收藏于莱敦民族学博物馆,第583(m)和583(n)号特藏。

[28]《秘密地白玛岗地志》抄本,第17页。由《如意宝树史》(第二卷,第352页,达斯翻刻本第223页)中指出,在绒巴,于德木却宫的旁边有一块纳木贡,也就是年杰贡曼(gNān - r̂je gonsn̂on)的白色石头(聂伯斯基,1956年,第289和324页)。当他以gN̄an - r̂je guṅ - sṅon的形式出现时,被确定在安多,其子为门巴敦珠(同上引书,第215页)。

[29]格萨尔史诗在《地狱救妻之部》稿本(巴黎国立图书馆藏本第16页)中写作兑巴噶波(Thos-pa dkar-po),这是Thos- pa dka'(被称为“调伏难以教化者”)和Thub-pa dga'-ba或Thub-pa dka'-ba的中间过渡形式。

[30]它与马头明王的一致性解释了伯父晁同经常被称为晁王(忿怒明王,见林葱木刻本的索引)的原因了。这后一个名称本是宝马或旦增的常见称号(江孜木刻本,第三卷,第15页;晁王宝马巴尔洼;《神教》第28卷,第23页;晁王旦增;第26页;宝马晁王)。

[31]普祖鲁斯基(《对弥赛亚的信仰》,载《宗教史杂志》第三卷,第1期,1929年,第7页)和契比科夫(1918年,

第 68 页)都指出,护法王马头明王是格萨尔的保护神,它是以长有两只耳朵的神鸟之形状表现出来的。

[32]《汤东杰布传》第 6 页:他是“疯子”(莲花生的化身,见第 2 和 7 页)。

[33]契比科夫 1918 年,第 385 页,附有 1 幅图像;沃德尔,1895 年,第 385 页注[2]。

[34]任乃强,1934 年,《民俗篇》第 180 页;马鹤天:《甘青藏区考察记》,第三卷,第 570 页。请参阅一名曾在拉萨看过藏戏的人的记述:带有大鼻子的假面具、白巾、胡须(托马斯:《外部世界》,纽约 1950 年版,第 213 和 215 页的照片)。

[35]这一人物的滑稽行为已由许多旅行家们作过描述。其“经文”的最好描述和译本载波兹德涅耶夫:《佛教寺院概述》,圣彼得堡 1887 年版,第 83—84 页。

[36]伯戴克:《赴西藏和尼泊尔的意大利传教士》,罗马 1952 年版,第一卷第 142—143 页,第四卷第 163 页;尤其是他的注释,第 270 页注[4]和注[5]。有关由恰神和“大自在恰神”创世的问题,请参阅赫尔曼,1956 年,第 249 页。有关将此比定为风暴神的情况,请参阅《莲花生遗教》第 13 页(图散译本第 32 页)。该魔长有 3 颗头颅,每颗头上又长有 3 只眼睛,共有 9 只眼睛(原文第 11 页,译本第 28 页。请参阅 9 种灾异的情况)。

[37]《汤东杰布传》(《大空心要烦恼众生修法指南》第 48 页,全集本第六卷,第 58 页)。

[38]邓肯:《西藏庆丰收的戏剧》,香港 1955 年版,第 7 和 18 页;庄学本:《西藏之戏剧》,载《边政公论》第一卷,第 5—6 期,1942 年,第 89 页。

[39]罗列赫:《破石仪轨》,载《乌鲁斯瓦提喜马拉雅研究所学报》第二卷,1932 年,第 25—51 页。

[40]在征服北方“野人”的时候,诺桑针对他本人而说(第 119—120 页):“我是佛法的保护者,是众生的保护主,是杀死宗教敌人的刽子手……整个瞻部洲之主”。他杀死了北方“野人”的父亲和两个儿子,阻止了他们成为坏转生的化身。在这一方面,他的行为也完全如同是接受了同样的称号和特别是恶人之“刽子手”称号的格萨尔一样(如林葱木刻本,第二卷第 23 页,第三卷第 101 页)。

[41]沃德尔也提到了美丽的紧那罗女桑莫,但她却是《赤美滚登》戏中的女主角。在《诺桑王子》中,紧那罗女叫作意超玛(意乐仙女,适意仙女)。我们已经看到,她确实是被与格萨尔史诗和说唱故事或古老故事联系起来了(见上文第八章)。

[42]江孜木刻本,第三卷,第 6 页(阿延)和第 20 页(延迦尔),归附了突厥人的国王托果(《朱古兵器国之部》第一卷,第 42 页)。大家还讲到了“战神 7 兄弟阿延”(同上引书,第 223 页)。阿延似乎系指霍尔人的国王或霍尔人的强盗(“刽子手”梅—乳—孜即属于其组成部分。见林葱木刻本第二卷,第 62 和 65 页)。

[43]莱敦民族学博物馆藏文特藏中包括一种相似的仪轨书,见第 381 号:《雅哇迦顿的成就》,共 9 页(《伏藏宝库》第九卷)。一种妖魔雅哇杰西则在巴黎图书馆第 493 号稿本第 98 页中被提到了。

[44]它们出自 7 个血卵(《对白哈尔王的祈愿文两节》,详见塔尔寺版本第 7 页;同上,见《对妙吉祥附阎罗女的祈愿》第 2 页),在这 7 个之中就有协乌玛尔波,羊勒比。此人应该与赞王羊尼微是同一个人(图齐,1949 年,《西藏的画卷》第 715 页),他本人也被称为将军(巴黎国立图书馆藏第 493 号稿本,第 89 和 168 页)。

[45]林葱木刻本,第二卷,第 63 和 68 页,托热拔哇出现在巴科藏稿本第 29 和 45 页中,阿钦霍尔人的首领托摩热钦出现在《朱古兵器国之部》稿本第一卷,第 50 页中。他是逗觉辛巴的祖父(同上引书)。

[46]《朱古兵器国之部》稿本第一卷,第50页;江孜木刻本,第三卷,第20页。

[47]请参阅图齐,1949年,《西藏的画卷》第378页(同样的名表)。他于其注[773](第612页)中指出,列维把玛如比定为特拉尔,但西藏传说却将该地区置于库鲁附近。这种定位法无疑是以莲花生传中的另外一个故事为基础的,其中提到了位于乌仗那东南的仙人地区,他们的国王属于玛—如—孜种族(格伦维德尔,1900年,第54页)。但在《格萨尔王传》的史诗中,古老的日西被定位于突厥人附近的北方。

[48]萨提斯·阐德拉·维迪亚布萨纳:《古代巴利文和梵文书中记载的罗马城考释》,载《孟买亚洲学会会刊》,新编第二卷,1906年,第5页(据《广果天本集》第16卷记载)。

[49]托马斯:《〈罗摩衍那〉的藏译本》,载纪念夏尔·罗克韦尔·朗曼的《印度研究文集》,剑桥大学1929年版,第195和200页。

[50]辛杰(阎王)玛—如—孜,见图齐:《西藏的画卷》第219页(据《甘珠尔》第21卷,第3页的记载,相当于东北帝国大学《西藏大藏经总目录》第842号,作者和译者均不为人所知,由此而产生了对这种资料断代的不可能性)。有关鬼卒的问题,请参阅聂伯斯基—沃热科维茨,1956年,第280页。

[51]林葱木刻本将赤松德赞赞普与格萨尔联系起来了(第一卷第47页,第二卷第2页及其图像,第三卷第2页)。

[52]请参阅上文第三章,"古迹"第22页。有关《香巴拉志》(《香巴拉指南》)的作者班禅喇嘛的情况,请参阅劳佛尔:《论回鹘人的佛教文献》,载《通报》第八卷,1907年,第15页和以下(附有参考资料);《宗教流派晶鉴史》第203页;格伦维德尔:《香巴拉之路》,慕尼黑1915年版。有关同一位未来的将军,见列辛:《蒙古人》第186—189页;契比科夫:《拉萨及中藏》,载《施密德研究所年度报告》,1903年,第743页。

[53]这一点已由比斯纳瓦特·班迪奥帕迪亚纳所证实:《〈时轮经〉及其疏注文考》,载《皇家亚洲学会孟加拉分会会刊》,文学专辑,第18卷,第2期,1952年,第72页:这部密教经文的疏注者是白莲花,其保护主是卡拉巴(香巴拉的首府)迦勒吉。"会说话的马"属于将会降伏耶婆提(耶槃那)的蒙昧人之带铁标记的世界之王或天王(请参阅上文第六章)。

[54]阿贝格:《印度和伊朗的救世论》,柏林1928年版,第39—144页;普里泽鲁斯基;同上引书,第7—9页。

[55]同一部林葱木刻本(第二卷,第78页)在讲到格萨尔的"神圣传记"时指出,论述和说唱中的许多错误与欠妥之处都由于猴王(猿将)的巫术之力和罗摩而得以避免。

[56]托马斯:同上引书,第211页(乳海)。有关白色之岛和持明的情况,请参阅拉科特:《论持明和〈持明语集〉》,巴黎1908年版,第94、230和277—278页;克拉尔克:《释迦洲和白色洲》,载《东方研究学报》第30卷,1919年,第209—242页;图齐:《佛教札记》,载《中国和佛教论集》第九卷,1951年,第191页(《摩诃婆罗多》)。有关巫师们的白色服装问题,请参阅上文第七章注[61]。

[57]图齐:同上引书,第191—192页(《摩诃婆罗多》)。大家将会发现怖军(毗摩)在香山遇到猴王(猿将)一事(第190页)。据《神香圣者之酬》第19页记载,香山是李域(于阗)的地神。

[58]阿贝格(同上引书,第57页注[3])指出,迦勒坎(Kalkin,kalki的主格)或迦勒吉(Kalkih的主格)可以通过kalka(秽,不净)和上师或英雄之性格特征的含糊性来解释。印度人都理解,迦勒吉破除了不净(第83页)。这种形势与格萨尔、其马及晁同(马匹的化身,既很坏而又与英雄不可分离)之间的相似性和

对立性很相似。林葱木刻本(第二卷,第42页)以一种不净而解释了晁同的恶毒言行。

[59]阿贝格(同上引书,第53页)重新提及,长鬃马是黑马传说中的一种妖魔。有关来自北方(俱卢洲)的救世主黑马的故事,请参阅:同上引书,第87页注[2]。有关弥勒佛和索西昂的问题,请参阅:同上引书,第152页和以下,第203页和以下。有关对俱卢洲和弥勒佛在北方的故乡幢相山的描述之一致性问题,请参阅图齐:同上引书,第207页注[1]。有关把该地区国王的地望确定在于阗螺贝山的问题,请参阅托马斯:1935年,第77页注[3]。弥勒有一匹如同迦勒吉、毗沙门天王和佛陀(魏礼:《敦煌画的目录》第41和284页)一样的白马。在吐蕃和蒙古,弥勒的白马把这后者的形象表现得如同四方的国王一般,被抬出来围绕寺院而举行出行仪式,而且要在四方停留(元月的节日。见波兹德尼耶夫:《佛教寺院概述》,圣彼得堡1887年版,第384—392页;菲尔克内:《塔尔寺》,莱比锡1933年版,第151和305页;《康辖纪行》和《竺国纪游》卷四,第16页,玛切拉塔1741年版;伯戴克:《赴西藏和蒙古的意大利传教士》第四卷,第132、263页注[193]和265页注[213])。在13世纪时,忽必烈根据八思巴的建议而创设了一种类似的行像仪式,于每年的元月十五和二月十五日举行,同时还带有"镇伏邪魔护安国"的白伞盖(宝幢)。白伞盖是一种胜利的标志,与颅前顶和时轮有关。参加行像仪轨的有500匹铁甲马和500名士兵,同时还有由作为佛教保护的战神关帝乘的大轿子(《元史》卷77,第8页),有关白色马匹和华盖(宝幢)又重复出现在印度常见的迦勒吉的形象中,他牵来的马在背上驮有伞盖(阿贝格:同上引书,图11)。有关这种内容的一种滑稽的形象,请参阅日本保护马匹的法术,带有作为"明王"的bhrūm的音节,牵马的猴子携带一把伞(见上文第七章和图12)。

第十章 英雄的特征

在前面几章(第六至九章)中,我们可能就已经附带地讲到了英雄的性格特征。仅仅因为不可能同时讲完一切而阻止我们发挥这种与其他问题不可分割地联系在一起的内容。对格萨尔历险记的完整分析在本卷书中不会占据一席之地。卷帙浩繁的文献禁止我们这样做。但有两大重要内容则应于此加以分析,因为它们证明了我们过去所作的比较并解释了现已揭示出来的互相联系。

《格萨尔王传》的史诗明显分为两大部分。第二部分是不会出现任何问题的。格萨尔于其中成为威严的国王、荣耀的勇士,他镇伏四方的妖魔和敌人。这一内容甚至是格萨尔的名字所固有的,曾受到了时轮概念的促进。我们现在应该研究的是其第一部分。格萨尔于其中享有觉如的名字,显得很卑微,滑稽可笑、狡猾淘气。这两部分之间的断裂如此明显,以至于大家可能会想到它们原来是两部彼此之间互相独立无关的长诗(见上文第一章)。

在发现觉如和说唱艺人的一致性并研究他们的主要特征时,我们就把这些特点共分成分属两大类的四种(见上文第七章)。Ⅰ.说唱艺人:1. 如同“萨满”;2. 如同“杂耍表演艺人”。Ⅱ.英雄的作为:1. 觉如,淘气者;2. 格萨尔,威严的国王。但是,为了绝不使本章过分啰嗦冗长和为了更好地理解觉如的性格,我们于本章中仅限于对Ⅱ1 加以分析研究。这是因为该内容不仅仅包括了英雄的丑陋外貌,而且还包括他的化身马匹。然而,我们现在对后者的理解要远远好于我们过去对其喇嘛教保护层的理解了(见上文第九章)。

一、英雄的化身——马匹

相同的血统关系

在《汉地与岭国之部》(第 92 页)中,格萨尔的马声称它诞生于黄河上游流域(玛—垄)。那里有3座大山,一座是红色的年神之山、一座是白色的天神之山、一座是青色的龙神之山(这是世界3层的神祇)。其父为上天的白马,本为白梵天神的坐骑;其母为龙神的青马,本为祖纳(宝髻,龙王)的坐骑;其长兄扎塘色波(金黄色的旱獭?),是守护神(年—龙—天神)格卓的坐骑;其妹郭坚噶莫(白色的小母雏鹰),是格萨尔之妹特勒俄绰的坐骑。林葱木刻本(第三卷,第38页)证实了这种等同性。该马诞生于玛域和扎域,其父是上天的白马或属阿尼玛卿山的宝马种,其母是凡世间的灰马。

觉如也是一诞生下来便被逐至玛域,他于此处招请上文提到了3座大山,它们是其神仙血统的中间阶段(事实仅仅是中心山,年日 = 龙—天神),上部为其天神之父——第13天的白梵天神;其下部为其外祖父祖纳—龙王,也就是成为英雄之母亲的龙女之父。此外,神山格卓也是格萨尔中间阶段的天神父亲(年神)。特勒(塔勒)俄绰(俄噶尔,俄冲木)在所有的故事中都是格萨尔的天神妹妹(请参阅林葱木刻本的索引)。此外,我们已经提到过的《汉地和岭国之部》稿本中的一段文字认为是此人之马的郭坚噶莫在其他地方则是觉如的"舅母"和保护神(林葱木刻本,第二卷,第35和60页)。在《白惹绵羊国之部》的稿本中,她有时被考证为天神之妹塔勒俄绰(第一卷,第2和4页),有时她又成了其马匹(第一卷,第18页)。她在其他地方又是觉如的姐姐(罗刹女)和保护神女(巴科藏稿本,第25和34页)、英雄的"伯母和女谋士(《朱古兵器国之部》稿本,第一卷,第14页)或龙王宝髻的长女"(林葱木刻本,第一卷,第57页)。

因此,大家看到了英雄与其马以及与其各自天神先祖之间密切的相似性。

类似的命运

据林葱木刻本(第三卷,第6页)记载,格萨尔的马诞生于北方的野骡之中(噶伦堡藏《霍岭大战之部》的稿本第59页中的记载也相同),但它却是一匹邬坚(乌仗那国)的马,这种说法与取代了马王的北方格萨尔和已被比定为莲花生上师的格萨尔之内容相吻合。其中也非常清楚地指出,马匹与觉如诞生于一年,他应该是在

13 岁(成年和即位的年龄)时捕捉到此马的,也就是说该马将要升天(死亡)。觉如在赛马获胜之前确实在流放中度过 12 年。马匹同样(同上引书,第三卷,第 42 页)也在艰难的环境中无蔽身之地而度过 12 年,它正是在这一时期之末而被捕获的。大卫—妮尔的文本(第 70 页)中记载,马匹甚至也与格萨尔诞生于同一日。尽管某些记述中有差异[1],该文本肯定为最佳者。因为它已被纳入到在各地那已得到明确证实的基本内容中了,如青年英雄与伴随其母,并与其母同时怀孕,同时生产的动物母亲的内容。然而,其母遭驱逐时也正是由生下英雄的马驹的丑陋母马陪同的。[2]这两个主角之间十足的相似性在我们将于下文论述的内容中特别明显,他们虽然都具有神性,又极其特殊或具有英雄特色,但却是以一种低贱卑微和滑稽可笑的外貌诞生的。

正如林葱木刻本(第三卷,第 77 页)在两个并列句子中所说的那样:“在母亲的腹胎中生下了儿子,此子应在上部诞生;在母马的腹胎中生下了马驹,此马驹应在上部诞生。”另外两个并列句则把格萨尔及其马联系起来了:“赭面人长着棕色和短平的发绺,枣红马长着棕色和平短的马尾”(《春天里的神话》,第七卷第 33 页和第八卷第 25 页)。格萨尔将要镇伏的敌人——魔鬼都与他同时诞生,尤其是其中的主要敌人——北方之魔鲁赞。此外,这些需要镇伏的魔鬼都与镇伏者具有一种秘密的亲缘关系。它们都被描绘为一些向邪恶方向转化的亲属,如同是发过相反的或背离教义的誓愿的天神之子一般,也就是某些堕落的天使。[3]

格萨尔的马也应该如同格萨尔本人一样,必须战胜妖魔楼陀罗(暴风魔)[4],所有这二者都是马头明王的化身,可是,马匹从一开始就必须镇伏一匹魔马。如果该魔马活着的话,那么它就会确保魔鬼的胜利。需要由格萨尔镇伏的魔鬼之一是萨丹木,即南诏的国王。据一种口传说法(昌巴桑塔)认为,他正在等待将诞生在一座山岩中的马匹,它尚未从中出来(它长有大鹏—金翅鸟的耳朵和以爪取代蹄)。如果它从山崖中出来和萨丹木骑上了它,那么它就会摧毁岭地。所以必须消灭该马。惟有格萨尔才可能这样做。这是由于他的马匹变作 3 头驴(白色、黑色和斑色的)因此就帮助了他。不过,最后确实是格萨尔铲除的它。我得以参阅的成文本讲到了一匹海螺马,被囚禁在一个无门的锡围墙小院中间。它是萨丹木的生命及其地区的保障。格萨尔的马变成了3头驴，被称为野驴（野骡），分别为青色、红色和斑色，引诱萨丹木的马被淹死。继此之后，格萨尔变成了乞食的铁匠，以一把锤子而击毙了海螺马（《姜岭大战之部》稿本，罗列赫藏本，第18页和以下）。该文本不太清楚和定本不太巧妙。在由大卫—妮尔概述的文本（第258—260页）中，格萨尔的马变成了3头野驴（野骡），它们紧随萨丹木的海螺马而进入了锡围院中。但它们的作用不太清楚。这里是格萨尔消灭了该马。

格萨尔的行为又由其马的活动所重复。从此之后，大家便会更好地理解代表格萨尔的说唱艺人为什么有一项带有马耳或驴耳的帽子了。大家现在同样也更好地明白了我们已知道的格萨尔及其马都与马头明王（莲花生的一种表现形式）有联系的原因了。说唱艺人的帽子与在赛马中间送给觉如的莲花生修道帽很相似。

野骡、毛驴和马—鸟

在讲到说唱艺人的帽子时，我们由于缺乏更好的办法而被迫与具有马耳或驴耳的人物进行比较，那些提供资料的人确实把两个大附属耳描述得如同是马耳或驴耳（见上文第七章）。如果这些资料可能会显得与一名动物学家的科学思想相矛盾，那么它们在西藏人的观念中却非常有效。格萨尔的马是一匹野驴或野骡，但后来变成了3头驴，而这些驴又重新被称为野驴（或者野骡）。

西藏的野马在法文中被称为 hémoìne，而印度和近东的野马却被称为 onagre。所有这两种野马跑得很快，西藏的那一种个头很大，而另外一种则显得身材弱小。它们具有一种深棕色（枣红色）的皮毛，背部长有黑色条纹，其嘴巴是白色的。大家有时把它们说成是野驴，但它们事实上却是一些马科动物，是野马的近亲。赫尔曼神父把它们描述得酷似骡子，为棕色（枣红色），但腹部和4条腿却是白色，背部的条纹为黑色，长有1颗特大的头颅和长长的耳朵。它们如同马匹一样嘶鸣，又不像驴那样怪叫。它们的近亲是野马（帕拉斯：《西藏的游牧民》，维也纳1949年版，第161页）。

这种混淆在辞典辞书中也有反映。科瓦列夫斯基提供了蒙文 qulan 的对等词 rkyaṅ-ser，并译作"一种野马，杂毛色，黑尾"。田清波（Mostaert）针对鄂尔多斯方言中的 xula 一词而指出："马的皮毛，浅黄褐色的尾巴，黑色的鬃毛，脊梁上带有黑线条”。他还认为 xulan džigendì 为“野马”《四体合璧清文鉴》(卷 31，第 51 页)将 rkyaṅ;译作汉文“野骡。”和蒙古文 Čkiteì(长耳朵者)。对于这后一个字，科瓦列夫斯基又重新作了“野骡”和“野马”的解释，其藏文同义词是 rkyaṅ。

因此，我们在第七章所做的比较不会因自然科学家们的谨慎做法而失去其价值。那些有关人士认为，格萨尔的马可以轮番被视为马、野马、骡子或驴。其他的特征证实了英雄与其马匹在说唱艺人的帽子中的结合。因此，我们应该研究其马的名称以及对它的描述。

马的名字根据各文本不同而具有一些略有差异的形式。大家可从中区别出两种因素，其一与其动物的身份有关，其二则与神仙的(超凡的)本质有关。

野骡(rkyaṅ-bu，林葱木刻本，第一卷第 67 页，第三卷第 110 页);小野骡(rkyaṅ-lu，《地狱救妻之部》，巴黎国立图书馆藏本，第 3 页);小野骡(rkyaṅ-byaṅ，rkyaṅ-čhuṅ，《春天里的神话》第八卷，第 8—9 页)。该名称的后面一般都带有形容词“白嘴巴的”(同上引书;罗列赫藏《霍岭大战之部》稿本，第 4 页)。这些名称都非常古老了，系指被列于北方大自然中的典型动物之一。米拉日巴就已经唱道:“北方白嘴巴的小野骡，没有任何东西能压抑其高昂的头”(《米拉日巴道歌集》第 137 页)。具有幻觉的术士米居多吉以一首歌而证明这种形象在 17 世纪时仍非常流行:“他知道天空的白云何时散去，在中途路上(长空中，介于天地之间)，有白嘴巴的小野骡，大家称它希望感受风雨的乐趣”(《神教》有关汉地一卷，《授记》第 26 页)。

大家经常会遇到 rkyaṅ-rgod(野骡)一词(《冬天里的神话》第二卷，第 7 页;林葱木刻本，第 33 卷，第 42 页和其他许多地方)或者是其皮毛的颜色，如“棕紫色(枣红色)的野骡”(林葱木刻本，第二卷，第 57 页等处)，在蒙古文中作 keikü(北京木刻本，施密德本第 86 页，柯津本第 95 页);或者是 ger 和 Ker(古典蒙古文 keger > ke’er)，意为“红棕色马”、“枣红色的马”或“枣骝马”。事实上，就本处所涉及的情况而言，kyang 一词系指一种马。为我提供资料的谢国安认为，rKyan-bu 系指一种黑尾红马。罗列赫于其安多的著作

(未刊本)中把 rkyan-rgod 马译作“凶猛和健壮的马”。

相反,“白嘴巴”一词则指驴。在下拉达克文本(第 20 页)中,所有驴中的第一头叫作纳波噶尔(意为“白嘴巴的黑驴”)。其词义的模棱两可也反映在描述之中。这里完全是指一匹马,“一匹神马”(如林葱木刻本第三卷第 46 页等处)、“风马”(《朱古兵器国之部》稿本,第一卷,第 20 页;林葱木刻本,第三卷,第 68 页等处),或者是“马—鸟”两兄弟之一(林葱木刻本,第二卷,第 64 页)。它的近亲是“天马”和“地马”。但据一种口传本(由洛宗的一名喇嘛所说唱)认为,其母为一匹劣母马,“非马非驴”。在其他地方还有人告诉我们说格萨尔的千里马既非马又非野骡;或者是它不是一头白色的野骡,而是一头红色的骡子(林葱木刻本,第三卷,第 38 页)。

使它成为一匹宝马,并使它有别于一种普通牲畜的原因,这就是其千里马或马—鸟的复合性格。大家根据它们的那种充满激情的抒情诗般的冲动力而确实以一些额外的区别特征来为其身体的不同部分定性,而正是这些特征使之与其他动物(苍鹰、黄鼬、山羊、母兔、蟾蜍、毒蛇、麋鹿,或者是苍鹰、毒蛇、母狮、老虎、马匹)相似,但大家到处都可以发现的主要特征确实与疾风和飞鸟相同。

其耳朵尖都装饰有鹰的绒毛,蹄子上长有“风轮”(林葱木刻本,第三卷,第 38—39 和 66—67 页;《米庞愿文》第 33 页)。它长着翅膀(《霍岭大战之部》稿本,图齐藏本,第 276 页),并会飞行。“它采用了飞鸟之路”(会讲话并能理解人间的语言,见林葱木刻本,第三卷,第 39 和 40 页)。对于这一切,没有任何值得惊奇的地方。在其他地方的情况也如此,在吐蕃和从印度一直到中亚的突厥人中,良马宝驹始终被比作飞鸟,并被描绘成带有翅膀。[6] 在一种流传很广的民间故事(大家会联想到荷马史诗)中出现的翅膀与风轮将不会更多地引起我们的注意,但耳朵上的鹰绒毛则更具有特色。这一切完全就是形成觉如和说唱艺人帽子的特征。此外,把它比定为苍鹰—金翅鸟,是因为它与这同一顶帽子(以及与毗沙门天王,见上文第七章)相似,同样也更接近迦勒吉(白马,见上文第九章)。

智慧

该马名称的第二部分表现了它的智慧，但这种智慧却在许多文本中保存得很坏，并遭到了歪曲，其最正确的形式似乎应为由罗列赫在安多文本中提供的那一种：rkyaṅ-rgod g-yer-po，可以译作"凶悍的、勇猛和智慧的或训练有素的马"。这最后一个字似乎属于安多方言。它无论如何也是古老词汇的组成部分（"理智的问题"、"谨慎的人"，见德格定：《藏文—拉丁文—法文辞典》）。《四体合璧清文鉴》（卷 31，第 69 页）却把 rta g-yer-po 译作蒙古文 čoleg，指"狂马"。由此而派生出了拉达克文本中的一种根本没有具体意义的讹误形式 dbyer-pa（读作 yer-pa），而且它也就为这些文本确定了一种不值得给予重视的标志。《汉地和岭国之部》稿本（第 88 页）写作 rkyaṅ-rgod yer-čhen（大红色野马），而鲍塔宁却认为安多文本（第 45 号稿本，见上文第二章）中作"野骡"（达木丁苏隆，1957 年，第 78 页；赫尔曼，1956 年，第 186 页）。达木丁苏隆认为（1957 年，第 88 页注[1]），her 一词仅仅是蒙文词 xeer（ger < keher）的对音，意指格萨尔马的"枣红色"。此马叫作"智慧的枣红马"Bilig-in ger，Keger），它不仅仅在古典蒙文本中如此（请参阅上文），而且在口传本中也如此。此名甚至被用于指与格萨尔很相似的英雄的马。[7]

其他的成文本也都采纳了一些似乎是由于重新诠释而造成的形式：rkyaṅ-rgod per-po（"很能干的红色野马"。见《米庞愿文》第 19 页）、rkyaṅ-rgod，phel-po（"不断增大的红色野马"，《汉地和岭国之部》稿本，第 92 页；林葱木刻本第三卷第 49 页等），甚至还被称为 rkyaṅ – rgod' phen-po（《汉地和岭国之部》稿本第 159 页）。这后一种形式可能出自与扎地神山扎嘉彭波山相混淆的结果，格萨尔的马正是在该山上成长起来的（《朱古兵器国之部》稿本，第一卷，第 20 页。请参阅上文有关玛和扎山的论述）。

蒙古文 Biligin（有智慧的，智者）可能并非是形容词 g-yer-po（智慧者，聪明者）的译文，而是在所有成文本中都笼统地指良马宝驹和特别是格萨尔坐骑马的修饰词的译文，这就是 Čaṅ-çes，意为"神通"、"聪慧"或"遍知"。它是对作为梵文 ājāneya（良种、聪慧、正知、明良、调伏）的译文的藏文再解释（如林葱木刻本，第二卷，第

28、29、64 等页)。这些文本甚至再向前迈一步就会把 čaṅ 与 rkyaṅ 结合在一起了,它们有时也写作 rkyaṅ-çes,意为"正知的野骡"(如林葱木刻本,第二卷,第 50 和 64 页等处)。

卑微的相貌

我们已经提到生下了丑陋马驹的劣种母马,该马驹是与以卑贱的外貌诞生的觉如同时出世的。这一内容已由我搜集到的一种口传本和一种拉达克文本中的两段文字得以证实(《武士》第三卷,第 295 页:丑陋的红色野马镇伏了世界和妖魔;第四卷,第 339 页:马驹很威风,但母马却无毛,光秃秃的)。我在成文本中尚未找到这种内容,但在《格萨尔王传》史诗的蒙文本以及英雄之马是一匹很不平凡的马驹的其他蒙文和突厥文本中都很常见。早在《蒙古秘史》中(伯希和译本,第 124 页),阿阑豁阿(Alanqo'o)的第五子孛端察儿(Bodon-Čar)被认为很愚笨,从而拒绝分给他家资遗产,"逐乘脊疮秃尾黑背青白马"而去。该英雄与其马的命运休戚相关:"死则死之,生则生之"(如若它死,我也会死;如若它生,我也会生)。大家都会看到格萨尔和其他类似英雄那呈黑色而又威武的马驹也是这样(鲍培,1955 年,第 105、189 和 259 页;拉德洛夫,1866 年,第一卷,第 43 和 75 页)。[8] 我们在讲到英雄的丑陋外貌时还将回头来论述这个问题。

成文本中的沉默可以通过我们时至今日尚未掌握足够清晰明确的文献之事实来解释。但其原因可能还会更为深刻一些。在这些文本中,青年觉如确实仅仅在赛马时才得到其马,该马在此之前生活在流放之中。在与觉如的青年时代和流放互相吻合同步的这 12 年中,他曾拥有另外一匹滑稽可笑的马,这就是他的木棍玩具马。然而,文献都强调指出,该木棍是马匹丑陋外形的一种替身。

木棍玩具马

我们已经知道这根木棍在何种程度上与马匹相同和相对立,同时也知道了它与魔鬼之马在何种程度上相似(见上文第九章)。这是一根白柳木棍(林葱木刻本,第二卷,第 57、59 和 63 页;《霍岭大战之部》稿本,彼埃箧藏本,第 7 页)。在这个名字的问题上,林葱木刻本玩弄了与在马匹名字问题上相同的文字游戏。通过 Čaṅ-dkar

(白梵天神)一名(第二卷,第41页等处)的过渡作用,它最终被写成了rkyan-dkar(白色的野骡。第二卷,第44页等处)我们确信无疑,这种文字游戏可以通过对突出该木棍就是马匹(神通马、智慧野骡)的一种替身的思想的关注来解释。在马匹(威武的马驹)的丑陋外形尚未出现的地方,这种角色则由木棍来充当。当觉如的未婚妻和母亲为了赛马而去寻求他的马时,我们看一下她们是怎样推理评论的吧。公种马是为了觉如的终生事业而送给他的。他有此马就会很容易地获得其王妃、财宝和王位,同时也能轻而易举地降伏霍尔人和北方之魔。若无此马,那么觉如就会始终都如同他现在一样是一个遭驱逐的乞丐。因为一名乞食者不可能获得王位,木棍也不能赢得赛马(林葱木刻本,第三卷,第36页)。大家会看到这些成对的对立者模式:

丑陋外貌	**光辉的外貌**
乞食人(觉如)	国王(格萨尔)
木棍(白柳木)	马匹(遍知马智慧野骡)[9]
不能赢得赛马	能够赢得赛马
不能获得王位	能够获得王位。

在木棍和马匹之间的这种比较通过一种互相矛盾的说法得到了证实。为了使王妃在大批马群中重新找到其马,大家告诉她说这不是一匹野骡,而似乎是一头白色的野骡,事实上是一头遍知野骡(林葱木刻本,第三卷,第37页)。然而,同一部著作在一页文字之后(第38页)又告诉我们说,它不是一头白色的而是红色的野骡(在其他所有文献中都重复了这种定义)。这种矛盾只能通过把马匹比作白柳木棍的木棍马之愿望来解释。这一切中尤为引人注目的是,在打箭炉的绘画(第5幅,请参阅上文第七章,图11)中,有时要取代由觉如骑的木棍的鞭子是红色的。

用作马的木棍,也就是木棍马(法文作dada,英文作hobby-horse,德文作kteckent pferd)确实曾作为儿童玩具而在西藏、汉地和日本出现过。[10]我们已经知道,这根木棍马使青年英雄酷似上师诗人米拉日巴、说唱艺人和萨满了(请参阅上文第七章)。我们还看到它被老人、妖魔或奇特的地神、淘气的青年小丑和在新年期间演唱的“白鬼”所骑(请参阅上文第八章和第九章)。

但是,“白鬼”的小丑形象具有一些与苯教有关的宗教联系(请参阅上文第七章注[17])。觉如的木棍—马也具有同样的联系。这是苯教大师的木棍(手杖),[11]它是马头明王的依止(也就是马头明王能附于其中的对象)。[12]他具有快速疾驰的能力,出自伯父晁同(他又是取自霍尔人),而他自己却与马匹密切相联系(林葱木刻本,第二卷,第41页)。一方面是在年迈的伯父、保护主、滑稽者及其木棍之间,另一方面是在淘气的青年英雄与其木棍之间,这两类滑稽可笑的形象的关系很密切。在巴科藏稿本(第44页)有关第4幅打箭炉画所表达的情节之文献中,大家看到觉如从其放逐中走来,并如同马一样在彩色地毯上打滚,这是岭地权力的象征。他以一种丑陋卑微的外貌表现出来,带着长有9个乳房的吉祥袋(从其伯父晁同处获得。林葱木刻本,第二卷,第37和41页等),他于其中放了宽18拃的酒杯,把嘉哇如仁(长角佛)固定在木棍子上,把一顶嘛呢幡拴在其木棍的棍头上。然而,据昌巴桑塔认为,第二根木棍(可能与第一根木棍为对偶者)可能是晁同的(居巴如仁,长角木棍)。这完全是可能的,因为觉如的其他法器也是从其伯父那里借得的。这也可能就是打箭炉绘画中的三身觉如—杂耍演员像中携带于腰带上的红木棍(见上文第七章,图10)。

这里是指飞毯“七里靴”一类的故事中的法物。觉如的多种用具又都重新出现在西藏的民间故事中。《尸语故事》中的故事反映了果洛人先祖传说的英雄收到了一只红色母狗、一块彩色地毯和一根白色木棍的事实。在印度的“格萨尔王”的故事中,在《父法、子法》(《噶当派师徒问道录》)中,6岁的幼童格萨尔独自一人出发去寻找其“财宝”。他首先找到了可以“把人带到希望去的任何地方的长统靴”和能够“随意养活人的吉祥袋”。英雄被这些长统靴带到了大洋的彼岸,但他却由于一次被盗而失去了这些靴子,一头长角的红色动物把他带回了其家,然后又在其位置上(?)留下了一顶“使他变得无法被人看见”的帽子(隐身木)。[13]

我讲“帽子”,因为这是该词的词义,但它本意却是指一块“木头”。在木棍和帽子之间呈现出了一种绝对的相似性。世界的老祖母阿其的“财宝”之一是一种隐身木(请参阅上文第八章),叫作吐如叉琼(斑色小马驹)。叉琼(斑色小马)也是送给觉如的莲花生修道帽的名称，该帽子带有马耳和驴耳。也可能是出于偶然，一匹马的名称（斑色小鹿）可以使伯父晁同赢得赛马（巴科藏稿本，第40页）。[14]

对《格萨尔王传》史诗描述的这一整套复杂的背景再次证明了我们先前的分析，为使我们更好地理解英雄的性格特征作好了准备。这些内容同时属于民间故事与被宗教界所完成的很古老的改编和选择（至少是12世纪，请参阅本章注[14]）。它们既证明了青年觉如与其老伯父晁同这两个人物与马匹之间的亲缘关系，又证明了马匹与木棍马这二者与觉如和说唱艺人的帽子之间的相似性，同时也证明了所有这一整套关系与萨满教背景之间的密切联系。民间故事的内容具有一种宗教意义。如果民间故事曾经从宗教观念中汲取了内容或恰恰相反，那么它们之间的关系，无论如何其相互影响都是肯定无疑的了。

二、英雄的卑微相貌

遭驱逐的母亲

英雄那不稳定的地位从他诞生起便暴露出来了。他的诞生就发生在使人感到卑贱的征兆之下。完全如同生下了觉如的马驹的丑陋和卑微的母马一样，英雄的母亲也是在恶劣的背景下分娩的。现今所知的藏文文献中对她未作丝毫描述，它们仅仅提及她被放逐到一个不吉利的地方（林葱木刻本，第二卷，第18—19页；大卫—妮尔，第38—39页）。蒙文本则强调指出了这一点。母亲与"卑微的老人"老僧伦（Sanglun）及动物—母亲一并被驱逐到了一个十字路口，那里是"通向灾难和不幸"的3条道路或3条江河的交叉处（施密德，第10页，再版本第9页；鲍塔宁，第二卷，第63页）。各种蒙文本派生自其中的安多诸文本中也出现了同样的一次放逐（唐古特文本A，第5页；唐古特文本B，第38页；唐古特文本C，第41页）。布里亚特文故事（鲍塔宁，第二卷，第63页；布拉金斯基，1955年，第28页）进一步丰富和指出了该内容的意义：该地区的3位国王获悉，如果一名漂亮的少女被致残和遭驱逐，那么该地区的灾难就会停止，所以大家便折断了格萨尔未来母亲的骨头，并使她成为独眼（她致残了，但在生下儿子之后便会痊愈）。各种藏文本（口传的、拉达克的或成文的）都保留了这种内容，并经常送给青年觉如一些“坏母亲”的儿子（林葱木刻本，第三卷，第18、73和86页）、“坏母亲的坏儿子”（《朱古兵器国之部》稿本，第一卷，第170页）或“坏母亲的乞食儿子”（《春天里的神话》第五卷，第33和第34页；下拉达克版本，第90页）等称呼。

这些内容在世界民间文学中流传得很广泛，但在格萨尔史诗中和对于藏族与蒙古族大众来说.它们却具有一种明确而具体的意义。3条道路或3条江河的“交叉点”是放逐魔鬼的典型地点，也就是大家放置那些用作受魔鬼威胁者的赎身物或取代物之人物像的地方。丑恶的外貌是必须的，一个默默无闻和变得卑微的阶段也是势在必行的。

丑陋与尊严

各不同文本有时强调了觉如的相貌堂堂，有时又强调了他的丑陋，甚至有时还同时强调这二者。“虽然岭地的格萨尔非常崇高，但他却以其貌不扬之躯而诞生。嘴大如水井（?），双眼黝黑而丑陋”。他生下来立即就吞食炒面（糌粑）。母亲为他穿上了一块驴毛毛毯，用一根羊毛绳捆住了他，并将他置于一块岩石下（《春天里的神话》第四卷，第3—10页）。大家或者是说他刚诞生下来就如同蜥蜴一般，其母于其口中放了一撮面粉，然后把他放在了一块岩石之下（下拉达克版本，第70页）；或者是说他是个丑八怪，如同蟾蜍一般（布里亚特文本，见柯廷，第128和136页），五官不正、体质衰弱，令人厌恶（流鼻涕、腹泻、斜视）。在突厥文本、布里亚特文本（鲍塔宁，第二卷，第65页）、蒙古文本（施密德本）和勃律文中均如此。这是一个长着三只眼睛的儿童，其中一只眼已被其母挖去（林葱木刻本），变得如同一枚长有三只眼的蛋（大卫—妮尔本）或一个胃囊（江孜木刻本；唐古特文B本；赫尔曼，1956年，第96和133页）。大家用一支箭射穿了它，并于其中发现了一个婴孩（在阿底—阿扎克的雷布查文的类似故事中，则是一个被劈开的口袋，大家于其中发现了一个婴儿，“最后的蛋”）。另外还有一些不同的说法，石块、蟾蜍和胃囊都使人联想到了镇伏当地妖魔的汤东的故事

(见上文第九章)。该新生婴儿同时具有的天神和妖魔的特征已被精心编纂的成文本作了透彻分析。在林葱木刻本(第二卷,第 24、31 和 34 页)中,觉如一诞生下来就已经具有一个 3 岁儿童的身材了,被比作一只破卵而出、身体健壮的(六倍力,六倍翅)的雏鹏(金翅鸟)。大家不厌其烦地凝视他,并发现他非常漂亮(第 31 页),但其 3 只眼却斜视,晁同认为他是一个半魔之人。其名“觉如”(J̌oru)被解释为“威严者”(J̌o-ru-se),但我们将会发现本处所使用的名词似乎是指一种丑陋的相貌(石泰安,1956 年,第 362 页)。无论如何,昌巴桑塔用“流浪者、无家无业者”(kyams-pa)来解释 J̌o-ru-se 一词。为大卫—妮尔提供资料的人则将此名解释作“良种”,这是出于嘲弄而给人起的名字。该儿童的相貌漂亮得无可挑剔,但他宣布说自己是霍尔人和北方妖魔的亲属,他本人也是 9 头魔(第 43—66 页)。江孜木刻本的行文(第一卷,第 6—8 页)可以使人更好地理解从天神般和堂堂的美貌变成妖魔般和丑陋外貌的转变过程。他生下来就是一个胃囊。母亲首先抛弃了它(扔掉,驱逐,遗弃),后来又用一支箭挑开了它。她于其中发现了一个天神般的婴儿,他显得就如同自己有金翅鸟的双翅而欲飞翔一般。其母以我们于下文还将研究的一种仪轨行为而把他留拦在大地上,这就是向他身上扬灰或尘埃。由于这一事实,幼儿将他自己的身体变成了觉如的身体,无疑是一种丑陋而卑微的身体。

为了确定其诞生、青年时代和放逐期的特征,格萨尔声称他当时拥有“一件很坏的服装、一种很糟的身体”(林葱木刻本,第三卷,第 5 和 7 页)。其马在整个这一阶段也具有这种外貌(第三卷,第 70 页。与对其英雄相同的表达方式)。然而,“坏身体”一词在其他地方被译作 Kuvera(俱鞞罗),它与一匹奇怪的马有关,与毗沙门的关系就如同把觉如和格萨尔联系起来的关系一样(请参阅上文第七章和注[106])。

诙谐的秃子

格萨尔史诗的蒙古文本和突厥文本以及这些地区民间故事的大量对应著作都明显地突出了该英雄人物那淘气而又玩世不恭的性格。觉如于其中始终被称为“患鼻疽病的人”(拖鼻涕的人,施密特译文再版本,第 55 页,蒙古文作 nisuqai;布里亚特文作 Nyusata,

见鲍塔宁，第二卷，第66—67页）。该称号也适用于马匹。在用鄂尔多斯语对马匹的诅咒中，大家可以发现以下一些表达方式："乞丐皮"（希望它死亡并剥下其皮）、"乞丐鼻涕"（希望它患鼻疽病。见田清波：《鄂尔多斯民间故事》，北平1947年版，第514—545页）。然而，就在这种同样的背景中，英雄及其马的丑陋外貌之相似性更多地则是通过一对形容词来表示的："患疥疮的人"（马）和"患头癣的人"（也就是秃顶，指英雄）。这种内容在蒙古文史诗（尤其是《汗哈冉贵》的史诗中）非常多见。[16]该内容也扩大运用到兵器和服装的问题上了。在格萨尔史诗的喀尔喀文本中，觉如是一个"患鼻疽病（拖鼻涕的）的坏青年"，他骑着长疥疮的黑马驹和穿着已磨坏鞋跟的靴子参加赛马，并赢得了胜利（鲍培，1955年，第189页）。他鼻子患坏疽病，长统靴的鞋跟已被磨坏，其皮衣已磨损得无毛，携带弓弩和染料木的箭矢，骑一匹患疥疮的黑马驹，他本人却是乞食人（同上引书，第191和219页）。在根据格萨尔的模式而塑造成的阿玛尔·察噶尔汗的传说中，英雄具有一个贫穷青年的外貌，骑一匹患疥疮的黑马驹，携带灯芯草的马弓和染料木的箭矢、羊骨号和木号（同上引书，第105和111页；另外两名英雄也具有同样的武器，见同上引书，第123和177页）。英雄的仪态和丑陋的相貌之间的对立在有关另外一名英雄的马匹问题上明显地表现出来了，他皮肤为淡红色（如同格萨尔的马一样为枣红色）。他形貌丑陋，变成了一匹黑色和患疥疮的马驹（同上引书，第175页）。我们应该立即指出这一点，以便于稍后不久重新找到这种内容：马匹向英雄解释了以丑陋外形而出现的必要性（同上引书，第259页）。

有关长疥疮的马匹和患头癣（秃头）的英雄之内容，强调了我们已经提到的两个人物之间的相似性。它也可以使人再一次证明镇伏者和被镇伏者（所有这两种人物对象都具有一匹马或一匹木棍玩具马）之间的亲缘关系或相似性。镇伏者英雄以卑微而淘气的外貌而具有了已被镇伏的妖魔之魔性和卑微的特征。我们在降伏石魔的汤东的故事中遇到了该内容，同时也于其中发现了被英雄以其木棍玩具马降伏的7魔集团（见上文第九章）。

大家似乎只是在蒙古文本中发现了一个奇怪的情节。在中国天朝宫中有7名患癣（秃顶）的铁匠。其中之一是惟一一个懂得使皇帝摆脱悲哀和恢复汉地之吉祥幸运技巧的人,这就是邀请格萨尔的人。他被派遣到了格萨尔那里,但此人向他索取了 7 个铁匠的人头。他获得了这些人头,用以制造了一些酒杯。如同民间故事中的所有“秃子”一般,这些人也被称为愚蠢者。[17]可是,这种内容在格萨尔史诗有关汉地一部的上下文中仅占据无关宏旨的次要地位,但却与一个喀尔喀故事中的 7 骑士集团有联系。

这就是莫德齐吉尔(秃子? 或者是“头发蓬乱的污秽者”)和 7 名霍德齐吉尔(古典蒙文作 qožigir,指患头癣者或秃子)的故事。该故事发生在康熙汗(中原天朝皇帝)时代和我们知道已将其中地望确定在汉地的驴耳王地区(请参阅上文第七章注[100])。7 名愚蠢的秃子希望杀死惟一的一个莫德齐吉尔。他们对他玩弄了千般罪大恶极的手段,但莫德齐吉尔每次都向他们回报更为恐怖的手段(诡计,欺骗)。他也欺骗了驴耳国王。我们下面就看一下该故事是怎样结束的吧。莫德齐吉尔设法让 7 名秃子相信他在前往龙地时获得了一匹马和其他财宝,而且他们也可以从那里获得所有这一切。他让他们倚着一根木棍行走而渡过一片大海。当然,他们都统统被淹死了。[18]

大家将会发现,这种结局与格萨尔使之骑木棍(实际上是他自己的木棍)的那些魔鬼的淹死结果完全相同。一名狡猾的秃子战胜了一批愚蠢的秃子。淘气的觉如战胜了魔鬼。敌对者之间的相似性也反映在两个合韵的名字中:莫德齐吉尔(Modžgir)和霍德齐吉尔(Xodžigir)。同样,在塔兰奇突厥人的同一个故事的对应人物中也如此(拉德洛夫,1866 年,第四卷,第 219—221 页):7 名辛吉尔塔克攻击一位潘吉尔塔克。该故事确实广为流传,在欧洲也为人所知了。[19]但无论民间故事专家们对这类巧合作出什么样的解释,现在可以肯定的是在格萨尔史诗和西藏—蒙古的喇嘛教背景中,这些内容都有一种结构严密一致的意义。

突厥—蒙古人的内容

患头癣(秃子)、鼻疽的、多谋而滑稽和淘气的青年之内容与觉如的内容之间具有明显的、确实无疑的相似性。但我们应该强调指出,突厥—蒙古的背景则又具有其独自的特征。在这种背景中,狡猾和秃顶者一方的人物起了一种特别重要的作用。一方面,这是一尊强大的神——埃赛格·玛朗(秃子),也就是布里亚特人的最高神;古吉尔,即铁匠中的第一位。另一方面,这是一名英雄,往往是一只动物(刺猬)和调皮淘气的英雄,他们与大神(愚蠢的埃赛格·玛朗,阎王埃尔利克)[20]相对立。在这些情况下,狡猾者与愚蠢者(虽然很强大)之间的对立与在觉如和其伯父晁同之间出现的对立属于同一类(请参阅上文第七章注[129])。但我们于此没有必要追踪这个天神般英雄的多种表现形态,他在突厥—蒙古的范围内是玩弄罪大恶极和有时是相当恶劣手腕的淘气调皮者。这样就会导致我们离题过远,会把我们带到西伯利亚,甚至直到北美。或者是向西直到安纳托利亚的突厥人中,秃子和胡须稀疏的老翁的这两种人物都很调皮淘气。但前者更应该是英雄的气度不凡,而后者却更多的是作恶多端。他们在民间故事中都起了一种非常突出的作用。[21]它应该足以使我们联想到这些事实以进行一种类型学的比较,我们已经提到这种比较了。

尽管已过渡到了另外一种文明区,但是后者的特征仍清楚地出现在西藏的范围内。我们不能忽视它。首先是因为我们尚未掌握(而且相差甚远)所有藏文文献,因而不能断言至今经常在突厥—蒙古范围内出现的某种内容不会在某一天也出现在一部藏文文献中。此外还是由于我们应该在鲍塔宁的假设问题上采取自己的立场并表态,他认为觉如的故事最早可能是形成过一部与格萨尔史诗独立无关的长诗,它本来是突厥长诗。第二种假设肯定应该一股脑儿地排除。觉如的故事明显是西藏的。对于他向其伯父及其未婚妻所玩弄的手段和诡计(而且是他的许多这类活动之一)的内容本身,我们应该指出它是与西藏背景中觉如的名字独立存在的,因它已经出现的敦煌写本中了(见上文第三章,注[161])。

至于第一种假设,它则更难以被人作出确认或否认。我们将会看到,格萨尔的名字以及与此有关的世界之王的内容都具有外来起源。因此,大家可以承认,它们与觉如的故事是并存的,世界民间文学中也有许多它的典型具体的例证。但恰恰就是在这种民间文学中,贫穷的、受鄙视的和遭遗弃的青年英雄最终却获得了一种荣耀和英雄的地位。[21]上文引证过的一个蒙古故事在解释格兰言非常正确地称之为"英雄的落难阶段"之必要性时,十分清楚地叙述了这一切。如果我们可以对汉地的某些内容作一番比较,那么乃是格兰言以一种极大的明确性和严谨性所作的正确分析，他指出，大家可以称这类英雄和国王的内容为“遭驱逐——称王即位”的模式。[22]有一件事实确实可以支持谈论一部与觉如—淘气调皮鬼独立无关的长诗。这就是，甚至在诸如荣耀的格萨尔那样的人称王即位之后，仍在继续采用其卑微的外貌来镇伏敌人，用杂要演员的方式行事以便使它们（鲁赞和霍尔人）遭到失败。可是，我们于下文不久便可以看到，甚至在此情况下，卑微的英雄形象包括其最终的荣耀，完全如同其事业的圆满结局一般。

英雄的落难期

编纂西藏《格萨尔王传》史诗的世俗界人士必然会为了使人看到该内容的意义和他们为了通过团伙而传播他们有关上师生平的概念而可以从中采纳的主意。但是，大家还会说，这是一种晚期加入的内容和一种武断的解释，再没有比这一切更真实的了。喇嘛教的外表伪装远没有歪曲民间内容，而仅仅是以一种更为清楚的形式表现了它。这种形式是一种完全正确的分析的结果，可以与那些在对民间内容分析之后又用一种典型的程式对它们作出综述的近代民间故事学家们的语言相比较。还有较此更进一步者，民间故事和喇嘛教的混合论可以通过反馈作用而理解隐蔽的上师之观念，上师和天神生平必然会经过的第一阶段的卑微外貌的形成本身。宗教概念和民间文学内容远不属于严格有别的范畴，而仅仅是同一概念的两种形态。

为了更确实可靠一些，我们首先来研究一种民间故事类的文本（下拉达克文本，第99—100页）。为了考验其未婚妻，乞食的儿童假装自己被看门的老虎咬死了。由于害怕乞食人（托钵僧）复仇而杀死老虎，她要求老噶尼为其命运卜卦。由于他懂得用字措辞的智慧，于是便以下面的一段话作了答复：“到达金山之前，首先必须攀援铜山；到达银山之前，首先必须攀援铅山；得到点心和甜水之前，首先必须吃荞麦面和喝大蒜水”。这首诗则更具有一种民间谚语格言的风格，它证明了屈辱受难阶段的内容既不是由出家人凭空杜撰的，甚至也不是被粗暴武断地滥用于格萨尔的。事实上，同一种文本在数页文字之后（第119页，译本第128页）讲到格萨尔取名和获得威严仪表时又重复了这些同样的谚语格言。其王妃于是便唱道:“我从前曾接近过铜山,我现在要接近金山”等。

当格萨尔刚刚诞生时,莲花生便向他指出说,玛域没有人主(Sa-bdag,该词也指地神),而是被妖魔占据。格萨尔在7岁时就以一种“隐蔽方式的苦修”而成为该地区之主(林葱木刻本,第二卷,第30页)。这是对他被放逐到该地区的一种暗示,他正是在这次流放期间混迹于妖魔之中,并镇伏了它们。这段“苦修期”明显是以觉如的“卑微服装和丑陋体貌”为特征的。在他即将赢得赛马胜利的时候,他与其马抛弃了这种外表,并将显示其真正的身体,即他们那荣耀的外貌(林葱木刻本,第三卷,第5、7和70页)。

双重性格

流放地区同时也是一个享有盛名的奇妙之地:它是世界的中心,是“地脐”。它同时分享了印度宗教的精华和汉地茶叶之精髓。这是经商骆驼队的必经之地,觉如变成了其保护神,商队向他交纳贡税。[23]该地区由玛嘉蚌拉(阿尼玛卿)神山统治,而它又是吐蕃所有域神(yul-skyins,该词也指国王)之首领。[24]这里也是呈十字架状的一个交叉路口,如果我敢于说的话,那么它也是四个地区的“汇合处”(第二卷,第47页)。但这种威望和盛名仅仅是潜在性的。实现这一切并使其品质变得光辉灿烂的权力属于英雄,就如同他将揭示自己荣耀的本性一般。

此地也是3条江河的汇合处(第二卷,第61页),完全如同母亲被放逐,并生下了觉如的地方一样(上文业已论述过了)。它由魔鬼和畜生占据(第二卷,第46页),所以它适宜作为放逐地。将妖魔驱逐回其远离人类的栖身地是喇嘛教的一项普遍准则。如果觉如被驱逐到了这样一个地方,那是由于他本人当时已与一个妖魔等同起来了,岭地的居民由于缺乏信仰,于是便指责母亲和英雄为魔(第二卷,第47页)。放逐之流刑于是便具有了一种赎罪的意义,“忍辱受难是一个天神之子特有的标志”。揭示他这种身份的特征完全如同“敌人使勇士的名望更加突出一样”(同上)。英雄那双重的性格还是任何神灵都必然固有的,护法神不会停留在天神之中,被驱逐到了妖魔地区,但他又被病人召了回来。龙神冬琼也不会停留在龙中,被驱逐到天域,但它却被召回以降雨(林葱木刻本,第二卷,第58页)。

为了替他的遭逐寻找一种借口，觉如必须违犯岭地之法，他表现得佯装杀死了畜类和人类。大家于他的周围发现了一些血湖、肉墙、头颅围墙、皮座位等。所有这一切都使岭地的人产生了一种印象，似乎觉如从天神之子变成了食肉妖魔（第二卷，第46—49页）。他以一名名盗的外貌出现在其未婚妻面前（以考验她），他佯称不认识觉如，并问她此人与什么相似："他是一头妖魔般的牲畜还是一个野兽？"（第三卷，第27页）。下面就是其回答："岭地人称他为觉如、杀死旱獭的人"（即 ab-bsad。但可能应理解作 abse，同样的发音，意指"魔鬼—牲畜"）、"鼻疽患者"或"长有肉垂的妖魔脖子"（？）[25]。这统统是一些蔑视人的字眼。由女子来综述人们的说法，这确实是很奇怪。"如果大家崇拜地把他纳入到天神的行列，他就化装成妖魔。如果大家把他驱逐到了妖魔的行列中，他就会以天神的身份行事，如果富翁因饥饿而死，他似乎就很满足。如果勇士被一只狗咬伤，他就会感到惊奇。虽然他属于一个头人世系，但却为有乞食人之体感到非常愉快。他一方面不关心自己那贵族世系的个人利益，另一方面又向旱獭争夺其财富（它们贮藏囤积的委陵菜可以为他充作食物）。他并不是像一个人那样生活，而是在大地的边缘（由魔鬼出没之地）游荡"（第三卷，第27页）。

这些行为既形成了始终与正常行为背道而驰的密教"疯子上师"的特征，又是作为"白鬼"（魔）的丑角人物的性格。在一段与上下文形成强烈对照和明显以朗诵语调（五言诗，LOLO—）为标志的文字中，大家以下述方式描述了英雄。"他本性是远离祖宅，到僻壤旷地去寻求避难，毫不关心自己的利益，为一块剩骨头而与狗搏斗，为垃圾而与飞鸟争抢"（第三卷，第18页）。

屈辱是荣耀的保证

有一件事颇具意义，同样的内容也受到了米拉日巴的赞扬（《米拉日巴道歌集》第276页）。他在讲到自己时唱道："通过充满善意的祝福，作为平民的我被风吹上了天空。我过去住在边陲，以后将定居于腹地。落入平民的行列，我将升至君王之位。暂居卑微之境，我将会得到王位。[26]遭人类驱逐之后，我将会遇到天神。摆脱了大灾大难，我将获得富贵"。林葱木刻本的刊布者在此问题上并未搞错。他们把觉如掩饰其真正神性的丑陋相貌与其觉域派

(断派)喇嘛的行为结合起来了,其"落难"表面上显得非常粗野或残暴,但其真性却是慈悲(第二卷,第60页)。为我提供资料的谢国安认为,这种举止就是逆正常伦理而行事的密教徒的行为。但大家通过其他地方而获知,断派(觉巴)仪轨主要在于前往一个荒僻和由魔鬼出没骚扰的地区,并将其身体奉献给魔鬼。我们将会看到,觉如的流放地主要就是以魔鬼的经常骚扰为特征的。

落难阶段、丑陋的外貌和遭放逐的考验是最终荣华富贵的保证。所以,懂得英雄内心深处之性格的人便会从其卑微的外貌下辨认出其前途来。一种与指帽子、刀剑和马匹的解释相似的象征性诠释又被用在了觉如那丑陋的相貌上:"他的恶道转生,这就是化身(本意为'变化');其低矮的身体,这就是众生相;涎水和鼻疽是长生甘露(醍醐);虱子和虱卵为其成就。从外表上来看,他是一个独自到处流浪的乞食儿童;从其内心来看,他则是耆那(大雄)的儿子;从秘传角度来看,这是三根之合"(第三卷,第72页)。大家不说这是滥用的一种喇嘛教的多余添加,这种办法在世界民间文学中很常见。由于英雄卑微外表而遭受的每次伤害、损失、凌辱、于其身上出现的每种灾难都是未来的吉祥幸运、未来的富贵荣华和未来天赋才能的预兆,甚至是其保证。

阿育王长有摸起来很粗糙生硬的四肢,从而使其父感到不快,其父更为喜欢其弟毗多输柯(尽忧)王。一次考试将会决定两兄弟的命运:跑得最好的人将会得到最好的王位和最好的食物。阿育王乘一头老象而来,坐在地上,带有一个装满大米的土盂,每次都将其处境解释为其未来荣耀的标志(土是最好的王位等)。[27]

为了举出一个中原汉地的例证,大家可以重新提一下晋公那贤明谋士的态度,他能够使初看起来为一种灾难的事变成发迹高升的保证(他快饿死了,大家出于嘲弄而送给一块土疙瘩,而且还把它解释为未来权力的保证。见格兰言,同上引书,第80页)。在近2000年之后,大家又遇到了同一种态度。后来大清王朝的缔造人从天朝宫中收到了作为嘲弄而赐给的一尊土地神像,但他却将此视为自己未来征服全中国的预兆。[28]

《格萨尔王传》史诗承认这种对待含糊不清征兆的态度,无论是在民间故事类别的文本还是在"喇嘛教"文本(我们知道前者派生自后者)中都一样。在下拉达克文本中(第61页),被那些会杀害他和以各种方式拷打他的妖魔用锁链束缚的青年格萨尔不仅不会感到痛苦,而且还把他受刑的每个细节都解释为未来荣耀的征兆。例如,如果他被四条铁链缚绑,那就是他将统治四大洲的征兆。当大家讲“预兆”时,则必须重提一下,无论是藏族人还是汉族人都认为,预兆或先兆都并不仅仅预示未来,它还以萌芽和和潜在状态而包含这种未来,甚至还能诱发未来。[29]西藏人称这类预兆为“缘起”。那些说唱艺人(嘛呢巴)、小丑演员(白鬼)和演员都会讲述这一切,我们在觉如故事的发展过程中发现他曾多次使用了这些预兆。

觉如那邪恶的、庸俗的和受人鄙视的性格就如同那些“疯子”上师一般,包含有一种附加的形态,也就是玩世不恭者和淘气者的表现形态。我们无需于此一一列举觉如无数取笑的话。这类玩笑话充斥着所有的文本,无论藏文的还是蒙文的,成文的还是口传的都一样。但我们应该指出编纂者们纳入林葱木刻本(第三卷,第55页)中的明确分析。“在觉如与其母占有土地的下玛域之妖魔的故乡,它置身于一种有时是巫术变化,有时是幻觉,有时又是文字游戏的气氛之中。这些行为都符合觉如的性格本身”。这种定义又补充了上文所提供的那种诠释。恶魔般的、疯子或苦修者的性格再加上了淘气调皮的刁顽习性。这就可以解释小丑叫作“白鬼”和奇装异服(半白半黑)使他更接近新年期间被驱逐的国王(请参阅上文第八章)的原因了。小丑“白鬼”和“替罪羊国王”(牛魔王)都是乞食者,觉如也是一个乞食的儿童。他被驱逐到了玛域,以其巫术而使大雪降落到岭国,迫使全部居民逃到他那里避难。他于是便以觉如国王自居,并以他们的命运开玩笑:他们为什么不如同驱逐他那样驱逐大雪呢?文中借这一机会(林葱木刻本,第二卷,第72页)而对觉如使用了“独自流浪的乞食儿”一句话。为我提供资料的那些人都强调应将动词'kyal改为'khyam(无家无业地流浪),但'khyal一词(有时也写作'chal、kyal-ka、rkyal-ka)的具体意义为“胡说八道,讲蠢话”,被用于确定一个剧本和史诗的作者疯子上师的性格。[30]大家刚才读到的对觉如性格的描述再一次说明我们在把觉如和说唱艺人比作杂耍演员、滑稽剧演员或魔术师时在何种程度上是正确的。

觉如的褴褛服装

在出发赴流放地之前,觉如向其母亲宣布说他需要一顶帽子、一套衣服和一些长统靴子。他当时刚刚5岁,但已经驱除了由其伯父派去杀死他的第一批妖魔,他从其伯父那里获得了将会成为其马的一根白柳木棍和"九乳"吉祥袋。他也镇伏了其伯父,从他身上消灭了附于其身的妖魔。他从其伯父处强行获得了永不伤害岭地的誓言,让他四肢着地地从其木棍马下钻过去。

他为了对付经常出没于其放逐地的妖魔而需要的奇装异服恰恰是来自3种妖魔的遗骸。镇伏者采纳了被镇伏者的外形。据昌巴桑塔认为,3个魔鬼—牲畜都是与格萨尔同时诞生的青年独眼魔的化身。此人知道,只要他还很小就可以消灭妖魔,并以在下玛域(也就是说在流放地)与之掷骰子玩(请参阅本章注[3])。因此,降伏似乎是分许多阶段才完成的。昌巴桑塔还知道,这三批向觉如提供装备的妖魔(马魔)应被杀死,否则他就会战胜格萨尔的马(请参阅能消灭萨丹木之马的格萨尔的马)。但令人遗憾的是他不知道另外两批相当于什么。

我们将要分析的所有落段均以一种使它们明显与上下文有别的独特韵律为特征。对奇装异服的描述也是以谚语格言的韵律表现出来的(请参阅上文第九章)。它在各种文献中都明显相同,仅仅以一种相当含糊的词汇相区别,为我提供资料的那些人在此问题上的学识往往都显得不足。[31]大家完全会产生一种印象,觉得这些谚语格言应该属于一种相当古老的长诗的组成部分。

大家将会颇感兴趣地发现,这是一部很近期的作品,并已被严重"喇嘛教化"了,惟有它才能提供这种具有明显古老风格的情节。任何一种口传本都没有保持这种风格。大家于下面就看一下觉如是如何得到其服装的(林葱木刻本,第二卷,第47页)。

无疑是上午(文中没有说明这一点,但其下文却作了暗示),觉如前往色玉山,并在那里杀死了狍子(或者是高山牧场的羚羊)—妖魔,它们是损耗鬼(魔)类的3兄弟。他在那里利用雄性狍子的"小帽"连同其头以完全的方式包住了自己的头。这样就使他具备了一颗"丑陋的头"。

晚上,他前往岭地头人总管王的牛犊圈中。他在那里偷走和杀死了“祸害牲畜”的7头牛魔，他穿上其皮，其边缘很硬，并带有长着篷乱毛的尾巴。这就使他具有了一种“丑陋的身体”。

在子夜，他前往其伯父晁同的马圈，在那里偷走和杀死了马魔底恰夏德（马驹—鹿或马驹—骰子）。他以此制成红色靴，并在上面缝上了硬草鞋底。这就给他造成了“丑陋的双腿”。

所以，“在镇伏3种妖魔之后，他获得了其帽子、衣服和靴子”。尽管前两组分别为3和7，但它们很明显每组仅仅包括惟一的一个妖魔。

同一份统计表可见诸于第三卷（第4和70页）中。但在其他地方，大家又从中加入了一批宽紧靴带（将靴子的上部与腰带扎在一起了，它们是由长着蓬乱毛的马尾制成的）。大家还具体解释说，觉如为了这些业绩而使用了他的木棍玩具马。我现在掌握有其他3种几乎是相同的文献。巴科藏稿本（第19页）没有提到长统靴，但却用一根粗草绳取代了草靴底，嘉哇如仁木棍和则恰刀（断刃刀）就拴在上面。江孜木刻本（第一卷，第8页）讲到了“狍子皮帽”、一件用9块山羊皮缝成的衣服、红色马皮和尺码合适的长统靴、其毛蓬乱的马尾，所有这一切都是“乞食化缘者的一整套服装”。最后是《汉地和岭国之部》史诗稿本（第72和120页）列举了麂皮帽、其边缘为青色的山羊皮衣、红色长统靴、用9种（?）织成的带子、用马尾和染料木织成的6股靴带。[32]

几点考证研究可以使我们能阐述清楚某些细节。

1. 帽子。副词ru-se是描述戴帽子之方式的。有人（谢国安）第一次向我把它解释为“完全地”，但昌巴桑塔却认为该词系指鹰翎。据他看来，这种帽子呈一个上面插有小旗的头盔形状。他可能把ru-se与ru-dar等同起来了，后者指“战旗”或苯教徒们那带鸟翎角的帽子（请参阅上文第七章）。有关鹰的想法无疑是他读作go-bo（鹰、鹫）而不是rgo（sgo）-pho = dgo-bo（高山牧场的麂子、狍子、羚羊）而产生的。他可能也联想到了说唱艺人那上面插有这种翎毛的帽子。他肯定没有完全搞错。事实上，觉如从这种动物身上取得的是一种Čog-žu，昌巴桑塔认为该词系指觉如那带羽翎的白帽Čog或LČog一词系指一种圆形的小物品，如一顶小帐篷、一顶小帽子、一座小塔或小炮楼。[33]此外，Čog-žu也被用于指一只飞鸟的头。当觉如变成红鸦以塑造晁同（与马有关）的守护神时，这种鸦被描述得如同带有一个丝绸帽子(巴科藏稿本,第40页)。然而,如果昌巴桑塔认为Čog-žu系指觉如的白帽,那是由于此帽包括有两个被认为是马耳或驴耳的尖顶,上面带有鸟绒(我们也知道在乌鸦和马头明王之间的关系,见上文第九章)。

大家从这一系列问题中便可以得出结论认为,在觉如那卑微的帽子和说唱艺人或觉如那从莲花生处获得的帽子之间肯定具有某种同源关系。在这种情况下,大家在一种鹿科动物和一只飞鸟之间犹豫不决;在另一种情况下,则是马科动物和飞鸟内容的结合。但这些比较却会导致我们去考虑从马科动物到鹿科动物的轻而易举的过渡(请参阅上文第七章)。

三种妖魔——狍子是损耗鬼(bse-rag)兄弟。这后一个词组有时也作为对一个特殊类别的淘气小妖精的称呼或对应物,这就是"小妖精九兄弟"。在它们的仪轨书中,有人下令要给损耗鬼、"人间之神"(mi-lhà,原文如此,在此处!)、瘟鬼、小鬼(祸害婴儿的鬼)和强暴鬼(祸害牲畜的鬼,就如同被觉如降服的第二类鬼)带上嘴套(不准它们开口说话)。"小妖精九兄弟"都如同其他魔鬼一样出自9枚鸟卵。它们采取了各种动物的外形。为了举行驱除它们的仪轨,大家便制造了一身代表一个美貌少年的面团像,该少年长有一口海螺色的白牙,眼睛炯炯有神,头发为略呈黄色的棕黑色,头发中插有一种五彩丝绸的羽翎饰,其耳朵为碧玉般的蓝色。他携带弓箭囊和一只短腰刀,右手执一根木棍(手杖),左手扬一根长鞭(竹条),骑一只野兔。[34]

这种描述完全适合格萨尔。[35]觉如的淘气性格可以通过其魔性的一面来解释。本处所提到的妖魔属于淘气的小妖精,bes-rag(损耗鬼)一词于此系指被镇伏的妖魔,同时也是对旱獭的称呼(林葱木刻本,第二卷,第62页)。然而,这种旱獭于其姿态和外表方面很容易与兔子相混淆,它们也如同兔子一样被认为很聪慧和很狡猾(大家称之为"修道者")。所有的旅行家都指出了它们的奇特行为。觉如于其在玛域流放地所完成的第一项业绩就是降伏了旱獭之王及其族(林葱木刻本,第47和62页),而后者正是该地区的看门神(巴科藏稿本,第23—25页)。

这些内容都很古老了,因为大家在一卷敦煌写本中发现了它们。令人遗憾的是这里提到的文献非常含糊不清,托马斯提供的此文的译本也没有使之更为清楚多少。[36]但与我们本处有关的部分却是清楚可靠的。一个妖魔吞噬了父亲及其女儿。由于次女也会冒同样的危险,所以她受到了“草原之驴、小老虎”的警告,这后一个名词在南语中就叫作“Čho - phgi Čog - zu”。在相似的文献中,这是一种“山梁上的驴”。这里肯定是指一只兔子(“山上的驴”),惟有它才可以被称为“小老虎”(由于其身上的黄斑)。此外,在一种类似的文献中,动物并不是简单地警告姑娘,它向她建议采纳一种诡计以欺骗前来吞噬她的魔鬼。尽管这一段文字非常晦涩难懂,但动物明显是向她建议交换其头戴,魔鬼在她离去的时候却把该动物当作了少女,该动物又变成飞鸟从而逃脱了妖魔。然而,少女的帽子叫作 žu Cog žuo。在第一篇文献中,它被之称为“南人帽”(其中的 Nam - ti 有时又作 Nam 或 Nag-tig)者系指该少女所属的地区或民族。帽子来回摆动(本意为“直立高耸”),而拴在兔子脖子的“牦牛心”铃则发出了响声。[37]

这里无论是指一头驴还是一只兔子,大家头上戴的南人的帽子应该能遮住其耳朵。它应该是属于同一类(我们知道南人或那囊都被与驴耳或兔耳相联系起来了,而弥达斯的故事则与一顶帽子有关。请参阅上文第七章和注[80])。这就可以解释指兔子或驴子的 Naml 字与它所戴的帽子 Nam 之间具有不可否认的关系(žu =žva,意为帽子)。但对于我们来说,最重要的这些名词术语均与指觉如那丑陋帽子的措辞相似(čog - žu),这种帽子就是带有其角的一只狍子头或带有其羽翎的一只鸟头。尽管从动物学角度来看有些困难(这里是指神话形象),但提供这种头戴的动物是一种 bse - rag 魔鬼,该词使人联想到了旱獭。然而,“高山牧场之驴”一词虽然出自南语,却可以通过“旱獭”的藏文名称(phyiba,其一种方言形式作 chhip'i)来解释。[38]

2. 衣服。目前只能提供很少一点澄清解释。其实质内容可能是9张山羊皮的一种不同说法。这类魔鬼基本上是7兄弟或9兄弟。被缝在一起的山羊皮在《诺桑王子》的藏戏中形成了牧民或“北方野人”的特征,牧民带有引导狮子舞的小铃,小丑“白鬼”都是接近淘气而丑陋的觉如之人格的人物。

3. 长统靴。文献中使用的这一名称会冒使人误解这种服装之真正特征的危险。“马靴”可以被理解作骑士们的普通靴子。西藏的靴子一般均为红色，正如我们的文献意欲指出的那样，不过是羊毛制成的。[39]可是帽子和服装的先例却说明，我们应该理解觉如作为靴子而穿着马—魔的蹄子。昌巴桑塔认为，sug 意为“完全地”，dmar-sug 则意为“全红色的”。这种理解可以通过马皮刚被剥下并且还遍是鲜血的事实来解释。他认为这是一块新鲜的皮子，尚未经鞣制加工。他的想法肯定是正确的。这已经由辞典《四体合璧清文鉴》（卷三，第 73 页）和科瓦列夫斯基的辞典（第 116 页）证实了，它们都认为 sug-pa 就相当于蒙古文 belberegei（马蹄子上的毛）。

这样一来，我们就应该把如此穿靴子的觉如想象成一尊畜牧神或森林神。我们已经指出（见上文第七章），对于一匹宝马良驹来说，其耳朵就是其帽子，其蹄子即为其靴子。我们在说唱艺人那带有马耳的帽子（这也是觉如的帽子）和出自其马之身的说唱艺人—萨满的马头琴之间所作出的比较似乎又由觉如的装束而得以加强。身着 3 个妖魔——动物之皮的觉如服装的卑微外表于此则与在其帽子中实现的不可分割的一对一英雄和马匹的威武荣耀外形正好相吻合。

妖魔——马出自伯父晁同处并非偶然，我们知道他与马匹的亲缘或者几乎是相同的关系。

4. 腰带。这种奇装异服的神性以及英雄在穿上妖魔皮时所获得的巫术力也出自靴带或腰带（腰带通过靴带而与靴子连在一起）。江孜木刻本作为对其丑陋身躯之装饰而举出了一条蓬乱得如同马蹄上的毛或毡毯的马尾（请参阅德文 filz，意为“毡毯”；filzig，意为“蓬乱的、油污的”。它们均指头发）。这一名称可能会解释词组，dre－ske sbor－ṅag（妖魔之脖颈、颈下丛毛？可能应该校正为’dre－sked，意为指“妖魔的身材”）。《汉地和岭地之部》稿本中也出现了用黑线（??）织成的一条 9 股腰带和一条用 6 股结在一起的马尾。文中没有告诉我们这条马尾自何而来。但同一部著作却告诉我们说（第 65 页），为了到达如同天际一般难以攀援的弭药地区，一匹普通的马是不足胜任的。必须有一匹“风之马”，它生活在白梵天神的天域。它丝毫没有马的外形，而仅仅是“一大束马尾”或“一条 9 束马尾”。用 6 股接起来的马尾可以被含糊而不明确地与一条 9 股腰带联系起来了，这种做法无疑可以通过与“风之马”的能力相似的巫术本领来解释。

在杀死各种动物——妖魔，并身着其皮时，觉如肯定就使其力量进入了自己体内。他同时也就使岭地的首领（至少有两名）摆脱了明显有害于牲畜（这明显是指牛犊）和马匹的妖魔。他在采纳它们的外形时，也就一举获得了导致他注定要遭驱逐的魔性。他随身带来了灾难，并使用了替身或替罪羊的手段。这种做法还解释说，为了排除小妖精和损耗鬼而驱逐的替身（漂亮小青年的形象）酷似觉如。此人非常恰当地披上了损耗鬼之魔皮。现在，就如同在肯定使用了在敦煌写本中就已经出现的非常古老形象的许多仪轨书一样，觉如即将遭逐。我们还需要看一下这种驱逐是怎样酷似新年时的宗教民俗和替身或替罪羊的喇嘛教仪轨的。

从遭逐到称王

觉如就这样遍是不足之处，化装成 3 种动物的魔状，其魔性被正确地指了出来。他在其母和丑陋动物的陪同下遭驱逐（林葱木刻本，第二卷，第 57 页；巴科藏稿本；第 20 页；大卫—妮尔版本，第 45 和 66—67 页）。我们已经知道了放逐地点：3 条或 4 条河谷的交叉处（林葱木刻本，第二卷，第 61 页，三岔口；第 47 页，呈十字状的交汇点），位于 9 个山口以远（巴科藏稿本，第 20 页），这些统统都是为驱逐一种替身之仪轨的典型地点。我们来看一下这种故事情节是怎样出现的。

在林葱木刻本中（第二卷，第 52、57 和 59 页），仪轨是三重性的。罪孽者觉如被 100 名父亲—喇嘛（老人一代）在海螺声的伴奏追逐下，被 100 名使用箭矢的青年男子和 100 名少女借助灰烬而驱逐。这至少是觉如的老冤家对手伯父希望如此按照规则而举行的仪轨。但觉如的同父异母兄弟、他的对应人物和朋友夏鲁（也就是嘉察）争辩说（第 57 和 59 页），这会是使战神失去了面子[40]，他建议用糌粑粉（青稞炒面）取代灰烬。

在大卫—妮尔的版本中（第 66 页），共有 9 名喇嘛、9 名族长和 9 个女子驱逐英雄。除此之外，再无其他具体细节了。巴科藏稿本相反却更为明确具体一些（第 19 页）。神意都宣布说觉如是魔鬼塔巴那波（也就是被马头明王战胜的风暴神，请参阅注［4］）的化身。他被喇嘛们的海螺、头人的法律、青年人的箭矢、母亲—伯母

（老妪世系）的灰烬和青年少女们的内心所驱逐。

这种仪轨非常清楚。它与西藏的所有驱逐仪轨都一样（请参阅聂伯斯基—沃热科维茨，1956年，第120页；100名贵族、100名僧侣、100名少女、100名巫士和100名阿阇梨）。但使用灰烬或糌粑粉的具体情节却可以使人作具体解释。它即使被驱逐的英雄与魔鬼、死人、小丑等同起来，又将其遭逐比定为新年期间的替罪羊。我们可以对这些内容作一番浏览回顾。

魔鬼和死人

我们在格萨尔诞生时已经看到其母亲使用灰烬将他留在大地上，这种做法使一个准备飞走的天神之子变成了丑陋的觉如。这段文字之后紧接着便是对驱逐的记述。当格萨尔到达北方魔国中，并使魔王受致命伤的时候，女子向魔王抛去了灰烬，无疑是为阻止他站立起来，魔王于是就死去了（江孜木刻本，第11页）。一名喇嘛镇伏了在梦中以一个长着9颗兽头的黑人之相貌出现的祸害人的魔。他以向妖魔抛扬一把灰的办法而使之被消灭了（《神教》第16卷，第51—52页）。

当觉如佯装死亡时，眼睛却睁得很大，其王妃向其双眼扬灰（或尘埃，这在藏文中是同一个字。见林葱木刻本，第三卷，第53页），利用使灵魂转到一个13岁的青年尸体中之仪轨的机会，大家发现"当一个死人的眼睛凝视活人时，那将是一个不祥之兆"，大家于是便向之扬灰（巴俄祖拉陈瓦书，第13卷，第33页；《青史》第二卷，第487—488页）。米拉日巴的母亲对于其子不满，为了使他儆戒或惩罚他，也向他迎面抛去一撮灰烬（《米拉日巴传》第15页，巴科译本第56页）。另外一次，一名妍丽少女于其家中约会米拉日巴，当他到达那里时，母亲斥骂他，指责他是那些拐骗少女的乞丐之一，并威胁要向他抛灰尘（《米拉日巴道歌集》第60页）。

上师和小丑

这最后一个例证揭示出一种新内容。抛扬灰烬可以使被灰蒙面的人受到耻辱。但那些拐骗女子们的乞丐就是以其不道德行为而于10世纪很著名的瑜伽行者。他们的名字是"阿尔却班第"（《青史》，第二卷，第696页）。[41]这些瑜伽行者的特征恰恰是由于以下事实造成的：当他们生活于墓地时，以死者的灰烬（或尘埃）来涂抹全身和面庞。[42]一个女魔试图伤害被用这些灰烬和鲜血涂抹过的米拉日巴（《米拉日巴道歌集》第138和156页；施密德：《疯僧米拉日巴》，斯德哥尔摩1952年版，第81页）。上师（圣人或上人）与死人和魔鬼结合起来了。但这种内容却具有了另一种表现形态（与前一种相辅相成），它导致我们联想到了觉如那调皮淘气的性格。贾斯克（见其辞典）具体解释说，“死者的灰烬（尘埃）”一词也指在化装舞会中为了模拟这些灰烬而用于涂面的灰色土。正是这种特征解释了为什么新年间的小丑演员被称为“白鬼”。我们已经知道他被与新年间的“替罪羊”相混淆了。“替罪羊”也叫作“替身国王”（老工夹布），他头戴尖顶帽，身穿翻毛山羊皮衣，面庞被涂抹得半白半黑。他那不吉祥、魔鬼般的外表与吉祥的外表同时存在。在化装舞会中装饰的形象属于调皮淘气的小妖精一类，它会逗人发笑。所以，大家在这个问题上发现以糌粑粉取代了在驱逐觉如时使用的灰烬。觉如被装扮成了魔鬼，他以淘气调皮者的姿态行事。大卫—妮尔对于替身国王所作的描述颇具意义：他“身穿一种滑稽可笑的服装，用山羊皮裁制而成……人面被一种模拟了一种半部白和半部黑的怪诞面具所掩饰……（当大家在一阵大声喧哗中而驱逐他时），所有人都捧腹大笑。这种庆祝具有一种欢乐的狂欢节的特征，要比一次隆重的煨桑涤罪净礼活动愉快得多。[43]事实上，这两种外貌是不可分割的。我们于下文还将会看到其更具有魔性的一面。

藏戏《诺桑王子》中的北方“野人”牧民也反穿一件山羊皮大衣，面部涂着糌粑粉（它是灰色的）。他在被杀死之前挖苦、揶揄和嘲笑观众们（罗列赫和沃德尔，同上引书；上文第九章）。糌粑粉就相当于灰烬，但这一切在被用于驱邪的同时，也会导致一种吉兆。在新年时，大家于元旦时互相拜访，并互相贺年。那些彼此熟识的人互相抛撒被认为是吉祥物的糌粑粉。就在同一康地，当每年藏历五月十三日赛马时，得胜者将获得一块银符，但最后一个到达终点的人却要被撒一身糌粑粉，并以“疯狂的喊叫声”和在鼓声的催促下遭驱逐。[44]失败者遭逐，而且是用炒面粉驱逐的。在喀拉孜（西藏西部）的新年期间，那些被称为“巴巴”的人首先要洗净全身，然后再涂上一层炭黑。当驱逐了两位祖父和一位祖母时，“巴巴”

们便抛扬多玛供(含有邪恶的供食)。但大家接着又洗掉了它,新年便来临了(弗兰格,1923 年,第 28—29 页)。到了年末,大家便烧毁一大块供食和一种幻网(用线绳编织成的网架)。随着"叽"(ki)和"嗦"(bso)的战争喊声,男人们都挥动武器,女人们敲击着灰烬发出阵阵诅咒声。[45]

灰烬与糌粑粉之间的反复变化与驱逐仪轨的双重面貌相吻合。这种仪轨包含一种吉祥幸运保证。驱逐觉如明显是根据任何一种仪轨性驱魔和驱灾的模式构思出来的。于年末除旧岁本身就包含有在新年时迎新的萌芽。我们已经指出(见上文第八章),《格萨尔王传》史诗中的赛马内容即可以通过这种节日庆祝活动来解释。这种启发明显又由驱逐觉如的内容而得以加强。

这种驱逐已被解释为未来荣耀的征兆。喇嘛们那些旨在驱逐觉如—魔鬼的海螺号声就如来欢迎他一般的响亮,向他射出的箭矢就如同被非常尊重地放入其手中一般落下。在出发时,遭驱逐的人便随他们而招吉祥(林葱木刻本,第二卷,第 60 页)。放逐地点对于他来说则变成了英雄夺取权力的中心地带。遭驱逐的人在该流放地的栖身居住是以一种夺取当地所有权的仪轨而开始的。

这些内容与除旧岁和迎新年活动之间的相似性已经由其中的时间所证实。除旧是随着觉如的离去而开始的,也就是藏历十月十五日,这是"天神的宽敞大道"(第二卷,第 59 页);它以夺取流放地所有权而于藏历腊月十五日结束,这是旧年之末和新年之初(第二卷,第 61 页)的日子。3 年之后,觉如变成了该流放地之主,而该流放地同时也变成了其权力的辐射中心,他消灭了那里的妖魔—旱獭,变成了必须经由那里的商队之主宰,于是他便向被迫投到他那里避难的岭地头人分配土地。这种分配也发生在藏历十二月十日,觉如于该月十五日打开了神山的宝藏之门(第二卷,第 72 和 77 页)。然而,为争夺岭地王位和为使格萨尔称王而举行的赛马仅仅在 4 年之后才举行(从预定的时间藏历十二月十五日一直推迟到了夏季。请参阅上文第八章)。觉如继续生活在流放之中,并经常与魔鬼交往(详见下文)。尽管如此,他从当时起就以国王的身份行事。[46]与具有重大意义的时间有关的这种重要内容只能够通过与年末和新年的双重面貌有关的观念来解释。

据贝尔认为[47],冬季的开始时间现已被定于藏历十月二十五日，这是纪念宗喀巴圆寂的节日。隆多喇嘛(《全集》第16卷，第21页)则认为，每年的开始时间在他那个时代是藏历十月十六日，但过去却要落在藏历十一月。其具体时间确实是反复变化，这种不稳定性解释了其变迁。

与魔鬼的赌博

魔鬼或小丑虽遭驱逐却又成为了国王，觉如酷似狂欢节之王和替身之王。他始终是乞食化缘僧们的首领[48]，其奇装异服使之变得酷似小损耗鬼那样被驱逐的化身。在新年期间，替身国王(赎罪国王)暂时被授予了所有权力，但必须与一位代表达赖喇嘛的人赌掷骰子。继此之后，一些乞食化缘者和热嘉巴(负责处理尸体者)卑贱种姓的成员为替身之王提供官府的供物。他们接着组成了由一名乞食化缘者率领的迎神队伍，此人携带达赖喇嘛的一尊面团塑像，大家将威胁他的危险转移到了它身上。两个替身之王和众乞丐等都紧随其后。被驱逐的“替身”出现了两次，分别以替身之王(有时共有两名)和达赖喇嘛塑像的外貌而出现。权宜一时称王的替身之王(老工夹布或牛魔王)在与达赖喇嘛赌掷骰子输掉之后便遭驱逐，达赖喇嘛重新获得其位。但达赖喇嘛本人也以小塑像的外形遭驱逐。这完全如同在觉如“王”身上所发生的情况一样。

觉如也与诸如死者和被排除的替身形象那样的魔鬼赌掷骰子和做其他比赛游戏。但这种危险的游戏并没有使他感到痛苦不安。他重新具有一种使之与其敌对者结合起来的妖魔外形，以使他获得经创新和强化的神性而克服这种考验。

从他诞生之时起，丑陋卑微的觉如便和与他同时诞生的妖魔赌骰子，这是他应消灭的一种妖魔的对应人物(请参阅上文注[3])。稍后不久，也如同一名封建领主一样的岭地之主同样也分配土地，并将财宝——保护圣物交给了岭地的英雄。觉如继续以被放逐的妖魔之外形而生存下去。然而，他在这样的环境中能干什么呢？“在玛域的这片流放地，魔鬼在那里转动进行欺骗性计算的木头(隐身木)，赞魔在那里赌掷骰子，曼莫女魔在那里跳她们的圆舞”。他同时显现出千种不同的魔形以降伏它们。“白天，他与人类耍花招；晚上，他与赞魔争夺掷骰子的赌博；夜间，他又与魔怪们赌掷骰子。他与天神一起奔跑,并与妖魔(鬼)进行交谈(林葱木刻本,第三卷,第6页)”。

这种态度在很大程度上成为觉如性格的特征,大家发现他在其他许多情况下,甚至是当他已经作为格萨尔王而即位称王时都以这种态度出现。我们已经发现,格萨尔为了其他业绩,甚至在继他即位称王之后,又重新采纳了他那乞食人—滑稽表演家的丑陋和怪诞的外形(如降伏鲁赞和霍尔人)。所以,大家发现格萨尔在鲁赞魔那里与希望挽留他的妖魔之妻玩弄掷骰子的赌博,他已经输掉了整个岭地,并冒着生命的危险(下拉达克文本,第226—227页)。他在前往霍尔人地区的路上也与3名侏儒做同样的赌博游戏。他冒着输掉一切的危险,最后仅仅在获得向他揭露了侏儒们的作弊手段的天神女谋士的指教之后才最终赢了(同上引书,第259—260页)。在鲁赞故事的一种对称情节中,大家发现他正与龙王祖纳仁钦赌掷骰子,他就这样遗忘了其故乡,并在龙神那里滞留9年(《武士》第一卷,第70页):“上午,他在天神聚会的地方散步,下午与赞魔赌掷骰子,晚上与魔怪支起罗网而搏斗”[50]。

觉如混迹于妖魔之中,与他们共同赌博。这是一种危险的游戏,一个普通肉体凡胎的人是应该退避三舍的。岭地的头人总管王引证了一句古老的谚语,暗示觉如的妖魔行为:“不要与赞魔从事赛马的活动,不要与妖魔比赛赌骰子;不要与地下之龙神勾结玩耍”(林葱木刻本,第二卷,第50页)。事实上,在妖魔与死者的赌博中,骰子以及借助于刻痕而于上面记账的木头均受欺骗行为的主宰。[51]在用代替真人和要驱逐的替身像喂妖魔时,大家要对他们说:“吃掉这种替身供物吧!放弃那些落在这些木头上的人的计算木,抛掉那些落在这些骰子上的砾石——骰子吧!如果他们遇到了玩耍比赛,那就让那些开玩笑之口闭上吧!如遇他们倒在了赌注上,那就应收回(?)赌注!放开你们抓住的人和解开你们绑住的人吧!放开妖魔的罗网(索套)吧!”[52]。

对于活人有如此重要的情况,对于死者的灵魂则更为重要。“大家很害怕他(死者)与魔鬼赌掷骰子”,有一种能阻止他这样做的仪轨(《白琉璃》第二卷,第55页)。

普通的死者与活人将会受魔鬼们的错误计算和作弊骰子之欺骗。他们会在赌博中输掉,并一举彻底破产。但英雄也玩赌博,他在与魔鬼赌博时同样也欺骗了他们。他变作它们的外形,并与“豺狼同时嚎叫”。他在确保其丑陋外形的时候仅仅是接受了一种考验,而且在开玩笑中以得胜者的身份从这种考验中摆脱出来。他与上师属于同一性格,上师也自我丑化,自愿装作小丑、疯子或妖魔附身者。所以,大家对在许多方面都酷似我们这位英雄的米拉日巴身上重新发现这种内容就不会感到惊奇了。

神鬼会大批集聚起来以恫吓上师。他并非无动于衷,消极抵抗它们,而是以“一两声大笑”来排斥它们。这样一来,他便玩弄起了它们的把戏。他们积累了一些占卜骰子、黑色和白色的石子。他们抛弃了计算木之签,不吉祥之签便落到了米拉日巴身上。它们诱使他用骰子抛赌注。所有这一切都是玩笑、欺骗和嘲讽(《米拉日巴道歌集》第140和154页)。

*

*　*

该英雄生涯的其后部分则是我们非常熟悉的了。他将赢得赛马,并将变成荣耀的国王。考验结束了,它使他为了该地区的最大利益而克服了其自身带有的魔性。他从觉如变成了格萨尔。他的化身——其马匹分两个阶段而经过了同样的变化过程。其马从木棍玩具马变成了命中注定的马,首先呈丑陋和滑稽可笑的外形,然后才以美不胜收的剽悍外貌出现。

这场赛马和这个丑陋卑微、具有魔性而同时又为小丑与淘气调皮者的人物等先前的内容,其遭逐以及与魔鬼赌骰子玩都明显与标志着年末和新年间的习惯做法相似。正是这种史诗般故事的气氛可以部分地证明弗兰格那自然崇拜性的解释(驱去寒冬、春天的复苏)。这种模式在他那个时代很时髦,他则将此发展得太远了,但他的印象却并非完全是站不住脚的。大家从此之后便说他无理由一举排除自然现象的象征论,但这并不是他所涉及的惟一原因。仪轨、节日庆祝活动和赌博还有对世界和社会中人类的观点,至少同样可以解释史诗的内容。某些概念则更倾向于在那些具有决定性意义的机会中表现出来,尤其是在新年时期。但我们发现,新年的许多特征又出现在仲夏。英雄与魔鬼们的赌博特别使人联想到了新年间的习惯。但它们又是在神山附近举行节日庆祝活动的典型特征:各种比赛(赛马、讲演、掷骰子等),对手(邻居)

间于其中爆发的激烈的权威之争并不逊色于能够调和一切的玩笑。

所以，当我们试图把我们的英雄定性为狂欢节之国王时，这仅仅是一种简单的说法，它绝不排除新年之外的其他背景。英雄双重面貌同样内容的特点完全是民俗和宗教背景的特征。我们很可能永远也无法具体说明觉如—格萨尔那如此动人的形象是在什么时候、什么地方和以什么方式形成的。其中集聚了大量（我们暂且不说是“无数”）的不同内容。我们认为已经做了现在能够做的一切，也就是尽可能地理清这一团乱麻的线头。

注　释

[1]巴科藏稿本（第66页）在觉如被放逐时认为其马仅有3岁。《汉地和岭地之部》的史诗稿本（第58页）甚至在觉如15岁前往北方魔国中时认为该马仅仅3岁。这是由于格萨尔生平的年谱本身就很混乱，并根据文本不同而有差异。对于林葱木刻本和大卫—妮尔版本（第89页）来说，赛马和称王确实发生在他13岁时。

[2]林葱木刻本，第二卷，第18和31页：母马、奶牛和母羊；大卫—妮尔版本，第30、47—48页；下拉达克文本，第70页。英雄与牲畜同时诞生的内容流传很广。在科诺尔的书中有一个西藏民间故事的例证，见《西藏的民间故事》，伦敦1906年版，第102页和以下；在中亚突厥人（柯尔克孜人）中，见拉德洛夫，1866年，第二卷，第496页（马对其主人说：“我是与你同时诞生的”）。马和英雄以同样的速度成长（他们二者于10日内就变成了成年者，见谢夫纳，1859年，第212页）和同时死亡（同上引书，第218页）。在波斯史诗中，亚历山大的马与他同时诞生（斯彼埃格勒：《亚历山大东征记》，莱比锡1851年版，第16页）。在一个汉文故事中的情况也相同（《太平广记》，卷435，第24页，宋蔡的故事）。此外，惟有英雄才能驯服的亚历山大之马布西发拉于其主人死亡时曾大哭一场，并于其棺材前死去（察赫尔：《伪托加利斯滕纳著作》，哈雷1867年版，第174—175页）。至于不仅仅英雄与其马，而且还与其动物同时诞生的问题，那就是在佛教民间文学了（《神通游戏》）中出现的一种内容，已被绘于敦煌画中了（魏礼：《敦煌画的目录》第123页，第94幅绘画）。

[3]天神首先派遣4名“侧室子嗣”降生大地上。由于发了一些相反的誓愿，所以他们便作为妖魔之子和岭地的敌人而诞生。同一位天神父亲接着又派遣他那个能降魔的儿子，此人就是后来的格萨尔王（江孜木刻本，第一卷，第7页中也是为需要战胜的妖魔定性的）。在江孜木刻本（第三卷，第6—17页）中，他是霍尔人的国王；在《诺桑王子》的剧本（第122页）中，他则是北方“野人”。它可以追溯到喇嘛教界中（某些天神由于其“相反的见解”而变成了魔鬼。见《译师遗教》第166页，劳佛尔译本第五卷，第12页）。此外，格萨尔、鲁赞和黄帐王都诞生于同一个“铁蛇年”（江孜木刻本，第二卷，第4页；但在第一卷第6页中，格萨尔却是诞生于“铁龙”年）。其年谱从一种文本到另外一种都变化不定。

据昌巴桑塔认为，与格萨尔同时诞生的还有一个长有一只额头眼的妖魔。母亲把它当作是格萨尔的朋友，但格萨尔知道应该在它尚幼小时就消灭它，他在与此妖魔玩掷骰子的赌博时就杀死了它。在某些文本中，格萨尔本人诞生时也长有一只额头眼（母亲以其拇指挖掉了它）。

[4]江孜木刻本，第七卷，第4页（格萨尔的马是马头明王的化身，长有风翅，这是镇伏风暴神的大巫师），这种风暴神被与霍尔人的国王结合在一起了，应该由格萨尔战胜（同上引书，第三卷，第82页）。妖魔阿琼格如、米琼风暴神和恰巴拉仁（鲁赞的3种变形）都是过去曾发过相反誓愿的风暴神（噶伦堡藏《地狱救母之部》稿本，第3页）。尽管其形貌丑陋，格萨尔的马则是“三界与两魔的战胜者”（《武士》第三卷，第294—295页）。大家还记得马头明王曾镇伏过风暴神塔巴纳波（请参阅上文第九章）。

[5]见达斯辞典：“rKyang，西藏和高地亚洲的马科动物”；桑德堡：《西藏和西藏人》第289页，“野骡”一节。

[6]在《格萨尔王传》的史诗中，大食（伊朗）的青色马是飞鸟，并长有“风翅”：“这些出自苍鹰卵的马匹在耳朵上有金翅鸟的绒毛，在4条蹄子上有风的毛角饰。大家声称它们顷刻之间就可以绕世界一周”（华盛顿藏《分大食财宝之部》稿本第4页）。早在敦煌写本中（巴黎国立图书馆藏第1134号），大家发现了两匹宝马兄弟，其中第二匹叫作“快如—闪念”，此名与印度观念中的7匹太阳马中的第三匹相同（达斯辞典，第480页）。在蒙古的民间故事中，马—鸟也非常著名（例如，鲍培，1955年，第113和179页）。有关在突厥（柯尔克孜等）民族的民间故事中的情况，请参阅拉德洛夫，1866年，第三卷，第157页；第一卷，第402页（翅膀）和第411页（同前）；第二卷第148页（长翅膀的、飞行、讲话）和254—276页（马匹长有翅膀，并赢得了与神鸟的一次比赛）。所有这些观念可能完全是出自印度，那里的马—鸟具有一种共同特征（见勒努与希尔布尔恩：《亚细亚学报》，1949年，第29页），科玛拉斯瓦米：《夜叉》第二卷；第51页注[5]等处）。我们还应从中加入伊朗和古代近东的古老概念。大家应该在何种程度上考虑传到西藏的印度文学那自觉的影响。这就是林葱木刻本第二卷第64页一段文字所指出的内容；为了出售格萨尔的马，大家列举了其身体每部分那巨额价格。同样的内容也出现在《库奇辛达瓦本身传之瓶》第254号中，见科维尔，第二卷，第20页。

[7]鲍塔宁，1881—1883年，第四卷，第250页（布里亚特人）：Bel’gun Ger’-morin；1893年，第二卷，第114页：Piliging Chär（德文的对音作Xär），意指巴该觉如和博格多该拉汗的千里马（拉德洛夫，1866年，第一卷，第427和429页，在索荣人中）。在阿尔泰的故事中，图伦·穆吉该·布尔汗也如同格萨尔一样杀死了海魔安达尔玛，被称为“拥有千里马的人”。

[8]我们还应该提一下萨满的瘦弱和精疲力竭的马，其身体变成了马头琴（请参阅上文第七章）。

[9]非常引人注目的是大家发现了用LČan－ces这种写法指“神通马”（Čan-ces见达斯辞典，第399页）。

[10]汉文中叫作“竹马”，当非常受宠得势的郭伋（公元前39—公元47年）始至行部，到河西美稷，有童儿数百，各骑竹马，道次迎拜（《后汉书》卷31，第1页）。在宋代，有些青年男女都于新年期间骑竹马（《乾淳岁时记》卷18，第8页；《梦粱录》卷一，第2页；《武林旧事》卷二，第9页）。就在同一个时代，大家看到一名道教仙童（青衣童）骑一根砍断的竹子作为巫术马，眨眼之间就越过了很远的距离（《睽车志》卷五，第12页）。因此，大家可以考虑从玩具到巫术法器的转变过程。在日本的情况也如此，大家

知道一种玩具(竹马或武马)酷似高跷,有一根横梁以放脚。成年人使用它以渡河、小溪或雪地。(请参阅国生柳大:《民俗学辞典》,东京1951年版,第349页)。但它也作宗教用途,如在“神”和“八播种”等条中,那些人乘着供消遣用的木马或带着挂在胸前的马头以参加迎神仪式。(阿斯顿:《神道》,伦敦。1905年版,第22页)。在西藏,儿童们玩的竹马没有马头,而是装饰有几块布片。它叫作djug或khar dbyug,曲扎的字典中写作khar rgyug或dbyug(这是在意指“木仗”的dbyug与意指“奔驰”的rgyug之间的混淆)。这后一种写法已由科瓦列夫斯基的辞典所证实,其中的蒙古文tuyaq(木棍)就是藏文rkyug-pa的同义词。

[11]这里无疑是指法师,也就是霍尔人的喇嘛(《朱古兵器国之部》稿本,第一卷,第58页),又叫作苯雅穆喇嘛法师(赫尔曼,1956年,第242—244页;打箭炉的第7幅画)。

[12]我们应该重新提一下,蒙文字Sorbi系指萨满们的木棍马,被译作藏文rten-gri(刀之依止,见上文第七章)。此外,马头明王的最佳依止是金刚木厥,即上面带有一颗马头的一种法刀。

[13]请参阅上文第六章注[62]和[63],这种会留下一种“木头”的独角红色动物可能会解释觉如木棍的名称“长角”。

[14]有关弗兰格文本中的格萨尔之“隐身木”的情况(请参阅上文第六章注[63]),此人使用了日耳曼神话中的术语“云帽”(西格弗里德的考释)。达斯认为(见其辞典),sgrib-çin一词系指各种隐身的巫术手段。他引证了有关小嘴乌鸦羽毛的一种例证。“千种神的隐身术”被在专门由都松钦巴(1110—1193年)创建的噶玛巴的教理中作了列举(巴俄祖拉陈瓦书,第13卷,第7页;《如意宝树史》第二卷,第370页)。噶玛巴以一种茶伽女的发帽而相区别。《伏藏宝库》第十卷共包括3种小册子:《六木子之隐身术》、《香冲木的掘藏文献,帽子的隐身木保护神》和《妖魔的隐身木保护神》。大家于其中使用了写在插于帽子上的橛中的神咒。对于每种妖魔,大家都使用了一种不同的木橛,并于其中再加入一只不同鸟的羽毛。这就是一些隐身羽毛,而它们又酷似插在说唱艺人帽子上的那些鸟翎。

[15]请参阅聂伯斯基—沃热科维茨,1956年,第513、520和522页;石泰安:《西藏的33支占卜签》,载《哈佛亚洲研究学报》第四卷,1939年,第356页;沃德尔,1895年,第513页:在大家抛弃年末供像的十字路口。

[16]桑结耶夫:《有关汗合冉贵的蒙古的文学作品》,莫斯科1937年版,第21页。

[17]木刻本第三卷,第2页;施密德书第62页,再版本第91—95页。在布里亚特文本中具有同样的情节,见鲍塔宁,1893年,第二卷,第81页。

[18]鲍培:《喀尔喀蒙古语语法》,威斯巴登1951年版,第138—141页。Modžjgir相当于卡尔梅克文mādžigir(< magaǰigir),兰司铁译作“搔头的人”。在鄂尔多斯语中的情况也如此,大家写作Xodžigir madžigìr(患头癣者,秃子)和madži(秃子),而“搔头者”则作madži(田清波,《鄂尔多斯语辞典》,第348和449页)。在古典蒙古语中,大家确实发现了maɤajiqu(搔头)一词。但madži(秃子)一词却没有同义词。相反,鲍培指出了močigir一词,其意义:1.“肿胀的”;2.“蓬乱的、绞在一起的和油污的头发”(《蒙古口语教科书》,列宁格勒,1931年版,第172页)。

[19]欺骗邻居和淹死其受害者穷鬼的故事情节已经出现在11世纪的拉丁文诗《乌尼波尔》中了(请参阅于埃:《民间故事》,巴黎1923年版,第9页)。

[20]有关Esege Malān(普通的神,也就是具有霹雳的天神)的情况,请参阅克莱门茨为哈斯汀的《宗教和伦理百科

全书》写的"布里亚特人"条目;施密德神父:《诸神的起源》第10卷,第三册,蒙斯特1952年版,第209页(见鲍培对该书的书评,载《民族学杂志》,第48卷,1953年,第330页),有关Gujir或Xojir(秃子)的问题,它指黑色铁匠,即大地上那个拥有7个儿子的第一名铁匠,请参阅察普里克:《西伯利亚的土著人》,牛津,1914年版第285页;桑德谢捷夫:《阿拉伦—布里亚特人的世界观和萨满教》,载《人类学杂志》第23卷,1928年,第539页(他写作Bushir)。有关布里亚特人中的有智力的、狡猾的和成为取笑对象的刺猬,请参阅克莱门茨:同上引书,第9—10页;桑德谢捷夫:同上引书,第969页。它是带来文化财富(火等)的英雄,是由天神"选中的"或"第一个人"(柯廷1909年,第45页)。

[21]秃子(格罗兰)是一个贫穷的儿童,本为牧人,尽管他具有这些消极的因素,但毕竟还有同情心。他与老科斯(长稀疏的山羊胡子者)作对,这是企图敲其竹杠的邪恶之人。正是这个科斯成了新年的国王,骑着一头毛驴,遭到了水泼,并被杀死(埃布拉尔和鲍罗塔夫的说法,请参阅上文第七章注[129])。他们在西藏就相当于小丑"白鬼"和新年间的替罪羊(请参阅上文第八章)。在一个波斯故事中,秃头和狡猾的贫穷青年解救了被妖魔劫持的中原公主,杀死了妖魔,并聘娶了公主(就如同格萨尔在北方魔国中的情况一样,见玛赛:《波斯民间故事》,载《亚细亚学报》,1925年,第152—157页)。在帕拉奇人(阿富汗)的一个故事中,秃头孩子杀死了其兄弟们,欺骗了小偷们,在其父处玩弄了恶作剧的手段,并最终杀死了他(请参阅格萨尔与其伯父的斗争情况)。他又重新得到了其头发,其行为如同疯子一般,最后变成了国王(见摩尔根斯蒂尔思:《印度—伊朗边境地区的语言》第一卷,奥斯陆1929年版,第148页和以下)。我们应该指出秃头——丑陋者和长发——国王之间的对立,把丑陋的觉如和格萨尔(有头发者,如同威风凛凛的狮子)进行一番比较。有关其他调皮淘气者的故事,请参阅拉德洛夫,1866年,第一卷第304—305页和第三卷第332—343页(埃西加尔迪与他声称从水中获得的患疥疮的红色马,由此而淹死了其他人,他最终娶得了国王的公主)。大家很容易地就会使其例证倍增。

[22]格兰言:《中国古代的舞蹈和传说》,巴黎1926年版。

[23]这种内容在口传本中具有一种更为喜剧性的形式。由于他虐待了儿童,并害怕由此而引起仇杀,伯父将主河道封给他作采邑。该儿童利用了这一切,既不允许结婚的队伍,又不允许送葬的仪仗通行,他变得很强大了(《春天里的神话》第五卷,第31—37页)。他获得了同一条河道以及率领婚礼和葬礼队伍的特权,从中获得了巨额收入(下拉达克文本,第122—123页)。当重新分配地盘时,他获得了坟墓和用于女子经期隔离的小房子。这是一些名声狼藉的地区,但他利用了这些地区以阻止社会生活的正常运转,然后再通过勒索敲诈而获得了一片土地(勃律语本,第112—116页)。

[24]它会使穷人变富和使弱者变强(林葱木刻本,第二卷,第77页)。

[25]A-bse(损耗鬼)系指一种被格萨尔镇伏了的鬼和整整一类妖孽生灵,'dre - ske sbor - nàg一句的意义不太明确。据吉罗多主教阁下的一部未刊的辞典解释,ske - ṅg = Lkog - ṅag,系指黄牛的颈下丛毛或蹄上毛。但'dre - ske系指"妖魔的脖子"(上文业已阐述过了)。

[26]这个短语形成了《尸语的故事》(德里藏稿本)中的一组7个故事的特征。它说明了一个英雄的命运,此人开始时很贫穷,很少受教育培养和遭人鄙视,最终却获得了王权。宗教内容与民俗内容于此互相吻合。就一种宗教情况而言,请参阅红棕色的(丑陋的,这是坏

人的特征)基督及其如同毛驴一般的形象,这也使人联想到了丑陋的塞特(韦赛:《最早教会中所谓的“驴崇拜”》,载《宗教史杂志》第139卷,1951年)。卑微外貌和受难阶段的惩罚内容形成了魔鬼儿子魔鬼罗伯特故事的特征,他最早时很坏。后来又从事了一次“可怕的忏悔,装疯作哑”如同疯僧米拉日巴一般。他不时地变成勇士,从一个天使那里接受马匹和甲胄,而且还驱逐敌人,然后又恢复了其丑陋的外貌(于埃:《民间故事》,巴黎1923年版,第154—155页,其中指出这是对流传很广的一个民间故事的一种忠实改编)。

[27]《天神譬喻经》中的《阿育王经》。请参阅布尔努夫:《印度佛教史导论》,巴黎1844年版,第一卷,第360—362页。

[28]《竹叶亭杂记》卷三,第一页。

[29]请参阅格兰言:同上引书,第552页注[2]和第572页。有关《格萨尔王传》史诗中的这段文字,请参阅《武士》第四卷,第366—367页。有关抵抗乌龟的上师之内容已被莲花生(伊文斯—温茨:《有关大解脱的藏文书》,牛津大学1954年版,第164—165页;图散,1933年,第179页:在3条河谷的交汇处被烧)与和尚十载王(普祖鲁斯基:《阿育王的传说》,巴黎1923年版,第154页,这无疑是莲花生传说的一种文学模式)的传说解释清楚了。

[30]《丁香帐》为kyal-ka一词下的定义是“取笑的话”。贾克斯为这种定义(戏谑、俏皮话)补充了以下内容:“诙谐的玩笑”、“微不足道的”、“可笑的”和“下流的言谈”。《诺桑王子》剧本的作者自称是“疯子”和“语无伦次的人”(第36和217页),čhal或'čhai仅仅是发音相同的'khyal-po的另外一种写法,本意为“无意义的废话”(在曲扎和贾克斯的字典中作čhal-čhol,也具有“变幻不定”、“波动”和“私通”等词义)。所以,曲扎和贾克斯的字典中将pra-čhal解释为“俏皮话、诙谐、玩笑、无意义的废话”;带有动词“作”、“作娱乐活动、作丑角表演”;带有-pa即意为“滑稽者、小丑”。在《霍岭大战之部》稿本的题跋中,彼埃蓬说格萨尔史诗的这一章代表着“被以文字记录下来的开玩笑的话(或小丑的话)”。

[31]据由罗列赫提供的一种资料认为,本处所使用的字词都是工布或康丹巴的方言。

[32]'J̇ag-ma被认为是蒙古文deresün(染料木)或“不分枝杈的直立茎干”的同义词。那些以其丑陋外表出现的英雄都以此作箭矢。

[33]请参阅被称为莲花生修道的“小帽”(详见上文第七章)。从事觉派仪轨修持的喇嘛生活于其中的,小帐篷叫作čog-bu,该词被解释为“圆筒状的帽子”(《觉派修行法讲论》第二页,载《隆钦宁投著作集》中)。Lčog(小塔)系指用于供养通灵人之神的小庙。

[34]《宝鬘宝王仪轨》(见《参考书目》)中包括《差遣赎罪鬼九兄弟的仪轨道次》和《调伏损耗鬼的咒语》。

[35]大家在所有的招神活动中都特别发现了白色的“牙齿和海螺”。

[36]《西藏东北部的古代民间文学》,柏林科学出版社1957年版,第一章下,原文第18页和译本第30页;第二章,原文第41页和译本第42页。

[37]为了使其化装更为完整,少女把南地的小铃(可能为帽子上所特有的铃)拴在兔子的脖子上。在一种类似的文献中,未提到小铃(dril-bu),而是提到了til-čha,托马斯却未解释该词。这里无疑是指大家撞击的一对小钹或铃,被称为“碰铃”。

[38]桑德堡:《西藏和西藏人》,伦敦1906年版,第300页。南语词汇大部分都接近于藏语。

[39]麦戈文:《我在拉萨的秘密旅行》,巴黎1926年版,第90页。

[40]请参阅林葱木刻本,第三卷,第10页。其中晁同咒骂其妻子,将她当作

是“为了战神的面子和荣耀，作为吉祥的征兆，把不祥之兆的灰烬抛于洞中”。本处所使用的动词’brub(埋，掩藏)则形成了大家焚烧跳欠舞中魔鬼肖像的灶洞中的畏怖仪轨之特征。

[41]这就是《格萨尔王传》史诗中的18名巫士僧，也就是前来杀死新生婴儿的妖魔之使者，但它们却被他降伏了(请参阅上文第三章)。

[42]在印度的西哇恰(悉达伐那)的墓地，居住有浑身沾满死人骨灰的意西官布(昌巴桑塔提供的资料)。这是喇嘛教采纳湿婆作为瑜伽行者的例证。

[43]《替罪羊》，载《法国信使报》，第15卷，第12期，1924年，第654—655页。

[44]杨中华：《西康纪要》，上海1937年版，第二卷，第455和459页。同样的特征也出现在萨满教界中。鲍塔宁(1893年，第一卷，第370页)指出了蒙古尔(土族)人中的一种为某个家庭祝愿吉祥如意的仪轨。萨满在家主、其妻子及其儿子的面部涂满了炒面(糌粑)。白面庞引起了哄堂大笑。大家还可以参阅一种专为举行仪轨使用的普埃布罗人的小丑，他以沙土和灰烬很不虔诚地抛扬其同伴们一身，就这样模拟了以面粉和花粉来扬撒在别人身上的仪轨(斯特瓦尔：《美洲印第安人中举行仪轨的小丑》，载《密执安科学院论丛》第14卷，密执安1931年版，第190页)。

[45]《伏藏宝库》第13卷，第39页。

[46]上文业已论述过这个问题了。大家称他为“觉如王”(《汉地和岭地之部》稿本中的情况也如此，见第18—19、79和81页：“觉如王”；林葱木刻本，第三卷，第63—64页)。

[47]贝尔，1931年：《西藏的宗教》第101页。

[48]上文业已讨论过这个问题了，他于其未婚妻处玩弄了十恶不赦的手腕。在勃律语文本的相应段落中，他在国王的公主中被称为小丑(洛里埃，第19页)。在林葱木刻本(如第三卷，第76和78页)中，觉如与其一名“同事”古如与乞食者同伍。后者虽然“驼背”，但却具有超人的天才。

[49]聂伯斯基—沃热科维茨：《论西藏的肖像学》，载《民族艺术杂志》第五卷，1950年，第157页。大家还可以参阅本章注[43]及上文第八章。

[50]这一段文字原文是藏文。

[51]有关拘神木版(鳞文版)的情况，请参阅罗纳—塔斯：《女神像的神牌和占卜骰子》，载匈牙利《东方学报》第六卷，第1—3期，1956年。木牌和骰子都由女天神和死亡之神(阎王)所携带，它们决定了根据行为而计算出的命运。罗纳—塔斯不希望保留与该词有关的“欺骗行为”的意义。但由此可以清楚地得出其定义和仪轨：妖魔对骰子作了舞弊，并伪造了计算的刻痕以使人类失败。

[52]这段文字原为藏文。

结　　论

我们现在已到达了自己辛勤研究探讨的结尾了，这里当然是一种暂时的结束。但是，在未来还必须从事必要研究的条件下，我们从此就可以对《格萨尔王传》的史诗、其英雄人物和说唱艺人提供一种具有相当大覆盖性的概观了，它会明显改变大家直到目前对此形成的看法。从宏观来看，这种概述可以被作为一种与实际相符合的背景框架。

格萨尔王传的历史具有一部史诗的所有特征。这是一部长篇的英雄故事，由专业说唱艺人演唱。以散文（赋）所作的道白于其中仅占据很少的位置，并主要被用于将两名对唱人所唱的唱段彼此之间联系起来。其语言的典型特征依赖于东部的方言和风格，某些内容又使之与戏剧具有密切的相似性。那种单调地叙述和演唱唱段的说唱艺人将两种在戏剧中互相有别的功能集于自己一人之身，他们即是作为小丑"猎人"之角色的说书人，又是诗歌演唱的演员。在史诗和戏剧之间的一种中间地位则由嘛呢巴（流浪说唱艺人）来承担，他们的全部节目与在戏剧中完全相同，但他们在讲述故事时要同时在绘画中指点这一切。这些绘画在所有观点上都与说唱艺人有时也使用的表示格萨尔史诗的那些相同。还有些非常接近说唱艺人的其他故事的专家就是"还魂人"，他们也是流浪者，到处说唱入冥或下地狱的故事。说唱艺人将这些专家的不同表现形态集于了自己身上。他那复合式性格与英雄的性格完全相符。真正说唱艺人的奇装异服与英雄在青年时代和当他以"说书人"的身份行事时的衣着打扮完全相同。前者具体体现了后者，后者则具有前者的特点。

说唱艺人具有明显的宗教本质。他会陷入神灵附身的兴奋狂舞状态。在此状态下，或者是他直接代表英雄，或代表格萨尔史诗中的其他人物，他们都通过他的口而讲话；或者还可能是他目击了他们的赫赫业绩，这一切完全是在现观的绝对和不变的时空中实现的，除非他是通过一种通灵人，也就是神灵"下界"的所依或所缘。他不是根据成文的或口传的施教而学会演唱的。他经常是一个普普通通的牧民,被神灵或正于其"极乐世界"(天宫)旅行的英雄所选中或传授,也可能是通过一种没有任何因素为之作准备的化现而学会的。

英雄也并非是一名普通的骑士。他的性格肯定是勇士的,但首先却是出家人。甚至对于其角色那纯喇嘛教的表现形式也应暂时撇开不谈,他主要是通过巫术和超人的技巧行事的。他具有神力,并与神灵有亲缘关系,这些神灵有些是与他同时诞生的,成了他的助手和谋士。此外,他也是下界到凡世间的天神之子。此人不但是降魔擒怪的能手,而且也是有手腕掩饰其天神智慧的淘气调皮者。同时,他还是一个上师,不仅仅在喇嘛教,特别是在密教的思想范畴内(这种观念于其中很流行)也如此,而且在狡猾的淘气者那更为"原始的"意义上也如此,该人物那开化英雄的天神性格在毗邻的文明中也非常著名,认为他是狡猾的人和神汉。

说唱艺人与大力士在能够创造出奇迹的强人或勇士的意义上也具有相似性。这种特征无疑和那些其功能既与说书人,又与街头卖艺者和能够在神灵附身的兴奋中创造出特殊奇迹的通灵人有关。但它也可以通过说唱艺人的宗教特征来解释,也就是说在下述范围内:那些曾为格萨尔史诗的主要内容起过最大作用的西藏神灵——神山都被认为是勇士,被以意为"首领"或"国王"的名称来称呼或自愿附身于通灵人。说唱艺人以这种具体明确的观点又一次揭示了他与英雄的等同。因为英雄的宗教、天神或巫术的性格从不排斥他那勇士和头人或国王的天职。他的天神父亲和神父就是神山,属于勇士或国王一类,而且他本人同样也是以这种外貌出现的。

英雄具有双重面貌,一方面是勇士和具有神性的荣耀国王,但另一方面却是具有妖魔外表的小丑和淘气者。这种双重面貌似乎确保了故事的统一性,并否认了那种将此视为两部最早是互相独立的长诗结合之结果的假设。大家确实发现在他直到即位称王之前的青年时代与其业绩的继续部分之间存在着明显对立。事实上,在第一个阶段,不仅仅是英雄的所作所为与在第二部分中截然不同,而且他于此期间还具有另外一个名字。与那个作为淘气和狡猾的、令人反感的和患鼻疽病的、披戴牲畜——魔鬼之皮的孩子觉如相对应的却是威武的、披甲戴盔的国王格萨尔。但这种鸿沟和断裂却不是绝对地与即位称王的做法不相吻合。觉如完全是为了通过赛马而获得王位才将其丑陋和魔鬼般的头戴换成了“莲花生的修道帽”,而这种帽子与真正说唱艺人的帽子和绘画中的觉如于其青年时代所戴的王冠完全相同。相反,甚至在他即位称王之后,格萨尔为了从事某些活动又恢复了其丑陋的外形,尤其是其身穿青年觉如那奇装异服的杂耍艺人或说书人的外貌。特别是英雄和上师之生涯本身的深刻意义就包含有双重的面貌,无论大家对此所作的解释如何。这种矛盾的双重性确实可以被视为是其性格中常见的和固有的。它还可能代表着其事业的一种发展,或是经过一段时间的考验之后受度为僧,或者是在神性表现出之前就事先排除其魔鬼的方面。这种双重特征的雏形(如果大家愿意的话,那么也可以说是它在一种法规制度中的反映)就是狂欢国王的形象,也就是小丑、替罪羊和国王的临时替身。与魔鬼玩掷骰子的游戏和为称王而赛马,格萨尔史诗中的这两种内容也各自于其侧面和以不同的方式反映在这种复杂的背景中。

因此,该故事的整体性与英雄那矛盾的双重性格是相吻合的。某些类似的故事也是根据该英雄的内容而构成的,他在登上王位或荣耀之前必须接受艰难的考验和受人鄙视地生活。这样的土著故事都被纳入到《尸语故事25则》的藏文本中了,大家于其中还可以发现同样也由格萨尔史诗所使用的大量其他内容、主题和专用名称。因此,必然要得到王位的那个淘气天神青年的一部长诗,很可能首先是独立于格萨尔史诗和在它之前就存在了。所以,它也应该包括英雄那荣耀的和国王的第二种相貌。这样一部完整的长诗至今尚不为人所知,如果它存在的话,那么其英雄也肯定不会叫作格萨尔。

格萨尔的名字确实是通过大家称之为“四天子的理论”与佛教的转轮王——世界国王的概念相结合而引入的。这两大类概念曾独立于土著故事和早于格萨尔史诗而存在过。无论四天子的长诗在印度背景中的早期历史如何,它在吐蕃至少从11世纪起就成了史诗的内容。但令人遗憾的是它现在已不复存在了(早在14世纪时就已经仅仅剩下这些以简短的格言或词句形式出现的片断了)。在这些史诗片断中,北方占据着一种特殊的方位。北方在仅仅为四方之一的同时，它又以用箭同时射中四方的中心国王的内容而与其他方向相区别。此外，北方一方面是以军队和兵器或战争为特征，另一方面又以马匹相区别。然而，当它被纳入到历史动荡发展的范畴之后，在吐蕃又被与两个名称结合起来了：其一是冲木（Phrom 或 Khrom）·格萨尔，他事实上只不过是“罗马”（指东罗马，以其伊朗文名字拂菻而出现，即 Frōm 或 Hrōm）的恺撒的对音；另外一个名称是朱古或霍尔，意指突厥人或回鹘人。格萨尔史诗中英雄的名字正是出自这种迭合，他于其中所起的作用（镇伏世界四方之敌的国王和勇士）与作为其替身的马匹和北方（它又与其救世主的角色有关）不可分割地联系在一起了。

稍后不久，当弭药君主也如同我们今天安多的土司一般自称为“北方之主”的时候，他们始终坚持到底地（甚至在他们迁徙到吐蕃中部之后也如此）强调他们与北方的净土和救世主之香巴拉的关系。他们属于冬族世系，而这正是格萨尔史诗中英雄的部族。所以，他是弭药“白色的天神冬族”的一个成员，也就是被认为是岭·格萨尔的喇嘛上师汤东杰布。汤东的传说中也包括赴北方霍尔人边境的一次旅行。这也符合逻辑，即认为西藏的摄政（代表着已迁来的弭药之同一北方的热振寺主本人）也与香巴拉相联系，并推动了史诗的发展及对格萨尔的信仰。大家这样就可以理解四天子长诗中的格萨尔是怎样得以与西藏东北部的土著传说结合起来的。此外还有香巴拉的长诗，作为救世者和勇士的英雄以及马匹于其中所起的突出作用。这部长诗属于以迦勒吉（白马，毗湿奴的一种马形象）为中心的印度文学之范畴。然而，这种文学又与吐蕃人从公元 11 世纪初叶之前就已经翻译了的《罗摩衍那》的印度史诗有联系。这类长诗的史诗传统明显影响了《格萨尔王传》的史诗。

因此，大家把北方军王冲木·格萨尔变成了中部的转轮王。其证据是史诗中的格萨尔不再是冲木之王而是岭地之王了。事实上，岭（Gliṅ）地的名称仅为'Jam-gliṅ 的简称，其梵文形式为 Jambud－vipa（瞻部洲，世界）。在此情况下，吐蕃东部的土著首领也夺占了此名。至少从公元 1400 年起，一直到我们当代，确实有一个岭地存在于黄河上游的南岸，距弭药地区不远，并与之保持着密切的关系。大家尚不清楚该地区的头人是从什么时代起自称是史诗中格萨尔后裔的。无论如何,这在18世纪中就是一种已成定论的事态了,但传说中肯定至少将此追溯到了17世纪中叶。然而,大家无需以掌握了可靠和已被断代文献的史学家那种严谨态度便能够将此追溯到1400年以前,某些迹象便会倾向于使人相信这个岭地早在13世纪就已经存在了,而且还相当强盛,无疑一直扩张到黄河上游的北部。

大家尚不清楚在历史上的岭地和史诗片断中的冲木·格萨尔之间的关系是在什么时代和怎样形成的,这甚至是一个使冲木·格萨尔变成岭·格萨尔的史诗之编纂时代与背景的问题。两类事实可以被认为是其先例和可能的贡献。

一方面,Khrom和Phrom(冲木)等词在岭地具有一种常见的用法。前者意为"市场、城市、人群、军队";后者则与羌族具有亲缘关系,具有"白色的"之词义。可是,这种属性稍后不久在史诗中被用于修饰岭地的特征,而在此之前就已经是岭地部族的典型特征。这两个词可能由于混淆而得以与军王格萨尔故乡名称的两种形式相比较。

另一方面,存在一种历史事件可能和应该是首次促使有关北方军王和格萨尔的概念围绕土著首领而凝结起来。就在弭药人的领土上,在黄河上游和青海湖地区,头人唃厮啰(rGyal-Sras)及其小王朝从11世纪初叶到12世纪初叶之间行使了一种相当大的权力。与弭药有着如此密切联系的北方和香巴拉的内容都特别是在这个时代或在此之前不久被吐蕃人接受了。他们确实是从1027年起开始其常用年谱的,被认为是来自香巴拉的《时轮经》可能就是在这个时代传入吐蕃的。

藏文文献也正是在同一时代首次提到了格萨尔。在四个方向的所有代表人物中,惟有这位北方之王冲木·格萨尔才被选择为世界国王的典型代表。为什么不会是另外一个人呢?譬如印度的某个人。有两种事实可以解释这一切。一方面是四天子长诗传播的历史背景,另一方面则是宗教现象学的原因。首先是名字。在古文献中,各个方向仅仅以民族名称为特征,如匈奴人、印度人、斯基泰人和北方突厥人。但在冲木·格萨尔的名称于藏文文献中出现之前不久,穆斯林作家们就已经在这种分类中引入了国王的尊号,并讲到了东罗马(拂菻)的恺撒。这一切都发生在9世纪和10

世纪。在下一个世纪初叶，于阗落入了穆斯林之手，从佛教地区变成了穆斯林地区。在此之后不久，藏族首领唃厮啰以阻截的办法接待了一个经于阗从遥远的安纳托利亚赴中国天朝的入贡使团，当时享有“恺撒”（皇帝）之尊号的塞尔柱（塞勒术）突厥人统治了安纳托利亚地区。该使团具体解释清楚了这一切：他们来自拂菻的马利克（Melik）和恺撒（皇帝）处，汉文地名拂菻就相当于藏文的Phrom（冲木），于此代表着东罗马。冲木或朱古（突厥）·格萨尔一名在藏文文献中的出现也应该被断代为11世纪。

这些事实都可能加快或有助于该尊号和名称传入吐蕃。但吐蕃人在此之前很久就可能已经知道它们了。吐蕃人自7世纪以来就与于阗保持着关系。然而，在公元9世纪时，“恺撒”的尊号就已经作为一个专用名词而被运用到于阗了。它到底是怎样传播开来和比另外一个名称更为让人接受的呢？民间故事于此起了作用。北方是以蒙昧的、粗暴的、好战的和骑马的民族为特征的。这就是为什么大家最终用印度—斯基泰人取代了古代“匈奴”，又用突厥人和回鹘人取代了印度—斯基泰人。历史接受了这一切。

与名称变化的同时，在财富方面的问题上也发生了变化。东罗马帝国大秦最早占据过这一位置，后来却由作为财富之国的伊朗所取代，但却作为“人民长大平正”的国家而以“拂菻”（Rūm）这种形式保持下来了。这种内容和名称都与西方相脱离了关系，并从中解脱出来了。然而，与“拂菻”同时被人接受的是“恺撒”这个尊号。这两个名称及其先例很久以来就使人联想到了一名军王和一个大征服者的思想。难道这种内容不是令人惊奇地适宜于以战争和马匹为特征的北方吗？大家只要将它置于突厥人的位置上或其附近就足够了。这种结合很快就在吐蕃实现了，但这种内容所固有的矛盾却依然存在着。大家有时把一个冲木置于北方，那是一个“长大平正”人的地区，与一个军王格萨尔为邻。大家有时也在那里维持冲木·格萨尔。有一个地区是把格萨尔与冲木分开了，便实现了将之与朱古（突厥）并列，有时如同是两个有别的民族或地区，有时则又把它们等同起来了。这是由于它们与北方的共同联系而使两个名称迭合起来的一种普遍产物。大家从中得出一种结论，即认为格萨尔或恺撒的尊号曾存在于中亚突厥人中，甚至还有一个冲木地区位于突厥斯坦。这种做法是无法站住脚的。

任何文献都无法使人具体说明"罗马恺撒"的军事威望怎样才得以传到吐蕃人中的。但中国突厥斯坦之路似乎是可靠的。麦克·布洛指出,在德国,从公元10世纪末起,"对恺撒的记忆就提供了该帝国神话所汲取的营养"。应该是罗马接受恺撒王冠的皇帝之尊号对于这种结合的意义颇为深刻,这就是"世界的征服者"和"世界的王中王"等。当然,这仅仅是一种相似性。在远东,大家没有同样的基督教原因而自我与罗马的恺撒(Gésars)或拜占庭的恺撒(Kaìsars)联系起来。但有一种已经是很古老的民间传说却以其两种汉文名称而与东罗马联系起来了,这就是相当于伊朗文Frōm和藏文Phrom的"拂菻"与相当于印度文Mahācina的"大秦"。形成这个东罗马特征的"长大平正"之人的名称首先被与北方的冲木联系了起来,后来甚至又被运用到位于吐蕃东北部的弭药了。穆斯林们使用的Cin(秦)和Macin(大秦)的名称就相当于印度文Mahācina,被用于指于阗。此外,尤其是"王中王"(诸王中之王)或"世界国王"一类的尊号也通过四天子的模式而特别常见,并广为流传。伟大的转轮王迦腻色迦就享有3个这样的名称,而伊朗诸王和征服者亚历山大也以"恺撒"(皇帝)之名而著称。该尊号和这些征服者很快都进入民间传说故事中了。该尊号以其粟特文形式Kysr也出现在粟特的传说故事中了。它肯定是由粟特的商人和布道祖师们一直传到了突厥斯坦和汉地,而且大家在那里通过古钱币而发现了萨珊诸王们戴有王冠的肖像。至于那些征服者们,我们知道与弥达斯的传说混淆在一起的亚历山大的传说也向突厥斯坦、蒙古和吐蕃传播了。总而言之,大家以这种或那种方式而把它与世界国王和战争之王的内容联系起来了。

此外,在四天子的长诗中,相当于战争的方向——北方在迦腻色迦和特别是在亚历山大的传说中起了一种非常突出的作用。佛教徒们认为,北方也具有一种神秘的意义。大家将大巫师和大持明(格萨尔在史诗中仅为其中之一)的地区确定在那里,而吐蕃人却举足轻重地把该地区从印度的北方迁到了他们自己地区的北方,也就是突厥斯坦,他们也认为北方的守护神护世七王就应该相当于四天子中的格萨尔,也就是毗沙门天王(财主)。然而,他却成了故事中的主人翁。他是于阗的保护神,而且以这种身份同时与汉地和迦腻色迦有联系。其肖像类型完全是于阗和敦煌的那种,这种类型和伊朗的那些具有相似性，同时也为吐蕃人提供了著名战神的楷模。这后一种神的形象与格萨尔相同，从而格萨尔又变成了战神。更有甚者，吐蕃人在与于阗和甘州回鹘人接触之后，又创造了一部史诗，以毗沙门、其对应人物和对手白哈尔为主角。我们直至今日尚只知道其标题和某些内容，但这一切无论是在突厥斯坦毗沙门的绘画中还是在格萨尔史诗中都相同。此外，这一整套故事被定位于这个弭药地区，它对于使中亚的外来内容与吐蕃东北部的内容结合起来起过非常重要的作用。

因此，岭·格萨尔史诗就这样广泛地依赖于其内容具有外来起源的先前之史诗作品。我们应对这一切作一番总结。首先是由天子的长诗，再加护世王的诗可能会与很复杂的一整套非常古老的观念有联系，而这些观念又主要是在棋弈纸牌的玩法中表达出来了。由于宗教民间故事的原因，北方的代表格萨尔和毗沙门于其中深得宠爱。接着便是香巴拉的长诗和《罗摩衍那》的史诗。最后是《白哈尔的苦难》，这样一来，我们刚好使用完了真正的史诗史料。我们还必须考虑到民间故事：亚历山大的小说、恺撒盗贼的粟特故事、转轮王和救世马的印度传说。此外还有其他许多类似内容。

*

*　*

由佛教布教祖师、粟持商人、穆斯林旅行家和集市上那些愚昧无知的歌手或其他流浪人传播了外来内容之潮流，而这股潮流又与吐蕃，特别是安多的土著故事结合，并迭合起来了。如果北方的军王格萨尔被选择为史诗中英雄的名字，那是由于他肯定更为适宜一个土著勇士英雄的性格。无论这种传说是否有意识，它肯定没有搞错。它可能是以这种灵敏的嗅觉和这种了不起的、准确的直觉行事的，而这种直觉又形成了许多诸说混合论的特征，它在许多可能的思想与名字的联想中，对已存在的内容之间的真正关系，作了惟一适宜的选择。

所以，格萨尔史诗的形式是由于两大主题库（其一为土著的，其二为外来的）的结合而造成的。我们以后还将谈论前者。至于第二种，它是由英雄名字本身的原因造成，这种改编可能部分是通过与某些民间阶层的自动结合而形成的。但对于作为卓越史诗作品的整部史诗来说，则必须使世俗或宗教界成为其形成的原因。一切都可以证明这一点，首先无可争议的是，史诗中纯语言学的研究探讨。其韵律表明唱段和使用取材于自然界的譬喻方式，还有其他许多特征都完全相同地出现在大修道山僧和诗人米拉日巴的著作中了。同一位米拉日巴在11世纪时第一个向我们提了与战争有联系的关于四个方向（包括格萨尔与北方的霍尔人）的史诗片断。格萨尔史诗和米拉日巴道歌的韵律大部分也与早于11世纪前三分之一年代的《罗摩衍那》的藏译文相同。它是很精湛的。对于米拉日巴的情况，我们知道其模式。他通过其师玛尔巴而与以其挤牛乳的歌而著名的印度神秘诗人和歌手联系起来了。在这种密教的、印度的和吐蕃的背景中，舞与歌都受崇拜，并受到了人们的精心修养。当然，在米拉日巴的道歌中也完全如同在格萨尔史诗中一样，民间和土著的启示灵感绝不会缺乏，而是恰恰相反。在前者中，它甚至形成了一种特殊的魅力，使其道歌有别于后期的许多模仿者的诗歌，可能是珠巴衮雷的歌除外。我们还将会看到，这些上师诗人非常接近平民。但在强调指出这部分民间启示灵感的同时，还应该指出土著内容的诗歌形式和根据喇嘛教意义而作的象征性解释也都是巧妙和博学的。它们在本处提到的诗人和格萨尔史诗一样都是宗教出家人的所作所为。至于真正土著的、未经改编的和古老的韵律，我们可以在敦煌写本中发现它，它完全不同。

这些研究对于我们史诗的历史和已知文本之间的关系都具有重大意义。它们相当于某些人面对史诗中的喇嘛教阶层而感到的惊奇。他们希望将此从其中分离出来以突出排除了这种“晚期”形式的“最早核心”成分。然而必须使之变得清楚易懂。在讲述格萨尔史诗具有一种意义的范畴内，也就是说在大家把它视为一个已形成的整体和一部已完工作品的漫长岁月期间，它与这种喇嘛教形式是不可分割的。当然，它于我们今天所包含的全部内容无疑并不是从一开始就一气呵成或一蹴而就的。大家可以从中区别出那些增补的内容，但一旦当大家对此加以分析以从中分离出一种非喇嘛教的和带有民间韵律的最早文本，那就肯定会从中发现一些内容。而那样做的话，就只能得到一些孤立的内容、一些资料，而不再是一部著作了。若无格萨尔，那就不会有格萨尔史诗！然而,此名与喇嘛教界的行为是不可分割的。这并不排除在史诗中存在着一些纯粹是土著的、古老的或非喇嘛教的主要因素,甚至是其内容和故事。可是格萨尔史诗是喇嘛教诗人的一部很流行的著作,当然也就是土著传说的著作。

弗兰格确实将他那半口传的拉达克文本视为原始文本。但在这一问题上依然如此,语言学的分析相反却证明它们派生自文学和喇嘛教的长本。它们由于非专业说唱艺人的简化或无知而落入故事状态的史诗。一种同样的简化过程(但却是由一种不同的原因造成)还可以解释其他短文本。这就是删去了大部分唱段的以散文或赋作成的摘要文,诸如江孜木刻本那样的文本,它是一名宗教徒的作品。由鲍塔宁和赫尔曼神父以成文的形式自安多携回的文本仅仅具有一种口传的、民间的、新鲜的或原始的文本之外貌表象。大家希望从其朴素无华的风格中看到一种古老的特征,事实上,这里是指用古典语言作的一种摘要本。

我们还将论述说唱艺人的真正口传本。但首先必须指出的是该史诗从10世纪起便具有了吐蕃社会所赋予的特征。正是由于这一事实,它未能摆脱恰恰是形成了这个社会的特征,并与之不可分割。喇嘛教本身就是一种土著和外来内容相混合的结果。它不可能与格萨尔史诗无关。喇嘛教的形成也是真正诗歌创造的机会,这甚至在其仪轨书和上师传中也如此。我们可以说,这是一种非世俗性而是宗教性的民间故事作品。为了创作这些作品,教徒们不仅仅使用了佛经著作,他们也从其他外来史料中汲取内容,而且其中某些可能就属于民间故事。喇嘛教中的某些人物(如逗钓辛巴和七屠夫或杀人成性的残暴者)都是格萨尔史诗和《罗摩衍那》藏译本所共有的。他们在喇嘛教仪轨书中也成了戏剧类真正表演的内容。

在着手从事撰写一部诸说混合论的综合著作和为此而同时受到土著与外来诗歌传统的启发影响时,格萨尔史诗的作者或诸位编纂整理者在这方面都有著名的先例。米拉日巴确实曾是最为引人注目的楷模,往往受到后人的效仿。但在他之前很久,西藏编年史就证实了古代赞普和藏传佛教的大祖师们传说的同一项结合工作。此外,这些人只需要自己也重复印度佛教徒们的做法就已经足够了,印度佛教徒们将许多没有任何典型佛教特征,甚至并非完全是印度的那些民间故事收入了自己的文学之中。因此,这些故事和传说在我们史诗中的反映可能是双重的:通过佛经藏译本的媒介作用而实现的直接影响;通过印度或其他国家民间故事的民间作用而实现的间接影响,这种民间故事以其正式的编译本而继续存在和独立地传播。

7—9 世纪的古代赞普及其信教谋臣们的改编工作都注重于两类土著文献,即肯定是用散文(赋)写成的故事或传说、用诗歌和对歌形式写成的谜语和当然还有包括在内的先祖世系。在为了把它们纳入印度佛教的相应体裁中而将它们保存下来的时候,赞普们认为是在传播一种教化人的文学,并由此而传播新宗教的主要真谛。整部西藏历史都证明了他们的成功。格萨尔史诗保留了其踪迹,他那以散文或赋写成的叙事性记叙酷似故事,虽然这些故事在嘛呢巴说唱艺人中得到了最恰当的表达。对歌部分相反却更为接近古代的谜语歌和稍晚一些时候的藏戏。我们得以找到了一份经过这种改编加工的著作的古老目录。它包括一些我们今天既可以在故事集又可以在藏戏中发现的内容。它们的主题都出现在格萨尔史诗中了。这特别是玛桑故事中的内容,它与格萨尔史诗共同享有那个可以逼迫天神英雄的主要内容。它与土著宗教观念有关系,而且于 1545 年还独立存在着,现在却被纳入到《尸语故事 25 则》的藏语和蒙语文本中了。相反,蒙文本中的另外一个故事在也包括格萨尔史诗之内容的同时,又与安多果洛人的先祖传说相同,但却以"四天子"与格萨尔同时诞生在北方而告结束。大家对其历史一无所知,但它却正确地阐明了由宗教界人士使土著和外来内容密切结合起来的工作。

为同化而作出的努力于古代伟大的赞普们之后仍在继续。大家可以区别出对此作出过巨大贡献和为了决定格萨尔史诗那可能的作者们应该考虑的三大教派。

我们已经讲到了米拉日巴及其教派噶举巴。他们都专长于诗、歌和舞。我们当代的那些流浪演员和说唱艺人有意地仰仗米拉日巴的名望。

与这后一个人(米拉日巴)同时代的人——阿底峡(11—12 世纪)的弟子和噶当派的信徒们都更多地转向了被用于伦理道德与感化之目的的印度本生事一类的散文故事了。他们特别注重研究

《尸语故事25则》,但也把被改编成的戏剧故事的翻译者们计算在自己的行列中。完全如同米拉日巴使用土著的道歌和譬喻,并明知故犯地使用苯教仪轨书一般,噶当巴信徒们为了创作他们的教化故事而受大家称之为“犊瓶”(小故事集)的那些与苯教具有亲缘关系的土著民间故事集的影响启发。

最后,第三个教派曾起过一种巨大作用。这就是其保护主本为莲花生上师的宁玛巴,其大圆满派分支于稍后,甚至是在我们都特别关心格萨尔史诗及对格萨尔崇拜信仰的当代。在这种背景下,则必须特别注意“掘藏师”们。这些“伏藏”可以是物品,诸如格萨尔的一尊微型供像或一顶帽子。但其中更多的却是那些被掘得的经文,近代史学家们都恨不得将此定性为疑伪经,而它们却被奉为是过去存在的和仅仅是由掘藏师把它们从隐藏处发掘来的。后一种人物(掘藏师)不只是以被掩藏起来的稿本形式,而且还如同是他在梦中、在一种昼夜间的幻觉或在修道中获得启示的形式发现了这些“藏”,他们在这一方面与格萨尔史诗的说唱艺人可以相比较。他的灵感启示既汲取自喇嘛教,又取自土著宗教传说。最著名的一位“掘藏师”古如却旺(1212—1273年)非常年轻的时候就学会了古代赞普们的世系、德神,此外还有藏戏和怛特罗。他也为嘛呢巴们创作了一些说唱故事,以跳神神通乐师为特征的莲花生净土获得了启示,完全如同卡尔梅克说唱艺人从充满乐师和歌手的“地狱”中接受一部史诗的启示一般。稍后不久,到1400年左右,该教派的另外一位上师汤东杰布(我们已经注意到他们与香巴拉、北方和格萨尔史诗的关系)变成了藏戏之神,同时也成了一种可以解释格萨尔史诗中某些内容的通灵人——力士仪轨的传说性典范。最后,在17世纪时,另外一名被称为骗子和与我们本书关系不大的“掘藏师”不加掩饰地与莲花生和格萨尔联系起来了,以为了医治病人的力士之业绩而与众不同。在那些于19世纪初叶或稍早一些时候确实曾说唱过格萨尔史诗的艺人中,大家发现了一些通灵人(dpa’-bo,该词也指莲花生净土中的空行母),但大家于其中还发现了宁玛巴教派的上师和大巫师们享有的称号“端公”(巫师的祖师)。在我们当代依然如此,说唱艺人在陷入因兴奋而狂舞的状态时,确实是按照喇嘛教修道人为了其成就而使用的相同方式行事的。

格萨尔史诗的作者或编纂者都应该是以所有这些原始史料为营养,并属于民间阶层。噶当巴第一位大师仲敦巴的法座上的继承人——热振寺主在他们关心格萨尔史诗,并与香巴拉联系起来时,肯定不会不知道而相反却是接受了他们前人的文学和民俗活动。因为这一切均在出自这些噶当巴的较晚教派中。在格鲁巴教派中,大家看到他们的始祖宗喀巴也学习密教舞蹈。事实上,各个不同教派不是互相对立的,大家不能忽略其中的任何一个教派。噶举巴的分支噶玛巴当时在吐蕃东部很强盛,从1400年便与岭这个历史地区密切地联系起来了,该教派的僧官令人于新年期间在他们的军营中表演藏戏,其中不只在一方面既与格萨尔史诗,又与土著巫教具有共同特征。新年这个时间在这一点上是颇有意义的,因为在民间信仰的背景中也如此,这个节日对于有关英雄的主要内容的形成起了巨大作用。此外,在这种背景中,一种可以说是超过了新年的夏季法会同样也有助于该内容的形成。然而,在佛教中的情况也如此,一种结束夏季避暑的欢庆节日成了讲述诸如《贤愚经》那类故事的机会。

但是,格萨尔史诗与说唱艺人的风格和某些特征不希望排除喇嘛教诸教派中任何潮流的可能影响,它们比其他任何著作都向一个非常特殊的教徒阶层借鉴了其灵感影响。我是想讲"疯子"或神通上师。该名称在他们之中系指小丑们的欣喜若狂和因神灵启示而产生的状态,同时也指其异行(反常行为)。他们都是"疯僧",也就是说如同说唱艺人一般会进入兴奋狂舞状态;他们也如同说唱艺人一般是流浪的,是特别接近民众,并与民众保持联系的诗人。他们贫穷而又不合常规。如同在史诗中一般,非常热衷于批评强权者、贵族和头人们的恶习积弊。米拉日巴自称由于金刚持而成为"疯子",如同招请这同一尊最高神的说唱艺人一般。大诗人、流浪上师、奥义修持者和讽刺挖苦的批评家珠巴衮雷(1500年左右)就属于受过同样培养教育的人,是小丑和狡猾的淘气者故事中很得民心的英雄。大家于其中会发现具有史诗的内容、名称和文风组成的藏戏《丁钦疯子》的作者本人就是一个"疯子"。这些宗教出家人模仿了民间舞蹈,同时又通过一种象征性解释而使之适用于他们的奥义,而以相似术语表达的这种象征性解释又与在格萨尔史诗中的情况完全相同。这些流浪教徒或贫穷兄弟可以被比作方济各的亲信们。这就肯定会使人首先在“疯子”那类人物中寻找格萨尔史诗的可能作者,这是由于其中一章的编纂者自称属于该界,而传说中又将该史诗的创作归于可以仅用一次就唱完“整部叙事诗”的一名处于兴奋狂舞状态中的喇嘛。这也是由于说唱艺人、淘气的青年觉如和杂耍表演者格萨尔的奇装异服酷似米拉日巴弟子们的服装。这并不妨碍青年格萨尔的帽子被称为“莲花生的修道帽”,莲花生帽上的某些特点(如“延伸部分”或耳朵、装饰着羽毛的尖帽顶、镜子、太阳和月亮)在说唱艺人和格萨尔的帽子上确实也都显得完全相同。此外,一些疯子和兴奋狂舞的上师也是普通密教徒和吐蕃宁玛巴教派的典型特征。

在上述问题上是不允许有任何怀疑的:这确实是一名“流浪教徒”、有学问的出家人,但更为接近民众,他创作了形成一部完整著作的格萨尔史诗。他应该属于“疯僧”界,首先与噶举巴和宁玛巴教派有联系,无疑是特别与它们各自的两个分支噶玛巴和大圆满派关系密切,所有这二者在东部都占突出地位。该事实于此应得到强有力的证实,这并不是由于它是特殊的或新的。欧洲创作萨迦(Sagas,北欧的传说)和史诗的情况也如此。如果我们被导致要突出强调这一切,那是为了针对至今在西藏史诗问题上发表的观点。大家将此视为一部属于古代苯教的著作,一种早期神话或对真实事件的一种回忆,即游牧突厥人的战争、8 和 9 世纪吐蕃人的扩张或 11 世纪一名头人的命运。

格萨尔史诗绝不是派生自古代苯教徒,除非是它通过整个喇嘛教的文明而保留了非常古老的内容和主题。苯教肯定于其中扮演了一种重要角色,尤其是在格萨尔的伯父身上和在霍尔人中更为如此。但这里是指与一种喇嘛教派别结合起来的苯教,它多少有一点像外道,但更接近宁玛巴,这种苯教在我们今日和数世纪以来就在西藏东部的某些部族以及某些地区中占统治地位。这部史诗也包括除了游牧部族所专有的特点之外的其他内容,它已经如同在米拉日巴的道歌中一样,有关农业的隐喻于其中非常丰富,甚至似乎比取材于牧民和游牧民生活的隐喻还要多得多。土著神话的内容肯定无疑地存在于其中,但并不比在整个喇嘛教中更多多少。最后,其中对于古代吐蕃之强大军事势力的回忆也不乏其例。但这都是一些由某些著作广泛传播的不自觉文学影响,而且我们也完全有理由相信这些著作的古老性，如《玛尼宝训集》，特别是在其中的一部分——有关松赞干布婚姻的故事中，冲木·格萨尔和霍尔人于其中都作为汉公主的追求者而出现。总而言之，格萨尔史诗反映了当时和最近几个世纪的西藏社会。其中引证的“最早”或古代的特征没有讲到反对史诗系由一名宗教诗人所写的论点。它们相反却对于断定其时代具有很大分量。

现在是再不应使我们希望由此而讲的内容笼罩任何疑云的时候了。作者的社会阶层是一码事，其中所使用资料的特征又是另一码事。从该史诗刚被创作起，肯定就应该包括大家于今天可以从中发现的喇嘛教的内容，即使不是全部，至少也是其中的某些内容。我们恰恰发现，并正确地指出，如果该作者可能是一名教徒，如果他可能在喇嘛教的范围内学习了外来内容，那么他就应该属于那些形成了下述特征的内容：他非常接近于民众，以流浪而生活，混杂于这些平民百姓之中，表现了他对流弊的怨恨，懂得并模拟其歌曲、节日庆祝活动、仪轨书及其土著传说。米拉日巴即为证人。他非常精通土著宗教和文学，而且还使其道歌中充满了这一切以便将之用于一种象征性解释。古如却旺和珠巴衮雷也没有采取其他的活动方式。这样一来，那些土著的和最早的内容并不属于佛教，格萨尔史诗中包括这样的内容，而且还很多很多。这一点为研究它们所具有的重大意义，对于我们来说就已经足够了。它不仅仅包括大家可以在不伤害故事连续性的情况下进行删节的孤立要素与内容，而且还有故事的主要的、内在逻辑所固有的和与之不可分割的内容。但大家要注意，为了说明这些内容不是佛教的，那么它们也必定不都是吐蕃的；即使它们是非文学而是民间的，那么它们也不一定必然都属于土著或地方性的民间文学，而且部分地也出自于外来的、伊朗和欧洲的、突厥—蒙古的和汉地的民间故事。

格萨尔史诗向宗教和土著民间故事背景借鉴的内容首先是有人居住地的创造故事和先祖的传说。大家在那里庆祝婚礼的地方和族间仇杀的地方，或为两座神山，或为一座大山和一片湖泊或一条江河，这是任何一个圣地都必不可缺的组成部分。史诗中的英雄——该地区或该部族的先祖即出于此。他具有神性，通过其父而为天神，通过其母而为水下神或地下神。其中或者是还增加了第二位天神父亲，即一座神山，属于战神类，英雄就以这种方式代表三界世界。其他的故事涉及到了一名人类英雄，他娶了一名上天神和地下神所生的少女为妻或者是一名英雄介入了两座大山（一神和一魔）的斗争中，他受犒赏而获得了一个注定要成为人间之主的天神之子。这后一类没有首领，并在一次祭神山时向天神祈求国主的人类故事是该史诗开场白中的主要内容。然而，它也存在于玛桑的故事中，该故事是独立存在的，属于被最早赞普们改编的古代故事的组成部分。同样的内容也由一卷敦煌写本所证实，但却出现在另外一种完全不同的背景中。这些故事的共同史料来源解释了格萨尔史诗的某些内容与贵族世系的先祖传说，尤其是朗氏家族世系之间的亲缘关系。

格萨尔与其岭地在史诗中属于木族和冬族。这些名称正确地指出了一个古老时间，一种土著背景和东北部的一种地理范围。它们已经由一些敦煌写本证明出现在有关最早人类的传说中了。这些半神话传说和又实际存在的部族也形成了先祖传说的特征，如有关昆族的传说，其中混杂有关于人类、魔鬼和神灵类的人物。他们首先也都被定位于安多。格萨尔史诗中的其他孤立故事、主题和内容也出自土著背景中，并且都很古老了。事实上，它们也都由敦煌写本所证实，如敲诈勒索之诡计的动机、戴长耳帽子的原因等。但是，我们应该再重复一次，它们都是孤立的，并出现在与史诗的背景完全不同的环境中。一部有关一名类似格萨尔史诗中那样英雄故事的完整长诗的古老性和独立存在性也是可能的，可是仍有疑问。直至目前为止，尚没有任何内容可以证实这一点。

全部土著内容都属于古代说唱艺人、谜语歌演唱家和在稍次一些程度上的苯教界。这3类专家的文学活动都具有宗教特征，它被认为对于善政是有效的和必不可缺的。同样，说唱故事和史诗以及排演藏戏在我们今天都被认为对于粮丰畜富旺具有吉祥影响。它会使一般均与先祖有关的地神感到欢欣鼓舞。所以，在每年的节日（尤其是在新年）的欢庆活动和在近代祭祀神山的范围内，古代专家们的传统被维持下来了。史诗的编纂者应该是于其中找到了这一切。这些节日是神灵与人类的聚会，以赛歌、辩论、赛马和其他竞技比赛为特征，但也以民间通灵人的兴奋狂舞而独树一帜，这些通灵人代表着变成了史诗中的人物或相反是借鉴自史诗中的人物的土著神。至于那些狡猾而淘气、在能使他确保对其集团的王权圣地附近赢得赛马胜利的英雄人物的内容,在此背景下与狂欢节国王的主题相符合,这种国王既是可以带走该集团的灾难和能使其魔鬼般的密友们得以净化的替罪羊,同时又是一种小丑。

现在是深入理解格萨尔史诗中一切非喇嘛教的内容同样也并不一定就是西藏固有内容之想法的时候了。除了直接通过印度或间接经西域受到的佛教影响之外,其他外来的(尤其是伊朗的)民间故事的内容也都传到了吐蕃,稍后又在那里被格萨尔史诗所吸收。例如,以狮子作为自然界的第一兽和冰川代表动物的做法就是这种情况。吐蕃的古代风俗习惯将各种不同的神话传说都与狮子身体的各部分联系起来了,而冰川上的母狮和幼狮就已经是米拉日巴道歌中最钟爱的形象了。这种形象在当时就已经毫无疑问完全是吐蕃式的了。但是,为了承认它们在吐蕃已经具有很古老的历史,也同样不能否认它们是从伊朗传来的。伊朗新年是以一种狮子舞和被冷水浇满身的裸体小童的奔跑为标志的。节日和习俗都经过西域而一直传播到中国中原地区。但第二部分(赛跑)大约从10或11世纪起就在中国中原停止其存在了,惟有狮子舞在那里一直留存到我们当代,而西藏却同时保留了这两种做法。格萨尔史诗利用了这种复杂的背景。格萨尔于其中享有"世界雄狮王"的尊号,而出生于天神的英雄于其中被比作雪山母狮的幼狮。他以其"杂耍艺人"的身份而耍狮子,猴子的角色在于滑稽地模仿那些一般都要承负王位宝座的狮子。所以,对于外来内容的传播问题,则必须考虑那些流浪说唱艺人、耍把戏的人、驯猴子和狮子者的社会背景,这些人都已经在中国突厥斯坦和唐代的中国中原清楚地出现了。格萨尔史诗的编纂者可能使有关狮子的民间故事结晶成了有关其所谓谐音会诱惑它的词作出的所谓学识深奥的思考。它明显不知道大家在拉丁文中已用被"箭射断的长发"的意义解释了"恺撒"(Caesar)这个职官尊号(皇帝)。但由于这种内容在民间传说中广为流传,所以大家未曾忽略在其英雄格萨尔(Gesar)的外来名字中辨认出梵文 Kesara 来,意为"鬣"、"长发"和"马鬃",这是"狮子"的同义词。这种民间故事至少已经部分地被纳入到印度和中亚的佛教文学中了。大家于其中讲到了一种如同发卷一般被卷成螺旋状的如意宝，叫作华须，它是世界之王特别赏识钟爱的宝物。此外，在对一直到中国边陲的西域施加了如此巨大影响的粟特社会背景中，大家是通过《福音书》的译本而知道了 Kesarakan 一词系指恺撒的钱币。格萨尔史诗在赋予"格萨尔"一词"大雄狮、如意宝、胜敌者"的尊号时，似乎保留了这类概念。

大家不应该简单地看待这种情景。甚至在为了撰写格萨尔史诗而使用它们之前，土著内容就已经与外来内容结合在一起了。至于佛教一方，其最有学识的贡献也并不简单，而是同样也包括它在传入吐蕃前后得以吸收的全部民间故事的内容。格萨尔名称的来源以及"世界之王"的民间故事当然都会引导我们把目光转向西方。从此之后，我们就发现它们是由于历史上多方面的交流而与其他的内容共同传播的。在我们指出了于阗毗沙门天王的重要意义及其与伊朗内容的关系时，又提及了带有王冠的国王肖像的萨珊币在中国突厥斯坦、青海和汉地的传播。从此之后，大家当然应在同样的环境中寻找对现今的说唱艺人和史诗中的青年格萨尔那奇装异服与帽子中最突出特征的解释了。大家曾希望通过苯教徒的衣着而解释这一切。但如果某些细节确实出现于苯教徒之中，那么其主要成分则属于米拉日巴和莲花生的教派，这种亲缘关系与我们所知的通过其他方面对格萨尔史诗的启发灵感是符合的。但在吐蕃背景中的这些相似性并不能完全解释我们的英雄和说唱艺人的奇装异服。喇嘛教派应该是自己也受到了外来史料的启发，史诗应该是与它们同时地，或是共同地于其中汲取资料。如果白色服装确实曾出现在这里涉及的喇嘛教派中和甚至有时在苯教徒中出现，那么它同时也是佛教文学中授记的内容，甚至可能被解释为指摩尼教徒。总而言之，说唱艺人和英雄的帽子为一顶带有三个尖顶或一个尖顶和两个马耳的主教冠式的那种头戴，装饰有太阳和月亮，上面插有羽翎或一只巨翅。这种主教冠式的帽子显得如同是一整套复杂的民间故事的反映，融合进了无疑是具有令人难以察觉到的相似性的各种内容。有的内容同时涉及了勇士英雄和神通说唱艺人，有的内容出自弥达斯和亚历山大的传说，带有对国王之盔或王冠的回忆，具有对音乐的暗示或诗歌的启示；有的还是半马和半鸟的音乐家和滑稽可笑的内容；此外还有其他内容。

但如此导致说唱艺人和英雄那复杂的奇装异服的各种因素的

结合是在中国—突厥斯坦实现的，印欧和突厥—蒙古的民间故事都在那里汇合在一起了。所以，我们的视野不应该被束缚在西方。大家最好是同样也应该注重北方和东方。西藏说唱艺人没有与萨满分享其兴奋狂舞状态及其诗歌创作的神奇本领吗？他也如同萨满一样是由神在显圣期间传授的。他也如同萨满一样，于其幻象者和诗人的本性中又加入了一些滑稽剧演员和丑角表演者的功能。萨满及其乐器（鼓或琴）连同神奇的马和狮子、马—鸟和长有3足或8足的马的内容毫无争议地会使人也考虑到萨满、说唱艺人以及于藏族英雄各自的奇装异服中互相吻合的许多特征。

那么，对于这些相似性该讲些什么呢？其中的部分相似性可能完全会通过下述事实来解释：我们所知道的萨满教并非是像大家经常使人相信的那样纯洁或那样“原始”。数世纪以来，它又以出自伟大文明的许多内容（如伊朗和佛教的内容）所丰富。然而，可以与西藏说唱艺人相比较的这种萨满教的另外一部分却远在西伯利亚和北美洲出现了。这就是淘气的狡猾者的主题内容和通灵小丑之惯例。大家于此也如同在其他地方一样确实会发现一些神话的典型，如在包括洛基和希尔顿在内的印欧领域中，在更为接近吐蕃的突厥领域中。中国中原汉地也不应被遗忘。它的那些有关聪明而淘气儿童的故事传遍了整个远东，并且至少从公元1000年起就已经被编译作藏文。在这一问题上还必须重提一下，唐代和宋代的中原汉地也接受并保留了自伊朗、印度和突厥斯坦引入的舞蹈、滑稽剧、歌曲和乐曲。

在追述这些相似性的时候，我们无须强调指出历史影响。如果确实施加了这样的影响（这是非常可能的，甚至是确实无疑的），那么我们却无法具体解释清楚这一切。相反，在现象学方面，为了理解说唱艺人和他所代表的英雄，我们试图作出的比较都是很有用的。

在此之前，当与史诗的喇嘛教编纂者、说唱艺人、土著歌手和外来的那些默默无闻的流浪者们的创造性工作相匹敌和甚至有时超过了他们的时候，那些说唱艺人、杂要表演者、萨满或其他人也都出现，并留下了其踪迹。我们史诗的说唱艺人也是一名流浪者，他由于这一事实也命中注定要从事在藏族人和外部人之间的交流与接触。格萨尔史诗形成的西藏东北部过去曾是、现在也仍然是一个交通要道,我们应该注意的各种文明的传播道路都于那里交汇。

最后一种事实应该引起我们的注意,以便使我们更好地理解格萨尔史诗的形成、其可能的发展或其多样化文本的复杂性。当说唱艺人进入兴奋狂舞状态并且有幻觉时,这些幻觉化现明显都是由其记忆的内容、由他于其不停的长途跋涉的生活中学习到和掌握到的一切而向他提供的。大家会充分想象到,如果这种内容肯定是大部分均派生自已经形成和可以说是一劳永逸地定本的格萨尔史诗,那么这种内容也可以变化,并以说唱艺人的经验、其诞生地、旅行、拜会者或其师傅提供的不同内容所丰富。这就是说,一些新内容随时都可以被纳入到说唱艺人的说唱中;这些内容出自民间宗教、“学术”性的或喇嘛教的不自觉影响和与外来接触的反响。我们假设曾是一名教徒的史诗作者可能本人就是这样一名说唱艺人——通灵人。他是否有些竞争者呢?大家对此一无所知。但大家还知道,当时的某些“教派”已经存在,虽然它们肯定晚于史诗的撰写。林葱木刻本的刊布者面对在某个说唱艺人或某个通灵人的诸文本中做出选择时感到茫然不知所措。史诗的编纂显得如同是在一个特定时间内完成的惟一工序,但诗歌创作则是说唱艺人那通灵人特征的惟一事实的继续。它始终尊重特定的范畴,不过在即席创作时则可以超越之或一有机会就使之终成泡影。史诗是一部具有生命力的栩栩如生的作品,它始终在或最近还以新的篇章所丰富,尚且不谈对于情况熟悉程度不同的说唱艺人对内容和故事的遗漏或增补所造成的诸多差异。

*

*　*

这样一来,这幅图画的主要轮廓就被粗线条地勾勒出来了,大家将此视为格萨尔史诗的背景或远景。其灵感启示之源及其资料都是多方面的。为了证实或者是在需要的情况下抛弃其中的某一点,详细的研究将是必要的。我们尚需要回答有关断代的这个难题。它一般都是大家提出的第一个问题,但仅仅是到现在,经过我们长时间的环顾浏览之后。我们才可以试着对此加以回答。

我们已经讲过,至今仅仅根据格萨尔史诗的某些特征而作出的断代尝试都是权宜之计和未定的。它不是对部族战争的古代、对8和9世纪吐蕃的开拓发展或对原始苯教的不同程度的同时代的颂扬。在敦煌写本(8—9世纪初)中,没有只字提到格萨尔,甚至没有出现有关该英雄的片断故事。大家当然于其中发现了格萨尔史诗的一种重要内容和一些孤立的要点。但它们恰恰是出现在不同的背景中。古典编年史的文献资料丰富,质量甚优,但却大量地讲到了古代赞普时期的故事与歌曲的内容。现今已被纳入到格萨尔史诗中的其他一些故事、主题和要点都作为独立于史诗的内容而出现了。在11世纪或稍后不久,印度某地的一名国王格萨尔与这部史诗具有某些共同要素,而且与阿底峡教派的藏文本生事的集子中的跨地区的民间故事也具有共同内容。就在同一时代,在米拉日巴的一首有关四方的道歌中提到了北方军王格萨尔,在《于阗授记》中又提到了冲木·格萨尔。但它们从未提到过史诗中的岭·格萨尔的历史。再稍后不久,到13世纪时,在由一名大“掘藏师”和故事与舞蹈的创作者掌握理解的喇嘛教著作中,也未曾有只字提到过我们的这部史诗。这是一种奇怪的沉默!自唐到明代的汉文史集中也对此保持沉默,而明代的编年史却相当长篇大论地讲到了自1400年起的历史地区岭国。在资料如此丰富的1545年的那部藏文编年史中,也讲到了同一个岭国、某宗教和世俗头人、弭药和一座大城市冲木,但在格萨尔的问题上却依然只字未提。14世纪的“掘藏”、《五部遗教》、《玛尼宝训集》和甚至是1508年的《西藏王统世系明鉴》等著作都保留了长篇的史诗片断和小说故事,都知道冲木·格萨尔或突厥人的格萨尔,认为他是属于四天子长诗中的北方军王,但丝毫没有提到岭·格萨尔。

相反,岭地之王格萨尔从1643年起就被提及了,而且大家由于其他因素还可以将此追溯到1600年左右。我们现在尚不可能追溯得更远和讲得更为明确具体。我们远不能研究可能会给我们留下了一些惊讶的全部藏文文献。目前,任何结论都不能企望成为最终性的。但直到发生新情况之前,我们仍应坚持那些重要史料所启发的结论。我们不想为组成格萨尔史诗的各种内容分别假定一个时代,同时又始终清楚地认识到其中的某些内容是相当古老的,我们只能将这部最终完成和完整的著作的写作时间(单独创作和最终合成)断代为1400和1600年之间,或者更应该是14或15世纪。

事实上很可能是在这一时代,也就是在初次撰写的时间,格萨尔史诗远不及在我们当代这样内容广泛和篇幅冗长。大家也可能于将来的某一天会成功地为那些可能是晚期为一部最早比较有限的著作相继所作的增补内容进行断代。但为此则必须等待对所有各部史诗的具体分析,该史诗凡 19 部,共有约 10000 多页。此外,经验告诉我们说,它令人瞩目地统一和一致,仅仅根据内在的明显之处绝不会使我们确定一些时代。为此则必须在现在尚不为人所知或已为人所知而又无法得到的藏文著作中找到一些独立的标记。大家从现在起可以讲的一切就是,后面几部中的某些断层在远征中原汉地以及与霍尔人、羌人和可能还有门族人的战争之后则是很明显的。在此后的几部中,格萨尔年迈了,不再独自行动了,主要是其养子和其他勇士在那里领导征战。这几部很可能是于稍后增补进去的。其中之一部,即与突厥人的战争和北方兵器之宗与被称为格萨尔王的战争的那一部,它似乎是为了调和古代史诗片断中的岭·格萨尔与古代史诗片断中的冲木或朱古(突厥)人的格萨尔而构思成的。

图书在版编目(CIP)数据

西藏史诗和说唱艺人/(法)石泰安著;耿昇译.—2版.
北京:中国藏学出版社, 2012.2(2024.6重印)

ISBN 978-7-80253-458-2

Ⅰ.①西… Ⅱ.①石…②耿… Ⅲ.①格萨尔-文学研究 Ⅳ.①I207.914

中国版本图书馆CIP数据核字(2012)第020972号

西藏史诗和说唱艺人

作　　者	[法]石泰安
译　　者	耿昇
校　　订	陈庆英
出版发行	中国藏学出版社 (北京北四环东路131号)
经　　销	新华书店
印　　刷	北京隆昌伟业印刷有限公司
版　　次	2012年2月第2版　2024年6月第2次印刷
开　　本	640×965毫米　1/16
印　　张	42.75
字　　数	630千字
印　　数	3001—6000册
书　　号	ISBN 978-7-80253-458-2/I·111
定　　价	89.00元

图书若有质量问题,请与本社联系
E-mail:dfhw64892902@126.com　　电话:010-64892902